Anna Karenina ist der große Roman einer Liebe. Erzählt wird die Geschichte einer verheirateten Frau, die nach langjähriger glückloser Ehe einem jungen Offizier in leidenschaftlicher Liebe verfällt. Sie verläßt den Ehemann und den Sohn und wird fortan von der Gesellschaft als Ehebrecherin ausgestoßen und gemieden. Die Liebe, für die sie alles geopfert hat, ist das einzige, was ihr bleibt …
Lew N. Tolstoj hat mit diesem Werk einen der berühmtesten und schönsten Romane der Weltliteratur geschaffen.

»Ein Werk dieser Art, so glücklich, so packend, so aus einem Guß, so vollendet im Großen und Kleinen …« *Thomas Mann*

Lew Nikolajewitsch Tolstoj, geboren am 9. September 1828 auf Gut Jasnaja Poljana, ist am 20. November 1910 in Astapovo gestorben.

insel taschenbuch 3484

Lew N. Tolstoj

Anna Karenina

Lew N. Tolstoj
Anna Karenina

Roman

Herausgegeben
von Gisela Drohla

Insel Verlag

insel taschenbuch 3484 · Erste Auflage 2010
Insel Verlag Berlin

Hinweise zu dieser Ausgabe am Schluß des Bandes
Vertrieb durch den Suhrkamp Taschenbuch Verlag
Umschlag: Elke Dörr
Druck: CPI – Ebner & Spiegel, Ulm
Printed in Germany
ISBN 978-3-458-35184-9

1 2 3 4 5 6 – 15 14 13 12 11 10

ERSTER TEIL

I

Alle glücklichen Familien gleichen einander, jede unglückliche Familie ist auf ihre eigene Weise unglücklich.
Im Hause Oblonskij war alles durcheinander. Die Frau hatte erfahren, daß ihr Mann ein Verhältnis mit einer französischen Gouvernante unterhielt, die früher bei ihnen im Haus gewesen war, und hatte ihm erklärt, sie könne nicht länger unter einem Dach mit ihm wohnen. Diese Situation dauerte nun schon drei Tage und wurde sowohl von den Ehegatten selbst als auch von allen Familienmitgliedern und der Dienerschaft als eine Qual empfunden. Sämtliche Familienmitglieder und Hausgenossen fühlten, daß ihr Zusammenleben keinen Sinn mehr habe, und daß Leute, die sich zufällig in irgendeiner Herberge zusammenfänden, einander näherstünden als sie, die Familienmitglieder und Hausgenossen der Oblonskijs. Die Frau verließ ihr Zimmer nicht, der Mann war zwei Tage nicht zu Hause gewesen. Die Kinder liefen wie verloren im ganzen Haus umher; die englische Gouvernante hatte sich mit der Wirtschafterin gezankt und an ihre Freundin geschrieben, ob sie ihr nicht eine andere Stelle besorgen könne; der Koch war schon gestern vor dem Mittagessen weggegangen; die Küchenmagd und der Kutscher hatten gekündigt.
Am dritten Tag nach dem Streit erwachte Fürst Stepan Arkadjitsch Oblonskij – Stiwa, wie er in der Gesellschaft genannt wurde – zur gewohnten Stunde, das heißt um acht Uhr morgens, aber nicht im ehelichen Schlafzimmer, sondern in seinem Arbeitszimmer auf dem Ledersofa. Er drehte seinen wohlgenährten, gepflegten Körper auf den Sprungfedern des Sofas herum, als wolle er noch eine ganze Weile weiterschlafen, schob die Hand unter das Kissen und drückte es fest an seine Wange; aber plötzlich fuhr er hoch, setzte sich auf und öffnete die Augen.
›Ja, ja, wie war das denn?‹ dachte er und versuchte, sich auf

seinen Traum zu besinnen. ›Ja, wie war das nur? Ach ja, Alabin gab ein Diner in Darmstadt. Nein, nicht in Darmstadt, sondern irgendwo in Amerika. Ja, und Darmstadt lag in Amerika. Ja, Alabin gab ein Diner auf gläsernen Tischen, und die Tische sangen »Il mio tesoro«, nein, nicht »Il mio tesoro«, sondern etwas viel Schöneres, und da waren irgendwelche Likörflaschen, und die waren plötzlich Frauen‹, erinnerte er sich.

Stepan Arkadjitschs Augen blitzten vergnügt, und er dachte lächelnd nach. ›Ja, es war schön, sehr schön. Es waren noch sehr viele herrliche Dinge da, aber wenn man wach ist, kann man es weder in Worte fassen noch ausdenken.‹ Und als er den Lichtstreif sah, der neben dem dicken Tuchvorhang hereindrang, richtete er sich rasch auf dem Sofa auf, tastete mit den Füßen nach den goldfarbenen Saffianpantoffeln, die seine Frau ihm letztes Jahr zum Geburtstag gestickt hatte, und streckte nach alter, neunjähriger Gewohnheit ohne aufzustehen die Hand nach der Stelle aus, wo im Schlafzimmer sein Schlafrock hängen mußte. Und da fiel ihm plötzlich ein, daß und warum er nicht im Schlafzimmer, sondern in seinem Arbeitszimmer übernachtet hatte; das Lächeln verschwand von seinem Gesicht, er runzelte die Stirn.

»Ach, ach, ach! Ah!...« stöhnte er und erinnerte sich an alles, was gewesen war. Und in seiner Phantasie erschienen von neuem alle Einzelheiten des Streites mit seiner Frau, die Ausweglosigkeit seiner Lage und, was ihn am meisten quälte, seine eigene Schuld.

›Ja, sie wird und kann mir nicht verzeihen. Und das furchtbarste ist, daß ich an allem schuld bin — ich bin an allem schuld und kann doch eigentlich nichts dafür. Das ist das Tragische an der Sache‹, dachte er. »Ach, ach, ach!« sagte er verzweifelt vor sich hin, in Erinnerung an die Momente des Streites, die ihn am meisten bedrückten.

Am unangenehmsten war jener erste Augenblick gewesen, als er heiter und zufrieden aus dem Theater nach Hause kam, eine riesige Birne für seine Frau in der Hand, seine Frau nicht im Salon fand, zu seinem Erstaunen auch nicht im Arbeitszimmer, bis er sie dann im Schlafzimmer sah, den unglückseligen Brief in der Hand, der alles verraten hatte.

Sie, die immer besorgte, geschäftige und seiner Ansicht nach etwas beschränkte Dolly, saß mit dem Brief in der Hand regungslos da und sah ihn mit einem Ausdruck von Entsetzen, Verzweiflung und Zorn an.

»Was ist das? Was ist das?« fragte sie, auf den Brief zeigend.

Wie es oft ist, empfand Stepan Arkadjitsch bei dieser Erinnerung nicht den Vorfall selbst als peinlich und beschämend, sondern die Art, wie er auf die Worte seiner Frau geantwortet hatte.

In diesem Moment war es ihm ergangen wie vielen Leuten, wenn sie unversehens auf einer schmählichen Tat ertappt werden. Er hatte es nicht verstanden, sein Gesicht der Lage anzupassen, in die er seiner Frau gegenüber nach der Entdeckung seiner Schuld geraten war. Statt den Gekränkten zu spielen, zu leugnen, sich zu rechtfertigen, um Verzeihung zu bitten oder auch einfach nur gleichgültig zu bleiben — alles wäre besser gewesen als das, was er tat —, hatte sich sein Gesicht ganz unwillkürlich (›Reflexe des Gehirns‹, dachte Stepan Arkadjitsch, der sich gern mit Physiologie befaßte) zu seinem gewohnten gutmütigen und daher dummen Lächeln verzogen.

Dieses dumme Lächeln konnte er sich nicht verzeihen. Beim Anblick dieses Lächelns war Dolly wie vor körperlichem Schmerz zusammengezuckt, hatte mit der ihr eigenen Heftigkeit einen Strom harter Worte hervorgesprudelt und war aus dem Zimmer gerannt. Seitdem hatte sie ihren Mann nicht mehr sehen wollen.

›An allem ist nur dieses dumme Lächeln schuld‹, dachte Stepan Arkadjitsch.

›Aber was soll ich denn tun? Was soll ich tun?‹ fragte er sich verzweifelt und fand keine Antwort.

2

Stepan Arkadjitsch war immer aufrichtig gegen sich selbst. Er war unfähig, sich selbst zu betrügen und sich einzureden, daß er seine Tat bereue. Er konnte jetzt nicht bereuen, daß er, ein vierunddreißigjähriger, schöner, leicht entflammter Mann, nicht mehr in seine Frau verliebt war, die Mutter von fünf lebenden und zwei bereits gestorbenen Kindern, die nur ein Jahr jünger war als er selbst. Er bereute nur, daß er die Sache nicht besser vor seiner Frau geheimgehalten hatte. Aber er empfand die ganze Schwierigkeit seiner Lage und bedauerte seine Frau, die Kinder und sich selbst. Vielleicht hätte er sich auch mehr bemüht, seine Sünden vor seiner Frau zu verbergen, wenn er geahnt hätte, wie diese Entdeckung auf sie wirken würde. Klar nachgedacht hatte er über diesen Punkt allerdings nie, er hatte aber die undeutliche Vorstellung gehabt, seine Frau ahne schon längst, daß er ihr untreu sei, drücke aber ein Auge zu. Er meinte sogar, eine schon so welke, gealterte, nicht mehr schöne Frau, die nichts Besonderes an sich hatte, sondern nur eine schlichte, gute Familienmutter war, müsse aus Gerechtigkeitsgefühl nachsichtig sein. Und nun hatte er gerade das Gegenteil erlebt.

»Ach, entsetzlich! Ach, ach, ach, entsetzlich!« sagte Stepan Arkadjitsch vor sich hin, ohne daß ihm ein Ausweg einfiel. ›Und wie schön war alles bisher, wie gut haben wir miteinander gelebt! Sie war zufrieden und glücklich mit den Kindern, ich habe sie in allem gewähren lassen, sie konnte sich mit den Kindern und mit dem Haushalt abgeben, so viel sie wollte. Freilich, daß *sie* in unserem Haus Gouvernante war, das ist schlecht. Sehr schlecht! Es hat immer etwas Dummes und Gemeines, wenn man der Gouvernante seiner Kinder den Hof macht. Aber was für eine Gouvernante sie war!‹ (Er erinnerte sich lebhaft an die schwarzen schelmischen Augen von Mademoiselle Roland und an ihr Lächeln.)

›Aber solange sie bei uns im Haus war, habe ich mir ja nichts erlaubt. Das schlimmste ist, daß sie jetzt... Daß das alles auch so kommen mußte! Ach, ach, ach! Aber was in aller Welt soll ich jetzt tun?‹

Eine Antwort gab es darauf nicht, außer der allgemeinen Antwort, die das Leben auf alle verwickelten und unlösbaren Fragen gibt. Diese Antwort lautet: Man muß dem Tag leben, das heißt, vergessen. Im Schlaf Vergessen suchen konnte er nicht mehr, wenigstens nicht vor der Nacht, er konnte nicht mehr zu dem Lied zurückkehren, das die in Likörflaschen verwandelten Frauen gesungen hatten; also mußte er im Traum des Lebens Vergessen suchen.

›Nun, man wird ja sehen‹, sagte sich Stepan Arkadjitsch, stand auf, zog den grauen, mit blauer Seide gefütterten Schlafrock an, schlang die Schnüre mit den Quasten zusammen, holte mit seinem breiten Brustkasten tief Atem, ging mit dem gewohnten munteren Schritt der auswärts gerichteten Füße, die seinen vollen Körper so leicht trugen, ans Fenster, zog den Vorhang auf und klingelte laut. Auf das Klingeln kam sofort sein alter Freund, der Kammerdiener Matwej, herein und brachte die Kleider, die Stiefel und ein Telegramm, und hinter Matwej erschien der Barbier mit dem Rasierzeug.

»Sind Akten aus dem Amt gekommen?« fragte Stepan Arkadjitsch, nahm das Telegramm und setzte sich vor den Spiegel.

»Sie liegen auf dem Tisch«, antwortete Matwej und warf seinem Herrn einen fragenden, teilnahmsvollen Blick zu; dann fügte er nach einer kurzen Pause mit schlauem Lächeln hinzu: »Es ist jemand vom Spediteur dagewesen.«

Stepan Arkadjitsch gab keine Antwort und schaute Matwej nur im Spiegel an; ihren Blicken, die sich im Spiegel trafen, sah man an, wie gut sie einander verstanden. Stepan Arkadjitschs Blick schien zu sagen: ›Warum sagst du das? Weißt du denn nicht, wie's steht?‹

Matwej steckte die Hände in die Jackentaschen, setzte den einen Fuß ein wenig seitwärts und schaute seinen Herrn an, schweigend, gutmütig, mit leisem Lächeln.
»Ich habe gesagt, er sollte nächsten Sonntag wiederkommen und bis dahin Sie und sich selbst nicht unnötig bemühen«, antwortete er mit einem offenbar vorher zurechtgelegten Satz.
Stepan Arkadjitsch durchschaute, daß Matwej einen Scherz machen und die Aufmerksamkeit auf sich lenken wollte. Er riß das Telegramm auf, las es, erriet einzelne der wie üblich entstellten Wörter, und sein Gesicht strahlte.
»Matwej, morgen kommt meine Schwester Anna Arkadjewna«, sagte er und hielt für einen Augenblick die dicke, fettglänzende Hand des Barbiers zurück, der den rosigen Streifen zwischen dem rechten und linken krausen Backenbart säuberte.
»Gott sei Dank!« rief Matwej und zeigte durch diese Antwort, daß er ebensogut wie sein Herr verstand, was dieser Besuch bedeutete, das heißt, daß Anna Arkadjewna, Stepan Arkadjitschs Lieblingsschwester, vielleicht eine Versöhnung zwischen Mann und Frau herbeiführen könne.
»Kommt die gnädige Frau allein oder mit dem Herrn Gemahl?« fragte Matwej.
Stepan Arkaditsch konnte nicht sprechen, weil der Barbier mit seiner Oberlippe beschäftigt war, und hob einen Finger. Matwej schaute in den Spiegel und nickte.
»Allein. Soll ich oben alles herrichten lassen?«
»Melde es Darja Alexandrowna, sie wird das Nötige anordnen.«
»Darja Alexandrowna?« wiederholte Matwej zweifelnd.
»Ja, melde es ihr. Und da, nimm das Telegramm mit und gib es ihr, was sie wohl dazu sagt.«
›Er streckt die Fühler aus‹, dachte Matwej verständnisvoll, aber er antwortete nur: »Zu Befehl!«
Stepan Arkadjitsch war schon gewaschen und gekämmt und

wollte sich gerade anziehen, als Matwej mit seinen knarrenden Stiefeln langsamen Schrittes wieder hereinkam, das Telegramm in der Hand. Der Barbier war nicht mehr da.

»Darja Alexandrowna läßt melden, daß sie verreist, sie sagte: ›Er, das heißt Sie, soll alles machen, wie es ihm beliebt‹«, sagte er, nur mit den Augen lachend, steckte die Hände in die Taschen, neigte den Kopf zur Seite und sah seinen Herrn an.

Stepan Arkadjitsch schwieg. Dann erschien ein gutmütiges und etwas klägliches Lächeln auf seinem hübschen Gesicht.

»Nun, Matwej«, sagte er und wiegte den Kopf hin und her.

»Macht nichts, gnädiger Herr, das renkt sich schon wieder ein«, sagte Matwej.

»Wirklich?«

»Ganz bestimmt.«

»Meinst du? Wer ist denn da?« fragte Stepan Arkadjitsch, als er vor der Tür ein Kleid rascheln hörte.

»Ich bin's«, sagte eine feste, angenehme Frauenstimme, und in der Tür erschien das ernste, pockennarbige Gesicht der alten Kinderfrau Matrjona Filimonowna.

»Nun, was gibt's, Matrjoscha?« fragte Stepan Arkadjitsch und ging zu ihr an die Tür.

Obwohl Stepan Arkadjitsch seiner Frau gegenüber durchaus im Unrecht war und das auch selbst fühlte, waren fast alle im Hause auf seiner Seite, sogar die Kinderfrau, trotz ihrer Freundschaft mit Darja Alexandrowna.

»Nun, was ist?« fragte er bedrückt.

»Gehen Sie noch einmal hin, gnädiger Herr, und bitten Sie um Verzeihung. Vielleicht hilft Gott. Sie quält sich sehr, es tut einem weh, wenn man das sieht, und im Haus geht alles drunter und drüber. Die Kinder, gnädiger Herr, die Kinder können einem leid tun. Sagen Sie, daß Sie schuld sind, gnädiger Herr. Was soll man da machen? Wenn man A gesagt hat...«

»Aber sie wird mich gar nicht hereinlassen...«

»Gehen Sie nur hin! Gott ist barmherzig, beten Sie zu Gott, gnädiger Herr, beten Sie!«

»Na schön, geh nur!« sagte Stepan Arkadjitsch, plötzlich errötend. »Nun, dann hilf mir beim Ankleiden«, sagte er zu Matwej und warf entschlossen den Schlafrock ab.

Matwej hielt bereits das Hemd, von dem er etwas Unsichtbares wegblies, wie ein Kummet zum Überstreifen bereit und hüllte mit sichtlichem Vergnügen den gepflegten Körper seines Herrn hinein.

3

Nach dem Ankleiden besprengte sich Stepan Arkadjitsch mit Parfüm, zupfte die Manschetten zurecht, steckte mit gewohnter Bewegung die Zigaretten, die Brieftasche, die Zündhölzer, die Uhr mit doppelter Kette und Berloques in die verschiedenen Taschen, schüttelte das Taschentuch auseinander und ging sauber, wohlriechend und trotz seines Unglücks gesund und frisch wiegenden Schrittes ins Eßzimmer, wo der Kaffee bereits auf ihn wartete und neben dem Kaffee seine Briefe und die Akten aus dem Amt.

Er las die Briefe. Einer war sehr unangenehm — von einem Kaufmann, der ein Stück Wald auf dem Gut seiner Frau kaufen wollte. Er mußte diesen Wald unbedingt verkaufen, aber bevor er mit seiner Frau nicht versöhnt war, konnte nicht die Rede davon sein. Am peinlichsten war ihm dabei, daß die Versöhnung nun auch mit pekuniären Interessen verbunden war. Und der Gedanke, daß es scheinen könnte, als lasse er sich von diesen Interessen leiten und als wolle er sich wegen des Verkaufs dieses Waldes mit seiner Frau versöhnen — dieser Gedanke erschien ihm wie eine Beleidigung.

Als Stepan Arkadjitsch mit den Briefen fertig war, zog er die Akten heran, blätterte rasch zwei Sachen durch, machte sich mit einem großen Bleistift ein paar Notizen, schob die Akten wieder zur Seite und trank seinen Kaffee; beim Kaffeetrinken

breitete er die noch feuchte Morgenzeitung auseinander und begann zu lesen.
Stepan Arkadjitsch hielt und las eine liberale Zeitung, kein extremes Blatt, sondern von der Richtung, zu der sich die Majorität bekannte. Obwohl weder Wissenschaft noch Kunst noch Politik ihn sonderlich interessierten, hielt er auf all diesen Gebieten an den Anschauungen fest, denen die Majorität und seine Zeitung anhing, und änderte diese Anschauungen nur dann, wenn auch die Majorität es tat, oder, richtiger gesagt, er änderte sie nicht, sondern sie änderten sich ganz von selbst in ihm, ohne daß er es merkte.
Stepan Arkadjitsch wählte sich weder seine Richtungen noch seine Ansichten aus, sie kamen ganz von selbst zu ihm, ebenso wie er die Form seines Hutes und seines Rockes nicht auswählte, sondern einfach das nahm, was alle trugen. Ansichten zu haben war für ihn genauso notwendig, wie einen Hut zu besitzen, denn er lebte in einer bestimmten gesellschaftlichen Sphäre und empfand ein gewisses Bedürfnis nach Denktätigkeit, das sich gewöhnlich in reiferen Jahren einstellt. Wenn es wirklich einen Grund gab, weshalb er die liberale Richtung der konservativen vorzog, der viele aus seinen Kreisen anhingen, so lag dieser Grund nicht darin, daß er die liberale Richtung vernünftiger fand, sondern darin, daß sie seiner Art zu leben besser entsprach. Die liberale Partei behauptete, in Rußland sei alles schlecht, und Stepan Arkadjitsch hatte tatsächlich viele Schulden und konnte mit seinem Geld absolut nicht auskommen. Die liberale Partei erklärte, die Ehe sei eine überholte Institution und müsse unbedingt neugestaltet werden, und das Eheleben machte Stepan Arkadjitsch wirklich wenig Vergnügen und zwang ihn, zu lügen und sich zu verstellen, was seiner Natur so zuwider war. Die liberale Partei sagte, oder, richtiger ausgedrückt, sie ließ durchblicken, daß die Religion nur ein Zügel für den ungebildeten Teil der Bevölkerung sei, und in der Tat konnte Stepan Arkadjitsch nicht einmal einen

ganz kurzen Gottesdienst ohne Schmerzen in den Beinen aushalten und konnte auch nicht begreifen, was für einen Zweck dieses ganze großspurige, hochtrabende Gerede von jener Welt haben sollte, da es sich auch in dieser Welt sehr lustig leben ließ. Außerdem liebte Stepan Arkadjitsch einen heiteren Scherz, und es machte ihm großes Vergnügen, harmlose Leute mit Bemerkungen wie der folgenden zu verblüffen: wenn man schon auf seine Abstammung so stolz sei, dürfe man nicht bei Rurik stehenbleiben und seinen ältesten Stammvater, den Affen, verleugnen. Die liberale Richtung war für Stepan Arkadjitsch eine Gewohnheit geworden, und er liebte seine Zeitung wie die Zigarre nach dem Mittagessen wegen der leichten Benommenheit, die sie in seinem Kopf erzeugte. Er las den Leitartikel, in dem stand, in unserer Zeit werde völlig grundlos ein Jammergeschrei erhoben, daß der Radikalismus alle konservativen Elemente zu verschlingen drohe und daß die Regierung verpflichtet sei, Maßnahmen zur Unterdrückung der revolutionären Hydra zu ergreifen. ›Ganz im Gegenteil‹, hieß es, ›unserer Ansicht nach liegt die Gefahr nicht in der revolutionären Hydra, sondern in der Starrköpfigkeit der Reaktionäre, die jeden Fortschritt hemmen‹, und so weiter. Dann las er noch einen zweiten Artikel über Finanzfragen, in dem Bentham und Mill zitiert wurden und einige boshafte Sticheleien gegen das Ministerium vorkamen. Mit der ihm eigenen raschen Auffassungsgabe verstand er jede bissige Anspielung — von wem sie kam, gegen wen sie gerichtet war und welchen Anlaß sie hatte, und das machte ihm, wie immer, ein gewisses Vergnügen. Heute aber wurde dieses Vergnügen durch die Erinnerung an Matrona Filimownas Ratschläge und an die unerfreuliche Situation im Hause stark beeinträchtigt. Er las auch, daß Graf Beust, wie verlaute, nach Wiesbaden gereist sei, dann eine Annonce: ›Keine grauen Haare mehr!‹, weiter, daß eine leichte Kutsche zu verkaufen sei und daß ein junges Mädchen eine Stellung suche; aber diese Nachrichten bereiteten ihm nicht das stille, ironische Vergnügen wie sonst.

Als er mit der Zeitung, einer zweiten Tasse Kaffee und einer Buttersemmel fertig war, stand er auf, klopfte sich die Semmelkrümel von der Weste, reckte seine breite Brust und lächelte vergnügt, nicht, weil ihm besonders froh zumute war — das vergnügte Lächeln kam von der guten Verdauung. Aber dieses vergnügte Lächeln erinnerte ihn sofort an alles, was geschehen war, und er wurde nachdenklich.

Vor der Tür erklangen Kinderstimmen, und Stepan Arkadjitsch erkannte die Stimme seines jüngsten Sohnes Grischa und seiner ältesten Tochter Tanja. Die Kinder zogen irgend etwas, und dann fiel etwas auf den Boden.

»Ich habe dir doch gesagt, daß man die Passagiere nicht aufs Dach setzen darf!« schrie das kleine Mädchen auf englisch. »Jetzt kannst du sie auch aufheben!«

›Alles geht drunter und drüber‹, dachte Stepan Arkadjitsch. ›Da laufen jetzt die Kinder ganz allein im Haus herum.‹ Er ging zur Tür und rief sie herein. Sie ließen die Schachtel liegen, die eine Eisenbahn vorstellen sollte, und kamen zu ihrem Vater.

Das Mädchen, des Vaters Liebling, lief dreist herein, umarmte ihn und hing sich ihm lachend an den Hals; sie freute sich wie immer über den wohlbekannten Parfümgeruch, den sein Backenbart ausströmte. Nachdem sie sein von der gebückten Haltung gerötetes, vor Zärtlichkeit strahlendes Gesicht geküßt hatte, löste sie die Arme von seinem Hals und wollte weglaufen, aber er hielt sie fest.

»Was macht Mama?« fragte er und streichelte das zarte, glatte Hälschen seiner Tochter. »Guten Morgen!« sagte er lächelnd zu dem Jungen, der ihn begrüßte.

Er war sich bewußt, daß er den Jungen weniger liebte, und bemühte sich stets, die Kinder gleich zu behandeln; aber der Junge fühlte das und erwiderte das kalte Lächeln seines Vaters nicht.

»Mama? Sie ist schon aufgestanden«, antwortete das Mädchen.

Stepan Arkadjitsch seufzte. ›Also hat sie wieder die ganze Nacht nicht geschlafen‹, dachte er.

»Ist sie vergnügt?«

Das kleine Mädchen wußte, daß es zwischen Vater und Mutter Streit gegeben hatte und daß die Mutter nicht vergnügt sein konnte, daß der Vater das wissen mußte und daß er sich verstellte, wenn er so leichthin danach fragte. Und sie errötete für ihren Vater. Er verstand das sofort und wurde ebenfalls rot.

»Ich weiß es nicht«, antwortete sie. »Sie hat gesagt, wir sollten heute keinen Unterricht haben, sondern mit Miß Hull zur Großmutter gehen.«

»Na, dann geh, meine liebe kleine Tanja. Ach ja, warte mal«, sagte er, hielt sie fest und streichelte ihr zartes Händchen.

Er nahm eine Schachtel Konfekt vom Kaminsims, die er gestern dort hingestellt hatte, suchte ein Schokoladenbonbon und ein Fruchtbonbon aus, die sie am liebsten aß, und gab sie ihr.

»Für Grischa?« fragte sie und zeigte auf das Schokoladenbonbon.

»Ja, ja!« Er streichelte noch einmal ihre Schulter, küßte sie dicht am Haaransatz auf die Stirn und auf den Hals und ließ sie dann gehen.

»Der Wagen ist bereit«, meldete Matwej. »Und eine Bittstellerin ist gekommen«, fügte er hinzu.

»Ist sie schon lange hier?« fragte Stepan Arkaditsch.

»Ungefähr eine halbe Stunde.«

»Wie oft habe ich dir befohlen, mir die Leute sofort zu melden!«

»Sie müssen doch Ihren Kaffee in Ruhe trinken können«, antwortete Matwej in freundlich-grobem Ton, über den man nicht böse werden konnte.

»Na, dann bitte sie jetzt schnell herein«, sagte Oblonskij, ärgerlich die Stirn runzelnd.

Die Bittstellerin, eine Hauptmannsfrau namens Kalinin, bat um etwas ganz Unmögliches und Sinnloses; aber Stepan Arkadjitsch forderte sie nach seiner Gewohnheit auf, Platz zu nehmen, hörte ihr aufmerksam und ohne sie zu unterbrechen zu, gab ihr ausführliche Ratschläge, an wen sie sich wenden und wie sie die Sache anfangen müsse, und schrieb ihr sogar mit seiner großen, gedehnten, schönen und klaren Schrift einen in gewandtem, flüssigem Stil gehaltenen Brief an die Persönlichkeit, die ihr behilflich sein konnte. Nachdem Stepan Arkadjitsch die Hauptmannsfrau entlassen hatte, nahm er seinen Hut und blieb einen Augenblick stehen, um zu überlegen, ob er auch nichts vergessen habe. Er überzeugte sich, daß er nichts vergessen hatte außer dem einen, das er gern vergessen wollte — seine Frau.

»Ach ja!« Er senkte den Kopf, und sein hübsches Gesicht nahm einen schwermütigen Ausdruck an. ›Soll ich zu ihr gehen oder nicht?‹ Und eine innere Stimme sagte ihm, es sei zwecklos hinzugehen, es käme doch nur eine Lüge dabei heraus, ihre Beziehungen wiederherzustellen und in Ordnung zu bringen sei unmöglich, weil es nicht möglich sei, Dolly wieder zu einer anziehenden, Liebe erweckenden Frau oder ihn selbst zu einem alten, der Liebe unfähigen Mann zu machen. Dabei konnte jetzt nichts anderes herauskommen als Lüge und Heuchelei; und Lüge und Heuchelei waren seiner Natur zuwider.

›Aber einmal muß es ja doch geschehen, so kann es ja nicht bleiben‹, sagte er, bemüht, sich Mut zu machen. Er streckte die Brust heraus, nahm eine Zigarette, zündete sie an, rauchte ein paar Züge, warf sie in die Aschenschale aus Perlmutter, ging mit schnellen Schritten durch den düsteren Salon und öffnete die Tür zum Schlafzimmer seiner Frau.

4

Darja Alexandrowna stand in der Nachtjacke, die Flechten ihres schon spärlichen, früher so dichten, schönen Haars am Hinterkopf aufgesteckt, mit eingefallenem, hagerem Gesicht und großen, erschrockenen Augen, die durch die Hagerkeit des Gesichts noch mehr hervortraten, inmitten von allerlei im Zimmer umherliegenden Sachen vor einem offenen Vertiko, aus dem sie verschiedenes heraussuchte. Als sie die Schritte ihres Mannes hörte, hielt sie inne, blickte zur Tür und versuchte vergebens, ihrem Gesicht einen strengen, verächtlichen Ausdruck zu geben. Sie fühlte eine dumpfe Angst vor ihm und vor der bevorstehenden Aussprache. Sie hatte gerade versucht, das zu tun, was sie in diesen drei Tagen schon zehnmal versucht hatte: die Sachen der Kinder und ihre eigenen zu packen und zu ihrer Mutter bringen zu lassen, und hatte sich wieder nicht dazu entschließen können; wie bei allen früheren Versuchen sagte sie sich auch jetzt, daß es nicht so bleiben könne, daß sie etwas unternehmen müsse, ihren Mann bestrafen, ihn bloßstellen, sich an ihm rächen, ihm wenigstens einen kleinen Teil des Schmerzes zufügen, den er ihr angetan hatte. Sie sagte immer noch, sie werde ihn verlassen, fühlte aber, daß das unmöglich sei; es war deshalb unmöglich, weil sie nicht plötzlich aufhören konnte, ihn für ihren Mann zu halten und ihn zu lieben. Außerdem wußte sie: wenn sie hier, in ihrem eigenen Haus, mit der Pflege ihrer fünf Kinder kaum fertig wurde, dann würden sie dort, wo sie sie hinbringen wollte, noch schlechter versorgt werden. Schon in diesen drei Tagen war der Jüngste krank geworden, weil er schlechte Bouillon bekommen hatte, und die anderen Kinder waren gestern fast ohne Mittagessen gewesen. Sie fühlte, daß es unmöglich war, wegzugehen, aber sie täuschte sich selbst etwas vor, suchte die Sachen zusammen und tat, als wollte sie fort.

Als sie ihren Mann sah, griff sie in ein Fach, als suche sie etwas, und wandte sich erst nach ihm um, als er fast schon neben ihr stand. Aber aus ihrem Gesicht, dem sie einen strengen, entschlossenen Ausdruck geben wollte, sprach nur Hilflosigkeit und Schmerz.

»Dolly!« sagte er mit leiser, schüchterner Stimme. Er hatte den Kopf eingezogen und versuchte, kläglich und demütig auszusehen, strahlte aber vor Frische und Gesundheit.

Mit einem schnellen Blick musterte sie seine vor Gesundheit und Frische strahlende Gestalt und dachte: ›Ja, er ist glücklich und zufrieden! Und ich?... Und diese widerwärtige Gutmütigkeit, um derentwillen ihn alle so lieben und preisen; ich hasse diese Gutmütigkeit!‹ Ihre Lippen preßten sich zusammen, die Wangenmuskeln auf der rechten Seite ihres blassen, nervösen Gesichtes zuckten.

»Was wünschen Sie?« fragte sie schnell mit unnatürlich klingender Stimme.

»Dolly«, sagte er noch einmal mit bebender Stimme, »Anna kommt heute.«

»Was geht mich das an? Ich kann sie nicht empfangen!« schrie sie.

»Aber es wird doch nötig sein, Dolly...«

»Gehen Sie weg, gehen Sie, gehen Sie!« schrie sie wie vor körperlichem Schmerz, ohne ihn anzusehen.

Solange Stepan Arkadjitsch an seine Frau nur gedacht hatte, war er ruhig gewesen, er hatte gehofft, daß sich alles wieder einrenken würde, wie Matwej sagte, und hatte ruhig seine Zeitung gelesen und seinen Kaffee getrunken; doch als er ihr abgehärmtes, gequältes Gesicht vor sich sah und diese Stimme hörte, aus der Ergebung ins Schicksal und Verzweiflung sprachen, stockte ihm der Atem, etwas stieg ihm in die Kehle, und in seinen Augen blitzten Tränen.

»Mein Gott, was habe ich getan! Dolly! Um Gottes willen!... Ich habe ja...« Er konnte nicht weitersprechen, das Schluchzen schnürte ihm die Kehle zusammen.

Sie schlug das Vertiko zu und sah ihn an.

»Dolly, was kann ich denn sagen?... Nur eines: verzeih mir... Denk zurück. Können neun Jahre des Zusammenlebens denn nicht eine Minute aufwiegen, eine Minute...«

Sie hatte die Augen niedergeschlagen und hörte ihm zu, als warte sie, was er wohl sagen werde, als flehe sie ihn an, sie irgendwie von seiner Unschuld zu überzeugen.

»Eine Minute der Leidenschaft...« fuhr er fort und wollte weitersprechen; aber bei diesen Worten preßten sich ihre Lippen wieder wie vor körperlichem Schmerz zusammen, und wieder zuckte der Muskel auf ihrer rechten Wange.

»Gehen Sie weg, gehen Sie weg!« schrie sie noch durchdringender. »Reden Sie mir nicht von Ihrer Leidenschaft und von Ihren Gemeinheiten!«

Sie wollte hinausgehen, aber sie wankte und griff nach einer Stuhllehne, um sich zu stützen. Sein Gesicht zog sich in die Breite, seine Lippen wurden dick, und Tränen strömten ihm aus den Augen.

»Dolly!« sagte er schluchzend. »Um Gottes willen, denk an die Kinder, sie sind doch unschuldig. Ich bin schuld, also strafe mich, laß mich meine Schuld büßen. Ich bin zu allem bereit! Ich bin schuld, und es läßt sich mit Worten gar nicht sagen, wie groß meine Schuld ist. Aber verzeih mir, Dolly!«

Sie setzte sich. Er hörte ihren schweren, lauten Atem, und sie tat ihm unsagbar leid. Sie versuchte ein paarmal, etwas zu sagen, konnte aber nicht. Er wartete.

»Du denkst nur an die Kinder, um mit ihnen zu spielen. Wenn ich an sie denke, dann weiß ich, daß sie jetzt verloren sind«, sagte sie; das war offenbar eine der Redensarten, die sie sich in diesen drei Tagen immer wieder vorgesagt hatte.

Sie hatte ›du‹ zu ihm gesagt, und deshalb sah er sie dankbar an und machte eine Bewegung, um ihre Hand zu fassen, aber sie wich voller Abscheu vor ihm zurück.

»Ich denke an die Kinder, und ich würde alles tun, um sie zu retten, aber ich weiß selbst nicht, wie ich sie retten soll:

indem ich sie ihrem Vater wegnehme oder indem ich sie bei ihrem liederlichen Vater lasse, jawohl, bei ihrem liederlichen Vater... Sagen Sie selbst — können wir nach dem... nach dem, was geschehen ist, denn noch zusammen leben? Ist das überhaupt noch möglich?« fragte sie noch einmal mit erhobener Stimme. »Nachdem mein Mann, der Vater meiner Kinder, eine Liebschaft mit der Gouvernante seiner eigenen Kinder angefangen hat...«

»Aber was tun? Was soll man denn tun?« sagte er mit kläglicher Stimme, ohne zu wissen, was er redete, und ließ den Kopf immer tiefer sinken.

»Sie sind mir widerwärtig und ekelhaft!« schrie sie, immer mehr in Hitze geratend. »Ihre Tränen sind nichts als Wasser! Sie haben mich nie geliebt, Sie haben kein Herz, keine edle Gesinnung! Sie sind mir verhaßt, ekelhaft und fremd, ja, völlig fremd!« Fremd — dieses für sie entsetzliche Wort sprach sie voller Schmerz und Wut aus.

Er sah sie an, und die Wut, die aus ihrem Gesicht sprach, erschreckte und wunderte ihn. Er begriff nicht, daß gerade sein Mitleid sie noch mehr reizte. Sie sah, daß er sie nur bedauerte, nicht aber liebte. ›Nein, sie haßt mich, sie wird mir nicht verzeihen‹, dachte er.

»Das ist entsetzlich! Entsetzlich!« sagte er vor sich hin.

In diesem Augenblick schrie im Nebenzimmer ein Kind, das wohl hingefallen war. Darja Alexandrowna horchte auf, und ihre Miene wurde plötzlich milder.

Sie schien sich einige Sekunden zu besinnen, als wüßte sie nicht, wo sie sei und was sie tun sollte, dann stand sie rasch auf und ging zur Tür.

›Also liebt sie doch mein Kind‹, dachte er, als er die Veränderung ihres Gesichtes beim Schreien des Kindes bemerkte, ›*mein* Kind; wie kann sie mich dann hassen?‹

»Dolly, noch ein Wort!« sagte er, ihr nachgehend.

»Wenn Sie mir folgen, rufe ich die Dienstboten und die Kinder! Meinetwegen können sie alle hören, daß Sie ein

Schuft sind! Ich verlasse noch heute dieses Haus, dann können Sie mit ihrer Mätresse hier leben!«
Und sie ging hinaus und schlug die Tür hinter sich zu.
Stepan Arkadjitsch seufzte, wischte sich die Tränen ab und ging mit leisen Schritten hinaus. ›Matwej sagt: ‚es wird sich schon wieder einrenken'; aber wie? Ich sehe überhaupt keine Möglichkeit. Ach, ach, es ist entsetzlich! Und wie ordinär sie geschrien hat‹, dachte er bei dem Gedanken an ihr Geschrei und an die Worte ›Schuft‹ und ›Mätresse‹. ›Vielleicht haben es sogar die Dienstmädchen gehört! Furchtbar ordinär, wirklich.‹ Stepan Arkadjitsch stand noch einige Sekunden allein im Zimmer, trocknete sich die Augen und seufzte, dann streckte er die Brust heraus und ging hinaus.
Es war Freitag, und im Eßzimmer zog der deutsche Uhrmacher die Uhr auf. Stepan Arkadjitsch erinnerte sich an einen Witz, den er einmal über diesen pünktlichen, kahlköpfigen Uhrmacher gemacht hatte: dieser Deutsche sei wohl selbst einmal fürs ganze Leben aufgezogen worden, um dann Uhren aufzuziehen, und er lächelte. Stepan Arkadjitsch liebte einen guten Witz. ›Vielleicht renkt es sich wirklich wieder ein! Ein netter Ausdruck — ‚es renkt sich wieder ein'‹, dachte er. ›Den muß ich weitererzählen.‹
»Matwej!« rief er, und als Matwej erschien, sagte er: »Richte mit Marja das Fremdenzimmer für Anna Arkadjewna her.«
»Zu Befehl!«
Stepan Arkadjitsch zog seinen Pelz an und ging auf die Vortreppe hinaus.
»Werden Sie zu Hause speisen?« fragte Matwej, der ihn hinausbegleitete.
»Je nachdem. Da, nimm das für alle Fälle«, sagte er und holte zehn Rubel aus seiner Brieftasche. »Reicht das?«
»Ob's reicht oder nicht, ich werde schon damit auskommen«, sagte Matwej, schlug die Wagentür zu und trat auf die Stufen vor der Haustür zurück.
Darja Alexandrowna hatte inzwischen das Kind beruhigt,

und als sie am Rasseln des Wagens merkte, daß ihr Mann weggefahren war, ging sie wieder ins Schlafzimmer zurück. Es war ihr einziger Zufluchtsort vor häuslichen Sorgen, die von allen Seiten auf sie einstürmten, sobald sie dieses Zimmer verließ. Auch jetzt, in der kurzen Zeit, die sie im Kinderzimmer gewesen war, hatten die Engländerin und Matrona Filimonowna sie nach verschiedenen Dingen gefragt, die keinen Aufschub duldeten und die nur sie entscheiden konnte: was die Kinder zum Spaziergang anziehen sollten, ob sie Milch bekommen sollten, ob man einen anderen Koch zur Aushilfe annehmen sollte.

»Ach, laßt mich, laßt mich!« sagte sie, ging ins Schlafzimmer und setzte sich auf denselben Platz, wo sie mit ihrem Mann gesprochen hatte, preßte die mageren Hände mit den Ringen zusammen, die ihr fast von den knochigen Fingern glitten, und rief sich das ganze Gespräch mit ihrem Mann noch einmal ins Gedächtnis zurück. ›Er ist weggefahren! Ob er sich aber von dieser Person getrennt hat?‹ dachte sie. ›Vielleicht besucht er sie noch. Warum habe ich ihn nicht danach gefragt? Nein, nein, eine Versöhnung ist unmöglich. Selbst wenn wir in demselben Haus bleiben — wir sind einander ganz fremd. Für immer fremd!‹ wiederholte sie dieses für sie so entsetzliche Wort mit besonderem Nachdruck. ›Und wie habe ich ihn geliebt, mein Gott, wie habe ich ihn geliebt! Und liebe ich ihn jetzt nicht mehr? Liebe ich ihn nicht noch mehr als früher? Das Schrecklichste ist...‹ aber sie führte diesen Gedanken nicht zu Ende, weil Matrona Filimonowna zur Tür hereinschaute.

»Erlauben Sie, daß ich meinen Bruder holen lasse«, sagte sie. »Er kann das Mittagessen bereiten, sonst bekommen die Kinder bis sechs Uhr nichts zu essen, gerade wie gestern.«

»Gut, ich komme gleich und ordne alles Nötige an. Habt ihr frische Milch geholt?«

Und Darja Alexandrowna stürzte sich in die Sorgen des Alltags und betäubte dadurch eine Zeitlang ihren Kummer.

5

Stepan Arkadjitsch hatte dank seiner Begabung in der Schule gut gelernt, war aber faul und unartig und deshalb bei der Entlassung einer der letzten gewesen; aber trotz seines allzeit lockeren Lebenswandels, seiner kurzen Dienstzeit und seiner verhältnismäßig jungen Jahre bekleidete er die angesehene, gut besoldete Stellung des Direktors einer Moskauer Behörde. Diesen Posten hatte er durch Alexej Alexandrowitsch Karenin, den Mann seiner Schwester Anna, erhalten, der eines der höchsten Ämter in dem Ministerium innehatte, dem jene Behörde unterstellt war. Auch wenn Karenin seinen Schwager nicht in diese Stellung gebracht hätte, so hätte Stiwa Oblonskij durch hundert andere Personen — Brüder, Schwestern, Vettern, Onkel, Tanten — diese oder eine ähnliche Stellung mit etwa sechstausend Rubeln Gehalt bekommen, was er nötig brauchte, da seine Finanzen trotz des beträchtlichen Vermögens seiner Frau arg zerrüttet waren.

Halb Moskau und Petersburg war mit Stepan Arkadjitsch verwandt oder befreundet. Er war mitten unter den Leuten geboren, die die Mächtigen dieser Welt waren oder wurden. Ein Drittel der hohen Regierungsbeamten, die älteren Männer, waren Freunde seines Vaters gewesen und hatten ihn schon im Kinderkleidchen gekannt, das zweite Drittel stand mit ihm auf ›du‹, und das dritte waren gute Bekannte. Also waren die Leute, die irdische Güter wie Ämter, Pachtungen, Konzessionen und dergleichen verteilten, sämtlich mit ihm befreundet und konnten ihn als einen der Ihren nicht übergehen; und Oblonskij brauchte sich nicht sonderlich zu bemühen, eine einträgliche Stellung zu erhalten; er brauchte nur folgendes zu tun: einen solchen Posten nicht ausschlagen, nicht mißgünstig sein, sich mit niemand überwerfen, sich nicht gekränkt fühlen, was er in seiner Gutmütigkeit sowieso niemals tat. Es wäre ihm lächerlich vorgekommen, wenn man ihm gesagt hätte, er würde keine Stelle mit einem Gehalt bekommen, wie er es brauchte, zumal er nichts Außergewöhnliches verlangte; er wollte nur das, was seine Standesgenossen bekamen, und einen solchen Posten konnte er ebensogut ausfüllen wie jeder andere.

Stepan Arkadjitsch war bei allen, die ihn kannten, wegen seines gutmütigen, heiteren Charakters und seiner unzweifelhaften Ehrenhaftigkeit nicht nur beliebt, sondern in seinem ganzen Wesen, in seiner schönen, glänzenden Erscheinung, den blitzenden Augen, den schwarzen Brauen und Haaren, dem frischen, rosigen Gesicht lag etwas, das auf alle Leute, die mit ihm zu tun hatten, physisch anziehend und heiter wirkte. »Ah! Stiwa! Oblonskij! Da ist er ja!« sagten sie fast immer mit erfreutem Lächeln, wenn sie ihm begegneten. Nach einem Gespräch mit ihm zeigte sich zwar manchmal, daß eigentlich gar nichts besonders Erfreuliches geschehen war — aber am nächsten und übernächsten Tag freuten sich alle wieder genauso, wenn sie ihn trafen.

Stepan Arkadjitsch war nun schon länger als zwei Jahre Direktor einer Verwaltungsbehörde in Moskau und hatte sich in dieser Zeit die Liebe und Achtung seiner Kollegen, Untergebenen und Vorgesetzten und aller, die mit ihm zu tun hatten, erworben. Die Haupteigenschaften von Stepan Arkadjitsch, die ihm diese allgemeine Achtung in seiner Behörde gewonnen hatten, waren erstens seine außerordentliche Nachsicht, die auf dem Bewußtsein seiner eigenen Mängel beruhte, zweitens seine durchaus liberale Gesinnung, nicht die, von der er in den Zeitungen las, sondern eine andere, die ihm im Blut steckte und bewirkte, daß er alle Menschen ohne Rücksicht auf Stand und Beruf völlig gleich und unparteiisch behandelte, drittens — und das war die Hauptsache — seine vollständige Gleichgültigkeit der Sache gegenüber, mit der er sich beschäftigte, so daß er sich nie hinreißen ließ und keine Fehler machte.

Als Stepan Arkadjitsch in seiner Dienststelle angekommen war, ging er, von dem respektvollen Portier begleitet, der ihm die Aktenmappe trug, in sein kleines Arbeitszimmer, zog die Uniform an und trat in den Sitzungssaal. Die Schreiber und Beamten erhoben sich alle und verbeugten sich freundlich und respektvoll. Stepan Arkadjitsch ging eilig wie immer zu seinem Platz, drückte den Räten die Hand und setzte sich. Er scherzte und unterhielt sich ein wenig mit ihnen, gerade so viel, als schicklich war, und begann dann zu arbeiten. Niemand verstand besser als Stepan Arkadjitsch jene Grenze zwischen Ungezwungenheit, Schlichtheit und dienstlicher Haltung zu finden, die notwendig ist, um eine amtliche Tätigkeit angenehm zu machen. Freundlich und respektvoll wie alle in Stepan Arkadjitschs Ressort kam der Sekretär mit einigen Schriftstücken zu ihm und sagte in dem familiär-liberalen Ton, den Stepan Arkadjitsch eingeführt hatte:

»Wir haben die Akten vom Gouvernement Pensa doch noch bekommen. Hier, möchten Sie vielleicht...«

»Haben wir sie endlich bekommen?« sagte Stepan Arkadjitsch und schob einen Finger in das Aktenstück. »Nun, meine Herren...« Und die Sitzung begann.

›Wenn die wüßten‹, dachte er, während er mit bedeutsamer Miene und geneigtem Kopf dem Bericht zuhörte, ›was für ein zerknirschter Sünder ihr Vorsitzender noch vor einer halben Stunde war!‹ Seine Augen lachten während der Verlesung des Berichts. Bis zwei Uhr mußte ohne Unterbrechung gearbeitet werden, um zwei Uhr kam das Déjeuner.

Es war noch nicht zwei Uhr, da wurde plötzlich die Glastür des Saals geöffnet, und jemand kam herein. Die Beamten unter dem Porträt des Kaisers und vor dem Gerichtsspiegel freuten sich über die kleine Ablenkung und schauten alle auf die Tür; aber der Diener, der dort stand, jagte den Eindringling sofort wieder hinaus und machte die Glastür hinter ihm zu.

Als die Akten verlesen waren, stand Stepan Arkadjitsch auf und reckte sich. Dem liberalen Geist der Zeit Rechnung tragend, nahm er noch im Sitzungssaal eine Zigarette aus dem Etui und ging dann in sein Arbeitszimmer. Zwei seiner Kollegen, der alte Beamte Nikitin und der Kammerjunker Grinewitsch, folgten ihm.

»Nach dem Frühstück werden wir mit der Sache wohl fertig«, sagte Stepan Arkadjitsch.

»Natürlich!« antwortete Nikitin.

»Dieser Fomin muß ja ein Erzgauner sein«, sagte Grinewitsch von einem der Leute, die bei der zur Untersuchung stehenden Sache beteiligt waren.

Stepan Arkadjitsch runzelte bei Grinewitschs Worten die Stirn, um ihn fühlen zu lassen, daß ein vorzeitiges Urteil unangebracht sei, und gab ihm keine Antwort.

»Wer war denn das vorhin?« fragte er den Diener.

»Ich kenne ihn nicht, Exzellenz. Er ist einfach hereingekommen, ohne zu fragen, als ich mich gerade einmal umgedreht hatte. Er hat nach Ihnen gefragt. Ich sagte zu ihm: wenn die Herren herauskommen, dann...«

»Wo ist er denn?«

»Er ist wohl im Flur; bis vor kurzem ist er hier immer auf und ab gegangen. Da ist er ja«, sagte der Türhüter und zeigte auf einen kräftig gebauten, breitschultrigen Mann mit krausem Bart, der, ohne seine Pelzmütze abzunehmen, mit schnellen, leichten Schritten die abgetretenen Stufen der Steintreppe heraufgelaufen kam. Ein hagerer Beamter, der, seine Aktenmappe unter dem Arm, mit den anderen die Treppe hinunterging, warf einen mißbilligenden Blick auf die Füße dieses laufenden Menschen und sah dann Oblonskij fragend an.

Stepan Arkadjitsch stand oben an der Treppe. Sein gutmütig strahlendes Gesicht über dem gestickten Uniformrock strahlte plötzlich noch mehr, als er den Mann erkannte, der da heraufkam.

»Wahrhaftig! Lewin, endlich!« rief er mit freundlichem, ein wenig spöttischem Lächeln, während er Lewin musterte. »Wie hast du dich nur überwinden können, mich in dieser Räuberhöhle aufzusuchen?« fuhr er fort und begnügte sich nicht mit einem Händedruck, sondern küßte seinen Freund. »Bist du schon lange in Moskau?«

»Ich bin gerade angekommen und wollte dich gern sprechen«, antwortete Lewin und sah sich schüchtern und zugleich ärgerlich und unruhig um.

»Na, komm mit in mein Arbeitszimmer«, sagte Stepan Arkadjitsch, der die empfindliche und gereizte Schüchternheit seines Freundes kannte; er nahm ihn am Arm und zog ihn mit sich, als wolle er ihn durch drohende Gefahren geleiten.

Stepan Arkadjitsch war mit fast allen seinen Bekannten auf ›du‹: mit alten Männern von sechzig und mit jungen von zwanzig Jahren, mit Schauspielern, Ministern, Kaufleuten und Generaladjutanten, so daß sehr viele seiner Duzfreunde sich an den beiden entgegengesetzten Endpunkten der gesellschaftlichen Stufenleiter befanden und sehr verwundert gewesen wären, hätten sie erfahren, daß sie durch Oblonskij etwas Gemeinsames hatten. Er duzte sich mit allen, mit denen er Champagner getrunken hatte, und Champagner trank er mit allen und jedem. Wenn er in Anwesenheit seiner Untergebenen einen ›kompromittierenden‹ Duzfreund traf, wie er viele seiner Freunde im Scherz nannte, so wußte er mit dem ihm eigenen Takt den unangenehmen Eindruck abzuschwächen, den das auf seine Untergebenen machen konnte. Lewin war kein kompromittierender Duzfreund, aber Oblonskij merkte mit seinem feinen Gefühl, daß Lewin dachte, er wolle vor seinen Untergebenen vielleicht nicht zeigen, wie eng sie befreundet seien, und deshalb führte er ihn rasch in sein Arbeitszimmer.

Lewin war fast im gleichen Alter mit Oblonskij und nicht nur dank dem Champagner mit ihm auf ›du‹. Lewin war

schon in früher Jugend sein Kamerad und Freund gewesen. Sie mochten einander gern trotz der Verschiedenheit ihrer Charaktere und Neigungen, wie Freunde, die sich in früher Jugend zusammengefunden haben. Trotzdem war es auch bei ihnen nicht anders als bei Leuten, die Berufe sehr verschiedener Art gewählt haben: jeder erkannte die Tätigkeit des anderen bei näherer Überlegung durchaus an, verachtete sie jedoch im Grunde seines Herzens. Jeder hielt das Leben, das er selbst führte, für das einzig richtige und das Leben des Freundes für ein Phantom. Oblonskij konnte bei Lewins Anblick ein leises, spöttisches Lächeln nicht unterdrücken. Er hatte ihn wer weiß wie oft nach Moskau kommen sehen, von seinem Gut, wo er irgend etwas tat, aber *was* eigentlich, hatte Stepan Arkadjitsch nie so recht begreifen können, und es interessierte ihn auch nicht besonders. Lewin kam immer sehr aufgeregt, hastig, etwas befangen und wegen dieser Befangenheit sehr gereizt und meistens mit völlig neuen, überraschenden Anschauungen in Moskau an. Stepan Arkadjitsch lachte darüber, mochte es aber doch gern. Und Lewin verachtete im stillen die städtische Lebensweise seines Freundes und seine Tätigkeit, die er für Unsinn hielt, und machte sich darüber lustig. Aber ein Unterschied bestand darin, daß Oblonskij, der das tat, was alle taten, selbstbewußt und gutmütig über seinen Freund spottete, Lewin hingegen ohne Selbstbewußtsein und manchmal zornig.
»Wir haben dich schon lange erwartet«, sagte Stepan Arkadjitsch, als sie in sein Arbeitszimmer kamen, und ließ Lewins Arm los, als wolle er damit zeigen, daß hier keine Gefahr mehr sei. »Ich freue mich wirklich sehr, dich zu sehen«, fuhr er fort. »Was machst du? Wie geht es dir? Wann bist du angekommen?«
Lewin schwieg und richtete seine Blicke auf die ihm unbekannten Gesichter der beiden Kollegen Oblonskijs und besonders auf die Hände des eleganten Grinewitsch mit den langen, weißen Fingern, den langen, gelben, an den Spitzen

gekrümmten Nägeln und auf seine riesigen, blitzenden Manschettenknöpfe. Diese Hände nahmen anscheinend Lewins ganze Aufmerksamkeit in Anspruch und ließen ihn an nichts anderes mehr denken. Oblonskij bemerkte das sofort und lächelte.

»Ach ja, gestatten Sie, daß ich Sie miteinander bekannt mache«, sagte er. »Meine Kollegen: Philipp Iwanytsch Nikitin, Michail Stanislawitsch Grinewitsch«, und auf Lewin zeigend: »Eine Koryphäe des Semstwo, ein moderner Landwirt, ein Athlet, der mit einer Hand anderthalb Zentner hebt, Viehzüchter, Jäger und mein Freund, Konstantin Dmitrijewitsch Lewin, ein Bruder von Sergej Iwanowitsch Kosnyschew.«

»Sehr angenehm«, sagte der alte Beamte.

»Ich habe die Ehre, Ihren Bruder Sergej Iwanowitsch zu kennen«, bemerkte Grinewitsch und streckte ihm seine schmale Hand mit den langen Nägeln hin.

Lewin zog ein finsteres Gesicht, reichte ihm kühl die Hand und wandte sich sofort Oblonskij zu. Obwohl er seinen Stiefbruder, einen in ganz Rußland bekannten Schriftsteller, sehr schätzte, konnte er es nicht leiden, wenn man ihn nicht als Konstantin Lewin, sondern als Bruder des berühmten Kosnyschew behandelte.

»Nein, ich habe mit dem Semstwo nichts mehr zu tun. Ich habe mich mit allen überworfen und fahre nicht mehr zu den Versammlungen«, sagte er zu Oblonskij.

»Das ist aber schnell gegangen!« sagte Oblonskij lächelnd. »Aber warum? Wie ist denn das gekommen?«

»Das ist eine lange Geschichte. Ich erzähle es dir später«, antwortete Lewin, begann aber gleich zu erzählen. »Nun, um es kurz zu machen, ich bin zu der Überzeugung gekommen, daß es eine ländliche Selbstverwaltung nicht gibt und auch nicht geben kann«, sagte er mit einer Heftigkeit, als hätte ihn gerade jemand beleidigt. »Erstens ist es eine Spielerei, man spielt Parlament; ich bin aber weder jung genug noch alt genug, um an Spielereien Vergnügen zu finden. Und zweitens« — er begann zu stottern — »ist das für die coterie der Provinz nur ein Mittel, Geld herauszuschlagen. Früher haben das die Vormundschaftsämter und die Amtsgerichte gemacht, jetzt tut es die Kreisverwaltung. Sie nimmt zwar keine Bestechungsgelder an, aber ihre Mitglieder beziehen Gehälter, für die sie nichts leisten«, sagte er so hitzig, als ob einer der Anwesenden seine Meinung bestritten hätte.

»Sieh mal an! Du bist ja wieder in einer neuen Phase, in der konservativen«, sagte Stepan Arkadjitsch. »Aber davon sprechen wir später.«

»Ja, später. Aber ich muß dich unbedingt sprechen«, sagte Lewin mit einem haßerfüllten Blick auf Grinewitschs Hände.

Stepan Arkadjitsch lächelte kaum merklich.

»Hast du nicht gesagt, du würdest nie mehr europäische Kleidung tragen?« fragte er, während er Lewins neuen Anzug betrachtete, der offenbar von einem französischen Schneider stammte. »Ja, ja, ich sehe schon, eine neue Phase!«

Lewin errötete plötzlich, aber nicht so, wie erwachsene Menschen erröten — nur ganz leicht, ohne es selbst zu merken —, sondern wie Knaben erröten, die fühlen, daß ihre Befangenheit lächerlich wirkt, sich deswegen noch mehr schämen und noch tiefer erröten, fast bis zu Tränen. Dieses kluge, männliche Gesicht in einem so kindlichen Zustand zu sehen, wirkte derart befremdend, daß Oblonskij rasch wegsah.

»Wo wollen wir uns denn treffen? Ich muß dich dringend sprechen«, sagte Lewin.

Oblonskij überlegte einen Augenblick.

»Wir könnten es so machen: Wir fahren jetzt zum Déjeuner zu Gurin, und dort können wir uns dann unterhalten. Ich bin bis drei Uhr frei.«

»Das geht nicht«, antwortete Lewin nach kurzem Nachdenken, »ich muß jetzt noch etwas erledigen.«

»Na gut, dann essen wir zusammen zu Mittag.«
»Zu Mittag essen? Etwas Besonderes habe ich dir eigentlich nicht zu sagen, nur ein paar Worte. Ich wollte dich etwas fragen. Wir können ja dann nachher miteinander reden.«
»Sag die paar Worte doch jetzt gleich, und beim Mittagessen können wir uns dann ausführlich unterhalten.«
»Die paar Worte sind...« sagte Lewin. »Übrigens ist es nichts Besonderes.«
Sein Gesicht nahm plötzlich einen ärgerlichen Ausdruck an, was davon kam, daß er sich große Mühe gab, seine Verlegenheit zu überwinden.
»Was machen denn Schtscherbatzkijs? Alles beim alten?« fragte er.
Stepan Arkadjitsch, der schon lange wußte, daß Lewin in seine Schwägerin Kitty verliebt war, lächelte leise, und seine Augen blitzten lustig.
»Jetzt hast du deine paar Worte gesagt; ich kann dir aber nicht mit ein paar Worten antworten, weil... Entschuldige einen Augenblick...«
Ein Sekretär kam herein. Mit respektvoller Vertraulichkeit und einem gewissen bescheidenen, allen Sekretären eigenen Bewußtsein, dem Chef an Sachkenntnis überlegen zu sein, ging er mit einem Aktenstück zu Oblonskij, tat, als müsse er ihn etwas fragen, und begann ihm irgendeine schwierige Sache zu erklären. Stepan Arkadjitsch unterbrach ihn, indem er ihm freundlich die Hand auf den Rockärmel legte.
»Nein, machen Sie das nur so, wie ich gesagt habe«, antwortete er und milderte diese tadelnde Bemerkung durch ein Lächeln. Dann erklärte er ihm kurz, wie er die Sache auffaßte, schob die Akten zurück und sagte: »Machen Sie es also bitte so, Sachar Nikititsch.«
Der Sekretär ging verlegen hinaus. Lewin, der während der Besprechung mit dem Sekretär seine Befangenheit vollkommen überwunden hatte, stand da mit beiden Händen auf

eine Stuhllehne gestützt, und sein lächelndes Gesicht zeigte ein spöttisches Interesse.

»Unbegreiflich, ganz unbegreiflich«, sagte er.

»Was ist dir denn unbegreiflich?« fragte Oblonskij, ebenfalls heiter lächelnd, und zündete sich eine Zigarette an. Er erwartete irgendeine sonderbare Bemerkung von Lewin.

»Es ist mir unbegreiflich, was ihr da macht«, sagte Lewin achselzuckend. »Wie kannst du dich ernsthaft mit so etwas abgeben!«

»Wieso?«

»Weil es eine Art Müßiggang ist.«

»Das denkst du so, aber wir sind mit Arbeit überlastet.«

»Mit papierner Arbeit. Na ja, dafür hast du ja eine Begabung«, fügte Lewin hinzu.

»Das heißt, du meinst, daß sie mir anderweitig fehlt?«

»Kann schon sein«, sagte Lewin. »Aber trotzdem bewundere ich deine Größe und bin stolz darauf, einen so großen Mann zum Freund zu haben. Aber du hast mir noch nicht auf meine Frage geantwortet«, fügte er hinzu und sah Oblonskij mit verzweifelter Anstrengung in die Augen.

»Na schön. Warte nur, du kommst auch einmal so weit. Du bist ja gut dran mit deinen dreitausend Desjatinen im Kreis Karasin und mit solchen Muskeln und mit dieser Frische wie ein zwölfjähriges Mädchen – aber auch du wirst einmal so weit kommen, wie wir. Ja, also, was deine Frage betrifft: alles unverändert, aber es ist schade, daß du so lange nicht hiergewesen bist.«

»Wieso?« fragte Lewin erschrocken.

»Ach, es ist nichts Besonderes«, antwortete Oblonskij. »Wir sprechen noch darüber. Aber warum bist du eigentlich hergekommen?«

»Ach, darüber können wir ja auch später noch sprechen«, sagte Lewin und wurde rot bis über die Ohren.

»Na schön, gewiß«, sagte Stepan Arkadjitsch. »Siehst du, ich würde dich gern zu mir einladen, aber meine Frau fühlt sich nicht ganz wohl. Aber weißt du was? Wenn du Schtscherbatzkijs sehen willst, sie sind heute von vier bis fünf bestimmt im Zoologischen Garten, Kitty läuft dort Schlittschuh. Fahr doch hin; ich hole dich nachher ab, und wir essen dann irgendwo zusammen.«

»Ausgezeichnet! Also auf Wiedersehen!«

»Aber denk auch daran! Daß du es nicht vergißt oder plötzlich aufs Land zurückfährst; ich kenne dich doch!« rief Stepan Arkadjitsch lachend.

»Nein, nein, bestimmt nicht.«

Als Lewin schon an der Tür war, fiel ihm ein, daß er vergessen hatte, sich von Oblonskijs Kollegen zu verabschieden; er tat es rasch und ging hinaus.

»Wohl ein sehr energischer Herr!« bemerkte Grinewitsch, als Lewin gegangen war.

»Ja, lieber Freund«, sagte Stepan Arkadjitsch, den Kopf hin und her wiegend, »das ist ein Glückspilz! Dreitausend Desjatinen im Kreis Karasin, das ganze Leben noch vor sich, und was für eine Frische! Nicht so wie unsereiner!«

»Sie wollen sich beklagen, Stepan Arkadjitsch, Sie?«

»Ja, mir geht's schlecht, ganz scheußlich«, sagte Stepan Arkadjitsch und seufzte schwer.

6

Als Oblonskij Lewin gefragt hatte, warum er eigentlich nach Moskau gekommen sei, war Lewin errötet und ärgerte sich nachher darüber, daß er rot geworden war und es nicht fertiggebracht hatte, ihm zu antworten: »Ich bin gekommen, um deiner Schwägerin einen Heiratsantrag zu machen«, obwohl das der einzige Zweck seiner Reise war.

Die Lewins und die Schtscherbatzkijs waren alte Moskauer Adelsfamilien und hatten immer in nahen, freundschaftlichen Beziehungen zueinander gestanden. Diese Verbindung war während Lewins Studienzeit noch enger geworden. Er und der junge Fürst Schtscherbatzkij, Kittys Bruder, hatten sich gemeinsam auf das Universitätsstudium vorbereitet und sich dann zusammen immatrikuliert. Damals verkehrte Lewin viel im Haus der Schtscherbatzkijs und war in dieses Haus verliebt. So seltsam es scheinen mag, Konstantin Lewin war gerade in das Haus verliebt, in die Familie, besonders in ihren weiblichen Teil. Lewin konnte sich nicht an seine Mutter entsinnen, und seine einzige Schwester war älter als er, so daß er bei Schtscherbatzkijs zum erstenmal das Milieu einer alten, gebildeten, ehrenhaften Adelsfamilie kennenlernte, das er bisher nicht gekannt hatte, weil seine Eltern schon lange gestorben waren. Alle Mitglieder dieser Familie, besonders der weibliche Teil, erschienen ihm wie hinter einem geheimnisvollen, poetischen Schleier verborgen, und er sah nicht nur keinerlei Mängel an ihnen, sondern vermutete hinter diesem poetisch verhüllenden Schleier die erhabensten Gefühle und alle nur erdenklichen Tugenden. Weshalb diese drei jungen Damen tagelang französisch und englisch sprechen mußten, weshalb sie zu bestimmten Stunden abwechselnd Klavier spielten, dessen Klänge oben im Zimmer des Bruders zu hören waren, wo die beiden Studenten arbeiteten, weshalb all diese Lehrer für französische Literatur, Musik, Zeichnen und Tanzen ins Haus kamen, weshalb die drei jungen Damen mit Mademoiselle Linon zu bestimmten Stunden in der Kutsche zum Twerskoj Boulevard fuhren, alle in Atlaspelzen, Dolly in einem langen, Natalja in einem halblangen und Kitty in einem ganz kurzen, so daß man ihre wohlgeformten Beine in den straffsitzenden roten Strümpfen sah, warum sie in Begleitung eines Dieners mit einer goldenen Kokarde am Hut auf dem Twerskoj Boulevard spazierengehen mußten — all das und vieles andere, was in ihrer geheimnisvollen Welt geschah, verstand Lewin nicht; aber er wußte, daß alles, was dort geschah, wunderbar war, und er war gerade in das Geheimnisvolle all dieser Vorgänge verliebt.

Als Student hätte er sich beinahe in Dolly, die älteste, verliebt, aber sie hatte dann sehr bald Oblonskij geheiratet. Darauf wandte er der zweiten seine Neigung zu; er hatte irgendwie das Gefühl, daß er sich in eine der drei Schwestern verlieben müsse, und konnte sich nur nicht klarwerden, in welche. Aber auch Natalja heiratete, gleich nachdem sie in die Gesellschaft eingeführt war, und zwar den Diplomaten Lwow. Als Lewin die Universität verließ, war Kitty noch ein Kind. Der junge Schtscherbatzkij, der zur Marine gegangen war, ertrank in der Ostsee, und Lewin verkehrte trotz seiner Freundschaft mit Oblonskij seltener bei Schtscherbatzkijs. Aber als Lewin ein Jahr auf seinem Gut gelebt hatte und zu Anfang dieses Winters nach Moskau kam und Schtscherbatzskijs einen Besuch machte, da erkannte er, in welche der drei Schwestern er sich nach dem Willen des Schicksals verlieben mußte.

Man hätte meinen sollen, nichts wäre einfacher gewesen, als daß er, ein Mann von guter Herkunft, zweiunddreißig Jahre alt und eher reich als arm, um die Hand der Prinzessin Schtscherbatzkaja angehalten hätte; aller Wahrscheinlichkeit nach wäre er sofort als gute Partie angesehen und akzeptiert worden. Aber Lewin war verliebt, und deshalb hatte er die Vorstellung, Kitty sei in jeder Hinsicht so vollkommen, ein so hoch über allem Irdischen stehendes Wesen, und er selbst eine so irdische, niedrige Kreatur, daß gar nicht daran zu denken sei, daß andere und sie selbst ihn ihrer würdig hielten.

Die zwei Monate, die Lewin in Moskau war, lebte er wie in einem Rausch, er traf Kitty fast täglich auf Gesellschaften, die er nur besuchte, um sie zu sehen; dann kam er plötzlich zu der Überzeugung, daß die Sache aussichtslos sei, und fuhr wieder aufs Land.

Lewins Überzeugung, daß die Sache aussichtslos sei, beruhte auf der Annahme, daß er in den Augen ihrer Eltern eine unvorteilhafte, der herrlichen Kitty unwürdige Partie

sein müsse und daß Kitty selbst ihn nicht lieben könne. Er glaubte, ihre Eltern müßten daran Anstoß nehmen, daß er keine bestimmte Tätigkeit von der üblichen Art und keine Stellung in der Gesellschaft hatte, während seine Kameraden jetzt, wo er zweiunddreißig Jahre alt war, alle schon etwas waren — der eine Oberst und Flügeladjutant, ein anderer Professor, ein dritter Bank- oder Eisenbahndirektor oder Chef einer Regierungsbehörde wie Oblonskij; er hingegen (er wußte sehr genau, was die anderen von ihm halten mußten), er war nur ein Gutsbesitzer, der sich mit Rinderzucht, Schnepfenjagd und allerlei Bauvorhaben abgab, das heißt, ein unfähiger Bursche, aus dem nichts geworden war und der nach den Begriffen der Gesellschaft eben das tat, was Leute tun, die zu nichts anderem taugen.
Und die geheimnisvolle, wunderbare Kitty selbst konnte einen so häßlichen Menschen, für den er sich hielt, und vor allem einen so gewöhnlichen, unbedeutenden Menschen nicht lieben. Auch sein früheres Verhältnis zu Kitty, das Verhältnis eines Erwachsenen zu einem Kind, das auf der Freundschaft mit ihrem Bruder beruhte, erschien ihm als ein weiteres Hindernis für seine Liebe. Er meinte, daß man einen häßlichen, gutmütigen Menschen, wie er einer war, wohl als Freund lieben könne; aber um mit einer solchen Liebe geliebt zu werden, wie er sie für Kitty empfand, müsse man ein schöner und vor allem ein bedeutender Mann sein.
Er hatte zwar schon gehört, daß die Frauen oft häßliche, unbedeutende Männer lieben, aber er glaubte das nicht, weil er nach seiner eigenen Person urteilte und selbst nur schöne, geheimnisvolle, ungewöhnliche Frauen lieben konnte.
Nachdem er zwei Monate allein auf dem Land gelebt hatte, gelangte er zu der Überzeugung, daß das etwas anderes war als die Liebesgefühle, die er in seiner ersten Jugendzeit empfunden hatte; daß dieses Gefühl ihm keine Minute Ruhe ließ; daß er nicht leben könne, ohne die Frage zu ent-

scheiden, ob sie seine Frau werden wolle oder nicht; daß seine Verzweiflung nur von seiner übergroßen Einbildungskraft komme und daß er keine Beweise dafür habe, daß er abgewiesen werde. Und er fuhr nach Moskau mit dem festen Entschluß, um ihre Hand anzuhalten und zu heiraten, falls man seinen Antrag annehmen würde. Andernfalls... er konnte sich gar nicht vorstellen, was aus ihm werden sollte, wenn er abgewiesen würde.

7

Lewin kam mit dem Morgenzug in Moskau an und stieg bei seinem älteren Stiefbruder Kosnyschew ab. Er zog sich um und ging dann in das Arbeitszimmer seines Bruders. Er wollte ihm sofort sagen, warum er nach Moskau gekommen sei, und ihn um Rat bitten, aber sein Bruder war nicht allein. Ein namhafter Professor der Philosophie saß bei ihm, der eigens aus Charkow gekommen war, um ein Mißverständnis aufzuklären, das sich zwischen ihnen in einer sehr wichtigen philosophischen Frage ergeben hatte. Der Professor führte eine hitzige Polemik gegen die Materialisten, und Sergej Kosnyschew verfolgte diese Polemik mit großem Interesse; als er den letzten Artikel des Professors gelesen hatte, hatte er ihm in einem Brief seine Einwände mitgeteilt und ihm vorgeworfen, er mache den Materialisten zu große Zugeständnisse. Und der Professor war dann sofort gekommen, um sich mit ihm auszusprechen. Es handelte sich um die Modefrage, ob es eine Grenze zwischen den psychischen und den physiologischen Erscheinungen im Leben des Menschen gebe, und wo diese Grenze sei.

Sergej Iwanowitsch begrüßte seinen Bruder mit seinem gewohnten freundlich-kühlen Lächeln, machte ihn mit dem Professor bekannt und setzte das Gespräch fort.

Der Professor, ein gelbliches kleines Männchen mit Brille und schmaler Stirn, hatte seine Ausführungen einen Augen-

blick unterbrochen, um den Gast zu begrüßen, und sprach dann weiter, ohne Lewin zu beachten. Lewin setzte sich und wollte warten, bis der Professor gehen würde, aber der Inhalt des Gesprächs begann ihn bald zu interessieren.
Lewin hatte die Aufsätze, von denen die Rede war, manchmal in Zeitschriften gefunden und gelesen, weil sie ihn als Weiterentwicklung bestimmter Grundgedanken der Naturwissenschaft interessierten, die er von seinem naturwissenschaftlichen Studium her kannte, aber er hatte diese wissenschaftlichen Deduktionen über die tierische Abstammung des Menschen, über Reflexe, über Biologie und Soziologie niemals mit der Frage nach der Bedeutung von Leben und Tod in Verbindung gebracht, die ihm in letzter Zeit immer öfter durch den Kopf ging.
Er hörte dem Gespräch seines Bruders mit dem Professor zu und bemerkte, daß sie naturwissenschaftliche Probleme mit psychologischen in Verbindung brachten, daß sie diesen Problemen ein paarmal ganz nahe kamen, aber jedesmal, wenn sie sich dem Kern der Sache näherten, sofort wieder zurückwichen und sich von neuem in allerlei Feinheiten, Einwände, Zitate, Andeutungen und Hinweise auf Autoritäten vertieften, so daß er nur mit Mühe begriff, wovon eigentlich die Rede war.
»Nein, das kann ich nicht zugeben«, sagte Sergej Iwanowitsch mit seiner klaren, präzisen Ausdrucksweise und seiner eleganten Diktion. »Ich kann unter keinen Umständen Keiss darin recht geben, daß meine gesamten Vorstellungen von der Außenwelt ihren Ursprung in Eindrücken haben sollen. Gerade den eigentlichen Fundamentalbegriff der Existenz habe ich nicht durch Empfindung erlangt, denn ich besitze gar kein besonderes Organ, um diesen Begriff aufzufassen.«
»Gewiß, aber Wurst, Knaust und Pripasow antworten Ihnen darauf, daß Ihr Bewußtsein von der Existenz auf der Gesamtheit aller Empfindungen beruht, daß dieses Bewußtsein ein Produkt der Empfindungen ist. Wurst sagt sogar, sobald es

keine Empfindungen gebe, könne es auch keinen Existenzbegriff geben.«

»Und ich sage im Gegenteil...«, begann Sergej Iwanowitsch.

Lewin hatte den Eindruck, daß sie sich wieder dem Kernpunkt näherten und wieder davon abkamen, und darum entschloß er sich, dem Professor eine Frage zu stellen.

»Wenn meine Sinnesempfindungen vernichtet sind, wenn mein Körper stirbt, dann ist also keinerlei Existenz mehr möglich?« fragte er.

Der Professor wandte sich um; ärgerlich, mit einem Gesicht, als bereite ihm diese Unterbrechung seelische Schmerzen, sah er den sonderbaren Frager an, der mehr einem Bootsschlepper als einem Philosophen glich, und ließ dann seine Augen zu Sergej Iwanowitsch wandern, als wollte er ihn fragen: was soll man darauf antworten? Aber Sergej Iwanowitsch, der bei weitem nicht mit soviel Eifer und Einseitigkeit sprach wie der Professor und in dessen Kopf genug Raum war, um sowohl dem Professor zu antworten als auch den einfachen, natürlichen Gesichtspunkt zu verstehen, von dem aus diese Frage gestellt wurde, erwiderte lächelnd: »Auf diese Frage eine bestimmte Antwort zu geben, sind wir noch nicht berechtigt...«

»Wir haben keine Unterlagen dazu«, bemerkte der Professor zustimmend und argumentierte weiter. »Nein«, sagte er, »selbst wenn die Empfindung den Eindruck zur Grundlage hat, wie Pripasow geradezu behauptet, müssen wir diese beiden Begriffe streng auseinanderhalten — darauf möchte ich doch hinweisen.«

Lewin hörte nicht mehr zu und wartete, daß der Professor gehen würde.

8

Als der Professor gegangen war, sagte Sergej Iwanowitsch zu seinem Bruder:
»Ich freue mich sehr, daß du gekommen bist. Bleibst du lange in Moskau? Wie geht's auf dem Gut?«
Lewin wußte, daß sein älterer Bruder sich wenig für das Gut interessierte und ihn nur aus freundlichem Entgegenkommen danach fragte, und deshalb sprach er nur kurz vom Verkauf des Weizens und von Geld.
Lewin hatte dem Bruder von seinen Heiratsabsichten erzählen und ihn um Rat bitten wollen, er hatte es sich sogar fest vorgenommen; doch als er seinen Bruder gesehen und sein Gespräch mit dem Professor mitangehört hatte, und als er nun den unwillkürlich gönnerhaften Ton hörte, in dem sich sein Bruder nach Wirtschaftsangelegenheiten erkundigte (das Gut, das ihrer Mutter gehört hatte, war nicht geteilt worden, und Lewin verwaltete beide Anteile), fühlte er, daß er mit seinem Bruder nicht über seine Heiratspläne sprechen konnte. Er hatte das Gefühl, daß sein Bruder die Sache nicht so ansehen würde, wie er es wünschte.
»Nun, und was macht euer Semstwo?« fragte Sergej Iwanowitsch, der sich für diese Institution sehr interessierte und ihr große Bedeutung beimaß.
»Ich weiß es wirklich nicht…«
»Was? Du bist doch Mitglied der Verwaltung.«
»Nein, nicht mehr, ich bin ausgeschieden«, antwortete Konstantin Lewin, »und ich fahre auch nicht mehr zu den Versammlungen.«
»Schade!« sagte Sergej Iwanowitsch, die Stirn runzelnd.
Um sich zu rechtfertigen, begann Lewin zu erzählen, wie es auf den Versammlungen in seinem Kreis zuging.
»Ja, so ist es immer!« unterbrach ihn Sergej Iwanowitsch. »Wir Russen sind immer so! Vielleicht ist das auch ein ganz

guter Zug an unserem Charakter — die Fähigkeit, unsere Mängel zu erkennen, aber wir übertreiben, wir trösten uns mit Ironie, die wir immer auf der Zunge haben. Ich will dir nur eines sagen: wenn man die Rechte, die unser Semstwo besitzt, einem anderen europäischen Volk gäbe — die Deutschen und die Engländer würden ihre Freiheit darauf aufbauen, wir aber spotten nur darüber.«

»Was soll man da machen?« sagte Lewin schuldbewußt. »Es war mein letzter Versuch. Und ich habe mir wirklich die größte Mühe gegeben. Ich kann nicht mehr. Ich bin unfähig dazu.«

»Nein, nicht unfähig«, sagte Sergej Iwanowitsch, »du siehst die Sache nur nicht richtig an.«

»Mag sein«, sagte Lewin bedrückt.

»Weißt du schon, daß unser Bruder Nikolaj hier ist?«

Nikolaj war Konstantin Lewins älterer Bruder und Sergej Iwanowitschs Stiefbruder, ein verkommener Mensch, der den größten Teil seines Vermögens durchgebracht hatte, in sonderbarer, schlechter Gesellschaft verkehrte und mit seinen Brüdern zerfallen war.

»Was sagst du da?« rief Lewin erschrocken. »Woher weißt du das?«

»Prokofij hat ihn auf der Straße gesehen.«

»Hier in Moskau? Wo ist er denn? Weißt du es?« Lewin sprang vom Stuhl auf, als wolle er sofort zu Nikolaj eilen.

»Es tut mir leid, daß ich es dir gesagt habe«, antwortete Sergej Iwanowitsch und schüttelte den Kopf über das aufgeregte Benehmen seines Bruders. »Ich habe mich erkundigt, wo er wohnt, und ihm den Wechsel geschickt, den er Trubin ausgestellt hatte und den ich eingelöst habe. Das hat er mir geantwortet.«

Und Sergej Iwanowitsch zog einen Zettel unter dem Briefbeschwerer heraus und reichte ihn seinem Bruder.

Lewin las folgende, in einer merkwürdigen, ihm wohlbekannten Handschrift geschriebene Zeilen: »Ich bitte ergebenst, mich in Ruhe zu lassen. Das ist das einzige, was ich von meinen lieben Brüdern verlange. Nikolaj Lewin.«

Als Lewin das gelesen hatte, blieb er mit gesenktem Kopf und dem Zettel in der Hand vor Sergej Iwanowitsch stehen. Der Wunsch, den unglücklichen Bruder jetzt zu vergessen, und das Bewußtsein, daß das schlecht gehandelt wäre, kämpften in seiner Seele miteinander.

»Er will mich offenbar beleidigen«, fuhr Sergej Iwanowitsch fort, »aber er kann mich nicht beleidigen, und ich wünsche von Herzen, daß ich ihm helfen könnte, aber ich weiß, daß das unmöglich ist.«

»Ja, ja«, sagte Lewin. »Ich verstehe und achte dein Verhalten ihm gegenüber, aber ich will doch zu ihm gehen.«

»Geh nur hin, wenn du möchtest, aber ich kann dir nicht dazu raten«, sagte Sergej Iwanowitsch. »Das heißt, was mich angeht, so habe ich keine Angst davor, denn er kann uns nicht entzweien; aber in deinem Interesse möchte ich dir raten, lieber nicht hinzugehen. Man kann ihm nicht helfen. Aber tu, was du willst.«

»Vielleicht ist ihm wirklich nicht zu helfen, aber ich fühle, ganz besonders in diesem Augenblick — aber das ist eine andere Sache —, ich fühle, daß ich sonst keine Ruhe habe.«

»Nun, das verstehe ich nicht«, sagte Sergej Iwanowitsch. »Ich verstehe nur eines«, fügte er hinzu, »daß es eine Lehre für uns ist, demütig zu sein. Ich habe über das, was man Gemeinheit nennt, anders und nachsichtiger urteilen gelernt, seitdem unser Bruder Nikolaj das geworden ist, was er jetzt ist... Du weißt ja, was er getan hat...«

»Ach, es ist schrecklich, ganz schrecklich!« seufzte Lewin.

Als Lewin von Sergej Iwanowitschs Diener die Adresse seines Bruders erhalten hatte, wollte er sofort zu ihm fahren, beschloß aber nach kurzer Überlegung, diesen Besuch bis zum Abend aufzuschieben. Um sein seelisches Gleichgewicht wiederzugewinnen, mußte er vor allem die Sache entscheiden, um derentwillen er nach Moskau gekommen war. Deshalb fuhr er von seinem Bruder zu Oblonskijs Dienststelle, und nachdem er von ihm Auskunft über Schtscherbatzkijs erhalten hatte, fuhr er dorthin, wo er Kitty zu treffen hoffte.

9

Um vier Uhr stieg Lewin mit klopfendem Herzen am Zoologischen Garten aus der Droschke und ging auf einem Parkweg zur Rodelbahn und zur Eisfläche; er wußte genau, daß er Kitty dort finden werde, denn er hatte Schtscherbatzkijs Kutsche am Eingangstor gesehen.

Es war ein klarer, kalter Tag. Vor dem Eingangstor standen lange Reihen von Kutschen, eleganten Schlitten und Droschken und viele Polizisten. Am Eingang und auf den vom Schnee gesäuberten Wegen zwischen den russischen Häuschen mit den geschnitzten Firstbalken wimmelte es von gutgekleideten Menschen, deren Hüte in der hellen Sonne glänzten; die alten krausen Birken mit ihren verschneiten, tief herabhängenden Zweigen sahen aus, als seien sie mit neuen Festgewändern geschmückt.

Er ging auf dem Weg zur Eisbahn und sagte sich: ›Ich darf mich nicht aufregen, ich muß ruhig sein. Warum klopfst du so?‹ fragte er sein Herz. ›Was hast du? Sei still, du dummes Ding!‹ Aber je mehr er sich bemühte, ruhig zu werden, desto schwerer ging sein Atem. Ein Bekannter begegnete ihm und rief ihm zu, aber Lewin wußte nicht einmal, wer es war. Er näherte sich der Rodelbahn, wo die Ketten an den Schlitten klirrten, die hinuntersausenden Schlitten laut auf dem Eis knirschten und fröhliche Stimmen erklangen. Er ging noch ein paar Schritte weiter, und vor ihm lag die Eisbahn, und sofort erkannte er unter allen Schlittschuhläufern Kitty.

Daß sie da war, erkannte er an dem Gefühl der Freude und der Angst, das sein Herz ergriff. Sie stand am entgegengesetzten Ende der Eisbahn und unterhielt sich mit einer

Dame. Weder an ihrer Kleidung noch an ihrer Haltung war etwas Auffallendes, aber für Lewin war es ebenso leicht, sie in diesem Menschenschwarm zu erkennen wie einen Rosenstrauch unter Nesseln. Alles wurde von ihr erleuchtet. Sie war das Lächeln, das alles ringsum verklärte. ›Kann ich wirklich aufs Eis hinuntergehen und zu ihr gehen?‹ dachte er. Die Stelle, wo sie stand, kam ihm wie ein unzugängliches Heiligtum vor, und einen Augenblick war er nahe daran, wieder fortzugehen, so bang war ihm zumute. Er mußte sich mit Gewalt zusammennehmen und sich sagen, daß sich ja dort in ihrer Nähe allerlei Leute bewegten, daß ja auch er gekommen sein konnte, um Schlittschuh zu laufen. Er ging aufs Eis hinunter und vermied es, sie lange anzusehen, wie man nicht in die Sonne sieht, aber er sah sie wie die Sonne, auch ohne hinzuschauen.

An diesem Wochentag und um diese Zeit kamen gewöhnlich Leute eines bestimmten Gesellschaftskreises aufs Eis, die alle miteinander bekannt waren. Man sah meisterhafte Läufer, die ihre Kunst zeigten, Anfänger hinter Stuhlschlitten, mit ängstlichen, ungeschickten Bewegungen, Knaben und alte Leute, die aus gesundheitlichen Gründen Schlittschuh liefen; sie alle kamen Lewin wie Auserwählte des Glücks vor, weil sie hier waren, in Kittys Nähe. Und all diese Schlittschuhläufer schienen seelenruhig, holten sie ein, überholten sie, sprachen sogar mit ihr, vergnügten sich völlig unabhängig von ihr und nutzten das ausgezeichnete Eis und das schöne Wetter.

Nikolaj Schtscherbatzkij, ein Vetter von Kitty, saß in kurzer Jacke und engen Hosen, die Schlittschuhe an den Füßen, auf einer Bank und rief Lewin zu, als er ihn sah:

»Ah! Der erste Schlittschuhläufer Rußlands! Wunderbares Eis! Ziehen Sie doch Schlittschuhe an!«

»Ich habe gar keine mit«, antwortete Lewin und wunderte sich selbst, daß er sich in ihrer Gegenwart so kühn und ungezwungen benehmen konnte; er verlor sie keine Sekunde aus den Augen, obwohl er sie nicht ansah. Er fühlte, daß seine Sonne sich ihm näherte. Kitty hatte in einer Ecke gestanden; die schmalen Füße in den hohen Stiefeln im stumpfen Winkel aufsetzend, kam sie ein wenig zaghaft auf ihn zugelaufen. Ein Junge in russischem Kostüm, der wild die Arme schwenkte und sich weit nach vorn beugte, überholte sie. Sie lief nicht sehr sicher; deshalb hatte sie die Hände aus dem kleinen, an einer Schnur hängenden Muff genommen und hielt sie in Bereitschaft; sie hatte Lewin erkannt und sah ihn lächelnd an, und gleichzeitig lächelte sie über ihre eigene Ängstlichkeit. Sie machte eine Schwenkung, stieß sich dann mit dem kleinen Fuß federnd ab, glitt gerade auf Schtscherbatzkij zu, hielt sich an seinem Arm fest und nickte Lewin lächelnd zu. Sie war noch schöner als das Bild, das ihm vorgeschwebt hatte.

Wenn er an sie dachte, sah er ihre ganze Gestalt immer sehr lebhaft vor sich, besonders dieses reizende blonde Köpfchen mit dem Ausdruck kindlicher Offenheit und Güte, das so frei auf den wohlgeformten Mädchenschultern saß. Dieser kindliche Gesichtsausdruck in Verbindung mit der schlanken Schönheit ihrer Gestalt war besonders reizvoll an ihr, und Lewin erinnerte sich sehr gut daran; aber was ihn immer wieder an ihr überraschte, war der Blick ihrer sanften, ruhigen, treuen Augen und vor allem ihr Lächeln, das ihn stets in eine Zauberwelt versetzte, wo er sich so gerührt und so weich gestimmt fühlte, wie er seiner Erinnerung nach nur an einigen wenigen Tagen seiner frühen Kindheit gewesen war.

»Sind Sie schon lange hier?« fragte sie und gab ihm die Hand. »Danke«, fügte sie hinzu, als er das Taschentuch aufhob, das ihr aus dem Muff gefallen war.

»Ich? Ich bin gerade... gestern... das heißt, heute bin ich angekommen«, antwortete Lewin, der vor Aufregung ihre Frage nicht gleich verstanden hatte. »Ich wollte Ihnen einen Besuch machen«, fuhr er fort, und da ihm im selben Augen-

blick einfiel, mit welcher Absicht er zu ihr kam, wurde er verlegen und errötete. »Ich habe gar nicht gewußt, daß Sie Schlittschuh laufen; und Sie laufen ausgezeichnet.«
Sie sah ihn aufmerksam an, als wollte sie ergründen, warum er so verlegen war.
»Ihr Lob bedeutet mir viel. Hier gibt es eine Überlieferung, daß Sie der beste Schlittschuhläufer sind«, antwortete sie und streifte mit ihrer kleinen Hand, die in einem schwarzen Handschuh steckte, die Rauhreifnadeln von ihrem Muff.
»Ja, früher bin ich mit Leidenschaft Schlittschuh gelaufen, ich wollte es zur Meisterschaft bringen.«
»Sie scheinen alles mit Leidenschaft zu tun«, sagte sie lächelnd. »Ich möchte Sie so gern laufen sehen. Ziehen Sie doch Schlittschuhe an, dann können wir ja zusammen laufen.«
›Zusammen laufen! Ist das denn möglich?‹ dachte Lewin und sah sie an.
»Ich komme sofort wieder«, sagte er und ging Schlittschuhe anziehen.
»Sie sind ja lange nicht bei uns gewesen, gnädiger Herr«, sagte der Eisbahnpächter, der seinen Fuß hielt und den Schlittschuh an seinem Absatz festschraubte. »Nach Ihnen haben wir nie wieder einen so guten Läufer hiergehabt, wie Sie. Ist's so recht?« fragte er und zog den Riemen fest.
»Ja, ja, aber bitte schnell!« antwortete Lewin und konnte nur mit Mühe ein glückliches Lächeln unterdrücken, das unwillkürlich auf seinem Gesicht erschien. ›Ja‹, dachte er, ›das ist Leben, das ist Glück! ‚Zusammen' hat sie gesagt, ‚wir können zusammen laufen'. Soll ich es ihr gleich jetzt sagen? Aber ich habe gerade deswegen Angst, es ihr zu sagen, weil ich jetzt so glücklich bin, glücklich wenigstens in der Hoffnung... Und später? ... Aber ich muß es tun! Ich muß, ich muß! Weg mit dieser Schwäche!‹
Lewin stellte sich auf die Füße, zog den Mantel aus, nahm auf dem holprigen Eis an dem Häuschen einen Anlauf, lief

auf die glatte Fläche hinaus und glitt mühelos dahin, als ob er allein durch seinen Willen seinen Lauf beschleunige, ververlangsame und lenke. Er bewegte sich schüchtern auf sie zu, aber ihr Lächeln beruhigte ihn wie vorher.
Sie reichte ihm die Hand, und sie liefen mit gesteigerter Geschwindigkeit nebeneinander her, und je schneller sie liefen, desto fester drückte sie seine Hand.
»Mit Ihnen würde ich es rasch lernen«, sagte sie zu ihm. »Ich habe großes Vertrauen zu Ihnen.«
»Und ich gewinne gleich an Selbstvertrauen, wenn Sie sich auf mich stützen«, antwortete er, erschrak aber sogleich über seine eigenen Worte und wurde rot. Und wirklich: kaum hatte er diese Worte ausgesprochen, da verlor ihr Gesicht all seine Freundlichkeit, wie wenn die Sonne hinter den Wolken verschwindet, und Lewin erkannte das ihm vertraute Mienenspiel, das bei ihr stets ein Zeichen ernsten Nachdenkens war: auf ihrer glatten Stirn erschien eine kleine Falte.
»Ist Ihnen etwas unangenehm?« sagte er schnell. »Ich habe allerdings kein Recht, Sie danach zu fragen...«
»Wieso? ... Aber nein, es ist mir nichts unangenehm«, antwortete sie kühl und fügte rasch hinzu: »Haben Sie Mademoiselle Linon schon begrüßt?«
»Nein, noch nicht.«
»Gehen Sie doch zu ihr, sie hat Sie so gern.«
›Was ist das? Ich habe sie gekränkt! Herr Gott, steh mir bei!‹ dachte Lewin und lief zu der alten Französin mit den grauen Löckchen, die auf einer Bank saß. Lächelnd ihre falschen Zähne zeigend, begrüßte sie ihn wie einen alten Freund.
»Ja, ja, so wachsen wir und werden älter«, sagte sie zu ihm mit einem Blick auf Kitty. »Tiny bear ist schon ganz groß geworden«, fuhr sie lachend fort und erinnerte ihn an einen Scherz, den er einmal über die drei Mädchen gemacht hatte: er hatte sie nach dem englischen Märchen ›die drei Bären‹

genannt. »Wissen Sie noch, daß Sie das einmal gesagt haben?«

Er konnte sich nicht mehr daran entsinnen, aber die Französin lachte schon zehn Jahre über diesen Scherz und fand ihn sehr hübsch.

»Nun, laufen Sie nur weiter. Unsere Kitty läuft doch schon sehr gut Schlittschuh, nicht wahr?«

Als Lewin wieder zu Kitty kam, war ihr Gesicht nicht mehr so streng, und ihre Augen blickten freundlich und offen, aber er hatte den Eindruck, als liege ein besonderer, gewollt ruhiger Ton in ihrer Freundlichkeit, und ihm wurde schwer ums Herz. Sie sprach mit ihm von der alten Gouvernante und ihren Schrullen und fragte ihn dann nach seinem Leben.

»Langweilen Sie sich nicht im Winter auf dem Land?« fragte sie.

»Nein, ich langweile mich nicht, ich habe viel zu tun«, antwortete er und fühlte, daß sie ihn durch ihren ruhigen Ton in Schranken hielt und daß er wieder nicht die Kraft haben würde, sie zu durchbrechen, gerade wie zu Anfang des Winters.

»Bleiben Sie lange in Moskau?«

»Ich weiß nicht«, antwortete er, ohne zu überlegen, was er sagte, da ihm der Gedanke gekommen war, daß er wieder unverrichtetersache abreisen werde, wenn er auf ihren ruhigen, freundschaftlichen Ton einging, und er beschloß, es diesmal nicht zu tun.

»Aber das müssen Sie doch wissen!«

»Nein, ich weiß es nicht. Es hängt von Ihnen ab«, sagte er und erschrak im selben Augenblick über diese Antwort.

Ob sie nun seine Worte nicht gehört hatte oder nicht hören wollte – sie stolperte, stampfte zweimal mit dem Fuß auf und lief eilig von ihm weg. Sie lief zu Mademoiselle Linon, sagte ihr etwas und schlug dann die Richtung nach dem Häuschen ein, wo die Damen die Schlittschuhe auszogen.

»Mein Gott, was habe ich getan! Herr, mein Gott, hilf mir!

Gib mir ein, was ich tun soll!« betete Lewin im stillen, und da er gleichzeitig ein Bedürfnis nach starker Bewegung empfand, nahm er einen Anlauf und beschrieb große Spiralen nach außen und nach innen.

In diesem Augenblick kam ein junger Mann, der beste der neuen Schlittschuhläufer, mit einer Zigarette im Mund und Schlittschuhen an den Füßen aus dem kleinen Kaffeehaus, nahm einen Anlauf und sprang auf seinen Schlittschuhen polternd die Treppenstufen hinunter. Unten angekommen, glitt er über das Eis, ohne auch nur im geringsten die ungezwungene Haltung seiner Arme zu ändern.

»Aha, das ist ein neues Kunststück«, sagte Lewin und lief sofort hinauf, um es nachzumachen.

»Brechen Sie sich nicht den Hals! Das muß man geübt haben!« rief ihm Nikolaj Schtscherbatzkij zu.

Lewin ging die Stufen hinauf, nahm oben einen kräftigen Anlauf und sprang hinunter, bei der ungewohnten Bewegung mit den Armen das Gleichgewicht haltend. Auf der letzten Stufe blieb er hängen, berührte jedoch das Eis kaum mit der Hand, machte eine kraftvolle Bewegung, richtete sich auf und lief lachend weiter.

›Ein lieber, prächtiger Mensch‹, dachte Kitty, die gerade mit Mademoiselle Linon aus dem Häuschen kam und ihm mit stillem, freundlichem Lächeln wie einem lieben Bruder nachsah. ›Bin ich denn wirklich schuld? Habe ich etwas Böses getan? Ich weiß, daß ich ihn nicht liebe, aber ich bin trotzdem gern mit ihm zusammen, und er ist ein prächtiger Mensch. Aber warum er das nur gesagt hat?...‹ dachte sie.

Als Lewin sah, daß Kitty und ihre Mutter, die ihr auf der Treppe begegnete, die Eisbahn verließen, blieb er stehen, ganz rot von der schnellen Bewegung, und überlegte. Er schnallte die Schlittschuhe ab und holte Mutter und Tochter am Ausgang ein.

»Ich freue mich sehr, Sie zu sehen«, sagte die Fürstin. »Wir empfangen immer noch donnerstags.«

»Also heute?«

»Wir werden uns freuen, Sie zu sehen«, sagte die Fürstin trocken.

Dieser trockene Ton tat Kitty leid, und sie wollte das kühle Benehmen ihrer Mutter wieder gutmachen. Sie sah sich nach Lewin um und sagte lächelnd:

»Auf Wiedersehen!«

In diesem Augenblick erschien Stepan Arkadjitsch, den Hut schief auf dem Kopf, mit strahlendem Gesicht und blitzenden Augen wie ein froher Sieger in dem Garten. Doch als er seine Schwiegermutter traf, antwortete er mit traurigem, schuldbewußtem Gesicht auf ihre Fragen nach Dollys Befinden. Er sprach leise und bedrückt mit den Damen, aber sobald sie gegangen waren, streckte er die Brust heraus und nahm Lewin am Arm.

»Na, wie ist's? Wollen wir fahren?« fragte er. »Ich habe die ganze Zeit an dich gedacht und bin sehr froh, daß du hierher gekommen bist«, sagte er und sah ihm bedeutsam in die Augen.

»Gut, fahren wir«, antwortete der glückliche Lewin, der immer noch den Ton der Stimme hörte, die »Auf Wiedersehen!« gesagt hatte, und immer noch das Lächeln sah, mit dem es gesagt worden war.

»Ins Hotel Angleterre oder in die Eremitage?«

»Das ist mir gleich.«

»Na, dann ins Angleterre«, sagte Stepan Arkadjitsch; er wählte dieses Restaurant, weil er dort größere Schulden hatte als in der Eremitage. Aus diesem Grund hielt er es für unpassend, dieses Hotel zu meiden. »Hast du eine Droschke? Ausgezeichnet, ich habe nämlich meinen Wagen nach Hause geschickt.«

Während der ganzen Fahrt schwiegen die beiden Freunde. Lewin dachte darüber nach, was jener Wechsel in Kittys Gesichtsausdruck zu bedeuten habe, und versuchte sich einzureden, daß er hoffen dürfe, dann wieder war er verzweifelt und sah ganz klar, daß seine Hoffnung sinnlos sei, fühlte sich aber trotzdem als ein ganz anderer Mensch, vollkommen unähnlich dem, der er vor ihrem Lächeln und vor den Worten »Auf Wiedersehen!« gewesen war.

Stepan Arkadjitsch stellte unterwegs in Gedanken das Menü des Diners zusammen.

»Du ißt doch gern Steinbutt?« fragte er Lewin, als sie an dem Hotel vorfuhren.

»Was?« sagte Lewin. »Steinbutt? Ja, Steinbutt esse ich schrecklich gern.«

10

Als Lewin mit Oblonskij in das Hotel ging, fiel ihm an Stepan Arkadjitschs Gesicht und an seiner ganzen Gestalt ein besonderer Ausdruck auf, ein verhaltenes Strahlen, das man nicht übersehen konnte. Oblonskij zog den Mantel aus und ging, den Hut auf dem Ohr, zum Speisesaal, von tatarischen Kellnern in Fräcken und mit Servietten unter dem Arm umschwärmt, denen er seine Befehle erteilte. Wie überall, traf er auch hier viele Bekannte, die ihn erfreut begrüßten. Sich nach rechts und nach links verneigend, ging er ans Büfett, trank ein Glas Schnaps und aß ein Stückchen Fisch dazu und machte zu der geschminkten, mit Bändern, Spitzen und falschen Ringellocken geschmückten Französin, die an der Kasse saß, eine Bemerkung, über die sogar diese Französin laut lachen mußte. Lewin trank nur deshalb keinen Schnaps, weil diese Französin, die nur aus falschem Haar, poudre de riz und vinaigre de toilette zu bestehen schien, ihm zu widerwärtig war. Wie von einem schmutzigen Ort ging er schnell von ihr weg. Seine ganze Seele war von der Erinnerung an Kitty erfüllt, und in seinen Augen leuchtete ein Lächeln des Triumphes und des Glücks.

»Bitte hierher, Euer Exzellenz, hier werden Euer Exzellenz ungestört sein«, sagte ein besonders diensteifriger alter

Tatar mit blassem Gesicht und breiten Hüften, über denen die Frackschöße auseinanderklafften. »Bitte, Exzellenz«, sagte er zu Lewin, zum Zeichen seiner Verehrung für Stepan Arkadjitsch auch um dessen Gast sehr bemüht.
Im Nu hatte er eine frische Serviette über einen runden Tisch gebreitet, der bereits mit einem Tischtuch bedeckt war und unter einem bronzenen Wandleuchter stand, dann rückte er die samtbezogenen Stühle heran und blieb mit Speisekarte und Serviette in der Hand vor Stepan Arkadjitsch stehen, um seine Bestellung entgegenzunehmen.
»Wenn Euer Exzellenz ein Séparée befehlen – gleich wird eins frei: Fürst Golizyn mit einer Dame. Wir haben frische Austern bekommen.«
»Ah, Austern!«
Stepan Arkadjitsch überlegte.
»Sollen wir unseren Plan ändern, Lewin?« fragte er, den Finger auf der Speisekarte, und sein Gesicht drückte ernsten Zweifel aus. »Sind die Austern auch gut?«
»Flensburger, Exzellenz, Ostender haben wir nicht.«
»Ob Flensburger oder andere, darauf kommt es nicht an, aber sind sie auch frisch?«
»Wir haben sie gestern bekommen.«
»Na, wie wär's? Wollen wir mit Austern anfangen und dann den ganzen Plan ändern? Was meinst du?«
»Mir ist's gleich. Ich möchte am liebsten Kohlsuppe und Grütze, aber so etwas gibt's hier ja nicht.«
»Befehlen Sie Grütze à la russe?« fragte der Tatar und beugte sich über Lewin wie ein Kindermädchen über ein kleines Kind.
»Nein, wirklich, mir ist alles recht, was du auswählst. Ich bin Schlittschuh gelaufen und habe jetzt ordentlichen Hunger. Und denk bitte nicht«, fügte er hinzu, als er sah, daß Oblonskij ein unzufriedenes Gesicht machte, »daß ich deine Wahl nicht zu würdigen weiß. Ich esse mit Vergnügen etwas Gutes.«

»Es wäre auch schlimm, wenn's anders wäre! Man kann sagen, was man will, aber das gehört zum Schönsten im Leben!« antwortete Stepan Arkadjitsch. »Na, dann bring uns zwei Dutzend Austern, mein Lieber. Nein, das ist ein bißchen wenig, bring uns lieber drei. Und Suppe mit Grünzeug...«

»Printanière«, bemerkte der Tatar, aber Stepan Arkadjitsch wollte ihm offenbar nicht den Gefallen tun, die Gerichte französisch zu benennen.

»Mit Grünzeug drin, verstehst du? Dann Steinbutt mit dicker Soße, dann... Roastbeef. Und sieh zu, daß es gut ist. Dann Kapaun, nicht wahr? Na, und natürlich Kompott.«

Der Tatar, dem inzwischen eingefallen war, daß Stepan Arkadjitsch die Gerichte nie nach der französischen Speisekarte nannte, hatte ihm nicht mehr die einzelnen Namen französisch nachgesprochen, machte sich aber die Freude, die ganze Bestellung nach der Karte zu wiederholen: »Soupe printanière, turbot sauce Beaumarchais, rosbif à l'anglaise, poularde à l'éstragon, macédoine de fruits...«, legte mit einer blitzschnellen Bewegung die eine, wie ein Buch eingebundene Karte hin, nahm die andere, die Weinkarte, und reichte sie Stepan Arkadjitsch.

»Was wollen wir trinken?«

»Ich trinke, was du willst, nur nicht zuviel, Champagner«, sagte Lewin.

»Was? Gleich von Anfang an? Aber du hast recht. Möchtest du den mit dem weißen Siegel?«

»Cachet blanc«, bemerkte der Tatar.

»Na, dann bring uns diese Marke zu den Austern, nachher werden wir weitersehen.«

»Zu Befehl. Und welchen Tischwein wünschen Sie?«

»Bring uns Nuits. Oder nein, lieber einen guten Chablis.«

»Zu Befehl. Und *Ihren* Käse?«

»Ja, Parmesan. Oder möchtest du einen anderen?«

»Nein, mir ist es ganz gleich«, antwortete Lewin, ohne ein Lächeln unterdrücken zu können.
Der Tatar lief mit wehenden Frackschößen hinaus und kam nach fünf Minuten mit einer Schüssel voll geöffneter Austern in perlmutterglänzenden Schalen und mit einer Flasche Wein in der Hand wieder hereingeflogen.
Stepan Arkadjitsch drückte die steif gestärkte Serviette zusammen, steckte sie unter die Weste, legte in aller Ruhe die Arme auf den Tisch und machte sich an die Austern.
»Nicht übel«, sagte er, während er die glitschigen Austern mit einem silbernen Gäbelchen aus der schillernden Schale löste und eine nach der anderen hinunterschluckte. »Nicht übel«, wiederholte er und richtete seine feuchtschimmernden, glänzenden Augen bald auf Lewin, bald auf den Tataren.
Lewin aß auch von den Austern, obwohl ihm Weißbrot mit Käse lieber gewesen wäre; aber es machte ihm Vergnügen, Oblonskij zuzusehen. Sogar der Tatar, der die Flasche entkorkt und den moussierenden Champagner in die feinen, breitschaligen Gläser gegossen hatte, sah Stepan Arkadjitsch mit vergnügtem Lächeln an und schob seine weiße Krawatte zurecht.
»Du bist wohl kein besonderer Freund von Austern?« sagte Stepan Arkadjitsch und trank sein Glas aus. »Oder hast du Sorgen? Was?«
Er hätte Lewin gern fröhlich gesehen. Aber Lewin war nicht bedrückt, sondern nur etwas befangen. Mit dem, was er auf dem Herzen hatte, war ihm sonderbar und unbehaglich zumute in diesem Restaurant mit Kabinetts, wo mit Damen diniert wurde, in diesem Hin und Her und in diesem Lärm; die ganze Einrichtung mit ihren Bronzefiguren, Spiegeln, Gaslampen und die tatarischen Kellner, das alles war ihm widerwärtig. Er fürchtete, das zu beflecken, was seine ganze Seele erfüllte.
»Ich? Ja, ich habe Sorgen, und außerdem stört mich das

alles«, antwortete er. »Du kannst dir gar nicht vorstellen, wie sonderbar mir das alles vorkommt, weil ich ja immer auf dem Lande lebe, zum Beispiel auch die Fingernägel des Herrn, den ich bei dir traf...«

»Ja, ich habe gesehen, daß die Nägel des armen Grinewitsch dich sehr interessierten«, sagte Stepan Arkadjitsch lachend.

»Ich kann das nicht ausstehen«, antwortete Lewin. »Versuche dich in mich hineinzudenken und das alles vom Standpunkt eines Landbewohners zu sehen. Wir auf dem Land bemühen uns, unsere Hände in eine solche Verfassung zu bringen, daß wir bequem mit ihnen arbeiten können. Deshalb schneiden wir unsere Nägel kurz und krempeln manchmal die Ärmel hoch. Aber hier lassen die Leute absichtlich ihre Nägel so lang wie irgend möglich wachsen und tragen Manschettenknöpfe, die beinahe wie Untertassen aussehen, und alles nur, damit sie mit ihren Händen ja nichts mehr machen können.«

Stepan Arkadjitsch lächelte vergnügt.

»Das ist eben ein Zeichen dafür, daß er keine grobe Arbeit zu tun braucht. Er arbeitet mit dem Kopf...«

»Mag sein. Aber es kommt mir trotzdem sonderbar vor, genauso sonderbar wie das, was ich hier tue. Wir auf dem Land versuchen, uns möglichst schnell satt zu essen, damit wir wieder an unsere Arbeit gehen können, und wir beide bemühen uns, möglichst lange zu essen, ohne satt zu werden, und essen deshalb Austern...«

»Selbstverständlich«, unterbrach ihn Stepan Arkadjitsch. »Aber darin besteht ja gerade das Ziel der Bildung: aus allem einen Genuß zu machen.«

»Wenn das allein das Ziel ist, dann möchte ich lieber ein Wilder sein.«

»Du bist ja auch ein Wilder. Ihr Lewins seid alle Wilde.«

Lewin seufzte. Er dachte an seinen Bruder Nikolaj, und Scham und Trauer überkamen ihn, und sein Gesicht verfinsterte sich; aber Oblonskij brachte das Gespräch auf ein

Thema, das ihn sofort von seinen trüben Gedanken ablenkte.

»Sag mal, kommst du heute abend zu meinen Verwandten, ich meine zu Schtscherbatzkijs?« fragte er, schob die leeren, rauhen Austernschalen weg, griff nach dem Käse und zwinkerte Lewin bedeutsam zu.

»Ja, ich komme bestimmt«, antwortete Lewin, »obwohl ich den Eindruck hatte, daß die Fürstin mich nur ungern aufgefordert hat.«

»Ach was! So ein Unsinn! Das ist so ihre Art ... Bring uns jetzt die Suppe, mein Lieber! ... Das ist so ihre Art, grande dame«, sagte Stepan Arkadjitsch. »Ich komme auch, aber vorher muß ich noch zu einer Gesangsprobe bei der Gräfin Bonina. Na, bist du vielleicht kein Wilder? Wie ist es sonst zu erklären, daß du vor ein paar Monaten urplötzlich aus Moskau verschwunden bist? Schtscherbatzkijs haben mich unaufhörlich nach dir gefragt, als ob ich Bescheid wüßte. Und ich weiß doch nur eins: Du tust immer gerade das, was sonst niemand tut.«

»Ja«, sagte Lewin langsam und erregt, »du hast recht, ich bin ein Wilder. Nur hat sich das nicht darin gezeigt, daß ich damals wegfuhr, sondern darin, daß ich jetzt wiedergekommen bin. Ich bin jetzt gekommen...«

»Oh, was bist du für ein glücklicher Mensch!« unterbrach ihn Stepan Arkadjitsch und sah ihm in die Augen.

»Wieso denn?«

»An gebranntem Mal erseh ich, ob von edler Art ein Roß, an des Jünglings Aug' erkenn ich, ob ins Herz ihn Amor schoß«, deklamierte Stepan Arkaditsch. »Du hast alles noch vor dir.«

»Hast du denn schon alles hinter dir?«

»Nein, das nicht gerade, aber du hast noch eine Zukunft, und ich habe nur die Gegenwart, und auch die ist nur soso, halb süß, halb sauer.«

»Wieso denn?«

»Eine unangenehme Geschichte. Aber ich wollte ja nicht von mir reden und könnte dir sowieso nicht alles erklären«, antwortete Stepan Arkadjitsch. »Warum bist du also nach Moskau gekommen? ... He, räum das weg!« rief er dem Tataren zu.

»Kannst du es nicht erraten?« sagte Lewin, ohne seine strahlenden Augen von Stepan Arkadjitsch abzuwenden.

»Ich errate es schon, aber ich kann doch nicht anfangen, davon zu reden. Allein daran kannst du sehen, ob ich richtig oder falsch rate«, sagte Stepan Arkadjitsch und sah Lewin mit feinem Lächeln an.

»Was meinst du dazu?« fragte Lewin mit zitternder Stimme und fühlte, daß alle Muskeln in seinem Gesicht zuckten. »Was hältst du von der Sache?«

Stepan Arkadjitsch trank langsam sein Glas Chablis aus und sah Lewin dabei an.

»Ich?« sagte er. »Ich würde nichts sehnlicher wünschen als das! Das wäre das Beste, was geschehen könnte.«

»Täuschst du dich auch nicht? Du weißt doch, wovon wir sprechen?« fragte Lewin und sah seinen Gesprächspartner starr an. »Du meinst also, es wäre möglich?«

»Das meine ich schon. Warum sollte es nicht möglich sein?«

»Nein, glaubst du wirklich, daß es möglich wäre? Nein, sag mir alles, was du darüber denkst! Und wenn ... wenn ich eine Absage bekomme? ... Ich bin sogar überzeugt...«

»Warum denkst du denn das?« sagte Stepan Arkadjitsch, über Lewins Aufregung lächelnd.

»Manchmal kommt es mir so vor. Das wäre entsetzlich, sowohl für mich als auch für sie.«

»Na, für ein junges Mädchen ist das gar nicht entsetzlich. Jedes junge Mädchen ist auf einen Heiratsantrag stolz.«

»Ja, jedes junge Mädchen, aber nicht sie.«

Stepan Arkadjitsch lächelte. Er verstand Lewins Gefühle sehr gut und wußte, daß für ihn jetzt alle jungen Mädchen auf der Welt in zwei Gruppen zerfielen: Die eine umfaßte alle

Mädchen der Welt außer ihr, und diese Mädchen hatten alle menschliche Schwächen und waren ganz gewöhnliche Mädchen; die andere Gruppe bestand aus ihr allein, aus ihr, die keinerlei Schwächen hatte und hoch über allem stand, was Mensch hieß.

»Warte mal, nimm doch Soße«, sagte er und hielt Lewins Hand zurück, der die Soße wegschob.

Lewin nahm gehorsam von der Soße, ließ aber Stepan Arkadjitsch nicht zum Essen kommen.

»Nein, warte mal, warte mal«, sagte er. »Begreif doch, daß das für mich eine Frage von Leben oder Tod ist. Ich habe noch nie mit jemand darüber gesprochen. Und ich kann auch mit niemand darüber sprechen, außer mit dir. Wir beide sind ja in allem vollkommen verschieden: ein anderer Geschmack, andere Ansichten, alles verschieden; aber ich weiß, daß du mich gern hast und mich verstehst, und deshalb mag ich dich schrecklich gern. Aber sei um Gottes willen ganz offen!«

»Ich habe dir ja schon gesagt, was ich denke«, antwortete Stepan Arkadjitsch lächelnd. »Ich will dir aber noch mehr sagen: Meine Frau ist eine ganz erstaunliche Frau...« Stepan Arkadjitsch seufzte, denn er dachte an sein Verhältnis zu seiner Frau, und fuhr nach einer kleinen Pause fort: »Sie hat die Gabe, in die Zukunft zu sehen. Sie durchschaut die Menschen durch und durch; aber das ist noch nicht alles — sie sieht auch voraus, was geschehen wird, besonders was Heiraten angeht. Sie hat zum Beispiel vorausgesagt, daß die Schachowskaja diesen Herrn Brenteln heiraten werde. Kein Mensch wollte es glauben, aber es ist dann doch so gekommen. Und sie ist ganz auf deiner Seite.«

»Wieso denn?«

»Sie hat dich nicht nur sehr gern, sie sagt auch, daß Kitty bestimmt deine Frau werden wird.«

Bei diesen Worten strahlte Lewins Gesicht plötzlich in jenem Lächeln, das Tränen der Rührung nahekommt.

»Das sagt sie!« rief er. »Ich habe ja immer gesagt, daß deine Frau ganz reizend ist! Nun aber genug davon, genug!« fügte er hinzu und stand von seinem Platz auf.

»Gut, aber setz dich doch!«

Aber Lewin konnte nicht sitzen bleiben. Er ging mit seinem festen Schritt zweimal durch das enge Zimmer und zwinkerte mit den Augen, damit man seine Tränen nicht sah; dann erst setzte er sich wieder an den Tisch.

»Weißt du«, sagte er, »das ist nicht nur einfach Liebe. Ich war auch früher schon verliebt, aber das ist etwas anderes. Es ist gar nicht wie mein eigenes Gefühl, sondern als hätte sich eine äußere Gewalt meiner bemächtigt. Ich bin damals weggefahren, weil ich zu der Überzeugung gekommen war, daß es unmöglich sei, weißt du, unmöglich wie ein Glück, das es auf Erden nicht gibt; aber ich habe mit mir selbst gerungen und sehe, daß es ohne das kein Leben für mich gibt. Und jetzt muß es sich entscheiden...«

»Warum bist du denn damals abgereist?«

»Ach, warte doch! Ach, wie viele Gedanken jetzt auf mich einstürmen! Ich muß dich noch so vieles fragen! Du kannst dir gar nicht vorstellen, was es für mich bedeutet, daß du mir das gesagt hast! Ich bin so glücklich, daß ich sogar ganz scheußlich geworden bin; ich habe alles andere vergessen... Ich habe heute erfahren, daß mein Bruder Nikolaj ... weißt du, er ist jetzt hier ... auch den habe ich ganz vergessen. Ich glaube, daß auch er glücklich ist. Es ist wie eine Art Wahnsinn. Aber eins ist schrecklich... Du hast doch auch einmal geheiratet und wirst dieses Gefühl kennen... Es ist schrecklich, daß wir alt sind, daß wir eine Vergangenheit haben, nicht in der Liebe, sondern in der Sünde ... und nun nähern wir uns plötzlich einem reinen, unschuldigen Wesen. Das ist abscheulich, und da muß man sich ja unwürdig fühlen.«

»Na, du hast doch nicht so viele Sünden auf dem Gewissen.«

»Ach, trotzdem«, sagte Lewin, »trotzdem! Voll Ekel lese ich im Buch meines Lebens, das ich mit Zittern und Beben verwünsche und bitter beklage, heißt es im Gebet. Ja.«

»Was ist da zu machen? So ist es halt in der Welt«, antwortete Stepan Arkadjitsch.

»Es gibt nur einen Trost, wie in dem Gebet, das ich immer so gern hatte: Vergib mir nicht nach meiner Gebühr, sondern nach deiner Barmherzigkeit. Auch sie kann mir nur so vergeben.«

11

Lewin trank sein Glas aus, und beide schwiegen.

»Ich muß dir noch etwas sagen. Kennst du Wronskij?« fragte Stepan Arkadjitsch Lewin.

»Nein, ich kenne ihn nicht. Warum fragst du?«

»Bring noch eine Flasche!« sagte Stepan Arkadjitsch zu dem Tataren, der die Gläser wieder gefüllt hatte und gerade dann um sie herumscharwenzelte, wenn er überflüssig war.

»Warum sollte ich Wronskij kennen?«

»Du solltest ihn deswegen kennen, weil er einer deiner Rivalen ist.«

»Wer ist dieser Wronskij?« fragte Lewin, und der kindlich-schwärmerische Ausdruck seines Gesichts, über den sich Oblonskij eben noch gefreut hatte, änderte sich plötzlich; er sah ganz böse und unangenehm aus.

»Wronskij ist einer der Söhne des Grafen Kirill Iwanowitsch Wronskij und einer der glänzendsten Vertreter der Petersburger jeunesse dorée. Ich habe ihn in Twer kennengelernt, als ich dort angestellt war; er kam zur Rekrutenaushebung dorthin. Er ist steinreich, ein schöner Mann, glänzende Beziehungen, Flügeladjutant und gleichzeitig ein netter, guter Junge. Aber er ist mehr als nur ein netter Junge. Soweit ich ihn hier kennengelernt habe, ist er gebildet und sehr klug. Er ist ein Mensch, der es noch weit bringen wird.«

Lewin machte ein finsteres Gesicht und schwieg.

»Ja, er ist bald nach deiner Abreise hier erschienen, und soviel ich weiß, ist er bis über die Ohren in Kitty verliebt, und du wirst begreifen, daß die Mutter...«

»Entschuldige, aber ich begreife gar nichts«, sagte Lewin und runzelte finster die Stirn. Und er mußte sofort an seinen Bruder Nikolaj denken, und wie schlecht er selber sei, weil er ihn hatte vergessen können.

»Warte nur, warte nur«, sagte Stepan Arkadjitsch lächelnd und faßte seine Hand. »Ich habe dir nur gesagt, was ich weiß, und ich wiederhole, daß in dieser zarten und feinen Angelegenheit, soweit man das sehen kann, die Chancen auf deiner Seite sind.«

Lewin lehnte sich auf seinem Stuhl zurück, sein Gesicht war blaß.

»Aber ich möchte dir raten, die Sache möglichst bald zu entscheiden«, fuhr Oblonskij fort und füllte Lewins Glas.

»Nein, danke, ich kann nichts mehr trinken«, sagte Lewin und schob das Glas zurück, »sonst werde ich betrunken... Sag mal, wie geht es dir eigentlich?« fragte er, offenbar in der Absicht, das Thema zu wechseln.

»Nur noch ein Wort: Ich rate dir auf jeden Fall, diese Angelegenheit bald ins reine zu bringen. Aber heute davon zu reden, dazu würde ich dir nicht raten«, sagte Stepan Arkadjitsch. »Fahr morgen vormittag zu ihnen und mach deinen Antrag sozusagen auf klassische Weise. Und Gott sei mit dir...«

»Du wolltest doch immer zur Jagd zu mir kommen. Komm doch im Frühjahr«, sagte Lewin.

Jetzt bereute er aus tiefster Seele, daß er dieses Gespräch mit Stepan Arkadjitsch begonnen hatte. Sein *besonderes* Gefühl war durch dieses Gerede von der Rivalität irgendeines Petersburger Offiziers und durch die Vorschläge und Ratschläge Stepan Arkadjitschs entweiht worden.

Stepan Arkadjitsch lächelte. Er verstand, was in Lewins Seele vorging.

»Ich komme schon mal«, sagte er. »Ja, mein Lieber, die Frauen, das ist die Schraube, auf der sich alles dreht. Auch mir geht's schlecht, sehr schlecht! Und alles wegen der Weiber. Sag mir mal ganz offen deine Meinung«, fuhr er fort, in der einen Hand eine Zigarre und die andere Hand am Weinglas, »und gib mir einen Rat.«
»In welcher Angelegenheit?«
»Hör zu. Nehmen wir an, du wärst verheiratet und liebtest deine Frau, hättest dich aber in eine andere verliebt...«
»Entschuldige, aber ich begreife überhaupt nicht, wie man... das wäre ja dasselbe, wie wenn ich jetzt, wo ich vollkommen satt bin, an einem Bäckerladen vorbeiginge und eine Semmel stehlen wollte.«
Stepan Arkadjitschs Augen blitzten noch heller als sonst.
»Warum nicht? Eine Semmel duftet manchmal so verlockend, daß man nicht widerstehen kann.

Himmlisch ist's, wenn ich bezwungen
meine irdische Begier;
aber wenn mir's nicht gelungen,
hat ich auch recht hübsch Plaisir!«

Bei diesen Worten lächelte Stepan Arkadjitsch verschmitzt. Auch Lewin konnte ein Lächeln nicht unterdrücken.
»Ja, aber nun Scherz beiseite«, fuhr Oblonskij fort. »Verstehst du: eine Frau, ein gutes, sanftes, liebendes Wesen, arm und einsam, hat einem Mann alles geopfert. Und jetzt, nachdem die Sache geschehen ist, soll der Mann sie jetzt im Stich lassen? Gewiß, er muß sich von ihr trennen, um sein Familienleben nicht zu zerstören, aber darf er denn kein Mitleid mit ihr haben, nicht für sie sorgen, ihren Kummer lindern?«
»Du mußt schon entschuldigen, aber du weißt ja, daß es für mich nur zwei Arten von Frauen gibt ... das heißt, nein, richtiger gesagt: es gibt Frauen, und es gibt... Ich habe unter den gefallenen Frauen noch keine reizenden Geschöpfe gesehen und werde auch keine sehen. Und Weiber wie diese

geschminkte Französin an der Kasse, mit ihren Locken, das ist in meinen Augen Geschmeiß, und alle gefallenen Weiber sind von derselben Sorte.«

»Und die Sünderin im Evangelium?«

»Ach, hör auf! Christus hätte diese Worte nie gesprochen, wenn er geahnt hätte, wie man sie mißbrauchen würde. Aus dem ganzen Evangelium hat man nur diese Worte behalten. Übrigens sage ich jetzt nicht, was ich denke, sondern was ich fühle. Ich habe einen Ekel vor gefallenen Frauen. Du ekelst dich vor Spinnen, und ich ekle mich vor diesem Geschmeiß. Und dabei hast du die Spinnen gewiß nicht studiert und kennst ihren Charakter nicht; und mir geht es genauso.«

»Du hast gut reden; du machst es gerade wie jener Herr bei Dickens, der alle schwierigen Fragen mit der linken Hand über die rechte Schulter wirft. Aber eine Tatsache leugnen, das ist keine Antwort. Was soll ich machen, sag mir, was soll ich machen? Deine Frau altert, du selbst bist voller Leben. Ehe du dich versiehst, fühlst du schon, daß du deine Frau nicht mehr lieben kannst, und wenn du sie noch so sehr verehrst. Und auf einmal kommt die wirkliche Liebe zu dir, und du bist verloren, verloren!« sagte Stepan Arkadjitsch niedergeschlagen und verzweifelt.

Lewin schmunzelte.

»Ja, verloren!« fuhr Oblonskij fort. »Was soll man machen?«

»Keine Semmeln stehlen.«

Stepan Arkadjitsch lachte.

»O du Moralist! Versteh doch: da sind zwei Frauen. Die eine kann sich nur auf ihr Recht berufen, und nach diesem Recht steht ihr deine Liebe zu, die du ihr nicht geben kannst; die andere opfert dir alles und verlangt nichts. Was soll man da tun? Wie soll man sich verhalten? Das ist eine furchtbare Tragödie!«

»Wenn du meine aufrichtige Meinung darüber wissen willst, so muß ich dir sagen: ich glaube nicht, daß es hier eine

Tragödie geben kann. Und zwar aus folgendem Grund: Meiner Ansicht nach ist die Liebe ... die beiden Arten von Liebe, die Platon in seinem ›Gastmahl‹ unterscheidet, wie du dich wohl erinnerst, diese beiden Arten der Liebe sind ein Prüfstein für die Menschen. Manche Menschen verstehen nur die eine Form der Liebe, andere nur die andere. Und die, die nur die nichtplatonische Liebe verstehen, haben kein Recht, von Tragik zu reden. Bei dieser Art von Liebe kann es überhaupt keine Tragik geben. Da heißt es: ›Ich danke ergebenst für das Vergnügen und empfehle mich‹, und das ist die ganze Tragödie. Und bei der platonischen Liebe ist eine Tragödie deswegen unmöglich, weil bei einer solchen Liebe alles klar und rein ist, und weil...«

Aber in diesem Augenblick fielen Lewin seine eigenen Sünden ein und der innere Kampf, den er durchgemacht hatte. Und er fügte unvermittelt hinzu:

»Übrigens, es kann sein, daß du recht hast. Sehr leicht möglich... Aber ich weiß es nicht, ich weiß es wirklich nicht.«

»Ja, siehst du«, antwortete Stepan Arkadjitsch, »du bist ein ganz einheitlicher Mensch. Das ist ein Vorzug an dir und gleichzeitig eine Schwäche. Du selbst bist ein einheitlicher Charakter und willst, daß das ganze Leben aus einheitlichen Erscheinungen bestehe, aber das ist unmöglich. Du verachtest zum Beispiel unsere Tätigkeit im Staatsdienst, weil du möchtest, daß eine Sache stets einem Ziel entspricht, aber das ist unmöglich. Du möchtest auch, daß die Tätigkeit jedes einzelnen Menschen immer ein bestimmtes Ziel habe und daß Liebe und Ehe immer eins seien. Aber auch das ist unmöglich. Die ganze Mannigfaltigkeit, der ganze Reiz, die ganze Schönheit des Lebens setzt sich aus Licht und Schatten zusammen.«

Lewin seufzte und erwiderte nichts. Er überließ sich seinen eigenen Gedanken und hörte Oblonskij gar nicht zu.

Und plötzlich fühlten sie beide, daß jeder seinen eigenen Gedanken nachhing und sich herzlich wenig um den anderen kümmerte, obwohl sie Freunde waren und zusammen gegessen und getrunken hatten, was sie einander noch näher hätte bringen müssen. Oblonskij hatte schon mehr als einmal die Erfahrung gemacht, daß nach einem gemeinsamen Essen statt einer Annäherung eine Entfremdung eintritt, und wußte, was in solchen Fällen zu tun war.

»Die Rechnung!« rief er und ging dann in den Nebensaal, wo er sofort einen ihm bekannten Adjutanten traf und mit ihm ein Gespräch über eine Schauspielerin und ihren Gönner anknüpfte. Und bei dieser Unterhaltung mit dem Adjutanten fühlte sich Oblonskij sofort erleichtert, fühlte, daß er sich von dem Gespräch mit Lewin erholte, der ihn immer zu allzu großen geistigen und seelischen Anstrengungen zwang.

Der Tatar erschien mit einer Rechnung von sechsundzwanzig Rubeln und einigen Kopeken, wozu noch das Trinkgeld kam; aber Lewin, der als Landbewohner zu anderer Zeit über eine Rechnung entsetzt gewesen wäre, bei der sein Anteil vierzehn Rubel betrug, beachtete das jetzt gar nicht, zahlte und ging nach Hause, um sich umzuziehen und dann zu Schtscherbatzkijs zu fahren, wo sich sein Schicksal entscheiden mußte.

12

Prinzessin Kitty Schtscherbatzkaja war achtzehn Jahre alt. Sie war erst diesen Winter in die Gesellschaft eingeführt worden und hatte mehr Erfolg als ihre beiden älteren Schwestern, sogar mehr, als die Fürstin erwartet hatte. Nicht nur, daß fast alle jungen Männer, die auf die Moskauer Bälle gingen, in Kitty verliebt waren — gleich im ersten Winter hatte sie zwei ernsthafte Bewerber gefunden: Lewin und unmittelbar nach seiner Abreise Graf Wronskij.

Lewins Erscheinen zu Anfang des Winters, seine häufigen Besuche und seine offenkundige Liebe zu Kitty waren für

Kittys Eltern der erste Anlaß, sich ernsthaft über die Zukunft ihrer Tochter zu unterhalten, wobei es zwischen dem Fürsten und der Fürstin zum Streit kam. Der Fürst stand auf Lewins Seite und erklärte, er könne Kitty gar nichts Besseres wünschen. Die Fürstin hingegen sagte mit der den Frauen eigenen Gewohnheit, den Kernpunkt einer Frage zu umgehen, Kitty sei noch viel zu jung, Lewin habe bisher nicht gezeigt, daß er ernste Absichten habe, Kitty empfinde keine Neigung für ihn und so weiter; aber die Hauptsache sagte sie nicht — daß sie auf eine bessere Partie für ihre Tochter hoffte, daß Lewin ihr nicht sympathisch war und daß sie ihn nicht verstand. Als Lewin dann plötzlich abreiste, freute sich die Fürstin und sagte zu ihrem Mann: »Siehst du, ich hatte doch recht!« Und als dann Wronskij auftauchte, freute sie sich noch mehr, denn sie sah sich in ihrer Meinung bestärkt, daß Kitty nicht nur eine gute, sondern eine glänzende Partie machen müsse.

Nach Ansicht der Mutter waren Wronskij und Lewin gar nicht miteinander zu vergleichen. Der Mutter mißfielen an Lewin seine seltsamen, schroffen Urteile und auch sein linkisches Benehmen in der Gesellschaft, das ihrer Meinung nach auf Stolz beruhte; dann sein nach ihren Begriffen unzivilisiertes Leben auf dem Land, wo er nur mit dem Vieh und mit Bauern zu tun habe, und besonders mißfiel ihr, daß er, der doch in ihre Tochter verliebt war, anderthalb Monate bei ihnen im Haus verkehrte, auf irgend etwas zu warten schien und beobachtete, als fürchte er, der Familie durch einen Heiratsantrag zuviel Ehre zu erweisen, und nicht verstand, daß er sich erklären mußte, wenn er so oft in einem Haus verkehrte, in dem ein heiratsfähiges junges Mädchen war. Und dann war er plötzlich abgereist, ohne sich erklärt zu haben. ›Gut, daß er so wenig anziehend ist, daß Kitty sich nicht in ihn verliebt hat‹, dachte die Mutter.

Wronskij entsprach allen Wünschen der Mutter. Er war sehr reich, klug, angesehen, auf dem besten Weg zu einer glänzenden Laufbahn in der Armee und bei Hof, und er war ein bezaubernder Mensch. Etwas Besseres konnte man sich wirklich nicht wünschen.

Wronskij machte auf den Bällen Kitty sichtlich den Hof, tanzte viel mit ihr und verkehrte bei Schtscherbatzkijs; also war nicht daran zu zweifeln, daß er ernste Absichten hatte. Trotz allem war die Mutter diesen ganzen Winter in schrecklicher Unruhe und Aufregung.

Die Fürstin selbst hatte vor dreißig Jahren durch die Vermittlung einer Tante geheiratet. Der Freier, über den man schon vorher genau unterrichtet war, kam ins Haus, sah sich die Braut an, und man sah sich ihn an; die Tante erkundigte sich nach dem Eindruck, den man voneinander gewonnen hatte, und gab diese Eindrücke dann weiter; der Eindruck war gut; dann wurde an einem vorher bestimmten Tag den Eltern der erwartete Antrag gemacht und von ihnen angenommen. Alles war sehr glatt und einfach gegangen. Wenigstens kam es der Fürstin jetzt so vor. Aber bei ihren eigenen Töchtern machte sie die Erfahrung, wie schwer und knifflig die anscheinend so einfache Sache war, seine Töchter unter die Haube zu bringen. Wieviel Angst hatte sie bei der Verheiratung ihrer beiden älteren Töchter Darja und Natalja ausgestanden, wie viele Gedanken hatte sie sich gemacht, wieviel Geld ausgegeben, wie viele Meinungsverschiedenheiten mit ihrem Mann gehabt! Und jetzt, wo die Jüngste in die Gesellschaft eingeführt wurde, erlebte sie dieselben Ängste, dieselben Zweifel und noch größeren Streit mit ihrem Mann als wegen der älteren Töchter. Der alte Fürst war, wie alle Väter, besonders ängstlich um die Ehre und den Ruf seiner Töchter besorgt; er war in unvernünftiger Weise auf seine Töchter eifersüchtig, vor allem auf Kitty, die sein Liebling war, und machte der Fürstin auf Schritt und Tritt Szenen, weil sie ihre Töchter kompromittiere. Die Fürstin war das schon von den älteren Töchtern her gewohnt, jetzt aber merkte sie, daß der Fürst mehr Grund zur Ängstlichkeit hatte als früher. Sie sah, daß sich in letzter Zeit vieles an den Gebräuchen der Gesellschaft geändert hatte und daß die Pflichten einer Mutter schwerer geworden waren. Sie sah, daß Kittys Altersgenossinnen allerlei Vereine gründeten, allerlei Kurse mitmachten, frei mit Männern umgingen, allein in die Stadt fuhren, fast alle keinen Knicks mehr machten und, was die Hauptsache war, alle fest überzeugt waren, daß die Wahl eines Gatten ihre eigene Angelegenheit und nicht die ihrer Eltern sei. ›Heutzutage wird man nicht mehr so verheiratet wie früher‹, dachten und sagten alle diese jungen Mädchen und sogar alle älteren Leute. Wie man aber heutzutage seine Töchter verheiratete, das konnte die Fürstin von keinem Menschen erfahren. Die französische Sitte, daß die Eltern über das Schicksal der Kinder entscheiden, hatte in Rußland keinen Eingang gefunden und wurde verworfen. Die englische Sitte, den jungen Mädchen völlige Freiheit zu lassen, wurde ebenfalls nicht anerkannt und war in der russischen Gesellschaft unmöglich. Und die russische Sitte der Heiratsvermittlung galt als völlig absurd, und alle machten sich darüber lustig, auch die Fürstin selbst. Wie aber die Mädchen heirateten und wie man sie verheiratete, das wußte kein Mensch. Alle, mit denen die Fürstin darüber sprach, sagten zu ihr: »Aber ich bitte Sie, es ist wirklich Zeit, diesen veralteten Brauch aufzugeben. Die jungen Leute sollen ja heiraten, und nicht die Eltern; also muß man auch die jungen Leute ihr Schicksal selbst gestalten lassen.« Aber Leute, die keine Töchter hatten, konnten das leicht sagen; die Fürstin hingegen sah sehr wohl, daß ihre Tochter bei völlig freiem Verkehr sich auch in einen Mann verlieben konnte, der gar nicht heiraten wollte, oder in einen, der nicht als Gatte für sie taugte. Und sooft man der Fürstin auch sagte, daß in unserer Zeit die jungen Leute ihr Schicksal selbst gestalten müssen – sie konnte das nicht glauben, ebensowenig wie sie hätte glauben können, daß eine geladene Pistole das beste Spielzeug für ein fünfjähriges Kind sei. Und deshalb machte sich die Fürstin um Kitty mehr Sorgen als seinerzeit um die älteren Töchter.

Jetzt fürchtete sie, Wronskij könnte sich darauf beschränken, ihrer Tochter nur den Hof zu machen. Sie sah, daß Kitty sich bereits in ihn verliebt hatte, aber sie tröstete sich damit, daß er ein Ehrenmann sei und deshalb nicht so handeln könne. Aber sie wußte auch, wie leicht es bei der heutigen Freiheit des Umgangs war, einem jungen Mädchen den Kopf zu verdrehen, und wie leichtfertig die Männer über eine solche Schuld dachten. In der vergangenen Woche hatte Kitty ihrer Mutter von einem Gespräch erzählt, das sie bei einer Mazurka mit Wronskij gehabt hatte. Dieses Gespräch hatte die Fürstin etwas beruhigt, aber ganz ruhig konnte sie doch nicht sein. Wronskij hatte zu Kitty gesagt, er und sein Bruder seien beide so daran gewöhnt, sich in allem nach ihrer Mutter zu richten, daß sie nie etwas Wichtiges unternehmen würden, ohne sie vorher um Rat zu fragen. »Auch jetzt erwarte ich die Ankunft meiner Mutter aus Petersburg als besonderes Glück«, hatte er gesagt.

Kitty hatte das ihrer Mutter erzählt, ohne diesen Worten eine besondere Bedeutung beizumessen. Aber die Mutter faßte es anders auf. Sie wußte, daß die alte Gräfin jeden Tag erwartet wurde, und wußte, daß sie sich über die Wahl ihres Sohnes freuen würde, und es kam ihr sonderbar vor, daß er aus Furcht, seine Mutter zu kränken, noch keinen Antrag gemacht hatte, aber sie wünschte diese Heirat so sehr und vor allem, bald von diesen Sorgen befreit zu werden, so daß sie daran glaubte. So schmerzlich es für die Fürstin jetzt war, das Unglück ihrer Tochter Dolly mit ansehen zu müssen, die sich von ihrem Mann trennen wollte, die Sorgen um das Schicksal der jüngsten Tochter drängten alle anderen Gefühle zurück. Der heutige Tag hatte ihr durch Lewins plötzliches Erscheinen neue Aufregungen gebracht. Sie fürchtete, daß ihre Tochter, die Lewin früher anscheinend sehr gern gehabt hatte, Wronskij aus übertriebener Ehrlichkeit einen Korb geben würde und daß die Ankunft Lewins die ganze Angelegenheit, die schon kurz vor dem Abschluß stand, verwirren und verzögern könnte.

»Ist Lewin schon vor längerer Zeit angekommen?« fragte die Fürstin ihre Tochter auf der Heimfahrt.

»Heute, Mama.«

»Ich möchte dir nur eines sagen...« begann die Fürstin, und an ihrem ernsten, erregten Gesicht erriet Kitty, wovon die Rede sein würde.

»Mama«, sagte sie errötend und wandte sich ihr rasch zu, »bitte, bitte, sprechen Sie nicht davon. ich weiß, ich weiß alles.«

Sie wünschte dasselbe wie ihre Mutter, aber die Gründe, aus denen ihre Mutter das wünschte, kränkten sie.

»Ich wollte nur sagen: Wenn du dem einen Hoffnung gemacht hast...«

»Mama, liebste Mama, ich bitte Sie um Gottes willen, sprechen Sie nicht davon. Es ist so schrecklich, davon zu sprechen.«

»Nein, nein, ich sage ja gar nichts«, antwortete die Mutter, als sie Tränen in Kittys Augen sah. »Nur eins, mein Herzchen: du hast mir versprochen, keine Geheimnisse vor mir zu haben. Wirst du mir alles sagen?«

»Ich werde Ihnen nie etwas verheimlichen, Mama, nie!« antwortete Kitty errötend und sah ihrer Mutter in die Augen. »Aber ich habe Ihnen jetzt nichts zu sagen. Ich... ich... weiß beim besten Willen nicht, was ich Ihnen sagen sollte, und wie... ich weiß nicht...«

›Nein, mit diesen Augen kann sie nicht die Unwahrheit sagen‹, dachte die Mutter und lächelte über die Erregung und das Glück ihrer Tochter. Sie lächelte darüber, wie groß und bedeutsam der armen Kleinen alles erschien, was jetzt in ihrer Seele vorging.

13

Kitty hatte in der Zeit vom Mittagessen bis zum Abend ein Gefühl wie ein Jüngling vor der Schlacht. Ihr Herz klopfte heftig, und sie konnte ihre Gedanken auf nichts konzentrieren.

Sie fühlte, daß der heutige Abend, an dem sich die beiden Männer zum erstenmal begegneten, ihr Schicksal entscheiden mußte. Immer wieder stellte sie sich die beiden vor, bald jeden einzeln, bald beide zusammen. Wenn sie an die Vergangenheit dachte, verweilte sie mit Freude und Rührung bei der Erinnerung an ihr Verhältnis zu Lewin. Die Kindheitserinnerungen und die Erinnerungen an die Freundschaft zwischen Lewin und ihrem verstorbenen Bruder verliehen ihrem Verhältnis zu ihm einen besonderen poetischen Reiz. Seine Liebe zu ihr, von der sie fest überzeugt war, schmeichelte ihr und freute sie. So konnte sie leichten, frohen Herzens an Lewin denken. In ihre Gedanken an Wronskij aber mischte sich stets ein unbehagliches Gefühl, obwohl er ein höchst weltgewandter und ruhiger Mensch war; irgend etwas stimmte da nicht — nicht bei ihm, denn er war sehr schlicht und herzlich, sondern bei ihr selbst, während sie sich Lewin gegenüber völlig frei und unbefangen fühlte. Aber dafür sah sie ein Bild voller Glanz und Glück vor sich, wenn sie an eine Zukunft mit Wronskij dachte, und die Zukunft an Lewins Seite erschien ihr wie in einen dichten Nebel gehüllt.

Als sie nach oben gegangen war, um sich umzuziehen, und in den Spiegel schaute, bemerkte sie mit Freude, daß sie einen ihrer guten Tage hatte und im vollen Besitz ihrer Kräfte war — und das brauchte sie auch sehr nötig für all das, was ihr heute bevorstand. Sie war sich ihrer äußeren Ruhe und ihrer freien Anmut voll bewußt.

Als sie um halb acht in den Salon kam, meldete der Diener: »Konstantin Dmitrijewitsch Lewin.« Die Fürstin war noch in ihrem Zimmer, und auch der Fürst war noch nicht im Salon. ›Jetzt kommt es!‹ dachte Kitty, und alles Blut strömte ihr zum Herzen. Sie erschrak über ihre Blässe, als sie einen Blick in den Spiegel warf.

Jetzt wußte sie genau, daß er nur deshalb so früh kam, um sie allein zu treffen und ihr einen Antrag zu machen. Und jetzt sah sie die ganze Sache zum erstenmal von einer ganz anderen, neuen Seite. Jetzt erst begriff sie, daß diese Frage nicht sie allein anging — wen sie liebte und mit wem sie glücklich werden sollte —, sondern auch einen anderen Menschen, den sie gern hatte und den sie im nächsten Augenblick kränken mußte, bitter kränken... Und warum? Weil dieser gute Mensch sie liebte, weil er in sie verliebt war. Aber es war nicht zu vermeiden, es mußte sein.

›Mein Gott, muß ich es ihm wirklich selbst sagen?‹ dachte sie. ›Aber was soll ich ihm denn sagen? Soll ich ihm sagen, daß ich ihn nicht liebe? Das wäre eine Unwahrheit. Was soll ich ihm nur sagen? Daß ich einen anderen liebe? Nein, das ist unmöglich. Ich gehe fort, ich gehe fort!‹

Sie war schon fast an der Tür, als sie seine Schritte hörte. ›Nein, das wäre unehrlich. Warum soll ich mich fürchten? Ich habe nichts Böses getan. Was sein muß, muß sein! Ich werde ihm die Wahrheit sagen. Und ihm gegenüber kann mir das nicht peinlich sein. Da ist er!‹ sagte sie zu sich selbst, als sie seine kräftige und doch schüchterne Gestalt mit den leuchtenden, auf sie gerichteten Augen erblickte. Sie sah ihm ins Gesicht, als wollte sie ihn um Schonung anflehen, und gab ihm die Hand.

»Ich glaube, ich komme etwas zu früh«, sagte er und schaute sich in dem leeren Salon um. Als er sah, daß seine Erwartungen eingetroffen waren und nichts ihn hinderte, sich auszusprechen, wurde sein Gesicht tiefernst.

»O nein!« sagte Kitty und setzte sich an den Tisch.

»Ja, ich hatte mir gewünscht, Sie allein zu treffen«, begann er, ohne sich zu setzen und ohne sie anzusehen, um den Mut nicht zu verlieren.

»Mama kommt sofort. Sie war gestern sehr müde. Gestern ...« Sie sprach, ohne zu wissen, was ihre Lippen redeten, und ohne ihren flehenden, schmeichelnden Blick von ihm abzuwenden. Er sah sie an; sie errötete und verstummte.

»Ich habe Ihnen gesagt, daß ich nicht wüßte, wie lange ich in Moskau bleiben würde ... und daß das von Ihnen abhinge ...«

Sie senkte den Kopf immer tiefer und wußte nicht, was sie auf die Frage antworten sollte, die jetzt kommen mußte.

»Daß das von Ihnen abhinge«, wiederholte er. »Ich wollte sagen ... ich wollte sagen ... Ich bin gekommen, um ... um ... Werden Sie meine Frau!« sagte er plötzlich, ohne zu wissen, was er redete; aber er fühlte, daß das Schrecklichste gesagt war, hielt inne und sah sie an.

Sie atmete schwer, ohne ihn anzusehen. Sie war entzückt, ihre Seele war übervoll von Glück. Sie hatte nie erwartet, daß ein Liebesgeständnis von ihm einen so starken Eindruck auf sie machen werde. Aber das dauerte nur einen Augenblick. Sie dachte an Wronskij. Sie blickte Lewin mit ihren hellen, treuen Augen an, und als sie sein verzweifeltes Gesicht sah, antwortete sie hastig:

»Es kann nicht sein ... verzeihen Sie mir ...«

Wie nahe war sie ihm noch vor einer Minute gewesen, wie wichtig für sein Leben! Und wie fremd, wie fern war sie ihm jetzt!

»Es konnte nicht anders sein«, sagte er, ohne sie anzusehen. Er verbeugte sich und wollte hinausgehen.

14

Aber in diesem Augenblick kam die Fürstin herein. Ihr Gesicht wurde starr vor Schreck, als sie die beiden allein und ihre verstörten Gesichter sah. Lewin verbeugte sich wortlos vor ihr, Kitty schwieg und blickte nicht auf. ›Gott sei Dank, sie hat ihm einen Korb gegeben‹, dachte die Mutter, und in ihrem Gesicht leuchtete das gewohnte Lächeln auf, mit dem sie jeden Donnerstag ihre Gäste begrüßte. Sie setzte sich und fragte Lewin nach seinem Leben auf dem Land. Er hatte wieder Platz genommen und wartete nur auf die Ankunft der anderen Gäste, um unbemerkt fortzugehen.

Fünf Minuten später kam eine Freundin von Kitty, die im vorigen Jahr geheiratet hatte, eine Gräfin Northstone.

Sie war eine hagere, kränkliche, nervöse Dame mit gelblicher Haut und schwarzen blitzenden Augen. Sie hatte Kitty sehr lieb, und ihre Liebe äußerte sich, wie stets die Liebe einer verheirateten Frau zu einem jungen Mädchen, in dem Wunsch, Kitty so unter die Haube zu bringen, wie es ihrem eigenen Ideal vom Glück entsprach, und deshalb wollte sie sie mit Wronskij verheiraten. Lewin, den sie zu Anfang des Winters oft bei Schtscherbatzkijs getroffen hatte, war ihr immer unsympathisch gewesen. Wenn sie mit ihm zusammenkam, war es immer ihre liebste Beschäftigung, sich über ihn lustig zu machen.

»Ich habe es so gern, wenn er von dem Gipfel seiner Erhabenheit auf mich herabschaut: wenn er mit mir spricht, bricht er entweder seine klugen Reden ab, weil ich ihm zu dumm dafür bin, oder er läßt sich zu mir herab. Das habe ich besonders gern, diese Herablassung! Ich freue mich, daß er mich nicht ausstehen kann!« pflegte sie von ihm zu sagen.

Sie hatte recht, denn Lewin konnte sie tatsächlich nicht ausstehen und verachtete sie gerade wegen der Eigenschaften, auf die sie stolz war und die sie für ihre Vorzüge hielt — ihre Nervosität und ihre blasierte Gleichgültigkeit und Verachtung allem Derben und Alltäglichen gegenüber.

Zwischen der Northstone und Lewin hatte sich jenes Verhältnis angebahnt, das man in der Gesellschaft nicht selten findet, daß nämlich zwei Menschen nach außen hin durchaus freundlich miteinander verkehren, einander aber derart ver-

achten, daß einer den anderen nicht einmal ernst nehmen und sich nicht von ihm beleidigt fühlen kann.
Gräfin Northstone fiel sofort über Lewin her.
»Ach, Konstantin Dmitrijewitsch! Sind Sie wieder einmal in unser Sündenbabel gekommen?« sagte sie und reichte ihm ihre winzige gelbe Hand; ihre Worte waren eine Anspielung auf eine Äußerung Lewins, der zu Anfang des Winters einmal gesagt hatte, Moskau sei ein Babel. »Nun, hat sich das Babel gebessert, oder sind Sie schlechter geworden?« fügte sie hinzu und sah sich mit spöttischem Lächeln nach Kitty um.
»Es ist sehr schmeichelhaft für mich, Gräfin, daß Sie sich so gut an meine Worte erinnern«, sagte Lewin, der inzwischen seine Fassung wiedergewonnen hatte und nun seine gewohnten scherzhaft-feindlichen Beziehungen zu der Gräfin Northstone wieder aufnahm. »Offenbar haben sie großen Eindruck auf Sie gemacht.«
»Aber natürlich! Ich schreibe mir alles auf. Nun, Kitty, bist du wieder Schlittschuh gelaufen?«
Sie begann eine Unterhaltung mit Kitty. Und wenn es noch so unschicklich war, jetzt zu gehen, Lewin fand es leichter, diese Unschicklichkeit zu begehen, als den ganzen Abend dazubleiben und Kitty zu sehen, die ihn ab und zu anschaute, aber seinem Blick auswich. Er wollte gerade aufstehen, doch da sprach die Fürstin ihn an, die bemerkt hatte, daß er schwieg.
»Sind Sie für längere Zeit nach Moskau gekommen? Sie sind doch im Semstwo tätig und können deshalb wohl nicht lange bleiben?«
»Nein, Fürstin, ich bin nicht mehr im Semstwo tätig«, antwortete er. »Ich bin nur für ein paar Tage gekommen.«
›Es muß etwas Besonderes mit ihm sein‹, dachte die Gräfin Northstone, sein ernstes, strenges Gesicht musternd. ›Er läßt sich heute gar nicht zu seinen gewohnten klugen Reden verleiten. Aber ich werde ihn schon dazu bringen. Es macht

mir so viel Spaß, ihn in Kittys Gegenwart zum Narren zu halten, und ich werde es auch heute tun.‹

»Konstantin Dmitritsch«, sagte sie zu ihm, »bitte erklären Sie mir doch, was das bedeutet — Sie wissen ja in solchen Dingen Bescheid. In unserem Dorf im Gouvernement Kaluga haben sämtliche Bauern und ihre Weiber alles vertrunken, was sie besaßen, und zahlen uns jetzt nichts. Was bedeutet das? Sie loben die Bauern ja immer so sehr.«

In diesem Augenblick kam noch eine Dame herein, und Lewin erhob sich.

»Entschuldigen Sie, Gräfin, aber ich verstehe wirklich nichts davon und kann Ihnen nichts darüber sagen«, entgegnete er und sah den Offizier an, der hinter der Dame hereingekommen war.

›Das muß Wronskij sein‹, dachte Lewin und warf einen Blick auf Kitty, um Gewißheit zu haben. Sie hatte Wronskij bereits erblickt und sah sich jetzt nach Lewin um. Und an diesem einen Blick ihrer unwillkürlich aufleuchtenden Augen erkannte Lewin, daß sie diesen Mann liebte, erkannte es so sicher, wie wenn sie es ihm gesagt hätte.

Jetzt konnte Lewin nicht fortgehen, ob es nun gut war oder schlecht; er mußte erfahren, was für ein Mann der war, den sie liebte.

Es gibt Leute, die, wenn sie mit jemand zusammentreffen, der auf irgendeinem Gebiet ihr erfolgreicher Nebenbuhler ist, sofort geneigt sind, alles Gute an ihm nicht zu beachten und nur das Schlechte zu sehen; und es gibt Leute, die sich im Gegenteil bemühen, an diesem erfolgreichen Nebenbuhler die Eigenschaften zu entdecken, durch die er ihnen den Rang abgelaufen hat, und die mit bitterem Schmerz im Herzen nur das Gute an ihm suchen. Lewin gehörte zu diesen Leuten, und es wurde ihm nicht schwer, das Gute und Anziehende an Wronskij zu entdecken. Es sprang ihm sofort in die Augen. Wronskij war nicht groß, kräftig gebaut, brünett, mit einem hübschen, gutmütigen, außerordentlich ruhigen und energischen Gesicht. In diesem Gesicht und der ganzen Gestalt, von dem kurzgeschnittenen schwarzen Haar und dem glattrasierten Kinn bis zu dem weiten, nagelneuen Uniformrock, war alles an ihm schlicht und zugleich elegant. Wronskij ließ der Dame, die mit ihm zusammen hereingekommen war, den Vortritt, dann begrüßte er die Fürstin und Kitty.

Als er sich Kitty näherte, leuchteten seine schönen Augen besonders zärtlich auf; mit einem kaum merklichen, glücklichen und bescheiden triumphierenden Lächeln (so schien es Lewin) verneigte er sich ehrerbietig und gemessen vor ihr und reichte ihr seine kleine, aber breite Hand.

Nachdem er alle begrüßt und mit jedem ein paar Worte gesprochen hatte, setzte er sich, ohne Lewin auch nur angesehen zu haben, der kein Auge von ihm wandte.

»Gestatten Sie, daß ich Sie miteinander bekannt mache«, sagte die Fürstin, auf Lewin weisend. »Konstantin Dmitrijewitsch Lewin, Graf Alexej Kirillowitsch Wronskij.«

Wronskij stand auf, sah Lewin freundlich in die Augen und drückte ihm die Hand.

»Ich glaube, ich sollte in diesem Winter einmal mit Ihnen zusammen an einem Diner teilnehmen«, sagte er mit seinem offenen, ungekünstelten Lächeln, »aber Sie fuhren dann plötzlich aufs Land.«

»Konstantin Dmitrijewitsch verachtet und haßt die Stadt und uns Städter«, bemerkte Gräfin Northstone.

»Meine Worte müssen einen großen Eindruck auf Sie machen, da Sie sich so gut daran erinnern«, sagte Lewin, errötete aber sofort, weil ihm einfiel, daß er das schon einmal gesagt hatte.

Wronskij sah Lewin und die Gräfin Northstone an und lächelte.

»Sie leben immer auf dem Land?« fragte er. »Ich denke mir, daß es dort im Winter recht langweilig ist.«

»Es ist nicht langweilig, wenn man eine Beschäftigung hat,

und auch wenn ich allein bin, langweile ich mich nie«, antwortete Lewin schroff.

»Ich liebe das Land«, sagte Wronskij, der Lewins Ton wohl bemerkt hatte, aber tat, als sei ihm nichts aufgefallen.

»Aber ich hoffe, Graf, daß Sie nicht damit einverstanden wären, immer auf dem Land zu leben«, bemerkte Gräfin Northstone.

»Das weiß ich nicht. Ich habe nie versucht, längere Zeit auf dem Land zu leben. Ich habe einmal ein seltsames Gefühl gehabt«, fuhr er fort, »ich habe mich nirgends so sehr nach dem Land gesehnt, nach einem russischen Dorf mit seinen Bauern und Bastschuhen, wie in Nizza, wo ich mit meiner Mutter einen Winter verbracht habe. Nizza an sich ist sehr langweilig, wie Sie wissen. Auch Neapel und Sorrent sind nur bei kurzem Aufenthalt schön. Und gerade dort denkt man besonders lebhaft an Rußland und vor allem an unsere Dörfer. Sie sind...«

Er richtete seine Worte an Kitty und auch an Lewin und sah bald sie, bald ihn mit seinem ruhigen freundlichen Blick an; er redete anscheinend, was ihm gerade in den Sinn kam.

Als er bemerkte, daß Gräfin Northstone etwas sagen wollte, hielt er inne, ohne den begonnenen Satz zu beenden, und hörte ihr aufmerksam zu.

Das Gespräch verstummte keinen Augenblick, so daß die alte Fürstin, die für den Fall, daß es an Gesprächsstoff fehlte, stets zwei schwere Geschütze in Reserve hielt — den Vergleich der klassischen Bildung mit der Realbildung und die allgemeine Wehrpflicht —, diese Geschütze nicht ins Treffen zu führen brauchte und Gräfin Northstone keine Gelegenheit fand, Lewin zum Narren zu halten.

Lewin wollte sich an dem allgemeinen Gespräch beteiligen, aber er konnte es nicht; jeden Augenblick sagte er sich: ›Jetzt gehe ich‹, ging aber doch nicht, als warte er auf etwas.

Man sprach von Tischrücken und von Geistern, und Gräfin

Northstone, die an Spiritismus glaubte, begann von wunderbaren Vorgängen zu erzählen, die sie gesehen hatte.

»Ach, Gräfin, zu diesen Leuten müssen Sie mich unbedingt einmal mitnehmen, ich bitte Sie um alles in der Welt, nehmen Sie mich mit. Ich habe noch nie etwas Übernatürliches gesehen, obwohl ich es überall suche«, sagte Wronskij lächelnd.

»Gut, am nächsten Samstag«, antwortete Gräfin Northstone. »Und Sie, Konstantin Dmitrijewitsch, glauben Sie daran?« fragte sie Lewin.

»Warum fragen Sie mich? Sie wissen doch, was ich sagen werde.«

»Aber ich möchte gern Ihre Meinung hören.«

»Meine Meinung ist einfach die«, antwortete Lewin, »daß tanzende Tische beweisen, daß die sogenannte gebildete Gesellschaft nicht höher steht als die Bauern. Die Bauern glauben an den bösen Blick, an Hexerei und an Liebeszauber und wir...«

»Sie glauben also nicht daran?«

»Ich kann nicht daran glauben, Gräfin.«

»Aber wenn ich es doch mit eigenen Augen gesehen habe?«

»Die Bauernweiber erzählen auch, sie hätten den Hauskobold mit eigenen Augen gesehen.«

»Sie meinen also, daß ich die Unwahrheit sage?«

Sie lachte ärgerlich.

»Nein, nein, Mascha, Konstantin Dmitrijewitsch sagt doch nur, daß er nicht daran glauben kann«, sagte Kitty, für Lewin errötend, und Lewin verstand das; noch mehr gereizt, wollte er etwas antworten, aber da gab Wronskij mit seinem offenen, heiteren Lächeln dem Gespräch, das unangenehm zu werden drohte, eine andere Wendung.

»Sie halten das also für vollkommen unmöglich?« fragte er. »Warum denn? Wir erkennen die Existenz der Elektrizität, die wir nicht begreifen, doch auch an. Warum könnte es nicht auch eine neue, uns noch unbekannte Kraft geben, die...«

»Als die Elektrizität entdeckt wurde«, unterbrach ihn Lewin erregt, »wurde zunächst nur die Erscheinung an sich entdeckt, und es blieb unbekannt, woher sie kommt und was sie bewirkt. Jahrhunderte vergingen, ehe man daran dachte, sie praktisch anzuwenden. Die Spiritisten dagegen begannen damit, daß sie Tische schreiben und Geister erscheinen ließen, und hinterher sagten sie, das sei eine unbekannte Kraft.«
Wronskij hörte Lewin aufmerksam zu, wie er allen zuhörte. Lewins Worte schienen ihn zu interessieren.
»Ja, aber die Spiritisten sagen: wir wissen noch nicht, was für eine Kraft das ist, aber diese Kraft ist vorhanden, und sie wirkt unter diesen oder jenen Bedingungen. Mögen nun die Gelehrten erforschen, worin diese Kraft besteht. Nein, ich sehe nicht ein, warum das nicht eine neue Kraft sein könnte, wenn sie...«
»Darum nicht«, unterbrach ihn Lewin wieder, »weil bei der Elektrizität jedesmal eine bestimmte Erscheinung eintritt, wenn man ein Stück Harz an Wolle reibt, hier aber nicht jedesmal, und folglich ist es keine Naturerscheinung.«
Wronskij, der wohl das Gefühl hatte, daß das Gespräch für einen Salon zu ernst sei, erwiderte nichts, sondern versuchte, das Gesprächsthema zu wechseln, und wandte sich mit heiterem Lächeln an die Damen.
»Wir wollen gleich einen Versuch machen, Gräfin«, sagte er; aber Lewin wollte alles aussprechen, was er dachte.
»Ich meine«, fuhr er fort, »daß dieser Versuch der Spiritisten, ihre Wunder durch irgendeine neue Kraft zu erklären, völlig erfolglos ist. Sie reden immer von einer geistigen Kraft und wollen sie materiellen Experimenten unterziehen.«
Alle warteten darauf, daß er aufhören würde, und er fühlte das.
»Ich glaube, Sie wären ein ausgezeichnetes Medium«, sagte Gräfin Northstone, »Sie haben so etwas Schwärmerisches.«
Lewin machte den Mund auf, wollte etwas sagen, errötete und sagte nichts.

»Wollen wir es gleich einmal mit dem Tischrücken versuchen, Prinzessin?« sagte Wronskij. »Sie erlauben es doch, Fürstin?«

Er stand auf und sah sich nach einem Tischchen um.

Kitty erhob sich, um ein Tischchen zu holen, und als sie an Lewin vorbeiging, begegneten sich ihre Blicke. Er tat ihr in tiefster Seele leid, um so mehr, da sie selbst die Ursache des Unglücks war, um dessentwillen sie ihn bemitleidete. ›Wenn man mir überhaupt verzeihen kann, so verzeihen Sie mir!‹ sagte ihr Blick. ›Ich bin so glücklich.‹

›Ich hasse alle Menschen, auch Sie und mich selbst‹, antwortete sein Blick, und er griff nach seinem Hut. Aber es war ihm nicht beschieden, wegzukommen. Gerade als die anderen sich um ein Tischchen setzten und Lewin gehen wollte, kam der alte Fürst herein, begrüßte die Damen und wandte sich dann zu Lewin.

»Ah!« rief er erfreut. »Sind Sie schon lange in Moskau? Ich wußte gar nicht, daß du hier bist. Ich freue mich sehr, Sie zu sehen!«

Der alte Fürst nannte Lewin manchmal du, manchmal Sie. Er umarmte ihn und sprach mit ihm, ohne Wronskij zu beachten, der aufgestanden war und ruhig wartete, bis der Fürst ihn ansprechen würde.

Kitty fühlte, daß die Liebenswürdigkeit ihres Vaters nach dem, was vorgefallen war, für Lewin bedrückend sein mußte. Sie sah auch, wie kühl ihr Vater endlich Wronskijs Verbeugung erwiderte und wie Wronskij ihren Vater mit freundlicher Verwunderung anblickte und sich vergebens bemühte, zu begreifen, warum der Fürst wohl so unfreundlich zu ihm war, und sie errötete.

»Fürst, überlassen Sie uns Konstantin Dmitrijewitsch!« sagte die Gräfin Northstone. »Wir möchten gern ein Experiment machen.«

»Was für ein Experiment? Tischrücken? Na, nehmen Sie es mir nicht übel, meine Damen und Herren, aber meiner An-

sicht nach ist das Ringspiel viel lustiger«, sagte der alte Fürst und sah dabei Wronskij an, in dem er den Anstifter erriet. »Das Ringspiel hat wenigstens noch einen Sinn.«
Wronskij sah mit seinem festen Blick den Fürsten erstaunt an, lächelte kaum merklich und begann sich dann sofort mit der Gräfin Northstone über einen großen Ball zu unterhalten, der in der nächsten Woche stattfinden sollte.
»Ich hoffe, Sie werden auch dort sein«, sagte er zu Kitty.
Sobald sich der Fürst von ihm weggewandt hatte, ging Lewin unbemerkt hinaus, und der letzte Eindruck, den er von dieser Abendgesellschaft mitnahm, war Kittys lächelndes, glückliches Gesicht, mit dem sie Wronskijs Frage nach dem Ball beantwortete.

15

Als die Gesellschaft zu Ende war, erzählte Kitty ihrer Mutter von ihrem Gespräch mit Lewin, und trotz allen Mitleids, das sie für ihn empfand, freute sie der Gedanke, daß ihr ein *Antrag* gemacht worden war. Sie zweifelte nicht daran, daß sie richtig gehandelt hatte. Aber im Bett konnte sie lange nicht einschlafen. Ein bestimmter Eindruck verfolgte sie unablässig. Es war Lewins Gesicht mit den zusammengezogenen Brauen und den finster und traurig darunter hervorblickenden guten Augen, wie er dastand und ihrem Vater zuhörte und sie und Wronskij ansah. Und er tat ihr so leid, daß ihr die Tränen in die Augen traten. Aber im nächsten Augenblick dachte sie an den, für den sie ihn hingegeben hatte. Lebhaft stellte sie sich dieses männliche, energische Gesicht vor, diese vornehme Ruhe und die Güte, die seine ganze Persönlichkeit ausstrahlte; sie dachte daran, daß der, den sie liebte, sie wieder liebte, und es wurde ihr wieder froh ums Herz, und mit glücklichem Lächeln legte sie den Kopf auf das Kissen. ›Er tut mir leid, er tut mir leid, aber was sollte ich denn tun? Ich bin nicht schuld‹, sagte sie sich; aber eine innere Stimme sagte ihr etwas anderes. Ob sie bereute, daß sie Lewin an sich gezogen oder daß sie ihn zurückgewiesen hatte, das wußte sie nicht. Aber ihr Glück war durch Zweifel getrübt. »Herr, erbarme dich, Herr, erbarme dich, Herr, erbarme dich!« sagte sie im Einschlafen vor sich hin.

Um dieselbe Zeit spielte sich unten in dem kleinen Arbeitszimmer des Fürsten wegen der Lieblingstochter eine jener Szenen ab, die sich zwischen den Eltern häufig wiederholten.

»Was ich damit sagen will? Das will ich Ihnen sagen!« schrie der Fürst, fuchtelte mit den Händen und schlug wütend seinen mit Fehpelz gefütterten Schlafrock übereinander. »Daß Sie keinen Stolz haben, keine Würde, daß Sie unsere Tochter blamieren und unglücklich machen durch diese gemeine, dumme Ehestifterei!«

»Aber ich bitte dich, um Gottes willen, Fürst, was habe ich denn getan?« sagte die Fürstin beinahe weinend.

Nach dem Gespräch mit ihrer Tochter war sie glücklich und zufrieden zu dem Fürsten gekommen, um ihm wie gewöhnlich gute Nacht zu sagen; von Lewins Antrag und Kittys ablehnender Antwort hatte sie ihrem Mann nichts sagen wollen, aber sie hatte ihm angedeutet, daß sie die Sache mit Wronskij für ganz sicher hielt und daß sie sich entscheiden würde, sobald seine Mutter käme. Bei diesen Worten war der Fürst plötzlich aufgefahren und hatte angefangen, ungehörige Worte zu schreien.

»Was Sie getan haben? Das liegt auf der Hand: erstens haben Sie einen Freier angelockt, und ganz Moskau wird darüber reden, und mit Recht. Wenn Sie Gesellschaften geben, dann laden Sie verschiedene Leute ein, und nicht nur ausgewählte Heiratskandidaten. Laden Sie alle diese Windhunde ein« (so nannte der Fürst die jungen Männer von Moskau), »nehmen Sie einen Klavierspieler und lassen Sie sie tanzen; aber nicht so wie heute, nur Heiratskandidaten, um etwas zusammenzukuppeln. Mir ist es ekelhaft, das mitanzusehen, einfach ekelhaft! Aber Sie haben es erreicht, Sie haben dem Kind den Kopf verdreht. Lewin ist ein tausendmal besserer Mensch. Und dagegen dieser Petersburger Geck, solche Dutzendware, alle nach derselben Schablone, und alle Schund. Und wenn er ein Prinz von Geblüt wäre, meine Tochter hat es nicht nötig, sich einen Freier verschaffen zu lassen!«

»Aber was habe ich denn getan?«

»Sie haben...« schrie der Fürst zornig.

»Ich weiß«, unterbrach ihn die Fürstin, »wenn es nur nach dir ginge, würden wir unsere Tochter nie verheiraten. Dann könnten wir auch lieber aufs Land ziehen.«

»Das wäre auch das beste!«

»Aber hör doch! Habe ich mich vielleicht um ihn bemüht? Nicht im geringsten! Ein junger Mann, ein sehr netter junger Mann, hat sich in sie verliebt, und es scheint, daß sie...«

»Jawohl, jetzt heißt es: ›Es scheint!‹ Aber wenn sie sich wirklich in ihn verliebt und er so wenig ans Heiraten denkt wie ich?... Ich kann dieses Getue nicht mehr sehen! ›Ah, der Spiritismus! Ah, Nizza! Ah, auf dem Ball!‹« Der Fürst ahmte seine Frau nach und machte bei jedem Wort einen Knicks. »So machen wir Kitty unglücklich, und sie setzt sich wirklich in den Kopf, daß dieser Mensch...«

»Warum glaubst du das denn?«

»Ich glaube es nicht, ich weiß es; für so etwas haben wir Männer einen Blick, und ihr Weiber nicht. Ich sehe da einen jungen Mann, der ernste Absichten hat, und das ist Lewin; und ich sehe da einen lockeren Zeisig, diesen Windhund, der sich nur amüsieren will.«

»Du hast dir halt einmal in den Kopf gesetzt...«

»Du wirst noch einmal daran denken, aber wenn's zu spät ist; gerade wie bei der armen Dolly.«

»Gut, gut, wir wollen nicht mehr davon reden«, fiel ihm die

Fürstin ins Wort, denn sie dachte an die unglückliche Dolly.

»Na schön, dann gute Nacht!«

Die Gatten bekreuzigten und küßten einander; aber sie fühlten beim Auseinandergehen, daß jeder bei seiner Meinung blieb.

Die Fürstin war vorher fest überzeugt gewesen, daß der heutige Abend Kittys Geschick entschieden habe und daß an Wronskijs Absichten kein Zweifel möglich sei, aber die Worte ihres Mannes hatten sie doch stutzig gemacht. Und als sie sich in ihr Zimmer zurückgezogen hatte, wiederholte sie wie Kitty in banger Sorge vor der unbekannten Zukunft mehrmals im stillen: »Herr, erbarme dich, Herr, erbarme dich, Herr, erbarme dich!«

16

Wronskij hatte nie ein Familienleben gekannt. Seine Mutter war in ihrer Jugend eine glänzende Weltdame gewesen und hatte während ihrer Ehe und besonders nachher viele Liebesverhältnisse gehabt, die der ganzen Gesellschaft bekannt waren. Seinen Vater hatte er kaum gekannt; er war im Pagenkorps erzogen worden.

Nachdem er das Korps als blutjunger, glänzender Offizier verlassen hatte, kam er sogleich in die Kreise der reichen Petersburger Militärs. Er verkehrte zwar ab und zu auch in der Petersburger Gesellschaft, aber seine Liebesaffären spielten sich alle außerhalb dieser Gesellschaft ab.

In Moskau lernte er nach dem üppigen und rohen Petersburger Leben zum erstenmal den Reiz des Umgangs mit einem liebenswürdigen, unschuldigen Mädchen aus guter Familie kennen, das ihn liebgewonnen hatte. Es kam ihm nie in den Sinn, daß an seinem Verhältnis zu Kitty irgend etwas Schlechtes sein könne. Auf Bällen tanzte er hauptsächlich mit ihr; er verkehrte im Haus ihrer Eltern. Er

redete mit ihr, was man gewöhnlich in der Gesellschaft redet, allerlei Unsinn, aber einen Unsinn, dem er um Kittys willen unwillkürlich einen besonderen Sinn gab. Obwohl er nichts zu ihr sagte, was er nicht vor aller Ohren hätte sagen können, fühlte er, daß sie immer mehr in eine gewisse Abhängigkeit von ihm geriet, und je deutlicher er das merkte, um so angenehmer war es ihm, und sein Gefühl für sie wurde zärtlicher. Er wußte nicht, daß sein Verhalten Kitty gegenüber einen bestimmten Namen hatte, daß es eine Betörung junger Mädchen war, ohne die Absicht, sie zu heiraten, und daß diese Betörung zu den schlechten Streichen gehört, die bei vornehmen jungen Männern seines Schlages üblich sind. Er glaubte, er sei der erste, der dieses Vergnügen entdeckt hätte, und freute sich über seine Entdeckung.
Hätte er hören können, was Kittys Eltern an diesem Abend sagten, hätte er erfahren, wie die Sache vom Standpunkt der Familie aus betrachtet wurde, daß er Kitty unglücklich machen würde, wenn er sie nicht heiratete, so hätte er sich sehr gewundert und es nicht geglaubt. Er konnte nicht glauben, daß das, was für ihn und besonders für sie ein so großes, schönes Vergnügen war, etwas Schlechtes sein könne. Und noch weniger hätte er glauben können, daß er sie heiraten müsse.
Er hielt es für unmöglich, daß er einmal heiraten würde. Nicht nur, daß er das Familienleben nicht liebte, nach den allgemeinen Ansichten der Junggesellenwelt, in der er lebte, stellte er sich unter einer Familie und besonders unter einem Ehemann etwas Fremdartiges, Feindseliges und vor allem Lächerliches vor. Obwohl Wronskij keine Ahnung hatte, was Kittys Eltern gesagt hatten, fühlte er doch, als er an diesem Abend von Schtscherbatzkijs wegging, daß das geheime seelische Band zwischen ihm und Kitty durch den heutigen Abend so fest geworden war, daß er etwas unternehmen mußte. Aber was er unternehmen konnte und mußte, das fiel ihm nicht ein.

›Das ist eben das Reizvolle‹, dachte er, als er auf dem Heimweg von Schtscherbatzkijs war und, wie immer, ein angenehmes Gefühl der Reinheit und Frische von ihnen mitnahm, das zum Teil auch davon herrührte, daß er den ganzen Abend nicht geraucht hatte, und zugleich ein ihm neues Gefühl der Rührung über Kittys Liebe zu ihm, ›das ist ja das Reizvolle, daß bis jetzt noch nichts ausgesprochen wurde, weder von ihr noch von mir, aber in diesem geheimen Gespräch unserer Blicke und unseres Tonfalls haben wir einander so gut verstanden, daß sie mir heute deutlicher denn je gesagt hat, daß sie mich liebt. Und wie reizend, schlicht und zutraulich sie war! Ich komme mir selber jetzt besser und reiner vor. Ich fühle, daß ich ein Herz habe und daß viel Gutes in mir ist. Diese lieben verliebten Augen! Als sie sagte: ‚und sehr…‘‹

›Was ist denn dabei? Nichts, gar nichts. Mir macht es Vergnügen, und ihr auch.‹ Und nun überlegte er, wo er den Abend beschließen könnte.

Er ging in Gedanken die Orte durch, wo er noch hinfahren konnte. ›In den Klub? Eine Partie Besigue und eine Flasche Champagner mit Ignatow? Nein, da mag ich nicht hin. Ins Château des fleurs? Da würde ich Oblonskij treffen. Aber Couplets und Cancan? Nein, das ist mir zuwider. Gerade deswegen habe ich Schtscherbatzkijs ja so gern, weil ich bei ihnen ein besserer Mensch werde. Ich fahre nach Hause.‹ Er ging im Hotel Dussot sofort auf sein Zimmer, ließ sich das Abendessen servieren, zog sich dann aus und hatte den Kopf kaum aufs Kissen gelegt, als er auch schon fest und ruhig schlief, wie immer.

17

Am nächsten Tag fuhr Wronskij um elf Uhr morgens zum Bahnhof der Petersburger Eisenbahn, um seine Mutter abzuholen, und der erste, dem er auf den Stufen der großen

Treppe begegnete, war Oblonskij, der mit demselben Zug seine Schwester erwartete.
»Ah, Exzellenz!« rief Oblonskij. »Wen holst du denn ab?«
»Ich erwarte meine Mutter«, antwortete Wronskij und lächelte wie alle, wenn sie Oblonskij trafen; er drückte ihm die Hand und ging mit ihm die Treppe hinauf. »Sie kommt mit diesem Zug aus Petersburg.«
»Ich habe bis um zwei Uhr in der Nacht auf dich gewartet. Wo bist du denn von Schtscherbatzkijs hingefahren?«
»Nach Hause«, antwortete Wronskij. »Offen gestanden, ich war gestern nach dem Besuch bei Schtscherbatzkijs so guter Stimmung, daß ich keine Lust hatte, noch woandershin zu fahren.«
»Am gebrannten Mal erkenn ich, ob von edler Art ein Roß, an des Jünglings Aug' erspäh ich, ob ins Herz ihn Amor schoß«, deklamierte Stepan Arkadjitsch gerade wie gestern bei dem Essen mit Lewin.
Wronskij lächelte mit einem Gesicht, als wollte er das nicht gerade ableugnen, wechselte aber sofort das Thema.
»Wen willst du denn abholen?« fragte er.
»Ich? Eine sehr hübsche Frau«, sagte Oblonskij.
»Sieh mal an!«
»Honny soit qui mal y pense! Meine Schwester Anna.«
»Ach, Frau Karenina?« fragte Wronskij.
»Du kennst sie doch?«
»Ich glaube ja. Oder nein... ich kann mich wirklich nicht entsinnen«, antwortete Wronskij zerstreut, der bei dem Namen Karenina eine dunkle Vorstellung von etwas Pedantischem und Langweiligem hatte.
»Aber meinen berühmten Schwager Alexej Alexandrowitsch kennst du sicher. Den kennt ja die ganze Welt.«
»Ja, das heißt, ich kenne ihn nur vom Hörensagen und von Ansehen. Ich weiß, daß er ein kluger, gelehrter Mann ist, irgend etwas ganz Großartiges... Aber weißt du, das ist nicht in meiner... not in my line«, sagte Wronskij.

»Ja, er ist ein sehr bedeutender Mann; ein bißchen konservativ, aber ein prächtiger Mensch«, sagte Stepan Arkadjitsch, »ein ganz prächtiger Mensch.«
»Nun, um so besser für ihn«, sagte Wronskij lächelnd. »Ah, du bist ja auch hier!« sagte er zu dem hochgewachsenen alten Diener seiner Mutter, der an der Tür stand. »Komm nur mit.«
Wronskij fühlte sich in letzter Zeit — ganz abgesehen von der Anziehungskraft, die Stepan Arkadjitschs sympathische Art auf alle ausübte — auch deshalb zu ihm hingezogen, weil er immer Kittys Schwager in ihm sah.
»Na, wie ist's, wollen wir am Sonntag das Diner für die Diva geben?« fragte er lächelnd und nahm ihn am Arm.
»Ganz bestimmt! Ich sammle Unterschriften dazu. Da fällt mir ein: Hast du gestern meinen Freund Lewin kennengelernt?« fragte Stepan Arkadjitsch.
»Natürlich. Aber er ist merkwürdig früh weggegangen.«
»Er ist ein Prachtkerl«, fuhr Oblonskij fort, »nicht wahr?«
»Ich weiß nicht«, antwortete Wronskij, »woher es kommt, daß alle Moskauer — die Anwesenden natürlich ausgenommen —«, bemerkte er scherzend, »eine eigentümliche Schroffheit an sich haben. Sie stellen sich immer gleich auf die Hinterbeine, ärgern sich, als wollten sie es einem ordentlich geben...«
»Ja, ja, das stimmt!« sagte Stepan Arkadjitsch lachend.
»Kommt der Zug bald?« fragte Wronskij einen Bahnbeamten.
»Er ist schon gemeldet«, antwortete der Beamte.
An der Bewegung und an den Vorbereitungen auf der Station merkte man, daß der Zug bald kommen mußte: Gepäckträger liefen hin und her, Gendarmen erschienen, Bahnbeamte und Leute, die jemand abholen wollten. Durch den Kältedunst hindurch sah man Arbeiter in kurzen Pelzen und weichen Filzstiefeln über die gewundenen Schienenstränge laufen. Man hörte das Pfeifen einer Lokomotive auf einem fernen Gleis, und wie eine schwere Masse in Bewegung gesetzt wurde.

»Nein«, sagte Stepan Arkadjitsch, der Wronskij zu gern von Lewins Absichten Kitty gegenüber erzählen wollte, »nein, du hast meinen lieben Lewin nicht richtig beurteilt. Er ist ein sehr nervöser Mensch und kann oft unangenehm werden, das ist wahr, aber dafür ist er manchmal sehr nett. Er ist ein ehrlicher, aufrichtiger Charakter und hat ein goldenes Herz. Gestern waren da besondere Gründe«, fuhr Stepan Arkadjitsch mit vielsagendem Lächeln fort; er hatte das aufrichtige Mitgefühl, das er gestern für seinen Freund empfunden hatte, vollkommen vergessen und empfand jetzt etwas ganz Ähnliches, aber für Wronskij. »Ja, gestern gab es einen Grund, aus dem er entweder besonders glücklich oder besonders unglücklich sein konnte.«

Wronskij blieb stehen und fragte unvermittelt: »Was denn? Hat er deiner Schwägerin vielleicht einen Heiratsantrag gemacht?«

»Kann sein«, sagte Stepan Arkadjitsch. »Ich hatte gestern den Eindruck, als ob er so etwas vorhätte. Und wenn er früh wegging und schlechter Laune war, dann wird es wohl so gewesen sein. Er ist schon lange in sie verliebt und tut mir sehr leid.«

»So ist das!... Ich glaube übrigens, daß sie auf eine bessere Partie rechnen kann«, sagte Wronskij, warf sich in die Brust und ging wieder auf dem Bahnsteig auf und ab. »Übrigens kenne ich ihn zu wenig«, fügte er hinzu. »Ja, das ist eine unangenehme Situation! Deshalb ziehen auch die meisten den Umgang mit Kokotten vor. Ein Mißerfolg bei so einer Frau beweist nur, daß du nicht genug Geld hattest; aber hier wird deine Würde in die Waagschale geworfen. Aber da kommt der Zug.«

Tatsächlich, in der Ferne pfiff schon die Lokomotive. Ein paar Minuten später erzitterte der Bahnsteig, und keuchend ihren Dampf ausstoßend, den die Kälte nach unten drückte, rollte die Lokomotive vorbei; der Hebel am Mittelrad beugte und streckte sich langsam und taktmäßig, der dick vermummte, rauhreifbedeckte Lokomotivführer salutierte, und hinter dem Tender, immer langsamer und den Bahnsteig immer stärker erschütternd, glitt der Gepäckwagen vorbei, in dem ein winselnder Hund saß; endlich folgten die Personenwagen und hielten mit leisem Zittern.

Der schneidige Schaffner gab noch im Fahren ein Signal mit seiner Trillerpfeife und sprang dann ab; unmittelbar nach ihm stiegen einzelne ungeduldige Reisende aus: ein Gardeoffizier in sehr gerader Haltung, der sich streng umschaute, ein vergnügt lächelnder geschäftiger junger Kaufmann mit einer Reisetasche, ein Bauer mit einem Quersack auf der Schulter.

Wronskij stand neben Oblonskij, betrachtete die Wagen und die Aussteigenden und hatte seine Mutter ganz vergessen. Was er soeben über Kitty erfahren hatte, erregte und freute ihn. Seine Brust hob sich unwillkürlich, und seine Augen blitzten. Er fühlte sich als Sieger.

»Die Gräfin Wronskaja sitzt in diesem Abteil«, sagte der schneidige Schaffner, auf Wronskij zugehend.

Die Worte des Schaffners weckten ihn aus seiner Versunkenheit und erinnerten ihn wieder an seine Mutter und an das bevorstehende Wiedersehen mit ihr. Im Grunde seines Herzens verehrte er seine Mutter nicht und liebte sie auch nicht, ohne sich darüber klar zu sein, aber nach den Anschauungen des Kreises, in dem er lebte, und nach der Erziehung, die er genossen hatte, konnte er sich kein anderes Verhältnis zu seiner Mutter vorstellen als unbedingten Gehorsam und größten Respekt, und diesen Gehorsam und Respekt betonte er nach außen hin um so mehr, je weniger er seine Mutter im Herzen verehrte und liebte.

18

Wronskij folgte dem Zugführer in den Waggon und blieb am Eingang stehen, um eine aussteigende Dame vorbeizulassen. Mit dem erfahrenen Auge des Weltmanns hatte Wronskij mit einem Blick auf das Äußere dieser Dame gesehen, daß sie zu den höchsten Gesellschaftskreisen gehörte. Er entschuldigte sich und wollte in den Waggon gehen, aber er mußte sich unbedingt noch einmal nach ihr umsehen, nicht, weil sie sehr schön war, auch nicht wegen der Eleganz und schlichten Anmut ihrer ganzen Gestalt, sondern weil in dem Ausdruck ihres lieblichen Gesichts etwas besonders Angenehmes und Freundliches gewesen war, als sie an ihm vorüberging. Als er sich umschaute, wandte sie sich auch gerade um. Die leuchtenden, grauen Augen, die wegen der dichten Wimpern dunkel wirkten, richteten sich freundlich und aufmerksam auf sein Gesicht, als ob sie ihn erkenne, wandten sich dann aber sofort der vorüberströmenden Menge zu, wie wenn sie dort jemand suchten. In diesem kurzen Blick hatte Wronskij die verhaltene Lebhaftigkeit bemerkt, die auf ihrem Gesicht spielte und zwischen den blitzenden Augen und den roten, leise lächelnden Lippen hin und her huschte. Es war, als sei ihr ganzes Wesen übervoll von Lebenslust, die sich unwillkürlich bald in dem Leuchten ihrer Augen, bald in ihrem Lächeln ausdrückte. Und wenn sie diesen Glanz in ihren Augen absichtlich dämpfte, dann leuchtete er gegen ihren Willen in dem kaum merklichen Lächeln auf.

Wronskij ging in den Waggon. Seine Mutter, eine hagere alte Dame mit schwarzen Augen und schwarzen Löckchen, betrachtete ihren Sohn mit zusammengekniffenen Augen und lächelte ein wenig mit den schmalen Lippen. Dann stand sie von dem Polstersitz auf, gab dem Dienstmädchen eine kleine Reisetasche und streckte ihrem Sohn die kleine,

dürre Hand zum Kuß hin; dann hob sie seinen Kopf von ihrer Hand und küßte ihn auf die Wange.
»Hast du mein Telegramm bekommen?« fragte sie. »Bist du gesund? Ja? Nun, Gott sei Dank!«
»Hatten Sie eine gute Reise?« fragte der Sohn, setzte sich neben sie und horchte unwillkürlich auf eine Frauenstimme vor der Tür. Er wußte, daß es die Stimme der Dame war, der er beim Hereinkommen begegnet war.
»Ich kann Ihnen trotzdem nicht recht geben«, sagte die Stimme der Dame.
»Das ist so eine Petersburger Ansicht, gnädige Frau.«
»Nein, keine Petersburger Ansicht, sondern einfach eine weibliche.«
»Nun, dann gestatten Sie mir, Ihnen die Hand zu küssen.«
»Auf Wiedersehen, Iwan Petrowitsch. Bitte, sehen Sie sich doch einmal um, ob mein Bruder nicht da ist, und schicken Sie ihn zu mir«, sagte die Dame dicht an der Tür und kam wieder in das Abteil.
»Nun, haben Sie Ihren Bruder gefunden?« fragte Gräfin Wronskaja die Dame.
Wronskij erinnerte sich jetzt, daß das Frau Karenina war.
»Ihr Bruder ist hier«, sagte er und stand auf. »Entschuldigen Sie, daß ich Sie nicht erkannt habe, aber unsere Bekanntschaft war ja auch so kurz«, fuhr er mit einer Verbeugung fort, »daß Sie sich gewiß nicht an mich erinnern.«
»O doch«, sagte sie, »ich hätte Sie auch wiedererkannt, weil Ihre Mutter und ich auf der ganzen Fahrt fast nur von Ihnen gesprochen haben«, und ihre bisher zurückgehaltene Lebhaftigkeit brach endlich in einem Lächeln durch. »Aber meinen Bruder sehe ich immer noch nicht.«
»Ruf ihn doch, Aljoscha!« sagte die alte Gräfin.
Wronskij ging auf den Bahnsteig und rief: »Oblonskij! Hier!«
Aber Frau Karenina wartete nicht, bis ihr Bruder kam; als sie ihn gesehen hatte, stieg sie mit festem leichtem Schritt aus dem Waggon. Und als ihr Bruder zu ihr trat, legte sie

mit einer Bewegung, deren Energie und Anmut Wronskij überraschten, den linken Arm um seinen Hals, zog ihn rasch an sich und küßte ihn herzhaft. Wronskij sah sie unverwandt an und lächelte, ohne zu wissen, worüber. Aber da erinnerte er sich, daß seine Mutter auf ihn wartete, und stieg wieder in den Waggon.

»Nicht wahr, eine reizende Frau!« sagte die Gräfin. »Ihr Mann hat sie zu mir ins Abteil gebracht, und ich war sehr froh darüber. Wir haben uns auf der ganzen Fahrt miteinander unterhalten. Nun, und du, wie man hört... vous filez le parfait amour. Tant mieux, mon cher, tant mieux.«

»Ich weiß nicht, worauf Sie anspielen, maman«, antwortete der Sohn kühl. »Aber wenn es Ihnen recht ist, maman, wollen wir jetzt gehen.«

Frau Karenina kam wieder in das Abteil, um sich von der Gräfin zu verabschieden.

»Sehen Sie, Gräfin, Sie haben jetzt Ihren Sohn getroffen und ich meinen Bruder«, sagte sie heiter. »Und mein Vorrat an Geschichten war erschöpft; ich hätte nichts mehr zu erzählen gehabt.«

»O nein«, antwortete die Gräfin und nahm ihre Hand, »mit Ihnen könnte ich rund um die Welt fahren und würde mich nicht langweilen. Sie gehören zu den liebenswürdigen Frauen, mit denen man sich unterhalten und auch schweigen kann, und beides ist sehr angenehm. Aber machen Sie sich bitte keine Gedanken um Ihren Sohn: sich nie von einem Kind zu trennen, ist ja doch nicht möglich.«

Frau Karenina stand regungslos da, in sehr gerader Haltung, und ihre Augen lächelten.

»Anna Arkadjewna«, sagte die Gräfin erklärend zu ihrem Sohn, »hat ein Söhnchen, ich glaube von acht Jahren; sie hat sich noch nie von ihm getrennt und quält sich jetzt, daß sie ihn allein gelassen hat.«

»Ja, die Gräfin und ich haben die ganze Zeit von unseren Söhnen gesprochen, sie von ihrem und ich von meinem«,

sagte Frau Karenina, und wieder erhellte ein Lächeln ihr Gesicht, ein freundliches Lächeln, das Wronskij galt.
»Das hat Sie wahrscheinlich sehr gelangweilt«, antwortete er, diesen Ball der Koketterie, den sie ihm zuwarf, im Fluge auffangend. Aber sie hatte offenbar keine Lust, das Gespräch in diesem Ton fortzusetzen, und wandte sich wieder der alten Gräfin zu:
»Ich danke Ihnen sehr. Die Reise ist so schnell vergangen, daß ich es gar nicht gemerkt habe. Auf Wiedersehen, Gräfin.«
»Leben Sie wohl, meine Liebe«, antwortete die Gräfin. »Lassen Sie mich Ihr liebes Gesichtchen küssen. Als alte Frau sage ich Ihnen ganz offen, daß ich Sie liebgewonnen habe.«
Das war eine banale Phrase, aber Frau Karenina hielt sie offenbar für aufrichtig gemeint und freute sich darüber. Sie errötete, neigte sich leicht vor, näherte ihr Gesicht den Lippen der alten Gräfin, richtete sich wieder auf und gab mit dem Lächeln, das so oft zwischen ihren Lippen und Augen spielte, Wronskij die Hand. Er drückte diese kleine Hand und freute sich über den kräftigen Druck, mit dem sie ihm fest und ungezwungen die Hand schüttelte, als wäre es etwas Besonderes. Dann ging sie mit schnellen Schritten hinaus, ihren ziemlich vollen Körper seltsam leicht bewegend.
»Eine reizende Frau!« sagte die alte Dame.
Ihr Sohn dachte dasselbe. Er blickte ihr nach, bis ihre anmutige Gestalt verschwunden war, und sein Gesicht behielt den lächelnden Ausdruck. Durch das Fenster sah er noch, wie sie auf ihren Bruder zuging, die Hand auf seinen Arm legte und ihm sehr lebhaft etwas zu erzählen begann, das offenbar mit ihm, Wronskij, nichts zu tun hatte, und das ärgerte ihn.
»Sind Sie ganz wohlauf, maman?« fragte er seine Mutter noch einmal.
»Vollkommen, ich fühle mich ausgezeichnet. Alexander war

sehr nett. Und Marie ist sehr hübsch geworden. Sie ist sehr interessant.«

Und sie begann wieder von den Dingen zu erzählen, die sie am meisten interessierten: von der Taufe ihres Enkels, zu der sie nach Petersburg gefahren war, und daß der Zar ihrem ältesten Sohn außerordentlich gnädig gesinnt sei.

»Da ist auch Lawrentij«, sagte Wronskij, zum Fenster hinaussehend.

»Jetzt können wir gehen, wenn es Ihnen recht ist.«

Der alte Haushofmeister, der die Gräfin auf der Reise begleitet hatte, erschien im Waggon, um zu melden, daß alles bereit sei, und die Gräfin stand auf, um auszusteigen.

»Ja, gehen wir«, sagte Wronskij, »jetzt sind nicht mehr so viele Leute auf dem Bahnsteig.«

Das Mädchen nahm die Reisetasche und das Hündchen, der Haushofmeister und ein Gepäckträger das übrige Gepäck. Wronskij reichte seiner Mutter den Arm; doch als sie ausgestiegen waren, liefen plötzlich einige Männer mit erschrockenen Gesichtern an ihnen vorbei, darunter auch der Stationsvorsteher in seiner grellfarbigen Mütze. Offenbar war etwas Ungewöhnliches geschehen. Alles lief vom Zug nach hinten.

»Was ist los?... Was?... Wo?... Er ist umgestoßen worden... Überfahren!« riefen die vorübereilenden Leute.

Stepan Arkadjitsch und seine Schwester, die ihn untergefaßt hatte, kamen ebenfalls mit erschrockenen Gesichtern wieder zurück und blieben an der Tür des Waggons stehen, um aus dem Gedränge herauszukommen.

Die Damen stiegen wieder in den Wagen, und Wronskij und Stepan Arkadjitsch folgten der Menschenmenge, um Näheres über den Unfall zu erfahren.

Ein Bahnwärter, der entweder betrunken oder wegen der großen Kälte zu sehr eingemummt war, hatte einen rangierenden Zug nicht kommen hören und war überfahren worden.

Noch ehe Wronskij und Oblonskij zurückgekommen waren, hatten die Damen diese Einzelheiten von dem Haushofmeister erfahren.
Oblonskij und Wronskij hatten beide den verstümmelten Leichnam gesehen. Oblonskij war erschüttert. Er verzog das Gesicht und schien dem Weinen nahe zu sein.
»Ach, wie entsetzlich! Ach, Anna, wenn du das gesehen hättest! Ach, wie entsetzlich!« sagte er immer wieder.
Wronskij schwieg; sein hübsches Gesicht war ernst, aber vollkommen ruhig.
»Ach, wenn Sie das gesehen hätten, Gräfin«, sagte Stepan Arkadjitsch. »Seine Frau ist auch da... Es war schrecklich, sie anzusehen... sie warf sich über die Leiche. Die Leute sagten, der Mann wäre der einzige Ernährer einer großen Familie gewesen. Schrecklich!«
»Kann man denn nichts für die Frau tun?« flüsterte Frau Karenina erregt.
Wronskij sah sie an und verließ sofort das Abteil.
»Ich komme gleich wieder, maman«, sagte er, sich an der Tür umwendend.
Als er nach ein paar Minuten zurückkam, erzählte Stepan Arkadjitsch der Gräfin bereits von einer neuen Sängerin, und die Gräfin, die auf ihren Sohn wartete, schaute ungeduldig nach der Tür.
»Nun, dann wollen wir gehen«, sagte Wronskij im Hereinkommen.
Sie gingen zusammen, Wronskij mit seiner Mutter voran, dahinter Frau Karenina mit ihrem Bruder. Am Ausgang holte sie der Stationsvorsteher ein und sagte zu Wronskij: »Sie haben meinem Gehilfen zweihundert Rubel gegeben. Haben Sie die Güte, mir zu sagen, für wen das Geld bestimmt ist.«
»Für die Witwe«, antwortete Wronskij achselzuckend. »Ich verstehe nicht, was da noch zu fragen ist.«
»Das haben Sie getan?« rief Oblonskij von hinten, drückte den Arm seiner Schwester an sich und fügte hinzu: »Sehr

lieb, sehr lieb! Ein Prachtmensch, nicht wahr? Ich empfehle mich Ihnen, Gräfin.«

Er blieb mit seiner Schwester stehen, um sich nach ihrem Mädchen umzusehen.

Als sie aus dem Bahnhof kamen, war Wronskijs Kutsche schon weggefahren. Die Leute, die hinausgingen, sprachen immer noch von dem Unglück.

»Ein entsetzlicher Tod!« sagte ein vorübergehender Herr. »Es heißt, er sei in zwei Stücke gerissen worden.«

»Nein, ich finde, daß ein so plötzlicher Tod der leichteste ist, den man sich denken kann«, bemerkte ein anderer.

»Daß gegen so etwas keine Vorsichtsmaßregeln ergriffen werden!« sagte ein dritter.

Frau Karenina stieg in den Wagen, und Stepan Arkadjitsch sah mit Erstaunen, daß ihre Lippen bebten und sie nur mit Mühe die Tränen zurückhalten konnte.

»Was hast du, Anna?« fragte er, als sie einige hundert Schritte gefahren waren.

»Ein böses Vorzeichen«, sagte sie.

»Dummes Zeug!« sagte Stepan Arkadjitsch. »Du bist da, und das ist die Hauptsache. Du kannst dir gar nicht vorstellen, wie sehr ich auf dich hoffe.«

»Kennst du Wronskij schon lange?« fragte sie.

»Ja. Weißt du, wir hoffen, daß er Kitty heiratet.«

»Ja?« sagte Anna leise. »Nun, jetzt wollen wir von dir sprechen«, fügte sie hinzu und schüttelte den Kopf, als wollte sie mit dieser Bewegung etwas Überflüssiges, Störendes verscheuchen. »Wir wollen von deinen Angelegenheiten sprechen. Ich habe deinen Brief erhalten — und da bin ich.«

»Ja, du bist meine ganze Hoffnung«, sagte Stepan Arkadjitsch. »Nun, jetzt erzähle mir alles.«

Und Stepan Arkadjitsch fing an zu erzählen.

Als sie vor seinem Haus angekommen waren, half Oblonskij seiner Schwester aus dem Wagen, seufzte, drückte ihr die Hand und fuhr zu seiner Behörde.

19

Als Anna ins Zimmer kam, saß Dolly mit einem hellblonden, rundlichen Jungen, der schon jetzt seinem Vater ähnlich sah im kleinen Wohnzimmer und hörte seine französische Lektion ab. Der Junge las und drehte dabei an einem nur noch lose baumelnden Knopf seiner Jacke, um ihn abzureißen. Die Mutter hatte ihm schon ein paarmal die Hand weggezogen, aber das dicke Händchen griff immer wieder nach dem Knopf. Schließlich riß die Mutter den Knopf ab und steckte ihn in die Tasche.

»Halte die Hände still, Grischa«, sagte sie und nahm wieder ihre Decke vor, eine vor langer Zeit begonnene Handarbeit, die sie in schweren Stunden immer zur Hand nahm; sie häkelte nervös, bog den Finger zurück und zählte die Maschen. Zwar hatte sie gestern ihrem Mann sagen lassen, es gehe sie nichts an, ob seine Schwester komme oder nicht, aber sie hatte doch alles für ihre Ankunft vorbereitet und erwartete ihre Schwägerin sehr aufgeregt.

Dolly war wie betäubt von ihrem Schmerz und konnte an nichts anderes mehr denken. Aber sie hatte nicht vergessen, daß ihre Schwägerin Anna die Frau eines der einflußreichsten Männer in Petersburg und eine Petersburger grande dame war. Und aus diesem Grund hatte sie nicht getan, was sie ihrem Mann angekündigt hatte, das heißt, sie hatte nicht vergessen, daß ihre Schwägerin heute ankommen werde. ›Schließlich ist Anna ja auch vollkommen unschuldig‹, dachte Dolly, ›ich habe nur Gutes von ihr gehört und gesehen, und zu mir persönlich war sie immer sehr lieb und freundlich.‹ Freilich hatte es ihr in Karenins Haus in Petersburg, soweit sie sich an ihre Eindrücke erinnern konnte, nicht sonderlich gefallen; in ihrem Familienleben war etwas Unaufrichtiges gewesen. ›Aber warum soll ich sie nicht empfangen? Wenn es ihr nur nicht einfällt, mich zu trösten!‹ dachte Dolly. ›Über alle Trostsprüche, Ermahnungen, die christliche Pflicht, zu verzeihen, habe ich ja schon tausendmal nachgedacht, aber es hilft mir nichts.‹

All diese Tage war Dolly mit ihren Kindern allein gewesen. Mit jemand über ihren Kummer sprechen wollte sie nicht, und mit diesem Kummer auf dem Herzen von anderen Dingen sprechen konnte sie nicht. Aber sie wußte, daß sie Anna so oder so alles sagen würde, und bald freute sie der Gedanke daran, wie sie das alles sagen würde, bald ärgerte es sie, daß sie mit ihr, seiner Schwester, über ihre Demütigung sprechen und sich tröstende und ermahnende Redensarten anhören müsse.

Sie erwartete Anna jeden Augenblick, sah immer wieder auf die Uhr und verpaßte dann doch, wie es oft geschieht, die Ankunft des Besuchs, denn sie hatte das Klingeln nicht gehört.

Als sie das Rauschen eines Kleides und leichte Schritte an der Tür hörte, wandte sie sich um, und ihr abgehärmtes Gesicht drückte keine Freude, sondern Überraschung aus. Sie stand auf und umarmte ihre Schwägerin.

»Du bist schon da?« sagte sie und küßte Anna.

»Dolly, wie freue ich mich, dich zu sehen!«

»Ich freue mich auch«, sagte Dolly mit einem matten Lächeln und versuchte aus Annas Gesichtsausdruck zu erraten, ob sie schon alles wisse. ›Sicher weiß sie alles‹, dachte sie, als sie etwas Mitleidiges in Annas Gesicht bemerkte. »Komm, ich führe dich in dein Zimmer«, fuhr sie fort, bemüht, den Augenblick der Aussprache möglichst weit hinauszuschieben.

»Ist das Grischa? Mein Gott, wie er gewachsen ist!« sagte Anna, küßte ihn und blieb dann errötend stehen, ohne Dolly anzusehen. »Nein, laß uns noch eine Weile hierbleiben.«

Sie nahm das Tuch und den Hut ab, der an einer Strähne ihres schwarzen, krausen Haares hängenblieb; sie schüttelte den Kopf, um die Strähne loszumachen.

»Du strahlst ja vor Glück und Gesundheit«, sagte Dolly fast neidisch.

»Ich?... Ja!« sagte Anna. »Mein Gott, Tanja! Sie ist genauso alt wie mein Serjosha«, sagte sie zu dem kleinen Mädchen, das eben ins Zimmer gelaufen kam. Sie nahm das Kind auf den Arm und küßte es. »Ein reizendes Kind! Zeige sie mir doch alle!«
Sie zählte die Kinder auf und kannte nicht nur ihre Namen, sondern wußte auch genau, wie alt sie waren, was für einen Charakter sie hatten und welche Krankheiten sie durchgemacht hatten, und das rechnete Dolly ihr hoch an.
»Komm, wir wollen zu ihnen gehen«, sagte sie. »Mein Wasja schläft leider gerade.«
Nachdem sie die Kinder angesehen hatten, setzten sie sich, jetzt allein, im Wohnzimmer an den Kaffeetisch. Anna faßte das Tablett und schob es wieder weg.
»Dolly«, sagte sie, »er hat mit mir gesprochen.«
Dolly sah Anna kalt an. Sie erwartete jetzt ein paar heuchlerisch-teilnahmsvolle Phrasen, aber Anna sagte nichts dergleichen.
»Dolly, liebe Dolly«, sagte sie, »ich will weder ihn entschuldigen noch dich trösten, denn das ist unmöglich. Aber du tust mir so leid, mein Herzchen, du tust mir von ganzer Seele leid!«
Zwischen den dichten Wimpern ihrer leuchtenden Augen zeigten sich plötzlich Tränen. Sie setzte sich näher zu ihrer Schwägerin und faßte mit ihrer energischen kleinen Hand Dollys Hand. Dolly rückte nicht von ihr weg, aber ihr Gesicht verlor seinen starren Ausdruck nicht. Sie sagte:
»Trösten kann man mich nicht. Alles ist verloren nach dem, was geschehen ist, alles ist zerstört!«
Und kaum hatte sie das gesagt, da wurde der Ausdruck ihres Gesichts plötzlich weicher. Anna nahm Dollys trockene, magere Hand, küßte sie und sagte:
»Aber Dolly, was soll man denn tun, was tun? Wie verhält man sich am besten in dieser entsetzlichen Lage? Darüber muß man doch nachdenken.«

»Alles ist aus, weiter nichts«, sagte Dolly. »Und, weißt du, das Schlimmste ist, daß ich ihn nicht verlassen kann; die Kinder – ich bin doch gebunden. Aber ich kann nicht mit ihm leben, es ist mir eine Qual, ihn zu sehen.«
»Dolly, Liebe, er hat mit mir gesprochen, ich möchte es aber auch von dir hören, sag mir bitte alles.«
Dolly sah sie fragend an.
Aufrichtige Teilnahme und Liebe sprachen aus Annas Gesicht.
»Gut«, sagte sie plötzlich. »Aber ich will ganz von vorne anfangen. Du weißt ja, wie ich geheiratet habe. Dank der Erziehung durch Mama war ich nicht nur unschuldig, sondern einfach dumm. Ich wußte von nichts. Ich weiß, es heißt, daß die Männer ihren Frauen von ihrem Vorleben erzählen, aber Stiwa...«, sie verbesserte sich, »Stepan Arkadjitsch hat mir nichts gesagt. Du wirst mir nicht glauben, aber ich habe bis jetzt gedacht, ich wäre die einzige Frau, die er besessen hat. So habe ich acht Jahre gelebt. Weißt du, ich habe nicht nur keine Untreue geahnt, ich habe es einfach für unmöglich gehalten, und nun, stell dir vor, mit diesen Anschauungen plötzlich all dieses Entsetzliche, all dieses Gemeine erfahren müssen... kannst du mich verstehen? Seines Glückes ganz sicher sein, und auf einmal...«, fuhr Dolly fort, ihr Schluchzen unterdrückend, »und auf einmal dieser Brief... ein Brief von ihm an seine Geliebte, unsere frühere Gouvernante. Nein, das ist zu schrecklich!« Sie zog schnell das Taschentuch heraus und hielt es vors Gesicht. »Eine plötzliche Leidenschaft könnte ich noch verstehen«, fuhr sie nach einer kurzen Pause fort, »aber mich mit Vorbedacht und List zu betrügen... und mit wem?... Weiter mein Mann sein und gleichzeitig mit ihr... das ist entsetzlich! Du kannst das nicht verstehen...«
»O doch, ich verstehe es! Ich verstehe dich, liebe Dolly, ich verstehe dich«, sagte Anna, ihre Hand drückend.
»Und glaubst du, daß er begreift, wie entsetzlich meine

Lage ist?« fuhr Dolly fort. »Nicht im geringsten! Er ist glücklich und zufrieden.«
»O nein!« fiel Anna ihr rasch ins Wort. »Er fühlt sich ganz elend, die Reue quält ihn entsetzlich...«
»Kann er denn überhaupt bereuen?« unterbrach Dolly ihre Schwägerin und sah ihr aufmerksam ins Gesicht.
»Ja, ich kenne ihn. Ich habe ihn nicht ohne Mitleid ansehen können. Wir beide kennen ihn doch. Er ist gutmütig, aber er ist auch stolz, und jetzt ist er so gedemütigt. Was mich am meisten gerührt hat...« (und hier erriet Anna das Wichtigste, was Dolly rühren konnte), »zwei Dinge quälen ihn besonders: daß er sich vor den Kindern schämen muß und daß er, der dich so liebt — ja, ja, er liebt dich über alles in der Welt«, fügte sie schnell hinzu, um Dolly, die etwas einwenden wollte, nicht zu Wort kommen zu lassen, »daß er dir so weh getan und dir einen solchen Schlag versetzt hat. ›Nein, nein, sie wird mir nie verzeihen‹, sagt er immer wieder.«
Dolly sah nachdenklich an ihrer Schwägerin vorbei, während sie ihr zuhörte.
»Ja, ich verstehe wohl, daß seine Lage schrecklich ist: der Schuldige ist schlimmer dran als der Unschuldige«, sagte sie, »wenn er fühlt, daß das ganze Unglück durch seine Schuld gekommen ist. Aber wie kann ich ihm verzeihen, wie soll ich nach dieser Person wieder seine Frau sein? Es würde mir eine Qual sein, mit ihm zu leben, eben weil ich meine frühere Liebe zu ihm nicht vergessen kann...«
Und sie konnte vor Schluchzen nicht weitersprechen.
Es war das reinste Verhängnis: jedesmal, wenn sie weich wurde, begann sie wieder von dem zu sprechen, was sie am meisten aufgebracht hatte.
»Sie ist doch jung, sie ist doch hübsch«, fuhr sie fort. »Aber weißt du, Anna, wer mir meine Jugend und meine Schönheit genommen hat? Er und seine Kinder. Ich habe ihm gedient, und in diesem Dienst ist alles draufgegangen, was ich besaß,

und jetzt ist ihm natürlich ein frisches, banales Geschöpf lieber. Sie haben sicher über mich geredet, oder, was noch schlimmer ist, geschwiegen... verstehst du?« Und wieder loderte der Haß in ihren Augen. »Und nach alldem wird er zu mir sagen... Kann ich ihm denn glauben? Nie und nimmer! Nein, jetzt ist alles aus, alles, was mir ein Trost war, ein Lohn für meine Mühe, meine Qualen... Wirst du mir das glauben? Vorhin habe ich Grischa unterrichtet; früher war mir das immer eine Freude, jetzt ist es eine Qual. Wozu mühe ich mich und plage ich mich? Wozu sind die Kinder da? Es ist entsetzlich, daß meine Seele auf einmal ganz verwandelt ist; statt Liebe und Zärtlichkeit empfinde ich nur noch Haß gegen ihn, ja, Haß. Ich könnte ihn töten und...«

»Dolly, liebe Dolly, ich verstehe dich, aber du darfst dich nicht so quälen. Du bist so gekränkt und aufgeregt, daß du vieles nicht richtig siehst.«

Dolly hatte aufgehört zu weinen, und beide schwiegen zwei Minuten.

»Was soll ich tun, Anna? Denk dir etwas aus, hilf mir! Ich habe alles erwogen und finde nichts.«

Anna fiel nichts ein, aber jedes Wort ihrer Schwägerin, jede Bewegung in ihrem Gesicht griff ihr ans Herz.

»Ich möchte dir nur eines sagen«, begann sie, »ich bin seine Schwester, ich kenne seinen Charakter, diese Fähigkeit, alles, alles zu vergessen« (sie machte eine Handbewegung vor ihrer Stirn), »diese Fähigkeit, sich hinreißen zu lassen, und dann alles tief zu bereuen. Er glaubt es jetzt selbst kaum, er begreift es nicht, wie er das tun konnte, was er getan hat.«

»Nein, er begreift es, er hat es immer begriffen!« fiel ihr Dolly ins Wort. »Aber ich... du vergißt mich... wird mir dadurch leichter?«

»Hör doch! Als er mit mir sprach, da war mir, offen gestanden, noch nicht klar, wie entsetzlich deine Lage ist. Ich sah nur ihn und daß euer Familienleben zerstört ist. Er tat mir leid. Aber jetzt, wo ich mit dir gesprochen habe, sehe ich als Frau noch etwas anderes. Ich sehe deinen Schmerz, und ich kann dir gar nicht sagen, wie leid du mir tust! Aber, liebe Dolly, ich habe volles Verständnis für dein Leid, nur eines weiß ich nicht: ich weiß nicht... ich weiß nicht, wieviel Liebe zu ihm noch in deinem Herzen ist. Das weißt nur du, ob noch so viel da ist, daß du ihm verzeihen kannst. Wenn das der Fall ist, dann verzeih ihm!«

»Nein«, fing Dolly an, aber Anna unterbrach sie und küßte noch einmal ihre Hand.

»Ich kenne die Welt besser als du«, sagte sie, »ich kenne viele Männer wie Stiwa und weiß, wie sie solche Dinge ansehen. Du sagst, er hätte mit ihr von dir gesprochen. Das ist bestimmt nicht der Fall. Solche Männer können wohl einmal untreu sein, aber der häusliche Herd und ihre Frau sind für sie ein Heiligtum. Jene Weiber bleiben ihnen doch immer verächtlich und können das Familienleben nicht stören. Zwischen diesen Frauen und ihrer Familie ziehen die Männer immer eine unüberschreitbare Grenze. Ich begreife das zwar nicht, aber es ist so.«

»Ja, aber er hat sie geküßt...«

»Liebe Dolly, hör zu. Ich habe Stiwa gesehen, als er in dich verliebt war. Ich erinnere mich noch sehr gut an jene Zeit, ich weiß noch, wie er zu mir kam und weinte, wenn er von dir sprach, was für ein poetisches, erhabenes Wesen du für ihn warst, und ich weiß auch, daß er dich immer höher schätzen lernte, je länger er mit dir lebte. Wir haben ja so oft über ihn gelacht, weil er bei jedem dritten Wort sagte: Dolly ist eine wunderbare Frau! Du warst für ihn immer eine Gottheit und bist es geblieben, und diese Leidenschaft kam nicht aus seiner Seele...«

»Wenn diese Leidenschaft aber nicht die letzte bleibt?«

»Das ist unmöglich, soweit ich die Dinge überschaue.«

»Ja, aber würdest du ihm verzeihen?«

»Ich weiß nicht, ich kann es nicht beurteilen... Nein, doch«, sagte Anna nach kurzem Nachdenken. Und die ganze Situation in Gedanken erfassend und abwägend, fuhr sie fort: »Doch, doch, doch! Ich würde ihm verzeihen. Ich wäre nicht mehr dieselbe, die ich war, aber ich würde ihm verzeihen, und zwar so, als wäre nichts gewesen, gar nichts.«

»Ja, selbstverständlich«, fiel Dolly ihr rasch ins Wort, als ob Anna etwas gesagt hätte, woran sie schon oft gedacht hatte, »sonst wäre es ja keine Verzeihung. Wenn man verzeiht, dann muß man es auch ganz tun. Nun, komm! Ich führe dich in dein Zimmer«, sagte sie aufstehend und umarmte Anna im Gehen. »Liebe Anna, ich bin so froh, daß du gekommen bist! Jetzt ist mir leichter, viel leichter.«

20

Diesen ganzen Tag verbrachte Anna zu Hause, also bei Oblonskijs, und empfing niemand, obwohl einige ihrer Bekannten, die von ihrer Ankunft gehört hatten, ihr schon am ersten Tag Besuche machten. Anna verbrachte den ganzen Morgen mit Dolly und den Kindern. Sie hatte nur ihrem Bruder einen Zettel geschickt, er solle unbedingt zu Hause zu Mittag essen. »Komm nur, Gott ist barmherzig«, schrieb sie ihm.

Oblonskij aß zu Hause zu Mittag; alle beteiligten sich am Tischgespräch, auch seine Frau sprach mit ihm und nannte ihn ›du‹, was sie vorher nicht getan hatte. In dem Verhältnis der Gatten dauerte die alte Entfremdung fort, aber von Trennung war nicht mehr die Rede, und Stepan Arkadjitsch sah wieder die Möglichkeit einer Aussprache und Versöhnung.

Gleich nach dem Mittagessen kam Kitty. Sie kannte Anna Arkadjewna, aber nur wenig, und kam jetzt zu ihrer Schwester nicht ohne eine gewisse Furcht, wie diese von allen so gepriesene Petersburger Weltdame sie empfangen würde. Aber sie gefiel Anna Arkadjewna, das merkte sie sofort.

Anna war von ihrer Schönheit und Jugend sichtlich entzückt, und ehe Kitty sich besinnen konnte, fühlte sie, daß sie nicht nur in Annas Bann geraten war, sondern daß sie sich auch in sie verliebt hatte, wie sich eben junge Mädchen manchmal in verheiratete Frauen verlieben, die etwas älter sind als sie. Anna machte gar nicht den Eindruck einer Weltdame oder der Mutter eines achtjährigen Sohnes, sondern glich eher einem zwanzigjährigen Mädchen in der Anmut ihrer Bewegungen, in ihrer Frische und in der verhaltenen Lebhaftigkeit ihres Gesichts, die bald in einem Lächeln, bald in einem Blick zum Durchbruch kam, wenn nicht der ernste, manchmal traurige Ausdruck ihrer Augen gewesen wäre, der Kitty überraschte und anzog. Kitty fühlte, daß Anna ganz offen war und nichts verheimlichte, daß aber noch eine andere höhere Welt von vielfältigen poetischen Interessen in ihr war, zu der Kitty keinen Zugang hatte.
Als Dolly nach dem Mittagessen in ihr Zimmer gegangen war, stand Anna rasch auf und ging zu ihrem Bruder, der sich gerade eine Zigarre angezündet hatte.
»Stiwa«, sagte sie zu ihm, lustig mit den Augen zwinkernd, ihn bekreuzigend und mit den Blicken nach der Tür weisend, »geh hin, und Gott möge dir helfen.«
Er verstand sie, legte die Zigarre weg und verschwand im Nebenzimmer.
Als Stepan Arkadjitsch das Zimmer verlassen hatte, ging sie wieder zum Sofa, wo sie, von den Kindern umringt, gesessen hatte. Ob nun die Kinder sahen, daß die Mama diese Tante besonders gern hatte, oder ob sie selbst sich besonders zu ihr hingezogen fühlten – genug, die beiden Ältesten und, ihrem Beispiel folgend, auch die Kleinen hatten sich, wie das bei Kindern oft ist, schon vor dem Mittagessen an die neue Tante gehängt und wichen nicht von ihrer Seite. Sie hatten sich eine Art Spiel ausgedacht, das darin bestand, möglichst nah neben der Tante zu sitzen, sie anzufassen, ihre kleine Hand

zu halten, sie zu küssen, mit ihrem Ring zu spielen oder wenigstens die Volants ihres Kleides zu berühren.

»Halt, halt, so wie wir vorher gesessen haben«, sagte Anna Arkadjewna und setzte sich wieder auf ihren Platz.

Und wieder schob Grischa seinen Kopf unter ihren Arm und drückte ihn an ihr Kleid und strahlte vor Stolz und Glück.

»Wann ist eigentlich der Ball?« wandte sie sich an Kitty.

»In der nächsten Woche. Ein sehr schöner Ball. Einer von jenen Bällen, auf denen man sich immer amüsiert.«

»Gibt es denn Bälle, auf denen man sich immer amüsiert?« fragte Anna mit zärtlichem Spott.

»Seltsamerweise ja. Bei Bobrischtschews ist es immer lustig, bei Nikitins auch, und bei Meschkows ist es immer langweilig. Haben Sie das nie bemerkt?«

»Nein, mein Herzchen, für mich gibt es keine Bälle mehr, auf denen man sich amüsiert«, sagte Anna, und Kitty sah in ihren Augen etwas von jener Welt, die ihr verschlossen war. »Für mich gibt es nur noch Bälle, auf denen es weniger öd und langweilig ist als auf anderen...«

»Wie können *Sie* sich auf einem Ball langweilen?«

»Warum sollte *ich* mich nicht langweilen?« fragte Anna.

Kitty merkte, daß Anna wußte, welche Antwort nun folgen würde.

»Weil Sie immer die Schönste sind.«

Anna hatte die Eigenschaft, leicht rot zu werden. Sie errötete und sagte:

»Erstens ist das nie der Fall, und zweitens – wenn es auch so wäre, was hätte ich davon?«

»Kommen Sie auf diesen Ball?« fragte Kitty.

»Ich glaube, ich werde wohl müssen. Nimm das nur«, sagte sie zu Tanja, die den lose sitzenden Ring von ihrem weißen, an der Spitze besonders schlanken Finger zog.

»Ich würde mich sehr freuen, wenn Sie kämen. Ich möchte Sie so gern auf einem Ball sehen.«

»Wenn ich wirklich hin muß, werde ich mich wenigstens

mit dem Gedanken trösten können, daß ich Ihnen eine Freude mache... Grischa, reiß mich nicht so an den Haaren, sie sind ja schon ganz zerzaust«, sagte sie und strich eine Haarsträhne zurecht, mit der Grischa gespielt hatte.

»Ich stelle Sie mir auf dem Ball in Lila vor.«

»Warum gerade in Lila?« fragte Anna lächelnd. »Geht jetzt, Kinder. Hört ihr nicht? Miß Hull ruft euch zum Tee«, sagte sie, die Kinder abwehrend, und beförderte sie ins Eßzimmer.

»Ich weiß, warum Sie mich auf dem Ball sehen wollen. Sie erwarten viel von diesem Ball und möchten, daß alle dabei sind und Anteil an Ihnen nehmen.«

»Woher wissen Sie das? Ja, es ist so.«

»Oh, wie glücklich ist man in Ihrem Alter«, fuhr Anna fort. »Ich habe ihn nicht vergessen, diesen blauen Nebel, der so ähnlich ist wie der in den Schweizer Bergen, ich kenne ihn! Diesen Nebel, der alles einhüllt in jener seligen Zeit, da die Kindheit zu Ende geht und aus diesem unendlich weiten, glücklichen, frohen Kreis ein immer engerer Weg wird. Und es ist so lustig und doch so unheimlich, diesen Weg zu betreten, mag er auch noch so licht und herrlich erscheinen... Wer ist ihn nicht gegangen?«

Kitty lächelte schweigend. ›Wie mag sie wohl durchgekommen sein? Wie gern möchte ich die ganze Geschichte ihrer Liebe kennen‹, dachte Kitty und stellte sich die prosaische Erscheinung von Annas Mann, Alexej Alexandrowitsch, vor.

»Ich weiß etwas. Stiwa hat es mir gesagt, und ich gratuliere Ihnen, er gefällt mir sehr gut«, fuhr Anna fort. »Ich bin mit Wronskij auf dem Bahnhof zusammengetroffen.«

»Ach, war er dort?« fragte Kitty errötend. »Was hat Stiwa Ihnen denn gesagt?«

»Stiwa hat alles ausgeplaudert. Und ich würde mich sehr freuen... Ich bin gestern mit Wronskijs Mutter gereist«, fuhr sie fort, »und sie hat mir ununterbrochen von ihm erzählt; er ist ihr Liebling. Ich weiß, wie parteiisch Mütter sind, aber...«

»Was hat die Mutter Ihnen denn erzählt?«

»Ach, sehr viel! Und ich weiß, daß er ihr Liebling ist, aber man sieht doch, daß er ein ritterlicher Mensch ist... Sie erzählte mir zum Beispiel, daß er sein ganzes Vermögen seinem Bruder geben wollte, daß er schon als Junge etwas ganz Unerhörtes getan hat, eine Frau vor dem Ertrinken gerettet. Mit einem Wort: er ist ein Held«, sagte Anna lächelnd und dachte an die zweihundert Rubel, die er auf dem Bahnhof gespendet hatte.

Aber von diesen zweihundert Rubeln erzählte sie nichts. Es war ihr irgendwie unangenehm, daran zu denken. Sie fühlte, daß diese Handlung irgendwie mit ihr zusammenhing, was nicht hätte sein dürfen.

»Sie hat mich sehr gebeten, sie zu besuchen«, fuhr Anna fort, »und ich freue mich, die alte Dame wiederzusehen, und will morgen zu ihr fahren. Aber Gott sei Dank, Stiwa bleibt lange mit Dolly im Arbeitszimmer«, fügte sie hinzu, dem Gespräch eine andere Wendung gebend, und stand auf.

Kitty hatte den Eindruck, als sei sie mit etwas unzufrieden.

»Nein, ich zuerst! Nein, ich!« schrien die Kinder, die mit ihrem Tee fertig waren, und stürzten auf die Tante Anna zu.

»Alle zusammen!« sagte Anna, lief ihnen lachend entgegen, umarmte sie und warf sich mit dem ganzen Haufen krabbelnder, vor Entzücken kreischender Kinder auf den Boden.

21

Als der Tee für die Erwachsenen serviert wurde, kam Dolly aus ihrem Zimmer. Stepan Arkadjitsch kam nicht mit. Er hatte das Zimmer seiner Frau wahrscheinlich durch die Hintertür verlassen.

»Ich fürchte, du wirst oben frieren«, sagte Dolly zu Anna, »ich möchte dich lieber unten einquartieren, dann sind wir auch näher beieinander.«

»Ach, ich bitte dich, macht euch keine Sorgen um mich«, antwortete Anna und sah Dolly ins Gesicht, bemüht, zu erraten, ob eine Versöhnung stattgefunden hatte oder nicht.

»Es wird dir hier zu hell sein«, sagte Dolly.

»Ich sage dir doch, ich schlafe überall wie ein Murmeltier.«

»Wovon ist die Rede?« fragte Stepan Arkadjitsch, der aus dem Arbeitszimmer kam, seine Frau.

An seinem Ton merkten Kitty und Anna sofort, daß sich die beiden versöhnt hatten.

»Ich möchte Anna hier unten einquartieren, aber dann müssen erst andere Gardinen aufgehängt werden. Das kann keiner richtig machen, ich muß es selbst tun«, antwortete ihm Dolly.

›Ob sie sich ganz ausgesöhnt haben?‹ dachte Anna, als sie Dollys kalten, ruhigen Ton hörte.

»Ach, laß doch, Dolly, du machst dir immer so viel Mühe«, sagte ihr Mann. »Wenn du willst, mache ich alles...«

›Ja, sie haben sich wohl doch ausgesöhnt‹, dachte Anna.

»Ich weiß, wie du das machst«, antwortete Dolly, »du gibst Matwej ganz unmögliche Anweisungen, fährst selber weg, und er bringt alles durcheinander!« Und das gewohnte spöttische Lächeln zuckte bei diesen Worten um Dollys Mundwinkel.

›Vollkommen versöhnt‹, dachte Anna, ›Gott sei Dank!‹ Und erfreut, daß sie das zustande gebracht hatte, ging sie auf Dolly zu und küßte sie.

»Ganz und gar nicht! Warum verachtest du mich und Matwej so?« sagte Stepan Arkadjitsch mit einem kaum sichtbaren Lächeln zu seiner Frau.

Den ganzen Abend behandelte Dolly ihren Mann leicht spöttisch, wie immer, und Stepan Arkadjitsch war zufrieden und munter, aber nur mit Maßen, um nicht den Eindruck zu erwecken, er habe nach erhaltener Verzeihung seine Schuld vergessen.

Um halb zehn wurde das besonders heitere und angeregte

Familiengespräch am Teetisch der Oblonskijs durch einen anscheinend ganz bedeutungslosen Zwischenfall unterbrochen, aber dieser unbedeutende Zwischenfall berührte alle recht seltsam. Man sprach gerade von einer gemeinsamen Petersburger Bekannten, und Anna stand plötzlich auf.
»Ich habe ein Bild von ihr in meinem Album«, sagte sie, »und ich zeige euch dann auch gleich meinen Serjosha«, fügte sie mit stolzem, mütterlichem Lächeln hinzu.
Gegen zehn Uhr, um die Zeit, da sie ihrem Jungen gewöhnlich gute Nacht sagte und ihn oft, ehe sie zum Ball fuhr, selbst zu Bett brachte, war sie traurig geworden, weil sie so weit von ihm entfernt war, und man mochte reden, wovon man wollte, ihre Gedanken kehrten immer wieder zu ihrem krausköpfigen Serjosha zurück. Sie wollte sein Bild sehen und von ihm sprechen. So benutzte sie die erste Gelegenheit, die sich bot, stand auf und ging mit ihren leichten, energischen Schritten das Album holen. Die Treppe nach oben, die zu ihrem Zimmer führte, mündete in den geheizten Vorplatz der großen Haupttreppe.
Als sie das Wohnzimmer verließ, wurde draußen geklingelt.
»Wer könnte das sein?« sagte Dolly.
»So früh werde ich noch nicht abgeholt, aber für einen Besuch ist es zu spät«, sagte Kitty.
»Sicher jemand mit Akten aus der Kanzlei«, sagte Stepan Arkadjitsch. Als Anna an der Haupttreppe vorbeiging, lief gerade ein Diener hinauf, um den Besuch zu melden, und der Besuch selbst stand unten neben der Flurlampe. Anna schaute hinunter und erkannte sofort Wronskij. Ein seltsames Gefühl der Freude und zugleich der Angst vor irgend etwas regte sich plötzlich in ihrem Herzen. Er stand da, ohne den Mantel abzulegen, und zog etwas aus der Tasche. In dem Augenblick, als sie an der Mitte der Treppe vorbeikam, blickte er nach oben, sah sie, und im Ausdruck seines Gesichts zeigte sich etwas wie Scham und Schreck. Sie ging

mit leicht gesenktem Kopf vorüber; gleich darauf hörte sie die laute Stimme Stepan Arkadjitschs, der Wronskij aufforderte, näher zu treten, und die leise, weiche und ruhige Stimme Wronskijs, der das ablehnte.
Als Anna mit dem Album zurückkam, war er schon fort, und Stepan Arkadjitsch erzählte, er hätte sich nur nach dem Diner erkundigen wollen, das morgen zu Ehren einer auswärtigen Berühmtheit stattfinden sollte. »Er wollte durchaus nicht hereinkommen. Ein sonderbarer Mensch!« fügte Stepan Arkadjitsch hinzu.
Kitty errötete. Sie dachte, sie allein hätte verstanden, warum er gekommen und warum er nicht näher getreten war. ›Er war bei uns‹, dachte sie, ›hat mich nicht angetroffen und dachte, ich sei hier; aber er ist nicht hereingekommen, weil er dachte, es sei schon zu spät, und Annas wegen.‹
Alle sahen sich an, ohne ein Wort zu sagen, und betrachteten dann Annas Album.
Es war nichts Ungewöhnliches und Seltsames dabei, daß jemand um halb zehn Uhr abends zu seinem Freund kam, um sich nach einem geplanten Diner zu erkundigen, und nicht näher treten wollte. Dennoch kam es allen seltsam vor. Am seltsamsten erschien es Anna, die ein ungutes Gefühl hatte.

22

Der Ball hatte gerade erst begonnen, als Kitty mit ihrer Mutter die große, mit Blumen geschmückte, von gepuderten Lakaien in roten Röcken flankierte, lichtüberflutete Treppe hinaufging. Aus den Sälen drang ein eintöniges Rauschen, wie das Summen in einem Bienenstock, und während sie auf dem Vorplatz zwischen den Lorbeerbäumen vor dem Spiegel ihre Frisuren und Kleider in Ordnung brachten, hörte man aus dem Tanzsaal die zaghaften, aber deutlichen Klänge eines Streichorchesters, das den ersten Walzer begann. Ein alter Herr in Zivil, der sich vor einem anderen Spiegel seine grauen Haare an den Schläfen zurechtgestrichen hatte und einen starken Parfümgeruch ausströmte, traf mit ihnen auf der Treppe zusammen und trat zur Seite, sichtlich entzückt über die ihm unbekannte Kitty. Ein bartloser Jüngling in sehr tief ausgeschnittener Weste, der im Gehen seine weiße Krawatte zurechtschob, einer von jenen jungen Leuten, die der alte Fürst Schtscherbatzkij ›Windhunde‹ nannte, verbeugte sich vor ihnen, kehrte, nachdem er bereits vorbeigelaufen war, noch einmal um und bat Kitty um eine Quadrille. Die erste Quadrille war schon an Wronskij vergeben, so mußte sie dem jungen Mann die zweite versprechen. Ein Offizier, der sich vor der Tür den Handschuh zuknöpfte, machte ihnen Platz und betrachtete, den Schnurrbart streichend, die rosige Kitty mit wohlgefälligem Blick.

Obwohl die Toilette, die Frisur und alle Vorbereitungen zum Ball Kitty viel Mühe und Überlegung gekostet hatten, erschien sie jetzt in ihrem kunstvollen Tüllkleid über einem rosa Unterkleid so frei und ungezwungen auf dem Ball, als ob all diese Rosetten, Spitzen und anderen Einzelheiten ihrer Toilette sie selber und ihre Hausgenossen keinerlei Mühe gekostet hätten, als ob sie in diesem Tüll, diesen Spitzen und mit dieser hohen, von einer Rose mit zwei Blättchen gekrönten Frisur zur Welt gekommen wäre.

Als die alte Fürstin vor dem Eingang in den Saal ihr das Gürtelband zurechtschieben wollte, das sich umgeschlagen hatte, wehrte Kitty leise ab. Sie hatte das Gefühl, daß alles an ihr von selbst schön und anmutig sein müsse und daß nichts in Ordnung zu bringen sei.

Kitty hatte einen ihrer guten Tage. Das Kleid war nirgends zu eng, die Spitzenborte hing nirgends zu tief herunter, keine Rosette war zerdrückt oder abgerissen; die rosa Schuhe mit den hohen, geschweiften Absätzen drückten nicht, sondern taten den Füßen wohl. Die dichten blonden Bandeaus saßen fest auf dem kleinen Köpfchen wie eigenes

Haar. Die drei Knöpfe an dem langen Handschuh, der die Hand eng umschloß, hatten sich alle zuknöpfen lassen, ohne daß einer abgerissen war. Das schwarze Samtband des Medaillons schmiegte sich besonders zärtlich um ihren Hals. Dieses Band war entzückend, und als Kitty zu Hause ihren Hals im Spiegel betrachtet hatte, da hatte sie das Gefühl gehabt, das Samtband könne reden. Alles andere konnte man vielleicht in Frage stellen, aber das Samtband war entzückend. Kitty lächelte auch jetzt auf dem Ball, als sie es im Spiegel sah. In den entblößten Schultern und Armen spürte sie etwas wie Marmorkälte, ein Gefühl, das sie besonders gern hatte. Ihre Augen leuchteten, und die roten Lippen konnten im Bewußtsein ihrer Reize nicht anders als lächeln.

Kaum hatte sie den Saal betreten und die in Tüll, Bändern, Spitzen und Blumen versinkende Schar der Damen erreicht, die darauf warteten, engagiert zu werden (Kitty brauchte in dieser Schar nie lange zu stehen), als sie auch schon zum Walzer aufgefordert wurde, und zwar von dem feinsten Kavalier, der in der Ballhierarchie den höchsten Rang hatte, dem berühmten Festordner und Zeremonienmeister Jegoruschka Korsunskij, einem stattlichen, schönen verheirateten Mann. Er hatte soeben die Gräfin Bonina verlassen, mit der er den ersten Walzer getanzt hatte, und als er nun sein Reich überblickte, das heißt, die wenigen tanzenden Paare, sah er Kitty hereinkommen und eilte mit jenem besonderen, ungezwungenen, wiegenden Gang, wie er Ballordnern eigen ist, auf sie zu, verbeugte sich und legte den Arm um ihre schlanke Taille, ohne sie zu fragen, ob sie tanzen wolle. Sie sah sich um, wem sie ihren Fächer geben könne, und die Dame des Hauses nahm ihn ihr freundlich lächelnd ab.

»Wie schön, daß Sie pünktlich gekommen sind«, sagte er, ihre Taille umfassend. »Was soll dieses dumme Zuspätkommen!«

Sie bog den linken Arm und legte ihn auf seine Schulter, und die kleinen Füße in den rosa Schuhen bewegten sich

schnell, leicht und gleichmäßig im Takt der Musik über das glatte Parkett.
»Es ist wirklich ein Genuß, mit Ihnen zu tanzen«, sagte er nach den ersten langsamen Walzerschritten. »Eine entzückende Leichtigkeit und précision!« Das sagte er zu allen Damen, die er näher kannte.
Sie lächelte über sein Lob und fuhr fort, über seine Schulter hinweg sich im Saal umzusehen. Sie war kein Neuling, für den auf einem Ball alle Gesichter zu einem einzigen zauberhaften Gesamtbild zusammenfließen, war aber auch noch nicht so viel auf Bälle geschleppt worden, daß sie kein Gesicht mehr sehen mochte, weil sie sie schon alle kannte. Sie stand in der Mitte zwischen diesen beiden Extremen: sie war erregt, beherrschte sich aber doch so weit, daß sie beobachten konnte. In der linken Ecke des Saals sah sie die Spitzen der Gesellschaft versammelt. Da stand die schöne Liddy, Korsunskijs Frau, mit einem höchst gewagten Dekolleté, da stand die Dame des Hauses, da leuchtete die Glatze von Herrn Kriwin, der immer dort war, wo sich die Crème der Gesellschaft befand, dorthin blickten die jungen Leute und wagten nicht näher heranzukommen, dort entdeckte sie auch Stiwa und die reizende Gestalt und den Kopf Annas, die ein schwarzes Samtkleid trug. Und *er* war auch dort. Kitty hatte ihn seit dem Abend, an dem sie Lewin einen Korb gegeben hatte, nicht mehr gesehen. Mit ihren scharfen Augen hatte sie ihn sofort erkannt und bemerkt, daß er zu ihr herüberschaute.
»Nun, noch eine Runde? Sind Sie nicht müde?« fragte Korsunskij, der etwas außer Atem gekommen war.
»Nein, danke!«
»Wohin soll ich Sie führen?«
»Ich glaube, Frau Karenina ist hier... führen Sie mich bitte zu ihr.«
»Wie Sie befehlen.«
Und Korsunskij walzte mit kürzeren Schritten gerade auf

die Gruppe in der linken Ecke das Saals zu, wobei er unter fortwährendem »pardon, mesdames, pardon, pardon mesdames« durch ein Meer von Spitzen, Tüll und Bändern lavierte, ohne auch nur ein Federchen zu streifen; dann schwenkte er seine Dame scharf herum, daß man ihre schlanken Beine in den durchbrochenen Strümpfen sah und ihre Schleppe sich fächerförmig ausbreitete und Kriwins Knie bedeckte. Korsunskij verbeugte sich, streckte die Brust in der tief ausgeschnittenen Weste heraus und reichte Kitty den Arm, um sie zu Anna Arkadjewna zu führen. Kitty nahm errötend ihre Schleppe von Kriwins Knien herunter und sah sich dann ein wenig schwindlig nach Anna um. Anna war nicht in Lila, wie Kitty es unbedingt gewollt hatte, sondern in einem tief ausgeschnittenen schwarzen Samtkleid, das ihre wie aus altem Elfenbein geschnitzten vollen Schultern, die Büste und die runden Arme mit den zarten, schmalen Handgelenken sehen ließ. Das ganze Kleid war mit venezianischer Guipurespitze besetzt. Auf dem Kopf in dem schwarzen Haar – es war nur ihr eigenes Haar – trug sie eine kleine Girlande von Stiefmütterchen und eine zweite an dem schwarzen Gürtelband zwischen den weißen Spitzen. Ihre Frisur war nicht auffallend. Auffallend waren nur die eigenwilligen, kurzen schwarzen Ringel des lockigen Haars, die sich im Nacken und an den Schläfen vordrängten, sie aber noch schöner machten. Um den glatten, kräftigen Hals trug sie eine Perlenkette.

Kitty hatte Anna täglich gesehen, war verliebt in sie und hatte sie sich unbedingt in Lila vorgestellt. Als sie sie aber in Schwarz sah, erkannte sie, daß sie ihre Schönheit gar nicht erfaßt hatte. Sie sah sie jetzt in ganz neuer, überraschender Gestalt. Jetzt begriff sie, daß Anna nicht Lila tragen konnte, daß ihr Reiz eben darin bestand, daß sie gleichsam aus ihrer Toilette heraustrat, daß man die Toilette an ihr überhaupt nie sah. Auch das schwarze Kleid mit den kostbaren Spitzen sah man nicht an ihr; es war nur der Rahmen, und man sah nur sie in ihrer Schlichtheit, Natürlichkeit, Eleganz und in ihrer Heiterkeit und Lebhaftigkeit.

Sie stand wie immer in sehr gerader Haltung da und sprach, als Kitty sich der Gruppe näherte, gerade mit dem Herrn des Hauses, den Kopf leicht zu ihm gewandt.

»Nein, ich will keinen Stein auf sie werfen«, antwortete sie ihm auf irgend etwas, »wenn ich das auch nicht verstehe«, fuhr sie achselzuckend fort und wandte sich dann mit einem freundlich-gönnerhaften Lächeln zu Kitty. Mit einem flüchtigen, echt weiblichen Blick musterte sie ihre Toilette und bekundete durch eine kaum merkliche, aber Kitty verständliche Kopfbewegung ihren Beifall für die Toilette und für die Schönheit der Trägerin. »Sie kommen ja gleich in den Saal hereingetanzt!« sagte sie.

»Das ist eine meiner treuesten Gehilfinnen«, sagte Korsunskij und verbeugte sich vor Anna Arkadjewna, die er noch nicht begrüßt hatte. »Die Prinzessin hilft uns, die Bälle heiter und schön zu gestalten. Anna Arkadjewna, einen Walzer«, sagte er mit einer Verbeugung.

»Sie kennen sich schon?« fragte der Gastgeber.

»Mit wem sind wir nicht bekannt? Meine Frau und ich sind wie zwei weiße Raben, uns kennt jeder«, sagte Korsunskij. »Einen Walzer, Anna Arkadjewna!«

»Ich tanze nicht, wenn es nicht unbedingt sein muß«, sagte sie.

»Heute muß es aber unbedingt sein«, sagte Korsunskij.

In diesem Augenblick kam Wronskij.

»Nun, wenn heute unbedingt getanzt werden muß, so kommen Sie«, sagte sie, ohne Wronskijs Verbeugung zu beachten, und legte schnell die Hand auf Korsunskijs Schulter.

›Was hat sie nur gegen ihn?‹ dachte Kitty, die wohl bemerkt hatte, daß Anna Wronskijs Gruß absichtlich nicht erwidert hatte. Wronskij ging auf Kitty zu, erinnerte sie an die versprochene Quadrille und sagte, er bedauere, daß er die ganze

Zeit über nicht mehr das Vergnügen gehabt habe, sie zu sehen. Kitty beobachtete voller Bewunderung die tanzende Anna und hörte gleichzeitig Wronskij zu. Sie erwartete, daß er sie zum Walzer auffordern werde, aber er tat es nicht, und sie sah ihn erstaunt an. Er errötete und engagierte sie eiligst, aber kaum hatte er ihre schlanke Taille umfaßt und den ersten Schritt gemacht, da hörte die Musik plötzlich auf. Kitty sah ihm ins Gesicht, das dem ihren so nahe war, und noch lange nachher, noch jahrelang, machte dieser liebeerfüllte Blick, den er nicht erwidert hatte, ihr Herz in qualvoller Scham zusammenzucken.

»Pardon, pardon! Walzer, Walzer!« rief Korsunskij von der anderen Seite des Saals, nahm die erste beste junge Dame und tanzte weiter.

23

Wronskij tanzte ein paar Walzerrunden mit Kitty. Nach dem Walzer ging Kitty zu ihrer Mutter und hatte kaum ein paar Worte mit der Northstone gesprochen, als Wronskij schon kam, um sie zur ersten Quadrille zu holen. Während der Quadrille sprachen die beiden nichts von Bedeutung miteinander, sie redeten mit Unterbrechungen bald von den Korsunskijs, Mann und Frau, die er sehr amüsant als liebe vierzigjährige Kinder schilderte, bald von einer bevorstehenden Liebhaberaufführung, und nur einmal wurde Kitty von dem Gespräch tiefer berührt, als er fragte, ob Lewin auch hier sei, und hinzufügte, er habe ihm sehr gut gefallen. Aber Kitty hatte von der Quadrille auch nicht mehr erwartet. Sie wartete bebenden Herzens auf die Mazurka. Sie hatte ein Gefühl, als müßte sich bei der Mazurka alles entscheiden. Daß er sie während der Quadrille nicht zur Mazurka engagierte, beunruhigte sie nicht weiter. Sie war überzeugt, daß sie die Mazurka mit ihm tanzen werde, wie auf den früheren Bällen, und hatte schon fünf Herren abgewiesen, da sie

bereits engagiert sei. Der ganze Ball bis zur letzten Quadrille war für Kitty ein zauberhafter Traum voll heiterer Farben, Klänge und Bewegungen. Sie tanzte nur dann nicht, wenn sie sich zu müde fühlte und sich ausruhen wollte. Die letzte Quadrille tanzte sie mit einem der langweiligen jungen Männer, den sie nicht hatte abweisen können, und es traf sich, daß sie Wronskij und Anna zum Visavis hatte. Sie war Anna seit ihrer Ankunft auf dem Ball nicht mehr begegnet und sah sie nun wieder in einer ganz neuen, überraschenden Gestalt. Sie sah sie erregt von ihrem Erfolg, ein Gefühl, das ihr selber wohl bekannt war. Sie sah, daß Anna vom Wein des Entzückens berauscht war, das sie hervorrief. Sie kannte dieses Gefühl und kannte seine Anzeichen und sah sie jetzt bei Anna — sie sah das zitternde, aufzuckende Leuchten in ihren Augen, das Lächeln des Glücks und der Erregung, das unwillkürlich um ihre Lippen spielte, und die vollendete Anmut, Sicherheit und Leichtigkeit der Bewegungen.
›Wer ist es?‹ fragte sie sich. ›Alle oder nur einer?‹ Und ohne dem verlegenen jungen Mann, mit dem sie tanzte, zu helfen, das Gespräch wieder in Gang zu bringen, dessen Faden er verloren hatte und nicht mehr aufnehmen konnte, äußerlich den fröhlich donnernden Kommandos Korsunskijs gehorchend, der alle bald zur grande ronde, bald zur chaîne formierte, beobachtete sie unablässig, und ihr Herz krampfte sich immer mehr zusammen. ›Nein, nicht die Bewunderung der Menge hat sie berauscht, sondern das Entzücken eines einzelnen. Wer ist dieser eine? Ist es wirklich er?‹ Jedesmal, wenn er mit Anna sprach, leuchtete ein freudiger Glanz in ihren Augen auf, und ein glückliches Lächeln umspielte ihre roten Lippen. Sie schien sich Zwang anzutun, um diese Zeichen der Freude nicht sehen zu lassen, aber sie zeigten sich von selbst in ihrem Gesicht. ›Und er?‹ — Kitty sah ihn an und erschrak. Was Kitty so deutlich im Spiegel von Annas Gesicht bemerkt hatte, das sah sie nun an ihm. Wo war seine immer so ruhige, feste Haltung geblieben, der

sorglose, ruhige Ausdruck seines Gesichts? Nein, jedesmal wenn er sich jetzt zu ihr wandte, neigte er ein wenig den Kopf, als wollte er vor ihr niederfallen, und aus seinem Blick sprach nur Ergebenheit und Furcht. ›Ich möchte dich nicht beleidigen‹, schien dieser Blick jedesmal zu sagen, ›ich möchte mich selbst retten und weiß nicht wie.‹ Sein Gesicht hatte einen Ausdruck, den sie früher nie an ihm gesehen hatte.

Sie sprachen von gemeinsamen Bekannten und führten ein ganz belangloses Gespräch, aber Kitty hatte das Gefühl, als müßte jedes von ihnen gesprochene Wort das Schicksal der beiden und auch ihr eigenes entscheiden. Und seltsam: obwohl sie wirklich nur davon redeten, wie lächerlich Iwan Iwanowitsch mit seinem Französisch sei, und daß die Jeletzkaja eine bessere Partie hätte machen können, so hatten diese Worte doch eine besondere Bedeutung für sie, und sie empfanden das ebenso, wie Kitty es fühlte. Der ganze Ball, die ganze Welt, alles versank für Kitty im Nebel. Nur die strenge Erziehung, die sie genossen hatte, hielt sie aufrecht und zwang sie, das zu tun, was von ihr verlangt wurde: tanzen, auf Fragen antworten, sich unterhalten, sogar lächeln. Aber vor dem Beginn der Mazurka, als schon die Stühle zurechtgerückt wurden und einige Paare aus den kleineren Sälen in den Hauptsaal gingen, da kam für Kitty ein Augenblick der Verzweiflung und des Entsetzens. Sie hatte fünf Herren abgewiesen, und nun war sie zur Mazurka überhaupt nicht engagiert! Sie konnte nicht mehr hoffen, aufgefordert zu werden, eben weil sie zuviel Erfolg in der Gesellschaft hatte und niemand darauf kommen konnte, daß sie noch nicht engagiert sei. Sie hätte ihrer Mutter sagen müssen, daß sie krank sei, und nach Hause fahren sollen, aber dazu hatte sie nicht die Kraft. Sie fühlte sich ganz gebrochen.

Sie zog sich in einen kleinen Salon zurück und ließ sich auf einen Sessel sinken. Der luftige Rock ihres Kleides bauschte sich wie eine Wolke um ihre schlanke Gestalt; der eine ihrer entblößten, schmächtigen, zarten Mädchenarme hing kraftlos herab und versank in den Falten der rosa Tunika, in der anderen Hand hielt sie den Fächer und wehte mit kurzen, schnellen Bewegungen ihrem glühenden Gesicht Kühlung zu. Sie glich einem Schmetterling, der sich auf einem Halm niedergelassen hat und im nächsten Augenblick seine buntschillernden Flügel wieder auseinanderfaltet und aufflattert, aber eine furchtbare Verzweiflung preßte ihr das Herz zusammen.

›Vielleicht täusche ich mich, vielleicht war das gar nicht so?‹ Und wieder vergegenwärtigte sie sich alles, was sie gesehen hatte.

»Kitty, was soll denn das heißen?« sagte Gräfin Northstone, die auf dem weichen Teppich unhörbar auf sie zugekommen war. »Ich begreife das nicht.«

Kittys Unterlippe zuckte; sie stand rasch auf.

»Kitty, du tanzst die Mazurka nicht mit?«

»Nein, nein«, sagte Kitty; ihre Stimme zitterte vor verhaltenen Tränen.

»Er hat sie in meiner Gegenwart zur Mazurka aufgefordert«, sagte die Northstone, denn sie wußte, daß Kitty verstehen werde, wer ›er‹ und ›sie‹ seien. »Sie fragte ihn: ›Tanzen Sie denn nicht mit Prinzessin Schtscherbatzkaja?‹«

»Ach, mir ist alles gleich!« antwortete Kitty.

Niemand außer ihr selbst verstand ihre Situation, niemand wußte, daß sie gestern einen Mann abgewiesen hatte, den sie vielleicht liebte, abgewiesen, weil sie an einen anderen glaubte.

Gräfin Northstone suchte Korsunskij, mit dem sie die Mazurka tanzen sollte, und veranlaßte ihn, Kitty aufzufordern.

Kitty und Korsunskij tanzten als erstes Paar, und zu ihrem Glück brauchte sie nichts mit ihm zu reden, da er die ganze Zeit hin und her lief und den Tanzenden Anweisungen gab.

Wronskij und Anna saßen ihr beinahe gegenüber. Sie sah sie mit ihren scharfen Augen, sah sie auch in der Nähe, wenn sie im Tanz aneinander vorbeikamen, und je länger sie die beiden beobachtete, desto mehr überzeugte sie sich, daß ihr Unglück vollkommen sei. Sie sah, daß die beiden in dem überfüllten Saal ganz allein zu sein glaubten. Und auf dem sonst so entschlossenen, selbstbewußten Gesicht Wronskijs sah sie jenen Ausdruck von Verlegenheit und Ergebenheit, der sie schon vorher so überrascht hatte und an den Ausdruck eines klugen Hundes erinnerte, wenn er sich schuldig fühlt.

Anna lächelte, und er lächelte auch. Sie war nachdenklich, und er wurde ernst. Eine geheimnisvolle Kraft zog Kittys Augen immer wieder zu Annas Gesicht. Sie war entzückend in ihrem einfachen schwarzen Kleid, entzückend waren ihre vollen Arme mit den Armbändern, entzückend der feste Hals mit der Perlenkette, entzückend die Löckchen der in Unordnung geratenen Frisur, entzückend die leichten, anmutigen Bewegungen der kleinen Füße und Hände, entzückend dieses schöne Gesicht in seiner Lebendigkeit; aber es war etwas Schreckliches und Grausames in all diesem Liebreiz.

Kitty bewunderte Anna noch mehr als früher und litt immer mehr. Kitty fühlte sich zermalmt, und ihr Gesicht drückte das deutlich aus. Als Wronskij während der Mazurka einmal an ihr vorüberkam und sie ansah, erkannte er sie kaum, so hatte sie sich verändert.

»Ein wunderschöner Ball!« sagte er zu ihr, um etwas zu sagen.

»Ja«, antwortete sie.

Mitten in der Mazurka trat Anna in den Kreis, um eine von Korsunskij erfundene schwierige Figur zu wiederholen, wählte zwei Herren und rief Kitty und eine andere Dame zu sich. Kitty sah sie erschrocken an, als sie auf sie zuging. Anna betrachtete sie mit zusammengekniffenen Augen und drückte ihr lächelnd die Hand. Aber als sie sah, daß Kitty ihr Lächeln nur mit verzweifeltem und verwundertem Gesicht erwiderte, wandte sie sich ab und sprach vergnügt mit der anderen Dame.

›Ja, es ist etwas Fremdartiges, Dämonisches und Verführerisches in ihr‹, dachte Kitty.

Anna wollte nicht zum Abendessen bleiben, aber der Herr des Hauses bat sie inständig darum.

»Aber ich bitte Sie, Anna Arkadjewna!« sagte Korsunskij und schob ihren entblößten Arm unter seinen Frackärmel. »Ich habe eine Idee für den Kotillon! Un bijou!«

Und er bewegte sich langsam vorwärts, bemüht, sie mitzuziehen. Der Gastgeber lächelte beifällig.

»Nein, ich bleibe nicht«, sagte Anna lächelnd; aber trotz dieses Lächelns merkten sowohl Korsunskij als auch der Gastgeber an ihrem bestimmten Ton, daß sie nicht bleiben werde.

»Nein, ich habe auch ohnedies hier in Moskau auf Ihrem Ball mehr getanzt als den ganzen Winter über in Petersburg«, sagte Anna mit einem Seitenblick nach Wronskij, der neben ihr stand. »Ich muß mich vor der Reise noch ausruhen.«

»Fahren Sie wirklich schon morgen?« fragte Wronskij.

»Ja, ich denke«, antwortete Anna, wie verwundert über die Kühnheit seiner Frage; aber das unbändige, zitternde Leuchten ihrer Augen und ihr Lächeln versengten ihn, als sie das sagte.

Anna Arkadjewna blieb nicht zum Abendessen, sondern fuhr nach Hause.

24

›Ja, ich habe etwas Widerliches, Abstoßendes an mir‹, dachte Lewin, als er von Schtscherbatzkijs fortging und sich zu Fuß nach der Wohnung seines Bruders aufmachte. ›Ich passe nicht zu anderen Leuten. Man sagt, es sei Stolz. Nein, ich habe keinen Stolz. Hätte ich Stolz, dann hätte ich mich nicht in so eine Lage gebracht.‹ Und er stellte sich Wronskij vor, den glücklichen, guten, klugen, ruhigen Wronskij, der sich wahrscheinlich noch nie in einer so schrecklichen Lage befunden hatte, wie er heute abend. ›Ja, sie mußte ihn wählen. Es mußte so sein, und ich darf mich über niemand und nichts beklagen. Ich bin selbst schuld. Was für ein Recht hatte ich, zu denken, daß sie ihr Leben mit meinem verbinden wollte? Wer bin ich? Und was? Ein elender Mensch, den niemand brauchen kann.‹ Und er dachte an seinen Bruder Nikolaj und verweilte mit Freuden bei dieser Erinnerung. ›Hat er nicht recht, daß alles auf der Welt häßlich und schlecht ist? Wir urteilen über Nikolaj wohl kaum gerecht und haben es nie getan. Natürlich, vom Standpunkt Prokofijs, der ihn im zerrissenen Pelz und betrunken gesehen hat, ist er ein verächtlicher Mensch; aber ich kenne ihn anders. Ich kenne seine Seele und weiß, daß wir einander ähnlich sind. Aber statt ihn sofort aufzusuchen, bin ich erst zum Diner und dann hierher gefahren!‹ Lewin trat unter eine Laterne, las die Adresse seines Bruders, die er in der Brieftasche hatte, und rief eine Droschke. Auf der ganzen langen Fahrt zu seinem Bruder erinnerte sich Lewin sehr lebhaft an alle ihm bekannten Begebenheiten aus Nikolajs Leben. Er erinnerte sich, wie sein Bruder als Student und noch ein ganzes Jahr nach seinem Studium trotz der Spötteleien seiner Kameraden wie ein Mönch gelebt, alle kirchlichen Zeremonien, Gottesdienste und Fasten streng eingehalten hatte, und wie es ihn dann plötzlich gepackt hatte, wie er sich den übelsten Leuten angeschlossen und sich in die wildesten Ausschweifungen gestürzt hatte. Er dachte ferner an die Geschichte mit dem Bauernjungen, den er zu sich genommen hatte, um ihn zu erziehen, und den er in einem Wutanfall dermaßen geprügelt hatte, daß er wegen Körperverletzung angeklagt wurde. Er dachte an die Geschichte mit dem Falschspieler, an den er verloren und dem er einen Wechsel gegeben hatte; dann hatte er ihn selbst verklagt, weil er ihn angeblich betrogen hatte. (Das war das Geld, das Sergej Iwanowitsch bezahlt hatte.) Weiter erinnerte er sich, wie er wegen nächtlicher Ruhestörung eine Nacht auf der Polizeiwache zugebracht hatte. Er dachte an den schmachvollen Prozeß, den er gegen seinen Stiefbruder Sergej Iwanowitsch angestrengt hatte, weil dieser ihm seinen Teil des mütterlichen Erbes angeblich nicht ausgezahlt hatte, und an den letzten Skandal, wie er als Beamter nach Westrußland gegangen war und dort gerichtlich belangt wurde, weil er einen Dorfschulzen verprügelt hatte... All das war abstoßend, aber Lewin fand es nicht so abstoßend, wie es allen vorkommen mußte, die Nikolaj Lewin, seine ganze Geschichte und sein Herz nicht kannten.

Lewin dachte an die Zeit, als Nikolaj fromm gewesen war, fastete, Mönche aufsuchte, in die Kirche ging, in der Religion eine Hilfe, einen Zügel für seine leidenschaftliche Natur suchte, und wie ihm damals niemand beigestanden hatte — im Gegenteil, alle, auch er selbst, hatten sich über ihn lustig gemacht. Sie hatten ihn gehänselt, ihn Noah und Mönch genannt, und als es ihn dann packte, half ihm keiner, sondern alle wandten sich mit Entsetzen und Ekel von ihm ab.

Lewin fühlte, daß sein Bruder Nikolaj trotz seines abstoßenden Lebenswandels im tiefsten Grunde seiner Seele nicht schuldiger war als die Leute, die ihn verachteten. Er war nicht schuld daran, daß er mit einem zügellosen Charakter und einem etwas begrenzten Verstand geboren war. Er hatte immer gut sein wollen. ›Ich will ihm alles sagen, ihn dazu bringen, sich auszusprechen und ihm zeigen, daß ich ihn liebe und deshalb auch verstehe‹, beschloß Lewin, als er gegen elf Uhr an dem Gasthaus vorfuhr, das als Adresse angegeben war.

»Oben, Nummer zwölf und dreizehn«, antwortete der Portier auf Lewins Frage.

»Ist er zu Hause?«

»Wahrscheinlich.«

Die Tür von Nummer zwölf war halb offen, in dem Lichtstreif drang dichter Qualm schlechten, schwachen Tabaks heraus, und Lewin hörte eine unbekannte Stimme; er merkte aber sofort, daß sein Bruder auch da war, denn er hörte ihn hüsteln.

Als er in die Tür trat, sagte die unbekannte Stimme:

»Alles hängt davon ab, ob die Sache mit Vernunft und Verstand betrieben wird.«

Konstantin Lewin blickte ins Zimmer und sah, daß der Fremde ein junger Mann mit gewaltigem Haarschopf war und einen langen russischen Rock trug; auf dem Sofa saß eine pockennarbige junge Frau in einem Wollkleid ohne Manschetten und Kragen. Sein Bruder war nicht zu sehen. Konstantins Herz krampfte sich zusammen bei dem Gedanken, unter was für fremden Leuten sein Bruder lebte. Keiner hatte ihn kommen hören, und Konstantin zog die Überschuhe aus und hörte dabei zu, was der Herr in dem langen Rock sagte. Er redete von irgendeinem Unternehmen.

»Hol sie der Teufel, diese privilegierten Klassen!« sagte Nikolaj Lewin unter stetem Husten. »Mascha, besorg uns was zum Abendessen und gib den Schnaps her, wenn noch etwas übrig ist, sonst laß welchen holen.«

Die Frau stand auf, kam hinter dem Wandschirm hervor und sah Konstantin.

»Da ist ein Herr, Nikolaj Dmitritsch«, sagte sie.

»Was will er?« sagte Nikolaj Lewins Stimme ärgerlich.

»Ich bin's«, antwortete Konstantin Lewin und trat ins Helle.

»Wer ist ich?« wiederholte Nikolajs Stimme noch ärgerlicher. Man hörte, wie er hastig aufstand und dabei an irgend etwas anstieß, und dann sah Lewin in der Tür die ihm so wohlbekannte und doch durch ihr verwildertes, kränkliches Aussehen überraschend riesige, hagere, gebückte Gestalt seines Bruders mit den großen, erschrockenen Augen vor sich.

Er war noch magerer als vor drei Jahren, als Konstantin Lewin ihn zum letztenmal gesehen hatte. Er trug einen kurzen Rock, wodurch seine Arme und die breiten Knochen noch riesiger wirkten. Das Haar war dünner geworden, derselbe gerade Schnurrbart wie früher verdeckte die Lippen, dieselben Augen sahen den Gast seltsam naiv an.

»Ah, Kostja!« sagte er plötzlich, als er seinen Bruder erkannte, und seine Augen leuchteten freudig auf. Aber im selben Augenblick sah er sich nach dem jungen Mann um und machte die Konstantin so wohlbekannte Bewegung mit dem Kopf und dem Hals, wie wenn die Krawatte ihn drückte, und ein ganz anderer wilder, gequälter, trotziger Ausdruck zeigte sich auf seinem abgemagerten Gesicht.

»Ich habe Ihnen und Sergej Iwanowitsch doch geschrieben, daß ich Sie nicht kenne und nichts von Ihnen wissen will. Was willst... was wollen Sie von mir?«

Er war ganz anders, als Konstantin ihn sich vorgestellt hatte. Die unangenehmsten und schlechtesten Eigenschaften seines Charakters, die den Umgang mit ihm so schwer machten, hatte Konstantin Lewin vergessen, als er an ihn dachte; jetzt, als er sein Gesicht sah und besonders diese krampfhafte Kopfbewegung, kam ihm das alles wieder ins Gedächtnis.

»Ich will gar nichts von dir«, antwortete er schüchtern. »Ich bin nur gekommen, um dich wiederzusehen.«

Die Schüchternheit seines Bruders stimmte Nikolaj etwas weicher. Seine Lippen zuckten.

»Ah, meinst du es so?« sagte er. »Na, komm herein, setz dich. Willst du mit uns zu Abend essen? Mascha, bring uns drei Portionen! Nein, warte noch! Weißt du, wer das ist?« fragte er seinen Bruder und zeigte auf den Herrn in dem langen Rock. »Das ist Herr Kritzkij, mein Freund, noch aus der Kiewer Zeit, ein sehr bedeutender Mann. Er wird natürlich von der Polizei verfolgt, weil er kein Schuft ist.«

Und er musterte nach seiner Gewohnheit alle Anwesenden der Reihe nach. Als er sah, daß die Frau, die an der Tür stand, hinausgehen wollte, schrie er sie an: »Du sollst warten, habe ich gesagt!« Und in der verworrenen, ungeschickten Weise, die Konstantin so gut kannte, erzählte er, die Anwesenden der Reihe nach ansehend, seinem Bruder die Geschichte Kritzkijs: wie er von der Universität relegiert wurde, weil er einen Verein zur Unterstützung armer Studenten und Sonntagsschulen gegründet hatte, wie er dann Volksschullehrer wurde, wie man ihn auch dort hinauswarf und er für irgend etwas vor Gericht kam.

»Sie haben in Kiew studiert?« sagte Konstantin Lewin zu Kritzkij, um das peinliche Schweigen, das eingetreten war, zu brechen.

»Ja, ich war in Kiew«, sagte Kritzkij zornig, mit finsterem Gesicht.

»Und diese Frau hier«, unterbrach ihn Nikolaj Lewin und zeigte auf die Person, »ist meine Lebensgefährtin, Marja Nikolajewna. Ich habe sie aus einem gewissen Haus herausgeholt«, und er zuckte bei diesen Worten wieder mit dem Hals, »aber ich liebe und achte sie, und jeder, der mit mir verkehren will«, fügte er mit erhobener Stimme und gerunzelter Stirn hinzu, »soll sie ebenfalls lieben und achten. Es ist genau dasselbe, wie wenn sie meine Frau wäre. So, jetzt weißt du, wen du vor dir hast. Und wenn du glaubst, du vergibst dir etwas, wenn du mit mir verkehrst, dann Gott befohlen, dort ist die Tür!«

Und wieder liefen seine Augen fragend vom einen zum andern.

»Warum sollte ich mir denn etwas vergeben! Ich verstehe das nicht.«

»Dann laß das Essen bringen, Mascha. Drei Portionen, Schnaps und Wein... Nein, warte... Nein, es ist schon gut... Geh nur.«

25

»Ja, siehst du«, fuhr Nikolaj Lewin fort, angestrengt die Stirn runzelnd und mit den Brauen zuckend. Es fiel ihm offenbar schwer, sich darüber klarzuwerden, was er sagen und tun solle. »Siehst du dort...« Er zeigte auf ein paar mit Stricken zusammengebundene Eisenstangen, die in der Ecke des Zimmers standen. »Siehst du das? Das ist der Anfang eines neuen Unternehmens, das wir jetzt beginnen. Es handelt sich um eine Produktionsgenossenschaft...«

Konstantin hörte kaum zu. Er sah ihm in das kranke, schwindsüchtige Gesicht, und sein Mitleid wurde immer größer, er konnte sich nicht dazu zwingen, zuzuhören, was sein Bruder ihm von der Genossenschaft erzählte. Er sah, daß diese Genossenschaft nur ein Rettungsanker vor der Selbstverachtung war. Nikolaj Lewin sprach weiter:

»Du weißt, daß das Kapital den Arbeiter erdrückt. Die Arbeiter und Bauern tragen bei uns die ganze Last der Arbeit und sind so gestellt, daß sie nie aus ihrer viehischen Lage herauskommen, und wenn sie sich noch so abquälen. Alle Überschüsse vom Arbeitslohn, mit denen sie ihre Lage bessern, sich Mußestunden und damit auch etwas Bildung verschaffen könnten, all diese Überschüsse werden ihnen von den Kapitalisten weggenommen. Und unsere Gesellschaft ist so organisiert, daß, je mehr sie arbeiten, um so mehr die Kaufleute und Gutsbesitzer sich bereichern, sie selbst aber immer nur Arbeitstiere bleiben. Und das muß anders werden«, schloß er und sah seinen Bruder fragend an.

»Ja, natürlich«, sagte Konstantin und betrachtete die roten Flecke, die sich unter den vorstehenden Backenknochen Nikolajs abzeichneten.

»Deshalb gründen wir eine Schlossergenossenschaft, bei der die ganze Produktion und der ganze Gewinn und die wichtigsten Produktionsmittel Gemeinbesitz sein sollen.«

»Wo soll diese Genossenschaft ihren Sitz haben?« fragte Konstantin Lewin.
»Im Dorf Wosdrjoma, Gouvernement Kasan.«
»Warum denn auf dem Land? Auf dem Land ist doch auch so schon genug zu tun. Was soll eine Schlossergenossenschaft auf dem Land?«
»Weil die Bauern jetzt immer noch solche Sklaven sind, wie sie es früher waren, und darum ist es dir und Sergej Iwanowitsch auch so unangenehm, daß sie aus dieser Sklaverei befreit werden sollen«, sagte Nikolaj Lewin, durch den Widerspruch gereizt.
Konstantin seufzte und sah sich in dem dunklen, schmutzigen Zimmer um. Dieser Seufzer schien Nikolaj noch mehr zu reizen.
»Ich kenne dich und Sergej Iwanowitsch mit euren aristokratischen Ansichten. Ich weiß, daß er seine ganze Geisteskraft dazu verwendet, die herrschenden Mißstände zu rechtfertigen.«
»Wozu redest du nur von Sergej Iwanowitsch?« fragte Lewin lächelnd.
»Von Sergej Iwanytsch? Das will ich dir sagen!« schrie Nikolaj Lewin plötzlich, als der Name Sergej Iwanowitsch genannt wurde. »Das will ich dir sagen... Aber wozu davon reden? Nur eins... Warum bist du zu mir gekommen? Du verachtest das alles – gut, dann geh in Gottes Namen, geh!« schrie er und stand von seinem Stuhl auf. »Geh! Geh doch!«
»Ich verachte es durchaus nicht«, sagte Konstantin Lewin schüchtern. »Ich will ja gar nicht mit dir streiten.«
In diesem Augenblick kam Marja Nikolajewna zurück. Nikolaj Lewin sah sich zornig nach ihr um. Sie ging rasch auf ihn zu und flüsterte ihm etwas zu.
»Ich bin nicht gesund, ich bin reizbar geworden«, sagte Nikolaj Lewin, sich beruhigend und schwer atmend, »und da redest du mir von Sergej Iwanytsch und seinem Aufsatz.

Das ist ja so ein Unsinn, so ein Geschwätz, Selbstbetrug! Wie kann ein Mensch über Gerechtigkeit schreiben, der gar nichts davon weiß! Haben Sie den Aufsatz gelesen?« wandte er sich an Kritzkij, setzte sich an den Tisch und fegte die halbfertig gestopften Zigaretten herunter, um Platz zu machen.

»Nein«, sagte Kritzkij mürrisch, der anscheinend keine Lust hatte, sich an dem Gespräch zu beteiligen.

»Warum nicht?« fuhr Nikolaj Lewin gereizt auf Kritzkij los.

»Weil ich es für überflüssig halte, meine Zeit damit zu verlieren.«

»Aber erlauben Sie, woher wissen Sie denn, daß Sie damit Ihre Zeit verlieren würden? Viele Leute können mit dem Aufsatz nichts anfangen, weil er über ihren Horizont geht. Aber bei mir ist es anders, ich durchschaue seine Gedanken und weiß, worin ihre Schwäche liegt.«

Alle schwiegen. Kritzkij stand langsam auf und griff nach seiner Mütze.

»Wollen Sie nicht mit uns zu Abend essen? Nun, dann leben Sie wohl! Kommen Sie morgen mit dem Schlosser her.«

Kaum war Kritzkij draußen, da lächelte Nikolaj Lewin und zwinkerte seinem Bruder zu.

»Der taugt auch nichts«, sagte er, »ich sehe doch...«

Aber in diesem Augenblick erschien Kritzkij noch einmal in der Tür und rief ihn an.

»Was wollen Sie denn noch?« sagte er und ging zu ihm in den Korridor. Konstantin, der mit Marja Nikolajewna allein geblieben war, fragte sie:

»Sind Sie schon lange bei meinem Bruder?«

»Schon über ein Jahr. Um seine Gesundheit steht es schlimm, er trinkt zu viel«, sagte sie.

»Was trinkt er denn?«

»Er trinkt Schnaps, und das schadet ihm.«

»Trinkt er denn viel?« flüsterte Lewin.
»Ja«, sagte sie mit einem scheuen Blick nach der Tür, in der Nikolaj Lewin erschien.
»Worüber habt ihr gesprochen?« sagte er stirnrunzelnd und ließ seine erschrockenen Augen vom einen zum andern wandern. »Worüber?«
»Über nichts«, antwortete Konstantin verlegen.
»Wenn ihr's mir nicht sagen wollt, dann laßt es bleiben. Du hast nichts mit ihr zu reden. Sie ist eine Magd, und du bist ein feiner Herr«, sagte er und ruckte wieder mit dem Hals. »Ich sehe, daß du alles verstanden und gewürdigt hast und nun voller Mitleid auf meine Verirrungen herabschaust«, fuhr er mit erhobener Stimme fort.
»Nikolaj Dmitritsch, Nikolaj Dmitritsch!« flüsterte Marja Nikolajewna wieder und ging auf ihn zu.
»Schon gut, schon gut!... Aber was ist mit dem Essen? Ah, da kommt es!« sagte er, als er den Kellner mit einem Tablett sah. »Hierher, stell's hierher!« rief er ärgerlich, griff sofort nach dem Schnaps, goß sich ein Gläschen ein und leerte es gierig. »Trinkst du auch eins?« fragte er seinen Bruder, mit einem Schlag wieder heiter. »Genug von Sergej Iwanytsch! Ich freue mich doch, daß ich dich sehe! Da kann man sagen, was man will, wir gehören doch zusammen. Trink doch! Erzähl mal, was du treibst«, fuhr er fort, während er gierig ein Stück Brot kaute und sich ein zweites Glas einschenkte. »Wie lebst du eigentlich?«
»Ich lebe allein auf dem Land wie früher und bewirtschafte das Gut«, antwortete Konstantin und sah mit Entsetzen, wie gierig sein Bruder aß und trank, bemühte sich jedoch, nicht merken zu lassen, daß er ihn beobachtete.
»Warum heiratest du nicht?«
»Es hat sich nicht so ergeben«, sagte Konstantin errötend.
»Warum nicht? Mit mir ist's freilich aus. Ich habe mir mein Leben verpfuscht. Ich habe es immer gesagt und sage es heute noch: hätte ich damals meinen Anteil bekommen,

als ich ihn brauchte, dann wäre mein ganzes Leben anders verlaufen!«

Konstantin beeilte sich, das Gespräch auf ein anderes Thema zu bringen.

»Weißt du, daß dein Wanjuschka bei mir in Pokrowskoje Schreiber ist?« sagte er.

Nikolaj zuckte mit dem Hals und dachte nach.

»Ja, erzähl mir doch, wie es in Pokrowskoje ist. Steht das Haus noch unverändert, sind die Birken noch da und unser Schulzimmer? Und der Gärtner Philipp, lebt der noch? Ich erinnere mich noch so gut an die Laube und an das Sofa!... Weißt du, ändere nur ja nichts im Haus, sondern heirate lieber bald und richte alles so ein, wie es früher war. Dann besuche ich dich einmal, wenn deine Frau gut und nett ist.«

»Komm doch jetzt zu mir«, sagte Lewin. »Wir könnten uns sehr schön einrichten!«

»Ich käme schon zu dir, wenn ich wüßte, daß ich Sergej Iwanytsch dort nicht treffe.«

»Du wirst ihn nicht treffen. Ich lebe ganz unabhängig von ihm.«

»Ja, aber sag, was du willst — du mußt zwischen ihm und mir wählen«, sagte Nikolaj und sah seinem Bruder schüchtern in die Augen. Diese Schüchternheit rührte Konstantin.

»Wenn du meine aufrichtige Meinung über diese Angelegenheit wissen willst, so muß ich dir sagen, daß ich in deinem Streit mit Sergej Iwanytsch weder auf deiner noch auf seiner Seite stehe. Ihr habt beide unrecht, du mehr äußerlich, und er in sachlicher Hinsicht.«

»Ah! Du hast das verstanden! Hast es verstanden!« rief Nikolaj erfreut.

»Ich persönlich, wenn du das wissen willst, lege auf die Freundschaft mit dir größeren Wert, weil...«

»Warum? Warum?«

Konstantin konnte nicht gut sagen, daß Nikolaj ihm mehr

wert sei, weil er unglücklich sei und einen Freund brauche. Aber Nikolaj verstand, daß er gerade das sagen wollte, runzelte die Stirn und griff wieder nach dem Schnaps.

»Genug, Nikolaj Dmitritsch!« sagte Marja Nikolajewna und streckte den rundlichen, entblößten Arm nach der Karaffe aus.

»Laß das! Sonst bekommst du Prügel!« schrie er.

Marja Nikolajewna lächelte sanft und gütig; Nikolaj konnte ihrem Lächeln nicht widerstehen, auch er lächelte, und sie nahm den Schnaps fort.

»Du glaubst wohl, sie versteht nichts?« sagte Nikolaj. »Sie versteht das alles viel besser als wir. Nicht wahr, sie hat etwas Gutes, Liebes an sich?«

»Sind Sie früher nie in Moskau gewesen?« sagte Konstantin zu ihr, um irgend etwas zu sagen.

»Rede sie doch nicht mit ›Sie‹ an! Das ist ihr nur peinlich! Zu ihr hat noch niemand Sie gesagt, außer dem Friedensrichter, als sie angeklagt war, weil sie aus dem Bordell fort wollte. Mein Gott, wie unsinnig geht es auf der Welt zu!« schrie er plötzlich. »Diese neuen Einrichtungen, diese Friedensrichter, der Kreistag — was ist das für ein Unsinn!«

Und er begann von seinen Zusammenstößen mit den neuen Einrichtungen zu erzählen.

Konstantin Lewin hörte zu, und die Überzeugung von der Sinnlosigkeit aller sozialen Einrichtungen, die er mit Nikolaj teilte und oft ausgesprochen hatte, klang ihm jetzt aus dem Mund seines Bruders unangenehm.

»Im Jenseits werden wir das alles verstehen«, sagte er scherzend.

»Im Jenseits? Ach, ich mag das Jenseits nicht! Ich mag es nicht«, sagte er und heftete seine wilden, verstörten Augen auf das Gesicht seines Bruders. »Es wäre ja ganz schön, aus all dieser Gemeinheit, all dieser Verwirrung herauszukommen, aus der von anderen und auch aus unserer eigenen, aber ich habe Angst vor dem Tod, furchtbare Angst.« Er schauderte. »Trink doch noch etwas! Willst du Champagner? Oder komm, wir fahren irgendwohin. Zu den Zigeunern! Weißt du, ich habe Zigeuner und russische Lieder sehr gern.«

Seine Rede verwirrte sich, er sprang unvermittelt von einem Thema zum andern über. Mit Maschas Hilfe überredete ihn Konstantin, zu Hause zu bleiben und brachte dann den vollkommen Betrunkenen zu Bett.

Mascha versprach, Konstantin zu schreiben, wenn es nötig sein sollte, und Nikolaj Lewin zu überreden, zu seinem Bruder aufs Land zu ziehen.

26

Am nächsten Morgen fuhr Konstantin Lewin in Moskau ab und kam gegen Abend nach Hause. Unterwegs im Eisenbahnwagen unterhielt er sich mit seinen Reisegefährten über Politik, über die neuen Eisenbahnlinien und litt wie in Moskau unter der Verwirrung aller Begriffe, der Unzufriedenheit mit sich selbst und einem unerklärlichen Schamgefühl. Aber als er auf seiner Station ausstieg und in dem schwachen Lichtschimmer, der aus den Fenstern des Stationsgebäudes fiel, seinen einäugigen Kutscher Ignat mit dem hochgeschlagenen Mantelkragen erkannte, seinen Schlitten mit den bunten Decken sah, seine Pferde mit den aufgebundenen Schwänzen in dem mit Ringen und Fransen verzierten Geschirr, als der Kutscher Ignat, noch während das Gepäck eingeladen wurde, ihm die Neuigkeiten vom Gut erzählte, daß ein Agent gekommen sei, um Arbeiter anzuwerben, und daß Pawa gekalbt habe, da fühlte er, wie seine Verwirrung und das Gefühl der Scham und Unzufriedenheit mit sich selbst allmählich von ihm wichen. Das hatte er schon beim ersten Blick auf Ignat und die Pferde gefühlt, und als er jetzt den für ihn mitgebrachten Schafspelz anzog, sich in den Schlitten setzte und fuhr, über die

Anordnungen nachdachte, die er auf dem Gut zu treffen hatte, und das eine Beipferd beobachtete, ein ehemaliges Reitpferd vom Don, zwar etwas strapaziert, aber immer noch munter, da erschien ihm alles, was er in letzter Zeit erlebt hatte, in ganz anderem Licht. Er fühlte sich als der, der er war, und wollte gar kein anderer sein. Nur wollte er jetzt besser werden, als er früher gewesen war. Deshalb nahm er sich erstens vor, von heute an nicht mehr auf das außerordentliche Glück zu hoffen, das die Heirat ihm eigentlich geben sollte. Zweitens wollte er sich nie wieder von den widerwärtigen Leidenschaften hinreißen lassen, die ihn in der Erinnerung so sehr gequält hatten, als er seinen Heiratsantrag machen wollte. Dann dachte er an seinen Bruder Nikolaj und beschloß, ihn nie mehr zu vergessen, sich um ihn zu kümmern und ihn nie aus den Augen zu verlieren, um ihm jederzeit helfen zu können, falls es ihm schlecht gehen sollte. Daß es bald dazu käme, fühlte er. Und auch das Gespräch mit seinem Bruder über den Kommunismus, das er damals so leicht genommen hatte, machte ihn jetzt nachdenklich. Er hielt eine Umgestaltung der sozialen Verhältnisse zwar für Unsinn, hatte aber seinen eigenen Überfluß gegenüber der Armut des Volkes immer als Ungerechtigkeit empfunden und beschloß jetzt, um sich nicht länger im Unrecht zu fühlen, obwohl er auch vorher viel gearbeitet und nicht üppig gelebt hatte, noch mehr zu arbeiten und sich noch weniger Luxus zu gestatten. Das alles durchzuführen schien ihm so leicht, daß er auf dem ganzen Weg den schönsten Träumen nachhing. Mit dem frischen Gefühl der Hoffnung auf ein neues, besseres Leben fuhr er gegen neun Uhr an seinem Haus vor.

Aus den Fenstern seiner alten Kinderfrau Agafja Michajlowna, die ihm jetzt als Wirtschafterin den Haushalt führte, fiel ein Lichtschein auf den schneebedeckten freien Platz vor dem Haus. Sie schlief noch nicht. Kusma, den sie geweckt hatte, kam verschlafen und barfuß auf die Freitreppe ge-

laufen. Laska, der Hühnerhund, kam auch herausgestürmt, warf Kusma beinahe um, winselte, rieb sich an Lewins Knie, sprang an ihm hoch und hätte ihm gern die Vorderpfoten auf die Brust gesetzt, wagte es aber nicht.
»Sie sind ja schnell wiedergekommen, Väterchen«, sagte Agafja Michajlowna.
»Ich bekam Heimweh, Agafja Michajlowna. Auf Besuch sein ist ganz schön, aber zu Hause ist's doch am besten«, antwortete er und ging in sein Arbeitszimmer.
Die Kerze, die er mitgenommen hatte, erhellte allmählich das Zimmer. Wohlbekannte Einzelheiten traten aus dem Dunkel hervor: Hirschgeweihe, Bücherregale, der Spiegel, der Ofen mit der Luftklappe, die schon längst der Reparatur bedurfte, das Sofa, das noch von seinem Vater stammte, der große Tisch, auf dem Tisch ein aufgeschlagenes Buch, ein zerbrochener Aschenbecher und ein Heft, das von seiner Hand beschrieben war. Als er das alles sah, überkamen ihn für einen Augenblick Zweifel an der Möglichkeit, das neue Leben aufzubauen, von dem er unterwegs geträumt hatte. Alle diese Spuren seines früheren Lebens schienen ihn festzuhalten und ihm zu sagen: ›Nein, du kannst uns nicht entrinnen, du wirst nie ein anderer, du bleibst immer, der du gewesen bist: mit deinen Zweifeln, deiner ewigen Unzufriedenheit mit dir selbst, mit deinen vergeblichen Versuchen, dich zu bessern, mit deinen Rückfällen und deinem ewigen Warten auf ein Glück, das dir nicht beschieden und für dich unerreichbar ist.‹
Das sagten ihm die Dinge, aber eine andere Stimme in seinem Herzen sagte ihm, man dürfe sich nicht dem Vergangenen unterwerfen, und man könne alles aus sich machen. Und er hörte auf diese Stimme, ging in die Ecke, wo er zwei Hanteln stehen hatte, die je ein Pud wogen, und stemmte sie hoch, um sich dadurch in mutige Stimmung zu versetzen. Vor der Tür hörte man knarrende Schritte. Er stellte die Hanteln schnell weg.

Der Verwalter trat ein und berichtete, alles sei gottlob in Ordnung, sagte aber dann sogleich, daß der Buchweizen auf der neuen Darre angebrannt sei. Diese Mitteilung ärgerte Lewin. Die neue Darre hatte er zum Teil nach seinen eigenen Ideen bauen lassen. Der Verwalter war immer gegen diese Darre gewesen und meldete jetzt mit geheimem Triumph, daß der Buchweizen angebrannt sei. Lewin war fest überzeugt, daß das nur deshalb geschehen war, weil der Verwalter die Vorsichtsmaßregeln nicht beachtete, die er ihm schon hundertmal eingeschärft hatte. Er war verärgert und erteilte dem Verwalter einen Verweis. Es gab aber auch ein wichtiges, erfreuliches Ereignis: Pawa, die beste Kuh, ein teures, auf einer Ausstellung gekauftes Tier, hatte gekalbt. »Kusma, gib mir den Pelz. Lassen Sie eine Laterne bringen, ich will mir's mal ansehen«, sagte er zu dem Verwalter.

Der Stall für die besonders wertvollen Kühe lag gleich hinter dem Haus. Lewin ging über den Hof, an dem großen Schneehaufen neben dem Fliederbusch vorbei, und näherte sich dem Stall. Warmer Stalldunst schlug ihm entgegen, als die angefrorene Tür geöffnet wurde, und die Kühe, verwundert über den ungewohnten Laternenschein, regten sich auf dem frischen Stroh. Der glatte, schwarzgescheckte, breite Rükken einer Holländerkuh schimmerte im Halbdunkel. Berkut, der Bulle, lag mit seinem Ring in der Nase da und wollte aufstehen, überlegte sich's dann anders und schnaufte nur ein paarmal, als die Männer vorbeigingen. Pawa, die prachtvolle rote Kuh, riesig wie ein Nilpferd, stellte sich quer, um ihr Kälbchen vor den Eintretenden zu verdecken, und beschnupperte es.

Lewin ging mit der Laterne in den Verschlag, betrachtete Pawa und stellte dann das rotscheckige Kälbchen auf seine wackligen, langen Beine. Die aufgeregte Pawa brüllte auf, beruhigte sich aber, als Lewin ihr das Kalb hinschob, seufzte schwer und begann es mit ihrer rauhen Zunge zu belecken.

Das Kalb stieß suchend seiner Mutter mit der Schnauze in die Weichen und wedelte mit dem Schwänzchen.
»Leuchte mal hierher, Fedor, hierher mit der Laterne!« sagte Lewin, das Kalb betrachtend. »Ganz die Mutter! Nur die Farbe hat es vom Vater. Ein schönes Tier! Lang, mit schmalen Flanken. Ist es nicht schön, Wasilij Fjodorowitsch?« sagte er zu dem Verwalter, dem er in seiner Freude über das Kalb den angebrannten Buchweizen schon verziehen hatte.
»Nach wem könnte es denn schlecht geraten sein? Ja, am Tag nach Ihrer Abreise ist der Agent Semjon angekommen. Wir werden wohl mit ihm verhandeln müssen, Konstantin Dmitrijewitsch«, sagte der Verwalter. »Über die Maschine habe ich Ihnen ja schon berichtet.«
Diese eine Frage führte Lewin sofort alle Einzelheiten seines großen, komplizierten Gutsbetriebs vor Augen, und er ging vom Kuhstall geradewegs ins Kontor, sprach dort mit dem Verwalter und mit dem Agenten Semjon, kehrte dann ins Haus zurück und ging sofort nach oben in den Salon.

27

Das Haus war groß und alt. Lewin bewohnte es zwar allein, benutzte aber sämtliche Zimmer und ließ sie alle heizen. Er wußte, daß das töricht war, wußte, daß es sogar unrecht war und seinen neuen Plänen widersprach, aber dieses Haus war für Lewin eine ganze Welt. Es war die Welt, in der sein Vater und seine Mutter gelebt hatten und gestorben waren. Sie hatten ein Leben gelebt, das Lewin als Ideal jeglicher Vollkommenheit vorkam und das er mit seiner Frau, seinen Kindern zu erneuern träumte.
Lewin konnte sich kaum an seine Mutter erinnern. Das Bild, das er von ihr hatte, war für ihn eine geheiligte Erinnerung, und seine zukünftige Frau sollte seiner Vorstellung nach eine Wiederholung jenes wunderbaren, heiligen Frauenideals sein, das seine Mutter gewesen war.

Die Liebe zu einer Frau konnte er sich gar nicht ohne die Ehe vorstellen, er stellte sich sogar erst die Kinder vor und dann die Frau, die ihm eine Familie schenken würde. Seine Ansichten vom Heiraten waren daher völlig verschieden von den Begriffen seiner meisten Bekannten, für die das Heiraten eine gewöhnliche Sache war wie viele andere; für Lewin aber war es die wichtigste Handlung im Leben, von der das ganze Lebensglück abhing. Und jetzt mußte er diesem Glück entsagen!

Als er in den kleinen Salon trat, wo er immer seinen Tee trank, sich mit einem Buch in den Lehnstuhl setzte und Agafja Michajlowna ihm den Tee brachte und mit ihrem üblichen »Na, ich will mich auch setzen, Väterchen« sich auf einen Stuhl am Fenster niederließ, fühlte er, daß er, so seltsam es auch schien, seine Träume noch nicht aufgegeben hatte, und daß er ohne sie nicht leben konnte. Ob nun Kitty oder eine andere, geschehen mußte es! Er las in seinem Buch, dachte über das Gelesene nach, hielt manchmal inne, um Agafja Michajlowna zuzuhören, die unermüdlich schwatzte, und allerlei Bilder von seinem Gutsbetrieb und dem künftigen Familienleben tauchten ohne jeden Zusammenhang in seiner Phantasie auf. Er fühlte, daß sich in der Tiefe seiner Seele etwas festsetzte, das rechtes Maß gewann und Gestalt annahm.

Er hörte Agafja Michajlowna zu, die ihm erzählte, was für ein gottvergessener Mensch Prochor sei; er habe das Geld, das Lewin ihm für den Kauf eines Pferdes gegeben hatte, fast ganz vertrunken und seine Frau halbtot geprügelt. Er hörte zu und las in seinem Buch und erinnerte sich an alle Gedankengänge, die diese Lektüre seinerzeit in ihm erweckt hatte. Es war Tyndalls Buch über die Wärme. Er entsann sich, wie ihm an Tyndall mißfallen hatte, daß er so selbstgefällig von seinen Versuchen sprach und keinen Blick für Philosophie hatte. Und plötzlich tauchte ein ganz anderer, freudiger Gedanke auf: ›In zwei Jahren habe ich zwei Holländerkühe in meiner Herde, und Pawa wird dann vielleicht auch noch leben. Dazu zwölf Nachkommen von Berkut, und dann kann ich die drei zur Kreuzung benutzen — wunderbar!‹ Er griff wieder nach dem Buch.

›Nun gut, Elektrizität und Wärme sind ein und dasselbe; aber kann man denn in einer Gleichung zur Lösung dieser Aufgabe die eine Größe durch die andere ersetzen? Nein. Also wie steht es damit? Den Zusammenhang zwischen allen Naturkräften spürt man ja auch so schon durch den bloßen Instinkt... Wie schön, wenn Pawas Kalb erst eine rotscheckige Kuh sein wird, und vielleicht auch die ganze Herde, die ich aus der Kreuzung mit diesen dreien erzielen will... Ausgezeichnet! Dann gehe ich mit meiner Frau und unseren Gästen die Herde ansehen... Meine Frau sagt: ‚Dieses Kalb haben Kostja und ich wie ein Kind großgezogen.‘ ‚Wie kann Sie das so interessieren?‘ sagt einer der Gäste. ‚Alles, was ihn interessiert, interessiert mich auch.‘ Ja, aber wer wird sie sein?‹ Und er dachte an das, was in Moskau geschehen war... ›Aber was soll man da machen?... Ich bin nicht schuld daran. Aber jetzt soll alles anders werden. Es ist Unsinn, daß das Leben, daß die Vergangenheit das nicht zuläßt. Man muß kämpfen, um ein besseres, ein viel besseres Leben zu führen...‹ Er hob den Kopf und dachte nach. Die alte Laska, die vor lauter Freude über seine Ankunft in den Hof gelaufen war, um sich auszubellen, kam nun schwanzwedelnd zurück und brachte frische Luft ins Zimmer mit. Sie lief auf ihn zu, schob den Kopf unter seine Hand, winselte kläglich und wollte gestreichelt werden.

»Bloß, daß sie nicht sprechen kann«, sagte Agafja Michajlowna. »Sie ist nur ein Hund, aber sie versteht doch, daß ihr Herr wiedergekommen und traurig ist.«

»Wieso traurig?«

»Ich sehe es doch, Väterchen! Ich muß meine Herrschaft doch kennen! Von klein auf habe ich im Gutshaus gelebt.

Aber grämen Sie sich nicht, Väterchen, wenn man nur gesund ist und ein reines Gewissen hat.«

Lewin sah sie aufmerksam an, erstaunt, daß sie seine Gedanken so gut erraten hatte.

»Soll ich Ihnen noch Tee bringen?« fragte sie, nahm seine Tasse und ging hinaus.

Laska schob immer wieder den Kopf unter seine Hand. Er streichelte sie, und sie rollte sich sofort vor seinen Füßen zusammen, den Kopf auf die eine ausgestreckte Hinterpfote gelegt. Und zum Zeichen, daß jetzt alles in Ordnung sei, öffnete sie ein wenig das Maul, schmatzte, legte die klebrigen Lippen bequemer um die alten Zähne und verstummte in seliger Ruhe. Lewin hatte die letzte Bewegung des Hundes aufmerksam beobachtet.

›So mach ich's auch‹, sagte er zu sich selbst, ›so mach ich's auch! Tut nichts ... alles ist gut.‹

28

Nach dem Ball telegraphierte Anna Arkadjewna in aller Frühe ihrem Mann, daß sie noch am selben Tag in Moskau abfahren werde.

»Nein, ich muß fahren, ich muß!« erklärte sie ihrer Schwägerin diese Änderung ihres Entschlusses in einem Ton, als wären ihr plötzlich so viele wichtige Dinge eingefallen, daß man sie gar nicht aufzählen konnte. »Nein, ich fahre am besten gleich heute!«

Stepan Arkadjitsch kam zum Mittagessen nicht nach Hause, hatte aber versprochen, seine Schwester um sieben Uhr zum Bahnhof zu begleiten.

Kitty kam auch nicht; sie hatte einen Brief geschickt, daß sie Kopfschmerzen habe. Dolly und Anna speisten allein mit den Kindern und der Engländerin. Ob es nun daher kam, daß Kinder unbeständig in ihren Sympathien sind, oder daher, daß sie besonders feinfühlig sind — die Kinder merkten jedenfalls, daß Anna heute ganz anders war als an dem Tag, an dem sie sie so liebgewonnen hatten, und daß sie sich nicht mehr für sie interessierte; sie hörten auf, mit der Tante zu spielen und sie zu lieben, und kümmerten sich gar nicht darum, daß sie jetzt abreiste. Anna war den ganzen Vormittag mit Reisevorbereitungen beschäftigt gewesen. Sie hatte Abschiedsbriefe an ihre Moskauer Bekannten geschrieben, ihre Ausgaben notiert und ihre Sachen gepackt. Überhaupt schien es Dolly, als wäre sie nicht in ruhiger Stimmung, sondern in jener nervösen Erregung, die Dolly an sich selbst gut kannte, und die einen Menschen nie ohne Grund überkommt, sondern meist Unzufriedenheit mit sich selbst verbirgt. Nach dem Essen ging Anna auf ihr Zimmer, um sich umzuziehen, und Dolly folgte ihr.

»Wie sonderbar du heute bist!« sagte Dolly zu ihr.

»Ich? Findest du? Nein, ich bin nicht sonderbar, ich bin schlecht. Das kommt manchmal bei mir vor. Ich möchte in einem fort weinen. Das ist sehr dumm, aber es vergeht wieder«, sagte Anna schnell und beugte das errötende Gesicht über ein winziges Säckchen, in das sie ihre Nachthaube und einige Batisttaschentücher steckte. Ihre Augen hatten einen besonderen Glanz und füllten sich fortwährend mit Tränen. »Ich wollte gar nicht von Petersburg fort, und jetzt möchte ich am liebsten hierbleiben.«

»Du bist hierher gekommen und hast ein gutes Werk getan«, sagte Dolly, sie aufmerksam betrachtend.

Anna sah sie mit tränenfeuchten Augen an.

»Sag das nicht, Dolly. Ich habe nichts getan und konnte nichts tun. Ich wundere mich oft, wie die Leute sich geradezu verschworen haben, mich zu verwöhnen. Was habe ich denn getan, und was habe ich tun können? Du hattest eben so viel Liebe im Herzen, um zu verzeihen...«

»Wenn du nicht gekommen wärst, dann wäre Gott weiß was geschehen! Wie glücklich du bist, Anna!« sagte Dolly. »In deinem Herzen ist alles klar und schön.

»Jeder Mensch hat in seiner Seele seine skeletons, wie die Engländer sagen.«

»Wie könntest du skeletons haben? In dir ist alles so klar.«

»Ich habe skeletons!« sagte Anna plötzlich, und ein schlaues, spöttisches Lächeln, das man nach ihren Tränen gar nicht erwartet hätte, verzog ihre Lippen.

»Nun, dann werden sie wohl sehr heiter sein, deine skeletons, und nicht finster«, sagte Dolly lächelnd.

»Nein, sie sind finster. Weißt du, warum ich heute abreise und nicht morgen? Das ist ein Geständnis, das mich schwer bedrückt, ich will es dir aber sagen«, antwortete Anna, lehnte sich entschlossen im Sessel zurück und sah Dolly gerade in die Augen.

Und Dolly sah zu ihrer Verwunderung, daß Anna bis an die Ohren errötete, bis zu den schwarzen Löckchen, die sich an ihrem Nacken kräuselten.

»Ja«, fuhr Anna fort. »Weißt du, warum Kitty nicht zum Essen gekommen ist? Sie ist auf mich eifersüchtig. Ich habe ihr diesen Ball verdorben ... das heißt, ich war die Ursache, daß dieser Ball für sie eine Qual und keine Freude war. Aber wirklich, wirklich, ich bin nicht schuld, oder nur ein ganz klein wenig schuld«, sagte sie, wobei sie das Wort ›wenig‹ mit hoher Stimme in die Länge zog.

»Ach, du hast das eben genau wie Stiwa gesagt!« rief Dolly lachend. Anna nahm das übel.

»O nein, o nein! Ich bin nicht Stiwa!« sagte sie stirnrunzelnd. »Ich sage es dir nur, weil ich mir auch nicht einen Augenblick an mir selbst zu zweifeln erlaube.«

Aber in demselben Augenblick, als sie diese Worte sprach, fühlte sie, daß sie die Unwahrheit sagte; sie zweifelte nicht nur an sich selbst, sie geriet schon bei dem bloßen Gedanken an Wronskij in Erregung und reiste nur deswegen früher ab, um ihm nicht mehr zu begegnen.

»Ja, Stiwa hat mir erzählt, du hättest die Mazurka mit ihm getanzt, und er...«

»Du kannst dir gar nicht vorstellen, wie komisch die ganze Geschichte war. Ich wollte nur die Heiratsvermittlerin spielen, und plötzlich kam alles ganz anders. Vielleicht habe ich gegen meinen Willen...« Sie stockte errötend.
»Oh, sie fühlen das sofort!« sagte Dolly.
»Aber ich wäre verzweifelt, wenn er die Sache ernst nähme«, unterbrach Anna sie. »Und ich bin überzeugt, daß das alles bald vergessen sein und Kitty mich nicht mehr hassen wird.«
»Wenn ich dir die Wahrheit sagen soll, Anna — ich wünsche diese Heirat für Kitty eigentlich nicht besonders. Es ist doch besser, daß das auseinandergeht, wenn Wronskij sich an einem einzigen Tag in dich verlieben konnte.«
»Ach, mein Gott, das wäre doch zu dumm!« sagte Anna, und wieder errötete sie tief vor Freude, daß der Gedanke, der sie die ganze Zeit beschäftigt hatte, nun ausgesprochen wurde. »Jetzt reise ich ab, nachdem ich Kitty, die ich so liebgewonnen hatte, mir zur Feindin gemacht habe! Ach, was ist sie für ein reizendes Mädchen! Aber du bringst das wieder in Ordnung, Dolly, ja?«
Dolly konnte kaum ein Lächeln unterdrücken. Sie hatte Anna gern, aber sie freute sich zu sehen, daß auch sie ihre Schwächen hatte.
»Feindin? Das ist unmöglich!«
»Ich möchte so sehr, daß ihr mich alle so liebhabt wie ich euch. Und jetzt habe ich euch noch lieber«, sagte Anna mit Tränen in den Augen. »Ach, wie dumm ich heute bin!«
Sie fuhr sich mit dem Taschentuch übers Gesicht und fing an, sich umzuziehen.
Kurz vor der Abreise kam Stepan Arkadjitsch, der sich verspätet hatte, mit rotem, heiterem Gesicht und nach Wein und Zigarren duftend.
Annas Rührung teilte sich auch Dolly mit, und als sie ihre Schwägerin zum letztenmal umarmte, flüsterte sie:
»Denk daran, Anna: ich werde nie vergessen, was du für

mich getan hast. Und sei überzeugt, daß ich dich immer geliebt habe und lieben werde als meine beste Freundin!«

»Ich begreife nicht, wofür«, sagte Anna und küßte sie, ihre Tränen verbergend.

»Du hast mich verstanden und verstehst mich. Leb wohl, meine Liebste!«

29

›Nun ist alles zu Ende, Gott sei Dank!‹ war Anna Arkadjewnas erster Gedanke, als sie sich zum letztenmal von ihrem Bruder verabschiedete, der bis zum dritten Glockenzeichen den Durchgang im Eisenbahnwagen versperrt hatte. Sie setzte sich auf ihren Platz neben Annuschka und schaute sich im Halbdunkel des Schlafwagens um. ›Gott sei Dank, morgen sehe ich Serjosha und Alexej Alexandrowitsch wieder, und mein Leben nimmt wieder seinen altgewohnten Gang.‹

In derselben besorgten Stimmung, in der sie den ganzen Tag über gewesen war, richtete sich Anna nun vergnügt und sorgfältig im Eisenbahnwagen ein; mit ihren kleinen geschickten Händen öffnete und schloß sie die rote Reisetasche, nahm ein kleines Kissen heraus, legte es sich auf die Knie, wickelte sich die Beine sorgfältig ein und setzte sich bequem hin. Eine kranke Dame legte sich bereits schlafen. Zwei andere Damen versuchten ein Gespräch mit Anna anzuknüpfen, eine dicke alte Frau hüllte ihre Beine in eine Decke und machte eine Bemerkung über die Heizung. Anna antwortete den Damen ein paar Worte, aber das Gespräch schien ihr wenig interessant, und deshalb bat sie Annuschka, die Reiselaterne hervorzuholen, befestigte sie an der Armlehne ihres Sitzes und holte ein Papiermesser und einen englischen Roman aus ihrer Reisetasche. Anfangs konnte sie nicht lesen. Zuerst störten sie der Lärm und das Hin und Her auf dem Bahnsteig; dann, als der Zug sich in Bewegung gesetzt hatte, mußte sie unwillkürlich auf die Geräusche hören, die er verursachte; dann wurde ihre Aufmerksamkeit durch den Schnee abgelenkt, der gegen das linke Fenster flog und an den Scheiben kleben blieb, dann durch den Anblick des vorbeigehenden, dick eingemummten Schaffners, der auf einer Seite ganz mit Schnee bedeckt war, und durch das Gespräch der anderen Damen über den schrecklichen Schneesturm draußen. Weiter kam immer das gleiche: dasselbe Rütteln und Stoßen, derselbe Schnee vor dem Fenster, dieselben plötzlichen Übergänge von glühender Hitze zu Kälte und wieder zu Hitze, dieselben Gesichter im Halbdunkel und dieselben Stimmen. Anna begann zu lesen und das Gelesene zu verstehen. Annuschka war eingenickt, mit ihren großen Händen in Handschuhen, von denen einer zerrissen war, hielt sie die rote Reisetasche auf den Knien. Anna Arkadjewna las und verstand, aber es machte ihr kein Vergnügen, zu lesen und das Leben anderer Leute wie in einem Spiegel vor sich zu sehen. Sie wollte selbst nur zu sehr leben. Sie las, wie die Heldin des Romans einen Kranken pflegte, und sie wünschte, selbst mit unhörbaren Schritten durch das Zimmer des Kranken zu gehen; ein Parlamentsmitglied hielt eine Rede, und sie wollte selber diese Rede halten; Lady Mary galoppierte hoch zu Roß hinter der Meute her, neckte ihre Schwägerin und versetzte alle Teilnehmer der Jagd durch ihre Kühnheit in Erstaunen, und sie hätte das gern selber getan. Aber sie konnte nichts tun, und sie zwang sich zum Lesen und drehte das Papiermesser in ihren kleinen Händen.

Der Held des Romans war schon nahe daran, sein englisches Glück, Baronetstitel und Landgut, zu gewinnen, und Anna wünschte, mit ihm auf sein Gut zu fahren, als sie plötzlich die Empfindung hatte, daß er sich schämen müsse und daß sie sich deswegen auch schäme. Aber warum sollte er sich denn schämen? ›Warum schäme ich mich?‹ fragte sie sich gekränkt und erstaunt. Sie legte das Buch weg und lehnte sich zurück, die Hände fest um das Papiermesser gepreßt. Sie hatte keinen Grund, sich zu schämen. Sie ließ all ihre Moskauer Erlebnisse an sich vorüberziehen. Alle waren schön und angenehm. Sie dachte an den Ball, dachte an Wronskij und sein verliebtes, demütiges Gesicht, dachte an ihr Verhalten ihm gegenüber: Da war nichts, dessen sie sich schämen mußte. Und doch wurde bei dieser Erinnerung das Gefühl der Scham stärker, als ob eine innere Stimme gerade dann, wenn sie an Wronskij dachte, ihr wie in dem bekannten Gesellschaftsspiel zuriefe: ›Warm, sehr warm, heiß!‹ ›Was ist denn dabei?‹ sagte sie energisch zu sich selbst und setzte sich auf ihrem Platz zurecht. ›Was soll denn das? Fürchte ich mich etwa, den Dingen ins Auge zu sehen? Was ist denn geschehen? Können zwischen mir und diesem jungen Offizier andere Beziehungen bestehen als zwischen Bekannten?‹ Sie lächelte verächtlich und griff wieder zu ihrem Buch; aber jetzt verstand sie nicht mehr, was sie las. Sie fuhr mit dem Papiermesser über die Fensterscheibe, legte dann seine glatte, kalte Fläche an die Wange und hätte beinahe laut aufgelacht vor Freude, die sie plötzlich und ohne allen Grund überkam. Sie fühlte, daß ihre Nerven sich wie Saiten immer mehr spannten, als seien sie an Wirbeln befestigt, die immer schärfer angezogen wurden. Sie fühlte, daß ihre Augen sich immer weiter öffneten, daß ihre Finger und Zehen sich nervös bewegten, daß etwas in ihrer Brust ihr den Atem nahm und daß alle Bilder und Laute in diesem schwankenden Halbdunkel ihr ungewöhnlich grell vorkamen. Immer wieder gab es Augenblicke, wo sie zweifelte, ob der Wagen vorwärts oder rückwärts fuhr oder stillstand. Saß Annuschka neben ihr oder eine Fremde? ›Was liegt dort auf der Lehne? Ein Pelz oder ein Tier? Und was bin ich hier? Ich selbst oder eine andere?‹ Sie hatte Angst, sich diesem Traumzustand hinzugeben. Aber irgend etwas zog sie hinein, und sie konnte sich nach Willkür diesem Zustand überlassen oder sich von ihm befreien. Sie stand auf, um zu sich zu kommen, warf das Plaid zurück und knöpfte die Pelerine ihres Mantels ab. Einen Augenblick war sie hellwach und begriff, daß der hereinkommende hagere Arbeiter im langen Nankingmantel, an dem ein Knopf fehlte, der Heizer war, daß er nach dem Thermometer sah, daß Wind und Schnee hinter ihm zur Tür hereindrangen, aber dann ging wieder alles durcheinander... Der Mann mit dem langen Oberkörper fing an, die Wand zu benagen, die alte Frau streckte die Beine durch das ganze Abteil aus und füllte es wie eine schwarze Wolke aus; dann knarrte und krachte es furchtbar, als würde jemand in Stücke gerissen; dann blendete eine rote Flamme ihre Augen, und dann verschwand alles hinter einer Wand. Anna hatte ein Gefühl, als stürze sie in einen Abgrund. Aber all das war nicht schrecklich, sondern lustig. Die Stimme eines vermummten, schneebedeckten Mannes rief etwas dicht an ihrem Ohr. Sie stand auf und kam zu sich; sie begriff, daß der Zug in eine Station einfuhr und daß dieser Mann der Schaffner gewesen war. Sie ließ sich von Annuschka die Pelerine geben, die sie vorhin abgelegt hatte, und ein Tuch, legte beides um und ging zur Tür.

»Wollen Sie aussteigen?« fragte Annuschka.

»Ja, ich möchte ein bißchen frische Luft schöpfen, hier ist es sehr heiß.«

Und sie öffnete die Tür. Schnee und Sturm warfen sich ihr entgegen und kämpften mit ihr um die Tür. Auch das schien ihr lustig. Sie öffnete die Tür und ging hinaus. Der Wind schien nur auf sie gewartet zu haben, er pfiff freudig und wollte sie packen und davontragen, aber sie griff nach der kalten eisernen Stange, stieg, ihr Kleid festhaltend, auf den Bahnsteig hinunter und trat vor den Waggon. Der Wind war auf der Plattform sehr heftig gewesen, aber auf dem Bahnsteig hinter den Waggons war es still. Mit Genuß atmete sie die kalte Schneeluft und betrachtete, neben ihrem Wagen stehend, den Bahnsteig und das erleuchtete Stationsgebäude.

30

Ein furchtbarer Sturm tobte und pfiff zwischen den Rädern der Waggons, die Telegraphenmasten entlang und um die Ecke des Stationsgebäudes. Wagen, Masten, Menschen, alles, was man sehen konnte, war auf einer Seite mit Schnee bedeckt, und diese Schneehülle wurde immer dichter. Einen Augenblick ließ der Sturm nach, aber dann erhob er sich wieder mit solchem Ungestüm, daß es unmöglich schien, ihm Widerstand zu leisten. Trotzdem liefen einige Leute in munterem Gespräch auf den knarrenden Bohlen des Bahnsteigs hin und her und öffneten und schlossen fortwährend die große Tür des Wartesaals. Der gebückte Schatten eines Mannes glitt an Annas Füßen vorbei, und dann hörte sie einen Hammer auf Eisen schlagen. »Gib die Depesche her!« rief eine zornige Stimme von der anderen Seite aus der sturmdurchwehten Finsternis. »Hierher, hierher! Nummer 28!« riefen noch andere Stimmen, und schneebedeckte, vermummte Gestalten liefen vorbei. Zwei Herren mit brennenden Zigaretten im Mund gingen an ihr vorüber. Sie holte noch einmal tief Atem und hatte schon die Hand aus dem Muff genommen, um den Griff zu fassen und wieder in den Waggon zu steigen, als ein Herr im Militärmantel dicht neben ihr erschien und das flackernde Licht der Laterne verdeckte. Sie wandte sich um und erkannte im selben Augenblick Wronskijs Gesicht. Die Hand an die Mütze legend, verbeugte er sich und fragte, ob sie vielleicht etwas wünsche und ob er ihr behilflich sein könne. Sie sah ihn lange an, ohne zu antworten, und obwohl er im Schatten stand, sah sie den Ausdruck seines Gesichts und seiner Augen oder glaubte ihn zu sehen. Es war derselbe Ausdruck ehrfürchtigen Entzückens, der gestern einen so starken Eindruck auf sie gemacht hatte. Mehr als einmal hatte sie sich in diesen letzten Tagen und jetzt eben noch gesagt, Wronskij sei für sie nur einer von vielen hundert jungen

Männern, die alle gleich seien und einem überall begegneten, und sie werde sich nie erlauben, an ihn zu denken; aber jetzt, im ersten Augenblick des Zusammentreffens, überkam sie doch ein Gefühl freudigen Stolzes. Sie brauchte nicht zu fragen, warum er hier sei. Sie wußte das so sicher, wie wenn er ihr gesagt hätte, er sei hier, um dort zu sein, wo sie sei.
»Ich wußte gar nicht, daß Sie mitfahren. Warum fahren Sie denn?« sagte sie und ließ die Hand, die nach dem Griff fassen wollte, wieder sinken. Unbändige Freude und lebhafte Erregung strahlten aus ihrem Gesicht.
»Warum ich fahre?« sagte er und blickte ihr gerade in die Augen. »Sie wissen doch, ich fahre mit, um dort zu sein, wo Sie sind. Ich kann nicht anders.«
In diesem Augenblick fegte der Sturm, als hätte er alle Hindernisse überwunden, den Schnee von den Wagendächern, rüttelte an einem losgerissenen Stück Blech, und vorn begann die Lokomotivpfeife in dumpfem Ton kläglich und unheimlich zu heulen. Dieser schreckliche Schneesturm erschien Anna jetzt noch schöner als vorher. Er hatte das gesagt, was ihr Herz gewünscht und ihr Verstand gefürchtet hatte. Sie antwortete nichts, und er sah den inneren Kampf ihrem Gesicht an.
»Verzeihen Sie mir, wenn Ihnen meine Worte unangenehm sind«, sagte er demütig.
Er sprach höflich und respektvoll, aber so fest und bestimmt, daß sie lange keine Antwort fand.
»Das ist unrecht, was Sie da sagen, und ich bitte Sie, wenn Sie ein guter Mensch sind, vergessen Sie, was Sie gesagt haben, und ich will es auch vergessen«, sagte sie endlich.
»Keines Ihrer Worte, keine Ihrer Bewegungen werde ich je vergessen. Ich kann nichts...«
»Hören Sie auf! Hören Sie auf!« rief sie, vergeblich bemüht, ihrem Gesicht, das er gierig anstarrte, einen strengen Ausdruck zu geben. Mit der Hand den kalten Griff fassend, stieg sie die Stufen hinauf und ging schnell in den Gang des

Waggons. Aber hier blieb sie stehen und überdachte das Geschehene. Ohne sich an ihre und an seine Worte zu erinnern, begriff sie instinktiv, daß dieses kurze Gespräch sie einander furchtbar nahegebracht hatte, und sie war darüber erschrocken und glücklich zugleich. Sie stand noch einige Sekunden da, dann ging sie in den Wagen und setzte sich auf ihren Platz. Der gespannte Zustand, der sie anfangs gequält hatte, befiel sie von neuem, wurde noch schlimmer und steigerte sich dermaßen, daß sie fürchtete, es könne jeden Augenblick etwas in ihr zerreißen. Sie schlief die ganze Nacht nicht. Aber in der Spannung und den Träumen, die ihre Phantasie erfüllten, war nichts Unangenehmes und Düsteres; im Gegenteil, es war etwas Freudiges, Glühendes, Erregendes darin. Gegen Morgen schlummerte Anna auf ihrem Sitz ein, und als sie erwachte, war es schon ganz hell, und der Zug näherte sich Petersburg. Sofort fand sie sich wieder mitten in den Gedanken an ihr Haus, ihren Mann, ihren Sohn und in den Sorgen um den bevorstehenden Tag und die folgenden Tage.

Als der Zug in Petersburg hielt und sie ausstieg, war das erste Gesicht, das ihre Aufmerksamkeit auf sich zog, das ihres Mannes. ›Ach, mein Gott! Woher hat er nur diese Ohren?‹ dachte sie beim Anblick seiner frostigen, stattlichen Gestalt und der bis an die Krempe des runden Hutes reichenden Ohrmuscheln, die ihr jetzt besonders auffielen. Als er sie entdeckt hatte, ging er auf sie zu, das gewohnte spöttische Lächeln um die Lippen und die großen müden Augen unverwandt auf sie gerichtet. Ein unangenehmes Gefühl preßte ihr das Herz zusammen, als sie seinem starren, müden Blick begegnete, wie wenn sie erwartet hätte, ihn als einen völlig anderen zu sehen. Besonders überrascht war sie von dem Gefühl der Unzufriedenheit mit sich selbst, das sie bei der Begegnung mit ihm empfand. Es war ein gewohntes, bekanntes Gefühl und hing mit der Unaufrichtigkeit zusammen, die zwischen ihr und ihrem Mann herrschte;

früher aber hatte sie dieses Gefühl nicht beachtet, jetzt wurde es ihr klar und schmerzlich bewußt.

»Ja, siehst du, der zärtliche Gatte, zärtlich wie im ersten Jahr der Ehe, verging vor Sehnsucht nach dir«, sagte er mit seiner langsamen, hohen Stimme in dem Ton, den er ihr gegenüber fast immer anschlug, dem Ton eines leisen Spottes über die Leute, die im Ernst so sprachen.

»Ist Serjosha gesund?« fragte sie.

»Ist das die ganze Belohnung für meine Glut?« sagte er. »Ja, ja, er ist gesund...«

31

Wronskij hatte in dieser Nacht nicht einmal versucht, einzuschlafen. Er saß auf seinem Platz und starrte vor sich hin, oder er musterte die Ein- und Aussteigenden, und wenn er schon früher Leute, die ihn nicht kannten, durch die unerschütterliche Ruhe in seinem Gesicht überrascht und gereizt hatte, so schien er jetzt erst recht stolz und selbstbewußt. Er betrachtete die Menschen wie Sachen. Ein nervöser junger Mann, Beamter beim Kreisgericht, der ihm gegenübersaß, begann ihn wegen dieser Miene richtig zu hassen. Der junge Mann bat ihn um Feuer, versuchte ein Gespräch mit ihm anzuknüpfen, stieß ihn sogar an, um ihn fühlen zu lassen, daß er kein Ding, sondern ein Mensch sei, aber Wronskij sah ihn ebenso gleichgültig an wie die Laterne, und der junge Mann schnitt Gesichter, weil er fühlte, daß er unter dem Druck dieser Weigerung, ihn als Menschen anzuerkennen, beinahe seine Selbstbeherrschung verlor.

Wronskij sah nichts und niemand. Er kam sich wie ein König vor, nicht weil er glaubte, daß er auf Anna Eindruck gemacht hatte, das glaubte er noch keineswegs, sondern weil der Eindruck, den sie auf ihn gemacht hatte, ihn mit Glück und Stolz erfüllte.

Was aus alldem werden sollte, wußte er nicht, und er dachte auch gar nicht daran. Er fühlte, daß alle seine bisher planlos zersplitterten Kräfte sich jetzt gesammelt hatten und mit furchtbarer Energie auf ein ersehntes Ziel gerichtet waren. Und das machte ihn glücklich. Er wußte nur, daß er ihr die Wahrheit gesagt hatte: Er fuhr dorthin, wo sie war, sein ganzes Glück, der einzige Sinn seines Lebens bestand jetzt darin, sie zu sehen und zu hören. Und als er in Bologoje ausgestiegen war, um ein Glas Selterswasser zu trinken, und Anna erblickt hatte, da hatte er mit dem ersten Wort, das er an sie richtete, unwillkürlich ausgesprochen, was er dachte. Und er freute sich, daß er ihr das gesagt hatte, daß sie es jetzt wußte und daran dachte. Er schlief die ganze Nacht nicht. In seinen Waggon zurückgekehrt, rief er sich unablässig alle Situationen ins Gedächtnis zurück, in denen er sie gesehen hatte, all ihre Worte, und in seiner Phantasie tauchten Bilder von künftigen Möglichkeiten auf, die sein Herz stocken machten.

Als er in Petersburg ausstieg, fühlte er sich nach der schlaflosen Nacht frisch und belebt wie nach einem kalten Bad. Er blieb vor seinem Waggon stehen und wartete, bis sie aussteigen würde. ›Ich will sie noch einmal sehen‹, sagte er zu sich selbst und lächelte unwillkürlich, ›ich will ihren Gang sehen, ihr Gesicht; vielleicht sagt sie etwas, wendet den Kopf, sieht mich an und lächelt.‹ Aber noch ehe er sie sah, erblickte er ihren Mann, den der Bahnhofsvorsteher höflich durch die Menge begleitete. ›Ach ja! Ihr Mann!‹ Jetzt wurde es Wronskij zum erstenmal klar, daß der Mann eine Persönlichkeit war, die mit ihr in enger Beziehung stand. Er hatte gewußt, daß sie einen Mann hatte, aber er hatte nicht an dessen Existenz geglaubt, er tat es erst jetzt, als er ihn sah, seinen Kopf, seine Schultern und seine Beine in der schwarzen Hose, vor allem, als er sah, wie dieser Mann im Gefühl seines Besitzes ruhig ihren Arm faßte.

Als er Alexej Alexandrowitsch mit seinem frischen Petersburger Gesicht, seiner strengen, selbstbewußten Haltung, mit dem runden Hut und dem etwas gekrümmten Rücken sah, mußte er an seine Existenz glauben und hatte ein unangenehmes Gefühl, ähnlich dem, wie es ein Mensch haben mag, der, von Durst gequält, zu einer Quelle kommt und dort einen Hund, ein Schaf oder ein Schwein vorfindet, die das Wasser getrunken und getrübt haben. Alexej Alexandrowitschs Gang, dieses Wackeln mit dem ganzen Becken und den plumpen Beinen, berührte Wronskij besonders unangenehm. Er sprach sich allein das unbestreitbare Recht zu, sie zu lieben. Sie aber war unverändert, und ihr Anblick wirkte auf ihn wie sonst: physisch belebend, erregend und beglückend. Er befahl seinem deutschen Diener, der aus einem Wagen zweiter Klasse auf ihn zugelaufen kam, sein Gepäck zu nehmen und damit nach Hause zu fahren; er selbst ging auf Anna zu. Er beobachtete die erste Begegnung von Mann und Frau und bemerkte mit dem Scharfblick des Verliebten die leichte Befangenheit, mit der sie mit ihrem Mann sprach. ›Nein, sie liebt ihn nicht und kann ihn nicht lieben‹, sagte er sich mit großer Bestimmtheit.

Noch während er sich Anna Arkadjewna von hinten näherte, merkte er voller Freude, daß sie sein Nahen fühlte. Dann sah sie sich um, und als sie ihn erkannt hatte, wandte sie sich wieder ihrem Mann zu.

»Haben Sie eine gute Nacht gehabt?« fragte er, sich vor ihr und zugleich vor ihrem Mann verbeugend und es Alexej Alexandrowitsch überlassend, diesen Gruß auf sich zu beziehen und ihn zu erkennen oder nicht zu erkennen, wie es ihm beliebte.

»Danke, sehr gut«, antwortete sie.

Ihr Gesicht wirkte müde und zeigte nichts von dem Mienenspiel, das sonst ihre Lebhaftigkeit in einem Lächeln oder im Aufleuchten ihrer Augen verriet; nur ganz kurz blitzte bei seinem Anblick in ihren Augen etwas auf, und obwohl dieses Feuer sofort wieder erlosch, machte ihn dieser kurze Augenblick glücklich. Sie sah ihren Mann an, um festzustellen, ob er Wronskij kenne. Alexej Alexandrowitsch sah Wronskij mißmutig an und überlegte zerstreut, wer das wohl sein möge. Wronskijs Ruhe und Selbstbewußtsein stießen hier, wie die Sense auf den Stein, auf Alexej Alexandrowitschs kaltes Selbstbewußtsein.

»Graf Wronskij«, sagte Anna.

»Ah! Ich glaube, wir kennen uns«, sagte Alexej Alexandrowitsch gleichgültig und reichte ihm die Hand. »Hingefahren bist du mit der Mutter und zurück mit dem Sohn«, sagte er so bedächtig, als ob er mit jedem Wort einen Rubel verschenkte. »Sie kommen wohl aus dem Urlaub zurück?« fragte er Wronskij, und ohne eine Antwort abzuwarten, wandte er sich in seinem scherzenden Ton zu seiner Frau: »Nun, sind beim Abschied in Moskau viele Tränen geflossen?«

Durch diese Frage an seine Frau gab er Wronskij zu verstehen, daß er allein bleiben wolle, und berührte, sich ihm zuwendend, seinen Hut; aber Wronskij sagte zu Anna Arkadjewna:

»Ich hoffe, daß ich die Ehre haben darf, Ihnen meine Aufwartung zu machen.«

Alexej Alexandrowitsch sah Wronskij mit müden Augen an. »Es wird mich sehr freuen«, sagte er kalt, »wir empfangen montags.« Nachdem er Wronskij entlassen hatte, sagte er zu seiner Frau: »Wie gut, daß ich gerade eine halbe Stunde frei hatte, um dich abzuholen und dir dadurch meine Zärtlichkeit beweisen konnte«, fügte er in seinem scherzenden Ton hinzu.

»Du hebst deine Zärtlichkeit zu sehr hervor, als daß ich sie besonders schätzen könnte«, antwortete sie in demselben scherzhaften Ton und lauschte unwillkürlich auf die Schritte Wronskijs, der hinter ihnen herging. ›Aber was geht mich das an?‹ dachte sie und fragte ihren Mann, wie es Serjosha in ihrer Abwesenheit gegangen sei.

»Oh, ausgezeichnet! Mariette sagt, er sei sehr artig gewesen, und — ich muß dich da leider betrüben — er hat sich gar nicht nach dir gesehnt, ganz anders als dein Mann. Aber noch einmal merci, meine Liebe, daß du mir diesen Tag geschenkt hast. Unser lieber Samowar wird entzückt sein.« (Samowar nannte er die berühmte Gräfin Lydia Iwanowna, weil sie sich immer über alles erhitzte und aufbrauste.) »Sie hat nach dir gefragt. Und weißt du, wenn ich mir erlauben darf, dir einen Rat zu geben, dann fahre gleich heute zu ihr. Sie nimmt sich ja alles so sehr zu Herzen. Jetzt kümmert sie sich außer allem anderen, was sie so schon zu tun hat, auch noch um die Aussöhnung der Oblonskijs.«

Gräfin Lydia Iwanowna war mit Annas Mann befreundet und bildete den Mittelpunkt eines Kreises der Petersburger Gesellschaft, in dem Anna ihres Mannes wegen am meisten verkehrte.

»Ich habe ihr doch geschrieben.«

»Sie will aber alles ganz genau wissen. Besuche sie doch, wenn du nicht zu müde bist, meine Liebe. So, jetzt wird Kondratij dich nach Hause fahren, und ich fahre ins Komitee. Nun brauche ich nicht mehr allein zu essen«, fuhr Alexej Alexandrowitsch fort, und zwar nicht mehr in scherzhaftem Ton. »Du glaubst gar nicht, wie ich an dich gewöhnt bin...«

Er drückte ihr lange die Hand und half ihr mit einem eigentümlichen Lächeln in den Wagen.

32

Der erste, der Anna zu Hause entgegenkam, war ihr Sohn. Er kam ihr auf der Treppe entgegengelaufen, trotz aller Zurufe seiner Gouvernante, schrie in wildem Entzücken: »Mama, Mama!« und hängte sich ihr an den Hals.

»Ich habe Ihnen ja gesagt, daß es Mama ist!« rief er der Gouvernante zu. »Ich habe es gewußt!«

Ihr Sohn rief gerade wie ihr Mann in Anna ein Gefühl hervor, das der Enttäuschung ähnlich war. Sie hatte sich ihn hübscher vorgestellt, als er in Wirklichkeit war. Sie mußte erst wieder zur Wirklichkeit hinabsteigen, um sich an ihm, so wie er war, zu freuen. Aber auch so, wie er war, war er reizend mit seinen blonden Locken, den blauen Augen und den kräftigen, gutgewachsenen Beinen in den eng anliegenden Strümpfen. Anna empfand in seiner Nähe und bei seiner Zärtlichkeit ein fast körperliches Wohlbehagen und eine moralische Beruhigung, als sie seinem treuherzigen, vertrauensvollen, liebenden Blick begegnete und seine naiven Fragen hörte. Anna packte die Geschenke aus, die Dollys Kinder ihr für ihn mitgegeben hatten, und erzählte ihm, was für ein liebes Mädchen die kleine Tanja in Moskau sei, und daß diese Tanja schon lesen könne und sogar die anderen Kinder lesen lehre.

»Dann bin ich wohl nicht so lieb wie die«, sagte Serjosha.

»Für mich bist du der Beste auf der ganzen Welt.«

»Das weiß ich«, sagte Serjosha lächelnd.

Anna hatte noch nicht ihren Kaffee ausgetrunken, als die Gräfin Lydia Iwanowna gemeldet wurde. Gräfin Lydia Iwanowna war eine hochgewachsene, üppige Dame mit ungesunder gelber Gesichtsfarbe und schönen, nachdenklichen schwarzen Augen. Anna hatte sie recht gern, aber jetzt war es, als sähe sie sie zum erstenmal mit all ihren Fehlern.

»Nun, meine Liebe, haben Sie ihnen den Ölzweig gebracht?« fragte Gräfin Lydia Iwanowna, als sie ins Zimmer trat.

»Ja, es ist alles erledigt, aber es war gar nicht so schlimm, wie wir gedacht hatten«, antwortete Anna. »Überhaupt ist meine belle sœur etwas zu energisch.«

Aber Gräfin Lydia Iwanowna, die sich für alles interessierte, was sie nichts anging, hatte die Gewohnheit, nie zuzuhören, wenn von den Dingen die Rede war, die sie interessierten; sie unterbrach Anna:

»Ja, es gibt viel Kummer und viel Böses auf der Welt, heute bin ich ganz niedergeschlagen.«
»Was ist denn?« fragte Anna, bemüht, ein Lächeln zurückzuhalten.
»Ich werde es allmählich müde, immer vergeblich Lanzen für die Wahrheit zu brechen. Manchmal bin ich ganz erschöpft. Die Sache mit den Schwestern« (es handelte sich um ein philanthropisches, religiös-patriotisches Unternehmen) »ging zuerst ausgezeichnet, aber mit diesen Herrschaften ist ja einfach nichts anzufangen«, fügte Gräfin Lydia Iwanowna mit spöttischer Ergebung in das Schicksal hinzu. »Sie haben den Gedanken aufgegriffen, ihn verdreht, und jetzt urteilen sie so kleinlich und dumm darüber. Zwei, drei Leute, darunter auch Ihr Mann, verstehen die ganze Bedeutung dieser Sache, die anderen schaden ihr nur. Gestern schreibt mir Prawdin ...«
Prawdin war ein bekannter Panslawist, der im Ausland lebte, und Gräfin Lydia Iwanowna berichtete nun ausführlich über den Inhalt seines Briefes.
Dann erzählte die Gräfin noch von den Unannehmlichkeiten und Intrigen, die sie bei ihren Bemühungen, die Kirchen zu vereinigen, erlebte, und empfahl sich dann eiligst, da sie an diesem Tag noch zu einer Vereinssitzung und ins Slawische Komitee mußte.
›All das war auch früher so; warum ist es mir früher nicht aufgefallen?‹ fragte sich Anna. ›Oder ist sie heute besonders gereizt? Es ist aber auch wirklich lächerlich: ihr Ziel ist die Tugend, sie ist Christin, aber sie ärgert sich immer, überall sieht sie Feinde, und immer Feinde wegen des Christentums und der Tugend!‹
Nach Gräfin Lydia Iwanowna kam eine andere Freundin, die Frau eines Ministerialdirektors, und erzählte ihr alle Stadtneuigkeiten. Um drei Uhr verabschiedete sie sich und versprach, zum Essen wiederzukommen. Alexej Alexandrowitsch war im Ministerium. Allein geblieben, verwandte

Anna die Zeit bis zum Essen dazu, bei der Mahlzeit ihres Sohnes zugegen zu sein (er aß für sich allein), ihre Sachen in Ordnung zu bringen und die Briefe und Billetts zu lesen und zu beantworten, die sich auf ihrem Tisch angesammelt hatten.

Das Gefühl grundloser Scham, das sie unterwegs empfunden hatte, und ihre Erregung waren völlig verschwunden. In ihren gewohnten Lebensverhältnissen fühlte sie sich wieder sicher und ohne Makel.

Mit Verwunderung dachte sie an ihren gestrigen Zustand. ›Was ist denn geschehen? Nichts. Wronskij sagte Dummheiten, denen man leicht ein Ende machen konnte, und ich habe ihm geantwortet, wie es nötig war. Mit meinem Mann darüber zu sprechen, ist unnötig und unmöglich. Davon reden hieße die Sache wichtiger nehmen, als sie ist.‹ Sie erinnerte sich, wie sie ihrem Mann einmal von einer fast offenen Liebeserklärung erzählt hatte, die einer seiner Untergebenen, ein junger Mann, ihr in Petersburg gemacht hatte, und wie Alexej Alexandrowitsch darauf geantwortet hatte, das könne jeder Frau geschehen, die in der großen Welt lebe, aber er verlasse sich vollkommen auf ihr Taktgefühl und werde sich nie erlauben, sie und sich selbst durch Eifersucht herabzuwürdigen. ›Wozu soll ich also mit ihm darüber reden? Und es ist ja auch Gott sei Dank nichts zu erzählen‹, sagte sie sich.

33

Alexej Alexandrowitsch kam um vier Uhr aus dem Ministerium zurück, hatte aber, wie oft, keine Zeit, sie zu begrüßen. Er ging in sein Arbeitszimmer, um die wartenden Bittsteller zu empfangen und einige Papiere zu unterschreiben, die der Kanzleivorsteher gebracht hatte. Zum Essen (Karenins hatten immer mindestens drei Gäste) kamen eine alte Kusine von Alexej Alexandrowitsch, der Direktor des Departements mit seiner Frau und ein junger Mann, der in den Staatsdienst eintreten wollte und eine Empfehlung an Alexej Alexandrowitsch hatte. Anna ging in den Salon, um die Gäste zu unterhalten. Um Punkt fünf, noch ehe die Bronzeuhr aus der Zeit Peters des Großen den fünften Schlag getan hatte, erschien Alexej Alexandrowitsch in Frack und weißer Schleife, mit zwei Ordenssternen an der Brust, da er gleich nach dem Essen wieder wegfahren mußte. Jede Minute im Leben Alexej Alexandrowitschs war besetzt und genau eingeteilt. Und um alle Aufgaben erledigen zu können, die ihm jeder Tag stellte, hatte er sich größte Pünktlichkeit zur Regel gemacht. ›Ohne Hast und ohne Rast‹ war sein Wahlspruch. Er kam in den Saal, begrüßte alle und setzte sich eilig, seiner Frau zulächelnd.

»Ja, jetzt hat meine Einsamkeit ein Ende. Du glaubst gar nicht, wie peinlich (dieses Wort betonte er ganz besonders) es ist, allein zu essen.«

Bei Tisch sprach er mit seiner Frau über die Moskauer Angelegenheiten, fragte mit spöttischem Lächeln nach Stepan Arkadjitsch, aber das Gespräch war vorwiegend ein allgemeines und drehte sich um dienstliche und gesellschaftliche Petersburger Ereignisse. Nach dem Essen blieb er noch eine halbe Stunde bei den Gästen, dann verabschiedete er sich, drückte seiner Frau wieder lächelnd die Hand und fuhr zu einer Sitzung des Reichsrats. Anna fuhr an diesem Tag weder zur Fürstin Betsy Twerskaja, die von ihrer Ankunft gehört und sie zum Abendessen eingeladen hatte, noch ins Theater, wo sie für diesen Abend eine Loge hatte. Sie blieb vor allem deshalb zu Hause, weil ein Kleid, auf das sie gerechnet hatte, nicht fertig geworden war. Überhaupt ärgerte Anna sich sehr, als sie sich nach dem Weggang der Gäste mit ihrer Toilette beschäftigte. Vor ihrer Abreise nach Moskau hatte sie, die es ausgezeichnet verstand, sich ohne allzu große Kosten elegant zu kleiden, ihrer Schneiderin drei Kleider zum Umändern gegeben.

Die Kleider sollten so geändert werden, daß sie nicht wiederzuerkennen wären, und hätten schon vor drei Tagen fertig sein müssen. Nun stellte sich heraus, daß zwei Kleider überhaupt noch nicht fertig waren und beim dritten die Umänderung nicht so ausgefallen war, wie Anna es gewünscht hatte. Die Schneiderin kam, um sich zu rechtfertigen, versicherte, daß es so hübscher sei, und Anna wurde so heftig, daß sie sich später schämte, wenn sie daran dachte. Um sich wieder zu beruhigen, ging sie ins Kinderzimmer und verbrachte den ganzen Abend mit ihrem Sohn, legte ihn selbst schlafen, bekreuzigte ihn und deckte ihn zu. Sie war froh, daß sie nirgendwohin gefahren war und diesen Abend so angenehm verbracht hatte. Ihr war so leicht und ruhig zumute, sie sah so klar, daß alles, was ihr auf der Eisenbahnfahrt so wichtig vorgekommen war, nichts weiter war als ein gewöhnlicher, nichtssagender Vorfall des gesellschaftlichen Lebens, und daß sie sich vor niemand zu schämen brauchte, auch vor sich selbst nicht. Anna setzte sich mit einem englischen Roman an den Kamin und wartete auf ihren Mann. Um Punkt halb zehn hörte sie ihn klingeln, und gleich danach kam er ins Zimmer.

»Da bist du ja endlich«, sagte sie und streckte ihm die Hand entgegen.

Er küßte ihr die Hand und setzte sich zu ihr.

»Im großen und ganzen hat deine Reise Erfolg gehabt, wie ich sehe«, sagte er.

»O ja«, antwortete sie und erzählte ihm alles von Anfang an: von ihrer Fahrt mit der Gräfin Wronskaja, von ihrer Ankunft und dem Unfall auf dem Bahnhof. Dann erzählte sie, daß sie zuerst ihren Bruder und dann Dolly bedauert habe.

»Ich glaube nicht, daß man einen solchen Menschen entschuldigen kann, wenn er auch dein Bruder ist«, sagte Alexej Alexandrowitsch streng.

Anna lächelte. Sie durchschaute, daß er das absichtlich gesagt hatte, um zu zeigen, daß verwandtschaftliche Rück-

sichten ihn nicht davon abhalten könnten, seine Meinung offen auszusprechen. Sie kannte diesen Charakterzug ihres Mannes und schätzte ihn.
»Ich freue mich, daß alles glücklich erledigt ist und daß du wieder da bist«, fuhr er fort. »Nun, was meint man dort zu der neuen Maßregel, die ich im Reichsrat durchgesetzt habe?«
Anna hatte nichts von dieser Maßregel gehört und schämte sich, daß sie etwas, das für ihn so wichtig war, so leicht hatte vergessen können.
»Hier hat diese Sache im Gegenteil viel Aufsehen erregt«, sagte er mit selbstzufriedenem Lächeln.
Sie sah, daß Alexej Alexandrowitsch ihr etwas von dieser Angelegenheit berichten wollte, das ihm angenehm war, und veranlaßte ihn durch allerlei Fragen zum Erzählen. Und er erzählte ihr mit dem gleichen selbstzufriedenen Lächeln von den Ovationen, die man ihm für die Durchführung dieser Maßregel bereitet hatte.
»Ich habe mich sehr darüber gefreut. Das beweist, daß sich bei uns endlich eine vernünftige, feste Ansicht über diese Sache durchsetzt.«
Nachdem Alexej Alexandrowitsch sein zweites Glas Tee mit Sahne getrunken und etwas Brot dazu gegessen hatte, stand er auf und ging in sein Arbeitszimmer.
»Und du bist heute nirgends gewesen? Da hast du dich gewiß gelangweilt«, sagte er.
»O nein!« antwortete sie, stand gleichfalls auf und begleitete ihn durch den Salon in sein Arbeitszimmer. »Was liest du jetzt?« fragte sie.
»Ich lese jetzt Duc de Lille, Poésie des enfers«, erwiderte er. »Ein sehr bedeutendes Buch.«
Anna lächelte, wie man über Schwächen geliebter Menschen lächelt, schob ihren Arm unter den seinen und begleitete ihn bis zur Tür des Arbeitszimmers. Sie kannte seine Gewohnheit, die ihm zum Bedürfnis geworden war, abends zu

lesen. Sie wußte, daß er trotz seiner amtlichen Tätigkeit, die fast seine ganze Zeit in Anspruch nahm, es für seine Pflicht hielt, alle bedeutenden Erscheinungen auf geistigem Gebiet zu verfolgen. Sie wußte auch, daß nur politische, philosophische und theologische Bücher ihn wirklich interessierten, die Kunst hingegen seiner Natur vollkommen fremd war, daß er aber trotzdem oder gerade deshalb nichts außer acht ließ, was auf diesem Gebiet Aufsehen erregte, und sich verpflichtet fühlte, alles zu lesen. Sie wußte, daß Alexej Alexandrowitsch auf dem Gebiet der Politik, der Philosophie und der Theologie zweifelte und suchte; aber in Fragen der Kunst und der Dichtung und besonders der Musik, für die ihm jedes Verständnis abging, hatte er ganz bestimmte und feste Ansichten. Er sprach gern über Shakespeare, Raffael, Beethoven, über die Bedeutung der neuen Richtungen in der Dichtung und der Musik, die er alle mit sehr klarer Folgerichtigkeit klassifizierte.

»Nun, Gott beschütze dich«, sagte sie an der Tür des Arbeitszimmers, in dem schon eine Kerze mit einem Lichtschirm und eine Karaffe mit Wasser neben seinem Sessel bereitstanden. »Ich will noch nach Moskau schreiben.«

Er drückte ihr die Hand und küßte sie wieder.

›Er ist doch ein guter Mensch, aufrichtig, gütig und bedeutend in seinem Wirkungskreis‹, dachte Anna, als sie in ihr Zimmer zurückgekehrt war, gerade als müßte sie ihn gegen jemand verteidigen, der ihn anklagte und sagte, man könne ihn nicht lieben. ›Aber warum stehen seine Ohren so merkwürdig ab? Hat er sich vielleicht die Haare schneiden lassen?‹

Um Punkt zwölf, als Anna noch am Schreibtisch saß und den Brief an Dolly beendete, hörte man gleichmäßige Schritte in Pantoffeln, und Alexej Alexandrowitsch kam auf sie zu, gewaschen und gekämmt, ein Buch unter dem Arm. »Es ist Zeit, es ist Zeit«, sagte er mit einem eigentümlichen Lächeln und ging ins Schlafzimmer.

›Und was für ein Recht hatte er denn, ihn so anzusehen?‹ dachte Anna in Erinnerung an den Blick, mit dem Wronskij ihren Mann gemustert hatte.
Sie kleidete sich aus und ging ins Schlafzimmer, aber in ihrem Gesicht war nichts mehr von der Lebhaftigkeit, die in Moskau aus ihren Augen und ihrem Lächeln gesprüht hatte, im Gegenteil, jetzt schien das Feuer in ihr erloschen oder irgendwo tief unten versteckt zu sein.

34

Bei seiner Abreise von Petersburg hatte Wronskij seine große Wohnung in der Morskaja seinem Freund und liebsten Kameraden Petritzkij überlassen.
Petritzkij war ein junger Leutnant aus nicht sehr vornehmer Familie und nicht nur ohne Vermögen, sondern auch noch bis über die Ohren verschuldet; abends war er immer betrunken und hatte schon oft wegen allerlei lächerlicher und schmutziger Geschichten Arrest gehabt. Trotzdem war er bei seinen Kameraden und bei seinen Vorgesetzten beliebt. Als Wronskij gegen zwölf Uhr vom Bahnhof zu seiner Wohnung kam, sah er vor der Haustür eine ihm wohlbekannte Mietskutsche stehen. Er klingelte und hörte schon durch die Flurtür lachende Männerstimmen, das Schwatzen einer Frauenstimme und dann Petritzkijs Schrei: »Wenn es einer von diesen Halunken ist, dann laß ihn nicht herein!« Wronskij verbot dem Burschen, ihn zu melden, und ging leise in das erste Zimmer. Die Baronin Shilton, Petritzkijs Freundin, eine Dame mit frischem Gesicht und blondem Haar, saß im schimmernden lila Atlaskleid an einem runden Tisch, kochte Kaffee und erfüllte wie ein Kanarienvogel das ganze Zimmer mit ihrem Pariser Geplapper. Petritzkij im Mantel und Rittmeister Kamerowskij in voller Uniform — er war wohl gerade vom Dienst gekommen — saßen neben ihr.

»Bravo, Wronskij!« schrie Petritzkij, sprang auf und stieß polternd den Stuhl zurück. »Der Hausherr in eigener Person! Baronin, eine Tasse Kaffee für ihn aus der neuen Maschine! So eine Überraschung! Ich hoffe, du bist mit dieser Verschönerung deines Zimmers zufrieden«, sagte er, auf die Baronin zeigend. »Ihr kennt euch doch?«

»Aber gewiß!« sagte Wronskij mit heiterem Lächeln und drückte der Baronin die kleine Hand. »Natürlich! Wir sind alte Freunde.«

»Sie kommen von der Reise nach Hause?« sagte die Baronin. »Ich gehe sofort, wenn ich störe.«

»Sie sind dort zu Hause, wo Sie sich gerade befinden, Baronin«, sagte Wronskij. »Guten Tag, Kamerowskij«, fügte er hinzu und gab ihm kühl die Hand.

»Sehen Sie, so nette Dinge sagen, das können Sie nicht«, wandte sich die Baronin an Petritzkij.

»Wieso denn nicht? Nach dem Diner sage ich Dinge, die nicht schlechter sind.«

»Ja, nach einem Diner ist das kein Verdienst! Nun, dann will ich Ihnen Kaffee geben; Sie können sich ja inzwischen waschen und Toilette machen«, sagte die Baronin, setzte sich wieder und drehte vorsichtig eine Schraube an der neuen Kaffeemaschine. »Pierre, geben Sie mir den Kaffee her!« sagte sie zu Petritzkij, den sie nach seinem Familiennamen Petritzkij Pierre nannte, und ohne aus ihren Beziehungen zu ihm ein Hehl zu machen. »Ich will noch etwas zuschütten.«

»Sie verderben ihn!«

»Nein, ich verderbe ihn nicht! Nun, und Ihre Frau?« fragte die Baronin plötzlich, Wronskijs Gespräch mit seinen Kameraden unterbrechend. »Wir haben Sie hier verheiratet. Haben Sie Ihre Frau mitgebracht?«

»Nein, Baronin. Ich bin als Zigeuner geboren und sterbe als Zigeuner.«

»Um so besser, um so besser! Geben Sie mir Ihre Hand!«

Und ohne Wronskij loszulassen, erzählte sie lachend und scherzend von ihren neuesten Lebensplänen und fragte ihn um Rat.

»Er willigt immer noch nicht in die Scheidung ein! Was soll ich jetzt machen?« (Dieser er war ihr Mann.) »Ich will jetzt einen Prozeß anstrengen. Was raten Sie mir? Kamerowskij, passen Sie doch auf den Kaffee auf! Er kocht ja über! Sie sehen doch, daß ich mit ernsten Dingen beschäftigt bin! Ich möchte einen Prozeß anfangen, weil ich mein Vermögen für mich allein brauche. Können Sie so eine Dummheit begreifen: weil ich ihm angeblich untreu geworden bin«, fuhr sie verächtlich fort, »will er einen Teil meines Vermögens haben!«

Wronskij hörte sich mit Vergnügen das Geplapper der hübschen Frau an, sagte ihr Schmeicheleien, gab ihr halb scherzhafte Ratschläge und schlug überhaupt sofort den Ton an, der ihm im Umgang mit solchen Damen geläufig war. Nach den Begriffen der Petersburger Gesellschaft, zu der er gehörte, zerfielen die Menschen in zwei Gruppen, die einander völlig entgegengesetzt waren. Erstens eine niedere: dazu gehörten geschmacklose, dumme und vor allem lächerliche Menschen, die meinten, ein Mann dürfe nur mit der einen Frau leben, mit der er getraut sei, ein junges Mädchen müsse unschuldig sein, eine Frau züchtig, ein Mann gesetzt, enthaltsam und solide, man müsse Kinder aufziehen, sich durch Arbeit sein Brot erwerben, seine Schulden bezahlen und ähnliche Dummheiten. Das waren die altmodischen, komischen Leute. Aber es gab noch eine andere Gruppe von Menschen: die wirklichen Menschen, zu denen die Vertreter von Wronskijs Kreisen gehörten; in dieser Gruppe mußte man vor allem elegant, schön, großzügig, keck und heiter sein, sich ohne zu erröten jeder Leidenschaft hingeben und über alles andere spotten.

Wronskij war nur im ersten Augenblick nach den von Moskau aus einer ganz anderen Welt mitgebrachten Eindrücken

noch wie betäubt gewesen, hatte sich aber dann sofort wieder in seine frühere heitere, angenehme Welt hineingefunden, wie jemand mit den Füßen in seine Pantoffeln fährt.
Das Kaffeekochen gelang schließlich doch nicht. Der Kaffee bespritzte alle, lief über und bewirkte gerade das, was man wollte: er gab Anlaß zu Lärm und Gelächter und ergoß sich über den teuren Teppich und über das Kleid der Baronin.
»Nun leben Sie wohl, sonst kommen Sie nie dazu, sich zu waschen, und dann habe ich das schlimmste Verbrechen für einen anständigen Menschen auf dem Gewissen: Unsauberkeit. Sie raten mir also, ihm das Messer an die Kehle zu setzen?«
»Unbedingt, und zwar so, daß Ihre Hand ganz nah an seine Lippen kommt. Dann küßt er Ihnen die Hand, und alles nimmt ein gutes Ende«, antwortete Wronskij.
»Also heute abend im Französischen Theater!« Und sie rauschte hinaus.
Kamerowskij stand auch auf, Wronskij reichte ihm die Hand, ohne zu warten bis er ging, und verschwand im Ankleidezimmer. Während er sich wusch, schilderte ihm Petritzkij in kurzen Zügen seine Lage, soweit sie sich nach Wronskijs Abreise verändert hatte. Geld habe er keins mehr. Sein Vater habe gesagt, er werde ihm keins mehr geben und auch seine Schulden nicht bezahlen. Sein Schneider wolle ihn ins Schuldgefängnis bringen, und ein anderer Gläubiger ebenfalls. Der Regimentskommandeur habe ihm erklärt, wenn diese Skandalgeschichten nicht aufhörten, müsse er seinen Abschied nehmen. Die Baronin sei ihm so widerwärtig geworden wie ein bitterer Rettich, besonders deswegen, weil sie ihm immer Geld geben wolle. Und jetzt habe er eine andere entdeckt, er wolle sie ihm zeigen, wunderschön, reizend, in streng orientalischem Stil »im Genre der Magd Rebekka, weißt du!« Mit Berkoschew habe er gestern auch Streit gehabt und wolle ihm seine Sekundanten

schicken, aber selbstverständlich werde nichts weiter dabei herauskommen. Doch im allgemeinen gehe es ihm ausgezeichnet, und er sei sehr munter. Und ohne seinem Kameraden Zeit zu lassen, auf die Einzelheiten seiner Lage näher einzugehen, erzählte Petritzkij ihm alle interessanten Neuigkeiten. Wronskij hörte sich die wohlbekannten Geschichten in der ihm so vertrauten Wohnung an, die er nun schon zwei Jahre innehatte, und empfand seine Rückkehr zu dem gewohnten, sorglosen Petersburger Leben als höchst angenehm.

»Nicht möglich!« rief er und hob den Fuß von dem Hebel des Waschtischs, an dem er seinen roten, gesunden Hals mit Wasser übergossen hatte. »Nicht möglich!« rief er bei der Nachricht, daß Lora Milejews Freundin geworden sei und Fertinghof den Laufpaß gegeben habe. »Und ist er immer noch so dumm und selbstzufrieden? Und was macht denn Busulukow?«

»Ach, mit Busulukow ist eine wunderbare Geschichte passiert!« rief Petritzkij. »Seine Leidenschaft sind bekanntlich Bälle, und er versäumt keinen einzigen Hofball. Na, er geht also auf einen großen Ball, mit dem neuen Helm. Hast du die neuen Helme schon gesehen? Sehr schön und leichter als die alten. Er steht also da... Nein, du mußt aber auch zuhören!«

»Ich höre ja zu«, antwortete Wronskij, der sich gerade mit dem Frottiertuch abrieb.

»Da geht eine Großfürstin mit irgendeinem Gesandten an ihm vorbei, und zu seinem Unglück sprechen die beiden gerade von den neuen Helmen. Die Großfürstin will dem Gesandten einen solchen Helm zeigen. Da sieht sie unseren guten Busulukow stehen« (Petritzkij machte nach, wie Busulukow dagestanden hatte) »und bittet ihn, ihr den Helm einmal zu geben, aber er gibt ihn nicht her. Großes Erstaunen. Die andern zwinkern ihm zu, machen ihm Zeichen, ziehen finstere Gesichter — zeig doch den Helm!

Er tut es nicht, steht wie erstarrt da. Du kannst dir die Szene vorstellen!... Da kommt dieser... wie heißt er gleich?... und will ihm den Helm wegnehmen. Er läßt ihn nicht los! Der reißt ihm den Helm aus der Hand und reicht ihn der Großfürstin. ›Sehen Sie, das ist der neue Helm‹, sagt die Großfürstin. Sie dreht den Helm um, und stell dir vor: bums! fällt eine Birne und Konfekt heraus, zwei Pfund Konfekt!... Das hatte er sich da hineinpraktiziert, unser guter Busulukow!«

Wronskij schüttelte sich vor Lachen. Und noch lange nachher, als sie schon von anderen Dingen sprachen, mußte er bei dem Gedanken an den Helm immer wieder laut lachen, wobei er seine kräftigen, dicht beieinanderstehenden Zähne zeigte.

Nachdem Wronskij alle Neuigkeiten erfahren hatte, zog er mit Hilfe seines Dieners die Uniform an und fuhr weg, um sich zurückzumelden. Dann wollte er zu seinem Bruder und zu Betsy und noch einige Besuche machen, um sich Zugang zu den Kreisen zu verschaffen, in denen er die Karenina treffen konnte. Wie immer in Petersburg, verließ er das Haus, um erst spät in der Nacht zurückzukommen.

ZWEITER TEIL

I

Gegen Ende des Winters fand bei Schtscherbatzkijs eine ärztliche Beratung statt, die feststellen sollte, wie es um Kittys Gesundheit stehe und was man unternehmen müsse, um ihre geschwächten Kräfte wiederherzustellen. Sie war krank, und mit dem Herannahen des Frühlings verschlimmerte sich ihr Zustand. Der Hausarzt hatte ihr Lebertran, dann Eisen und Lapis verordnet; da aber weder das erste noch das zweite und dritte Mittel anschlug, und da er riet, im Frühling ins Ausland zu reisen, wurde noch ein berühmter Arzt zugezogen. Die Berühmtheit, ein noch nicht alter, sehr stattlicher Mann, wollte die Patientin untersuchen. Er behauptete energisch und anscheinend mit besonderem Vergnügen, mädchenhafte Scham sei nur ein barbarisches Vorurteil, und tat, als sei es die natürlichste Sache der Welt, daß er, ein noch nicht alter Mann, den nackten Körper eines jungen Mädchens betaste. Er fand das ganz natürlich, weil er es jeden Tag tat und dabei nichts Schlechtes fühlte und dachte, wie er meinte, und darum hielt er die Schamhaftigkeit junger Mädchen nicht nur für ein barbarisches Vorurteil, sondern für eine Beleidigung seiner Person.
Man mußte sich ihm fügen. Alle Ärzte machen zwar dieselben Universitätskurse durch und studieren aus denselben Büchern dieselbe Wissenschaft, auch behaupteten manche Leute, diese Berühmtheit sei ein schlechter Arzt, aber die Fürstin und ihre Bekannten glaubten aus unerfindlichen Gründen, daß nur dieser berühmte Mann etwas Besonderes wisse und er ganz allein Kitty retten könne. Nachdem der berühmte Arzt die vor Scham völlig verwirrte und betäubte Patientin genau untersucht und beklopft hatte, wusch er sich sorgfältig die Hände, ging in den Salon und sprach mit dem Fürsten. Der Fürst hörte mit finsterem Gesicht zu und räusperte sich wiederholt. Als Mann, der sein Leben genossen hatte, nicht dumm und nie krank war, hielt er nichts

von der Medizin und ärgerte sich im Grunde seiner Seele über diese ganze Komödie, zumal er wohl der einzige war, der die Ursache von Kittys Krankheit erkannt hatte. ›Du Blaffköter!‹ dachte er im stillen, als er sich das Geschwätz des berühmten Arztes über die Krankheitssymptome seiner Tochter anhören mußte. Der Arzt hingegen konnte nur mit Mühe seine Verachtung gegen diesen rückständigen alten Aristokraten verbergen und sich auf sein tiefes geistiges Niveau herablassen. Er merkte, daß es keinen Sinn hatte, mit dem Alten zu reden, und daß hier die Mutter das Haupt der Familie war. Darum beschloß er, vor ihr seine Perlen auszuschütten. In diesem Augenblick kam die Fürstin mit dem Hausarzt in den Salon. Der Fürst trat zur Seite, bemüht, sich nicht anmerken zu lassen, wie lächerlich ihm diese ganze Komödie vorkam. Die Fürstin war sehr verwirrt und wußte nicht, was sie tun sollte. Sie fühlte sich Kitty gegenüber schuldig.

»Nun, Doktor, entscheiden Sie unser Schicksal«, sagte die Fürstin. »Sagen Sie mir alles.« Sie wollte noch hinzufügen »Ist noch Hoffnung?« aber ihre Lippen bebten, und sie brachte es nicht fertig, diese Frage auszusprechen. »Nun, wie steht es, Doktor?«

»Sofort, Fürstin, ich muß mich zuerst mit meinem Kollegen besprechen. Dann werde ich die Ehre haben, Ihnen meine Ansicht vorzutragen.«

»Sollen wir Sie allein lassen?«

»Ganz wie Sie wünschen.«

Die Fürstin ging seufzend hinaus.

Als die beiden Ärzte allein waren, trug der Hausarzt schüchtern seine Meinung vor, die darin bestand, daß hier der Beginn eines tuberkulösen Prozesses vorliege, daß aber... und so weiter. Der berühmte Arzt hörte ihm zu und sah mitten in der Rede des anderen auf seine dicke goldene Uhr.

»Ja«, sagte er. »Aber...«

Der Hausarzt verstummte respektvoll.

»Das Anfangsstadium eines tuberkulösen Prozesses können wir nicht feststellen, wie Sie ja wissen; vor dem Auftreten von Kavernen läßt sich nichts Zuverlässiges sagen. Aber wir können vermuten. Und Symptome sind ja vorhanden: schlechter Stoffwechsel, nervöse Gereiztheit und so weiter. Die Frage steht so: Was ist bei Verdacht eines tuberkulösen Prozesses zu tun, um den Stoffwechsel zu fördern?«
»Aber Sie wissen ja, daß hier immer psychische Motive dahinterstecken«, erlaubte sich der Hausarzt mit feinem Lächeln zu bemerken.
»Ja, das versteht sich von selbst«, sagte der berühmte Arzt und sah wieder nach der Uhr. »Entschuldigen Sie, ist die Brücke über die Jausa schon fertig, oder muß man immer noch den Umweg machen?« fragte er. »So, sie ist fertig. Na, dann kann ich in zwanzig Minuten dort sein. Ja, wir sagten: der Stoffwechsel muß gefördert und die Nerven müssen gestärkt werden. Eins hängt mit dem anderen zusammen, wir müssen von zwei Seiten wirken.«
»Und eine Reise ins Ausland?« fragte der Hausarzt.
»Ich bin ein Gegner dieser Auslandsreisen. Und beachten Sie bitte: wenn hier wirklich ein tuberkulöser Prozeß vorliegt, was wir nicht wissen können, dann hilft eine Reise ins Ausland nichts. Hier ist unbedingt ein Mittel erforderlich, das den Stoffwechsel anregt und nicht schädlich wirkt.«
Und der berühmte Arzt entwickelte seinen Plan einer Kur mit Sodener Brunnen, die er offenbar vor allem deswegen verordnen wollte, weil sie nicht schaden konnte.
Der Hausarzt hörte ihm aufmerksam und respektvoll zu.
»Zugunsten einer Reise ins Ausland möchte ich doch auf die Veränderung der gewohnten Lebensweise hinweisen und auf die Loslösung aus einer Umgebung, die manche Erinnerungen weckt. Und dann wünscht es die Mutter...«, sagte er.
»Ah! Nun, wenn es so ist, dann mögen sie reisen. Wenn diese deutschen Scharlatane nur keinen Schaden anrichten... Sie

müssen sich streng an unsere Vorschriften halten... Nun, dann sollen sie reisen.«

Er sah wieder nach der Uhr.

»Oh! Für mich ist es höchste Zeit!« Und er ging zur Tür.

Der berühmte Arzt erklärte der Fürstin — sein Anstandsgefühl veranlaßte ihn dazu —, er müsse die Kranke noch einmal sehen.

»Wie! Noch eine Untersuchung?« rief die Mutter entsetzt.

»O nein, ich brauche nur noch ein paar Einzelheiten, Fürstin.«

»Bitte sehr!«

Von dem Arzt begleitet, ging sie zu Kitty ins Wohnzimmer. Abgemagert, mit geröteten Wangen und einem eigentümlichen Glanz in den Augen wegen der ausgestandenen Schmach, stand Kitty mitten im Zimmer. Als der Arzt hereinkam, wurde sie dunkelrot, und ihre Augen füllten sich mit Tränen. Ihre ganze Krankheit und all diese Kuren erschienen ihr so dumm, so lächerlich! Die Bemühungen der Ärzte kamen ihr ebenso lächerlich vor, wie wenn man die Scherben einer zerbrochenen Vase wieder hätte zusammenkitten wollen. Ihr Herz war zerbrochen. Und da wollten sie es mit Pillen und Pulvern heilen! Aber sie durfte ihre Mutter nicht kränken, um so mehr, als die Mutter sich schuldig fühlte.

»Bitte, nehmen Sie Platz, Prinzessin«, sagte der berühmte Arzt.

Er setzte sich ihr lächelnd gegenüber, fühlte ihren Puls und begann wieder seine lästigen Fragen zu stellen. Sie antwortete ihm, aber plötzlich stand sie zornig auf.

»Entschuldigen Sie, Doktor, aber das führt wirklich zu nichts. Sie fragen mich zum drittenmal dasselbe.«

Der berühmte Arzt nahm es nicht übel.

»Krankhafte Gereiztheit«, sagte er zu der Fürstin, als Kitty hinausgegangen war. »Übrigens bin ich jetzt fertig...«

Und nun gab der Arzt der Fürstin als einer außerordentlich

klugen Frau eine wissenschaftlich genaue Darstellung von Kittys Zustand und schloß mit einer Anweisung, wie sie den Brunnen trinken müsse, der eigentlich unnötig war. Auf die Frage, ob man ins Ausland reisen solle, versank der Arzt in tiefes Nachdenken, als sei ein sehr schwieriges Problem zu lösen. Endlich verkündete er seine Entscheidung: man solle reisen, aber den deutschen Scharlatanen nicht glauben, sondern sich in allem an ihn wenden.
Nach dem Weggang des Arztes war es, als hätte sich etwas Erfreuliches ereignet. Die Mutter kam in heiterer Stimmung zu ihrer Tochter zurück, und auch Kitty tat, als wäre sie jetzt etwas froher. Sie mußte sich jetzt oft, sogar fast immer verstellen.
»Wirklich, ich bin gesund, Mama. Aber wenn Sie gern reisen möchten, dann können wir es ja tun«, sagte sie, und um zu zeigen, wie sehr die bevorstehende Reise sie interessiere, fing sie an, von den nötigen Vorbereitungen zu sprechen.

2

Nach dem Arzt kam Dolly. Sie wußte, daß an diesem Tag eine ärztliche Beratung stattfinden sollte, und obwohl sie erst vor kurzem vom Wochenbett aufgestanden war (sie war gegen Ende des Winters von einem Mädchen entbunden worden), obwohl sie viel eigenen Kummer und Sorgen hatte, ließ sie ihr Baby und ein anderes erkranktes Töchterchen eine Weile allein und kam, um sich nach Kittys Schicksal zu erkundigen, das sich heute entscheiden sollte.
»Nun, was ist?« fragte sie, ins Wohnzimmer tretend und ohne den Hut abzunehmen. »Ihr seid alle ganz vergnügt. Also steht es nicht so schlimm?«
Man versuchte ihr zu erzählen, was der Arzt gesagt hatte, und nun zeigte es sich, daß der Arzt zwar sehr lange und schön geredet hatte, daß es aber ganz unmöglich war,

wiederzugeben, was er eigentlich gesagt hatte. Interessant war nur der Beschluß, ins Ausland zu reisen.

Dolly seufzte unwillkürlich. Ihre beste Freundin, ihre Schwester, sollte verreisen. Und ihr eigenes Leben war so wenig erfreulich. Ihr Verhältnis zu Stepan Arkadjitsch war nach der Versöhnung demütigend für sie. Der Kitt, mit dem Anna den Bruch hatte leimen wollen, hatte nicht lange gehalten, und der Familienfriede war wieder an derselben Stelle entzweigegangen. Etwas Bestimmtes lag nicht vor, aber Stepan Arkadjitsch war fast nie zu Hause, Geld war auch fast nie da, und der Verdacht, ihr Mann sei ihr wohl wieder untreu, peinigte Dolly beständig, aber sie wies diesen Verdacht von sich, weil sie die schon einmal erlittene Qual der Eifersucht fürchtete. Der erste Ausbruch von Eifersucht konnte sich allerdings, wenn er schon einmal erlebt war, nicht mehr mit gleicher Heftigkeit wiederholen, und selbst die Entdeckung einer neuen Untreue hätte nicht mehr so auf sie wirken können wie das erstemal. Eine solche Entdeckung hätte jetzt nur den gewohnten Gang des Familienlebens gestört, und darum ließ sie sich betrügen und verachtete ihn und noch mehr sich selbst wegen dieser Schwäche. Außerdem quälten sie fortwährend allerlei Sorgen um ihre große Familie: bald ging es mit der Ernährung des Säuglings nicht so, wie es sollte, bald kündigte das Kindermädchen, bald wurde eines der Kinder krank, wie es gerade jetzt der Fall war.

»Nun, wie geht's bei dir zu Hause?« fragte die Mutter.

»Ach, Mama, wir haben viel Kummer. Lilli ist krank geworden, und ich fürchte, es ist Scharlach. Deshalb bin ich gleich jetzt hergekommen, um mich nach Kitty zu erkundigen. Denn wenn es wirklich Scharlach ist, was Gott verhüten möge, dann kann ich das Haus nicht mehr verlassen.«

Der alte Fürst kam jetzt, als der Arzt fort war, auch aus seinem Zimmer, hielt Dolly die Wange zum Kuß hin,

wechselte ein paar Worte mit ihr und wandte sich dann an seine Frau:
»Was habt ihr denn beschlossen? Fahrt ihr? Und was wollt ihr mit mir anfangen?«
»Ich glaube, du bleibst am besten hier, Alexander«, sagte seine Frau.
»Wie ihr wollt.«
»Mama, warum soll denn Papa nicht mit uns fahren?« fragte Kitty. »Da hat er doch mehr Vergnügen, und wir auch.«
Der alte Fürst stand auf und strich Kitty übers Haar. Sie hob das Gesicht und sah ihn an, sich zu einem Lächeln zwingend. Sie hatte immer die Empfindung, daß sie von ihm besser verstanden wurde als von allen anderen in der Familie, obwohl er wenig mit ihr sprach. Sie war als die Jüngste der Liebling ihres Vaters, und es schien ihr, als mache seine Liebe zu ihr ihn scharfsichtig. Als ihr Blick jetzt seinen guten blauen Augen begegnete, die sie prüfend ansahen, war ihr, als durchschaue er sie durch und durch und verstehe alles Böse, das in ihr vorging. Sie reckte sich errötend zu ihm auf in Erwartung eines Kusses, er strich ihr aber nur übers Haar und sagte:
»Diese dummen Chignons! Bis zur richtigen Tochter kommt man gar nicht durch, man streichelt nur die Haare krepierter Weiber. Na, Dolly?« wandte er sich an seine älteste Tochter. »Was macht denn dein Trumpfkönig?«
»Nichts Besonderes«, antwortete Dolly, die sofort verstand, daß er ihren Mann meinte. »Er ist immer unterwegs, ich bekomme ihn fast gar nicht mehr zu sehen«, fügte sie mit spöttischem Lächeln hinzu.
»Ist er noch nicht aufs Land gefahren, den Wald verkaufen?«
»Nein, er hat es immer noch vor.«
»Soso«, murmelte der Fürst. »Ich soll mich also auch reisefertig machen? Zu Befehl«, sagte er zu seiner Frau und setzte sich. »Und du, Katja«, fügte er, zu seiner jüngsten Tochter gewandt, hinzu, »du wachst eines schönes Tages auf und

sagst zu dir selbst: ›Ach, ich bin ja ganz gesund und munter und will wieder mit Papa morgens im Frostwetter spazierengehen.‹ Was meinst du dazu?«
Was der Vater da sagte, klang ganz harmlos, aber Kitty wurde bei diesen Worten sehr verwirrt und verlegen wie ein ertappter Verbrecher. »Ja, er weiß alles, er versteht alles und will mir mit diesen Worten sagen, es sei zwar eine Schande, aber man müsse trotzdem über seine Schande hinwegkommen.« Sie fand nicht den Mut, ihm etwas zu antworten. Sie wollte etwas sagen, brach aber plötzlich in Tränen aus und lief aus dem Zimmer.
»Das kommt von deinen Scherzen!« schalt die Fürstin ihren Mann. »So machst du es immer...« Und nun folgte eine ordentliche Strafpredigt.
Der Fürst hörte ihre Vorwürfe ziemlich lange schweigend an, aber sein Gesicht wurde immer finsterer.
»Sie ist so elend, das arme Kind, so elend, und du fühlst nicht, daß jede Anspielung auf ihren Kummer ihr wehtut. Ach, daß man sich so in den Menschen täuschen kann!« sagte die Fürstin, und an dem veränderten Tonfall merkten Dolly und der Fürst, daß sie von Wronskij sprach. »Ich verstehe nicht, daß es keine Gesetze gegen so schlechte, unedle Menschen gibt!«
»Ach, ich will gar nichts davon hören«, sagte der Fürst finster, stand von seinem Sessel auf und wollte hinausgehen, blieb aber an der Tür stehen. »Gesetze gibt es schon, meine Liebe; aber da du mich nun einmal herausgefordert hast, so will ich dir sagen, wer an allem schuld ist: du, du, du allein. Gesetze gegen solche Bürschchen hat es immer gegeben und gibt es auch jetzt! Ja, wenn nicht manches gewesen wäre, was nicht hätte sein dürfen, so würde ich alter Mann ihn vor meine Pistole fordern, diesen Gecken. Ja, und jetzt könnt ihr sie kurieren und diese Scharlatane holen!«
Der Fürst wollte offenbar noch vieles sagen, aber als die

Fürstin diesen Ton hörte, gab sie, wie immer bei ernsten Fragen, sofort nach und sah reumütig ihr Unrecht ein.
»Alexander, Alexander!« flüsterte sie, auf ihn zugehend, und brach in Tränen aus.
Als der Fürst sie weinen sah, verstummte er. Er trat zu ihr. »Nun, hör auf, hör auf! Dir ist auch schwer ums Herz, ich weiß. Was ist da zu machen? Das Unglück ist ja nicht so groß. Gott ist barmherzig... ich danke dir...« sagte er, ohne zu wissen, was er redete. Dann erwiderte er den tränenfeuchten Kuß der Fürstin, den er auf seiner Hand fühlte, und ging hinaus.
Schon als Kitty weinend aus dem Zimmer gelaufen war, hatte Dolly mit dem geübten Blick der Frau und Mutter sofort erkannt, daß hier Frauenwerk zu tun sei, und machte sich dazu bereit. Sie nahm den Hut ab, streifte, bildlich gesprochen, die Ärmel hoch und schritt zur Tat. Während die Mutter den Vater schalt, versuchte sie, die Mutter zurückzuhalten, soweit das die kindliche Ehrfurcht erlaubte. Als der Fürst sich dann Luft machte, schwieg sie; sie schämte sich für ihre Mutter und war gerührt über ihren Vater, als er so schnell wieder gut und freundlich wurde. Als der Vater hinausgegangen war, wollte sie das Wichtigste tun, was jetzt nötig war: zu Kitty gehen und sie beruhigen.
»Ich wollte Ihnen schon lange etwas sagen, Mama: wissen Sie, daß Lewin um Kitty anhalten wollte, als er das letztemal hier war? Er hat es Stiwa gesagt.«
»Na und? Ich verstehe nicht...«
»Vielleicht hat Kitty ihm einen Korb gegeben? Hat sie Ihnen nichts gesagt?«
»Nein, sie hat nichts gesagt, weder von dem einen noch von dem anderen; sie ist zu stolz dazu. Aber ich weiß, daß alles von diesem...«
»Ja, aber stellen Sie sich doch vor: wenn sie Lewin abgewiesen hat... und sie hätte es bestimmt nicht getan, wenn

der andere nicht gewesen wäre, das weiß ich... Und dann hat er sie so furchtbar betrogen.«
Der Fürstin war es schrecklich, daran zu denken, wie sehr sie ihrer Tochter gegenüber schuldig war, und sie wurde zornig.
»Ach, ich verstehe einfach nichts mehr! Heutzutage wollen alle nach ihrem Kopf leben, sagen der Mutter kein Wort, und dann...«
»Mama, ich will zu ihr gehen.«
»Geh doch! Verbiete ich es dir denn?« sagte die Mutter.

3

Als Dolly in Kittys hübsches rosa Zimmerchen trat, das mit Figürchen von vieux saxe geschmückt war und ebenso hübsch, rosig und heiter aussah, wie Kitty selbst es noch vor zwei Monaten gewesen war, mußte sie daran denken, wie sie beide zusammen im vorigen Jahr dieses Zimmer eingerichtet hatten, mit wieviel Lust und Liebe! Ihr war, als griffe eine eisige Hand nach ihrem Herzen, als sie Kitty auf dem niedrigen Stuhl neben der Tür sitzen und auf eine Ecke des Teppichs starren sah. Kitty blickte zu ihrer Schwester auf, aber der kalte, abweisende Ausdruck ihres Gesichts änderte sich nicht.
»Ich gehe jetzt fort und muß dann lange zu Hause sitzen, und du kannst nicht zu mir kommen«, sagte Dolly und setzte sich neben sie. »Ich möchte mit dir reden.«
»Worüber?« fragte Kitty hastig und hob erschrocken den Kopf.
»Worüber sonst als über deinen Kummer.«
»Ich habe keinen Kummer.«
»Laß doch, Kitty! Glaubst du wirklich, daß ich es nicht merke? Ich weiß alles. Und glaub mir, die Sache ist so unbedeutend... Wir haben alle so etwas durchgemacht.«
Kitty schwieg, und ihr Gesicht war streng.

»Er ist es nicht wert, daß du seinetwegen leidest«, fuhr Darja Alexandrowna fort, um geradewegs zur Sache zu kommen.
»Ja, weil er mich verschmäht hat«, sagte Kitty mit zitternder Stimme. »Sprich nicht davon! Bitte, sprich nicht davon!«
»Wer hat dir denn das gesagt? Das hat doch kein Mensch gesagt. Ich bin überzeugt, daß er in dich verliebt war und es jetzt noch ist, aber...«
»Ach, dieses Bedauern ist einfach entsetzlich!« rief Kitty in plötzlichem Zorn. Sie drehte sich auf ihrem Stuhl um, errötete und spielte mit den Fingern, indem sie bald mit der einen, bald mit der anderen Hand die Gürtelschnalle drückte, die sie fest gefaßt hielt. Dolly kannte diese Angewohnheit ihrer Schwester, unruhig die Hände zu bewegen, wenn sie in Hitze geriet; sie wußte, daß Kitty in solchen Augenblicken der Erregung sich völlig vergessen und sehr viel Überflüssiges und Unangenehmes sagen konnte, und deshalb wollte sie sie beruhigen, aber es war schon zu spät.
»Was, was willst du mich denn fühlen lassen, was?« sagte Kitty hastig. »Daß ich in einen Menschen verliebt war, der nichts von mir wissen wollte, und daß ich aus Liebe zu ihm umkomme? Und das sagt mir meine Schwester, die denkt, daß... daß... daß sie Mitleid mit mir hat!... Ich will dieses Mitleid und diese Verstellung nicht!«
»Kitty, du bist ungerecht.«
»Warum quälst du mich?«
»Im Gegenteil ich will doch... Ich sehe, daß du traurig bist...«
Aber Kitty hörte sie in ihrer Erregung gar nicht.
»Ich habe gar keinen Grund zu jammern und mich trösten zu lassen. Ich bin viel zu stolz, um einen Menschen zu lieben, der mich nicht liebt.«
»Aber das sage ich ja gar nicht... Eins nur... sag mir die Wahrheit«, sagte Darja Alexandrowna, ihre Hand fassend, »sag mir, hat Lewin mit dir gesprochen?«

Die Erwähnung Lewins schien Kitty endgültig um ihre Selbstbeherrschung zu bringen; sie sprang auf, warf die Schnalle auf den Boden und rief heftig gestikulierend:
»Was hat Lewin damit zu tun? Ich verstehe nicht, warum du mich so quälen mußt. Ich habe dir schon gesagt und sage es noch einmal, daß ich stolz bin und niemals, niemals so handeln werde wie du: zu einem Mann zurückkehren, der dich betrogen hat, der eine andere Frau liebgewonnen hat. Dafür habe ich kein Verständnis! Du kannst es, aber ich kann es nicht!«
Nach diesen Worten warf sie einen Blick auf ihre Schwester, und als sie sah, daß Dolly mit traurig gesenktem Kopf dasaß und schwieg, verließ sie das Zimmer nicht, wie sie gewollt hatte, sondern setzte sich wieder auf den Stuhl an der Tür, hielt das Taschentuch vors Gesicht und senkte den Kopf.
Das Schweigen dauerte zwei, drei Minuten, Dolly dachte an sich selbst. Ihre Demütigung, die sie stets empfand, war ihr besonders schmerzlich zum Bewußtsein gekommen, als ihre Schwester sie daran erinnert hatte. Eine solche Grausamkeit hatte sie von ihrer Schwester nicht erwartet und zürnte ihr deswegen. Plötzlich aber hörte sie das Rascheln eines Kleides und ein hervorbrechendes, verhaltenes Schluchzen, zwei Arme legten sich um ihren Hals, und Kitty kniete vor ihr.
»Dolly, ich bin ja so unglücklich!« flüsterte sie schuldbewußt. Und sie verbarg ihr liebes, tränenüberströmtes Gesicht in den Falten von Dollys Rock.
Als ob die Tränen das unentbehrliche Öl wären, ohne das die Maschine der Beziehungen zwischen den beiden Schwestern nicht arbeiten konnte, setzten sie ihr Gespräch fort, nachdem sie sich ausgeweint hatten; sie sprachen zwar nicht von den Dingen, die sie beschäftigten, sondern von anderem, aber sie verstanden einander. Kitty fühlte, daß ihre im Zorn gesagten Worte über die Untreue von Dollys Mann und Dollys Demütigung ihre arme Schwester zutiefst ver-

wundet hatten, daß Dolly ihr aber verziehen hatte. Dolly ihrerseits wußte nun alles, was sie hatte wissen wollen; sie sah, daß ihre Vermutungen richtig waren, daß Kittys unheilbarer Kummer darin bestand, daß Lewin ihr einen Antrag gemacht, sie ihn abgewiesen, daß Wronskij sie betrogen hatte und daß sie nun bereit war, Lewin zu lieben und Wronskij zu hassen. Kitty sagte kein Wort davon, sie sprach nur von ihrem Seelenzustand.

»Ich habe gar keinen Kummer«, sagte sie, nachdem sie sich etwas beruhigt hatte. »Aber du kannst dir wohl denken, daß mir alles widerlich, scheußlich und gemein vorkommt, vor allem ich selbst. Du kannst dir gar nicht vorstellen, was für häßliche Gedanken ich jetzt über alles habe.«

»Was kannst du denn für häßliche Gedanken haben?« fragte Dolly lächelnd.

»Die allerhäßlichsten und gemeinsten; ich kann es dir gar nicht sagen. Es ist keine Wehmut, keine Langeweile, sondern viel schlimmer. Als wenn alles, was in mir Gutes war, sich versteckt hätte und nur das Häßliche geblieben wäre. Wie soll ich es dir nur sagen?« fuhr sie fort, als sie bemerkte, daß die Schwester sie verständnislos ansah. »Papa hat mir eben gesagt ... ich glaube, er denkt, ich müßte einfach heiraten. Wenn Mama mich auf einen Ball führt, denke ich immer, daß sie es nur tut, um mich so schnell wie möglich an den Mann zu bringen und mich loszuwerden. Ich weiß, daß das nicht wahr ist, aber ich kann von diesen Gedanken nicht loskommen. Die sogenannten Freier kann ich nicht mehr sehen. Es ist, als ob sie mir Maß nähmen. Früher war es ein Vergnügen für mich, im Ballkleid irgendwohin zu fahren, und ich habe mich selbst bewundert, aber jetzt schäme ich mich und werde verlegen. Nun, was willst du mehr! Der Arzt... Nun...«

Kitty stockte; sie wollte noch sagen, daß, seitdem diese Veränderung in ihr vorgegangen sei, Stepan Arkadjitsch ihr unsagbar widerwärtig geworden sei und daß sie ihn nicht ansehen könne, ohne die häßlichsten und gemeinsten Vorstellungen zu haben.

»Ja, das ist es«, fuhr sie fort. »Alles erscheint mir jetzt in häßlichster Gestalt. Das ist meine Krankheit. Vielleicht geht es vorüber...«

»Denk nicht daran!«

»Ich kann nicht. Nur wenn ich mit den Kindern zusammen bin, fühle ich mich wohl, nur bei dir.«

»Schade, daß du jetzt nicht zu mir kommen kannst.«

»Nein, ich komme doch. Ich habe schon Scharlach gehabt, und ich werde es bei Mama schon durchsetzen.«

Kitty gab nicht nach. Sie siedelte zu ihrer Schwester über und pflegte die Kinder während der ganzen Dauer des Scharlachs, denn es war wirklich Scharlach. Die beiden Schwestern brachten die sechs Kinder glücklich durch, aber Kittys Gesundheitszustand besserte sich nicht, und in der Passionszeit reisten Schtscherbatzkijs ins Ausland.

4

Die vornehme Gesellschaft Petersburgs ist eigentlich nur ein einziger geschlossener Kreis, alle kennen einander, alle besuchen sich gegenseitig. Aber in diesem großen Kreis gibt es Unterabteilungen. Anna Arkadjewna Karenina hatte Freunde und nähere Beziehungen in drei verschiedenen Kreisen. Der eine Kreis war der amtliche, offizielle Kreis ihres Mannes und bestand aus seinen Kollegen und Untergebenen, die in gesellschaftlicher Hinsicht auf die verschiedenste und seltsamste Weise miteinander verbunden oder voneinander getrennt waren. Anna konnte sich jetzt nur noch mit Mühe an das Gefühl andächtiger Verehrung erinnern, das sie anfangs vor diesen Leuten hatte. Jetzt kannte sie alle so genau, wie man sich in einer Provinzstadt kennt; sie wußte, welche Gewohnheiten und Schwächen jeder einzelne hatte und wo ihn der Schuh drückte; sie

kannte ihre Beziehungen untereinander und zu dem Mittelpunkt dieses Kreises; sie wußte, wer es mit wem hielt und wie und worin, und wer mit wem übereinstimmte oder nicht übereinstimmte und in welchen Punkten; aber dieser Kreis mit seinen amtlichen männlichen Interessen hatte sie nie fesseln können, trotz aller Ermahnungen der Gräfin Lydia Iwanowna, und sie mied ihn, soweit das möglich war. Der zweite Kreis, dem Anna nahestand, war jener, durch den Alexej Alexandrowitsch seine Karriere gemacht hatte. Im Mittelpunkt dieses Kreises stand Gräfin Lydia Iwanowna. Das war ein Kreis von alten, häßlichen, tugendhaften, frommen Damen und klugen, gelehrten, ehrgeizigen Männern. Einer von den klugen Männern, die diesem Kreis angehörten, nannte ihn »das Gewissen der Petersburger Gesellschaft«. Alexej Alexandrowitsch schätzte diesen Kreis sehr hoch, und Anna, die mit allen gut auszukommen wußte, hatte in der ersten Zeit ihres Petersburger Lebens auch in diesem Kreis Freunde gefunden. Jetzt aber, nach der Rückkehr aus Moskau, war dieser Kreis ihr unerträglich geworden. Es schien ihr, als ob sie selbst und alle anderen sich fortwährend verstellten, und sie fühlte sich in dieser Gesellschaft so gelangweilt und befangen, daß sie bei der Gräfin Lydia Iwanowna möglichst wenig verkehrte.
Der dritte Kreis endlich, zu dem Anna Beziehungen hatte, war die eigentliche große Welt, die Welt der Bälle, der Diners, der glänzenden Toiletten, die sich mit einer Hand an den Hof klammerte, um nicht zur Halbwelt herabzusinken, welche die Angehörigen dieses Kreises zu verachten meinten, mit der sie aber einen nicht nur ähnlichen, sondern den gleichen Geschmack gemeinsam hatten. Das Bindeglied zwischen Anna und diesem Kreis war Fürstin Betsy Twerskaja, die Frau ihres Vetters, die ein Jahreseinkommen von hundertzwanzigtausend Rubel besaß und Anna gleich bei ihrem ersten Erscheinen in der Gesellschaft liebgewonnen hatte; sie bemühte sich um sie und suchte sie für ihren

Kreis zu gewinnen, wobei sie sich über den Kreis der Gräfin Lydia Iwanowna lustig machte.

»Wenn ich einmal alt und häßlich bin, werde ich auch so sein«, sagte Betsy. »Aber für eine so junge, hübsche Frau wie Sie ist es noch zu früh, in dieses Altersheim zu gehen.«

Anna mied in der ersten Zeit nach Möglichkeit den Kreis der Fürstin Twerskaja, da er Ausgaben erforderte, die über ihre Mittel gingen, auch fühlte sie sich seelisch mehr zu dem zweiten Kreis hingezogen, aber nach ihrer Rückkehr aus Moskau wurde es umgekehrt. Sie zog sich von ihren sittenstrengen Freunden zurück und verkehrte in der großen Welt. Hier kam sie mit Wronskij zusammen, und diese Begegnungen freuten und erregten sie. Besonders häufig traf sie Wronskij bei Betsy, die eine geborene Wronskaja und seine Cousine war. Wronskij war überall, wo er Anna treffen konnte, und sprach ihr, sooft sich eine Möglichkeit bot, von seiner Liebe. Sie gab ihm gar keinen Anlaß dazu, aber jedesmal, wenn sie ihn traf, flammte in ihrer Seele jenes Gefühl lebhafter Erregung auf, das sie an jenem Tag im Eisenbahnwaggon überkommen hatte, als sie ihn zum erstenmal sah. Sie fühlte selbst, wie bei seinem Anblick die Freude in ihren Augen aufleuchtete und ihre Lippen zum Lächeln verzog, und sie konnte den Ausdruck dieser Freude nicht verbergen. In der ersten Zeit glaubte Anna aufrichtig, daß sie ihm böse sei, weil er ihr nachzustellen wagte; aber als sie bald nach ihrer Rückkehr aus Moskau in eine Gesellschaft kam, wo sie ihn zu treffen hoffte und er nicht erschien, da erkannte sie an der Traurigkeit, die sich ihrer bemächtigte, daß sie sich selbst betrog, daß dieses Nachstellen ihr nicht nur nicht unangenehm war, sondern daß es den ganzen Inhalt ihres Lebens bildete.

Die berühmte Sängerin trat zum zweitenmal auf, und die ganze vornehme Gesellschaft war in der Oper. Als Wronskij von seinem Platz in der ersten Parkettreihe seine Cousine entdeckte, ging er, ohne die Pause abzuwarten, in ihre Loge.

»Warum sind Sie nicht zum Diner gekommen?« fragte sie. »Ich staune über die Hellseherei der Verliebten«, fügte sie mit einem Lächeln so leise hinzu, daß nur er es hören konnte. »Sie war auch nicht da. Kommen Sie aber nach dem Theater!« Wronskij sah sie fragend an. Sie nickte. Er dankte ihr mit einem Lächeln und setzte sich neben sie.

»Ich erinnere mich so gut, wie Sie früher gespottet haben«, fuhr Fürstin Betsy fort, die ein besonderes Vergnügen darin fand, die Entwicklung dieser Leidenschaft zu verfolgen. »Wo ist das alles geblieben? Sie sind gefangen, mein Lieber!«

»Ich wünsche nichts anderes, als gefangen zu sein«, antwortete Wronskij mit seinem ruhigen, gutmütigen Lächeln. »Wenn ich mich beklage, dann nur darüber, daß ich zu wenig gefangen bin, um die Wahrheit zu sagen. Ich fange an, die Hoffnung zu verlieren.«

»Was können Sie denn hoffen?« fragte Betsy, die sich für ihre Freundin gekränkt fühlte. »Entendons-nous...« Aber in ihren Augen zuckten Flämmchen, die ihm sagten, daß sie sehr wohl, genauso wie er selber, verstehe, worauf er hoffen könne.

»Nichts«, sagte Wronskij lachend und zeigte seine dicht beieinanderstehenden Zähne. »Verzeihung«, fuhr er fort, nahm ihr das Opernglas aus der Hand und musterte über ihre entblößte Schulter hinweg die Logenreihe gegenüber. »Ich fürchte, daß ich mich lächerlich mache.«

Er wußte sehr wohl, daß er durchaus keine Gefahr lief, sich in den Augen Betsys und der ganzen vornehmen Welt lächerlich zu machen. Er wußte sehr wohl, daß in den Augen dieser Leute der unglückliche Liebhaber eines jungen Mädchens oder einer alleinstehenden Frau wohl eine lächerliche Rolle spielen kann, daß aber die Rolle eines Mannes, der einer verheirateten Frau nachstellt und sein ganzes Leben daransetzt, sie zum Ehebruch zu verleiten, etwas Schönes, etwas Großartiges hat und nie lächerlich wirken kann. Und darum spielte ein stolzes, heiteres Lächeln um seinen Schnurrbart, als er das Glas sinken ließ und seine Cousine ansah.

»Warum sind Sie denn nicht zum Diner gekommen?« fragte sie, ihn wohlgefällig betrachtend.
»Das muß ich Ihnen erzählen. Ich war beschäftigt — aber womit? Ich wette mit Ihnen hundert gegen eins — Sie erraten es nicht! Ich mußte einen Ehemann mit dem Beleidiger seiner Frau versöhnen! Ja, wahrhaftig!«
»Und haben Sie es zustande gebracht?«
»Beinahe.«
»Das müssen Sie mir erzählen«, sagte sie, sich erhebend. »Kommen Sie in der nächsten Pause wieder.«
»Es geht nicht. Ich muß noch ins Französische Theater.«
»Von der Nilsson wollen Sie wegfahren?« fragte Betsy entsetzt, obwohl sie völlig außerstande war, die Nilsson von einer beliebigen Choristin zu unterscheiden.
»Was soll ich machen? Ich habe dort eine Verabredung, alles wegen dieser Friedensvermittlung.«
»Selig sind die Friedfertigen, denn sie sollen erlöst werden«, sagte Betsy in Erinnerung an irgend etwas, das sie einmal von irgend jemand gehört hatte. »Nun, dann setzten Sie sich und erzählen Sie mir die Geschichte gleich jetzt.«
Sie nahm gleichfalls wieder Platz.

5

»Die Geschichte ist zwar ein bißchen frech, aber so nett, daß ich sie Ihnen schrecklich gern erzählen möchte«, sagte Wronskij und sah sie mit lachenden Augen an. »Ich werde keine Namen nennen.«
»Um so besser, dann werde ich sie erraten.«
»Nun, dann hören Sie zu. Zwei lustige junge Männer fahren...«
»Natürlich Offiziere von Ihrem Regiment?«
»Ich habe nicht gesagt Offiziere, sondern einfach zwei junge Männer. Sie fahren nach einem Frühstück...«
»Also betrunken?«

»Kann schon sein. Sie fahren in heiterster Stimmung zu einem Kameraden zum Diner. Und da sehen sie, wie eine hübsche Frau in einer Droschke sie überholt, sich nach ihnen umsieht und — so schien es ihnen wenigstens — ihnen zunickt und lacht. Sie natürlich hinter ihr her, so schnell die Pferde laufen können. Zu ihrem Erstaunen läßt die Schöne ihre Droschke vor demselben Haus halten, wo sie selbst hinwollten. Die Schöne läuft die Treppe zum ersten Stock hinauf. Sie sehen nur die roten Lippen unter dem kurzen Schleier und die reizenden kleinen Füße.«
»Sie erzählen das mit so viel Gefühl, daß ich vermute, Sie sind selbst einer von den beiden gewesen.«
»Aber was haben Sie mir vorhin gesagt? Nun, die jungen Männer gehen zu ihrem Kameraden, bei dem ein Abschiedsdiner stattfindet. Dort trinken sie tüchtig, vielleicht ein bißchen zuviel, wie immer auf einem Abschiedsdiner. Bei Tisch erkundigen sie sich, wer im ersten Stock dieses Hauses wohnt. Niemand weiß es, und auf ihre Frage, ob da oben ›Mamsellen‹ wohnen, sagt der Diener des Gastgebers: ›Jawohl, eine ganze Menge.‹ Nach dem Diner gehen die jungen Männer in das Arbeitszimmer des Gastgebers und schreiben einen Brief an die Unbekannte, einen leidenschaftlichen Brief, eine Liebeserklärung, und tragen ihn dann selbst hinauf, um die nötigen Erklärungen zu geben, falls etwas in dem Brief nicht ganz verständlich sein sollte.«
»Warum erzählen Sie mir so abscheuliche Dinge? Nun, weiter!«
»Sie klingeln. Das Dienstmädchen öffnet, sie geben ihr den Brief und beteuern, sie seien beide so verliebt, daß sie gleich an der Tür sterben müßten. Das Dienstmädchen sieht sie verständnislos an und redet mit ihnen hin und her. Auf einmal erscheint ein Herr mit einem Backenbart, der wie zwei Würstchen aussieht. Krebsrot vor Wut erklärt ihnen der Herr, hier wohne niemand außer ihm und seiner Frau, und jagt sie hinaus.«

»Woher wissen Sie denn, daß er einen Backenbart hatte, der wie zwei Würstchen aussah?«

»Heute war ich dort, um sie zu versöhnen.«

»Ist es Ihnen gelungen?«

»Jetzt kommt das Interessanteste. Es stellt sich heraus, daß dieses glückliche Ehepaar ein Titularrat mit seiner Frau ist. Der Titularrat reicht eine Beschwerde ein, und ich werde Friedensvermittler, und was für einer! Ich versichere Ihnen, Talleyrand war ein Stümper gegen mich!«

»Worin liegt denn die Schwierigkeit?«

»Hören Sie nur weiter... Wir baten um Entschuldigung, wie es sich gehört: ›Wir sind verzweifelt und bitten, das unselige Mißverständnis gütigst zu verzeihen.‹ Der Titularrat mit den Würstchen wird allmählich freundlicher, möchte aber auch seine Gefühle zum Ausdruck bringen, und sobald er damit anfängt, gerät er wieder in Hitze und sagt die größten Grobheiten, und ich muß von neuem alle meine diplomatischen Künste spielen lassen. ›Ich muß zugeben, daß das Benehmen der beiden Herren unangemessen war. Aber ich möchte Sie bitten, zu berücksichtigen, daß sie noch sehr jung sind und sich in einem Irrtum befanden; außerdem kamen die beiden jungen Herren gerade von einem Frühstück. Sie bereuen ihre Tat von ganzer Seele und bitten Sie, ihnen zu verzeihen.‹ Der Titularrat wird wieder freundlicher. ›Ich erkläre mich einverstanden, Graf, und bin bereit, ihnen zu verzeihen; aber bedenken Sie: meine Frau, meine Frau, eine anständige Dame, sieht sich solchen Nachstellungen, Gemeinheiten und Unverschämtheiten der ersten besten Buben und Schufte ausgesetzt...‹ Und nun stellen Sie sich das vor: diese Buben standen dabei, und ich sollte die Parteien versöhnen! Wieder biete ich meine ganze Überredungskunst auf, und als die Sache schon beinahe erledigt ist, wird mein Titularrat wieder wütend, bekommt einen roten Kopf, die Würstchen sträuben sich, und wieder ergehe ich mich in diplomatischen Feinheiten.«

»Ach, das muß ich Ihnen erzählen!« rief Betsy lachend einer Dame zu, die in ihre Loge trat. »Er hat mich so zum Lachen gebracht. Nun, bonne chance!« fügte sie, zu Wronskij gewandt, hinzu, reichte ihm einen Finger ihrer Hand, die den Fächer hielt, schob mit einer Bewegung ihrer Schultern das Mieder des Kleides nach unten, das etwas hochgerutscht war, damit sie ganz entblößt wäre, wie es sich gehörte, wenn sie an die Brüstung der Loge ins helle Licht der Gaslampen träte, um von allen gesehen zu werden.

Wronskij fuhr ins Französische Theater, wo er wirklich den Regimentskommandeur treffen mußte, der nie eine Vorstellung in diesem Theater versäumte. Wronskij wollte ihm über seine Friedensvermittlung berichten, die ihn nun schon zwei Tage beschäftigte und amüsierte. An dieser Sache war Petritzkij beteiligt, den Wronskij sehr gern hatte, und der kürzlich ins Regiment eingetretene junge Fürst Kedrow, ein prächtiger Junge und guter Kamerad. Die Hauptsache aber war, daß es hier um den Ruf des Regiments ging.

Die beiden jungen Offiziere gehörten zu Wronskijs Schwadron. Der Titularrat Wenden hatte sich beim Regimentskommandeur über zwei seiner Offiziere beschwert, die seine Frau beleidigt hätten. Wie Wenden erzählte, war seine junge Frau – er war nämlich erst ein halbes Jahr verheiratet – mit ihrer Mutter in der Kirche gewesen; plötzlich fühlte sie sich nicht wohl, da sie in anderen Umständen war, konnte nicht mehr stehen und fuhr mit der ersten besten Droschke nach Hause. Zwei junge Offiziere jagten ihr nach, sie erschrak so sehr, daß sie noch kränker wurde, und lief schnell die Treppe zu ihrer Wohnung hinauf. Wenden selbst hörte nach seiner Rückkehr aus dem Büro die Türklingel und dann mehrere Stimmen. Er ging hinaus, und als er die beiden betrunkenen Offiziere mit dem Brief sah, warf er sie hinaus. Nun ersuchte er um strenge Bestrafung.

»Nein, das müssen Sie selbst zugeben«, sagte der Regimentskommandeur zu Wronskij, den er zu sich hatte kommen lassen, »dieser Petritzkij macht sich unmöglich. Es vergeht keine Woche ohne irgendeinen Skandal. Dieser Beamte wird die Sache nicht auf sich beruhen lassen, er wird weitergehen.«

Wronskij sah sofort ein, daß das eine undankbare Aufgabe war und ein Duell nicht in Frage kam, sondern daß man alles tun mußte, um diesen Titularrat zu besänftigen und die Sache aus der Welt zu schaffen. Der Regimentskommandeur hatte Wronskij deshalb zu sich bestellt, weil er ihn für einen anständigen und klugen Menschen hielt, und vor allem für einen Mann, dem die Ehre des Regiments am Herzen lag. Sie besprachen die Angelegenheit und kamen zu dem Schluß, daß Petritzkij und Kedrow mit Wronskij zu diesem Titularrat gehen und sich entschuldigen sollten. Der Regimentskommandeur und Wronskij waren beide der Ansicht, daß Wronskijs Name und das Abzeichen des Flügeladjutanten auf seinen Achselklappen erheblich zur Besänftigung des Titularrats beitragen würden. Diese beiden Mittel hatten tatsächlich zum Teil gewirkt, aber der Erfolg der Friedensvermittlung war zweifelhaft geblieben, wie Wronskij seiner Cousine erzählt hatte.

Im Französischen Theater angekommen, zog sich Wronskij mit dem Regimentskommandeur ins Foyer zurück und berichtete von seinem Erfolg oder Mißerfolg. Nach einigem Hin und Her beschloß der Regimentskommandeur, gegen die Schuldigen nicht weiter vorzugehen, fragte aber Wronskij amüsiert nach den Einzelheiten seiner Verhandlungen aus und mußte immer wieder lachen, als Wronskij erzählte, wie der Titularrat, der sich schon etwas beruhigt hatte, bei der Erinnerung an die näheren Umstände des Vorfalls wieder wütend wurde, und wie er, Wronskij, bei den letzten, nach Versöhnung klingenden Worten sich geschickt lavierend zurückzog und dabei Petritzkij vor sich herstieß.

»Eine scheußliche Geschichte, aber sehr komisch! Kedrow

kann sich doch mit diesem Herrn nicht schlagen! Er war also furchtbar wütend?« fragte er lachend. »Aber wie finden Sie heute die Claire? Wunderbar!« sagte er von einer neuen französischen Schauspielerin. »Und wenn man sie noch so oft sieht, sie ist jedesmal anders. So etwas bringen nur die Franzosen fertig.«

6

Fürstin Betsy verließ das Theater noch, bevor der letzte Akt zu Ende war. Kaum hatte sie Zeit gehabt, ins Ankleidezimmer zu gehen, ihr langes, blasses Gesicht zu pudern, den Puder abzuwischen, sich zu frisieren und den Tee in den großen Salon zu bestellen, als auch schon eine Kutsche nach der anderen an ihrem riesigen Haus in der Großen Morskaja vorfuhr. Die Gäste stiegen auf der breiten Auffahrt aus, und der dicke Pförtner, der morgens zur Erbauung der Vorübergehenden hinter der Glastür die Zeitung las, öffnete nun diese mächtige Tür lautlos und ließ die Gäste an sich vorübergehen.

Fast zu gleicher Zeit traten aus der einen Tür die Dame des Hauses mit geordneter Frisur und erfrischtem Gesicht und aus der anderen die Gäste in den Salon mit den dunklen Wänden, den weichen Teppichen und dem hell beleuchteten Tisch, auf dem das weiße Tischtuch, der silberne Samowar und das durchsichtige Porzellan des Teegeschirrs im Kerzenschein schimmerten.

Die Dame des Hauses setzte sich neben den Samowar und legte die Handschuhe ab. Die Gesellschaft rückte mit Hilfe der kaum hörbaren Diener Stühle zurecht und nahm in zwei Gruppen Platz: die eine um den Samowar und die Gastgeberin, die andere am entgegengesetzten Ende des Salons um die schöne Frau eines Gesandten in schwarzem Samtkleid und mit schwarzen, scharfgezeichneten Brauen. Anfangs wollte das Gespräch in beiden Gruppen nicht recht in Gang kommen, wie es fast immer ist, denn es wurde durch neue Gäste, Begrüßungen, Servieren des Tees immer wieder unterbrochen. Man suchte nach einem Stoff, bei dem man verweilen könnte.

»Sie ist auch eine ausgezeichnete Schauspielerin, man sieht, daß sie Kaulbach studiert hat«, sagte ein Diplomat in der Gruppe um die Frau des Gesandten, »haben Sie bemerkt, wie sie hinfiel...«

»Ach bitte, reden wir nicht von der Nilsson! Man kann doch nichts Neues über sie sagen«, bemerkte eine dicke, rotgesichtige, blonde Dame ohne Augenbrauen und Chignon in einem alten Seidenkleid. Das war die Fürstin Mjachkaja, die durch ihre Einfachheit und ihre derben Manieren berühmt war und das enfant terrible genannt wurde. Sie saß in der Mitte zwischen den beiden Gruppen, horchte nach beiden Seiten hin und mischte sich bald hier, bald dort ins Gespräch.

»Heute haben mir schon drei Leute dieselbe Phrase über Kaulbach gesagt, als wenn sie sich verabredet hätten. Ich weiß gar nicht, warum diese Phrase ihnen so gut gefällt.«

Das Gespräch wurde durch diese Bemerkung unterbrochen, und man mußte sich wieder ein neues Thema ausdenken.

»Erzählen Sie uns etwas Amüsantes, aber nichts Boshaftes«, sagte die Frau des Gesandten, eine große Meisterin der eleganten Konversation, die man auf englisch small talk nennt, zu dem Diplomaten, der auch nicht wußte, worüber man jetzt reden sollte.

»Das soll sehr schwierig sein, denn nur das Boshafte ist komisch«, begann er lächelnd. »Aber ich will es versuchen. Es kommt nur auf das Thema an. Ist das Thema erst gegeben, so läßt es sich leicht ausspinnen. Ich denke oft, daß es den berühmten Causeurs des vergangenen Jahrhunderts schwerfallen würde, geistreich zu reden. Alles Geistreiche ist so langweilig geworden...«

»Das ist auch schon längst gesagt worden«, fiel ihm die Frau des Gesandten lachend ins Wort.

Das Gespräch hatte so nett begonnen, aber weil es zu nett war, stockte es wieder. Man mußte zu dem sichersten, nie versagenden Mittel greifen — dem Klatsch.

»Finden Sie nicht auch, daß Tuschkewitsch etwas an sich hat, das an Louis XV. erinnert?« fragte der Diplomat mit einem Blick auf einen hübschen, blonden jungen Mann, der neben dem Tisch stand.

»O ja! Er ist im selben Stil wie dieser Salon, deshalb ist er auch so oft hier.«

Dieses Gespräch stockte nicht, denn man redete andeutungsweise von Dingen, über die in diesem Salon nicht geredet werden durfte, nämlich von dem Verhältnis zwischen Tuschkewitsch und der Dame des Hauses.

In der Gruppe um den Samowar und die Gastgeberin hatte das Gespräch unterdessen auch zwischen drei unvermeidlichen Themen geschwankt: den neuesten gesellschaftlichen Ereignissen, dem Theater und Sticheleien über den lieben Nächsten, und als man auf dieses letzte Thema gekommen war, blieb man dabei.

»Haben Sie schon gehört, die Maltischtschewa, nicht die Tochter, sondern die Mutter, läßt sich ein Kleid diable rose machen!«

»Nicht möglich! Nein, das ist ja herrlich!«

»Ich wundere mich nur, daß sie mit ihrem Verstand — sie ist ja nicht dumm — nicht einsieht, wie lächerlich sie sich macht.«

Jeder steuerte sein Teil zur Verdammung und Verspottung der armen Maltischtschewa bei, und das Gespräch prasselte so munter wie ein brennender Holzstoß.

Der Gatte der Fürstin Betsy, ein gutmütiger, dicker Herr, ein leidenschaftlicher Sammler von Kupferstichen, hatte gehört, daß seine Frau Gäste habe, und kam nun, bevor er in seinen Klub fuhr, in den Salon. Unhörbar näherte er sich auf dem weichen Teppich der Fürstin Mjachkaja.

»Nun, wie hat Ihnen die Nilsson gefallen?« fragte er.

»Ach, wie kann man sich so heranschleichen! Sie haben mich so erschreckt!« antwortete sie. »Bitte, reden Sie mit mir nicht von der Oper, Sie verstehen ja nichts von Musik. Lieber will ich zu Ihnen hinabsteigen und mich mit Ihnen über Ihre Majoliken und Kupferstiche unterhalten. Nun, was für ein Kleinod haben Sie denn neulich auf dem Trödelmarkt gekauft?«

»Soll ich es Ihnen zeigen? Aber Sie verstehen ja nichts davon...«

»Zeigen Sie es mir nur. Ich habe doch etwas gelernt bei diesen... wie heißen sie nur?... er ist Bankier, sie haben wunderbare Kupferstiche. Er hat sie uns gezeigt.«

»Was, Sie waren bei Schützburgs?« fragte die Dame des Hauses vom Samowar herüber.

»Jawohl, ma chère. Sie hatten mich und meinen Mann zum Diner eingeladen, und es hieß, die Soße bei diesem Essen hätte tausend Rubel gekostet«, sagte Fürstin Mjachkaja sehr laut, denn sie merkte, daß alle ihr zuhörten. »Und dabei war es eine scheußliche Soße, irgend etwas Grünes. Wir mußten die Einladung erwidern, und da habe ich eine Soße für fünfundachtzig Kopeken gemacht, und alle waren sehr zufrieden. Ich kann keine Soßen für tausend Rubel machen.«

»Sie ist einzig!« sagte die Dame des Hauses.

»Reizend!« sagte jemand.

Der Effekt, den die Reden der Fürstin Mjachkaja machten, war stets der gleiche, und sein Geheimnis bestand darin, daß sie, wenn auch nicht immer im richtigen Augenblick wie jetzt, stets einfache Dinge sagte, die Sinn und Verstand hatten. In dem Gesellschaftskreis, dem sie angehörte, wirkten solche Äußerungen wie der geistreichste Witz. Die Fürstin Mjachkaja konnte nicht begreifen, woher das kam, wußte aber, daß ihre Bemerkungen so wirkten, und nutzte das aus.

Da alle der Fürstin Mjachkaja zuhörten und das Gespräch in dem Grüppchen um die Frau des Gesandten verstummt war, wollte die Dame des Hauses die ganze Gesellschaft zu einer einzigen Gruppe zusammenziehen und sagte zur Frau des Gesandten:

»Möchten Sie wirklich keinen Tee? Sie sollten sich doch zu uns herübersetzen.«

»Nein, wir fühlen uns hier sehr wohl«, erwiderte die Frau des Gesandten lächelnd und setzte das begonnene Gespräch fort.

Es war ein sehr amüsantes Gespräch. Man kritisierte die Karenins.

»Anna hat sich seit ihrer Moskauer Reise sehr verändert. Es ist etwas Sonderbares in ihrem Wesen«, sagte eine ihrer Freundinnen.

»Die Veränderung besteht hauptsächlich darin, daß sie Alexej Wronskij als ihren Schatten mitgebracht hat«, bemerkte die Frau des Gesandten.

»Was ist denn dabei? Es gibt ein Grimmsches Märchen: ›Der Mann ohne Schatten‹, von einem Mann, der seinen Schatten verloren hat. Er wird dadurch für irgend etwas bestraft. Ich konnte nie recht begreifen, wieso das eine Strafe ist. Aber für eine Frau muß es wohl unangenehm sein, keinen Schatten zu haben.«

»Ja, aber Frauen mit Schatten nehmen meist ein schlimmes Ende«, sagte Annas Freundin.

»Warten Sie nur, Sie werden noch den Zungenkrebs bekommen!« rief die Fürstin Mjachkaja plötzlich, die diese Worte gehört hatte. »Die Karenina ist eine prächtige Frau. Ihren Mann kann ich nicht leiden, aber sie habe ich sehr gern.«

»Warum mögen Sie Karenin nicht?« fragte die Frau des Gesandten. »Er ist doch ein so bedeutender Mann. Mein Mann sagt, solche Staatsmänner wie er gebe es nicht viele in Europa.«

»Mein Mann sagt das auch, aber ich glaube es nicht«, erwiderte Fürstin Mjachkaja. »Wenn unsere Männer nicht so redeten, würden wir die Dinge so sehen, wie sie sind; und Alexej Alexandrowitsch ist meiner Ansicht nach einfach dumm. Das sage ich nur ganz leise... Nicht wahr, wie alles auf einmal klar wird! Früher, als ich ihn unbedingt für klug halten sollte, suchte ich immer nach seinem Verstand und dachte schließlich, ich sei wohl selber dumm, weil ich seinen Verstand nicht sah. Aber sobald ich mir sagte: er ist dumm — aber nur ganz leise —, da wurde auf einmal alles klar. Habe ich nicht recht?«

»Wie boshaft Sie heute sind!«

»Durchaus nicht. Ich sehe keinen anderen Ausweg: einer von uns beiden muß dumm sein. Nun, und Sie wissen ja, von sich selbst mag man das nie sagen.«

»Mit seinem Vermögen ist keiner zufrieden, aber jeder ist es mit seinem Verstand«, zitierte der Diplomat einen französischen Ausspruch.

»Ja, ja, ganz richtig!« wandte sich Fürstin Mjachkaja lebhaft zu ihm. »Aber auf Anna lasse ich nichts kommen. Sie ist eine so liebe, prächtige Frau. Was soll sie denn machen, wenn alle in sie verliebt sind und wie Schatten hinter ihr herlaufen?«

»Aber ich will sie ja durchaus nicht verurteilen«, suchte sich Annas Freundin zu rechtfertigen.

»Wenn *uns* niemand wie ein Schatten folgt, gibt uns das noch kein Recht, andere zu verurteilen.«

Nachdem Fürstin Mjachkaja Annas Freundin tüchtig abgekanzelt hatte, stand sie auf und setzte sich mit der Frau des Gesandten an den Tisch, wo ein allgemeines Gespräch über den König von Preußen in Gang war.

»Wen haben sie denn da durchgehechelt?« fragte Betsy.

»Die Karenins. Die Fürstin hat uns ein Charakterbild von Alexej Alexandrowitsch entworfen«, antwortete die Frau des Gesandten lächelnd und setzte sich an den Tisch.

»Schade, daß wir das nicht gehört haben«, erwiderte die Dame des Hauses und blickte nach der Eingangstür. »Ah, da sind Sie ja endlich!« rief sie lächelnd dem eintretenden Wronskij zu.

Wronskij war nicht nur mit allen bekannt, sondern kam auch täglich mit allen zusammen, die er hier traf, und darum trat er mit jener ruhigen Haltung ein, mit der man in ein Zimmer zu Leuten hereinkommt, die man eben erst für einen Augenblick verlassen hat.

»Wo ich herkomme?« antwortete er auf die Frage der Frau des Gesandten. »Es hilft nichts, ich muß es Ihnen wohl gestehen. Aus der komischen Oper im Französischen Theater. Ich glaube, ich war schon zum hundertstenmal dort, aber es macht mir immer wieder Vergnügen. Es ist wirklich reizend! Ich weiß, ich sollte mich schämen; aber in der Oper schlafe ich ein, und im Bouffes halte ich bis zum letzten Augenblick aus und amüsiere mich köstlich. Heute...«

Er nannte eine französische Schauspielerin und wollte etwas von ihr erzählen, aber die Frau des Gesandten unterbrach ihn mit gut gespieltem Entsetzen:

»Bitte, erzählen Sie mir nichts von diesen schauderhaften Dingen!«

»Nun, dann will ich es nicht tun, zumal jeder diese schauderhaften Dinge sehr gut kennt.«

»Und alle würden hingehen, wie in die Oper, wenn es nur Mode wäre«, bemerkte Fürstin Mjachkaja.

7

An der Eingangstür wurden Schritte laut, und Fürstin Betsy, die wußte, daß es die Karenina war, warf Wronskij einen Blick zu. Er schaute auf die Tür, und sein Gesicht hatte einen seltsamen, neuen Ausdruck. Freudig, unverwandt und zugleich schüchtern sah er Anna an und erhob sich langsam. Anna trat in den Salon. Sich wie immer sehr gerade haltend und ohne die Richtung ihres Blickes zu ändern, ging sie mit schnellen, leichten, festen Schritten, die vom Gang anderer vornehmer Damen ganz verschieden waren, auf Fürstin Betsy zu, drückte ihr die Hand, lächelte und sah sich mit demselben Lächeln nach Wronskij um. Wronskij machte eine tiefe Verbeugung und schob ihr einen Stuhl hin.

Sie antwortete nur mit einem Kopfnicken, errötete und runzelte die Stirn. Dann nickte sie ihren Bekannten zu, drückte die ihr entgegengestreckten Hände und sagte zu der Dame des Hauses:

»Ich war bei Gräfin Lydia und wollte schon früher kommen, blieb aber dort sitzen. Sir John war bei ihr. Ein sehr interessanter Mann.«

»Ach, dieser Missionar?«

»Ja, er erzählte sehr interessant vom Leben in Indien.«

Das Gespräch, das durch Annas Erscheinen unterbrochen worden war, flackerte wieder auf wie die Flamme einer Lampe, die man hatte ausblasen wollen.

»Sir John! Ja, Sir John! Ich habe ihn gesehen. Er spricht sehr gut. Frau Wlasjewa ist ganz verliebt in ihn.«

»Ist es wahr, daß die junge Wlasjewa Herrn Popow heiratet?«

»Ja, es heißt, das sei eine beschlossene Sache.«

»Ich wundere mich über die Eltern. Man sagt, es sei eine Liebesheirat.«

»Eine Liebesheirat? Was haben Sie für vorsintflutliche Ideen! Wer spricht heute noch von Liebe?« sagte die Frau des Gesandten.

»Was soll man machen? Diese dumme alte Mode stirbt immer noch nicht aus«, bemerkte Wronskij.

»Um so schlimmer für die, die sich nach dieser Mode richten. Die einzigen glücklichen Ehen, die ich kenne, sind Vernunftehen.«

»Aber wie oft verweht das Glück solcher Vernunftehen wie Staub, weil plötzlich jene Leidenschaft durchbricht, die man nicht anerkennen wollte«, sagte Wronskij.

»Vernunftehen nennen wir doch die, wo beide Teile sich schon ausgetobt haben. Es ist wie mit dem Scharlach, man muß ihn einmal gehabt haben.«
»Dann müßte man ein Verfahren erfinden, die Liebe künstlich einzuimpfen, wie die Pocken.«
»Ich war in meiner Jugend in einen Küster verliebt«, sagte Fürstin Mjachkaja. »Ich weiß nicht, ob mir das geholfen hat.«
»Nein, Scherz beiseite, ich glaube, um die Liebe kennenzulernen, muß man sich erst einmal irren und dann den Irrtum korrigieren«, meinte Fürstin Betsy.
»Auch nach der Verheiratung?« sagte die Frau des Gesandten scherzend.
»Zur Reue ist es nie zu spät«, zitierte der Diplomat ein englisches Sprichwort.
»Ja, so ist es«, sagte Betsy, »man muß sich irren und dann den Irrtum korrigieren. Wie denken Sie darüber?« fragte sie Anna, die mit einem kaum merklichen, starren Lächeln auf den Lippen diesem Gespräch zuhörte.
»Ich glaube«, sagte Anna, mit ihrem Handschuh spielend, »ich glaube, wenn man sagt: so viel Köpfe, so viel Sinne, dann kann man auch sagen: so viel Herzen, so viel Arten von Liebe.«
Wronskij hatte Anna angesehen und mit stockendem Herzen gewartet, was sie sagen werde. Er seufzte wie nach einer überstandenen Gefahr, als sie diese Worte ausgesprochen hatte.
Anna wandte sich plötzlich zu ihm:
»Ich habe einen Brief aus Moskau bekommen. Man schreibt mir, Kitty Schtscherbatzkaja sei sehr krank.«
»Wirklich?« sagte Wronskij stirnrunzelnd.
Anna sah ihn streng an.
»Interessiert Sie das nicht?«
»O doch, sehr. Was schreibt man Ihnen denn Näheres, wenn ich fragen darf?« entgegnete er.
Anna stand auf und ging zu Betsy.

»Geben Sie mir bitte eine Tasse Tee«, sagte sie, hinter ihrem Stuhl stehenbleibend.
Während Betsy ihr Tee eingoß, trat Wronskij zu Anna.
»Was schreibt man Ihnen denn?« fragte er noch einmal.
»Ich denke oft, daß die Männer nicht wissen, was unvornehm ist, obwohl sie so viel davon reden«, sagte Anna, ohne auf seine Frage zu antworten. »Ich wollte Ihnen schon lange etwas sagen«, fügte sie hinzu; dann ging sie ein paar Schritte weiter und setzte sich an einen Ecktisch, auf dem Alben lagen.
»Ich verstehe den Sinn Ihrer Worte nicht ganz«, sagte er, ihr die Teetasse reichend.
Sie warf einen Blick auf das Sofa neben ihrem Platz, und er setzte sich sofort.
»Ja, ich wollte Ihnen sagen«, wiederholte sie, ohne ihn anzusehen, »daß Sie schlecht gehandelt haben, schlecht, sehr schlecht.«
»Weiß ich denn nicht selbst, daß ich schlecht gehandelt habe? Aber wer ist schuld, daß ich so gehandelt habe?«
»Warum sagen Sie mir das?« erwiderte sie und sah ihn streng an.
»Sie wissen, warum«, antwortete er kühn und freudig, ihrem Blick begegnend und ohne die Augen niederzuschlagen.
Nicht er, sondern sie wurde verlegen.
»Das beweist nur, daß Sie kein Herz haben«, sagte sie. Aber ihr Blick sagte, sie wisse, daß er ein Herz habe und daß sie ihn deswegen fürchte.
»Das, wovon Sie eben gesprochen haben, war ein Irrtum und keine Liebe«, sagte Wronskij.
»Sie werden sich erinnern, daß ich Ihnen verboten habe, dieses Wort, dieses häßliche Wort auszusprechen«, sagte Anna und zuckte zusammen, aber im selben Augenblick fühlte sie, daß sie durch dieses eine Wort ›verboten‹ ein gewisses Recht auf ihn beanspruchte und ihn dadurch ermutigte, von Liebe zu sprechen. »Ich wollte Ihnen das

schon lange sagen«, fuhr sie fort, ihm entschlossen in die Augen blickend, und wurde dabei feuerrot. »Und heute bin ich absichtlich gekommen, weil ich wußte, daß ich Sie hier treffen würde. Ich bin gekommen, um Ihnen zu sagen, daß das ein Ende nehmen muß. Ich bin noch nie vor jemand rot geworden, aber Sie bringen mich dazu, daß ich mich schuldig fühle.«

Er sah sie an und war überrascht von der neuen beseelten Schönheit ihres Gesichts.

»Was wollen Sie von mir?« sagte er schlicht und ernst.

»Ich will, daß Sie nach Moskau fahren und Kitty um Verzeihung bitten«, antwortete sie.

»Das wollen Sie nicht«, sagte er.

Er sah, daß sie sich zwang, etwas zu sagen, was sie gar nicht sagen wollte.

»Wenn Sie mich lieben, wie Sie versichern«, flüsterte sie, »dann tun Sie es, damit ich meine Ruhe wiederfinde.«

Sein Gesicht leuchtete auf.

»Wissen Sie denn nicht, daß Sie für mich das ganze Leben bedeuten? Aber Ruhe kenne ich nicht und kann auch Ihnen keine Ruhe geben. Mein ganzes Ich, meine Liebe — ja. Ich kann mir Sie und mich nicht mehr getrennt denken. Sie und ich sind für mich eins. Und ich sehe in der Zukunft keine Möglichkeit eines ruhigen Lebens, weder für mich noch für Sie. Ich sehe die Möglichkeit der Verzweiflung, des Unglücks… Oder Glück, und was für ein Glück!… Ist es denn nicht möglich?« fügte er hinzu, nur die Lippen bewegend, aber sie hörte es.

Sie strengte alle Kräfte ihres Geistes an, um das zu sagen, was sie sagen mußte; aber statt dessen sah sie ihn nur mit liebeerfülltem Blick an und antwortete nichts.

›Das ist es!‹ dachte er voll Jubel. ›Als ich schon verzweifelte und alles aussichtslos schien — da kam es auf einmal! Sie liebt mich. Sie gesteht es mir!‹

»Tun Sie es mir zuliebe: sprechen Sie nie wieder solche

Worte zu mir, und wir werden gute Freunde sein«, sprach ihr Mund, aber ihre Augen sagten etwas ganz anderes.

»Freunde können wir nicht sein, das wissen Sie selbst. Aber ob wir die glücklichsten oder die unglücklichsten aller Menschen sein werden, das steht in Ihrer Macht.«

Sie wollte etwas sagen, aber er ließ sie nicht zu Worte kommen.

»Ich bitte nur um eines: ich bitte nur um das Recht, weiter zu hoffen und zu leiden wie jetzt; wenn aber auch das unmöglich ist, befehlen Sie mir zu verschwinden, und ich werde verschwinden. Sie sollen mich nicht mehr sehen, wenn meine Gegenwart Sie bedrückt.«

»Ich will Sie nicht vertreiben.«

»Ändern Sie nichts. Lassen Sie alles so, wie es ist«, sagte er mit zitternder Stimme. »Da kommt Ihr Mann.«

In der Tat, in diesem Augenblick trat Alexej Alexandrowitsch mit seinem ruhigen, schwerfälligen Gang in den Salon.

Er warf einen Blick auf seine Frau und auf Wronskij, ging auf die Dame des Hauses zu, setzte sich zu einer Tasse Tee und begann mit seiner langsamen, stets deutlich hörbaren Stimme in seinem üblichen spöttischen Ton zu reden.

»Ihr Rambouillet ist ja vollzählig versammelt«, sagte er, die ganze Gesellschaft musternd, »die Grazien und die Musen.«

Aber Fürstin Betsy konnte diesen Ton nicht ausstehen, dieses sneering, wie sie es nannte, und zog ihn daher als kluge Gastgeberin sofort in ein ernsthaftes Gespräch über die allgemeine Wehrpflicht. Alexej Alexandrowitsch ließ sich sofort von diesem Thema hinreißen und begann, nunmehr ganz ernst, den neuen Erlaß gegen Fürstin Betsy zu verteidigen, die ihn heftig angriff.

Wronskij und Anna saßen immer noch an dem kleinen Tisch.

»Das ist beinahe unschicklich«, flüsterte eine der Damen mit einem Blick auf Wronskij, die Karenina und ihren Mann.

»Nun, was habe ich Ihnen gesagt?« antwortete Annas Freundin.
Aber nicht nur diese beiden Damen, sondern alle im Salon, sogar Fürstin Mjachkaja und Betsy selbst, blickten immer wieder zu den beiden hinüber, die sich von dem allgemeinen Kreis abgesondert hatten, als ob die anderen sie störten. Nur Alexej Alexandrowitsch sah nicht ein einziges Mal hinüber und ließ sich von dem interessanten Gespräch, das er begonnen hatte, nicht ablenken.
Als Fürstin Betsy merkte, wie unangenehm alle davon berührt waren, schob sie Alexej Alexandrowitsch einen anderen Zuhörer hin und ging zu Anna.
»Ich staune immer wieder über die klare, präzise Ausdrucksweise Ihres Mannes«, sagte sie. »Die transzendentalsten Begriffe werden mir verständlich, wenn er darüber spricht.«
»O ja«, antwortete Anna mit strahlendem, glücklichem Lächeln, aber sie hatte kein Wort von dem verstanden, was Betsy gesagt hatte. Sie ging zu dem großen Tisch hinüber und nahm an der allgemeinen Unterhaltung teil.
Alexej Alexandrowitsch blieb noch eine halbe Stunde, dann ging er zu seiner Frau und schlug ihr vor, mit ihm zusammen nach Hause zu fahren, aber sie antwortete, ohne ihn anzusehen, sie wolle zum Abendessen bleiben. Alexej Alexandrowitsch verabschiedete sich und ging hinaus.

Der Kutscher der Karenins, ein dicker alter Tatar in glanzledernem Mantel, konnte nur mit Mühe den linken der beiden Grauschimmel halten, der sich frierend an der Auffahrt bäumte. Der Diener stand an dem geöffneten Wagenschlag. Der Portier hielt die große Haustür auf. Anna Arkadjewna nestelte mit ihrer flinken, kleinen Hand den Spitzenbesatz ihres Ärmels von einem Haken ihres Pelzes los und hörte mit geneigtem Kopf entzückt auf die Worte Wronskijs, der sie hinausbegleitete.
»Sie haben allerdings nichts gesagt, und ich verlange auch

nichts«, sagte er, »aber Sie wissen, daß ich keine Freundschaft will. Für mich gibt es nur *ein* Glück im Leben. Es wird mit dem Wort bezeichnet, das Sie nicht mögen... ja, Liebe...«

»Liebe«, wiederholte sie langsam und innig und fügte plötzlich hinzu, als sie ihre Spitzen losgehakt hatte: »Ich mag dieses Wort deshalb nicht, weil es für mich zuviel bedeutet, viel mehr, als Sie begreifen können.« Sie sah ihm voll ins Gesicht. »Auf Wiedersehen!«

Sie reichte ihm die Hand, ging mit schnellen, elastischen Schritten an dem Portier vorbei und verschwand in dem Wagen.

Ihr Blick und die Berührung ihrer Hand brannten ihn wie Feuer. Er küßte seine Hand an der Stelle, die sie berührt hatte, und fuhr beglückt nach Hause, in dem Bewußtsein, daß er an dem heutigen Abend seinem Ziel näher gekommen war als in den beiden letzten Monaten.

8

Alexej Alexandrowitsch hatte nichts Besonderes und Unschickliches dabei gefunden, daß seine Frau mit Wronskij allein an einem Tisch gesessen und sich lebhaft mit ihm unterhalten hatte; aber er hatte gemerkt, daß die anderen Gäste es sonderbar und unpassend fanden, und deshalb schien es ihm nun auch unpassend. Er beschloß, mit seiner Frau darüber zu sprechen.

Nach Hause zurückgekehrt, ging er wie immer in sein Arbeitszimmer, setzte sich in seinen Sessel, schlug ein Buch über das Papsttum an der Stelle auf, wo er das Papiermesser hineingelegt hatte, und las wie gewöhnlich bis um ein Uhr; ab und zu fuhr er sich mit der Hand über die hohe Stirn und schüttelte den Kopf, wie wenn er etwas wegscheuchen wollte. Zur gewohnten Stunde stand er auf und machte seine Nachttoilette. Anna Arkadjewna war noch nicht zu

Hause. Mit dem Buch unter dem Arm ging er nach oben; aber heute abend waren seine Gedanken nicht wie sonst mit dienstlichen Angelegenheiten und Überlegungen beschäftigt, sondern mit seiner Frau und irgend etwas Unangenehmem, das mit ihr geschehen war. Gegen seine Gewohnheit legte er sich nicht zu Bett, sondern ging, die Hände auf dem Rücken, in den Zimmern auf und ab. Er konnte sich nicht hinlegen, denn er fühlte, daß er erst diese neue Situation überdenken müsse.

Als Alexej Alexandrowitsch beschlossen hatte, mit seiner Frau zu sprechen, schien ihm das sehr leicht und einfach; jetzt aber, als er über diese neue Situation nachdachte, kam sie ihm sehr kompliziert und schwierig vor.

Alexej Alexandrowitsch war nicht eifersüchtig. Eifersucht war seiner Ansicht nach eine Beleidigung für die Frau, der man vertrauen mußte. Warum er Vertrauen haben, das heißt überzeugt sein mußte, daß seine viel jüngere Frau ihn immer lieben werde, das hatte er sich nie gefragt. Er empfand kein Mißtrauen, weil er Vertrauen hatte und sich sagte, daß man es haben müsse. Jetzt aber war seine Überzeugung, daß Eifersucht ein Gefühl sei, dessen man sich zu schämen habe, und daß man vertrauen müsse, zwar nicht erschüttert, aber er fühlte, daß er vor etwas Unlogischem und Unsinnigem stehe, und er wußte nicht, was er tun solle. Alexej Alexandrowitsch stand jetzt dem Leben gegenüber, der Möglichkeit, daß seine Frau noch einen andern liebe als ihn, und das schien ihm vollkommen sinnlos und unbegreiflich, weil es eben das wirkliche Leben war. Alexej Alexandrowitsch hatte sein Leben lang in der Atmosphäre seines Amtes gelebt und gearbeitet, wo er es immer nur mit einem Abglanz des Lebens zu tun hatte. Und jedesmal, wenn er mit dem wirklichen Leben zusammenstieß, wich er ihm aus. Jetzt machte er ein Gefühl durch, ähnlich dem eines Menschen, der ruhig auf einer Brücke über einem Abgrund geht und plötzlich sieht, daß die Brücke vor seinen Füßen abgebrochen ist und daß dort ein tiefer Schlund gähnt. Dieser Schlund war das wirkliche Leben, die Brücke jenes künstliche Leben, das Alexej Alexandrowitsch bis jetzt gelebt hatte. Zum erstenmal kam ihm der Gedanke, daß seine Frau womöglich einen anderen lieben könne, und er erschrak.

Er zog sich nicht aus, sondern ging mit seinen gleichmäßigen Schritten hin und her, über den knarrenden Parkettboden des Eßzimmers, das nur von einer Lampe erhellt war, über den Teppich im dunklen Salon, wo sich das Licht nur in seinem eigenen, erst kürzlich gemalten Porträt über dem Sofa spiegelte, und durch das Zimmer seiner Frau, wo zwei Kerzen brannten und die Bilder ihrer Verwandten und Freundinnen und die ihm wohlbekannten Nippsachen auf ihrem Schreibtisch beleuchteten. Durch ihr Zimmer ging er bis zur Tür des Schlafzimmers und kehrte dann wieder um. Jedesmal, wenn er seine Wanderung wieder begann, blieb er stehen, und zwar meist auf dem Parkett im Eßzimmer, und sagte sich: ›Ja, ich muß das unbedingt erledigen und der Sache ein Ende machen; ich muß ihr meine Ansicht und meinen Entschluß mitteilen.‹ Und er machte kehrt und ging wieder zurück. ›Aber was soll ich ihr denn sagen? Was für einen Entschluß soll ich ihr mitteilen?‹ fragte er sich im Salon und fand keine Antwort. ›Ja‹, fragte er sich, wenn er ins Arbeitszimmer kam, ›was ist eigentlich geschehen? Nichts. Sie hat lange mit ihm gesprochen. Was ist denn dabei? Mit wem redet eine Dame in einer Gesellschaft nicht? Und eifersüchtig sein, heißt sie und mich selbst erniedrigen‹, sagte er sich, wenn er in ihr Zimmer kam. Aber diese Erwägung, die früher so schwer ins Gewicht gefallen war, hatte jetzt kein Gewicht und keine Bedeutung mehr für ihn. An der Tür des Schlafzimmers kehrte er wieder um und ging zum Salon; aber kaum war er wieder in dem dunklen Salon, da sagte ihm eine Stimme, hier sei etwas nicht richtig, und wenn andere es bemerkt hätten, dann müsse doch etwas daran sein. Und im Eßzimmer sagte er sich wieder: ›Ja, das muß erledigt werden und ein Ende haben. Ich muß meine Meinung aussprechen...‹ Und wieder im Salon, ehe er in Annas Zimmer ging, fragte er sich: ›Wie soll ich das denn erledigen?‹ Und dann: ›Was ist denn geschehen?‹ Und antwortete: ›Nichts!‹ Und erinnerte sich, daß Eifersucht ein Gefühl sei, durch das man seine Frau herabwürdige; aber im Salon war er doch wieder überzeugt, daß etwas geschehen sei. Seine Gedanken bewegten sich wie sein Körper im Kreis, ohne auf etwas Neues zu stoßen. Er merkte das schließlich, rieb sich die Stirn und setzte sich in Annas Zimmer.

Als er ihren Tisch betrachtete, auf dem ein Briefbeschwerer und ein angefangener Brief lagen, nahmen seine Gedanken plötzlich eine andere Richtung. Er dachte an sie, an ihre Gedanken und Gefühle. Zum erstenmal stellte er sich vor, daß sie ein eigenes Leben, eigene Gedanken und Wünsche haben könne und müsse, und diese Vorstellung schien ihm so schrecklich, daß er sie wieder verscheuchte. Sich in die Gedanken und Gefühle eines anderen Wesens zu versetzen, war ihm völlig fremd. Er hielt das für schädliche und gefährliche Phantasterei.

›Und das schlimmste daran ist‹, dachte er, ›daß diese sinnlose Aufregung gerade jetzt auf mich einstürmt, wo sich mein Werk dem Abschluß nähert‹ (er dachte an ein Projekt, an dem er gerade arbeitete) ›und wo ich vollständige Ruhe und alle meine geistigen Kräfte brauche. Aber was kann ich tun? Ich gehöre nicht zu den Menschen, die Unruhe und Sorgen geduldig ertragen und nicht die Kraft haben, ihnen ins Gesicht zu sehen.‹

»Ich muß überlegen, einen Entschluß fassen und der Sache ein Ende machen«, sagte er laut.

›Ihre Gefühle, das, was in ihrer Seele vorgeht und noch vorgehen wird, das ist nicht meine Sache — das ist eine Sache ihres Gewissens und der Religion‹, sagte er sich und fühlte sich erleichtert bei der Erkenntnis, daß er nun das Kapitel

des Gesetzbuches gefunden hatte, unter das dieser neu aufgetauchte Umstand fiel.
›Also‹, sagte Alexej Alexandrowitsch zu sich selbst, ›sind die Fragen nach ihren Gefühlen und so weiter Fragen, die nur ihr eigenes Gewissen angehen, mit dem ich nichts zu tun habe. Meine eigene Pflicht ist mir klar vorgeschrieben. Als Haupt der Familie bin ich verpflichtet, meine Frau zu leiten, und trage deshalb einen Teil der Verantwortung; ich muß sie auf die Gefahr hinweisen, die ich sehe, ich muß sie warnen und von meiner Macht Gebrauch machen. Es ist meine Pflicht, mit ihr zu sprechen.‹
Und in Alexej Alexandrowitsch ordnete sich alles ganz klar, was er seiner Frau jetzt sagen wollte. Während er überlegte, was er ihr sagen würde, bedauerte er, daß er seine Zeit und seine Geisteskräfte im stillen, nur zum Hausgebrauch, aufwenden müsse, aber in seinem Kopf bildete sich trotzdem klar und deutlich wie ein amtlicher Bericht die Form und der Gedankengang der zu haltenden Rede. ›Ich muß folgendes erwähnen und darlegen: erstens die hohe Bedeutung der öffentlichen Meinung und der Sitte, zweitens die religiöse Bedeutung der Ehe, drittens das Unglück, das für unseren Sohn möglicherweise daraus entstehen kann, und viertens, daß sie sich selber unglücklich macht.‹ Und dabei verschränkte Alexej Alexandrowitsch die Finger und drückte die Handflächen nach unten, daß die Finger in den Gelenken knackten.
Diese Bewegung, die schlechte Angewohnheit, die Hände zusammenzulegen und mit den Fingern zu knacken, beruhigte ihn immer und gab ihm das innere Gleichgewicht, das er jetzt so notwendig brauchte. Vor der Haustür fuhr eine Kutsche vor. Alexej Alexandrowitsch blieb mitten im Zimmer stehen.
Frauenschritte kamen die Treppe herauf. Alexej Alexandrowitsch stand da, bereit, seine Rede zu beginnen, drückte die verschränkten Finger gegeneinander und wartete,

ob es nicht noch irgendwo knacken werde. Ein Gelenk knackte.
Schon bei dem Geräusch der leichten Schritte auf der Treppe hatte er ihre Nähe gespürt, und obwohl er mit seiner Rede zufrieden war, wurde ihm vor der bevorstehenden Aussprache doch bang.

9

Anna trat mit gesenktem Kopf ein und spielte mit den Quasten ihres Baschliks. Ihr Gesicht strahlte in hellem Glanz; aber es war kein heiterer Glanz — er erinnerte an den unheimlichen Schein einer Feuersbrunst in dunkler Nacht. Als sie ihren Mann erblickte, hob sie den Kopf und lächelte ihm zu, wie aus dem Schlaf erwachend.
»Du bist noch nicht im Bett? Das ist ja ein Wunder!« sagte sie, legte den Baschlik ab und ging, ohne stehenzubleiben, weiter ins Ankleidezimmer. »Es ist Zeit, Alexej Alexandrowitsch«, sagte sie durch die offene Tür.
»Anna, ich muß mit dir reden.«
»Mit mir?« sagte sie erstaunt, kam wieder zurück und sah ihn an. »Was ist denn? Worüber?« fragte sie und setzte sich. »Gut, reden wir miteinander, wenn es nötig ist. Aber wir sollten besser schlafen gehen.«
Anna sagte, was ihr gerade einfiel, und als sie sich so reden hörte, wunderte sie sich selber, daß sie so gut lügen konnte. Wie schlicht, wie natürlich waren ihre Worte, wie glaubhaft erschien es, daß sie einfach müde war. Sie fühlte sich wie in einen undurchdringlichen Panzer der Lüge gehüllt. Sie fühlte, daß eine unsichtbare Macht ihr half und sie unterstützte.
»Anna, ich muß dich warnen«, sagte er.
»Warnen?« fragte sie. »Wovor?«
Sie sah ihn so harmlos, so heiter an, daß jemand, der sie nicht so gut kannte wie ihr Mann, nichts Unnatürliches an ihr

bemerkt hätte, weder am Ton noch am Inhalt ihrer Worte. Er aber kannte sie und wußte, daß es ihr auffiel, wenn er einmal fünf Minuten später zu Bett ging als sonst, und daß sie ihn stets nach dem Grund fragte; er wußte, daß sie ihm immer all ihre Freuden und ihren Kummer sofort mitteilte, und darum war die Wahrnehmung, daß sie seinen Zustand nicht beachtete und kein Wort über sich selbst sagen wollte, von großer Bedeutung. Er sah, daß die Tiefen ihrer Seele, die früher immer offen vor ihm gelegen hatten, ihm jetzt verschlossen waren. Mehr noch — an ihrem Ton merkte er, daß sie das nicht einmal verlegen machte. Sie schien ihm sagen zu wollen: ›Ja, meine Seele ist verschlossen, und das muß auch so sein und wird auch künftig so bleiben.‹ Jetzt hatte er ein Gefühl wie ein Mensch, der nach Hause kommt und sein Haus verschlossen findet. ›Aber vielleicht findet sich der Schlüssel doch noch‹, dachte Alexej Alexandrowitsch.

»Ich möchte dich warnen«, sagte er mit leiser Stimme, »weil du aus Unvorsichtigkeit und Leichtsinn den Leuten Anlaß geben könntest, über dich zu reden. Deine heutige gar zu lebhafte Unterhaltung mit Graf Wronskij« (er sprach diesen Namen mit fester, ruhiger Stimme und sehr deutlich aus) »hat Aufsehen erregt.«

Er sprach und sah dabei in ihre lachenden Augen, die ihm jetzt in ihrer Undurchdringlichkeit so furchtbar waren, und während er redete, fühlte er, wie überflüssig und vergeblich seine Worte waren.

»So bist du immer«, antwortete sie, als hätte sie ihn gar nicht verstanden, und tat absichtlich so, als hätte sie von allem, was er gesagt hatte, nur das letzte verstanden. »Bald ist es dir nicht recht, wenn ich gleichgültig bin, und ein andermal nicht, wenn ich lebhaft bin. Ich habe mich gut unterhalten. Ärgert dich das?«

Alexej Alexandrowitsch zuckte zusammen und bog die gefalteten Hände, um mit den Fingern zu knacken.

»Ach, bitte, laß dieses Knacken, ich mag das nicht«, sagte sie.

»Anna, bist du das wirklich?« fragte Alexej Alexandrowitsch leise, bezwang sich und unterließ seine gewohnte Handbewegung.
»Was ist denn eigentlich?« sagte sie mit anscheinend ganz aufrichtiger und komischer Verwunderung. »Was willst du von mir?«
Alexej Alexandrowitsch schwieg und strich sich mit der Hand über die Stirn und die Augen. Er sah, daß er, statt das zu tun, was er wollte, nämlich seine Frau vor etwas warnen, das die Gesellschaft als Fehltritt ansehen könnte, sich unwillkürlich über Dinge aufregte, die nur ihr Gewissen angingen, und gegen eine nur in seiner Phantasie bestehende Mauer anrannte.
»Ich wollte dir folgendes sagen«, fuhr er kalt und ruhig fort, »und bitte dich, mich anzuhören. Ich halte, wie du weißt, die Eifersucht für ein beleidigendes und demütigendes Gefühl und werde mir nie erlauben, mich von diesem Gefühl leiten zu lassen; aber es gibt gewisse Gesetze des Anstands, die man nicht ungestraft übertreten darf. Heute — und das habe nicht nur ich bemerkt, sondern, nach dem allgemeinen Eindruck bei der Gesellschaft zu urteilen, haben es alle bemerkt —, heute hast du dich nicht ganz so verhalten, wie man es hätte wünschen sollen.«
»Ich verstehe absolut nicht«, sagte Anna achselzuckend. ›Ihm ist es vollkommen gleichgültig‹, dachte sie. ›Aber in der Gesellschaft hat man etwas bemerkt, und das regt ihn auf.‹ — »Du bist nicht gesund, Alexej Alexandrowitsch«, fügte sie hinzu, stand auf und wollte zur Tür gehen, aber er machte eine Bewegung, als wollte er sie zurückhalten.
Sein Gesicht war unschön und finster, wie Anna es nie gesehen hatte. Sie blieb stehen, bog den zur Seite geneigten Kopf zurück und fing an, mit ihrer flinken Hand die Haarnadeln herauszuziehen.
»Ich bin gespannt, was du mir noch zu sagen hast«, sagte sie ruhig und spöttisch. »Es ist mir sogar sehr interessant, denn

ich möchte gern begreifen, um was es sich eigentlich handelt.«
Sie wunderte sich selbst über den natürlich klingenden, ruhigen, sicheren Ton, in dem sie sprach, und über die Worte, die sie wählte.
»In alle Einzelheiten deiner Gefühle einzudringen, habe ich kein Recht, ich halte das auch für nutzlos und sogar schädlich«, sagte Alexej Alexandrowitsch. »Wenn wir in unserer Seele wühlen, kommen oft Dinge zum Vorschein, die besser unbemerkt liegen bleiben sollten. Deine Gefühle, das ist etwas, das nur dein Gewissen angeht; ich aber bin vor dir, vor mir selbst und vor Gott verpflichtet, dich auf deine Pflichten hinzuweisen. Dein und mein Leben ist nicht durch die Menschen zusammengefügt, sondern durch Gott. Dieses Band kann nur durch ein Verbrechen zerrissen werden, und einem solchen Verbrechen folgt stets die Strafe.«
»Ich begreife überhaupt nichts. Ach, mein Gott, und unglücklicherweise bin ich heute so furchtbar müde!« sagte sie und fuhr sich mit der Hand durchs Haar, um die Nadeln zu suchen, die noch darin steckten.
»Anna, um Gottes willen, sprich nicht so!« sagte er sanft. »Vielleicht irre ich mich, aber glaub mir: was ich sage, das sage ich ebensosehr um deinetwillen wie um meinetwillen. Ich bin dein Mann und liebe dich.«
Einen Augenblick hatte sie den Kopf gesenkt, und das spöttische Funkeln in ihrem Blick war erloschen; aber die Worte ›ich liebe dich‹ empörten sie von neuem. Sie dachte: ›Lieben? Kann er denn lieben? Wenn er nicht gehört hätte, daß es etwas wie Liebe gibt, dann hätte er dieses Wort nie gebraucht. Er weiß gar nicht, was Liebe ist.‹
»Alexej Alexandrowitsch, ich verstehe wirklich nicht«, sagte sie. »Erkläre mir deutlicher, was deiner Ansicht nach...«
»Bitte, laß mich ausreden. Ich liebe dich. Aber ich will nicht von mir sprechen, die Hauptpersonen sind hier unser Sohn und du selbst. Ich wiederhole: es ist sehr leicht möglich,

daß meine Worte dir völlig überflüssig und unangebracht erscheinen, vielleicht sind sie nur durch einen Irrtum meinerseits veranlaßt. In diesem Fall bitte ich dich um Entschuldigung. Aber wenn du selbst fühlst, daß auch nur der geringste Grund vorhanden ist, so bitte ich dich, darüber nachzudenken und, wenn dich dein Herz dazu treibt, mir zu sagen…«

Alexej Alexandrowitsch sagte, ohne es zu merken, etwas ganz anderes, als was er sich vorher zurechtgelegt hatte.

»Ich habe nichts zu sagen. Und außerdem…«, sagte sie plötzlich, »es ist wirklich Zeit, schlafen zu gehen.«

Alexej Alexandrowitsch seufzte und ging, ohne ein Wort zu sagen, ins Schlafzimmer.

Als sie ins Schlafzimmer kam, lag er schon im Bett. Seine Lippen waren streng zusammengepreßt und seine Augen sahen sie nicht an. Anna legte sich in ihr Bett und erwartete jeden Augenblick, daß er sie noch einmal anreden werde. Sie fürchtete sich davor und wünschte es zugleich. Aber er schwieg. Sie wartete lange, ohne sich zu rühren, und vergaß ihn schließlich. Sie dachte an den andern, sie sah ihn und fühlte, wie ihr Herz bei diesem Gedanken sich mit Unruhe und sündiger Freude füllte. Plötzlich hörte sie ein gleichmäßiges, ruhiges Pfeifen durch die Nase. Im ersten Augenblick schien Alexej Aleandrowitsch über sein eigenes Pfeifen zu erschrecken und hielt inne, aber nach zwei Atemzügen schnarchte er ruhig und gleichmäßig weiter.

»Es ist zu spät, schon zu spät!« flüsterte sie lächelnd. Sie lag lange regungslos mit offenen Augen da, und ihr war, als sähe sie selbst ihre Augen im Dunkeln leuchten.

10

Mit diesem Tag begann für Alexej Alexandrowitsch und seine Frau ein neues Leben. Nichts Besonderes war geschehen. Anna verkehrte nach wie vor in der Gesellschaft, war sehr oft bei Fürstin Betsy und kam überall mit Wronskij zusammen. Alexej Alexandrowitsch sah es, konnte aber nichts dagegen tun. Sooft er versuchte, sie zu einer Aussprache zu veranlassen, stellte sie ihm die undurchdringliche Mauer heiterer Verständnislosigkeit entgegen. Äußerlich war alles beim alten geblieben, aber ihr inneres Verhältnis hatte sich völlig geändert. Alexej Alexandrowitsch, der als Staatsmann so mächtig war, fühlte sich hier machtlos. Wie ein Stier erwartete er, den Kopf demütig gesenkt, den Hieb der Axt, die schon über ihm schwebte. Jedesmal, wenn er darüber nachdachte, fühlte er, daß er es noch einmal versuchen müsse, daß er noch hoffen könne, sie durch Güte, Zärtlichkeit und Überredung zu retten, sie zur Vernunft zu bringen, und er nahm sich jeden Tag vor, mit ihr zu sprechen. Aber jedesmal, wenn er mit ihr zu sprechen begann, fühlte er, wie jener Geist des Bösen und der Lüge, der sie beherrschte, auch von ihm Besitz ergriff, und er sagte ihr etwas ganz anderes und auch in ganz anderem Ton, als er beabsichtigt hatte. Unwillkürlich sprach er in seinem gewohnten Ton mit ihr, der immer wie Spott über jemand klang, der in dieser Weise hätte reden wollen. Aber in diesem Ton konnte er ihr unmöglich sagen, was gesagt werden mußte.

11

Was fast ein ganzes Jahr für Wronskij der einzige Wunsch seines Lebens gewesen war, was alle anderen Wünsche in ihm verdrängt hatte, was für Anna ein unmöglicher, schrecklicher und deshalb so bezaubernder Traum von Glück gewesen war: dieser Wunsch war befriedigt. Bleich, mit bebendem Unterkiefer, stand er über sie gebeugt und flehte sie an, sich zu beruhigen, ohne selbst zu wissen, warum und wie.

»Anna, Anna!« sagte er mit zitternder Stimme. »Anna, um Gottes willen!«

Aber je lauter er sprach, desto tiefer senkte sie ihr einst so stolzes, heiteres, jetzt von Scham übergossenes Gesicht; sie knickte zusammen und glitt vom Sofa, auf dem sie saß, auf den Boden zu seinen Füßen; sie wäre auf den Teppich gefallen, wenn er sie nicht gehalten hätte.

»Mein Gott! Vergib mir!« schluchzte sie und preßte seine Hände an ihre Brust.

Sie fühlte sich so sündig und schuldig, daß ihr nichts blieb, als sich zu demütigen und um Vergebung zu bitten; aber jetzt hatte sie niemand mehr auf der Welt außer ihm, und darum bat sie ihn um Verzeihung. Als sie ihn ansah, fühlte sie geradezu körperlich ihre Erniedrigung und konnte nichts mehr sagen. Und er fühlte, was ein Mörder fühlen muß, wenn er den Körper anblickt, den er des Lebens beraubt hat. Dieser Leichnam, dem er das Leben geraubt hatte, war ihre Liebe, die erste Periode ihrer Liebe. Es war etwas Entsetzliches und Abstoßendes in der Erinnerung an das, was mit diesem entsetzlichen Preis der Schande erkauft war. Die Scham vor ihrer seelischen Nacktheit drückte sie nieder und teilte sich auch ihm mit. Aber trotz seines Entsetzens vor dem Leichnam des Ermordeten muß der Mörder diesen Leichnam zerstückeln und verstecken und muß sich zunutze machen, was er durch seinen Mord gewonnen hat. Und wie sich der Mörder mit Erbitterung, mit Leidenschaft auf diesen Leichnam stürzt, so bedeckte er ihr Gesicht und ihre Schultern mit Küssen. Sie hielt seine Hand und rührte sich nicht. »Ja, diese Küsse, die haben wir mit unserer Schande erkauft. Ja, diese Hand, die nun immer mir gehören wird, ist die Hand meines Mitschuldigen.« Sie zog diese Hand an ihre Lippen und küßte sie. Er sank in die Knie und wollte ihr Gesicht sehen, aber sie verbarg es und sagte kein Wort. Endlich richtete sie sich auf, als müßte sie sich mit Gewalt dazu zwingen, und stieß ihn zurück. Ihr Gesicht war noch ebenso schön wie vorher, und darum bemitleidenswert.

»Alles ist aus!« sagte sie. »Ich habe nichts mehr als dich. Vergiß das nicht!«

»Ich kann nicht vergessen, was mein ganzes Lebensglück ausmacht. Für einen Augenblick dieses Glücks...«

»Was heißt Glück?« unterbrach sie ihn mit Abscheu und Entsetzen, und dieses Entsetzen teilte sich unwillkürlich auch ihm mit. »Um Gottes willen, kein Wort mehr, kein Wort!«

Sie stand schnell auf und machte sich von ihm los.

»Kein Wort mehr!« wiederholte sie, und mit einem Ausdruck kalter Verzweiflung im Gesicht, der ihm seltsam vorkam, schied sie von ihm. Sie fühlte, daß sie in diesem Augenblick nicht imstande war, dieses Gefühl von Scham, Freude und Entsetzen vor dem Eintritt in ein neues Leben in Worten auszudrücken, und darum wollte sie nicht davon sprechen, es nicht durch ungenaue Worte banal machen. Aber auch später, am zweiten und am dritten Tag, fand sie keine Worte, um diese komplizierten Gefühle auszudrücken, sie fand auch keine Gedanken, um das zu erfassen, was in ihr vorging.

Sie sagte sich: ›Nein, jetzt kann ich nicht darüber nachdenken; später, wenn ich ruhiger bin.‹ Aber diese Ruhe des Denkens trat nie ein; jedesmal, wenn ein Gedanke an das auftauchte, was sie getan hatte, was nun aus ihr werden solle und was sie tun müsse, wurde sie von Entsetzen gepackt und verscheuchte diese Gedanken.

›Später, später‹, sagte sie, ›wenn ich ruhiger geworden bin.‹ Aber im Traum, wenn sie keine Gewalt über ihre Gedanken hatte, sah sie ihre Lage in ihrer ganzen häßlichen Nacktheit. Ein Traum verfolgte sie fast jede Nacht. Sie träumte, daß beide Männer zugleich ihre Gatten wären und beide sie mit Zärtlichkeiten überhäuften. Alexej Alexandrowitsch küßte weinend ihre Hände und sagte: ›Wie schön ist es jetzt!‹ Und Alexej Wronskij war auch da und war auch ihr Mann. Und sie wunderte sich, daß sie das früher für unmöglich gehalten hatte und erklärte ihnen lachend, so sei es doch viel einfacher, und jetzt seien beide glücklich und zufrieden. Aber dieser Traum drückte sie wie ein Alp, und sie erwachte vor Angst.

12

In der ersten Zeit nach der Rückkehr aus Moskau, als Lewin jedesmal zusammenzuckte und errötete, wenn er an die Schmach der Zurückweisung dachte, sagte er sich: ›Ebenso errötete ich und zuckte zusammen, als ich in Physik ‚ungenügend' bekam und im zweiten Kursus sitzenblieb; ebenso glaubte ich, es sei aus mit mir, als ich einmal einen Auftrag meiner Schwester nicht richtig erledigt hatte. Und jetzt? Seitdem sind Jahre vergangen, ich denke daran zurück und wundere mich, wie mich das so betrüben konnte. So wird es auch mit diesem Kummer sein. Die Zeit wird vergehen, und ich werde auch gegen diesen Kummer gleichgültig werden.‹

Aber drei Monate waren vergangen, und er war noch nicht gleichgültig geworden, und die Erinnerung daran tat ihm noch so weh wie in den ersten Tagen. Er konnte sich nicht beruhigen, denn er, der so lange vom Familienleben geträumt hatte, sich so reif dafür fühlte, war nun doch nicht verheiratet, ja weiter denn je von der Heirat entfernt. Er fühlte voller Schmerz, daß es für einen Mann in seinen Jahren nicht gut sei, allein zu sein, und alle in seiner Umgebung dachten das gleiche. Er erinnerte sich, wie er vor seiner Abreise nach Moskau zu seinem Viehknecht Nikolaj, einem biederen Menschen, mit dem er gern sprach, einmal gesagt hatte: »Was sagst du dazu, Nikolaj? Ich will heiraten!« und wie Nikolaj sofort geantwortet hatte, als sei das eine Sache, bei der gar kein Zweifel möglich sei: »Das hätten Sie schon längst tun sollen, Konstantin Dmitritsch!« Aber die Heirat lag jetzt für ihn in weiterer Ferne denn je. Der

Platz war besetzt, und wenn er jetzt in Gedanken eines der jungen Mädchen aus seinem Bekanntenkreis an diesen Platz stellte, fühlte er, daß das ganz unmöglich war. Außerdem quälte ihn die Erinnerung an seine Abweisung und an die Rolle, die er dabei gespielt hatte, mit bitterer Scham. Wie oft er sich auch sagte, daß er hier ganz unschuldig sei, diese Erinnerung und andere beschämende Erinnerungen ähnlicher Art ließen ihn zusammenzucken und erröten. In seiner Vergangenheit gab es, wie bei jedem Menschen, schlechte Taten, deren er sich bewußt war und um derentwillen sein Gewissen ihn hätte quälen müssen; aber die Erinnerung an seine bösen Taten quälte ihn lange nicht so sehr, wie diese unbedeutenden, aber beschämenden Erinnerungen. Diese Wunden vernarbten nie. Und zu den Erinnerungen kam jetzt seine Zurückweisung und die klägliche Situation, in der die anderen ihn an jenem Abend gesehen haben mußten. Aber die Zeit und die Arbeit taten das ihre. Die bedrückenden Erinnerungen wurden von den unscheinbaren, aber wichtigen Ereignissen des Landlebens immer mehr in den Hintergrund gedrängt. Mit jeder Woche dachte er seltener an Kitty. Er wartete ungeduldig auf die Nachricht, daß sie schon geheiratet habe oder demnächst heiraten werde, denn er hoffte, daß diese Nachricht wie das Ziehen eines Zahns ihn endgültig heilen werde.

Unterdessen war der Frühling gekommen, ein schöner, freundlicher Frühling, der keine zu großen Erwartungen weckte, aber auch keine Enttäuschungen brachte, ein Frühling von jener seltenen Art, über den sich Pflanzen, Tiere und Menschen gleichermaßen freuen. Dieser schöne Frühling weckte Lewin auf und bestärkte ihn in seiner Absicht, alles Vergangene zu vergessen und sein einsames Leben fest und unabhängig zu gestalten. Viele von den Plänen, mit denen er auf sein Gut zurückgekehrt war, hatte er zwar nicht ausführen können, aber das Wichtigste hatte er eingehalten. die Reinheit seines Lebenswandels. Er empfand nun nicht mehr die Scham, die ihn nach einem Fall gewöhnlich gequält hatte, und konnte den Menschen frei in die Augen sehen. Noch im Februar hatte er einen Brief von Marja Nikolajewna erhalten, die ihm schrieb, der Zustand seines Bruders Nikolaj habe sich verschlechtert, aber er wolle nichts von ärztlicher Behandlung wissen. Auf diesen Brief hin war Lewin nach Moskau gefahren und hatte seinen Bruder überredet, einen Arzt aufzusuchen und in einen ausländischen Badeort zu reisen. Es war ihm so gut gelungen, den Bruder zu überreden und ihm Geld für die Reise zu borgen, daß er auch in dieser Hinsicht sehr mit sich zufrieden war. Neben seiner Landwirtschaft, die im Frühjahr besondere Aufmerksamkeit erforderte, und neben seiner Lektüre hatte Lewin schon im Winter begonnen, eine landwirtschaftliche Abhandlung zu schreiben, deren Hauptgedanke war: in der Landwirtschaft müsse man den Charakter des Arbeiters als gegebene Größe auffassen, wie Klima und Bodenbeschaffenheit, und darum müsse die Wissenschaft von der Landwirtschaft nicht von zwei Größen, Klima und Bodenbeschaffenheit, ausgehen, sondern von dreien, Klima, Bodenbeschaffenheit und dem bekannten, unveränderlichen Charakter des Arbeiters. So war trotz oder dank der Einsamkeit sein Leben voll ausgefüllt, und nur manchmal empfand er den unbefriedigten Wunsch, die Gedanken, die ihm durch den Kopf gingen, noch jemand anderem als Agafja Michajlowna mitzuteilen, denn auch mit ihr sprach er oft über Physik, Wirtschaftstheorie und besonders Philosophie; die Philosophie war Agafja Michajlownas Lieblingsfach.

Der Frühling kam langsam. Die letzten Fastenwochen hatten klares Frostwetter gebracht. Bei Tag taute es in der Sonne, aber in der Nacht sank das Thermometer auf sieben Grad unter Null; die Eiskruste auf dem Schnee war so stark, daß die Lastfuhren darüber hinwegfuhren, ohne sich an den Weg zu halten. An Ostern lag noch überall Schnee. Am zweiten Feiertag begann plötzlich ein warmer Wind zu wehen, dunkle Wolken zogen auf, und drei Tage und drei Nächte strömte ein stürmischer, warmer Regen. Am Donnerstag legte sich der Wind, und dichter grauer Nebel stieg auf, als wollte er das Geheimnis der Wandlung verhüllen, die sich in der Natur vollzog. Im Nebel fingen die Wasser an zu strömen, die Eisschollen krachten und setzten sich in Bewegung, immer schneller strömten die trüben schäumenden Flüsse, und am Sonntag nach Ostern zerriß gegen Abend der Nebel, das dunkle Gewölk löste sich in weiße Lämmerwölkchen auf, der Himmel wurde klar, und nun kam der wirkliche Frühling. Morgens verzehrte die aufsteigende strahlende Sonne schnell die dünne Eisschicht, die über dem Wasser lag, und die ganze warme Luft erzitterte von den sie erfüllenden Ausdünstungen der erwachten Erde. Das alte und das wie Nadeln hervorsprießende junge Gras färbte sich grün, die Knospen der Schneeballbüsche, der Johannisbeersträucher und der klebrigen Birken schwollen, und auf den mit goldenen Blüten übersäten Weiden summten die aus ihren Körben hervorgekommenen Bienen. Unsichtbare Lerchen schmetterten über dem grünen Samt der Saatfelder und den noch reifbedeckten Stoppeläckern, klagend riefen die Kiebitze über den mit braunem, noch nicht abgeflossenem Wasser bedeckten Niederungen und Sümpfen, hoch oben zogen Kraniche und Wildgänse mit frühlingsfrohem Schrei vorüber. Auf den Triften brüllten die Rinder, die gehaart hatten und nur an einzelnen Stellen des Körpers noch Winterhaar trugen, krummbeinige Lämmer spielten um die blökenden Mutterschafe, die die Wolle verloren, schnellfüßige Kinder liefen über die trocknenden Wege mit den zahllosen Abdrücken bloßer Füße; am Teich plapperten die munteren Stimmen der Bauernweiber, die ihre Wäsche spülten, in den Höfen hallten die Beilschläge der Bauern, die ihre Pflüge und Eggen instand setzten. Der richtige Frühling war gekommen.

13

Lewin zog hohe Stiefel an und zum erstenmal nicht den Pelz, sondern eine Tuchjacke, und machte einen Gang durchs Gut. Er ging über kleine Bäche, die so hell in der Sonne glitzerten, daß ihm die Augen weh taten, und trat dabei bald auf Eisstücke, bald in zähen Schmutz.

Der Frühling ist die Zeit der Pläne und Vorsätze. Und wie der Baum im Frühling noch nicht weiß, wohin und wie sich die jungen Triebe und Zweige ausbreiten werden, die noch in schwellende Knospen eingeschlossen sind, so wußte auch Lewin, als er auf den Hof kam, noch nicht recht, wo er in seiner geliebten Gutswirtschaft anfangen solle, aber er fühlte, daß er voll der besten Vorsätze und Absichten war. Zuerst ging er zum Vieh. Die Kühe waren ins Gehege hinausgetrieben worden, ihr glattes Fell glänzte nach dem Haaren ganz besonders, sie wärmten sich in der Sonne und brüllten, als wollten sie ins Feld hinausgelassen werden. Lewin musterte zufrieden die ihm bis in die kleinsten Einzelheiten bekannten Kühe und befahl, sie ins Feld zu treiben und die Kälber ins Gehege zu lassen. Der Hirt lief fröhlich weg, um sich für den Austrieb fertigzumachen. Die Viehmägde patschten in geschürzten Röcken mit ihren bloßen weißen, von der Sonne noch nicht verbrannten Füßen durch den Schmutz, liefen mit langen Gerten hinter den blökenden Kälbern her, die vor Frühlingsfreude ganz toll waren, und jagten sie in den Hof hinaus.

Lewin freute sich über die Kälber, die in diesem Jahr zur Welt gekommen und alle prächtig geraten waren; die Frühkälber waren so groß wie eine Bauernkuh, und Pawas drei Monate altes Kalb war so groß wie ein einjähriges. Er ließ ihnen einen Futtertrog hinausbringen und Heu in die Raufen stecken. Aber nun stellte sich heraus, daß die Raufen, die er erst im letzten Herbst für das im Winter nicht benutzte Gehege hatte machen lassen, alle zerbrochen waren.

Er ließ den Zimmermann rufen, der die Dreschmaschine in Ordnung bringen sollte. Und nun zeigte es sich, daß der Zimmermann an den Eggen arbeitete, die schon in der Butterwoche hätten repariert sein sollen. Lewin ärgerte sich sehr darüber. Er ärgerte sich, weil dieser ewige Schlendrian, gegen den er schon seit Jahren mit aller Kraft ankämpfte, anscheinend nie ein Ende nahm. Er erfuhr, daß die Raufen, die im Winter nicht gebraucht wurden, in den Stall für die Ackerpferde gebracht und dort entzweigegangen waren, da sie nur für Kälber bestimmt und deshalb sehr leicht waren. Außerdem stellte sich heraus, daß die Eggen und andere landwirtschaftliche Geräte, die noch im Winter überprüft und ausgebessert werden sollten, noch nicht repariert waren. Mit der Reparatur der Eggen hatte man erst jetzt begonnen, wo schon geeggt werden mußte. Lewin schickte nach dem Verwalter, ging dann aber gleich selbst zu ihm. Strahlend, wie alles an diesem Tag, kam der Verwalter in einem kurzen, mit Lammfell besetzten Pelz von der Tenne, einen Strohhalm in der Hand zerknickend.

»Warum ist der Zimmermann nicht bei der Dreschmaschine?«

»Ich wollte es schon gestern melden: die Eggen müssen repariert werden. Wir müssen ja schon pflügen.«

»Warum ist das nicht im Winter gemacht worden?«

»Was wünschen Sie von dem Zimmermann?«

»Wo sind die Raufen vom Kälberhof?«

»Ich habe sie an ihren Platz bringen lassen. Aber was soll man mit diesem Volk denn machen?« sagte der Verwalter mit einer verächtlichen Handbewegung.

»Nicht mit diesem Volk, sondern mit diesem Verwalter!« brauste Lewin auf. »Wozu halte ich Sie eigentlich?« schrie er. Aber da fiel ihm ein, daß das nichts nützte; er brach seine Rede ab und seufzte nur. »Na, wie ist's? Kann gesät werden?« fragte er nach kurzem Schweigen.

»Hinter Turkino können wir morgen oder übermorgen anfangen.«
»Und der Klee?«
»Ich habe Wasilij und Mischka hingeschickt, sie säen schon. Aber ich weiß nicht, ob sie überall durchkommen; es ist noch sehr sumpfig.«
»Wieviel Desjatinen?«
»Sechs.«
»Warum denn nicht alle?« schrie Lewin.
Daß der Klee nur auf sechs und nicht auf zwanzig Desjatinen gesät wurde, das war noch ärgerlicher als alles andere. Der Klee gedieh sowohl nach der Theorie als auch nach seiner eigenen Erfahrung nur dann gut, wenn er möglichst früh, beinahe noch in den Schnee hinein, ausgesät wurde. Aber das hatte Lewin nie erreichen können.
»Wir haben nicht genug Leute. Was soll man mit diesem Volk machen! Drei Mann sind nicht gekommen. Auch Semjon...«
»Dann hätten Sie ein paar vom Stroh wegnehmen sollen.«
»Das habe ich schon getan.«
»Wo sind die Leute denn?«
»Fünf machen Kompott« (er meinte Kompost), »vier schaufeln den Hafer um. Hoffentlich hat er nicht gelitten, Konstantin Dmitritsch.«
Lewin wußte genau, daß dieses »hoffentlich hat er nicht gelitten« bedeutete, daß der englische Saathafer bereits verdorben war — man hatte wieder einmal nicht getan, was er angeordnet hatte.
»Aber ich habe doch schon in der Fastenzeit gesagt: die Abzugsröhren...«, schrie er.
»Haben Sie keine Sorge, wir werden mit allem rechtzeitig fertig.«
Lewin machte eine ärgerliche Handbewegung, ging zum Speicher, um sich den Hafer anzusehen, und kehrte dann zum Pferdestall zurück. Der Hafer war noch nicht verdor-

ben. Aber die Leute schütteten ihn mit Schaufeln um, obwohl man ihn direkt ins untere Stockwerk des Speichers hinunterlassen konnte. Nachdem Lewin das angeordnet und zwei Leute von hier zum Kleesäen geschickt hatte, war sein Ärger über den Verwalter fast geschwunden. Und der Tag war auch so schön, daß man gar nicht böse sein konnte.

»Ignat!« rief er dem Kutscher zu, der mit aufgekrempelten Ärmeln am Brunnen die Kutsche wusch. »Sattle mir...«

»Welches Pferd befehlen Sie?«

»Na, meinetwegen den Kolpik.«

»Zu Befehl!«

Während das Pferd gesattelt wurde, rief Lewin den Verwalter, der sich in seiner Nähe irgend etwas zu schaffen machte, noch einmal zu sich, um sich mit ihm auszusöhnen, und sprach mit ihm über die bevorstehenden Frühlingsarbeiten und sonstige wirtschaftliche Pläne.

Mit dem Dungfahren sollte zeitig begonnen werden, damit vor der ersten Heuernte alles beendet sei. Die ferner gelegenen Felder sollten gleich jetzt gepflügt werden, damit sie noch als schwarze Brache liegen konnten. Alles Heu sollte nicht von den Bauern gegen Halbpart, sondern von Tagelöhnern eingebracht werden.

Der Verwalter hörte aufmerksam zu und mußte sich sichtlich Zwang antun, um die Vorschläge seines Herrn gut zu finden; trotzdem machte er ein hoffnungsloses, bedrücktes Gesicht, das Lewin so gut kannte und das ihn immer ärgerte. Diese Miene besagte: »Das ist ja alles schön und gut, aber — wie Gott will!«

Es gab nichts, das Lewin so kränkte wie dieser Ton. Aber dieser Ton war allen Verwaltern gemeinsam, die er je gehabt hatte. Alle zeigten seinen Vorschlägen gegenüber das gleiche Verhalten, und darum ärgerte er sich jetzt nicht mehr darüber, aber es kränkte ihn, und er fühlte sich noch mehr zum Kampf mit dieser elementaren Kraft herausgefordert, die er nicht anders nennen konnte als ›wie Gott will‹ und die sich ihm allenthalben entgegenstellte.

»Wenn wir das nur schaffen, Konstantin Dmitritsch«, sagte der Verwalter.

»Warum sollten wir es nicht schaffen?«

»Wir müßten unbedingt noch fünfzehn Arbeiter nehmen. Aber es kommen ja keine. Heute waren welche da, aber sie verlangen siebzig Rubel für den Sommer.«

Lewin schwieg. Wieder stellte sich ihm jene Kraft entgegen. Er wußte, daß sie trotz aller Bemühungen nicht mehr als vierzig, siebenunddreißig, achtunddreißig Leute für den normalen Lohn bekommen konnten; vierzig hatten sie schon gehabt, aber nicht mehr. Aber er mochte den Kampf trotzdem nicht aufgeben.

»Schicken Sie nach Sury und nach Tschefirowka, wenn keine kommen. Man muß eben suchen.«

»Das kann ich schon«, antwortete Wasilij Fedorowitsch bedrückt, »aber die Pferde sind auch schon so schwach.«

»Wir kaufen noch ein paar dazu. Aber ich weiß ja«, fuhr er lachend fort, »Sie sind ja in allem für den kleinsten und schlechtesten Zuschnitt. Aber dieses Jahr lasse ich Sie nicht mehr alles nach Ihrem Kopf machen, ich werde alles selber machen.«

»Ja, Sie schlafen auch so schon viel zu wenig. Aber uns kann es nur lieb sein, wenn das Auge des Herrn uns sieht...«

»Hinter dem Birkental wird also Klee gesät? Ich will mal hinreiten und es mir ansehen«, sagte er und stieg auf den kleinen falben Kolpik, den der Kutscher herbeigeführt hatte.

»Durch den Bach kommen Sie nicht durch, Konstantin Dmitritsch«, rief der Kutscher ihm nach.

»Na, dann reite ich durch den Wald.«

Das brave, vom langen Stehen im Stall etwas steif gewordene Pferdchen, das vor Wasserlachen schnaubte und den Zügel verlangte, trabte in flottem Paßgang durch den Schmutz des Hofes zum Tor hinaus und ins Feld.

Wenn Lewin auf dem Viehhof schon heiterer Stimmung gewesen war, so wurde ihm auf dem Feld noch froher ums Herz. Von seinem munteren Paßgänger gleichmäßig geschaukelt, die warme, noch von kühlem Schneegeruch erfüllte Luft einatmend, ritt er durch den Wald über den hier und da noch liegengebliebenen lockeren, zusammengeschmolzenen Schnee mit verschwommenen Spuren und freute sich über jeden Baum mit dem auf der Rinde wieder auflebenden Moos und den schwellenden Knospen. Als er aus dem Wald kam, breiteten sich vor ihm auf gewaltiger Fläche wie ein gleichmäßiger Samtteppich die grünen Felder, ohne eine einzige kahle oder sumpfige Stelle, nur hier und da in den Vertiefungen bildeten die Reste des schmelzenden Schnees noch weiße Flecken. Er ärgerte sich weder über das Bauernpferd und den jungen Hengst, die seine Wintersaat zerstampften (er befahl nur einem vorübergehenden Bauern, sie wegzujagen), noch über die dumme, spöttische Antwort des Bauern Ipat, der ihm begegnete und auf die Frage: »Nun, Ipat, müssen wir nicht bald säen?« antwortete: »Vorher müssen wir pflügen, Konstantin Dmitritsch.« Je weiter er ritt, desto froher wurde ihm zumute, und allerlei Pläne stiegen vor ihm auf, einer immer besser als der andere: er wollte an allen Feldern Einfassungen aus Weidengebüsch in südlicher Richtung anpflanzen, damit der Schnee darunter nicht zu lange liegenblieb, das gesamte Land in sechs zu düngende Felder und drei Reservefelder mit Futteranbau aufteilen, am äußersten Ende des Feldes einen Viehhof anlegen, einen Teich graben und zur Düngung transportable Zäune für das Vieh machen lassen. Und dann würde er dreihundert Desjatinen mit Weizen, hundert mit Kartoffeln und hundertfünfzig mit Klee bestellen, und keine einzige Desjatine würde brachliegen.

Unter solchen Träumereien kam er, an den Rainen vorsichtig wendend, damit das Pferd seine Wintersaat nicht zerstampfe, zu den Arbeitern, die Klee säen sollten. Der Wagen mit dem Samen stand nicht am Rand, sondern mitten auf dem Acker, und der Winterweizen war von den Rädern zerfahren und von den Pferdehufen zerwühlt. Die beiden Arbeiter saßen am Feldrain und rauchten abwechselnd aus derselben Pfeife. Die mit dem Samen vermischte Erde auf dem Wagen war nicht zerkleinert, sondern vom langen Liegen oder vom Frost zu festen Klumpen zusammengeballt. Als sie den Herrn kommen sahen, ging der Arbeiter Wasilij zum Wagen, und Mischka machte sich ans Säen. Das war nicht schön, aber auf die Arbeiter wurde Lewin selten böse. Als Wasilij zu ihm kam, befahl er ihm, das Pferd an den Rain zu führen.

»Das macht nichts, gnädiger Herr, das wächst wieder zu«, sagte Wasilij.

»Bitte, red nicht, sondern tu, was man dir sagt«, erwiderte Lewin.

»Zu Befehl«, sagte Wasilij und faßte das Pferd am Kopf. »Die Saat ist erstklassig, Konstantin Dmitritsch«, sagte er, um wieder Gnade bei seinem Herrn zu finden. »Bloß geht's sich furchtbar schwer. An jedem Bastschuh schleppt man ein Pud Erde mit.«

»Warum ist denn eure Erde nicht gesiebt?« fragte Lewin.

»Ach, wir zerdrücken sie«, antwortete Wasilij, nahm einen Klumpen mit Samen vermischter Erde und zerrieb ihn zwischen den Handflächen.

Wasilij war nicht schuld, daß man ihm ungesiebte Erde auf den Wagen geschüttet hatte, aber die Sache war doch ärgerlich.

Lewin hatte schon öfter mit Erfolg ein Mittel angewandt, um seinen Ärger zu unterdrücken und alles, was ihm schlecht vorkam, wieder gut erscheinen zu lassen, und dieses Mittels bediente er sich auch jetzt. Er sah eine Weile zu, wie Mischka über den Acker schritt, mächtige Erdklumpen mitschleppend, die an seinen Füßen klebten, dann stieg er vom Pferd, nahm Wasilij den Saatkorb ab und begann selbst zu säen.

»Wo hast du aufgehört?«

Wasilij zeigte auf ein Merkzeichen, das er mit dem Fuß gemacht hatte, und Lewin ging und streute die mit Samen vermischte Erde aus, so gut er es verstand. Das Gehen war mühsam, wie in einem Sumpf, und als Lewin eine Furche abgeschritten hatte, war er in Schweiß gebadet; er blieb stehen und gab Wasilij den Saatkorb zurück.

»Na, gnädiger Herr, für die Furche dürfen Sie mich im Sommer nicht schelten«, sagte Wasilij.

»Wieso?« fragte Lewin heiter; er merkte schon, daß das bewährte Mittel wirkte.

»Im Sommer werden Sie's schon sehen. Die Furche wird abstechen. Sehen Sie sich nur mal an, wo ich im vorigen Frühjahr gesät habe! Wie gleichmäßig es verteilt ist! Ich geb mir ja Mühe für Sie, Konstantin Dmitritsch, als wären Sie mein leiblicher Vater! Ich mag selber nicht schlecht arbeiten und erlaub's auch den anderen nicht. Wenn's dem Herrn gut geht, dann geht's auch uns gut. Wenn man da hinschaut«, sagte Wasilij, auf das Feld zeigend, »dann lacht einem das Herz im Leib!«

»Ja, es ist ein schönes Frühjahr, Wasilij.«

»Auf so einen Frühling können sich die ältesten Leute nicht besinnen. Ich war neulich zu Hause, da hat unser Alter auch drei Osminnik Weizen gesät. Aber der ist vom Roggen nicht zu unterscheiden.«

»Habt ihr schon lange angefangen, Weizen zu säen?«

»Sie haben's uns ja im vorvorigen Sommer gelehrt; Sie haben mir zwei Maß Weizen geschenkt. Ein Viertel davon haben wir verkauft, und drei Osminnik haben wir gesät.«

»Also sieh zu, daß du die Klumpen richtig zerreibst«, sagte Lewin und ging wieder zu seinem Pferd, »und paß auf den Mischka auf. Wenn die Saat gut kommt, gebe ich dir für jede Desjatine fünfzig Kopeken.«

»Danke ergebenst. Wir können auch so schon sehr zufrieden mit Ihnen sein.«
Lewin stieg aufs Pferd und ritt auf das Feld mit dem vorjährigen Klee, dann auf einen anderen, für den Sommerweizen gepflügten Acker.
Der Klee auf dem Stoppelfeld war prächtig herausgekommen. Er war schon ganz aufgelebt und grünte kräftig zwischen den zerknickten vorjährigen Weizenstoppeln. Das Pferd sank bis an die Fesseln im Boden ein, und jedesmal, wenn es den Fuß aus der halb aufgetauten Erde zog, gab es ein schmatzendes Geräusch. Auf dem gepflügten Acker konnte man überhaupt nicht reiten, der Boden trug nur da, wo noch etwas Eis lag, aber in den aufgetauten Furchen versank der Fuß des Pferdes bis über die Fesseln. Der Acker sah prächtig aus, in zwei Tagen konnte man eggen und säen. Alles war schön, alles war heiter. Zurück wollte Lewin durch den Bach reiten, denn er hoffte, daß das Wasser inzwischen gefallen sei. Und er kam wirklich durch und scheuchte dabei zwei Wildenten auf. ›Da müßten auch die Waldschnepfen schon da sein‹, dachte er, und gerade an der Wegbiegung nicht weit vom Haus traf er den Waldhüter, der ihm seine Vermutung bestätigte.
Lewin ritt im Trab nach Hause, um schnell zu Mittag zu essen und sein Gewehr für den Abend instand zu setzen.

14

Als Lewin sich in heiterster Stimmung dem Hause näherte, hörte er von der Seite des Haupteingangs Schellengeklingel.
›Da kommt jemand von der Bahnstation‹, dachte er, ›das ist gerade die Zeit des Moskauer Zuges... Wer mag das sein? Bruder Nikolaj? Er hat ja gesagt: ‚Vielleicht fahre ich ins Bad, vielleicht komme ich auch zu dir.'‹ Im ersten Augenblick hatte er das bange, unangenehme Gefühl, daß die An-

wesenheit Nikolajs seine glückliche Frühlingsstimmung stören würde. Aber er schämte sich dieses Gefühls, breitete im Geist gleichsam die Arme aus, wartete mit Rührung und Freude und wünschte jetzt von ganzem Herzen, daß es sein Bruder sein möge. Er trieb sein Pferd an, und als er aus dem Akaziengebüsch herauskam, sah er eine Troika von der Bahnstation kommen, und darin einen Herrn im Pelz. Das war nicht sein Bruder. ›Ach, wenn es doch ein netter Mensch wäre, mit dem man sich unterhalten könnte!‹ dachte er.

»Ah!« rief Lewin erfreut und streckte beide Arme in die Höhe. »Das ist aber ein lieber Gast! Ach, wie freue ich mich!« rief er, als er Stepan Arkadjitsch erkannte.

›Jetzt werde ich erfahren, ob sie schon geheiratet hat oder wann sie heiratet‹, dachte er.

Und an diesem schönen Frühlingstag fühlte er, daß die Erinnerung an sie ihn gar nicht mehr schmerzte.

»Na, du hast mich wohl nicht erwartet?« sagte Stepan Arkadjitsch, aus dem Schlitten steigend. Auf seinem Nasenrücken, den Wangen und den Augenbrauen klebten Schmutzklümpchen, aber er strahlte vor Heiterkeit und Gesundheit. »Ich bin gekommen erstens, um dich zu sehen«, sagte er, Lewin umarmend und küssend, »zweitens, um auf den Schnepfenstrich zu gehen, und drittens, um den Wald in Jerguschowo zu verkaufen.«

»Wunderschön! Was sagst du zu diesem Frühling? Wie bist du nur mit dem Schlitten durchgekommen?«

»Mit dem Wagen wär's noch schlechter gegangen, Konstantin Dmitritsch«, sagte der Kutscher, der Lewin kannte.

»Nun, ich freue mich sehr über deinen Besuch«, sagte Lewin mit einem ehrlichen, kindlich frohen Lächeln.

Lewin führte seinen Gast ins Fremdenzimmer, wohin auch dessen Sachen gebracht wurden: ein Reisesack, ein Gewehr im Futteral, eine Zigarrentasche; dann ließ er ihn allein, damit er sich waschen und umziehen könne, und ging in-

zwischen ins Kontor, um wegen des Pflügens und des Klees alles Erforderliche anzuordnen. Agafja Michajlowna, die immer sehr besorgt um die Ehre des Hauses war, fing ihn im Vorzimmer ab und fragte ihn wegen des Mittagessens.
»Macht es, wie ihr wollt, nur schnell muß es gehen«, sagte er und ging zum Verwalter.
Als er zurückkehrte, kam Stepan Arkadjitsch, gewaschen und gekämmt, mit strahlendem Lächeln aus seiner Tür, und sie gingen zusammen nach oben.
»Nein, wie ich mich freue, daß ich einmal zu dir gekommen bin! Jetzt werde ich endlich dahinterkommen, was für Geheimnisse es sind, die du hier treibst. Wahrhaftig, ich beneide dich! Was für ein Haus, wie schön alles hier ist! So hell und freundlich!« sagte Stepan Arkadjitsch und vergaß dabei ganz, daß es nicht immer Frühling und so schönes Wetter war wie gerade jetzt. »Und deine alte Kinderfrau ist einfach ein Prachtstück! Ein hübsches Stubenmädchen im Schürzchen wäre mir ja lieber, aber zu deinem Mönchtum und deinem strengen Lebensstil paßt die Alte sehr gut.«
Stepan Arkadjitsch erzählte viele interessante Neuigkeiten, darunter eine für Lewin besonders wichtige: sein Stiefbruder Sergej Iwanowitsch wollte ihn in diesem Sommer auf dem Gut besuchen.
Von Kitty und von der Familie Schtscherbatzkij sagte Stepan Arkadjitsch kein Wort, er bestellte nur einen Gruß von seiner Frau. Lewin war ihm für sein Taktgefühl dankbar und sehr erfreut über den Besuch. Wie immer hatte sich in der Einsamkeit eine Unmenge Gedanken und Gefühle in ihm angesammelt, über die er mit den Menschen seiner Umgebung nicht sprechen konnte, und nun schüttete er Stepan Arkadjitsch sein Herz aus: seine poetische Freude über den Frühling, seine Mißerfolge in der Landwirtschaft und seine Pläne, seine Gedanken und Bemerkungen über Bücher, die er gelesen hatte, und vor allem die Grundidee

seiner Abhandlung, die, ohne daß er es selbst merkte, auf eine Kritik aller älteren Werke über Landwirtschaft hinauslief. Stepan Arkadjitsch, immer freundlich, der alles auf eine bloße Andeutung hin begriff, war diesmal besonders liebenswürdig, und Lewin bemerkte noch etwas Neues an ihm, das ihm sehr schmeichelte: eine gewisse Hochachtung und freundschaftliche Zuneigung.

Die Bemühungen Agafja Michajlownas und des Kochs, ein besonders gutes Mittagessen zu bereiten, hatten zur Folge, daß die beiden hungrig gewordenen Freunde sich an die Vorspeisen machten und tüchtig Butterbrot, Gänsebrust und eingemachte Pilze aßen, und ferner, daß Lewin befahl, die Suppe ohne die Pastetchen zu servieren, mit denen der Koch den Gast hatte überraschen wollen. Aber Stepan Arkadjitsch, obwohl an andere Diners gewöhnt, fand alles ausgezeichnet: den Kräuterschnaps und das Brot und die Butter und besonders die Gänsebrust, die Pilze und die Suppe aus zarten jungen Nesseln und das Huhn mit weißer Soße und den weißen Krimwein. Alles war ausgezeichnet und wunderbar.

»Ausgezeichnet, ausgezeichnet!« sagte er, als er sich nach dem Braten eine dicke Zigarette anzündete. »Bei dir ist's, als wäre ich aus einem Dampfer mit seinem Lärm und Geschaukel an ein stilles Ufer gekommen. Also du meinst, wir müssen den Arbeiter selbst als ein wesentliches Element studieren und uns dadurch bei der Wahl unserer landwirtschaftlichen Methoden leiten lassen. Ich bin ja Laie auf diesem Gebiet, aber mir scheint, daß die Theorie und ihre praktische Anwendung auch ihrerseits einen Einfluß auf den Arbeiter haben werden.«

»Ja, aber warte mal, ich spreche nicht von der Nationalökonomie, sondern von Landwirtschaftswissenschaft. Sie muß wie die Naturwissenschaft die tatsächlich vorhandenen Erscheinungen beobachten und muß den Arbeiter mit seinem ökonomischen, ethnographischen...«

In diesem Augenblick kam Agafja Michajlowna mit dem Eingemachten herein.

»Na, Agafja Michajlowna«, sagte Stepan Arkadjitsch zu ihr und küßte die Spitzen seiner dicken Finger, »was für eine Gänsebrust gibt es bei Ihnen, was für einen Kräuterschnaps!... Aber wird es nicht Zeit, Kostja?« fügte er hinzu.

Lewin blickte aus dem Fenster nach der Sonne, die schon hinter den noch kahlen Baumwipfeln des Waldes verschwand.

»Ja, es ist Zeit!« sagte er. »Kusma, laß den Jagdwagen anspannen!« Und er lief hinunter.

Stepan Arkadjitsch ging auch hinunter, nahm sorgfältig den Segeltuchüberzug von dem lackierten Kasten ab, öffnete ihn und setzte sein kostbares Gewehr neuester Konstruktion zusammen. Kusma, der schon ein großes Trinkgeld witterte, wich dem Gast nicht von der Seite und zog ihm Strümpfe und Stiefel an, was Stepan Arkadjitsch ihn gern tun ließ.

»Kostja, sag doch bitte deinen Leuten, sie möchten den Kaufmann Rjabinin hereinlassen, wenn er kommt, und er soll auf mich warten. Ich habe ihn heute hierher bestellt.«

»Willst du deinen Wald an Rjabinin verkaufen?«

»Ja. Kennst du ihn?«

»Ja, freilich. Ich habe mit ihm zu tun gehabt, positiv und endgültig.«

Stepan Arkadjitsch lachte. ›Positiv‹ und ›endgültig‹ waren Lieblingsausdrücke des Kaufmanns.

»Ja, er drückt sich sehr komisch aus. Sieh mal, du hast verstanden, wo dein Herr hingeht!« fügte er hinzu und streichelte Laska, die sich winselnd an Lewin schmiegte und bald seine Hand, bald seine Stiefel und sein Gewehr leckte.

Der Jagdwagen stand schon vor dem Haus, als sie heraustraten.

»Ich habe anspannen lassen, obwohl es nicht weit ist. Oder wollen wir zu Fuß gehen?«

»Nein, wir wollen lieber fahren«, sagte Stepan Arkadjitsch und ging zum Wagen. Er setzte sich, wickelte die Beine in eine getigerte Decke und zündete sich eine Zigarre an. »Wie kannst du nur Nichtraucher sein! Eine Zigarre ist nicht ein Vergnügen, sondern die Krone und das Kennzeichen des Vergnügens. Das nenne ich Leben! Wie schön! So möchte ich leben!«

»Was hindert dich denn daran?« fragte Lewin lächelnd.

»Nein, du bist ein glücklicher Mensch. Du hast alles, was du gern magst. Du liebst Pferde, und du hast welche, Hunde — du hast sie, die Jagd — und hast sie, die Landwirtschaft — und hast sie auch.«

»Vielleicht kommt das daher, daß ich mich über das freue, was ich habe, und dem nicht nachtrauere, was ich nicht habe«, sagte Lewin und dachte dabei an Kitty.

Stepan Arkadjitsch verstand ihn und warf ihm einen Blick zu, sagte aber nichts.

Lewin war Oblonskij dankbar dafür, daß er mit seinem gewohnten Taktgefühl nicht von Schtscherbatzkijs sprach, weil er gemerkt hatte, daß Lewin sich scheute, von ihnen zu reden. Doch jetzt hätte Lewin gern etwas von dem erfahren, was ihn so quälte, wagte aber nicht, davon anzufangen.

»Nun, und wie geht's dir denn sonst?« fragte Lewin, da er sich sagte, es sei doch recht häßlich von ihm, immer nur an sich selbst zu denken.

Stepan Arkadjitschs Augen blitzten fröhlich auf.

»Du meinst ja, daß man keinen Appetit auf Kringel bekommen kann, wenn man seine tägliche Ration hat; nach deiner Ansicht ist das ein Verbrechen; ich aber kann mir ein Leben ohne Liebe überhaupt nicht vorstellen«, sagte er, Lewins Frage auf seine Weise verstehend. »Was soll man da machen? Ich bin nun einmal so geschaffen. Und wirklich, ich schade anderen damit so wenig, und mir macht es so viel Vergnügen...«

»Hast du denn wieder etwas Neues?« fragte Lewin.

»Jawohl, mein Lieber! Sieh mal, du kennst doch den Typus der Ossianischen Frauengestalten... Frauen, wie man sie im Traum sieht... Solche Frauen gibt es auch in Wirklichkeit... und diese Frauen sind schrecklich. Weißt du, das Weib ist ein so rätselhaftes Wesen, man kann es studieren, soviel man will, es erscheint einem immer wieder ganz neu.«
»Dann soll man es lieber gar nicht studieren.«
»Nein! Irgendein Mathematiker hat gesagt, der Genuß sei nicht das Entdecken der Wahrheit, sondern das Suchen nach ihr.«
Lewin hörte schweigend zu, und so sehr er sich bemühte, war er nicht imstande, sich in die Seele seines Freundes zu versetzen und dessen Gefühle und den Reiz des Studiums solcher Frauen zu verstehen.

15

Der Schnepfenstrich war in einem lichten Espengehölz über einem nahe gelegenen Flüßchen. Als sie den Wald erreicht hatten, stiegen sie aus, und Lewin führte Oblonskij an die eine Ecke einer moosigen, sumpfigen Lichtung, die schon frei von Schnee war. Er selbst ging ans andere Ende, wo zwei Birken ganz dicht nebeneinander wuchsen, lehnte sein Gewehr in die Gabelung eines niedrigen, dürren Astes, zog den Rock aus, band den Gurt fester und versuchte, ob er die Arme frei bewegen konnte.
Die alte graue Laska, die ihm gefolgt war, setzte sich ihm gegenüber vorsichtig hin und spitzte die Ohren. Die Sonne verschwand hinter dem dichten, hohen Wald, und im Schein des Abendrots hoben sich die im Espengehölz verstreuten Birken mit ihren hängenden Zweigen und den schwellenden, zum Aufbrechen bereiten Knospen scharf von ihrer Umgebung ab.
Aus dem lichten Wald, wo noch Schnee lag, floß Wasser kaum hörbar in kleinen, sich schlängelnden Bächen. Kleine

Vögel zwitscherten und flogen von einem Baum zum andern.
In der tiefen Stille hörte man von Zeit zu Zeit das Rascheln des vorjährigen Laubs, das von der tauenden Erde und dem hervorsprießenden Gras leise bewegt wurde.
›Wunderbar! Man hört und sieht, wie das Gras wächst!‹ dachte Lewin, als er sah, wie sich ein schieferfarbenes, feuchtes Espenblatt neben der Spitze eines jungen Grashalms bewegte. Er stand lauschend da und blickte bald auf die feuchte, moosige Erde, bald auf die gespannt horchende Laska, bald auf das Meer kahler Wipfel, das sich vor ihm am Fuß des Hügels ausbreitete, bald auf den dunklen, von weißen Wolkenstreifen durchzogenen Himmel. Ein Habicht flog mit ruhigem Flügelschlag über den fernen Wald, ein zweiter flog in derselben Richtung und verschwand. Die Vögel zwitscherten immer lauter und eifriger im Dickicht. In der Nähe schrie ein Uhu; Laska fuhr zusammen, ging vorsichtig ein paar Schritte und horchte mit seitwärts geneigtem Kopf. Jenseits des Flüßchens rief ein Kuckuck. Zweimal wiederholte er seinen gewohnten Ruf, dann fing er an zu schnarren und stieß wirre Laute aus.
»Was sagst du dazu? Schon ein Kuckuck!« sagte Stepan Arkadjitsch, hinter einem Busch hervortretend.
»Ja, ich höre ihn«, sagte Lewin, der nur ungern die Stille des Waldes mit seiner Stimme störte, deren Klang er hier als unangenehm empfand. »Jetzt kommen sie bald.«
Stepan Arkadjitschs Gestalt verschwand wieder hinter dem Busch, und Lewin sah nur noch das helle Flämmchen eines Streichholzes und dann das rote Glimmen einer Zigarette und bläulichen Rauch.
»Knack, knack!« machte der Hahn des Gewehrs, den Stepan Arkadjitsch spannte.
»Was schreit denn da?« fragte er Lewin, als er einen langgezogenen dumpfen Laut hörte, der wie das dünne Wiehern eines mutwilligen Fohlens klang.

»Kennst du das denn nicht? Das ist ein Hase, ein Rammler. Aber still jetzt! Horch, da kommt eine geflogen!« schrie Lewin beinahe und spannte den Hahn.
Man hörte ein fernes, leises Pfeifen und genau in dem allen Jägern bekannten Intervall, nach zwei Sekunden, ein zweites, ein drittes, und nach dem dritten Pfeifen folgte das ›Murksen‹.
Lewin blickte nach rechts und nach links, und plötzlich tauchte gerade vor ihm an dem trübblauen Himmel über den verschwimmenden zarten Schößlingen der Espenwipfel ein fliegender Vogel auf. Er kam gerade auf ihn zu. Das Murksen, ein Ton, wie wenn man festes Gewebe zerreißt, erklang dicht an seinem Ohr; schon sah er den langen Schnabel und den Hals des Vogels, und im selben Augenblick, als er anlegte, flammte hinter dem Busch, wo Oblonskij stand, ein roter Blitz auf. Der Vogel schoß wie ein Pfeil nach unten und schwang sich wieder auf. Noch ein Blitz, ein Knall, und mit den Flügeln schlagend, als versuche er sich in der Luft zu halten, schwebte der Vogel einen Augenblick an derselben Stelle und klatschte dann schwer auf die sumpfige Erde.
»Vorbeigeschossen?« rief Stepan Arkadjitsch, der wegen des Rauchs nichts sehen konnte.
»Da ist sie!« sagte Lewin, auf Laska zeigend, die, das eine Ohr aufgerichtet und mit der Spitze des hocherhobenen buschigen Schweifes wedelnd, langsam, als wollte sie das Vergnügen verlängern, und wie lächelnd ihrem Herrn den Vogel brachte. »Na, das freut mich, daß dir das geglückt ist«, sagte Lewin mit leisem Neid, weil es ihm nicht gelungen war, diese Schnepfe zu erlegen.
»Ein schmählicher Fehlschuß aus dem rechten Lauf«, antwortete Stepan Arkadjitsch und lud sein Gewehr von neuem. »Pst... da fliegt wieder eine.«
In der Tat, wieder ertönten die schrillen, schnell aufeinanderfolgenden Pfiffe. Zwei spielende, einander jagende Wald-

schnepfen flogen pfeifend, aber nicht murksend, gerade über die Köpfe der Jäger hinweg. Vier Schüsse krachten; aber wie Schwalben machten die Waldschnepfen eine flinke Wendung und verschwanden aus der Sicht.

Die Jagd verlief ausgezeichnet. Stepan Arkadjitsch erlegte noch zwei Stück und Lewin ebenfalls, von denen aber eine nicht zu finden war. Es fing an dunkel zu werden. Die helle, silberne Venus schimmerte bereits mit ihrem zarten Glanz tief unten im Westen zwischen den Birken, und hoch oben im Osten glühte schon der düstere Arkturus mit seinem rötlichen Licht. Lewin sah über seinem Kopf die Sterne des Großen Bären und verlor sie dann wieder aus der Sicht. Die Schnepfen flogen nicht mehr, aber Lewin beschloß noch zu warten, bis die Venus, die er unterhalb eines Birkenastes erblickte, über diesem Ast stehen und alle Sterne des Großen Bären klar hervortreten würden. Nun war die Venus schon über den Ast hinaufgestiegen, und der Wagen des Großen Bären mitsamt der Deichsel war am dunkelblauen Himmel ganz zu sehen, aber Lewin wartete immer noch.

»Ist es nicht Zeit?« fragte Stepan Arkadjitsch.

Im Wald war es schon ganz still, kein Vogel rührte sich mehr.

»Wir wollen noch ein bißchen bleiben«, antwortete Lewin.

»Wie du willst.«

Sie standen jetzt ungefähr fünfzehn Schritte voneinander entfernt.

»Stiwa!« sagte Lewin auf einmal ganz unerwartet. »Warum sagst du mir denn nicht, ob deine Schwägerin geheiratet hat oder wann sie heiraten wird?«

Lewin fühlte sich so gefaßt und ruhig, daß er meinte, keine Antwort könne ihn aufregen. Aber das, was Stepan Arkadjitsch antwortete, hatte er nie und nimmer erwartet.

»Es ist ihr gar nicht eingefallen, zu heiraten, und sie denkt auch nicht daran, es zu tun, aber sie ist sehr krank, und die Ärzte haben sie ins Ausland geschickt. Man fürchtet sogar für ihr Leben.«

»Was sagst du da!« rief Lewin. »Sehr krank? Was fehlt ihr denn? Wie hat sie...«
Während sie miteinander sprachen, spitzte Laska die Ohren, blickte auf den Himmel und warf den beiden einen vorwurfsvollen Blick zu.
›Jetzt ist's gerade Zeit zum Schwatzen!‹ dachte sie. ›Da fliegt eine... Ja, da ist sie... Die verpassen sie.‹
Aber da hörten die beiden einen schrillen Pfiff, der wie ein Peitschenschlag ihr Ohr traf; sie rissen die Gewehre hoch, und zwei Blitze flammten gleichzeitig auf, zwei Schüsse krachten. Die hoch oben fliegende Schnepfe legte plötzlich die Flügel zusammen und fiel ins Gebüsch, dessen dünne Zweige sich unter ihr bogen.
»Ausgezeichnet! Eine gemeinsame Beute!« rief Lewin und lief mit Laska ins Gestrüpp, um die Schnepfe zu suchen. ›Ach ja, was war mir denn eben so unangenehm?‹ dachte er. ›Richtig, Kitty ist krank... Was ist da zu machen? Es tut mir sehr leid.‹
»Ah, du hast sie gefunden! Du bist ein kluger Hund«, sagte er, nahm Laska den warmen Vogel aus dem Maul und steckte ihn in die fast schon gefüllte Jagdtasche. »Gefunden, Stiwa!« rief er.

16

Auf der Heimfahrt erkundigte sich Lewin nach allen Einzelheiten von Kittys Krankheit und nach den Plänen der Familie Schtscherbatzkij; obwohl er sich schämte, es sich einzugestehen, war ihm das, was er erfuhr, sehr angenehm. Angenehm deswegen, weil er nun wieder hoffen konnte, und noch angenehmer, weil sie, die ihm so weh getan hatte, jetzt selber leiden mußte. Doch als Stepan Arkadjitsch über die Ursachen von Kittys Krankheit sprach und den Namen Wronskij erwähnte, fiel Lewin ihm ins Wort:
»Ich habe nicht das geringste Recht, Einzelheiten aus dem

Familienleben zu erfahren, und offen gestanden interessiert mich das auch nicht.«

Stepan Arkadjitsch lächelte kaum merklich, als er die plötzliche, ihm so wohlbekannte Veränderung in Lewins Gesicht bemerkte, das nun ebenso düster aussah, wie es noch vor einer Minute heiter gewesen war.

»Hast du wegen des Waldes mit Rjabinin schon fest abgeschlossen?« fragte Lewin.

»Jawohl. Er zahlt einen guten Preis, achtunddreißigtausend. Achttausend sofort und den Rest auf sechs Jahre verteilt. Ich habe mich lange genug damit abgeplagt. Kein Mensch wollte mehr geben.«

»Du hast also deinen Wald verschenkt«, sagte Lewin finster.

»Wieso denn verschenkt?« fragte Stepan Arkadjitsch mit gutmütigem Lächeln, denn er wußte, daß Lewin jetzt alles schlecht finden werde.

»Weil der Wald mindestens fünfhundert Rubel die Desjatine wert ist«, entgegnete Lewin.

»Ach, diese Landwirte!« sagte Stepan Arkadjitsch scherzend. »Dieser verächtliche Ton uns armen Städtern gegenüber! Aber wie ein Geschäft gemacht werden muß, das wissen wir doch am besten. Glaub mir, ich habe alles berechnet«, fuhr er fort, »der Wald ist sehr vorteilhaft verkauft, und ich fürchte schon, daß der Käufer vielleicht wieder zurücktritt. Es ist doch kein Nutzholz«, sagte Stepan Arkadjitsch und versuchte, Lewin durch das Wort ›Nutzholz‹ von der Grundlosigkeit seiner Zweifel zu überzeugen, »sondern mehr Brennholz. Und es kommen nicht mehr als dreißig Sashen auf die Desjatine, und er zahlt mir pro Desjatine zweihundert Rubel.«

Lewin lächelte verächtlich. ›Das kenne ich‹, dachte er. ›So macht er es nicht allein, so machen es alle Stadtmenschen. Wenn sie im Lauf von zehn Jahren ein paarmal auf dem Land gewesen sind und zwei, drei landwirtschaftliche Ausdrücke aufgeschnappt haben, gebrauchen sie sie, wo sie passen oder nicht passen, und sind fest überzeugt, daß sie in allem Bescheid wissen. ‚Nutzholz, dreißig Sashen auf die Desjatine.' Da wirft er mit solchen Ausdrücken um sich und versteht selber nicht, was er sagt!‹

»Ich will dich nicht darüber belehren, was du da in deinem Amt schreibst«, sagte er, »aber wenn ich etwas wissen möchte, frage ich dich. Du aber bist fest überzeugt, daß du das ganze Einmaleins der Forstwirtschaft verstehst. Aber das ist nicht so leicht. Hast du die Bäume gezählt?«

»Wie soll man denn die Bäume zählen?« fragte Stepan Arkadjitsch lachend, immer bemüht, den Freund aus seiner schlechten Stimmung zu reißen. »Vermöchte selbst ein hoher Geist zu zählen der Sterne Strahlen und des Sandes Körner«, deklamierte er.

»Ja, aber Rjabinins hoher Geist kann es. Und kein Kaufmann kauft etwas, ohne nachzurechnen, es sei denn, man schenkt es ihm, wie du. Ich kenne deinen Wald. Ich bin jedes Jahr dort zur Jagd, und dein Wald ist pro Desjatine fünfhundert Rubel wert, aber er gibt dir nur zweihundert und in einzelnen Raten! Du hast ihm also gut dreißigtausend Rubel geschenkt.«

»Ach, hör auf mit deinen phantastischen Berechnungen«, sagte Stepan Arkadjitsch kläglich. »Warum hat mir denn keiner so viel geboten?«

»Weil er mit den andern Händlern im Einvernehmen steht, er hat ihnen Abstandsgeld gezahlt. Ich habe mit all diesen Leuten zu tun gehabt und kenne sie. Das sind keine Kaufleute, sondern Gauner. Auf ein Geschäft, das ihm zehn oder fünfzehn Prozent bringt, läßt der sich gar nicht ein, er wartet, bis er einen Rubel für zwanzig Kopeken kaufen kann.«

»Ach, hör doch auf! Du bist eben schlechter Laune.«

»Durchaus nicht«, erwiderte Lewin finster, als sie am Haus vorfuhren.

Vor dem Haus stand bereits ein Bauernwagen mit starkem

Eisenbeschlag und festen Ledersitzen und davor ein mit breitem Kummetriemen straff angeschirrtes, wohlgenährtes Pferdchen. In dem Wagen saß Rjabinins Gehilfe, der auch Kutscherdienste versah, ein kräftiger Bursche mit rotem Gesicht und fest angezogenem Leibgurt. Rjabinin selbst war schon im Haus und kam den Freunden im Vorzimmer entgegen. Er war ein Mann in mittleren Jahren, hochgewachsen, hager, mit einem Schnurrbart, das vorspringende Kinn glattrasiert und mit trüben, vorstehenden Augen. Er trug einen langschößigen blauen Rock, an dem hinten die Knöpfe sehr tief saßen, und hohe, an den Knöcheln faltige und an den Waden glatt anliegende Stiefel, über die er noch große Gummischuhe gezogen hatte. Er fuhr sich mit dem Taschentuch übers ganze Gesicht, zog den Rock übereinander, der auch ohnedies schon sehr gut saß, begrüßte die Freunde mit einem Lächeln und streckte Stepan Arkadjitsch die Hand hin, als wollte er etwas greifen.

»Na, da sind Sie ja«, sagte Stepan Arkadjitsch, ihm die Hand reichend. »Sehr schön.«

»Ich wagte nicht, dem Befehl Euer Durchlaucht nicht zu gehorchen, obwohl der Weg sehr schlecht ist. Ich bin positiv den ganzen Weg zu Fuß gegangen, aber ich bin pünktlich gekommen. Ergebenster Diener, Konstantin Dmitritsch«, sagte er zu Lewin und versuchte, auch dessen Hand zu fassen. Aber Lewin machte ein finsteres Gesicht, tat, als bemerke er Rjabinins Hand nicht, und zog die Schnepfen aus der Jagdtasche. »Ah, Sie haben sich auf der Jagd vergnügt? Was sind das denn für Vögel?« fügte Rjabinin hinzu, die Waldschnepfen verächtlich betrachtend. »Sie schmecken gewiß sehr gut.« Und er schüttelte mißbilligend den Kopf, als bezweifle er sehr, daß diese kleinen Vögel die Mühe lohnten.

»Willst du in mein Zimmer gehen?« sagte Lewin mit finster gerunzelter Stirn auf französisch zu Stepan Arkadjitsch.

»Geht in mein Zimmer, da könnt ihr ungestört miteinander verhandeln.«
»Sehr wohl, wo Sie wünschen«, sagte Rjabinin in würdevollem, etwas verächtlichem Ton, als wolle er zu verstehen geben, daß andere Leute vielleicht in Verlegenheit geraten könnten, wie sie mit diesem oder jenem umzugehen hätten, daß es aber für ihn nie und nirgends Schwierigkeiten gäbe. Als Rjabinin in Lewins Zimmer kam, sah er sich gewohnheitsmäßig nach den Heiligenbildern um, bekreuzigte sich jedoch nicht, als er sie gefunden hatte. Er betrachtete die Schränke und Bücherregale mit derselben zweifelnden Miene wie vorher die Schnepfen, lächelte geringschätzig und schüttelte mißbilligend den Kopf, als hielte er es für gänzlich ausgeschlossen, daß diese Dinge das viele Geld wert seien.
»Nun, haben Sie das Geld mitgebracht?« fragte Oblonskij. »Nehmen Sie Platz.«
»Auf das Geld kommt es mir nicht an. Ich bin hergekommen, um Sie zu sehen und mit Ihnen zu verhandeln.«
»Worüber haben wir denn noch zu verhandeln? Setzen Sie sich doch!«
»Ich bin so frei«, sagte Rjabinin, setzte sich und stemmte den Ellbogen gegen die Rückenlehne des Sessels, was höchst unbequem für ihn war. »Sie müssen noch etwas nachlassen, Fürst. Sie versündigen sich an mir. Aber das Geld habe ich endgültig bereit, bis auf die letzte Kopeke. Die Zahlung wird prompt erfolgen.«
Lewin, der inzwischen sein Gewehr in den Schrank gestellt hatte, wollte hinausgehen, blieb aber stehen, als er diese Worte des Kaufmanns hörte.
»Sie bekommen den Wald ja auch so schon umsonst«, sagte er. »Er ist leider zu spät zu mir gekommen, sonst hätte ich den Preis bestimmt.«
Rjabinin stand auf und musterte Lewin schweigend und lächelnd von oben bis unten.
»Konstantin Dmitritsch ist sehr geizig«, sagte er zu Stepan

Arkadjitsch mit demselben Lächeln. »Man kann ihm endgültig nichts abkaufen. Ich habe mit ihm um seinen Weizen gehandelt und ihm ein schönes Stück Geld dafür geboten.«

»Warum sollte ich Ihnen denn mein Eigentum umsonst geben? Ich habe es weder auf der Straße gefunden noch gestohlen.«

»Aber ich bitte Sie! Heutzutage ist Stehlen positiv unmöglich. Heute ist das öffentliche Gerichtsverfahren in allen Sachen endgültig durchgeführt, alles geht anständig zu, von Stehlen ist gar keine Rede. Wir haben in allen Ehren miteinander verhandelt. Seine Durchlaucht verlangen zuviel für den Wald, ich komme dabei nicht auf meine Kosten. Ich bitte, wenigstens eine Kleinigkeit nachzulassen.«

»Ja, ist denn das Geschäft noch nicht abgeschlossen? Wenn es abgeschlossen ist, dann gibt's nichts mehr zu feilschen. Wenn es aber noch nicht abgeschlossen ist«, sagte Lewin, »dann kaufe ich den Wald.«

Das Lächeln auf Rjabinins Gesicht verschwand mit einemmal, und etwas Raubvogelartiges, Grausames trat plötzlich an seine Stelle. Mit seinen knochigen Fingern knöpfte er hastig den Rock auf, wobei das über die Hosen hängende Hemd, die Messingknöpfe der Weste und die Uhrkette sichtbar wurden, und zog schnell eine alte dicke Brieftasche hervor.

»Bitte sehr, der Wald ist mein«, sagte er, sich hastig bekreuzigend und die Hand ausstreckend. »Nehmen Sie das Geld, der Wald ist mein. So macht Rjabinin Geschäfte, dem kommt es nicht auf ein paar Groschen an«, fügte er mit finsterem Gesicht hinzu und schwenkte die Brieftasche in der Luft.

»Ich würde mich an deiner Stelle nicht so beeilen«, sagte Lewin.

»Ich bitte dich«, sagte Oblonskij erstaunt, »ich habe doch mein Wort gegeben.«

Lewin ging hinaus und schlug heftig die Tür hinter sich zu. Rjabinin schaute auf die Tür und schüttelte lächelnd den Kopf.

»Diese Jugend!« sagte er. »Er ist positiv noch das reine Kind! Ich kaufe den Wald ja nur um des Ruhmes willen, das können Sie mir als ehrlichem Mann glauben. Es soll heißen, daß Rjabinin und kein anderer dem Fürsten Oblonskij den Wald abgekauft hat. Gott gebe, daß ich dabei auf meine Rechnung komme. Das können Sie mir wirklich glauben! Hätten Sie nun die Güte, den Vertrag aufzusetzen?«

Eine Stunde später stieg der Kaufmann, die Rockschöße sorgsam übereinandergelegt und die Haken seines Rocks geschlossen, in seinen solide beschlagenen Wagen und fuhr nach Hause.

»Ach, diese Herrschaften!« sagte er zu seinem Gehilfen. »Alles dieselbe Sorte!«

»Das stimmt«, sagte der Gehilfe, gab ihm die Zügel und knöpfte das Spritzleder fest. »Kann man Ihnen zu dem Handel gratulieren, Michail Ignatjitsch?«

»Hm, hm...«

17

Stepan Arkadjitsch ging hinauf, die Tasche vollgestopft mit Pfandscheinen der staatlichen Anleihe, die erst in drei Monaten fällig waren. Das Geschäft mit dem Wald war erledigt, das Geld hatte er in der Tasche, die Schnepfenjagd war ausgezeichnet verlaufen, und Stepan Arkadjitsch war in heiterster Stimmung; darum wollte er unbedingt die schlechte Laune vertreiben, die über Lewin gekommen war. Er wollte den Tag beim Abendessen ebenso angenehm beschließen, wie er ihn begonnen hatte.

Lewin war tatsächlich schlechter Laune, und bei allem guten Willen, zu seinem Gast freundlich und liebenswürdig zu sein, konnte er seine Verstimmung nicht überwinden. Die

Nachricht, daß Kitty nicht geheiratet hatte, machte ihn ganz benommen.

Kitty nicht verheiratet und krank, krank vor Liebe zu einem Mann, der sie verschmäht hatte! Ihm war, als treffe diese Beleidigung ihn selbst. Wronskij hatte sie verschmäht, und sie hatte ihn, Lewin, verschmäht. Folglich hatte Wronskij ein Recht, ihn zu verachten, und war also sein Feind. Aber klar überlegen konnte Lewin das alles nicht, er fühlte nur dunkel, daß das Geschehene eine Beleidigung für ihn bedeutete, und ärgerte sich nicht über das, was ihn verstimmt hatte, sondern über alles, was ihm in den Weg kam. Der dumme Waldverkauf, der Betrug, auf den Oblonskij hereingefallen war und der sich hier in seinem Haus abgespielt hatte, das brachte ihn auf.

»Na, alles erledigt?« sagte er, als Stepan Arkadjitsch zu ihm nach oben kam. »Möchtest du zu Abend essen?«

»Ich habe nichts dagegen. Was ich für einen Appetit auf dem Land habe – wunderbar! Warum hast du Rjabinin nicht zum Essen eingeladen?«

»Ach, hol ihn der Teufel!«

»Wie du ihn auch behandelst!« sagte Oblonskij. »Du hast ihm nicht einmal die Hand gegeben. Warum eigentlich?«

»Einem Diener gebe ich auch nicht die Hand, und ein Diener ist hundertmal mehr wert als er.«

»Bist du aber ein Reaktionär! Wo bleibt da die Verschmelzung der Stände?« sagte Oblonskij.

»Wem's Vergnügen macht, sich zu verschmelzen – wohl bekomm's. Mir ist es widerwärtig.«

»Ich sehe, du bist wirklich ein Reaktionär.«

»Ich habe nie darüber nachgedacht, was ich bin. Ich bin Konstantin Lewin, weiter nichts.«

»Und zwar ein Konstantin Lewin, der sehr übler Laune ist«, sagte Stepan Arkadjitsch lächelnd.

»Ja, ich bin schlechter Laune, und weißt du warum? Nimm mir's nicht übel, wegen deines dummen Verkaufs.«

Stepan Arkadjitsch verzog gutmütig das Gesicht, wie ein Mensch, der unschuldig gekränkt oder geärgert wird.

»Laß doch«, sagte er. »Wenn jemand etwas verkauft hat, wird ihm ja immer gleich nach dem Verkauf gesagt: Das war viel mehr wert. Aber solange die Sache zum Verkauf steht, will keiner etwas dafür geben... Nein, ich sehe, du hast etwas gegen diesen unseligen Rjabinin.«

»Das kann schon sein. Aber weißt du auch, warum? Du wirst jetzt wieder sagen, daß ich ein Reaktionär oder sonst etwas Schreckliches bin, aber trotzdem – es ärgert und kränkt mich, wenn ich sehe, wie der Adel verarmt, zu dem auch ich gehöre, und trotz der Verschmelzung der Stände bin ich sehr froh, daß ich dazugehöre... Und diese Verarmung kommt nicht daher, daß wir zu luxuriös leben. Das wäre nicht so schlimm; nach Herrenart zu leben – das ist Sache des Adels, und das verstehen nur Edelleute. Jetzt kaufen die Bauern überall Land auf, das macht mir nichts aus. Der Herr faulenzt, der Bauer arbeitet und verdrängt den Müßiggänger. Das ist ganz in Ordnung. Und ich habe meine Freude an dem Bauern. Aber was mich wurmt, ist diese Verarmung aus – ich weiß nicht recht, wie ich es nennen soll –, aus Naivität. Hier hat ein polnischer Pächter von einer Dame, die in Nizza lebt, ein herrliches Gut für den halben Preis gekauft. Da verpachtet jemand einem Kaufmann für einen Rubel eine Desjatine Land, die zehn Rubel wert ist. Und du hast ohne jeden Grund diesem Spitzbuben dreißigtausend Rubel geschenkt.«

»Was soll man denn machen? Jeden einzelnen Baum zählen?«

»Unbedingt! Siehst du, du hast nicht gezählt, aber Rjabinin hat gezählt. Rjabinins Kinder werden die nötigen Mittel zum Leben und zu ihrer Ausbildung haben, und deine vielleicht nicht.«

»Na, nimm es mir nicht übel, aber ich finde deine Rechnerei ziemlich kleinlich. Wir haben unseren Beruf und diese Leute den ihren und müssen ihren Profit haben. Übrigens ist die

Sache jetzt erledigt, also Schluß damit. Ah, es gibt Spiegeleier, so esse ich Eier am liebsten. Und Agafja Michajlowna bringt uns diesen wunderbaren Kräuterschnaps...«

Stepan Arkadjitsch setzte sich an den Tisch und fing an, mit Agafja Michajlowna zu scherzen; er versicherte, er habe schon lange kein so gutes Mittag- und Abendessen gehabt.

»Sie loben einen wenigstens«, sagte Agafja Michajlowna. »Aber Konstantin Dmitritsch kann man vorsetzen, was man will, und wenn's nur eine Brotrinde ist; er ißt es und geht weg.«

So sehr sich Lewin auch bemühte, seiner Verstimmung Herr zu werden, er blieb finster und schweigsam. Er hätte Stepan Arkadjitsch gern etwas gefragt, konnte sich aber nicht dazu entschließen und fand weder die passende Form für seine Frage noch den richtigen Augenblick, sie auszusprechen. Stepan Arkadjitsch war schon nach unten in sein Zimmer gegangen, hatte sich ausgezogen, sich nochmals gewaschen, das gefältelte Nachthemd angezogen und sich ins Bett gelegt, aber Lewin war noch immer bei ihm, redete von gleichgültigen Dingen und fand nicht den Mut, die Frage auszusprechen, die ihm so wichtig war.

»Was für wundervolle Seife jetzt fabriziert wird«, sagte er, während er ein Stück parfümierte Seife auspackte und betrachtete, das Agafja Michajlowna dem Gast hingelegt, das Oblonskij aber nicht benutzt hatte. »Sieh mal, das ist doch ein richtiges Kunstwerk.«

»Ja, wir sind heutzutage sehr weit gekommen«, sagte Stepan Arkadjitsch und gähnte kräftig und selig. »Die Theater zum Beispiel und all die Vergnügungslokale... ah-ah-ah!« gähnte er. »Überall elektrisches Licht... ah-ah!«

»Ja, elektrisches Licht!« wiederholte Lewin. »Ja. Wo ist denn Wronskij jetzt?« fragte er und legte plötzlich die Seife hin.

»Wronskij?« sagte Stepan Arkadjitsch und hörte auf zu gähnen. »Der ist in Petersburg. Er ist bald nach dir abgereist und seitdem kein einziges Mal mehr in Moskau gewesen.

Und weißt du, Kostja, wenn ich dir die Wahrheit sagen soll«, fuhr er fort, den Ellbogen auf das Nachttischchen stützend und sein hübsches, rosiges Gesicht, aus dem die öligen, gutmütigen, schläfrigen Augen wie kleine Sterne leuchteten, in die Hand schmiegend, »du bist selbst schuld. Du hast dich von deinem Nebenbuhler ins Bockshorn jagen lassen. Und ich — das habe ich dir schon damals gesagt —, ich weiß nicht, wer die größeren Chancen hatte. Warum bist du denn nicht aufs Ganze gegangen? Ich sagte dir damals, daß...« Er gähnte nur mit den Kiefern, ohne den Mund zu öffnen.
›Weiß er oder weiß er nicht, daß ich ihr einen Antrag gemacht habe?‹ dachte Lewin und sah ihn an. ›Ja, in seinem Gesicht ist ein schlauer diplomatischer Ausdruck.‹ Er fühlte, wie er rot wurde, aber er blickte Stepan Arkadjitsch schweigend in die Augen.
»Wenn damals auf ihrer Seite etwas war, so war es nur sein blendendes Äußere, das auf sie wirkte«, fuhr Oblonskij fort. »Diese, weißt du, vollendete aristokratische Haltung und die zukünftige Stellung in der Gesellschaft wirkten nicht auf sie, sondern auf ihre Mutter.«
Lewin machte ein finsteres Gesicht. Das Gefühl der Kränkung über die Abweisung, die ihm zuteil geworden war, brannte wie eine frische, eben erst empfangene Wunde in seinem Herzen. Aber er war in seinem Haus, und zu Hause helfen einem sogar die Wände.
»Halt, warte mal«, unterbrach er Oblonskij. »Du sagst: aristokratische Haltung. Gestatte mir zu fragen, worin diese aristokratische Haltung Wronskijs oder irgendeines andern denn besteht, eine Haltung, um derentwillen man mich verschmähen kann? Du hältst Wronskij für einen Aristokraten, aber ich nicht. Ein Mensch, dessen Vater sich durch allerlei Listen aus dem Nichts emporgearbeitet hat, dessen Mutter Gott weiß mit wem Liebschaften gehabt hat... Nein, nimm mir's nicht übel, Aristokraten sind meiner Ansicht nach

Leute meines Schlages, die drei, vier ehrenhafte Generationen von Vorfahren nachweisen können, die sich auf der höchsten Stufe der Bildung befanden (Begabung und Geist, das ist eine andere Sache), die nie vor jemand gekrochen sind, die sich nie auf anderer Leute Hilfe angewiesen sahen, wie mein Vater und mein Großvater. Und ich kenne viele solche Menschen. Dir scheint es unwürdig, daß ich die Bäume im Wald zähle, du schenkst diesem Rjabinin dreißigtausend Rubel; aber du bekommst Pachtgelder und ich weiß nicht was noch alles, und ich bekomme nichts dergleichen, und deshalb schätze ich, was ich geerbt und mit meiner Arbeit erworben habe... Wir sind die Aristokraten und nicht die, die nur von den Almosen der Großen leben können und die man für einen Zwanziger kaufen kann.«

»Über wen ereiferst du dich denn so? Ich bin ja ganz deiner Meinung«, sagte Stepan Arkadjitsch aufrichtig und heiter, obwohl er fühlte, daß Lewin mit denen, die man für einen Zwanziger kaufen könne, auch ihn meinte. Lewins Erregung gefiel ihm wirklich. »Warum ereiferst du dich so? Vieles von dem, was du über Wronskij gesagt hast, ist zwar nicht richtig, aber davon will ich jetzt nicht reden. Ich sage dir ganz offen: an deiner Stelle würde ich jetzt mit nach Moskau fahren und...«

»Ich weiß nicht, ob es dir schon bekannt ist oder nicht, aber das ist mir jetzt vollkommen gleich, ich sage es dir: Ich habe einen Antrag gemacht und einen Korb bekommen, und Katerina Alexandrowna ist für mich jetzt nur noch eine schmerzliche und beschämende Erinnerung.«

»Warum? Das ist doch Unsinn!«

»Reden wir nicht mehr davon. Bitte, entschuldige, wenn ich grob zu dir war«, sagte Lewin. Jetzt, nachdem er sich ausgesprochen hatte, war er wieder der alte, der er am Morgen gewesen war. »Du bist mir doch nicht böse, Stiwa? Bitte, sei mir nicht böse«, sagte er und nahm lächelnd seine Hand.

»Aber nein, durchaus nicht, ich habe ja gar keinen Grund.

Ich freue mich, daß wir uns ausgesprochen haben. Aber weißt du, morgens ist der Schnepfenstrich besonders gut. Wollen wir nicht noch einmal hingehen? Ich würde dann gar nicht erst schlafen gehen und gleich von der Jagd zur Station fahren.«

»Ausgezeichnet!«

18

Obwohl das ganze innere Leben Wronskijs von seiner Leidenschaft ausgefüllt war, lief sein äußeres Leben unverändert und unaufhaltsam in dem alten gewohnten Geleise der Beziehungen und Interessen, die ihn mit der Gesellschaft und seinem Regiment verbanden. Das Regiment nahm einen wichtigen Platz in seinem Leben ein, weil er sein Regiment liebte, und vor allem auch deshalb, weil er im Regiment beliebt war. Wronskij war in seinem Regiment nicht nur beliebt, man achtete ihn und war stolz auf ihn, stolz, daß dieser schwerreiche, überaus gebildete und hochbegabte Mann, dem der Weg zu jedem Erfolg, nach dem sein Ehrgeiz oder seine Eitelkeit verlangen mochten, offenstand, das alles verachtete und die Interessen seines Regiments und seiner Kameraden über alle anderen Interessen in seinem Leben stellte. Wronskij wußte, daß seine Kameraden so von ihm dachten, und abgesehen davon, daß ihm dieses Leben zusagte, fühlte er sich verpflichtet, die über ihn bestehende Meinung durch sein Verhalten zu rechtfertigen.

Es versteht sich von selbst, daß er mit keinem seiner Kameraden von seiner Liebe sprach, sich auch bei den wildesten Zechgelagen mit keinem Wort verriet (übrigens war er nie so betrunken, daß er die Herrschaft über sich selbst verloren hätte) und leichtsinnigen Kameraden, die sich Anspielungen auf seine Liebe erlaubten, das Maul stopfte. Trotzdem war seine Liebe in der ganzen Stadt bekannt;

alle errieten mehr oder weniger richtig die Natur seiner Beziehungen zur Karenina; die meisten jungen Männer beneideten ihn gerade um das, was ihm bei dieser Liebe am peinlichsten war: die hohe Stellung Karenins und die dadurch bedingte Exponiertheit seines Verhältnisses vor der ganzen Gesellschaft.

Die meisten jungen Frauen, die Anna beneideten und sich schon lange darüber ärgerten, daß sie als *unantastbar* galt, freuten sich nun, daß sie richtig vermutet hatten, und warteten nur auf den Umschwung der öffentlichen Meinung, um mit der ganzen Wucht ihrer Verachtung über Anna herzufallen. Sie hatten schon die Schmutzklumpen bereit, mit denen sie die Karenina bewerfen wollten, sobald der Augenblick dazu kommen würde. Die meisten älteren Leute und hochgestellten Persönlichkeiten waren ungehalten über diesen sich anbahnenden gesellschaftlichen Skandal.

Wronskijs Mutter war zuerst sehr zufrieden, als sie von dem Verhältnis erfuhr, weil ihrer Meinung nach nichts so geeignet war, einem glänzenden jungen Mann den letzten Schliff zu geben, wie ein Verhältnis mit einer Dame aus den höchsten Kreisen, und weil die Karenina, die so viel von ihrem kleinen Sohn erzählt hatte, doch nicht anders war als alle hübschen und anständigen Frauen, wie Gräfin Wronskaja sie sich vorstellte. Aber neuerdings hatte sie erfahren, daß ihr Sohn einen für seine Karriere wichtigen Posten abgelehnt hatte, nur um in seinem Regiment in Petersburg zu bleiben, wo er mit der Karenina verkehren konnte; auch hatte sie gehört, daß einige hochgestellte Persönlichkeiten sein Verhalten mißbilligten, und nun änderte sie ihre Meinung. Es gefiel ihr auch nicht, daß dieses Verhältnis nach allem, was sie darüber hörte, keine der glänzenden, amüsanten, in der großen Welt üblichen Liaisons war, die sie gebilligt hätte, sondern eine wilde Werther-Leidenschaft, die ihn zu Dummheiten hinreißen konnte. Sie hatte ihn seit seiner plötzlichen Abreise aus Moskau nicht mehr gesehen

und forderte ihn jetzt durch ihren ältesten Sohn auf, zu ihr zu kommen.
Der ältere Bruder war ebenfalls mit dem jüngeren unzufrieden. Er fragte nicht danach, was für eine Liebe es war, ob groß oder klein, leidenschaftlich oder nicht leidenschaftlich, sündhaft oder nicht sündhaft (er selbst hielt eine Tänzerin aus, obwohl er Frau und Kinder hatte, und war deshalb solchen Affären gegenüber nachsichtig), aber er wußte, daß diese Liebe den Leuten nicht gefiel, denen man gefallen mußte, und mißbilligte daher das Verhalten seines Bruders.
Außer seinen dienstlichen und gesellschaftlichen Verpflichtungen hatte Wronskij noch ein Interesse: Pferde, die er leidenschaftlich liebte.
In diesem Jahr sollte ein Hindernisrennen für Offiziere stattfinden. Wronskij hatte sich dazu gemeldet, eine englische Vollblutstute gekauft und bereitete sich trotz seiner Liebe mit Leidenschaft, aber doch mit einer gewissen Zurückhaltung auf das Rennen vor.
Diese beiden Leidenschaften standen einander nicht im Weg. Im Gegenteil, er brauchte eine Beschäftigung, die nichts mit seiner Liebe zu tun hatte, ein Interesse, bei dem er sich von den Eindrücken erholen konnte, die ihn allzusehr bewegten.

19

Am Tag des Rennens in Krasnoe Selo kam Wronskij früher als gewöhnlich in den Speisesaal des Regimentskasinos, um ein Beefsteak zu essen. Er brauchte keine strenge Diät einzuhalten, da er genau das vorgeschriebene Gewicht von viereinhalb Pud hatte, aber er durfte nicht zunehmen, und darum vermied er Mehlspeisen und Süßigkeiten.
Er saß da, den Rock über der weißen Weste aufgeknöpft, beide Arme auf den Tisch gestützt, und blickte, während er auf das bestellte Steak wartete, in einen französischen Roman, der auf seinem Teller lag. Er sah nur in das Buch,

um mit den beständig kommenden und gehenden Offizieren nicht reden zu müssen, und hing seinen Gedanken nach. Er dachte daran, daß Anna ihm heute nach dem Rennen eine Zusammenkunft versprochen hatte. Aber er hatte sie drei Tage nicht gesehen, und da ihr Mann inzwischen aus dem Ausland zurückgekommen war, wußte er nicht, ob das heute möglich sein werde, und wußte auch nicht, wie er es erfahren könne. Das letztemal hatte er sich im Landhaus seiner Cousine Betsy mit ihr getroffen. In Karenins Sommerwohnung machte er möglichst selten Besuch. Jetzt aber wollte er dorthin fahren und überlegte, wie er das am besten anstellen solle.

›Selbstverständlich werde ich sagen, Betsy hätte mich geschickt, um zu fragen, ob sie zum Rennen kommen werde. Natürlich fahre ich hin‹, beschloß er und blickte von seinem Buch auf. Er strahlte übers ganze Gesicht, als er sich das Glück vorstellte, sie wiederzusehen.

»Schick jemand in meine Wohnung, die Troika soll sofort angespannt werden«, sagte er zu dem Diener, der ihm das Beefsteak auf einer heißen silbernen Platte servierte, zog dann die Platte zu sich heran und fing an zu essen.

Aus dem benachbarten Billardzimmer hörte man das Anstoßen der Bälle, Sprechen und Lachen. Zur Eingangstür des Speisesaals kamen zwei Offiziere herein, der eine ein blutjunges Bürschchen mit schmalem, feinem Gesicht, der erst kürzlich aus dem Pagenkorps ins Regiment eingetreten war, der andere ein dicker, älterer Offizier mit einem Armband am Handgelenk und verquollenen kleinen Augen.

Wronskij warf ihnen einen kurzen Blick zu, runzelte die Stirn, schielte in sein Buch, als bemerke er sie nicht, und begann gleichzeitig zu lesen und zu essen.

»Na, stärkst du dich für die Arbeit?« sagte der dicke Offizier und setzte sich neben ihn.

»Wie du siehst«, antwortete Wronskij stirnrunzelnd und wischte sich den Mund ab, ohne den andern anzusehen.

»Hast du denn keine Angst, daß du zu dick wirst?« fuhr der andere fort und schob dem jungen Offizier einen Stuhl hin.
»Was?« fragte Wronskij ärgerlich, verzog unwillig das Gesicht und zeigte seine kräftigen, lückenlosen Zähne.
»Ob du keine Angst hast, dick zu werden?«
»Ordonnanz, Sherry!« rief Wronskij, ohne ihm zu antworten, legte das Buch auf die andere Seite und las weiter.
Der dicke Offizier nahm die Weinkarte und sagte zu seinem jüngeren Kameraden:
»Such selbst aus, was wir trinken wollen«, reichte ihm die Karte und sah ihn an.
»Vielleicht Rheinwein?« sagte der junge Offizier. Er schielte schüchtern nach Wronskij und versuchte, sein kaum sprossendes Schnurrbärtchen mit den Fingern zu fassen. Als er sah, daß Wronskij sich nicht umwandte, stand er auf.
»Komm, wir gehen ins Billardzimmer«, sagte er.
Der Dicke erhob sich gehorsam, und sie gingen zur Tür. In diesem Augenblick kam der hochgewachsene, stattliche Rittmeister Jaschwin herein, nickte den beiden Offizieren verächtlich zu und trat zu Wronskij.
»Ah! Da ist er ja!« rief er und versetzte ihm mit seiner großen Hand einen kräftigen Schlag auf die Achselklappe. Wronskij sah sich ärgerlich um, aber sofort leuchtete in seinem Gesicht der ihm eigene Ausdruck ruhiger, fester Freundlichkeit auf.
»Das ist klug von dir, Aljoscha«, sagte der Rittmeister mit seinem lauten Bariton. »Iß jetzt etwas und trink dann noch ein Gläschen.«
»Ich mag jetzt nicht essen.«
»Da sind ja die beiden Unzertrennlichen«, sagte Jaschwin mit einem spöttischen Blick auf die beiden Offiziere, die gerade hinausgingen. Er setzte sich neben Wronskij, wobei er seine für die Höhe des Stuhls viel zu langen Ober- und Unterschenkel in den engen Reithosen im spitzen Winkel zusammenbog. »Warum bist du gestern nicht nach Krasnoe

Selo ins Theater gekommen? Die Numerowa war gar nicht übel. Wo warst du denn?«

»Ich habe mich bei Twerskojs etwas zu lange aufgehalten«, antwortete Wronskij.

»Ah!« machte Jaschwin.

Jaschwin, ein Spieler und Zecher, ein Mann nicht nur ohne alle Grundsätze, sondern mit amoralischen Grundsätzen, war Wronskijs bester Freund im Regiment. Wronskij mochte ihn vor allem wegen seiner außerordentlichen Körperkraft, die er hauptsächlich dadurch bewies, daß er saufen konnte wie ein Loch und keinen Schlaf brauchte, ohne daß man ihm dann etwas anmerkte, aber auch wegen seiner großen Willenskraft, die er im Umgang mit Vorgesetzten und Kameraden zeigte, sich Furcht und Achtung erringend, und auch im Spiel, bei dem er oft um Zehntausende von Rubeln spielte und trotz des in Menge genossenen Weines stets so fein und sicher pointierte, daß er im Englischen Klub als der beste Spieler galt. Wronskij schätzte und liebte ihn aber auch noch besonders, weil er fühlte, daß Jaschwin ihn nicht wegen seines Namens und seines Reichtums gern hatte, sondern um seiner selbst willen. Er war der einzige Mensch, mit dem Wronskij gern von seiner Liebe gesprochen hätte. Er fühlte, daß Jaschwin allein, obwohl er anscheinend jedes Gefühl verachtete, imstande war, die starke Leidenschaft zu begreifen, die jetzt sein ganzes Leben erfüllte. Außerdem war er überzeugt, daß Jaschwin ganz gewiß kein Vergnügen an Klatsch und Skandalgeschichten fand, sondern dieses Gefühl richtig verstand, das heißt, wußte und glaubte, daß diese Liebe kein Scherz und kein Zeitvertreib war, sondern etwas Ernstes und Wichtiges.

Wronskij hatte mit ihm nie von seiner Liebe gesprochen, er wußte aber, daß Jaschwin alles wußte und alles richtig verstand, und es tat ihm wohl, das in Jaschwins Augen zu lesen.

»Ach so!« sagte er auf Wronskijs Mitteilung, daß er bei

Twerskojs gewesen sei; seine schwarzen Augen blitzten, er faßte seine linke Schnurrbartspitze und steckte sie in den Mund — er hatte diese schlechte Angewohnheit.
»Nun, und was hast du gestern gemacht? Hast du gewonnen?« fragte Wronskij.
»Achttausend. Drei sind allerdings nicht sicher, die wird der Verlierer kaum bezahlen.«
»Na, dann kannst du auch an mir etwas verlieren«, sagte Wronskij lachend (Jaschwin hatte auf Wronskij hoch gewettet).
»Ich verliere in keinem Fall. Gefährlich ist nur Machotin.«
Das Gespräch kam auf das heutige Rennen, das war das einzige, woran Wronskij jetzt denken konnte.
»Komm, wir gehen, ich bin fertig«, sagte Wronskij, stand auf und ging zur Tür. Jaschwin stand ebenfalls auf und reckte seine riesigen Beine und den langen Rücken.
»Zum Essen ist es mir noch zu früh, aber ich muß etwas trinken. Ich komme sofort. Heda, Wein her!« rief er mit seiner berühmten, tiefen Kommandostimme, von der die Fensterscheiben klirrten. »Nein, nicht nötig!« rief er gleich darauf. »Wenn du nach Hause gehst, komme ich mit.«
Und er ging mit Wronskij hinaus.

20

Wronskij hatte im Lager sein Quartier in einem geräumigen, sauberen finnischen Bauernhaus, das durch eine Bretterwand in zwei Teile geteilt war. Petritzkij wohnte auch im Lager mit ihm zusammen. Er schlief noch, als Wronskij und Jaschwin ins Haus traten.
»Steh auf, du hast genug geschlafen«, sagte Jaschwin, hinter den Verschlag tretend, und rüttelte Petritzkij, der seinen zerzausten Kopf tief ins Kissen vergraben hatte, an der Schulter.
Petritzkij fuhr hoch, kniete im Bett und schaute um sich.

»Dein Bruder war hier«, sagte er zu Wronskij. »Er hat mich aufgeweckt, der Teufel soll ihn holen. Er sagte, er würde wiederkommen.« Und er ließ sich wieder auf das Kissen fallen und zog die Decke über sich. »Laß doch«, rief er Jaschwin ärgerlich zu, der ihm die Decke wegziehen wollte. »Laß!« Er drehte sich um und öffnete die Augen. »Sag mir lieber, was ich trinken soll. Ich habe einen so scheußlichen Geschmack im Mund, daß...«
»Schnaps ist das beste«, sagte Jaschwin in tiefem Baß. »Tereschtschenko, bring dem Herrn Schnaps und Gurken!« schrie er; es machte ihm anscheinend Freude, seine eigene Stimme zu hören.
»Schnaps, meinst du? Ja?« fragte Petritzkij, die Stirn runzelnd und sich die Augen reibend. »Trinkst du auch? Wenn ihr mittrinkt, dann nur zu! Wronskij, trinkst du auch mit?« sagte Petritzkij aufstehend und wickelte sich bis unter die Arme in die getigerte Decke ein.
Er ging durch die Tür der Trennwand, hob die Arme in die Höhe und fing an, auf französisch zu singen: »Es war ein König in Thu-u-le.« – »Wronskij, trinkst du mit?«
»Laß mich in Ruhe!« sagte Wronskij und zog die Uniform an, die sein Diener ihm reichte.
»Wo willst du denn hin?« fragte ihn Jaschwin. »Da ist ja auch deine Troika«, fügte er hinzu, als er den Wagen vorfahren sah.
»Zum Stall, und dann muß ich noch zu Brjanskij wegen der Pferde«, sagte Wronskij.
Wronskij hatte Brjanskij, der zehn Werst hinter Peterhof wohnte, tatsächlich versprochen, zu ihm zu kommen und ihm das Geld für die Pferde zu bringen. Aber die Kameraden durchschauten sofort, daß er nicht nur dorthin wollte.
Petritzkij sang weiter, kniff aber dabei ein Auge zu und blies die Lippen auf, als wollte er sagen: »Wir wissen schon, was für ein Brjanskij das ist.«
Jaschwin sagte nur: »Sieh zu, daß du nicht zu spät kommst«,

und fragte, um das Thema zu wechseln: »Wie macht sich denn mein Brauner?« Er schaute durchs Fenster auf das Deichselpferd, das er Wronskij verkauft hatte.
»Halt!« rief Petritzkij Wronskij zu, der schon hinausging. »Dein Bruder hat einen Brief und einen Zettel für dich dagelassen. Warte mal, wo hab' ich sie nur hingelegt?«
Wronskij blieb stehen.
»Nun, wo sind sie denn?«
»Wo sie sind? Ja, das ist die Frage!« sagte Petritzkij feierlich und strich sich mit dem Zeigefinger über die Nase.
»Na, sag es doch! Das ist ja dumm!« sagte Wronskij lächelnd.
»Den Kamin habe ich nicht geheizt. Sie müssen irgendwo hier sein.«
»Laß die Dummheiten! Wo ist der Brief?«
»Nein, ich habe es wirklich vergessen. Oder hab' ich's nur geträumt? Warte, warte! Warum ärgerst du dich denn so? Wenn du wie ich gestern zwei Flaschen getrunken hättest, dann würdest du heute überhaupt nicht mehr wissen, wo du liegst. Warte, es wird mir gleich einfallen.«
Petritzkij ging hinter den Verschlag und legte sich aufs Bett. »Halt! So lag ich, und so stand er. Ja, ja, ja, ja... Da ist er!« Und Petritzkij zog den Brief unter der Matratze hervor, wo er ihn versteckt hatte.
Wronskij nahm den Brief und den Zettel von seinem Bruder. Es war genau das, was er erwartet hatte: ein Brief von seiner Mutter mit Vorwürfen, daß er nicht zu ihr kam, und ein Zettel von seinem Bruder, der ihm schrieb, er müsse ihn dringend sprechen. Wronskij wußte, daß es sich immer um das gleiche handelte. ›Was geht sie das an?‹ dachte er, faltete die Briefe zusammen und schob sie zwischen die Knöpfe seines Rocks, um sie unterwegs aufmerksam zu lesen. Im Flur des Häuschens begegneten ihm zwei Offiziere, der eine von seinem Regiment, der zweite von einem anderen.
»Wohin?«
»Ich muß nach Peterhof.«

»Ist das Pferd aus Zarskoe gekommen?«
»Ja, aber ich habe es noch nicht gesehen.«
»Es heißt, daß Machotins Gladiator lahmt.«
»Unsinn! Aber wie werdet ihr bei diesem Schmutz reiten können?« sagte der zweite Offizier.
»Da kommen meine Retter!« schrie Petritzkij, als er die beiden Offiziere sah. Vor ihm stand sein Bursche mit Schnaps und Gurken auf einem Tablett. »Jaschwin hat gesagt, ich soll trinken, damit ich wieder frisch werde.«
»Na, ihr habt uns gestern mit eurem Spektakel gehörig geärgert«, sagte der eine Offizier. »Die ganze Nacht habt ihr uns nicht schlafen lassen.«
»Nein, und erst der Schluß der Geschichte!« erzählte Petritzkij. »Wolkow kletterte aufs Dach und sagte, er sei so traurig. Ich sagte: ›Musik her! Einen Trauermarsch!‹ Und dann schlief er bei den Klängen des Trauermarschs auf dem Dach ein.«
»Du mußt unbedingt Schnaps trinken und dann Selterswasser mit viel Zitrone«, sagte Jaschwin, der über Petritzkij gebeugt stand wie eine Mutter, die einem Kind zuredet, seine Arznei einzunehmen. »Und dann ein bißchen Champagner, ungefähr eine Flasche.«
»Na, das ist klug. Bleib doch noch hier, Wronskij, und trink mit.«
»Nein, auf Wiedersehen, meine Herren, heute trinke ich nicht!«
»Du wirst wohl zu schwer davon? Na, dann trinken wir allein. Bring Selterswasser und Zitronen!«
»Wronskij!« rief ihm einer nach, als er auf den Flur hinausging.
»Was?«
»Du solltest dir die Haare schneiden lassen, sie sind zu schwer. Besonders auf der Glatze.«
Wronskij bekam in der Tat vorzeitig einen kahlen Kopf. Er lachte vergnügt, wobei er seine kräftigen Zähne zeigte,

schob die Mütze auf seine Glatze, ging hinaus und stieg in den Wagen.
»Nach dem Stall!« sagte er zu dem Kutscher und zog die Briefe hervor, um sie zu lesen; aber dann änderte er seine Absicht, um sich vor der Besichtigung des Pferdes nicht ablenken zu lassen. ›Nachher!...‹

21

Der provisorische Stall, eine Bretterbude, war unmittelbar neben der Rennbahn aufgebaut, und dorthin hatte sein Pferd schon gestern gebracht werden sollen. Er hatte es noch nicht gesehen. In diesen letzten Tagen hatte er es nicht selber zur Vorübung geritten, sondern es dem Trainer überlassen, und darum wußte er nicht, in welchem Zustand sein Pferd angekommen war und sich jetzt befand. Kaum war er aus dem Wagen gestiegen, als sein Groom, der sogenannte ›Junge‹, der seine Kutsche schon von weitem erkannt hatte, den Trainer rief. Der dürre Engländer, in hohen Stiefeln und kurzer Jacke, glattrasiert bis auf ein Haarbüschel am Kinn, kam ihm mit dem unbeholfenen Gang der Jockeys entgegen, die Ellbogen abgespreizt und sich hin und her wiegend.
»Nun, was macht Frou-Frou?« fragte Wronskij auf englisch.
»All right, Sir«, sagte die Stimme des Engländers irgendwo tief in der Kehle. »Es ist besser, wenn Sie nicht zu ihr gehen«, fügte er hinzu und lüftete den Hut. »Ich habe dem Pferd den Kappzaum angelegt, und es ist aufgeregt. Gehen Sie nicht hin, das beunruhigt das Pferd.«
»Nein, ich will doch hingehen. Ich möchte es sehen.«
»Dann kommen Sie«, sagte der Engländer, ohne den Mund zu öffnen, mit gerunzelter Stirn, und ging, mit den Ellbogen arbeitend, in seinem wackelnden Gang voran.
Sie traten in den kleinen Hof vor der Baracke. Der diensttuende Stallknecht, ein hübscher, strammer Bursche, in sauberer Jacke, mit einem Besen in der Hand, kam ihnen

entgegen und ging hinter ihnen her. In der Baracke standen fünf Pferde in Boxen, und Wronskij wußte, daß heute auch sein Hauptkonkurrent hergebracht worden war und dastehen mußte — Machotins Gladiator, ein fünf Werschok hoher Fuchs. Mehr noch als sein eigenes Pferd wollte Wronskij diesen Gladiator sehen, den er noch nicht kannte; aber er wußte, daß er ihn nach den Anstandsgesetzen des Rennsports nicht sehen durfte und daß es sogar unpassend sei, nach ihm zu fragen. Während er den Gang entlangschritt, öffnete der Stallknecht die Tür zur zweiten Box links, und Wronskij sah einen großen Fuchs mit weißen Fesseln. Er wußte, daß das Gladiator war, wandte sich aber mit dem Gefühl eines Menschen ab, der sich von einem fremden geöffneten Brief abwendet, und ging zu Frou-Frous Box.

»Hier ist das Pferd von Mak… Mak… ich kann diesen Namen nie aussprechen«, sagte der Engländer über die Schulter weg und zeigte mit dem Daumen mit dem schmutzigen Nagel auf die Box Gladiators.

»Machotin? Das ist mein einziger ernsthafter Konkurrent«, sagte Wronskij.

»Wenn Sie ihn ritten«, sagte der Engländer, »würde ich auf Sie wetten.«

»Frou-Frou ist nervöser, Gladiator kräftiger«, sagte Wronskij und lächelte über das seiner Reitkunst gespendete Lob.

»Beim Hindernisrennen kommt alles auf die Reitkunst und auf den pluck an«, sagte der Engländer.

Pluck, das heißt Energie und Mut, fühlte Wronskij genügend in sich und — was noch wichtiger war — er war fest überzeugt, daß niemand in der Welt mehr pluck haben könne als er.

»Wissen Sie genau, daß es nicht nötig war, das Pferd schwitzen zu lassen?«

»Nein, es war nicht nötig«, antwortete der Engländer. »Bitte, sprechen Sie nicht laut. Das Pferd regt sich auf«, fügte er mit einer Kopfbewegung nach der Box hin zu, vor der sie standen und aus der man das Stampfen von Hufen im Stroh hörte.

Er öffnete die Tür, und Wronskij trat in die Box, die nur durch ein kleines Fenster schwach erleuchtet war. In der Box stand ein dunkelbraunes Pferd mit einem Kappzaum und stampfte auf das frische Stroh. Wronskij blickte sich im Halbdunkel der Box um und umfaßte dann unwillkürlich mit einem Blick die ganze Gestalt seines geliebten Pferdes. Frou-Frou war ein Pferd von mittlerer Größe und nicht einwandfrei gebaut. Es hatte ein schmales Knochengerüst; obwohl sich der Brustkorb weit vorwölbte, war die Brust schmal. Die Kruppe fiel ein wenig nach hinten ab, die Vorderbeine und besonders die Hinterbeine waren merklich gekrümmt. Die Muskeln an Vor- und Hinterhand waren nicht sonderlich kräftig, aber dafür war das Pferd am Gurt ungewöhnlich breit, was bei seinem mageren Bauch und jetzt nach dem Training besonders auffiel. Von vorn gesehen, schienen seine Knochen unterhalb der Knie nicht dicker als ein Finger zu sein, aber von der Seite gesehen waren sie ungewöhnlich breit. Das ganze Tier sah aus, als sei es mit Ausnahme der Rippen von beiden Seiten zusammengedrückt und nach hinten hinuntergezogen. Aber es besaß in hohem Maße eine Eigenschaft, die alle diese Mängel vergessen ließ: edles Blut, jenes Blut, das ›sich zeigt‹, wie man im Englischen sagt. Aus dem Adernetz unter dem feinen, beweglichen, atlasglatten Fell traten die Muskeln scharf hervor, die so fest wie Knochen schienen. Der trockene Kopf mit den großen, glänzenden, munteren Augen verbreiterte sich nach den weiten Nüstern mit der rosigen Innenhaut. Im ganzen Bau, vor allem aber in dem Kopf des Pferdes, lag etwas Bestimmtes, Energisches und zugleich Zartes. Es war eines von den Tieren, die anscheinend nur deshalb nicht sprechen, weil die mechanische Einrichtung des Mundes es ihnen nicht erlaubt.

Wronskij schien es jedenfalls, die Stute verstehe alles, was er empfand, als er sie betrachtete.

Als er zu dem Pferd trat, atmete es tief, schielte mit dem einen vorgewölbten Auge so sehr, daß das Weiße sich mit Blut füllte, sah die Eintretenden von der entgegengesetzten Seite an, schüttelte den Kappzaum und trat federnd von einem Fuß auf den andern.

»Sehen Sie, wie aufgeregt sie ist«, sagte der Engländer.

»Oh, mein gutes Pferd, oh!« sagte Wronskij, trat auf Frou-Frou zu und versuchte sie zu beruhigen.

Aber je näher er kam, desto erregter wurde das Pferd. Erst als er vor seinem Kopf stand, wurde es plötzlich still, und seine Muskeln bebten unter dem feinen, zarten Fell. Wronskij streichelte den kräftigen Hals, schob an dem scharfen Kamm eine nach der anderen Seite hängende Strähne der Mähne zurecht und näherte sein Gesicht den weit geöffneten, wie Fledermausflügel dünnen Nüstern. Das Pferd zog mit geblähten Nüstern die Luft geräuschvoll ein und stieß sie wieder aus, zuckte zusammen, drückte eines seiner spitzen Ohren an den Kopf und streckte die kräftige schwarze Lippe nach Wronskij aus, als wollte es ihn am Ärmel fassen. Aber da besann es sich auf den Kappzaum, schüttelte ihn und begann wieder mit den feinen Füßen hin und her zu treten.

»Ruhig, meine Liebe, ruhig!« sagte er und strich der Stute noch einmal mit der Hand über die Kruppe; dann verließ er die Box in dem frohen Bewußtsein, daß sich das Pferd in bester Verfassung befinde.

Die Erregung des Pferdes hatte sich auch Wronskij mitgeteilt; er fühlte, wie ihm das Blut zum Herzen strömte, und daß er, wie sein Pferd, sich bewegen und beißen wollte; es war beklemmend und beglückend zugleich.

»Ich verlasse mich also auf Sie«, sagte er zu dem Engländer. »Um halb sieben auf der Rennbahn.«

»All right«, erwiderte der Engländer. »Wohin fahren Sie

denn noch, Mylord?« fragte er, die Anrede Mylord gebrauchend, deren er sich sonst fast nie bediente.
Wronskij hob erstaunt den Kopf und blickte, wie nur er zu blicken verstand, dem Engländer nicht in die Augen, sondern auf die Stirn, erstaunt über die Kühnheit seiner Frage. Aber er begriff sofort, daß der Engländer nur so gefragt hatte, weil er jetzt nicht den Herrn in ihm sah, sondern den Jockey, und antwortete:
»Ich muß zu Brjanskij. In einer Stunde bin ich wieder zu Hause.«
›Zum wievieltenmal werde ich das heute gefragt!‹ dachte er und errötete, was bei ihm selten vorkam. Der Engländer sah ihn scharf an, als wisse er, wohin Wronskij fahren wollte, und sagte:
»Vor einem Rennen muß man vor allem ruhig sein. Lassen Sie sich durch nichts die Laune verderben und ärgern Sie sich über nichts.«
»All right«, erwiderte Wronskij lächelnd, sprang in den Wagen und befahl dem Kutscher, nach Peterhof zu fahren. Kaum war er ein paar Schritte gefahren, da zog eine dunkle Wolke herauf, die schon seit dem Morgen mit Regen gedroht hatte, und ein Platzregen ging nieder.
›Schlimm!‹ dachte Wronskij und klappte das Verdeck des Wagens hoch. ›Es war auch so schon schmutzig, und nun wird es der reine Sumpf.‹ Nun, da er ganz allein im geschlossenen Wagen saß, holte er den Brief seiner Mutter und den Zettel seines Bruders hervor und las.
Ja, es war immer dasselbe. Alle, seine Mutter, sein Bruder, alle hielten es für notwendig, sich in seine Herzensangelegenheiten zu mischen. Diese Einmischung erweckte Ingrimm in ihm, eine Empfindung, die er selten hatte. ›Was geht sie das an? Warum hält es jeder für seine Pflicht, sich um mich Sorgen zu machen? Warum drängen sie sich mir auf? Weil sie sehen, daß hier etwas vorgeht, das sie nicht begreifen können. Wenn es eines der gewöhnlichen, trivialen Verhält-

nisse wäre, wie sie in der Gesellschaft gang und gäbe sind, würden sie mich in Ruhe lassen. Aber sie fühlen, daß es etwas anderes ist, daß es keine Spielerei ist, und daß diese Frau mir teurer ist als mein Leben. Und das ist ihnen unbegreiflich, und darum ärgern sie sich. Wie unser Schicksal auch ist und sein wird, wir haben es uns selbst geschaffen, und wir beklagen uns nicht darüber‹, dachte er, in dem Wort ›wir‹ Anna und sich zusammenfassend. ›Aber nein, sie halten es für notwendig, uns zu belehren, wie wir leben sollen. Sie haben nicht den leisesten Begriff davon, was Glück ist, sie wissen nicht, daß es ohne diese Liebe für uns kein Glück und kein Unglück gibt, nämlich kein Leben.‹

Er ärgerte sich über alle wegen dieser Einmischung gerade deshalb, weil er im Grunde seines Herzens fühlte, daß sie recht hatten. Er fühlte, daß die Liebe, die ihn mit Anna verband, kein momentaner Rausch war, der vergehen würde, wie solche Liaisons in der Gesellschaft vergehen und in beider Leben keinerlei Spuren zurücklassen, als angenehme oder unangenehme Erinnerungen. Er fühlte das Qualvolle seiner und ihrer Lage, und daß es für sie beide, die ständig den Augen der ganzen Gesellschaft ausgesetzt waren, unendlich schwierig war, zu lügen, zu betrügen und allerlei Listen zu erfinden, gerade dann zu lügen, zu betrügen, Listen zu erfinden und an andere zu denken, wenn die Leidenschaft, die sie verband, so mächtig war, daß sie alles außer ihrer Liebe vergaßen.

Er erinnerte sich lebhaft an alle sich oft wiederholenden Fälle, wo sie sich zu Lüge und Täuschung genötigt gesehen hatten, die seiner Natur so zuwider waren; er erinnerte sich besonders lebhaft daran, daß er mehr als einmal ein Gefühl der Scham über diesen Zwang zu Lüge und Betrug an ihr bemerkt hatte. Und er hatte ein sonderbares Gefühl, das ihn seit seiner Beziehungen zu Anna manchmal überkommen hatte, ein Gefühl des Ekels vor irgend etwas – ob vor Alexej Alexandrowitsch oder vor sich selbst oder vor der ganzen

Gesellschaft, das wußte er selbst nicht recht. Aber er hatte dieses sonderbare Gefühl immer verscheucht. Und auch jetzt schüttelte er sich, um es loszuwerden, und hing weiter seinen Gedanken nach.

›Ja, früher war sie unglücklich, aber stolz und ruhig; jetzt kann sie nicht mehr ruhig und selbstbewußt sein, obwohl sie es nicht zeigt. Ja, da muß ein Ende gemacht werden‹, sagte er sich entschlossen.

Und zum erstenmal stand der Gedanke ganz klar vor ihm, daß diese Lüge ein Ende haben müsse, und zwar je schneller, desto besser. ›Wir beide, sie und ich, müssen alles aufgeben und uns irgendwo verstecken, allein mit unserer Liebe‹, sagte er sich.

22

Der Regenguß dauerte nicht lange, und als Wronskij mit scharf trabendem Mittelpferd, das die schon ohne Zügel durch den Schmutz galoppierenden Beipferde mitzog, sich Peterhof näherte, schien die Sonne bereits wieder, und die Dächer der Landhäuser und die alten Linden in den Gärten zu beiden Seiten der Hauptstraße blitzten in feuchtem Glanz, das Wasser tropfte lustig von den Zweigen und rann von den Dächern herunter. Er dachte nicht mehr daran, daß dieser Platzregen den Parcours verderben würde, sondern freute sich nur, daß er dank dem Regen sie nun sicher zu Hause treffen werde, und zwar allein, denn er wußte, daß Alexej Alexandrowitsch, der vor kurzem aus einem ausländischen Badeort zurückgekehrt war, sich noch in Petersburg aufhielt.

In der Hoffnung, sie allein anzutreffen, fuhr Wronskij nicht über die kleine Brücke, was er immer tat, um nicht aufzufallen, sondern stieg vorher aus und ging zu Fuß weiter. Er benutzte auch nicht den nach der Straße gelegenen Eingang, sondern ging durch den Hof.

»Ist der gnädige Herr angekommen?« fragte er den Gärtner.
»Nein. Aber die gnädige Frau ist zu Hause. Gehen Sie nur vorne zur Haustür herein; es sind Leute da, die Ihnen aufmachen«, antwortete der Gärtner.
»Nein, ich gehe durch den Garten.«
Nun wußte er, daß sie allein war, und er wollte sie überraschen, denn er hatte ihr nicht versprochen, heute zu kommen, und sie glaubte sicher nicht, daß er sie vor dem Rennen noch besuchen werde. Den Säbel festhaltend, ging er vorsichtig den sandbestreuten, von Blumen eingefaßten Weg zur Veranda entlang, die in den Garten hinausging. Er hatte jetzt alles vergessen, was er unterwegs über das Peinliche und Schwierige seiner Lage gedacht hatte. Er dachte nur an eines: gleich würde er sie sehen, nicht nur in der Einbildung, sondern lebendig, ganz wie sie in Wirklichkeit war. Mit dem ganzen Fuß auftretend, um keinen Lärm zu machen, ging er schon die flachen Stufen zur Veranda hinauf, als ihm plötzlich etwas einfiel, was er immer vergaß und was das Qualvollste in seinem Verhältnis mit ihr war: ihr Sohn mit seinem fragenden und, wie ihm schien, feindseligen Blick.
Dieser Knabe war öfter als alle anderen ein Hindernis, wenn sie zusammen waren. Wenn er dabei war, erlaubten sich weder Wronskij noch Anna etwas zu sagen, was sie nicht in aller Gegenwart hätten wiederholen können, sie erlaubten sich nicht einmal, in Andeutungen zu sprechen, die der Junge nicht verstanden hätte. Sie hatten sich nicht darüber verabredet, es war ganz von selbst so gekommen. Sie hätten es ihrer selbst für unwürdig gehalten, dieses Kind zu täuschen. In seinem Beisein sprachen sie wie Bekannte miteinander. Trotz dieser Vorsicht merkte Wronskij oft, daß der Junge ihn mit aufmerksamem, verwundertem Blick ansah, und sonderbar war die Scheu und Ungleichmäßigkeit im Verhalten des Jungen ihm gegenüber, seine rasch wechselnde Freundlichkeit, Kälte und Schüchternheit.

Es war, als fühle das Kind, daß zwischen diesem Mann und seiner Mutter irgendeine wichtige Beziehung bestand, deren Bedeutung es nicht verstehen konnte.
In der Tat fühlte der Junge, daß er diese Beziehung nicht verstehen konnte; er versuchte vergebens, sich darüber klarzuwerden, welches Gefühl er diesem Mann gegenüber haben müsse. Die Feinfühligkeit, mit der Kinder Gefühlsäußerungen wahrnehmen, ließ ihn klar erkennen, daß sein Vater, die Gouvernante, die Wärterin, alle diesen Mann nicht leiden konnten, ja mit Furcht und Abneigung auf ihn blickten, obwohl sie nie von ihm sprachen, daß aber die Mutter ihn als ihren besten Freund betrachtete.
›Was hat das zu bedeuten? Was ist das für ein Mann? Wie soll ich ihn lieben? Wenn ich das nicht kann, dann ist das sicher meine Schuld, und ich bin ein dummer oder unartiger Junge‹, dachte das Kind, und daher kam jener forschende, fragende, oft feindselige Ausdruck und die Scheu und Ungleichmäßigkeit seines Benehmens, durch die sich Wronskij so peinlich berührt fühlte. Die Gegenwart dieses Kindes rief bei Wronskij stets ein seltsames Gefühl grundlosen Ekels hervor, das er in letzter Zeit oft empfand. Die Gegenwart dieses Kindes weckte bei Wronskij und Anna ein Gefühl, wie es ein Seefahrer haben mag, wenn er am Kompaß sieht, daß die Richtung, in der sich sein Schiff schnell bewegt, vom eigentlichen Kurs stark abweicht, daß es aber nicht in seiner Macht liegt, die Bewegung zu hemmen, daß er mit jeder Minute mehr von seinem Kurs abgetrieben wird, und daß diese Abweichung sich eingestehen dasselbe bedeutet, wie sich seinen Untergang eingestehen.
Dieses Kind mit seinem naiven Blick für das Leben war der Kompaß, der ihnen den Grad ihrer Abweichung angab, den sie zwar kannten, aber nicht kennen wollten.
Diesmal war Serjosha nicht zu Hause, und sie war ganz allein; sie saß auf der Veranda und wartete auf die Rückkehr ihres Sohnes, der spazierengegangen und vom Regen über-

rascht worden war. Sie hatte einen Diener und ein Mädchen weggeschickt, ihn zu suchen, und saß nun da und wartete. In einem weißen Kleid mit breiter Stickerei saß sie in einer Ecke der Veranda hinter den Blumen und hörte ihn nicht kommen. Den schwarzlockigen Kopf gesenkt, preßte sie die Stirn an die kalte Gießkanne, die auf dem Geländer stand, und hielt sie in ihren schönen Händen mit den ihm so wohlbekannten Ringen. Die Schönheit ihrer ganzen Gestalt, ihres Kopfes, ihres Halses, ihrer Arme überraschte Wronskij jedesmal wie etwas ganz Unerwartetes. Er blieb stehen und betrachtete sie entzückt. Doch als er den ersten Schritt auf sie zu machen wollte, fühlte sie schon sein Nahen, stieß die Gießkanne zurück und wandte ihm ihr erhitztes Gesicht zu.

»Was ist Ihnen? Sind Sie nicht gesund?« fragte er auf französisch, auf sie zugehend. Er hatte auf sie zustürzen wollen; aber da fiel ihm ein, daß jemand da sein könnte; er warf einen Blick auf die Verandatür und errötete, wie jedesmal, wenn er fühlte, daß er auf der Hut sein und sich umschauen mußte.

»Nein, ich bin gesund«, antwortete sie, indem sie sich erhob und seine ausgestreckte Hand kräftig drückte. »Ich hatte dich nicht erwartet.«

»Mein Gott, was für kalte Hände!« sagte er.

»Du hast mich erschreckt«, sagte sie. »Ich bin allein und warte auf Serjosha. Er ist spazierengegangen, sie müssen von dieser Seite kommen.«

Obwohl sie sich alle Mühe gab, ruhig zu sein, zitterten ihre Lippen doch.

»Verzeihen Sie mir, daß ich gekommen bin; aber ich konnte den Tag nicht vergehen lassen, ohne Sie zu sehen«, fuhr er auf französisch fort, wie immer, wenn er das zwischen ihnen unmögliche kalte russische ›Sie‹ und das gefährliche ›du‹ vermeiden wollte.

»Was ist denn zu verzeihen? Ich freue mich ja so!«

»Aber Sie sind nicht wohl oder Sie sind traurig«, sagte er,

ohne ihre Hand loszulassen, und beugte sich über sie. »Woran haben Sie gedacht?«

»Immer an dasselbe«, antwortete sie lächelnd.

Sie sagte die Wahrheit. Man hätte sie fragen können, wann man wollte, woran sie denke, immer hätte sie wahrheitsgemäß antworten können: an das eine, an ihr Glück und an ihr Unglück. Jetzt, als er überraschend gekommen war, hatte sie daran gedacht, warum für andere, etwa für Betsy (sie wußte von Betsys vor der Gesellschaft geheimgehaltenem Verhältnis mit Tuschkewitsch) das alles so leicht und für sie so qualvoll war. Heute peinigte sie dieser Gedanke aus bestimmten Gründen ganz besonders. Sie fragte ihn nach dem Rennen. Er antwortete ihr, und da er sah, daß sie erregt war, suchte er sie zu zerstreuen und erzählte ihr in harmlosestem Ton allerlei Einzelheiten von den Vorbereitungen zum Rennen.

›Soll ich es ihm sagen oder nicht?‹ dachte sie, während sie in seine ruhigen, freundlichen Augen blickte. ›Er ist so glücklich, so sehr mit seinem Rennen beschäftigt, daß er es gar nicht richtig verstehen wird, gar nicht begreifen wird, was dieses Ereignis für uns bedeutet.‹

»Sie haben mir noch nicht gesagt, woran Sie dachten, als ich kam«, sagte er, seine Erzählung unterbrechend. »Bitte, sagen Sie es mir.«

Sie antwortete nicht, sondern sah ihn, den Kopf leicht geneigt, von unten mit ihren schönen, durch die langen Wimpern blitzenden Augen fragend an. Ihre Hand, die mit einem abgerissenen Blatt spielte, zitterte. Er sah das, und sein Gesicht nahm den ergebenen, sklavisch-unterwürfigen Ausdruck an, der sie immer wieder bestach.

»Ich sehe, daß etwas geschehen ist. Kann ich denn auch nur einen Augenblick ruhig sein, wenn ich weiß, daß Sie einen Kummer haben, den ich nicht mit Ihnen teilen darf? Sagen Sie es mir um Gottes willen!« wiederholte er flehend.

›Ja, ich würde ihm nie verzeihen, wenn er die ganze Bedeutung dieses Ereignisses nicht begreift. Lieber sage ich ihm gar nichts. Warum ihn auf die Probe stellen?‹ dachte sie, ihn immer noch anblickend, und fühlte, wie ihre Hand mit dem Blatt immer stärker zitterte.

»Um Gottes willen!« wiederholte er und faßte ihre Hand.

»Soll ich es sagen?«

»Ja, ja, ja...«

»Ich bin schwanger«, sagte sie leise und langsam.

Das Blatt in ihrer Hand zitterte noch stärker, aber sie wandte die Augen nicht von Wronskij ab, um zu sehen, wie er diese Mitteilung aufnehmen werde. Er wurde blaß, wollte etwas sagen, hielt aber inne, ließ ihre Hand los und senkte den Kopf. ›Ja, er hat die ganze Bedeutung dieses Ereignisses verstanden‹, dachte sie und drückte ihm dankbar die Hand.

Trotzdem irrte sie sich in der Annahme, daß er die Bedeutung dieser Nachricht so verstanden hätte, wie sie als Frau sie verstand. Bei dieser Mitteilung überkam ihn mit zehnfacher Stärke jenes seltsame Gefühl des Ekels gegen irgend jemand, das ihn manchmal erfaßte, zugleich aber erkannte er, daß die Krise, die er herbeigewünscht hatte, jetzt eingetreten war, daß man die Sache dem Ehemann nicht länger verheimlichen konnte, und daß dieser unnatürlichen Situation so oder so ein Ende gemacht werden mußte. Außerdem teilte sich ihre Erregung ihm körperlich mit. Er sah sie mit einem gerührten, ergebenen Blick an, küßte ihr die Hand, stand auf und ging schweigend auf der Veranda hin und her.

»Ja«, sagte er dann, entschlossen auf sie zugehend, »weder Sie noch ich haben unser Verhältnis als ein Spiel betrachtet, und jetzt ist unser Schicksal entschieden. Wir müssen«, sagte er, sich umschauend, »dieser Lüge, in der wir leben, ein Ende machen.«

»Ein Ende machen? Wie denn, Alexej?« sagte sie leise.

Sie hatte sich jetzt beruhigt, und aus ihrem Gesicht strahlte ein zärtliches Lächeln.

»Du mußt deinen Mann verlassen und dein Leben mit dem meinen vereinen.«

»Das ist doch auch so schon geschehen«, antwortete sie kaum hörbar.

»Ja, aber ganz, ganz!«

»Aber wie denn, Alexej? Sag mir doch, wie ich das machen soll«, sagte sie mit trübem Spott über die Aussichtslosigkeit ihrer Lage. »Gibt es denn einen Ausweg aus dieser Situation? Bin ich denn nicht die Frau meines Mannes?«

»Aus jeder Lage gibt es einen Ausweg«, erwiderte er. »Man muß sich nur zu einem Entschluß aufraffen. Alles ist besser als die Situation in der du jetzt lebst. Ich sehe ja, wie das alles dich quält, die Gesellschaft, dein Sohn, und dein Mann.«

»Ach, nur nicht mein Mann«, sagte sie und lachte leise auf. »Ich weiß nichts von ihm, ich denke gar nicht an ihn. Er existiert für mich nicht.«

»Du sprichst nicht aufrichtig. Ich kenne dich. Du quälst dich auch um ihn.«

»Aber er weiß ja nichts«, erwiderte sie, und plötzlich stieg ihr eine tiefe Röte ins Gesicht; Wangen, Stirn und Hals wurden dunkelrot, und Tränen der Scham traten ihr in die Augen. »Wir wollen nicht von ihm sprechen.«

23

Wronskij hatte schon mehrmals versucht, wenn auch nicht so entschieden wie jetzt, sie dazu zu bringen, daß sie ihre Lage ernsthaft erörtere, war aber jedesmal derselben Oberflächlichkeit und Leichtfertigkeit des Urteils begegnet, mit der sie auch jetzt auf seine Herausforderung antwortete. Es war, als sei etwas in ihrer Situation, das sie sich nicht klarmachen konnte oder wollte; als ob jedesmal, wenn sie davon zu sprechen begann, sie, die wirkliche Anna, sich in sich selbst zurückzöge und statt ihrer eine andere zum Vorschein komme, eine sonderbare, ihm fremde Frau, die er nicht liebte, sondern fürchtete, und die sich ihm widersetzte. Aber heute war er entschlossen, alles zu sagen.

»Ob er es weiß oder nicht«, sagte Wronskij in seinem gewöhnlichen festen, ruhigen Ton, »ob er es weiß oder nicht, das ist für uns nicht wichtig. Wir können nicht... Sie können nicht in dieser Lage bleiben, besonders jetzt nicht.«

»Was soll ich also Ihrer Ansicht nach tun?« fragte sie mit demselben leisen Anflug von Spott. Sie, die eben noch so gefürchtet hatte, daß er ihre Schwangerschaft leichtnehmen würde, ärgerte sich jetzt, daß er es nun für notwendig hielt, etwas zu unternehmen.

»Ihm alles sagen und ihn verlassen.«

»Sehr gut; nehmen wir an, daß ich das tue«, antwortete sie. »Wissen Sie, wie er darauf reagieren wird? Ich kann Ihnen alles voraussagen«, und ein boshafter Glanz flammte in ihren Augen auf, die eine Minute vorher noch so zärtlich geblickt hatten. »›Ah, Sie lieben einen andern und haben sich in ein verbrecherisches Verhältnis mit ihm eingelassen?‹ (sie ahmte die Sprechweise ihres Mannes nach und betonte, wie Alexej Alexandrowitsch es tat, das Wort ›verbrecherisch‹ besonders stark). ›Ich habe Sie im voraus auf die Folgen hingewiesen, die das in religiöser und rechtlicher Hinsicht und für unser Familienleben haben könnte. Sie haben nicht auf mich gehört. Jetzt kann ich nicht dulden, daß mein Name geschändet wird‹ (›und mein Sohn‹, wollte sie hinzufügen, aber sie brachte es nicht fertig, über ihren Sohn zu spotten), ›daß mein Name geschändet wird‹, und so weiter in diesem Stil«, fügte sie hinzu. »Überhaupt wird er mir in seinem Amtsstil mit aller Klarheit und Bestimmtheit sagen, daß er mich nicht freigeben könne, aber alle in seiner Macht stehenden Mittel anwenden werde, um einen Skandal zu verhüten. Und dann wird er ruhig und akkurat ausführen, was er angekündigt hat. So wird es kommen. Er ist kein Mensch, sondern eine Maschine, und eine boshafte Maschine, wenn er zornig wird«, fügte sie hinzu, wobei sie sich Alexej Alexandrowitsch mit allen Einzelheiten seiner Gestalt und seiner Sprechweise vorstellte und ihm alles als Schuld anrechnete, was sie Häßliches an ihm finden konnte; sie verzieh ihm nichts um der furchtbaren Schuld willen, die sie ihm gegenüber hatte.

»Aber Anna«, sagte Wronskij eindringlich und mit weicher Stimme, bemüht, sie zu beruhigen. »Wir müssen es ihm trotzdem sagen und uns dann nach seiner Handlungsweise richten.«

»Sollen wir denn fliehen?«

»Warum nicht? Ich sehe keine Möglichkeit, so weiter zu leben. Ich meine das nicht mit Rücksicht auf mich — ich sehe, daß Sie leiden.«

»Ja, ich soll fliehen und Ihre Geliebte werden«, sagte sie zornig.

»Anna!« sagte er mit zärtlichem Vorwurf.

»Ja«, fuhr sie fort, »Ihre Geliebte werden und alles zugrunde richten...«

Wieder hatte sie sagen wollen: ›auch meinen Sohn‹, aber sie brachte dieses Wort nicht über die Lippen.

Wronskij vermochte nicht zu begreifen, wie sie mit ihrer kraftvollen, ehrlichen Natur diesen Zustand steter Lüge ertragen und nicht wünschen konnte, aus dieser Situation herauszukommen; aber er erriet nicht, daß der Hauptgrund dafür das Wort ›Sohn‹ war, das sie nicht über die Lippen brachte. Wenn sie an ihren Sohn dachte und an sein künftiges Verhältnis zu seiner Mutter, die seinen Vater verlassen hatte, dann packte sie eine solche Angst vor diesem Schritt, daß sie nicht weiter überlegen konnte, sondern nach Frauenart versuchte, sich mit unwahren Gedanken und Worten zu beruhigen, damit nur ja alles beim alten bliebe und sie nicht an die entsetzliche Frage zu denken brauchte, was aus ihrem Sohn werden sollte.

»Ich bitte dich, ich flehe dich an«, sagte sie plötzlich in ganz anderem, aufrichtigem, zärtlichem Ton und nahm seine Hand, »rede nie wieder mit mir davon!«

»Aber Anna...«

»Nie wieder. Überlaß das mir. Ich kenne das Unwürdige und Entsetzliche meiner Lage sehr genau; aber da einen Ausweg zu finden, ist nicht so leicht, wie du denkst. Überlaß es mir und höre auf mich. Rede nie wieder mit mir davon. Versprichst du mir das?... Nein, nein, versprich es mir!...«

»Ich verspreche dir alles, ich kann aber nicht ruhig sein, besonders nach dem, was du mir gesagt hast. Ich kann nicht ruhig sein, wenn du nicht ruhig sein kannst...«

»Ich?« wiederholte sie. »Ja, ich quäle mich manchmal; aber das wird vergehen, wenn du nie mehr mit mir darüber sprichst. Nur wenn du mit mir davon sprichst, nur dann quält es mich.«

»Das verstehe ich nicht«, sagte er.

»Ich weiß«, unterbrach sie ihn, »wie schwer es deiner ehrlichen Natur fällt zu lügen, und du tust mir leid. Ich denke oft, daß du um meinetwillen dein Leben zerstört hast.«

»Dasselbe habe auch ich gerade gedacht«, sagte er, »wie konntest du mir zuliebe alles opfern? Ich kann es mir nicht verzeihen, daß du unglücklich bist.«

»Ich unglücklich?« sagte sie, sich ihm nähernd und ihn mit einem entzückten Lächeln der Liebe anblickend. »Ich bin wie ein Hungernder, dem man zu essen gegeben hat. Vielleicht friert er oder seine Kleider sind zerrissen, und er schämt sich, aber unglücklich ist er nicht. Ich unglücklich? Nein, hier ist mein Glück...«

Sie hörte die Stimme ihres Sohnes, der sich dem Haus näherte; sie schaute sich mit einem schnellen Blick auf der Veranda um und erhob sich hastig. In ihren Augen leuchtete das ihm wohlbekannte Feuer auf; mit einer schnellen Bewegung hob sie ihre schönen, ringgeschmückten Hände, faßte seinen Kopf, sah ihn mit einem langen Blick an, näherte ihr Gesicht mit den geöffneten, lächelnden Lippen dem seinen, küßte ihn schnell auf den Mund und auf beide Augen und schob ihn dann von sich. Sie wollte gehen, aber er hielt sie fest.

»Wann?« flüsterte er und sah sie entzückt an.

»Heute um eins«, flüsterte sie, seufzte schwer und ging mit ihren leichten, schnellen Schritten ihrem Sohn entgegen. Serjosha war im großen Garten vom Regen überrascht worden und hatte mit der Kinderfrau in einer Laube gesessen.

»Also auf Wiedersehen«, sagte sie zu Wronskij. »Ich muß jetzt bald zum Rennen fahren. Betsy hat versprochen, mich abzuholen.«

Wronskij warf einen Blick auf die Uhr und brach eilig auf.

24

Als Wronskij auf Karenins Veranda nach der Uhr gesehen hatte, war er so aufgeregt und mit seinen Gedanken beschäftigt gewesen, daß er zwar die Zeiger auf dem Zifferblatt gesehen, aber nicht begriffen hatte, wie spät es war. Er ging auf die Straße und von dort, vorsichtig durch den Schmutz schreitend, zu seinem Wagen. Er war von seinem Gefühl für Anna so erfüllt, daß er gar nicht daran dachte, wie spät es sei, und ob er noch Zeit habe, zu Brjanskij zu fahren. Er besaß nur noch, wie es oft vorkommt, eine äußere Erinnerungsfähigkeit, die ihm angab, was er zuerst und was er später tun mußte. Er ging auf seinen Kutscher zu, der auf dem Bock in dem bereits schräg fallenden Schatten einer dichten Linde eingenickt war, betrachtete einen Augenblick die schillernden Mückenschwärme, die über den schweißbedeckten Pferden tanzten, weckte dann den Kutscher, sprang in den Wagen und befahl, zu Brjanskij zu fahren. Erst als er bereits sieben Werst zurückgelegt hatte, kam er wieder so weit zu sich, daß er nach der Uhr sah und begriff, daß es bereits halb sechs, also schon sehr spät war.

An diesem Tag fanden mehrere Rennen statt: ein Rennen der Leibwache, dann ein Offiziersrennen über zwei Werst, eines über vier Werst, und das, an dem er selbst teilnahm. Zu diesem Rennen konnte er noch rechtzeitig kommen; wenn er aber noch zu Brjanskij fuhr, kam er erst im allerletzten Augenblick hin, wenn schon der ganze Hof da sein würde. Das war nicht gut. Aber er hatte Brjanskij sein Wort gegeben, noch zu ihm zu kommen; darum beschloß er weiterzufahren und befahl dem Kutscher, die Pferde nicht zu schonen.

Er kam zu Brjanskij, blieb fünf Minuten und jagte zurück. Diese schnelle Fahrt beruhigte ihn. Alles Bedrückende, das in seinem Verhältnis zu Anna lag, all die Ungewißheit, die nach ihrem Gespräch geblieben war, all das war jetzt verflogen; mit freudiger Erregung dachte er jetzt an das Rennen und daran, daß er doch noch rechtzeitig hinkommen werde, und hin und wieder flammte der Gedanke an die Wonne des Zusammenseins heute nacht wie ein heller Lichtschein in seiner Phantasie auf.

Das Gefühl der Spannung wegen des bevorstehenden Rennens wurde immer stärker, je mehr er in die Atmosphäre des Rennens kam und einen Wagen nach dem andern überholte, die von den Landhäusern und aus Petersburg zur Rennbahn fuhren.

In seiner Wohnung war niemand mehr zu Hause; alle waren schon auf der Rennbahn, nur sein Diener erwartete ihn am Tor. Während er sich umzog, erzählte ihm der Diener, daß das zweite Rennen schon begonnen habe, daß viele Herren gekommen seien und nach ihm gefragt hätten, und daß der Bursche aus dem Rennstall schon zweimal dagewesen sei.

Wronskij zog sich ohne Hast um (er überstürzte nie etwas und verlor nie die Selbstbeherrschung) und fuhr zu den Baracken. Von den Baracken aus sah er schon das Meer von Kutschen, Fußgängern und Soldaten, das die Rennbahn umschloß, und die von Menschen wimmelnden Tribünen.

Wahrscheinlich war das zweite Rennen gerade im Gang, denn in dem Augenblick, als er in den Stall trat, hörte er ein Glockenzeichen. Im Stall begegnete er Machotins weißfüßigem Fuchs Gladiator, der in einer orangerot und blauen Decke mit riesengroß aussehenden, blau eingefaßten Ohren zur Rennbahn geführt wurde.
»Wo ist Cord?« fragte er den Stallburschen.
»Im Stall. Er sattelt.«
In der geöffneten Box stand Frou-Frou schon gesattelt und sollte gerade hinausgeführt werden.
»Ich komme doch nicht zu spät?«
»All right, all right«, antwortete der Engländer. »Regen Sie sich nur nicht auf.«
Wronskij umfaßte noch einmal mit einem Blick die prächtigen Formen seines geliebten Pferdes, das am ganzen Leib zitterte, riß sich nur mit Mühe von diesem Bild los und ging aus der Baracke hinaus. Er kam gerade im günstigsten Augenblick zu den Tribünen, wo er von niemand bemerkt wurde. Das Rennen über zwei Werst ging seinem Ende entgegen, und aller Augen waren auf den führenden Gardechevalier und den an zweiter Stelle liegenden Leibhusaren gerichtet, die mit letzter Kraft ihre Pferde antrieben und sich dem Pfosten näherten. Von der Mitte und von außen drängte alles zu dem Pfosten, und eine Gruppe von Soldaten und Offizieren des Gardechevalierregiments drückte mit lautem Geschrei ihre Freude über den erwarteten Sieg ihres Offiziers und Kameraden aus. Wronskij mischte sich unbemerkt unter die Menge, fast in demselben Augenblick, als das Glockenzeichen ertönte, das das Ende des Rennens bedeutete, und der hochgewachsene, schmutzbespritzte Gardechevalier, der Erster geworden war, sich im Sattel zurücksinken ließ und seinem grauen, vom Schweiß ganz dunkel gewordenen, schwer atmenden Hengst die Zügel ließ. Die Füße angestrengt gegen die Erde stemmend, mäßigte der Hengst den schnellen Lauf seines großen Körpers, und

der Gardechevalier sah sich um wie ein Mensch, der aus einem schweren Traum erwacht ist, und lächelte mühsam. Ein Schwarm von Freunden und anderen Zuschauern umringte ihn.

Wronskij mied absichtlich die ausgewählte, vornehme Menge, die gemessen und doch ungezwungen vor den Tribünen hin und her schlenderte und sich lebhaft unterhielt. Er hatte erfahren, daß die Karenina, Betsy und die Frau seines Bruders auch dabei waren, und ging absichtlich nicht zu ihnen, um sich nicht abzulenken. Aber er traf immer wieder Bekannte, die ihn anhielten, ihm Einzelheiten von den ersten Rennen erzählten und ihn fragten, warum er so spät gekommen sei.

Als die Sieger in den Pavillon gerufen wurden, um die Preise in Empfang zu nehmen, und aller Augen sich dorthin wandten, trat Wronskijs älterer Bruder Alexander auf ihn zu, ein Oberst mit den Achselschnüren des Generaladjutanten, klein von Wuchs, ebenso stämmig wie Alexej, aber hübscher, mit frischerer Gesichtsfarbe, roter Nase und offenem, ehrlichem Trinkergesicht.

»Hast du meinen Brief bekommen?« fragte er. »Man trifft dich ja nie zu Hause an.«

Alexander Wronskij war trotz seines flotten Lebenswandels und seiner allgemein bekannten Trunksucht ein vollendeter Hofmann.

Jetzt, als er mit seinem Bruder über eine ihm höchst unangenehme Angelegenheit sprach, dachte er daran, daß viele Augen auf sie gerichtet sein könnten, und zeigte daher eine lächelnde Miene, als scherze er mit seinem Bruder über allerlei nebensächliche Dinge.

»Ja, ich habe ihn bekommen und begreife wirklich nicht, worüber du, gerade du, dir Sorgen machst«, sagte Alexej.

»Ich mache mir darüber Sorgen, daß mir gerade gesagt wurde, du seist noch nicht hier, und man habe dich am Montag in Peterhof gesehen.«

»Es gibt Angelegenheiten, über die nur unmittelbar daran Beteiligte urteilen dürfen, und die Angelegenheit, um die du dir so viele Sorgen machst, ist von dieser Art...«

»Ja, aber dann darf man nicht Offizier oder Beamter sein und nicht...«

»Ich möchte dich nur bitten, dich nicht in meine Angelegenheiten zu mischen, und weiter nichts!«

Alexej Wronskijs finsteres Gesicht war blaß geworden, und sein vorgeschobener Unterkiefer bebte, was bei ihm nur selten vorkam. Als Mensch mit gutem Herzen wurde er selten zornig, aber wenn er böse wurde und sein Kinn zu zittern begann, dann war er gefährlich, und das wußte auch Alexander Wronskij. Aber er lächelte heiter.

»Ich wollte dir nur den Brief unserer Mutter bringen. Antworte ihr und reg dich jetzt vor dem Rennen nicht auf. Bonne chance!« fügte er lächelnd hinzu und ging weg.

Aber gleich darauf wurde Wronskij wieder durch einen freundschaftlichen Gruß aufgehalten.

»Du erkennst wohl deine Freunde nicht mehr! Guten Tag, mon cher!« rief Stepan Arkadjitsch, der auch hier, inmitten all der Petersburger Pracht und Eleganz, nicht minder als in Moskau durch sein rosiges Gesicht und seinen glänzenden, glattgekämmten Backenbart auffiel. »Ich bin gestern angekommen und freue mich sehr, Zeuge deines Triumphs zu sein. Wann treffen wir uns?«

»Komm morgen ins Kasino«, antwortete Wronskij, drückte ihm mit ein paar entschuldigenden Worten den Ärmel seines Paletots und ging in die Mitte der Rennbahn, wohin die Pferde für das große Hindernisrennen geführt wurden.

Die schweißbedeckten, abgehetzten Pferde, die gerade gelaufen waren, wurden von Stallknechten weggeführt, und eins nach dem andern erschienen nun die neuen, frischen Pferde für das jetzt beginnende Rennen. Die meisten waren englischer Herkunft und sahen in ihren Kappen und mit den eingezogenen Bäuchen seltsamen, riesigen Vögeln ähnlich. Rechts wurde die schmächtige, schöne Frou-Frou auf und ab geführt, die mit ihren elastischen, ziemlich langen Fesseln wie auf Sprungfedern ging. Nicht weit von ihr wurde gerade dem schlappohrigen Gladiator die Decke abgenommen. Die mächtigen, schönen, ganz regelmäßigen Formen des Hengstes mit der wundervollen Kruppe und den ungewöhnlich kurzen, dicht über den Hufen sitzenden Fesseln zogen unwillkürlich Wronskijs Aufmerksamkeit auf sich. Er wollte gerade zu seinem Pferd gehen, da wurde er wieder von einem Bekannten aufgehalten.

»Da ist ja auch Karenin«, sagte der Bekannte, mit dem er sich unterhielt. »Er sucht seine Frau. Sie sitzt in der Mitte des Pavillons. Haben Sie sich nicht gesehen?«

»Nein, ich habe sie nicht gesehen«, antwortete Wronskij, und ohne sich auch nur nach dem Pavillon umzusehen, wo die Karenina sitzen sollte, ging er zu seinem Pferd.

Kaum hatte sich Wronskij den Sattel angesehen, an dem noch etwas in Ordnung zu bringen war, da wurden die Reiter schon zum Pavillon gerufen, wo sie ihre Nummern ziehen und zum Start abgefertigt werden sollten. Mit ernsten, strengen, zum Teil sogar bleichen Gesichtern versammelten sich die siebzehn Offiziere vor dem Pavillon und zogen ihre Nummern. Wronskij erhielt Nummer sieben. Dann hieß es: »Aufsitzen!«

Wronskij fühlte, daß er und die anderen Reiter jetzt den Mittelpunkt bildeten, auf den aller Augen gerichtet waren, und ging in einem Zustand seelischer Spannung, in dem seine Bewegungen immer langsam und ruhig wurden, auf sein Pferd zu. Cord trug zur Feier des Tages seinen Galaanzug, einen schwarzen, bis oben zugeknöpften Rock, einen steif gestärkten Kragen, der bis an die Backen reichte, einen runden, schwarzen Hut und Stulpenstiefel. Er war wie immer ruhig und würdevoll, stand vor dem Pferd und hielt es selbst an beiden Zügeln. Frou-Frou zitterte immer noch wie im Fieber. Ihr feuriges Auge schielte nach Wronskij. Er schob einen Finger unter den Sattelgurt. Das Pferd schielte noch mehr, fletschte die Zähne und drückte das eine Ohr an. Der Engländer verzog den Mund, was ein Lächeln darüber bedeuten sollte, daß man seine Sattelung nachprüfte.

»Sitzen Sie auf, dann werden Sie nicht so aufgeregt sein.«

Wronskij sah sich zum letztenmal nach seinen Konkurrenten um. Er wußte, daß er sie während des Rennens nicht mehr sehen werde. Zwei ritten schon zum Start. Wronskijs Freund Galzin, ein gefährlicher Konkurrent, drehte sich um seinen braunen Hengst herum, der ihn nicht aufsitzen lassen wollte. Ein kleiner Leibhusar in engen Reithosen galoppierte wie eine Katze zusammengekrümmt auf der Kruppe sitzend, um die Engländer nachzuahmen. Fürst Kusowlew saß ganz blaß auf seiner Vollblutstute aus dem Grabower Gestüt, die ein Engländer am Zügel führte. Wronskij und alle seine Kameraden kannten Kusowlew und seine Eigenheiten: seine ›schwachen Nerven‹ und seinen schrecklichen Ehrgeiz. Sie wußten, daß er vor allem Angst hatte, daß er sich fürchtete, ein gewöhnliches Kavalleriepferd zu reiten; jetzt aber, gerade weil es gefährlich war, gerade weil man sich dabei den Hals brechen konnte und an jedem Hindernis ein Arzt, ein Krankenwagen mit aufgemaltem Kreuz und eine Barmherzige Schwester standen, hatte er sich entschlossen, das Rennen mitzureiten. Ihre Blicke trafen sich, und Wronskij zwinkerte ihm freundlich und aufmunternd zu. Nur einen sah er nicht: seinen Hauptkonkurrenten Machotin auf Gladiator.

»Übereilen Sie sich nicht«, sagte Cord zu Wronskij, »und denken Sie vor allem an eines: halten Sie bei den Hindernissen nicht zurück, und treiben Sie nicht an, lassen Sie das Pferd gewähren.«

»Schon gut«, sagte Wronskij und faßte die Zügel.

»Wenn möglich, nehmen Sie die Führung, aber geben Sie

bis zum letzten Augenblick nicht die Hoffnung auf, auch wenn Sie ganz hinten sind.«

Das Pferd kam nicht dazu, auszuweichen; Wronskij setzte den Fuß mit einer gewandten, energischen Bewegung in den Steigbügel und ließ seinen kräftigen Körper leicht und fest auf das knarrende Leder des Sattels gleiten. Als er den rechten Fuß in den Steigbügel gestellt hatte, ordnete er mit geübtem Griff die doppelten Zügel zwischen den Fingern, und Cord zog die Hände zurück. Als wüßte sie nicht, mit welchem Fuß sie zuerst auftreten sollte, setzte sich Frou-Frou, mit ihrem langen Hals die Zügel ausreckend, wie auf Sprungfedern in Bewegung und schaukelte den Reiter auf ihrem geschmeidigen Rücken. Cord folgte ihnen mit immer schnelleren Schritten. Das aufgeregte Pferd versuchte bald auf der einen, bald auf der anderen Seite den Zügel noch weiter auszuziehen, um den Reiter zu täuschen, und Wronskij bemühte sich vergeblich, es durch Streicheln und Zureden zu beruhigen.

Sie näherten sich auf dem Weg zum Start bereits dem gestauten Flüßchen. Viele von den Reitern waren Wronskij voraus, viele waren hinter ihm zurück; da hörte er plötzlich auf dem schmutzigen Weg den Hufschlag eines galoppierenden Pferdes, und Machotin auf seinem weißfüßigen, schlappohrigen Gladiator überholte ihn. Machotin zeigte lächelnd seine langen Zähne, aber Wronskij warf ihm einen zornigen Blick zu. Er konnte ihn überhaupt nicht leiden, heute aber sah er seinen gefährlichsten Konkurrenten in ihm und ärgerte sich, weil er an ihm vorbeigaloppiert war und dadurch sein Pferd erschreckt hatte. Frou-Frou warf den linken Fuß zum Galopp hoch, machte zwei Sprünge und ging dann, unwillig über die angezogenen Zügel, in einen stoßenden Trab über, der den Reiter fortwährend hochwarf. Auch Cord machte ein finsteres Gesicht und lief fast im Trab hinter Wronskij her.

An dem Rennen beteiligten sich insgesamt siebzehn Offiziere. Das Rennen fand auf der großen, vier Werst langen elliptischen Bahn vor dem Pavillon statt. Auf dieser Bahn waren neun Hindernisse aufgebaut: das Flüßchen, eine große, zwei Arschin hohe feste Barriere unmittelbar vor dem Pavillon, ein trockener Graben, ein Wassergraben, ein doppelter Abhang, ein irischer Wall, eines der schwierigsten Hindernisse, aus einem mit Reisig bedeckten Wall bestehend, hinter dem noch ein dem Pferd nicht sichtbarer Graben lag, so daß das Pferd entweder beide Hindernisse nehmen oder schwer stürzen mußte, dann noch zwei Wassergräben und ein trockener Graben; das Ende der Bahn war gegenüber dem Pavillon. Aber der Start war nicht auf der Bahn selbst, sondern ungefähr zweihundert Meter seitwärts, und auf dieser Strecke war das erste Hindernis, das gestaute drei Arschin breite Flüßchen. Die Reiter konnten es je nach Belieben im Sprung nehmen oder hindurchreiten.

Dreimal stellten sich die Reiter in gerader Linie auf, aber jedesmal drängte sich ein Pferd vor, und man mußte von vorn beginnen. Oberst Sestrin, ein erfahrener Starter, war schon ganz ärgerlich, als er endlich zum viertenmal »Vorwärts!« rief und die Reiter sich in Bewegung setzten.

Als sie sich aufstellten, waren aller Augen, alle Feldstecher auf das bunte Häuflein der Reiter gerichtet.

»Sie sind gestartet! Sie reiten!« erscholl es nun nach der erwartungsvollen Stille von allen Seiten.

Gruppen von Fußgängern, auch einzelne, liefen von einer Stelle zur andern, um besser sehen zu können. Gleich im ersten Augenblick zog sich das geschlossene Feld auseinander, und man konnte sehen, wie die Reiter zu zweien, zu dreien und hintereinander sich dem Flüßchen näherten. Die Zuschauer hatten den Eindruck, daß sie alle gleichzeitig

davongaloppiert waren; für die Reiter aber war ein Zeitunterschied von Sekunden von großer Bedeutung.
Die aufgeregte und allzu nervöse Frou-Frou hatte den ersten Moment verpaßt, und mehrere Pferde hatten gleich nach dem Start einen Vorsprung; aber noch ehe sie das Flüßchen erreicht hatten, überholte Wronskij, der mit aller Kraft das sich in die Zügel legende Pferd zurückhielt, mit Leichtigkeit drei vor ihm galoppierende Reiter, und ihm voraus war nur noch Machotins Fuchs Gladiator, der unmittelbar vor Wronskij gleichmäßig und leicht seine Kruppe auf und nieder bewegte, und dann allen voran die entzückende Diana, die den mehr toten als lebendigen Kusowlew trug.
In den ersten Augenblicken hatte Wronskij weder sich noch sein Pferd in der Gewalt. Bis zum ersten Hindernis, dem Flüßchen, konnte er die Bewegungen seines Pferdes nicht lenken.
Gladiator und Diana kamen zusammen dort an; fast im gleichen Moment richteten sie sich an dem Flüßchen auf und flogen hinüber; unmerklich, wie fliegend, schwang sich hinter ihnen Frou-Frou in die Höhe; aber in demselben Augenblick, als Wronskij sich in der Luft fühlte, sah er plötzlich, fast unter den Füßen seines Pferdes, Kusowlew, der sich mit seiner Diana am jenseitigen Ufer auf der Erde wälzte. Kusowlew hatte nach dem Sprung die Zügel fahren lassen, und das Pferd hatte sich mit ihm überschlagen. Diese Einzelheiten erfuhr Wronskij erst später, jetzt sah er nur, daß ein Bein von Diana oder ihr Kopf gerade unter die Füße Frou-Frous geraten konnte. Aber Frou-Frou machte wie eine fallende Katze mitten im Sprung eine kräftige Bewegung mit den Beinen und dem Rücken, setzte über das andere Pferd hinweg und jagte weiter.
›O du liebes Tier!‹ dachte Wronskij.
Hinter dem Flüßchen hatte Wronskij sein Pferd völlig in der Gewalt und hielt es zurück, da er die große Barriere hinter Machotin nehmen und erst auf der folgenden hindernis-

freien Strecke von etwa vierhundert Metern versuchen wollte, ihn zu überholen.

Die große Barriere stand unmittelbar vor dem kaiserlichen Pavillon. Der Zar, der ganze Hof und die Volksmenge, alle hatten die Blicke auf sie gerichtet, auf ihn und Machotin, der eine Pferdelänge voraus war, als sie sich dem ›Teufel‹ näherten, wie die feste Barriere genannt wurde. Wronskij fühlte die von allen Seiten auf ihn gerichteten Blicke, aber er sah nichts als die Ohren und den Hals seines Pferdes, den ihm entgegenlaufenden Erdboden und die Kruppe und die weißen Füße Gladiators, die sich schnell und taktmäßig auf und nieder bewegten und immer in derselben Entfernung vor ihm blieben. Gladiator nahm das Hindernis, ohne anzustoßen, schwenkte den kurzen Schweif und entschwand Wronskijs Blicken.

»Bravo!« rief eine Stimme.

In demselben Augenblick tauchten vor Wronskijs Augen, unmittelbar vor ihm, die Bretter der Barriere auf. Ohne seine Bewegung im geringsten zu ändern, flog das Pferd unter Wronskij empor; die Bretter verschwanden, und nur hinter ihm krachte etwas. Aufgeregt durch den vorangaloppierenden Gladiator, hatte sich das Pferd vor der Barriere zu früh gehoben und mit einem Hinterhuf dagegen geschlagen. Aber sein Tempo änderte sich nicht, und Wronskij, dem ein Schmutzklumpen ins Gesicht flog, sah, daß er sich wieder in derselben Entfernung von Gladiator befand. Wieder sah er die Kruppe des Pferdes vor sich, den kurzen Schweif und die sich nicht entfernenden, sich schnell bewegenden weißen Beine.

In demselben Augenblick, als Wronskij dachte, es sei nun Zeit, Machotin zu überholen, beschleunigte Frou-Frou von selbst, als ob sie seine Gedanken erraten hätte, ohne Aufmunterung ihren Lauf und näherte sich Machotin von der vorteilhaftesten Seite, von der Strickseite. Aber Machotin gab die Strickseite nicht frei. Wronskij überlegte, ob er ihn nicht von der Außenseite überholen könnte, da wechselte Frou-Frou schon den Fuß und versuchte Machotin auf diese Weise zu überholen. Frou-Frous Schulter, die sich vom Schweiß schon dunkler färbte, kam in eine Linie mit Gladiators Kruppe. Einige Sprünge liefen sie nebeneinander her. Aber vor dem Hindernis, dem sie sich jetzt näherten, begann Wronskij, um nicht einen großen Kreis beschreiben zu müssen, mit den Zügeln zu arbeiten und überholte Machotin gerade auf dem Abhang. Im Vorüberjagen sah er sein schmutzbespritztes Gesicht. Es kam ihm sogar vor, als lächle er. Wronskij hatte Machotin überholt, aber er fühlte ihn dicht hinter sich und hörte die gleichmäßigen Galoppsprünge und das stoßweise, noch ganz frische Atmen der Nüstern Gladiators.

Die beiden folgenden Hindernisse, der Graben und die Barriere, wurden mühelos genommen, aber Wronskij hörte das Schnauben und die Sprünge Gladiators bald aus größerer Nähe. Er trieb sein Pferd an und fühlte erfreut, daß es ohne Mühe seinen Lauf beschleunigte und daß der Hufschlag Gladiators wieder in der früheren Entfernung zu hören war. Wronskij führte das Rennen, wie er es gewünscht und wie Cord es ihm geraten hatte, und nun war er sich seines Erfolges sicher. Seine Erregung, seine Freude und seine Zärtlichkeit für Frou-Frou wuchsen immer mehr. Er hätte sich gern umgesehen, wagte es aber nicht, und versuchte sich zu beruhigen und das Pferd nicht anzutreiben, um ihm eine ebenso große Reserve an Kraft zu erhalten, wie sie seiner Überzeugung nach Gladiator noch besaß. Jetzt kam nur noch ein Hindernis, das schwerste; wenn er es vor den andern nahm, würde er als Erster durchs Ziel gehen. Er jagte dem irischen Wall zu. Zugleich mit Frou-Frou hatte er dieses Hindernis schon von weitem gesehen, und beiden, Pferd und Reiter, waren plötzlich Zweifel gekommen. An den Ohren des Pferdes merkte er, daß es unentschlossen war, und hob die Peitsche, fühlte aber sofort, daß sein

Zweifel unbegründet war: das Pferd wußte, was es zu tun hatte. Es steigerte sein Tempo, und im gleichen Takt, genau wie der Reiter es sich gedacht hatte, hob es sich, stieß sich von der Erde ab und überließ sich dem Beharrungsvermögen, das es weit über den Graben hinwegtrug; und in demselben Takt, ohne Anstrengung, mit demselben Fuß, jagte Frou-Frou weiter.

»Bravo, Wronskij!« hörte er Stimmen aus einer Gruppe von Menschen, die an diesem Hindernis standen. Er wußte, daß es Freunde aus seinem Regiment waren, und hörte Jaschwins Stimme unverkennbar heraus, sah ihn aber nicht.

›O du herrliches Pferd!‹ sagte er in Gedanken zu Frou-Frou und horchte auf das, was hinter ihm vorging. ›Er ist hinübergekommen!‹ dachte er, als er den Hufschlag Gladiators wieder hinter sich hörte. Jetzt kam nur noch der letzte, anderthalb Meter breite Wassergraben. Wronskij sah gar nicht hin; aber in dem Wunsch, mit einem erheblichen Vorsprung zu siegen, begann er mit den Zügeln kreisförmig zu arbeiten und hob und senkte den Kopf des Pferdes im Takt des Galopps. Er fühlte, daß das Pferd mit letzter Kraft lief; nicht nur Hals und Schulter waren naß, auch am Widerrist, am Kopf und an den spitzen Ohren traten Schweißtropfen hervor, und das Tier atmete kurz und scharf. Aber er wußte, daß dieser Kräftevorrat für die letzten vierhundert Meter völlig ausreichte. Nur daran, daß er sich dem Erdboden näher fühlte, und an der besonderen Weichheit der Bewegung merkte Wronskij, wie sehr das Pferd seine Geschwindigkeit gesteigert hatte. Es setzte über den Graben, als merke es ihn gar nicht. Es flog hinüber wie ein Vogel; aber im selben Augenblick fühlte Wronskij zu seinem Entsetzen, daß er sich der Bewegung des Pferdes nicht angepaßt und etwas ganz Schlimmes, Unverzeihliches getan hatte: ohne zu wissen, wie es kam, hatte er sich in den Sattel zurückfallen lassen. Plötzlich änderte sich die Haltung seines Körpers, und er begriff, daß etwas Furchtbares geschehen war. Er konnte sich noch keine klare Rechenschaft darüber geben, da tauchten schon dicht neben ihm die weißen Füße des Fuchshengstes auf und Machotin flog in schnellem Galopp vorbei. Wronskij berührte mit dem einen Fuß die Erde, und sein Pferd sank über diesen Fuß nieder. Er hatte kaum Zeit, den Fuß herauszuziehen, da fiel Frou-Frou schon auf die Seite, röchelte schwer und machte mit ihrem feinen, schweißbedeckten Hals vergebliche Anstrengungen, sich aufzurichten; sie lag zuckend wie ein angeschossener Vogel vor ihm auf der Erde. Seine ungeschickte Bewegung hatte ihr das Rückgrat gebrochen. Aber das begriff er erst viel später. Jetzt sah er nur, daß Machotin sich schnell entfernte; er selbst stand allein, taumelnd auf der schmutzigen, unbeweglichen Erde und vor ihm lag schweratmend Frou-Frou, den Kopf zu ihm gewandt, und sah ihn mit ihren wundervollen Augen an. Immer noch nicht begreifend, was geschehen war, riß Wronskij das Pferd am Zügel. Es fing wieder an zu zappeln wie ein Fisch, die Sattelflügel knarrten, es bekam die Vorderbeine frei, war aber nicht imstande, das Hinterteil zu heben, wankte und fiel wieder auf die Seite. Das Gesicht von Leidenschaft verzerrt, bleich, mit zitterndem Unterkiefer, stieß Wronskij das Pferd mit dem Stiefelabsatz in den Leib und zerrte wieder am Zügel. Aber es bewegte sich nicht, drückte die Nase gegen die Erde und sah seinen Herrn mit sprechendem Blick an.

»Aah!« brüllte Wronskij und griff sich an den Kopf. »Aaah! Was habe ich getan!« schrie er. »Das Rennen verloren! Und es ist meine Schuld! Schmählich, unverzeihlich! Und dieses unglückliche, liebe, zugrunde gerichtete Pferd! Aaah! Was habe ich getan!«

Eine Menge Zuschauer, auch ein Arzt und ein Heilgehilfe, Offiziere seines Regiments liefen auf ihn zu. Zu seinem Unglück fühlte er, daß er heil und unversehrt war. Das Pferd hatte das Rückgrat gebrochen und mußte erschossen werden. Wronskij war nicht imstande, auf Fragen zu ant-

worten und konnte mit niemand sprechen. Er wandte sich ab, und ohne die Mütze aufzuheben, die ihm vom Kopf gefallen war, ging er von der Rennbahn fort, er wußte selbst nicht wohin. Er fühlte sich grenzenlos unglücklich. Zum erstenmal in seinem Leben hatte er ein schweres Unglück durchzumachen, ein Unglück, das sich nicht gutmachen ließ, und an dem er selber schuld war.
Jaschwin brachte ihm seine Mütze und begleitete ihn nach Hause, und nach einer halben Stunde kam Wronskij wieder zu sich. Aber die Erinnerung an dieses Rennen blieb für lange Zeit in seiner Seele die drückendste und qualvollste Erinnerung seines Lebens.

26

Das äußere Verhältnis Alexej Alexandrowitschs zu seiner Frau war dasselbe wie früher. Der einzige Unterschied bestand darin, daß er durch seine amtliche Tätigkeit noch stärker in Anspruch genommen war als sonst. Wie in den vorhergehenden Jahren reiste er auch diesmal zu Anfang des Frühlings in ein ausländisches Bad, um seine Gesundheit wiederherzustellen, die durch die angestrengte Arbeit im Winter stark angegriffen war. Wie gewöhnlich kehrte er im Juli zurück und machte sich mit verdoppelter Energie sofort wieder an seine gewohnte Arbeit. Wie gewöhnlich zog seine Frau aufs Land, und er blieb in Petersburg.
Seit jenem Gespräch nach der Abendgesellschaft bei der Fürstin Twerskaja hatte er mit Anna nie wieder von seinem Verdacht und von seiner Eifersucht gesprochen, und sein gewohnter spöttischer Ton paßte ausgezeichnet zu seinem jetzigen Verhältnis zu seiner Frau. Er behandelte sie etwas kühler, als sei er etwas unwillig wegen jenes nächtlichen Gesprächs, dem sie ausgewichen war. In der Art, wie er mit ihr umging, lag ein Anflug von Ärger, aber nicht mehr. ›Du wolltest dich nicht mit mir aussprechen‹, schien er in Ge-

danken zu sagen, ›um so schlimmer für dich. Jetzt wirst du mich bald um eine Aussprache bitten, aber ich werde auf nichts eingehen. Um so schlimmer für dich‹, sagte er im stillen, wie ein Mensch, der sich vergebens bemüht hat, einen Brand zu löschen, sich über seine vergeblichen Anstrengungen ärgert und sagt: ›Da hast du's! Nun verbrennst du durch deine eigene Schuld!‹

Er, dieser kluge und in dienstlichen Angelegenheiten so scharfsinnige Mann, begriff nicht, wie sinnlos sein Verhalten seiner Frau gegenüber war. Er begriff es nicht, weil er sich davor fürchtete, seine jetzige Situation zu verstehen, und das Schubfach in seiner Seele, in dem sich sein Familiensinn, das heißt seine Gefühle für seine Frau und seinen Sohn befanden, zugemacht und versiegelt hatte. Er, ein so sorgsamer Vater, war seit Ende dieses Winters sehr kühl zu seinem Sohn und hatte nun dasselbe spöttische Verhältnis zu ihm, wie zu seiner Frau. »Ah, junger Mann!« pflegte er ihn anzureden.

Alexej Alexandrowitsch dachte und sagte, daß er in keinem Jahr dienstlich so viel zu tun gehabt habe, wie in diesem; aber er war sich nicht bewußt, daß er sich selbst mit Arbeit belastete, und daß dies eines der Mittel war, das Schubfach nicht öffnen zu müssen, in dem seine Gefühle für seine Frau und seinen Sohn und seine Gedanken über die beiden lagen, und daß die Furcht vor diesen Gedanken und Gefühlen immer größer wurde, je länger sie dort lagen. Hätte jemand das Recht gehabt, Alexej Alexandrowitsch zu fragen, was er über das Benehmen seiner Frau denke, so hätte der sanfte, stille Alexej Alexandrowitsch nichts darauf geantwortet, wäre aber sehr böse auf den Menschen gewesen, der sich eine solche Frage erlaubt hätte. Daher kam auch der stolze, strenge Ausdruck in Alexej Alexandrowitschs Gesicht, wenn man sich bei ihm nach dem Befinden seiner Frau erkundigte. Er wollte gar nicht an das Benehmen und an die Gefühle seiner Frau denken, und er dachte auch wirklich nicht daran.

Alexej Alexandrowitschs Sommerhaus war in Peterhof, und gewöhnlich verbrachte auch Gräfin Lydia Iwanowna den Sommer dort in der Nachbarschaft und in stetem Verkehr mit Anna. Aber in diesem Jahr hatte Gräfin Lydia Iwanowna darauf verzichtet, in Peterhof zu wohnen, hatte Anna kein einziges Mal besucht und Alexej Alexandrowitsch einige Andeutungen über die Unschicklichkeit von Annas engem Verkehr mit Betsy und Wronskij gemacht. Alexej Alexandrowitsch hatte sie in scharfem Ton unterbrochen und gesagt, seine Frau sei über jeden Verdacht erhaben, und ging seitdem der Gräfin Lydia Iwanowna aus dem Wege. Er wollte nicht sehen und sah wirklich nicht, daß schon viele in der Gesellschaft seine Frau schief anblickten; er wollte nicht verstehen und verstand nicht, warum seine Frau durchaus nach Zarskoe Selo übersiedeln wollte, wo Betsy wohnte und von wo es nicht weit zum Lager von Wronskijs Regiment war. Er gestattete sich nicht, darüber nachzudenken, und dachte auch nicht darüber nach; aber obwohl er es sich nie eingestand und nicht nur keinerlei Beweise, sondern auch keine Verdachtsmomente hatte, wußte er doch ganz genau, daß er ein betrogener Ehemann war, und war tief unglücklich darüber.
Wie oft hatte Alexej Alexandrowitsch in den acht Jahren glücklichen Zusammenlebens mit seiner Frau gedacht, wenn er treulose Gattinnen und betrogene Gatten sah: ›Wie kann man es nur so weit kommen lassen? Einer so scheußlichen Situation muß man doch ein Ende machen!‹ Aber jetzt, wo dieses Unglück über sein eigenes Haupt gekommen war, dachte er nicht daran, dieser Situation ein Ende zu machen; er wollte die Situation nicht einmal sehen, weil sie zu entsetzlich, zu unnatürlich war.
Seit seiner Rückkehr aus dem Ausland war Alexej Alexandrowitsch zweimal in seinem Landhaus gewesen. Einmal hatte er dort zu Mittag gegessen, ein anderes Mal einen Abend mit Gästen dort verbracht, aber er war nicht über

Nacht geblieben, was er in früheren Jahren immer getan hatte.

Am Tag des Rennens war Alexej Alexandrowitsch besonders stark beschäftigt. Er machte schon am Morgen einen genauen Tagesplan und beschloß, früh zu Mittag zu essen, dann zu seiner Frau in das Landhaus zu fahren und von dort zum Rennen, dem der ganze kaiserliche Hof beiwohnen sollte, wo also auch er sein mußte. Zu seiner Frau wollte er deshalb fahren, weil er sich vorgenommen hatte, sie anstandshalber einmal in der Woche zu besuchen. Außerdem mußte er an diesem Tag, dem fünfzehnten des Monats, nach der ein für allemal eingeführten Ordnung seiner Frau das Wirtschaftsgeld bringen.

Gewohnt, seine Gedanken in der Gewalt zu haben, gestattete er ihnen auch jetzt nicht, sich noch weiter mit seiner Frau zu beschäftigen, da er ja alles, was sich auf sie bezog, bereits erwogen hatte.

An diesem Morgen hatte Alexej Alexandrowitsch sehr viel zu tun. Tags zuvor hatte Gräfin Lydia Iwanowna ihm eine Broschüre eines berühmten Chinareisenden geschickt, der sich gerade in Petersburg aufhielt, und einen Brief, in dem sie ihn bat, den Reisenden, der in verschiedener Hinsicht ein interessanter und wertvoller Mensch sei, persönlich zu empfangen. Alexej Alexandrowitsch hatte am Abend keine Zeit gehabt, die Broschüre ganz zu lesen, und las sie nun am Morgen zu Ende. Dann erschienen Bittsteller, dann kamen amtliche Berichte, Empfänge, Beschlüsse über die Ernennung und Absetzung von Beamten, über Gratifikationen, Pensionen und Gehälter, dann mußte die Korrespondenz erledigt werden – die Alltagsarbeit, wie Alexej Alexandrowitsch es nannte, die sehr viel Zeit in Anspruch nahm. Danach kamen persönliche Angelegenheiten: der Besuch seines Arztes und seines Geschäftsführers. Dieser Besuch kostete nicht viel Zeit. Der Geschäftsführer brachte ihm nur das notwendige Geld und erstattete einen kurzen Bericht über den Stand der Vermögensangelegenheiten, der nicht besonders erfreulich war, da in diesem Jahr infolge der vielen gesellschaftlichen Veranstaltungen zu viel ausgegeben worden und ein Defizit entstanden war. Aber der Arzt, der einer der angesehensten in Petersburg und mit Alexej Alexandrowitsch befreundet war, blieb ziemlich lange. Alexej Alexandrowitsch hatte ihn heute gar nicht erwartet und war über seinen Besuch erstaunt, und noch mehr darüber, daß der Arzt ihn sehr eingehend nach seinem Befinden ausfragte, seine Brust abhorchte, ihn beklopfte und seine Leber befühlte. Alexej Alexandrowitsch wußte nicht, daß seine Freundin Lydia Iwanowna, die bemerkt hatte, daß sein Gesundheitszustand in diesem Jahr gar nicht gut war, den Arzt gebeten hatte, zu ihm zu gehen und ihn zu untersuchen. »Tun Sie es mir zuliebe«, hatte Gräfin Lydia Iwanowna gesagt.

»Ich tue es um Rußlands willen, Gräfin«, hatte der Arzt erwidert.

»Ja, er ist ein unschätzbarer Mann!« hatte die Gräfin gesagt.

Der Arzt war mit Alexej Alexandrowitsch sehr unzufrieden. Er fand die Leber stark vergrößert, die Ernährung vermindert und daß die Badekur überhaupt nicht gewirkt habe. Er verordnete ihm möglichst viel körperliche Bewegung und möglichst wenig geistige Anstrengung und vor allen Dingen Vermeidung aller Aufregung, also etwas, was für Alexej Alexandrowitsch ebenso unmöglich war, wie nicht zu atmen. Dann ging der Arzt fort, und Alexej Alexandrowitsch blieb mit dem unangenehmen Bewußtsein zurück, daß irgend etwas mit ihm nicht in Ordnung sei, und daß es keine Heilung für ihn gebe.

Als der Arzt das Haus verließ, begegnete ihm vor der Haustür der ihm wohlbekannte Sljudin, Alexej Alexandrowitschs Bürochef. Sie kannten sich von der Universität her, und obwohl sie jetzt nur selten zusammenkamen, schätzten sie einander sehr und waren gute Freunde; darum hätte der

Arzt niemand außer Sljudin seine Meinung über den Kranken offen gesagt.
»Wie freue ich mich, daß Sie bei ihm gewesen sind«, sagte Sljudin. »Er ist nicht ganz gesund, und mir scheint... Nun, wie steht es?«
»Ja, sehen Sie«, antwortete der Arzt und winkte über Sljudins Kopf hinweg seinem Kutscher, daß er vorfahren sollte, »sehen Sie«, wiederholte er, faßte mit seinen weißen Händen einen Finger seines Glacéhandschuhs und zog ihn straff. »Versuchen Sie, eine schlaffe Saite zu zerreißen – es wird Ihnen kaum gelingen. Aber spannen Sie die Saite, so straff es nur geht, und drücken Sie dann ganz leicht mit dem Finger darauf, und sie reißt. Mit seinem Fleiß, seiner Gewissenhaftigkeit, ist er bis zum äußersten angespannt; und nun kommt noch ein äußerer Druck hinzu, ein sehr schwerer Druck«, schloß der Arzt und zog bedeutsam die Brauen hoch. »Kommen Sie zum Rennen?« fügte er hinzu, während er in den Wagen stieg, der inzwischen vorgefahren war. »Ja, ja, selbstverständlich, das kostet viel Zeit«, antwortete er noch auf eine Bemerkung Sljudins, die er nicht mehr deutlich verstanden hatte.
Nach dem Arzt, dessen Besuch so lange gedauert hatte, erschien der berühmte Chinareisende, und Alexej Alexandrowitsch konnte nun den Inhalt der soeben gelesenen Broschüre und seine früheren Kenntnisse dieses Gegenstandes anbringen und den Reisenden durch sein tiefes Wissen und die Weite seines Blicks in Erstaunen setzen.
Gleichzeitig mit dem Reisenden wurde ihm ein Gouvernements-Adelsmarschall gemeldet, der nach Petersburg gekommen war und mit dem er verhandeln mußte. Als der Adelsmarschall gegangen war, mußte Alexej Alexandrowitsch mit seinem Bürochef die Alltagsarbeit erledigen, und dann mußte er wegen einer sehr ernsten, wichtigen Sache noch zu einer bedeutenden Persönlichkeit fahren. Er kam erst um fünf Uhr zurück, der für das Essen festgesetzten

Zeit, speiste mit seinem Bürochef und forderte ihn auf, mit ihm in das Landhaus und zum Rennen zu fahren.
Ohne sich selbst darüber Rechenschaft abzulegen, suchte Alexej Alexandrowitsch es jetzt immer so einzurichten, daß er nur in Gegenwart eines Dritten mit seiner Frau zusammen war.

27

Anna stand im oberen Stockwerk vor dem Spiegel und befestigte mit Annuschkas Hilfe die letzte Schleife an ihrem Kleid, als sie vor der Haustür das Knirschen von Rädern auf dem Kies hörte.
›Für Betsy ist es noch zu früh‹, dachte sie, sah aus dem Fenster und erblickte eine Kutsche, aus der Alexej Alexandrowitsch seinen Kopf mit dem schwarzen Hut und den ihr so wohlbekannten Ohren herausstreckte. ›Wie ungelegen! Er wird doch nicht über Nacht bleiben?‹ dachte sie, und die Folgen, die das haben konnte, erschienen ihr so entsetzlich und furchtbar, daß sie, ohne auch nur einen Augenblick zu überlegen, mit heiterem, strahlendem Gesicht den beiden Herren entgegenging; sie fühlte, daß der ihr schon vertraute Geist der Lüge und des Betrugs sich wieder in ihr regte, überließ sich ihm sofort und fing an zu reden, ohne zu wissen, was sie sagen werde.
»Ach, wie nett!« sagte sie, reichte ihrem Mann die Hand und begrüßte Sljudin als einen Freund des Hauses mit freundlichem Lächeln. »Ich hoffe, du bleibst über Nacht hier?« das waren die ersten Worte, die der Geist der Lüge ihr zuflüsterte. »Und jetzt wollen wir zusammen zum Rennen fahren. Schade, daß ich mich schon mit Betsy verabredet habe. Sie will mich abholen.«
Alexej Alexandrowitsch runzelte bei dem Namen Betsy die Stirn.
»Oh, ich will die Unzertrennlichen nicht trennen«, antwor-

tete er in seinem gewohnten scherzenden Ton. »Ich fahre mit Michail Wasiljewitsch. Die Ärzte wollen, daß ich mir Bewegung mache. Ich werde also ein Stück zu Fuß gehen und mir vorstellen, ich sei noch im Bad.«
»Wir haben noch viel Zeit«, sagte Anna. »Möchten die Herren Tee trinken?«
Sie klingelte.
»Bringen Sie Tee, und sagen Sie Serjosha, daß Alexej Alexandrowitsch gekommen ist. Nun, wie steht es mit deiner Gesundheit? Michail Wasiljewitsch, Sie sind noch gar nicht bei mir gewesen; sehen Sie nur, wie schön es auf meiner Veranda ist«, sagte sie, sich bald an den einen, bald an den andern wendend.
Sie sprach ungezwungen und natürlich, aber zu viel und zu schnell. Sie fühlte das selbst, um so mehr, als sie an dem neugierigen Blick, mit dem Michail Wasiljewitsch sie ansah, merkte, daß er sie beobachtete.
Michail Wasiljewitsch ging sofort auf die Veranda hinaus.
Sie setzte sich neben ihren Mann.
»Du siehst nicht gut aus«, sagte sie zu ihm.
»Ja«, antwortete er, »heute war der Arzt da und hat mir eine ganze Stunde Zeit geraubt. Mir scheint, einer meiner Freunde hat ihn zu mir geschickt; so kostbar ist ihnen meine Gesundheit.«
»Und was hat er gesagt?«
Sie fragte ihn nach seiner Gesundheit und nach seiner Tätigkeit und redete ihm zu, sich mehr Erholung zu gönnen und zu ihr in die Sommerfrische zu ziehen.
Alles das sagte sie schnell und in heiterem Ton und mit einem eigentümlichen Glanz in den Augen; aber Alexej Alexandrowitsch maß diesem Ton jetzt keine Bedeutung bei. Er hörte nur ihre Worte und faßte sie nur in ihrem natürlichen Sinn auf. Er antwortete ihr ungezwungen, wenn auch scherzend. An diesem ganzen Gespräch war gar nichts Besonderes, und doch konnte Anna später nie ohne ein

qualvolles, schmerzliches Gefühl der Scham an diese kurze Szene zurückdenken.
Serjosha kam herein, von seiner Gouvernante geführt. Hätte Alexej Alexandrowitsch beobachten wollen, so hätte er den scheuen, verlegenen Blick bemerkt, mit dem Serjosha zuerst ihn und dann die Mutter ansah. Aber er wollte nichts sehen, und darum sah er auch nichts.
»Ah, junger Mann! Er ist gewachsen. Wahrhaftig, er wird schon ein richtiger Mann. Guten Tag, junger Mann!«
Er reichte dem erschrockenen Serjosha die Hand.
Serjosha war auch früher dem Vater gegenüber sehr schüchtern gewesen; jetzt aber, als Alexej Alexandrowitsch ihn ›junger Mann‹ nannte, und er sich den Kopf darüber zerbrach, ob Wronskij ein Freund oder ein Feind sei, ging er dem Vater gern aus dem Weg. Wie hilfesuchend sah er sich nach der Mutter um. Wenn er mit ihr allein war, fühlte er sich wohl. Alexej Alexandrowitsch sprach mit der Gouvernante und hielt seinen Sohn an der Schulter fest, was Serjosha qualvoll und peinlich war; Anna sah, daß er nahe daran war, in Tränen auszubrechen.
Anna war ganz rot geworden, als ihr Sohn hereinkam; als sie nun sah, wie unbehaglich Serjosha sich fühlte, sprang sie schnell auf, schob Alexej Alexandrowitschs Hand von der Schulter ihres Sohnes weg, küßte Serjosha, führte ihn auf die Veranda und kam sofort wieder zurück.
»Nun wird es aber Zeit«, sagte sie mit einem Blick auf die Uhr. »Warum nur Betsy nicht kommt?«
»Ja«, sagte Alexej Alexandrowitsch, stand auf, legte die Hände zusammen und knackte mit den Fingern. »Ich bin auch deshalb gekommen, um dir Geld zu bringen, da nach dem Sprichwort auch eine Nachtigall vom bloßen Singen nicht satt wird. Du brauchst doch sicher Geld?«
»Nein, ich brauche keins... Ja, doch«, antwortete sie, ohne ihn anzusehen, und errötete bis an die Haarwurzeln. »Du kommst doch nach dem Rennen wieder hierher?«

»Gewiß!« antwortete Alexej Alexandrowitsch. »Da ist ja auch die Zierde von Peterhof, die Fürstin Twerskaja«, fügte er hinzu, als er bei einem Blick durchs Fenster eine englische Kutsche mit außerordentlich hoch angebrachtem, winzigem Wagenkasten sah. »Was für eine Eleganz! Entzückend! Nun, dann wollen wir auch fahren!«

Die Fürstin Twerskaja stieg nicht aus, nur ihr Lakai in Gamaschen, Pelerine und schwarzem Hut sprang vor der Haustür ab.

»Ich gehe, auf Wiedersehen!« sagte Anna, küßte ihren Sohn, ging dann auf Alexej Alexandrowitsch zu und reichte ihm die Hand. »Es war sehr lieb von dir, daß du gekommen bist.«

Alexej Alexandrowitsch küßte ihr die Hand.

»Nun, also auf Wiedersehen! Du kommst nachher zum Tee; das ist sehr nett«, sagte sie und ging heiter und strahlend hinaus. Aber sobald sie ihn nicht mehr sah, fühlte sie an ihrer Hand die Stelle, die seine Lippen berührt hatten, und sie zuckte vor Abscheu zusammen.

28

Als Alexej Alexandrowitsch beim Rennen erschien, saß Anna bereits mit Betsy im Pavillon, in dem sich die ganze vornehme Gesellschaft zu versammeln pflegte. Sie sah ihren Mann schon von weitem. Zwei Menschen, ihr Mann und ihr Geliebter, bildeten die beiden Mittelpunkte ihres Lebens, und sie fühlte ihre Nähe auch ohne die Hilfe der Sinne. Schon von ferne hatte sie das Nahen ihres Mannes gefühlt, und nun verfolgte sie ihn unwillkürlich in der wogenden Menge, durch die er sich vorwärtsbewegte. Sie sah, wie er sich dem Pavillon näherte, bald untertänige Verbeugungen herablassend erwiderte, bald seinesgleichen freundschaftlich und zerstreut begrüßte, bald gewissenhaft wartete, bis der Blick irgendeines Großen dieser Welt ihn traf, und dann nahm er seinen großen, runden Hut ab, der die Ränder der Ohrmuscheln nach unten drückte. Sie kannte alle diese Gewohnheiten, und sie waren ihr alle widerwärtig. ›Nur Ehrgeiz, nur der Wunsch, etwas zu erreichen, das ist alles, was in seiner Seele ist‹, dachte sie, ›die erhabenen Ideen, die Liebe zur Aufklärung, die Religion, das sind alles nur Mittel, vorwärtszukommen.‹

An den Blicken, die er auf den Pavillon mit den Damen richtete (er sah gerade auf Anna, konnte sie aber in dem Meer von Tüll, Bändern, Federn, Sonnenschirmen und Blumen nicht erkennen), merkte sie, daß er sie suchte; aber sie tat absichtlich, als sähe sie ihn nicht.

»Alexej Alexandrowitsch!« rief ihm Fürstin Betsy zu. »Sie suchen gewiß Ihre Frau; hier ist sie!«

Er lächelte sein kühles Lächeln.

»Hier ist so viel Glanz, daß die Augen ganz geblendet sind«, antwortete er und trat in den Pavillon. Er lächelte seiner Frau zu, wie ein Mann lächeln muß, wenn er seiner Frau begegnet, mit der er noch vor kurzem zusammen war, begrüßte die Fürstin und seine anderen Bekannten und gab jedem, was ihm gebührte — den Damen Scherzworte und den Herren ein paar begrüßende Redensarten. Unten vor dem Pavillon stand ein von Alexej Alexandrowitsch hochgeschätzter, durch seinen Geist und seine Bildung bekannter Generaladjutant; Alexej Alexandrowitsch begann ein Gespräch mit ihm.

Es war gerade Pause zwischen zwei Rennen, und so wurde die Unterhaltung durch nichts gestört. Der Generaladjutant äußerte sich mißbilligend über die Rennen; Alexej Alexandrowitsch widersprach ihm und verteidigte sie. Anna hörte seine hohe, gleichmäßige Stimme, kein Wort entging ihr, und jedes Wort schien ihr verlogen und traf schmerzhaft ihr Ohr.

Als das Hindernisrennen über vier Werst begann, beugte sie sich vor und sah unverwandt auf Wronskij, der zu seinem Pferd ging und aufsaß, und gleichzeitig hörte sie die widerwärtige, nicht verstummende Stimme ihres Mannes. Die Angst um Wronskij quälte sie; aber noch mehr quälte sie die hohe Stimme ihres Mannes mit dem ihr so wohlbekannten Tonfall, und ihr schien, als wolle diese Stimme überhaupt nicht mehr verstummen.

›Ich bin eine schlechte Frau, eine verlorene Frau‹, dachte sie. ›Aber ich kann nicht lügen, ich kann die Lüge nicht ertragen; aber für ihn ist die Lüge das tägliche Brot. Er weiß alles, er sieht alles; was empfindet er denn, wenn er so ruhig reden kann? Wenn er mich tötete, wenn er Wronskij tötete, würde ich ihn achten. Aber nein, was er will, ist nur Lüge und Wahrung des äußeren Anstands‹, sagte sich Anna, ohne zu überlegen, was sie von ihrem Mann verlangte und wie sie ihn sehen wollte. Sie verstand auch nicht, daß Alexej Alexandrowitschs jetzige besonders große Gesprächigkeit, die ihr so sehr mißfiel, nur ein Ausdruck seiner inneren Erregung und Unruhe war. Wie ein Kind, das sich gestoßen hat, durch Springen seine Muskeln in Bewegung setzt, um den Schmerz zu betäuben, so bedurfte Alexej Alexandrowitsch einer geistigen Anstrengung, um die Gedanken an seine Frau zu unterdrücken, die sich ihm in ihrer und in Wronskijs Gegenwart und bei der dauernden Wiederholung seines Namens gewaltsam aufdrängten. Und wie es für ein Kind natürlich ist, zu springen, so war es für ihn natürlich, schön und geistreich zu reden.

»Die Gefahr ist bei militärischen Rennen, bei Kavallerierennen, eine notwendige Bedingung. Wenn England auf die glänzendsten Reitertaten in der Kriegsgeschichte hinweisen kann, so nur dank der Tatsache, daß dieses Land bei Pferd und Reiter diese Kraft im Lauf der Zeit systematisch ausgebildet hat. Der Sport ist meiner Ansicht nach von hoher Bedeutung; aber wir sehen nur das Äußerliche daran, wie bei allen Dingen.«

»Nein, nicht nur das Äußerliche«, sagte Fürstin Twerskaja. »Ein Offizier soll sich eben zwei Rippen gebrochen haben.«

Auf Alexej Alexandrowitschs Gesicht erschien das gewohnte Lächeln, das nur die Zähne sehen ließ, und im übrigen völlig nichtssagend war.
»Schön, nehmen wir an«, entgegnete er, »daß es nichts Äußerliches ist, sondern etwas Inneres. Aber darum geht es nicht«, hier wandte er sich wieder an den General, mit dem er das Gespräch in ernstem Ton fortsetzte, »Sie dürfen nicht vergessen, daß an diesem Rennen Offiziere teilnehmen, die sich für diesen Beruf entschieden haben, und Sie werden zugeben müssen, daß jeder Beruf auch seine Kehrseite hat. Der gefährliche Sport gehört geradezu zu den Pflichten eines Offiziers. Der rohe Sport des Faustkampfs oder der spanischen Toreadors ist ein Zeichen von Barbarei. Aber der auf ein bestimmtes Ziel gerichtete Sport ist ein Zeichen hoher Kultur.«
»Nein, ich sehe mir kein Rennen mehr an, das ist zu aufregend«, sagte Fürstin Betsy. »Nicht wahr, Anna?«
»Ja, es ist aufregend, aber spannend«, meinte eine andere Dame. »Wenn ich eine Römerin gewesen wäre, so hätte ich an keinem Kampftag im Zirkus gefehlt.«
Anna sagte nichts und blickte, ohne den Feldstecher zu senken, immer auf dieselbe Stelle.
In diesem Augenblick ging ein hoher General durch den Pavillon. Alexej Alexandrowitsch brach seine Rede ab, erhob sich eilig, aber mit Würde und verbeugte sich tief vor dem vorübergehenden Offizier.
»Sie reiten nicht mit?« fragte ihn der General scherzend.
»Mein Rennen ist schwieriger«, antwortete Alexej Alexandrowitsch respektvoll.
Obwohl diese Antwort eigentlich keinen rechten Sinn hatte, tat der hohe Offizier, als hätte er ein geistreiches Wort von einem geistreichen Mann gehört und la pointe de la sauce vollkommen verstanden.
»Man muß zweierlei beachten«, fuhr Alexej Alexandrowitsch fort, »die aktiv am Rennen Beteiligten und die Zuschauer.

Die Freude an solchen Schauspielen ist ein sicheres Zeichen des niedrigen Bildungsgrades der Zuschauer, das gebe ich zu, aber...«

»Fürstin, wollen wir wetten?« rief Stepan Arkadjitsch von unten zu Betsy hinauf. »Auf wen halten Sie?«

»Anna und ich halten auf den Fürsten Kusowlew«, antwortete Betsy.

»Und ich auf Wronskij. Um ein Paar Handschuhe!«

»Es gilt!«

»Wie schön das Rennen ist, nicht wahr?«

Alexej Alexandrowitsch hatte geschwiegen, als neben ihm gesprochen wurde, aber dann fing er wieder an:

»Ja, das gebe ich zu, aber Spiele, zu denen Mut gehört...« fuhr er fort.

Aber in diesem Augenblick starteten die Reiter, und alle Gespräche verstummten. Auch Alexej Alexandrowitsch verstummte. Alle standen auf und blickten nach dem Flüßchen. Alexej Alexandrowitsch interessierte sich nicht für das Rennen und sah daher nicht auf die Reiter, sondern ließ seine müden Augen durch die Reihen der Zuschauer wandern. Sein Blick blieb auf Anna haften.

Ihr Gesicht war blaß und streng. Sie sah offenbar niemand und nichts außer einem einzigen. Ihre Hand preßte krampfhaft den Fächer zusammen, und sie atmete kaum. Er sah sie an, dann wandte er sich hastig ab und betrachtete andere Gesichter.

›Die Dame dort und noch andere sind auch sehr erregt, das ist ganz natürlich‹, sagte Alexej Alexandrowitsch zu sich selbst. Er wollte seine Frau nicht ansehen, aber irgend etwas zog seinen Blick unwillkürlich zu ihr hin. Wieder betrachtete er dieses Gesicht, bemüht, nicht zu lesen, was doch so deutlich darauf geschrieben stand, und gegen seinen Willen las er mit Entsetzen, was er nicht wissen wollte.

Der erste Sturz eines Reiters — Kusowlew war am Flüßchen gestürzt — versetzte alle in Aufregung; aber an Annas

blassem, triumphierendem Gesicht sah Alexej Alexandrowitsch deutlich, daß der, auf den ihr Blick gerichtet war, nicht gestürzt war. Als dann Machotin und Wronskij die große Barriere genommen hatten und der folgende Offizier an derselben Stelle kopfüber stürzte und bewußtlos liegenblieb und ein Murmeln des Entsetzens durch das ganze Publikum ging, sah Alexej Alexandrowitsch, daß Anna das nicht einmal bemerkt hatte und nur mit Mühe begriff, wovon ringsum geredet wurde. Aber immer häufiger und hartnäckiger sah er sie an. Anna, ganz in den Anblick des galoppierenden Wronskij versunken, fühlte doch den Blick der kalten Augen ihres Mannes auf sich gerichtet.
Sie sah sich einen Augenblick um, sah ihn fragend an, zog leicht die Brauen zusammen und wandte sich wieder ab. ›Ach, mir ist alles gleich!‹ schien sie ihm zu sagen. Und von da ab sah sie ihn kein einziges Mal mehr an.
Es war ein Unglücksrennen: mehr als die Hälfte der siebzehn Reiter stürzte und verletzte sich. Am Schluß des Rennens waren alle in großer Erregung, die noch dadurch erhöht wurde, daß der Zar sich mißfällig geäußert hatte.

29

Alle sprachen laut ihre Mißbilligung aus; alle wiederholten die Worte, die irgend jemand gesagt hatte: »Jetzt fehlt nur noch ein Zirkus mit Löwen«, und alle waren entsetzt, so daß es nicht auffiel, als Anna bei Wronskijs Sturz aufschrie. Aber gleich darauf ging in Annas Gesicht eine Veränderung vor, die höchst unschicklich war. Sie war ganz außer sich, sie zitterte am ganzen Leib wie ein gefangener Vogel, wollte aufstehen und weggehen, und dann wieder wandte sie sich an Betsy.
»Wir wollen wegfahren, wir wollen wegfahren!« sagte sie. Aber Betsy hörte sie nicht. Über die Brüstung gebeugt, sprach sie mit einem General, der zu ihr getreten war.

Alexej Alexandrowitsch ging zu Anna und reichte ihr höflich den Arm.

»Wenn es Ihnen recht ist, wollen wir gehen«, sagte er auf französisch; aber Anna wollte hören, was der General sagte, und beachtete ihren Mann gar nicht.

»Er soll auch das Bein gebrochen haben«, sagte der General. »Es ist einfach unerhört!«

Ohne ihrem Mann zu antworten, hob Anna das Glas vor die Augen und blickte nach der Stelle, wo Wronskij gestürzt war; aber es war so weit weg und das Menschengedränge dort war so groß, daß sie nichts erkennen konnte. Sie setzte das Glas wieder ab und wollte gehen; aber in diesem Augenblick kam ein Offizier herbeigaloppiert und machte dem Zaren eine Meldung. Anna beugte sich vor, um hören zu können.

»Stiwa, Stiwa!« rief sie ihrem Bruder zu.

Aber der Bruder hörte sie nicht. Sie wollte wieder gehen.

»Ich biete Ihnen noch einmal meinen Arm an, wenn Sie gehen wollen«, sagte Alexej Alexandrowitsch, ihre Hand berührend.

Sie wandte sich mit Abscheu von ihm weg und antwortete, ohne ihn anzusehen:

»Nein, nein, lassen Sie mich, ich bleibe hier.«

Sie sah jetzt, daß von der Stelle, wo Wronskij gestürzt war, ein Offizier quer durch die Bahn zu dem Pavillon lief. Betsy winkte ihm mit dem Taschentuch.

Der Offizier brachte die Nachricht, der Reiter sei unverletzt, aber das Pferd habe das Rückgrat gebrochen.

Als Anna das hörte, setzte sie sich schnell wieder hin und verbarg das Gesicht hinter dem Fächer. Alexej Alexandrowitsch sah, daß sie weinte und nicht imstande war, die Tränen zurückzuhalten und das Schluchzen zu unterdrücken, unter dem sich ihre Brust hob. Er stellte sich als Deckung vor sie hin, um ihr Zeit zu geben, sich zu fassen.

»Ich biete Ihnen zum drittenmal meinen Arm«, sagte er nach einer Weile. Anna sah ihn an und wußte nicht, was sie erwidern sollte. Fürstin Betsy kam ihr zu Hilfe.
»Nein, Alexej Alexandrowitsch, ich habe Anna hergebracht, und ich habe versprochen, sie auch wieder nach Hause zu bringen«, sagte sie.
»Verzeihen Sie, Fürstin«, sagte er höflich lächelnd, blickte ihr aber fest in die Augen, »aber ich sehe, daß Anna nicht ganz wohl ist, und möchte, daß sie mit mir fährt.«
Anna sah sich erschrocken um, stand gehorsam auf und legte die Hand auf den Arm ihres Mannes.
»Ich will zu ihm schicken und mich erkundigen lassen und gebe Ihnen dann Nachricht«, flüsterte Betsy ihr zu.
Beim Verlassen des Pavillons sprach Alexej Alexandrowitsch genau wie sonst immer mit Bekannten, die ihnen begegneten, und auch Anna sah sich genötigt zu antworten und zu reden wie immer; aber sie war völlig verstört und ging wie im Traum am Arm ihres Mannes.
›Ist er verletzt oder nicht? Ist es wahr? Wird er kommen oder nicht? Sehe ich ihn heute noch?‹ dachte sie.
Sie stiegen schweigend in Alexej Alexandrowitschs Wagen und fuhren schweigend aus dem Gedränge der Equipagen hinaus. Trotz allem, was Alexej Alexandrowitsch gesehen hatte, wagte er nicht, über den wirklichen Zustand seiner Frau nachzudenken. Er hatte nur äußere Symptome gesehen. Er hatte gesehen, daß sie sich unschicklich benommen hatte, und hielt es für seine Pflicht, ihr das zu sagen. Aber es fiel ihm sehr schwer, nicht mehr zu sagen, sondern nur das. Er öffnete den Mund, um ihr zu sagen, wie unpassend sie sich benommen habe, aber unwillkürlich sagte er etwas ganz anderes:
»Es ist doch seltsam, wie wir alle uns zu diesen schrecklichen Schauspielen hingezogen fühlen«, sagte er. »Ich habe bemerkt…«
»Was? Ich verstehe nicht«, sagte Anna verächtlich.

Das kränkte ihn, und er fing sofort von dem an, was er eigentlich hatte sagen wollen.
»Ich muß Ihnen sagen...« begann er.
›Nun kommt sie, die Aussprache‹, dachte sie, und ihr wurde bang.
»Ich muß Ihnen sagen, daß Sie sich heute unpassend benommen haben«, sagte er auf französisch.
»Wieso habe ich mich unpassend benommen?« sagte sie laut, wandte rasch den Kopf zu ihm und blickte ihm gerade in die Augen, aber nicht mehr mit der früheren Heiterkeit, die immer etwas zu verbergen schien, sondern mit entschlossener Miene, hinter der sie nur mit Mühe ihre Angst verbarg.
»Vergessen Sie nicht...« sagte er und deutete auf das offene Fenster hinter dem Kutscher.
Er erhob sich und zog das Fenster hoch.
»Was haben Sie unpassend gefunden?« wiederholte sie.
»Die Verzweiflung, die Sie beim Sturz eines der Reiter nicht zu verbergen vermochten.«
Er wartete auf eine Antwort, aber sie schwieg und blickte vor sich hin.
»Ich habe Sie schon einmal gebeten, sich in Gesellschaft so zu benehmen, daß auch böse Zungen nichts Nachteiliges über Sie sagen können. Es gab eine Zeit, wo ich von dem inneren Verhältnis zwischen uns sprach; davon spreche ich jetzt nicht mehr. Ich spreche jetzt nur noch von unserem äußeren Verhältnis. Sie haben sich unschicklich benommen, und ich wünsche, daß das nicht wieder vorkommt.«
Sie hatte kaum die Hälfte seiner Worte gehört; sie fürchtete sich vor ihm und dachte, ob es wirklich wahr sei, daß Wronskij sich nicht verletzt habe. Hatte sich das auf ihn bezogen, als gesagt wurde, der Reiter sei unverletzt, aber das Pferd habe das Rückgrat gebrochen? Sie lächelte nur heuchlerisch und spöttisch, als er ausgeredet hatte, und antwortete nicht, denn sie hatte gar nicht zugehört. Alexej Alexandrowitsch hatte kühn angefangen; aber als er sich

dann klar bewußt wurde, was er eigentlich sagte, teilte sich die Furcht, die sie empfand, auch ihm mit. Er sah dieses Lächeln, und ein seltsamer Irrtum überkam ihn.
›Sie lächelt über meinen Verdacht. Ja, sie wird gleich noch einmal sagen, was sie mir damals gesagt hat: daß mein Verdacht unbegründet ist, daß das alles lächerlich ist.‹
Jetzt, wo ihm die Enthüllung der ganzen Wahrheit drohte, wünschte er nichts so sehr, als daß sie ihm wieder spöttisch antworten möge, sein Verdacht sei lächerlich und völlig unbegründet. So entsetzlich war das, was er wußte, daß er jetzt bereit war, alles zu glauben. Aber der Ausdruck ihres erschrockenen, finsteren Gesichts verhieß ihm jetzt nicht einmal eine Lüge.
»Vielleicht irre ich mich«, sagte er. »In diesem Fall bitte ich um Entschuldigung.«
»Nein, Sie irren sich nicht«, antwortete sie langsam und blickte verzweifelt in sein kaltes Gesicht. »Sie irren sich nicht. Ich war wirklich verzweifelt und mußte es sein. Ich höre Ihnen zu und denke an ihn. Ich liebe ihn, ich bin seine Geliebte. Ich ertrage es nicht länger, ich fürchte mich vor Ihnen, ich hasse Sie... Machen Sie mit mir, was Sie wollen.«
Sie lehnte sich in eine Ecke des Wagens zurück, schlug die Hände vors Gesicht und schluchzte. Alexej Alexandrowitsch rührte sich nicht und blickte nach wie vor geradeaus. Aber sein ganzes Gesicht nahm plötzlich die feierliche Starre eines Toten an, und dieser Ausdruck blieb während der ganzen Fahrt zum Landhaus unverändert. Als sie sich dem Haus näherten, wandte er sich ihr zu, immer noch mit demselben Ausdruck.
»So! Aber ich verlange, daß der äußere Anstand gewahrt wird, bis«, seine Stimme zitterte, »bis ich Maßnahmen zur Wahrung meiner Ehre getroffen und sie Ihnen mitgeteilt habe.«
Er stieg zuerst aus und half ihr aus dem Wagen. Mit Rücksicht auf die Dienstboten drückte er ihr die Hand;

dann stieg er wieder in den Wagen und fuhr nach Petersburg.
Gleich nach seiner Abfahrt kam ein Diener von Fürstin Betsy und brachte Anna einen Zettel:
»Ich habe zu Alexej geschickt und mich nach seinem Befinden erkundigen lassen. Er schreibt mir, er sei gesund und unverletzt, aber verzweifelt.«
›Also wird er kommen‹, dachte sie. ›Wie gut, daß ich dem andern alles gesagt habe.‹
Sie sah auf die Uhr. Sie mußte noch drei Stunden warten, und die Erinnerung an die Einzelheiten des letzten Zusammenseins entflammte ihr Blut.
›Mein Gott, wie hell es ist! Das ist so unheimlich, aber ich liebe es, sein Gesicht zu sehen, und ich liebe dieses phantastische Licht... Mein Mann! Ach ja!... Nun, Gott sei Dank, daß mit ihm alles aus ist.‹

30

Wie an allen Orten, wo viele Menschen zusammenkommen, vollzog sich auch in dem kleinen deutschen Badeort, den Schtscherbatzkijs aufgesucht hatten, der übliche Kristallisationsprozeß der Gesellschaft, der jedem einzelnen seinen festen, bestimmten Platz anwies. Wie ein Wassertropfen in der Kälte die bestimmte, unveränderliche Form eines Schneekristalls annimmt, so wurde auch jeder neuen Person, die in den Badeort kam, sofort der ihr gebührende Platz zugewiesen.
›Fürst Schtscherbatzkij samt Gemahlin und Tochter‹ erhielten auf Grund der Wohnung, die sie mieteten, auf Grund ihres Namens und auf Grund der Bekannten, die sie dort vorfanden, durch diese Kristallisation sofort den ihnen zukommenden, vorbestimmten Platz.
In dem Badeort hielt sich in diesem Jahr eine wirkliche deutsche Fürstin auf, und deshalb vollzog sich die Kristalli-

sierung der Gesellschaft noch energischer als sonst. Fürstin Schtscherbatzkaja wollte ihre Tochter durchaus der Prinzessin vorstellen, und am zweiten Tag ihres Aufenthalts fand diese Zeremonie tatsächlich statt. Kitty machte in ihrem aus Paris stammenden ›sehr schlichten‹, also höchst eleganten Sommerkleid einen tiefen, graziösen Hofknicks. Die deutsche Prinzessin sagte: »Ich hoffe, daß die Rosen bald wieder auf dieses hübsche Gesichtchen zurückkehren werden«, und nun mußten sich Schtscherbatzkijs sofort an eine bestimmte Lebensordnung halten, aus der herauszukommen unmöglich war. Sie wurden mit der Familie einer englischen Lady bekannt, mit einer deutschen Gräfin und ihrem Sohn, der im letzten Krieg verwundet worden war, mit einem schwedischen Gelehrten, und mit einem Monsieur Canut und seiner Schwester. Hauptsächlich aber verkehrten Schtscherbatzkijs mit einer Moskauer Dame, Marja Ewgenjewna Rtischtschewa, und ihrer Tochter, die Kitty unangenehm war, weil sie auch an Liebeskummer litt, und mit einem Obersten aus Moskau, den Kitty von Kindheit an nur in Uniform und mit Epauletten gesehen und gekannt hatte, und der hier mit seinen kleinen Äuglein, dem offenen Hals und der bunten Krawatte recht komisch aussah und unerträglich war, weil man ihn nicht loswerden konnte. Als das alles eine feste Form angenommen hatte, begann Kitty sich sehr zu langweilen, um so mehr, als der Fürst nach Karlsbad gereist und sie mit ihrer Mutter allein geblieben war. Sie interessierte sich nicht für die Leute, die sie schon kannte, denn sie fühlte, daß sie nichts Neues an ihnen entdecken könne. Ihre Hauptbeschäftigung war jetzt, Leute zu beobachten, die sie noch nicht kannte, und zu erraten, was für Menschen sie wohl seien. Es lag in Kittys Charakter, von allen Menschen das Beste zu denken, besonders von denen, die sie nicht kannte. Auch jetzt, als sie zu erraten suchte, wer und was diese Leute seien, und was für Beziehungen zwischen ihnen bestanden, malte sie sich die schönsten, edelsten Charaktere aus und glaubte in dem, was sie beobachtete, eine Bestätigung zu finden.

Von diesen Leuten beschäftigte sie besonders ein russisches junges Mädchen, das mit einer kranken russischen Dame nach dem Badeort gekommen war, mit einer Madame Stahl, wie sie von allen genannt wurde. Madame Stahl gehörte zur vornehmen Gesellschaft, war aber so krank, daß sie nicht gehen konnte und nur ganz selten an besonders schönen Tagen in einem Rollstuhl am Brunnen erschien. Aber Fürstin Schtscherbatzkaja behauptete, Frau Stahl verkehre weniger wegen ihrer Krankheit als aus Stolz nicht mit den russischen Kurgästen. Das russische Mädchen pflegte Frau Stahl, war aber auch mit anderen Schwerkranken bekannt, deren es viele in diesem Badeort gab, und nahm sich ihrer auf sehr natürliche Weise an. Dieses russische Mädchen war nach Kittys Beobachtungen keine Verwandte von Frau Stahl, aber auch keine bezahlte Pflegerin. Sie wurde von Madame Stahl Warenka genannt, von den andern Mademoiselle Warenka. Kitty beobachtete nicht nur mit lebhaftem Interesse das Verhalten dieses jungen Mädchens gegen Madame Stahl und andere ihr unbekannte Personen, sondern empfand eine unerklärliche Sympathie für Mademoiselle Warenka, wie es oft vorkommt, und fühlte, wenn ihre Blicke sich trafen, daß auch sie Warenka gefiel.

Mademoiselle Warenka sah nicht so aus, als hätte sie die erste Jugend bereits hinter sich, sondern eher wie ein Wesen, das nie eine Jugend gehabt hatte; man konnte ihr neunzehn, aber auch dreißig Jahre geben. Betrachtete man ihre Gesichtszüge, so mußte man sie trotz ihres kränklichen Teints eher hübsch als häßlich nennen. Sie hätte auch eine gute Figur gehabt, wenn ihr Körper nicht zu mager und ihr Kopf bei ihrem mittleren Wuchs nicht unverhältnismäßig groß gewesen wäre; aber für Männer hatte sie nichts Anziehendes. Sie glich einer schönen, zwar noch vollblättrigen, aber schon verblühten, duftlosen Blume. Außerdem konnte sie auch deswegen auf die Männer nicht anziehend wirken, weil ihr das fehlte, was Kitty zu viel besaß: verhaltene Glut und Bewußtsein des eigenen Reizes.

Sie machte den Eindruck, als sei sie stets mit sehr ernsten Dingen beschäftigt und als könne sie sich deshalb für nichts anderes interessieren. Auf Kitty wirkte sie gerade durch diesen starken Gegensatz zu ihrer eigenen Person besonders anziehend. Kitty fühlte, daß sie bei diesem Mädchen und in ihrer ganzen Lebensauffassung ein Beispiel für das finden werde, wonach sie jetzt so schmerzlich suchte: ernste Lebensinteressen und Lebenswerte, etwas völlig anderes als die gesellschaftlichen Beziehungen eines jungen Mädchens zum männlichen Geschlecht, die ihr so widerwärtig waren und ihr jetzt als schmähliche Ausstellung einer auf den Käufer wartenden Ware vorkamen. Je länger Kitty ihre unbekannte Freundin beobachtete, um so mehr kam sie zu der Überzeugung, daß dieses Mädchen wirklich das ideale Wesen sei, als das sie es sah, und sie wollte sie unbedingt kennenlernen.

Die beiden Mädchen begegneten sich mehrmals am Tag, und bei jeder Begegnung fragten Kittys Augen: ›Wer sind Sie? Was sind Sie? Nicht wahr, Sie sind wirklich das prächtige Wesen, für das ich Sie halte? Aber denken Sie um Gottes willen nicht‹, fügte ihr Blick hinzu, ›ich wollte mich Ihnen aufdrängen. Ich freue mich einfach an Ihrem Anblick und habe Sie sehr gern.‹ — ›Ich habe Sie auch sehr gern, und Sie sind sehr lieb. Und ich würde Sie noch lieber haben, wenn ich nur mehr Zeit hätte‹, antwortete der Blick des unbekannten Mädchens. Und in der Tat, Kitty sah, daß sie stets beschäftigt war: entweder führte sie die Kinder einer russischen Familie vom Brunnen nach Hause, oder sie brachte einer Kranken ein Plaid und wickelte sie ein, oder sie versuchte, einen nervösen Kranken zu zerstreuen, oder sie kaufte für irgend jemand Gebäck zum Kaffee.

Bald nach der Ankunft der Schtscherbatzkijs tauchten beim

Brunnentrinken am Morgen noch zwei Personen auf, die in unliebsamer Weise auffielen. Es waren ein hochgewachsener Mann in gebückter Haltung, mit riesigen Händen, in einem für seine Statur viel zu kurzen alten Mantel, mit schwarzen, naiven und zugleich furchterregenden Augen, und eine sehr schlecht und geschmacklos gekleidete Frau mit pockennarbigem, aber hübschem Gesicht. Als Kitty diese beiden Personen als Russen erkannte, begann sie sich in ihrer Phantasie einen schönen, rührenden Roman zurechtzulegen. Aber die Fürstin, die aus der Kurliste ersehen hatte, daß es Nikolaj Lewin und Marja Nikolajewna waren, klärte Kitty darüber auf, was für ein schlechter Mensch dieser Lewin sei, und so lösten sich alle Träume über dieses Paar in nichts auf. Nicht, weil die Mutter ihr das gesagt hatte, sondern weil dieser Mensch Konstantins Bruder war, erschienen Kitty diese beiden Personen plötzlich sehr unangenehm. Dieser Lewin erregte durch seine Gewohnheit, mit dem Kopf zu zucken, einen unüberwindlichen Abscheu in ihr.

In seinen großen, schrecklichen Augen, die sie hartnäckig verfolgten, glaubte sie Haß und Spott zu lesen, und sie bemühte sich, ihm möglichst nicht zu begegnen.

31

Es war ein trüber Tag, den ganzen Morgen regnete es, und die Kranken drängten sich mit Schirmen in der Galerie.

Kitty promenierte dort mit ihrer Mutter und dem Moskauer Obersten, der vergnügt in seinem ›europäischen‹, in Frankfurt gekauften Gehrock einherstolzierte. Sie gingen auf der einen Seite der Galerie, bemüht, Lewin auszuweichen, der auf der anderen Seite ging. Warenka in ihrem dunklen Kleid und dem schwarzen Hut mit heiter nach unten gebogener Krempe ging mit einer blinden Französin die ganze Länge der Galerie auf und ab, und jedesmal, wenn sie und Kitty einander begegneten, wechselten sie einen freundlichen Blick.

»Mama, darf ich sie ansprechen?« sagte Kitty, die ihre unbekannte Freundin mit den Blicken verfolgt hatte und nun sah, daß sie zum Brunnen ging, wo sie zusammentreffen konnten.

»Wenn du es so gern möchtest, will ich mich zuerst nach ihr erkundigen und dann selbst auf sie zugehen«, antwortete die Mutter. »Was findest du eigentlich Besonderes an ihr? Sie ist wohl nur eine Gesellschafterin. Wenn du willst, kann ich mich mit Madame Stahl bekannt machen. Ich habe ihre belle-sœur gekannt«, fügte die Fürstin hinzu und hob stolz den Kopf.

Kitty wußte, daß ihre Mutter gekränkt war, weil Frau Stahl es anscheinend vermied, ihre Bekanntschaft zu machen. Deshalb drang sie nicht weiter in ihre Mutter.

»Nein, wie lieb sie ist!« sagte sie, auf Warenka blickend, die der Französin ein Glas reichte. »Sehen Sie doch, wie schlicht und nett sie alles macht.«

»Deine engouements sind höchst komisch«, sagte die Fürstin. »Aber wir wollen lieber umkehren«, fügte sie hinzu, denn sie hatte bemerkt, daß Nikolaj Lewin ihnen mit seiner Dame und mit einem deutschen Arzt entgegenkam, auf den er laut und ärgerlich einredete.

Sie machten kehrt, um zurückzugehen, als sie plötzlich nicht mehr lautes Reden, sondern Geschrei hörten. Lewin war stehengeblieben und schrie, und auch der Arzt war sehr erregt. Eine Menge Menschen sammelte sich um sie. Die Fürstin und Kitty entfernten sich eilig, der Oberst aber gesellte sich zu dem Menschenschwarm, um zu erfahren, was es gebe.

Nach einigen Minuten holte der Oberst sie wieder ein.

»Was ging da eigentlich vor?« fragte die Fürstin.

»Es ist eine wahre Schande!« antwortete der Oberst. »Man

muß sich geradezu fürchten, mit Russen im Ausland zusammenzutreffen. Dieser lange Herr hat sich mit dem Arzt herumgestritten, ihm Grobheiten gesagt, weil er ihn falsch behandle, und sogar mit dem Stock gedroht. Es ist einfach eine Schande!«

»Ach, wie unangenehm!« sagte die Fürstin. »Wie ist die Sache denn ausgegangen?«

»Zum Glück hat eine Dame eingegriffen... diese Dame mit dem pilzähnlichen Hut. Sie scheint eine Russin zu sein«, antwortete der Oberst.

»Mademoiselle Warenka?« fragte Kitty erfreut.

»Ja, ja. Sie wußte sofort, was da zu tun war: sie faßte diesen Herrn am Arm und führte ihn weg.«

»Sehen Sie, Mama!« sagte Kitty zu ihrer Mutter. »Und Sie wundern sich, daß ich von ihr so entzückt bin!«

Als Kitty am folgenden Tag ihre unbekannte Freundin beobachtete, bemerkte sie, daß Mademoiselle Warenka auch mit Lewin und seiner Gefährtin bereits so stand, wie mit ihren anderen protégés. Sie ging auf sie zu, unterhielt sich mit ihnen und diente der Frau, die keine einzige fremde Sprache sprach, als Dolmetscherin.

Kitty bestürmte ihre Mutter noch mehr, sie möchte ihr doch erlauben, Warenkas Bekanntschaft zu machen. So unangenehm es der Fürstin auch war, den ersten Schritt zu einer Bekanntschaft mit dieser Frau Stahl zu tun, die sich so viel zu dünken schien, sie zog Erkundigungen über Warenka ein, und als sie allerlei Einzelheiten erfahren hatte, die annehmen ließen, daß von dieser Bekanntschaft zwar nichts Schlechtes, aber auch nicht viel Gutes zu erwarten sei, ging sie selbst auf Warenka zu und machte sich mit ihr bekannt. Sie hatte dazu einen Augenblick gewählt, wo ihre Tochter zum Brunnen gegangen und Warenka vor einem Bäckerladen stehengeblieben war.

»Gestatten Sie mir, Ihre Bekanntschaft zu machen«, sagte sie mit ihrem würdevollen Lächeln. »Meine Tochter ist geradezu verliebt in Sie. Sie kennen mich vielleicht nicht. Ich...«

»O doch! Das ist ja auch viel natürlicher, als daß ich Ihnen bekannt sein könnte, Fürstin«, erwiderte Warenka eilig.

»Was für ein gutes Werk Sie gestern an unserem armen Landsmann getan haben!« sagte die Fürstin.

Warenka errötete.

»Ich kann mich nicht entsinnen. Ich habe doch gar nichts getan«, sagte sie.

»O doch! Sie haben diesen Lewin vor Unannehmlichkeiten bewahrt.«

»Ach ja, sa compagne rief mich an, und ich versuchte ihn zu beruhigen; er ist sehr krank und war mit seinem Arzt unzufrieden. Ich bin gewöhnt, mit solchen Kranken umzugehen.«

»Ja, ich habe gehört, daß Sie mit Madame Stahl — Ihrer Tante, nicht wahr? — in Mentone wohnen. Ich habe ihre belle-sœr gekannt.«

»Nein, sie ist nicht meine Tante. Ich nenne sie maman, aber ich bin nicht mit ihr verwandt; sie hat mich nur erzogen«, antwortete Warenka und errötete wieder.

Sie sagte das so schlicht, und der ehrliche offene Ausdruck ihres Gesichts war so lieb, daß die Fürstin begriff, warum ihre Kitty diese Warenka so liebgewonnen hatte.

»Was ist denn nun mit diesem Lewin?« fragte die Fürstin.

»Er reist ab«, antwortete Warenka.

In diesem Augenblick kam Kitty vom Brunnen, strahlend vor Freude, daß ihre Mutter ihre unbekannte Freundin angesprochen hatte.

»Nun, siehst du, Kitty, dein sehnlicher Wunsch, die Bekanntschaft von Mademoiselle...«

»Warenka«, fiel das junge Mädchen lächelnd ein, »so nennen mich alle.«

Kitty wurde rot vor Freude und drückte ihrer neuen Freundin lange und schweigend die Hand, die den Druck nicht erwiderte, sondern regungslos in der ihren lag. Aber

Warenkas Gesicht strahlte von einem stillen, frohen, wenn auch etwas wehmütigen Lächeln, das ihre großen schönen Zähne sehen ließ.

»Ich habe das selbst schon lange gewünscht«, sagte sie.

»Sie sind aber so beschäftigt...«

»Ach, im Gegenteil, ich bin gar nicht beschäftigt«, sagte Warenka, mußte sich aber im selben Augenblick von ihren neuen Bekannten trennen, weil zwei kleine Mädchen, die Töchter eines kranken Russen, auf sie zugelaufen kamen.

»Warenka, Mama ruft!« schrien sie.

Und Warenka folgte ihnen.

32

Die Einzelheiten, die die Fürstin über Warenkas Vergangenheit und über ihre Beziehungen zu Madame Stahl in Erfahrung gebracht hatte, waren folgende:

Madame Stahl, von der die einen erzählten, sie habe ihren Mann zu Tode gequält, und andere, er habe sie durch seinen unsittlichen Lebenswandel unglücklich gemacht, war immer eine kränkliche, exaltierte Frau gewesen. Kurz nach der Scheidung von ihrem Mann kam ihr erstes Kind zur Welt, das bei der Geburt starb, und ihre Verwandten, die ihre Empfindsamkeit kannten und fürchteten, diese Nachricht könnte ihr den Tod bringen, schoben ihr ein anderes Kind unter: die in derselben Nacht und in demselben Haus in Petersburg geborene Tochter eines Hofkochs. Das war Warenka. Madame Stahl erfuhr später, daß Warenka nicht ihre Tochter war, zog sie aber weiter auf, um so mehr, als Warenka bald darauf beide Eltern verlor und nun allein dastand.

Madame Stahl lebte schon über zehn Jahre dauernd im Ausland, im Süden, und verließ fast nie das Bett. Manche behaupteten, Madame Stahl versuche, in der Gesellschaft als tugendhafte, tiefreligiöse Frau zu scheinen, andere sagten, sie sei wirklich das sittlich hochstehende, nur dem Wohl ihrer Mitmenschen lebende Wesen, als das sie sich gab. Niemand wußte, welcher Konfession sie angehörte, ob sie katholisch, protestantisch oder orthodox war, aber eines war gewiß: sie stand in freundschaftlichen Beziehungen zu den höchsten Persönlichkeiten aller Kirchen und Bekenntnisse.

Warenka lebte mit ihr beständig im Ausland, und alle, die Madame Stahl kannten, kannten und liebten auch Mademoiselle Warenka, wie sie von allen genannt wurde.

Als die Fürstin diese Einzelheiten erfahren hatte, fand sie die Freundschaft ihrer Tochter mit Warenka nicht mehr bedenklich, um so mehr, als Warenka gute Manieren hatte und sehr gut erzogen war. Sie sprach ausgezeichnet Französisch und Englisch, und was die Hauptsache war: sie sprach im Auftrag von Frau Stahl deren Bedauern aus, daß sie wegen ihrer Krankheit auf das Vergnügen verzichten müsse, die Bekanntschaft der Fürstin zu machen.

Nachdem Kitty mit Warenka bekannt geworden war, fühlte sie sich von ihrer Freundin immer mehr bezaubert und entdeckte jeden Tag neue Vorzüge an ihr.

Die Fürstin hatte gehört, Warenka singe sehr gut, und bat sie, einmal am Abend zu ihnen zu kommen und etwas vorzusingen.

»Kitty spielt Klavier, und wir haben eins hier. Es ist zwar nicht sehr gut, aber Sie würden uns eine große Freude machen«, sagte die Fürstin mit gekünsteltem Lächeln, das Kitty jetzt besonders unangenehm berührte, denn sie merkte, daß Warenka keine Lust hatte, zu singen. Aber Warenka kam am Abend und brachte ein Notenheft mit. Die Fürstin hatte auch Marja Ewgenjewna mit ihrer Tochter und den Oberst eingeladen.

Warenka schien es vollkommen gleichgültig zu sein, daß auch Personen zugegen waren, die sie nicht kannte, und trat sofort ans Klavier. Sie konnte sich nicht selbst begleiten, sang aber sehr schön vom Blatt, und Kitty, die gut spielte, begleitete sie.

»Sie haben ein ungewöhnliches Talent«, sagte die Fürstin, nachdem Warenka das erste Lied sehr schön gesungen hatte.

Marja Ewgenjewna und ihre Tochter dankten ihr und lobten sie.

»Sehen Sie nur«, sagte der Oberst mit einem Blick aus dem Fenster, »was für ein Publikum sich da versammelt hat, um Ihnen zuzuhören.«

Vor dem Fenster stand tatsächlich eine ziemlich große Menschenmenge.

»Ich freue mich sehr, daß es Ihnen Vergnügen gemacht hat«, sagte Warenka schlicht.

Kitty blickte mit Stolz auf ihre Freundin. Sie war begeistert über Warenkas Kunst, über ihre Stimme und ihr Gesicht, am allermeisten aber über ihr Wesen, daß Warenka sich auf ihren Gesang offenbar nichts einbildete und allem Lob gegenüber vollkommen gleichgütig blieb. Sie schien nur zu fragen: ›Soll ich noch mehr singen, oder ist's genug?‹

›Wenn ich das wäre‹, dachte Kitty im stillen, ›wie stolz würde ich darauf sein! Wie würde ich mich freuen, auf diese Menschenmenge vor dem Fenster zu schauen! Aber ihr ist das alles ganz gleichgültig. Sie möchte nur Mamas Bitte erfüllen und ihr eine Freude machen. Was ist denn in ihr? Woher nimmt sie die Kraft, alles zu verachten und so sicher und ruhig zu sein? Ach, wenn ich das doch auch fertigbrächte, wenn ich das doch von ihr lernen könnte!‹ dachte Kitty, während sie dieses stille Gesicht betrachtete. Die Fürstin bat Warenka, noch etwas zu singen, und Warenka sang ein anderes Lied, ebenso fließend, klar und schön, in gerader Haltung neben dem Klavier stehend und mit ihrer mageren, gebräunten Hand den Takt markierend.

Das nächste Stück im Notenheft war ein italienisches Lied. Kitty spielte die Einleitung und sah sich nach Warenka um.

»Das wollen wir weglassen«, sagte Warenka errötend.
Kitty sah Warenka erschrocken und fragend an.
»Nun, dann etwas anderes«, sagte sie schnell und wandte das Blatt um; sie hatte sofort gemerkt, daß mit diesem Lied irgendeine Erinnerung für Warenka verknüpft sein mußte.
»Nein«, sagte Warenka und legte lächelnd die Hand auf die Noten, »nein, ich will dieses Lied doch singen.« Und sie sang es ebenso ruhig, kühl und schön, wie die vorhergehenden Lieder.
Als sie geendet hatte, dankten ihr wieder alle und gingen dann zum Tee. Kitty und Warenka gingen in den Garten neben dem Haus.
»Nicht wahr, mit diesem Lied ist für Sie irgendeine Erinnerung verknüpft?« fragte Kitty. »Sie brauchen mir nichts davon zu erzählen«, fügte sie hastig hinzu, »sagen Sie mir nur, ob ich recht habe.«
»Warum sollte ich es nicht erzählen«, sagte Warenka schlicht, und ohne eine Antwort abzuwarten, fuhr sie fort: »Ja, es ist eine Erinnerung damit verbunden, die mir früher sehr schmerzlich war. Ich liebte einen Mann, und dieses Lied habe ich ihm oft gesungen.«
Kitty sah sie mit weit geöffneten Augen gerührt an und sagte kein Wort.
»Ich liebte ihn und er liebte mich, aber seine Mutter wollte es nicht, und er hat eine andere geheiratet. Er wohnt jetzt nicht weit von uns, und ich sehe ihn manchmal. Sie hätten wohl nicht gedacht, daß auch ich einen Roman gehabt habe?« sagte sie, und in ihrem Gesicht leuchtete kaum merklich ein Funke von jenem Feuer auf, das sie – Kitty fühlte das – einst ganz durchglüht hatte.
»Warum sollte ich es nicht gedacht haben? Wenn ich ein Mann wäre, dann würde ich keine andere mehr lieben können, nachdem ich Sie kennengelernt hätte. Es ist mir unbegreiflich, wie er seiner Mutter zuliebe Sie vergessen und unglücklich machen konnte. Er hatte kein Herz.«

»O nein, er ist ein sehr guter Mensch, und ich bin auch gar nicht unglücklich; im Gegenteil, ich bin sehr glücklich. Also werden wir heute nicht mehr singen?« fragte sie und wollte ins Haus gehen.
»Wie gut Sie sind, wie gut!« rief Kitty, hielt sie zurück und küßte sie. »Wenn ich Ihnen doch ein klein wenig ähnlich sein könnte!«
»Warum wollen Sie jemand ähnlich sein? So wie Sie sind, sind Sie gut«, sagte Warenka mit ihrem sanften, müden Lächeln.
»Nein, ich bin gar nicht gut. Sagen Sie mir doch... Warten Sie, wir wollen uns setzen«, sagte Kitty und zog sie auf die Bank neben sich nieder. »Sagen Sie, empfinden Sie es nicht als Kränkung, daß ein Mann ihre Liebe verschmäht hat, daß er sie nicht wollte?«
»Er hat sie ja gar nicht verschmäht; ich glaube, daß er mich wirklich geliebt hat, aber er war ein gehorsamer Sohn...«
»Ja, aber wenn er es nicht auf den Wunsch seiner Mutter getan hätte, sondern nach seinem eigenen Willen?« sagte Kitty und fühlte, daß sie ihr Geheimnis verraten hatte und daß ihr vor Scham glühendes Gesicht sie überführte.
»Dann hätte er schlecht gehandelt, und ich würde ihm nicht nachtrauern«, antwortete Warenka, die offenbar verstanden hatte, daß es sich jetzt nicht mehr um sie, sondern um Kitty handelte.
»Aber die Kränkung?« fragte Kitty. »Eine Kränkung kann man nicht vergessen, das kann man nicht.« Sie dachte an ihren Blick auf dem letzten Ball, als die Musik plötzlich verstummt war.
»Worin besteht denn die Kränkung? Sie haben doch nicht schlecht gehandelt?«
»Mehr als schlecht, so daß ich mich schämen muß.«
Warenka schüttelte den Kopf und legte ihre Hand auf Kittys Arm.

»Warum denn schämen?« sagte sie. »Sie werden einem Mann, dem Sie gleichgültig waren, doch nicht gesagt haben, daß Sie ihn lieben?«
»Selbstverständlich nicht; ich habe ihm nie ein Wort gesagt, aber er wußte es doch. Nein, nein, es gibt gewisse Blicke und Gesten... Und wenn ich hundert Jahre alt werde — ich kann es nicht vergessen!«
»Was ist denn dabei? Ich verstehe Sie nicht. Es kommt doch nur darauf an, ob Sie ihn jetzt noch lieben oder nicht«, sagte Warenka, die alles beim rechten Namen nannte.
»Ich hasse ihn; ich kann mir das nie verzeihen.«
»Was denn?«
»Die Beschämung, die Kränkung.«
»Ach, wenn alle so empfindlich wären wie Sie!« sagte Warenka. »Es gibt kein Mädchen, das so etwas nicht erlebt hat. Und das alles ist doch so unwichtig.«
»Was ist denn wichtig?« fragte Kitty und sah ihr mit neugierigem Staunen ins Gesicht.
»Ach, vieles ist wichtig«, sagte Warenka lächelnd.
»Was denn?«
»Ach, sehr vieles«, antwortete Warenka, die nicht wußte, was sie sagen sollte. Aber in diesem Augenblick rief die Fürstin aus dem Fenster:
»Kitty, es wird kühl! Nimm ein Tuch um oder komm herein!«
»Es ist wirklich Zeit, daß ich gehe«, sagte Warenka und stand auf. »Ich muß noch zu Madame Berthe, sie hat mich darum gebeten.«
Kitty hielt ihre Hand fest, und ihr flehender Blick fragte mit leidenschaftlicher Neugier: ›Was ist es denn? Was ist das Wichtigste, das uns Ruhe gibt? Sie wissen es, sagen Sie es mir!‹ Aber Warenka verstand nicht, was Kittys Blick sie fragte. Sie dachte nur daran, daß sie heute noch Madame Berthe besuchen und rechtzeitig um zwölf Uhr zu Hause sein mußte, um mit maman Tee zu trinken. Sie ging ins

Zimmer, nahm ihre Noten, verabschiedete sich von allen und wollte gehen.

»Gestatten Sie, daß ich Sie begleite?« sagte der Oberst.

»Ja, Sie können doch nachts nicht allein gehen!« sagte die Fürstin. »Ich gebe Ihnen Parascha mit.«

Kitty sah, daß Warenka nur mit Mühe ein Lächeln unterdrücken konnte, als sie hörte, sie müsse nach Hause begleitet werden.

»Nein, ich gehe immer allein, und es ist mir noch nie etwas passiert«, sagte sie und nahm ihren Hut. Sie küßte Kitty noch einmal, und ohne ihr gesagt zu haben, was das Wichtigste sei, verschwand sie festen Schrittes, die Noten unter dem Arm, im Halbdunkel der Sommernacht und nahm ihr Geheimnis, was das Wichtigste sei, dem sie diese beneidenswerte Ruhe und Würde verdankte, mit sich fort.

33

Kitty lernte auch Frau Stahl kennen, und diese Bekanntschaft hatte neben der Freundschaft mit Warenka nicht nur einen großen Einfluß auf sie, sondern tröstete sie auch in ihrem Kummer. Sie fand ihren Trost darin, daß sich ihr dank dieser Bekanntschaft eine völlig neue Welt erschloß, die mit ihrer Vergangenheit nichts gemein hatte, eine erhabene, schöne Welt, von deren Höhe sie ruhig auf die Vergangenheit zurückblicken konnte. Sie erkannte, daß es außer dem Triebleben, dem sie sich bisher hingegeben hatte, auch ein geistiges Leben gab. Dieses Leben erschloß sich ihr in der Religion, aber in einer Religion, die nichts mit jener gemein hatte, die Kitty von ihrer Kindheit an bekannt war und ihren Ausdruck darin fand, daß man die Messe besuchte und den Abendgottesdienst im Witwenhaus, wo man sich mit seinen Bekannten treffen konnte, und daß man beim Pfarrer Bibelstellen in altslawischer Sprache auswendig lernte. Dies hier war eine erhabene, mystische Religion, die mit einer Reihe schöner Gedanken und Gefühle verbunden war, eine Religion, an die man nicht nur glauben konnte, weil es vorgeschrieben war, sondern die man auch lieben konnte.

Kitty lernte das alles nicht aus Worten. Frau Stahl sprach mit ihr wie mit einem lieben Kind, auf das man mit Freude blickt wie auf eine Erinnerung an die eigene Jugend, und deutete nur einmal an, daß bei allem menschlichem Leid nur Liebe und Glaube Trost gewähren, daß Christus mit jedem menschlichen Kummer, auch mit dem kleinsten, Mitleid habe, und dann brachte sie das Gespräch sofort auf ein anderes Thema. Aber Kitty lernte aus jeder ihrer Bewegungen, aus jedem ihrer Worte, aus jedem ihrer himmlischen Blicke, wie Kitty sie nannte, und vor allem aus ihrer ganzen Lebensgeschichte, die Warenka ihr erzählt hatte, was das Wichtige war, das sie bis dahin nicht gekannt hatte.

Aber so edel Frau Stahls Charakter auch war, so rührend ihre Lebensgeschichte, so hochsinnig und zärtlich ihre Worte — Kitty entdeckte einige Züge an ihr, die sie befremdeten. Sie hatte bemerkt, daß Madame Stahl, als sie sie nach ihren Verwandten fragte, verächtlich lächelte, was doch der christlichen Liebe widersprach. Sie hatte auch bemerkt, daß Madame Stahl, als Kitty einmal einen katholischen Priester bei ihr traf, ihr Gesicht ständig im Schatten des Lampenschirms hielt und eigentümlich lächelte. So unbedeutend diese beiden Beobachtungen waren, sie machten Kitty doch betroffen, und sie begann an Frau Stahl zu zweifeln. Dafür aber war Warenka, die so einsam dastand, ohne Verwandte, ohne Freunde, mit einer traurigen Enttäuschung im Herzen, und die nichts wünschte, über nichts klagte, jener Gipfel an Vollkommenheit, von dem Kitty kaum zu träumen wagte. An Warenkas Beispiel hatte sie eingesehen, daß man nur sich selbst zu vergessen und die andern zu lieben brauchte, um ruhig, glücklich und gut zu sein. Und so wollte Kitty sein. Nachdem sie erkannt hatte, was das Wichtigste war, begnügte sie sich nicht mehr damit, begeistert dafür zu schwärmen, sondern gab sich sofort aus ganzer Seele dem neuen Leben hin, das sich vor ihr aufgetan hatte. Nach Warenkas Berichten über das Gute, das Madame Stahl und andere Frauen taten, deren Namen sie nannte, entwarf Kitty schon jetzt einen Plan für ihr künftiges Leben. Wie Frau Stahls Nichte Aline, von der Warenka ihr viel erzählt hatte, wollte sie, wo sie auch wohnen sollte, die Unglücklichen aufsuchen, ihnen nach besten Kräften helfen, Bibeln verteilen, Kranken, Verbrechern und Sterbenden aus dem Evangelium vorlesen. Der Gedanke, Verbrechern aus dem Evangelium vorzulesen, wie Aline es tat, hatte für Kitty etwas besonders Reizvolles. Aber das waren geheime Träume, und Kitty sagte weder ihrer Mutter noch Warenka etwas davon.

Übrigens fand Kitty in Erwartung der Zeit, wo sie ihre Pläne in großem Maßstab würde ausführen können, auch hier in diesem Badeort, wo es so viele Kranke und Unglückliche gab, leicht Gelegenheit, ihre neuen Grundsätze anzuwenden und Warenka nachzueifern.

Anfangs bemerkte die Fürstin nur, daß Kitty sich unter dem Einfluß ihres engouement, wie sie es nannte, für Frau Stahl und besonders für Warenka befand. Sie sah, daß Kitty sich nicht nur Warenkas Tun zum Vorbild nahm, sondern auch unwillkürlich ihren Gang, ihre Sprechweise und ihre Gewohnheit, mit den Augen zu blinzeln, nachahmte. Aber später erkannte die Fürstin, daß in ihrer Tochter, unabhängig von dieser Bezauberung, eine ernsthafte seelische Wandlung vor sich ging.

Die Fürstin sah, daß Kitty abends oft in einem französischen Neuen Testament las, das Frau Stahl ihr geschenkt hatte, was sie früher nie getan hatte; sie sah, daß Kitty ihre Bekannten aus der vornehmen Gesellschaft mied und mit den Kranken verkehrte, die unter Warenkas Schutz standen, besonders mit der armen Familie eines kranken Malers namens Petrow. Kitty war offenbar stolz darauf, daß sie in dieser Familie die Pflichten einer Barmherzigen Schwester erfüllte. Das alles war schön und gut, und die Fürstin hatte nichts dagegen, um so mehr, als Petrows Frau eine durchaus anständige Dame war und die deutsche Fürstin, die von Kittys Tätigkeit hörte, sie lobte und einen Engel des Trostes nannte. Das alles wäre sehr schön gewesen, wenn Kitty es nicht übertrieben hätte. Aber die Fürstin sah, daß ihre Tochter in Extreme verfiel, und sagte ihr das auch.

»Il ne faut jamais rien outrer«, sagte sie zu ihr.

Aber ihre Tochter gab ihr keine Antwort; sie dachte nur im stillen, daß man von einem Übermaß beim christlichen Handeln nicht reden könne. Wie war denn ein Zuviel möglich beim Befolgen einer Lehre, die befiehlt, die linke Backe hinzuhalten, wenn man einen Schlag auf die rechte bekommen hat, und auch das Hemd hinzugeben, wenn einem der Mantel genommen wird? Der Fürstin aber mißfiel diese Übertreibung, und noch mehr mißfiel ihr, daß Kitty ihr nicht mehr ihr ganzes Herz auftun wollte, wie sie wohl merkte. Und Kitty verbarg in der Tat ihre neuen Ansichten und Gefühle vor der Mutter. Sie tat es nicht, weil sie ihre Mutter nicht achtete oder liebte, sondern nur deshalb, weil es eben ihre Mutter war. Sie hätte sich jedem andern gegenüber eher ausgesprochen als bei ihrer Mutter.

»Ich wundere mich, daß Anna Pawlowna so lange nicht bei uns gewesen ist«, sagte die Fürstin eines Tages von Frau Petrowa. »Ich habe sie aufgefordert, aber ich hatte den Eindruck, als ob sie uns irgend etwas übelgenommen hätte.«

»Ich habe nichts dergleichen bemerkt, Mama«, antwortete Kitty errötend.

»Du bist wohl lange nicht mehr bei ihnen gewesen?«

»Wir wollen morgen einen Ausflug in die Berge machen«, sagte Kitty.

»Ja, fahrt nur«, sagte die Fürstin, der Tochter in das verlegene Gesicht blickend und bemüht, den Grund ihrer Verlegenheit zu erraten.

An diesem Tag kam Warenka zum Mittagessen und sagte, Anna Pawlowna habe es sich anders überlegt und wolle morgen nicht in die Berge fahren. Die Fürstin sah, daß Kitty wieder errötete.

»Kitty, hast du irgendwelche Unstimmigkeiten mit Petrows gehabt?« fragte die Fürstin, als sie wieder allein waren. »Warum schickt sie ihre Kinder nicht mehr her und kommt auch selber nicht mehr?«

Kitty erwiderte, es sei zwischen ihnen nichts vorgefallen und sie begreife einfach nicht, weshalb Anna Pawlowna auf sie böse sein könne. Kitty sagte die volle Wahrheit. Sie wußte nicht, warum Anna Pawlowna ihr Verhalten ihr gegenüber geändert hatte, aber sie ahnte es. Sie ahnte etwas, was sie der Mutter nicht sagen konnte, was sie auch sich selbst nicht eingestand. Es war eines von jenen Dingen, die man zwar weiß, die man aber auch sich selbst nicht sagen mag: es wäre zu schrecklich und beschämend, wenn man sich geirrt hätte.

Wieder und wieder ging sie in ihrer Erinnerung ihr ganzes Verhältnis zu dieser Familie durch. Sie dachte an die naive Freude, die Anna Pawlownas rundes, gutmütiges Gesicht gezeigt hatte, wenn sie sich begegnet waren; sie dachte an ihre geheimen Beratungen über den Kranken, an ihre Verabredungen darüber, wie man ihn von der verbotenen Arbeit ablenken und zu einem Spaziergang veranlassen könnte, an die Anhänglichkeit des jüngsten Buben, der sie ›meine Kitty‹ nannte und nur von ihr zu Bett gebracht werden wollte. Wie schön war das alles gewesen! Dann dachte sie an die ausgemergelte Gestalt Petrows, mit dem langen Hals, dem braunen Rock, dem spärlichen, gelockten Haar, den fragenden blauen Augen, die sie in der ersten Zeit so gefürchtet hatte, und an seine krankhaften Anstrengungen, in ihrer Gegenwart munter und lebhaft zu erscheinen. Sie dachte daran, wie schwer es ihr anfangs gefallen war, den Widerwillen zu überwinden, den sie gegen ihn wie gegen alle Schwindsüchtigen empfand, und wie sie sich bemüht hatte, einen passenden Gesprächsstoff zu finden. Sie dachte auch an den schüchternen, gerührten Blick, mit dem er sie angesehen hatte, und an das seltsame Gefühl von Mitleid und Verlegenheit, das sie dabei empfand, und das später dem Bewußtsein der eigenen Tugend wich. Wie schön war das alles gewesen! Aber alles nur in der ersten Zeit. Jetzt, seit einigen Tagen, war alles plötzlich vorbei. Anna Pawlowna begrüßte Kitty mit heuchlerischer Liebenswürdigkeit und ließ sie und ihren Mann keinen Augenblick unbeobachtet.

War seine rührende Freude bei Ihrem Erscheinen wirklich die Ursache von Anna Pawlownas kühlem Benehmen?

›Ja‹, dachte Kitty, ›in Anna Pawlownas Benehmen war etwas Unnatürliches, das gar nicht zu ihrer Güte paßt, als sie vorgestern ganz ärgerlich sagte: ‚Er hat die ganze Zeit auf Sie gewartet und nicht ohne Sie Kaffee trinken wollen. Und dabei ist ihm ganz elend geworden.' Ja, vielleicht war es ihr auch nicht recht, daß ich ihm neulich das Plaid gereicht habe. Das war doch etwas so Unbedeutendes, aber er nahm es so ungeschickt auf und bedankte sich so lange dafür, daß ich ganz verlegen wurde. Und dann die Geschichte mit meinem Porträt, das ihm so gut gelungen ist. Und besonders sein verlegener, zärtlicher Blick! Ja, ja, es ist so!‹ dachte Kitty entsetzt. ›Nein, das kann und darf nicht sein! Er ist so bedauernswert!‹ sagte sie sich.

Dieser Zweifel verdarb ihr die Freude an ihrem neuen Leben.

34

Kurz vor dem Ende seiner Kurzeit kehrte Fürst Schtscherbatzkij zu seiner Familie zurück. Nach dem Kuraufenthalt in Karlsbad hatte er noch in Baden-Baden und Kissingen russische Bekannte besucht, um einmal russische Luft zu atmen, wie er sagte.

Die Ansichten des Fürsten und der Fürstin über das Leben im Ausland waren einander völlig entgegengesetzt. Die Fürstin fand alles wunderschön und suchte trotz ihrer fest begründeten Stellung in der russischen Gesellschaft im Ausland einer europäischen Dame zu gleichen, was sie eben nicht war, denn sie war eine echte Russin; darum verstellte sie sich, was ihr manchmal recht lästig war. Der Fürst dagegen fand alles im Ausland scheußlich, das europäische Leben war ihm widerwärtig, er blieb seinen russischen Gewohnheiten treu und bemühte sich absichtlich, im Ausland noch weniger Europäer zu sein, als er es tatsächlich war.

Der Fürst kehrte etwas abgemagert zurück, mit herabhängenden Hautsäcken an den Wangen, aber in höchst vergnügter Stimmung. Er wurde noch heiterer, als er sah, daß Kitty sich ganz erholt hatte. Als er dann von Kittys Freundschaft mit Frau Stahl und Warenka hörte und die Fürstin ihm von der Veränderung erzählte, die mit Kitty vorgegangen war, wurde der Fürst etwas stutzig. Das alles erweckte in ihm das gewöhnliche Gefühl der Eifersucht gegen alles, wofür sich seine Tochter ohne sein Wissen interessierte, und die Befürchtung, seine Tochter könne sich auf ein Gebiet begeben, das ihm unzugänglich war, und sich so seinem Einfluß entziehen. Aber diese unangenehmen Nachrichten versanken in dem Meer von Gutmütigkeit und Heiterkeit, die in seinem Wesen lagen und durch die Karlsbader Kur noch größer geworden waren.

Am Tag nach seiner Ankunft ging der Fürst in seinem langen Mantel, mit seinen russischen Runzeln und seinen schwammigen Backen, die von einem steifen Kragen gestützt wurden, in heiterster Stimmung mit seiner Tochter zum Brunnen.

Es war ein wunderschöner Morgen; die sauberen, freundlichen Häuschen mit den Gärtchen davor, der Anblick der rotbackigen, rotarmigen, vom Biergenuß kräftigen, fröhlich arbeitenden deutschen Dienstmädchen, dazu die helle Sonne — das alles machte das Herz froh; aber je mehr sie sich dem Brunnen näherten, um so häufiger begegneten sie Kranken, und in dem Milieu des wohlgeordneten deutschen Lebens wirkte ihr Anblick noch trauriger. Kitty fiel dieser Gegensatz nicht mehr auf. Der helle Sonnenschein, der heitere Glanz des Grüns, die Klänge der Musik waren für sie der natürliche Rahmen für all diese bekannten Gesichter und für die Veränderungen zum Schlechteren und Besseren, die sie an ihnen beobachtete. Dem Fürsten hingegen schienen dieser strahlende Glanz des Junimorgens und die Klänge des Orchesters, das einen flotten Modewalzer spielte, und besonders der Anblick der von Gesundheit strotzenden Dienstmädchen unpassend und ungeheuerlich neben diesen traurig einherschleichenden Leichen, die von allen Enden Europas hierher gekommen waren.

Obwohl er voller Stolz mit seiner Lieblingstochter am Arm promenierte und ein Gefühl hatte, als sei seine eigene Jugend wiedergekehrt, schämte er sich fast wegen seines kraftvollen Ganges und seiner robusten, wohlgenährten Glieder. Er hatte eine Empfindung, wie sie ein Mensch haben mag, der unbekleidet in einer Gesellschaft erscheint.

»Stell mich doch deinen neuen Freunden vor«, sagte er zu seiner Tochter, ihren Arm mit dem Ellbogen drückend. »Ich habe sogar dein häßliches Soden liebgewonnen, weil es dich wieder so gut zurechtgebracht hat. Aber es ist so traurig bei euch, sehr traurig! Wer ist das hier?«

Kitty nannte ihm die Namen der Bekannten und Unbekannten, die ihnen begegneten. Am Eingang in den Kurpark trafen sie die blinde Madame Berthe mit ihrer Begleiterin, und der Fürst freute sich über den gerührten Gesichtsausdruck der alten Französin, als sie Kittys Stimme hörte. Sie zog ihn sofort mit echt französischer überschwenglicher Liebenswürdigkeit in ein Gespräch, pries ihn glücklich, weil

er eine so reizende Tochter habe, und erhob Kitty, obwohl sie dabeistand, in den Himmel, nannte sie einen wahren Schatz, eine Perle, einen Engel des Trostes.
»Nun, dann ist sie der zweite Engel«, sagte der Fürst lächelnd. »Als den Engel Nummer eins bezeichnet sie Mademoiselle Warenka.«
»Oh! Mademoiselle Warenka ist ein wahrer Engel, allez«, fiel Madame Berthe ein.
In der Galerie trafen sie Warenka selbst. Sie eilte ihnen entgegen, ein elegantes rotes Täschchen in der Hand.
»Nun ist auch Papa angekommen«, sagte Kitty.
Warenka machte schlicht und natürlich, wie sie alles tat, eine Bewegung, die ein Mittelding zwischen Verbeugung und Knicks war, und begann sich sofort mit dem Fürsten zu unterhalten, ungezwungen und schlicht, wie sie mit allen Leuten sprach.
»Selbstverständlich kenne ich Sie, und zwar sehr gut«, sagte der Fürst mit einem Lächeln, an dem Kitty zu ihrer Freude erkannte, daß ihre Freundin ihrem Vater gefiel. »Wo wollen Sie denn so eilig hin?«
»Maman ist hier«, sagte sie zu Kitty. »Sie hat die ganze Nacht nicht geschlafen, und der Arzt hat ihr geraten, auszufahren. Ich bringe ihr ihre Handarbeit.«
»Das ist also der Engel Nummer eins«, sagte der Fürst, als Warenka gegangen war.
Kitty sah, daß er sich über Warenka lustig machen wollte, daß er es aber nicht fertigbrachte, weil Warenka ihm so gut gefallen hatte.
»Nun sehen wir alle deine Freunde«, sagte er, »auch Madame Stahl, wenn sie geruht, mich wiederzuerkennen.«
»Hast du sie denn früher gekannt, Papa?« fragte Kitty ängstlich, denn sie hatte ein spöttisches Leuchten in den Augen des Fürsten aufzucken sehen, als er Madame Stahl erwähnte.
»Ich kannte ihren Mann und auch sie ein wenig, ehe sie unter die Pietisten ging.«

»Was sind denn Pietisten, Papa?« fragte Kitty, erschrocken, daß das, was sie an Madame Stahl so hoch schätzte, einen Namen hatte.
»Das weiß ich selbst nicht genau. Ich weiß nur, daß sie Gott für alles dankt, für jedes Unglück... auch dafür, daß ihr Mann gestorben ist, dankt sie Gott. Und das wirkt komisch, denn sie haben ziemlich schlecht miteinander gelebt... Wer ist denn das? Was für ein klägliches Gesicht!« sagte er, als er auf einer Bank einen Kranken sitzen sah, einen kleinen Mann in braunem Mantel und weißen Hosen, die an seinen fleischlosen, knochigen Beinen seltsame Falten schlugen. Dieser Herr zog seinen Strohhut, so daß man sein spärliches, lockiges Haar und die hohe vom Druck des Hutes krankhaft gerötete Stirn sah.
»Das ist der Maler Petrow«, sagte Kitty errötend. »Und das ist seine Frau«, fügte sie hinzu und zeigte auf Anna Pawlowna, die anscheinend absichtlich gerade in dem Augenblick, als der Fürst und seine Tochter näherkamen, ihrem Kind nacheilte, das auf einem Parkweg davonlief.
»Wie jammervoll er aussieht, aber was für ein liebes, gutes Gesicht!« sagte der Fürst. »Warum bist du denn nicht zu ihm gegangen? Er wollte dir doch etwas sagen.«
»Nun, dann gehen wir hin!« sagte Kitty und drehte sich entschlossen um.
Petrow erhob sich, auf seinen Stock gestützt, und sah den Fürsten schüchtern an.
»Das ist meine Tochter«, sagte der Fürst. »Gestatten Sie mir, Ihre Bekanntschaft zu machen.«
Der Maler verbeugte sich und lächelte, seine seltsam glänzenden, weißen Zähne zeigend.
»Wir haben Sie gestern erwartet, Prinzessin«, sagte er zu Kitty.
Er wankte, als er das sagte, wiederholte aber diese Bewegung sofort, um den Anschein zu erwecken, als habe er das absichtlich getan.

»Ich wollte kommen, aber Warenka sagte mir, Anna Pawlowna lasse bestellen, daß Sie nicht fahren wollten.«

»Aber wieso denn?« rief Petrow errötend und begann sofort zu husten. Er sah sich nach seiner Frau um. »Annette, Annette!« rief er laut, und an seinem dünnen weißen Hals traten die Adern wie Stricke hervor.

Anna Pawlowna kam.

»Wie konntest du der Prinzessin sagen lassen, wir würden nicht fahren?« flüsterte er ihr mit versagender Stimme gereizt zu.

»Guten Tag, Prinzessin«, sagte Anna Pawlowna mit heuchlerischem Lächeln, das in schroffem Gegensatz zu ihrem früheren Verhalten stand. »Ich freue mich sehr, Sie kennenzulernen«, sagte sie zu dem Fürsten. »Sie wurden schon lange hier erwartet, Fürst.«

»Wie konntest du der Prinzessin sagen lassen, wir würden nicht fahren?« flüsterte der Maler noch einmal mit heiserer Stimme und noch zorniger; seine Gereiztheit wurde offenbar dadurch noch gesteigert, daß ihm die Stimme versagte und er seinen Worten nicht den gewünschten Ausdruck zu geben vermochte.

»Mein Gott! Ich dachte, wir würden nicht fahren«, antwortete die Frau ärgerlich.

»Wie konntest du das denken, wenn...« Er bekam wieder einen Hustenanfall und winkte nur mit der Hand ab.

Der Fürst lüftete den Hut und ging mit seiner Tochter weiter.

»Ach, ach!« seufzte er schwer. »Diese Unglücklichen!«

»Ja, Papa«, sagte Kitty. »Und denk dir nur, sie haben drei Kinder und keine Dienstboten und so gut wie keine Mittel. Er bekommt eine kleine Unterstützung von der Akademie«, erzählte sie lebhaft, bemüht, ihre Erregung über das seltsam veränderte Benehmen Anna Pawlownas zu bezwingen.

»Da ist ja auch Madame Stahl«, sagte Kitty, auf einen Rollstuhl zeigend, in dem, von vielen Kissen umgeben, etwas in Grau und Blau unter einem Sonnenschirm lag. Das war Frau Stahl. Hinter ihr stand ein kräftiger deutscher Dienstmann mit finsterem Gesicht, der ihren Rollstuhl schob. Neben ihr stand ein blonder schwedischer Graf, den Kitty nur dem Namen nach kannte. Einige Kranke waren in der Nähe des Rollstuhls stehengeblieben und betrachteten diese Dame wie etwas ganz Außergewöhnliches.

Der Fürst ging auf sie zu, und sofort bemerkte Kitty in seinen Augen das spöttische Funkeln, das sie so verwirrte. Er blieb vor Madame Stahl stehen und sagte in dem ausgezeichneten Französisch, das heute nur noch so wenige sprechen, außerordentlich höflich und liebenswürdig:

»Ich weiß nicht, ob Sie sich meiner noch erinnern, aber ich muß mich Ihnen in Erinnerung bringen, um Ihnen für die Güte zu danken, die Sie meiner Tochter erwiesen haben«, sagte er, den Hut abnehmend und ihn nicht wieder aufsetzend.

»Fürst Alexander Schtscherbatzkij«, sagte Madame Stahl und blickte mit ihren himmlischen Augen zu ihm auf, in denen Kitty ein gewisses Mißvergnügen zu sehen glaubte. »Ich freue mich sehr. Ich habe Ihre Tochter sehr liebgewonnen.«

»Steht es mit Ihrer Gesundheit immer noch nicht gut?«

»Ach, ich habe mich schon ganz daran gewöhnt«, antwortete Madame Stahl und machte den Fürsten mit dem schwedischen Grafen bekannt.

»Sie haben sich sehr wenig verändert«, sagte der Fürst zu ihr. »Ich hatte seit zehn oder elf Jahren nicht mehr die Ehre, Sie zu sehen.«

»Ja, Gott legt uns das Kreuz auf, aber er gibt uns auch die Kraft, es zu tragen. Man wundert sich oft, warum dieses Leben sich so lange hinzieht... Von der andern Seite!« sagte sie ärgerlich zu Warenka, die ihre Beine nicht so in das Plaid wickelte, wie sie es wollte.

»Wohl um Gutes zu tun«, sagte der Fürst, und seine Augen lachten.

»Darüber steht uns kein Urteil zu«, antwortete Madame Stahl, der der Gesichtsausdruck des Fürsten nicht entgangen war. »Sie schicken mir also das Buch, lieber Graf? Ich danke Ihnen sehr«, sagte sie zu dem jungen Schweden.

»Ah!« rief der Fürst, als er den Moskauer Obersten erblickte, der in der Nähe stand. Er verbeugte sich vor Frau Stahl und ging mit seiner Tochter und dem Oberst weiter.

»Das ist unsere Aristokratie, Fürst!« sagte der Oberst gewollt sarkastisch; er ärgerte sich über Frau Stahl, weil er nicht zu ihren Bekannten gehörte.

»Sie ist immer noch die alte«, antwortete der Fürst.

»Sie haben sie wohl noch vor ihrer Krankheit gekannt, Fürst? Das heißt, ehe sie immer im Bett liegen mußte?«

»Ja, ich erinnere mich noch, wie sie bettlägerig wurde.«

»Es heißt, sie sei seit zehn Jahren nicht mehr aufgestanden.«

»Sie steht nicht auf, weil sie zu kurze Beine hat. Sie ist sehr schlecht gebaut.«

»Papa, das ist unmöglich!« rief Kitty.

»Böse Zungen behaupten das, mein Herzchen. Und deiner Warenka gibt sie's ordentlich«, fügte er hinzu. »Ach, diese kranken Damen!«

»O nein, Papa!« erwiderte Kitty eifrig. »Warenka vergöttert sie. Und sie tut so viel Gutes! Du kannst fragen, wen du willst! Sie und Aline Stahl sind überall bekannt.«

»Vielleicht«, sagte er und drückte ihren Arm mit seinem Ellbogen. »Es ist aber doch besser, das Gute so zu tun, daß keiner, den man danach fragt, etwas davon weiß.«

Kitty schwieg nicht, weil sie nichts zu erwidern hatte, sondern weil sie auch ihrem Vater ihre geheimen Gedanken nicht mitteilen wollte. Aber seltsam: obwohl sie sich dagegen sträubte, sich den Anschauungen ihres Vaters zu fügen und ihnen Zutritt zu ihrem Heiligtum zu gewähren, fühlte sie doch, daß das göttliche Bild der Frau Stahl, das sie einen ganzen Monat in ihrem Herzen getragen hatte, unwiederbringlich verschwunden war, wie eine Gestalt, die man in einem hingeworfenen Kleid zu sehen glaubte, verschwindet, wenn man begriffen hat, wie das Kleid daliegt. Jetzt blieb nur eine kurzbeinige Frau, die immer zu Bett lag, weil sie schlecht gebaut war, und die schutzlose Warenka quälte, wenn sie ihr die Beine nicht richtig in die Decke wickelte. Und alle Anstrengungen der Einbildungskraft vermochten nicht, das frühere Bild der Madame Stahl wiederherzustellen.

35

Der Fürst steckte alle mit seiner heiteren Stimmung an – seine Familie, seine Bekannten und sogar den deutschen Wirt, bei dem Schtscherbatzkijs wohnten.

Als er mit Kitty vom Brunnen zurückgekehrt war, wo er den Oberst, Marja Ewgenjewna und Warenka zum Kaffee eingeladen hatte, ließ der Fürst einen Tisch und Stühle in den Garten unter einen Kastanienbaum bringen und dort das Frühstück servieren. Auch der Wirt und die Dienerschaft wurden unter dem Einfluß seiner Heiterkeit ganz munter. Sie kannten seine Freigebigkeit, und eine halbe Stunde später blickte der kranke Hamburger Doktor, der im oberen Stockwerk wohnte, voller Neid aus seinem Fenster auf diese lustige russische Gesellschaft gesunder Menschen, die unter dem Kastanienbaum saß. In dem zitternden, runden Schatten des Laubs saß die Fürstin in einem Häubchen mit lila Bändern an dem weißgedeckten, mit Kaffeekannen, Brot, Butter, Käse und kaltem Wildpret besetzten Tisch und teilte Tassen und Butterbrötchen aus. Am andern Ende saß der Fürst, sprach dem Essen kräftig zu und unterhielt sich laut und heiter; neben sich hatte er seine Einkäufe ausgebreitet: geschnitzte Kästchen, Berlocken, Papiermesser aller Art, die er in allen Badeorten haufenweise gekauft hatte und nun verschenkte; auch das Dienstmädchen Lieschen wurde bedacht, ebenso der Wirt, mit dem er in seinem komischen, gebrochenen Deutsch scherzte; er sagte, nicht die Brunnenkur habe Kitty geheilt, sondern seine vorzüglichen Speisen, besonders die Suppe mit Backpflaumen. Die Fürstin machte sich über die russischen Gewohnheiten ihres Mannes lustig, war aber so lebhaft und vergnügt, wie sie während des ganzen Badeaufenthalts nicht gewesen war. Der Oberst lächelte über die Späße des Fürsten wie immer, aber in bezug auf Europa, das er seiner Ansicht nach gründlich studiert hatte, stand er auf der Seite der Fürstin. Die gutmütige Marja Ewgenjewna schüttelte sich bei jedem Witz des Fürsten vor Lachen, und Warenka war, was Kitty noch nie gesehen hatte, ganz erschöpft von dem leisen, aber ansteckenden Lachen, zu dem die Scherze des Fürsten sie reizten.

Das alles machte Kitty großes Vergnügen, aber sie war doch etwas bedrückt. Sie konnte das Rätsel nicht lösen, das der Vater ihr durch seine ironischen Ansichten über ihre Freunde und über das ihr so liebgewordene Leben unwillkürlich aufgegeben hatte. Zu diesem Rätsel kam noch hinzu, daß ihr Verhältnis zu Petrows völlig anders geworden war, was sich heute so klar und unangenehm gezeigt hatte. Alle waren heiter, nur Kitty konnte es nicht sein, und das quälte sie noch mehr. Sie hatte ein Gefühl, wie sie es als Kind gehabt hatte, wenn sie zur Strafe in ihr Zimmer eingeschlossen worden war und ihre Schwester draußen fröhlich lachen hörte.

»Wozu hast du denn diese Unmenge von Sachen gekauft?« fragte die Fürstin lächelnd und reichte ihrem Mann eine Tasse Kaffee.

»Ja, wenn man spazierengeht und vor einem Laden stehenbleibt, dann bitten einen die Leute gleich, etwas zu kaufen. ›Erlaucht, Exzellenz, Durchlaucht.‹ Na, und wenn sie Durchlaucht sagen, kann ich nicht mehr widerstehen, und zehn Taler sind hin.«

»Das machst du nur aus Langerweile«, sagte die Fürstin.

»Natürlich. Ich langweile mich so schrecklich, daß ich gar nicht weiß, was ich anfangen soll.«
»Wie kann man sich nur langweilen, Fürst? Es gibt doch jetzt so viel Interessantes in Deutschland«, sagte Marja Ewgenjewna.
»Aber ich kenne ja schon alles Interessante: Suppe mit Backpflaumen kenne ich, und die Erbswurst auch. Alles kenne ich.«
»Nein, sagen Sie, was Sie wollen, Fürst, aber die Einrichtungen des öffentlichen Lebens in Deutschland sind wirklich interessant«, sagte der Oberst.
»Was soll denn da interessant sein? Die Leute hier sind alle zufrieden wie ein Kupferdreier; sie haben alle Feinde geschlagen. Aber womit soll ich denn zufrieden sein? Ich habe niemand besiegt, ich muß mir meine Stiefel selber ausziehen und sie noch selber vor die Zimmertür stellen. Morgens heißt es aufstehen, sich schleunigst anziehen und in den Speisesaal gehen, um scheußlich schlechten Tee zu trinken. Da ist es zu Hause doch ganz anders! Man wacht gemächlich auf, ärgert sich ein bißchen über irgend etwas, brummt ein bißchen, wird allmählich munter, überlegt sich alles in Ruhe und überstürzt sich nicht.«
»Aber Zeit ist doch Geld, das vergessen Sie«, sagte der Oberst.
»Was heißt Zeit! Es gibt Zeiten, wo man einen ganzen Monat für einen halben Rubel hingeben möchte, und andere, wo man eine halbe Stunde auch für alle Schätze der Welt nicht hergeben will. Stimmt's, Katenka? Was hast du denn? Du siehst ja so trübselig aus.«
»Ich? Gar nichts.«
»Wo wollen Sie denn hin? Bleiben Sie doch noch ein Weilchen!« sagte er zu Warenka.
»Ich muß nach Hause«, sagte Warenka aufstehend und mußte wieder lachen.
Als sie sich wieder beruhigt hatte, verabschiedete sie sich

und ging ins Haus, um ihren Hut zu holen. Kitty folgte ihr. Sogar Warenka erschien ihr jetzt anders. Sie war zwar nicht schlechter geworden, aber doch eine andere als die, die sie früher in Kittys Phantasie gewesen war.
»Ach, ich habe lange nicht mehr so gelacht«, sagte Warenka und nahm ihr Täschchen und ihren Sonnenschirm. »Wie nett Ihr Papa ist!«
Kitty schwieg.
»Wann sehen wir uns wieder?« fragte Warenka.
»Mama wollte nachher zu Petrows gehen. Kommen Sie nicht auch hin?« fragte Kitty, um Warenka auszuhorchen.
»Ja«, sagte Warenka, »sie wollen abreisen, und ich habe versprochen, ihnen beim Packen zu helfen.«
»Dann komme ich auch.«
»Wozu denn?«
»Warum denn nicht? Warum nicht? Warum nicht?« rief Kitty mit weitgeöffneten Augen und hielt Warenkas Sonnenschirm fest, um sie nicht wegzulassen. »Nein, sagen Sie, warum denn nicht?«
»Nur so. Ihr Papa ist doch angekommen, und außerdem fühlen sich Petrows geniert, wenn Sie da sind.«
»Nein, sagen Sie mir, warum wollen Sie nicht, daß ich Petrows öfter besuche? Sie wollen das doch nicht! Warum?«
»Das habe ich nicht gesagt«, antwortete Warenka ruhig.
»Nein, bitte, sagen Sie es mir!«
»Soll ich alles sagen?« fragte Warenka.
»Alles, alles!« rief Kitty.
»Es ist eigentlich nichts Besonderes, nur daß Michail Alexejewitsch« — so hieß der Maler — »schon früher abreisen wollte, und jetzt möchte er am liebsten gar nicht fort«, antwortete Warenka lächelnd.
»Weiter, weiter!« drängte Kitty und sah Warenka finster an.
»Ja, und Anna Pawlowna hat gesagt — ich weiß nicht, warum —, er wollte nur deswegen nicht fort, weil Sie hier seien. Das hätte sie natürlich nicht sagen dürfen, aber des-

wegen hatten sie Streit, Ihretwegen. Sie wissen ja, wie reizbar diese Kranken sind.«

Kitty machte ein immer finstereres Gesicht und schwieg; Warenka sprach allein weiter, bemüht, sie zu besänftigen und zu beruhigen, denn sie sah einen Ausbruch kommen, einen Ausbruch von Tränen oder von Worten.

»Gehen Sie also lieber nicht hin... Und Sie verstehen mich gewiß und nehmen es mir nicht übel...«

»Das geschieht mir recht, das geschieht mir recht!« stieß Kitty hervor, riß Warenka den Schirm aus der Hand und sah an den Augen ihrer Freundin vorbei.

Warenka wollte lächeln, als sie den kindlichen Zorn ihrer Freundin sah, fürchtete aber, sie zu kränken.

»Wieso geschieht Ihnen recht? Ich verstehe Sie nicht«, sagte sie.

»Es geschieht mir recht, weil alles nur Heuchelei war, alles nur ausgedacht und nicht von Herzen kam. Was ging dieser fremde Mensch mich an? Und nun bin ich an dem Streit schuld, weil ich etwas getan habe, worum mich keiner bat. Weil eben alles Heuchelei war! Heuchelei! Heuchelei!«

»Aber warum sollte man denn heucheln?« sagte Warenka leise.

»Ach, wie dumm, wie häßlich! Ich hatte es doch gar nicht nötig... Alles nur Heuchelei!« sagte sie, den Sonnenschirm auf- und zuklappend.

»Aber wozu denn?«

»Um besser zu scheinen, vor den Menschen, vor mir selbst, vor Gott, um alle zu betrügen. Nein, jetzt lasse ich mich nicht mehr auf so etwas ein! Lieber schlecht sein, aber wenigstens keine Lügnerin, keine Betrügerin!«

»Wer ist denn eine Betrügerin?« sagte Warenka vorwurfsvoll. »Sie reden ja so, als ob...«

Aber Kittys Zornesausbruch war noch nicht zu Ende. Sie ließ Warenka nicht ausreden.

»Ich spreche ja nicht von Ihnen, ganz gewiß nicht. Sie sind die Vollkommenheit selbst. Ja, ja, ich weiß, daß Sie höchst vollkommen sind, aber was soll ich denn machen, wenn ich so schlecht bin? Das alles wäre nicht geschehen, wenn ich nicht schlecht wäre. Also will ich bleiben, wie ich bin, aber ich will nicht mehr heucheln. Was geht mich Anna Pawlowna an! Mögen sie leben, wie sie wollen; und ich will auch leben, wie ich will. Ich kann mich nicht anders machen … All das ist nicht das Richtige, nicht das Richtige …«

»Was ist denn nicht richtig?« fragte Warenka verständnislos.

»Alles ist nicht richtig. Ich kann nicht anders leben als nach meinem Herzen, Sie aber leben nach Regeln. Ich habe Sie ganz einfach liebgewonnen, und Sie haben mich wohl nur liebgewonnen, um mich zu retten, zu belehren!«

»Sie sind ungerecht«, sagte Warenka.

»Ich rede nicht von andern, ich rede nur von mir.«

»Kitty!« ertönte die Stimme der Mutter. »Komm her und zeige Papa deine Korallen.«

Ohne sich mit ihrer Freundin versöhnt zu haben, nahm Kitty mit stolzer Miene die Schachtel mit den Korallen vom Tisch und ging zu ihrer Mutter.

»Was hast du denn? Warum bist du so rot?« fragten Vater und Mutter wie aus einem Mund.

»Nichts«, sagte sie, »ich komme gleich wieder!« Und sie lief zurück.

›Sie ist noch da!‹ dachte sie. ›Was soll ich ihr nur sagen? O mein Gott! Was habe ich getan, was habe ich gesagt! Warum habe ich sie so gekränkt? Was soll ich tun? Was soll ich ihr sagen?‹ dachte Kitty und blieb an der Tür stehen.

Warenka saß mit dem Hut auf dem Kopf am Tisch, den Sonnenschirm in der Hand, und betrachtete die Feder, die Kitty zerbrochen hatte. Sie hob den Kopf.

»Warenka, verzeihen Sie mir, verzeihen Sie!« flüsterte Kitty, auf sie zugehend. »Ich weiß nicht mehr, was ich geredet habe. Ich …«

»Ich wollte Sie wirklich nicht kränken«, sagte Warenka lächelnd.

Der Friede war geschlossen. Aber mit der Ankunft des Vaters hatte sich die ganze Welt verändert, in der Kitty bis jetzt gelebt hatte. Sie sagte sich nicht von allem los, was sie erlebt hatte, aber sie sah ein, daß es Selbstbetrug gewesen war, als sie geglaubt hatte, sie könnte das sein, was sie sein wollte. Sie war gleichsam erwacht; sie hatte erkannt, wie schwierig es war, sich ohne Heuchelei und Prahlerei auf der Höhe zu halten, zu der sie sich hatte erheben wollen; außerdem empfand sie die ganze Schwere dieser Welt des Leids, der Krankheit und der Sterbenden, in der sie gelebt hatte; die Anstrengungen, die sie gemacht hatte, all das zu lieben, erschienen ihr nun als eine Qual, und sie wollte schnell an die frische Luft, nach Rußland, nach Jerguschowo, wohin ihre Schwester Dolly mit den Kindern bereits übergesiedelt war, wie sie aus einem Brief erfahren hatte.

Aber ihre Liebe zu Warenka war nicht geringer geworden. Beim Abschied bat Kitty, sie möge sie in Rußland besuchen.

»Ich komme, wenn Sie verheiratet sind«, sagte Warenka.

»Ich heirate nie.«

»Dann komme ich auch nie.«

»Nun, dann will ich nur deswegen heiraten. Also vergessen Sie Ihr Versprechen nicht!« sagte Kitty.

Die Voraussage des Arztes hatte sich bewahrheitet. Kitty kam gesund nach Rußland zurück. Sie war zwar nicht mehr so sorglos und heiter wie früher, aber sie war ruhig. Ihr Moskauer Kummer war nur noch eine Erinnerung.

DRITTER TEIL

I

Sergej Iwanowitsch Kosnyschew wollte sich von der geistigen Arbeit erholen. Statt wie sonst ins Ausland zu reisen, fuhr er Ende Mai zu seinem Bruder aufs Land. Seiner Überzeugung nach gab es kein schöneres Leben als das Landleben. Um dieses Leben zu genießen, kam er jetzt zu seinem Bruder. Konstantin Lewin freute sich sehr darüber, um so mehr, als er seinen Bruder Nikolaj für diesen Sommer nicht mehr erwartete. Aber bei aller Liebe und Verehrung für Sergej Iwanowitsch war ihm das Zusammenleben mit seinem Bruder auf dem Land doch etwas unbehaglich. Die Auffassung, die sein Bruder vom Landleben hatte, war ihm peinlich, ja sogar unangenehm. Für Konstantin Lewin war das platte Land die Stätte seines Daseins, das heißt seiner Freuden, seiner Leiden, seiner Arbeit; für Sergej Iwanowitsch war das Landleben einerseits eine Erholung von der Arbeit, andererseits ein wirksames Gegengift gegen die städtische Verderbtheit, das er mit Genuß und mit dem Bewußtsein seiner heilsamen Wirkung einnahm. Für Konstantin Lewin war das Land deshalb so schön, weil es ihm ein Arbeitsfeld für eine unzweifelhaft nützliche Tätigkeit darbot; Sergej Iwanowitsch liebte das Land deswegen, weil man sich dort dem Nichtstun hingeben konnte. Außerdem war auch Sergej Iwanowitschs Verhältnis zum Volk nicht nach Konstantins Geschmack. Sergej Iwanowitsch sagte, er liebe und kenne das Volk, und unterhielt sich oft mit den Bauern, was er sehr gut konnte, ohne Verstellung und Affektiertheit, und aus jeder dieser Unterhaltungen zog er dann allgemeine Schlüsse, um zu beweisen, daß das Volk gute Eigenschaften habe und daß er das Volk wirklich kenne. Dieses Verhalten dem Volk gegenüber gefiel Konstantin Lewin nicht. Für ihn war das Volk nur der Hauptteilnehmer an der gemeinsamen Arbeit, und trotz seiner Achtung, ja sogar einer gewissen verwandtschaftlichen Liebe zum

Bauern, die er, wie er selbst sagte, wahrscheinlich mit der Milch seiner bäuerlichen Amme eingesogen hatte, war er mit den Bauern durchaus nicht immer zufrieden: manchmal war er begeistert von der Kraft, der Sanftmut und dem Gerechtigkeitsgefühl dieser Leute; sehr oft aber, wenn die gemeinsame Arbeit auch noch andere Eigenschaften erforderte, packte ihn die Wut über die Sorglosigkeit, Unordentlichkeit, Trunksucht und Verlogenheit des Volkes. Hätte man Konstantin Lewin gefragt, ob er das Volk liebe, dann hätte er nicht gewußt, was er darauf antworten solle. Sein Verhältnis zum Volk war dasselbe wie zu den Menschen im allgemeinen: er liebte es und liebte es gleichzeitig nicht. Da er ein guter Mensch war, liebte er die Menschen natürlich mehr, als daß er sie nicht liebte, und das galt auch für seine Beziehungen zum Volk. Aber das Volk als etwas Besonderes zu lieben oder nicht zu lieben, dazu war er nicht imstande, nicht nur deshalb, weil er mit dem Volk lebte und alle seine Interessen eng mit denen des Volkes verbunden waren, sondern weil er sich selbst als einen Teil des Volkes betrachtete, zwischen sich und dem Volk in bezug auf gute und schlechte Eigenschaften keinen Unterschied sah und seine Person dem Volk nicht als etwas völlig Verschiedenes gegenüberstellen konnte. Außerdem kam folgendes hinzu: er hatte zwar lange Zeit in sehr engen Beziehungen mit den Bauern gelebt, als Gutsherr, Schiedsrichter und besonders als Ratgeber (die Bauern hatten Vertrauen zu ihm und kamen vierzig Werst weit her, um ihn um Rat zu fragen), aber er hatte trotzdem kein bestimmtes Urteil über das Volk, und die Frage, ob er das Volk kenne, hätte ihn nicht minder in Verlegenheit gebracht als die Frage, ob er das Volk liebe. Zu behaupten, daß er das Volk kenne, wäre für ihn dasselbe gewesen, wie zu behaupten, daß er die Menschen kenne. Er beobachtete unausgesetzt und lernte Menschen aller Art kennen, darunter auch Bauern, die er für gute und interessante Menschen hielt, entdeckte immer neue Züge an ihnen, änderte sein früheres Urteil über sie und bildete sich ein neues.

Ganz anders Sergej Iwanowitsch. Gerade wie er das Landleben liebte und pries im Gegensatz zu einem Leben, das er nicht liebte, so liebte er auch das Volk im Gegensatz zu einer Menschenklasse, die er nicht liebte, und sah das Volk als etwas an, das der übrigen Menschheit gegenüberstand. Mit seinem methodischen Verstand war er zu bestimmten, scharf umrissenen Vorstellungen vom Leben des Volkes gelangt, die er zum Teil aus dem wirklichen Leben des Volkes abgeleitet, hauptsächlich aber aus dem Gegensatz konstruiert hatte.

Wenn zwischen den Brüdern Meinungsverschiedenheiten in der Beurteilung des Volkes entstanden, war Sergej Iwanowitsch seinem Bruder immer dadurch überlegen, daß er bestimmte Vorstellungen vom Volk, seinen Eigenschaften und Neigungen hatte; Konstantin Lewin hingegen hatte gar keine bestimmten, festen Begriffe, und darum konnte man ihm bei diesen Diskussionen sehr leicht beweisen, daß er sich selbst widersprach.

Für Sergej Iwanowitsch war sein jüngerer Bruder ein prächtiger Junge, der, wie er sich französisch ausdrückte, le cœur bien placé und einen zwar beweglichen, aber von Augenblickseindrücken abhängigen Verstand hatte und deshalb nicht frei von Widersprüchen war. Mit der Nachsicht des älteren Bruders erklärte er ihm manchmal die eigentliche Bedeutung der Dinge, fand aber kein Vergnügen daran, mit ihm zu disputieren, weil er zu leicht mit ihm fertig wurde.

Konstantin Lewin hielt seinen Bruder für einen Mann von hervorragendem Verstand und großer Bildung, für vornehm im höchsten Sinne dieses Wortes und mit der Fähigkeit begabt, für das allgemeine Wohl zu wirken. Aber je älter er wurde und je besser er seinen Bruder kennenlernte, desto öfter kam ihm der Gedanke, daß diese Fähigkeit, für das allgemeine Wohl zu wirken, die ihm selbst völlig abging, vielleicht gar kein Vorzug, sondern ein Mangel sei, nicht ein Mangel an guten, ehrlichen, edlen Wünschen und Bestrebungen, sondern ein Mangel an Lebenskraft, an dem, was man Herz nennt, an dem Streben, das den Menschen veranlaßt, aus den unzähligen, sich ihm bietenden Lebenswegen einen einzigen zu wählen und diesen Weg zu verfolgen. Je mehr er seinen Bruder kennenlernte, desto deutlicher sah er, daß Sergej Iwanowitsch wie viele andere Männer, die für das allgemeine Wohl wirkten, nicht von seinem Herzen dazu getrieben wurde, sondern rein verstandesmäßig zu der Überzeugung gelangt war, daß es gut sei, sich damit zu beschäftigen, und sich nur deshalb damit beschäftigte. In dieser Vermutung wurde Lewin noch durch die Beobachtung bestärkt, daß seinem Bruder die Fragen des allgemeinen Wohls und der Unsterblichkeit der Seele nicht tiefer zu Herzen gingen als ein Schachproblem oder die sinnreiche Konstruktion einer neuen Maschine.

Außerdem war der Besuch seines Bruders für Konstantin Lewin auch deshalb etwas unbequem, weil Lewin auf dem Land, besonders im Sommer, viel Arbeit auf dem Gut hatte und der lange Sommertag nicht ausreichte, alles zu erledigen, was getan werden mußte, während Sergej Iwanowitsch sich erholen wollte. Das tat er zwar jetzt, das heißt, er arbeitete nicht an seinem Buch, aber er war so sehr an geistige Tätigkeit gewöhnt, daß er die Gedanken, die ihm kamen, gern in schöner, knapper Form aussprechen und einen Zuhörer haben wollte. Der nächste und natürlichste Zuhörer war sein Bruder. Und darum war es trotz ihres freundschaftlich-zwanglosen Verhältnisses Konstantin peinlich, ihn allein zu lassen. Sergej Iwanowitsch liebte es, sich in der Sonne aufs Gras zu legen, sich braten zu lassen und gemütlich zu schwatzen.

»Du glaubst gar nicht«, sagte er zu seinem Bruder, »was für ein Genuß dieses ukrainische Faulenzen für mich ist. Kein einziger Gedanke mehr im Kopf, alles wie ausgefegt!«

Aber Konstantin Lewin war es langweilig, so dazusitzen und ihm zuzuhören, zumal er wußte, daß die Leute, wenn er nicht nach dem Rechten sah, den Dünger auf das Feld fahren würden, ohne es vorher in Beete abzuteilen, und den Dünger dann Gott weiß wie hinwerfen würden, und daß sie die Pflugmesser an den neuen Pflügen nicht ordentlich anschrauben, sondern abnehmen und dann sagen würden, diese neuen Pflüge seien eine dumme Erfindung, da seien die alten Hakenpflüge doch besser, und so weiter.
»Lauf doch nicht so viel in der Hitze herum!« sagte Sergej Iwanowitsch zu ihm.
»Nein, ich gehe nur einen Augenblick ins Kontor«, sagte Lewin und lief aufs Feld.

2

In den ersten Junitagen trug die alte Kinderfrau und Wirtschafterin Agafja Michajlowna einen Topf mit frisch eingesalzenen Pilzen in den Keller, glitt aus, fiel hin und verstauchte sich das Handgelenk. Der Semstwoarzt wurde geholt, ein geschwätziger junger Mann, der frisch von der Universität kam. Er untersuchte die Hand, erklärte, sie sei nicht ausgerenkt, legte kalte Kompressen auf und blieb zum Abendessen. Er schien das Gespräch mit dem berühmten Sergej Iwanowitsch Kosnyschew sichtlich zu genießen. Um seine aufgeklärten Anschauungen zu zeigen, erzählte er allerlei Klatschgeschichten aus dem Landkreis und klagte über die traurigen Zustände in der Landverwaltung. Sergej Iwanowitsch hörte ihm aufmerksam zu und fragte ihn aus; durch den neuen Zuhörer angeregt, wurde auch er gesprächig, machte ein paar treffende, gewichtige Bemerkungen, die der junge Arzt ehrfurchtsvoll aufnahm, und kam, wie immer nach einem geistvollen, lebhaften Gespräch, in jene angeregte Stimmung, die sein Bruder so gut an ihm kannte. Als der Arzt weg war, wollte Sergej Iwanowitsch mit der Angel an den Fluß fahren. Er angelte gern und schien stolz darauf zu sein, daß eine so dumme Beschäftigung ihm Freude machte.

Konstantin Lewin, der auf die Äcker und Wiesen mußte, erbot sich, seinen Bruder mit dem Kabriolett hinzubringen.

Es war Hochsommer, die Zeit des Jahres, wo man die Getreideernte schon ungefähr abschätzen kann, wo die Sorgen um die Aussaat für das nächste Jahr beginnen und die Heuernte kommt, wo der graugrüne Roggen schon ganz in Ähren steht und mit seinen leichten, noch nicht prallen Ähren im Wind wogt, wo der grüne Sommerhafer mit den gelben Grasbüscheln dazwischen ungleichmäßig emporwächst, wo der frühe Buchweizen schon blüht und die Erde verdeckt, wo die vom Vieh steinhart gestampften Brachfelder mit den schmalen Streifen, in die der Hakenpflug nicht eindringen kann, schon zur Hälfte umgepflügt sind, wo der schon etwas trocken gewordene Dünger auf den Feldern bei Sonnenuntergang seinen Geruch in den Duft des Wiesenklees mischt, wo in den Niederungen die sorgsam gehegten Wiesen mit den schwärzlichen Haufen von ausgejätetem Sauerampfer wie ein weites Meer daliegen und die Sense erwarten.

Es war die Zeit, wo in der Feldarbeit vor Beginn der alljährlich sich wiederholenden und alle Kräfte der Landbevölkerung in Anspruch nehmenden Ernte eine kurze Ruhepause eintritt. Das Getreide stand prächtig, und nun waren die hellen, heißen Sommertage mit den taureichen, kurzen Nächten gekommen.

Die Brüder mußten durch den Wald fahren, um die Wiese zu erreichen. Sergej Iwanowitsch freute sich die ganze Zeit an der Schönheit des dichtbelaubten Waldes; bald zeigte er seinem Bruder eine alte, auf der Schattenseite ganz dunkle, mit gelben Knospen gesprenkelte Linde, die kurz vor dem Aufblühen war, bald die smaragdgrün schimmernden jungen Schößlinge an den Bäumen. Konstantin Lewin liebte Gespräche über die Schönheit der Natur nicht. Die Worte nahmen dem, was er sah, die Schönheit. Er stimmte seinem Bruder bei, dachte aber an ganz andere Dinge. Als sie aus dem Wald kamen, wurde seine ganze Aufmerksamkeit vom Anblick eines Brachfeldes auf einer Anhöhe gefesselt, das hier und da mit gelbem Gras bedeckt, an anderen Stellen umgewühlt und schachbrettartig zerschnitten, stellenweise mit Düngerhaufen bedeckt oder schon gepflügt war. Über das Feld fuhr eine lange Reihe von Wagen. Lewin zählte sie und war befriedigt, daß alles, was nötig war, hinausgefahren wurde, und beim Anblick der Wiese wandten sich seine Gedanken der Heuernte zu. Die Heuernte hatte immer etwas besonders Erregendes für ihn. Als sie zu der Wiese gekommen waren, hielt Lewin das Pferd an.

Tief unten im dichten Gras lag noch der Morgentau, und Sergej Iwanowitsch, der sich die Füße nicht naß machen wollte, bat seinen Bruder, ihn im Kabriolett über die Wiese zu dem Weidengebüsch zu fahren, unter dem es so viele Barsche gab. So leid es Konstantin Lewin tat, sein Gras zu zerdrücken, er fuhr doch in die Wiese hinein. Das hohe Gras wickelte sich weich um die Räder des Wagens und um die Beine des Pferdes und ließ seinen Samen an den nassen Speichen und an den Fesseln des Pferdes zurück.

Der Bruder setzte sich unter den Weidenbusch und brachte seine Angeln in Ordnung, Lewin führte das Pferd beiseite, band es an und ging in das von keinem Windhauch bewegte, gewaltige graugrüne Meer der Wiese hinein. Auf dieser Uferwiese, die jedes Jahr vom Fluß überschwemmt wurde, reichte ihm das seidige Gras mit dem reifenden Samen fast bis zum Gürtel.

Er schritt quer durch die Wiese und ging dann auf den Weg hinaus. Dort begegnete er einem alten Mann mit einem verschwollenen Auge, der einen Korb mit einem Bienenschwarm trug.

»Nun, hast du wieder einen neuen Schwarm gefangen, Fomitsch?« fragte er.

»Gott bewahre, Konstantin Dmitritsch! Man muß froh sein, wenn man die eigenen Bienen behält. Der Schwarm da ist mir schon zum zweitenmal weggeflogen... Ein Glück, daß die Burschen ihm nachgaloppiert sind und ihn eingeholt haben. Bei uns wird gerade gepflügt. Da haben sie ein Pferd ausgespannt und sind ihm nachgejagt...«

»Was meinst du, Fomitsch, sollen wir mähen oder sollen wir noch warten?«

»Na ja, eigentlich muß man bis zum Peterstag warten. Aber Sie lassen ja immer schon früher mähen. Na, so Gott will, bekommen wir eine gute Heuernte. Das Vieh wird Futter in Hülle und Fülle haben.«

»Was hältst du vom Wetter?«

»Das steht in Gottes Hand. Vielleicht hält das gute Wetter an.«

Lewin ging wieder zu seinem Bruder.

Sergej Iwanowitsch hatte noch nichts gefangen, aber er langweilte sich nicht und schien in heiterster Stimmung zu sein. Lewin sah, daß er, durch das Gespräch mit dem Arzt angeregt, sich gern mit ihm unterhalten hätte. Aber Lewin wollte möglichst schnell nach Hause zurück, um die Mäher für morgen zu bestellen und so seinen Zweifeln über die Heuernte, die ihn sehr beschäftigte, ein Ende zu machen.

»Komm, wir fahren«, sagte er.

»Warum diese Eile? Laß uns noch eine Weile hier sitzen. Wie naß du geworden bist! Wenn ich auch nichts fange, es ist doch schön hier. Jede Art Jagd ist schön, weil man dabei mit der Natur in Berührung kommt. Wie herrlich, dieses stahlgraue Wasser!« sagte er. »Diese Wiesenufer erinnern mich immer an ein Rätsel — weißt du noch? Das Gras sagt zum Wasser: Wir schwanken und schwanken...«

»Ich kenne dieses Rätsel nicht«, antwortete Lewin trübselig.

3

»Weißt du, ich habe an dich gedacht«, sagte Sergej Iwanowitsch. »Es ist einfach unmöglich, wie es bei euch hier im Kreis zugeht. Der Arzt hat mir allerlei erzählt; er scheint ein intelligenter Bursche zu sein. Ich habe es dir schon einmal gesagt und wiederhole es jetzt: Es ist nicht richtig, daß du die Versammlungen nicht mehr besuchst und an der Arbeit der Kreisverwaltung nicht teilnimmst. Wenn die anständigen Leute sich davon fernhalten, dann muß es natürlich drunter und drüber gehen. Wir zahlen eine Menge Geld, das geht für die Gehälter drauf, aber Schulen gibt es keine, keine Heilgehilfen, keine Hebammen, keine Apotheken – nichts!«

»Ich habe es ja versucht«, sagte Lewin leise und unwillig, »aber ich kann es nicht. Was soll ich da machen?«

»Warum kannst du nicht? Ich muß gestehen, daß ich das nicht begreife. Gleichgültigkeit, Ungeschicklichkeit lasse ich nicht gelten. Ist es nicht einfach Trägheit?«

»Weder das erste noch das zweite noch das dritte. Ich habe es versucht, aber ich sehe, daß ich doch nichts tun kann«, sagte Lewin.

Er hörte nur mit einem Ohr auf die Worte seines Bruders. Er blickte über den Fluß hinüber nach dem Acker und sah dort etwas Schwarzes, konnte aber nicht erkennen, ob es ein Pferd war oder sein Verwalter zu Pferde.

»Wieso kannst du nichts tun? Du hast einen Versuch gemacht und glaubst, er wäre dir nicht gelungen, und nun wirfst du gleich die Flinte ins Korn. Wie kann man nur so wenig Ehrgeiz haben?«

»Ehrgeiz«, sagte Lewin, den die Worte seines Bruders an seiner empfindlichsten Stelle getroffen hatten, »was hier der Ehrgeiz soll, verstehe ich nicht. Wenn man mir auf der Universität gesagt hätte, daß andere die Integralrechnung verstehen, ich aber nicht, da hätte man von Ehrgeiz reden können. Hier aber muß man doch vor allem überzeugt sein,

daß man eine gewisse Begabung für diese Tätigkeit besitzt, und besonders, daß diese Tätigkeit wirklich so wichtig ist.«
»Na, hör mal! Ist das vielleicht nicht wichtig?« rief Sergej Iwanowitsch etwas pikiert darüber, daß sein Bruder etwas, wofür er selbst sich interessierte, unwichtig fand, und besonders darüber, daß der Bruder ihm fast gar nicht zuhörte.
»Ich finde es nicht wichtig, und es interessiert mich auch nicht. Was willst du also von mir?« antwortete Lewin. Er hatte inzwischen erkannt, daß das, was er in der Ferne sah, der Verwalter war, und daß der Verwalter wahrscheinlich die Bauern nach Hause schicken wollte, denn sie stürzten ihre Hakenpflüge um. ›Sind sie wirklich schon mit dem Pflügen fertig?‹ dachte er.
»Hör doch zu!« sagte der ältere Bruder und verzog mißmutig sein schönes, kluges Gesicht. »Alles hat seine Grenzen. Es ist ja sehr schön, ein Sonderling und ein aufrichtiger Mensch zu sein und alle Verlogenheit zu hassen — das weiß ich alles; aber was du sagst, hat entweder gar keinen oder einen sehr häßlichen Sinn. Wie kannst du es unwichtig finden, daß dieses Volk, das du zu lieben behauptest...«
›Das habe ich nie behauptet‹, dachte Konstantin Lewin.
»...ohne Hilfe dahinstirbt? Unwissende Hebammen bringen die Kinder um, das Volk verharrt in tiefster Unwissenheit und ist der Gewalt jedes Schreibers preisgegeben, und du könntest ihnen helfen, aber du tust es nicht, weil das alles deiner Meinung nach nicht wichtig ist.«
Und Sergej Iwanowitsch stellte ihm die Alternative: »Entweder bist du so wenig intelligent, daß du nicht zu beurteilen vermagst, was du alles leisten kannst, oder du willst deine Bequemlichkeit, deinen Stolz oder ich weiß nicht was sonst noch, nicht aufgeben, um das zu leisten.«
Konstantin Lewin fühlte, daß ihm nichts anderes übrigblieb als entweder nachzugeben oder zuzugeben, daß das allgemeine Wohl ihn nicht genügend interessiere. Und das kränkte und ärgerte ihn.

»Sowohl das eine als auch das andere«, sagte er entschlossen. »Ich sehe keine Möglichkeit...«

»Wie? Ist es denn unmöglich, wenn man das Geld richtig verwendet, dem Volk ärztliche Hilfe zu geben?«

»Ich glaube, es ist unmöglich... Unser Kreis hat viertausend Quadratwerst, und bei dem Zustand unserer Wege zur Zeit der Schneeschmelze, bei unseren Schneestürmen, bei unserer Arbeitszeit, sehe ich keine Möglichkeit, überall ärztliche Hilfe zu bieten. Und ich habe auch überhaupt kein Vertrauen zur Medizin.«

»Aber, erlaube mal, das ist doch ungerecht... Ich könnte dir Tausende von Beispielen anführen... Und die Schulen?«

»Wozu brauchen wir denn Schulen?«

»Was redest du da? Kann an dem Nutzen der Bildung überhaupt ein Zweifel bestehen? Wenn sie für dich gut ist, dann ist sie es auch für jeden.«

Konstantin Lewin fühlte sich moralisch an die Wand gedrückt, geriet deshalb in Eifer und nannte unwillkürlich den Hauptgrund seiner Gleichgültigkeit gegenüber dem allgemeinen Wohl.

»Vielleicht ist das alles sehr gut; aber warum soll ich mich um die Einrichtung von ärztlichen Stationen kümmern, die ich nie brauchen werde, oder von Schulen, in die ich meine Kinder nicht schicken werde, in die auch die Bauern ihre Kinder nicht schicken wollen? Und ich bin nicht einmal sicher, daß es nötig ist, die Bauernkinder in die Schule zu schicken«, sagte er.

Sergej Iwanowitsch war einen Augenblick verblüfft über diese unerhörte Anschauungsweise, entwarf aber sofort einen neuen Angriffsplan.

Er schwieg einen Augenblick, zog eine Angel aus dem Wasser, warf sie wieder hinein und sagte lächelnd zu seinem Bruder:

»Erlaube mal... Erstens hast du die ärztliche Station doch nötig. Wir haben doch heute den Semstwoarzt zu Agafja Michajlowna holen müssen.«

»Na, ich glaube, ihre Hand wird doch krumm bleiben.«
»Das ist noch sehr die Frage... Ferner: ein Bauer, der lesen und schreiben kann, ist als Arbeiter brauchbarer und wertvoller für dich.«
»Nein, da kannst du fragen, wen du willst«, sagte Konstantin Lewin in entschiedenem Ton, »ein Bauer, der lesen und schreiben kann, ist ein viel schlechterer Arbeiter. Mit so einem kannst du keine Landstraße ausbessern; und wenn man irgendwo eine Brücke baut, dann stehlen die Bauern gleich alle Bretter.«
»Übrigens«, sagte Sergej Iwanowitsch, der keinen Widerspruch vertrug, besonders, wenn sein Gesprächspartner von einem Thema zum andern sprang und ohne jeden Zusammenhang neue Einwände erhob, so daß man gar nicht mehr wußte, worauf man antworten sollte, »übrigens«, wiederholte er stirnrunzelnd, »kommt es gar nicht darauf an. Gibst du zu, daß die Bildung ein Segen für das Volk ist?«
»Ja, das gebe ich zu«, sagte Lewin unwillkürlich und merkte sofort, daß er etwas anderes gesagt hatte, als er dachte. Er fühlte, daß man ihm auf dieses Eingeständnis hin nachweisen konnte, daß er Unsinn rede. Wie man ihm das beweisen würde, wußte er zwar nicht, aber er wußte, daß man es ihm ohne Zweifel sehr logisch beweisen würde, und wartete nun auf diesen Beweis.
Er war viel einfacher, als Konstantin Lewin erwartet hatte.
»Wenn du einen Segen darin erblickst«, sagte Sergej Iwanowitsch, »so mußt du als Ehrenmann ein solches Werk lieben und dich dafür interessieren, und deshalb mußt du auch wünschen, dabei mitzuarbeiten.«
»Aber ich gebe ja gar nicht zu, daß dieses Werk gut ist«, sagte Konstantin Lewin errötend.
»Wie? Du hast doch eben gesagt...«
»Das heißt, ich halte es weder für gut noch für möglich.«
»Das kannst du nicht wissen, weil du dich nicht darum bemüht hast.«

»Nun, nehmen wir an«, sagte Lewin, obwohl er es gar nicht annahm, »nehmen wir an, es wäre wirklich so. Aber ich sehe trotzdem nicht ein, warum ich mich damit beschäftigen soll.«

»Wie meinst du das?«

»Nein, wenn wir schon darüber sprechen, so erkläre mir bitte vom philosophischen Standpunkt...«, sagte Lewin.

»Ich begreife nicht, was die Philosophie damit zu tun hat«, sagte Sergej Iwanowitsch, und zwar, wie es Lewin vorkam, in einem Ton, als wolle sein Bruder ihm das Recht absprechen, über Philosophie zu reden. Und das ärgerte Lewin.

»Das hat sie damit zu tun!« rief er hitzig. »Ich glaube, daß die Triebfeder aller unserer Handlungen immer das persönliche Glück ist. In den Semstwoeinrichtungen sehe ich als Edelmann nichts, was zu meinem Wohlbefinden beitragen könnte... Die Wege sind nicht besser geworden und können nicht besser werden; meine Pferde fahren mich auch auf schlechten Wegen. Ärzte und ärztliche Stationen habe ich nicht nötig, den Friedensrichter brauche ich auch nicht – ich habe mich noch nie an ihn gewandt und werde es auch niemals tun. Schulen brauche ich auch nicht, sie schaden mir nur, wie ich dir schon gesagt habe. Ich habe von den Semstwoeinrichtungen weiter nichts als die Verpflichtung, achtzehn Kopeken je Desjatine zu zahlen, in die Stadt zu fahren, dort in einem verwanzten Bett zu schlafen und mir dummes Gerede anzuhören. Und dazu treibt mich kein persönliches Interesse.«

»Erlaube mal«, unterbrach ihn Sergej Iwanowitsch lächelnd, »das persönliche Interesse hat uns auch nicht getrieben, für die Befreiung der Bauern zu arbeiten, und wir haben doch dafür gearbeitet.«

»Nein!« unterbrach ihn Konstantin, der immer hitziger wurde. »Die Bauernbefreiung war etwas anderes. Hier handelte es sich um ein persönliches Interesse. Wir wollten das Joch abwerfen, das uns und alle anständigen Leute drückte. Aber Semstwoabgeordneter sein, darüber debattieren, wieviel Leute zur Ausräumung der Abortgruben nötig sind und wie die Kanalisationsröhren in der Stadt gelegt werden sollen, wo ich ja gar nicht wohne, Geschworener sein und über einen Bauern zu Gericht sitzen, der einen Schinken gestohlen hat, sechs Stunden lang all den Unsinn anhören, den die Verteidiger und Staatsanwälte zusammendreschen, und hören, wie der Vorsitzende meinen dämlichen alten Aljoschka fragt: ›Gestehen Sie, Herr Angeklagter, sich den Schinken widerrechtlich angeeignet zu haben?‹ — ›Hä?‹«

Konstantin Lewin war völlig vom Thema abgekommen und machte den Vorsitzenden und den dämlichen Aljoscha nach; aber seiner Meinung nach gehörte das alles zur Sache.

Sergej Iwanowitsch zuckte die Achseln.

»Was willst du damit sagen?«

»Ich will damit nur sagen, daß ich die Rechte, die mich... die mein Interesse berühren, stets mit allen Kräften verteidigen werde, wie ich damals, als bei uns Studenten Haussuchungen gemacht und unsere Briefe von den Gendarmen gelesen wurden, bereit war, diese Rechte mit aller Kraft zu verteidigen und für mein Recht auf Bildung und Freiheit einzutreten. Ich habe Verständnis für die allgemeine Wehrpflicht, die das Schicksal meiner Kinder, meiner Brüder und mein eigenes berührt; ich bin bereit, über das zu reden, was mich angeht; aber mitzuberaten, wie die vierzigtausend Rubel Semstwogelder verwendet werden sollen oder über den blödsinnigen Aljoschka zu Gericht zu sitzen — dafür habe ich kein Verständnis, und das kann ich nicht.«

Konstantin Lewin redete so, als wäre plötzlich der Damm gebrochen, der seine Worte bisher gehemmt hatte. Sergej Iwanowitsch lächelte.

»Und morgen stehst du vielleicht selbst vor Gericht. Wäre es dir denn lieber, vom alten Kriminalgericht abgeurteilt zu werden?«

»Ich komme nicht vor Gericht. Ich will niemand den Hals abschneiden und brauche kein Gericht. Weißt du«, fuhr er fort und sprang wieder zu etwas über, das gar nicht zur Sache gehörte, »unsere Semstwoeinrichtungen mit allem Drum und Dran erinnern mich an die jungen Birken, die wir an Pfingsten überall aufstecken, damit es wie ein Wald aussieht, der aber in Europa von selbst gewachsen ist, und ich kann diese Birken nicht mit gutem Gewissen begießen und an ihr Fortkommen nicht glauben.«

Sergej Iwanowitsch zuckte nur die Achseln, um seine Verwunderung über diese Birken auszudrücken, die so plötzlich und unvermutet in ihrer Debatte aufgetaucht waren, obwohl er sofort begriffen hatte, was sein Bruder damit sagen wollte.

»Entschuldige, aber so kann man die Sache doch nicht ansehen«, bemerkte er.

Aber Konstantin Lewin wollte sich wegen jenes Mangels rechtfertigen, dessen er sich wohlbewußt war, wegen seiner Gleichgültigkeit gegenüber dem allgemeinen Wohl, und fuhr fort:

»Ich glaube, daß keine Tätigkeit von Dauer sein kann, wenn sie nicht im persönlichen Interesse wurzelt. Das ist eine allgemeine Wahrheit, eine philosophische Wahrheit«, sagte er, das Wort ›philosophisch‹ energisch betonend, als wollte er damit beweisen, daß er wie jeder andere das Recht habe, über Philosophie zu reden.

Sergej Iwanowitsch lächelte wieder. ›Er hat also auch seine eigene Philosophie, die seinen Neigungen dienen muß‹, dachte er.

»Lassen wir die Philosophie lieber beiseite«, sagte er. »Die Hauptaufgabe der Philosophie aller Zeiten bestand gerade darin, den notwendigen Zusammenhang zwischen dem persönlichen und dem allgemeinen Interesse zu erkennen. Aber das gehört nicht zur Sache, zur Sache gehört nur eine kleine Korrektur deines Vergleichs. Die Birken sind nicht einfach in die Erde gesteckt, sondern zum Teil gepflanzt, zum Teil gesät worden, und man muß sehr sorgsam mit ihnen umgehen. Nur jene Völker haben eine Zukunft, nur jene Völker

haben historische Bedeutung, die das Wichtige und Wertvolle ihrer staatlichen Institutionen empfinden und schätzen.«
Und Sergej Iwanowitsch trug die Diskussion auf geschichtsphilosophisches Gebiet hinüber, wohin Konstantin Lewin ihm nicht folgen konnte, und bewies ihm, daß seine Anschauungen völlig ungerechtfertigt seien.
»Und wenn dir das nicht gefällt, so ist das, verzeih mir, unsere russische Trägheit und unser Herrendünkel. Ich bin überzeugt, daß das bei dir nur eine vorübergehende Verirrung ist.«
Konstantin schwieg. Er fühlte, daß er auf der ganzen Linie geschlagen war, er fühlte aber zugleich, daß das, was er eigentlich hatte sagen wollen, von seinem Bruder gar nicht verstanden worden war. Er wußte nur nicht, warum Sergej Iwanowitsch ihn nicht verstanden hatte. Hatte er nicht klar ausdrücken können, was er wollte, oder wollte oder konnte der Bruder ihn nicht verstehen? Er vertiefte sich aber nicht weiter in diesen Gedanken, widersprach seinem Bruder nicht mehr, sondern begann über etwas ganz anderes nachzudenken, das nur ihn persönlich anging.
Sergej Iwanowitsch wickelte die letzte Angelschnur auf, band das Pferd los, und sie fuhren heim.

4

Die persönliche Angelegenheit, die Lewin während des Gesprächs mit seinem Bruder beschäftigt hatte, war folgende: Als er im vergangenen Jahr einmal zur Heuernte gekommen war und sich über seinen Verwalter geärgert hatte, da hatte er sein gewohntes Beruhigungsmittel angewandt: einem Bauern die Sense aus der Hand genommen und selbst zu mähen angefangen.
Diese Arbeit hatte ihm so gut gefallen, daß er noch mehrere Male zu mähen versucht hatte; er hatte die ganze Wiese vor dem Haus gemäht, und in diesem Jahr hatte er sich schon

im Frühling vorgenommen, mehrere Tage mit den Bauern zusammen zu mähen. Aber seit der Ankunft seines Bruders hatte er Bedenken, ob er mähen solle oder nicht. Es war ihm peinlich, den Bruder tagelang allein zu lassen, und er fürchtete auch, sein Bruder werde sich über ihn lustig machen. Als er aber über die Wiese gegangen war und sich an seine Eindrücke von der letzten Heuernte erinnerte, da war er schon fast entschlossen, wieder zu mähen. Nach dem aufregenden Gespräch mit seinem Bruder dachte er wieder an dieses Vorhaben.

›Ich brauche körperliche Bewegung, sonst wird mein Charakter ganz entschieden schlechter‹, dachte er und beschloß zu mähen, so peinlich ihm das auch seinem Bruder und den Bauern gegenüber war.

Am Abend ging Konstantin Lewin ins Kontor, traf Anordnungen für die bevorstehenden Arbeiten und schickte in die Nachbardörfer, um für morgen Mäher zu bestellen, die die Kalimow-Wiese, die größte und beste von allen, mähen sollten.

»Ja, und schicken Sie auch bitte meine Sense zu Tit, er soll sie dengeln und morgen mitbringen. Vielleicht mähe ich auch mit«, sagte er, bemüht, seiner Verlegenheit Herr zu werden.

Der Verwalter antwortete lächelnd:

»Zu Befehl!«

Abends beim Tee sagte Lewin es auch seinem Bruder.

»Ich glaube, das gute Wetter hält an«, sagte er. »Morgen fangen wir an zu mähen.«

»Das ist eine Arbeit, die ich sehr gern habe«, sagte Sergej Iwanowitsch.

»Ich habe sie schrecklich gern. Ich habe schon früher mit den Bauern gemäht, und morgen will ich den ganzen Tag mähen.«

Sergej Iwanowitsch hob den Kopf und sah seinen Bruder neugierig an.

»Wie meinst du das? Wie die Bauern, den ganzen Tag?«

»Ja, das macht viel Vergnügen«, sagte Lewin.

»Es ist jedenfalls eine ausgezeichnete gymnastische Übung. Nur wirst du das kaum durchhalten können«, antwortete Sergej Iwanowitsch ohne alle Ironie.

»Ich habe es schon versucht. Am Anfang ist es schwer, aber nachher findet man sich hinein. Ich glaube, ich werde hinter den andern nicht zurückbleiben...«

»Na so was! Aber sag mal, was halten denn die Bauern davon? Sie amüsieren sich gewiß darüber, daß ihr Herr so sonderbare Einfälle hat.«

»Nein, das glaube ich nicht. Und außerdem ist es eine so schöne und zugleich eine so schwere Arbeit, daß man gar keine Zeit hat, sich Gedanken zu machen.«

»Aber wie willst du es denn mit dem Mittagessen machen? Du kannst dir doch nicht eine Flasche Lafitte und eine gebratene Pute hinausschicken lassen. Das wäre doch peinlich.«

»Wenn sie Mittag machen, komme ich zum Essen nach Hause.«

Am nächsten Morgen stand Konstantin Lewin früher auf als sonst, wurde aber durch allerlei Wirtschaftsangelegenheiten aufgehalten, und als er zur Wiese kam, waren die Mäher bereits bei der zweiten Reihe.

Schon von der Anhöhe aus sah er unter sich den im Schatten liegenden gemähten Teil der Wiese mit den grauen Schwaden und den schwarzen Haufen der Röcke, die die Mäher ausgezogen und an der Stelle hingelegt hatten, wo sie die erste Reihe begonnen hatten.

Je näher er kam, desto deutlicher sah er die Bauern, die in langgezogener Reihe einer hinter dem anderen hergingen und jeder auf seine Weise die Sensen schwangen; manche hatten die Röcke anbehalten, andere waren in Hemd und Hose. Er zählte zweiundvierzig Mann.

Sie bewegten sich langsam über den unebenen Wiesengrund, wo früher ein Damm gewesen war. Lewin erkannte einige

von seinen Bauern. Da war der alte Jermil in einem sehr langen weißen Hemd, der sich bei jedem Schwung der Sense tief bückte, und der junge Waska, Lewins Kutscher, der bei jedem Streich weit ausholte. Da war auch Tit, der Lewin das Mähen gelehrt hatte, ein kleines, mageres Männchen. Er schritt, ohne sich zu bücken, ganz vorne und schnitt seine breite Reihe, als ob er mit der Sense nur spiele.
Lewin stieg vom Pferd, band es neben dem Weg an und ging auf Tit zu, der aus dem Gebüsch eine zweite Sense holte und sie ihm reichte.
»Sie ist in Ordnung, Herr, scharf wie ein Rasiermesser. Sie schneidet ganz von selbst«, sagte Tit, lächelnd die Mütze abnehmend, und gab ihm die Sense.
Lewin nahm die Sense und holte ein paarmal aus. Die schweißbedeckten Mäher, die mit ihren Reihen fertig waren, traten einer nach dem andern fröhlich auf den Weg und begrüßten ihren Herrn mit lächelnden Gesichtern. Sie sahen ihn alle an, aber keiner sprach ein Wort, bis ein hochgewachsener Alter mit runzligem, bartlosem Gesicht und in einer Jacke aus Schaffell auf den Weg kam und sagte: »Vergiß nicht, Herr: Wer A gesagt hat, muß auch B sagen!«
Lewin hörte ein unterdrücktes Lachen unter den Mähern.
»Ich werde mir Mühe geben, nicht zurückzubleiben«, sagte er, stellte sich hinter Tit auf und wartete, bis die Arbeit wieder begann.
»Vergiß nicht, was ich gesagt habe«, wiederholte der Alte.
Tit machte einen Platz frei, und Lewin ging hinter ihm. Das Gras am Weg war niedrig, und Lewin, der lange nicht gemäht hatte und durch die vielen auf ihn gerichteten Blicke verwirrt war, mähte zuerst schlecht, obwohl er kräftig ausholte. Hinter sich hörte er Stimmen:
»Er setzt die Sense nicht richtig an; der Griff ist zu hoch; sieh mal, wie er sich bücken muß!«
»Drück mehr mit dem Haken auf!« sagte ein anderer.
»Macht nichts! Laßt nur, er wird schon in Zug kommen«,

sagte der Alte. »Sieh mal, wie er drauflosgeht!... Du nimmst den Strich zu breit, da wirst du schnell müde... Na ja, er ist ja der Herr, er arbeitet für sich selber! Aber sieh mal, was für einen Kamm hast du da stehenlassen! Dafür bekam unsereiner den Buckel voll.«

Jetzt kamen sie in weicheres Gras, und Lewin, der alles hörte, aber nichts antwortete, ging immer hinter Tit her und bemühte sich, möglichst gut zu mähen. Sie hatten ungefähr hundert Schritte zurückgelegt. Tit ging immer weiter, ohne stehenzubleiben, und zeigte nicht die geringste Ermüdung. Lewin aber fürchtete schon, daß er nicht durchhalten würde, so müde war er bereits.

Er fühlte, daß er die Sense mit letzter Kraft schwang, und beschloß, Tit zu bitten, daß er haltmachen möchte. Aber in diesem Augenblick blieb Tit stehen, bückte sich, nahm eine Handvoll Gras, wischte die Sense ab und begann sie zu wetzen. Lewin reckte sich und atmete tief und sah sich um. Hinter ihm ging ein Bauer, der anscheinend auch müde war, denn er blieb sofort stehen und wetzte seine Sense. Tit hatte inzwischen seine und Lewins Sense gewetzt, und sie gingen weiter.

Beim zweiten Teil der Reihe ging es gerade wie vorher. Tit schwang seine Sense, ohne stehenzubleiben und ohne müde zu werden. Lewin ging hinter ihm her, bemüht, nicht zurückzubleiben, und das Mähen wurde ihm immer schwerer: bald kam der Augenblick, wo er fühlte, daß er keine Kraft mehr hatte, aber da blieb Tit stehen und wetzte.

So schritten sie die erste Reihe ab. Diese lange Reihe schien Lewin besonders schwierig. Aber als die Reihe gemäht war und Tit, die Sense auf der Schulter, langsam in den Spuren zurückging, die seine Stiefelabsätze in dem gemähten Streifen hinterlassen hatten, und Lewin ebenfalls auf seinem Streifen zurückging, da war ihm sehr wohl, obwohl ihm der Schweiß übers Gesicht rann und von der Nase tropfte und sein ganzer Rücken so naß war, als hätte er im Wasser gelegen. Am meisten freute er sich darüber, daß er jetzt wußte, er würde bis zum Schluß durchhalten können.

Seine Freude wurde nur dadurch etwas getrübt, daß seine Reihe nicht so schön war. ›Ich muß weniger den Arm schwingen und mehr den ganzen Körper bewegen‹, dachte er, als er die schnurgerade Reihe Tits mit seiner durcheinandergeworfenen, ungleichmäßigen Reihe verglich.

Bei der ersten Reihe war Tit, wie Lewin bemerkte, sehr schnell vorwärts gegangen, wohl um den Herrn auf die Probe zu stellen, und diese Reihe war sehr lang gewesen. Die folgenden Reihen waren schon leichter, aber Lewin mußte trotzdem alle seine Kräfte anspannen, um nicht hinter den Bauern zurückzubleiben.

Er dachte nichts, er wünschte nichts außer dem einen: nicht hinter den Bauern zurückzubleiben und die Arbeit so gut wie möglich zu machen. Er hörte nur das Klirren der Sensen und sah vor sich die gerade aufgerichtete, von ihm wegschreitende Gestalt Tits, den Halbkreis des abgemähten Streifens, die Grashalme und Blumenköpfchen, die sich langsam und wellenartig vor der Schneide seiner Sense neigten, und vor sich das Ende der Reihe, wo er ausruhen konnte.

Ohne zu begreifen, was das war und woher es kam, empfand er mitten in der Arbeit plötzlich eine angenehme Kühle an seinen heißen, schweißbedeckten Schultern. Während seine Sense gewetzt wurde, blickte er zum Himmel auf. Eine schwere, tief herabhängende Wolke war gekommen, und es regnete in dicken Tropfen. Einige Bauern gingen zu ihren Röcken und zogen sie an; andere bewegten nur die Schultern und freuten sich wie Lewin über die angenehme Erfrischung.

Sie schritten noch eine Reihe ab und noch eine. Lange und kurze Reihen folgten aufeinander, mit gutem und mit schlechtem Gras. Lewin hatte das Gefühl für die Zeit verloren und wußte nicht, ob es spät oder früh war. In seiner

Arbeit ging jetzt eine Veränderung vor, die ihm große Freude machte. Mitten in der Arbeit hatte er Augenblicke, wo er völlig vergaß, was er tat; er fühlte sich ganz leicht, und in solchen Augenblicken wurde seine Reihe fast ebenso schön und gleichmäßig wie bei Tit. Aber sobald er daran dachte, was er tat, und sich bemühte, es möglichst gut zu machen, empfand er die ganze Schwierigkeit der Arbeit, und die Reihe wurde schlecht.

Als er wieder eine Reihe gemäht hatte, wollte er die folgende beginnen; aber Tit machte halt, ging auf den Alten zu und sagte etwas leise zu ihm. Beide schauten nach der Sonne. ›Worüber reden sie denn und warum fängt er nicht die nächste Reihe an?‹ dachte Lewin, ohne daran zu denken, daß die Bauern schon vier Stunden ohne Unterbrechung gemäht hatten und daß es Zeit zum Frühstück war.

»Wir wollen frühstücken, Herr«, sagte der Alte.

»Ist es denn schon Zeit? Gut, dann frühstückt nur.«

Lewin gab Tit seine Sense und ging mit den Bauern, die zu ihren Röcken gingen, um ihr Brot zu holen, über die vom Regen besprengten Schwaden der langen abgemähten Fläche zu seinem Pferd. Jetzt erst wurde ihm klar, daß er das Wetter nicht richtig vorausgesehen hatte und daß der Regen sein Heu naß gemacht hatte.

»Der Regen wird das Heu verderben«, sagte er.

»Das macht nichts, Herr, im Regen muß man mähen, und wenn die Sonne scheint, muß man harken«, sagte der Alte.

Lewin band das Pferd los und ritt nach Hause, um Kaffee zu trinken.

Sergej Iwanowitsch war gerade erst aufgestanden. Lewin trank Kaffee und ritt gleich wieder zur Wiese, noch ehe Sergej Iwanowitsch sich angekleidet hatte und ins Eßzimmer kam.

5

Nach dem Frühstück stellte sich Lewin nicht mehr an seinen früheren Platz, sondern zwischen den lustigen Alten, der ihn aufgefordert hatte, sein Nachbar zu sein, und einen jungen Burschen, der erst im Herbst geheiratet hatte und diesen Sommer zum erstenmal zur Heuernte gekommen war.
Der Alte ging in straffer Haltung voraus; mit den nach auswärts gedrehten Füßen gleichmäßig und weit ausschreitend, legte er mit sicherer, gleichmäßiger Bewegung, die ihn anscheinend nicht mehr Mühe kostete, als das Schwenken der Arme beim Gehen, eine gleichmäßige hohe Reihe nieder. Es war, als mähe er nicht selbst, sondern als zische die scharfe Sense ganz allein durch das saftige Gras.
Hinter Lewin ging Mischka. In seinem hübschen jungen Gesicht mit dem aus frischem Gras gedrehten Seil über der Stirn arbeiteten alle Muskeln vor Anstrengung, aber sobald man ihn ansah, lächelte er. Er war anscheinend eher bereit zu sterben als einzugestehen, daß ihm die Arbeit schwerfiel.
Lewin ging zwischen den beiden. In der Mittagshitze schien ihm das Mähen nicht so anstrengend. Der herabrinnende Schweiß kühlte ihn ab, und die Sonne, die ihm auf den Rücken, den Kopf und die bis zum Ellbogen entblößten Arme brannte, verlieh ihm Kraft und Ausdauer bei der Arbeit; und immer häufiger kamen jene Augenblicke des Vergessens, in denen man nicht mehr an das denkt, was man tut. Die Sense mähte wie von selbst. Das waren glückliche Augenblicke. Noch schöner waren die Augenblicke, wenn sie zum Fluß kamen, an den die Reihen stießen, und der Alte mit feuchtem, dichtem Gras die Sense abwischte, ihren Stahl im frischen Wasser des Flusses abspülte, mit der Wetzsteindose Wasser schöpfte und sie Lewin reichte.
»Da, trink mal von meinem Kwas! Der schmeckt! Was?« sagte er, mit den Augen zwinkernd.
Und in der Tat hatte Lewin noch nie ein Getränk so sehr

genossen wie dieses warme Wasser mit dem darin schwimmenden Grün und dem Rostgeschmack von der Blechdose. Und gleich darauf folgte das herrliche, langsame Zurückwandern mit der Hand an der Sense, wo man den herabrinnenden Schweiß abwischen, aus voller Brust Atem holen und die ganze lange Reihe der Mäher und alles, was ringsum im Wald und im Feld vor sich ging, überschauen konnte.

Je länger Lewin mähte, desto häufiger wurden diese Augenblicke der Selbstvergessenheit, wo nicht mehr die Arme die Sense schwangen, sondern die Sense den ganzen seiner selbst bewußten, von Leben erfüllten Körper mitriß und die Arbeit wie durch Zauberei, ohne daß man an sie dachte, richtig und ordentlich getan wurde. Das waren die seligsten Augenblicke.

Schwer wurde es nur, wenn man diese unbewußt gewordene Bewegung unterbrechen mußte, wenn man einen Erdhöcker oder eine nicht ausgejätete Sauerampferstaude abmähen mußte. Dem Alten fiel das leicht. Wenn er an einen Erdhöcker kam, änderte er die Bewegung und mähte bald mit dem Sensenhaken, bald mit dem spitzen Ende den Höcker von beiden Seiten mit kurzen Hieben rein. Und während er das tat, sah und beobachtete er alles, worauf er traf; bald pflückte er eine Siegwurz und aß sie oder gab sie Lewin zum Essen, bald warf er mit der Sensenspitze einen Zweig beiseite, bald betrachtete er ein Wachtelnest, von dem das Weibchen erst dicht unter der Sense aufgeflogen war, bald fing er eine kleine Schlange, die ihm in den Weg kam, hob sie mit der Sense wie mit einer Gabel in die Höhe, zeigte sie Lewin und schleuderte sie zur Seite.

Lewin und dem jungen Burschen hinter ihm fiel es schwer, ihre Bewegungen so rasch zu ändern. Sie hatten sich in eine bestimmte, angestrengte Bewegung eingearbeitet, waren ganz in ihre Arbeit vertieft und nicht imstande, die Bewegung zu ändern und gleichzeitig zu beobachten, was vor ihnen war.

Lewin merkte gar nicht, wie die Zeit verging. Wenn man ihn gefragt hätte, wie lange er schon gemäht habe, so hätte er gesagt: eine halbe Stunde; aber es war schon bald Mittag. Als sie die Reihe zurückgingen, machte der Alte Lewin auf die Mädchen und Knaben aufmerksam, die von verschiedenen Seiten, kaum sichtbar, durch das hohe Gras und auf dem Weg auf die Mäher zukamen und Bündel mit Brot und mit Lappen zugestopfte Kwaskrüge trugen, deren Last ihnen die Ärmchen tief herunterzog.

»Sieh mal, da kommen die Käferchen gekrabbelt!« sagte er, auf die Kinder zeigend, und sah, die Augen mit der Hand schützend, nach der Sonne.

Sie mähten noch zwei Reihen, dann blieb der Alte stehen.

»Wir wollen jetzt vespern, Herr!« sagte er in entschiedenem Ton. Und als die Mäher zum Fluß gekommen waren, gingen sie durch die Reihen zu ihren Röcken, wo die Kinder saßen, die das Essen gebracht hatten, und auf sie warteten. Die Bauern, die von weit her gekommen waren, setzten sich in den Schatten ihrer Wagen, die Bauern aus der Nachbarschaft unter das Weidengebüsch, über das sie Gras geworfen hatten.

Lewin setzte sich zu ihnen; er wollte nicht fort.

Alle Befangenheit dem Herrn gegenüber war längst verschwunden. Die Bauern machten sich zum Essen bereit. Einige wuschen sich, die jungen Burschen badeten im Fluß, andere machten sich ihren Ruheplatz zurecht, banden die Brotsäcke auf und zogen die Stöpsel aus den Kwaskrügen. Der Alte brockte Brot in eine Schüssel mit Wasser, zerdrückte es mit dem Löffelstiel, goß noch Wasser aus der Wetzsteindose hinzu, schnitt noch etwas Brot hinein, streute Salz darüber und wandte sich dann nach Osten, um zu beten.

»Da, Herr, versuch doch mal meine Brotsuppe«, sagte er, und kniete sich vor seine Schüssel.

Die Brotsuppe schmeckte so gut, daß Lewin seine Absicht

aufgab, zum Mittagessen nach Hause zu reiten. Er aß mit dem Alten und unterhielt sich mit ihm über dessen häusliche Angelegenheiten, die ihn lebhaft interessierten, und erzählte ihm von seinen eigenen Angelegenheiten, soweit sie den Alten interessieren konnten. Er fühlte sich ihm näher als seinem Bruder und mußte unwillkürlich über die Zuneigung lächeln, die er für diesen Menschen empfand. Als der Alte wieder aufstand, betete und sich unter dem Weidenbusch ausstreckte, einen Haufen Gras als Kissen unter dem Kopf, tat Lewin dasselbe, und trotz der klebrigen Fliegen und Käfer, die bei dem hellen Sonnenschein besonders zudringlich waren und sein schweißbedecktes Gesicht und seinen Körper kitzelten, schlief er sofort ein und erwachte erst, als die Sonne nach der anderen Seite des Busches herumgegangen war und ihre schrägen Strahlen ihn trafen. Der Alte schlief schon längst nicht mehr, er saß da und dengelte die Sensen der jungen Burschen.
Lewin schaute sich um und erkannte die Gegend kaum wieder, so sehr hatte sich alles verändert. Die weite Fläche der Wiese war abgemäht und schimmerte mit ihren duftenden Heuschwaden in eigentümlichem, neuem Glanz unter den schrägen Strahlen der Abendsonne. Die durch das Mähen freigelegten Büsche am Fluß und der Fluß selbst, der vorher unsichtbar gewesen war, jetzt aber mit seinen Windungen wie Stahl glänzte, die Mäher, die sich wieder regten und aufstanden, die steile Mauer des Grases auf dem noch ungemähten Teil der Wiese, die Habichte, die über der kahlen Wiese kreisten, all das war völlig neu. Als Lewin zu sich gekommen war, überlegte er, wieviel bereits gemäht sei und wieviel an diesem Tag noch gemäht werden konnte.
Die zweiundvierzig Mann hatten eine gewaltige Arbeit geleistet. Die ganze große Wiese, an der zur Zeit der Fronarbeit dreißig Sensen zwei Tage lang gemäht hatten, war schon fast fertig; ungemäht waren nur noch die Ecken mit kurzen Reihen. Aber Lewin wollte an diesem Tag möglichst

viel mähen lassen und ärgerte sich über die Sonne, die so schnell sank. Er fühlte gar keine Müdigkeit, er wollte nur noch recht schnell und recht viel arbeiten.
»Was meinst du, können wir noch die Maschka-Höhe mähen?« fragte er den Alten.
»Wie Gott will; die Sonne steht schon ziemlich tief. Spendierst du den Leuten Schnaps?«
Während des Vesperbrots, als die Mäher sich wieder gesetzt hatten und die Raucher unter ihnen zu rauchen angefangen hatten, verkündete der Alte: »Wenn wir mit der Maschka-Höhe heute noch fertig werden, gibt's Schnaps!«
»Warum sollten wir die nicht fertig kriegen? Los, Tit! Das schaffen wir schnell! Essen können wir auch nachts! Los!« riefen viele Stimmen, und noch kauend stellten sich die Mäher wieder auf.
»Haltet euch dran, Kinder!« rief Tit und ging fast im Trab voran.
»Los, los!« sagte der Alte, der eilig hinter ihm herschritt und ihn mühelos einholte. »Paß auf, sonst schneide ich dich noch!«
Jung und alt mähte um die Wette. Aber bei aller Hast verdarben sie das Gras nicht, und die Schwaden fielen ebenso sauber und ordentlich wie vorher. Die letzte Ecke wurde in fünf Minuten erledigt. Die letzten Mäher gingen noch in ihren Reihen, als die vordersten schon ihre Röcke über die Schulter warfen und über den Weg zur Maschka-Höhe gingen.
Die Sonne neigte sich schon den Bäumen zu, als sie mit ihren klappernden Wetzsteindosen in die kleine Waldschlucht an der Maschka-Höhe kamen. Das Gras reichte ihnen in der Mitte der Schlucht bis an den Gürtel; es war zart und weich und breithalmig und im Wald hie und da von Stiefmütterchen durchwachsen.
Nach kurzer Beratung, ob man beim Mähen längs oder quer gehen sollte, übernahm Prochor Jermilin, ebenfalls ein guter

Mäher, ein riesiger, schwarzhaariger Bauer, die Führung. Er schritt eine Reihe ab, kehrte wieder um und mähte ein Stück rein. Alle richteten sich nach ihm; erst ging es durch die Schlucht bergab und dann langsam bergauf, bis an den Waldrand. Die Sonne versank schon hinter dem Wald, und es fiel bereits Tau. Nur auf der Höhe standen die Mäher noch in der Sonne, unten in der Schlucht, wo schon leichter Dunst aufstieg, und auf der anderen Seite der Anhöhe gingen sie im frischen, tauigen Schatten. Die Arbeit ging flott voran.

Das saftige, würzig duftende Gras fiel in hohen Schwaden. Bei der Kürze der Reihen drängten sich die Mäher überall, die Wetzsteindosen klapperten, die Sensen stießen klirrend zusammen, die Wetzsteine fuhren zischend über die Schneiden, und die Leute trieben einander mit fröhlichen Zurufen an.

Lewin ging auch jetzt wieder zwischen dem jungen Burschen und dem Alten. Der Alte, der seine Jacke wieder angezogen hatte, war noch ebenso lustig, scherzte und bewegte sich so frei wie vorher. Im Wald stießen sie immer wieder auf Birkenpilze, die in dem saftigen Gras ganz aufgeschwollen waren und nun von den Sensen zerschnitten wurden. Der Alte bückte sich jedesmal, wenn er einen Birkenpilz fand, und schob ihn unter sein Hemd. »Den bringe ich meiner Alten mit«, sagte er.

So leicht es war, das feuchte, weiche Gras zu mähen, so schwierig war es, die steilen Hänge der Schlucht hinunter- und hinaufzusteigen. Aber dem Alten machte das gar nichts aus. Immer gleichmäßig die Sense schwingend, stieg er in seinen großen Bastschuhen mit kleinen, festen Schritten langsam die steile Böschung hinauf, und obwohl er am ganzen Körper zitterte und seine Hose unter das Hemd hinunterrutschte, ließ er auf seinem Weg keinen Grashalm und keinen Pilz stehen und scherzte nach wie vor mit den Bauern und mit Lewin. Lewin ging hinter ihm und dachte, er werde fallen, wenn er mit der Sense den Hang hinaufstieg, der so steil war, daß man auch ohne Sense nicht leicht hinaufkam; aber er kam doch hinauf und tat, was getan werden mußte. Er fühlte, daß irgendeine äußere Kraft ihn antrieb.

6

Die Maschka-Höhe war gemäht, die letzten Reihen waren fertig; die Mäher zogen ihre Röcke an und gingen vergnügt nach Hause. Lewin stieg aufs Pferd, nahm mit Bedauern von den Bauern Abschied und ritt heim. Auf der Anhöhe sah er sich noch einmal um: in dem Nebel, der aus der Niederung aufstieg, waren die Leute nicht mehr zu sehen; er hörte nur ihre munteren, rauhen Stimmen, ihr Lachen und das Klirren der aneinanderstoßenden Sensen.

Sergej Iwanowitsch hatte schon längst zu Mittag gegessen, trank in seinem Zimmer Zitronenlimonade mit Eis und sah die eben von der Post gekommenen Zeitungen und Zeitschriften durch, als Lewin mit wirren, an der schweißbedeckten Stirn klebenden Haaren und naß und dunkel vom Schweiß an Brust und Rücken hereingestürmt kam.

»Wir haben die ganze Wiese gemäht! Ach, wie schön war das, wunderbar! Und wie ist es dir ergangen?« sagte Lewin, der das gestrige unangenehme Gespräch völlig vergessen hatte.

»Um Gottes willen, wie siehst du aus!« rief Sergej Iwanowitsch und sah seinen Bruder mißbilligend an. »Und die Tür, die Tür! Mach doch die Tür zu!« rief er. »Du hast sicher ein ganzes Dutzend hereingelassen.«

Sergej Iwanowitsch konnte Fliegen nicht ausstehen; darum öffnete er die Fenster seines Zimmers nur nachts und hielt die Türen immer sorgfältig geschlossen.

»Bei Gott, keine einzige! Und wenn ich wirklich eine hereingelassen habe, fange ich sie wieder! Du glaubst gar nicht,

was für ein Genuß das war! Und wie hast du den Tag verbracht?«
»Gut. Hast du wirklich den ganzen Tag gemäht? Du mußt einen Wolfshunger haben. Kusma hat alles für dich bereitgestellt.«
»Nein, ich habe gar keine Lust zu essen. Ich habe draußen gegessen. Ich will mich nur waschen.«
»Dann geh nur, geh nur, ich komme gleich zu dir«, sagte Sergej Iwanowitsch und sah seinen Bruder kopfschüttelnd an. »Geh doch, mach schnell!« fügte er lächelnd hinzu, packte seine Bücher zusammen, um auch hinauszugehen. Er war mit einemmal ganz heiter geworden und mochte sich nicht von seinem Bruder trennen. »Wo warst du denn während des Regens?«
»Das war ja gar kein Regen, nur ein paar Tropfen! Ich komme sofort. Du hast also den Tag gut verbracht? Ausgezeichnet!« Und Lewin ging sich umziehen.
Fünf Minuten später trafen sich die Brüder im Eßzimmer. Lewin glaubte zwar, keinen Hunger zu haben, und setzte sich nur an den Tisch, um Kusma nicht zu kränken, aber sobald er zu essen anfing, schmeckte es ihm ausgezeichnet. Sergej Iwanowitsch sah ihn lächelnd an.
»Ach ja, es ist ein Brief für dich da«, sagte er. »Kusma, bring ihn herauf. Und vergiß nicht, die Tür zuzumachen!«
Der Brief war von Oblonskij. Lewin las ihn laut vor. Oblonskij schrieb aus Petersburg: »Ich habe einen Brief von Dolly erhalten; sie ist in Jerguschowo und kann gar nicht zurechtkommen. Fahr doch bitte einmal zu ihr und hilf ihr mit Deinem Rat, du weißt ja das alles. Sie wird sich sehr freuen, Dich zu sehen. Sie ist ganz allein, die Arme. Meine Schwiegermutter ist mit der ganzen Familie immer noch im Ausland.«
»Ausgezeichnet! Ich fahre ganz bestimmt zu ihr«, sagte Lewin. »Wir könnten auch zusammen hinfahren. Sie ist eine sehr nette Frau. Nicht wahr?«

»Sie wohnt wohl nicht weit von hier?«

»Etwa dreißig Werst. Vielleicht sind es auch vierzig. Aber der Weg ist ausgezeichnet. Wir werden sehr gut fahren.«

»Freut mich sehr«, sagte Sergej Iwanowitsch, immer noch lächelnd.

Das Aussehen seines jüngeren Bruders stimmte ihn unwillkürlich heiter.

»Hast du aber einen Appetit!« sagte er mit einem Blick auf Lewins braungebranntes, über den Teller geneigtes Gesicht und seinen Hals.

»Wunderbar! Du glaubst gar nicht, wie gut diese Lebensweise gegen alle möglichen Dummheiten hilft. Ich möchte die Medizin mit einem neuen Fachausdruck bereichern: Arbeitskur.«

»Nun, du hast eine solche Kur wohl nicht nötig.«

»Nein, aber für verschiedene Nervenkranke wäre sie sehr gut.«

»Ja, man müßte es einmal versuchen. Ich wollte eigentlich auch nach der Wiese kommen und dir beim Mähen zusehen, aber die Hitze war so unerträglich, daß ich nur bis zum Wald kam. Ich habe eine Weile dort gesessen und bin dann durch den Wald ins Dorf gegangen. Ich habe deine alte Amme getroffen und versucht, herauszubekommen, was die Bauern über dich denken. Soweit ich verstanden habe, sind sie nicht mit deinem Tun einverstanden. Sie sagte: ›Das ist keine Sache für Herrschaften.‹ Überhaupt scheint mir, daß das Volk sehr bestimmte Anforderungen an eine gewisse ›herrschaftliche Betätigung‹ stellt, wie die Bauern das nennen. Und sie wollen nichts davon wissen, daß der Herr die in ihrer Vorstellung festgelegten Grenzen überschreitet.«

»Vielleicht. Aber das ist trotzdem ein Genuß, wie ich ihn in meinem ganzen Leben noch nicht gehabt habe. Und es ist doch nichts Schlechtes, nicht wahr?« antwortete Lewin. »Was soll ich denn machen, wenn es ihnen nicht gefällt?

Übrigens glaube ich, daß das gar nicht so schlimm ist. Was meinst du?«

»Du bist also mit deinem Tag zufrieden, wie ich sehe«, sagte Sergej Iwanowitsch.

»Sehr zufrieden. Wir haben die ganze Wiese gemäht. Und ich habe mich mit einem prächtigen alten Mann angefreundet! Du kannst dir gar nicht vorstellen, wie schön das war!«

»Du bist also mit deinem Tag zufrieden. Ich auch. Erstens habe ich zwei Schachaufgaben gelöst, von denen eine sehr nett ist – zuerst wird ein Bauer gezogen. Ich zeige es dir später. Und dann habe ich über unser gestriges Gespräch nachgedacht.«

»Was? Über unser gestriges Gespräch?« sagte Lewin, nach dem Essen selig die Augen zusammenkneifend und seufzend, völlig außerstande, sich zu erinnern, was für ein Gespräch das gewesen war.

»Ich finde, du hast zum Teil recht. Unsere Meinungsverschiedenheit besteht darin, daß du das persönliche Interesse als Triebfeder ansiehst, während ich der Ansicht bin, daß jeder Mensch, der eine gewisse Bildungsstufe erreicht hat, auch Interesse für das allgemeine Wohl haben muß. Vielleicht hast du darin recht, daß eine durch ein materielles Interesse bedingte Tätigkeit mehr zu wünschen wäre. Deine Natur ist überhaupt zu sehr prime-sautière, wie die Franzosen sagen: du willst entweder eine leidenschaftliche, energische Tätigkeit oder gar nichts.«

Lewin hörte seinem Bruder zu und begriff nichts, wollte auch nicht begreifen. Er fürchtete nur, der Bruder könnte eine Frage an ihn richten, bei der sich dann herausstellen würde, daß er gar nicht zugehört habe.

»Ja, so ist das, mein Lieber«, sagte Sergej Iwanowitsch und klopfte ihm auf die Schulter.

»Ja, gewiß. Ich will ja gar nicht auf meiner Meinung bestehen«, antwortete Lewin mit einem kindlichen, schuldbewußten Lächeln. ›Worüber haben wir uns nur gestritten?‹

dachte er. ›Natürlich, ich habe recht, und er hat auch recht, und alles ist in schönster Ordnung. Aber ich muß jetzt ins Kontor gehen und meine Anordnungen treffen.‹

Er stand auf, reckte sich und lächelte.

Sergej Iwanowitsch lächelte auch.

»Wenn du noch ein wenig gehen willst, dann komme ich mit«, sagte er, weil er sich nicht von seinem Bruder trennen wollte, von dem ein so starker Hauch von Kraft und Frische ausging. »Komm, wir gehen ins Kontor, wenn du dorthin mußt.«

»Ach, mein Gott!« rief Lewin so laut, daß Sergej Iwanowitsch erschrak.

»Was hast du denn?«

»Was macht denn Agafja Michajlownas Hand?« sagte Lewin und schlug sich vor die Stirn. »Ich hatte sie ganz vergessen.«

»Es geht ihr viel besser.«

»Ich gehe aber doch noch schnell zu ihr. Bis du deinen Hut aufgesetzt hast, bin ich wieder da.«

Und mit den Stiefelabsätzen klappernd, lief er die Treppe hinunter.

7

Zu derselben Zeit, als Stepan Arkadjitsch nach Petersburg gereist war, um eine ganz selbstverständliche, allen Beamten wohlbekannte, allen Nichtbeamten aber unbegreifliche Pflicht zu erfüllen, die im Staatsdienst unerläßlich ist — nämlich sich beim Ministerium in Erinnerung zu bringen — und neben der Erfüllung dieser Pflicht seine Zeit bei Pferderennen und in verschiedenen Landhäusern höchst vergnügt und angenehm verbrachte, zumal er fast das ganze Geld von zu Hause mitgenommen hatte, zu derselben Zeit war Dolly mit den Kindern aufs Land übergesiedelt, um die Ausgaben nach Möglichkeit einzuschränken. Sie war auf das Gut Jerguschowo gezogen, das sie bei ihrer Heirat als Mitgift bekommen hatte, auf das Gut, wo im Frühjahr der Wald verkauft worden war; es lag ungefähr fünfzig Werst von Lewins Gut Pokrowskoje entfernt.

Das große alte Herrenhaus in Jerguschowo war schon längst niedergerissen worden, und zum Ersatz hatte der Fürst ein Nebengebäude erweitern und neu einrichten lassen. Dieses Nebengebäude war vor zwanzig Jahren, als Dolly noch ein Kind war, geräumig genug und ganz behaglich gewesen, obwohl es, wie alle Nebengebäude, seitwärts zur Anfahrtsallee stand und seine Flanke nach Süden gerichtet war. Aber jetzt war dieses Nebengebäude alt und muffig. Als Stepan Arkadjitsch im Frühjahr wegen des Waldverkaufs auf das Gut gefahren war, hatte Dolly ihn gebeten, sich das Haus anzusehen und die erforderlichen Reparaturen machen zu lassen. Stepan Arkadjitsch, der wie alle schuldbewußten Ehemänner sehr um die Bequemlichkeit seiner Frau besorgt war, hatte das Haus selbst besichtigt und alles angeordnet, was seiner Meinung nach nötig war. Seiner Meinung nach mußten sämtliche Möbel mit Kretonne bezogen, Gardinen aufgehängt, der Garten gesäubert, Blumen gepflanzt und eine kleine Brücke über den Teich gebaut werden; aber er vergaß viele andere notwendige Dinge, deren Fehlen Darja Alexandrowna nachher sehr schmerzlich empfand.

Stepan Arkadjitsch gab sich zwar die größte Mühe, ein sorglicher Vater und Gatte zu sein, aber er vergaß immer wieder, daß er Frau und Kinder hatte. Er hatte die Neigungen eines Junggesellen, die sein ganzes Tun bestimmten. Nach Moskau zurückgekehrt, erklärte er seiner Frau voller Stolz, alle Vorbereitungen seien getroffen, das Haus werde wie ein Schmuckkästchen aussehen, und er rate ihr dringend, bald dorthin überzusiedeln. Daß seine Frau aufs Land zog, war für Stepan Arkadjitsch in vieler Hinsicht sehr angenehm: für die Kinder war es gesund, die Ausgaben waren geringer, und er selbst hatte dann mehr Freiheit. Darja Alexandrowna meinte, daß ein Sommeraufenthalt auf dem

Land für die Kinder geradezu notwendig sei, besonders für ihre kleine Tochter, die sich nach dem Scharlach gar nicht recht erholen konnte, und außerdem freute sie sich darauf, von all den kleinen Demütigungen erlöst zu werden, den kleinen Schulden beim Holzhändler, beim Fischhändler und beim Schuhmacher, die sie sehr bedrückten. Außerdem freute sie sich auch deswegen auf die Abreise, weil sie ihre Schwester Kitty zu überreden hoffte, zu ihr aufs Land zu kommen. Kitty sollte um die Mitte des Sommers aus dem Ausland zurückkehren, und der Arzt hatte ihr kalte Bäder verordnet. Sie schrieb aus dem Badeort, sie könne sich nichts Schöneres denken, als den Sommer mit Dolly zusammen in Jerguschowo zu verleben, wo alles voll von Kindheitserinnerungen für sie beide sei.

Die erste Zeit auf dem Land war für Dolly sehr schwer. Sie hatte als Kind auf dem Land gelebt und sich die Vorstellung bewahrt, daß das Land die Rettung vor allen Unannehmlichkeiten des Stadtlebens sei, daß das Landleben zwar nicht sehr lustig sei (darüber tröstete sich Dolly leicht), dafür aber billig und bequem: man habe alles, alles sei billig, leicht zu beschaffen, und es tue den Kindern gut. Aber jetzt, wo sie als Hausfrau aufs Land kam, sah sie, daß alles ganz anders war, als sie gedacht hatte.

Am Tag nach ihrer Ankunft kam ein tüchtiger Regenguß, und nachts floß das Wasser durch die Decke in den Korridor und ins Kinderzimmer, so daß die Bettchen ins Wohnzimmer getragen werden mußten. Eine Köchin war nicht vorhanden; von den neuen Kühen waren nach Aussage der Viehmagd einige noch Färsen, andere mit dem ersten Kalb trächtig, andere zu alt oder harteutrig; für die Kinder war weder genügend Milch noch Butter zu haben. Eier gab es auch nicht. Ein Huhn war nirgends zu bekommen; gebraten und gekocht wurden alte, sehnige Hähne mit violettem Fleisch. Putzfrauen waren auch nicht zu finden, alle hatten auf den Kartoffeläckern zu tun. Spazierenfahren konnte man auch nicht, denn das einzige Pferd war störrisch und schlug aus, wenn man es einspannte. Auch baden konnte man nirgends — das ganze Flußufer war vom Vieh zerstampft und lag nach der Landstraße ganz frei da. Man konnte nicht einmal im Garten spazierengehen, weil das Vieh durch den zerbrochenen Zaun hereinkam, und es war ein schrecklicher Stier da, der immer brüllte und wohl auch stieß. Ordentliche Kleiderschränke gab es nicht. Die vorhandenen ließen sich nicht richtig schließen und öffneten sich von selbst, wenn man an ihnen vorüberging. Eiserne Kochtöpfe und Holzbütten waren nicht vorhanden, ebenso fehlte ein Waschkessel, und im Mädchenzimmer gab es nicht einmal ein Bügelbrett.

Statt Ruhe und Erholung zu finden, war Darja Alexandrowna, nachdem sie in dieses ihrer Ansicht nach schreckliche Elend hineingeraten war, in der ersten Zeit ganz verzweifelt: sie mühte sich aus allen Kräften, fühlte, daß es aus dieser Lage keinen Ausweg gab, und mußte fortwährend die Tränen zurückdrängen. Der Verwalter, ein ehemaliger Wachtmeister, den Stepan Arkadjitsch ins Herz geschlossen und wegen seiner stattlichen Erscheinung und seines respektvollen Benehmens vom Portier zum Verwalter befördert hatte, nahm an der Not Darja Alexandrownas keinerlei Anteil. Er sagte nur respektvoll: »Nichts zu machen, das Bauernvolk ist gar zu schlecht!« und half ihr nicht im geringsten.

Die Lage schien hoffnungslos. Aber im Hause Oblonskij gab es, wie in vielen Familien, eine wenig hervortretende, aber doch sehr wichtige und nützliche Person: Matrjona Filimonowna. Sie beruhigte ihre Herrin, versicherte, es werde sich schon alles einrenken (das war ein Lieblingsausdruck von ihr, den Matwej erst von ihr übernommen hatte), und machte sich ohne Hast und Aufregung ans Werk.

Sie hatte sich sofort mit der Frau des Verwalters angefreundet und gleich am ersten Tag mit ihr und dem Verwalter unter den Akazien Tee getrunken und alle Wirtschaftsangelegenheiten mit den beiden besprochen. Bald gab es unter den Akazien einen von Matrjona Filimonowna geleiteten Klub, und durch diesen Klub, dem die Frau des Verwalters, der Dorfschulze und der Gutsschreiber angehörten, wurden allmählich alle Schwierigkeiten behoben, und binnen einer Woche hatte sich tatsächlich alles eingerenkt. Das Dach war ausgebessert, eine Köchin hatte sich gefunden — eine Gevatterin des Schulzen —, Hühner waren gekauft, die Kühe gaben Milch, der Gartenzaun war mit Latten ausgebessert, der Zimmermann machte eine Wäschemangel, an den Schränken wurden Haken angebracht, so daß sie sich nicht mehr von selbst öffneten, und ein mit grobem Tuch bezogenes Plättbrett lag mit dem einen Ende auf einer Stuhllehne, mit dem andern auf einer Kommode, und in der Mädchenstube roch es nach heißen Bügeleisen.

»Na, sehen Sie! Und Sie waren schon ganz verzweifelt!« sagte Matrjona Filimonowna, auf das Plättbrett zeigend.

Sogar ein Badehäuschen wurde aus Strohmatten erbaut. Lilli fing an zu baden, und Darja Alexandrownas Hoffnung auf ein zwar nicht ruhiges, aber doch bequemes Leben auf dem Land hatte sich wenigstens zum Teil erfüllt. Wirklich ruhig konnte Darja Alexandrowna mit ihren sechs Kindern ja nie sein. Eins wurde krank, das andere konnte krank werden, dem dritten fehlte irgend etwas, das vierte zeigte schlechte Charaktereigenschaften, und so weiter. Nur sehr selten gab es kurze Perioden der Ruhe. Aber diese Sorgen und diese Unruhen waren das einzige Glück, das Darja Alexandrowna noch kannte. Wäre das alles nicht gewesen, so hätte sie nichts gehabt als die Gedanken an ihren Mann, der sie nicht liebte. Und wenn auch die Furcht vor Krankheiten, die Krankheiten selbst und der Kummer über schlechte Eigenschaften der Kinder schwer auf der Mutter lasteten, so vergalten ihr die Kinder all diese Kümmernisse schon jetzt durch kleine Freuden. Diese Freuden waren so klein, daß man sie kaum bemerkte, wie Goldkörner im Sand, und in schlimmen Stunden sah Darja Alexandrowna nur die Kümmernisse, nur den Sand; aber es gab auch glückliche Stunden, in denen sie nur die Freuden sah, nur die Goldkörner.

Jetzt, in der Einsamkeit des Landlebens, wurde sie sich dieser Freuden immer mehr bewußt. Wenn sie ihre Kinder ansah, versuchte sie sich oft mit allen Mitteln einzureden, daß sie sich irre und wie alle Mütter von ihren Kindern zu sehr eingenommen sei; aber sie mußte sich trotzdem sagen, daß ihre Kinder reizend seien, alle sechs, jedes in seiner Art, aber alle so, wie man sie selten findet — und sie war glücklich und stolz auf sie.

8

Ende Mai, als schon alles mehr oder weniger in Ordnung gekommen war, erhielt Darja Alexandrowna von ihrem Mann die Antwort auf ihre Klagen über die Mißstände auf dem Gut. Er bat sie um Verzeihung, daß er nicht alles überlegt habe, und versprach, selbst zu kommen, sobald es ihm möglich sein werde. Aber eine solche Möglichkeit bot sich nicht, und so lebte Darja Alexandrowna bis Anfang Juni allein auf dem Gut.

In den Petri-Fasten, an einem Sonntag, fuhr Darja Alexandrowna zur Messe, um mit allen ihren Kindern das Abendmahl zu nehmen. In vertraulichen philosophischen Gesprächen hatte sie ihre Schwester, ihre Mutter und ihre Freundinnen durch ihre freidenkerischen Anschauungen über Religion oft in Erstaunen versetzt. Sie hatte eine eigene, seltsame Religion, glaubte fest an die Seelenwanderung und kümmerte sich wenig um die Dogmen der Kirche. Aber in ihrer eigenen Familie erfüllte sie — nicht nur, um ein Beispiel zu geben, sondern von ganzem Herzen — alle Forderungen der Kirche, und es beunruhigte sie sehr, daß ihre Kinder fast ein Jahr nicht mehr zum Abendmahl gegangen waren. Darum beschloß sie jetzt, mit Matrjona Filimonownas vollster Zustimmung und Billigung, zusammen mit ihren Kindern das Abendmahl zu nehmen.

Darja Alexandrowna hatte schon ein paar Tage vorher überlegt, was sie den Kindern anziehen sollte. Es wurden Kleidchen genäht, umgeändert und gewaschen, Säume und Stufen ausgelassen, Knöpfe angenäht und Bänder zurechtgemacht. Über Tanjas Kleid, das die Engländerin genäht hatte, mußte Darja Alexandrowna sich furchtbar ärgern. Die Engländerin hatte beim Umändern die Abnäher an der falschen Stelle angebracht, die Armlöcher zu weit ausgeschnitten und das Kleid beinahe verdorben. Das Kleid saß an den Schultern so schlecht, daß es einem weh tat, wenn man nur hinsah. Aber Matrjona Filimonowna kam auf den guten Gedanken, Keile einzusetzen und eine kleine Pelerine zu nähen. So wurde die Sache in Ordnung gebracht, aber mit der Engländerin hätte es beinahe Streit gegeben. Doch am Sonntagmorgen war alles fertig, und um neun Uhr — Darja Alexandrowna hatte den Geistlichen gebeten, bis zu dieser Stunde mit der Messe zu warten — standen die Kinder freudestrahlend in ihrem neuen Staat vor der Haustür neben dem Wagen und warteten auf ihre Mutter.

Dank der Fürsprache Matrjona Filimonownas war nicht der störrische Rappe, sondern der Braune des Verwalters vor den Wagen gespannt worden, und Darja Alexandrowna, die sich mit ihrer Toilette etwas länger aufgehalten hatte, kam nun in einem weißen Musselinkleid aus dem Haus und stieg in den Wagen.

Darja Alexandrowna hatte sich mit großer Sorgfalt und nicht ohne innere Erregung frisiert und angekleidet. Früher hatte sie sich nur um ihrer selbst willen geputzt, um hübsch auszusehen und zu gefallen, später aber hatte sich das geändert: je älter sie wurde, desto unangenehmer war es ihr, sich zu putzen, weil sie sah, wie unschön sie geworden war. Jetzt aber hatte sie sich wieder mit Vergnügen und mit einer gewissen Erregung gut angezogen, nicht um ihrer selbst willen, nicht um hübsch auszusehen, sondern weil sie als Mutter dieser reizenden Kinder den Gesamteindruck nicht verderben wollte. Und als sie einen letzten Blick in den Spiegel geworfen hatte, war sie mit sich zufrieden gewesen. Sie sah gut aus, nicht so, wie sie früher auf Bällen ausgesehen hatte, aber gut für den Zweck, den sie jetzt im Auge hatte.

In der Kirche war niemand außer einigen Bauern und Gutsknechten mit ihren Weibern. Aber Darja Alexandrowna sah oder glaubte zu sehen, daß sie und ihre Kinder allgemeines Entzücken hervorriefen. Die Kinder waren nicht nur sehr hübsch in ihren festlichen Kleidern, sondern benahmen sich auch tadellos. Aljoscha stand zwar nicht ganz still da: er drehte sich immer wieder um und wollte sein Jäckchen von hinten sehen, aber er war trotzdem sehr lieb. Tanja stand da wie eine Erwachsene und gab auf die Kleinsten acht. Lilli, die Kleinste, war einfach reizend in ihrem naiven Staunen über alles, und es war schwer, ein Lächeln zu unterdrücken, als sie nach Empfang des Abendmahls sagte: »Please, some more.«

Auf der Heimfahrt hatten die Kinder das Gefühl, daß etwas Feierliches vor sich gegangen sei, und waren sehr still.

Auch zu Hause ging alles gut. Aber beim Frühstück fing Grischa zu pfeifen an, und, was das Schlimmste war, er gehorchte der Engländerin nicht. Deswegen bekam er keinen Kuchen. Darja Alexandrowna hätte es an einem solchen Tag nicht zur Bestrafung kommen lassen, wenn sie dabeigewesen wäre, aber sie mußte die Anordnung der Engländerin aufrechterhalten und bestätigte deren Urteilsspruch, daß Grischa keinen Kuchen bekommen solle. Das störte die allgemeine Freude ein wenig.

Grischa weinte und sagte, Nikolenka habe auch gepfiffen, aber er werde nicht bestraft, und er weine nicht um den Kuchen — das sei ihm ganz egal —, sondern weil man ungerecht zu ihm sei. Das war gar zu traurig, und Darja Alexandrowna beschloß, zu der Engländerin zu gehen, mit ihr zu sprechen und Grischa zu verzeihen. Als sie in den Saal kam, sah sie eine Szene, die ihr Herz mit solcher Freude erfüllte, daß ihr Tränen in die Augen traten und sie dem Missetäter ohne weiteres verzieh.

Der Bestrafte saß im Saal auf dem Fensterbrett des Eckfensters, vor ihm stand Tanja mit einem Teller. Unter dem Vorwand, daß sie ihren Puppen etwas zu essen bringen möchte, hatte sie von der Engländerin die Erlaubnis erhalten, ihre Portion Kuchen ins Kinderzimmer zu tragen, und hatte sie ihrem Bruder gebracht. Er weinte immer noch über die Ungerechtigkeit der erlittenen Strafe, aß Kuchen und sagte schluchzend: »Iß auch etwas, wir wollen zusammen essen... beide zusammen.«

Auf Tanja wirkte zuerst das Mitleid mit Grischa, dann das Bewußtsein ihrer guten Tat, und sie hatte auch Tränen in den Augen; aber sie aß trotzdem ihren Teil, ohne sich zu weigern.

Beim Anblick der Mutter erschraken sie, aber als sie ihr ins Gesicht sahen, merkten sie, daß die Mutter nicht böse auf sie war, lachten, wischten sich, den Mund immer noch voll Kuchen, die lächelnden Lippen mit den Händen ab und beschmierten dabei ihre strahlenden Gesichter über und über mit Tränen und mit der Marmeladenfüllung.

»Um Gottes willen! Das neue weiße Kleid! Tanja! Grischa!« rief die Mutter, bemüht, das Kleid zu retten; aber sie lächelte glücklich und entzückt und hatte Tränen in den Augen.

Sie ließ den Kindern die neuen Kleider ausziehen, den Mädchen Blusen, den Knaben alte Jacken anziehen, und dann wurde der Wagen angespannt — zum Verdruß des Verwalters wieder mit dem Braunen —, um zum Pilzesuchen und zum Baden zu fahren. Im Kinderzimmer erhob sich ein Freudengeheul, das bis zur Abfahrt zum Badehäuschen nicht mehr verstummte.

Sie sammelten einen ganzen Korb voll Pilze, sogar Lilli fand einen Birkenpilz. Früher hatte immer Miß Hull die Pilze gefunden und sie Lilli gezeigt, aber diesmal hatte sie selbst einen großen Birkenpilz entdeckt, und alle schrien begeistert: »Lilli hat einen Birkenpilz gefunden!«

Dann fuhren sie zum Fluß, ließen das Pferd unter den Birken stehen und gingen ins Badehäuschen. Der Kutscher Terentij band das Pferd, das mit dem Schweif die Bremsen fortscheuchte, an einen Baum, streckte sich, das hohe Gras niederdrückend, im Schatten einer Birke aus, und rauchte seinen Bauerntabak. Aus dem Badehäuschen drang das fröhliche Geschrei der Kinder zu ihm herüber, ohne auch nur einen Augenblick zu verstummen.

Es war zwar sehr mühsam, alle Kinder zu beaufsichtigen und ihren Übermut zu zügeln, es war auch nicht leicht, all die Strümpfchen, Höschen und Schuhchen von den verschiedenen Beinchen nicht zu verwechseln und all die Bändchen und Knöpfchen aufzubinden und aufzuknöpfen, aber trotz allem gab es für Darja Alexandrowna, die selbst gern badete und glaubte, es müsse auch für die Kinder sehr gut sein, keinen größeren Genuß als dieses gemeinsame Baden mit ihren Kindern. Alle diese dicken Beinchen anzufassen, wenn sie ihnen die Strümpfe auszog, diese nackten Körperchen auf die Arme zu nehmen und ins Wasser zu tauchen, das bald fröhliche, bald ängstliche Kreischen zu hören, diese atemlosen Gesichter mit den weit geöffneten, erschrockenen und lachenden Augen und alle ihre lustig plätschernden kleinen Engelchen zu sehen, war ein großer Genuß für Darja Alexandrowna.

Als die Hälfte der Kinder schon wieder angezogen war, kamen ein paar Bauernweiber im Sonntagsstaat, die Bärenklau und Bibernell suchten, zum Badehaus und blieben schüchtern stehen. Matrjona Filimonowna rief eine von ihnen näher, um ihr ein Badetuch und ein Hemdchen, die ins Wasser gefallen waren, zum Trocknen zu geben, und

Darja Alexandrowna kam mit den Weibern ins Gespräch. Die Weiber, die anfangs mit der Hand vor dem Mund gelacht und die Fragen nicht verstanden hatten, wurden bald dreister und fingen an zu reden. Sie sprachen ihr ehrliches Entzücken über die Kinder aus, und dadurch gewannen sie sofort Darja Alexandrownas Herz.

»So ein hübsches Mädchen! Weiß wie Zucker!« sagte die eine, Tanja bewundernd betrachtend und den Kopf hin und her wiegend. »Aber so mager...«

»Ja, sie war krank.«

»Und das Würmchen haben Sie auch gebadet«, sagte eine andere und zeigte auf den Säugling.

»Nein, sie hat nicht gebadet, sie ist erst drei Monate alt«, sagte Darja Alexandrowna stolz.

»Ei, sieh mal an!«

»Hast du auch Kinder?«

»Ich hatte vier, zwei sind mir geblieben, ein Junge und ein Mädchen. Vor den Fasten habe ich das Mädchen entwöhnt.«

»Wie alt ist sie denn?«

»Im zweiten Jahr.«

»Warum hast du sie denn so lange genährt?«

»Das ist bei uns so üblich — drei Fastenzeiten.«

Und nun wurde das Gespräch für Darja Alexandrowna sehr interessant: wie die Geburt gewesen sei, was für Krankheiten das Kind gehabt habe, wo der Mann sei, ob er viel zu Hause sei, und so weiter.

Darja Alexandrowna mochte sich gar nicht von den Weibern trennen, so sehr interessierte sie das Gespräch mit ihnen, so sehr stimmten die beiderseitigen Interessen überein. Am meisten freute sie sich darüber, daß sie von all diesen Weibern deswegen angestaunt wurde, weil sie vo viele und so hübsche Kinder hatte. Auch brachten die Weiber Darja Alexandrowna zum Lachen und ärgerten die Engländerin, denn sie war die Ursache dieses ihr unbegreiflichen Lachens. Eine der jungen Frauen beobachtete die Engländerin, die sich zuletzt ankleidete, und als sie den dritten Unterrock anzog, konnte die Frau eine Bemerkung nicht unterdrücken: »Da, seht mal, die zieht einen Rock über den anderen und wird nie fertig!« sagte sie, und alle brachen in schallendes Gelächter aus.

9

Darja Alexandrowna saß mit einem Tuch um den Kopf inmitten all ihrer frischgebadeten Kinder, die noch nasse Köpfe hatten, im Wagen und näherte sich schon dem Haus, als der Kutscher sagte:

»Da kommt ein Herr gegangen; ich glaube, es ist der von Pokrowskoje.«

Darja Alexandrowna blickte nach vorn und freute sich, als sie Lewins wohlbekannte Gestalt im grauen Hut und grauem Mantel kommen sah. Sie freute sich immer, wenn sie mit ihm zusammenkam, aber jetzt freute sie sich ganz besonders, weil er sie in vollem Glanz sah. Keiner hätte das besser verstehen können als Lewin.

Als er sie erblickte, glaubte er ein Bild seines eigenen künftigen Familienlebens zu sehen, wie er es sich ausmalte.

»Sie sehen ja wie eine Glucke aus, Darja Alexandrowna.«

»Ach, wie freue ich mich!« sagte sie und streckte ihm die Hand entgegen.

»So, Sie freuen sich, aber Sie haben mir gar keine Nachricht gegeben, daß Sie hier wohnen. Mein Bruder ist bei mir zu Besuch. Ich habe gerade durch einen Brief von Stiwa erfahren, daß Sie hier sind.«

»Von Stiwa?« fragte Darja Alexandrowna verwundert.

»Ja, er schreibt mir, daß sie hierher gezogen seien und meint, Sie würden mir gestatten, Ihnen irgendwie behilflich zu sein«, antwortete Lewin; kaum hatte er das gesagt, da wurde er ganz verlegen, stockte und ging schweigend neben dem Wagen her, wobei er junge Lindentriebe abriß

und an ihnen herumkaute. Was ihn so verlegen machte, war der Gedanke, es könnte Darja Alexandrowna unangenehm sein, daß ein Fremder ihr in Dingen helfen wolle, um die sich eigentlich ihr Mann kümmern müßte. Und Darja Alexandrowna gefiel es wirklich nicht, daß Stepan Arkaditsch seine Familienangelegenheiten anderen Leuten aufhalsen wollte. Sie verstand sofort, daß Lewin das spürte. Und wegen dieses feinen Verständnisses und wegen dieses Taktgefühls hatte Darja Alexandrowna Lewin auch so gern.
»Ich habe mir natürlich gesagt«, fuhr Lewin fort, »daß das nur bedeutet, daß Sie mich gern sehen wollen, und das freut mich sehr. Ich kann mir sehr gut vorstellen, daß Ihnen hier manches fremd vorkommt, da Sie ja an einen städtischen Haushalt gewöhnt sind, und wenn Sie Hilfe brauchen, stehe ich Ihnen jederzeit zur Verfügung.«
»O nein, danke!« sagte Dolly. »In der ersten Zeit war es ziemlich unbequem, aber jetzt ist alles in Ordnung, dank meiner alten Kinderfrau«, sagte sie und zeigte auf Matrjona Filimonowna, die merkte, daß von ihr die Rede war und Lewin heiter und freundlich zulächelte. Sie kannte ihn und wußte, daß er ein guter Mann für Kitty wäre, und wünschte, daß die Heirat zustande käme.
»Bitte, nehmen Sie doch im Wagen Platz, wir können ein bißchen zusammenrücken«, sagte sie zu ihm.
»Nein, ich gehe lieber zu Fuß. Kinder, wer kommt mit? Wir wollen mit dem Pferde um die Wette laufen.«
Die Kinder kannten Lewin nur wenig und erinnerten sich nicht, wann sie ihn wohl gesehen haben mochten, aber sie zeigten ihm gegenüber nicht jene auffällige Scheu und Abneigung, die Kinder unaufrichtigen Erwachsenen gegenüber so oft empfinden und für die sie so oft gescholten werden. Verstellung kann selbst den klügsten, scharfsinnigsten Mann täuschen, aber auch das beschränkteste Kind erkennt sie, mag sie noch so kunstvoll versteckt sein, und wendet sich voller Widerwillen ab. Lewin mochte viele

Mängel haben, aber es war keine Spur von Heuchelei an ihn, und darum begegneten ihm die Kinder mit derselben Freundlichkeit, die sie im Gesicht ihrer Mutter lasen. Auf seine Aufforderung sprangen die beiden ältesten sofort aus dem Wagen und liefen mit ihm ebenso unbefangen um die Wette, wie sie es mit ihrer Wärterin, mit Miß Hull oder mit ihrer Mutter getan hätten. Auch Lilli wollte gern zu Lewin, und die Mutter reichte sie ihm; er setzte sie auf seine Schulter und trabte mit ihr davon.

»Keine Angst, Darja Alexandrowna!« sagte er heiter lächelnd zu der Mutter: »Ich lasse sie bestimmt nicht fallen und tue ihr nicht weh!«

Und als sie seine behenden, kraftvollen und überaus vorsichtigen Bewegungen sah, beruhigte sie sich und lächelte ihm freundlich und beifällig zu.

Hier auf dem Land, mit den Kindern und der ihm so sympathischen Darja Alexandrowna kam Lewin in jene bei ihm nicht seltene kindlich-heitere Stimmung, die Darja Alexandrowna so gut an ihm gefiel. Er lief mit den Kindern um die die Wette, brachte ihnen ein paar Turnübungen bei, amüsierte Miß Hull durch sein schlechtes Englisch und erzählte Darja Alexandrowna von seiner Tätigkeit.

Nach dem Essen saß Darja Alexandrowna mit ihm allein auf der Veranda und begann nun von Kitty zu reden.

»Wissen Sie schon, daß Kitty herkommt und den Sommer über bei mir bleibt?«

»Wirklich?« fragte er errötend und wechselte sofort das Thema. »Ich darf Ihnen also zwei Kühe schicken?« sagte er.

»Wenn Sie unbedingt mit mir darüber abrechnen wollen, können Sie mir für jede Kuh fünf Rubel im Monat bezahlen, wenn Sie sich nicht schämen.«

»Nein, vielen Dank, diese Sache ist schon in Ordnung.«

»Nun, dann möchte ich mir Ihre Kühe einmal ansehen und, wenn Sie gestatten, Anweisung geben, wie sie gefüttert werden müssen. Die Fütterung ist die Hauptsache.«

Und nur, um dem Gespräch eine andere Wendung zu geben, erklärte er ihr seine Theorie der Milchwirtschaft, die darauf hinauslief, daß die Kuh nur eine Maschine zur Verarbeitung des Futters in Milch sei.
Er redete und redete und wünschte dabei leidenschaftlich, Näheres über Kitty zu hören, fürchtete sich aber gleichzeitig davor. Er fürchtete, daß seine so mühsam erworbene Ruhe dadurch gestört werden könne.
»Ja, das mag schon sein, aber das alles muß doch kontrolliert werden, und wer soll das denn bei mir tun?« antwortete Darja Alexandrowna widerwillig.
Sie hatte mit Matrjona Filimonownas Hilfe ihre Wirtschaft jetzt so weit in Ordnung gebracht, daß sie nichts mehr ändern wollte, und außerdem traute sie Lewins landwirtschaftlichen Kenntnissen nicht so recht. Seine Darlegungen, daß die Kuh nur eine Maschine zur Milchproduktion sei, kamen ihr verdächtig vor. Sie meinte, daß solche Überlegungen überflüssig seien und in einer Gutswirtschaft nur störend wirken könnten. Ihr erschien das alles viel einfacher, sie glaubte, man brauche nur zu tun, was Matrjona Filimonowna gesagt hatte: man mußte der Scheckigen und der Weißbäuchigen nur mehr Futter und mehr zu trinken geben und durfte nicht erlauben, daß der Koch die Küchenabfälle der Waschfrau für ihre Kuh gab. Das verstand Darja Alexandrowna. Aber die Betrachtungen über Kleiefütterung und Grasfütterung kamen ihr zweifelhaft und unklar vor. Die Hauptsache aber war, daß sie von Kitty sprechen wollte.

10

»Kitty schreibt, daß sie nichts so sehnlich wünscht wie Ruhe und Einsamkeit«, sagte Dolly nach kurzem Schweigen.
»Und wie steht es mit ihrer Gesundheit? Geht es ihr besser?« fragte Lewin erregt.

»Gott sei Dank, sie hat sich vollkommen erholt. Ich habe nie daran geglaubt, daß sie lungenkrank sei.«

»Ach, das freut mich sehr!« sagte Lewin, und Dolly glaubte etwas Rührendes und Hilfloses in seinem Gesicht zu sehen, als er das sagte und sie dann schweigend ansah.

»Hören Sie mal, Konstantin Dmitrijewitsch«, sagte Darja Alexandrowna mit ihrem gutmütigen und zugleich etwas spöttischen Lächeln, »warum sind Sie Kitty eigentlich böse?«

»Ich? Ich bin ihr nicht böse«, sagte Lewin.

»Doch, Sie sind auf sie böse. Warum haben Sie denn weder uns noch Schtscherbatzkijs besucht, als Sie in Moskau waren?«

»Darja Alexandrowna«, sagte er und errötete bis an die Haarwurzeln, »ich wundere mich, daß Sie bei Ihrer Herzensgüte das nicht fühlen. Sie müßten doch Mitleid mit mir haben, da Sie wissen ...«

»Was weiß ich denn?«

»Sie wissen, daß ich ihr einen Antrag gemacht und einen Korb bekommen habe«, sagte Lewin, und die ganze Zärtlichkeit, die er noch vor einer Minute für Kitty empfunden hatte, wich dem Zorn über die Kränkung, die man ihm angetan hatte.

»Warum glauben Sie, daß ich das weiß?«

»Weil es alle wissen.«

»Da irren Sie sich. Ich habe es nicht gewußt, obwohl ich es ahnte.«

»So. Nun, dann wissen Sie es jetzt.«

»Ich wußte nur, daß etwas geschehen war, das sie furchtbar quälte, und daß sie mich bat, nie mit ihr darüber zu sprechen. Und wenn sie es mir nicht gesagt hat, dann hat sie es keinem Menschen gesagt. Aber was ist denn zwischen Ihnen und ihr gewesen? Sagen Sie es mir!«

»Ich habe Ihnen schon gesagt, was gewesen ist.«

»Wann?«

»Als ich das letztemal bei Ihnen war.«

»Wissen Sie, ich möchte Ihnen etwas sagen«, antwortete Darja Alexandrowna, »sie tut mir furchtbar leid. Aber Sie leiden nur aus verletztem Stolz...«

»Vielleicht«, sagte Lewin, »aber...«

Sie fiel ihm ins Wort.

»Aber sie tut mir furchtbar leid, das arme Ding. Jetzt begreife ich alles.«

»Nun, entschuldigen Sie mich, Darja Alexandrowna«, sagte er und stand auf. »Leben Sie wohl, Darja Alexandrowna! Auf Wiedersehen!«

»Nein, warten Sie doch!« sagte sie und faßte ihn am Ärmel. »Setzen Sie sich bitte.«

»Bitte, bitte, wir wollen nicht mehr davon reden«, sagte er und setzte sich wieder, aber er fühlte zugleich, daß die Hoffnung, die er längst begraben hatte, wieder in seinem Herzen erwachte und sich regte.

»Wenn ich Sie nicht so gern hätte«, sagte Darja Alexandrowna, und Tränen traten ihr in die Augen, »wenn ich Sie nicht kennte, wie ich Sie kenne...«

Das Gefühl, das er für tot gehalten hatte, wurde immer lebendiger, stieg empor und gewann von neuem Macht über sein Herz.

»Ja, jetzt ist mir alles klar«, fuhr Darja Alexandrowna fort. »Sie können das nicht begreifen. Ihr Männer könnt frei wählen und wißt immer, wen ihr liebt. Aber ein Mädchen, das darauf angewiesen ist, zu warten, ein Mädchen mit seinem weiblichen Schamgefühl, das die Männer nur von weitem sieht und ihnen aufs Wort glaubt — ein Mädchen kann sich über sein Gefühl manchmal so wenig klar sein, daß es nicht weiß, was es sagen soll.«

»Ja, wenn das Herz nicht spricht...«

»Nein, das Herz spricht wohl, aber bedenken Sie: wenn ihr Männer ein Auge auf ein Mädchen geworfen habt, dann verkehrt ihr in der Familie, nähert euch eurer Angebeteten, seht sie euch genau an und wartet, ob ihr die Eigenschaften an ihr findet, die ihr gern mögt, und dann, wenn ihr überzeugt seid, daß ihr das Mädchen wirklich liebt, macht ihr euren Antrag...«

»Nun, ganz so ist es nicht.«

»Gut, jedenfalls macht ihr euren Antrag, wenn eure Liebe völlig gereift ist oder wenn ihr zwischen zwei Frauen zu wählen hattet und euch für die eine entschieden habt. Aber ein junges Mädchen wird nicht gefragt. Man will, daß sie selbst wählt, aber sie kann nicht wählen, sondern nur ja oder nein sagen.«

›Ja, zwischen mir und Wronskij wählen‹, dachte Lewin, und das Tote, das in seiner Seele wieder lebendig geworden war, starb wieder und lastete schwer und qualvoll auf seinem Herzen.

»Darja Alexandrowna«, sagte er, »so wählt man ein Kleid oder sonst etwas, aber nicht die Liebe. Die Wahl ist getroffen, nun gut... Eine Wiederholung ist unmöglich.«

»Ach, dieser Stolz, immer wieder dieser Stolz!« sagte Darja Alexandrowna in einem Ton, als verachte sie ihn wegen dieses niedrigen Gefühls – niedrig im Vergleich zu jenem anderen Gefühl, das nur die Frauen kennen. »Als Sie Kitty einen Antrag machten, war sie eben in einer Lage, in der sie nicht antworten konnte. Sie war unsicher. Sie schwankte zwischen Ihnen und Wronskij. Sie sah ihn jeden Tag, aber Sie hatte sie lange nicht gesehen. Allerdings, wenn sie älter gewesen wäre... Ich hätte an ihrer Stelle keinen Augenblick geschwankt. Mir war er immer zuwider, und es ist ja dann auch so ausgegangen, wie ich dachte.«

Lewin dachte an Kittys Antwort. Sie hatte gesagt: »Nein, es kann nicht sein...«

»Darja Alexandrowna«, sagte er trocken, »ich weiß Ihr Vertrauen zu mir zu schätzen, aber ich glaube, daß Sie sich irren. Ob ich nun recht habe oder nicht – dieser Stolz, den Sie so sehr verachten, bewirkt, daß für mich jeder Gedanke an Katerina Alexandrowna ausgeschlossen ist... verstehen Sie: völlig ausgeschlossen.«

»Ich möchte Ihnen nur noch eines sagen: bedenken Sie, daß ich von meiner Schwester rede, die ich so lieb habe wie meine eigenen Kinder. Ich will nicht sagen, daß sie Sie nicht liebt, ich sage nur, daß ihre Ablehnung in jenem Augenblick gar nichts beweist.«

»Ich weiß es nicht!« sagte Lewin aufspringend. »Wenn Sie wüßten, wie weh Sie mir tun! Es ist dasselbe, wie wenn Ihnen ein Kind gestorben wäre und jemand zu Ihnen sagte: ›Das und das hätte aus dem Kind werden können, es hätte am Leben bleiben können, und Sie hätten Ihre Freude an ihm gehabt.‹ Aber es ist tot, tot, tot...«

»Wie komisch Sie sind«, sagte Darja Alexandrowna und sah den erregten Lewin mit traurigem Lächeln an. »Ja, jetzt wird mir das alles immer klarer«, fuhr sie nachdenklich fort. »Sie wollen also nicht zu uns kommen, wenn Kitty hier ist?«

»Nein, ich komme nicht. Selbstverständlich werde ich Katerina Alexandrowna nicht aus dem Weg gehen, aber ich werde mich bemühen, soweit ich kann, sie vor der Unannehmlichkeit meiner Gegenwart zu bewahren.«

»Sie sind wirklich sehr komisch«, sagte Darja Alexandrowna noch einmal, ihm zärtlich ins Gesicht blickend. »Nun gut, wir wollen dieses Gespräch vergessen. Was willst du, Tanja?« sagte Darja Alexandrowna auf französisch zu ihrem Töchterchen, das auf die Veranda kam.

»Wo ist meine Schaufel, Mama?«

»Ich spreche französisch mit dir, also mußt du es auch tun!«

Die Kleine wollte französisch antworten, hatte aber vergessen, wie ›Schaufel‹ heißt. Die Mutter sagte es ihr und sagte ihr dann auf französisch, wo sie die Schaufel suchen müsse. Das machte einen unangenehmen Eindruck auf Lewin, und alles in Darja Alexandrownas Haus und an ihren Kindern kam ihm jetzt nicht mehr so nett vor wie bisher.

›Warum spricht sie denn mit den Kindern französisch?‹ dachte er. ›Wie unnatürlich und verlogen das ist! Und die Kinder fühlen das. Man bringt ihnen Französisch bei und gewöhnt ihnen die Aufrichtigkeit ab‹, dachte er, ohne zu wissen, daß Darja Alexandrowna sich das alles schon zwanzigmal überlegt hatte und es dann doch notwendig fand, ihre Kinder auf diese Weise Französisch zu lehren, selbst wenn es auf Kosten der Aufrichtigkeit ging.

»Warum wollen Sie denn schon fort? Bleiben Sie doch noch!«

Lewin blieb zum Tee, aber seine Heiterkeit war verschwunden, und er fühlte sich unbehaglich.

Nach dem Tee ging er ins Vorzimmer, um Befehl zum Anspannen zu geben, und als er zurückkam, fand er Darja Alexandrowna in höchster Aufregung, mit verstörtem Gesicht und Tränen in den Augen. Während Lewin draußen war, hatte sich etwas ereignet, das Darja Alexandrownas ganzes Glück und ihren Stolz auf die Kinder vernichtet hatte: Grischa und Tanja hatten sich um einen Ball gestritten. Darja hatte im Kinderzimmer ein furchtbares Geschrei gehört, war hingelaufen und hatte eine schreckliche Szene gesehen: Tanja hielt Grischa an den Haaren gepackt, und er schlug mit wutverzerrtem Gesicht blindlings auf sie ein. Als Darja Alexandrowna das sah, zerriß etwas in ihrem Herzen. Ihr war, als senke sich tiefes Dunkel auf ihr Leben herab — sie erkannte, daß ihre Kinder, auf die sie so stolz gewesen war, nicht nur ganz gewöhnliche Kinder, sondern sogar unartige, schlecht erzogene Kinder mit rohen, brutalen Instinkten waren, einfach böse Kinder.

Sie konnte von nichts anderem sprechen und an nichts anderes denken und mußte Lewin von ihrem Unglück erzählen.

Lewin sah, wie unglücklich sie war, und versuchte sie zu trösten. Er sagte, das sei noch kein Beweis von schlechtem Charakter, denn alle Kinder prügelten sich; aber während er so redete, dachte er: ›Nein, ich werde nicht Komödie spielen, ich werde mit meinen Kindern nicht französisch sprechen, aber meine Kinder werden auch anders sein. Man darf die Kinder nur nicht verderben und verbilden, dann werden sie reizend. Ja, meine Kinder werden ganz anders sein.‹

Er verabschiedete sich und fuhr nach Hause, und sie suchte ihn nicht zurückzuhalten.

11

Mitte Juli erschien bei Lewin der Schulze vom Dorf seiner Schwester, das zwanzig Werst von Pokrowskoje entfernt lag, und erstattete Bericht über den Gang der Wirtschaftsangelegenheiten und über die Heuernte. Die Haupteinnahmequelle auf dem Gut seiner Schwester waren die fruchtbaren Wiesen am Flußufer. In früheren Jahren waren diese Wiesen für zwanzig Rubel die Desjatine an die Bauern verpachtet worden. Als Lewin die Verwaltung des Gutes übernahm, fand er bei einer Besichtigung der Wiesen, daß sie mehr wert seien, und verlangte fünfundzwanzig Rubel Pacht für die Desjatine. Auf diesen Preis gingen die Bauern nicht ein und redeten auch anderen Pächtern ab, wie Lewin vermutete. Darauf fuhr er selbst hin und richtete es so ein, daß die Wiesen teils für Tagelohn, teils für einen Teil des Ertrags gemäht wurden. Die Bauern des Dorfes wehrten sich mit allen Mitteln gegen diese Neuerung, aber die Sache gelang trotzdem, und gleich im ersten Jahr wurden fast die doppelten Einnahmen erzielt. Im dritten, das heißt im vergangenen Jahr, hatten die Bauern immer noch nicht nachgegeben, und die Heuernte war in derselben Weise vor sich gegangen. In diesem Jahr hatten die Bauern alle Wiesen für den dritten Teil des Ertrags gemäht, und jetzt kam der Dorfschulze, um zu melden, daß die Heuernte beendet sei und daß er aus Furcht vor Regenwetter, im Beisein des Gutsschreibers die Teilung vorgenommen und bereits elf

Schober für die Herrschaft aufgestellt habe. Aber aus den unbestimmten Antworten auf die Frage, wieviel Heu auf der größten Wiese geerntet worden sei, aus der Eilfertigkeit des Schulzen, der das Heu geteilt hatte, ohne den Gutsherrn zu fragen, schloß Lewin, daß es bei dieser Teilung nicht mit rechten Dingen zugegangen sei, und wollte selbst hinfahren, um der Sache auf den Grund zu gehen.

Er kam gegen Mittag im Dorf an, ließ sein Pferd bei einem ihm befreundeten alten Bauern, dessen Frau die Amme seines Bruders gewesen war, und suchte den Alten selbst in seinem Bienengarten auf, um von ihm Näheres über die Heuernte zu erfahren. Der redselige, stattliche alte Parmenytsch begrüßte Lewin sehr erfreut, zeigte ihm seinen ganzen Hof, erzählte ihm ausführlich von seinen Bienen und von den Schwärmen dieses Jahres, antwortete aber nur unbestimmt und widerwillig auf Lewins Fragen nach der Heuernte. Das bestätigte Lewins Vermutungen. Er ging auf die Wiesen und sah sich die Schober an. Diese Schober konnten unmöglich je fünfzig Fuder enthalten, und um die Bauern zu überführen, ließ Lewin sofort die Wagen holen, die das Heu eingefahren hatten, einen Schober aufladen und in die Scheune bringen. Der Schober ergab nur zweiunddreißig Fuhren. Trotz der Beteuerungen des Dorfschulzen, das Heu sei sehr locker gewesen und dann in den Schobern zusammengefallen, trotz seiner Schwüre, daß es bei der Teilung ganz ehrlich zugegangen sei, beharrte Lewin auf seinem Standpunkt, daß das Heu ohne seine Anweisung geteilt worden sei und daß er einen Schober nicht mit fünfzig Fuhren berechnen könne. Nach langen Streitereien wurde beschlossen, daß die Bauern diese elf Schober, jeden auf fünfzig Fuhren berechnet, mit auf ihren Anteil nehmen sollten, und der Anteil der Herrschaft sollte noch einmal ausgerechnet werden. Die Verhandlungen und die Verteilung der Heuhaufen dauerte bis zur Vesperzeit. Als das letzte Heu geteilt war, überließ Lewin dem Gutsschreiber

die weitere Aufsicht, setzte sich auf einen durch eine hineingesteckte Weidenrute bezeichneten Heuhaufen und betrachtete mit Vergnügen die von Menschen wimmelnde Wiese.
Vor ihm, an der Biegung des Flusses, jenseits eines kleinen Sumpfes, bewegte sich eine bunte Reihe laut und munter schnatternder Bauernweiber und harkten die Heuschwaden auf dem hellgrünen Untergrund flink zu grauen, unregelmäßigen Wällen zusammen. Hinter den Weibern gingen die Männer mit Heugabeln, und aus den Wällen entstanden breite, hohe, lockere Heuhaufen. Links rasselten Wagen über die schon gemähte Wiese, die Heuhaufen wurden in riesigen Ballen auf die Wagen gereicht und verschwanden einer nach dem andern, und auf den Wagen türmten sich schwere Ladungen duftenden Heus, die tief auf die Kruppen der Pferde herabhingen.
»Hoffentlich hält das Wetter, bis wir fertig sind. Das gibt ein Heu – so zart wie Tee!« sagte ein alter Bauer und setzte sich neben Lewin. »Wenn man den Enten Korn hinschüttet, dann räumen sie auf!« sagte er und zeigte auf die Leute, die das Heu aufluden. »Seit Mittag haben sie gut die Hälfte eingefahren.«
»Ist das die letzte Fuhre?« rief er einem jungen Burschen zu, der vorn auf dem Wagenkasten stehend und die Enden seiner Hanfleinen schwenkend vorbeifuhr.
»Die letzte, Väterchen!« schrie der Bursche, hielt das Pferd an, sah sich lächelnd nach der heiteren, rotbackigen, gleichfalls lächelnden Frau um, die im Wagenkasten saß, und fuhr dann weiter.
»Wer ist das? Dein Sohn?« fragte Lewin.
»Mein Jüngster«, sagte der Alte mit freundlichem Lächeln.
»Ein strammer Bursche!«
»Ja, er macht sich.«
»Ist er schon verheiratet?«
»Ja, am Philippstag waren's schon zwei Jahre.«
»Hat er Kinder?«

»Kinder? Gott bewahre! Ein ganzes Jahr lang hat er überhaupt nichts verstanden, er war halt zu schüchtern«, antwortete der Alte. »Nein, so ein Heu! Der reinste Tee!« sagte er noch einmal, um die Rede auf etwas anderes zu bringen. Lewin betrachtete nun Wanka Parmenow und seine Frau etwas genauer. Sie luden nicht weit von ihm einen Heuhaufen auf. Wanka Parmenow stand auf dem Wagen, nahm die mächtigen Heuballen in Empfang, die seine hübsche junge Frau ihm erst mit den Armen, dann mit der Gabel geschickt hinaufreichte, verteilte sie gleichmäßig und trat sie fest. Die junge Frau arbeitete leicht, fröhlich und geschickt. Das Heu, das sich durch das lange Liegen zusammengepreßt hatte, ließ sich nicht so ohne weiteres auf die Gabel nehmen. Sie lockerte es zuerst, stieß die Gabel hinein, stemmte sich dann mit einer schnellen, elastischen Bewegung mit dem ganzen Gewicht ihres Körpers dagegen, richtete sich sofort wieder auf, den von einem roten Gürtel umspannten Rücken zurückbiegend und die volle Brust unter dem weißen Hemd stark nach vorn drückend, drehte mit geschicktem Griff die Gabel um und warf den Heuballen hoch auf den Wagen hinauf. Iwan, der sich bemühte, seiner Frau jede überflüssige Arbeit zu ersparen, breitete weit die Arme aus, um das Heu schnell zu fassen, und verteilte es gleichmäßig im Wagen. Als die Frau das letzte Heu mit der Harke hinaufgereicht hatte, schüttelte sie den Grus ab, der ihr in den Nacken gefallen war, schob das rote Tuch zurecht, das sich über der weißen, von der Sonne nicht gebräunten Stirn verschoben hatte, und kroch unter den Wagen, um die Ladung festzubinden. Iwan sagte ihr, wie sie den Strick am Langbaum festbinden müsse, und lachte laut über irgendeine Bemerkung von ihr. Aus den Gesichtern der beiden sprach deutlich eine starke, junge, erst vor kurzem erwachte Liebe.

Die Ladung war festgeschnürt. Iwan sprang herunter und führte das kräftige, wohlgenährte Pferd am Zügel. Seine Frau warf die Harke auf den Wagen und ging, munter die Arme schwenkend, zu den andern Weibern, die ein Reigenlied anstimmten. Iwan fuhr auf den Weg und schloß sich den anderen Heuwagen an. Die Weiber in ihren leuchtendbunten Kleidern gingen mit geschulterten Harken laut und lustig schwatzend hinter den Wagen her. Eine rauhe, urwüchsige Weiberstimme stimmte ein Lied an und sang eine Strophe, und dann fielen fünfzig verschiedene, teils feine, teils rauhe, gesunde Stimmen ein und sangen das Ganze noch einmal von Anfang an.

Die singenden Weiber näherten sich Lewin, und ihm war, als käme eine Wolke lautschallender Fröhlichkeit auf ihn zu. Die Wolke erreichte ihn, umfing ihn, und der Heuhaufen, auf dem er lag, die anderen Heuhaufen, die ganze Wiese mitsamt den fernen Feldern — alles drehte und wiegte sich im Takt dieses derben, lustigen Lieds, das von Schreien, Pfeifen und Jauchzen begleitet wurde. In Lewin regte sich der Neid auf diese gesunde Fröhlichkeit, und er hätte gern am Ausdruck dieser Lebensfreude teilgenommen. Aber das war unmöglich — er mußte ruhig liegenbleiben und zusehen und zuhören. Als die singenden Frauen so weit weg waren, daß man sie nicht mehr sah und nicht mehr hörte, packte ihn der Gram über seine Einsamkeit, seine körperliche Untätigkeit und seine Feindseligkeit gegenüber dieser Welt.

Einige von den Bauern, die sich am hartnäckigsten mit ihm um das Heu gestritten hatten, Leute, die er gekränkt hatte oder die ihn hatten betrügen wollen — diese selben Bauern grüßten ihn jetzt ganz freundlich und empfanden offenbar nicht den geringsten Ärger gegen ihn, aber auch keine Reue, daß sie ihn hatten übers Ohr hauen wollen, ja sie dachten gar nicht mehr daran. Das alles war in dem Meer der fröhlichen, gemeinsamen Arbeit versunken. Gott hatte diesen Tag gegeben, Gott hatte ihnen Kraft gegeben. Der Tag und die Kraft waren der Arbeit geweiht, und der Lohn bestand in der Arbeit selbst. Für wen war diese Arbeit? Was für Früchte würde sie tragen? Das waren nebensächliche, bedeutungslose Fragen.

Lewin hatte dieses Leben oft mit Bewunderung angesehen, er hatte oft die Menschen beneidet, die so lebten, heute aber war ihm zum erstenmal, besonders unter dem Eindruck, den das gute Verhältnis zwischen Iwan Parmenow und seiner Frau auf ihn gemacht hatte, der Gedanke gekommen, daß es nur von ihm abhinge, das so bedrückende, müßige, unnatürliche, egoistische Leben, das er führte, gegen dieses arbeitsame, reine, dem Gemeinwohl dienende, herrliche Leben einzutauschen.

Der Alte, der bei ihm auf dem Heuhaufen gesessen hatte, war schon längst nach Hause gegangen. Die Bauern aus der Nachbarschaft waren heimgefahren, andere, die aus entfernten Dörfern gekommen waren, aßen auf der Wiese zu Abend und bereiteten ihr Nachtlager. Von den Bauern unbemerkt, blieb Lewin auf dem Heuhaufen liegen, schaute zu ihnen hinüber, hörte ihnen zu und hing seinen Gedanken nach. Die Leute, die auf der Wiese übernachteten, schliefen in der kurzen Sommernacht fast gar nicht. Zuerst, als sie beim Abendessen saßen, hörte Lewin ihr munteres Schwatzen und Lachen, dann ihre Lieder und wieder Lachen.

Der ganze lange Arbeitstag hatte nichts als Fröhlichkeit bei ihnen hinterlassen. Erst im Morgengrauen wurde alles still. Nur das nächtliche Quaken der unermüdlichen Frösche im Sumpf war zu hören und das Schnauben der Pferde auf der Wiese in dem Nebel, der vor Tagesanbruch aufsteigt. Lewin kam zu sich, stand von dem Heuhaufen auf, schaute nach den Sternen und sah, daß die Nacht vorbei war.

»Was soll ich also tun? Und wie soll ich es machen?« fragte

er sich, bemüht, einen klaren Ausdruck für das zu finden, was er in dieser kurzen Nacht gedacht und empfunden hatte. All diese Gedanken und Empfindungen verteilten sich auf drei verschiedene Gedankengänge. Der erste war die Abkehr von seinem bisherigen Leben und von seiner völlig überflüssigen Bildung. Diese Abkehr gewährte ihm einen großen Genuß und schien ihm leicht und einfach. Die zweite Gruppe von Gedanken und Vorstellungen betraf das Leben, das er von nun an führen wollte. Die Einfachheit, Reinheit und Rechtschaffenheit dieses Lebens sah er klar vor sich, und er war überzeugt, daß er hier die Befriedigung, Ruhe und Würde finden werde, die er bisher so schmerzlich vermißt hatte. Sein dritter Gedankengang kreiste um die Frage, wie sich dieser Übergang von dem alten Leben zu dem neuen bewerkstelligen lasse. Und hier war ihm noch alles unklar. ›Eine Frau haben. Eine Arbeit haben, die notwendig ist. Soll ich Pokrowskoje aufgeben? Soll ich Land kaufen. Soll ich mich in die Dorfgemeinde aufnehmen lassen? Ein Bauernmädchen heiraten? Wie soll ich das denn machen?‹ fragte er sich wieder und fand keine Antwort. ›Übrigens habe ich die ganze Nacht nicht geschlafen, und darum kann ich mir keine klare Rechenschaft über die Dinge geben‹, sagte er zu sich selbst. ›Ich will mir später darüber klarwerden. Aber eins ist sicher: diese Nacht hat mein Schicksal entschieden. Alle meine früheren Träume von Familienleben waren Unsinn, waren nicht das Richtige‹, sagte er sich. ›Das alles ist viel einfacher und viel besser...‹

›Wie schön!‹ dachte er, als er plötzlich gerade über seinem Kopf mitten am Himmel ein seltsames Gebilde aus weißen Lämmerwölkchen erblickte, das einer Perlmuttermuschel glich. ›Wie herrlich ist alles in dieser herrlichen Nacht! Wann hat sich denn diese Muschel gebildet? Ich habe doch eben erst zum Himmel hinaufgesehen, und da waren nur zwei weiße Streifen da. Ja, gerade so unmerklich haben sich auch meine Lebensanschauungen geändert!‹

Er verließ die Wiese und schritt auf dem breiten Weg dem Dorf zu. Ein leichter Wind erhob sich, und der Himmel wurde grau und düster. Der trübe Augenblick kam, der gewöhnlich der Morgendämmerung und dem vollen Sieg des Lichtes über die Finsternis vorangeht.
Vor Kälte schauernd, den Blick auf den Boden gerichtet, ging Lewin mit schnellen Schritten vorwärts. ›Was ist das? Da kommt jemand gefahren!‹ dachte er, als er Schellengeläute hörte, und hob den Kopf. Etwa vierzig Schritte von ihm entfernt kam ihm auf dem breiten, grasbewachsenen Weg ein vierspänniger Wagen mit Koffern auf dem Dach entgegen. Die Deichselpferde drängten von den Geleisen nach der Deichsel zu, aber der gewandte Kutscher, der seitwärts auf dem Bock saß, hielt die Deichsel zwischen den Geleisen, so daß die Räder auf den glatten Streifen liefen.
Lewin hatte nur dies bemerkt und blickte nun zerstreut in den Wagen hinein, ohne sich Gedanken darüber zu machen, wer da gefahren kam.
In der Ecke des Wagens schlief eine alte Dame, am Fenster aber saß ein junges Mädchen, das anscheinend eben erst aufgewacht war, und hielt mit beiden Händen die Bänder ihres weißen Häubchens fest. Mit hellem Blick, nachdenklich und ganz erfüllt von einem schönen, komplizierten, Lewin fremden Innenleben, schaute sie über ihn hinweg in die Morgenröte.
Gerade in dem Augenblick, wo diese Erscheinung schon fast verschwunden war, sahen die ehrlichen Augen des Mädchens Lewin an. Sie erkannte ihn, und ein freudiges Staunen leuchtete in ihrem Gesicht auf.
Er konnte sich nicht getäuscht haben. Solche Augen gab es nur einmal auf der Welt. Es gab nur ein Wesen auf der Welt, das für ihn die ganze Welt, den ganzen Sinn des Lebens bedeuten konnte. Das war sie. Das war Kitty. Er sagte sich sofort, daß sie von der Eisenbahnstation nach Jerguschowo fuhr. Und alles, was Lewin in dieser schlaflosen Nacht so

sehr erregt hatte, alle Entschlüsse, die er gefaßt hatte – alles war plötzlich verschwunden. Mit Abscheu dachte er an seine Träume, ein Bauernmädchen zu heiraten. Nur dort, in diesem Wagen, der sich schnell entfernte und jetzt auf der anderen Seite des Weges fuhr, nur dort war für ihn eine Möglichkeit, das Rätsel seines Lebens zu lösen, das ihn in der letzten Zeit so schmerzlich bedrückt hatte.

Sie schaute nicht mehr aus dem Wagen heraus. Das Rasseln der Wagenfedern war nicht mehr zu hören, und auch das Schellengeläut klang nur noch ganz leise zu Lewin herüber. Hundegebell zeigte an, daß der Wagen schon durch das Dorf fuhr – und wieder waren ringsum nur die weiten Felder, in der Ferne das Dorf, und er selbst, ein einsamer, fremder Wanderer, der allein die verlassene Landstraße entlangschritt.

Er blickte zum Himmel auf, in der Hoffnung, dort die Muschel wiederzufinden, die er mit solcher Freude betrachtet hatte und die ihm ein Sinnbild seines ganzen Denkens und Fühlens in dieser Nacht gewesen war. Aber am Himmel war nichts mehr zu sehen, was mit einer Muschel Ähnlichkeit gehabt hätte. Dort in der unerreichbaren Höhe war bereits eine geheimnisvolle Wandlung vor sich gegangen. Von der Muschel war keine Spur mehr zu sehen – über die eine Hälfte des Himmels breitete sich ein gleichmäßiger Teppich von immer kleiner werdenden Lämmerwölkchen. Der Himmel war blau und hell geworden und antwortete auf seinen fragenden Blick ebenso freundlich, war aber ebenso unnahbar wie vorher.

›Nein‹, sagte er sich, ›so schön dieses einfache Leben der Arbeit auch sein mag, ich kann nicht mehr zu ihm zurückkehren. Denn ich liebe *sie*!‹

13

Niemand außer Leuten, die Alexej Alexandrowitsch besonders nahestanden, wußte, daß dieser anscheinend so kühle Verstandesmensch eine Schwäche hatte, die seinem allgemeinen Charakter widersprach: Alexej Alexandrowitsch konnte es nicht gleichgültig mitanhören oder sehen, wenn ein Kind oder eine Frau weinte. Der Anblick von Tränen machte ihn verwirrt, und er konnte dann nicht mehr klar denken. Sein Kanzleichef und sein Sekretär wußten das und sagten Bittstellerinnen, sie sollten auf keinen Fall weinen, wenn sie ihre Sache nicht ganz verderben wollten. »Er wird dann zornig und hört Sie nicht mehr weiter an«, sagten sie. Und in der Tat – Alexej Alexandrowitschs Verwirrung über die Tränen der Bittsteller äußerte sich fast immer in einem jähen Zornesausbruch: »Ich kann nichts tun, ich kann nicht! Bitte gehen Sie!« sagte er gewöhnlich in solchen Fällen.

Als Anna auf der Heimfahrt vom Rennen ihm ihre Beziehungen zu Wronskij enthüllte, dann in Tränen ausbrach und die Hände vors Gesicht schlug, fühlte Alexej Alexandrowitsch, daß ihn trotz der jäh aufwallenden Wut auf seine Frau jene seelische Verwirrung überkam, die Tränen stets bei ihm hervorriefen. Da er das wußte und merkte, daß er im Augenblick nicht imstande war, seine Gefühle in einer der Situation entsprechenden Weise auszudrücken, bemühte er sich, jede Lebensäußerung zurückzuhalten, und deshalb rührte er sich nicht und sah Anna nicht an. Daher kam der seltsame, leichenhafte Ausdruck seines Gesichts, der seine Frau so betroffen machte.

Als sie zu dem Landhaus gekommen waren, half er ihr aus dem Wagen, zwang sich dazu, sich mit der gewohnten Höflichkeit von ihr zu verabschieden, und sagte ihr ein paar unverbindliche Worte; er sagte, morgen werde er ihr seinen Entschluß mitteilen.

Bei Annas Worten, die seine schlimmsten Befürchtungen bestätigten, hatte sich Alexej Alexandrowitschs Herz in furchtbarem Schmerz zusammengekrampft. Dieser Schmerz wurde noch verstärkt durch das seltsame Gefühl physischen Mitleids, das ihre Tränen bei ihm hervorriefen. Doch als Alexej Alexandrowitsch allein im Wagen war, fühlte er sich zu seiner Verwunderung und Freude völlig frei von diesem Mitleid und den Zweifeln und Qualen der Eifersucht, die ihn in letzter Zeit gepeinigt hatten.

Er hatte ein Gefühl wie ein Mensch, dem ein Zahn gezogen wurde, der ihn lange geschmerzt hat. Nach dem furchtbaren Schmerz und der Empfindung von etwas Riesengroßem, größer als der Kopf, das ihm aus dem Kiefer gerissen wird, fühlt der Patient, der noch gar nicht an sein Glück zu glauben wagt, auf einmal, daß das, was ihm so lange das Leben verbitterte und ihn an nichts anderes mehr denken ließ, nicht mehr da ist, daß er wieder leben und denken und sich auch noch für andere Dinge als nur seinen Zahn interessieren kann. Dieses Gefühl hatte Alexej Alexandrowitsch jetzt. Der Schmerz war seltsam und furchtbar gewesen, aber jetzt war er vorbei; Alexej Alexandrowitsch fühlte, daß er wieder leben könne, ohne immer nur an seine Frau zu denken.

›Ohne Ehrgefühl, ohne Herz, ohne Religion, ein ganz verdorbenes Weib! Das habe ich immer gewußt und immer gesehen, obwohl ich mir aus Mitleid mit ihr etwas vorgemacht habe‹, dachte er. Und es schien ihm wirklich, als hätte er das immer gesehen; er erinnerte sich an allerlei Einzelheiten aus den früheren Zeiten seiner Ehe, die ihm damals nicht als etwas Schlimmes vorgekommen waren; jetzt aber bewiesen diese Vorfälle deutlich, daß sie immer ein grundschlechtes Weib gewesen war. ›Es war ein Irrtum, mein Leben mit dem ihren zu verbinden, aber mein Irrtum ist nicht verwerflich, und darum kann ich nicht unglücklich sein. Nicht ich bin schuld‹, sagte er zu sich, ›sondern sie.

Aber ich habe nichts mehr mit ihr zu tun. Sie existiert für mich nicht mehr.‹

Was jetzt mit ihr und ihrem Sohn geschehen werde, für den er nun auch ganz anders empfand, interessierte ihn nicht mehr. Das einzige, was ihn jetzt beschäftigte, war die Frage, wie er auf die beste, anständigste, für ihn selbst bequemste und daher gerechteste Weise den Schmutz von sich abschütteln konnte, mit dem sie ihn durch ihren Fall bespritzt hatte, und wie er dann seinen Weg eines tätigen, ehrenhaften und nützlichen Lebens fortsetzen könne.

›Ich kann nicht dadurch unglücklich werden, daß ein verworfenes Weib ein Verbrechen begangen hat; ich muß nur den besten Ausweg aus der schwierigen Situation finden, in die sie mich gebracht hat. Und ich werde ihn finden‹, sagte er zu sich, und sein Gesicht wurde immer finsterer. ›Ich bin nicht der erste und nicht der letzte.‹ Und abgesehen von den geschichtlichen Beispielen, angefangen mit dem durch die ›Schöne Helena‹ allen wieder ins Gedächtnis gebrachten Menelaos, zog vor dem geistigen Auge Alexej Alexandrowitschs eine ganze Reihe von Fällen aus der jetzigen vornehmen Gesellschaft vorüber, wo Frauen ihren Männern untreu geworden waren. ›Darjalow, Poltawskij, Fürst Karibanow, Graf Paskudin, Dram... Ja, auch Dram, ein so ehrenhafter, tüchtiger Mann... Semjonow, Tschagin, Sigonin...‹, an all diese betrogenen Ehemänner erinnerte sich Alexej Alexandrowitsch jetzt. ›Allerdings trifft diese Männer ein jeder Vernunft widersprechendes ridicule, ich aber habe nie etwas anderes darin gesehen, als ein Unglück und habe sie immer bedauert‹, sagte Alexej Alexandrowitsch zu sich selbst, obwohl das die Unwahrheit war, denn er hatte diese Unglücklichen nie bedauert, sondern seine eigene Person um so höher geschätzt, je öfter er von Frauen hörte, die ihre Männer betrogen. ›Das ist ein Unglück, das jeden treffen kann, und nun hat es auch mich getroffen. Es geht jetzt nur darum, wie man die Situation am besten übersteht.‹ Und nun vergegenwärtigte er sich die Handlungsweise verschiedener Männer, die sich in derselben Lage befunden hatten, wie er. ›Darjalow hat sich duelliert...‹

Ein Duell hatte für Alexej Alexandrowitsch in seiner Jugend etwas sehr Anziehendes gehabt, gerade weil er ein ängstlicher Mensch war und das sehr wohl wußte. Alexej Alexandrowitsch konnte nur mit Entsetzen an eine auf ihn gerichtete Pistole denken und hatte nie im Leben von irgendeiner Waffe Gebrauch gemacht. Diese Angst hatte ihn in jungen Jahren oft veranlaßt, an ein Duell zu denken und sich in eine Lage hineinzuversetzen, in der er sein Leben einer solchen Gefahr preisgeben müsse. Nachdem er so viele Erfolge in seiner Laufbahn gehabt und sich eine feste Stellung im Leben geschaffen hatte, hatte er dieses Gefühl längst vergessen. Aber er war so sehr an dieses Gefühl gewöhnt, und seine Furcht vor der eigenen Feigheit war so groß, daß Alexej Alexandrowitsch noch lange mit dem Gedanken an ein Duell spielte, diese Frage von allen Seiten erörterte, obwohl er im voraus wußte, daß er sich nie duellieren würde.

›Zweifellos ist unsere vornehme Gesellschaft noch so unzivilisiert (anders als in England), daß sehr viele‹ — unter diesen vielen waren auch Männer, auf deren Meinung Alexej Alexandrowitsch besonderen Wert legte — ›das Duell nur von der guten Seite ansehen. Aber was wird durch ein Duell erreicht? Angenommen, ich fordere ihn‹, dachte Alexej Alexandrowitsch weiter und stellte sich sehr lebhaft die Nacht vor, die er nach der Forderung durchleben würde, und dann die auf ihn gerichtete Pistole. Er zuckte zusammen und sah ein, daß er das nie tun würde. ›Angenommen, ich fordere ihn. Man instruiert mich, stellt mich auf meinen Platz, ich drücke ab‹, dachte er und schloß die Augen, ›und es stellt sich heraus, daß ich ihn getötet habe.‹ Alexej Alexandrowitsch schüttelte den Kopf, um diese dummen Gedanken loszuwerden. ›Was für einen Sinn hat es, einen Menschen zu töten, um mein Verhältnis zu meiner verbrecherischen Frau und zu meinem Sohn klarzustellen? Ich muß ja trotzdem entscheiden, was ich mit ihr machen soll. Oder ich werde getötet oder verwundet. Ja, das ist noch wahrscheinlicher, und so wird es bestimmt kommen. Ich, der Unschuldige, das Opfer, werde getötet oder verwundet. Das ist noch sinnloser. Aber noch nicht genug damit: eine Forderung meinerseits wäre eine unehrenhafte Handlung. Ich weiß ja ganz genau, daß meine Freunde es nie zulassen werden, daß ich mich duelliere — sie werden es nicht zulassen, daß ein Staatsmann, den Rußland braucht, sein Leben einer solchen Gefahr aussetzt. Und was weiter? Ich weiß ja, daß jede Gefahr ausgeschlossen ist, also wird es den Anschein haben, als hätte ich mich durch diese Forderung mit einem falschen Nimbus umgeben wollen. Das ist unehrenhaft, verlogen, heißt andere und sich selbst betrügen. Ein Duell ist unmöglich, und niemand erwartet es von mir. Meine Aufgabe ist, meinen Ruf zu wahren, den ich brauche, um meine Tätigkeit ungehindert fortzusetzen.‹ Die amtliche Tätigkeit, die schon früher in den Augen Alexej Alexandrowitschs eine große Bedeutung gehabt hatte, erschien ihm jetzt besonders wichtig.

Nachdem Alexej Alexandrowitsch ein Duell erwogen und verworfen hatte, wandte er sich der Scheidung zu, dem andern Ausweg, den einige Männer, die ihm eingefallen waren, gewählt hatten. Er ließ alle Scheidungsfälle, die er kannte, an seinem geistigen Auge vorüberziehen (es waren sehr viele in der ihm wohlbekannten vornehmen Gesellschaft), und fand keinen einzigen, bei dem das Ziel der Scheidung das gewesen wäre, was er im Auge hatte. In all diesen Fällen hatte der Ehemann die treulose Gattin abgetreten oder verkauft, und der schuldige Teil, der nicht das Recht hatte, eine zweite Ehe zu schließen, war in ein spitzfindig ausgeklügeltes, scheingesetzliches Verhältnis zu dem neuen Gatten getreten. Alexej Alexandrowitsch sah, daß in seinem Fall eine gesetzliche Scheidung, bei der seine Frau alleinschuldig gesprochen wurde, unmöglich war. Er sah ein, daß seine gesellschaftliche Stellung ihm nicht erlaubte, die groben Beweismittel anzuwenden, die das Gesetz zum Nachweis der Schuld einer Frau fordert. Er sah ein, daß die Anwendung dieser Beweismittel, selbst wenn sie vorhanden waren, gegen den guten Ton verstieß, und daß er, wenn er sich dieser Beweismittel bediente, in der Meinung der Gesellschaft mehr erniedrigt würde als seine Frau.

Der Versuch, eine Scheidung zu erreichen, konnte nur zu einem Skandalprozeß führen, der seinen Feinden einen willkommenen Anlaß gegeben hätte, ihn zu verleumden und von seiner hohen Stellung in der Gesellschaft herabzuziehen. Sein Hauptziel, die Situation so zu klären, daß er selbst möglichst wenig Nachteil dabei hatte, wurde auch durch eine Scheidung nicht erreicht. Außerdem war klar, daß bei einer Scheidung, ja schon bei dem bloßen Versuch einer Scheidung, seine Frau ihr Verhältnis zu ihm lösen und sich mit ihrem Liebhaber verbinden würde. Trotz aller Verachtung und Gleichgültigkeit, die Alexej Alexandrowitsch jetzt für seine Frau zu empfinden glaubte, war in seinem Herzen noch ein Gefühl zurückgeblieben: der Wunsch, zu verhindern, daß sie sich mit Wronskij verband und von ihrem Verbrechen Vorteile hatte. Dieser Gedanke brachte Alexej Alexandrowitsch derart auf, daß er bei der bloßen Vorstellung vor innerem Schmerz stöhnte, aufstand, sich an einen andern Platz im Wagen setzte und noch lange nachher mit finsterem Gesicht seine frierenden knochigen Beine immer wieder in die flauschige Decke wickelte.

›Ich kann auch auf eine formelle Scheidung verzichten und so verfahren, wie Karibanow, Paskudin und der gute Dram, das heißt, mich von meiner Frau trennen‹, dachte er weiter, als er sich etwas beruhigt hatte. Aber auch diese Maßnahme war so schmachvoll wie eine Scheidung, und vor allem wurde dann seine Frau, ebenso wie durch eine formelle Scheidung, Wronskij in die Arme getrieben. »Nein, das ist

unmöglich, ganz unmöglich!« sagte er laut und wickelte sich fest in seine Decke. ›Ich muß ja unglücklich sein, aber sie und er sollen auch nicht glücklich werden!‹
Die Eifersucht, die ihn gequält hatte, solange er in Ungewißheit schwebte, war in dem Augenblick verschwunden, als ihm durch die Worte seiner Frau so schmerzhaft der Zahn gezogen worden war. Aber an die Stelle dieses Gefühls war ein anderes getreten: der Wunsch, daß sie nicht nur nicht triumphieren, sondern auch den Lohn für ihr Verbrechen bekommen solle. Er wollte sich dieses Gefühl nicht eingestehen, aber im innersten Herzen wünschte er doch, daß sie dafür leiden solle, daß sie ihm Ruhe und Ehre genommen hatte. Und nachdem Alexej Alexandrowitsch die Möglichkeiten eines Duells, einer Scheidung und einer Trennung nochmals erwogen und verworfen hatte, kam er zu der Überzeugung, daß es nur einen Ausweg gebe: er mußte sie bei sich behalten, das Geschehene vor der Welt verbergen und alles tun, was in seiner Macht stand, um dieser Liaison ein Ende zu machen, und — das war die Hauptsache, obwohl er es sich nicht eingestand — sie zu bestrafen. ›Ich muß ihr meinen Entschluß mitteilen, daß angesichts der schwierigen Lage, in die sie die Familie gebracht hat, alle anderen Auswege für beide Seiten schlimmer sein würden, als die äußere Erhaltung des status quo, und daß ich dazu bereit bin, aber nur unter der Bedingung, daß sie meine Forderungen erfüllt, das heißt, ihr Verhältnis zu ihrem Liebhaber löst.‹ In diesem Entschluß wurde Alexej Alexandrowitsch durch eine wichtige Erwägung noch bestärkt: ›Nur so handle ich nach den Geboten der Religion‹, sagte er sich, ›denn ich verstoße meine schuldige Frau nicht, sondern gebe ihr die Möglichkeit, sich zu bessern. Ich setze sogar, und wenn es mir noch so schwerfällt, einen Teil meiner Kraft daran, sie zu bessern und zu retten.‹ Alexej Alexandrowitsch wußte zwar, daß er keinen moralischen Einfluß auf seine Frau ausüben konnte, daß dieser Versuch, sie zu bessern, nur auf

eine Lüge hinauslaufen würde, er hatte auch in den schweren Augenblicken, die er jetzt durchlebte, kein einziges Mal daran gedacht, in der Religion eine Richtlinie für sein Tun zu suchen, da aber sein Entschluß den Forderungen der Religion entsprach, wie er glaubte, gewährte ihm die religiöse Sanktion seines Entschlusses große Befriedigung und eine gewisse Beruhigung. Es war ihm ein angenehmer Gedanke, daß auch bei einer so ernsten Angelegenheit niemand sagen könne, er habe nicht nach den Geboten der Religion gehandelt, deren Banner er inmitten der allgemeinen Erkaltung und Gleichgültigkeit stets hochgehalten hatte. Als Alexej Alexandrowitsch dann über die weiteren Einzelheiten nachdachte, vermochte er nicht einmal einzusehen, warum das Verhältnis zu seiner Frau nicht fast dasselbe bleiben könne wie bisher. Ohne Zweifel würde er nie imstande sein, sie wieder so zu achten wie früher, aber seiner Ansicht nach gab es keinen Grund und konnte auch keinen geben, weshalb er leiden und sein Leben zerstören sollte, nur weil er eine schlechte, treulose Frau hatte. ›Ja, die Zeit wird vergehen, die Zeit, die alles ausgleicht, und unsere Beziehungen werden wieder wie früher werden‹, sagte sich Alexej Alexandrowitsch, ›wenigstens insoweit, daß ich keine Störung in dem ruhigen Fluß meines Lebens empfinde. Sie wird unglücklich sein, aber ich habe keine Schuld, und darum kann ich nicht unglücklich werden.‹

14

Als Alexej Alexandrowitsch in Petersburg ankam, stand dieser Entschluß für ihn nicht nur vollkommen fest, sondern er hatte in Gedanken auch schon einen Brief entworfen, den er seiner Frau schreiben wollte. Er ging in die Loge des Portiers, warf einen Blick auf die Briefe und die Akten, die aus dem Ministerium gekommen waren, und ließ sie in sein Arbeitszimmer bringen.

»Ausspannen und niemand vorlassen!« antwortete er auf die Frage des Portiers und betonte dabei das Wort ›niemand‹ mit einem gewissen Behagen, das bei ihm stets ein Zeichen guter Stimmung war.
In seinem Arbeitszimmer ging Alexej Alexandrowitsch zweimal auf und ab, blieb vor dem riesigen Schreibtisch stehen, auf dem der Kammerdiener, der ihm vorausgegangen war, bereits sechs Kerzen angezündet hatte, knackte mit den Fingern, setzte sich und legte Papier und Feder zurecht. Die Ellbogen auf den Tisch gestützt, den Kopf zur Seite geneigt, dachte er eine Minute nach und fing dann an zu schreiben, ohne auch nur eine Sekunde innezuhalten. Er schrieb ohne Anrede und auf französisch, wobei er das Fürwort ›vous‹ gebrauchte, das nicht so kalt klingt wie das entsprechende russische Wort.

›Bei unserer letzten Unterredung sprach ich mit Ihnen von meiner Absicht, Ihnen meine auf das Thema dieses Gesprächs bezügliche Entscheidung mitzuteilen. Nachdem ich alles genau erwogen habe, schreibe ich Ihnen jetzt, um dieses Versprechen zu erfüllen. Mein Entschluß ist folgender: wie Ihr Verhalten auch sein mag, ich halte mich nicht für berechtigt, die Bande zu zerreißen, mit denen eine höhere Macht uns verknüpft hat. Eine Familie kann nicht durch eine Laune, durch Willkür, ja nicht einmal durch ein Verbrechen eines der Gatten zerstört werden, und darum muß unser Leben in derselben Weise weitergehen, wie bisher. Das ist notwendig um meinetwillen, um Ihretwillen und um unseres Sohnes willen. Ich bin vollkommen überzeugt, daß Sie das, was der Anlaß dieses Briefes ist, bereut haben und noch bereuen, und daß Sie mir helfen werden, die Ursache unseres Zwists mit der Wurzel auszureißen und das Vergangene zu vergessen. Andernfalls werden Sie sich selbst denken können, was Sie und Ihren Sohn erwartet. Über das alles hoffe ich mich mit Ihnen persönlich noch eingehend aussprechen zu können. Da die Sommersaison zu Ende geht, möchte ich Sie bitten, möglichst bald nach Petersburg zurückzukehren, spätestens am Dienstag. Alle für Ihren Umzug erforderlichen Anordnungen werden von mir getroffen werden. Ich bitte Sie zu beachten, daß ich auf die Erfüllung dieser meiner Bitte besonderen Wert lege.

A. Karenin.

P.S. Anbei eine Geldsumme, die Sie für Ihre Ausgaben vielleicht benötigen werden.‹

Er las den Brief durch und war zufrieden, besonders darüber, daß er daran gedacht hatte, Geld beizulegen; der Brief enthielt kein hartes Wort und keinen Vorwurf, aber auch nichts von Nachsicht. Die Hauptsache aber war: er hatte seiner Frau eine goldene Brücke zur Rückkehr gebaut. Er faltete den Brief zusammen, strich ihn mit einem massiven Papiermesser aus Elfenbein glatt und steckte ihn mit den Banknoten in den Umschlag. Das alles tat er mit jenem Behagen, das er immer empfand, wenn er seine ausgezeichneten Schreibutensilien benutzt hatte. Dann klingelte er.

»Gib das dem Boten, er soll es morgen zu Anna Arkadjewna in das Landhaus bringen«, sagte er und stand auf.

»Zu Befehl, Exzellenz. Soll ich den Tee hier im Arbeitszimmer servieren?«

Alexej Alexandrowitsch ließ sich den Tee ins Arbeitszimmer bringen. Mit dem massiven Papiermesser spielend, ging er zu einem Lehnstuhl neben einem Tisch, auf dem eine Lampe brannte und ein französisches Buch über die Iguvinischen Tafeln lag, das er gerade zu lesen begonnen hatte. Über dem Sessel hing ein ovales Porträt Annas in einem Goldrahmen, eine vorzügliche Arbeit eines berühmten Künstlers. Alexej Alexandrowitsch betrachtete es. Die rätselhaften Augen sahen ihn keck und spöttisch an, wie an jenem letzten Abend bei ihrer Aussprache. Unerträglich frech und herausfordernd wirkten auf Alexej Alexandrowitsch die vorzüglich gemalten schwarzen Spitzen auf dem Kopf, das schwarze Haar und die weiße schöne Hand mit den Ringen am Goldfinger. Nachdem Alexej Alexandrowitsch das Bild etwa eine Minute betrachtet hatte, zuckte er so heftig zusammen, daß seine Lippen zitterten und den Laut ›brrr‹ hervorbrachten. Er wandte sich ab, setzte sich schnell in den Sessel und schlug das Buch auf. Er versuchte zu lesen, konnte aber sein früheres lebhaftes Interesse für die Iguvinischen Tafeln nicht mehr wachrufen. Er sah in das Buch und dachte an ganz andere Dinge. Er dachte nicht an seine Frau, sondern an ein Problem, das vor kurzem in seiner amtlichen Tätigkeit aufgetaucht war und jetzt das Hauptinteresse seiner Tätigkeit bildete. Er fühlte, daß er jetzt tiefer denn je in diese Problem eindrang, und daß in seinem Geist — das konnte er ohne Selbstüberhebung sagen — ein ausgezeichneter Gedanke Gestalt annahm, der diese ganze Angelegenheit entwirren, ihn in seiner dienstlichen Laufbahn fördern, seine Feinde zu Boden schmettern und damit dem Staat den größten Nutzen bringen mußte. Sobald der Diener den Tee serviert und das Zimmer verlassen hatte, stand Alexej Alexandrowitsch auf und ging an den Schreibtisch. Er schob die Mappe mit den laufenden Akten in die Mitte des Tisches, nahm mit einem kaum merklichen, selbstzufriedenen Lächeln einen Bleistift aus dem Ständer und vertiefte sich in die Lektüre eines von ihm angeforderten schwierigen Aktenstücks, das sich auf das erwähnte Problem bezog.

Alexej Alexandrowitsch zeichnete sich in seiner amtlichen Tätigkeit durch eine Eigenschaft aus, die er allein zu besitzen glaubte, obwohl man sie bei allen hervorragenden Beamten findet, und diese Eigenschaft, die ihm nebst seinem hartnäckigen Ehrgeiz, seiner Zurückhaltung, seiner Ehrenhaftigkeit und seinem Selbstvertrauen zu seiner glänzenden Laufbahn verholfen hatte, bestand darin: er verachtete die Bürokratie, suchte lange Hin-und-Herschreibereien zu vermeiden, um möglichst rasch an den Kern der Sache zu kommen, und er war sehr sparsam. Nun war in der berühmten Sitzung vom 2. Juni die Bewässerung der Felder im Gouvernement Sarajsk zur Sprache gebracht worden, eine Angelegenheit, für die Alexej Alexandrowitschs Ministerium zuständig war, und die ein krasses Beispiel sinnloser Ausgaben und bürokratischen Verhaltens bot. Alexej Alexandrowitsch wußte, daß die Kritik berechtigt war. Den Bau dieser Bewässerungsanlagen hatte bereits der Vorgänger von Alexej Alexandrowitschs Vorgänger begonnen. Für dieses Projekt hatte man schon große Summen aufgewandt, und man gab noch immer viel Geld dafür aus, und zwar völlig sinnlos, so daß bei der ganzen Sache nichts herauskommen konnte. Alexej Alexandrowitsch hatte das bei seinem Amtseintritt sofort erkannt und beschlossen, sich mit dieser Sache zu befassen. Aber in der ersten Zeit, als er sich noch etwas unsicher in seinem Amt fühlte, fand er, daß ein Eingreifen gegen die Interessen allzu vieler Leute verstoße und daher unklug sei, und später war er mit anderen Dingen so sehr beschäftigt, daß er die Sache einfach vergaß. Sie ging, wie alle Sachen dieser Art, nach dem Trägheitsgesetz im alten Geleise weiter. (Viele Leute hatten davon ihren Lebensunterhalt, vor allem eine sehr moralische und musikalische Familie, deren sämtliche Töchter Saiteninstrumente spielten. Alexej Alexandrowitsch kannte diese Familie und war bei einer der älteren Töchter Brautführer gewesen.) Daß ein ihm feindlich gesinntes Ministerium diese Angelegenheit aufrührte, war nach der Meinung Alexej Alexandrowitschs unanständig, denn es gab ja in jedem Ministerium Dinge, an die man aus dienstlichem Anstandsgefühl nicht rührte. Jetzt aber, als man ihm den Fehdehandschuh hinwarf, nahm er ihn mutig auf und verlangte die Einsetzung einer Sonderkommission, die die Arbeit der Kommission für die Bewässerung der Felder im Gouvernement Sarajsk nachprüfen sollte. Außerdem forderte Alexej Alexandrowitsch die Schaffung einer Kommission zur Organisation der nichtrussischen

Minderheiten. Diese Sache kam auf der Sitzung vom 2. Juni zufällig zur Sprache, und Alexej Alexandrowitsch unterstützte sie energisch, da sie bei der traurigen Lage der Fremdvölker keinen Aufschub dulde. Das führte zu einem heftigen Wortwechsel zwischen mehreren Ministerien. Das Alexej Alexandrowitsch feindlich gesinnte Ministerium versuchte zu beweisen, daß die Lage der Fremdvölker geradezu glänzend sei, und daß die vorgeschlagene Neuorganisation nur Schaden anrichten werde. Und wenn tatsächlich etwas nicht in Ordnung sei, dann komme das nur daher, daß Alexej Alexandrowitschs Ministerium die vom Gesetz vorgeschriebenen Maßnahmen nicht durchgeführt habe. Jetzt wollte Alexej Alexandrowitsch folgendes verlangen: erstens, die Einsetzung einer neuen Kommission, die die Lage der Fremdvölker an Ort und Stelle untersuchen sollte; zweitens, wenn die Lage der Fremdvölker wirklich so sei, wie es nach den im Besitz des Komitees befindlichen Unterlagen scheine, die Ernennung einer zweiten, wissenschaftlichen Kommission, die die Ursachen dieser traurigen Lage der Fremdvölker von folgenden Gesichtspunkten aus untersuchen sollte: a) vom politischen, b) vom administrativen, c) vom wirtschaftlichen, d) vom ethnographischen, e) vom materiellen und f) vom religiösen. Drittens solle das feindliche Ministerium einen Bericht über die Maßnahmen vorlegen, die es in den letzten zehn Jahren zur Verhütung der ungünstigen Verhältnisse, in denen sich die Fremdvölker jetzt befanden, getroffen habe; und viertens schließlich solle von dem Ministerium eine Erklärung gefordert werden, weshalb es, wie aus den dem Komitee zugegangenen Berichten Nr. 17015 vom 5. Dezember 1863 und Nr. 18308 vom 7. Juni 1864 hervorgehe, gegen das Grundgesetz, Band... Artikel 18 und Artikel 36 Anmerkung gehandelt habe. Lebhafte Röte überzog Alexej Alexandrowitschs Gesicht, als er sich diese Gedanken notierte. Nachdem er ein Blatt vollgeschrieben hatte, stand er auf, klingelte und schickte seinem Kanzleichef einen Zettel mit der Bitte um Angabe einiger wichtiger Daten. Dann ging er im Zimmer auf und ab, blickte wieder auf Annas Porträt, runzelte die Stirn und lächelte verächtlich. Nachdem er noch in dem Buch über die Iguvinischen Tafeln gelesen hatte, die ihn plötzlich wieder interessierten, ging er um elf Uhr schlafen, und als er im Bett an das Erlebnis mit seiner Frau dachte, da erschien es ihm gar nicht mehr in so trübem Licht.

15

Anna widersprach zwar hartnäckig und erbittert, wenn Wronskij sagte, daß ihre Lage auf die Dauer unmöglich sei, und sie überreden wollte, ihrem Mann alles zu sagen, aber in der Tiefe ihrer Seele hielt auch sie dieses Verhältnis für verlogen und unehrlich und wünschte von ganzem Herzen, daß es anders würde. Als sie mit ihrem Mann vom Rennen nach Hause fuhr, hatte sie ihm in einem Augenblick der Erregung alles gesagt und war trotz des Schmerzes, den sie dabei empfunden hatte, froh gewesen, es getan zu haben. Nachdem ihr Mann sie allein gelassen hatte, sagte sie sich, sie sei doch froh darüber, daß jetzt alles ins klare komme und wenigstens die Lüge und der Betrug aufhöre. Es schien ihr unzweifelhaft, daß ihre Situation sich jetzt ein für allemal klären würde. Diese neue Situation war vielleicht schlecht, aber sie war klar und frei von Ungewißheit und Lüge. Der Schmerz, den sie sich und ihrem Mann zugefügt hatte, indem sie jene Worte aussprach, wurde dadurch wieder ausgeglichen, daß sich jetzt alles klären würde. Noch am selben Abend traf sie sich mit Wronskij, sagte ihm aber nicht, was zwischen ihr und ihrem Mann gewesen war, obwohl sie es ihm hätte sagen müssen, um die Lage zu klären.
Als sie am nächsten Morgen aufwachte, waren das erste, was ihr in den Sinn kam, die Worte, die sie ihrem Mann gesagt hatte, und diese Worte erschienen ihr so schrecklich, daß

sie gar nicht begreifen konnte, wie sie sich hatte entschließen können, diese seltsamen, groben Worte auszusprechen. Und nun konnte sie sich nicht vorstellen, was jetzt weiter geschehen werde. Aber das Wort war nun einmal gesprochen, und Alexej Alexandrowitsch war weggefahren, ohne etwas gesagt zu haben. ›Ich habe Wronskij gesehen und ihm nichts gesagt. Noch in dem Augenblick, als er fortging, wollte ich ihn zurückrufen; aber ich gab diese Absicht wieder auf, denn es hätte ihn seltsam berührt, daß ich es ihm nicht sofort gesagt hatte. Warum wollte ich es ihm sagen, und warum habe ich es dann doch nicht gesagt?‹ Und als Antwort auf diese Frage übergoß glühende Schamröte ihr Gesicht. Sie begriff, was sie davon abgehalten hatte, sie begriff, daß sie sich geschämt hatte. Ihre Lage, die sie gestern abend für klar gehalten hatte, schien ihr jetzt nicht nur unklar, sondern völlig hoffnungslos. Sie fürchtete die Schande, an die sie früher überhaupt nicht gedacht hatte. Und als sie sich jetzt vorstellte, was ihr Mann tun könne, da kamen ihr die schrecklichsten Gedanken. Sie dachte, daß gleich der Verwalter kommen könnte, um sie aus dem Haus zu jagen, daß dann ihre Schande der ganzen Welt offenbar würde. Sie fragte sich, wohin sie gehen solle, wenn sie aus dem Haus gejagt würde, und fand keine Antwort.

Wenn sie an Wronskij dachte, war ihr, als liebe er sie nicht mehr, als falle sie ihm schon zur Last, sie könne sich ihm doch nicht anbieten, und ein feindseliges Gefühl gegen ihn regte sich in ihr. Es war ihr, als hätte sie die Worte, die sie zu ihrem Mann gesagt hatte, und die sie in Gedanken unablässig wiederholte, der ganzen Welt gesagt, und als hätten alle sie gehört. Sie wagte nicht, den Leuten ihrer Umgebung in die Augen zu sehen; sie wagte nicht, das Dienstmädchen zu rufen, und noch weniger, ins untere Stockwerk zu gehen und ihren Sohn und seine Gouvernante zu sehen.

Das Dienstmädchen, das schon lange an der Tür gehorcht hatte, kam nun von selbst ins Zimmer. Anna sah ihr fragend in die Augen und errötete erschrocken. Das Mädchen bat um Entschuldigung, daß sie hereingekommen sei, sie habe geglaubt, Anna habe geklingelt. Sie brachte ein Kleid und einen Brief. Der Brief war von Betsy. Betsy erinnerte sie daran, daß an diesem Vormittag Lisa Merkalowa und Baronin Stoltz mit ihren Verehrern Kalushskij und dem alten Stremow sich zu einer Krocketpartie bei ihr einfinden würden. ›Kommen Sie wenigstens zum Zusehen, zum Studium der Sitten. Ich erwarte Sie.‹

Anna las den Brief und seufzte schwer.

»Ich brauche weiter nichts«, sagte sie zu Annuschka, die die Flakons und die Bürsten auf dem Toilettentisch zurechtrückte. »Geh nur, ich ziehe mich gleich an und komme dann nach unten. Ich brauche nichts weiter.«

Annuschka ging hinaus, Anna zog sich aber nicht an, sondern blieb in derselben Haltung sitzen, mit gesenktem Kopf und schlaff herabhängenden Armen; ab und zu ging ein Zucken durch ihren ganzen Körper, als wollte sie eine Bewegung machen, etwas sagen, aber dann erstarrte sie wieder. Sie wiederholte unaufhörlich: ›Mein Gott, mein Gott!‹ Aber weder das Wort ›Gott‹ noch das Wort ›mein‹ hatten irgendeinen Sinn für sie. Der Gedanke, in ihrer Lage Hilfe bei der Religion zu suchen, war ihr, obwohl ihr nie Zweifel an der Religion gekommen waren, in der man sie erzogen hatte, ebenso fremd wie der Gedanke, bei Alexej Alexandrowitsch Hilfe zu suchen. Sie wußte im voraus, daß die Religion ihr nur helfen konnte, wenn sie auf das verzichtete, was für sie den Sinn ihres ganzen Lebens bedeutete. Sie hatte ein Gefühl, als spalte sich alles in ihrer Seele, so wie ermüdete Augen die Dinge manchmal doppelt sehen. Es gab Augenblicke, in denen sie nicht wußte, was sie fürchtete und was sie wünschte. Fürchtete und wünschte sie das, was jetzt war, oder das, was kommen würde? Und was wünschte sie eigentlich? Sie wußte es nicht.

›Ach, was tue ich da!‹ sagte sie, als sie plötzlich einen Schmerz in den Schläfen spürte. Sie besann sich und merkte, daß sie mit beiden Händen ihr Haar an den Schläfen festhielt und zusammenpreßte. Sie sprang auf und ging im Zimmer hin und her.

»Der Kaffee ist fertig, Mamsell und Serjosha warten«, sagte Annuschka, die wieder hereinkam und Anna noch nicht angekleidet vorfand.

»Serjosha? Was ist mit Serjosha?« fragte Anna plötzlich lebhaft. Jetzt erinnerte sie sich zum erstenmal an diesem Morgen an die Existenz ihres Sohnes.

»Ich glaube, er hat etwas angestellt«, antwortete Annuschka lächelnd.

»Wieso?«

»Im Eckzimmer hatten Sie Pfirsiche stehen, und ich glaube, er hat heimlich einen gegessen.«

Der Gedanke an ihren Sohn riß Anna aus der hoffnungslosen Lage, in der sie sich befand. Sie besann sich auf die Rolle der nur für ihren Sohn lebenden Mutter, die sie in den letzten Jahren zum Teil ganz aufrichtig, wenn auch sehr übertrieben gespielt hatte, und fühlte voller Freude, daß es in ihrer jetzigen Lage doch noch eine Macht gab, die von ihrem Verhältnis zu ihrem Mann und zu Wronskij unabhängig war. Diese Macht war ihr Sohn. Wie ihre eigene Lage sich auch gestalten mochte, ihren Sohn konnte sie nicht verlassen. Mochte ihr Mann sie der Schande preisgeben, mochte Wronskij gegen sie kalt werden und sein unabhängiges Leben weiterführen (wieder dachte sie mit Bitterkeit und Vorwürfen an ihn), aber ihren Sohn konnte sie nicht verlassen. Sie hatte ein Lebensziel. Und sie mußte handeln, handeln, um dieses Verhältnis zu ihrem Sohn zu sichern, damit man ihn ihr nicht nahm. Sie mußte schnell handeln, so schnell wie möglich, noch ehe man ihn ihr weggenommen hatte. Sie mußte ihren Jungen nehmen und mit ihm wegreisen. Das war das einzige, was sie jetzt tun konnte und tun mußte. Sie mußte Ruhe haben und aus dieser qualvollen Lage her-

auskommen. Der Gedanke an eigenes Handeln, das ihren Sohn betraf, und an eine sofortige Abreise gab ihr diese Ruhe. Sie zog sich rasch an, ging nach unten und trat mit festen Schritten in den Salon, wo Serjosha und die Gouvernante sie wie immer zum Kaffee erwarteten. Serjosha, ganz in Weiß, stand über den Tisch vor dem Spiegel gebeugt und ordnete mit dem Ausdruck gespannter Aufmerksamkeit, den sie an ihm kannte und der ihn seinem Vater so ähnlich machte, die Blumen, die er mitgebracht hatte.
Die Gouvernante machte ein besonders strenges Gesicht. Serjosha schrie, wie er es öfter tat, mit schriller Stimme: »Ah, Mama!« und blieb unschlüssig stehen: sollte er die Blumen hinlegen und seine Mutter begrüßen oder seinen Kranz fertigmachen und ihn dann der Mutter bringen?
Die Gouvernante begrüßte sie und begann dann lang und ausführlich von der Unart zu erzählen, die Serjosha begangen hatte, aber Anna hörte ihr nicht zu, sie überlegte, ob sie die Gouvernante mitnehmen solle. ›Nein, ich nehme sie nicht mit‹, beschloß sie. ›Ich reise allein mit meinem Sohn.‹
»Ja, das ist sehr häßlich«, sagte Anna, faßte ihren Sohn an der Schulter, sah ihn nicht mit einem strengen, sondern mit einem scheuen Blick an, der den Jungen verlegen machte und freute, und küßte ihn. »Lassen Sie ihn nur bei mir«, sagte sie zu der erstaunten Gouvernante, und ohne die Hand ihres Sohnes loszulassen, setzte sie sich an den Kaffeetisch.
»Mama, ich... ich wollte nicht...«, sagte er, bemüht, an ihrem Gesichtsausdruck zu erraten, was ihn für den Pfirsich erwarte.
»Serjosha«, sagte sie, sobald die Gouvernante hinausgegangen war, »das ist sehr häßlich. Aber du wirst es nicht wieder tun, nicht wahr? Du hast mich doch lieb?«
Sie fühlte, daß ihr Tränen in die Augen traten. ›Muß ich ihn denn nicht lieben?‹ dachte sie und schaute in seine erschrokkenen und zugleich frohen Augen. ›Wird er wirklich zu sei-

nem Vater halten und über mich den Stab brechen? Wird er kein Mitleid mit mir haben?‹ Die Tränen liefen ihr schon übers Gesicht, und um sie zu verbergen, stand sie hastig auf und lief auf die Veranda hinaus.

Nach dem Gewitterregen der letzten Tage war jetzt kühles, klares Wetter. Die Sonne schien hell durch das vom Regen gewaschene Laub, aber die Luft war kalt.

Sie zuckte zusammen vor Kälte und vor der inneren Angst, die sie in der frischen Luft mit neuer Kraft überfiel.

»Geh zu Mariette, geh«, sagte sie zu Serjosha, der ihr gefolgt war, und ging auf der Strohmatte auf der Veranda hin und her. ›Werden sie mir wirklich nicht verzeihen und nicht begreifen, daß alles so kommen mußte?‹ sagte sie zu sich selbst.

Sie blieb stehen und blickte auf die im Wind schwankenden Wipfel der Espen mit dem reingewaschenen, im kalten Sonnenlicht schimmernden Laub, und nun wußte sie plötzlich, daß man ihr nicht verzeihen werde, daß alles und alle jetzt erbarmungslos gegen sie sein würden, wie dieser Himmel und wie dieses Grün. Und wieder hatte sie das Gefühl, als spalte sich ihre Seele. ›Nicht denken, nur nicht denken‹, sagte sie zu sich. ›Ich muß abreisen. Wohin? Wann? Wen soll ich mitnehmen? Ja, nach Moskau, mit dem Abendzug. Ich nehme Annuschka und Serjosha mit, und nur die notwendigsten Dinge. Aber vorher muß ich an sie beide schreiben.‹ Sie ging schnell ins Haus, in ihr Zimmer, setzte sich an den Tisch und schrieb an ihren Mann:

›Nach dem, was vorgefallen ist, kann ich nicht länger in Ihrem Haus bleiben. Ich verreise und nehme meinen Sohn mit. Ich kenne die Gesetze nicht und weiß daher nicht, bei wem von den Eltern das Kind bleiben muß. Aber ich nehme meinen Sohn mit, weil ich ohne ihn nicht leben kann. Seien Sie großmütig, lassen Sie ihn mir.‹

Bis hierher hatte sie schnell und ungezwungen geschrieben, aber der Appell an seine Großmut, die sie bei ihm gar nicht für möglich hielt, und die Notwendigkeit, den Brief mit einer rührenden Wendung zu schließen, machten sie stocken. ›Von meiner Schuld und meiner Reue kann ich nicht reden, weil...‹

Wieder hielt sie inne, denn sie fand keinen Zusammenhang in ihren Gedanken. ›Nein‹, sagte sie sich, ›so darf ich nicht schreiben‹. Sie zerriß den Brief, schrieb einen neuen, in dem nicht mehr von der Großmut die Rede war, und siegelte ihn zu.

Einen zweiten Brief mußte sie an Wronskij schreiben. ›Ich habe meinem Mann mitgeteilt‹, schrieb sie und saß dann lange da, unfähig, weiterzuschreiben. Das war so roh, so unweiblich. ›Was kann ich ihm eigentlich schreiben?‹ dachte sie. Wieder stieg ihr die Schamröte ins Gesicht, sie dachte an seine Ruhe, und ein Gefühl des Ärgers über ihn veranlaßte sie, den Briefbogen mit dem angefangenen Satz in kleine Stücke zu zerreißen. ›Es ist alles unnütz‹, sagte sie sich, machte die Schreibmappe zu, ging nach oben, teilte der Gouvernante und der Dienerschaft mit, daß sie heute nach Moskau fahren werde, und machte sich sofort daran, ihre Sachen zu packen.

16

Durch alle Zimmer des Landhauses gingen Hausknechte, Gärtner und Diener und trugen Sachen hinaus. Die Schränke und die Kommoden waren geöffnet; zweimal wurde in den Laden nach Bindfaden zum Packen geschickt, auf dem Fußboden lag Zeitungspapier herum. Zwei Koffer, Reisesäcke und zusammengeschnürte Reiseplaids waren schon ins Vorzimmer gebracht worden. Eine Kutsche und zwei Droschken hielten vor der Haustür. Anna, die über der Arbeit des Packens ihre innere Unruhe vergessen hatte, stand in ihrem Zimmer am Tisch und packte ihre Reisetasche, als Annuschka sie auf das Rasseln einer vorfahrenden Kutsche aufmerksam machte. Anna schaute aus dem Fenster und sah an

der Haustür Alexej Alexandrowitschs Boten, der die Klingel zog.
»Geh und frag, was es gibt«, sagte sie und setzte sich ruhig und gefaßt in einen Sessel, die Hände über den Knien faltend. Der Diener brachte einen dicken Brief, dessen Adresse von Alexej Alexandrowitschs Hand geschrieben war.
»Der Bote soll auf Antwort warten«, sagte er.
»Gut«, sagte sie, und als der Diener hinausgegangen war, riß sie den Brief mit zitternden Fingern auf. Ein Päckchen Banknoten, mit einem Papierstreifen umklebt, fiel heraus. Sie nahm den Brief aus dem Umschlag und las zuerst das Ende. ›Alle für Ihren Umzug erforderlichen Anordnungen werden von mir getroffen werden. Ich bitte Sie zu beachten, daß ich auf die Erfüllung dieser meiner Bitte besonderen Wert lege‹, las sie. Sie überflog die vorhergehenden Zeilen, las alles und las dann den ganzen Brief noch einmal von vorn. Als sie fertig war, fühlte sie, daß sie fror, und ihr war, als sei ein so furchtbares Unglück über sie hereingebrochen, wie sie es nie erwartet hatte.
Sie hatte am Morgen bereut, daß sie ihrem Mann alles gesagt hatte und gewünscht, daß ihre Worte ungesagt geblieben wären. Und nun erklärte dieser Brief ihre Worte für ungesagt und gewährte ihr das, was sie gewünscht hatte. Aber jetzt erschien ihr dieser Brief als das Schrecklichste, was sie sich denken konnte.
›Er hat recht, er hat recht!‹ sagte sie. ›Selbstverständlich hat er immer recht, er ist ein Christ, er ist großmütig! Was für ein niedrigdenkender, widerlicher Mensch! Und das durchschaut niemand außer mir, und niemand außer mir wird es je durchschauen, und ich kann es niemand klarmachen. Alle sagen: ein religiöser, moralischer, ehrenhafter, kluger Mann. Aber sie sehen nicht, was ich gesehen habe. Sie wissen nicht, daß er acht Jahre lang mein Leben erstickt hat, alles erstickt, was in mir lebendig war, daß er kein einziges Mal daran gedacht hat, daß ich eine lebendige Frau bin, die Liebe braucht.

Sie wissen nicht, wie er mich auf Schritt und Tritt gekränkt hat und dabei mit sich selbst höchst zufrieden gewesen ist. Habe ich mich nicht bemüht, aus allen Kräften bemüht, eine Rechtfertigung meines Lebens zu finden? Habe ich nicht versucht, ihn zu lieben, und meinen Sohn zu lieben, als ich meinen Mann nicht mehr lieben konnte? Aber dann kam die Zeit, wo ich einsah, daß ich mich nicht mehr betrügen kann, daß ich ein lebendes Geschöpf bin, daß ich nicht schuld bin, wenn Gott mich so geschaffen hat, daß ich lieben und leben muß. Und was nun? Wenn er mich tötete, wenn er ihn tötete – ich würde alles ertragen, alles verzeihen, aber nein! Er...

Daß ich nicht erraten habe, was er tun würde! Er wird das tun, was seinem niedrigen Charakter entspricht. Er behält recht, und mich, die Verlorene, stößt er noch tiefer ins Verderben...‹ – ›Sie werden sich selbst denken können, was Sie und Ihren Sohn erwartet.‹ Sie mußte wieder an diese Worte seines Briefes denken. ›Das ist eine Drohung, mir den Jungen wegzunehmen, und nach ihrem dummen Gesetz ist das wahrscheinlich möglich. Aber weiß ich denn nicht, warum er das sagt? Er glaubt auch nicht an meine Liebe zu meinem Sohn, oder er verachtet mein Gefühl, er hat ja immer darüber gespottet. Aber er weiß, daß ich meinen Jungen nicht im Stich lasse, daß es ohne meinen Sohn kein Leben für mich gibt, auch nicht mit dem Mann, den ich liebe, daß ich, wenn ich meinen Sohn verließe und von meinem Mann wegliefe, wie ein ganz schändliches, gemeines Weib handeln würde. Das weiß er, und er weiß auch, daß ich niemals dazu imstande wäre.‹

Ein anderer Satz aus dem Brief fiel ihr ein: ›Unser Leben muß weitergehen wie bisher.‹ – ›Ja, dieses Leben war schon vorher eine Qual, in der letzten Zeit war es entsetzlich. Was wird jetzt sein? Er weiß das alles, er weiß, daß ich nicht bereuen kann, daß ich atmen, daß ich lieben muß; er weiß, daß außer Lüge und Betrug nichts dabei herauskommen kann, aber er möchte mich weiter quälen. Ich kenne ihn, ich weiß, daß er wie der Fisch im Wasser in der Lüge schwimmt und sich dabei wohl fühlt. Aber nein, ich will ihm diesen Genuß nicht verschaffen, ich zerreiße das Lügennetz, in das er mich verstricken will. Komme, was kommen mag. Alles ist besser als Lüge und Betrug.

Aber wie soll ich das machen? Mein Gott! Mein Gott! War jemals eine Frau so unglücklich wie ich?‹

»Nein, ich zerreiße es, ich zerreiße es!« schrie sie und sprang auf. Ihre Tränen zurückdrängend, ging sie zum Schreibtisch, um einen andern Brief an ihn zu schreiben. Aber im tiefsten Herzen fühlte sie schon, daß sie nichts werde zerreißen können, daß sie nicht die Kraft haben werde, aus der bisherigen Lage herauszukommen, so verlogen und schmachvoll sie auch sein mochte.

Sie setzte sich an den Schreibtisch, aber statt zu schreiben, verschränkte sie die Arme auf dem Tisch, legte den Kopf darauf und weinte, schluchzend und mit zuckender Brust, wie Kinder weinen. Sie weinte darüber, daß der Traum von einer Klärung, einer Neuordnung ihrer Lage für immer zerstört war. Sie wußte genau, daß alles beim alten bleiben und noch weit schlimmer sein werde als bisher. Sie fühlte, daß ihre Stellung in der Gesellschaft, die ihr noch an diesem Morgen so nichtig und wertlos erschienen war, doch einen Wert für sie besaß, und daß sie es nicht über sich gewinnen werde, sie mit der schmählichen Lage einer Frau zu vertauschen, die ihren Mann und ihren Sohn verlassen und sich mit ihrem Liebhaber vereinigt hat, und daß sie, mochte sie sich noch so sehr anstrengen, niemals stärker sein werde, als sie nun einmal war. Niemals würde sie frei und offen lieben können, sie würde immer die verbrecherische Gattin bleiben, die, jeden Augenblick in Gefahr, entlarvt zu werden, ihren Mann betrog, um ein schmähliches Verhältnis mit einem fremden, durch nichts gebundenen Mann zu haben, mit dem sie niemals ein gemeinsames Leben führen konnte.

Sie wußte, daß es so kommen werde, und das war ihr so entsetzlich, daß sie sich gar nicht vorstellen konnte, wie das enden würde. Und sie weinte, ohne sich beherrschen zu können, wie bestrafte Kinder weinen.
Sie hörte die Schritte des eintretenden Dieners und nahm sich zusammen. Sie wandte ihr Gesicht ab und tat, als schriebe sie.
»Der Bote bittet um Antwort«, sagte der Diener.
»Um Antwort? Ja«, sagte Anna, »er soll warten. Ich werde klingeln.«
›Was kann ich schreiben?‹ dachte sie. ›Was kann ich allein entscheiden? Was weiß ich? Was will ich? Was möchte ich?‹ Und wieder hatte sie die Empfindung, als spalte sich etwas in ihrer Seele. Sie erschrak vor diesem Gefühl und klammerte sich an den ersten besten Anlaß, etwas zu tun, um sich von den Gedanken über ihr Schicksal abzulenken. ›Ich muß Alexej sehen‹ – so nannte sie Wronskij in Gedanken – ›er allein kann mir sagen, was ich tun soll. Ich will zu Betsy fahren; vielleicht treffe ich ihn dort‹, sagte sie zu sich selbst, vergaß dabei aber, daß sie ihm noch gestern gesagt hatte, sie werde nicht zur Fürstin Twerskaja fahren, und daß er darauf erwidert hatte, dann werde er auch nicht hinkommen. Sie trat an den Tisch und schrieb ihrem Mann: ›Ich habe Ihren Brief erhalten. A.‹, klingelte und gab den Brief dem Diener.
»Wir reisen nicht«, sagte sie zu Annuschka, die gerade hereinkam.
»Überhaupt nicht?«
»Das weiß ich noch nicht. Packen Sie vor morgen nicht wieder aus. Der Wagen soll noch dableiben; ich fahre zur Fürstin.«
»Welches Kleid soll ich bringen?«

17

Die Krocketpartie, zu der Fürstin Twerskaja eingeladen hatte, sollte aus zwei Damen und ihren Verehrern bestehen. Diese beiden Damen waren die wichtigsten Mitglieder eines neuen, exklusiven Kreises, der in Nachahmung einer Nachahmung les sept merveilles du monde genannt wurde. Diese Damen gehörten zwar einem sehr hohen Kreis an, der aber dem Kreis, in dem Anna verkehrte, feindlich gegenüberstand. Außerdem war der alte Stremow, der Verehrer von Lisa Merkalowa und einer der einflußreichsten Männer in Petersburg, ein Gegner von Alexej Alexandrowitsch. Aus allen diesen Gründen hatte Anna nicht kommen wollen, und auf diese ihre ablehnende Antwort bezogen sich die Andeutungen in dem Brief der Fürstin Twerskaja. Jetzt aber wollte Anna doch hinfahren, weil sie Wronskij dort zu treffen hoffte.

Anna kam früher als alle anderen Gäste bei der Fürstin Twerskaja an.

Als sie ins Haus trat, wollte gerade auch der Diener Wronskijs hineingehen, der mit seinem gepflegten Backenbart wie ein Kammerjunker aussah. Er blieb vor der Tür stehen, nahm die Mütze ab und ließ sie vorangehen. Anna erkannte ihn, und erst jetzt fiel ihr ein, daß Wronskij gestern gesagt hatte, er werde nicht kommen. Wahrscheinlich schickte er nun durch den Diener seine Absage.

Als sie im Vorzimmer den Mantel ablegte, hörte sie, wie der Diener, der sogar das R wie ein Kammerjunker aussprach, sagte: »Vom Herrn Grafen an die Fürstin«, und einen Brief abgab.

Sie hätte ihn gern gefragt, wo sein Herr sei. Sie wäre gern wieder umgekehrt und hätte ihm einen Brief geschrieben, er solle zu ihr kommen, oder sie wäre auch selbst zu ihm gefahren. Aber weder das eine noch das andere noch das dritte konnte sie jetzt ausführen: vorne ertönte schon die

Glocke, die ihre Ankunft meldete, und ein Diener der Fürstin Twerskaja stand bereits vor der offenen Tür und wartete, daß sie in die inneren Räume eintrete.
»Die Fürstin ist im Garten, es wird ihr gleich Meldung gemacht. Möchten Sie sich nicht auch in den Garten bemühen?« sagte ein anderer Diener im zweiten Zimmer.
Sie empfand dieselbe Unentschlossenheit und Unklarheit wie zu Hause, es war sogar noch schlimmer, denn sie konnte nichts unternehmen, konnte nicht mit Wronskij zusammenkommen, sondern mußte hierbleiben, in einer fremden Gesellschaft, deren Stimmung der ihren völlig entgegengesetzt war. Aber sie trug eine Toilette, die ihr sehr gut stand, wie sie wohl wußte; sie war nicht allein, sondern in der ihr so vertrauten Umgebung vornehmen Müßiggangs, und deshalb war ihr leichter ums Herz als zu Hause. Hier brauchte sie nicht darüber nachzudenken, was sie tun solle. Alles machte sich ganz von selbst. Als Betsy ihr in einer weißen Toilette entgegenkam, von deren Eleganz sie überrascht war, lächelte Anna ihr zu wie immer. Die Fürstin wurde von Tuschkewitsch und von einem jungen Mädchen aus ihrer Verwandtschaft begleitet, das zur großen Freude seiner Eltern — sie lebten in der Provinz — den Sommer bei der berühmten Fürstin verbringen durfte.
In Annas Aussehen mußte wohl etwas Besonderes sein, da Betsy es sofort bemerkte.
»Ich habe schlecht geschlafen«, sagte Anna und sah den Diener an, der ihnen entgegenkam und, wie sie vermutete, Wronskijs Brief brachte.
»Wie freue ich mich, daß Sie gekommen sind«, sagte Betsy. »Ich bin so müde und wollte gerade eine Tasse Tee trinken, bevor meine Gäste kommen. Sie könnten ja inzwischen mit Mascha hingehen und den croquet-ground probieren«, wandte sie sich an Tuschkewitsch, »da, wo der Rasen geschoren ist. Und wir beide können uns bis zum Tee noch unterhalten, we'll have a cosy chat, nicht wahr?« sagte sie lächelnd zu

Anna und drückte ihr die Hand, die den Sonnenschirm hielt.
»Das freut mich sehr, denn ich kann nicht lange bleiben. Ich muß unbedingt noch zu der alten Wrede; ich habe es ihr schon vor ewigen Zeiten versprochen«, sagte Anna. Die Lüge, die ihrem Wesen völlig fremd war, war ihr im Gesellschaftsleben nicht nur geläufig und natürlich geworden, sondern machte ihr sogar Vergnügen. Warum sie jetzt etwas sagte, woran sie vor einer Sekunde noch nicht gedacht hatte, das hätte sie nicht erklären können. Sie sagte es nur aus der Erwägung, daß Wronskij nicht kommen werde, daß sie sich also eine gewisse Freiheit bewahren und versuchen müsse, ihn anderswo zu treffen. Aber warum sie gerade die alte Hofdame Wrede genannt hatte, die sie ebenso besuchen mußte wie viele andere, das hätte sie nicht erklären können. Und doch hätte sie, und wenn sie auch nach den schlauesten Mitteln zu einer Zusammenkunft mit Wronskij gesucht hätte, kein besseres ersinnen können.
»Nein, ich lasse Sie auf keinen Fall weg«, sagte Betsy und blickte ihr forschend ins Gesicht. »Wirklich, wenn ich Sie nicht so lieb hätte, würde ich es Ihnen übelnehmen, daß Sie fort wollen. Das sieht ja gerade so aus, als fürchteten Sie, durch meine Gesellschaft kompromittiert zu werden. Bitte, bringen Sie uns den Tee in den kleinen Salon«, sagte sie zu dem Diener und kniff dabei die Augen zusammen, wie immer, wenn sie mit Dienstboten sprach.
Sie nahm den Brief und las ihn durch.
»Da spielt uns Alexej einen Streich«, sagte sie auf französisch. »Er schreibt, er könne nicht kommen«, fügte sie in so natürlichem, schlichtem Ton hinzu, als könnte es ihr nie in den Sinn kommen, daß Wronskij für Anna etwas anderes sein könnte als nur ein Krocketpartner. Anna wußte, daß Betsy über alles orientiert war; aber wenn sie hörte, wie Betsy in ihrer Gegenwart über Wronskij sprach, glaubte sie immer einen Augenblick, sie wisse nichts.

»Ach!« sagte Anna gleichgültig, als ob sie das wenig interessiere, und fuhr dann lächelnd fort: »Wie kann Ihre Gesellschaft jemand kompromittieren!«

Dieses Spiel mit Worten, dieses Heimlichtun, hatte, wie für alle Frauen, so auch für Anna einen großen Reiz. Und das Reizvolle daran war nicht die Notwendigkeit, etwas zu verbergen, und auch nicht der Zweck, zu dem das geschah, sondern das Heimlichtun selbst.

»Warum sollte ich katholischer sein als der Papst?« antwortete Betsy. »Stremow und Lisa Merkalowa sind die crème de la crème der Gesellschaft. Sie verkehren ja überall, und ich« — sie betonte dieses ›ich‹ ganz besonders —, »ich war niemals streng und intolerant. Ich habe einfach keine Zeit dazu. Vielleicht möchten Sie Stremow nicht gern begegnen? Mag er doch in den Komiteesitzungen mit Alexej Alexandrowitsch Lanzen brechen, uns geht das nichts an. In Gesellschaft ist er der liebenswürdigste Mensch, den ich kenne, und ein leidenschaftlicher Krocketspieler. Sie werden es ja sehen. Und trotz seiner lächerlichen Situation als bejahrter Anbeter Lisas ist es sehenswert, wie er sich aus dieser lächerlichen Situation zu ziehen weiß! Er ist sehr nett. Sappho Stoltz kennen Sie nicht? Das ist ein neuer Typ, ein ganz neuer Typ!«

Betsy sagte das alles so hin, aber Anna merkte an ihrem heiteren, klugen Blick, daß sie ihre Lage gut verstand und irgend etwas im Schilde führte. Sie saßen in Betsys kleinem Zimmer.

»Ich muß aber doch an Alexej schreiben«, sagte Betsy, setzte sich an den Tisch, schrieb ein paar Zeilen und steckte das Blatt in einen Umschlag. »Ich habe ihm geschrieben, er solle zum Essen kommen, sonst müsse eine Dame ohne Tischherrn bleiben. Sehen Sie's sich einmal an, ob es überzeugend klingt. Verzeihen Sie, ich muß Sie einen Augenblick allein lassen. Kleben Sie den Brief bitte zu und geben Sie ihn dem

Diener«, sagte sie in der Tür, »ich muß noch verschiedenes anordnen.«

Ohne sich einen Augenblick zu besinnen, setzte sich Anna mit Betsys Brief an den Tisch und schrieb, ohne den Brief zu lesen, darunter: ›Ich muß Sie unbedingt sprechen. Kommen Sie in den Wredeschen Park. Ich bin um sechs Uhr dort.‹ Sie klebte den Brief zu, und Betsy, die gerade zurückkam, gab ihn in ihrer Gegenwart einem Diener zur Weiterbeförderung.

Beim Tee, der ihnen auf einem Präsentiertischchen in den kleinen Salon gebracht wurde, entspann sich zwischen den beiden Damen wirklich a cosy chat, wie es die Fürstin Twerskaja für die Zeit bis zur Ankunft der Gäste versprochen hatte. Sie hechelten die Leute gründlich durch, die erwartet wurden, und sprachen besonders lange von Lisa Merkalowa.

»Sie ist sehr nett und war mir immer sympathisch«, sagte Anna.

»Sie müssen Sie liebgewinnen. Sie ist ganz entzückt von Ihnen. Gestern kam sie nach dem Rennen auf mich zu und war ganz verzweifelt, daß Sie nicht mehr da waren. Sie sagte, Sie seien eine richtige Romanheldin, und wenn sie ein Mann wäre, könnte sie um Ihretwillen tausend Dummheiten machen. Stremow sagte zu ihr, die mache sie auch so schon.«

»Aber sagen Sie mir, bitte, ich habe das nie verstehen können«, sagte Anna nach einer kleinen Pause in einem Ton, der deutlich erkennen ließ, daß sie keine müßige Frage stellte, sondern daß das, wonach sie fragte, ihr wichtiger war, als es hätte sein sollen, »sagen Sie mir, bitte, wie ist eigentlich ihr Verhältnis zu dem Fürsten Kaluschskij oder Mischka, wie er genannt wird? Ich bin den beiden nur selten in der Gesellschaft begegnet. Wie steht es damit?«

Betsy lächelte mit den Augen und sah Anna scharf an.

»Das ist eine neue Mode«, antwortete sie. »Alle haben sich für diese Mode entschieden. Sie lassen sich nicht mehr durch engherzige Rücksichten beschränken. Aber man kann dabei natürlich sehr verschieden verfahren.«

»Ja, aber welcher Art sind denn ihre Beziehungen zu Kaluschskij?«

Betsy brach plötzlich in ein heiteres, unbändiges Lachen aus, was bei ihr nur selten vorkam.

»Da pfuschen Sie aber der Fürstin Mjachkaja ins Handwerk. Das ist eine furchtbar kindliche Frage.« Betsy versuchte, sich zu beherrschen, vermochte es aber nicht und brach in jenes ansteckende Lachen aus, wie es Menschen eigen ist, die nur selten lachen. »Sie müssen die beiden selbst fragen«, sagte sie und lachte, daß ihr die Tränen kamen.

»Ja, Sie lachen«, sagte Anna, die von diesem Lachen unwillkürlich angesteckt wurde, »aber ich habe es nie begreifen können. Ich verstehe nicht, was für eine Rolle ihr Mann dabei spielt.«

»Ihr Mann? Lisa Merkalowas Mann trägt ihr das Plaid nach und ist immer dienstbereit. Und was da sonst noch ist, das interessiert keinen. Sie wissen doch, von gewissen Details der Toilette spricht man in guter Gesellschaft nicht, ja man darf nicht einmal daran denken. Und genauso ist es auch hier.«

»Kommen Sie auf das Fest bei Rolandakis?« fragte Anna, um das Thema zu wechseln.

»Ich glaube nicht«, antwortete Betsy, und begann, ohne ihre Freundin anzusehen, den duftenden Tee vorsichtig in die kleinen, durchsichtigen Tassen zu gießen. Sie reichte Anna eine Tasse, holte eine Zigarette hervor, steckte sie in ein silbernes Mundstück und rauchte.

»Ja, sehen Sie, ich bin in einer glücklichen Lage«, sagte sie, nicht mehr lachend, und nahm die Tasse in die Hand. »Ich verstehe Sie, und ich verstehe Lisa. Lisa ist eine von jenen naiven Naturen, die wie Kinder nicht wissen, was gut und was böse ist. Wenigstens wußte sie es nicht, als sie noch sehr jung war. Und jetzt weiß sie, daß diese Unwissenheit ihr gut zu Gesicht steht. Jetzt will sie vielleicht absichtlich nichts wissen«, sagte Betsy mit feinem Lächeln. »Es steht ihr aber doch sehr gut. Sehen Sie, man kann eine Sache tragisch nehmen und eine Marter daraus machen, aber man kann sie auch ganz einfach und von der heiteren Seite nehmen. Vielleicht neigen Sie dazu, die Dinge zu tragisch zu nehmen.«

»Wie gern würde ich die andern genausogut kennen, wie ich mich selbst kenne«, sagte Anna ernst und nachdenklich. »Bin ich schlechter als die andern oder besser? Ich glaube, schlechter.«

»So ein großes Kind! So ein großes Kind!« rief Betsy. »Aber da sind sie ja.«

18

Man hörte Schritte und eine Männerstimme, dann eine Frauenstimme und Lachen, und gleich darauf traten die erwarteten Gäste ein: Sappho Stoltz und ein vor Gesundheit strotzender junger Mann, der sogenannte Waska. Man sah ihm an, daß ihm die Ernährung mit blutigem Fleisch, Trüffeln und Burgunder sehr gut bekam. Waska begrüßte die Damen und blickte sie an, aber nur eine Sekunde. Er folgte Sappho in den Salon und ging hinter ihr her, als wäre er an sie angebunden, und wandte seine blitzenden Augen nicht eine Sekunde von ihr ab, als ob er sie verschlingen wollte. Sappho war eine Blondine mit dunklen Augen. Sie war mit kleinen, energischen Schritten auf ihren hohen Absätzen hereingekommen und drückte den Damen kräftig, nach Männerart, die Hand.

Anna war dieser neuen Berühmtheit noch nie begegnet und war nun überrascht von ihrer Schönheit und von der Extravaganz ihrer Toilette und der Kühnheit ihres Benehmens. Auf dem Kopf trug sie einen so gewaltigen Aufbau aus zartgoldenem eigenem und falschem Haar, daß ihr Kopf ebensogroß war wie die schön gewölbte, stark entblößte Büste. Vorne lag ihr Kleid so eng an, daß sich bei jeder Bewegung die Formen der Knie und der Oberschenkel abzeichneten;

und was die Rückseite anging, mußte man sich unwillkürlich fragen, wo in diesem kunstvoll aufgebauten, schwankenden Berg ihr wirklicher, kleiner, wohlgebauter Körper endete, der oben so weit entblößt und hinten und unten so sorgsam verhüllt war.

Betsy beeilte sich, sie mit Anna bekannt zu machen.

»Können Sie sich das vorstellen, wir hätten beinahe zwei Soldaten überfahren!« erzählte Sappho lächelnd und mit vergnügtem Augenzwinkern; dabei zog sie ihre Schleppe zurecht, die sie zu weit nach einer Seite geworfen hatte. »Ich fuhr mit Waska... Ach ja, Sie kennen sich noch nicht.« Sie stellte den jungen Mann mit seinem Familiennamen vor, errötete und lachte laut über ihren Verstoß, daß sie ihn vor einer Unbekannten Waska genannt hatte. Waska verbeugte sich noch einmal vor Anna, aber ohne ein Wort zu sagen. Er wandte sich an Sappho: »Sie haben die Wette verloren. Wir sind früher angekommen. Also zahlen Sie bitte!« sagte er lächelnd.

Sappho lachte noch lustiger.

»Aber doch nicht jetzt!« sagte sie.

»Nun, dann bekomme ich meinen Gewinn später.«

»Gut, gut! Ach ja!« sagte sie zu der Dame des Hauses. »Ich bin gut! Das hatte ich ja ganz vergessen... Ich habe Ihnen einen Gast mitgebracht. Da ist er!«

Der junge Gast, den Sappho mitgebracht und vergessen hatte, war ein so hoher Gast, daß trotz seines jugendlichen Alters sich die beiden Damen zu seiner Begrüßung erhoben.

Er war ein neuer Verehrer Sapphos und folgte ihr wie Waska auf Schritt und Tritt.

Bald kamen auch Fürst Kaluschskij und Lisa Merkalowa mit Stremow. Lisa Merkalowa war eine hagere Brünette mit trägen, orientalischen Gesichtszügen und reizenden, unergründlichen Augen, wie man allgemein sagte. Ihre dunkle Toilette (Anna bemerkte das sofort und wußte es zu würdigen) harmonierte in höchst vollkommener Weise mit der

Eigenart ihrer Schönheit. Wie bei Sappho alles fest und straff war, so bei Lisa weich und lässig.
Aber nach Annas Geschmack war Lisa weit anziehender. Betsy hatte Anna erzählt, Lisa spiele das unwissende Kind, aber als Anna sie jetzt kennenlernte, fühlte sie, daß das nicht richtig war. Sie war wirklich ein naives Geschöpf, aber so liebenswürdig und hilflos, daß man ihr nicht zürnen konnte. Ihr Ton war derselbe wie der Sapphos, und auch ihr folgten wie an der Leine zwei Anbeter und verschlangen sie mit den Blicken — der eine jung, der andere alt. Aber es war etwas in ihr, was sie über ihre Umgebung erhob: es war der Glanz eines Brillanten von reinstem Wasser inmitten von Imitationen aus Glas. Dieser Glanz leuchtete aus ihren reizenden, in der Tat unergründlichen Augen. Der müde und zugleich leidenschaftliche Blick dieser von dunklen Ringen umgebenen Augen überraschte durch seine vollkommene Aufrichtigkeit. Jeder, der in diese Augen blickte, glaubte, daß er diese Frau nun vollkommen kenne, und mußte sie liebgewinnen. Bei Annas Anblick flog ein Lächeln über ihr Gesicht.
»Ach, wie freue ich mich, Sie zu sehen!« sagte sie und ging auf sie zu. »Ich wollte Sie gestern beim Rennen begrüßen, aber Sie waren schon fort. Gerade gestern hätte ich so gern mit Ihnen gesprochen. Nicht wahr, es war schrecklich?« sagte sie und sah Anna mit einem Blick an, der ihre ganze Seele zu enthüllen schien.
»Ja, ich hätte nie geglaubt, daß das so aufregend ist«, sagte Anna errötend.
Die Gesellschaft erhob sich, um in den Garten zu gehen.
»Ich gehe nicht mit«, sagte Lisa lächelnd und setzte sich neben Anna. »Sie gehen auch nicht mit? Wie kann einem dieses Krocket nur Vergnügen machen!«
»Ich spiele es ganz gern«, sagte Anna.
»Ja, sagen Sie mir, wie machen Sie es nur, daß Sie sich nie langweilen? Man braucht Sie nur anzusehen, dann wird man ganz fröhlich. Sie *leben*, und ich langweile mich.«

»Sie langweilen sich? Aber Ihre Gesellschaft ist doch die lustigste von ganz Petersburg«, sagte Anna.
»Vielleicht langweilen sich die Leute, die nicht zu unserer Gesellschaft gehören, noch mehr; wir aber, ich jedenfalls, wir sind durchaus nicht vergnügt, sondern langweilen uns schrecklich.«
Sappho zündete sich eine Zigarette an und ging mit den beiden jungen Männern in den Garten. Betsy und Stremow blieben am Teetisch sitzen.
»Aber wie können Sie so etwas behaupten!« sagte Betsy zu Lisa. »Sappho sagt, gestern sei es bei Ihnen sehr lustig gewesen.«
»Ach, es war furchtbar öde!« sagte Lisa Merkalowa. »Wir fuhren nach dem Rennen alle zu mir nach Hause. Immer dieselben Leute! Immer das gleiche! Den ganzen Abend haben wir uns auf den Sofas herumgerekelt. Ist das denn lustig? Nein, wie machen Sie es nur, daß Sie sich nicht langweilen?« wandte sie sich wieder an Anna. »Man braucht Sie nur anzusehen, und man sieht sofort: das ist eine Frau, die glücklich oder auch unglücklich sein kann, aber sie langweilt sich nie. Sagen Sie mir doch, wie Sie das machen!«
»Ich tue gar nichts dazu«, antwortete Anna, die bei diesen zudringlichen Fragen errötete.
»Das ist die beste Methode«, mischte sich Stremow ins Gespräch.
Stremow war ein Mann von ungefähr fünfzig Jahren, schon halb ergraut, aber noch frisch, sehr häßlich, aber mit klugem, energischem Gesicht. Lisa Merkalowa war eine Nichte seiner Frau, und er verbrachte alle seine freien Stunden bei ihr. Er war im Amt ein Gegner Alexej Alexandrowitschs, aber als Mann von Welt und kluger Mensch war er bei diesem Zusammentreffen mit Anna bemüht, zu der Gattin seines Feindes besonders liebenswürdig zu sein.
»Gar nichts dazu tun«, sagte er mit feinem Lächeln, »das ist das beste Mittel. Ich sage Ihnen ja immer wieder«, wandte

er sich an Lisa Merkalowa, »wenn man sich nicht langweilen will, darf man nicht daran denken, daß man sich langweilen könnte, gerade wie jemand, der Angst vor Schlaflosigkeit hat, nicht fürchten darf, daß er nicht einschlafen könnte. Das hat Ihnen auch Anna Arkadjewna gesagt.«
»Ich wäre sehr froh, wenn ich das gesagt hätte, denn es ist nicht nur geistreich, sondern auch wahr«, sagte Anna lächelnd.
»Nein, sagen Sie mir, woher kommt es, daß man nicht einschlafen kann und daß man sich immer langweilt?«
»Um einschlafen zu können, muß man vorher gearbeitet haben, und um lustig sein zu können, muß man auch gearbeitet haben.«
»Wozu soll ich denn arbeiten, wenn niemand meine Arbeit braucht? Und nur zum Schein arbeiten, das kann und will ich nicht.«
»Sie sind unverbesserlich«, sagte Stremow, ohne sie anzusehen, und wandte sich wieder Anna zu.
Da er nur selten mit Anna zusammentraf, konnte er ihr nur Banalitäten sagen, aber er sagte diese Banalitäten — wann sie wieder nach Petersburg übersiedeln werde, wie sehr die Gräfin Lydia Iwanowna sie ins Herz geschlossen habe — mit einem Ausdruck, der deutlich erkennen ließ, daß er von ganzem Herzen wünschte, ihr angenehm zu sein und ihr seine Achtung und sogar noch mehr zu bezeigen.
Tuschkewitsch kam herein und sagte, die ganze Gesellschaft warte auf die Krocketspieler.
»Nein, bitte, gehen Sie nicht!« bat Lisa Merkalowa, als sie hörte, daß Anna wegfahren wollte. Stremow schloß sich ihr an.
»Es wäre ein zu großer Gegensatz«, sagte er, »wenn Sie nach dieser Gesellschaft die alte Wrede besuchen wollten. Außerdem würden Sie ihr nur Gelegenheit geben, zu lästern und zu klatschen, hier aber wecken Sie ganz andere, edle Gefühle, das gerade Gegenteil von Klatsch«, sagte er zu ihr.
Anna war einen Augenblick unschlüssig. Die schmeichel-

haften Worte dieses klugen Mannes, die kindliche Sympathie, die Lisa Merkalowa ihr entgegenbrachte, und dieses ganze gewohnte vornehme Milieu, alles das war eine Luft, in der sich leicht atmen ließ; dort aber stand ihr so Schweres bevor, daß sie einen Augenblick unentschlossen war, ob sie nicht bleiben und den schweren Augenblick der Aussprache noch hinausschieben sollte. Dann aber dachte sie daran, was sie erwartete, wenn sie allein zu Hause wäre, wenn sie gar keinen Entschluß faßte; sie dachte an die ihr noch in der Erinnerung furchtbare Gebärde, wie sie sich mit beiden Händen in die Haare gefaßt hatte, und sie verabschiedete sich und fuhr weg.

19

Trotz des leichtsinnigen Daseins eines Lebemanns, das Wronskij zu führen schien, war er ein Mensch, der jede Unordnung haßte. Schon als ganz junger Mensch im Pagenkorps hatte er das Demütigende einer Absage erlebt, als er in Geldschwierigkeiten geraten war und sich etwas borgen wollte, und seitdem hatte er sich davor gehütet, noch einmal in eine solche Lage zu kommen.

Um seine Angelegenheiten immer in Ordnung zu haben, zog er sich je nach den Umständen öfter oder seltener, meist etwa fünfmal im Jahr, vollkommen zurück und brachte alle seine Angelegenheiten ins reine. Das nannte er ›abrechnen‹ oder faire la lessive.

Am Tag nach dem Rennen wachte Wronskij erst spät auf; ohne sich zu rasieren und ein Bad zu nehmen, zog er seine Litewka an, legte Geld, Rechnungen und Briefe auf den Tisch und machte sich an die Arbeit. Als Petritzkij erwachte und seinen Kameraden am Schreibtisch sitzen sah, zog er sich leise an und ging hinaus, um ihn nicht zu stören, denn er wußte, daß Wronskij bei dieser Beschäftigung sehr reizbar war.

Jeder, der die Kompliziertheit seiner Verhältnisse bis in die kleinsten Einzelheiten kennt, meint unwillkürlich, daß die Kompliziertheit dieser Verhältnisse und die Schwierigkeit, sie zu klären, eine zufällige, nur ihn persönlich betreffende Besonderheit sei, und kann sich gar nicht vorstellen, daß andere Menschen in ebenso komplizierten persönlichen Verhältnissen stecken wie er. So war es auch mit Wronskij. Er dachte nicht ohne geheimen Stolz und nicht ohne Grund, daß jeder andere in einer so schwierigen Lage wohl schon längst in die Klemme geraten wäre und sich zu wenig schönen Verfahren genötigt gesehen hätte. Aber Wronskij fühlte, daß er gerade jetzt unbedingt seine Abrechnung machen und seine Lage klären mußte, um nicht in die Klemme zu geraten.

Zuerst nahm er seine Geldangelegenheiten vor, weil das das Leichteste war. Er schrieb mit seiner kleinen Schrift seine sämtlichen Schulden auf einen Briefbogen, zählte alles zusammen und stellte fest, daß es siebzehntausend und einige hundert Rubel waren; die Hunderte strich er weg, um klarere Rechnung zu haben. Dann zählte er sein Bargeld und sein Guthaben in seinem Bankkonto zusammen und kam zu dem Ergebnis, daß er noch achtzehnhundert Rubel besaß, vor Neujahr aber keine Einnahmen mehr zu erwarten hatte. Er las die Liste seiner Schulden noch einmal durch und schrieb sie um, wobei er sie in drei Gruppen teilte. In die erste Gruppe kamen Schulden, die sofort bezahlt werden mußten, oder zu deren Bezahlung er Geld bereit haben mußte, damit im Fall einer Forderung die Begleichung unverzüglich erfolgen konnte. Die Schulden dieser Art betrugen ungefähr viertausend Rubel: fünfzehnhundert für das Pferd und zweitausendfünfhundert Rubel Bürgschaft für seinen jungen Kameraden Wenewskij, der in Wronskijs Gegenwart dieses Geld an einen Falschspieler verloren hatte. Wronskij hatte die Summe sofort bezahlen wollen, da er sie gerade bei sich hatte, aber Wenewskij und Jaschwin hatten darauf bestanden, selbst zu bezahlen und duldeten nicht, daß Wronskij es tat, der gar nicht gespielt hatte. Das war alles schön und gut, aber Wronskij wußte, daß er in dieser schmutzigen Affäre, an der er nur insofern beteiligt war, als er sich mündlich für Wenewskij verbürgt hatte, unbedingt diese zweitausendfünfhundert Rubel haben mußte, um sie dem Gauner hinzuwerfen und ihn dann ein für allemal los zu sein. Also mußte er für diese erste, wichtigste Gruppe viertausend Rubel haben. Die zweite Gruppe, achttausend Rubel, bestand aus Schulden, die nicht ganz so wichtig waren. Das waren hauptsächlich Schulden an den Rennstall, an den Lieferanten von Hafer und Heu, an den Engländer, an den Sattler und so weiter. Für diese Schulden brauchte er ungefähr zweitausend Rubel, um ganz ruhig sein zu können. Die letzte Gruppe von Schulden an verschiedene Geschäfte, Restaurants und an den Schneider verdiente nicht, daß man sich Gedanken darum machte. Er brauchte jetzt also mindestens sechstausend Rubel für die laufenden Ausgaben, besaß aber nur achtzehnhundert. Einem Mann mit einem Jahreseinkommen von hunderttausend Rubeln — so wurde Wronskijs Vermögen allgemein geschätzt — konnten diese Schulden anscheinend keine Schwierigkeiten bereiten, in Wahrheit aber hatte er keineswegs hunderttausend Rubel im Jahr. Das riesige Vermögen seines Vaters, das allein etwa zweihunderttausend Rubel Jahreseinnahmen brachte, war zwischen den beiden Brüdern nicht geteilt worden. Als der ältere Bruder, der einen Haufen Schulden hatte, Prinzessin Warja Tschirkowa, die Tochter eines Dekabristen ohne jedes Vermögen heiratete, hatte Alexej ihm sämtliche Einnahmen von den Gütern des Vaters überlassen und sich nur fünfundzwanzigtausend Rubel jährlich ausbedungen. Alexej hatte damals zu seinem Bruder gesagt, mit diesem Geld könne er auskommen, solange er nicht heirate, was höchstwahrscheinlich nie geschehen werde. Und sein Bruder, der eines der teuersten Regimenter kommandierte und gerade geheiratet hatte, war gezwungen gewesen, dieses Geschenk anzunehmen. Die Mutter, die eigenes Vermögen besaß, gab Alexej zu den ausbedungenen fünfundzwanzigtausend Rubeln jedes Jahr noch zwanzigtausend dazu, und er hatte das alles verbraucht. In der letzten Zeit aber hatte seine Mutter, die ihm wegen seiner Beziehungen zur Karenina und wegen seiner Abreise aus Moskau zürnte, ihm kein Geld mehr geschickt. Und so befand sich Wronskij, der gewohnt war, fünfundvierzigtausend Rubel im Jahr auszugeben und in diesem Jahr nur fünfundzwanzigtausend erhielt, in einer schwierigen Lage. Seine Mutter um Geld zu bitten, um aus dieser Lage herauszukommen, war unmöglich. Ihr letzter Brief, den er am Tag zuvor erhalten hatte, hatte ihn besonders durch einige Andeutungen gereizt, daß die Mutter gern bereit sei, ihm zu helfen, wenn es um Erfolge in der Gesellschaft und im Dienst gehe, nicht aber, wenn er ein Leben führe, über das die ganze gute Gesellschaft entrüstet sei. Dieser Versuch, ihn zu kaufen, beleidigte ihn aufs tiefste und kühlte ihn noch mehr gegen seine Mutter ab. Die großmütige Zession, die er seinem Bruder gemacht hatte, konnte er nicht wieder rückgängig machen, obwohl er dunkel ahnte, daß sein Verhältnis mit der Karenina mancherlei Eventualitäten zur Folge haben konnte und fühlte, daß diese großmütige Zession eine leichtsinnige Handlung gewesen war, und daß er auch als unverheirateter Mann die ganzen hunderttausend Rubel womöglich brauchen werde. Aber er konnte sein Wort nicht wieder rückgängig machen. Er brauchte nur an die Frau seines Bruders zu denken, brauchte nur daran zu denken, wie diese liebe, prächtige Warja bei jeder Gelegenheit ihm gegenüber hervorhob, daß sie seine Großmut nie vergessen werde und sie zu schätzen wisse, um einzusehen, daß es unmöglich war, ein Geschenk, das er einmal gemacht hatte, wieder zurückzufordern. Das war ebenso unmöglich, wie eine Frau zu schlagen oder zu stehlen oder zu lügen. Es war nur eines möglich und notwendig, und Wronskij entschloß sich dazu, ohne auch nur einen Augenblick zu schwanken: er mußte bei einem Wucherer Geld borgen, zehntausend, was nicht schwierig sein konnte, seine Ausgaben in jeder Hinsicht einschränken und seine Rennpferde verkaufen. Nachdem er diesen Entschluß gefaßt hatte, schrieb er sofort an Rolandaki, der ihm schon mehrmals angeboten hatte, seine Pferde zu kaufen. Dann schickte er nach dem Engländer und nach dem Wucherer und verteilte das Geld, das er noch besaß, auf die einzelnen Posten. Als er das erledigt hatte, schrieb er seiner Mutter einen kalten, schroffen Antwortbrief. Dann zog er drei Briefe von Anna aus der Brieftasche, las sie noch einmal durch und verbrannte sie. Da fiel ihm sein gestriges Gespräch mit Anna ein, und er begann darüber nachzudenken.

20

Wronskijs Leben war vor allem deshalb so glücklich, weil er eine Art Kodex von Grundsätzen besaß, die alles, was erlaubt und was nicht erlaubt war, genau bestimmten. Dieser Kodex umfaßte einen sehr kleinen Kreis von Verhältnissen, aber dafür war er unanfechtbar, und Wronskij, der nie aus diesem Kreis hinaustrat, war nie auch nur einen Augenblick im Zweifel darüber gewesen, was er zu tun hatte. Diese Grundsätze bestimmten kategorisch, daß man seine Schulden an einen Falschspieler bezahlen müsse, an den Schneider aber nicht; daß man Männer nicht belügen dürfe, wohl aber Frauen; daß man niemanden betrügen dürfe, nur den Mann seiner Geliebten; daß man Beleidigungen nicht verzeihen, aber andere beleidigen dürfe, und so weiter. Alle diese Grundsätze waren vielleicht unvernünftig und unsittlich, aber sie standen über allem Zweifel, und Wronskij befolgte sie und fühlte sich dabei vollkommen ruhig und im Recht, den Kopf hoch zu tragen. Nur in der allerletzten Zeit hatte

Wronskij durch sein Verhältnis zu Anna manchmal das Gefühl, daß sein Kodex nicht alle Lebensverhältnisse regelte, und in der Zukunft sah er Schwierigkeiten und Zweifel voraus, aus denen er keinen Ausweg fand.

Sein jetziges Verhältnis zu Anna und ihrem Mann schien ihm einfach und klar. Es war in dem Kodex von Regeln, an die er sich hielt, klar und genau bestimmt.

Sie war eine anständige Frau, die ihm ihre Liebe geschenkt hatte, und er liebte sie, und darum war sie für ihn eine Frau, die gleiche oder sogar noch höhere Achtung verdiente als eine legitime Gattin. Er hätte sich eher die Hand abhauen lassen, als daß er sich erlaubt hätte, sie durch ein Wort, eine Anspielung zu kränken oder ihr nicht die Ehrerbietung zu zeigen, die eine Frau beanspruchen kann.

Ihr Verhältnis zur Gesellschaft war ebenfalls klar. Alle durften es wissen oder vermuten, aber niemand durfte wagen, darüber zu reden. Andernfalls war er bereit, die Schwätzer zum Schweigen zu bringen und zu zwingen, die nicht vorhandene Ehre der Frau, die er liebte, zu achten.

Am allerklarsten war sein Verhältnis zu dem Gatten. Von dem Augenblick an, da Anna Wronskij liebgewonnen hatte, hielt er sein Recht auf sie für unanfechtbar. Der Mann war nur eine überflüssige und störende Person. Zweifellos befand er sich in einer kläglichen Lage, aber was war da zu machen? Das einzige, worauf dieser Gatte ein Recht hatte, war, mit der Waffe in der Hand Genugtuung zu fordern, und dazu war Wronskij vom ersten Augenblick an bereit gewesen.

Aber in der letzten Zeit war ein neues, inneres Verhältnis zwischen ihnen entstanden, das Wronskij durch seine Unklarheit erschreckte. Gestern hatte sie ihm gesagt, daß sie schwanger sei. Und er fühlte, daß diese Mitteilung und das, was Anna von ihm erwartete, etwas von ihm verlangten, was in dem Kodex, an den er sich hielt, nicht enthalten war. In der Tat, er war ganz fassungslos gewesen, und im ersten

Augenblick, als sie ihn von ihrem Zustand unterrichtet hatte, da hatte ihm sein Herz gesagt, er müsse von ihr verlangen, daß sie ihren Mann verlasse. Das hatte er ihr auch gesagt, aber jetzt, als er darüber nachdachte, sah er klar, daß es besser wäre, das zu vermeiden, fürchtete aber zugleich, das könnte nicht recht sein.

›Wenn ich gesagt habe, sie solle ihren Mann verlassen, so bedeutet das, daß sie mit mir leben soll. Bin ich aber dazu imstande? Wie soll ich sie jetzt zu mir nehmen, wenn ich kein Geld habe? Nun ja, das könnte ich regeln... Aber wie kann ich sie zu mir nehmen und im Dienst bleiben? Wenn ich es gesagt habe, muß ich auch dazu bereit sein, das heißt, ich muß Geld haben und den Dienst quittieren.‹

Er wurde nachdenklich. Die Frage, ob er seinen Abschied nehmen sollte oder nicht, brachte ihn auf das geheime, ihm allein bekannte, fast stärkste, wenn auch stets verborgen gehaltene Interesse seines Lebens.

Der Ehrgeiz war ein alter Traum seiner Kindheit und Jugend gewesen, ein Traum, den er sich selbst nicht eingestand, dessen Macht aber so groß war, daß auch jetzt noch diese Leidenschaft mit seiner Liebe rang. Seine ersten Schritte in der Gesellschaft und im Dienst waren erfolgreich gewesen; aber vor zwei Jahren hatte er einen groben Fehler gemacht: um seine Unabhängigkeit zu zeigen und dadurch besonders schnell vorwärts zu kommen, hatte er eine ihm angebotene Stellung abgelehnt, denn er hatte gehofft, diese Ablehnung werde seinen Wert noch größer erscheinen lassen; es erwies sich aber, daß er zu kühn gewesen war, und man ließ ihn links liegen. So mußte er wohl oder übel die Rolle des Unabhängigen weiterspielen; er machte das sehr klug und geschickt und tat, als sei er niemand böse, als fühle er sich durch niemand gekränkt und wünsche nichts weiter, als in Ruhe gelassen zu werden, da er sich vollkommen wohlfühle. In Wahrheit aber fühlte er sich schon seit dem letzten Jahr, als er nach Moskau gereist war, durchaus nicht mehr wohl.

Er fühlte, daß der Eindruck von dem unabhängigen Mann, der alles erreichen könnte, aber nichts wollte, sich allmählich verwischte, daß viele schon dachten, er könne eben nichts, als ein ehrlicher, braver Kerl sein. Sein Verhältnis mit der Karenina, das soviel Aufsehen erregte, hatte ihm neuen Glanz verliehen und den Wurm des Ehrgeizes, der an ihm nagte, für kurze Zeit beruhigt, aber vor einer Woche war dieser Wurm mit neuer Kraft wieder erwacht. Sein Jugendfreund und Schulkamerad Serpuchowskoj, der denselben Gesellschaftskreisen angehörte, zur selben Zeit wie er vom Pagenkorps abgegangen war und der in der Klasse, im Turnen, bei allen Streichen und ehrgeizigen Träumen mit ihm gewetteifert hatte, war dieser Tage aus Mittelasien zurückgekehrt, wo er zweimal befördert worden war und eine Auszeichnung erhalten hatte, wie sie so jungen Generalen selten verliehen wird.
Kaum war er in Petersburg angekommen, so redete man von ihm schon als von einem aufgehenden Stern erster Größe. Serpuchowskoj, ein Altersgenosse und Schulkamerad Wronskijs, war schon General und erwartete eine Ernennung auf einen Posten, wo er Einfluß auf den Gang der Staatsangelegenheiten haben konnte. Wronskij hingegen war zwar ein unabhängiger, vielbewunderter Mann und der Geliebte einer entzückenden Frau, aber doch nur ein Rittmeister, dem man es überließ, so unabhängig zu sein, wie er nur wollte. ›Selbstverständlich beneide ich Serpuchowskoj nicht und kann ihn auch nicht beneiden, aber sein Aufstieg beweist mir, daß man nur den richtigen Augenblick abzuwarten braucht, dann kann ein Mann wie ich sehr schnell Karriere machen. Vor drei Jahren hatte er noch denselben Rang wie ich. Wenn ich jetzt meinen Abschied nehme, verbrenne ich meine Schiffe hinter mir. Bleibe ich im Dienst, so verliere ich nichts. Sie hat selbst gesagt, sie wolle nichts an ihrer Situation ändern. Und wenn ich von ihr geliebt werde, kann ich Serpuchowskoj nicht beneiden.‹ Und langsam den

Schnurrbart drehend, stand er vom Tisch auf und ging im Zimmer auf und ab. Seine Augen blitzten besonders hell, und er fühlte sich in jener festen, ruhigen, frohen Stimmung, die ihn immer überkam, wenn er sich über seine Lage klargeworden war. Alles war, wie bei früheren Abrechnungen, rein und klar. Er rasierte sich, nahm ein kaltes Bad, zog sich an und ging hinaus.

21

»Ich wollte dich gerade holen. Deine große Wäsche hat heute ja lange gedauert«, sagte Petritzkij. »Na, bist du fertig?«

»Jawohl«, sagte Wronskij, nur mit den Augen lächelnd, und zwirbelte die Spitzen seines Schnurrbarts so vorsichtig, als könnte die schöne Ordnung, in die er seine Angelegenheiten gebracht hatte, durch jede allzu heftige, schnelle Bewegung zerstört werden.

»Nach dieser Arbeit bist du immer so, als kämst du aus dem Bad«, sagte Petritzkij. »Ich komme von Gritzko« (das war der Spitzname des Regimentskommandeurs) »du wirst erwartet.«

Wronskij sah seinen Kameraden an, ohne zu antworten, er dachte an anderes.

»Ist die Musik da bei ihm?« fragte er, auf die wohlbekannten Töne der Baßtrompeten horchend, die zu ihnen herüberklangen. Die Musik spielte Polkas und Walzer. »Was ist denn das für ein Fest?«

»Serpuchowskoj ist angekommen.«

»Ah!« sagte Wronskij. »Das habe ich ja gar nicht gewußt.« Seine lächelnden Augen leuchteten noch heller auf.

Nachdem er ein für allemal entschieden hatte, daß seine Liebe ihn glücklich mache und er ihr seinen Ehrgeiz geopfert habe — wenigstens wollte er diese Rolle spielen —, konnte er Serpuchowskoj nicht beneiden und sich nicht darüber ärgern, daß er bei dem Besuch, den er dem Regiment machte, nicht zuallererst zu ihm gekommen war. Serpuchowskoj war sein guter Freund, und er freute sich, ihn wiederzusehen.

»Ach, das freut mich aber wirklich!«

Der Regimentskommandeur Demin bewohnte ein großes Gutshaus. Die ganze Gesellschaft befand sich auf der geräumigen unteren Terrasse. Was Wronskij im Hof zuerst auffiel, waren die Regimentssänger, die in Drillichjacken um ein Faß mit Schnaps standen, und die gesunde fröhliche Gestalt des Kommandeurs, der von Offizieren umringt war. Er war gerade auf die unterste Stufe der Terrasse getreten, gab, die Musik übertönend, die eine Quadrille von Offenbach spielte, einigen abseits stehenden Soldaten einen Befehl und winkte ihnen zu. Dieser kleine Trupp Soldaten, ein Wachtmeister und einige Unteroffiziere, näherte sich zusammen mit Wronskij der Terrasse. Der Kommandeur ging an den Tisch zurück, trat dann mit einem Glas in der Hand wieder auf die Treppe hinaus und brachte einen Trinkspruch aus: »Auf das Wohl unseres früheren Kameraden, des tapferen Generals Fürst Serpuchowskoj! Hurra!« Nach dem Regimentskommandeur trat auch Serpuchowskoj mit dem Glas in der Hand lächelnd vor.

»Du wirst ja immer jünger, Bondarenko«, sagte er zu dem gerade vor ihm stehenden strammen, rotbackigen Wachtmeister, der über seine Zeit hinaus weiterdiente.

Wronskij hatte Serpuchowskoj drei Jahre nicht gesehen. Er war männlicher geworden, schon durch den Backenbart, den er sich hatte stehen lassen, aber er war noch immer so schlank und fiel wie früher weniger durch seine Schönheit auf als durch die Zartheit und Vornehmheit seiner Gesichtszüge und seines Körperbaus. Die einzige Veränderung, die Wronskij an ihm bemerkte, war jenes stille, beständige Leuchten, das auf den Gesichtern von Menschen liegt, die Erfolg haben und überzeugt sind, daß dieser Erfolg von allen anerkannt wird. Wronskij kannte dieses Leuchten, und es fiel ihm sofort an Serpuchowskoj auf.

Als Serpuchowskoj die Treppe hinunterging, sah er Wronskij. Ein freudiges Lächeln erhellte sein Gesicht. Er nickte ihm zu, hob grüßend das Glas und gab Wronskij durch diese Geste zu verstehen, daß er zuerst auf den Wachtmeister zugehen müsse, der strammstand und schon die Lippen zum Kuß schürzte.

»Na, da ist er ja!« rief der Regimentskommandeur. »Und Jaschwin hat mir gesagt, du wärst wieder mal in deiner finsteren Stimmung!«

Serpuchowskoj küßte den strammen Wachtmeister auf die feuchten, frischen Lippen, wischte sich den Mund mit dem Taschentuch ab und ging auf Wronskij zu.

»Na, ist das eine Freude!« sagte er, drückte ihm die Hand und zog ihn beiseite.

»Nehmt euch seiner an!« rief der Regimentskommandeur Jaschwin zu, auf Wronskij zeigend, und ging zu den Soldaten hinunter.

»Warum warst du gestern nicht beim Rennen? Ich hatte gehofft, dich dort zu sehen«, sagte Wronskij, während er Serpuchowskoj musterte.

»Ich war dort, aber ich kam ziemlich spät hin. Entschuldige«, fügte er hinzu und wandte sich zu seinem Adjutanten: »Bitte, lassen Sie das unter die Leute verteilen, so, daß jeder gleich viel bekommt.«

Er zog hastig drei Hundertrubelscheine aus der Brieftasche und wurde ganz rot.

»Wronskij! Willst du etwas essen oder trinken?« fragte Jaschwin. »He! Bringt dem Grafen was zu essen! Da, trink!«

Das Gelage beim Regimentskommandeur dauerte ziemlich lange.

Es wurde sehr viel getrunken. Serpuchowskoj wurde geschaukelt und in die Luft geworfen. Dann wurde auch der

Regimentskommandeur geschaukelt. Dann tanzte der Kommandeur in eigener Person mit Petritzkij zu einem Lied der Regimentssänger. Dann setzte sich der Kommandeur, der schon etwas matt geworden war, auf eine Bank im Hof und begann Jaschwin Rußlands Überlegenheit über Preußen, besonders in der Kavallerieattacke, darzulegen, und die Zecher verstummten für einen Augenblick. Serpuchowskoj ging ins Garderobenzimmer, um sich die Hände zu waschen, und fand dort Wronskij, der sich mit Wasser begoß. Er hatte die Litewka ausgezogen, hielt den behaarten, roten Hals unter den Wasserstrahl und rieb Hals und Kopf mit den Händen. Als er damit fertig war, setzte er sich gleich dort im Garderobenzimmer mit Serpuchowskoj auf ein kleines Sofa, und nun entspann sich ein für beide sehr interessantes Gespräch.

»Ich habe durch meine Frau immer von dir gehört«, sagte Serpuchowskoj. »Ich freue mich sehr, daß du sie so oft gesehen hast.«

»Sie ist mit Warja befreundet, und das sind die beiden einzigen Frauen, mit denen ich gern verkehre«, antwortete Wronskij lächelnd. Er lächelte, weil er ahnte, auf welches Thema das Gespräch kommen werde, und freute sich darauf.

»Die einzigen?« fragte Serpuchowskoj lächelnd.

»Ich habe auch viel von dir gehört, nicht nur durch deine Frau«, sagte Wronskij und machte ein strenges Gesicht, um zu zeigen, daß er diese Anspielung nicht hinnehmen werde. »Ich habe mich sehr über deinen Erfolg gefreut, aber ich habe mich keineswegs darüber gewundert. Ich hatte sogar noch mehr erwartet.«

Serpuchowskoj lächelte. Es machte ihm offenbar Vergnügen, ein solches Urteil über sich zu hören, und er hielt es nicht für nötig, das zu verbergen.

»Ich habe, offen gestanden, weniger erwartet«, antwortete Serpuchowskoj. »Aber ich bin froh, sehr froh. Ich bin ehrgeizig; das ist eine Schwäche von mir, die ich nicht leugnen will.«

»Vielleicht würdest du sie leugnen, wenn du keinen Erfolg gehabt hättest«, sagte Wronskij.

»Das glaube ich nicht«, antwortete Serpuchowskoj wieder lächelnd. »Ich will nicht sagen, daß das Leben ohne das keinen Wert hat, aber es wäre doch sehr langweilig. Ich kann mich natürlich irren, aber es scheint mir, daß ich einige Begabung für die Tätigkeit besitze, die ich mir gewählt habe, und daß eine gewisse Macht, sei sie groß oder klein, besser in meinen Händen ruhen wird als in den Händen vieler anderer, die ich kenne«, sagte Serpuchowskoj im strahlenden Bewußtsein seines Erfolgs. »Und darum bin ich desto glücklicher, je näher ich diesem Ziel komme.«

»Das trifft vielleicht für dich zu, nicht aber für alle. Ich habe genauso gedacht, aber jetzt sehe ich, daß es sich nicht lohnt, nur dafür zu leben«, sagte Wronskij.

»Da haben wir's, da haben wir's!« rief Serpuchowskoj lachend. »Ich habe schon gehört, daß du eine Stelle abgelehnt hast... Ich habe dein Verhalten natürlich gebilligt. Aber man muß alles in der richtigen Weise tun. Und ich glaube, daß du an sich richtig gehandelt hast, aber nicht so, wie du es hättest machen müssen.«

»Was geschehen ist, ist geschehen, und du weißt, daß ich nie etwas verleugne, was ich getan habe. Und außerdem fühle ich mich sehr wohl dabei.«

»Ja, eine Zeitlang. Aber auf die Dauer wird dir das nicht genügen. Deinem Bruder würde ich das nicht sagen. Er ist ein lieber Junge, gerade wie unser Gastgeber. Da steht er«, fügte er hinzu, auf die Hurrarufe horchend. »Er fühlt sich wohl dabei, aber dich kann das nicht befriedigen.«

»Ich sage auch gar nicht, daß es mich befriedigt.«

»Ja, und das ist noch nicht alles. Wir brauchen Leute wie dich.«

»Wer braucht sie denn?«

»Wer? Die Gesellschaft, Rußland. Rußland braucht Menschen, braucht eine Partei, sonst geht alles vor die Hunde.«
»Wie meinst du das? Die Partei Bertenews zur Bekämpfung der russischen Kommunisten?«
»Nein«, sagte Serpuchowskoj und verzog das Gesicht vor Ärger, daß ihm jemand eine solche Dummheit zutraute. »Tout ça est une blague. Das war immer so und wird immer so bleiben. Es gibt gar keine Kommunisten. Aber intrigante Leute müssen sich immer eine schädliche, gefährliche Partei ausdenken, um sie zu bekämpfen. Das ist eine alte Komödie. Nein, wir brauchen eine starke Partei von unabhängigen Leuten wie du und ich.«
»Aber warum denn?« Wronskij nannte einige Männer in hohen Ämtern. »Sind die denn nicht unabhängig?«
»Sie sind es deswegen nicht, weil sie die Unabhängigkeit, die man eigenem Vermögen verdankt, nicht besitzen oder nicht von Geburt an besessen haben, weil sie nicht wie wir in der Nähe der Sonne geboren sind. Man kann sie mit Geld oder mit Schmeichelei kaufen. Um sich behaupten zu können, müssen sie irgendeine Richtung erfinden. Und so verfechten sie irgendeine Idee, eine Richtung, an die sie selbst nicht glauben, und die nur Unheil stiftet. Und diese Richtung ist ihnen nur ein Mittel dazu, eine Dienstwohnung und soundsoviel Gehalt zu bekommen. Cela n'est pas plus fin que ça, wenn man ihnen in die Karten guckt. Vielleicht bin ich schlechter und dümmer als sie, obwohl ich nicht einsehe, warum ich es sein sollte. Aber du und ich, wir haben jedenfalls einen wichtigen Vorzug: man kann uns nicht so leicht kaufen. Und solche Menschen braucht Rußland heute mehr denn je.«
Wronskij hörte aufmerksam zu; ihn interessierte weniger der Inhalt dieser Worte als Serpuchowskojs Haltung, der schon an einen Kampf mit der Regierung dachte und in Regierungskreisen bereits Sympathien und Antipathien hatte, während für ihn selbst nur die Interessen seiner Schwadron

existierten. Wronskij begriff auch, welche persönliche Macht Serpuchowskoj besaß durch seine unbestreitbare Fähigkeit, die Dinge zu durchdenken und zu erfassen, durch seinen Verstand und seine Beredsamkeit, Eigenschaften, die in der Sphäre, in der er lebte, so selten sind. Und obwohl Wronskij sich dessen schämte, beneidete er ihn doch.

»Aber mir fehlt dazu doch das Wichtigste«, antwortete er, »das Streben nach Macht. Früher war das anders, aber jetzt ist es vorbei.«

»Entschuldige, aber das ist nicht wahr«, sagte Serpuchowskoj lächelnd.

»Doch, es ist wahr, es ist wahr!... Wenigstens jetzt, um aufrichtig zu sein«, fügte Wronskij hinzu.

»Ja, jetzt. Das ist etwas anderes. Aber dieses Jetzt wird nicht immer sein.«

»Vielleicht«, antwortete Wronskij.

»Du sagst ›vielleicht‹«, fuhr Serpuchowskoj fort, als hätte er seine Gedanken erraten, »ich aber sage: bestimmt. Und deswegen wollte ich gern mit dir sprechen. Du hast so gehandelt, wie du handeln mußtest. Das verstehe ich, aber du darfst nicht eigensinnig sein. Ich bitte dich nur um carte blanche. Ich will durchaus nicht deinen Gönner spielen... Übrigens, warum sollte ich es nicht tun? Du bist ja so oft mein Gönner gewesen! Ich hoffe, daß unsere Freundschaft über diesen Dingen steht. Ja«, sagte er und lächelte ihm zärtlich wie eine Frau zu, »gib mir carte blanche und tritt aus dem Regiment aus, dann werde ich dich ganz unmerklich ins richtige Gleis bringen.«

»Aber versteh mich doch, ich will ja gar nicht«, sagte Wronskij, »ich will nur, daß alles so bleibt, wie es ist.«

Serpuchowskoj stand auf und stellte sich vor ihn hin.

»Du sagst, alles soll so bleiben, wie es ist. Ich weiß, was du damit meinst. Aber hör mal: wir sind gleichaltrig, du hast vielleicht mehr Frauen gekannt als ich.« Serpuchowskojs Lächeln und seine Gesten sagten, daß Wronskij nichts zu befürchten brauche — er werde den wunden Punkt nur ganz zart und vorsichtig berühren. »Aber ich bin verheiratet, und glaube mir, wenn man nur seine eigene Frau kennengelernt hat, die man liebt, (das hat irgendein Schriftsteller gesagt), dann kennt man alle Frauen besser, als wenn man mit Tausenden gelebt hätte.«

»Wir kommen sofort!« rief Wronskij einem Offizier zu, der ins Zimmer hereinschaute und sie zum Regimentskommandeur rief.

Wronskij wollte jetzt gern zu Ende hören und erfahren, was Serpuchowskoj ihm zu sagen hatte.

»Hier hast du meine Meinung. Die Frauen sind der größte Stein des Anstoßes für das Wirken des Mannes. Es ist schwer, eine Frau zu lieben und gleichzeitig etwas zu tun. Es gibt nur ein Mittel, bequem und ungestört lieben zu können: die Ehe. Wie soll ich dir nur sagen, was ich denke?« sagte Serpuchowskoj, der Bilder und Vergleiche liebte. »Warte mal, warte mal! Ja, einen fardeau schleppen und gleichzeitig etwas mit den Händen machen kann man nur dann, wenn der fardeau auf dem Rücken festgebunden ist, und so ist es auch mit der Ehe. Das ist mir klar geworden, als ich geheiratet hatte. Plötzlich hatte ich die Hände frei. Aber ohne Ehe diesen fardeau nach sich schleppen — dann hat man die Hände so voll, daß man nichts anderes mehr tun kann. Sieh doch Masankow und Krupow an. Sie haben sich wegen der Weiber ihre ganze Karriere verdorben.«

»Was waren das auch für Weiber!« sagte Wronskij und dachte an die Französin und an die Schauspielerin, mit denen diese beiden Herren Verhältnisse hatten.

»Je fester die Stellung der Frau in der Gesellschaft ist, desto schlimmer ist die Sache. Denn dann schleppt man den fardeau nicht einfach auf den Armen, sondern muß ihn einem anderen entreißen.«

»Du hast nie geliebt«, sagte Wronskij leise. Er starrte vor sich hin und dachte an Anna.

»Vielleicht. Aber denk an das, was ich dir gesagt habe. Und noch eins: die Frauen sind alle materialistischer als die Männer. Wir machen aus der Liebe etwas ungeheuer Großes, sie aber sind immer terre-à-terre.«

»Gleich, gleich!« rief er dem eintretenden Diener zu. Aber der Diener war nicht gekommen, um sie zu rufen, wie Serpuchowskoj meinte. Er brachte einen Brief für Wronskij.

»Der Diener der Fürstin Twerskaja hat das für Sie gebracht.«

Wronskij öffnete den Brief und wurde dunkelrot.

»Ich habe Kopfschmerzen, ich gehe nach Hause«, sagte er zu Serpuchowskoj.

»Nun, dann auf Wiedersehen. Gibst du mir carte blanche?«

»Wir können später noch darüber reden. Ich besuche dich in Petersburg.«

22

Es war schon fast sechs Uhr, und um rechtzeitig hinzukommen und nicht mit seinen eigenen Pferden fahren zu müssen, die alle kannten, setzte sich Wronskij in Jaschwins Mietkutsche und befahl dem Kutscher, so schnell wie möglich zu fahren. Die alte viersitzige Mietkutsche war sehr geräumig. Er setzte sich in eine Ecke, legte die Beine auf den Vordersitz und überließ sich seinen Gedanken.

Das dunkle Bewußtsein, daß er seine Geldangelegenheiten geregelt hatte, die dunkle Erinnerung an das freundschaftliche Benehmen und an die Schmeicheleien von Serpuchowskoj, der ihn für einen Mann hielt, den man brauchen konnte, und vor allem die Spannung vor der Zusammenkunft mit Anna — alles verschmolz in ein allgemeines Gefühl der Lebensfreude. Dieses Gefühl war so stark, daß er unwillkürlich lächelte. Er nahm die Beine vom Vordersitz herunter, schlug sie übereinander, befühlte die straffe Wade des Beines, das er sich gestern bei dem Sturz verletzt hatte, lehnte sich zurück und atmete mehrmals aus tiefster Brust.

›Gut, sehr gut!‹ sagte er zu sich selbst. Er war sich auch früher der Gesundheit und Kraft seines Körpers oft voller Freude bewußt gewesen, aber noch nie hatte er sich selbst, seinen Körper, so geliebt wie jetzt. Er freute sich, diesen leichten Schmerz in dem kräftigen Bein zu spüren, er freute sich, die Bewegungen seiner Brustmuskeln beim Atmen zu fühlen. Der kalte, klare Augusttag, der auf Anna so bedrückend wirkte, ermunterte und belebte ihn und kühlte ihm Hals und Gesicht, die vom Waschen noch brannten. Der Geruch der Brillantine in seinem Schnurrbart war ihm in der frischen Luft besonders angenehm. Alles, was er durch das Wagenfenster sah, kam ihm in dieser kalten, klaren Luft, in diesem blassen Abendlicht so frisch, heiter und kraftvoll vor, wie er selbst war: die Dächer der Häuser, die in den Strahlen der untergehenden Sonne glänzten, die scharfen Umrisse der Zäune und der Gebäude, die Gestalten der Fußgänger und die Kutschen, die ihm begegneten, das von keinem Lufthauch bewegte Grün der Bäume und Wiesen, die Kartoffeläcker mit den regelmäßigen Furchen, die schrägen Schatten, die die Häuser, die Bäume und Sträucher und sogar die erhöhten Streifen auf den Kartoffelfeldern warfen. Alles sah aus wie ein hübsches Landschaftsgemälde, das gerade vollendet und lackiert worden war.

»Vorwärts, vorwärts!« rief er, zum Wagenfenster herausschauend, und als der Kutscher sich umwandte, zog er einen Dreirubelschein aus der Tasche und drückte ihn dem Mann in die Hand. Der Kutscher tastete mit der Hand nach etwas, das hinter der Wagenlaterne steckte, man hörte die Peitsche pfeifen, und die Kutsche rollte schnell die ebene Landstraße entlang.

›Nichts, nichts brauche ich als dieses Glück‹, dachte er und blickte auf den beinernen Klingelknopf zwischen den Vorderfenstern und stellte sich Anna vor, wie er sie das letzte Mal gesehen hatte. ›Und je länger ich sie liebe, desto mehr liebe ich sie. Da ist der Park der Villa Wrede. Wo ist

denn Anna? Wo? Warum hat sie mich hierher bestellt, und warum schreibt sie in einem Brief Betsys?‹ Das fiel ihm erst jetzt ein, aber er hatte keine Zeit mehr zum Nachdenken. Er ließ den Kutscher vor der Allee halten, öffnete den Schlag, sprang noch im Fahren aus dem Wagen und ging in die Allee, die zum Haus führte. In der Allee war niemand, doch als er nach rechts schaute, sah er Anna. Ihr Gesicht war mit einem Schleier verhüllt, aber er umfaßte mit freudigem Blick die besonderen, ihr allein eigenen Bewegungen beim Gehen, die Neigung der Schultern und die Haltung des Kopfes, und sofort fuhr es ihm wie ein elektrischer Schlag durch den Körper. Von neuem wurde er sich seiner Kraft bewußt, von den elastischen Bewegungen der Beine bis zu den Bewegungen der Lunge beim Atmen, und er hatte ein Gefühl, wie wenn etwas seine Lippen kitzelte.
Sie ging auf ihn zu und drückte ihm kräftig die Hand.
»Du bist doch nicht böse, daß ich dich hierhergebeten habe? Ich muß dich unbedingt sprechen«, sagte sie, und der ernste Zug um ihre Lippen, den er durch den Schleier sehen konnte, versetzte ihn mit einem Schlag in eine völlig andere Stimmung.
»Wie könnte ich böse sein? Aber wie bist du gerade hierher gekommen?«
»Das ist unwichtig«, sagte sie und nahm seinen Arm. »Komm, ich muß mit dir sprechen.«
Er merkte, daß etwas geschehen war, und daß dieses Zusammensein kein freudiges sein werde. In ihrer Gegenwart hatte er keinen eigenen Willen; ohne den Grund ihrer Erregung zu kennen, fühlte er schon, wie diese Erregung sich unwillkürlich auch ihm mitteilte.
»Was ist denn, was?« fragte er, ihren Ellbogen mit dem Arm pressend, und versuchte, ihre Gedanken in ihrem Gesicht zu lesen.
Schweigend ging sie noch ein paar Schritte, um Mut zu sammeln, dann blieb sie plötzlich stehen.

»Ich habe dir gestern nicht gesagt«, begann sie, schnell und schwer atmend, »daß ich auf dem Heimweg Alexej Alexandrowitsch alles gesagt habe... ich habe ihm gesagt, ich könnte nicht mehr seine Frau sein, und daß... ich habe ihm alles gesagt.«

Er hörte ihr zu und neigte sich mit dem ganzen Oberkörper zu ihr, als wollte er ihr dadurch die Schwierigkeit ihrer Lage erleichtern. Doch kaum hatte sie das gesagt, da richtete er sich plötzlich auf, und sein Gesicht nahm einen stolzen, strengen Ausdruck an.

»Ja, ja, das ist besser, tausendmal besser! Ich verstehe, wie schwer das für dich gewesen sein muß!« sagte er. Aber sie hörte nicht auf seine Worte, sie versuchte seine Gedanken am Ausdruck seines Gesichts zu erraten. Sie konnte nicht wissen, daß dieser Gesichtsausdruck mit dem ersten Gedanken zusammenhing, der Wronskij gekommen war, – daß ein Duell jetzt unvermeidlich sei. Ihr selbst war der Gedanke an ein Duell nie in den Sinn gekommen, und darum faßte sie diesen flüchtigen Ausdruck von Strenge ganz anders auf.

Als sie den Brief ihres Mannes erhalten hatte, wußte sie im tiefsten Herzen schon, daß alles beim alten bleiben würde, daß sie nicht die Kraft haben würde, ihre gesellschaftliche Stellung aufzugeben, auf ihren Sohn zu verzichten und mit ihrem Geliebten zusammenzuleben. Der Morgen bei der Fürstin Twerskaja hatte sie in dieser Ansicht noch bestärkt. Trotzdem war diese Zusammenkunft für sie außerordentlich wichtig. Sie hoffte, diese Zusammenkunft würde die Situation ändern und ihr Rettung bringen. Wenn er bei dieser Mitteilung entschieden, leidenschaftlich und ohne einen Augenblick zu zögern zu ihr gesagt hätte: »Laß alles im Stich und flieh mit mir!« dann hätte sie ihren Sohn verlassen und wäre Wronskij gefolgt. Aber ihre Mitteilung wirkte nicht so, wie sie erwartet hatte: er schien nur über irgend etwas gekränkt.

»Es war gar nicht schwer für mich, es kam ganz von selbst«, sagte sie in gereiztem Ton, »und hier...« Sie zog den Brief ihres Mannes aus dem Handschuh.

»Ich verstehe, ich verstehe«, unterbrach er sie, bemüht, sie zu beruhigen, und nahm den Brief, las ihn aber nicht. »Das war das einzige, das ich wünschte, um das ich dich bat, — daß du diese Fessel zerreißt, damit ich mein ganzes Leben deinem Glück weihen kann.«

»Warum sagst du mir das?« antwortete sie. »Kann ich denn daran zweifeln? Wenn ich daran zweifelte...«

»Wer kommt da?« sagte Wronskij und zeigte auf zwei Damen, die ihnen entgegenkamen. »Vielleicht kennen sie uns!« Er bog schnell in eine Seitenallee ein und zog Anna mit sich.

»Ach, mir ist alles gleich!« sagte sie. Ihre Lippen zitterten, und es war ihm, als blickten ihre Augen ihn durch den Schleier mit seltsamem Zorn an. »Ich wollte sagen, daß es nicht darum geht: daran kann ich nicht zweifeln. Aber sieh nur, was er schreibt!« Sie blieb wieder stehen.

Wieder, wie im ersten Augenblick bei der Nachricht, daß sie mit ihrem Mann gebrochen habe, gab sich Wronskij beim Lesen des Briefes unwillkürlich der natürlichen Empfindung hin, die sein Verhältnis zu dem beleidigten Ehegatten in ihm hervorrief. Als er jetzt seinen Brief in der Hand hielt, stellte er sich unwillkürlich die Forderung vor, die er wahrscheinlich heute oder morgen erhalten würde, und das Duell, bei dem er mit demselben kalten, stolzen Ausdruck, den sein Gesicht jetzt zeigte, in die Luft schießen und sich dann der Pistole des beleidigten Ehegatten stellen würde. Und gleichzeitig ging ihm durch den Kopf, was Serpuchowskoj ihm gesagt hatte und was er selbst am Morgen gedacht hatte: daß es besser sei, sich nicht zu binden. Und er wußte, daß er diesen Gedanken ihr gegenüber nicht aussprechen durfte.

Als er den Brief gelesen hatte, sah er sie an, aber es war keine

Festigkeit in seinem Blick. Sie merkte sofort, daß er selbst schon über diese Frage nachgedacht hatte. Sie wußte: was er ihr auch sagen würde, er würde nicht alles sagen, was er dachte. Und sie begriff, daß sie sich in ihrer letzten Hoffnung getäuscht hatte. Das hatte sie nicht erwartet.

»Du siehst, was für ein Mensch er ist«, sagte sie mit zitternder Stimme. »Er...«

»Verzeih mir, aber ich freue mich darüber«, fiel Wronskij ihr ins Wort. »Bitte, bitte, laß mich ausreden«, fügte er hinzu, und sein Blick bat sie, ihm Zeit zur Erklärung zu lassen. »Ich freue mich deswegen, weil es auf keinen Fall so bleiben kann, wie er es sich vorstellt.«

»Warum denn nicht?« fragte Anna, ihre Tränen zurückdrängend; seine Worte schienen keine Bedeutung mehr für sie zu haben. Sie fühlte, daß ihr Schicksal entschieden war.

Wronskij wollte sagen, daß nach dem Duell, das seiner Ansicht nach unvermeidlich war, dieser Zustand nicht fortdauern könne, aber er sagte etwas ganz anderes.

»Es kann nicht so bleiben. Ich hoffe, daß du ihn jetzt verläßt. Ich hoffe«, er wurde verlegen und errötete, »daß du mir erlaubst, über unser weiteres Leben nachzudenken und es einzurichten. Morgen...« begann er, aber sie ließ ihn nicht ausreden.

»Und mein Sohn?« rief sie. »Du siehst doch, was er schreibt. Ich müßte meinen Sohn verlassen, und das kann und will ich nicht.«

»Aber um Gottes willen, was ist denn besser: deinen Sohn verlassen oder in dieser demütigenden Lage bleiben?«

»Demütigend für wen?«

»Für alle, und am meisten für dich.«

»Du sagst: demütigend. Sag das nicht! Diese Worte haben keine Bedeutung mehr für mich«, sagte sie mit zitternder Stimme. Sie wollte nicht, daß er jetzt die Unwahrheit sagte. Seine Liebe war das einzige, was ihr jetzt noch blieb, und sie wollte ihn lieben. »Begreif doch: von dem Tag an, wo ich dich liebgewonnen habe, ist alles anders geworden. Für mich gibt es nur eins: deine Liebe. Wenn sie mein ist, dann fühle ich mich so erhaben, so sicher, daß nichts für mich demütigend sein kann. Ich bin stolz auf meine Lage, weil... ich bin stolz darauf... stolz...« Sie konnte nicht aussprechen, worauf sie stolz war. Tränen der Scham und der Verzweiflung erstickten ihre Stimme. Sie blieb stehen und schluchzte auf.

Auch er fühlte, wie ihm etwas in die Kehle stieg, ihn in der Nase kitzelte, und er fühlte sich zum erstenmal in seinem Leben dem Weinen nahe. Er hätte nicht sagen können, was ihn eigentlich so rührte; sie dauerte ihn, und er fühlte, daß er ihr nicht helfen könne; zugleich aber wußte er, daß er an ihrem Unglück schuld war, daß er etwas Böses getan hatte.

»Ist denn eine Scheidung nicht möglich?« sagte er leise. Sie schüttelte schweigend den Kopf. »Kannst du denn deinen Sohn nicht mitnehmen und deinen Mann verlassen?«

»Ja, aber das hängt alles von ihm ab. Jetzt muß ich zu ihm«, sagte sie trocken. Ihre Ahnung, daß alles beim alten bleiben werde, hatte sie nicht getrogen.

»Dienstag bin ich in Petersburg, dann muß sich alles entscheiden.«

»Ja«, sagte sie, »aber wir wollen nicht mehr davon sprechen.«

Annas Wagen, den sie fortgeschickt und an das Tor des Wredeschen Parks bestellt hatte, fuhr vor. Sie verabschiedete sich von Wronskij und fuhr nach Hause.

23

Am Montag fand eine ordentliche Sitzung der Kommission vom 2. Juni statt. Alexej Alexandrowitsch trat in den Sitzungssaal, begrüßte die Mitglieder und den Vorsitzenden wie gewöhnlich, setzte sich auf seinen Platz und legte die Hand auf die vor ihm liegenden Akten. Darunter waren auch die Unterlagen, die er brauchte, und eine kurze Disposition der Rede, die er zu halten gedachte. Im übrigen brauchte er gar keine Unterlagen. Er hatte alles im Kopf und hielt es nicht für notwendig, sich das, was er sagen wollte, noch einmal ins Gedächtnis zu rufen. Wenn der Augenblick kommen, wenn er das Gesicht seines Gegners vor sich sehen würde, der sich vergebens bemühen würde, gleichgültig zu scheinen, dann würde seine Rede ganz von selbst dahinströmen, besser, als wenn er sich jetzt darauf vorbereitete. Das wußte er, und er wußte auch, daß der Inhalt seiner Rede so gewaltig und wuchtig war, daß jedes Wort wie ein Keulenschlag wirken würde. Er hörte sich den üblichen Bericht an und machte dabei ein höchst unschuldiges, harmloses Gesicht. Seine weißen, von hervortretenden Adern durchzogenen Hände strichen mit den langen Fingern sanft an den Rändern des vor ihm liegenden weißen Papierbogens entlang, den Kopf hatte er müde zur Seite geneigt. Niemand, der ihn so sah, hätte gedacht, daß er im nächsten Augenblick Worte sagen könnte, die einen furchtbaren Sturm entfesseln, die Mitglieder der Kommission dazu bringen würde, durcheinander zu schreien und den Vorsitzenden zwingen würden, die Herren zur Ordnung zu rufen. Als der Bericht verlesen war, erklärte Alexej Alexandrowitsch mit seiner leisen, hohen Stimme, er habe einige Erwägungen, die Fremdvölker betreffend, vorzutragen. Alle Anwesenden sahen ihn gespannt an. Alexej Alexandrowitsch räusperte sich und begann seine Gedanken darzulegen; aber ohne seinen Gegner anzusehen. Wie immer, wenn er eine Rede hielt, heftete er den Blick auf die erste beste vor ihm sitzende Person, diesmal auf einen kleinen, friedlichen alten Mann, der in der Kommission nie eine eigene Meinung hatte. Als er von einem organischen Grundgesetz sprach, sprang sein Gegner auf und begann ihm zu widersprechen. Stremow, der auch der Kommission angehörte und sich ebenfalls empfindlich gekränkt fühlte, suchte sich zu rechtfertigen, und die Sitzung verlief sehr stürmisch; aber Alexej Alexandrowitsch triumphierte, sein Vorschlag wurde angenommen, es wurden drei neue Kommissionen ernannt, und am nächsten Tag war in gewissen Petersburger Kreisen von nichts anderem als von dieser Sitzung die Rede. Alexej Alexandrowitschs Erfolg war viel größer, als er erwartet hatte.

Am nächsten Morgen, am Dienstag, erinnerte sich Alexej Alexandrowitsch beim Aufwachen mit Vergnügen an seinen gestrigen Sieg und konnte ein Lächeln nicht unterdrücken, obwohl er den Gleichgültigen zu spielen versuchte, als sein Kanzleivorsteher, der ihm etwas Schmeichelhaftes sagen wollte, ihm von den Gerüchten über die Vorgänge in der Kommission erzählte, die ihm zu Ohren gekommen waren.

Über der Besprechung mit dem Kanzleichef vergaß Alexej Alexandrowitsch vollkommen, daß heute Dienstag war, der Tag, an dem Anna nach seinem Willen zurückkehren sollte, und deshalb war er unangenehm überrascht, als der Diener kam und ihre Ankunft meldete.

Anna war am frühen Morgen in Petersburg angekommen; auf ein Telegramm von ihr war der Wagen geschickt worden, um sie abzuholen, und darum hatte sie angenommen, daß Alexej Alexandrowitsch sie erwarte. Aber als sie ankam, ging er ihr nicht entgegen. Man sagte ihr, er sei noch in seinem Zimmer und arbeite mit dem Kanzleichef. Sie ließ ihrem Mann melden, daß sie angekommen sei, ging in ihr Zimmer und fing an, ihre Sachen auszupacken, in der Erwartung, daß er zu ihr kommen werde. Aber es verging eine Stunde, und er kam nicht. Sie ging ins Eßzimmer, unter dem Vorwand, etwas anordnen zu müssen, und sprach absichtlich laut, in der Erwartung, er werde kommen. Aber er kam nicht, obwohl sie hörte, daß er den Kanzleivorsteher bis zur Tür des Arbeitszimmers begleitete. Sie wußte, daß er bald ins Amt fahren werde, wie gewöhnlich, und hätte

gern noch vorher mit ihm gesprochen, um ihre künftigen Beziehungen zu ihm zu regeln.
Sie ging ein paarmal durch den Salon, dann ging sie entschlossen zu ihm. Als sie ins Arbeitszimmer kam, saß er in Uniform, offenbar im Begriff fortzugehen, an einem kleinen Tisch, auf den er den Ellbogen stützte, und starrte trübsinnig vor sich hin. Sie sah ihn früher als er sie und begriff, daß er an sie dachte.
Als er sie erblickte, wollte er aufstehen, tat es aber nicht. Sein Gesicht wurde dunkelrot, was Anna noch nie an ihm gesehen hatte; er stand schnell auf und ging ihr entgegen, blickte ihr aber nicht in die Augen, sondern höher hinauf, auf die Stirn und das Haar. Er ging auf sie zu, nahm ihre Hand und bat sie, sich zu setzen.
»Es freut mich sehr, daß Sie gekommen sind«, sagte er und setzte sich neben sie; er wollte offenbar noch etwas sagen, stockte aber. Sie hatte sich zwar auf diese Begegnung vorbereitet und sich gesagt, er verdiene nur Verachtung und sei ganz allein schuld, aber jetzt wußte sie nicht, was sie ihm sagen sollte, und er tat ihr leid. Sie schwiegen ziemlich lange. »Ist Serjosha gesund?« fragte er und fügte hinzu, ohne eine Antwort abzuwarten: »Ich bin heute nicht zum Mittagessen zu Hause, ich muß gleich weg.«
»Ich wollte nach Moskau fahren«, sagte sie.
»Nein, Sie haben sehr gut daran getan, daß Sie hierher gekommen sind«, sagte er und verstummte wieder.
Als sie sah, daß er nicht die Kraft hatte, die Auseinandersetzung zu beginnen, fing sie selbst an.
»Alexej Alexandrowitsch«, sagte sie, sah ihn an und schlug die Augen auch nicht vor seinem auf ihre Frisur gerichteten Blick nieder, »ich habe mich vergangen, ich bin eine schlechte Frau, aber ich bin, was ich war, ich bin, wie ich mich Ihnen damals gezeigt habe, und ich bin gekommen, um Ihnen zu sagen, daß ich nichts daran ändern kann.«
»Danach habe ich Sie nicht gefragt«, sagte er und sah ihr

plötzlich mit entschlossenem, haßerfülltem Blick gerade in die Augen. »Ich habe das erwartet.« Der Zorn half ihm offenbar, sich wieder in die Gewalt zu bekommen. »Was ich Ihnen damals gesagt und geschrieben habe«, fuhr er mit scharfer, hoher Stimme fort, »das wiederhole ich Ihnen jetzt: ich bin nicht verpflichtet, das zu wissen. Ich ignoriere es. Nicht alle Frauen sind so gütig wie Sie und beeilen sich so, ihrem Mann eine so angenehme Mitteilung zu machen.« Er betonte das Wort ›angenehm‹ besonders stark. »Ich ignoriere es, solange die Welt nichts davon weiß, solange mein Name nicht befleckt ist. Darum beschränke ich mich darauf, Ihnen zu sagen: unser Verhältnis muß so bleiben, wie es war, und nur, wenn Sie sich kompromittieren, werde ich gezwungen sein, Maßregeln zum Schutz meiner Ehre zu ergreifen.«

»Aber unser Verhältnis kann doch nicht wie früher sein«, sagte Anna zaghaft und sah ihn erschrocken an.

Als sie wieder diese ruhigen Gesten sah, diese schrille, kindlich hohe, spöttische Stimme hörte, verdrängte der Abscheu vor ihm ihr früheres Mitleid. Jetzt fürchtete sie sich nur vor ihm, wollte aber um jeden Preis die Lage klären.

»Ich kann nicht Ihre Frau sein, wenn ich...«

Er lachte böse und kalt.

»Die Lebensweise, die Sie sich erwählt haben, scheint auch Ihr ganzes Denken zu beeinflussen. Ich achte Ihre Vergangenheit und verachte das, was Sie jetzt sind, so sehr, daß es mir ganz fern lag, meinen Worten den Sinn zu geben, den Sie ihnen beilegen.«

Anna seufzte und ließ den Kopf sinken.

»Ich verstehe übrigens nicht«, fuhr er erregt fort. »wenn Sie soviel Unabhängigkeit besitzen und Ihrem Mann ins Gesicht sagen, Sie hätten ihm die Treue gebrochen, und anscheinend nichts Unpassendes dabei finden, wie können Sie es dann für unpassend halten, die Pflichten zu erfüllen, die eine Frau ihrem Mann gegenüber hat?«

»Alexej Alexandrowitsch, was wollen Sie von mir?«

»Ich verlange, daß dieser Mensch sich nie hier blicken läßt und daß Sie sich so benehmen, daß weder die Gesellschaft noch die Dienstboten Ihnen etwas nachsagen können. Ich verlange, daß Sie ihn nicht wiedersehen. Das ist nicht viel, meine ich. Dafür werden Sie die Rechte einer ehrbaren Frau genießen, ohne ihre Pflichten erfüllen zu müssen. Das ist alles, was ich Ihnen zu sagen habe. Jetzt muß ich wegfahren. Ich bin zum Mittagessen nicht hier.« Er stand auf und ging zur Tür.

Anna stand ebenfalls auf. Er verbeugte sich schweigend und ließ sie vorbeigehen.

24

Die Nacht, die Lewin auf dem Heuhaufen zugebracht hatte, war nicht ohne Folgen für ihn geblieben. Seine bisherige Art der Wirtschaftsführung war ihm zuwider geworden und hatte alles Interesse für ihn verloren. Trotz der vorzüglichen Ernte hatte es niemals so viel Mißerfolge und so viel Feindseligkeit zwischen ihm und den Bauern gegeben wie in diesem Jahr, oder wenigstens kam es ihm so vor. Die Ursache dieser Mißerfolge und dieser Feindseligkeit war ihm jetzt völlig klar. Die Freude, die er an der Arbeit selbst gefunden hatte, die dadurch hervorgerufene Annäherung an die Bauern, der Neid, den sie und ihre Lebensweise in ihm weckten, der Wunsch, auch so zu leben, der in dieser Nacht für ihn schon kein Traum mehr war, sondern ein festumrissener Plan, dessen Ausführung er schon im einzelnen überlegte, — das alles hatte seine Ansichten über seinen Wirtschaftsbetrieb so sehr geändert, daß er nicht mehr das frühere Interesse daran haben und sein unerfreuliches Verhältnis zu den Arbeitern, das die Ursache von allem war, nicht länger übersehen konnte. Bessere Kühe, solche wie Pawa, gut gedüngtes, mit modernen Pflügen bearbeitetes Ackerland, neun gleiche, mit Weidengebüsch eingefaßte Felder, neunzig Desjatinen mit tief untergepflügtem Dünger, Reihensämaschinen und so weiter, das alles wäre wunderschön gewesen, wenn er es allein oder mit Hilfe gleichgesinnter Leute hätte durchführen können. Aber er sah jetzt klar (seine Arbeit an dem Buch über Landwirtschaft, in dem er nachweisen wollte, daß der Arbeiter der Hauptfaktor der Landwirtschaft sei, hatte ihm vor allem anderen zu dieser Einsicht verholfen), er sah jetzt klar, daß sein jetziger Wirtschaftsbetrieb nichts weiter als ein erbitterter, hartnäckiger Kampf zwischen ihm und den Arbeitern war, bei dem auf der einen Seite, auf der seinen, das stete angestrengte Bemühen stand, alles so umzugestalten, wie er es für das beste hielt, und auf der anderen Seite die natürliche Ordnung der Dinge. Und er sah, daß bei diesem Kampf, bei dem er alle Kräfte auf das äußerste anspannte, während die andere Seite keinerlei Anstrengungen machte und nicht einmal eine bestimmte Absicht hatte, nur eins erreicht wurde: daß das Gut nichts abwarf und die prächtigen landwirtschaftlichen Geräte, das prächtige Vieh und das gute Land verdorben wurden. Und was die Hauptsache war: jetzt, wo er zu einem richtigen Urteil über seine Wirtschaftsführung gelangt war, mußte er einsehen, daß die Energie, die er auf seine Arbeit verwandte, nicht nur völlig umsonst war, sondern auch in keinem Verhältnis zu dem Ziel stand, das er verfolgte. In der Tat, worum ging denn der Kampf? Er kämpfte um jeden Groschen (das mußte er, denn hätte seine Energie nachgelassen, so hätte er sofort nicht genug Geld gehabt, um die Arbeiter zu bezahlen), und die Arbeiter kämpften nur darum, ruhig und angenehm arbeiten zu können, das heißt so, wie sie es gewohnt waren. Es lag in Lewins Interesse, daß jeder Arbeiter so viel wie möglich arbeitete, daß er bei der Sache war, daß er sich bemühte, die Worfelmaschine, den Pferderechen und die Dreschmaschine nicht zu beschädigen, daß er mit Überlegung arbeitete; der

Arbeiter hingegen wollte möglichst angenehm arbeiten, mit Ruhepausen, und vor allem sorglos, achtlos, gedankenlos. Das hatte Lewin in diesem Sommer auf Schritt und Tritt beobachtet. Er hatte Leute aufs Feld geschickt, die Klee für Heu mähen sollten, und hatte einige schlechte Desjatinen dazu ausgesucht, die mit Gras und Wermut durchwachsen und zu Saatklee nicht zu gebrauchen waren — und die Bauern mähten der Reihe nach die besten Desjatinen mit Saatklee ab, rechtfertigten sich damit, der Verwalter habe es befohlen, und sagten, um Lewin zu trösten, dieses Heu würde ganz ausgezeichnet werden; aber er wußte, daß sie es nur getan hatten, weil diese Desjatinen sich leichter mähen ließen. Er schickte eine Heuwendemaschine auf die Wiese, um das Heu wenden zu lassen; sie ging gleich in den ersten Reihen entzwei, weil es dem Bauer unbehaglich war, auf dem Bock zu sitzen, wenn sich die Flügel der Maschine über ihm drehten. Und dann sagten die Leute zu Lewin: »Machen Sie sich nur keine Sorgen, die Weiber werden das Heu im Nu wenden.« Die neuen Pflüge konnte man nicht benutzen, weil es dem Bauern nicht einfiel, den Pflug zu stürzen, und weil er durch gewaltsames Wenden die Pferde quälte und den Acker verdarb. Und wieder sagte man zu Lewin, er solle sich keine Sorgen machen. Die Leute ließen die Pferde in die Weizenfelder gehen, weil kein Arbeiter die ganze Nachtwache übernehmen wollte und die Bauern sich trotz Lewins Verbot in die Nachtwache teilten. Wanjka, der den ganzen Tag gearbeitet hatte, war eingeschlafen und gestand seine Sünde mit den Worten: »Wie Sie befehlen, gnädiger Herr!« Die drei besten Kälber wurden durch falsche Fütterung zugrunde gerichtet. Die Bauern hatten sie, ohne sie vorher zu tränken, ins Kleegrummet gelassen und wollten nicht glauben, daß es der Klee war, der die Tiere so auftrieb, sondern erzählten Lewin zum Trost, beim Nachbar seien in drei Tagen hundertzwölf Stück Vieh eingegangen. All das geschah nicht etwa deshalb, weil jemand

Lewin oder seinem Gut Böses gewünscht hätte, im Gegenteil, er wußte, daß die Leute ihn gern hatten und ihn für einen ›einfachen‹ Herrn hielten (was das höchste Lob ist). Es geschah nur deshalb, weil die Bauern vergnügt und sorglos arbeiten wollten und seine Interessen ihnen nicht nur fremd und unverständlich waren, sondern auch in verhängnisvollem Gegensatz zu ihren eigenen, wohlbegründeten Interessen standen. Lewin war schon seit längerer Zeit mit seiner landwirtschaftlichen Tätigkeit unzufrieden. Er sah, daß sein Kahn leck war, aber er fand das Leck nicht und suchte auch nicht danach, vielleicht, weil er sich selbst etwas vormachen wollte. Aber das konnte er jetzt nicht mehr. Die Wirtschaft, wie er sie bisher geführt hatte, war ihm nicht nur uninteressant, sondern geradezu widerwärtig geworden, und er konnte sich nicht mehr damit beschäftigen. Dazu kam noch, daß Kitty Schtscherbatzkaja, die er so gern gesehen hätte und nicht sehen konnte, jetzt nur dreißig Werst von ihm entfernt wohnte. Als er bei Darja Alexandrowna Oblonskaja war, hatte sie ihn aufgefordert, wiederzukommen und ihrer Schwester noch einmal einen Antrag zu machen, den sie, wie Darja Alexandrowna durchblicken ließ, jetzt annehmen würde. Und als Lewin Kitty Schtscherbatzkaja wiedergesehen hatte, war ihm klargeworden, daß er sie immer noch liebte; aber er konnte nicht zu Oblonskijs fahren, wenn er wußte, daß Kitty dort war. Daß er ihr einen Antrag gemacht und sie ihn abgewiesen hatte, das hatte eine unübersteigbare Mauer zwischen ihr und ihm errichtet. ›Ich kann sie nicht bitten, meine Frau zu werden, nur weil sie nicht die Frau des Mannes werden konnte, den sie haben wollte‹, sagte er sich. Der Gedanke daran stimmte ihn kalt und feindselig gegen sie. ›Ich werde nicht imstande sein, ohne das Gefühl eines Vorwurfs mit ihr zu reden, sie ohne Bitterkeit anzusehen, und sie wird mich nur noch mehr hassen, was ja auch ganz natürlich ist. Und dann, wie kann ich jetzt, nach dem, was Darja Alexandrowna mir gesagt hat, zu ihnen fahren? Kann ich denn verbergen, daß ich weiß, was sie mir gesagt hat? Und ich soll als der Großmütige kommen, ihr verzeihen, sie gnädig annehmen. Ich soll vor ihr die Rolle des Verzeihenden spielen, der sie seiner Liebe würdigt! Warum hat Darja Alexandrowna mir das gesagt? Ich hätte ihr ja zufällig begegnen können, und dann wäre alles von selbst gekommen, aber jetzt ist es unmöglich, ganz unmöglich!‹

Darja Alexandrowna schickte ihm ein paar Zeilen, in denen sie ihn um einen Damensattel für Kitty bat. ›Man hat mir gesagt, Sie hätten einen solchen Sattel‹, schrieb sie. ›Ich hoffe, Sie werden ihn persönlich bringen.‹

Das war zuviel! Wie konnte eine so kluge, zartfühlende Frau wie Darja Alexandrowna ihre Schwester derart herabsetzen! Er schrieb zehn Antworten, zerriß sie alle und schickte ihr den Sattel ohne Begleitbrief. Schreiben, er werde kommen, das ging nicht, denn er konnte nicht kommen, und schreiben, er könne nicht kommen, da er verhindert sei oder verreisen wolle, das war noch schlimmer. So schickte er den Sattel ohne Begleitbrief hin, und mit dem Bewußtsein, daß er etwas getan habe, dessen er sich schämen müsse, übergab er gleich am nächsten Tag die ganze ihm unerträglich gewordene Wirtschaft seinem Verwalter und fuhr in einen ziemlich entlegenen Landkreis zu seinem Freund Swijashskij, auf dessen Gut es prächtige Schnepfensümpfe gab und der ihn erst kürzlich in einem Brief gebeten hatte, sein Versprechen wahrzumachen und ihn zu besuchen. Diese Schnepfensümpfe im Kreis Surow lockten Lewin schon lange, aber er hatte diese Fahrt wegen seiner Wirtschaftsangelegenheiten immer wieder verschoben. Jetzt war er froh, aus Kitty Schtscherbatzkajas Nähe, besonders aber von seinem Gut wegzukommen und auf die Jagd gehen zu können, die ihm in allen Kümmernissen stets der beste Trost gewesen war.

25

Nach dem Kreis Surow gab es weder eine Eisenbahn noch eine Poststraße, und deshalb fuhr Lewin in seinem Reisewagen mit eigenen Pferden.

Als er die Hälfte des Weges zurückgelegt hatte, machte er bei einem reichen Bauern halt, um die Pferde zu füttern. Der kahlköpfige, frische Alte mit breitem, rotem, an den Wangen ergrautem Bart öffnete ihm das Tor und drückte sich an den Pfosten, um das Dreigespann hereinzulassen. Er wies dem Kutscher auf dem großen, sauberen, sorgfältig aufgeräumten neuen Hof mit den angekohlten Hakenpflügen einen Platz unter dem Schutzdach an und forderte Lewin auf, in die Stube zu kommen. Eine sauber gekleidete junge Frau mit Gummischuhen an den bloßen Füßen scheuerte gebückt den Fußboden in dem neuen Hausflur. Sie erschrak vor dem Hund, der hinter Lewin hereingelaufen kam, und schrie auf, lachte aber sofort über ihren Schreck, als sie sah, daß der Hund sie nicht anrührte. Sie zeigte Lewin mit dem ausgestreckten Arm, an dem der Ärmel aufgestreift war, die Tür zur Stube, bückte sich wieder, so daß ihr hübsches Gesicht nicht mehr zu sehen war, und scheuerte weiter.

»Wünschen Sie den Samowar?« fragte sie.

»Ja, bitte.«

Die Stube war groß, mit einem holländischen Ofen und einer Trennwand. Unter den Heiligenbildern standen ein buntbemalter Tisch, eine Bank und zwei Stühle, neben dem Eingang ein kleiner Schrank mit Geschirr. Die Fensterläden waren geschlossen, in der Stube waren nur wenige Fliegen, und alles war so sauber, daß Lewin Angst hatte, seine Laska, die unterwegs gelaufen war und in Pfützen gebadet hatte, könnte den Fußboden beschmutzen; deshalb befahl er dem Hund, sich in der Ecke neben der Tür hinzulegen. Lewin sah sich in der Stube um, dann ging er in den Hinterhof hinaus. Die hübsche junge Frau in den Gummischuhen lief

ihm voraus zum Brunnen, zwei leere Eimer an einer Tragestange schaukelnd.
»Immer flink!« rief der Alte ihr lustig zu und trat zu Lewin. »Nun, Herr, Sie fahren also zu Nikolaj Iwanowitsch Swijashskij? Er kehrt auch manchmal bei uns ein«, begann er redselig und stützte sich auf das Treppengeländer vor der Haustür. Mitten in der Erzählung des Alten von seiner Bekanntschaft mit Swijashskij knarrte das Tor, und die Arbeiter kamen mit Pflügen und Eggen auf den Hof gefahren. Die vor die Pflüge und Eggen gespannten Pferde waren wohlgenährt und kräftig. Die Arbeiter gehörten offenbar zur Familie; zwei waren junge Leute und trugen Kattunhemden und Schirmmützen, die beiden anderen waren Tagelöhner, der eine ein alter Mann, der andere ein junger Bursche; sie hatten Hemden aus Hanfleinen an.
Der Alte ging von der Treppe zu den Pferden und machte sich daran, sie auszuspannen.
»Was habt ihr denn gepflügt?« fragte Lewin.
»Wir haben die Kartoffeln gehäufelt. Wir haben auch ein bißchen Land. Du, Fedot, nimm den Wallach nicht wieder mit, stell ihn an die Krippe, wir spannen ein anderes Pferd an.«
»Vater, ich habe gesagt, sie sollten sich Pflugeisen borgen. Hat er sie gebracht?« fragte ein hochgewachsener, gesunder Bursche, offenbar ein Sohn des Alten.
»Da, im Schlitten«, antwortete der Alte, rollte die abgenommenen Zügel zusammen und warf sie auf die Erde. »Bring sie unter Mittag in Ordnung.«
Die hübsche junge Frau ging mit den gefüllten Eimern, die ihr die Schultern nach unten drückten, in den Hausflur. Irgendwoher kamen noch mehr Frauen, junge hübsche, ältere und alte häßliche, mit Kindern und ohne Kinder.
Der Samowar summte. Als die Pferde versorgt waren, gingen die Familienmitglieder und die Arbeiter ins Haus zum Mittagessen. Lewin holte seinen Mundvorrat aus dem Wagen und lud den Alten ein, mit ihm Tee zu trinken.

»Wir haben heute schon Tee getrunken«, sagte der Alte, nahm aber die Einladung mit Vergnügen an. »Na gut, zur Gesellschaft.«

Beim Tee erfuhr Lewin die ganze Geschichte der Wirtschaft des Alten. Vor zehn Jahren hatte er von der Gutsbesitzerin zwanzig Desjatinen gepachtet; im vorigen Jahr hatte er sie gekauft und von einem benachbarten Gutsbesitzer noch dreihundert Desjatinen dazugepachtet. Einen kleinen Teil des Landes, den schlechtesten, hatte er in einzelnen Parzellen weiterverpachtet, und vierzig Desjatinen bestellte er mit seiner Familie und zwei Arbeitern. Der Alte klagte, die Wirtschaft ginge schlecht... Aber Lewin merkte, daß er nur anstandshalber klagte und daß seine Wirtschaft in Wirklichkeit florierte. Wäre sie schlecht gegangen, dann hätte er kein Land für hundertfünf Rubel je Desjatine kaufen können, drei Söhne und einen Neffen verheiraten und nach Bränden zweimal neu bauen, jedesmal besser, als es vorher gewesen war. Trotz der Klagen des Alten sah man, daß er mit gutem Grund auf seinen Wohlstand stolz war, stolz auf seine Söhne, seinen Neffen, seine Schwiegertöchter, seine Pferde und Kühe, und besonders darauf, daß seine Wirtschaft so gut fundiert war. Aus dem Gespräch mit dem Alten erfuhr Lewin, daß er kein Feind von Neuerungen war. Er baute viel Kartoffeln an, und Lewin hatte unterwegs gesehen, daß seine Kartoffeln schon abblühten und ansetzten, während Lewins eigene Kartoffeln erst zu blühen begannen. Der Alte bestellte seinen Kartoffelacker mit einem Pflug, den er sich vom Gutsbesitzer lieh. Er säte Weizen. Eine kleine Einzelheit machte auf Lewin besonderen Eindruck: der Alte fütterte mit dem ausgejäteten Roggen seine Pferde. Wie oft hatte Lewin, wenn er sah, wie dieses schöne Futter verlorenging, es einsammeln lassen wollen, aber das war immer unmöglich gewesen. Bei diesem Bauern jedoch ließ sich das durchführen, und er konnte dieses Futter nicht genug rühmen.

»Was haben denn die Weiber sonst zu tun? Sie tragen die Häufchen an den Weg, und der Wagen sammelt sie ein.«

»Ja, aber wir Gutsbesitzer haben mit unseren Arbeitern unsere liebe Not«, sagte Lewin und reichte ihm ein Glas Tee.

»Danke«, sagte der Alte, nahm das Glas, lehnte aber den Zucker ab und zeigte auf das übriggebliebene Stück, von dem er abgebissen hatte. »Wie kann man nur mit Lohnarbeitern wirtschaften?« sagte er. »Da ruiniert man sich. Sehen Sie zum Beispiel Swijashskij an. Wir wissen ja, was für Land er hat, aber seine Ernte ist trotzdem nicht gut. Da fehlt halt die nötige Aufsicht.«

»Ja, aber du wirtschaftest doch auch mit Lohnarbeitern.«

»Wir sind Bauern, und wir sind überall selbst mit dabei. Wenn ein Arbeiter nichts taugt, dann muß er weg, wir schaffen's auch allein.«

»Vater, Finogen will Tee haben«, sagte die junge Frau mit den Gummischuhen, ins Zimmer kommend.

»Ja, so ist's, gnädiger Herr!« sagte der Alte, stand auf, bekreuzigte sich mehrmals, bedankte sich bei Lewin und ging hinaus.

Als Lewin in die Wohnstube ging, um seinen Kutscher zu rufen, sah er alle Männer der Familie. Sie saßen beim Essen, die Frauen bedienten sie stehend. Der junge, kräftige Sohn erzählte gerade, den Mund voll Grütze, etwas Komisches, und alle lachten, besonders lustig die Frau mit den Gummischuhen, die Kohlsuppe in eine Schüssel füllte.

Es ist möglich, daß das hübsche Gesicht dieser jungen Frau in Gummischuhen viel zu dem Eindruck von Ordnung und Wohlstand beitrug, den dieses Bauernhaus auf Lewin machte; jedenfalls war dieser Eindruck so stark, daß Lewin ihn lange nicht loswerden konnte. Während der ganzen Fahrt von dem Alten zu Swijashskij mußte er immer wieder an diese Wirtschaft denken, als ob irgend etwas daran seine besondere Beachtung verdiene.

26

Swijashskij war Adelsmarschall in seinem Landkreis. Er war fünf Jahre älter als Lewin und schon lange verheiratet. In seinem Haus wohnte auch seine junge Schwägerin, die Lewin sehr sympathisch war. Und er wußte, daß Swijashskij und seine Frau dieses junge Mädchen sehr gern mit ihm verheiratet hätten. Er wußte das ganz genau, wie junge Männer, sogenannte Heiratskandidaten, das immer wissen, obwohl er nie mit jemandem darüber gesprochen hatte. Und er wußte noch etwas: Obwohl er gern geheiratet hätte, obwohl dieses sehr anziehende junge Mädchen eine ausgezeichnete Ehefrau zu werden versprach, hätte er sie ebensowenig heiraten können wie in den Himmel fliegen, selbst wenn er nicht in Kitty Schtscherbatzkaja verliebt gewesen wäre. Und dieses Bewußtsein verdarb ihm das Vergnügen, das er sich von dem Besuch bei Swijashskij erhoffte.

Als Lewin Swijashskijs Brief mit der Einladung zur Jagd erhalten hatte, war ihm dieser Gedanke sofort gekommen; aber er hatte sich trotzdem gesagt, es sei doch eine völlig unbegründete Annahme seinerseits, daß Swijashskij solche Absichten auf ihn habe; also könne er ruhig hinfahren. Außerdem hatte er den geheimen Wunsch, sich selber zu prüfen, sich und dieses junge Mädchen noch einmal miteinander zu vergleichen. Das Leben im Haus Swijashskijs war höchst angenehm, und er selbst war der beste Typus eines Semstwomitglieds, der Lewin je begegnet war, und darum außerordentlich interessant für ihn.

Swijashskij war einer von den Menschen, über die Lewin sich immer wunderte — Menschen, deren sehr logisches, aber niemals selbständiges Denken seinen eigenen Gang geht und deren sicheres, entschlossenes Handeln auch seinen eigenen Gang geht, völlig unabhängig vom Denken und fast immer im Widerspruch zu ihm stehend. Swijashskij war ein sehr liberaler Mann. Er verachtete den Adel und war überzeugt, daß die meisten Aristokraten geheime Anhänger der Leibeigenschaft waren und es nur nicht zuzugeben wagten. Er hielt Rußland für ein dem Untergang verfallenes Land, ähnlich wie die Türkei, und die Regierung Rußlands für so schlecht, daß er es sogar überflüssig fand, ihre Handlungen ernsthaft zu kritisieren. Aber zugleich hatte er ein Amt, war ein vorbildlicher Adelsmarschall und trug auf Reisen immer die Mütze mit der Kokarde und dem roten Rand. Er war der Meinung, ein menschenwürdiges Leben könne man nur im Ausland führen, wo er sich so oft wie möglich aufhielt, aber dabei leitete er in Rußland einen sehr komplizierten, mustergültigen landwirtschaftlichen Betrieb, verfolgte alles mit außerordentlichem Interesse und wußte alles, was in Rußland geschah. Er hielt den russischen Bauer für eine Art Übergangsstufe zwischen Affe und Mensch, aber bei den Semstwowahlen drückte er gerade den Bauern mit besonderer Vorliebe die Hand und hörte sich ihre Ansichten an. Er glaubte nicht an Himmel und Hölle, aber er hatte großes Interesse daran, daß die Lage der Geistlichen gebessert und die Zahl der Pfarren verkleinert wurde, wobei ihm besonders am Herzen lag, daß die Kirche nur ja in seinem Dorf blieb.

In der Frauenfrage gehörte er zu den extremsten Verfechtern der vollen Freiheit der Frauen und vor allem ihres Rechts auf Arbeit, aber mit seiner Frau lebte er so, daß jeder an ihrem einträchtigen, kinderlosen Familienleben seine Freude hatte, und das Leben seiner Frau hatte er so eingerichtet, daß sie nichts zu tun brauchte und auch nichts weiter tun konnte, als zusammen mit ihrem Mann zu überlegen, wie sie die Zeit am besten und vergnügtesten verbringen könnten.

Hätte Lewin nicht die Eigenheit gehabt, die Menschen von der besten Seite zu sehen, dann hätte der Charakter Swijashskijs nichts Schwieriges und Rätselhaftes für ihn gehabt; er hätte sich nur gesagt: ›Er ist ein Narr oder ein Lump‹, und alles wäre klar gewesen. Aber er konnte nicht ›Narr‹

sagen, denn Swijashskij war zweifellos nicht nur ein sehr kluger, sondern auch ein sehr gebildeter Mann, der mit seiner Bildung in keiner Weise prahlte. Es gab kein Gebiet, auf dem er nicht Bescheid wußte, aber er zeigte sein Wissen nur, wenn er sich dazu genötigt sah. Noch weniger konnte Lewin behaupten, Swijashskij sei ein Lump, denn er war zweifellos ein ehrlicher, guter, kluger Mann, der heiter, frisch und unermüdlich eine Arbeit tat, die von seiner gesamten Umgebung sehr geschätzt wurde, und ganz gewiß hatte er nie mit Bewußtsein etwas Schlechtes getan und war auch gar nicht dazu fähig.

Lewin bemühte sich, ihn zu verstehen, konnte es aber nicht, und betrachtete ihn und sein Leben immer wie ein lebendiges Rätsel.

Sie waren Freunde, und darum erlaubte sich Lewin, Swijashskij auszuforschen, um seiner Lebensanschauung auf den Grund zu kommen, aber immer ohne Erfolg. Jedesmal, wenn Lewin versuchte, weiter vorzudringen als bis in die Empfangszimmer von Swijashskijs Geist, deren Türen allen offenstanden, merkte er, daß Swijashskij ein wenig verlegen wurde; aus seinem Blick sprach eine kaum merkliche Angst, als fürchte er, von Lewin durchschaut zu werden, und er leistete dann gutmütig und heiter Widerstand.

Jetzt, nach der Enttäuschung, die Lewin mit seiner landwirtschaftlichen Tätigkeit erlebt hatte, fühlte er sich bei Swijashskij besonders wohl. Abgesehen davon, daß der Anblick dieses glücklichen, mit sich selbst und aller Welt zufriedenen Ehepaars und seines wohleingerichteten Nestes ihn heiter stimmte, wollte er jetzt, da er mit seinem eigenen Leben so unzufrieden war, das Geheimnis ergründen, das Swijashskij so viel innere Klarheit, Sicherheit und Heiterkeit gab. Außerdem wußte Lewin, daß er bei Swijashskij einige Gutsbesitzer aus der Nachbarschaft treffen werde, und es war jetzt besonders interessant für ihn, sich mit ihnen zu unterhalten, all die Gespräche über die Landwirtschaft, die

Ernte und die Tagelöhner anzuhören, die, wie Lewin wußte, als etwas sehr Minderwertiges galten, die ihm aber jetzt sehr wichtig schienen. »Zur Zeit der Leibeigenschaft war das vielleicht unwichtig, oder es ist in England unwichtig. Denn in beiden Fällen sind die Grundbedingungen festgelegt. Aber bei uns in Rußland, wo alles drunter und drüber gegangen ist und erst jetzt allmählich in Ordnung kommt, muß die Frage, wie sich die Verhältnisse gestalten werden, die einzig wichtige sein.«

Die Jagd war schlechter, als Lewin erwartet hatte. Der Sumpf war ausgetrocknet, und es gab so gut wie keine Schnepfen. Er war den ganzen Tag unterwegs und brachte nur drei Stück nach Hause; doch dafür brachte er, wie immer von der Jagd, einen vorzüglichen Appetit mit, eine ausgezeichnete Stimmung und jene angeregte geistige Verfassung, wie stets nach starker körperlicher Bewegung. Auf der Jagd, wo er anscheinend an gar nichts dachte, war ihm immer wieder der alte Bauer mit seiner Familie eingefallen, und dieser Eindruck nahm nicht nur seine Aufmerksamkeit in Anspruch, sondern schien auch die Entscheidung von etwas zu fordern, was damit zusammenhing.

Abends beim Tee entspann sich in Gegenwart von zwei Gutsbesitzern, die in irgendwelchen Vormundschaftsangelegenheiten gekommen waren, jenes interessante Gespräch, das Lewin erwartet hatte.

Lewin saß neben der Dame des Hauses und mußte sich mit ihr und mit der Schwägerin unterhalten, die ihm gegenübersaß. Die Dame des Hauses war eine kleine, blonde Frau mit rundem Gesicht, das vor Grübchen und vor Lächeln förmlich strahlte. Lewin versuchte, durch sie zur Lösung des für ihn so wichtigen Rätsels zu gelangen, das ihr Mann für ihn war; aber er war nicht Herr über seine Gedanken, denn er fühlte sich höchst unbehaglich. Das kam daher, daß die Schwägerin ihm gegenübersaß, in einem Kleid mit einem besonderen trapezförmigen Ausschnitt auf der weißen Brust, das sie eigens seinetwegen angezogen hatte, wie ihm schien. Dieser viereckige Ausschnitt nahm Lewin die Freiheit seiner Gedanken, obwohl oder gerade weil diese Brust sehr weiß war. Er bildete sich ein — wahrscheinlich zu Unrecht —, daß dieser Ausschnitt für ihn gemacht sei, und hielt sich nicht für berechtigt, hinzuschauen; deshalb bemühte er sich, nicht hinzusehen, fühlte sich aber schon allein darum schuldig, daß der Ausschnitt überhaupt da war. Er hatte ein Gefühl, als betrüge er jemand, als müsse er etwas erklären, was man nicht erklären konnte, und darum errötete er fortwährend und war unruhig und verlegen. Seine Verlegenheit teilte sich auch der hübschen Schwägerin mit, aber die Dame des Hauses schien das nicht zu bemerken und zog ihre Schwester absichtlich immer wieder ins Gespräch.

»Sie sagen«, fuhr sie in dem schon begonnenen Gespräch fort, »daß alles Russische meinen Mann nicht interessiert. Im Gegenteil, er ist im Ausland immer sehr heiter, aber doch nicht so wie hier. Hier fühlt er sich in seinem Element. Er hat so viel zu tun, und er besitzt die Fähigkeit, sich für alles zu interessieren. Ach, Sie sind noch nicht in unserer Schule gewesen?«

»Ich habe sie gesehen... Das ist doch das mit Efeu bewachsene Häuschen?«

»Ja, das ist Nastjas Werk«, sagte sie, auf ihre Schwester zeigend.

»Unterrichten Sie selbst?« fragte Lewin, bemüht, an dem Ausschnitt vorbeizusehen, aber mit dem Gefühl, daß er ihn immer sehen würde, wenn er in jene Richtung blickte.

»Ja, ich habe selbst unterrichtet und unterrichte auch jetzt noch, aber wir haben auch eine ausgezeichnete Lehrerin. Turnunterricht haben wir auch eingeführt.«

»Nein, danke, ich möchte keinen Tee mehr«, sagte Lewin und stand errötend auf, mit dem Gefühl, daß er eine Unhöflichkeit beging, aber außerstande, diese Unterhaltung fortzusetzen. »Ich höre da ein sehr interessantes Gespräch«, sagte er und ging an das andere Ende des Tisches, wo der Hausherr mit den beiden Gutsbesitzern saß. Swijashskij saß seitwärts am Tisch, die Ellbogen aufgestützt; in der einen Hand drehte er eine Tasse, mit der anderen faßte er seinen Bart, hob ihn zur Nase, als wollte er daran riechen, und ließ ihn wieder los. Mit seinen blitzenden, schwarzen Augen sah er den erregt redenden Gutsbesitzer mit dem grauen Schnurrbart an und schien sich über seine Reden sehr zu amüsieren. Der Gutsbesitzer beklagte sich über die Bauern. Lewin sah deutlich, daß Swijashskij eine Antwort auf die Klagen des Gutsbesitzers wußte, die den ganzen Sinn seiner Rede zunichte gemacht hätte, daß er aber als Gastgeber und Adelsmarschall diese Antwort nicht gut aussprechen konnte und sich deshalb die komischen Reden des Gutsbesitzers nicht ohne Vergnügen anhörte.

Der Gutsbesitzer mit dem grauen Schnurrbart war offenbar ein hartnäckiger Verteidiger der Leibeigenschaft, ein eingefleischter Landbewohner und leidenschaftlicher Landwirt. Anzeichen dafür sah Lewin sowohl in seiner Kleidung, einem altmodischen, abgewetzten Rock, der seinem Träger sichtlich ungewohnt war, als auch in seinen klugen, strengblickenden Augen und in seiner knappen, rein russischen Ausdrucksweise, in dem befehlenden Ton, den er offenbar durch lange Gewohnheit angenommen hatte, und an den energischen Bewegungen der großen, schönen, sonnengebräunten Hände mit einem alten Trauring am Goldfinger.

27

»Wenn es mir nicht leid täte, alles aufzugeben, was ich mir eingerichtet habe — schließlich steckt eine Menge Arbeit darin —, dann würde ich alles hinwerfen, alles verkaufen und ins Ausland fahren, wie Nikolaj Iwanowitsch, um ›Die schöne Helena‹ zu hören«, sagte der Gutsbesitzer mit einem angenehmen Lächeln, das sein kluges, altes Gesicht erhellte.

»Aber Sie geben es doch nicht auf«, sagte Nikolaj Iwanowitsch Swijashskij, »also muß doch ein Vorteil dabei sein.«

»Der einzige Vorteil besteht darin, daß ich in meinem eigenen Haus wohne, das ich weder gekauft noch gemietet habe. Und außerdem hofft man immer noch, daß das Volk endlich einmal zur Vernunft kommt. Aber so, wie es jetzt ist — es ist kaum zu glauben, diese Trunksucht, diese Liederlichkeit!... Durch die Teilungen sind die Bauern völlig auf den Hund gekommen, nirgends ein Pferd oder eine Kuh. Der Bauer krepiert fast vor Hunger, aber nehmen Sie ihn mal als Arbeiter an! Zuerst verdirbt er Ihnen alles mögliche, und dann verklagt er Sie noch beim Friedensrichter.«

»Sie können ihn ja auch beim Friedensrichter verklagen«, sagte Swijashskij.

»Ich soll ihn verklagen? Um keinen Preis! Das gibt ein Gerede, daß man seine Klage bitter bereut. In einer Fabrik haben sich die Arbeiter Vorschuß geben lassen, und dann sind sie verschwunden. Und was hat der Friedensrichter getan? Freigesprochen hat er sie. Nur das Gemeindegericht und der Dorfschulze sorgen noch für Ordnung. Der läßt so einen Kerl nach altem Brauch einfach durchpeitschen. Wenn das nicht wäre, dann könnte man gleich einpacken und sich auf und davon machen!«

Der Gutsbesitzer wollte Swijashskij offenbar reizen, aber Swijashskij ärgerte sich nicht, sondern amüsierte sich nur über diese Reden.

»Na, aber wir führen unsere Wirtschaft doch ohne solche Maßregeln«, sagte er lächelnd, »ich, Lewin und unser Nachbar.«

Er zeigte auf den anderen Gutsbesitzer.

»Ja, bei Michail Petrowitsch geht's noch so einigermaßen, aber fragen Sie ihn nur, wie. Ist Ihre Wirtschaft vielleicht rationell?« sagte der Gutsbesitzer, der mit dem Wort ›rationell‹ offensichtlich prahlte.

»Meine Wirtschaft ist sehr einfach«, sagte Michail Petrowitsch, »und ich danke Gott dafür. Ich arbeite nur darauf hin, daß das Geld für die Steuern im Herbst daliegt. Aber die Bauern, die kein Geld für die Steuern haben, kommen dann und bitten: ›Väterchen, liebes Väterchen, hilf uns!‹ Na, sie sind ja alle meine Nachbarn. Sie tun einem leid, und da gibt man ihnen das Geld fürs erste Tertial, aber man sagt ihnen: ›Vergeßt nicht, daß ich euch geholfen habe; ihr müßt mir auch helfen, wenn's nötig ist, beim Hafersäen oder beim Heuen oder bei der Ernte.‹ Und man sagt ihnen gleich, wieviel Mann aus jeder Familie zur Arbeit kommen sollen. Es gibt natürlich auch gewissenlose Bauern, das ist richtig.«

Lewin, der diese patriarchalischen Bräuche nur zu gut kannte, wechselte einen Blick mit Swijashskij und unterbrach Michail Petrowitsch, indem er sich wieder an den Gutsbesitzer mit dem grauen Schnurrbart wandte.

»Was meinen Sie dazu?« fragte er. »Wie muß man jetzt seine Wirtschaft führen?«

»So wie Michail Petrowitsch: entweder die Bauern für die Hälfte des Ertrags arbeiten lassen oder das Land an sie verpachten. Das geht schon, nur wird dadurch der allgemeine Wohlstand des Staates vernichtet. Zur Zeit der Leibeigenschaft hat mein Land bei guter Bewirtschaftung das Neunfache der Aussaat gebracht, und jetzt bringt es bei Halbpacht nur das Dreifache. Die Emanzipation der Bauern hat Rußland zugrunde gerichtet!«

Swijashskij sah Lewin mit lächelnden Augen an und machte ihm sogar ein kaum merkliches spöttisches Zeichen; aber Lewin fand die Worte des Gutsbesitzers gar nicht lächerlich, er verstand sie viel besser, als er Swijashskij verstand. Vieles, was der Gutsbesitzer noch sagte, um zu beweisen, daß die Bauernbefreiung Rußlands Verderben sei, war ihm neu und erschien ihm unwiderlegbar. Der Gutsbesitzer sprach offenbar eigene Gedanken aus, was so selten vorkommt, und diese Gedanken waren ihm nicht deshalb gekommen, weil er seinen müßigen Geist irgendwie hatte beschäftigen wollen, sondern waren ihm aus der Erfahrung seines Lebens erwachsen, das er in ländlicher Einsamkeit verbracht und gründlich durchdacht hatte.

»Sehen Sie«, sagte er, sichtlich bemüht zu zeigen, daß er eine gute Bildung besitze, »jeder Fortschritt kann nur mit Gewalt durchgesetzt werden. Nehmen Sie die Reformen Peters, Katharinas, Alexanders. Nehmen Sie die Geschichte Europas. Das gilt ganz besonders für alle Neuerungen in der Landwirtschaft. Die Kartoffeln, zum Beispiel, sind nur mit Gewalt bei uns eingeführt worden. Und mit dem Hakenpflug hat man auch nicht immer gepflügt. Er ist auch erst eingeführt worden, vielleicht zur Zeit der Teilfürsten, aber sicher mit Gewalt. Und in der heutigen Zeit haben wir Gutsbesitzer während der Leibeigenschaft unsere Wirtschaft mit modernen Vervollkommnungen geführt. Darren, Worfelmaschinen, das Düngerfahren und alle landwirtschaftlichen Geräte haben wir dank unserer Macht eingeführt, und die Bauern haben sich anfangs dagegen gewehrt, aber dann haben sie es uns nachgemacht. Bei der Aufhebung der Leibeigenschaft ist uns diese Macht genommen worden, und darum muß unser Wirtschaftsbetrieb überall da, wo er eine hohe Stufe erreicht hatte, wieder zu dem ursprünglichen Zustand schlimmster Unkultur herabsinken. So fasse ich das auf!«

»Aber weshalb denn? Wenn Ihr Betrieb rationell ist, dann können Sie doch auch mit Tagelöhnern arbeiten.«

»Nein, das kann ich nicht. Gestatten Sie die Frage: Mit was für Leuten soll ich denn arbeiten?«

›Da haben wir's!‹ dachte Lewin. ›Die Arbeitskraft ist das Kernproblem der Landwirtschaft.‹

»Mit—Arbeitern.«

»Die Arbeiter wollen nicht gut arbeiten, und nicht mit guten Geräten. Sie können nur eins: sich viehisch betrinken und alles ruinieren, was man ihnen in die Hände gibt. Sie verderben die Pferde, weil sie sie in erhitztem Zustand tränken, sie zerreißen das gute Pferdegeschirr, sie vertauschen neu beschiente Räder gegen alte und vertrinken den Profit, sie lassen einen Deichselnagel in die Dreschmaschine fallen, damit sie entzweigeht. Alles, was nicht nach ihrem Geschmack ist, ist ihnen ein Greuel. Deshalb ist das ganze Niveau der Landwirtschaft gesunken. Viele Felder liegen brach und sind mit Wermut bewachsen, oder sie sind an die Bauern verpachtet, und wo früher eine Million Tschetwert produziert wurde, werden heute nur ein paar Hunderttausend produziert. Der allgemeine Wohlstand ist gesunken. Ja, wenn man das alles mit mehr Überlegung getan hätte...«

Und er begann seinen eigenen Plan einer Bauernbefreiung zu entwickeln, bei dessen Befolgung man diese Mißstände hätte vermeiden können, wie er meinte.

Das interessierte Lewin nicht, aber als der Gutsbesitzer zu Ende war, kehrte Lewin zu der ersten These zurück, die der alte Herr aufgestellt hatte. Er wollte Swijashskij dazu bringen, seine wirkliche Meinung auszusprechen, und deshalb sagte er zu ihm:

»Daß das Niveau der Landwirtschaft sinkt und daß es bei unserem Verhältnis zu den Arbeitern unmöglich ist, vorteilhaft und rationell zu wirtschaften, das ist vollkommen richtig.«

»Das finde ich nicht«, sagte Swijashskij ernst, »ich sehe nur, daß wir nicht richtig wirtschaften können und daß die Landwirtschaft zur Zeit der Leibeigenschaft nicht auf einer sehr hohen, sondern im Gegenteil auf einer sehr niedrigen Stufe stand. Wir haben keine Maschinen, keine guten Arbeitstiere, keine richtige Organisation, und wir können auch nicht rechnen. Fragen Sie einen Landwirt — er weiß nicht einmal, was vorteilhaft für ihn und was unvorteilhaft ist.«

»Italienische Buchführung«, sagte der Gutsbesitzer ironisch. »Aber da kann man rechnen, soviel man will, wenn die Leute einem alles verderben, kommt doch kein Gewinn heraus.«

»Warum sollten sie denn alles verderben? Ein elendes Ding von Dreschmaschine oder eine russische Stampfe, die machen sie entzwei, aber meine Dampfdreschmaschine nicht. Einen elenden Klepper, echt Knutehner Schlag, wie man sagt, weil er sich ohne einen Schlag mit der Knute nicht von der Stelle rührt, den können sie Ihnen verderben. Aber wenn Sie Percherons oder Bitjugs einführen, die werden sie nicht verderben. Und so ist es mit allem. Wir müssen die Landwirtschaft heben.«

»Wenn man nur wüßte, wo man das Geld dazu hernehmen soll, Nikolaj Iwanowitsch. Sie sind gut dran, aber ich habe einen Sohn auf der Universität und die kleineren Jungen auf dem Gymnasium, da kann ich mir keine Percherons kaufen.«

»Dafür sind die Banken da.«

»Damit das Letzte, was man hat, unter den Hammer kommt? Nein, danke!«

»Ich bin nicht Ihrer Ansicht, daß es notwendig und möglich ist, das Niveau der Landwirtschaft noch mehr zu heben«, sagte Lewin. »Ich habe es versucht und besitze auch die nötigen Mittel dazu, aber ich habe trotzdem nichts erreicht. Die Banken — ich weiß nicht, wem die nützen. Ich jedenfalls habe immer nur Verlust gehabt, wenn ich Geld in meinen Betrieb gesteckt habe. Verlust beim Vieh und mit den Maschinen auch.«

»Ja, das ist richtig«, bekräftigte der Gutsbesitzer mit dem grauen Schnurrbart und lachte vor Vergnügen.

»Und ich bin nicht der einzige, der diese Erfahrung gemacht hat«, fuhr Lewin fort. »Ich berufe mich auf alle Landwirte, die eine rationelle Wirtschaft führen. Bis auf wenige Ausnahmen wirtschaften sie alle mit Verlust. Sagen Sie selbst, bringt Ihr Gut Ihnen denn Gewinn?« fragte Lewin und sah in Swijashskijs Blick jenen flüchtigen Ausdruck von Angst, wie immer, wenn er weiter vordringen wollte als bis in die Empfangszimmer von Swijashskijs Geist.

Übrigens war Lewins Frage nicht ganz frei von Hinterlist.

Swijashskijs Frau hatte ihm beim Tee erzählt, sie hätten sich in diesem Sommer einen ausgezeichneten deutschen Buchhalter aus Moskau kommen lassen, der für ein Honorar von fünfhundert Rubeln ihre ganze Wirtschaft berechnet und festgestellt habe, daß sie einen Verlust von mehr als dreitausend Rubeln bringe. Sie hatte die Zahl nicht mehr genau im Kopf, aber sie sagte, der Deutsche habe alles bis auf eine Viertelkopeke ausgerechnet.

Der Gutsbesitzer lächelte, als Lewin sich nach der Rentabilität von Swijashskijs Gut erkundigte, er wußte offenbar, wie es bei seinem Nachbarn, dem Adelsmarschall, mit dem Profit stand.

»Es mag sein, daß ich keinen Profit habe«, antwortete Swijashskij, »aber das beweist nur, daß ich entweder ein schlechter Landwirt bin, oder daß ich Kapital aufwende, um die Rente zu erhöhen.«

»Ach, die Rente!« rief Lewin entsetzt. »Eine Rente gibt es vielleicht in Europa, wo der Boden durch die Arbeit, die man hineingesteckt hat, besser geworden ist, aber bei uns wird der ganze Boden durch die Arbeit, die man hineinsteckt, nur noch schlechter, das heißt, man mergelt ihn aus, also kann von einer Rente nicht die Rede sein.«

»Wie sollte es denn keine Rente geben? Das ist ein unumstößliches Gesetz.«

»Dann stehen wir eben außerhalb dieses Gesetzes. Durch den Hinweis auf die Rente kann bei uns nichts erklärt werden, im Gegenteil, das verwirrt die Sache nur noch mehr. Nein, sagen Sie mir bitte, wie kann die Lehre von der Rente...«

»Möchten Sie Sauermilch? Mascha, laß uns doch Sauermilch bringen, oder Himbeeren«, sagte Swijashskij zu seiner Frau. »Dieses Jahr gibt's sehr lange Himbeeren.«

Und Swijashskij stand in sehr heiterer Stimmung auf und ging hinaus. Er war offenbar der Meinung, daß das Gespräch an diesem Punkt beendet sei, während es nach Lewins Ansicht gerade erst anfing.

Da Lewin nun keinen anderen Gesprächspartner mehr hatte, unterhielt er sich mit dem Gutsbesitzer und versuchte ihm zu beweisen, daß die ganze Schwierigkeit daher komme, daß wir die Eigenheiten und Gewohnheiten des Landarbeiters nicht beachten. Aber der Gutsbesitzer war wie alle selbständigen, einsamen Denker schwerfällig im Auffassen fremder Gedanken und zu sehr in seine eigenen verliebt. Er behauptete steif und fest, der russische Bauer sei ein Vieh und liebe diesen viehischen Zustand, aus dem man ihn nur mit Gewalt herausbringen könne, aber dazu habe man keine Macht mehr. Was nötig sei, sei der Stock, aber wir seien so liberal geworden, daß wir statt der seit tausend Jahren bestehenden Prügelstrafe auf einmal Advokaten und Gefängnisse eingeführt hätten, wo man die nichtsnutzigen, stinkenden Bauern mit guter Suppe füttere und ausrechne, wieviel Kubikfuß Luft sie brauchten.

»Warum meinen Sie«, sagte Lewin, bemüht, auf das Thema zurückzukommen, »daß es unmöglich ist, ein Verhältnis zu den Arbeitskräften zu finden, bei dem die Arbeit produktiv wird?«

»Das kann man mit dem russischen Volk niemals erreichen. Wir haben keine Macht dazu«, antwortete der Gutsbesitzer.

»Wie können wir denn eine neue Ordnung schaffen?« fragte Swijashskij, der einen Teller Sauermilch gegessen hatte, sich eine Zigarette anzündete und wieder zu den Disputierenden trat. »Jedes überhaupt denkbare Verhältnis zu den Arbeitskräften ist wissenschaftlich definiert und studiert worden«, sagte er. »Jenes Überbleibsel der Barbarei, die urzeitliche Gemeinde mit gegenseitiger Bürgschaft, zerfällt von selbst; die Leibeigenschaft ist aufgehoben, also bleibt nur die freie Arbeit. Ihre Formen sind genau definiert und fix und fertig, und wir müssen sie annehmen. Knecht, Tagelöhner, Pächter – über diese Möglichkeiten kommt man nicht hinaus.«

»Aber Europa ist mit diesen Formen unzufrieden.«

»Richtig, und man sucht dort nach neuen. Wahrscheinlich wird man sie auch finden.«
»Davon rede ich ja!« sagte Lewin. »Warum sollen wir nicht auch nach neuen Formen suchen?«
»Weil das dasselbe wäre, wie wenn wir neue Systeme für den Eisenbahnbau erfinden wollten. Sie sind schon erfunden und fix und fertig.«
»Aber wenn sie für uns nicht passen, wenn sie töricht sind?« sagte Lewin.
Und wieder sah er in Swijashskijs Augen jenen ängstlichen Ausdruck.
»Ja, ja, so ist das: Wir werden den Vogel abschießen, wir werden das finden, wonach Europa noch sucht! Das weiß ich alles, aber entschuldigen Sie, wissen Sie über alles Bescheid, was in Europa in der Frage der Arbeiterorganisation geschehen ist?«
»Nein, nicht genau.«
»Diese Frage beschäftigt jetzt die besten Köpfe in Europa. Die Richtung von Schulze-Delitzsch... Und dann die liberalste Richtung, die von Lassalle, mit ihrer riesigen Literatur über die Arbeiterfrage... Die Mühlhausener Organisation ist ja schon eine Tatsache. Sie wissen sicher davon.«
»Ich habe eine Vorstellung davon, aber nur eine sehr unklare.«
»Ach, das sagen Sie nur so! Sie wissen sicher genauso gut darüber Bescheid wie ich. Ich bin natürlich kein Professor der Sozialwissenschaft, aber die ganze Sache interessiert mich sehr, und wirklich, wenn Sie sich dafür interessieren, sollten Sie sich genauer damit beschäftigen.«
»Zu welchem Ergebnis ist man denn gekommen?«
»Verzeihung...«
Die Gutsbesitzer standen auf, Swijashskij begleitete sie hinaus, und Lewin, der nach seiner häßlichen Angewohnheit versucht hatte, einen Blick in die Räume hinter den Empfangszimmern von Swijashskijs Geist zu werfen, war wieder nicht zum Ziel gekommen.

28

An diesem Abend langweilte sich Lewin unaussprechlich in der Gesellschaft der Damen. Wie nie zuvor beunruhigte ihn der Gedanke, daß die Unzufriedenheit mit seiner Wirtschaft, die er jetzt empfand, nichts Persönliches, sondern durch die allgemeine Lage der Dinge in Rußland bedingt sei und daß die Schaffung von Verhältnissen, unter denen die Arbeiter so arbeiteten wie bei jenem alten Bauern, kein Hirngespinst, sondern eine Aufgabe sei, die unbedingt gelöst werden müsse. Und es schien ihm, daß diese Aufgabe gelöst werden könne und daß er es versuchen müsse.

Nachdem Lewin den Damen gute Nacht gesagt und versprochen hatte, morgen noch den ganzen Tag dazubleiben und mit ihnen in den Domänenwald zu reiten, um einen interessanten Erdsturz zu besichtigen, ging er vor dem Schlafengehen noch ins Arbeitszimmer des Hausherrn, um sich die Bücher über die Arbeiterfrage zu holen, die Swijashskij ihm geben wollte. Swijashskijs Arbeitszimmer war ein riesiger Raum mit mehreren Bücherschränken und zwei Tischen, einem massiven Schreibtisch, der mitten im Zimmer stand, und einem runden Tisch, auf dem sternförmig um die Lampe herum die neuesten Nummern von allerlei Zeitungen und Zeitschriften in verschiedenen Sprachen lagen. Neben dem Schreibtisch stand ein Regal mit Schubkästen, deren Inhalt mit goldenen Aufschriften angegeben war.

Swijashskij holte die Bücher für Lewin und setzte sich in einen Schaukelstuhl.

»Was sehen Sie sich denn da an?« fragte er Lewin, der vor dem runden Tisch stand und in den Zeitschriften blätterte.

»Ach ja, da steht ein sehr interessanter Aufsatz drin«, sagte er von der Zeitschrift, die Lewin gerade in der Hand hatte. »Es stellt sich heraus«, fügte er lebhaft und heiter hinzu, »daß Friedrich von Preußen gar nicht der Hauptschuldige bei der Teilung Polens war. Es stellt sich heraus...«

Und mit der ihm eigenen Klarheit berichtete er in Kürze über diese neuen, sehr wichtigen und interessanten Entdeckungen. Obwohl Lewin jetzt vor allem mit seinen Gedanken über die Landwirtschaft beschäftigt war, fragte er sich doch, während er dem Hausherrn zuhörte: ›Was will er eigentlich damit? Warum in aller Welt interessiert ihn die Teilung Polens?‹ Als Swijashskij zu Ende war, fragte Lewin unwillkürlich: »Und was nun?« Aber es kam nichts mehr. Interessant war nur, daß sich das ›herausgestellt‹ hatte. Aber Swijashskij erklärte Lewin nicht weiter, warum ihn das interessierte.

»Ja, dieser zornige Gutsbesitzer hat mich sehr interessiert«, sagte Lewin mit einem Seufzer. »Er ist ein kluger Mann, und was er sagte, war großenteils richtig.«

»Ach, gehen Sie doch! Er ist ein eingefleischter, heimlicher Anhänger der Leibeigenschaft, wie sie alle!« sagte Swijashskij.

»Und Sie als ihr Adelsmarschall und Führer...«

»Ja, aber ich versuche, sie in anderer Richtung zu führen«, sagte Swijashskij lachend.

»Eine Frage beschäftigt mich sehr«, sagte Lewin. »Er hat recht, wenn er sagt, daß eine rationelle Landwirtschaft nicht recht vorwärtskommt. Nur eine Wucherwirtschaft kommt vorwärts, wie bei diesem stillen Herrn, oder eine ganz primitive... Wer ist schuld daran?«

»Natürlich wir selbst. Aber es ist auch nicht richtig, daß eine rationelle Wirtschaft nicht vorwärts käme. Bei Wasiltschikow geht es ganz gut.«

»Der hat auch eine Fabrik...«

»Ich weiß überhaupt nicht, worüber Sie sich wundern. Das Volk steht in materieller und geistiger Hinsicht auf einer so niedrigen Stufe, daß es sich naturgemäß allem widersetzen muß, was ihm fremd ist. In Europa kann man rationell wirtschaften, weil das Volk gebildet ist, also müssen auch wir unserem Volk Bildung geben – das ist alles.«

»Wie sollen wir das anfangen?«

»Um dem Volk Bildung zu geben, braucht man drei Dinge: Schulen, Schulen und nochmals Schulen.«

»Aber Sie haben doch selbst gesagt, daß das Volk in materieller Hinsicht auf einer sehr niedrigen Stufe steht. Was können da die Schulen helfen?«

»Wissen Sie, wenn ich Sie reden höre, muß ich an die Anekdote von den Ratschlägen denken, die man einem Kranken gab: ›Sie sollten es mit einem Abführmittel versuchen.‹ — ›Hab' ich schon, aber es ist nur noch schlimmer geworden.‹ — ›Versuchen Sie es doch mal mit Blutegeln.‹ — ›Hab' ich schon; es ist noch schlimmer geworden.‹ — ›Nun, dann bitten Sie den lieben Gott, daß er Ihnen hilft.‹ — ›Das habe ich auch getan, aber es ist noch schlimmer geworden.‹ So machen wir es auch. Ich rede von Nationalökonomie, und Sie sagen: ›Davon wird es nur schlimmer.‹ Ich rede von Sozialismus. ›Noch schlimmer.‹ Bildung. — ›Noch schlimmer.‹«

»Was können die Schulen denn helfen?«

»Sie wecken beim Volk andere Bedürfnisse.«

»Das habe ich nie begreifen können!« sagte Lewin hitzig. »Wieso können die Schulen dem Volk helfen, seine materielle Lage zu bessern? Sie sagen: die Schulen und die Bildung wecken beim Volk neue Bedürfnisse. Um so schlimmer, denn es wird nicht imstande sein, sie zu befriedigen. Und wieso die Kenntnis des Addierens und Subtrahierens und des Katechismus dem Volk helfen soll, seine materielle Lage zu bessern, das habe ich nie begreifen können. Vorgestern abend traf ich eine Bauersfrau mit einem Säugling und fragte sie, wohin sie gehe. Sie sagte: ›Ich war bei der Hebamme; der Junge hat den Schreikrampf bekommen, und da habe ich ihn hingetragen, daß sie ihn kuriert.‹ Ich fragte: ›Wie heilt denn die Hebamme den Schreikrampf?‹ — ›Sie setzt das Kind zu den Hühnern auf die Stange und sagt etwas dazu.‹«

»Na, sehen Sie, da sagen Sie es selbst! Damit die Frauen ihre Kinder nicht zur Hebamme tragen, um sie auf der Hühnerstange vom Schreikrampf heilen zu lassen, braucht man eben Schulen...« sagte Swijashskij mit heiterem Lächeln.

»Ach, nein!« erwiderte Lewin ärgerlich. »Diese Behandlungsmethode kommt mir so ähnlich vor wie die Heilung des Volkes durch Schulen. Das Volk ist arm und ungebildet; das sehen wir ebenso deutlich, wie die Bauersfrau den Schreikrampf daran erkennt, daß das Kind schreit. Aber wieso Schulen gegen diese Mißstände, gegen Armut und Unbildung helfen sollen, das ist mir ebenso unbegreiflich, wie es mir unbegreiflich ist, daß die Hühner auf der Stange gegen den Schreikrampf helfen sollen. Man muß die Ursache der Armut unseres Volkes finden und etwas dagegen tun.«

»Nun, hierin sind Sie wenigstens einer Meinung mit Spencer, den Sie ja so wenig mögen. Er sagt auch, Bildung könne eine Folge größeren Wohlstands und Komforts sein, des häufigen Waschens, wie er sagt, nicht aber eine Folge der Kenntnis des Lesens und Schreibens.«

»Nun, das freut mich sehr, oder vielmehr, es freut mich gar nicht, daß ich mit Spencer übereinstimme. Aber das weiß ich schon längst. Schulen helfen da nicht, helfen kann nur eine Wirtschaftsordnung, durch die das Volk reicher wird und mehr freie Zeit bekommt – dann werden die Schulen ganz von selbst entstehen.«

»Und doch herrscht jetzt in ganz Europa Schulzwang.«

»Aber wie können denn Sie in diesem Punkt mit Spencer einer Meinung sein?« fragte Lewin.

Swijashskijs Augen blickten ängstlich, und er sagte lächelnd: »Nein, die Geschichte von dem Schreikrampf ist köstlich! Haben Sie das wirklich selbst gehört?«

Lewin sah, daß es ihm nicht gelingen werde, den Zusammenhang zwischen Leben und Denken dieses Mannes zu finden. Es war ihm offenbar ganz gleichgültig, zu welchen

Ergebnissen ihn seine Gedanken führten; für ihn war nur der Prozeß des Denkens selbst wichtig, und es war ihm unangenehm, wenn dieses Denken ihn in eine Sackgasse führte. Nur das mochte er nicht und suchte es zu vermeiden, indem er das Gespräch auf irgend etwas Angenehmes und Heiteres brachte.

Alle Erlebnisse dieses Tages, angefangen mit dem Eindruck, den der alte Bauer auf ihn gemacht hatte, ein Eindruck, der gleichsam die Grundlage aller heutigen Eindrücke und Gedanken bildete, hatten Lewin in starke Erregung versetzt. Dieser liebenswürdige Swijashskij, der sich bestimmte Gedanken für den Gebrauch in der Gesellschaft hielt und offenbar noch andere, vor Lewin verborgene Anschauungen hatte und wie viele Leute, deren Namen Legion ist, mit Gedanken, die ihm selbst fremd waren, auf die öffentliche Meinung einwirkte, der verbitterte Gutsbesitzer, der durchaus recht hatte mit seinen Ansichten, die ihm das Leben aufgezwungen hatte, aber unrecht in seiner Verbitterung gegen eine Volksklasse, die die beste in Rußland war, Lewins eigene Unzufriedenheit mit seiner Tätigkeit und die unklare Hoffnung, das sich das alles ändern ließe –, das alles floß zu einem Gefühl innerer Unruhe und gespannten Wartens auf eine nahe Lösung zusammen.

Lewin lag in dem ihm angewiesenen Zimmer auf einer Sprungfedermatratze, die bei jeder Bewegung seiner Arme und Beine unerwartet in die Höhe schnellte, und konnte lange nicht einschlafen. Swijashskij hatte zwar viel Kluges gesagt, aber das alles interessierte Lewin nicht; über die Worte des alten Gutsbesitzers hingegen mußte er nachdenken. Er rief sie sich unwillkürlich ins Gedächtnis und korrigierte in Gedanken, was er ihm geantwortet hatte.

›Ja, ich hätte ihm sagen müssen: ‚Sie behaupten, unsere Wirtschaft komme nicht vorwärts, weil der Bauer alle Vervollkommnungen hasse und man sie mit Gewalt einführen müsse. Aber Sie hätten nur dann recht, wenn die Wirtschaft ohne diese Vervollkommnungen überhaupt nicht vorwärts käme; sie geht aber überall dort ordentlich, wo der Arbeiter so beschäftigt wird, wie es seinen Gewohnheiten entspricht, wie bei dem alten Bauern auf halbem Weg hierher. Ihre und unsere allgemeine Unzufriedenheit mit der Wirtschaft beweist, daß wir die Schuldigen sind, und nicht die Arbeiter. Wir beharren auf unserem Standpunkt, auf dem europäischen Standpunkt, ohne nach den Eigenheiten der Arbeitskräfte zu fragen. Versuchen wir doch einmal, diese Arbeitskräfte nicht als ideale Kräfte zu sehen, sondern den russischen Bauer mit seinen Instinkten zu sehen und unsere Wirtschaft entsprechend einzurichten. Stellen Sie sich vor', hätte ich ihm sagen müssen, ,daß Ihre Wirtschaft so geführt wird, wie bei diesem alten Bauern, daß Sie ein Mittel gefunden hätten, die Arbeiter an dem Erfolg der Arbeit zu interessieren, und daß Sie bei den Vervollkommnungen den Mittelweg gefunden hätten, den die Bauern anerkennen – dann würden Sie, ohne den Boden auszumergeln, zweimal oder sogar dreimal soviel wie früher ernten. Teilen Sie diesen Ertrag und geben Sie den Arbeitern die Hälfte; der Rest, der für Sie übrigbleibt, wird größer sein als früher, und auch die Arbeiter werden mehr bekommen. Um das zu erreichen, muß man das Niveau der Landwirtschaft herabsetzen und die Arbeiter am Erfolg der Wirtschaft interessieren. Wie das zu machen ist, das muß im einzelnen erwogen werden, aber es ist zweifellos möglich.‹

Dieser Gedanke versetzte Lewin in starke Erregung. Er schlief die halbe Nacht nicht und dachte über die Einzelheiten der Verwirklichung seines Planes nach. Er hatte eigentlich nicht vorgehabt, schon am nächsten Tag wieder abzureisen, jetzt aber beschloß er, gleich am frühen Morgen nach Hause zu fahren. Außerdem rief diese Schwägerin mit dem ausgeschnittenen Kleid ein Gefühl in ihm hervor, das an Scham oder Reue über eine begangene schlechte Tat erinnerte. Vor allem aber mußte er deswegen unverzüglich abreisen, weil er den Bauern sein neues Projekt vorlegen wollte, ehe die Winterbestellung begann, damit die Aussaat schon nach den neuen Grundsätzen durchgeführt werden konnte. Er beschloß, seinen ganzen bisherigen Wirtschaftsbetrieb völlig umzugestalten.

29

Die Verwirklichung dieses Plans machte viele Schwierigkeiten, aber Lewin setzte all seine Kräfte daran und erreichte zwar nicht alles, was er wünschte, aber doch so viel, daß er, ohne sich selbst zu betrügen, glauben konnte, die Sache lohne die Arbeit. Eine der Hauptschwierigkeiten bestand darin, daß die Wirtschaft schon im Gang war, daß man nicht alles zum Stillstand bringen und von vorn anfangen konnte, sondern daß man die Maschine umstellen mußte, während sie weiterlief.

Als er noch an demselben Abend, an dem er zurückgekommen war, dem Verwalter seine Pläne mitteilte, stimmte dieser mit sichtlichem Vergnügen dem Teil von Lewins Rede zu, aus dem hervorging, daß alles bisher Unternommene Unsinn und unvorteilhaft gewesen sei. Der Verwalter bemerkte, das habe er schon längst gesagt, aber man habe ja nicht auf ihn hören wollen. Aber zu Lewins Vorschlag, sich als Genossenschaftler mit den Arbeitern an dem ganzen landwirtschaftlichen Unternehmen zu beteiligen, machte der Verwalter nur ein trübseliges Gesicht, äußerte keine bestimmte Meinung und begann sofort davon zu reden, daß morgen die letzten Roggenhaufen eingefahren und das Land umgepflügt werden müsse. Daran merkte Lewin, daß jetzt nicht die Zeit für solche Neuerungen war.

Als er dann mit den Bauern über dieselbe Frage sprach und sagte, er wolle ihnen zu neuen Bedingungen Land überlassen, stieß er auf dieselbe Schwierigkeit: Sie waren von der laufenden Arbeit so sehr in Anspruch genommen, daß sie

keine Zeit hatten, über die Vorteile und Nachteile des Unternehmens nachzudenken.
Nur ein naiver Bauer, der Viehknecht Iwan, schien Lewins Vorschlag — mit seiner Familie am Ertrag des Viehhofs beteiligt zu werden — ganz zu begreifen und das Unternehmen durchaus zu billigen. Aber sooft Lewin ihm die zukünftigen Vorteile klarzumachen versuchte, malten sich auf Iwans Gesicht Unruhe und Bedauern, daß er nicht alles bis zu Ende anhören könne, und er suchte sich schleunigst irgendeine Arbeit, die angeblich keinen Aufschub duldete: Er griff entweder zur Heugabel, um Heu aus dem Schuppen herauszuwerfen, oder er holte Wasser oder er räumte den Mist aus.
Eine zweite Schwierigkeit war das unüberwindliche Mißtrauen der Bauern, die einfach nicht glauben wollten, daß der Gutsherr ein anderes Ziel im Auge haben könne, als sie so viel wie möglich auszubeuten. Sie waren fest überzeugt, daß seine wirkliche Absicht (er mochte reden, was er wollte) immer in dem stecke, was er ihnen nicht sage. Und auch sie redeten sehr viel über das Projekt, sagten aber nie, was ihre wahre Absicht war. Außerdem (hier merkte Lewin, daß der gallige Gutsbesitzer recht hatte) erklärten die Bauern, die erste und unumstößliche Bedingung jeder Abmachung sei, daß man sie nicht zwingen dürfe, irgendwelche neue Methoden in der Landwirtschaft und neue Geräte anzuwenden. Sie gaben zu, daß der moderne Pflug besser pflüge, daß der Saatdecker schneller arbeite, aber sie fanden tausend Gründe, warum sie weder den einen noch den anderen benutzen könnten; und obwohl Lewin überzeugt war, daß er das Niveau seines Wirtschaftsbetriebs etwas herabsetzen müsse, tat es ihm leid, auf Vervollkommnungen verzichten zu müssen, deren Vorteile augenfällig waren. Aber trotz dieser Schwierigkeiten setzte er seine Absicht durch, und im Herbst kam die Sache in Gang, oder es schien ihm wenigstens so.

Anfangs hatte Lewin vorgehabt, die ganze Wirtschaft, so wie sie war, den Bauern, den Arbeitern und dem Verwalter zu den neuen genossenschaftlichen Bedingungen zu übergeben, aber er sah sehr bald, daß das unmöglich war, und beschloß, die Wirtschaft in verschiedene Bereiche zu teilen. Der Viehhof, der Obstgarten, der Gemüsegarten, die Wiesen und Felder sollten getrennte Betriebsgebiete bilden. Der naive Viehknecht Iwan, der nach Lewins Ansicht die Sache am besten begriffen hatte, wurde zusammen mit einigen anderen Leuten, vor allem aus seiner Familie, Genossenschaftler beim Viehhof. Ein weit entferntes Feld, das acht Jahre brach gelegen hatte, wurde mit Hilfe des klugen Zimmermanns Fedor Resunow von sechs Bauernfamilien übernommen, und der Bauer Schurawew übernahm sämtliche Gemüsegärten. Alles übrige blieb vorläufig noch beim alten, aber diese drei Abteilungen bildeten den Anfang der neuen Wirtschaftsordnung und beschäftigten Lewin vollauf.

Auf dem Viehhof ging die Sache einstweilen nicht besser als vorher, und Iwan wehrte sich heftig dagegen, die Kühe in warmen Ställen unterzubringen und Butter aus süßer Sahne zu bereiten; er behauptete, im Kalten brauchten die Kühe weniger Futter, und es sei viel vorteilhafter, aus saurer Sahne Butter zu machen. Auch verlangte er seinen Lohn wie früher, und es war ihm vollkommen gleichgültig, daß das Geld, das er bekam, kein Lohn, sondern ein Vorschuß auf seinen Gewinnanteil war.

Fedor Resunows Genossenschaft unterließ es, das Land vor der Aussaat nochmals mit modernen Pflügen umzuackern, wie es vereinbart war, und entschuldigte sich damit, daß die Zeit zu kurz gewesen sei. Im übrigen waren die Bauern der Ansicht, dieses Feld sei kein gemeinschaftliches Land, sondern auf Halbpart gepachtet, obwohl sie mit Lewin vereinbart hatten, es nach den neuen Grundsätzen zu bewirtschaften, und die Bauern dieser Genossenschaft und auch Fedor Resunow selbst hatten mehr als einmal zu Lewin gesagt:

»Sie hätten Geld für das Land verlangen sollen, dann hätten Sie mehr Ruhe, und wir hätten freie Hand.« Außerdem sollten die Bauern auf diesem Land einen Viehhof und eine Getreidedarre bauen, aber sie schoben diese Sache unter verschiedenen Vorwänden bis zum Winter hinaus.

Schurawew wollte die Gemüsegärten, die er übernommen hatte, in kleinen Parzellen an die Bauern verpachten. Er hatte die Bedingungen, unter denen Lewin ihm das Land überlassen hatte, offenbar völlig mißverstanden, und zwar absichtlich mißverstanden, wie es schien.

Wenn Lewin mit den Bauern sprach und ihnen alle Vorteile des Unternehmens darlegte, hatte er oft das Gefühl, daß die Bauern nur auf den Tonfall seiner Stimme hörten und entschlossen waren, sich nicht von ihm hinters Licht führen zu lassen, er mochte reden, was er wollte. Ganz besonders hatte er dieses Gefühl, wenn er mit Resunow, dem klügsten Bauern, sprach und in seinen Augen ein Aufleuchten bemerkte, das Spott über Lewin und die feste Überzeugung ausdrückte, daß man ihn, Resunow, nicht übers Ohr hauen könne.

Trotz allem glaubte Lewin, die Sache sei nun doch in Gang gekommen, und wenn er streng Rechnung führe und seine Absicht durchsetze, könne er den Bauern die Vorteile der neuen Wirtschaftsordnung schon beweisen, und dann werde alles ganz von selbst gehen.

Diese Geschäfte, der übrige Wirtschaftsbetrieb, der in seinen Händen geblieben war, und die Arbeit an seinem Buch nahmen Lewin den ganzen Sommer über so stark in Anspruch, daß er fast gar nicht auf die Jagd ging. Ende August erfuhr er von dem Diener, der ihm den Sattel zurückbrachte, daß Oblonskijs nach Moskau zurückgekehrt waren. Er fühlte, daß er durch die Unhöflichkeit, den Brief von Darja Alexandrowna unbeantwortet zu lassen — ein Benehmen, an das er nicht ohne Schamröte denken konnte —, seine Schiffe hinter sich verbrannt hatte und Oblonskijs nie mehr aufsuchen konnte. Ebenso unhöflich hatte er sich Swijashskij gegenüber benommen: Er war weggefahren, ohne sich zu verabschieden. Also konnte er sich auch dort nicht mehr blicken lassen. Aber das war ihm jetzt gleichgültig. Die Neuordnung seiner Wirtschaft beschäftigte ihn so sehr wie bisher noch nie etwas in seinem Leben. Er las die Bücher, die Swijashskij ihm gegeben hatte, ließ sich andere Werke schicken, die er nicht besaß, las nationalökonomische und sozialistische Schriften über dieses Thema, fand aber, wie er erwartet hatte, nichts, was für sein eigenes Unternehmen brauchbar war. In den nationalökonomischen Büchern, zum Beispiel bei Mill, den er zuerst und mit großem Eifer studierte, da er hoffte, jeden Augenblick eine Lösung der Frage zu finden, die ihn beschäftigte, fand er Gesetze, die aus der Situation der europäischen Landwirtschaft abgeleitet waren; aber er konnte nicht einsehen, warum diese auf Rußland nicht anwendbaren Gesetze allgemeingültig sein sollten. Dieselbe Beobachtung machte er bei der Lektüre sozialistischer Werke: entweder waren es schöne, aber nicht zu verwirklichende Phantasien, für die er sich in seinen Studentenjahren begeistert hatte, oder Korrekturen an den in Europa herrschenden Zuständen, mit denen die Situation der Landwirtschaft in Rußland nichts gemein hatte. Die Nationalökonomie behauptete, die Gesetze, nach denen sich der Wohlstand Europas entwickelt habe und noch jetzt entwickle, seien allgemeingültig und zweifellos richtig. Die sozialistische Lehre behauptete, eine Weiterentwicklung nach diesen Gesetzen werde zum Untergang führen. Aber weder bei den Nationalökonomen noch bei den Sozialisten war eine Antwort oder auch nur ein Schatten einer Antwort auf die Frage zu finden, was Lewin und alle russischen Bauern und Landbesitzer mit ihren Millionen von Arbeitskräften und Desjatinen tun müßten, um den allgemeinen Wohlstand zu erhöhen.

Da Lewin sich nun einmal an diese Sache gemacht hatte, las

er gewissenhaft alles, was sich auf sein Thema bezog, und beabsichtigte, im Herbst ins Ausland zu reisen, um diese Frage noch an Ort und Stelle zu studieren, damit ihm auf diesem Gebiet nicht widerfahre, was ihm bei verschiedenen Fragen schon so oft widerfahren war. Kaum begann er im Gespräch die Gedanken anderer zu verstehen und seine eigenen Ansichten darzulegen, so wurde ihm sofort vorgehalten: »Und Kauffmann und Jones und Dubois und Mitchell? Die haben Sie nicht gelesen! Das müssen Sie lesen, sie haben diese Frage eingehend behandelt.«

Er sah jetzt klar, daß Kauffmann und Mitchell ihm nichts zu sagen hatten. Er wußte, was er wollte. Er sah, daß Rußland ausgezeichneten Boden und ausgezeichnete Arbeiter besaß und daß in manchen Fällen, wie bei dem alten Bauern auf halbem Weg zu Swijashskij, Arbeiter und Land viel hervorbrachten, in den meisten Fällen aber, wenn nach europäischer Art Kapital angelegt wurde, wenig produziert wurde, und daß das alles daher kam, daß die Arbeiter nur auf ihre eigene Weise arbeiten wollten und auch nur dann gut arbeiteten und daß es sich hier nicht um einen zufälligen, sondern um dauernden Widerstand handelte, der im Geist des Volkes begründet lag. Er meinte, daß das russische Volk, das dazu berufen sei, riesige, noch unbewohnte Flächen zu besiedeln und zu bebauen, so lange an den dazu notwendigen Methoden festhalten werde, bis alles Land besiedelt sei, und daß diese Methoden gar nicht so schlecht seien, wie man gewöhnlich annehme. Und das wollte er theoretisch durch sein Buch und praktisch in seiner Wirtschaft beweisen.

30

Ende September war das Bauholz für den Viehhof auf dem der Genossenschaft überlassenen Land herbeigeschafft, die Butter verkauft und der Gewinn verteilt worden. In der Wirtschaft, in der Praxis, ging alles ausgezeichnet, oder wenigstens schien es Lewin so. Um aber die ganze Sache theoretisch klarzulegen und sein Buch abschließen zu können, das nach seinen kühnen Hoffnungen nicht nur einen Umschwung in der Nationalökonomie herbeiführen, sondern diese Wissenschaft vollkommen beseitigen und eine neue Wissenschaft begründen sollte — die Wissenschaft vom Verhältnis des Volkes zum Boden —, mußte er ins Ausland reisen und alles, was dort in dieser Richtung geschehen war, an Ort und Stelle studieren und zwingende Beweise dafür finden, daß alles, was man dort getan hatte, nicht das richtige war. Lewin wartete nur noch auf die Ablieferung des Weizens, um das Geld dafür zu erhalten und ins Ausland fahren zu können. Aber da setzte Regenwetter ein, man konnte weder die Kartoffeln noch das Korn einfahren, das noch draußen war, und alle Arbeiten kamen ins Stocken, sogar die Ablieferung des Weizens. Die Wege waren im Schlamm versunken, zwei Mühlen wurden durch Hochwasser weggerissen, und das Wetter wurde immer schlechter.

Am dreißigsten September schien frühmorgens die Sonne, Lewin hoffte auf gutes Wetter und traf energisch seine Reisevorbereitungen. Er ließ den Weizen aufschütten, schickte den Verwalter zum Getreidehändler, um das Geld in Empfang zu nehmen, und machte einen Inspektionsritt, um vor der Abreise die letzten Anordnungen zu treffen.

Nachdem alle Geschäfte erledigt waren, ritt Lewin gegen Abend nach Hause, naß von den Regenbächen, die ihm über die Lederjacke in den Nacken und in die Stiefelschäfte liefen, aber in sehr heiterer Stimmung. Gegen Abend verschlechterte sich das Wetter, der Graupelschnee peitschte das Pferd, das am ganzen Leib naß war und fortwährend Kopf und Ohren schüttelte, so schmerzhaft, daß es schräg vorwärts schritt. Lewin aber fühlte sich unter seiner Kapuze recht wohl und sah sich heiter um, bald nach den trüben Bächen in den Wagenspuren, bald nach den Tropfen, die an jedem kahlen Zweig hingen, bald nach dem weißen Fleck noch nicht geschmolzenen Graupelschnees auf den Brückenbohlen, bald nach dem saftigen, noch fleischigen Laub einer Ulme, das in dicker Schicht um den entblätterten Baum lag. Trotz der Düsterkeit der Natur ringsum war er gehobener Stimmung. Die Gespräche mit den Bauern in dem weit entfernten Dorf hatten ihm gezeigt, daß sie anfingen, sich an die neuen Verhältnisse zu gewöhnen. Der alte Herbergswirt, bei dem er eingekehrt war, um sich zu trocknen, billigte Lewins Plan und wollte selbst als Vieheinkäufer in die Genossenschaft eintreten.

›Ich muß nur beharrlich mein Ziel verfolgen‹, dachte Lewin, ›dann werde ich es schon erreichen. Und die Sache ist die Mühe und die Arbeit wert. Hier geht es nicht um meine persönliche Sache, sondern um das Gemeinwohl. Die ganze Landwirtschaft und vor allem die Lage des ganzen Volkes muß sich vollkommen ändern. Statt Armut allgemeiner Wohlstand und Zufriedenheit; statt Feindschaft Eintracht und Interessengemeinschaft. Mit einem Wort, eine unblutige Revolution, aber eine gewaltige Revolution, zuerst in dem kleinen Raum unseres Landkreises, dann im Gouvernement, in Rußland, in der ganzen Welt. Denn eine gerechte Idee kann nicht ohne Frucht bleiben. Ja, das ist ein Ziel, für das es sich zu arbeiten lohnt. Und daß gerade ich auf diese Idee gekommen bin, Konstantin Lewin, der einmal in schwarzer Krawatte zum Ball gefahren ist und dem Kitty Schtscherbatzkaja einen Korb gegeben hat und der sich selbst so kläglich und unbedeutend vorkommt — das hat gar nichts zu sagen. Ich bin überzeugt, daß Franklin sich für ebenso unbedeutend hielt, wenn er über sich selbst nachdachte, und ebensowenig Selbstvertrauen besaß. Das hat nichts zu bedeuten. Auch er hat gewiß seine Agafja Michajlowna gehabt, der er seine Pläne anvertraute.‹

Der Verwalter war von seiner Fahrt zu dem Getreidehändler zurückgekommen und hatte einen Teil des Geldes für den

Weizen mitgebracht. Der Vertrag mit dem Herbergswirt wurde aufgesetzt. Unterwegs hatte der Verwalter gesehen, daß das Getreide noch überall auf dem Feld stand, so daß seine noch nicht eingebrachten hundertsechzig Haufen nichts waren im Vergleich zu dem, was bei anderen noch draußen war.

Nach dem Essen setzte sich Lewin wie gewöhnlich mit einem Buch in den Lehnsessel, dachte aber beim Lesen immer wieder an die bevorstehende Reise und im Zusammenhang damit an seine Abhandlung. Heute war er sich der großen Bedeutung dieser Arbeit besonders bewußt, und ganz von selbst bildeten sich in seinem Kopf lange Sätze, die das Wesentliche seiner Gedanken zum Ausdruck brachten. ›Das muß ich aufschreiben‹, dachte er. ›Das soll eine kurze Einleitung werden, die ich früher für überflüssig gehalten habe.‹ Er stand auf, um an den Schreibtisch zu gehen, und Laska, die zu seinen Füßen lag, reckte sich, stand auch auf und sah ihn an, als wollte sie ihn fragen, wohin es denn gehen solle. Aber er kam nicht dazu, sich Notizen zu machen, denn die Vorarbeiter erschienen, um sich Anweisungen zu holen, und Lewin ging zu ihnen ins Vorzimmer hinaus.

Nachdem er die nötigen Anordnungen für die Arbeiten des nächsten Tages getroffen und auch alle Bauern empfangen hatte, die ihn sprechen wollten, ging er wieder in sein Zimmer und machte sich an die Arbeit. Laska legte sich unter den Tisch, Agafja Michajlowna setzte sich mit ihrem Strickstrumpf auf ihren gewohnten Platz.

Lewin schrieb eine Weile, und plötzlich erinnerte er sich ungemein lebhaft an Kitty, an ihre Absage und an seine letzte Begegnung mit ihr. Er stand auf und ging im Zimmer auf und ab.

»Warum sitzen Sie denn immer noch zu Hause herum und langweilen sich?« sagte Agafja Michajlowna. »Sie sollten ins Bad fahren, wenn Sie es sich schon einmal vorgenommen haben!«

»Ich will ja auch übermorgen abreisen, Agafja Michajlowna, aber vorher muß ich noch allerlei erledigen.«

»Ach was! Sie haben den Bauern schon mehr als genug in den Rachen geworfen. Sie sagen jetzt schon: ›Der Zar wird euern Herrn noch dafür belohnen.‹ Ich wundere mich immer, daß Sie sich so viele Sorgen um die Bauern machen.«

»Ich tue es nicht den Bauern zuliebe, sondern um meinetwillen.«

Agafja Michajlowna kannte alle Einzelheiten von Lewins Wirtschaftsplänen; Lewin hatte ihr seine Gedanken oft mit allen Einzelheiten auseinandergesetzt und oft mit ihr gestritten. Jetzt aber hatte sie seine Worte ganz anders verstanden.

»Ja, natürlich, man muß vor allen Dingen an sein Seelenheil denken«, sagte sie seufzend. »Da war der Parfen Denisytsch, der konnte nicht lesen und schreiben, aber er ist doch so gestorben, wie man's jedem wünschen möchte«, sagte sie von einen unlängst verstorbenen Hofknecht. »Er hat das Abendmahl und die letzte Ölung empfangen.«

»Das meine ich nicht«, antwortete er. »Ich wollte sagen, daß ich das zu meinem eigenen Vorteil tue. Es ist für mich vorteilhafter, wenn die Bauern besser arbeiten.«

»Da können Sie machen, was Sie wollen: Wenn einer faul ist, stellt er sich immer ungeschickt an und bringt nichts fertig. Wenn er ein Gewissen hat, dann arbeitet er auch; und wenn er keins hat, dann ist nichts mit ihm anzufangen.«

»Aber ihr habt doch selbst gesagt, daß Iwan sich jetzt mehr um das Vieh kümmert.«

»Ich sage nur eins«, antwortete Agafja Michajlowna, und zwar nicht zufällig, sondern als Ergebnis eines streng logischen Gedankengangs: »Sie müssen heiraten, das ist's!«

Daß Agafja Michajlowna etwas sagte, woran er selbst gerade gedacht hatte, ärgerte und kränkte ihn. Er runzelte die Stirn und setzte sich wieder an den Schreibtisch, ohne ihr zu antworten. Er wiederholte sich noch einmal alles, was er über die Bedeutung seiner Arbeit dachte. Nur ab und zu horchte er in der Stille auf das Klappern von Agafja Michajlownas Stricknadeln, und wenn ihm dann das einfiel, woran er nicht denken wollte, runzelte er wieder die Stirn.

Um neun Uhr hörte er Schellengeläut und das dumpfe Rasseln eines Wagens, der in dem tiefen Schmutz auf der Landstraße hin und her schwankte.

»Na, sehen Sie, da kommt Besuch, da werden Sie sich nicht mehr so langweilen«, sagte Agafja Michajlowna, stand auf und ging zur Tür. Aber Lewin überholte sie. Seine Arbeit ging nicht recht voran, und er freute sich über jeden Gast, wer es auch sein mochte.

31

Als Lewin die halbe Treppe hinuntergelaufen war, hörte er im Vorzimmer ein ihm wohlbekanntes Husten; aber er hörte es wegen des Lärms seiner eigenen Schritte nur undeutlich und hoffte, sich getäuscht zu haben. Dann sah er eine lange, knochige, wohlbekannte Gestalt, und nun schien ihm jede Täuschung unmöglich; aber er hoffte noch immer, daß er sich irre und daß dieser lange Mensch, der den Pelz auszog und hustete, nicht sein Bruder Nikolaj sei.

Lewin liebte seinen Bruder, aber mit ihm zusammenzusein, war ihm immer eine Qual gewesen. Jetzt, wo Lewin durch den Gedanken, der ihm vorhin ganz plötzlich gekommen war, und durch die Bemerkung Agafja Michajlownas unruhig und verwirrt war, empfand er das Wiedersehen mit seinem Bruder als sehr bedrückend. Statt mit einem lustigen, gesunden, fremden Gast, der ihn etwas aufgeheitert und abgelenkt hätte, wie er gehofft hatte, mußte er nun mit seinem Bruder zusammensein, der ihn durch und durch kannte, die geheimsten Gedanken aus ihm herauslocken und ihn zwingen würde, sich vollkommen auszusprechen. Und das wollte Lewin nicht.

Ärgerlich über sich selbst wegen dieses häßlichen Gefühls lief Lewin ins Vorzimmer hinunter. Und sobald er seinen Bruder aus der Nähe sah, verschwand dieses Gefühl persönlicher Enttäuschung sofort und wich tiefem Mitleid. Nikolaj hatte schon früher durch seine Krankheit und Magerkeit schrecklich ausgesehen, aber jetzt war er noch magerer und elender geworden. Er bestand nur noch aus Haut und Knochen.
Er stand im Vorzimmer, zuckte mit dem langen, dünnen Hals, riß sich den Schal herunter und lächelte seltsam kläglich. Als Lewin dieses sanfte, demütige Lächeln sah, schnürte sich ihm die Kehle zusammen.
»Ja, da bin ich«, sagte Nikolaj mit dumpfer Stimme, ohne den Blick auch nur eine Sekunde vom Gesicht seines Bruders wegzuwenden. »Ich wollte schon lange kommen, aber ich war immer krank. Jetzt geht's mir wieder besser«, sagte er und wischte sich mit den großen, mageren Handflächen den Bart ab.
»Ja, ja!« antwortete Lewin, und sein Entsetzen wurde noch größer, als er seinen Bruder küßte und die Trockenheit seines Körpers fühlte und diese großen, merkwürdig glänzenden Augen dicht vor sich sah.
Einige Wochen vorher hatte Lewin seinem Bruder geschrieben, das kleine Erbteil, das ihnen bisher gemeinsam gehört hatte, sei jetzt verkauft, und der Bruder könne seinen Anteil, ungefähr zweitausend Rubel, bekommen.
Nikolaj sagte, er sei gekommen, um dieses Geld in Empfang zu nehmen, vor allem aber, um eine Zeitlang in dem heimischen Nest zu sein und die heimische Erde zu berühren, um daraus Kraft für sein weiteres Tun zu gewinnen wie die Helden der Sage. Er hielt sich zwar noch krummer als früher, und seine Hagerkeit fiel bei seinem hohen Wuchs besonders auf, aber seine Bewegungen waren immer noch so schnell und hastig wie eh und je. Lewin führte ihn in sein Arbeitszimmer.

Nikolaj kleidete sich mit besonderer Sorgfalt um, was er früher nie getan hatte, kämmte sein spärliches, glattes Haar und ging dann lächelnd nach oben.

Er war in jener freundlichen, heiteren Stimmung, in der Lewin ihn als Kind oft gesehen hatte. Sogar von Sergej Iwanowitsch sprach er ohne Bitterkeit. Als er Agafja Michajlowna sah, scherzte er mit ihr und erkundigte sich nach den alten Dienern. Die Nachricht von Parfen Denisytschs Tod berührte ihn unangenehm. Auf seinem Gesicht malte sich Entsetzen, aber er nahm sich sofort zusammen.

»Er war ja auch schon alt«, sagte er und begann von anderen Dingen zu sprechen. »Ja, ich bleibe ungefähr zwei Monate bei dir, dann fahre ich nach Moskau. Weißt du, Mjagkow hat mir eine Stelle versprochen, ich will wieder in den Staatsdienst treten. Jetzt will ich mein Leben ganz anders einrichten«, fuhr er fort. »Weißt du, diesem Frauenzimmer habe ich den Laufpaß gegeben.«

»Wem? Marja Nikolajewna? Wie? Warum denn?«

»Ach, sie war ein gräßliches Frauenzimmer! Sie hat mir eine Menge Unannehmlichkeiten gemacht.« Aber er erzählte nicht, was für Unannehmlichkeiten das waren. Er konnte nicht sagen, daß er Marja Nikolajewna davongejagt hatte, weil sie ihm den Tee nicht stark genug gekocht hatte, und vor allem deshalb, weil sie ihn wie einen Kranken gepflegt hatte. »Ich will überhaupt mein ganzes Leben ändern. Ich habe natürlich Dummheiten gemacht, wie alle; aber mein Vermögen, das ist unwichtig, darum tut's mir nicht leid. Die Hauptsache ist die Gesundheit, und jetzt geht's mir Gott sei Dank besser!«

Lewin hörte zu und überlegte, was er sagen sollte, aber es fiel ihm nichts ein. Nikolaj schien das zu fühlen; er fragte den Bruder nach seinen Wirtschaftsangelegenheiten, und Lewin war froh, daß er von sich selbst sprechen konnte, denn da brauchte er sich nicht zu verstellen. Er erzählte dem Bruder von seinen Plänen und Unternehmungen.

Nikolaj hörte zu, schien sich aber nicht dafür zu interessieren.

Diese beiden Menschen standen einander so nahe, daß die kleinste Geste, der Tonfall ihrer Stimmen ihnen mehr sagte, als man in Worten ausdrücken kann. Jetzt hatten sie beide den gleichen Gedanken, der alles andere erstickte: Nikolajs Krankheit und seinen nahen Tod. Aber keiner von beiden wagte davon zu sprechen, und darum war alles, was sie sagten, Lüge, denn das, was sie allein beschäftigte, wurde nicht ausgesprochen. Noch nie war Lewin so froh gewesen, daß der Abend kam und daß es Zeit zum Schlafengehen war. Keinem Fremden gegenüber, bei keinem offiziellen Besuch war er so unnatürlich und unaufrichtig gewesen wie heute. Das Bewußtsein dieser Unnatürlichkeit und die Scham darüber machten ihn noch unnatürlicher. Er hätte weinen mögen über seinen geliebten Bruder, der bald sterben würde, aber er mußte sich mit ihm unterhalten, mußte sich anhören, wie sein Bruder sein Leben einrichten wollte.

Da es im Haus feucht und nur ein Zimmer geheizt war, ließ Lewin für seinen Bruder in seinem eigenen Schlafzimmer ein Bett hinter dem Wandschirm zurechtmachen.

Nikolaj legte sich hin; ob er nun schlief oder nicht, er wälzte sich umher wie ein Kranker und hustete; wenn er die Kehle nicht richtig frei bekam, brummte er vor sich hin. Manchmal, wenn ihm das Atmen schwer wurde, sagte er: »Ach, mein Gott!« Manchmal, wenn er an dem Schleim fast erstickte, sagte er ärgerlich: »Ach, zum Teufel!« Lewin konnte lange nicht einschlafen, weil er immer zu seinem Bruder hinüberhorchte. Die verschiedensten Gedanken gingen ihm durch den Kopf, aber am Ende all dieser Gedanken war immer das eine: der Tod.

Der Tod, das unvermeidliche Ende, trat ihm zum erstenmal mit unwiderstehlicher Gewalt vor Augen. Und der Tod war schon da, bei dem geliebten Bruder, der im Halbschlaf stöhnte und gewohnheitsmäßig bald Gott, bald den Teufel anrief, und war auch ihm selbst gar nicht so fern, wie es ihm früher immer vorgekommen war. Der Tod war auch in ihm selbst, das fühlte er. Wenn nicht heute, dann morgen; wenn nicht morgen, dann in dreißig Jahren: kam das nicht auf dasselbe hinaus? Was aber dieser unvermeidliche Tod war, das wußte er nicht, darüber hatte er nie nachgedacht, ja er hatte es überhaupt nicht verstanden, hatte nicht gewagt, darüber nachzudenken.

›Ich arbeite, ich will etwas tun, und ich habe vergessen, daß alles ein Ende nimmt, daß es einen Tod gibt.‹

Er saß im Dunkeln auf seinem Bett, beugte sich vor, umfaßte seine Knie und grübelte, angestrengt, mit angehaltenem Atem. Aber je mehr er seine Denkkraft anstrengte, desto klarer wurde ihm, daß es zweifellos so war, daß er tatsächlich einen kleinen Umstand im Leben vergessen, übersehen hatte: daß der Tod kommt und alles zu Ende ist, daß es sich nicht lohnt, etwas anzufangen, daß es kein Mittel dagegen gibt. Ja, das war entsetzlich, aber es war so.

›Aber noch lebe ich. Was muß ich jetzt tun, was?‹ fragte er sich verzweifelt. Er zündete eine Kerze an, stand leise auf, ging zum Spiegel und betrachtete sein Gesicht und seine Haare. Ja, an den Schläfen waren schon graue Haare. Er machte den Mund auf. Die Backenzähne begannen schlecht zu werden. Er entblößte seine muskulösen Arme. Ja, er besaß viel Kraft. Aber auch Nikolaj, der dort mit den kläglichen Resten seiner Lunge atmete, hatte einmal einen gesunden Körper gehabt. Und plötzlich fiel ihm ein, wie sie als Kinder zusammen schlafen gegangen waren und nur darauf gewartet hatten, daß Fedor Bogdanytsch hinausging, um sich mit den Kopfkissen zu werfen und zu lachen, so unbändig zu lachen, daß selbst die Furcht vor Fedor Bogdanytsch diese überströmende, überschäumende Lebensfreude nicht hatte hemmen können. ›Und jetzt diese eingefallene Brust... und ich, der ich nicht weiß, wozu ich da bin, und was mit mir sein wird...‹

»Kche, kche! Zum Teufel, was machst du denn da? Warum schläfst du nicht?« rief sein Bruder ihm zu.
»Ich weiß nicht, ich kann nicht schlafen.«
»Aber ich habe gut geschlafen, ich schwitze gar nicht mehr. Fühle mal mein Hemd an. Es ist doch nicht feucht?«
Lewin fühlte das Hemd an, ging wieder hinter den Wandschirm und löschte das Licht, aber er konnte lange nicht einschlafen. Kaum war er sich einigermaßen darüber klargeworden, wie er leben müsse, da stand schon eine neue, unlösbare Frage vor ihm: der Tod.
›Ja, er ist schon ein Sterbender, im Frühjahr wird er sterben, wie soll ich ihm helfen? Was soll ich ihm sagen? Was weiß ich denn davon? Ich hatte ganz vergessen, daß es das gibt!‹

32

Lewin hatte schon längst die Beobachtung gemacht, daß Leute, die anfangs durch ihre übergroße Nachgiebigkeit und Unterwürfigkeit unangenehm wirken, durch ihr anmaßendes, herausforderndes Benehmen sehr bald unerträglich werden. Er ahnte, daß es ihm auch mit seinem Bruder so gehen werde. Und in der Tat, mit Nikolajs Sanftmut war es bald vorbei. Gleich am nächsten Morgen zeigte er sich sehr gereizt und suchte förmlich Streit mit seinem Bruder, indem er seine wundesten Punkte berührte.
Lewin fühlte sich schuldig und wußte nicht, wie er es gutmachen sollte. Er wußte: Wenn sie beide sich nicht verstellten, sondern offen miteinander redeten, das heißt, nur das sagten, was sie wirklich dachten und empfanden, dann würden sie einander immer nur in die Augen sehen, und er, Konstantin, würde nur sagen: ›Du mußt sterben, du mußt sterben!‹ Und Nikolaj würde antworten: ›Ich weiß, daß ich sterben muß, aber ich fürchte mich davor, ich fürchte mich.‹ Und weiter würden sie nichts sagen, wenn sie ganz offen miteinander reden wollten. So konnte man natürlich nicht

miteinander leben, und darum versuchte Konstantin das zu tun, was er sein ganzes Leben versucht und nicht fertiggebracht hatte, was aber nach seiner Beobachtung viele Leute so gut verstanden und was geradezu eine Notwendigkeit im Leben ist: Er versuchte etwas anderes zu sagen, als was er dachte, und fühlte doch, daß es falsch klang, daß sein Bruder ihn durchschaute und dadurch gereizt wurde.
Am dritten Tag forderte Nikolaj seinen Bruder auf, ihm noch einmal seinen Plan vorzutragen, und verurteilte ihn nicht nur, sondern sagte absichtlich, das sei Kommunismus.
»Du hast nur eine fremde Idee aufgegriffen, aber du hast sie entstellt und willst sie auf einem Gebiet anwenden, wo sie nicht hinpaßt.«
»Aber meine Idee hat doch gar nichts mit Sozialismus zu tun. Die Sozialisten leugnen die Berechtigung des Eigentums, des Kapitals, der Erbfolge, ich aber verwerfe diesen wichtigsten Stimulus nicht« (es war ihm selbst widerwärtig, daß er solche Ausdrücke gebrauchte; aber seit er so eifrig an seinem Buch arbeitete, hatte er unwillkürlich angefangen, immer öfter nichtrussische Wörter zu verwenden), »ich will nur die Arbeit regulieren.«
»Das ist es ja, du hast einen fremden Gedanken aufgegriffen, ihm alles genommen, was seine eigentliche Kraft ausmacht, und möchtest einem jetzt einreden, das sei etwas Neues«, sagte Nikolaj und zuckte ärgerlich mit dem Hals.
»Aber mein Gedanke hat ja gar nichts gemein...«
»Der Kommunismus«, sagte Nikolaj mit boshaft blitzenden Augen und ironischem Lächeln, »der Kommunismus hat wenigstens einen sozusagen mathematischen Reiz der Klarheit und Unwiderlegbarkeit. Vielleicht ist es eine Utopie. Aber nehmen wir an, man könnte mit der ganzen Vergangenheit tabula rasa machen: Wenn es kein Eigentum, keine Familie mehr gibt, dann könnte man die Arbeit organisieren. Aber du hast ja gar nichts...«

»Warum wirfst du das denn durcheinander? Ich bin nie Kommunist gewesen.«

»Aber ich, und ich finde, daß der Kommunismus zwar verfrüht, aber doch etwas Vernünftiges ist und eine Zukunft hat wie das Christentum in den ersten Jahrhunderten.«

»Ich meine ja nur, daß man die Arbeitskraft vom naturwissenschaftlichen Standpunkt betrachten muß, das heißt, man muß sie studieren, ihre Eigenschaften erkennen und ...«

»Das ist völlig überflüssig. Je nach dem Grad ihrer Entwicklung findet diese Kraft ganz von selbst einen bestimmten Wirkungsbereich. Überall hat es Sklaven gegeben, dann métayers; auch bei uns gibt es Arbeit auf Halbpart, Pacht und Tagelöhnerarbeit — was willst du denn noch?«

Bei diesen Worten seines Bruders wurde Lewin sehr heftig, denn er fürchtete in tiefster Seele, daß Nikolaj recht haben könnte und daß er wirklich nur einen Ausgleich zwischen dem Kommunismus und der bestehenden Ordnung schaffen wolle und daß das kaum möglich sei.

»Ich suche ein Mittel, um die Arbeit sowohl für mich als auch für den Arbeiter einträglich zu machen. Ich will es so einrichten ...« antwortete er hitzig.

»Du willst gar nichts. Du willst einfach den Originellen spielen, wie du es dein Leben lang getan hast, und zeigen, daß du die Bauern nicht einfach so ausbeutest, sondern nach einem bestimmten System.«

»Nun, wenn du das glaubst, dann laß mich gefälligst in Ruhe!« antwortete Lewin; er fühlte, wie der Muskel seiner linken Wange unaufhörlich zuckte.

»Du hast nie wirkliche Überzeugungen gehabt und hast auch jetzt keine, du willst nur deiner Eitelkeit frönen.«

»Ausgezeichnet! Dann gib dich nicht weiter mit mir ab!«

»Das tue ich auch! Es ist auch höchste Zeit! Hol dich der Teufel! Es tut mir leid, daß ich überhaupt hergekommen bin!«

Lewin gab sich nachher die größte Mühe, seinen Bruder zu

beruhigen, aber Nikolaj wollte nichts hören; er sagte, es wäre das beste, wenn er abreiste, und Konstantin sah, daß seinem Bruder das Leben unerträglich geworden war.
Nikolaj war bereits reisefertig, als Konstantin noch einmal zu ihm kam und ihn in gezwungen klingendem Ton um Verzeihung bat, falls er ihn irgendwie gekränkt haben sollte.
»Sieh mal, wie großmütig!« sagte Nikolaj und lächelte. »Wenn du durchaus recht behalten möchtest — diesen Gefallen kann ich dir gern tun. Also du hast recht, aber ich reise trotzdem ab!«
Erst unmittelbar vor der Abreise küßte Nikolaj seinen Bruder, sah ihn plötzlich seltsam ernst an und sagte:
»Behalte mich trotzdem in gutem Andenken, Kostja!« Seine Stimme zitterte.
Das waren die einzigen Worte, die aufrichtig waren. Lewin verstand, daß sie bedeuteten: ›Du siehst und weißt, daß es schlecht um mich steht; wir sehen uns vielleicht nicht wieder.‹ Lewin verstand das, und Tränen traten ihm in die Augen. Er küßte seinen Bruder noch einmal, aber er konnte nichts sagen und wußte auch nicht, was er sagen sollte.
Drei Tage nach der Abreise seines Bruders fuhr Lewin ins Ausland. Auf dem Bahnhof traf er Schtscherbatzkij, Kittys Vetter, der über sein finsteres Gesicht sehr erstaunt war.
»Was hast du denn?« fragte Schtscherbatzkij.
»Nichts. Es ist eben nicht sehr lustig auf dieser Welt.«
»Wieso? Komm lieber mit mir nach Paris, statt nach deinem Mühlhausen zu fahren. Dann wirst du sehen, wie lustig es auf der Welt ist!«
»Nein, damit habe ich schon abgeschlossen. Für mich ist es Zeit zu sterben.«
»Na, so was!« rief Schtscherbatzkij lachend. »Und ich will gerade erst anfangen zu leben.«
»Ja, so habe er vor kurzem auch noch gedacht, aber jetzt weiß ich, daß ich bald sterben werde.«
Was Lewin da sagte, hatte er in der letzten Zeit wirklich

gedacht. Er sah in allem nur den Tod oder seine Nähe. Aber das Werk, das er begonnen hatte, interessierte und beschäftigte ihn deshalb nur um so mehr. Man mußte sein Leben ja irgendwie herumbringen, bis der Tod kam. Alles schien ihm in Dunkel gehüllt, und gerade darum hatte er das Gefühl, daß sein Werk der einzige leitende Faden in diesem Dunkel sei, und er klammerte sich mit letzter Kraft an diesen Faden und hielt sich daran fest.

VIERTER TEIL

1

Die Karenins lebten nach wie vor unter demselben Dach und sahen sich jeden Tag, waren sich aber völlig fremd geworden. Alexej Alexandrowitsch hatte es sich zur Regel gemacht, seine Frau täglich zu sehen, damit die Dienstboten keinen Anlaß hätten, Vermutungen anzustellen; aber er vermied es, zu Hause zu essen. Wronskij erschien nie mehr in Alexej Alexandrowitschs Haus, aber Anna traf sich außerhalb des Hauses mit ihm, und ihr Mann wußte das.
Diese Lage war für alle drei qualvoll, und keiner von ihnen wäre imstande gewesen, auch nur einen Tag in dieser Situation zu leben, wenn sie nicht alle gehofft hätten, daß die Lage sich ändern werde und daß es nur eine vorübergehende, bedauerliche Schwierigkeit sei. Alexej Alexandrowitsch wartete darauf, daß diese Leidenschaft vergehen werde, wie alles vergeht, daß alle diese Geschichte vergessen würden und sein Name unbefleckt bleiben werde. Anna, die diese Lage herbeigeführt hatte, litt zwar am meisten darunter, ertrug sie aber, weil sie nicht nur erwartete, sondern fest überzeugt war, daß alles sich sehr bald lösen und klären werde. Sie wußte zwar absolut nicht, was die Lage klären sollte, war aber fest überzeugt, daß die Lösung sehr bald kommen müsse. Wronskij, der sich ihren Ansichten unwillkürlich unterwarf, wartete auch auf etwas, das nicht von ihm abhing und alle Schwierigkeiten lösen mußte.
Um die Mitte des Winters verlebte Wronskij eine sehr langweilige Woche. Er war zu einem ausländischen Prinzen kommandiert worden, der nach Petersburg gekommen war, und mußte ihm die Sehenswürdigkeiten der Residenz zeigen. Wronskij war eine stattliche Erscheinung; außerdem verstand er die Kunst, sich würdevoll und ehrerbietig zu benehmen und hatte Erfahrung im Umgang mit solchen hohen Herren; darum hatte man ihn dem Prinzen als Begleiter gegeben. Aber diese Pflicht schien ihm sehr schwer. Der

Prinz wollte alles sehen, wonach man ihn zu Hause fragen könnte; außerdem wollte er nach Möglichkeit alle russischen Vergnügungen kennenlernen. Wronskij hatte die Aufgabe, ihm beim einen wie beim anderen als Führer zu dienen. Vormittags sahen sie sich allerlei Sehenswürdigkeiten an, abends nahmen sie an echt russischen Vergnügungen teil. Der Prinz erfreute sich einer sehr guten Gesundheit, wie sie sogar bei Prinzen selten ist; durch Turnen und gute Körperpflege war er so kräftig, daß er trotz des Übermaßes, mit dem er sich diesen Vergnügungen hingab, so frisch war wie eine große grüne, glänzende holländische Gurke. Der Prinz war viel gereist und fand, einer der Hauptvorzüge der modernen Verkehrsmittel bestehe darin, daß einem die Vergnügungen der verschiedenen Nationen zugänglich geworden seien. Er war in Spanien gewesen, hatte dort den Damen Ständchen gebracht und war in nähere Beziehungen zu einer Spanierin getreten, die Mandoline spielte. In der Schweiz hatte er eine Gemse geschossen. In England war er im roten Frack mit seinem Pferd über Zäune gesetzt und hatte auf Grund einer Wette zweihundert Fasanen geschossen. In der Türkei war er in einem Harem gewesen, in Indien auf einem Elefanten geritten, und jetzt wollte er in Rußland alle echt russischen Vergnügungen genießen.

Wronskij, der gewissermaßen sein Oberzeremonienmeister war, hatte viel Mühe, all die russischen Vergnügungen, die dem Prinzen von verschiedenen Personen vorgeschlagen wurden, zu organisieren. Da gab es Trabrennen und russische Pfannkuchen und Bärenjagden und Troikafahrten und Zigeuner und Trinkgelage, bei denen nach russischer Sitte die Gläser in Stücke geschlagen wurden. Der Prinz machte sich mit bewundernswerter Leichtigkeit das russische Wesen zu eigen, zerschlug ganze Tabletts voll Gläser, nahm eine Zigeunerin auf den Schoß und schien immer nur zu fragen: ›Kommt noch etwas? Oder ist das alles, worin das russische Wesen besteht?‹

Die russischen Vergnügungen, die dem Prinzen am besten gefielen, waren die französischen Schauspielerinnen, ein Ballettmädchen und der weißgesiegelte Champagner. Wronskij war gewohnt, mit Prinzen zu verkehren, aber diese Woche wurde ihm sehr schwer, vielleicht, weil er sich in letzter Zeit sehr geändert hatte oder weil er in allzu nahe Beziehungen mit dem Prinzen getreten war. Er hatte diese ganze Woche ununterbrochen ein ähnliches Gefühl, wie ein Mensch, der sich um einen gefährlichen Irrsinnigen kümmern muß, den Irrsinnigen fürchtet und zugleich wegen des steten Umgangs mit ihm um seinen eigenen Verstand besorgt ist. Wronskij war sich der Notwendigkeit bewußt, daß er den Ton streng offizieller Ehrerbietigkeit auch nicht für eine Sekunde aufgeben durfte, um nicht beleidigt zu werden. Denn zu Wronskijs Verwunderung behandelte der Prinz gerade die Leute sehr verächtlich, die sich die größte Mühe gaben, ihm russische Vergnügungen zu bieten. Das Urteil des Prinzen über die russischen Frauen, die er zu studieren wünschte, ließ Wronskij mehr als einmal vor Entrüstung erröten. Aber der Hauptgrund, warum Wronskij den Prinzen nicht ausstehen konnte, war, daß er unwillkürlich in ihm sich selbst erkannte. Und was er in diesem Spiegel sah, das war für sein Selbstgefühl nicht besonders schmeichelhaft. Der Prinz war ein sehr dummer, sehr selbstbewußter, sehr gesunder und sehr reinlicher Mensch, und weiter nichts. Er war ein Gentleman, das war richtig, und Wronskij konnte es nicht leugnen. Im Umgang mit Höhergestellten benahm er sich gemessen und ohne Kriecherei, im Verkehr mit seinesgleichen war er ungezwungen und schlicht, und Leute, die unter ihm standen, behandelte er mit geringschätzigem Wohlwollen. Wronskij war selbst so und hielt das für einen großen Vorzug; aber im Verkehr mit dem Prinzen war er der niedriger Stehende, und dieses halb geringschätzige, halb wohlwollende Benehmen ihm gegenüber empörte ihn.

›Ein dummes Stück Vieh! Bin ich wirklich auch so einer?‹ dachte er.
Wie dem auch sein mochte, als der Prinz am siebten Tag nach Moskau fuhr, sich von Wronskij verabschiedete und ihm dankte, war Wronskij glücklich, aus dieser peinlichen Lage herauszukommen und diesen unangenehmen Spiegel loszuwerden. Sie verabschiedeten sich morgens auf dem Bahnhof, nach einer nächtlichen Bärenjagd, die eine einzige Schaustellung russischer Tapferkeit gewesen war.

2

Als Wronskij nach Hause kam, fand er einen Brief von Anna vor. Sie schrieb: ›Ich bin krank und unglücklich. Ich kann nicht ausfahren, aber ich kann es nicht länger ertragen, Sie nicht zu sehen. Kommen Sie heute abend. Um sieben Uhr fährt Alexej Alexandrowitsch zu einer Sitzung und bleibt bis zehn.‹ Er überlegte einen Augenblick, wie seltsam es doch sei, daß sie ihn so ohne weiteres zu sich einlud, obwohl ihr Mann verlangt hatte, sie solle ihn nicht mehr empfangen; dann aber beschloß er, doch hinzufahren.
Wronskij war in diesem Winter unter Beförderung zum Obersten aus dem Regiment ausgeschieden und lebte nun allein für sich. Nachdem er gefrühstückt hatte, legte er sich aufs Sofa, und nach fünf Minuten vermengten und verbanden sich in seinem Kopf Erinnerungen an die widerwärtigen Szenen, die er in den letzten Tagen mitangesehen hatte, mit dem Bild Annas und eines Bauern, der als Treiber bei der Bärenjagd eine wichtige Rolle gespielt hatte. Dann schlief Wronskij ein. Er erwachte im Dunkeln, zitternd vor Angst, und zündete hastig eine Kerze an. ›Was ist denn? Was war das? Was habe ich denn Schreckliches geträumt? Ja, ja: der Bauer, der den Bären aufgestöbert hat, so ein kleiner, schmutziger Kerl mit zerzaustem Bart, bückte sich und machte irgend etwas, und auf einmal sprach er französisch,

ganz sonderbare Worte. Ja, weiter habe ich nichts geträumt‹, sagte er zu sich selbst. ›Aber warum war das denn so entsetzlich?‹ Er erinnerte sich noch einmal sehr deutlich an den Bauer und an die französischen Worte, die er gesprochen hatte, und ein kalter Schauer lief ihm über den Rücken.

›So ein Unsinn!‹ dachte Wronskij und sah auf die Uhr.

Es war schon halb neun. Er klingelte seinem Diener, zog sich eilig an und trat vor die Haustür; seinen Traum hatte er ganz vergessen, ihn quälte nur der Gedanke, daß er zu spät komme. Als er bei Karenins vorfuhr, schaute er wieder auf die Uhr und sah, daß es zehn Minuten vor neun war. Eine hohe, schmale, mit zwei Grauschimmeln bespannte Kutsche hielt vor der Haustür. Er erkannte Annas Wagen. ›Sie will zu mir‹, dachte Wronskij, ›und das wäre auch besser gewesen. Es ist mir unangenehm, dieses Haus zu betreten. Aber einerlei, verstecken kann ich mich jetzt nicht‹, sagte er sich, und mit der ihm von Kindheit an geläufigen Haltung eines Mannes, der keinen Anlaß hat sich zu schämen, stieg er aus dem Schlitten und ging zur Haustür. In diesem Augenblick wurde die Tür geöffnet, und der Portier, ein Plaid auf dem Arm, rief die Kutsche heran. Wronskij, der nicht die Gewohnheit hatte, auf Kleinigkeiten zu achten, bemerkte jetzt doch den erstaunten Gesichtsausdruck, mit dem der Portier ihn ansah. In der Tür stieß Wronskij fast mit Alexej Alexandrowitsch zusammen. Die Gasflamme beleuchtete das blutlose, eingefallene Gesicht unter dem schwarzen Hut und die weiße Krawatte, die aus dem Biberkragen des Mantels hervorschaute. Die starren, trüben Augen Karenins hefteten sich auf Wronskijs Gesicht. Wronskij verbeugte sich; Alexej Alexandrowitsch bewegte die Lippen, als kaue er etwas, hob die Hand zum Hut und ging vorüber. Wronskij sah, wie er, ohne sich umzuschauen, in die Kutsche stieg, sich Plaid und Opernglas durchs Fenster hineinreichen ließ und verschwand. Wronskij ging ins Vorzimmer. Seine Brauen waren finster zusammengezogen, und seine Augen blitzten zornig und stolz.

›Was für eine Situation!‹ dachte er. ›Wenn er kämpfen, seine Ehre verteidigen würde, dann könnte ich handeln und meinen Gefühlen freien Lauf lassen. Aber diese Schwäche oder Gemeinheit... Er drängt mich in die Lage eines Betrügers, was ich nie sein wollte und nicht sein will.‹

Seit der Aussprache mit Anna im Wredeschen Park hatten sich Wronskijs Anschauungen geändert. Unwillkürlich gab er der Schwäche Annas nach, die sich ihm ganz hingegeben hatte, von ihm allein die Entscheidung ihres Schicksals erwartete und sich von vornherein in alles fügte. Er hatte längst aufgehört zu denken, daß dieses Verhältnis so enden könne, wie er damals gedacht hatte. Seine ehrgeizigen Pläne waren wieder in den Hintergrund getreten, und da er seinen Wirkungskreis, in dem alles klar und bestimmt war, nun aufgegeben hatte, überließ er sich ganz seinem Gefühl, und dieses Gefühl fesselte ihn immer fester an Anna.

Schon im Vorzimmer hörte er ihre Schritte, die sich entfernten. Er begriff, daß sie ihn erwartete, daß sie gelauscht hatte und daß sie jetzt in den Salon zurückging.

»Nein«, rief sie, als sie ihn erblickte, und beim ersten Laut ihrer Stimme traten ihr die Tränen in die Augen, »nein, wenn das so weitergeht, dann geschieht es noch früher, viel früher!«

»Was denn, Liebste?«

»Was? Ich warte, ich quäle mich, eine Stunde, zwei... Nein, ich will dir keine Vorwürfe machen! Ich kann es nicht. Du konntest wahrscheinlich nicht früher kommen. Nein, ich will dir keine Vorwürfe machen!«

Sie legte beide Hände auf seine Schultern und sah ihn lange mit einem tiefen, entzückten und zugleich forschenden Blick an. Sie betrachtete jeden Zug seines Gesichts, als wollte sie darin lesen, was er in der Zeit getan hatte, in der sie ihn nicht gesehen hatte. Wie bei jedem Wiedersehen versuchte sie, ihr Phantasiebild von ihm (ein unvergleichlich schöneres, in der Wirklichkeit unmögliches Bild) mit seinem wahren Wesen in Einklang zu bringen.

3

»Bist du ihm begegnet?« fragte sie ihn, als sie am Tisch unter der Lampe saßen. »Das ist die Strafe dafür, daß du zu spät gekommen bist.«

»Ja, aber wie kommt das denn? Er sollte doch in der Sitzung sein.«

»Er war auch dort, aber er kam wieder zurück und fuhr dann wieder weg, ich weiß nicht wohin. Aber das hat nichts zu bedeuten. Sprich nicht davon. Wo bist du gewesen? Immer bei dem Prinzen?«

Sie kannte alle Einzelheiten seines Lebens. Er wollte ihr sagen, daß er die ganze Nacht nicht geschlafen habe und dann eingeschlafen sei, aber als er ihr erregtes, glückliches Gesicht sah, schämte er sich zu sagen, daß er die Zeit verschlafen habe. Er sagte, er habe über die Abreise des Prinzen Bericht erstatten müssen.

»Ist es jetzt vorbei? Ist er abgereist?«

»Gott sei Dank, es ist vorbei. Du kannst dir gar nicht vorstellen, wie widerwärtig mir das alles war.«

»Warum denn? Das ist doch das Leben, das ihr jungen Männer immer führt«, sagte sie, die Brauen runzelnd, nahm ihre Häkelarbeit, die auf dem Tisch lag, und zog die Häkelnadel heraus, ohne Wronskij anzusehen.

»Ich habe dieses Leben längst aufgegeben«, sagte er, erstaunt über den veränderten Ausdruck ihres Gesichts und bemüht, die Bedeutung dieser Veränderung zu erkennen. »Aber ich muß gestehen«, sagte er, lächelnd seine weißen Zähne zeigend, »bei diesem Leben hatte ich die ganze Woche das Gefühl, als sähe ich mich im Spiegel, und das war mir unangenehm.«

Sie hielt ihre Häkelarbeit in den Händen, häkelte aber nicht, sondern sah ihn mit seltsam glänzenden Augen unfreundlich an.
»Heute vormittag war Lisa hier — die Damen fürchten sich noch nicht, mich zu besuchen, trotz der Gräfin Lydia Iwanowna«, schob sie ein — »und erzählte mir von eurer Orgie. Wie scheußlich!«
»Ich wollte nur sagen, daß...«
Sie fiel ihm ins Wort.
»War das dieselbe Thérèse, die du schon früher kanntest?«
»Ich wollte sagen...«
»Wie ekelhaft ihr Männer seid! Könnt ihr euch wirklich nicht vorstellen, daß eine Frau so etwas nicht vergessen kann?« sagte sie, immer heftiger werdend und ihm dadurch die Ursache ihrer Gereiztheit verratend. »Besonders eine Frau, die nichts von deinem früheren Leben weiß. Was weiß ich denn? Was wußte ich?« sagte sie. »Nur, was du mir selbst sagst. Und woher soll ich wissen, ob du mir die Wahrheit sagst?«
»Anna! Du beleidigst mich. Glaubst du mir denn nicht? Habe ich dir nicht gesagt, daß ich auch nicht einen Gedanken habe, den ich dir nicht gesagt hätte?«
»Ja, ja«, sagte sie, offensichtlich bemüht, ihre Eifersucht zu bezwingen. »Aber wenn du wüßtest, wie schwer mir ums Herz ist! Ich glaube dir, ich glaube dir... Also, was wolltest du mir sagen?«
Aber er konnte sich nicht sofort erinnern, was er hatte sagen wollen. Diese Eifersuchtsanfälle, die sich in der letzten Zeit immer häufiger wiederholten, entsetzten ihn und — mochte er sich noch so sehr bemühen, das zu verbergen — kühlten seine Gefühle für Anna ab, obwohl er wußte, daß die Ursache der Eifersucht nur die Liebe zu ihm war. Wie oft hatte er sich gesagt, daß ihre Liebe ein Glück sei; und nun liebte sie ihn, wie nur eine Frau lieben kann, der die Liebe mehr bedeutet als alle Güter des Lebens — und doch war er bei

weitem nicht mehr so glücklich wie damals, als er ihr von Moskau nachgereist war. Damals hielt er sich für unglücklich, aber das Glück stand ihm noch bevor; jetzt fühlte er, daß das schönste Glück schon hinter ihm lag. Sie war ganz anders, als er sie in der ersten Zeit gesehen hatte. Seelisch und körperlich hatte sie sich zu ihrem Nachteil verändert. Sie war sehr breit geworden, und als sie von der Schauspielerin sprach, wurde ihr Gesicht von einem bösen Zug entstellt. Er sah sie an, wie ein Mensch eine welke Blume betrachtet, die er abgerissen hat und in der er nur mit Mühe die Schönheit wiedererkennt, um derentwillen er sie abriß und vernichtete. Und trotzdem fühlte er, daß damals, als seine Liebe noch stärker war, er diese Liebe dennoch aus seinem Herzen hätte reißen können, wenn er es ernstlich gewollt hätte; jetzt aber, wo es ihm, wie in diesem Augenblick, schien, daß er keine Liebe zu ihr empfinde, wußte er, daß das Band, das ihn an sie fesselte, nicht zerrissen werden konnte.

»Nun, was wolltest du mir von dem Prinzen erzählen? Ich habe den Teufel ausgetrieben, wirklich«, fügte sie hinzu. ›Teufel‹ nannten sie und Wronskij die Eifersucht. »Ja, du hast von dem Prinzen gesprochen. Warum war er dir denn so lästig?«

»Ach, es war unerträglich«, sagte er; er hatte den Faden verloren und bemühte sich, ihn wiederzufinden. »Er gewinnt nicht bei näherer Bekanntschaft. Wenn ich dir einen Begriff von ihm geben soll: er ist ein gut gefüttertes Stück Vieh, wie sie auf den Ausstellungen erste Preise bekommen, und weiter nichts«, sagte er mit einem Ärger, der sie aufhorchen ließ.

»Wie ist das möglich?« erwiderte sie. »Er hat doch viel gesehen und ist ein gebildeter Mensch.«

»Die Bildung solcher Leute ist von ganz anderer Art. Er hat sich diese Bildung offenbar nur deshalb angeeignet, um ein Recht zu haben, jegliche Bildung zu verachten,

wie diese Leute alles verachten, außer tierischen Genüssen.«
»Aber ihr alle liebt ja diese tierischen Genüsse«, sagte sie, und wieder bemerkte er den finsteren Blick, der ihm auswich.
»Warum verteidigst du ihn denn so?« fragte er lächelnd.
»Ich verteidige ihn nicht, er ist mir vollkommen gleichgültig; aber ich meine, wenn du selbst diese Genüsse nicht gern hättest, dann hättest du ja ablehnen können. Aber es macht dir Vergnügen, diese Thérèse im Evakostüm zu sehen...«
»Da ist der Teufel ja schon wieder«, sagte Wronskij, nahm ihre Hand, die sie auf den Tisch gelegt hatte, und küßte sie.
»Ja, aber ich kann nicht anders! Du weißt nicht, wie ich mich gequält habe, als ich heute auf dich wartete! Ich glaube, daß ich nicht eifersüchtig bin. Ich bin nicht eifersüchtig; ich glaube dir, wenn du bei mir bist; wenn du aber irgendwo allein dein Leben führst, das ich nicht verstehe...«
Sie bog sich zurück, zog endlich die Häkelnadel aus ihrer Handarbeit heraus, und schnell entstand mit Hilfe des Zeigefingers eine Masche nach der anderen aus der weißen, im Lampenlicht schimmernden Wolle, und schnell und nervös bewegte sich das schmale Handgelenk in der gestickten Manschette.
»Wie war es also? Wo bist du mit Alexej Alexandrowitsch zusammengetroffen?« fragte sie plötzlich mit unnatürlich klingender Stimme.
»Wir sind uns in der Tür begegnet.«
»Und er hat dich so gegrüßt?«
Sie machte ein langes Gesicht, schloß die Augen halb, legte die Hände zusammen, und Wronskij sah plötzlich auf ihrem schönen Gesicht denselben Ausdruck, mit dem Alexej Alexandrowitsch ihn gegrüßt hatte. Er lächelte, und sie lachte heiter mit dem warmen, dunklen Lachen, das einer ihrer Hauptreize war.
»Ich verstehe ihn einfach nicht«, sagte Wronskij. »Wenn er nach dieser Aussprache in dem Landhaus mit dir gebrochen

hätte, wenn er mich gefordert hätte... Aber das begreife ich nicht: wie kann er eine solche Situation ertragen? Er leidet doch darunter, das sieht man.«

»Er?« sagte sie spöttisch. »Er ist ganz zufrieden.«

»Warum quälen wir uns alle, wenn doch alles so gut sein könnte?«

»Er quält sich nicht. Ich kenne ihn, ich kenne die Verlogenheit, von der er ganz durchdrungen ist. Kann denn ein Mensch, der etwas fühlt, so leben, wie er mit mir lebt? Er versteht nichts, er fühlt nichts. Kann denn ein Mensch, der etwas fühlt, mit seiner verbrecherischen Frau in einem Haus leben? Kann er mit ihr reden? Du zu ihr sagen?«

Und wieder ahmte sie ihn unwillkürlich nach. »Du, ma chère, du, Anna!«

»Er ist kein Mann, kein Mensch, sondern eine Puppe. Niemand weiß das, aber ich weiß es. Oh, wenn ich an seiner Stelle wäre, hätte ich eine Frau, wie ich eine bin, längst getötet, in Stücke gerissen. Ich hätte nicht zu ihr gesagt: ›Du, ma chère, Anna!‹ Er ist kein Mensch, er ist eine Maschine, die dem Ministerium gehört. Er begreift nicht, daß ich deine Frau bin, daß er ein Fremder, daß er überflüssig ist... Wir wollen nicht mehr von ihm sprechen!«

»Du hast unrecht, vollkommen unrecht, Liebste«, sagte Wronskij, bemüht, sie zu beruhigen. »Aber ganz gleich, wir wollen nicht mehr von ihm reden. Erzähle mir lieber, was du inzwischen getan hast. Wie geht es dir? Was fehlt dir denn, und was hat der Arzt gesagt?«

Sie sah ihn mit spöttischer Freude an. Offenbar waren ihr noch andere lächerliche und häßliche Züge ihres Mannes eingefallen, und sie wartete auf den Augenblick, wo sie davon sprechen könne. Er aber fuhr fort:

»Ich vermute, daß du gar nicht krank bist, sondern daß das mit deinem Zustand zusammenhängt. Wann ist es denn soweit?«

Der spöttische Glanz in ihren Augen erlosch, und ein anderes Lächeln, ein stilles, trauriges Lächeln, wie wenn sie etwas wüßte, wovon er nichts ahnte, gab ihrem Gesicht einen ganz anderen Ausdruck.

»Bald, sehr bald. Du sagst, unsere Lage sei qualvoll, und wir müßten eine Lösung finden. Wenn du wüßtest, wie bedrückend sie für mich ist und was ich dafür gäbe, wenn ich dich frei und offen lieben dürfte! Dann würde ich mich selbst nicht quälen und dich nicht mit meiner Eifersucht quälen... Und das wird bald kommen, aber nicht so, wie wir es uns denken.«

Und bei dem Gedanken, wie alles kommen werde, kam sie sich selbst so bemitleidenswert vor, daß ihr die Tränen in die Augen traten und sie nicht weiterreden konnte. Sie legte ihre weiße Hand mit den im Lampenlicht blitzenden Ringen auf seinen Arm.

»Es wird nicht so kommen, wie wir es uns denken. Ich wollte es dir nicht sagen, aber du zwingst mich dazu. Bald, sehr bald wird sich alles lösen, und wir alle, alle werden zur Ruhe kommen und uns nicht mehr quälen.«

»Ich verstehe dich nicht«, sagte er, obwohl er sie verstand.

»Du fragst: wann? Bald. Ich werde es nicht überleben. Unterbrich mich nicht!« Und sie sprach schneller. »Ich weiß das, ich weiß es ganz sicher. Ich werde sterben, und ich freue mich, daß ich sterben und mich und euch befreien werde.«

Die Tränen strömten ihr aus den Augen; er beugte sich über ihre Hand, bedeckte sie mit Küssen und versuchte, seine Aufregung zu verbergen, die, wie er wußte, völlig grundlos war, die er aber doch nicht bezwingen konnte.

»So, so ist es besser«, sagte sie, seine Hand kräftig drückend. »Das ist das einzige, was uns geblieben ist.«

Er hatte sich wieder gefaßt und hob den Kopf.

»So ein Unsinn! Was redest du da!«

»Nein, es ist wahr.«

»Was? Was ist wahr?«

»Daß ich sterben werde. Ich habe es geträumt.«

»Geträumt?« wiederholte Wronskij und mußte sofort an den Bauern in seinem Traum denken.

»Ja, geträumt«, sagte sie. »Diesen Traum habe ich schon vor längerer Zeit gehabt. Ich träumte, ich käme in mein Schlafzimmer; ich wollte dort etwas holen, etwas nachsehen; du weißt, das kommt im Traum oft vor«, sagte sie, vor Entsetzen die Augen weit öffnend, »und im Schlafzimmer steht etwas in der Ecke...«

»Ach, was für ein Unsinn! Wie kannst du nur glauben...«

Aber sie ließ sich nicht unterbrechen. Was sie sagte, war zu wichtig für sie.

»Und dieses Etwas dreht sich um, und ich sehe, daß es ein Bauer mit zerzaustem Bart ist, ein kleiner, schrecklich aussehender Kerl. Ich wollte weglaufen, aber er bückte sich über einen Sack und wühlte darin herum...«

Und sie machte nach, wie er mit den Händen in dem Sack gewühlt hatte. Entsetzen sprach aus ihrem Gesicht, und Wronskij, der sich deutlich an seinen Traum erinnerte, fühlte, wie das gleiche Entsetzen seine Seele erfüllte.

»Er wühlte in dem Sack und sagte dabei etwas auf französisch, ganz schnell, mit rollendem R: ›Il faut le battre le fer, le broyer, le pétrir...‹ Und ich hatte solche Angst, daß ich aufwachen wollte. Ich wachte auch auf, aber nur im Traum. Und ich fragte mich, was das zu bedeuten habe. Da sagt Kornej, unser Diener, zu mir: ›Sie werden im Wochenbett sterben, Mütterchen, im Wochenbett, im Wochenbett!‹... Und da wachte ich auf.«

»So ein Unsinn! So ein Unsinn!« rief Wronskij; aber er fühlte selbst, daß seine Stimme wenig überzeugend klang.

»Wir wollen nicht mehr davon reden. Klingle bitte, ich will Tee bringen lassen. Ja, warte nur, es dauert nicht mehr lange; ich...«

Plötzlich hielt sie inne. Der Ausdruck ihres Gesichts änderte sich im Nu. Entsetzen und Erregung wichen einem sanften, ernsten, beglückten Ausdruck. Wronskij konnte diese Wandlung nicht verstehen. Sie spürte, wie sich ein neues Leben in ihr regte.

4

Nachdem Alexej Alexandrowitsch Wronskij vor der Haustür begegnet war, fuhr er in die Italienische Oper, wie er beabsichtigt hatte. Er saß zwei Akte ab und begrüßte all die Leute, die für ihn wichtig waren. Nach Hause zurückgekehrt, musterte er aufmerksam den Garderobehalter, und als er festgestellt hatte, daß kein Militärmantel daran hing, ging er wie gewöhnlich in sein Zimmer. Aber gegen seine Gewohnheit legte er sich nicht schlafen, sondern wanderte bis drei Uhr morgens in seinem Arbeitszimmer auf und ab. Der Zorn ließ ihm keine Ruhe, der Zorn auf seine Frau, die den Anstand nicht wahren und die einzige Bedingung, die er gestellt hatte, nicht erfüllen wollte: ihren Liebhaber nicht in diesem Haus zu empfangen. Sie hatte seine Forderung nicht erfüllt, und er mußte sie jetzt bestrafen und seine Drohung wahr machen: sich scheiden lassen und ihr den Sohn wegnehmen. Er kannte alle Schwierigkeiten, die mit der Scheidung verbunden waren, aber er hatte gesagt, daß er es tun werde, und mußte seine Drohung verwirklichen. Gräfin Lydia Iwanowna hatte ihm angedeutet, daß das der beste Ausweg aus seiner Lage sei, und in der letzten Zeit waren die bei Scheidungsprozessen angewandten Methoden so sehr vervollkommnet worden, daß Alexandrowitsch es für möglich hielt, die formellen Schwierigkeiten zu überwinden. Außerdem kommt ein Unglück selten allein: wegen der Organisation der Fremdvölker und der Bewässerung der Felder im Gouvernement Saraisk hatte Alexej Alexandrowitsch im Dienst solche Unannehmlichkeiten gehabt, daß er sich die ganze letzte Zeit in äußerst gereizter Stimmung befand.

Er schlief die ganze Nacht nicht, sein Zorn wuchs in gewaltiger Progression und hatte am Morgen die äußerste Grenze erreicht. Er zog sich hastig an und ging zu seiner Frau, sobald er erfahren hatte, daß sie aufgestanden sei. Er trug gleichsam die volle Schale seines Zornes vor sich her, besorgt, etwas davon zu verschütten und zugleich mit seinem Zorn auch die Energie zu verlieren, die er bei der Auseinandersetzung mit seiner Frau brauchte.

Anna glaubte ihren Mann gut zu kennen, aber sie war doch sehr über sein Aussehen verblüfft, als er in ihr Zimmer kam. Seine Stirn war gerunzelt, die Augen blickten finster vor sich hin und wichen ihrem Blick aus, die Lippen waren fest und verächtlich zusammengepreßt. In seinem Gang, in seinen Bewegungen und in seiner Stimme lag eine Entschlossenheit und Festigkeit, wie Anna sie noch nie an ihm beobachtet hatte. Er kam ins Zimmer, ging, ohne sie zu begrüßen, gradewegs auf ihren Schreibtisch zu, nahm den Schlüssel und öffnete eine Schublade.

»Was wollen Sie?« schrie sie auf.

»Die Briefe Ihres Liebhabers«, sagte er.

»Die sind nicht hier«, sagte sie und schloß die Schublade; aber an dieser Bewegung merkte er, daß er richtig geraten hatte. Er stieß ihre Hand grob zurück und ergriff hastig eine Mappe, in der sie, wie er wußte, ihre wichtigsten Papiere aufbewahrte. Sie wollte ihm die Mappe entreißen, aber er stieß sie zurück.

»Setzen Sie sich! Ich habe mit Ihnen zu reden!« sagte er. Er hatte die Mappe unter den Arm genommen und preßte sie mit dem Ellbogen so fest an sich, daß sich seine Schulter hob. Sie sah ihn erstaunt und ängstlich an und schwieg.

»Ich habe Ihnen gesagt, daß ich Ihnen nicht erlaube, Ihren Liebhaber in diesem Haus zu empfangen.«

»Ich mußte ihn sehen, weil...«

Sie hielt inne, da sie keine Ausrede fand.

»Ich interessiere mich nicht für die speziellen Gründe, aus denen eine Frau ihren Liebhaber sehen muß.«

»Ich wollte... ich wollte nur...« sagte sie errötend. Sein grobes Benehmen empörte sie und gab ihr Mut. »Fühlen Sie denn nicht, wie leicht es für Sie ist, mich zu beleidigen?« sagte sie.

»Beleidigen kann man einen Ehrenmann und eine ehrbare Frau; aber zu einem Dieb sagen, daß er ein Dieb ist, das ist nur la constatation d'un fait.«

»Diesen Zug von Grausamkeit habe ich bisher an Ihnen nicht gekannt.«

»Sie nennen es Grausamkeit, wenn ein Mann seiner Frau alle Freiheit läßt und sie mit dem Ehrenschild seines Namens deckt, unter der einzigen Bedingung, daß der Anstand gewahrt bleibt? Ist das Grausamkeit?«

»Das ist schlimmer als Grausamkeit, es ist Gemeinheit, wenn Sie es wissen wollen!« schrie Anna in einem Anfall von Wut, stand auf und wollte hinausgehen.

»Nein!« schrie er mit seiner Fistelstimme, die jetzt noch einen Ton höher klang als sonst, und packte sie mit seinen großen Fingern so heftig am Handgelenk, daß das Armband, das er zusammengepreßt hatte, einen roten Streifen zurückließ. Er zwang sie, sich wieder zu setzen. »Gemeinheit? Wenn Sie dieses Wort gebrauchen wollen, so ist das eine Gemeinheit: den Gatten und den Sohn um des Liebhabers willen im Stich lassen und doch das Brot des Gatten essen!«

Sie senkte den Kopf. Sie sagte nicht, was sie gestern zu ihrem Geliebten gesagt hatte, daß er ihr Gatte sei und daß ihr Mann überflüssig sei, sie dachte nicht einmal daran. Sie fühlte, daß die Worte Alexej Alexandrowitschs vollkommen berechtigt waren, und sagte nur leise:

»Sie können meine Lage nicht schlimmer darstellen, als ich sie selbst empfinde; aber warum sagen Sie mir das alles?«

»Warum ich das sage? Warum?« fuhr er ebenso zornig fort. »Damit Sie wissen, daß ich, da Sie meinen Willen, daß der

Anstand gewahrt werde, nicht erfüllt haben, nun Maßregeln ergreifen werde, um dieser Situation ein Ende zu machen.«

»Sie wird sowieso bald ein Ende nehmen, sehr bald«, sagte sie, und bei dem Gedanken an den nahen, jetzt ersehnten Tod traten ihr wieder die Tränen in die Augen.

»Es wird schneller kommen, als Sie und Ihr Liebhaber denken! Was Sie wünschen, ist Befriedigung der sinnlichen Leidenschaft...«

»Alexej Alexandrowitsch, ich sage nicht, daß das unedel ist, aber es ist unanständig, einen am Boden Liegenden zu schlagen.«

»Ja, Sie denken nur an sich! Aber die Leiden des Mannes, der Ihr Gatte war, sind Ihnen gleichgültig. Es kümmert Sie nicht, daß sein ganzes Leben zerstört ist und daß er so viel dulch... dulch... dulchgemacht hat.«

Alexej Alexandrowitsch sprach so schnell, daß er stotterte und dieses Wort nicht herausbringen konnte. Er sagte schließlich ›dulchgemacht‹. Das erschien ihr lächerlich, aber sie schämte sich sofort, daß sie in einem solchen Augenblick etwas lächerlich finden konnte. Und zum erstenmal fühlte sie mit ihm, versetzte sich in seine Lage und hatte Mitleid mit ihm. Aber was konnte sie sagen oder tun? Sie senkte den Kopf und schwieg. Auch er schwieg eine Weile und redete dann mit weniger kreischender, kalter Stimme weiter, wobei er willkürlich herausgegriffene, völlig bedeutungslose Worte betonte.

»Ich bin gekommen, um Ihnen zu sagen...« fing er an.

Sie sah ihn an. ›Nein, das ist mir nur so vorgekommen‹, dachte sie, als sie sich an den Ausdruck seines Gesichts erinnerte, wie er bei dem Wort ›dulchgemacht‹ stotterte. ›Nein, kann ein Mensch mit diesen trüben Augen und mit dieser selbstzufriedenen Ruhe überhaupt etwas empfinden?«

»Ich kann nichts daran ändern«, flüsterte sie.

»Ich bin gekommen, um Ihnen zu sagen, daß ich morgen

nach Moskau fahre und nicht mehr in dieses Haus zurückkehren werde. Der Rechtsanwalt, den ich mit der Einreichung der Scheidungsklage beauftragen werde, wird Sie über meinen Entschluß benachrichtigen. Und mein Sohn wird zu meiner Schwester übersiedeln«, sagte Alexej Alexandrowitsch; er konnte sich nur mit Mühe an das erinnern, was er über seinen Sohn hatte sagen wollen.

»Sie wollen Serjosha nur haben, um mir weh zu tun«, antwortete sie und warf ihm einen finsteren Blick zu. »Sie lieben ihn nicht... Lassen Sie mir Serjosha!«

»Ja, ich habe sogar die Liebe zu meinem Sohn verloren, weil mein Abscheu gegen Sie mit ihm verbunden ist. Aber ich nehme ihn trotzdem zu mir. Leben Sie wohl!«

Er wollte hinausgehen, aber sie hielt ihn zurück.

»Alexej Alexandrowitsch, lassen Sie mir Serjosha!« flüsterte sie noch einmal. »Weiter kann ich nichts sagen. Lassen Sie mir Serjosha bis zu meiner... Ich werde bald niederkommen. Lassen Sie ihn mir!«

Alexej Alexandrowitsch wurde dunkelrot, riß seine Hand los und verließ schweigend das Zimmer.

5

Das Wartezimmer des berühmten Petersburger Rechtsanwalts war überfüllt, als Alexej Alexandrowitsch es betrat. Drei Damen, eine alte, eine junge und eine Kaufmannsfrau, und drei Herren, ein deutscher Bankier mit einem Ring am Finger, ein bärtiger Kaufmann und ein zorniger Beamter in Uniform mit einem Orden am Hals warteten offenbar schon lange. Zwei Schreiber des Anwalts saßen an ihren Tischen und schrieben mit kratzenden Federn. Die Schreibutensilien, Alexej Alexandrowitschs Schwäche, waren ausgezeichnet. Er konnte nicht umhin, das zu bemerken. Einer der Schreiber kniff die Augen zusammen und sagte, ohne aufzustehen, in ärgerlichem Ton zu Alexej Alexandrowitsch:

»Was wünschen Sie?«

»Ich möchte den Herrn Rechtsanwalt sprechen.«

»Der Herr Rechtsanwalt ist beschäftigt«, antwortete der Schreiber streng und zeigte mit der Feder auf die Wartenden; dann schrieb er weiter.

»Hat er vielleicht doch einen Augenblick Zeit?« fragte Alexej Alexandrowitsch.

»Er hat keine Zeit, er ist immer beschäftigt. Haben Sie die Güte, zu warten.«

»Möchten Sie nicht so freundlich sein, ihm meine Karte zu geben«, sagte Alexej Alexandrowitsch würdevoll, denn er sah ein, daß er sein Inkognito lüften mußte.

Der Schreiber nahm die Karte, machte ein Gesicht, als ob er ihren Inhalt mißbillige, und ging in das Zimmer des Anwalts.

Alexej Alexandrowitsch billigte im Prinzip das öffentliche Gerichtsverfahren, nur gewisse Einzelheiten in der praktischen Anwendung dieses Verfahrens bei uns in Rußland hatten mit Rücksicht auf ihm wohlbekannte Verhältnisse bei hohen Stellen nicht seinen vollen Beifall, und er mißbilligte diese Einzelheiten, soweit er imstande war, etwas zu mißbilligen, was von allerhöchster Stelle sanktioniert wurde. Er war sein Leben lang im Verwaltungsdienst tätig gewesen, und wenn es vorkam, daß er etwas nicht gut hieß, wurde sein Unwille durch die Erwägung gemildert, daß Fehler eben unvermeidlich sind und daß man sie korrigieren kann. An der neuen Gerichtsordnung mißbilligte er die Bedeutung, die der Anwaltschaft nun zukam. Aber bisher hatte er noch nie mit Anwälten zu tun gehabt, und darum hatte er sie nur theoretisch abgelehnt. Jetzt aber wurde diese Abneigung durch den unangenehmen Eindruck verstärkt, den er im Wartezimmer des Rechtsanwalts empfangen hatte.

»Der Herr Rechtsanwalt kommt sofort«, sagte der Schreiber, und zwei Minuten später erschien ein baumlanger, alter

Jurist, der mit dem Anwalt konferiert hatte, und auch der Anwalt selbst.

Der Rechtsanwalt war ein kleiner, stämmiger, glatzköpfiger Mann mit dunklem, rötlich schimmerndem Bart, hellen, langen Brauen und vorspringender Stirn. Er war geputzt wie ein Bräutigam, von der Krawatte und der doppelten Uhrkette bis zu den Lackschuhen. Er hatte ein kluges Bauerngesicht, aber sein geckenhafter Anzug zeugte von schlechtem Geschmack.

»Bitte sehr?« sagte der Anwalt zu Alexej Alexandrowitsch, ließ ihn mit finsterem Gesicht an sich vorbeigehen und schloß die Tür. »Bitte, nehmen Sie Platz!« Er wies auf einen Sessel neben dem mit Papieren bedeckten Schreibtisch, setzte sich hinter den Tisch, rieb sich die kleinen Hände, deren kurze Finger mit weißen Haaren bewachsen waren, und neigte den Kopf zur Seite. Er verharrte eine Weile in dieser Haltung, aber da flog eine Motte über den Schreibtisch. Mit einer Geschwindigkeit, die man ihm gar nicht zugetraut hätte, löste der Anwalt die Hände voneinander, fing die Motte und nahm wieder seine frühere Haltung ein.

»Bevor ich von meiner Angelegenheit spreche«, sagte Alexej Alexandrowitsch, der die Bewegungen des Rechtsanwalts mit erstaunten Blicken verfolgt hatte, »muß ich bemerken, daß die Angelegenheit, die ich mit Ihnen besprechen möchte, ein Geheimnis bleiben muß.«

Ein kaum merkliches Lächeln schob den rötlichen, herabhängenden Schnurrbart des Anwalts auseinander.

»Ich wäre kein Rechtsanwalt, wenn ich nicht imstande wäre, Geheimnisse, die man mir anvertraut, zu bewahren. Wenn Sie aber eine Bestätigung wünschen...«

Alexej Alexandrowitsch blickte ihm ins Gesicht und sah, daß die klugen grauen Augen lachten, als wüßten sie schon alles.

»Sie kennen meinen Namen?« fuhr Alexej Alexandrowitsch fort.

»Ich kenne Sie und Ihre verdienstvolle« — er fing wieder eine Motte — »Tätigkeit, wie jeder Russe«, sagte der Anwalt mit einer Verbeugung.

Alexej Alexandrowitsch holte tief Atem, um Mut zu schöpfen. Da er nun einmal entschlossen war, fuhr er mit seiner schrillen Stimme fort, ohne verlegen zu werden, ohne zu stocken und einzelne Wörter scharf betonend.

»Ich habe das Unglück«, fing Alexej Alexandrowitsch an, »ein betrogener Ehemann zu sein, und will das Verhältnis zu meiner Frau auf gesetzlichem Weg lösen, das heißt, mich von ihr scheiden lassen, aber so, daß mein Sohn nicht der Mutter bleibt.«

Die grauen Augen des Anwalts bemühten sich, nicht zu lachen, aber sie hüpften förmlich in unbändiger Freude, und Alexej Alexandrowitsch sah, daß das nicht nur die Freude darüber war, einen vorteilhaften Auftrag zu erhalten, sondern ein Triumphieren, ein Frohlocken, ein Aufleuchten, ähnlich jenem boshaften Glanz, den er manchmal in den Augen seiner Frau gesehen hatte.

»Sie wünschen meine Hilfe bei der Durchführung der Scheidung?«

»Ja, ganz recht, aber ich muß Sie darauf hinweisen, daß ich Ihre Aufmerksamkeit vielleicht unnötigerweise in Anspruch nehme. Ich bin heute nur gekommen, um Ihren Rat zu hören. Ich wünsche die Scheidung, aber für mich ist die Form, in der sie durchgeführt wird, sehr wichtig. Es ist sehr wohl möglich, daß ich, wenn diese Form meinen Wünschen nicht entspricht, von dem Rechtsweg absehe.«

»Oh, das ist immer so«, sagte der Rechtsanwalt, »das steht Ihnen vollkommen frei.«

Der Anwalt richtete den Blick auf Alexej Alexandrowitschs Füße, weil er fühlte, daß seine unbändige Freude den Klienten kränken könnte. Er sah eine Motte, die dicht an seiner Nase vorbeiflog, und zuckte schon mit der Hand; er fing sie aber nicht aus Achtung vor der schwierigen Lage, in der sich Alexej Alexandrowitsch befand.

»Obwohl mir unsere Gesetze über diesen Gegenstand in den Grundzügen bekannt sind«, fuhr Alexej Alexandrowitsch fort, »möchte ich doch gern wissen, in welcher Form solche Angelegenheiten in der Praxis erledigt werden.«

»Sie wünschen also«, antwortete der Rechtsanwalt, ohne aufzublicken und mit sichtlichem Vergnügen auf den Ton seines Klienten eingehend, »daß ich Sie über die Wege unterrichte, auf denen die Erfüllung Ihres Wunsches möglich ist?«

Und als Alexej Alexandrowitsch bejahend mit dem Kopf nickte, fuhr er fort, wobei er das mit roten Flecken bedeckte Gesicht Alexej Alexandrowitschs ab und zu mit einem flüchtigen Blick streifte.

»Die Ehescheidung ist nach unseren Gesetzen«, sagte er, und in seinem Ton lag eine leise Andeutung, daß es unsere Gesetze nicht billigen, »wie Sie wohl wissen, in folgenden Fällen möglich... Soll warten!« rief er dem Schreiber zu, der den Kopf zur Tür hereinstreckte, stand aber doch auf, sagte ein paar Worte zu ihm und setzte sich wieder. »In folgenden Fällen: körperliche Gebrechen der Ehegatten, ferner fünfjährige Trennung«, sagte er und bog einen seiner kurzen, behaarten Finger ein, »ferner Ehebruch« (dieses Wort sprach er mit sichtlichem Vergnügen aus). »Die Untergruppen sind folgende« (er bog seine dicken Finger ein, obwohl Hauptfälle und Untergruppen nicht zur gleichen Kategorie gehörten): »körperliche Gebrechen des Mannes oder der Frau, ferner Ehebruch des Mannes oder der Frau.« Da er nun alle Finger eingebogen hatte, streckte er sie alle wieder aus und fuhr fort: »Das ist die theoretische Grundlage; aber ich nehme an, daß Sie mir die Ehre, sich an mich zu wenden, deswegen erwiesen haben, um etwas von der praktischen Anwendung zu erfahren. Auf Grund meiner Kenntnis früherer Prozesse kann ich Ihnen sagen, daß alle

Ehescheidungsfälle sich in folgende Gruppen einstufen lassen: körperliche Gebrechen kommen, soweit ich verstanden habe, nicht in Frage? Und fünfjährige Abwesenheit wohl auch nicht?«

Alexej Alexandrowitsch neigte bejahend den Kopf.

»Also: Ehebruch eines der Gatten und Überführung des schuldigen Teils auf Grund beiderseitiger Übereinkunft, oder zwangsweise Überführung ohne vorherige Übereinkunft. Ich muß bemerken, daß der letztgenannte Fall in der Praxis nur selten vorkommt«, sagte der Anwalt, warf Alexej Alexandrowitsch einen flüchtigen Blick zu und verstummte wie ein Pistolenhändler, der die Vorzüge der einen und der anderen Waffe geschildert hat und nun wartet, welche der Käufer wählen wird. Aber Alexej Alexandrowitsch schwieg, und darum fuhr der Anwalt fort: »Das üblichste, einfachste und vernünftigste ist meiner Ansicht nach Ehebruch auf Grund beiderseitiger Übereinkunft. Ich würde mir nicht erlauben, mich so auszudrücken, wenn ich mit einem ungebildeten Menschen spräche, aber ich darf wohl annehmen, daß wir uns verstehen.«

Alexej Alexandrowitsch war aber so verstört, daß er die Vernünftigkeit eines Ehebruchs auf Grund beiderseitiger Übereinkunft nicht sofort begriff, und dieses Nichtbegreifen sprach aus seinem Blick; doch der Anwalt kam ihm sofort zu Hilfe:

»Zwei Menschen können nicht mehr miteinander leben – das ist eine Tatsache. Und wenn beide darin einig sind, dann sind die Einzelheiten und Formalitäten nebensächlich. Außerdem ist das das einfachste und sicherste Mittel.«

Alexej Alexandrowitsch hatte jetzt ganz verstanden. Aber er hatte religiöse Bedenken, die ihn daran hinderten, dieses Mittel anzuwenden.

»Das kommt in diesem Fall nicht in Frage«, sagte er. »Hier ist nur eines möglich: zwangsweise Überführung, bewiesen durch Briefe, die sich in meinen Händen befinden.«

Bei der Erwähnung der Briefe preßte der Anwalt die Lippen zusammen und gab einen hohen, mitleidigen und verächtlichen Ton von sich.
»Sehen Sie«, sagte er, »diese Prozesse werden, wie Sie wohl wissen, von der kirchlichen Behörde entschieden; und die ehrwürdigen Väter bekunden in solchen Dingen ein sehr großes Interesse für die kleinsten Einzelheiten«, sagte er mit einem Lächeln, das zeigte, daß er den Geschmack der ehrwürdigen Väter teilte. »Briefe können natürlich in einem gewissen Grad als Bestätigung dienen, aber die Beweise selbst müssen unmittelbar erbracht werden, das heißt durch Zeugen. Überhaupt, wenn Sie mir die Ehre erweisen wollen, mich Ihres Vertrauens zu würdigen, möchte ich Sie bitten, mir die Wahl der anzuwendenden Mittel zu überlassen. Wer das Ergebnis will, muß auch die Mittel hinnehmen.«
»Wenn es so ist...« sagte Alexej Alexandrowitsch, der plötzlich ganz blaß geworden war; aber in diesem Augenblick stand der Anwalt auf und ging zur Tür, wo wieder der Schreiber stand.
»Sagen Sie ihr, daß wir keinen Schund zu billigen Preisen führen!« sagte er und kehrte wieder zu Alexej Alexandrowitsch zurück.
Auf dem Weg zu seinem Platz fing er unbemerkt noch eine Motte. ›Mein Rips wird im Sommer schön aussehen!‹ dachte er und machte ein finsteres Gesicht.
»Ich werde Ihnen meinen Entschluß brieflich mitteilen«, sagte Alexej Alexandrowitsch, stand auf und hielt sich am Tisch fest. Er stand einen Augenblick schweigend da, dann sagte er: »Aus Ihren Worten kann ich also schließen, daß es möglich ist, die Scheidung durchzusetzen. Ich möchte Sie nun bitten, mir Ihre Bedingungen mitzuteilen.«
»Möglich ist alles, wenn Sie mir volle Handlungsfreiheit geben«, sagte der Anwalt, ohne auf die Frage zu antworten.
»Wann kann ich darauf rechnen, von Ihnen Nachricht zu

erhalten?« fragte er, auf die Tür zugehend, und seine Augen und seine Lackschuhe blitzten.

»In einer Woche. Und Sie werden dann die Güte haben, mir Ihre Antwort zukommen zu lassen, ob Sie mich in dieser Sache vertreten wollen und unter welchen Bedingungen.«

»Sehr gern.«

Der Anwalt verbeugte sich respektvoll, ließ den Klienten hinausgehen und gab sich dann, als er allein war, ungehemmt seiner freudigen Stimmung hin. Er war so vergnügt, daß er gegen seine Grundsätze der feilschenden Dame einen Teil der Kosten erließ und keine Motten mehr fing, da er beschlossen hatte, im nächsten Winter seine Möbel mit Samt beziehen zu lassen, wie es bei seinem Kollegen Sigonin war.

6

Alexej Alexandrowitsch hatte in der Ausschußsitzung am siebzehnten August einen glänzenden Sieg errungen, aber die Folgen dieses Sieges wurden für ihn verhängnisvoll. Die neue Kommission, die die Lage der Fremdvölker genau untersuchen sollte, war auf Alexej Alexandrowitschs Betreiben mit außerordentlicher Schnelligkeit und Energie gebildet und an Ort und Stelle geschickt worden. Drei Monate später ging der Bericht ein. Die Lage der Fremdvölker war in politischer, administrativer, wirtschaftlicher, ethnographischer, materieller und religiöser Hinsicht untersucht worden. Sämtliche Fragen waren ausführlich beantwortet worden, und die Antworten unterlagen nicht dem geringsten Zweifel, weil sie nicht ein Produkt des stets dem Irrtum ausgesetzten menschlichen Denkens, sondern ein Produkt amtlicher Tätigkeit waren. Sämtliche Antworten beruhten auf amtlichen Feststellungen, auf Berichten von Gouverneuren und Bischöfen, die auf Berichte der Kreisbehörden und Pröpste zurückgingen, die sich ihrerseits auf die Berichte der Gemeindevorsteher und Geistlichen gründeten, und daher waren sie unanfechtbar. All jene Fragen — zum Beispiel, warum mitunter Mißernten vorkommen, warum die Einwohner an ihrer religiösen Überzeugung festhalten —, die jahrhundertelang ungelöst geblieben waren und nur mit Hilfe der amtlichen Maschine gelöst werden konnten, hatten jetzt eine klare, jeden Zweifel ausschließende Lösung gefunden. Und diese Lösung bestätigte Alexej Alexandrowitschs Ansichten. Aber Stremow, der in der letzten Sitzung eine Niederlage erlitten hatte, wandte nach Eingang des Berichts eine Taktik an, auf die Alexej Alexandrowitsch nicht gefaßt war. Stremow ging mit einigen anderen Mitgliedern der Kommission plötzlich auf Alexej Alexandrowitschs Seite über und trat nicht nur mit großem Eifer für die von Alexej Alexandrowitsch vorgeschlagenen Maßnahmen ein, sondern schlug auch noch weitere extreme Maßnahmen derselben Art vor. Diese Vorschläge, eine Übertreibung des Grundgedankens von Alexej Alexandrowitsch, wurden angenommen, und nun wurde Stremows Taktik klar. Auf die Spitze getrieben, erwiesen sich diese Maßnahmen plötzlich als so töricht, daß hohe Regierungsbeamte, die öffentliche Meinung, die klugen Damen und die Zeitungen alle zugleich über sie herfielen und ihrer Entrüstung über die Maßnahmen selbst und über ihren geistigen Vater, Alexej Alexandrowitsch Karenin, lebhaften Ausdruck gaben. Stremow zog sich nun zurück und tat, als habe er sich nur blind Alexej Alexandrowitschs Plänen angeschlossen und als sei er jetzt selbst erstaunt und bestürzt über das, was dabei herausgekommen war. Das war zuviel für Alexej Alexandrowitsch. Aber trotz seiner angegriffenen Gesundheit, trotz seiner häuslichen Sorgen gab er nicht nach. Die Kommission spaltete sich in zwei Lager. Einige Mitglieder mit Stremow an der Spitze entschuldigten ihren Irrtum damit, daß sie der von Alexej Alexandrowitsch geleiteten Revisionskommission, die den Bericht erstattet habe, Glauben geschenkt hätten, aber dieser Bericht sei ja lauter Unsinn und unnütz vollgeschriebenes Papier. Alexej Alexandrowitsch und andere, die ein so revolutionäres Verhalten gegenüber amtlichen Schriftstücken für gefährlich hielten, traten nach wie vor für das von der Revisionskommission vorgelegte Material ein. Die Folge davon war, daß in den höchsten Sphären und auch in der Gesellschaft nun eine große Verwirrung herrschte: obwohl sich alle sehr dafür interessierten, wußte niemand, ob die Fremdvölker wirklich in Not und Elend lebten und dem Untergang entgegengingen, oder ob sie in blühenden Verhältnissen lebten. Das alles und zum Teil auch die Mißachtung, die man Alexej Alexandrowitsch wegen der Untreue seiner Frau entgegenbrachte, hatte seine Stellung stark erschüttert. Und in dieser Lage faßte Alexej Alexandrowitsch einen bedeutsamen Entschluß. Er erklärte zur größten Verwunderung der Kommission, er werde um Genehmigung bitten, die Sache an Ort und Stelle zu untersuchen. Und nachdem er diese Genehmigung erhalten hatte, machte er sich auf die Reise in die fernen Gouvernements.

Seine Abreise erregte viel Aufsehen, um so mehr, als er unmittelbar vor der Abfahrt die ihm ausgezahlten Spesen für eine Fahrt mit zwölf Pferden mit einem offiziellen Schreiben zurückschickte.

»Ich finde, das ist sehr vornehm von ihm gedacht«, sagte Betsy zu Fürstin Mjachkaja. »Wozu werden denn Gelder für Postpferde gezahlt, wenn doch jeder weiß, daß es jetzt überall Eisenbahnen gibt?«

Aber Fürstin Mjachkaja war anderer Ansicht und ärgerte sich sogar über die Meinung der Fürstin Twerskaja.

»Sie haben gut reden«, sagte sie, »denn Sie besitzen ja Gott weiß wie viele Millionen. Aber ich freue mich sehr, wenn mein Mann im Sommer auf Revisionsreisen geht. Das ist sehr gesund für ihn und macht ihm Vergnügen, und für das Geld, das er dabei spart, halte ich mir einen Wagen und einen Kutscher.«

Auf der Reise in die entlegenen Gouvernements hielt sich Alexej Alexandrowitsch drei Tage in Moskau auf.

Am Tag nach seiner Ankunft machte er dem Generalgouverneur einen Besuch. An der Ecke der Gasetnyj-Gasse, wo sich immer viele Kutschen und Droschken drängen, hörte Alexej Alexandrowitsch plötzlich eine so laute, fröhliche Stimme seinen Namen rufen, daß er nicht umhin konnte, sich umzusehen. An der Straßenecke stand Stepan Arkadjitsch in einem kurzen, modernen Mantel, einen flachen, modernen Hut schief auf dem Kopf, jung, heiter, strahlend, mit einem lustigen Lächeln, das die weißen Zähne zwischen den roten Lippen sehen ließ. Er rief Karenin laut und energisch zu und sagte, er solle seinen Kutscher halten lassen. Die eine Hand hatte er an das Fenster einer an der Ecke haltenden Kutsche gelegt, aus der der Kopf einer Dame mit einem Samthut und zwei Kinderköpfchen herausschauten, und mit der anderen Hand winkte er seinem Schwager lächelnd zu. Auch die Dame lächelte freundlich und winkte. Es war Dolly mit ihren Kindern.

Alexej Alexandrowitsch wollte in Moskau niemanden sehen, am allerwenigsten den Bruder seiner Frau. Er lüftete den Hut und wollte weiterfahren, aber Stepan Arkadjitsch rief dem Kutscher zu, er solle halten, und lief durch den Schnee zu seinem Schwager.

»Es ist einfach eine Schande, daß du mir keine Nachricht gegeben hast! Bist du schon lange hier? Ich war gestern bei Dussot und las auf der Tafel ›Karenin‹, aber es kam mir gar nicht in den Sinn, daß du das sein könntest!« sagte Stepan Arkadjitsch, den Kopf durch das Fenster der Kutsche stekkend. »Sonst hätte ich dich aufgesucht. Wie freue ich mich, dich zu sehen!« sagte er, einen Fuß gegen den anderen schlagend, um den Schnee von den Stiefeln abzuklopfen. »Schäm dich, daß du uns keine Nachricht gegeben hast!« sagte er noch einmal.

»Ich hatte keine Zeit, ich bin sehr beschäftigt«, erwiderte Alexej Alexandrowitsch trocken.
»Komm doch mit zu meiner Frau, sie möchte dich so gern sehen.«
Alexej Alexandrowitsch wickelte sich aus dem Plaid, in das er seine so leicht frierenden Beine gehüllt hatte, stieg aus dem Wagen und stapfte durch den Schnee zu Darja Alexandrowna.
»Was soll denn das bedeuten, Alexej Alexandrowitsch? Warum lassen Sie uns denn links liegen?« fragte Dolly lächelnd.
»Ich war sehr beschäftigt. Es freut mich sehr, Sie zu sehen«, sagte er in einem Ton, der deutlich zeigte, daß er ziemlich betrübt darüber war. »Wie geht es Ihnen?«
»Wie geht es meiner lieben Anna?«
Alexej Alexandrowitsch murmelte irgend etwas und wollte fortgehen, aber Stepan Arkadjitsch hielt ihn zurück.
»Weißt du, was wir morgen machen? Dolly, lade ihn zum Mittagessen ein! Wir laden dann noch Kosnyschew und Peszow ein, um ihm die Moskauer Intelligenz zu präsentieren.«
»Bitte, kommen Sie«, sagte Dolly, »wir erwarten Sie um fünf oder, wenn Sie wollen, um sechs Uhr. Nun, wie geht es meiner lieben Anna? Wie lange...«
»Sie ist gesund«, brummte Alexej Alexandrowitsch mit mürrischem Gesicht. »Sehr erfreut!« Und er ging wieder zu seinem Wagen.
»Sie kommen also?« rief Dolly ihm nach.
Alexej Alexandrowitsch antwortete etwas, das Dolly beim Lärm der vorbeifahrenden Wagen nicht verstehen konnte.
»Ich komme morgen zu dir!« rief ihm Stepan Arkadjitsch noch zu.
Alexej Alexandrowitsch stieg in den Wagen und setzte sich in die Ecke, um niemand zu sehen und von niemand gesehen zu werden.

»Ein komischer Kauz!« sagte Stepan Arkadjitsch zu seiner Frau, sah auf die Uhr, machte mit der Hand eine Bewegung vor seinem Gesicht, die eine Liebkosung für seine Frau und die Kinder bedeutete, und ging dann beschwingt das Trottoir entlang.

»Stiwa! Stiwa!« rief Dolly ihm errötend nach.

Er drehte sich um.

»Ich muß doch Mäntel für Grischa und Tanja kaufen. Gib mir Geld!«

»Ach, das macht nichts, sag ihm, ich würde es bezahlen!« Er nickte einem vorbeifahrenden Bekannten fröhlich zu und verschwand.

7

Der folgende Tag war ein Sonntag. Stepan Arkadjitsch fuhr zu einer Ballettprobe ins Bolschoj-Theater, überreichte Mascha Tschibisowa, einer hübschen, dank seiner Protektion neuengagierten Tänzerin, den Korallenschmuck, den er ihr am Abend vorher versprochen hatte, und küßte hinter den Kulissen in der Dunkelheit, die bei Tag immer im Theater herrscht, ihr hübsches, vor Freude über das Geschenk strahlendes Gesichtchen. Er wollte ihr nicht nur den Korallenschmuck überreichen, sondern auch ein Rendezvous nach der Vorstellung mit ihr verabreden. Er sagte ihr, zum Anfang des Balletts könne er nicht da sein, versprach aber, zum letzten Akt zu kommen und sie zum Souper mitzunehmen. Vom Theater fuhr Stepan Arkadjitsch zur Markthalle, suchte dort persönlich den Fisch und den Spargel für das Diner aus und war schon um zwölf Uhr bei Dussot, wo er drei Herren besuchen wollte, die zu seinem Glück alle im selben Hotel wohnten: Lewin, der vor kurzem aus dem Ausland zurückgekehrt und hier abgestiegen war, seinen neuen Vorgesetzten, der eben erst sein hohes Amt angetreten hatte und zur Revision nach Moskau gekommen war, und seinen Schwager Karenin, um ihn unter allen Umständen zum Mittagessen mitzunehmen.

Stepan Arkadjitsch liebte gute Diners, aber am liebsten gab er selbst Diners, klein, aber fein, sowohl in der Auswahl der Speisen und Getränke als auch in der Auswahl der Gäste. Das Programm des heutigen Diners gefiel ihm sehr: es sollte Barsche geben, die er lebend gekauft hatte, Spargel und als pièce de résistance ein wundervolles, aber ganz einfaches Roastbeef und dazu die entsprechenden Weine. Stepan Arkadjitsch wollte Kitty und Lewin einladen, und damit das nicht zu auffällig aussähe, noch eine Cousine und den jungen Schtscherbatzkij und als pièce de résistance Sergej Kosnyschew und Alexej Karenin. Sergej Kosnyschew war Moskauer und Philosoph, Alexej Karenin war Petersburger und Praktiker. Außerdem wollte Stepan Arkadjitsch noch den bekannten Sonderling und Schwärmer Peszow einladen, einen liberalen Schwätzer, Musiker, Historiker und überaus liebenswürdigen fünfzigjährigen Junggesellen, der gewissermaßen die Soße oder die Garnierung zu Kosnyschew und Karenin bilden sollte. Diese beiden wollte Stepan Arkadjitsch ein bißchen aufstacheln und aneinanderhetzen.

Stepan Arkadjitsch hatte inzwischen die zweite Rate des Geldes für den Wald von dem Händler erhalten und noch nicht ausgegeben; Dolly war in der letzten Zeit sehr lieb und gut gewesen, und der Gedanke an dieses Diner machte Stepan Arkadjitsch in jeder Hinsicht viel Freude. Er war bester Stimmung. Zwei Umstände waren allerdings etwas unerfreulich, aber sie versanken in dem Meer gutmütiger Fröhlichkeit, das in Stepan Arkadjitschs Seele wogte. Die erste Unannehmlichkeit war: gestern, als er Alexej Alexandrowitsch auf der Straße begegnet war, hatte er sein kühles, abweisendes Benehmen sehr wohl bemerkt. Den Gesichtsausdruck Karenins und die Tatsache, daß er ihnen keine Nachricht gegeben und sie nicht besucht hatte, brachte er mit den Gerüchten über Anna und Wronskij in Verbindung

und schloß daraus, daß bei Karenins nicht alles in Ordnung sei.
Das war die eine Unannehmlichkeit. Die zweite war, daß der neue Vorgesetzte, wie alle neuen Vorgesetzten, schon in dem Ruf eines schrecklichen Menschen stand, der um sechs Uhr morgens aufstehe, wie ein Pferd arbeite und das gleiche auch von seinen Untergebenen verlange. Außerdem hieß es von dem neuen Chef, er sei im Umgang ein wahrer Bär und gehöre einer Richtung an, die der von dem früheren Vorgesetzten und auch von Stepan Arkadjitsch vertretenen Richtung völlig entgegengesetzt war. Gestern hatte sich Stepan Arkadjitsch ihm dienstlich in Uniform vorgestellt, und der neue Chef war sehr liebenswürdig gewesen und hatte sich mit ihm wie mit einem alten Bekannten unterhalten; darum hielt es Stepan Arkadjitsch für seine Pflicht, ihm nun einen Besuch in Zivil zu machen. Der Gedanke, daß der neue Vorgesetzte ihn unfreundlich empfangen könne, war die zweite Unannehmlichkeit. Aber Stepan Arkadjitsch fühlte instinktiv, daß sich alles einrenken werde. ›Wir sind ja alle Menschen und allzumal Sünder. Wozu soll man sich da übereinander ärgern und sich zanken?‹ dachte er, als er in das Hotel ging.
»Guten Tag, Wasilij«, sagte er zu einem ihm bekannten Kellner, während er, den Hut schief auf dem Kopf, den Korridor entlangging, »du hast dir ja einen Backenbart stehen lassen. Lewin – Nummer sieben, nicht wahr? Führ mich bitte hin. Und erkundige dich, ob Graf Anitschkin« (das war der neue Vorgesetzte) »mich empfangen möchte.«
»Zu Befehl!« antwortete Wasilij lächelnd. »Sie haben uns lange nicht die Ehre gegeben.«
»Ich war gestern da, aber ich bin durch den anderen Eingang gekommen. Ist das Nummer sieben?«
Lewin stand mit einem Bauern aus Twer mitten im Zimmer und maß ein frisch abgezogenes Bärenfell mit dem Zollstock, als Stepan Arkadjitsch eintrat.

»Ah, habt ihr den geschossen?« rief Stepan Arkadjitsch. »Ein Prachtexemplar! Eine Bärin? Guten Tag, Archip!« Er drückte dem Bauern die Hand und setzte sich, ohne Hut und Mantel abzulegen, auf einen Stuhl.

»Leg doch ab und bleib ein Weilchen da!« sagte Lewin und nahm ihm den Hut vom Kopf.

»Nein, ich habe keine Zeit, ich bin nur auf eine Sekunde gekommen«, sagte Stepan Arkadjitsch. Er schlug den Mantel auseinander, zog ihn aber dann doch aus und blieb eine ganze Stunde und unterhielt sich mit Lewin über die Jagd und über die intimsten Dinge. »Sag mal, was hast du denn im Ausland gemacht? Wo bist du eigentlich gewesen?« fragte er, als der Bauer gegangen war.

»Ich war in Deutschland, in Preußen, in Frankreich und in England, aber nicht in den Hauptstädten, sondern in Fabrikstädten, und habe viel Neues gesehen. Ich bin froh, daß ich dagewesen bin.«

»Ja, ich kenne deine Ideen über die Organisation der Arbeiter.«

»Darum handelt es sich nicht: in Rußland gibt es keine Arbeiterfrage. In Rußland geht es um das Verhältnis der arbeitenden Bevölkerung zum Grund und Boden. Diese Frage existiert auch in Europa, aber dort versucht man wieder gut zu machen, was man verdorben hat. Bei uns hingegen...«

Stepan Arkadjitsch hörte ihm aufmerksam zu.

»Ja, ja!« sagte er. »Es ist sehr gut möglich, daß du recht hast. Aber es freut mich, daß du so munter bist; du gehst auf die Bärenjagd, du arbeitest und bist mit Leib und Seele bei der Sache. Und der junge Schtscherbatzkij hat mir erzählt — er hat dich ja getroffen —, du wärst in ganz trüber Stimmung gewesen und hättest immer nur vom Tod geredet...«

»Nun ja, ich denke auch beständig an den Tod«, sagte Lewin. »Wirklich, es ist Zeit zum Sterben. Und alles andere ist Unsinn. Ich will dir die Wahrheit sagen: Ich lege auf meine Ideen und auf meine Arbeit großen Wert, aber in Wirklichkeit — überleg doch mal — ist unsere ganze Welt nichts weiter als ein dünner Schimmelbelag auf einem winzigen Planeten. Und da bilden wir uns ein, es könnte bei uns etwas Großes geben — Gedanken, Taten! Das alles sind nur Sandkörnchen.«

»Diese Erkenntnis ist so alt wie die Welt, mein Lieber!«

»Gewiß, aber wenn man das klar begriffen hat, dann kommt einem alles klein und nichtig vor. Wenn man einsieht, daß man heut oder morgen sterben muß und nichts von einem bleibt, dann erscheint einem alles klein und nichtig! Ich halte meine Idee ja für etwas sehr Wichtiges, aber es stellt sich dann doch heraus, daß sie, selbst wenn ich sie durchführen könnte, so nichtig und unbedeutend ist, wie diese Bärin zu erlegen. Und so verbringt man sein Leben, indem man sich durch Jagd und Arbeit zerstreut, um nur nicht an den Tod denken zu müssen.«

Stepan Arkadjitsch hörte Lewin mit einem feinen, freundlichen Lächeln zu.

»Nun, selbstverständlich! Und darum bist du zu mir gekommen. Weißt du noch, wie du über mich hergefallen bist, weil ich im Leben nur Genüsse suche? Sei nicht so streng, du Moralist!«

»Nein, trotz allem ist das Leben schön...« Lewin stockte. »Aber ich weiß nichts davon. Ich weiß nur, daß wir bald sterben müssen.«

»Warum denn bald?«

»Und weißt du, das Leben hat zwar weniger Reiz, wenn man an den Tod denkt, aber es ist ruhiger.«

»Im Gegenteil, zu guter Letzt wird es immer lustiger. Aber jetzt ist es Zeit für mich«, sagte Stepan Arkadjitsch und stand zum zehntenmal auf.

»Nein, bleib doch noch ein bißchen«, sagte Lewin, ihn festhaltend. »Wann sehen wir uns denn wieder? Ich reise morgen ab.«

»Ich bin aber gut! Deswegen bin ich ja gekommen! Du mußt heute unbedingt zum Essen zu uns kommen. Dein Bruder kommt auch, und mein Schwager Karenin.«

»Ist er denn hier?« sagte Lewin und wollte nach Kitty fragen. Er hatte gehört, daß sie zu Anfang des Winters in Petersburg bei ihrer Schwester, der Frau eines Diplomaten, gewesen war, und wußte nicht, ob sie zurückgekehrt sei oder nicht. Aber er entschloß sich, nicht zu fragen. ›Ob sie da ist oder nicht – es ist mir gleich.‹

»Du kommst doch?«

»Selbstverständlich.«

»Also um fünf Uhr, im Gehrock.«

Stepan Arkadjitsch stand auf und ging in das untere Stockwerk zu seinem neuen Vorgesetzten. Sein Instinkt hatte ihn nicht getrogen. Der schreckliche neue Vorgesetzte erwies sich als ein sehr liebenswürdiger Mensch. Stepan Arkadjitsch frühstückte mit ihm und blieb so lange sitzen, daß er erst zwischen drei und vier Uhr zu Alexej Alexandrowitsch kam.

8

Von der Frühmesse zurückgekehrt, verbrachte Alexej Alexandrowitsch den ganzen Vormittag im Hotel. Er hatte zwei Dinge zu erledigen: erstens mußte er eine Delegation der Fremdvölker, die auf dem Weg nach Petersburg war und sich augenblicklich in Moskau aufhielt, empfangen und instruieren, zweitens mußte er dem Rechtsanwalt den versprochenen Brief schreiben. Die Delegation fuhr zwar auf Alexej Alexandrowitschs Anregung nach Petersburg, aber ihre Ankunft in der Hauptstadt konnte allerlei unangenehme Folgen haben und sogar gefährlich werden, und darum war Alexej Alexandrowitsch sehr froh, daß er die Delegation noch in Moskau antraf. Die Mitglieder der Delegation hatten nicht die geringste Vorstellung von der Rolle, die sie zu spielen, und von den Pflichten, die sie zu erfüllen hatten.

Sie hatten die naive Ansicht, ihre Aufgabe bestehe darin, ihre Nöte und die wirkliche Lage der Dinge zu schildern und die Regierung um Hilfe zu bitten, und konnten absolut nicht begreifen, daß einige ihrer Mitteilungen und Forderungen die feindliche Partei stärken und die ganze Sache verderben würden. Alexej Alexandrowitsch plagte sich lange mit den Delegierten herum, schrieb ihnen ein Programm, an das sie sich unter allen Umständen halten sollten, und nachdem er die Leute entlassen hatte, schrieb er noch einige Briefe nach Petersburg, um die Delegation dort auf dem richtigen Weg zu halten. Seine Haupthelferin in dieser Angelegenheit sollte Gräfin Lydia Iwanowna sein. Sie war eine Spezialistin für Delegationen, und niemand verstand es so gut wie sie, eine solche Sache in Gang zu bringen und die Delegierten richtig zu dirigieren. Als diese Angelegenheit erledigt war, schrieb Alexej Alexandrowitsch den Brief an den Rechtsanwalt. Er gab ihm ohne zu zögern die Vollmacht, nach eigenem Ermessen zu handeln. Dem Brief legte er drei Briefe Wronskijs an Anna bei, die er in Annas Schreibmappe gefunden hatte.

Seit Alexej Alexandrowitsch mit der Absicht abgereist war, nicht mehr zu seiner Familie zurückzukehren, und seit er beim Rechtsanwalt gewesen war und somit wenigstens einem Menschen seine Absicht mitgeteilt hatte, und vor allem, seit er diese Sache des Lebens zu einer Aktensache gemacht hatte, fand er sich immer mehr in sein Vorhaben hinein und sah jetzt sehr klar, daß man es durchführen konnte.

Er war gerade dabei, den Brief an den Rechtsanwalt zu versiegeln, als er die laute Stimme Stepan Arkadjitschs hörte. Stepan Arkadjitsch stritt sich mit Alexej Alexandrowitschs Diener herum und bestand darauf, daß er ihn anmelden solle.

›Es ist ja gleichgültig‹, dachte Alexej Alexandrowitsch. ›Vielleicht ist es sogar das beste: ich sage ihm sofort, wie das

Verhältnis zwischen mir und seiner Schwester ist, und erkläre ihm, warum ich nicht bei ihm speisen kann.‹
»Ich lasse bitten!« rief er laut, schob seine Papiere zusammen und legte sie in die Schreibmappe.
»Na, da siehst du ja, daß du mir etwas vorgeschwindelt hast! Er ist doch zu Hause!« hörte er Stepan Arkadjitsch zu dem Diener sagen, der ihn nicht hineinlassen wollte, und im Gehen den Mantel ausziehend, trat Oblonskij ins Zimmer. »Na, ich freue mich sehr, daß ich dich doch angetroffen habe. Also, ich hoffe...« sagte Stepan Arkadjitsch heiter.
»Ich kann nicht kommen«, sagte Alexej Alexandrowitsch, stand auf und forderte den Gast nicht zum Sitzen auf.
Alexej Alexandrowitsch wollte sofort das kühle Verhältnis in Kraft treten lassen, das zwischen ihm und dem Bruder seiner Frau, von der er sich scheiden lassen wollte, herrschen mußte; aber er hatte nicht mit dem Meer von Gutmütigkeit gerechnet, das die Ufer von Stepan Arkadjitschs Seele überflutete.
Stepan Arkadjitsch riß seine hellen, glänzenden Augen weit auf.
»Warum kannst du denn nicht? Was willst du damit sagen?« fragte er erstaunt auf französisch. »Nein, du hast es doch versprochen. Wir alle erwarten dich.«
»Ich will damit sagen, daß ich nicht zu Ihnen kommen kann, weil das Verwandtschaftsverhältnis, das zwischen uns bestand, gelöst werden muß.«
»Wie? Wie meinst du das? Warum?« fragte Stepan Arkadjitsch lächelnd.
»Weil ich gegen Ihre Schwester, meine Frau, die Scheidungsklage eingeleitet habe. Ich mußte...«
Aber noch ehe Alexej Alexandrowitsch seine Rede beenden konnte, tat Stepan Arkadjitsch etwas ganz anderes, als Karenin erwartet hatte. Stepan Arkadjitsch seufzte schwer und ließ sich in einen Sessel sinken.

»Nein, Alexej Alexandrowitsch, was redest du da?« rief er, und sein Gesicht nahm einen leidenden Ausdruck an.

»Es ist so.«

»Nimm es mir nicht übel, aber ich kann das einfach nicht glauben...«

Alexej Alexandrowitsch setzte sich, denn er merkte, daß seine Worte nicht die Wirkung hatten, die er erwartet hatte, daß er sich nun erklären mußte und daß sein Verhältnis zu seinem Schwager unverändert bleiben würde, ganz gleich, was für Erklärungen er vorbringen würde.

»Ja, ich sehe mich in die traurige Notwendigkeit versetzt, die Scheidung zu verlangen«, sagte er.

»Ich möchte dir nur eines sagen, Alexej Alexandrowitsch. Ich kenne dich als vortrefflichen, gerechten Menschen, und ich kenne Anna – entschuldige, aber ich kann meine Meinung über sie nicht ändern – als prächtige, vortreffliche Frau, und darum, verzeih mir, kann ich es nicht glauben. Hier liegt gewiß ein Mißverständnis vor...«

»Ja, wenn es nur ein Mißverständnis wäre...«

»Erlaube mal, ich verstehe dich sehr gut«, unterbrach ihn Stepan Arkadjitsch, »aber natürlich... Nur eines: nichts übereilen. Nur nichts übereilen!«

»Ich habe nichts übereilt«, sagte Alexej Alexandrowitsch kalt. »Aber in einer solchen Sache kann man niemand um Rat fragen. Ich bin fest entschlossen.«

»Das ist entsetzlich!« sagte Stepan Arkadjitsch mit einem tiefen Seufzer. »Aber an deiner Stelle würde ich noch eines tun, Alexej Alexandrowitsch. Ich flehe dich an, tu es! Die Sache ist noch nicht im Gang, wenn ich dich recht verstanden habe. Ehe du die Klage einreichst, komm einmal zu meiner Frau, sprich mit ihr. Sie liebt Anna wie eine Schwester, sie liebt dich, und sie ist eine wunderbare Frau. Um Gottes willen, sprich mit ihr! Tu mir den Gefallen, ich flehe dich an!«

Alexej Alexandrowitsch wurde nachdenklich, und Stepan

Arkadjitsch sah ihn teilnahmsvoll an, ohne ihn in seinem Schweigen zu stören.
»Willst du zu ihr kommen?«
»Ich weiß nicht. Deswegen habe ich Sie ja auch nicht besucht. Ich glaube, daß unser Verhältnis sich jetzt ändern muß.«
»Warum denn? Das sehe ich nicht ein. Gestatte mir zu glauben, daß du, ganz abgesehen von unseren verwandtschaftlichen Beziehungen, mir wenigstens zum Teil jene freundschaftlichen Gefühle entgegenbringst, die ich immer für dich empfunden habe... und aufrichtige Hochachtung«, sagte Stepan Arkadjitsch und drückte ihm die Hand. »Selbst wenn deine schlimmsten Vermutungen zuträfen, würde ich es nie wagen, über die eine oder die andere Partei den Stab zu brechen, und ich sehe keinen Grund, warum unser Verhältnis sich ändern sollte. Aber tu jetzt, was ich dir gesagt habe, und komm zu meiner Frau.«
»Wir sehen die Sache eben verschieden an«, sagte Alexej Alexandrowitsch kalt. »Aber reden wir nicht mehr davon.«
»Nein, warum kommst du denn nicht gleich heute zum Essen zu uns? Meine Frau erwartet dich. Bitte, komm! Und vor allem: sprich mit ihr darüber. Sie ist eine wunderbare Frau. Um Gottes willen, ich bitte dich kniefällig.«
»Wenn Sie es so sehr wünschen, will ich kommen«, sagte Alexej Alexandrowitsch seufzend.
Und um dem Gespräch eine andere Wendung zu geben, fragte er nach etwas, was sie beide interessierte: nach Stepan Arkadjitschs neuem Vorgesetzten, einem noch ziemlich jungen Mann, der plötzlich einen so hohen Posten erhalten hatte.
Alexej Alexandrowitsch hatte den Grafen Anitschkin schon früher nicht leiden können und war immer anderer Meinung gewesen als er, jetzt aber konnte er den bei einem Beamten so begreiflichen Haß eines Mannes, der im Amt eine Niederlage erlitten hatte, gegen einen anderen, der befördert worden war, nicht unterdrücken.

»Nun, hast du ihn gesehen?« fragte Alexej Alexandrowitsch mit giftigem Lächeln.
»Gewiß, er war gestern bei uns im Amt. Er scheint gründliche Sachkenntnis zu besitzen und sehr tatkräftig zu sein.«
»Ja, aber worauf ist diese Tatkraft gerichtet?« sagte Alexej Alexandrowitsch. »Will er etwas Positives schaffen oder nur umändern, was schon gemacht ist? Das Unglück unseres Staates ist die papierene, bürokratische Verwaltung, deren würdiger Vertreter er ist.«
»Ich weiß wirklich nicht, was an ihm auszusetzen wäre. Seine Richtung kenne ich nicht, aber eines weiß ich — er ist ein netter Kerl«, antwortete Stepan Arkadjitsch. »Ich war gerade bei ihm, er ist wirklich ein netter Kerl. Wir haben zusammen gefrühstückt, und ich habe ihm gezeigt, wie man dieses gute Getränk bereitet, aus Wein und Apfelsinen, du wirst es ja kennen. Es ist sehr erfrischend. Ganz erstaunlich, daß er es noch nicht kannte. Es hat ihm sehr gut geschmeckt. Nein, wirklich, er ist ein prächtiger Mensch!«
Stepan Arkadjitsch sah auf die Uhr.
»Ach, Herrgott, es geht schon auf fünf, und ich muß noch zu Dolgowuschin! Also bitte, komm zum Essen. Du kannst dir gar nicht vorstellen, wie sehr du meine Frau und mich kränken würdest.«
Alexej Alexandrowitsch begleitete seinen Schwager ganz anders hinaus, als er ihn empfangen hatte.
»Ich habe es versprochen, und ich komme«, sagte er trübsinnig.
»Glaub mir, ich weiß das zu schätzen, und ich hoffe, daß du es nicht bereuen wirst«, antwortete Stepan Arkadjitsch lächelnd.
Er zog im Gehen den Mantel an, fuhr dabei dem Diener mit dem Arm über den Kopf, lachte und ging hinaus.
»Um fünf Uhr, bitte, und im Gehrock!« rief er und ging noch einmal bis zur Tür zurück.

9

Es war bereits zwischen fünf und sechs Uhr, und einige Gäste waren schon da, als der Herr des Hauses erschien. Er trat zugleich mit Sergej Iwanowitsch Kosnyschew und Peszow ein, die sich vor der Haustür getroffen hatten. Sie waren die beiden Hauptvertreter der Moskauer Intelligenz, wie Oblonskij sie zu nennen pflegte. Beide erfreuten sich wegen ihres Charakters und wegen ihrer Klugheit allgemeiner Achtung und achteten einander sehr, obwohl sie in fast allen Dingen völlig verschiedener Ansicht waren – nicht etwa, weil sie entgegengesetzte Richtungen vertraten, sondern gerade weil sie ein und derselben Partei angehörten (das behaupteten ihre Feinde), wobei aber jeder von beiden seine eigene Nuance hatte. Und da nichts einer Einigung so hinderlich ist wie eine Meinungsverschiedenheit in halb abstrakten Dingen, konnten sie sich nie einigen und hatten sich längst daran gewöhnt, über die unverbesserlichen Verirrungen des anderen zu lachen, ohne sich darüber zu ärgern.

Sie waren gerade in ein Gespräch über das Wetter vertieft, als Stepan Arkadjitsch sie an der Tür zum Salon einholte. Dort saßen schon Fürst Alexander Dmitrijewitsch Schtscherbatzkij, der junge Schtscherbatzkij, Turowzyn, Kitty und Karenin.

Stepan Arkadjitsch sah sofort, daß ohne ihn die Sache nicht recht in Gang kommen wollte. Darja Alexandrowna in ihrem grauseidenen Staatskleid war offenbar in großer Unruhe, weil die Kinder allein in ihrem Zimmer essen mußten und weil ihr Mann so lange ausgeblieben war, und hatte es nicht verstanden, die Gesellschaft ein wenig durcheinanderzurühren. Alle saßen da wie Popentöchter auf Besuch, wie sich der alte Fürst ausdrückte, schienen sich verwundert zu fragen, wozu sie eigentlich hierher gekommen seien, und drückten ein paar Worte heraus, um wenigstens etwas zu sagen. Der gutmütige Turowzyn fühlte sich offenbar nicht in seinem Element, und das Lächeln seiner dicken Lippen, mit dem er Stepan Arkadjitsch begrüßte, sagte so deutlich wie Worte: ›Na, mein Lieber, mit was für gelehrten Leuten hast du mich da zusammengebracht! Trinken und das Château des fleurs — das wäre eher nach meinem Geschmack.‹ Der alte Fürst saß schweigend da und sah Karenin mit seinen kleinen, blitzenden Augen von der Seite an, und Stepan Arkadjitsch merkte, daß er sich bereits irgendein Bonmot ausgedacht hatte, um diesen hohen Staatsmann zu charakterisieren, zu dem er seine Gäste wie zum Sterlet eingeladen hatte. Kitty schaute auf die Tür und nahm ihre ganze Kraft zusammen, um bei Konstantin Lewins Erscheinen nicht zu erröten. Der junge Schtscherbatzkij, der Karenin nicht vorgestellt worden war, bemühte sich zu zeigen, daß ihn das nicht im geringsten störe. Karenin war, wie es in Petersburg bei einem Diner mit Damen üblich ist, in Frack und weißer Binde, und Stepan Arkadjitsch sah an seinem Gesicht, daß er nur gekommen war, um Wort zu halten und um eine lästige Pflicht zu erfüllen. Er war vor allem an der frostigen Stimmung schuld, die bis zu Stepan Arkadjitschs Erscheinen im Salon geherrscht hatte.

Stepan Arkadjitsch trat in den Salon, bat um Entschuldigung, erklärte, er sei von dem Fürsten N. N. aufgehalten worden, der ihm immer als Sündenbock diente, wenn er zu spät oder überhaupt nicht kam, und machte alle Gäste in einer Minute miteinander bekannt. Er brachte Alexej Alexandrowitsch und Sergej Kosnyschew zusammen und warf ihnen die Russifizierung Polens als Gesprächsthema hin, in das sie sich zusammen mit Peszow sogleich verbissen. Er klopfte Turowzyn auf die Schulter, flüsterte ihm etwas Komisches zu und setzte ihn zu seiner Frau und dem Fürsten. Dann sagte er zu Kitty, sie sei heute besonders hübsch, und stellte den jungen Schtscherbatzkij Karenin vor. In einer Minute hatte er die ganze Gesellschaft wie einen Teig so gut durchgeknetet, daß die Stimmung im Salon ausgezeichnet war und die Stimmen immer lauter und lebhafter klangen. Nur Konstantin Lewin war noch nicht da. Aber das war ein Glück, denn als Stepan Arkadjitsch ins Eßzimmer ging, sah er zu seinem Entsetzen, daß der Portwein und der Sherry von Deprès und nicht von Levé stammte. Er befahl dem Kutscher, rasch zu Levé zu fahren, und ging in den Salon zurück. Im Vorzimmer begegnete er Konstantin Lewin.

»Ich bin doch nicht zu spät gekommen?«

»Als ob du jemals nicht zu spät gekommen wärst!« sagte Stepan Arkadjitsch und faßte ihn unter den Arm.

»Hast du viele Gäste? Wer ist denn alles da?« fragte Lewin unwillkürlich errötend und klopfte mit dem Handschuh den Schnee von seiner Mütze.

»Nur gute Freunde. Kitty ist auch da. Komm, ich will dich mit Karenin bekannt machen.«

Stepan Arkadjitsch wußte trotz seines Liberalismus, daß es jedem schmeicheln mußte, die Bekanntschaft Karenins zu machen, und darum setzte er ihn seinen besten Freunden vor. Aber in diesem Augenblick war Lewin außerstande, das Vergnügen dieser Bekanntschaft voll und ganz zu würdigen. Er hatte Kitty seit dem denkwürdigen Abend, an dem er mit Wronskij zusammengetroffen war, nicht mehr gesehen, den kurzen Augenblick abgerechnet, wo er sie auf der Landstraße gesehen hatte. In der Tiefe seines Herzens hatte er gewußt, daß er sie heute hier wiedersehen werde. Aber um die Freiheit seines Denkens zu bewahren, hatte er versucht sich einzureden, daß er es nicht wisse. Als er jetzt hörte, daß sie da sei, überkam ihn eine so große Freude und zugleich Angst, daß ihm der Atem stockte und er nicht herausbringen konnte, was er sagen wollte.

›Wie wird sie sein? So, wie sie früher war, oder so, wie sie im Wagen war? Wie, wenn Darja Alexandrowna die Wahrheit gesagt hat? Und warum sollte es nicht die Wahrheit gewesen sein?‹ dachte er.

»Ach ja, bitte, mach mich mit Karenin bekannt«, brachte er endlich mühsam hervor, ging mit verzweifelt-entschlossenem Schritt in den Salon und erblickte sie.

Sie war nicht mehr so wie früher und nicht so wie in dem Wagen, sie war eine ganz andere.

Sie war erschreckt, schüchtern und beschämt und dadurch noch reizender. Sie sah ihn in demselben Augenblick, als er ins Zimmer trat. Sie hatte auf ihn gewartet. Sie freute sich und war über ihre Freude so verwirrt, daß es einen Augenblick gab, gerade als er auf die Dame des Hauses zuging und Kitty wieder einen Blick zuwarf, wo sie und er und Dolly, die alles beobachtete, glaubten, sie würde sich nicht beherrschen können und in Tränen ausbrechen. Sie wurde rot und blaß und wieder rot und saß dann wie erstarrt da, kaum merklich mit den Lippen zuckend, und wartete darauf, daß er sie begrüßen würde. Er ging auf sie zu, verbeugte sich und streckte ihr schweigend die Hand hin. Wäre nicht das leise Zittern ihrer Lippen und der feuchte Schimmer in ihren Augen gewesen, so hätte ihr Lächeln beinahe ruhig und gleichmütig gewirkt, als sie sagte:

»Wie lange wir uns nicht gesehen haben!« Und sie drückte mit verzweifelter Entschlossenheit seine Hand mit ihrer kalten Hand.

»Sie haben mich nicht gesehen, aber ich habe Sie gesehen«, sagte Lewin mit glückstrahlendem Lächeln. »Ich habe Sie gesehen, als Sie von der Bahnstation nach Jerguschowo fuhren.«

»Wann?« fragte sie erstaunt.

»Auf Ihrer Hinreise nach Jerguschowo«, sagte Lewin und fühlte, daß der Strom des Glücks, der seine Seele überflutete, ihn zu ersticken drohte. ›Wie durfte ich es wagen‹, dachte er, ›den Gedanken an irgendeine Schuld mit diesem rührenden Geschöpf zu verknüpfen! Ja, ich glaube, Darja Alexandrowna hat wirklich die Wahrheit gesagt.‹

Stepan Arkadjitsch faßte ihn am Arm und führte ihn zu Karenin.

»Darf ich Sie miteinander bekannt machen.« Er nannte beider Namen.

»Sehr erfreut, Sie wiederzusehen«, sagte Alexej Alexandrowitsch kühl und reichte Lewin die Hand.

»Ihr kennt euch schon?« fragte Stepan Arkadjitsch erstaunt.

»Wir haben drei Stunden lang zusammen im Eisenbahnwagen gesessen«, sagte Lewin lächelnd, »und haben uns wie nach einem Maskenball getrennt, voller Neugier, wer der andere wohl sein möge. Wenigstens ist es mir so gegangen.«

»Nein, so was! Aber wenn ich bitten darf«, sagte Stepan Arkadjitsch, mit der Hand nach dem Eßzimmer weisend.

Die Herren gingen ins Eßzimmer und traten an den Tisch mit den Vorspeisen, auf dem sechs Sorten Schnaps und ebenso viele Sorten Käse standen, teils mit kleinen silbernen Schaufeln, teils ohne, ferner Kaviar, Hering, allerlei Konserven und mehrere Teller mit Weißbrotscheiben.

Die Herren standen um die duftenden Schnäpse und Vorspeisen, und das Gespräch über die Russifizierung Polens, das Sergej Iwanowitsch Kosnyschew, Karenin und Peszow führten, verstummte in Erwartung des Diners.

Sergej Iwanowitsch verstand es wie kein anderer, selbst einen ernsthaften Streit über die abstraktesten Dinge dadurch zu beenden, daß er völlig unerwartet etwas attisches Salz ausstreute, was die Stimmung der Streitenden sofort änderte. Das tat er auch jetzt.

Alexej Alexandrowitsch hatte zu beweisen versucht, daß die Russifizierung Polens nur mit Hilfe von bestimmten Verwaltungsprinzipien durchgesetzt werden könne, die man dort durchführen müsse.

Peszow hingegen hatte behauptet, ein Volk könne ein anderes nur dann assimilieren, wenn es zahlenmäßig überlegen sei.

Kosnyschew ließ das eine und das andere gelten, aber mit gewissen Einschränkungen. Als sie aus dem Salon ins Eßzimmer gingen, sagte Kosnyschew lächelnd, um das Gespräch zu beenden:

»Darum gibt es nur ein Mittel für die Russifizierung anderer Völker: möglichst viele Kinder zu zeugen. Mein Bruder und ich haben auf diesem Gebiet nichts geleistet. Aber Sie, die verheirateten Herren, vor allem Sie, Stepan Arkadjitsch, handeln höchst patriotisch. Wie viele haben Sie eigentlich?« sagte er mit freundlichem Lächeln zu dem Gastgeber und hielt ihm ein winziges Schnapsglas zum Füllen hin.

Alle lachten, am lustigsten Stepan Arkadjitsch.

»Ja, das ist auch das beste Mittel!« sagte er, ein Stück Käse kauend und einen besonders feinen Schnaps in das hingehaltene Glas gießend. So wurde das Gespräch wirklich durch diesen Spaß beendet.

»Dieser Käse ist nicht übel. Nehmen Sie etwas?« sagte der Hausherr. »Hast du denn wieder geturnt?« sagte er zu Lewin und betastete mit der linken Hand dessen Armmuskel. Lewin lächelte, reckte den Arm, und unter Stepan Arkadjitschs Fingern erhob sich wie ein runder Käse eine stahlharte Erhöhung unter dem feinen Tuch des Rocks.

»So ein Bizeps! Der reinste Simson!«

»Zur Bärenjagd braucht man wohl viel Kraft«, sagte Alexej Alexandrowitsch, der sehr nebelhafte Vorstellungen von der Jagd hatte, und strich sich Käse auf eine spinnwebdünne Weißbrotscheibe, die dabei zerriß.

Lewin lächelte.

»Keineswegs. Im Gegenteil, ein Kind kann einen Bären töten«, sagte er und machte mit einer leichten Verbeugung den Damen Platz, die mit der Dame des Hauses an den Tisch mit den Vorspeisen traten.

»Sie haben einen Bären erlegt?« fragte Kitty, die sich vergebens bemühte, einen widerspenstigen, immer wieder wegglitschenden Pilz mit der Gabel aufzuspießen, und schüttelte dabei ihre Spitzenmanschetten, durch die ihr weißer Arm hindurchschimmerte. »Gibt es denn bei Ihnen

Bären?« fügte sie lächelnd hinzu und wandte ihm ihr reizendes Köpfchen halb zu.

Sie schien nichts Ungewöhnliches gesagt zu haben, aber welch große, mit Worten nicht auszudrückende Bedeutung lag für ihn in jedem Laut, in jeder Bewegung ihrer Lippen, ihrer Augen und Hände, als sie das sagte. Die Bitte um Verzeihung lag darin, Vertrauen zu ihm, Zärtlichkeit, sanfte, schüchterne Zärtlichkeit, Verheißung, Hoffnung und Liebe zu ihm, eine Liebe, an die er glauben mußte und die ihn so glücklich machte, daß ihm der Atem stockte.

»Nein, wir sind ins Gouvernement Twer gefahren. Auf dem Rückweg habe ich im Eisenbahnwagen Ihren Schwager getroffen, oder richtiger den Schwager Ihres Schwagers«, antwortete er lächelnd. »Das war eine amüsante Begegnung.« Und er erzählte lustig und witzig, wie er, nachdem er die ganze Nacht nicht geschlafen hatte, in seinem kurzen Schafspelz in Alexej Alexandrowitschs Abteil eingedrungen war.

»Der Schaffner wollte mich, im Gegensatz zum Sprichwort, wegen meines Anzugs hinauswerfen, aber da fing ich an, in hohem Stil zu reden, und... Sie übrigens auch«, sagte er, sich an Karenin wendend, dessen vollständigen Namen er vergessen hatte, »Sie wollten mich wegen meines Schafspelzes zuerst auch hinausjagen, aber dann traten Sie für mich ein, wofür ich Ihnen sehr dankbar bin.«

»Die Rechte der Reisenden auf die Wahl ihrer Plätze sind überhaupt sehr unbestimmt«, sagte Alexej Alexandrowitsch und wischte sich die Fingerspitzen mit dem Taschentuch ab.

»Ich sah, daß Sie sich über mich im unklaren waren«, sagte Lewin gutmütig lächelnd, »und darum begann ich ein geistreiches Gespräch, um meinen Schafspelz wieder wettzumachen.«

Sergej Iwanowitsch, der sich mit der Dame des Hauses unterhielt und mit einem Ohr seinem Bruder zuhörte, schielte zu ihm hinüber. ›Was ist denn heute mit ihm? Diese Siegermine!‹ dachte er. Er wußte nicht, daß Lewin ein Gefühl hatte, als wären ihm Flügel gewachsen. Lewin wußte, daß sie seine Worte hörte und daß sie sie gern hörte. Und das allein beschäftigte ihn. In diesem Zimmer, ja in der ganzen Welt waren jetzt für ihn nur zwei Menschen vorhanden: er, der sich ungeheuer wichtig und bedeutend vorkam, und sie. Er fühlte sich auf einer Höhe, auf der ihm schwindlig wurde, und irgendwo unten, in weiter Ferne, waren all diese guten, prächtigen Karenins, Oblonskijs und die ganze übrige Welt.

Ganz unauffällig, ohne sie anzusehen, als sei kein anderer Platz mehr da, setzte Stepan Arkadjitsch Lewin und Kitty nebeneinander.

»Du nimmst vielleicht hier Platz«, sagte er zu Lewin.

Das Essen war ebenso gut wie das Porzellan — Stepan Arkadjitsch liebte schönes Porzellan. Die Suppe Marie-Louise war prächtig, die winzigen Pasteten, die im Mund zergingen, waren tadellos. Zwei Diener und Matwej in weißen Halsbinden servierten die Speisen und die Weine unauffällig, leise und geschickt. In materieller Hinsicht war das Diner entschieden gelungen, nicht minder in bezug auf die geistigen Genüsse. Das Gespräch, das zunächst ein allgemeines war und sich dann wieder in Einzelunterhaltungen auflöste, verstummte keinen Augenblick und wurde zum Schluß so lebhaft, daß die Herren sich noch sehr angeregt unterhielten, als sie vom Tisch aufstanden, und sogar Alexej Alexandrowitsch etwas auftaute.

10

Peszow liebte es, eine Diskussion zu Ende zu führen, und war recht unbefriedigt über die Worte Sergej Iwanowitschs, zumal er die Unrichtigkeit seiner eigenen Ansichten fühlte.

»Ich habe«, sagte er während der Suppe zu Alexej Alexandrowitsch, »nicht ausschließlich die Dichte der Bevölkerung gemeint, sondern die Bevölkerungsdichte in Verbindung mit den geistigen Grundlagen des Volkes, nicht aber mit den Verwaltungsprinzipien.«

»Mir scheint«, antwortete Alexej Alexandrowitsch langsam und matt, »daß das ein und dasselbe ist. Meiner Ansicht nach kann ein Volk nur dann ein anderes beeinflussen, wenn es auf einer höheren Entwicklungsstufe steht, und wenn ...«

»Aber das ist gerade die Frage«, unterbrach ihn Peszow mit seiner tiefen Stimme, der es immer sehr eilig hatte, zu Wort zu kommen und anscheinend immer mit Leib und Seele bei der Sache war. »Worin besteht denn die höhere Entwicklung? Die Engländer, die Franzosen, die Deutschen – wer steht auf der höchsten Entwicklungsstufe? Wir sehen, daß die Rheingegend gallisiert worden ist, und trotzdem stehen die Deutschen nicht auf einer niedrigeren Stufe!« rief er. »Da liegt noch ein anderes Gesetz vor!«

»Mir scheint, daß das Übergewicht stets auf seiten der wahren Bildung ist«, sagte Alexej Alexandrowitsch und zog die Brauen hoch.

»Woran kann man denn die wahre Bildung erkennen?« fragte Peszow.

»Ihre Merkmale sind wohlbekannt«, entgegnete Alexej Alexandrowitsch.

»Sind sie wirklich so genau bekannt?« mischte sich Sergej Iwanowitsch mit feinem Lächeln ins Gespräch. »Heutzutage gilt die rein klassische Bildung als die einzig wahre; aber wir sehen, daß die beiden Parteien einen erbitterten Kampf miteinander führen, und es läßt sich nicht leugnen, daß die Gegner der klassischen Bildung starke Argumente vorzubringen haben.«

»Nun, Sie sind ja ein echter Vertreter der klassischen Bildung, Sergej Iwanowitsch. Möchten Sie Rotwein?« sagte Stepan Arkadjitsch.

»Ich möchte jetzt nicht meine Ansicht über die eine und die andere Art von Bildung äußern«, sagte Sergej Iwanowitsch mit herablassendem Lächeln, als spräche er mit einem Kind, und hielt Stepan Arkadjitsch sein Glas hin, »ich möchte nur sagen, daß beide Parteien gewichtige Gründe vorbringen können«, fuhr er fort und wandte sich wieder an Alexej Alexandrowitsch. »Ich selbst habe eine klassische Bildung genossen, aber ich weiß nicht, wessen Partei ich bei diesem Streit ergreifen soll. Ich sehe keine klaren Gründe dafür, weshalb man die klassischen Wissenschaften den Naturwissenschaften vorziehen sollte.«

»Die Naturwissenschaften haben den gleichen pädagogischen Wert für die geistige Entwicklung«, sagte Peszow. »Nehmen Sie zum Beispiel die Astronomie, die Botanik, die Zoologie mit ihrem System allgemeingültiger Gesetze!«

»Ich kann Ihnen nicht ganz zustimmen«, entgegnete Alexej Alexandrowitsch. »Ich glaube, man muß wohl zugeben, daß schon die Erlernung der grammatikalischen Formen von Fremdsprachen besonders günstig auf die geistige Entwicklung wirkt. Außerdem ist nicht zu leugnen, daß die klassischen Schriftsteller einen im höchsten Grade moralischen Einfluß ausüben, während mit dem naturwissenschaftlichen Unterricht leider jene schädlichen Irrlehren eng verbunden sind, die eine Seuche unserer Zeit sind.«

Sergej Iwanowitsch wollte etwas erwidern, aber Peszow mit seiner tiefen Baßstimme kam ihm zuvor. Er versuchte mit großem Eifer, die Unrichtigkeit dieser Ansicht zu beweisen. Sergej Iwanowitsch wartete ruhig, bis er zu Wort kommen konnte, und hatte offenbar schon eine schlagende Antwort bereit.

»Aber«, sagte er schließlich mit feinem Lächeln zu Karenin, »man wird zugeben müssen, daß es schwierig ist, alle Vorteile und Nachteile der einen und der anderen Wissenschaft genau abzuwägen, und daß die Frage, welche von beiden Wissenschaften vorzuziehen ist, nicht so rasch entschieden worden wäre, wenn die klassische Bildung nicht den Vorzug hätte, den Sie gerade hervorhoben: einen moralischen – disons le mot – einen antinihilistischen Einfluß.«

»Ganz gewiß!«

»Wenn die klassischen Wissenschaften nicht den Vorzug der antinihilistischen Wirkung hätten, dann würden wir doch mehr über die Sache nachdenken und die Gründe beider Parteien sorgfältiger gegeneinander abwägen«, sagte Sergej Iwanowitsch mit feinem Lächeln, »und der einen wie der anderen Richtung freie Bahn geben. Jetzt aber wissen wir, daß die Pillen der klassischen Bildung eine antinihilistische Heilkraft besitzen, und deshalb verordnen wir sie unbedenklich unseren Patienten... Aber wenn es mit dieser Heilkraft nichts ist?« schloß er, indem er wieder eine Prise attisches Salz in das Gespräch streute.

Bei dem Vergleich mit den Pillen lachten alle, besonders laut und lustig Turowzyn, der schon die ganze Zeit gewartet hatte, daß endlich einmal etwas Komisches gesagt würde.

Stepan Arkadjitsch hatte keinen Fehlgriff damit getan, daß er Peszow eingeladen hatte. Wenn Peszow dabei war, konnte ein ernstes Gespräch auch nicht einen Augenblick verstummen. Kaum hatte Sergej Iwanowitsch die Unterhaltung mit einem Scherz beendet, da brachte Turowzyn ein anderes Thema aufs Tapet.

»Selbst das kann man nicht zugeben«, sagte er, »daß die Regierung dieses Ziel dabei im Auge hat. Die Regierung läßt sich offenbar nur von allgemeinen Erwägungen leiten und kümmert sich herzlich wenig darum, welche Wirkung die von ihr ergriffenen Maßnahmen haben können. So müßte man zum Beispiel die Frauenbildung für schädlich halten, aber die Regierung führt Ausbildungskurse für Frauen ein und läßt die Frauen zum Universitätsstudium zu.«

Die Unterhaltung sprang nun sofort auf das Thema der Frauenbildung über.

Alexej Alexandrowitsch sprach den Gedanken aus, daß die Frauenbildung gewöhnlich mit der Emanzipation verwechselt werde und daß man die Frauenbildung nur deswegen für schädlich halte.

»Ich bin im Gegenteil der Ansicht, daß diese beiden Fragen unlösbar miteinander verbunden sind«, sagte Peszow. »Hier liegt ein Trugschluß vor. Die Frau hat keine Rechte, weil sie keine Bildung besitzt, und sie besitzt keine Bildung, weil sie keine Rechte hat. Man darf nicht vergessen, daß die Versklavung der Frau so groß und so alt ist, daß wir oft nicht sehen wollen, welche Kluft uns von den Frauen trennt.«

»Sie sagten ›Rechte‹«, begann Sergej Iwanowitsch, der gewartet hatte, bis Peszow schwieg, »und meinten wohl das Recht, die Funktionen eines Geschworenen, eines Stadtverordneten, eines Gerichtspräsidenten, eines Beamten, eines Parlamentsmitglieds auszuüben...«

»Gewiß!«

»Aber selbst wenn die Frauen, was immer eine seltene Ausnahme sein wird, solche Stellen wirklich ausfüllen könnten, scheint mir doch, daß der Ausdruck ›Rechte‹ hier nicht zutrifft. Es wäre richtiger, ›Pflichten‹ zu sagen. Jeder wird zugeben, daß wir bei der Ausübung irgendeiner amtlichen Tätigkeit, der Tätigkeit eines Geschworenen, eines Stadtverordneten, eines Telegraphenbeamten, das Gefühl haben, daß wir damit eine Pflicht erfüllen. Und darum sollte man besser sagen, daß die Frauen nach Pflichten streben, und zwar durchaus mit Recht. Und ihren Wunsch, bei der gemeinsamen Arbeit der Männer mitzuhelfen, kann man nur begrüßen.«

»Vollkommen richtig«, sagte Alexej Alexandrowitsch. »Meiner Ansicht nach ist es allerdings die Frage, ob die Frauen wirklich fähig sind, diese Pflichten zu erfüllen.«

»Wahrscheinlich werden sie durchaus dazu fähig sein«, warf Stepan Arkadjitsch dazwischen, »sobald die Bildung unter ihnen etwas mehr verbreitet ist. Wir sehen das ja...«

»Aber was sagt das Sprichwort?« unterbrach ihn Fürst Schtscherbatzkij, dessen kleine Augen schon lange spöttisch gefunkelt hatten, während er dem Gespräch zuhörte. »In Gegenwart meiner Töchter kann ich's ja ruhig sagen: ›Langes Haar und kurzer Verstand‹.«
»Genau so hat man vor der Aufhebung der Sklaverei auch über die Neger geurteilt!« erwiderte Peszow ärgerlich.
»Ich finde es sonderbar, daß die Frauen nach neuen Pflichten streben«, sagte Sergej Iwanowitsch, »während wir bedauerlicherweise sehen, daß die Männer sich ihren Pflichten gern entziehen.«
»Pflichten sind mit Rechten verbunden, mit Macht, Geld, Ehre, und danach streben die Frauen«, sagte Peszow.
»Das wäre genau dasselbe, wie wenn ich nach dem Recht streben wollte, Amme zu sein, und mich gekränkt fühlte, weil man Frauen für diesen Dienst bezahlt und mich nicht haben will«, sagte der alte Fürst.
Turowzyn lachte laut, und Sergej Iwanowitsch bedauerte, daß er das nicht gesagt hatte. Sogar Alexej Alexandrowitsch lächelte.
»Ja, aber ein Mann kann nicht nähren«, sagte Peszow, »hingegen kann eine Frau...«
»Nun, ein Engländer hat doch einmal auf dem Schiff seinen Säugling selbst genährt«, sagte der alte Fürst, der sich durch die Gegenwart seiner Töchter nicht davon abhalten ließ, sich im Gespräch ein wenig gehenzulassen.
»Es wird wohl genauso viele weibliche Beamte geben, wie es solche Engländer gibt«, sagte Sergej Iwanowitsch.
»Ja, aber was soll ein Mädchen tun, das keine Familie hat?« wandte Stepan Arkadjitsch ein und dachte an die Tschibisowa, die er die ganze Zeit im Sinn gehabt hatte, als er Preszow so eifrig zugestimmt hatte.
»Wenn man sich den Lebenslauf dieses Mädchens etwas genauer ansieht, wird man feststellen, daß dieses Mädchen sich von ihrer eigenen Familie oder von der Familie ihrer

Schwester losgesagt hat, wo sie eine weibliche Beschäftigung hätte finden können«, mischte sich Darja Alexandrowna plötzlich in gereiztem Ton in die Unterhaltung; sie hatte wohl erraten, welches Mädchen Stepan Arkadjitsch meinte.

»Aber wir treten für ein Prinzip ein, für ein Ideal!« erwiderte Peszow mit seinem sonoren Baß. »Die Frau will das Recht haben, unabhängig und gebildet zu sein. Das Bewußtsein, daß sie das nicht erreichen kann, beengt und bedrückt sie.«

»Und ich fühle mich deswegen beengt und bedrückt, weil man mich im Findelhaus nicht als Amme annehmen will«, sagte der alte Fürst zum größten Vergnügen Turowzyns, der vor Lachen den Spargel mit dem dicken Ende in die Soße fallen ließ.

11

Alle hatten sich an diesem allgemeinen Gespräch beteiligt, nur Kitty und Lewin nicht. Anfangs, als von dem Einfluß die Rede war, den ein Volk auf das andere ausübt, fiel Lewin unwillkürlich mancherlei ein, was er dazu sagen könnte; aber diese Gedanken, die ihm früher sehr wichtig gewesen waren, gingen ihm jetzt wie im Traum durch den Kopf und hatten nicht mehr das geringste Interesse für ihn. Es kam ihm sogar sonderbar vor, daß diese Menschen mit solchem Eifer über Dinge redeten, die keinen von ihnen etwas angingen. Auch Kitty hätte sich für das interessieren sollen, was über Frauenbildung gesagt wurde. Wie oft hatte sie darüber nachgedacht, wenn sie sich an Warenka, ihre ausländische Freundin, und an deren schwere, abhängige Stellung erinnerte; wie oft hatte sie sich gefragt, was aus ihr selbst werden würde, wenn sie nicht heiratete, und wie oft hatte sie mit ihrer Schwester darüber gestritten! Aber jetzt interessierte sie das gar nicht. Zwischen ihr und Lewin war ein eigenes Gespräch im Gang; eigentlich war es kein Gespräch, sondern ein geheimer Verkehr, der sie von Minute zu Minute enger miteinander verband und in beiden das Gefühl eines freudigen Schauers vor dem Unbekannten weckte, in das sie eingetreten waren.

Zuerst hatte Lewin auf Kittys Frage, wie er sie voriges Jahr im Wagen habe sehen können, erzählt, wie er nach der Heuernte die Landstraße entlanggegangen und ihr begegnet war.

»Es war ganz früh am Morgen. Sie waren wahrscheinlich eben erst aufgewacht. Ihre Mama schlief in ihrem Eckchen. Es war ein herrlicher Morgen. Ich ging die Straße entlang und dachte: ›Wer kommt denn da mit einem Viergespann gefahren?‹ Es war ein prächtiges Viergespann mit Schellen, und im nächsten Augenblick rollten Sie an mir vorbei, und ich warf einen Blick ins Fenster, da saßen Sie so da: Sie hielten mit beiden Händen die Bänder Ihres Häubchens fest und waren tief in Gedanken versunken«, erzählte er lächelnd. »Ich wüßte zu gern, woran Sie damals gedacht haben. Wohl an etwas sehr Wichtiges?«

›War ich nicht ganz zerzaust?‹ dachte sie; aber als sie das entzückte Lächeln sah, das diese Einzelheiten in seiner Erinnerung wachriefen, fühlte sie, daß sie im Gegenteil einen sehr guten Eindruck gemacht hatte. Sie errötete und lachte fröhlich.

»Ich erinnere mich wirklich nicht mehr.«

»Wie schön Turowzyn lacht!« sagte Lewin und betrachtete mit Vergnügen seine feuchten Augen und seinen vom Lachen geschüttelten Körper.

»Kennen Sie ihn schon lange?« fragte Kitty.

»Wer kennt ihn nicht?«

»Ich sehe, daß Sie ihn für einen schlechten Menschen halten.«

»Nicht für schlecht, aber für unbedeutend.«

»Das ist nicht wahr! Sie dürfen nicht so über ihn denken!« sagte Kitty. »Ich hatte auch eine sehr geringe Meinung von ihm, aber er ist ein sehr lieber und außerordentlich guter Mensch. Er hat ein goldenes Herz.«

»Wie haben Sie denn sein Herz kennengelernt?«

»Wir sind gute Freunde. Ich kenne ihn sehr gut. Im vorigen Winter, bald nachdem ... nachdem Sie bei uns waren«, sagte sie mit schuldbewußtem und doch vertrauensvollem Lächeln, »hatten Dollys sämtliche Kinder Scharlach, und er machte ihr zufällig einen Besuch. Und können Sie sich das vorstellen«, fuhr sie flüsternd fort, »sie tat ihm so leid, daß er dablieb und ihr die Kinder pflegen half. Drei Wochen hat er bei ihnen im Haus gewohnt und die Kinder gepflegt wie eine Wärterin.«

»Ich erzähle Konstantin Dmitrijewitsch von Turowzyn beim Scharlach«, sagte sie, sich zu ihrer Schwester hinüberbeugend.

»Ja, das war wunderbar, ganz reizend!« sagte Dolly; sie sah Turowzyn an, der gemerkt hatte, das von ihm gesprochen wurde, und lächelte ihm sanft zu. Lewin sah Turowzyn noch einmal an und wunderte sich, daß er den Wert dieses Mannes nicht schon früher erkannt hatte.

»Verzeihen Sie, ich will nie wieder schlecht von den Menschen denken!« sagte er heiter und sprach damit ehrlich aus, was er in diesem Augenblick empfand.

12

In dem Gespräch über die Rechte der Frauen wurden auch ein paar für die Damen heikle Fragen über die Ungleichheit der Rechte in der Ehe erörtert. Peszow hatte diese Fragen bei Tisch mehrmals berührt, aber Sergej Iwanowitsch und Stepan Arkadjitsch hatten ihn jedesmal behutsam davon abgelenkt.

Als man vom Tisch aufgestanden war und die Damen hinausgingen, folgte Peszow ihnen nicht, sondern wandte sich an Alexej Alexandrowitsch und begann die Hauptursache dieser Ungleichheit darzulegen. Die Ungleichheit in der Ehe bestand seiner Ansicht nach darin, daß die Untreue der Frau und die Untreue des Mannes vom Gesetz und von der öffentlichen Meinung nicht mit gleicher Schärfe verurteilt wurden. Stepan Arkadjitsch ging schnell auf Alexej Alexandrowitsch zu und bot ihm eine Zigarette an.

»Nein, danke, ich rauche nicht«, sagte Alexej Alexandrowitsch ruhig, und als wollte er zeigen, daß er dieses Thema nicht scheue, wandte er sich mit kaltem Lächeln an Peszow.

»Ich meine, daß die Gründe dieser Anschauung im Wesen der Dinge selbst liegen«, sagte er und wollte in den Salon gehen; aber da mischte sich plötzlich Turowzyn ins Gespräch und sagte zu Alexej Alexandrowitsch:

»Haben Sie von Prjatschnikow gehört?« fragte er. Er hatte längere Zeit nichts gesagt und nun, durch den genossenen Champagner angeregt, schon lange auf eine Gelegenheit gewartet, das ihm lästige Schweigen aufzugeben. »Waska Prjatschnikow«, sagte er mit einem gutmütigen Lächeln auf den feuchten, roten Lippen, sich vor allem an den wichtigsten Gast, Alexej Alexandrowitsch, wendend. »Man hat mir heute erzählt, er hätte sich in Twer mit Kwitskij duelliert und ihn erschossen.«

Wenn man eine schmerzende Stelle hat, kommt es einem immer so vor, als stoße man gerade mit dieser Stelle überall an. So hatte jetzt Stepan Arkadjitsch das Gefühl, daß das Gespräch unglücklicherweise jeden Augenblick Alexej Alexandrowitschs wunden Punkt berührte. Er wollte seinen Schwager wieder ablenken, aber Alexej Alexandrowitsch fragte neugierig:

»Weshalb hat sich Prjatschnikow denn duelliert?«

»Wegen seiner Frau. Er hat sich sehr schneidig benommen. Er hat diesen Kerl gefordert und erschossen!«

»Ah!« sagte Alexej Alexandrowitsch gleichmütig, zog die Augenbrauen in die Höhe und ging in den Salon. Im Zwischenzimmer traf er Dolly.

»Wie freue ich mich, daß Sie gekommen sind«, sagte sie mit erschrockenem Lächeln. »Ich habe mit Ihnen zu reden. Wir können ja hier Platz nehmen.«

Alexej Alexandrowitsch setzte sich mit einem Ausdruck von Gleichgültigkeit, den die hochgezogenen Brauen seinem Gesicht verliehen, neben Darja Alexandrowna und lächelte gezwungen.

»Um so mehr«, sagte er, »als ich Sie um Entschuldigung bitten und mich sofort verabschieden wollte. Ich muß morgen abreisen.«

Darja Alexandrowna war von Annas Unschuld fest überzeugt und fühlte, wie sie blaß wurde und ihre Lippen vor Zorn über diesen kalten, gefühllosen Menschen zitterten, der sich mit solcher Ruhe daranmachte, ihre unglückliche Freundin zugrunde zu richten.

»Alexej Alexandrowitsch«, sagte sie und sah ihm mit der Entschlossenheit der Verzweiflung in die Augen, »ich habe Sie gestern nach Anna gefragt, und Sie haben mir nicht geantwortet. Wie geht es ihr?«

»Ich glaube, sie ist gesund, Darja Alexandrowna«, antwortete Alexej Alexandrowitsch, ohne sie anzusehen.

»Alexej Alexandrowitsch, verzeihen Sie mir, ich habe kein Recht... aber ich liebe und achte Anna wie eine Schwester. Ich bitte Sie, ich flehe Sie an, sagen Sie mir, was zwischen Ihnen vorgefallen ist. Was werfen Sie ihr vor?«

Alexej Alexandrowitsch runzelte die Stirn, schloß die Augen fast ganz und senkte den Kopf.

»Ich nehme an, daß Ihr Gatte Ihnen die Gründe mitgeteilt hat, die mich veranlassen, mein bisheriges Verhältnis zu Anna Arkadjewna zu ändern«, antwortete er, ohne ihr in die Augen zu sehen mit einem unwilligen Blick auf Schtscherbatzkij, der gerade durch den Salon ging.

»Ich glaube es nicht, ich glaube es nicht, ich kann es nicht glauben!« sagte Dolly mit einer energischen Geste und preßte die knochigen Hände vor der Brust zusammen. Sie

stand rasch auf und legte ihre Hand auf Alexej Alexandrowitschs Ärmel. »Hier werden wir gestört. Bitte, kommen Sie mit!«
Dollys Erregung machte Alexej Alexandrowitsch nachgiebig. Er stand auf und folgte ihr gehorsam in das Schulzimmer der Kinder. Sie setzten sich an einen Tisch, dessen Wachstuchdecke ganz von Federmessern zerschnitten war.
»Ich glaube es nicht, ich glaube es nicht!« sagte Dolly und versuchte, seinen Blick aufzufangen, der dem ihren auswich.
»Tatsachen muß man glauben, Darja Alexandrowna«, sagte er, das Wort ›Tatsachen‹ scharf betonend.
»Was hat sie denn getan?« fragte Darja Alexandrowna. »Was hat sie getan?«
»Sie hat ihre Pflicht verletzt und ihren Mann betrogen. Das hat sie getan«, sagte er.
»Nein, nein, das ist unmöglich! Nein, um Gottes willen, Sie irren sich!« rief Dolly, preßte die Hände an die Schläfen und schloß die Augen.
Alexej Alexandrowitsch lächelte kalt, nur mit den Lippen, um ihr und sich selbst zu zeigen, daß er fest von dem überzeugt war, was er sagte. Diese eifrige Verteidigung konnte ihn zwar nicht unsicher machen, aber sie riß seine Wunde wieder auf. Er sagte in etwas lebhafterem Ton:
»Ein Irrtum ist so gut wie ausgeschlossen, wenn die Frau es dem Mann selbst sagt, ihm erklärt, acht Jahre gemeinsamen Lebens und das Kind seien ein Irrtum gewesen, und sie wolle ihr Leben noch einmal ganz von vorn beginnen«, sagte er zornig und schnaufte durch die Nase.
»Anna und die Sünde – das kann ich mir nicht vorstellen, das kann ich nicht glauben.«
»Darja Alexandrowna!« sagte er und sah ihr jetzt offen in das gütige, erregte Gesicht und fühlte, wie seine Zunge sich löste. »Ich würde viel darum geben, wenn ich noch zweifeln könnte. Als ich noch zweifelte, war mir wohl schwer ums

Herz, aber doch leichter als jetzt. Als ich noch zweifelte, hatte ich noch Hoffnung, jetzt aber habe ich keine Hoffnung mehr, und ich zweifle trotzdem noch an allem. Ich zweifle so sehr an allem, daß ich meinen Sohn hasse und manchmal nicht glaube, daß er mein Sohn ist. Ich bin sehr unglücklich.«

Das hätte er gar nicht zu sagen brauchen. Darja Alexandrowna hatte das sofort gemerkt, als er ihr ins Gesicht sah, und er tat ihr leid, und der Glaube an die Unschuld ihrer Freundin geriet ins Wanken.

»Ach, das ist entsetzlich, ganz entsetzlich! Aber ist es denn wirklich wahr, daß Sie sich zur Scheidung entschlossen haben?«

»Ich habe mich zu dieser äußersten Maßnahme entschlossen, weil mir nichts anderes übrigbleibt.«

»Weil Ihnen nichts anderes übrigbleibt...« sagte sie mit Tränen in den Augen. »Nein, sagen Sie das nicht!« rief sie.

»Das ist ja das Entsetzliche bei einem Leid dieser Art, daß man nicht wie bei jedem andern, bei einem Verlust, einem Todesfall, sein Kreuz tragen kann, sondern daß man handeln muß«, sagte er, als hätte er ihre Gedanken erraten. »Man muß aus der demütigenden Lage heraus, in die man geraten ist. Zu dreien kann man nicht leben.«

»Ich verstehe, ich verstehe das sehr gut«, sagte Dolly und senkte den Kopf. Sie schwieg eine Weile und dachte an sich selbst, an ihren eigenen Kummer im Familienleben; plötzlich hob sie mit einer energischen Bewegung den Kopf und faltete bittend die Hände. »Tun Sie das nicht! Sie sind ein Christ. Denken Sie an sie. Was soll aus ihr werden, wenn Sie sie verstoßen?«

»Ich habe darüber nachgedacht, Darja Alexandrowna, viel darüber nachgedacht«, sagte Alexej Alexandrowitsch. Auf seinem Gesicht traten rote Flecke hervor, und seine trüben Augen sahen Dolly gerade an. Sie bemitleidete ihn jetzt von ganzem Herzen. »Ich habe ja so gehandelt, nachdem sie mir gesagt hatte, welche Schande über mich gekommen war. Ich ließ alles beim alten. Ich gab ihr die Möglichkeit, sich zu bessern, und versuchte, sie zu retten. Und was tat sie? Sie hat nicht einmal eine höchst bescheidene Forderung erfüllt — den Anstand zu wahren«, sagte er, immer heftiger werdend. »Retten kann man einen Menschen, der nicht untergehen will; wenn aber die ganze Natur eines Menschen schon so verdorben ist, daß ihm der Untergang als Rettung erscheint, was soll man dann tun?«

»Alles, nur keine Scheidung!« sagte Darja Alexandrowna.

»Was heißt alles?«

»Nein, das ist entsetzlich. Sie wird niemandes Gattin sein, sie wird zugrunde gehen!«

»Was kann ich denn tun?« sagte Alexej Alexandrowitsch, mit den Achseln zuckend und die Brauen hochziehend. Die Erinnerung an den letzten Verstoß seiner Frau versetzte ihn in solche Empörung, daß er wieder so eisig wurde wie beim Beginn des Gesprächs. »Ich danke Ihnen sehr für Ihre Teilnahme, aber ich muß jetzt gehen«, sagte er und erhob sich.

»Nein, bleiben Sie noch! Sie dürfen sie nicht ins Verderben stoßen. Warten Sie, ich will Ihnen etwas von mir selbst erzählen. Ich habe geheiratet, und mein Mann hat mich betrogen; vor Zorn und Eifersucht wollte ich alles im Stich lassen und selbst... Aber ich kam wieder zur Besinnung. Und wer hat mich gerettet? Anna! Und sehen Sie, ich lebe wieder. Die Kinder wachsen heran, mein Mann kehrt immer wieder zu seiner Familie zurück, er ist sich seines Unrechts bewußt, er wird reiner und besser, und ich lebe... Ich habe verziehen, und Sie müssen auch verzeihen!«

Alexej Alexandrowitsch hörte zu, aber ihre Worte wirkten nicht mehr auf ihn. In seiner Seele war wieder die Erbitterung jenes Tages lebendig geworden, an dem er sich zur Scheidung entschlossen hatte. Er schüttelte sich und sagte mit lauter, durchdringender Stimme:

»Verzeihen kann ich nicht und will ich nicht, ich halte es für ungerecht. Ich habe für diese Frau alles getan, und sie hat alles in den Schmutz getreten, der ihr Element ist. Ich bin kein böser Mensch, und ich habe nie jemand gehaßt, aber sie hasse ich mit allen Kräften meiner Seele, und ich kann ihr nicht einmal verzeihen, denn ich hasse sie zu sehr für all das Böse, das sie mir angetan hat!« sagte er, und man hörte seiner Stimme an, daß er den Tränen des Zorns nahe war.
»Liebet, die euch hassen...« flüsterte Darja Alexandrowna schüchtern.
Alexej Alexandrowitsch lachte verächtlich. Das wußte er längst, aber das ließ sich auf seinen Fall nicht anwenden.
»Liebet, die euch hassen! Aber die lieben, die man selbst haßt, das kann man nicht. Verzeihen Sie, daß ich Ihnen die Stimmung verdorben habe. Jeder hat an seinem eigenen Leid genug zu tragen!« Und Alexej Alexandrowitsch, der sich wieder fest in der Hand hatte, verabschiedete sich ruhig und fuhr weg.

13

Als man vom Tisch aufstand, wollte Lewin Kitty in den Salon folgen; aber er fürchtete, es könnte ihr unangenehm sein, wenn er sich allzu auffällig um sie bemühte. Darum blieb er bei den Herren, beteiligte sich an dem allgemeinen Gespräch und fühlte, ohne daß er Kitty sah, ihre Bewegungen, ihre Blicke und den Platz im Salon, wo sie sich befand.
Er erfüllte auf der Stelle und ohne die geringste Anstrengung das Versprechen, das er ihr gegeben hatte: immer nur Gutes von allen Menschen zu denken und alle zu lieben. Das Gespräch drehte sich um die Dorfgemeinde, in der Peszow ein besonderes Prinzip erblickte, das er ›Chorprinzip‹ nannte. Lewin war weder mit Peszow noch mit seinem Bruder einverstanden, der, wie es seine Art war, die Bedeutung der

russischen Dorfgemeinde einerseits anerkannte und andererseits bestritt. Aber er beteiligte sich an dem Gespräch und bemühte sich nur, zwischen den beiden auszugleichen und die Schärfe ihrer Entgegnungen zu mildern. Er interessierte sich nicht im geringsten für das, was er selbst sagte, und noch weniger für das, was die anderen sagten; er hatte nur einen Wunsch: daß sie und alle Menschen sich wohl fühlen und guter Dinge sein sollten. Er wußte jetzt, was das einzig Wichtige war. Und dieses einzig Wichtige war zuerst dort im Salon, bewegte sich dann vorwärts und blieb an der Tür stehen. Ohne sich umzusehen, fühlte er ihren Blick, der auf ihn gerichtet war, und ihr Lächeln, und nun mußte er sich umdrehen. Sie stand mit dem jungen Schtscherbatzkij in der Tür und sah ihn an.

»Ich dachte, Sie würden Klavier spielen«, sagte er, auf sie zugehend. »Das fehlt mir sehr auf dem Land: die Musik.«

»Nein, wir sind nur gekommen, um Sie zu uns zu holen«, sagte sie, ihn mit einem Lächeln beschenkend, »und ich danke Ihnen, daß Sie gekommen sind. Was haben die Leute denn davon, sich herumzustreiten? Der eine wird den andern ja doch nie überzeugen.«

»Ja, das ist wahr«, sagte Lewin. »Meistens streitet man nur deswegen so erbittert, weil man nicht begreifen kann, was der Gegner eigentlich beweisen will.«

Lewin hatte bei Debatten zwischen sehr klugen Leuten oft die Beobachtung gemacht, daß die Streitenden nach gewaltigen Anstrengungen und einem gewaltigen Aufwand von logischen Feinheiten und von Worten schließlich erkannten, daß das, was sie mit so viel Mühe einander klarmachen wollten, schon längst, schon beim Beginn des Streites, beiden klargewesen war, daß aber der eine etwas ganz anderes liebte als der andere, und nicht davon sprechen wollte, um es nicht Angriffen auszusetzen. Er hatte schon oft erlebt, daß man während eines Streites Verständnis für das gewinnt, was der Gegner liebt, sich plötzlich dafür erwärmt und sofort mit dem Gegner einverstanden ist, und daß dann alle Beweise als überflüssig wegfallen. Manchmal hatte er auch das Gegenteil erlebt: man spricht endlich das aus, was man liebt und um dessentwillen man nach Beweisen gesucht hat, und wenn man es dann gut und aufrichtig sagt, ist der Gegner plötzlich einverstanden und hört auf zu streiten. Das hatte Lewin sagen wollen.

Kitty zog die Stirn in Falten, bemüht, ihn zu verstehen. Aber kaum hatte er angefangen, das Gesagte zu erläutern, da hatte sie ihn schon verstanden.

»Ich verstehe: man muß erkennen, um was er streitet, was er liebt, und dann kann man...«

Sie hatte seinen schlecht ausgedrückten Gedanken erraten und richtig ausgedrückt. Lewin lächelte erfreut, so überraschend war für ihn der Übergang von dem verworrenen Streit mit Peszow und seinem Bruder zu dieser lakonischen, klaren Formulierung der schwierigsten Gedanken.

Der junge Schtscherbatzkij zog sich zurück; Kitty trat an einen Kartentisch, setzte sich, nahm ein Stück Kreide in die Hand und begann auf dem neuen grünen Tuch Kreise zu zeichnen, die sich schnitten.

Sie nahmen das Gespräch wieder auf, das bei Tisch geführt worden war: über Frauenemanzipation und Frauenarbeit. Lewin stimmte der Meinung von Darja Alexandrowna bei, daß ein Mädchen, das nicht geheiratet habe, eine weibliche Beschäftigung in der Familie finden könne. Er begründete das damit, daß keine Familie ohne eine Helferin auskommen könne, daß es in jeder Familie, ob reich oder arm, Kindermädchen gebe und geben müsse, entweder Angestellte oder Verwandte.

»Nein«, sagte Kitty errötend, sah ihn aber um so fester mit ihren ehrlichen Augen an, »manches Mädchen ist so gestellt, daß es sich gedemütigt fühlen muß, wenn es sich einer Familie anschließt, und doch kann das Mädchen selbst...«

Er verstand sofort, was sie meinte.
»O ja«, sagte er, »ja, ja, Sie haben recht, Sie haben ganz recht!«
Er begriff jetzt alles, was Peszow bei Tisch von der Emanzipation der Frauen gesagt hatte, und zwar nur, weil er im Herzen Kittys die Angst vor der Altjungfernschaft und der Demütigung sah; und da er sie liebte, empfand er diese Angst und diese Demütigung mit und nahm seine Behauptungen sofort zurück.
Sie schwiegen eine Weile. Kitty zeichnete immer noch mit der Kreide Linien auf den Tisch. Ihre Augen leuchteten in stillem Glanz. Ihre Stimmung teilte sich ihm mit, und er empfand in seinem ganzen Wesen die wachsende Spannung des Glücksgefühls.
»Ach, ich habe den ganzen Tisch vollgemalt!« sagte sie, legte die Kreide hin und machte eine Bewegung, als wollte sie aufstehen.
›Wie soll ich denn allein hierbleiben, ohne sie?‹ dachte er mit Entsetzen und griff nach der Kreide. »Warten Sie«, sagte er und setzte sich an den Tisch. »Ich wollte Sie schon lange etwas fragen.«
Er blickte ihr gerade in die freundlichen, wenn auch erschrockenen Augen.
»Bitte, fragen Sie.«
»Hier«, sagte er und schrieb folgende Anfangsbuchstaben: A, S, m, a: D, k, n, s, b, d, n, o, n, d? Diese Buchstaben bedeuteten: ›Als Sie mir antworteten: ‚Das kann nicht sein', bedeutete das *niemals* oder nur *damals*?‹ Es war höchst unwahrscheinlich, daß sie diesen schwierigen Satz verstehen würde, aber er sah sie mit so ängstlicher Spannung an, als hinge sein Leben davon ab, ob sie diese Worte verstehen würde oder nicht.
Sie sah ihn ernst an, stützte dann die gerunzelte Stirn in die Hand und begann zu lesen. Ab und zu sah sie ihn an, und ihr Blick fragte: »Bedeutet es das, was ich mir denke?«
»Ich habe es verstanden«, sagte sie errötend.

»Was ist das für ein Wort?« fragte er und zeigte auf das n, das niemals bedeutete.

»Dieses Wort heißt ›niemals‹«, antwortete sie. »Aber das ist nicht wahr.«

Er wischte das Geschriebene schnell weg, reichte ihr die Kreide und stand auf. Sie schrieb: D, k, i, n, a, a.

Dolly fühlte sich über den Kummer, den das Gespräch mit Alexej Alexandrowitsch ihr bereitet hatte, ganz getröstet, als sie diese beiden Gestalten sah: Kitty, die Kreide in der Hand und mit schüchternem, glücklichem Lächeln zu Lewin aufblickend, und seine stattliche, über den Tisch gebeugte Gestalt, die leuchtenden Augen bald auf den Tisch, bald auf Kitty gerichtet. Plötzlich strahlte er übers ganze Gesicht: er hatte verstanden. Es bedeutete: »Damals konnte ich nicht anders antworten.«

Er sah sie schüchtern fragend an.

»Nur damals?«

»Ja«, antwortete ihr Lächeln.

»Und jetzt... und jetzt?« fragte er.

»Lesen Sie, bitte. Ich will schreiben, was ich mir wünsche, sehr wünsche!« Sie schrieb: D, S, v, u, v, k, w, g, i. Das bedeutete: »Daß Sie vergessen und vergeben könnten, was gewesen ist.«

Er ergriff mit krampfhaft zitternden Fingern die Kreide und brach sie entzwei, als er die Anfangsbuchstaben des folgenden Satzes schrieb: »Ich habe nichts zu vergeben und zu vergessen, ich habe nie aufgehört, Sie zu lieben.«

Sie sah ihn mit regungslosem Lächeln an.

»Ich habe verstanden«, flüsterte sie.

Er setzte sich und schrieb einen langen Satz. Sie verstand alles, und ohne zu fragen, ob sie richtig geraten habe, nahm sie die Kreide und antwortete sofort.

Er konnte lange nicht verstehen, was sie geschrieben hatte, und sah ihr mehrmals in die Augen. Er war ganz benommen von seinem Glück und konnte die Worte nicht einsetzen, die sie gemeint hatte; aber in ihren reizenden, glückstrahlenden Augen las er alles, was er wissen mußte. Und er schrieb drei Buchstaben. Aber er war noch nicht fertig, da hatte sie das Geschriebene schon gelesen, es ergänzt und die Antwort geschrieben: »Ja.«

»Ihr spielt wohl secrétaire?« fragte der alte Fürst, auf sie zugehend. »Aber jetzt müssen wir fahren, wenn du noch rechtzeitig ins Theater kommen willst.«

Lewin stand auf und begleitete Kitty bis zur Tür.

In diesem Gespräch war alles gesagt worden: sie hatte gesagt, daß sie ihn liebe, daß sie mit ihren Eltern sprechen werde und daß er morgen vormittag zu ihnen kommen solle.

14

Als Kitty weggefahren und Lewin allein geblieben war, überkam ihn eine solche Unruhe, und er wünschte mit einer solchen Ungeduld die Zeit bis zum nächsten Morgen vorbei, wo er sie wiedersehen und sich für immer mit ihr verbinden würde, daß er diese vierzehn Stunden, die er ohne sie verbringen mußte, wie den Tod fürchtete. Er mußte unbedingt mit irgend jemand zusammen sein, mit jemand reden, um nicht allein zu sein, und um sich über die Zeit hinwegzutäuschen. Stepan Arkadjitsch wäre ihm der angenehmste Gesellschafter gewesen, aber der fuhr zu einer Abendgesellschaft, wie er sagte, in Wirklichkeit jedoch zum Ballett. Lewin konnte ihm gerade noch sagen, daß er glücklich sei, daß er ihn sehr gern habe und nie vergessen werde, was er für ihn getan habe. Stepan Arkadjitschs Blick und Lächeln zeigten Lewin, daß er dieses Gefühl richtig verstand.

»Nun, es ist also doch noch nicht Zeit zum Sterben?« fragte Stepan Arkadjitsch und drückte ihm gerührt die Hand.

»Nein, nein«, sagte Lewin.

Die Worte, die Darja Alexandrowna ihm beim Abschied sagte, klangen auch wie ein Glückwunsch. »Ich freue mich sehr, daß Sie Kitty wiedergetroffen haben«, sagte sie. »Alte Freundschaften muß man in Ehren halten.«
Diese Worte Darja Alexandrownas waren Lewin unangenehm. Sie konnte nicht begreifen, wie erhaben und unerreichbar das alles für sie war, und darum hätte sie nicht wagen dürfen, davon zu reden. Lewin verabschiedete sich und hängte sich an seinen Bruder, um nicht allein zu bleiben.
»Wo fährst du hin?«
»Ich fahre in eine Sitzung.«
»Na, dann komme ich mit. Darf ich?«
»Warum denn nicht? Komm nur«, sagte Sergej Iwanowitsch lächelnd. »Was hast du heute nur?«
»Ich? Ich bin glücklich!« antwortete Lewin und ließ das Wagenfenster herunter. »Es ist dir doch recht? Hier ist es so stickig. Ich bin glücklich. Warum hast du eigentlich nicht geheiratet?«
Sergej Iwanowitsch lächelte.
»Ich freue mich sehr. Ich glaube, sie ist ein reizendes Mäd...«
»Sag nichts, sag nichts, sag nichts!« schrie Lewin, faßte mit beiden Händen den Kragen von Sergej Iwanowitschs Pelz und schlug die Enden übereinander. »Sie ist ein reizendes Mädchen«, das waren zu schlichte, alltägliche Worte, die so gar nicht seinem Gefühl entsprachen.
Sergej Iwanowitsch brach in lustiges Lachen aus, was bei ihm nur selten vorkam.
»Na, aber ich darf doch sagen, daß ich mich sehr darüber freue.«
»Das darfst du morgen sagen, morgen, aber jetzt nichts mehr. Nichts, nichts, still!« sagte Lewin, schlug ihm noch einmal den Kragen vor dem Mund zusammen und fügte hinzu: »Ich habe dich sehr gern! Wie ist's? Darf ich mit in die Sitzung?«
»Selbstverständlich!«

»Worum geht es denn heute?« fragte Lewin, immer noch lächelnd.
Sie kamen in die Sitzung. Lewin hörte zu, wie der Sekretär stockend das Protokoll verlas, das er offenbar selbst nicht verstand; aber Lewin sah es diesem Sekretär am Gesicht an, was für ein lieber, guter, prächtiger Mensch er war. Man sah es daran, wie verwirrt und verlegen er beim Verlesen des Protokolls wurde. Dann begann die Verhandlung. Man stritt über die Anweisung irgendwelcher Summen und über das Verlegen von irgendwelchen Rohren, und Sergej Iwanowitsch griff zwei Delegierte scharf an und redete lange und siegessicher. Ein anderer Delegierter, der sich etwas auf einen Zettel notiert hatte, antwortete ihm, anfangs etwas zaghaft, dann aber sehr bissig und sehr gut. Und dann sprach Swijashskij, der auch da war, sehr schön und sehr vornehm. Lewin hörte ihnen zu und sah deutlich, daß weder die angewiesenen Geldsummen noch die Rohre ihnen Kummer machten und daß sie sich überhaupt nicht ärgerten und stritten, sondern daß sie alle gute, prächtige Menschen waren und daß es bei ihnen sehr nett zuging. Sie störten niemand und fühlten sich alle sehr wohl. Es kam Lewin sehr merkwürdig vor, daß sie heute alle gleichsam durchsichtig für ihn waren, daß er an kleinen Anzeichen, die ihm früher entgangen waren, die Seele jedes einzelnen genau beurteilen konnte und klar erkannte, daß sie alle gute Menschen waren. Und vor allem hatten sie ihn selbst heute außerordentlich gern. Das merkte man daran, wie sie mit ihm sprachen und wie freundlich und zärtlich ihn sogar Leute ansahen, die ihn gar nicht kannten.
»Nun, bist du zufrieden?« fragte ihn Sergej Iwanowitsch.
»Sehr. Ich hätte nicht gedacht, daß das so interessant wäre! Prächtig, ganz ausgezeichnet!«
Swijashskij ging auf Lewin zu und lud ihn zum Tee ein. Lewin konnte absolut nicht begreifen und sich nicht erinnern, was ihm eigentlich an Swijashskij früher unangenehm

gewesen war, und was er an ihm vermißt hatte. Er war doch ein kluger und erstaunlich guter Mensch.
»Sehr gern«, sagte er und erkundigte sich dann nach seiner Frau und nach seiner Schwägerin. Und infolge einer seltsamen Gedankenverknüpfung — in seiner Vorstellung verband sich der Gedanke an Swijashskijs Schwägerin immer mit dem Gedanken an die Ehe — glaubte er, er könne mit niemand so gut von seinem Glück reden, wie mit Swijashskijs Frau und Schwägerin, und darum fuhr er jetzt sehr gern zu ihnen.
Swijashskij fragte ihn nach seiner Tätigkeit auf dem Land und bestritt wie immer die Möglichkeit, daß man noch etwas finden könne, was in Europa noch nicht gefunden sei, aber jetzt war das Lewin gar nicht unangenehm. Im Gegenteil, er fühlte, daß Swijashskij recht hatte, daß sein ganzes Tun wertlos war, und wunderte sich über die erstaunliche Milde und Rücksicht, mit der Swijashskij es vermied, seine eigene Ansicht als allein richtig zu bezeichnen. Swijashskijs Damen waren besonders liebenswürdig. Lewin hatte das Gefühl, als wüßten sie schon alles und nähmen daran Anteil und wollten nur aus Zartgefühl nichts sagen. Er saß eine, zwei, drei Stunden bei ihnen und unterhielt sich über die verschiedensten Dinge mit ihnen; aber im stillen dachte er nur an das eine, das seine ganze Seele erfüllte, und merkte nicht, daß er Swijashskijs furchtbar langweilte und daß sie längst gern schlafen gegangen wären. Swijashskij begleitete ihn gähnend ins Vorzimmer und wunderte sich über den sonderbaren Zustand seines Freundes. Es war schon ein Uhr vorbei. Lewin kehrte in sein Hotel zurück und erschrak bei dem Gedanken, daß er die noch übrigen zehn Stunden allein mit seiner Ungeduld zubringen mußte. Der Kellner, der Nachtdienst hatte und deshalb noch wach war, zündete ihm die Kerze an und wollte hinausgehen, aber Lewin hielt ihn zurück. Dieser Kellner Jegor, den Lewin früher gar nicht beachtet hatte, erwies sich als ein sehr gescheiter, netter und vor allem guter Mensch.

»Na, Jegor, es ist wohl sehr schwer, die ganze Nacht wach zu bleiben?«

»Was soll man denn machen? Das gehört eben zu unserem Dienst. Wenn man bei einer Herrschaft ist, hat man ja mehr Ruhe, aber dafür verdient man hier mehr.«

Es stellte sich heraus, daß Jegor drei Söhne und eine Tochter hatte, die Näherin war und demnächst einen Kommis aus einem Sattlereigeschäft heiraten wollte.

Lewin sagte daraufhin zu Jegor, seiner Ansicht nach sei die Liebe die Hauptsache in der Ehe, und wenn man sich liebe, sei man immer glücklich, denn das Glück sei nur in einem selbst.

Jegor hörte aufmerksam zu und schien Lewins Gedanken vollkommen zu verstehen. Zur Bestätigung machte er die für Lewin völlig unerwartete Bemerkung, wenn er bei guten Herrschaften gedient habe, sei er immer zufrieden gewesen, und er sei auch mit seinem jetzigen Herrn zufrieden, obwohl der ein Franzose sei.

›Ein erstaunlich guter Mensch!‹ dachte Lewin.

»Nun, und als du geheiratet hast, Jegor, hast du da deine Frau geliebt?«

»Natürlich!« antwortete Jegor.

Und Lewin sah, daß Jegor ebenfalls sehr gehobener Stimmung war und von all seinen seelischen Empfindungen erzählen wollte.

»Mein Leben ist auch ganz wunderbar. Von klein auf...«, begann er mit leuchtenden Augen; Lewins Entzücken hatte ihn offenbar angesteckt, gerade wie Gähnen ansteckend wirkt.

Aber in diesem Augenblick klingelte es, Jegor ging hinaus, und Lewin blieb allein. Er hatte bei dem Diner fast nichts gegessen, bei Swijashskijs Tee und Abendbrot abgelehnt, konnte aber auch jetzt noch nicht an Essen denken. Er hatte in der vergangenen Nacht nicht geschlafen, konnte aber auch jetzt nicht an Schlaf denken. Im Zimmer war es kühl, aber er glaubte, vor Hitze zu ersticken. Er öffnete beide Klappfenster und setzte sich den Fenstern gegenüber auf den Tisch. Über einem schneebedeckten Dach sah er ein durchbrochenes, von Ketten gehaltenes Kreuz und darüber das aufsteigende Dreieck des Fuhrmanns mit der gelblich schimmernden Capella. Er blickte bald auf das Kreuz, bald auf den Stern, atmete die frische Winterluft ein, die gleichmäßig ins Zimmer strömte, und verfolgte wie im Traum die Bilder und Erinnerungen, die in seiner Phantasie aufstiegen. Gegen vier Uhr hörte er Schritte auf dem Korridor und schaute zur Tür heraus. Es war Mjaskin, ein ihm bekannter Spieler, der aus dem Klub kam. Mit finsterem Gesicht ging er hüstelnd auf sein Zimmer. ›Der Arme, der Unglückliche!‹ dachte Lewin, und Tränen der Liebe und des Mitleids mit diesem Menschen traten ihm in die Augen. Er wollte mit ihm reden und ihn trösten, aber da fiel ihm ein, daß er im Hemd war; er besann sich anders und setzte sich wieder vor das Klappfenster, um in der kalten Luft zu baden und dieses wunderbar geformte, stumme, für ihn aber so bedeutungsvolle Kreuz und den emporsteigenden leuchtend gelben Stern zu betrachten. Gegen sieben Uhr begannen die Hausknechte zu lärmen, irgendwo wurde zur Frühmesse geläutet, und Lewin spürte, daß er zu frieren anfing. Er schloß das Fenster, wusch sich, zog sich an und ging auf die Straße hinaus.

15

Die Straßen waren noch leer. Lewin ging zu Schtscherbatzkijs Haus. Der Herrschaftseingang war noch geschlossen, alles schlief. Er kehrte ins Hotel zurück, ging wieder auf sein Zimmer und bestellte Kaffee. Ein Kellner, jetzt ein anderer als Jegor, brachte ihn. Lewin wollte sich mit ihm unterhalten, aber da wurde geklingelt, und der Kellner ging hinaus. Lewin versuchte Kaffee zu trinken und steckte ein Stück

Semmel in den Mund, aber sein Mund wußte mit der Semmel nichts anzufangen. Lewin spuckte die Semmel aus, zog seinen Mantel an und ging wieder auf die Straße. Es war zwischen neun und zehn Uhr, als er zum zweitenmal an das Portal des Schtscherbatzkijschen Hauses kam. Drinnen war man eben erst aufgestanden, und der Koch ging einkaufen. Lewin mußte sich noch mindestens zwei Stunden gedulden. Diese ganze Nacht und den Morgen hatte Lewin völlig unbewußt gelebt, und er fühlte sich von allen Bedingungen des materiellen Lebens völlig losgelöst. Er hatte den ganzen Tag nichts gegessen, zwei Nächte nicht geschlafen, einige Stunden unbekleidet in der Kälte zugebracht, und doch fühlte er sich nicht nur so frisch und gesund wie nie zuvor, sondern auch ganz unabhängig von seinem Körper: er bewegte sich, ohne seine Muskeln anzustrengen, und fühlte sich zu allem fähig. Er war überzeugt, daß er in die Luft fliegen oder die Ecke eines Hauses verschieben könne, wenn es nötig sein sollte. Die ganze übrige Zeit wanderte er durch die Straßen, schaute immer wieder auf die Uhr und sah sich nach allen Seiten um. Und was er damals sah, bekam er später nie wieder zu sehen. Die Kinder, die in die Schule gingen, die blaugrauen Tauben, die von einem Dach auf das Trottoir flogen, und die mehlbestäubten Semmeln, die eine unsichtbare Hand in ein Schaufenster legte, das alles machte einen besonderen Eindruck auf ihn. Die Semmel, die Tauben und zwei kleine Schuljungen kamen ihm wie überirdische Dinge vor. Einer der beiden Jungen lief auf eine Taube zu und sah Lewin lächelnd an; die Taube schlug mit den Flügeln, flog davon, und ihr Gefieder leuchtete in der Sonne zwischen dem in der Luft zitternden Schneestaub; aus einem Fenster duftete es nach frischem Brot, und dort wurden die Semmeln ausgelegt. Das alles geschah zur gleichen Zeit und war so ungewöhnlich schön, daß Lewin vor Freude lachte und weinte. Nachdem er einen großen Bogen durch die Gasetnyj-Gasse und die Kislowka gemacht hatte, kehrte er in sein Hotel zurück, legte die Uhr vor sich hin, setzte sich und wartete, bis es zwölf sein würde. Im Nachbarzimmer wurde von Maschinen und von irgendeinem Betrug gesprochen, und jemand hustete, wie man am Morgen immer hustet. Die Leute dort hatten offenbar gar kein Verständnis dafür, daß der Uhrzeiger sich schon der Zwölf näherte. Endlich hatte er die Zwölf erreicht. Lewin ging auf die Straße. Die Kutscher schienen schon alles zu wissen. Sie umringten ihn mit glückstrahlenden Gesichtern und boten ihm um die Wette ihre Dienste an. Lewin nahm einen Kutscher, versprach den anderen, um sie nicht zu kränken, auch einmal mit ihnen zu fahren, und befahl, zu Schtscherbatzkijs zu fahren. Der Kutscher sah prächtig aus mit seinem weißen Hemdkragen, der aus dem Rock hervorschaute und den roten, kräftigen Hals eng umschloß. Sein Schlitten war hoch und bequem – Lewin fuhr später nie wieder in einem so guten Schlitten –, auch das Pferd war gut und lief so schnell es konnte, kam aber trotzdem nicht vom Fleck. Der Kutscher kannte das Schtscherbatzkijsche Haus, bog aus Respekt vor seinem Fahrgast die Arme besonders schön, sagte »Brr!« und hielt an der Auffahrt. Schtscherbatzkijs Portier wußte schon alles. Das merkte man an seinen lächelnden Augen und an dem Ton, in dem er sagte:

»Sie sind aber lange nicht dagewesen, Konstantin Dmitrijewitsch!«

Er wußte nicht nur alles, er war offenbar auch entzückt darüber und gab sich die größte Mühe, seine Freude zu verbergen. Als Lewin in seine guten Greisenaugen sah, wurde ihm sogar noch etwas Neues an seinem Glück klar.

»Sind die Herrschaften schon aufgestanden?«

»Ja, bitte sehr! Das können Sie hierlassen«, sagte er lächelnd, als Lewin umkehren und seine Mütze mitnehmen wollte. Das hatte sicher etwas zu bedeuten.

»Wem darf ich Sie melden?« fragte der Diener.

Der Diener war zwar jung, einer von der neuen Sorte, ein Geck, aber ein sehr lieber und guter Mensch, der auch alles verstand.

»Der Fürstin... dem Fürsten... der Prinzessin...«, sagte Lewin.

Die erste Person, die ihm begegnete, war Mademoiselle Linon. Sie ging durch den Saal, und ihre Löckchen und ihr Gesicht strahlten. Kaum hatte er ein paar Worte mit ihr gesprochen, da raschelte hinter der Tür ein Kleid, und Mademoiselle Linon verschwand aus Lewins Blicken, und ein freudiger Schreck über sein nahes Glück überkam ihn. Mademoiselle Linon hatte es plötzlich sehr eilig, ließ ihn stehen und ging zur anderen Tür. Kaum war sie draußen, da hörte er eilige, leichte Schritte auf dem Parkett, und sein Glück, sein Leben, sein wahres Selbst, sein besseres Ich, das, was er so lange gesucht und ersehnt hatte, kam schnell, ganz schnell auf ihn zu. Sie ging nicht, sondern wurde ihm von einer unsichtbaren Kraft entgegengetragen.

Er sah nur ihre klaren, ehrlichen Augen und darin ein leises Erschrecken über die Liebesfreude, die auch sein Herz erfüllte. Diese leuchtenden Augen kamen immer näher und näher und blendeten ihn mit ihrem Liebesglanz. Sie blieb dicht vor ihm stehen und berührte ihn. Ihre Hände hoben sich und legten sich auf seine Schultern.

Sie hatte alles getan, was sie konnte: sie war auf ihn zugeeilt und hatte sich ihm ganz gegeben, schüchtern und freudig. Er umarmte sie und preßte die Lippen auf ihren Mund, der seinen Kuß suchte.

Auch sie hatte die ganze Nacht nicht geschlafen und den ganzen Morgen auf ihn gewartet.

Ihre Mutter und ihr Vater waren vollkommen einverstanden und waren glücklich über ihr Glück. Sie hatte auf ihn gewartet. Sie wollte die erste sein, die ihm ihr und sein Glück mitteilte. Sie wollte ihn allein begrüßen und freute sich über diesen Gedanken, war aber doch zaghaft und schämte sich und wußte selbst nicht, was sie tun sollte. Sie hatte seine Schritte und seine Stimme gehört und hinter der Tür gewartet, bis Mademoiselle Linon hinausgehen würde. Mademoiselle Linon war gegangen. Und ohne zu überlegen und ohne sich zu fragen, was sie tun sollte, war sie auf ihn zugegangen und hatte getan, was sie hatte tun wollen.

»Wir gehen zu Mama!« sagte sie und faßte seine Hand. Er konnte lange kein Wort sagen, nicht weil er fürchtete, sein erhabenes Gefühl durch Worte zu entweihen, sondern weil er jedesmal, wenn er etwas sagen wollte, fühlte, daß ihm statt der Worte Tränen des Glücks kommen würden. Er nahm ihre Hand und küßte sie.

»Ist es denn wirklich wahr?« sagte er endlich mit gedämpfter Stimme. »Ich kann es gar nicht glauben, daß du mich liebst!«

Sie lächelte über dieses Du und über die Zaghaftigkeit, mit der er sie ansah.

»Ja!« sagte sie bedeutungsvoll und langsam. »Ich bin so glücklich!«

Ohne seine Hand loszulassen, ging sie mit ihm in den Salon. Als die Fürstin das Paar erblickte, ging ihr Atem schneller, und sie brach in Tränen aus; gleich darauf lachte sie, eilte mit energischen Schritten, die Lewin gar nicht von ihr erwartet hätte, auf die beiden zu, faßte Lewins Kopf und benetzte seine Wangen mit ihren Tränen.

»Nun ist also alles entschieden. Ich bin so froh. Hab sie lieb. Ich bin so froh... Kitty!«

»Ihr seid euch ja schnell einig geworden!« sagte der alte Fürst, der sich bemühte, gleichgültig zu scheinen; aber Lewin sah, als er sich zu ihm wandte, daß auch seine Augen feucht waren. »Das habe ich schon lange gewünscht, immer gewünscht!« sagte er, nahm Lewins Hand und zog ihn an sich. »Schon damals, als dieses flatterhafte Ding den Einfall hatte...«

»Papa!« rief Kitty und hielt ihm den Mund zu.

»Na, ich bin ja schon still!« sagte er. »Ich freue mich sehr, sehr... Ach, was bin ich für ein Esel...«
Er umarmte Kitty, küßte ihr Gesicht, ihre Hand und wieder ihr Gesicht und bekreuzte sie.
Und in Lewin erwachte ein neues Gefühl der Liebe zu diesem alten Mann, der ihm bisher ganz fremd gewesen war, als er sah, wie Kitty seine fleischigen Hände lange und zärtlich küßte.

16

Die Fürstin saß schweigend und lächelnd in einem Sessel; der Fürst setzte sich neben sie. Kitty stand neben dem Sessel ihres Vaters und hielt noch immer seine Hand. Alle schwiegen.
Die Fürstin war die erste, die die Dinge beim Namen nannte und alle Gedanken und Gefühle zu Fragen des praktischen Lebens umwandelte. Im ersten Augenblick fühlten sich alle seltsam und sogar schmerzlich davon berührt.
»Wann denn? Wir müssen die Verlobung feiern und bekanntgeben. Und wann soll die Hochzeit sein? Was meinst du, Alexander?«
»Hier«, sagte der Fürst, auf Lewin zeigend, »er ist die Hauptperson.«
»Wann?« sagte Lewin errötend. »Morgen! Wenn Sie mich fragen: heute die Verlobung und morgen die Hochzeit.«
»Aber mon cher, das ist doch Unsinn!«
»Nun, dann in einer Woche.«
»Er ist ganz verrückt.«
»Warum denn nicht?«
»Aber ich bitte dich!« sagte die Mutter und lächelte vergnügt über seine Eile. »Und die Aussteuer?«
›Die Aussteuer und das alles, gehört das denn auch dazu?‹ dachte Lewin mit Entsetzen. ›Aber kann denn die Aussteuer

und die Verlobung und das alles mein Glück stören? Nichts kann mein Glück stören.‹ Er sah Kitty an und bemerkte, daß der Gedanke an die Aussteuer sie nicht im geringsten kränkte. ›Also muß das wohl so sein‹, dachte er.

»Ich verstehe ja nichts davon, ich habe nur gesagt, was ich mir wünsche«, entschuldigte er sich.

»Dann wollen wir einmal überlegen. Die Verlobung können wir jetzt gleich feiern und bekanntgeben. Das ist so.«

Die Fürstin ging auf ihren Mann zu, küßte ihn und wollte hinausgehen, aber er hielt sie fest, umarmte sie und küßte sie ein paarmal zärtlich und lächelnd wie ein verliebter junger Mann. Die Alten waren für einen Augenblick ganz verwirrt und wußten nicht recht, ob sie von neuem verliebt waren oder ob nur ihre Tochter verliebt war. Als der Fürst und die Fürstin hinausgegangen waren, ging Lewin auf seine Braut zu und faßte ihre Hand. Er hatte sich jetzt wieder in der Gewalt und konnte sprechen, und er hatte ihr so viel zu sagen. Aber er sagte gar nicht das, was er sagen wollte.

»Ich habe gewußt, daß es so kommen würde! Ich habe es nie zu hoffen gewagt, aber im Grunde meines Herzens war ich doch immer davon überzeugt«, sagte er. »Ich glaube, daß es so vorausbestimmt war.«

»Und ich?« sagte sie. »Selbst damals...« Sie stockte, fuhr aber gleich fort und sah ihn mit ihren ehrlichen Augen entschlossen an, »selbst damals, als ich mein Glück von mir gestoßen habe. Ich habe immer nur Sie allein geliebt, aber ich war verblendet. Ich muß Ihnen sagen... Können Sie das vergessen?«

»Vielleicht war das gut so, Sie haben mir viel zu verzeihen. Ich muß Ihnen sagen...«

Das war eins von den Dingen, die er ihr sagen wollte. Er hatte beschlossen, ihr gleich in den ersten Tagen zweierlei zu sagen: daß er nicht so rein war wie sie, und daß er nicht gläubig war. Es war qualvoll, aber er glaubte, daß er ihr das eine wie das andere sagen müsse.

»Nein, nicht jetzt, später!« sagte er.

»Gut später; aber sagen müssen Sie es mir unbedingt. Ich fürchte nichts. Ich muß alles wissen. Jetzt ist alles entschieden.«

Er fügte hinzu:

»Entschieden, daß Sie mich nehmen, ganz gleich, wie ich sein mag, und mich nicht doch noch zurückweisen? Ja?«

»Ja, ja!«

Ihr Gespräch wurde von Mademoiselle Linon unterbrochen, die mit einem zwar geheuchelten, aber zärtlichen Lächeln kam, um ihrem Liebling Kitty Glück zu wünschen. Sie war noch nicht hinausgegangen, als die Dienstboten mit ihren Glückwünschen kamen. Dann kamen die Verwandten, und nun begann jener glückselige Trubel, aus dem Lewin bis zum Tag nach seiner Hochzeit nicht mehr herauskam. Das alles störte ihn und langweilte ihn, aber das Glücksgefühl hielt an und steigerte sich immer mehr. Er fühlte beständig, daß von ihm vieles verlangt wurde, wovon er nichts wußte, aber er tat alles, was man ihm sagte, und das alles machte ihn glücklich. Er hatte gedacht, daß seine Verlobung keinerlei Ähnlichkeit mit allen anderen Verlobungen haben würde, daß ein Brautstand gewöhnlicher Art sein einzigartiges Glück stören würde, aber es kam dann doch so, daß er dasselbe tat wie alle anderen, und sein Glück wurde dadurch noch größer und ganz einzigartig, so daß es nirgends seinesgleichen hatte.

»Jetzt wollen wir Konfekt essen!« sagte Mademoiselle Linon, und Lewin kaufte Konfekt.

»Na, das freut mich aber«, sagte Swijashskij. »Ich rate Ihnen, die Blumen bei Fomin zu kaufen.«

»Sind denn auch Blumen nötig?« Und er fuhr zu Fomin.

Sein Bruder sagte ihm, er müsse Geld aufnehmen, weil er viele Ausgaben haben werde, für Geschenke und...

»Man muß also Geschenke machen?« Und er ging schleunigst zu dem Bankier Fulde.

Beim Konditor, bei Fomin und bei Fulde sah er, daß die Leute ihn erwartet hatten und sich über sein Kommen freuten und an seinem Glück teilnahmen wie alle, mit denen er in diesen Tagen zu tun hatte. Es kam ihm seltsam vor, daß alle Leute ihn gern hatten und daß sogar früher unsympathische, kühle und gleichgültige Menschen nun von ihm entzückt waren, ihm in allen Dingen sehr entgegenkamen, zart und taktvoll mit seinen Gefühlen umgingen und seine Überzeugung teilten, daß er der glücklichste Mensch der Welt sei, weil seine Braut der Gipfel der Vollkommenheit sei. Dasselbe empfand auch Kitty. Als Gräfin Northstone sich anzudeuten erlaubte, sie hätte Kitty eigentlich eine bessere Partie gewünscht, wurde Kitty so heftig und bewies so überzeugend, daß es auf der ganzen Welt keinen Besseren gäbe als Lewin, daß Gräfin Northstone das zugeben mußte und in Kittys Gegenwart Lewin von nun an immer mit entzücktem Lächeln begrüßte.

Die Erklärung, die er Kitty versprochen hatte, war das einzige schmerzliche Ereignis in dieser ganzen Zeit. Er fragte den alten Fürsten um Rat und gab mit dessen Einverständnis Kitty sein Tagebuch, in dem er alles niedergeschrieben hatte, was ihn quälte. Er hatte dieses Tagebuch ja schon damals im Hinblick auf seine zukünftige Braut geschrieben. Zwei Dinge quälten ihn: seine Unreinheit und sein Unglaube. Das Geständnis seines Unglaubens beachtete Kitty kaum. Sie war religiös und hatte nie an den Wahrheiten der Religion gezweifelt, aber sein äußerlicher Unglaube berührte sie nicht. Kraft ihrer Liebe kannte sie seine ganze Seele, und in seiner Seele sah sie, was sie sehen wollte; daß aber ein solcher Seelenzustand Unglaube genannt wird, war ihr vollkommen gleichgültig. Doch über das andere Geständnis weinte sie bittere Tränen.

Lewin hatte ihr sein Tagebuch nicht ohne inneren Kampf übergeben. Er wußte, daß es zwischen ihm und ihr keine Geheimnisse geben konnte und durfte, und darum hatte er es getan, aber er hatte sich nicht klargemacht, wie das wirken könne, und hatte sich nicht in ihre Seele hineinversetzt. Erst als er an dem betreffenden Abend vor dem Theater zu Schtscherbatzkijs kam, in Kittys Zimmer trat und ihr verweintes, trauriges, liebes Gesicht erblickte, das ganz unglücklich aussah vor tiefem, nicht wiedergutzumachendem Kummer, den er verschuldet hatte, begriff er, welch große Kluft seine schmähliche Vergangenheit von ihrer Taubenreinheit trennte, und erschrak über das, was er getan hatte.

»Nehmen Sie diese entsetzlichen Bücher fort, nehmen Sie sie fort!« rief sie und stieß die Hefte, die vor ihr auf dem Tisch lagen, von sich. »Warum haben Sie mir das gegeben?... Nein, es war doch besser so«, fügte sie voller Mitleid über sein verzweifeltes Gesicht hinzu. »Aber es ist entsetzlich, ganz entsetzlich!«

Er senkte den Kopf und schwieg. Er konnte nichts sagen.

»Sie können mir nicht verzeihen«, flüsterte er.

»Nein, ich habe Ihnen schon verziehen, aber es ist entsetzlich!«

Aber sein Glück war so groß, daß auch dieses Geständnis es nicht zerstören konnte, sondern ihm nur noch eine neue Nuance verlieh. Sie hatte ihm verziehen; aber von nun an glaubte er noch weniger, ihrer würdig zu sein, beugte sich moralisch noch tiefer vor ihr und schätzte sein unverdientes Glück noch höher ein.

17

Alexej Alexandrowitsch kehrte in sein einsames Hotelzimmer zurück und dachte unwillkürlich über die Gespräche nach, die bei und nach dem Diner geführt worden waren. Darja Alexandrownas Worte vom Verzeihen hatten ihn nur geärgert. Die Frage, ob das christliche Gebot auf seinen Fall anwendbar war oder nicht, war zu schwierig, als daß man sie leichthin hätte entscheiden können, und außerdem hatte er diese Frage schon längst im verneinenden Sinn entschieden. Von allem, was heute bei Oblonskijs gesagt worden war, hatten die Worte des dummen, gutmütigen Turowzyn den stärksten Eindruck auf ihn gemacht: »Er hat sich sehr schneidig benommen. Er hat den Kerl gefordert und erschossen.« Alle stimmten ihm offensichtlich bei, obwohl sie es aus Höflichkeit nicht ausgesprochen hatten.

›Übrigens ist diese Sache erledigt, und ich brauche mir keine Gedanken mehr darüber zu machen‹, sagte sich Alexej Alexandrowitsch. Und als er in sein Hotelzimmer kam, dachte er nur noch an seine Abreise und an die Revision. Er fragte den Portier, der ihn auf sein Zimmer begleitet hatte, wo sein Diener sei, und der Portier sagte, der Diener sei gerade weggegangen. Alexej Alexandrowitsch bestellte Tee, setzte sich an den Tisch, nahm das Kursbuch und stellte seine Reiseroute zusammen.

»Zwei Telegramme«, sagte der Diener, der zurückgekommen war und ins Zimmer trat. »Verzeihung, Exzellenz, ich war nur einen Augenblick weggegangen.«

Alexej Alexandrowitsch nahm die Telegramme und öffnete sie. Das erste enthielt die Nachricht, daß Stremow den Posten erhalten habe, den Karenin für sich selbst gewünscht hatte. Alexej Alexandrowitsch warf das Telegramm auf den Tisch, wurde ganz rot, stand auf und begann, im Zimmer auf und ab zu gehen. »Quos deus perdere vult, dementat«, sagte er; unter ›quos‹ verstand er die Leute, die bei dieser Ernennung mitgewirkt hatten. Er ärgerte sich nicht darüber, daß nicht er diesen Posten erhalten und man ihn offensichtlich übergangen hatte, er fand es nur erstaunlich und unbegreiflich, daß die Leute nicht sahen, daß dieser Schwätzer und Phrasenheld Stremow weniger als jeder andere für diese Stellung geeignet war. Wie hatte es den Leuten entgehen können, daß sie mit dieser Ernennung sich selbst und ihrem eigenen Prestige schadeten!

»Noch etwas von derselben Sorte«, sagte er gallig, während er die zweite Depesche öffnete. Sie war von seiner Frau. Die mit Blaustift geschriebene Unterschrift ›Anna‹ war das erste, was ihm in die Augen fiel. ›Ich sterbe, ich bitte, ich flehe Sie an – kommen Sie. Mit Ihrer Verzeihung sterbe ich ruhiger‹, las er. Er lächelte verächtlich und warf das Telegramm hin. Daß das nur Betrug und Hinterlist war, daran konnte kein Zweifel sein, wie es ihm im ersten Augenblick schien.

›Es gibt keinen Betrug, vor dem sie zurückschrecken würde. Sie sieht ihrer Entbindung entgegen. Vielleicht ist das ihre ganze Krankheit. Aber was bezwecken sie damit? Möchten sie das Kind legitim machen, mich kompromittieren und die Scheidung verhindern?‹ dachte er. ›Aber da steht doch: ‚Ich sterbe...'‹ Er las das Telegramm noch einmal und war plötzlich überrascht, wie echt und natürlich diese Worte klangen. ›Und wenn es die Wahrheit ist?‹ sagte er sich. ›Wenn sie unter der Einwirkung ihrer Schmerzen und im Angesicht des Todes aufrichtig bereut und ich das alles für Betrug halte und mich weigere, zu ihr zu kommen? Das wäre nicht nur grausam und würde nicht nur allgemein verurteilt werden, sondern es wäre auch dumm von mir.‹

»Peter, hole mir einen Wagen. Ich reise nach Petersburg«, sagte er zu seinem Diener.

Alexej Alexandrowitsch hatte beschlossen, nach Petersburg zu fahren und seine Frau zu sehen. Wenn ihre Krankheit erdichtet war, wollte er stillschweigend wieder abreisen. Wenn sie aber wirklich todkrank war und ihn vor ihrem Tod noch einmal zu sehen wünschte, wollte er ihr verzeihen, falls er sie noch lebend anträfe, oder ihr die letzte Ehre erweisen, falls er zu spät käme.

Während der ganzen Reise dachte er nicht mehr an das, was er tun solle.

Mit dem Gefühl von Müdigkeit und Unsauberkeit, das man nach einer Nacht im Eisenbahnwagen immer hat, fuhr Alexej Alexandrowitsch durch den Petersburger Morgennebel den menschenleeren Newskij Prospekt entlang und starrte vor sich hin, ohne an das zu denken, was ihn zu Hause erwartete. Er konnte nicht daran denken, denn wenn er sich vorstellte, was jetzt kommen würde, konnte er den Gedanken nicht loswerden, daß ihr Tod alle Schwierigkeiten seiner Situation mit einem Schlag lösen würde. Die Brotverkäufer, die geschlossenen Läden, die Nachtdroschken, die Hausknechte, alle diese Bilder flogen an seinen Augen vorüber, und er beobachtete das alles, um die Gedanken an das zu verdrängen, was ihn erwartete, und was er nicht zu wünschen wagte und doch wünschte. Er fuhr an seinem Haus vor. Vor der Tür hielten eine Droschke und eine Kutsche mit einem schlafenden Kutscher. Als Alexej Alexandrowitsch in den Flur trat, holte er gleichsam aus einem versteckten Winkel seines Gehirns seine Entscheidung hervor und machte sie sich geläufig. Sie lautete: wenn alles Betrug ist, ruhige Verachtung und Abreise; wenn es Wahrheit ist, den Anstand wahren.

Der Portier öffnete die Tür, noch ehe Alexej Alexandrowitsch klingelte. Der Portier Petrow, alias Kapitonytsch, sah in seinem alten Rock ohne Halsbinde und in Pantoffeln recht sonderbar aus.

»Wie geht es der gnädigen Frau?«

»Die gnädige Frau ist gestern glücklich entbunden worden.«

Alexej Alexandrowitsch blieb stehen und wurde ganz blaß. Jetzt kam ihm deutlich zum Bewußtsein, wie sehr er ihren Tod gewünscht hatte.

»Wie ist ihr Befinden?«

Kornej, in der Morgenschürze, kam die Treppe heruntergelaufen.

»Es steht sehr schlecht«, antwortete er. »Gestern waren ein paar Ärzte hier, und einer ist noch da.«

»Nimm das Gepäck«, sagte Alexej Alexandrowitsch und ging ins Vorzimmer, etwas erleichtert durch die Mitteilung, daß doch noch Hoffnung auf ihren Tod bestand.

In der Garderobe hing ein Militärmantel. Alexej Alexandrowitsch bemerkte das und fragte:
»Wer ist denn da?«
»Der Doktor, die Hebamme und Graf Wronskij.«
Alexej Alexandrowitsch ging weiter in die inneren Zimmer. Im Salon war niemand; auf das Geräusch seiner Schritte kam die Hebamme in einer Haube mit lila Bändern aus Annas Zimmer.
Sie ging auf Alexej Alexandrowitsch zu, faßte ihn mit der Familiarität, die die Nähe des Todes mit sich bringt, seine Hand und führte ihn ins Schlafzimmer.
»Gott sei Dank, daß Sie gekommen sind! Sie spricht nur von Ihnen, immer nur von Ihnen«, sagte sie.
»Bringen Sie schnell Eis, schnell!« klang die befehlende Stimme des Arztes aus dem Schlafzimmer.
Alexej Alexandrowitsch ging in Annas Wohnzimmer. An ihrem Tisch saß seitwärts auf einem niedrigen Stuhl Wronskij; er hatte das Gesicht mit den Händen bedeckt und weinte. Als er die Stimme des Arztes hörte, sprang er auf, nahm die Hände vom Gesicht und erblickte Alexej Alexandrowitsch. Beim Anblick des Gatten wurde er so verwirrt, daß er sich wieder setzte und den Kopf einzog, als wollte er irgendwohin verschwinden, aber dann nahm er sich gewaltsam zusammen, stand auf und sagte:
»Sie stirbt. Die Ärzte haben gesagt, es sei keine Hoffnung mehr. Ich füge mich Ihrer Entscheidung, aber erlauben Sie mir hierzubleiben... übrigens, Sie haben über mich zu bestimmen, ich...«
Als Alexej Alexandrowitsch Wronskij weinen sah, überkam ihn wieder jene seelische Verwirrung, die der Anblick fremden Leids stets bei ihm hervorrief; er wandte das Gesicht ab und ging schnell auf die Tür zu, ohne Wronskij bis zu Ende anzuhören. Aus dem Schlafzimmer hörte man Annas Stimme, die irgend etwas sagte. Ihre Stimme klang heiter, lebhaft und sehr bestimmt. Alexej Alexandrowitsch

trat ins Schlafzimmer und ging auf das Bett zu. Sie lag so, daß sie ihm das Gesicht zukehrte. Ihre Wangen waren dunkelrot, die Augen blitzten, die kleinen weißen Hände, die aus den Manschetten der Nachtjacke hervorschauten, spielten mit einem Zipfel der Bettdecke, den sie bald zusammenwickelten, bald aufrollten. Anscheinend war sie nicht nur gesund und frisch, sondern auch in der allerbesten Stimmung. Sie sprach schnell, laut und die Worte scharf und sinnvoll betonend.

»Denn Alexej, ich meine Alexej Alexandrowitsch — was für ein sonderbares, schreckliches Zusammentreffen, daß sie beide Alexej heißen, nicht wahr? —, Alexej würde es mir nicht abschlagen. Ich würde es vergessen, und er würde mir verzeihen... Warum kommt er denn nicht? Er ist ein guter Mensch, er weiß selbst nicht, wie gut er ist. Ach, mein Gott, mir ist so schwer! Gebt mir schnell Wasser! Ach, das wird meinem kleinen Mädchen schaden! Nun gut, dann gebt ihr eine Amme. Ja, ich bin einverstanden, es ist sogar besser. Wenn er kommt, wird ihr Anblick ihm wehtun. Bringt sie fort.«

»Anna Arkadjewna, er ist gekommen. Da ist er!« sagte die Hebamme, bemüht, Annas Aufmerksamkeit auf Alexej Alexandrowitsch zu lenken.

»Ach, was für ein Unsinn!« fuhr Anna fort, ohne ihren Mann zu sehen. »Gebt sie mir doch, gebt mir mein Töchterchen! Er ist noch nicht gekommen. Ihr sagt, daß er mir nicht verzeihen wird, aber ihr kennt ihn nicht. Keiner hat ihn gekannt. Nur ich, und auch mir ist das schwer geworden. Man muß seine Augen kennen, Serjosha hat dieselben Augen, darum kann ich sie nicht sehen. Habt ihr Serjosha Mittagessen gegeben? Ich weiß ja, daß ihr es alle vergeßt. Er würde es nicht vergessen. Ihr müßt Serjosha ins Eckzimmer umquartieren und Mariette bitten, bei ihm zu schlafen.«

Plötzlich krümmte sie sich zusammen, verstummte und hielt die Hände vors Gesicht, als wollte sie sich vor einem drohenden Schlag schützen. Sie hatte ihren Mann erkannt.

»Nein, nein!« fing sie wieder an. »Ich fürchte ihn nicht, ich fürchte nur den Tod. Alexej, komm her. Ich habe Eile, ich habe keine Zeit mehr, ich habe nicht mehr lange zu leben, gleich kommt das Fieber wieder, und dann verstehe ich nichts mehr. Jetzt verstehe ich noch alles und sehe alles.«

Das zerfurchte Gesicht Alexej Alexandrowitschs nahm einen leidenden Ausdruck an; er faßte ihre Hand und wollte etwas sagen, brachte aber keinen Laut heraus. Seine Unterlippe zitterte, er versuchte, seine Erregung niederzukämpfen und sah Anna nur hin und wieder an. Und jedesmal, wenn er sie anblickte, sah er ihre Augen, die ihn mit einer so innigen, zärtlichen Rührung anschauten, wie er sie früher nie an ihr gekannt hatte.

»Warte, du weißt nicht... halt, halt...« sie hielt inne, als wollte sie ihre Gedanken sammeln. »Ja«, begann sie wieder. »Ja, ja, ja. Das war es, was ich sagen wollte. Wundere dich nicht über mich. Ich bin immer noch dieselbe, die ich war... Aber in mir ist noch eine andere, vor der fürchte ich mich, sie hat den andern liebgewonnen, und ich wollte dich hassen und konnte nicht vergessen, wie ich früher gewesen war. Ich bin nicht jene Frau. Jetzt bin ich die richtige. Ich sterbe jetzt, ich weiß, daß ich sterbe, frag nur den Arzt. Ich fühle sie auch jetzt, da, da, die schweren Gewichte an meinen Händen, an meinen Füßen, an meinen Fingern. Die Finger..., so lang sind sie! Aber das ist alles bald zu Ende... Ich möchte nur noch eins: Verzeih mir, verzeih mir ganz! Ich bin schlecht, aber meine Kinderfrau hat mir einmal gesagt, die heilige Märtyrerin — wie hieß sie nur? —, die sei noch viel schlechter gewesen. Ich will nach Rom fahren, da gibt es einsame Klöster, da bin ich niemand im Weg, und ich nehme nur Serjosha mit und mein kleines Mädchen... Nein, du kannst mir nicht verzeihen! Nein, nein, geh fort, du bist zu gut!« Mit der einen heißen Hand hielt sie die seine fest, mit der anderen stieß sie ihn zurück.

Alexej Alexandrowitschs seelische Verwirrung wurde immer größer und hatte jetzt einen solchen Grad erreicht, daß er nicht mehr dagegen ankämpfte; aber plötzlich fühlte er, daß das, was er für seelische Verwirrung gehalten hatte, im Gegenteil ein seliger Zustand war, der ihm ein neues, nie gekanntes Glück schenkte. Er dachte nicht daran, daß das christliche Gebot, das er sein ganzes Leben lang befolgen wollte, ihm vorschrieb zu verzeihen und seine Feinde zu lieben; aber das freudige Gefühl der Liebe und Vergebung für seine Feinde erfüllte seine Seele. Er fiel auf die Knie, legte seinen Kopf auf ihr Handgelenk, das ihn durch die Nachtjacke hindurch wie Feuer brannte, und schluchzte wie ein kleines Kind. Sie umfaßte seinen kahlen Kopf, rückte näher an ihn heran und blickte mit herausforderndem Stolz nach oben.

»Da ist er, ich habe es gewußt! Jetzt lebt alle wohl, lebt wohl!... Da sind sie wiedergekommen, warum gehen sie nicht fort?... Nehmt doch diese Pelze von mir weg!«

Der Arzt löste ihre Hände vom Kopf ihres Mannes, drückte die Kranke behutsam auf das Kissen zurück und deckte sie bis an die Schultern zu. Sie legte sich gehorsam hin und schaute mit strahlendem Blick vor sich hin.

»Vergiß nur das eine nicht, daß ich nur deine Verzeihung will und sonst nichts... Warum kommt er denn nicht?« sagte sie mit einem Blick zur Tür. Wronskij kam herein.

»Komm her, komm her! Gib ihm die Hand!«

Wronskij trat an das Bett, und als er sie erblickte, legte er wieder die Hände vors Gesicht.

»Nimm die Hände vom Gesicht, sieh ihn an! Er ist ein Heiliger!« sagte sie. »Nimm die Hände vom Gesicht!« rief sie zornig. »Alexej Alexandrowitsch, nimm ihm die Hände vom Gesicht! Ich will ihn sehen!«

Alexej Alexandrowitsch faßte Wronskijs Hände und zog sie ihm vom Gesicht weg, das vor Scham und Schmerz furchtbar entstellt war.

»Gib ihm die Hand! Verzeih ihm!«

Alexej Alexandrowitsch reichte ihm die Hand, ohne die Tränen zurückzuhalten, die ihm aus den Augen strömten.

»Gott sei Dank, Gott sei Dank«, sagte sie, »jetzt ist alles in Ordnung. Jetzt möchte ich nur die Beine ausstrecken. So, ja so ist es schön. Wie geschmacklos diese Blumen sind, sie sehen gar nicht wie Veilchen aus«, sagte sie, auf die Tapete zeigend. »Mein Gott, mein Gott, wann wird das denn enden? Gebt mir doch Morphium! Doktor, geben Sie mir doch Morphium! O mein Gott, mein Gott!«

Und sie warf sich im Bett hin und her.

Der Hausarzt und die anderen Ärzte sagten, es sei Kindbettfieber, das in neunundneunzig von hundert Fällen tödlich ausgehe. Das Fieber hielt den ganzen Tag an, bald phantasierte sie, bald war sie ohne Bewußtsein. Gegen Mitternacht lag die Kranke bewußtlos da, und der Puls hatte fast ganz aufgehört.

Man erwartete jeden Augenblick das Ende.

Wronskij war nach Hause gefahren, kam aber am Morgen wieder, um nachzufragen, und Alexej Alexandrowitsch, der ihm im Vorzimmer entgegenkam, sagte:

»Bleiben Sie da, sie wird vielleicht nach Ihnen fragen«, und führte ihn ins Wohnzimmer seiner Frau.

Am Morgen war sie wieder erregt und lebhaft, ihre Gedanken und Reden waren wirr, und dieser Zustand endete wieder mit Bewußtlosigkeit. Am dritten Tag wiederholte sich das gleiche, und die Ärzte sagten, jetzt sei etwas Hoffnung vorhanden. An diesem Tag trat Alexej Alexandrowitsch in Annas Wohnzimmer, wo Wronskij saß, machte die Tür zu und setzte sich ihm gegenüber.

»Alexej Alexandrowitsch«, sagte Wronskij, der fühlte, daß jetzt die Aussprache bevorstand, »ich kann nicht reden, ich kann nicht denken. Erbarmen Sie sich meiner! Wie schwer Ihnen auch ums Herz sein mag, glauben Sie mir, meine Lage ist noch entsetzlicher.«

Er wollte aufstehen. Aber Alexej Alexandrowitsch faßte seine Hand und sagte:

»Ich bitte Sie, mich anzuhören, es ist unbedingt notwendig. Ich muß Ihnen meine Gefühle erklären, die Gefühle, von denen ich mich habe leiten lassen und auch weiterhin leiten lassen will, damit Sie sich in mir nicht irren. Sie wissen, daß ich mich zur Scheidung entschlossen und diese Angelegenheit sogar schon in die Wege geleitet hatte. Ich will Ihnen nicht verhehlen, daß ich anfangs unschlüssig war und sehr litt. Ich gestehe, daß der Wunsch, mich an Ihnen und ihr zu rächen, mich unablässig verfolgte. Als ich das Telegramm erhielt, fuhr ich mit denselben Gefühlen hierher, mehr noch — ich wünschte ihren Tod. Aber...« er schwieg einen Augenblick und überlegte, ob er ihm sagen sollte, was er empfand, oder nicht, »aber als ich sie wiedersah, habe ich ihr verziehen. Und das Glück des Verzeihens hat mir gezeigt, was meine Pflicht ist. Ich habe ihr ganz verziehen. Ich will auch die andere Backe hinhalten, ich will auch den Rock hingeben, wenn man mir den Mantel nimmt. Ich bitte Gott nur um das eine, daß er mir die Seligkeit des Verzeihens nicht nehme!«

Tränen standen in seinen Augen, und ihr heller, ruhiger Blick überraschte Wronskij.

»Das ist meine Lage. Sie können mich in den Schmutz treten und mich zum Gespött der Welt machen, ich verlasse sie nicht und sage Ihnen nie ein Wort des Vorwurfs«, fuhr Alexej Alexandrowitsch fort. »Meine Pflicht ist mir klar vorgezeichnet: ich muß bei ihr bleiben und werde bei ihr bleiben. Wenn sie Sie sehen möchte, lasse ich Sie es wissen; jetzt aber ist es wohl am besten, wenn Sie gehen.«

Er stand auf und konnte vor Schluchzen nicht weitersprechen. Wronskij erhob sich ebenfalls und sah ihn, ohne sich aufzurichten, von unten herauf an. Er verstand Alexej Alexandrowitschs Gefühle nicht. Aber er fühlte, daß in dieser Weltanschauung etwas Erhabenes und ihm sogar Unfaßbares war.

18

Nach dem Gespräch mit Alexej Alexandrowitsch verließ Wronskij das Kareninsche Haus und blieb vor dem Portal stehen, sich mit Mühe besinnend, wo er war und wohin er nun gehen oder fahren sollte. Er fühlte sich beschämt, gedemütigt, schuldig und der Möglichkeit beraubt, die Demütigung von sich abzuwaschen. Er fühlte sich aus der Bahn geworfen, in der er sich bisher so stolz und leicht bewegt hatte. Alle Gewohnheiten und Grundsätze seines Lebens, die er für so unerschütterlich gehalten hatte, erwiesen sich nun als falsch und unbrauchbar. Der betrogene Gatte, den er sich bisher als ein jämmerliches Geschöpf, als ein zufälliges und etwas komisches Hindernis seines Glücks vorgestellt hatte, war plötzlich von ihr selbst herbeigerufen und auf eine ehrfurchtgebietende Höhe emporgehoben worden, und auf dieser Höhe schien der Gatte nicht boshaft, nicht hinterlistig, nicht lächerlich, sondern gütig, schlicht und erhaben. Dieser Erkenntnis konnte sich Wronskij nicht verschließen. Die Rollen waren plötzlich vertauscht. Wronskij fühlte, wie hoch sein Gegner stand und wie tief er selbst erniedrigt war, und daß der andere recht und er unrecht hatte. Er fühlte, daß der Gatte auch in seinem Schmerz großmütig war und daß er selbst in seinem Betrug niedrig und erbärmlich war. Aber das Bewußtsein seiner Niedrigkeit gegenüber dem Mann, den er zu Unrecht verachtet hatte, machte nur einen kleinen Teil seines Kummers aus. Er fühlte sich jetzt unsagbar unglücklich, weil seine Leidenschaft für Anna, die seiner Empfindung nach in der letzten Zeit etwas abgekühlt war, jetzt, wo er wußte, daß er sie für immer verloren hatte, stärker geworden war als je zuvor. Er hatte sie während ihrer Krankheit ganz kennengelernt, hatte tief in ihre Seele geschaut, und es war ihm, als hätte er sie bisher nie geliebt. Und jetzt, da er sie kennengelernt hatte und sie liebte, wie man lieben muß, war er vor ihr erniedrigt worden, hatte sie für immer verloren und hinterließ bei ihr nur eine beschämende Erinnerung. Aber das Entsetzlichste war seine lächerliche, schmähliche Lage gewesen, als Alexej Alexandrowitsch ihm die Hände von dem schamroten Gesicht weggezogen hatte. Er stand wie verloren vor der Tür des Kareninschen Hauses und wußte nicht, was er tun sollte.

»Befehlen Sie eine Droschke?« fragte der Portier.

»Ja, bitte.«

Als Wronskij nach drei schlaflosen Nächten nach Hause kam, legte er sich in den Kleidern aufs Sofa, mit dem Gesicht nach unten, verschränkte die Arme und legte den Kopf darauf. Sein Kopf war schwer. Die seltsamsten Vorstellungen, Erinnerungen und Gedanken lösten mit außerordentlicher Schnelligkeit und Klarheit einander ab: da war bald die Arznei, die er der Kranken eingoß, so daß sie über den Löffel floß, bald die weißen Arme der Hebamme, bald Alexej Alexandrowitschs sonderbare Haltung auf dem Fußboden vor dem Bett.

›Schlafen! Vergessen!‹ sagte er zu sich mit der ruhigen Sicherheit eines gesunden Menschen, der erwartet, daß er, wenn er müde ist und schlafen möchte, sofort einschlafen wird. Und in der Tat, im selben Augenblick begannen sich seine Gedanken zu verwirren, und er sank in den Abgrund des Vergessens. Die Wogen des unbewußten Lebens schlugen bereits über seinem Kopf zusammen, als er plötzlich ein Gefühl hatte, als hätte er einen sehr starken elektrischen Schlag erhalten. Er zuckte so heftig zusammen, daß er mit dem ganzen Körper auf den Sprungfedern des Sofas hochschnellte, sich auf die Hände stützte und erschrocken auf die Knie sprang. Seine Augen waren weit geöffnet, als hätte er gar nicht geschlafen. Die Schwere im Kopf und die Mattigkeit in den Gliedern, die er noch vor einer Minute gespürt hatte, waren plötzlich verschwunden.

›Sie können mich in den Schmutz treten‹, hörte er Alexej

Alexandrowitsch sagen und sah ihn vor sich, sah auch Annas Gesicht mit den fieberheißen Wangen und den leuchtenden Augen, die nicht ihn, sondern Alexej Alexandrowitsch zärtlich und liebevoll anblickten, und er sah seine eigene, wie ihn dünkte, dumme und lächerliche Figur, wie Alexej Alexandrowitsch ihm die Hände vom Gesicht wegzog. Er streckte die Beine wieder aus, warf sich in der früheren Haltung auf das Sofa und schloß die Augen.

›Schlafen, schlafen!‹ wiederholte er. Aber mit geschlossenen Augen sah er Annas Gesicht noch deutlicher, so, wie es an dem denkwürdigen Abend nach dem Rennen gewesen war.

›Das ist alles vorbei und wird nie wiederkehren, und sie möchte es aus ihrem Gedächtnis auslöschen. Aber ich kann nicht ohne das leben. Wie sollen wir uns denn versöhnen, wie sollen wir uns denn versöhnen?‹ sagte er laut und wiederholte unbewußt immer dieselben Worte. Die stete Wiederholung dieser Worte verhinderte das Auftauchen neuer Bilder und Erinnerungen, die sich in seinen Kopf drängten, wie er deutlich fühlte. Aber das Wiederholen der gleichen Worte konnte seine Phantasie nicht lange hemmen. Mit außerordentlicher Geschwindigkeit stiegen die schönsten Augenblicke vor ihm auf, einer nach dem anderen, und zugleich die heute erlittene Demütigung. »Nimm die Hände weg!« sagte Annas Stimme. Und er nimmt die Hände weg und fühlt den beschämten, dummen Ausdruck seines Gesichts.

Er lag noch immer da und versuchte einzuschlafen, obwohl er fühlte, daß keinerlei Hoffnung mehr vorhanden war, und wiederholte flüsternd einzelne Wörter aus irgendeinem Gedankengang, um das Auftauchen neuer Bilder zu verhindern. Er horchte auf und hörte sich in seltsamem, wahnsinnigen Flüsterton die Worte wiederholen: ›Ich habe es nicht zu schätzen gewußt, nicht zu nützen gewußt, ich habe es nicht zu schätzen gewußt, nicht zu nützen gewußt.‹

›Was ist das? Werde ich wahnsinnig?‹ fragte er sich. ›Vielleicht. Worüber verliert man denn den Verstand, weswegen erschießt man sich denn?‹ antwortete er selbst auf seine Frage, öffnete die Augen und sah mit Staunen neben seinem Kopf ein Kissen, das Warja, die Frau seines Bruders, gestickt hatte. Er berührte die Quaste des Kissens und versuchte, sich an Warja zu erinnern, an seine letzte Begegnung mit ihr. Aber es war qualvoll, an etwas Nebensächliches zu denken. ›Nein, ich muß schlafen!‹ Er zog das Kissen heran und preßte seinen Kopf dagegen, aber er mußte sich sehr anstrengen, um die Augen geschlossen zu halten. Er sprang auf und setzte sich hin. ›Das ist für mich erledigt‹, sagte er sich. ›Nun muß ich überlegen, was ich weiter tun soll. Was bleibt mir denn noch übrig?‹ In Gedanken überschaute er alles in seinem Leben, was nicht mit seiner Liebe zu Anna in Beziehung stand.

›Ehrgeiz? Serpuchowskoj? Die Gesellschaft? Der Hof?‹ Das alles berührte ihn nicht mehr. Früher hatte es einen Sinn gehabt, aber jetzt war nichts davon geblieben. Er stand vom Sofa auf, zog den Rock aus, lockerte den Gürtel, entblößte die behaarte Brust, um freier atmen zu können, und ging im Zimmer auf und ab. ›So wird man verrückt‹, wiederholte er, ›und erschießt sich... damit man sich nicht zu schämen braucht‹, fügte er langsam hinzu.

Er ging zur Tür und machte sie zu; dann trat er mit starrem Blick und zusammengebissenen Zähnen an den Schreibtisch, nahm den Revolver heraus, betrachtete ihn, drehte ihn auf die geladene Kammer und versank in Nachdenken. Ungefähr zwei Minuten stand er unbeweglich da, den Kopf gesenkt, mit dem Ausdruck angestrengten Denkens, den Revolver in der Hand, und überlegte. ›Selbstverständlich‹, sagte er sich, als hätte ein längerer, klarer, logischer Gedankengang ihn zu einem zweifellos richtigen Schluß geführt. Aber in Wirklichkeit war dieses für ihn so überzeugende ›selbstverständlich‹ nur die Folge dessen, daß er sich wieder in dem Kreis von Gedanken und Vorstellungen bewegte, den er in dieser Stunde schon ein dutzendmal durchmessen hatte. Es waren immer dieselben Erinnerungen an ein für alle Zeiten verlorenes Glück, dieselbe Vorstellung von der Sinnlosigkeit seines ganzen künftigen Lebens, dasselbe Bewußtsein seiner Demütigung. Und auch die Reihenfolge dieser Vorstellungen und Gefühle war immer dieselbe.

›Selbstverständlich‹, wiederholte er, als sein Denken sich zum drittenmal in diesem Zauberkreis von Gedanken und Erinnerungen bewegte, und er setzte den Revolver an die linke Seite der Brust, machte mit der ganzen Hand einen kräftigen Ruck, als wollte er sie plötzlich zur Faust ballen, und drückte auf den Abzug. Er wollte sich an der Tischkante festhalten, ließ den Revolver fallen, wankte, setzte sich auf den Fußboden und sah sich erstaunt um. Er erkannte sein Zimmer nicht wieder, als er von unten auf die geschweiften Tischbeine, den Papierkorb und das Tigerfell blickte. Die schnellen knarrenden Schritte des Dieners, der durch den Salon ging, brachten ihn wieder zur Besinnung. Er nahm seine Gedanken zusammen und begriff, daß er auf dem Fußboden lag, und als er das Blut auf dem Tigerfell und an seiner Hand sah, begriff er, daß er auf sich geschossen hatte.

›Dumm! Schlecht getroffen!‹ sagte er, mit der Hand nach dem Revolver tastend. Der Revolver lag dicht neben ihm, aber er suchte ihn in weiterer Entfernung. Immer weiter suchend, reckte er sich nach der einen Seite, verlor das Gleichgewicht und sank blutüberströmt hin.

Der elegante Diener mit dem Backenbart, der bei seinen Bekannten schon öfter über seine schwachen Nerven geklagt hatte, war so erschrocken, als er seinen Herrn auf dem Boden liegen sah, daß er ihn weiterbluten ließ und davonlief, um Hilfe zu holen. Nach einer Stunde kam Warja, Wronskijs Schwägerin, und legte mit Hilfe dreier Ärzte, zu denen sie geschickt hatte und die gleichzeitig erschienen waren, den Verwundeten auf sein Bett und blieb bei ihm, um ihn zu pflegen.

19

Alexej Alexandrowitsch hatte einen Fehler gemacht: als er sich auf das Wiedersehen mit seiner Frau vorbereitete, hatte er nicht bedacht, daß ihre Reue aufrichtig sein könnte, daß er ihr verzeihen könnte, daß sie am Leben bleiben könnte, und dieser Fehler trat ihm zwei Monate nach seiner Rückkehr aus Moskau in aller Klarheit vor Augen. Aber dieser Fehler war nicht nur dadurch gekommen, daß er diesen Fall nicht erwogen hatte, sondern auch daher, daß er bis zu dem Wiedersehen mit seiner todkranken Frau sein eigenes Herz nicht gekannt hatte. Am Krankenbett seiner Frau hatte er sich zum erstenmal in seinem Leben jenem Gefühl eines gerührten Mitleids überlassen, das die Leiden anderer bei ihm hervorriefen, und dessen er sich früher als einer schädlichen Schwäche geschämt hatte. Das Mitleid mit ihr, die Reue darüber, daß er ihren Tod gewünscht hatte, und vor allem die Freude des Verzeihens selbst bewirkten, daß er plötzlich nicht nur eine Linderung seiner Schmerzen, sondern auch eine seelische Ruhe spürte, wie er sie früher nie gekannt hatte. Er fühlte plötzlich, daß das, was die Quelle seiner Leiden gewesen, die Quelle seiner seelischen Freude geworden war; was unlösbar schien, als er verurteilte, tadelte und haßte, war einfach und klar geworden, sobald er verzieh und liebte.

Er hatte seiner Frau verziehen und bedauerte sie um ihrer Leiden und ihrer Reue willen. Er hatte Wronskij verziehen und bedauerte ihn, besonders, als die Gerüchte von seiner Verzweiflungstat auch bis zu ihm gedrungen waren. Er bedauerte auch seinen Sohn mehr als früher und machte sich jetzt Vorwürfe, daß er sich zuwenig um ihn gekümmert hatte. Aber für das neugeborene kleine Mädchen empfand er ein ganz eigenes Gefühl nicht nur des Mitleids, sondern auch der Zärtlichkeit. Anfangs hatte er sich nur aus Mitleid um das neugeborene schwächliche Kind gekümmert, das nicht seine Tochter war, das während der Krankheit der Mutter ganz vernachlässigt wurde und gewiß gestorben wäre, wenn er nicht für es gesorgt hätte – und er hatte selbst nicht gemerkt, wie lieb er die Kleine gewann. Er ging mehrmals am Tag ins Kinderzimmer und saß lange dort, so daß die Amme und die Kinderfrau, die anfangs eine gewisse Scheu vor ihm gehabt hatten, sich an ihn gewöhnten. Manchmal betrachtete er eine halbe Stunde das schlafende, safranrote, flaumige, runzlige Gesichtchen und beobachtete, wie die kleine Stirn sich in Falten legte und wie die dicken Händchen mit den gekrümmten Fingerchen Augen und Nasenrücken mit den Handrücken rieben. Besonders in solchen Augenblicken fühlte Alexej Alexandrowitsch sich ganz ruhig und einig mit sich selbst und sah in seiner Lage nichts Ungewöhnliches, nichts, was geändert werden mußte.

Aber je mehr Zeit verging, desto deutlicher sah er, daß man ihm nicht gestatten würde, in dieser Lage zu bleiben, so natürlich sie ihm auch schien. Er fühlte, daß außer der segensreichen Geisteskraft, die seine Seele lenkte, noch eine andere, rohe, ebenso mächtige oder noch mächtigere Kraft vorhanden war, die sein Leben bestimmte und daß diese Kraft ihm nicht die demütige Ruhe geben werde, die er sich wünschte. Er fühlte, daß alle ihn mit fragender Verwunderung ansahen, ihn nicht verstanden und irgend etwas von ihm erwarteten. Besonders stark empfand er das Unsichere und Unnatürliche seines Verhältnisses zu seiner Frau.

Als die weiche Stimmung, in die die Nähe des Todes sie versetzt hatte, vorüber war, merkte Alexej Alexandrowitsch immer deutlicher, daß Anna ihn fürchtete, daß er ihr lästig war und daß sie ihm nicht gerade in die Augen sehen konnte. Sie schien etwas zu wünschen, konnte sich aber nicht entschließen, es ihm zu sagen, und schien ebenfalls zu ahnen, daß ihr Verhältnis nicht so bleiben könne, und erwartete etwas von ihm.

Ende Februar erkrankte Annas neugeborenes Töchterchen, das gleichfalls den Namen Anna erhalten hatte. Alexej Alexandrowitsch war am Morgen im Kinderzimmer gewesen, hatte nach dem Arzt schicken lassen und war ins Ministerium gefahren. Als er seine dienstlichen Angelegenheiten erledigt hatte, kam er gegen vier Uhr nach Hause. Im Vorzimmer sah er einen stattlichen Lakaien in einer mit Goldtressen besetzten Livree und einer Pelerine aus Bärenfell. Er hielt einen weißen Damenpelzmantel aus amerikanischem Hundefell auf dem Arm.

»Wer ist hier?« fragte Alexej Alexandrowitsch.

»Fürstin Elisaweta Fedorowna Twerskaja«, antwortete der Lakai, und es schien Alexej Alexandrowitsch, als lächelte er dabei.

In dieser ganzen schweren Zeit hatte Alexej Alexandrowitsch bemerkt, daß seine Bekannten aus der vornehmen Gesellschaft, besonders die Damen, ein außerordentlich lebhaftes Interesse für ihn und seine Frau bekundeten. Er hatte bei all diesen Bekannten eine nur mühsam verborgene Freude über irgend etwas bemerkt, dieselbe Freude, die er in den Augen des Rechtsanwalts und jetzt in den Augen des Lakaien gesehen hatte. Alle schienen so vergnügt wie auf einer Hochzeit, und wenn sie ihn sahen, erkundigten sie sich mit kaum unterdrückter Freude nach Annas Befinden.

Die Anwesenheit der Fürstin Twerskaja war Alexej Alexandrowitsch unangenehm — wegen der mit ihr verknüpften Erinnerungen, und weil er sie überhaupt nicht leiden konnte —, und darum ging er geradewegs ins Kinderzimmer. Im ersten Zimmer kniete Serjosha auf einem Stuhl, lehnte sich mit der Brust weit über den Tisch und zeichnete lustig schwatzend. Die Engländerin, die während der Krankheit Annas an die Stelle der Französin getreten war, saß mit einer Mignardise-Häkelei neben dem Jungen; sie stand hastig auf, knickste und zupfte Serjosha am Ärmel.

Alexej Alexandrowitsch strich seinem Sohn mit der Hand

übers Haar, beantwortete die Frage der Gouvernante nach dem Befinden seiner Frau und fragte, was der Arzt über das Baby gesagt habe.
»Der Doktor sagt, es wäre nichts Gefährliches, er hat Wannenbäder verordnet.«
»Aber sie hat doch immer Schmerzen«, sagte Alexej Alexandrowitsch und horchte auf das Schreien des Kindes im Nebenzimmer.
»Ich glaube, die Amme taugt nichts, gnädiger Herr«, sagte die Engländerin sehr entschieden.
»Warum meinen Sie das?« fragte er, stehenbleibend.
»Bei der Gräfin Pohl war es genauso, gnädiger Herr. An dem Kind wurde lange herumkuriert, und schließlich stellte sich heraus, daß es einfach hungerte: die Amme hatte nicht genug Milch, gnädiger Herr.«
Alexej Alexandrowitsch wurde nachdenklich, blieb noch ein paar Sekunden stehen und ging dann ins Nebenzimmer. Das Kind lag mit zurückgeworfenem Köpfchen zappelnd in den Armen der Amme und wollte weder die ihm gebotene volle Brust nehmen noch zu schreien aufhören, trotz des zweifachen beruhigenden Zischens der Amme und der Kinderfrau, die sich über die Kleine beugte.
»Immer noch nicht besser?« fragte Alexej Alexandrowitsch.
»Sie ist sehr unruhig«, antwortete die Kinderfrau flüsternd.
»Miß Edward meint, die Amme habe vielleicht nicht genug Milch«, sagte er.
»Das glaube ich auch, Alexej Alexandrowitsch.«
»Aber warum sagen Sie es denn nicht?«
»Wem soll ich es denn sagen? Anna Arkadjewna ist doch immer noch krank«, sagte die Kinderfrau unwillig.
Die Kinderfrau war eine alte Magd des Hauses. Auch aus ihren schlichten Worten glaubte Alexej Alexandrowitsch, eine Anspielung auf seine Lage herauszuhören.
Das Kind schrie noch lauter, der Atem ging ihm aus, und es fing an zu röcheln. Die Kinderfrau machte eine ratlose

Handbewegung, nahm die Kleine der Amme weg, ging im Zimmer auf und ab und wiegte das Kind auf dem Arm.

»Wir müssen den Arzt bitten, die Amme zu untersuchen«, sagte Alexej Alexandrowitsch.

Die gesund aussehende, schön geputzte Amme erschrak, daß man sie entlassen könnte, murmelte etwas vor sich hin, verhüllte ihre große Brust und lächelte verächtlich über diese Zweifel an ihrer Milchfülle. Auch in diesem Lächeln meinte Alexej Alexandrowitsch einen leisen Spott über seine Lage zu sehen.

»Du armes Würmchen!« sagte die Kinderfrau, die immer noch mit dem Kind im Zimmer auf und ab ging und leise zischte, um es zu beruhigen.

Alexej Alexandrowitsch setzte sich auf einen Stuhl und sah die auf und ab gehende Kinderfrau mit schmerzlicher, trübseliger Miene an.

Als das Kind endlich still war, die Kinderfrau es in sein tiefes Bettchen gelegt, das Kissen zurechtgerückt hatte und zurückgetreten war, stand Alexej Alexandrowitsch auf und ging mühsam auf Zehenspitzen zu dem Kind. Eine Minute lang betrachtete er es schweigend und mit derselben trüben Miene; aber plötzlich trat ein Lächeln, bei dem sich sein Haar und die Stirnhaut verschob, auf sein Gesicht, und er ging leise hinaus.

Im Eßzimmer klingelte er und befahl dem eintretenden Diener, noch einmal zum Arzt zu schicken. Er ärgerte sich über seine Frau, daß sie sich nicht um dieses reizende Kindchen kümmerte, und in dieser gereizten Stimmung wollte er nicht zu ihr gehen und auch die Fürstin Betsy nicht sehen. Aber seine Frau hätte sich wundern können, daß er nicht, wie gewöhnlich, zu ihr kam, und darum überwand er sich und ging ins Schlafzimmer. Als er sich auf dem weichen Teppich der Tür näherte, hörte er unwillkürlich ein Gespräch, das er nicht hatte hören wollen.

»Wenn er nicht wegführe, könnte ich die Weigerung Ihres

Mannes und auch die Ihre verstehen. Aber Ihr Mann müßte über diese Dinge erhaben sein«, sagte Betsy.

»Ich lehne es nicht meines Mannes wegen ab, sondern um meiner selbst willen. Bitte, reden Sie mir nicht davon!« antwortete Anna erregt.

»Ja, aber Sie müssen doch den Wunsch haben, von einem Mann Abschied zu nehmen, der sich um Ihretwillen erschießen wollte...«

»Eben deswegen will ich es nicht.«

Alexej Alexandrowitsch blieb mit erschrockener, schuldbewußter Miene stehen und wollte unbemerkt wieder fortgehen. Dann aber besann er sich, daß das unwürdig sei, kehrte wieder um, hustete und ging auf die Schlafzimmertür zu. Die Stimmen verstummten, und er trat ein.

Anna saß in einem grauen Schlafrock, mit kurzgeschorenem schwarzen Haar, das wie eine Bürste um ihren runden Kopf stand, auf der Chaiselongue. Wie immer beim Anblick ihres Mannes verschwand das lebhafte Mienenspiel aus ihrem Gesicht, sie senkte den Kopf und sah sich unruhig nach Betsy um. Betsy, nach der allerneuesten Mode gekleidet, in einem Hut, der irgendwo über ihrem Kopf schwebte wie eine Lampenglocke über einer Lampe, in einem taubengrauen Kleid mit hellen, schrägen Streifen, die an der Taille in dieser, am Rock in entgegengesetzter Richtung liefen, saß neben Anna, die flache, hohe Gestalt sehr gerade haltend. Den Kopf neigend, begrüßte sie Alexej Alexandrowitsch mit einem spöttischen Lächeln.

»Ah!« sagte sie, als wäre sie sehr erstaunt. »Ich freue mich sehr, daß Sie zu Hause sind. Sie lassen sich ja nirgends blicken, und ich habe Sie seit Annas Krankheit nicht mehr gesehen. Ich habe alles gehört – wie viele Sorgen Sie gehabt haben. Ja, Sie sind ein bewunderungswürdiger Gatte!« sagte sie mit bedeutsamer, freundlicher Miene, als wollte sie ihm für sein Verhalten seiner Frau gegenüber den Großmutsorden verleihen.

Alexej Alexandrowitsch verbeugte sich kühl, küßte seiner Frau die Hand und fragte nach ihrem Befinden.

»Ich glaube, es geht mir besser«, sagte sie, seinem Blick ausweichend.

»Aber Ihr Gesicht scheint mir fieberhaft gerötet«, sagte er, das Wort ›fieberhaft‹ betonend.

»Ich habe mich zu lebhaft mit ihr unterhalten«, sagte Betsy. »Das war egoistisch von mir, und ich möchte mich jetzt verabschieden.«

Sie stand auf, aber Anna faßte, plötzlich errötend, schnell ihre Hand.

»Nein, bitte, bleiben Sie noch. Ich muß Ihnen sagen ... nein, Ihnen«, wandte sie sich an Alexej Alexandrowitsch, und eine dunkle Röte bedeckte ihren Hals und ihre Stirn. »Ich will und kann kein Geheimnis vor Ihnen haben«, fügte sie hinzu.

Alexej Alexandrowitsch knackte mit den Fingern und senkte den Kopf.

»Betsy hat mir gesagt, daß Graf Wronskij uns einen Besuch machen möchte, um sich vor seiner Abreise nach Taschkent zu verabschieden.« Sie sah ihren Mann nicht an und beeilte sich offensichtlich, alles auszusprechen, so schwer es ihr auch fiel. »Ich habe ihr gesagt, daß ich ihn nicht empfangen kann.«

»Sie sagten, meine Liebe, das werde von Alexej Alexandrowitsch abhängen«, verbesserte Betsy.

»Nein, ich kann ihn nicht empfangen, und es hat ja auch keinen Sinn ...« Sie stockte plötzlich und sah ihren Mann fragend an, aber er sah sie nicht an. »Mit einem Wort, ich will nicht ...«

Alexej Alexandrowitsch trat zu ihr und wollte ihre Hand fassen.

Ihre erste Bewegung war, ihre Hand von seiner feuchten Hand mit den großen, hervortretenden Adern wegzuziehen, die die ihre suchte; dann aber bezwang sie sich und drückte seine Hand.

»Ich danke Ihnen sehr für Ihr Vertrauen, aber...« sagte er verlegen und ärgerlich, daß er das, was er bei sich selbst leicht und klar entscheiden konnte, in Gegenwart der Fürstin Twerskaja nicht zu erörtern vermochte, denn diese Frau erschien ihm als eine Verkörperung jener rohen Kraft, die nach Ansicht der Gesellschaft sein Leben bestimmen mußte und ihn hinderte, sich seinem Gefühl der Liebe und Verzeihung zu überlassen. Er hielt inne und sah die Fürstin Twerskaja an.

»Nun, leben Sie wohl, Liebste!« sagte Betsy und stand auf. Sie küßte Anna und ging hinaus. Alexej Alexandrowitsch begleitete sie.

»Alexej Alexandrowitsch, ich kenne Sie als wahrhaft großmütigen Mann«, sagte Betsy, im kleinen Salon stehenbleibend und ihm kräftig die Hand drückend. »Ich stehe ja verhältnismäßig fern, aber ich habe Anna so gern und verehre Sie so sehr, daß ich mir erlauben möchte, Ihnen einen Rat zu geben. Empfangen Sie ihn. Alexej Wronskij ist der Inbegriff der Ehrenhaftigkeit, und er reist nach Taschkent ab.«

»Fürstin, ich danke Ihnen für Ihre Teilnahme und für Ihren Rat. Aber die Frage, ob meine Frau jemanden empfangen kann oder nicht, muß sie selbst entscheiden.«

Als er das sagte, zog er seiner Gewohnheit nach die Augenbrauen würdevoll in die Höhe, dachte aber sofort, daß seine Lage trotz aller Worte immer unwürdig bleiben werde. Und das sah er auch an dem verhaltenen, boshaften, spöttischen Lächeln, mit dem Betsy ihn nach dieser Erwiderung anblickte.

20

Alexej Alexandrowitsch verabschiedete sich im Saal von Betsy und ging zu seiner Frau. Sie hatte gelegen, aber als sie seine Schritte hörte, setzte sie sich rasch auf und sah ihn erschrocken an. Er bemerkte, daß sie geweint hatte.

»Ich bin dir für dein Vertrauen zu mir sehr dankbar«, wiederholte er in sanftem Ton auf russisch den Satz, den er in Betsy Gegenwart auf Französisch gesagt hatte, und setzte sich neben sie. Wenn er Russisch sprach und Du zu ihr sagte, fühlte sich Anna durch dieses Du immer so gereizt, daß sie sich nicht beherrschen konnte. »Und ich bin dir sehr dankbar für deinen Entschluß. Ich bin auch der Meinung, daß, wenn Graf Wronskij abreist, gar kein Anlaß für ihn besteht, vorher noch zu uns zu kommen. Übrigens...«

»Das habe ich schon gesagt, wozu denn alles wiederholen?« unterbrach ihn Anna plötzlich mit einer Gereiztheit, die sie nicht unterdrücken konnte. ›Es besteht kein Anlaß‹, dachte sie, ›daß ein Mann von der Frau Abschied nimmt, die er liebt, um derentwillen er sich das Leben nehmen wollte und sich unglücklich gemacht hat, und die ohne ihn nicht leben kann. Nein, es besteht gar kein Anlaß!‹ Sie preßte die Lippen zusammen und richtete ihre funkelnden Augen auf seine Hände mit den hervortretenden Adern; er rieb langsam die Hände. »Wir wollen nie mehr davon reden«, fügte sie etwas ruhiger hinzu.

»Ich habe es dir überlassen, diese Frage zu entscheiden, und freue mich sehr zu sehen...« fing Alexej Alexandrowitsch an.

»Daß mein Wunsch mit dem Ihren übereinstimmt«, beendete sie schnell seinen Satz, gereizt, daß er so langsam sprach, während sie schon im voraus wußte, was er sagen würde.

»Ja«, bestätigte er, »und die Fürstin Twerskaja mischt sich höchst unpassenderweise in die schwierigsten Familienangelegenheiten ein. Gerade sie...«

»Ich glaube nichts von dem, was über sie geredet wird«, sagte Anna schnell, »ich weiß, daß sie mich aufrichtig gern hat.«

Alexej Alexandrowitsch seufzte und schwieg. Sie spielte erregt mit den Troddeln ihres Morgenrocks und sah ihn mit jenem qualvollen Gefühl physischen Widerwillens an, das sie sich immer wieder zum Vorwurf machte, das sie aber nicht überwinden konnte. Sie wünschte jetzt nur eins: von seiner verhaßten Gegenwart befreit zu sein.

»Ich habe eben nach dem Arzt geschickt«, sagte Alexej Alexandrowitsch.

»Ich bin gesund, wozu brauche ich den Arzt?«

»Du nicht, aber die Kleine schreit, und die Amme hat wohl zuwenig Milch.«

»Warum hast du mir denn nicht erlaubt, sie selbst zu nähren, als ich flehentlich darum bat? Es ist ja ganz gleich« (Alexej Alexandrowitsch verstand, was dieses ›ganz gleich‹ bedeuten sollte), »sie ist nur ein kleines Kind, und da läßt man sie umkommen.« Sie klingelte und befahl, ihr das Kind zu bringen. »Ich bat darum, sie selbst nähren zu dürfen, aber das wurde mir nicht erlaubt, und jetzt bekomme ich die Vorwürfe.«

»Ich mache dir keine Vorwürfe...«

»Doch, Sie machen mir Vorwürfe! Mein Gott, warum bin ich nicht gestorben!« Und sie schluchzte laut. »Verzeih mir, ich bin gereizt, ich bin ungerecht«, sagte sie, zu sich kommend. »Bitte, geh jetzt...«

»Nein, so kann es nicht bleiben«, sagte Alexej Alexandrowitsch mit Entschiedenheit zu sich selbst, während er hinausging.

Noch nie war das Unmögliche seiner Lage der Gesellschaft gegenüber, der Haß seiner Frau gegen ihn und überhaupt die Macht jener rohen, geheimnisvollen Kraft, die im Gegensatz zu seiner Seelenstimmung sein Leben lenkte und die Erfüllung ihres Willens und eine Änderung seines Verhältnisses zu seiner Frau von ihm verlangte, ihm so klar vor Augen getreten wie heute. Er sah deutlich, daß die ganze Welt und seine Frau etwas von ihm verlangten; aber was — das konnte er nicht begreifen. Er fühlte, daß deshalb in seiner Seele ein Gefühl der Erbitterung aufstieg, das seine

Ruhe zerstörte und das ganze Verdienst seiner edlen Tat zunichte machte. Er war der Ansicht, daß es für Anna das beste sei, das Verhältnis zu Wronskij zu lösen; wenn aber alle fanden, daß das unmöglich sei, war er sogar bereit, dieses Verhältnis weiterhin zu dulden, um nur keine Schande über die Kinder kommen zu lassen, sie nicht zu verlieren und an seiner Lage nichts ändern zu müssen. So häßlich das auch sein mochte, es war immer noch besser als ein Bruch, durch den Anna in eine schmachvolle, aussichtslose Lage geraten und er selbst alles verlieren würde, was er liebte. Aber er fühlte sich machtlos; er wußte im voraus, daß alle gegen ihn waren und ihm nicht gestatten würden, das zu tun, was ihm jetzt so natürlich und gut schien, sondern ihn zwingen würden, etwas zu tun, was zwar schlecht, aber ihrer Meinung nach notwendig war.

21

Betsy hatte noch nicht den Saal verlassen, als Stepan Arkadjitsch ihr in der Tür begegnete; er kam von Elisejew, wo es frische Austern gegeben hatte.

»Ah! Sie, Fürstin! Das nenne ich eine angenehme Begegnung!« rief er. »Ich war gerade bei Ihnen.«

»Eine Begegnung nur für einen Augenblick, denn ich muß gehen«, sagte Betsy lächelnd und zog den Handschuh an.

»Warten Sie, Fürstin, ziehen Sie den Handschuh noch nicht an, lassen Sie mich erst Ihr Händchen küssen! Nichts freut mich so sehr an der Wiederkehr der alten Sitten wie der Handkuß.« Er küßte Betsy die Hand. »Wann sehen wir uns wieder?«

»Sie verdienen es gar nicht«, sagte Betsy lächelnd.

»Doch, ich verdiene es durchaus, denn ich bin ein sehr ernster Mensch geworden. Ich bringe nicht nur meine eigenen, sondern auch anderer Leute Familienangelegenheiten in Ordnung«, sagte er mit vielsagender Miene.

»Ach, das freut mich sehr!« antwortete Betsy, die sofort begriff, daß er von Anna sprach. Sie gingen in den Saal zurück und traten dort in eine Ecke. »Er wird sie zu Tode martern«, flüsterte Betsy eindringlich. »Das ist unmöglich, ganz unmöglich...«

»Es freut mich sehr, daß Sie so denken«, sagte Stepan Arkadjitsch und schüttelte mit ernstem, schmerzlich-teilnahmsvollem Gesicht den Kopf. »Deswegen bin ich ja auch nach Petersburg gekommen.«

»Die ganze Stadt spricht darüber«, sagte sie. »Es ist ein unmöglicher Zustand. Sie schwindet dahin. Er versteht nicht, daß sie eine von den Frauen ist, die mit ihren Gefühlen nicht spielen können. Eins von beiden muß geschehen: entweder muß der eine energisch vorgehen und sie entführen, oder der andere muß in die Scheidung willigen. Aber in dieser Lage erstickt sie.«

»Ja, ja... sehr richtig«, sagte Oblonskij seufzend. »Deswegen bin ich ja gekommen. Das heißt, nicht nur deswegen... Ich bin zum Kammerherrn ernannt worden, und da muß man sich doch bedanken. Aber die Hauptsache ist, daß ich diese Angelegenheit in Ordnung bringe.«

»Nun, Gott helfe Ihnen!« sagte Betsy.

Stepan Arkadjitsch begleitete Fürstin Betsy in den Flur, küßte ihr noch einmal die Hand oberhalb des Handschuhs, da, wo der Puls schlägt, schwatzte ihr noch so viel pikanten Unsinn vor, daß sie nicht wußte, ob sie sich darüber ärgern oder lachen sollte, und ging dann zu seiner Schwester. Er fand sie in Tränen.

Trotz der übersprudelnd heiteren Stimmung, in der sich Stepan Arkadjitsch befand, ging er sofort zu einem teilnahmsvollen, poetisch erregten Ton über, der ihrer Gemütsverfassung entsprach. Er erkundigte sich nach ihrem Befinden und wie sie den Morgen verbracht habe.

»Sehr, sehr schlecht, den Morgen und den Tag, und alle vergangenen und alle kommenden Tage«, sagte sie.

»Mir scheint, du überläßt dich zu sehr deiner trübsinnigen Stimmung. Man muß sich aufraffen und dem Leben ins Gesicht schauen. Ich weiß, daß das schwer ist, aber...«

»Ich habe gehört, daß manche Frau ihren Mann auch wegen seiner Laster liebt«, begann Anna plötzlich, »aber ich hasse ihn wegen seiner Tugend. Ich kann nicht mit ihm leben. Du mußt verstehen, sein Anblick wirkt physisch abstoßend auf mich, ich verliere die Beherrschung. Ich kann nicht mit ihm leben, ich kann nicht. Was soll ich nur tun? Ich war unglücklich und dachte, man könnte gar nicht unglücklicher sein, aber den entsetzlichen Zustand, in dem ich jetzt lebe, habe ich mir nicht vorstellen können. Kannst du's mir glauben: ich weiß, daß er ein guter, wertvoller Mensch ist, daß ich seinen kleinen Finger nicht wert bin, und trotzdem hasse ich ihn. Ich hasse ihn wegen seiner Großmut. Und es bleibt mir nichts übrig als...«

Sie wollte sagen: ›als der Tod‹, aber Stepan Arkadjitsch ließ sie nicht ausreden.

»Du bist krank und gereizt«, sagte er, »glaub mir, du übertreibst entsetzlich. So schrecklich ist deine Lage gar nicht.« Und Stepan Arkadjitsch lächelte. Niemand außer Stepan Arkadjitsch hätte sich erlauben können, angesichts einer solchen Verzweiflung zu lächeln, denn ein Lächeln hätte brutal gewirkt, aber in seinem Lächeln war so viel Güte und fast weibliche Zärtlichkeit, daß es nichts Kränkendes, sondern etwas Besänftigendes, Beruhigendes hatte. Seine leisen beschwichtigenden Reden und sein Lächeln wirkten lindernd und beruhigend wie Mandelöl. Und Anna fühlte das bald.

»Nein, Stiwa«, sagte sie. »Ich bin verloren, verloren! Schlimmer als verloren. Ich bin noch nicht ganz verloren, ich kann nicht sagen, daß alles zu Ende ist; im Gegenteil, ich fühle, daß es noch nicht zu Ende ist. Ich bin wie eine straff gespannte Saite, die reißen muß. Aber noch ist es nicht zu Ende... und es wird ein furchtbares Ende nehmen.«

»Aber nein, man kann die Saite ganz sachte lockern. Es gibt keine Lage, aus der man nicht einen Ausweg finden kann.«

»Ich habe unaufhörlich darüber nachgedacht. Es gibt nur einen...«

Wieder erriet er an ihrem verstörten Blick, daß dieser einzige Ausweg nach ihrer Ansicht der Tod war, und ließ sie nicht ausreden.

»Keineswegs«, sagte er. »Erlaube einmal! Du kannst deine Lage nicht so sehen, wie ich sie sehe. Erlaube, daß ich dir ganz offen meine Meinung sage.« Wieder lächelte er vorsichtig sein Mandelöl-Lächeln. »Ich fange von vorne an: du hast einen Mann geheiratet, der zwanzig Jahre älter ist als du. Du hast ohne Liebe geheiratet oder ohne die Liebe gekannt zu haben. Das war ein Fehler, gewiß.«

»Ein furchtbarer Fehler!« sagte Anna.

»Aber ich wiederhole: es ist eine vollendete Tatsache. Dann hattest du, sagen wir, das Unglück, dich in einen anderen Mann zu verlieben. Das ist ein Unglück, aber es ist ebenfalls eine vollendete Tatsache. Und dein Mann hat das anerkannt und dir verziehen.« Er machte nach jedem Satz eine Pause, als erwarte er eine Antwort, aber Anna schwieg. »So ist es. Und jetzt ist die Frage: kannst du mit deinem Mann weiterleben? Willst du das? Will er es?«

»Ich weiß nichts, gar nichts.«

»Aber du hast doch selbst gesagt, du könntest ihn nicht ertragen.«

»Nein, das habe ich nicht gesagt. Ich nehme es zurück. Ich weiß nichts und begreife nichts.«

»Ja, aber erlaube mal...«

»Du kannst das nicht verstehen. Ich fühle, wie ich kopfüber in einen Abgrund stürze, aber ich darf mich nicht retten. Und ich kann es auch nicht.«

»Macht nichts, wir halten ein Sprungtuch darunter und fangen dich auf. Ich verstehe dich, ich verstehe, daß du es nicht über dich bringst zu sagen, was du willst, was du fühlst.«

»Ich will nichts, gar nichts... nur, daß das alles ein Ende nimmt.«

»Aber er sieht das und weiß es. Und glaubst du, das ihn das weniger bedrückt als dich? Du quälst dich, und er quält sich, und was kommt dabei heraus? Eine Scheidung würde alles lösen«, sagte Stepan Arkadjitsch. Diesen Hauptgedanken brachte er nicht ohne Anstrengung heraus und sah sie bedeutungsvoll an.

Sie gab keine Antwort und schüttelte nur den kurzgeschorenen Kopf. Aber an dem Ausdruck ihres plötzlich in alter Schönheit aufleuchtenden Gesichts sah er, daß sie das nur deshalb nicht zu wünschen wagte, weil ein solches Glück ihr unerreichbar schien.

»Ihr tut mir furchtbar leid! Und ich wäre so glücklich, wenn ich diese Sache in Ordnung bringen könnte!« sagte Stepan Arkadjitsch, schon etwas kühner lächelnd. »Sag nichts, sag nichts, kein Wort mehr! Gott steh mir bei, damit ich alles so sagen kann, wie ich es empfinde. Ich will jetzt zu ihm gehen.«

Anna sah ihn mit leuchtenden Augen nachdenklich an und schwieg.

22

Stepan Arkadjitsch trat mit dem etwas feierlichen Gesicht, mit dem er in seinem Amt auf dem Stuhl des Vorsitzenden Platz zu nehmen pflegte, in Alexej Alexandrowitschs Arbeitszimmer. Alexej Alexandrowitsch ging, die Hände auf dem Rücken, im Zimmer auf und ab und dachte an dasselbe, worüber Stepan Arkadjitsch mit seiner Frau gesprochen hatte.

»Störe ich dich auch nicht?« fragte Stepan Arkadjitsch, der beim Anblick seines Schwagers ein ihm ganz ungewohntes

Gefühl der Verlegenheit empfand. Um diese Verlegenheit zu verbergen, zog er ein Zigarettenetui aus der Tasche, das er gerade gekauft hatte und das einen ganz neuartigen Verschluß hatte, roch an dem Leder und nahm eine Zigarette heraus.

»Nein. Wünschst du etwas?« antwortete Alexej Alexandrowitsch wenig freundlich.

»Ja, ich wollte... ich muß... ja, ich muß mit dir sprechen«, sagte Stepan Arkadjitsch und fühlte erstaunt, wie ihn eine ganz ungewohnte Schüchternheit überkam.

Dieses Gefühl war so unerwartet und seltsam, daß Stepan Arkadjitsch nicht darauf kam, daß das die Stimme des Gewissens war, die ihm sagte, das, was er tun wolle, sei schlecht. Stepan Arkadjitsch nahm sich zusammen und überwand seine Schüchternheit.

»Ich hoffe, daß du an meine Liebe zu meiner Schwester und an meine aufrichtige Zuneigung und Hochachtung für dich glaubst«, sagte er errötend.

Alexej Alexandrowitsch blieb stehen und antwortete nicht; aber sein Gesicht überraschte Stepan Arkadjitsch durch seinen Ausdruck — er sah wie ein demütiges Opfertier aus.

»Ich hatte die Absicht... ich wollte mit dir über meine Schwester und über eure Lage sprechen«, sagte Stepan Arkadjitsch, immer noch mit der ungewohnten Befangenheit kämpfend.

Alexej Alexandrowitsch lächelte traurig, sah seinen Schwager an, trat, ohne zu antworten, an den Schreibtisch, nahm einen dort liegenden angefangenen Brief und reichte ihn Oblonskij.

»Ich denke unablässig daran. Ich habe das geschrieben, weil ich glaube, daß ich es schriftlich besser ausdrücken kann, und weil meine Gegenwart sie nur aufregt«, sagte er.

Stepan Arkadjitsch nahm den Brief, sah verständnislos und verwundert in die trüben Augen, die ihn starr anblickten, und fing an zu lesen.

»Ich sehe, daß meine Gegenwart Ihnen lästig ist. So schwer es mir auch fiel, mich davon zu überzeugen, ich sehe doch, daß es so ist, und daß es nicht anders sein kann. Ich klage Sie nicht an, und Gott ist mein Zeuge, daß ich, als ich Sie während Ihrer Krankheit wiedersah, von ganzem Herzen bereit war, alles zu vergessen, was zwischen uns stand, und ein neues Leben zu beginnen. Ich bereue nicht und werde nie bereuen, was ich getan habe, aber ich habe nur eines gewünscht: Ihr Wohl, das Heil Ihrer Seele, und ich sehe jetzt, daß ich das nicht erreicht habe. Sagen Sie mir selbst, was Ihnen wahres Glück und Ihrer Seele Ruhe geben könnte. Ich füge mich ganz Ihrem Willen und Ihrem Gerechtigkeitsgefühl.«

Stepan Arkadjitsch gab den Brief zurück und starrte seinen Schwager wieder verständnislos an; er wußte nicht, was er sagen sollte. Dieses Schweigen war beiden so peinlich, daß die Lippen Stepan Arkadjitschs krankhaft zuckten, während er schwieg und kein Auge von Karenins Gesicht wandte.

»Das wollte ich ihr sagen«, sagte Alexej Alexandrowitsch und wandte sich ab.

Ja, ja...« sagte Stepan Arkadjitsch; er konnte nicht antworten weil die Tränen ihm die Kehle zusammenschnürten.

»Ja, ja. Ich verstehe Sie«, brachte er endlich heraus.

»Ich möchte wissen, was sie will«, sagte Alexej Alexandrowitsch.

»Ich fürchte, daß sie selbst ihre Lage nicht begreift. Sie ist nicht der rechte Richter dafür«, sagte Stepan Arkadjitsch, der seine Fassung wiedergewonnen hatte. »Sie ist niedergedrückt, ja, niedergedrückt durch deine Großmut. Wenn sie diesen Brief liest, wird sie nichts sagen können, sie wird den Kopf nur noch tiefer senken.«

»Ja, aber was soll ich denn tun? Wie soll ich es ihr erklären... und wie soll ich erfahren, was sie wünscht?«

»Wenn du mir gestattest, meine Meinung auszusprechen, so denke ich, daß es von dir abhängt, die Maßnahmen zu bestimmen, die du für notwendig hältst, um dieser Lage ein Ende zu machen.«

»Du findest also, daß ihr ein Ende gemacht werden muß?« unterbrach ihn Alexej Alexandrowitsch. »Aber wie?« fügte er hinzu und strich sich mit den Händen über die Augen, eine Geste, die ihm sonst nicht geläufig war. »Ich sehe keinen möglichen Ausweg.«

»Aus jeder Lage gibt es einen Ausweg«, sagte Stepan Arkadjitsch aufstehend und lebhaft werdend. »Es gab eine Zeit, wo du dich von ihr trennen wolltest... Wenn du jetzt zu der Überzeugung gelangt bist, daß ihr einander nicht glücklich machen könnt...«

»Es gibt verschiedene Begriffe von Glück. Aber nehmen wir an, daß ich mit allem einverstanden bin und nichts für mich verlange. Welchen Ausweg gibt es dann aus unserer Lage?«

»Wenn du meine Meinung wissen willst«, sagte Stepan Arkadjitsch mit demselben besänftigenden, zärtlichen Mandelöl-Lächeln, mit dem er zu Anna gesprochen hatte. Dieses gütige Lächeln war so überzeugend, daß Alexej Alexandrowitsch, der seine Schwäche fühlte und ihr nachgab, unwillkürlich bereit war, alles zu glauben, was Stepan Arkadjitsch sagen würde. »Sie wird es niemals aussprechen. Aber eines ist möglich, eines kann sie wünschen«, fuhr Stepan Arkadjitsch fort, »die Aufhebung eurer jetzigen Beziehungen und die Beseitigung aller damit verbundenen Erinnerungen. Meiner Ansicht nach ist in eurer Lage eine Klärung eures weiteren Verhältnisses unbedingt notwendig. Und dieses Verhältnis kann nur dann geregelt werden, wenn beide Seiten frei sind.«

»Scheidung«, unterbrach ihn Alexej Alexandrowitsch mit Abscheu.

»Ja, das meine ich, Scheidung, ja, Scheidung...« wiederholte Stepan Arkadjitsch errötend. »Das ist in jeder Hinsicht der vernünftigste Ausweg für Ehegatten, die so zueinander stehen wie ihr. Was soll man denn machen, wenn die Gatten eingesehen haben, daß sie nicht mehr miteinander leben können? Das kann immer vorkommen.«

Alexej Alexandrowitsch seufzte schwer und schloß die Augen.

»Jetzt ist nur noch ein Punkt zu erwägen: ob einer der Gatten eine neue Ehe eingehen möchte. Wenn nicht, dann ist die Sache sehr einfach«, sagte Stepan Arkadjitsch, seine Befangenheit immer mehr überwindend.

Alexej Alexandrowitsch runzelte vor Erregung die Stirn, murmelte etwas vor sich hin und antwortete nicht. Alles, was Stepan Arkadjitsch für so einfach hielt, hatte er schon hundertmal, tausendmal überlegt. Ihm schien das alles keineswegs so einfach, sondern ganz unmöglich. Eine Scheidung, deren Einzelheiten er bereits kannte, schien ihm jetzt unmöglich, weil sein Gefühl der eigenen Würde und die Achtung vor der Religion ihm nicht erlaubten, die Schuld eines fingierten Ehebruchs auf sich zu nehmen, und noch weniger konnte er zulassen, daß seine Frau, der er verziehen hatte und die er liebte, des Ehebruchs überführt und der Schande preisgegeben wurde. Eine Scheidung war auch aus anderen, noch wichtigeren Gründen unmöglich.

Was sollte nach der Scheidung aus seinem Sohn werden? Ihn bei der Mutter zu lassen, war unmöglich. Die geschiedene Mutter würde ihre eigene illegitime Familie haben, in der seine Lage als Stiefsohn und seine Erziehung aller Wahrscheinlichkeit nach sehr schlecht sein würden. Oder sollte er ihn bei sich behalten? Er wußte, daß er sich dadurch an ihr rächen konnte, aber das wollte er nicht. Vor allem aber hielt er eine Scheidung deswegen für unmöglich, weil er Anna ins Verderben stürzen würde, wenn er in die Scheidung willigte. Er hatte sich sehr zu Herzen genommen, was Darja Alexandrowna ihm in Moskau gesagt hatte:. wenn er sich zur Scheidung entschließe, denke er nur an sich selbst, aber nicht daran, daß er Anna dadurch unrettbar ins Verderben stürze. Und nun brachte er diesen Gedanken mit seiner

Vergebung, mit seiner Zuneigung zu den Kindern in Verbindung und deutete Darja Alexandrownas Worte auf seine Weise. In die Scheidung willigen, seiner Frau die Freiheit geben, das bedeutete, daß er sich selbst um das Letzte brachte, was ihn noch mit dem Leben verband, um die Kinder, die er liebte, und daß er Anna die letzte Stütze auf dem Weg des Guten nahm und sie ins Verderben stieß. Nach der Scheidung würde sie sich mit Wronskij verbinden, und diese Verbindung würde ungesetzlich und verbrecherisch sein, denn nach dem Kirchengesetz kann es für eine Frau keine neue Ehe geben, solange ihr Mann noch lebt. ›Sie wird sich mit ihm verbinden, und in ein, zwei Jahren wird er sie verlassen oder sie wird ein neues Verhältnis eingehen‹, dachte Alexej Alexandrowitsch. ›Und ich bin an ihrem Verderben schuld, wenn ich in eine ungesetzliche Scheidung willige.‹ Das alles hatte er hundertmal überlegt und war überzeugt, daß eine Scheidung keineswegs so einfach sei, wie sein Schwager sagte, sondern ganz unmöglich. Er glaubte kein Wort von dem, was Stepan Arkadjitsch sagte, und hatte auf jeden Satz tausend Entgegnungen, aber er hörte ihm zu und fühlte, daß in seinen Worten jene mächtige, rohe Kraft zum Ausdruck kam, die sein Leben lenkte, und der er sich fügen mußte.

»Es fragt sich nur, wie, unter welchen Bedingungen du die Scheidung durchführen möchtest. Sie verlangt nichts, sie wagt nicht, dich zu bitten, sie stellt alles deiner Großmut anheim.«

›Mein Gott! Mein Gott! Womit habe ich das verdient?‹ dachte Alexej Alexandrowitsch und erinnerte sich an die Einzelheiten einer Ehescheidung, bei der der Ehemann die Schuld auf sich nimmt, und hielt sich mit derselben Geste wie Wronskij vor Scham die Hände vors Gesicht.

»Du bist erregt, das ist sehr verständlich. Aber wenn du dir die Sache ruhig überlegst...«

›So dir jemand einen Streich gibt auf deine rechte Backe,

dem biete die andere auch dar, und so jemand mit dir rechten will und deinen Rock nehmen, dem laß auch den Mantel‹, dachte Alexej Alexandrowitsch.

»Ja, ja«, rief er mit kreischender Stimme. »Ich will die Schande auf mich nehmen, ich gebe sogar meinen Sohn her, aber... aber wäre es nicht besser, das alles nicht zu tun? Übrigens, mach, was du willst.«

Und er wandte sich von seinem Schwager weg, damit dieser sein Gesicht nicht sehen konnte, und setzte sich auf einen Stuhl am Fenster. Er empfand Schmerz und Scham, zugleich aber auch Freude und Rührung über die Größe seiner Demut.

Stepan Arkadjitsch war gerührt. Er schwieg eine Weile.

»Alexej Alexandrowitsch, glaub mir, sie wird deinen Großmut zu schätzen wissen«, sagte er. »Aber es war wohl Gottes Wille«, fügte er hinzu und merkte sofort, daß es dumm war, das zu sagen, und konnte nur mit Mühe ein Lächeln über diese Dummheit unterdrücken.

Alexej Alexandrowitsch wollte etwas antworten, konnte aber vor Tränen nicht sprechen.

»Es ist ein Schicksalsschlag, und man muß es hinnehmen. Ich erkenne dieses Unglück als vollendete Tatsache an und bemühe mich, ihr und dir zu helfen«, sagte Stepan Arkadjitsch.

Als Stepan Arkadjitsch das Zimmer seines Schwagers verließ, war er tief gerührt, aber das hinderte ihn nicht, sehr zufrieden darüber zu sein, daß er diese Sache glücklich erledigt hatte, denn er war überzeugt, daß Alexej Alexandrowitsch seine Worte nicht zurücknehmen werde. Zu diesem Gefühl der Befriedigung gesellte sich noch die Freude über einen guten Gedanken, der ihm gekommen war. Wenn diese Sache erledigt sein würde, wollte er seiner Frau und seinen nächsten Bekannten die Frage stellen: ›Was ist der Unterschied zwischen mir und einer Scheideanstalt? Wenn eine Scheideanstalt eine Scheidung macht, geht's niemand dadurch besser, und wenn ich eine Scheidung mache, geht's drei Menschen besser... Oder: Worin besteht die Ähnlichkeit zwischen mir und einer Scheideanstalt? Wenn... Übrigens, ich denke mir noch was Besseres aus‹, sagte er lächelnd zu sich selbst.

23

Wronskijs Wunde war gefährlich, obwohl die Kugel das Herz nicht verletzt hatte. Mehrere Tage schwebte er zwischen Tod und Leben. Als er zum erstenmal wieder sprechen konnte, war Warja, die Frau seines Bruders, bei ihm im Zimmer.

»Warja«, sagte er, sie streng ansehend, »ich habe mich zufällig durch einen Schuß verletzt. Bitte, sag das allen und rede nie darüber. Sonst sieht die Sache gar zu dumm aus.«

Ohne darauf zu antworten, beugte sich Warja über ihn und sah ihn mit glücklichem Lächeln an. Seine Augen waren klar, ohne fiebrigen Glanz, aber sie blickten streng.

»Nun, Gott sei Dank!« sagte sie. »Hast du Schmerzen?«

»Hier ein wenig.« Er zeigte auf seine Brust.

»Erlaube, daß ich dich verbinde.«

Die breiten Kiefer zusammenpressend, sah er sie schweigend an, während sie ihn verband. Als sie fertig war, sagte er:

»Ich bin jetzt bei klarer Besinnung. Bitte, sorg dafür, daß kein Gerede entsteht, ich hätte mich erschießen wollen.«

»Das sagt ja auch niemand. Ich hoffe nur, daß du in Zukunft nicht mehr so unvorsichtig sein wirst«, sagte sie mit einem fragenden Lächeln.

»Das werde ich wohl nicht tun, aber es wäre besser...«

Und er lächelte düster.

Trotz dieser Worte und dieses Lächelns, die Warja so erschreckten, fühlte er doch, sobald die Entzündung vorbei war und die Genesung begann, daß er sich von einem Teil seines Leids völlig befreit hatte. Durch diese Tat hatte er gleichsam die Schande und die Demütigung von sich abgewaschen, die er vorher empfunden hatte. Er konnte jetzt

ruhig an Alexej Alexandrowitsch denken. Er erkannte dessen Großmut durchaus an und fühlte sich nicht mehr gedemütigt. Außerdem war er wieder in das alte Lebensgleis zurückgekehrt. Er sah eine Möglichkeit, den Leuten nun wieder ohne Scham in die Augen zu blicken und konnte wieder so leben, wie es seinen Gewohnheiten entsprach. Das einzige, was er nicht aus seinem Herzen reißen konnte, obwohl er unaufhörlich gegen dieses Gefühl ankämpfte, war das an Verzweiflung grenzende Bedauern darüber, daß er sie für immer verloren hatte. Er sagte sich mit aller Bestimmtheit, daß er jetzt, wo er seine Schuld ihrem Mann gegenüber gebüßt hatte, auf sie verzichten müsse und sich nie mehr zwischen sie mit ihrer Reue und ihren Mann stellen dürfe; aber er konnte das Bedauern über den Verlust ihrer Liebe nicht aus seinem Herzen reißen, konnte die Augenblicke des Glücks nicht aus seinem Gedächtnis auslöschen, die er mit ihr erlebt, die er damals so wenig zu schätzen gewußt hatte, und die ihn jetzt mit all ihrem Zauber verfolgten.
Serpuchowskoj hatte Wronskij vorgeschlagen, sich nach Taschkent versetzen zu lassen, und er war ohne zu zögern auf diesen Vorschlag eingegangen. Aber je näher der Tag der Abreise kam, desto schwerer fiel ihm das Opfer, das er dem brachte, was er für seine Pflicht hielt.
Seine Wunde war geheilt, und er ging schon häufig aus, um Vorbereitungen für seine Reise nach Taschkent zu treffen.
›Sie noch ein einziges Mal sehen und dann sich vergraben, sterben‹, dachte er, und als er Abschiedsbesuche machte, sprach er diesen Gedanken Betsy gegenüber aus. Mit dieser Botschaft war Betsy zu Anna gefahren und brachte ihm eine ablehnende Antwort.
›Um so besser‹, dachte Wronskij, als er diese Nachricht erhielt. ›Es war eine Schwäche, die meine letzten Kräfte vernichtet hätte.‹
Am nächsten Tag kam Betsy selbst morgens zu ihm und sagte ihm, sie habe durch Oblonskij die positive Nachricht

erhalten, daß Alexej Alexandrowitsch in die Scheidung willige und daß Wronskij Anna wiedersehen dürfe.
Ohne daran zu denken, Betsy hinauszubegleiten, all seine Entschlüsse vergessend, ohne zu fragen, wann er Anna sprechen könne, wo ihr Mann sei, fuhr Wronskij sofort zu Karenins. Er stürmte die Treppe hinauf, sah und hörte nichts, und trat mit schnellen Schritten, sich mühsam zwingend, nicht zu laufen, in ihr Zimmer. Und ohne daran zu denken, ohne sich darum zu kümmern, ob sonst noch jemand im Zimmer war, umarmte er sie und bedeckte ihr Gesicht, ihre Hände und ihren Hals mit Küssen.
Anna hatte sich auf dieses Wiedersehen vorbereitet, sie hatte überlegt, was sie ihm sagen würde, aber sie kam nicht dazu, auch nur ein Wort zu sagen: seine Leidenschaft überwältigte sie. Sie wollte ihn beruhigen, sich selbst beruhigen, aber es war zu spät. Ihre Lippen bebten so sehr, daß sie nicht sprechen konnte.
»Ja, du hast mich erobert, und ich bin dein«, sagte sie endlich, seine Hände an ihre Brust pressend.
»So mußte es sein!« sagte er. »Solange wir leben, muß es so sein. Das weiß ich jetzt.«
»Das ist wahr«, sagte sie; sie wurde immer bleicher und umfaßte seinen Kopf. »Es ist aber doch etwas Furchtbares darin nach allem, was gewesen ist.«
»Alles vergeht, alles vergeht, wir werden so glücklich sein! Wenn unsere Liebe noch stärker werden könnte, dann nur dadurch, daß etwas Furchtbares in ihr ist«, sagte er, den Kopf hebend und lächelnd seine kräftigen Zähne zeigend.
Und sie konnte nicht anders, sie mußte mit einem Lächeln antworten, nicht auf seine Worte, sondern auf seine verliebten Blicke. Sie nahm seine Hand und strich mit ihr über ihre kalten Wangen und über ihr kurzgeschorenes Haar.
»Ich erkenne dich gar nicht wieder mit diesem kurzen Haar. Du bist noch schöner geworden. Wie ein Knabe. Aber wie blaß du bist!«

»Ja, ich bin sehr schwach«, sagte sie lächelnd. Und ihre Lippen zitterten wieder.
»Wir fahren nach Italien, da wirst du dich schon erholen«, sagte er.
»Ist es denn möglich, daß wir wie Mann und Frau leben, wir beide allein, als eine Familie?« sagte sie, ihm ganz aus der Nähe in die Augen blickend.
»Mich wundert nur, daß es jemals anders sein konnte.«
»Stiwa sagt, er sei mit allem einverstanden, aber ich kann seine Großmut nicht annehmen«, sagte sie, nachdenklich an Wronskijs Gesicht vorbeiblickend. »Ich will keine Scheidung, es ist mir jetzt ganz gleichgültig. Ich weiß nur nicht, was er über Serjosha beschließen wird.«
Er konnte gar nicht begreifen, wie sie in diesem Augenblick des Wiedersehens an ihren Sohn und an die Scheidung denken und davon reden konnte. War das denn nicht ganz gleich?
»Sprich nicht davon, denk nicht daran«, sagte er, ihre Hand in der seinen hin und her drehend und bemüht, ihre Aufmerksamkeit auf sich zu lenken; aber sie sah ihn noch immer nicht an.
»Ach, warum bin ich nicht gestorben! Es wäre besser gewesen!« sagte sie, und lautlos strömten ihr die Tränen über beide Wangen; aber sie bemühte sich zu lächeln, um ihn nicht zu betrüben.
Den ehrenvollen und gefährlichen Posten in Taschkent abzulehnen wäre nach Wronskijs früheren Anschauungen schmachvoll und unmöglich gewesen. Jetzt aber trat er zurück, ohne einen Augenblick zu überlegen, und als er sah, daß man höheren Orts diesen Schritt nicht billigte, nahm er sofort seinen Abschied.
Einen Monat später war Alexej Alexandrowitsch mit seinem Sohn allein in seiner Wohnung zurückgeblieben; Anna war mit Wronskij ins Ausland gereist. Eine Scheidung war nicht erfolgt, denn Anna hatte es entschieden abgelehnt.

FÜNFTER TEIL

I

Fürstin Schtscherbatzkaja hielt es für unmöglich, die Hochzeit noch vor den Fasten zu halten, denn bis dahin waren es nur noch fünf Wochen, und in dieser Zeit konnte kaum die Hälfte der Aussteuer fertiggestellt werden. Aber sie mußte Lewin darin recht geben, daß es nach den Fasten schon zu spät wäre, denn eine alte Tante des Fürsten Schtscherbatzkij war sehr krank und konnte bald sterben, und dann hätte man wegen der Trauer die Hochzeit wieder hinausschieben müssen. Deshalb willigte die Fürstin doch ein, daß die Hochzeit schon vor den Fasten gefeiert werden sollte, und entschloß sich, die Aussteuer in zwei Teile zu teilen, in einen großen und in einen kleinen. Die kleine Aussteuer wollte sie gleich jetzt fertigstellen, und die große dem jungen Paar später schicken, und sie war sehr böse auf Lewin, weil er ihr gar keine ernsthafte Antwort auf ihre Frage geben konnte, ob er damit einverstanden sei oder nicht. Diese Entscheidung war um so zweckmäßiger, als das junge Paar gleich nach der Hochzeit auf das Gut ziehen wollte, wo sie die Sachen der großen Aussteuer nicht brauchten.

Lewin befand sich immer noch in jenem Zustand von Verrücktheit, in dem es ihm schien, daß er und sein Glück der wichtigste und einzige Zweck alles Seienden bildeten, und daß er jetzt an nichts zu denken und sich um nichts zu kümmern brauche, weil andere Leute alles für ihn besorgten. Er hatte nicht einmal bestimmte Pläne und Ziele für sein weiteres Leben; er überließ es anderen, darüber zu entscheiden, in der Überzeugung, daß alles wunderschön werde. Sein Bruder Sergej Iwanowitsch, Stepan Arkadjitsch und die Fürstin sagten ihm, was er zu tun habe, und er war immer mit allem einverstanden, was sie ihm vorschlugen. Sein Bruder nahm Geld für ihn auf; die Fürstin riet ihm, nach der Hochzeit auf das Gut zu fahren; Stepan Arkadjitsch empfahl ihm, ins Ausland zu reisen. Ihm war alles recht.

›Macht, was ihr wollt, wenn es euch freut. Ich bin glücklich, und mein Glück kann weder größer noch kleiner werden, was ihr auch tun mögt‹, dachte er. Als er Kitty Stepan Arkadjitschs Rat, ins Ausland zu reisen, mitteilte, war er sehr erstaunt, daß sie nicht damit einverstanden war, sondern eigene, sehr bestimmte Ansichten über ihr künftiges Leben hatte. Sie wußte, daß Lewin auf dem Land eine Arbeit hatte, die er liebte. Er sah, daß sie von dieser Arbeit nichts verstand und auch nichts davon verstehen wollte, aber das hinderte sie nicht, diese Arbeit für etwas sehr Wichtiges zu halten. Und deshalb wußte sie, daß ihr Heim auf dem Land sein würde, und wollte nicht ins Ausland reisen, wo sie doch nicht dauernd bleiben würden, sondern dorthin, wo ihr Heim war. Diese bestimmt ausgesprochene Absicht wunderte Lewin sehr. Da es ihm aber ganz gleich war, bat er Stepan Arkadjitsch sofort, als wenn das seine Pflicht wäre, auf das Gut zu fahren und dort alles so einzurichten, wie er es für nötig hielte, mit dem guten Geschmack, der ihm in so hohem Maße eigen sei.

»Hör mal«, sagte Stepan Arkadjitsch nach seiner Rückkehr von dem Gut, wo er alles für die Ankunft des jungen Paares vorbereitet hatte, zu Lewin, »hast du eigentlich ein Beichtzeugnis?«

»Nein, wieso?«

»Ohne das kannst du nicht getraut werden.«

»Ei, ei, ei«, sagte Lewin. »Ich glaube, ich bin seit neun Jahren nicht mehr zum Abendmahl gegangen. Daran habe ich gar nicht gedacht.«

»Na, du bist aber gut!« sagte Stepan Arkadjitsch lachend. »Und du nennst mich einen Nihilisten! Aber du mußt zum Abendmahl gehen, das ist unbedingt nötig.«

»Wann denn? Es sind ja nur noch vier Tage!«

Stepan Arkadjitsch regelte auch das, und Lewin bereitete sich zum Abendmahl vor. Lewin, der selbst nicht gläubig war, aber den Glauben anderer achtete, war es immer sehr schwergefallen, bei kirchlichen Zeremonien zugegen zu sein und daran teilzunehmen. Jetzt, da er sich in dieser empfindsamen, weichen Stimmung befand, fiel es ihm nicht nur schwer, zu heucheln, sondern es schien ihm ganz unmöglich. Jetzt, wo er sich so groß und erhaben fühlte, wo alles in ihm blühte, sollte er entweder lügen oder mit der Religion Spott treiben. Er konnte weder das eine noch das andere tun und fragte Stepan Arkadjitsch immer wieder, ob er das Beichtzeugnis nicht ohne diese Vorbereitung erhalten könne, aber Stepan Arkadjitsch erklärte, das sei unmöglich.

»Was kostet dich das denn? Zwei Tage! Und er ist ein so nettes, verständnisvolles altes Männchen. Er zieht dir diesen Zahn so schön, daß du es gar nicht merkst.«

Als Lewin der ersten Messe beiwohnte, versuchte er, sich an das starke religiöse Empfinden zu erinnern, das er von seinem sechzehnten bis zu seinem siebzehnten Lebensjahr gehabt hatte. Aber er kam sehr schnell zu der Überzeugung, das ihm das ganz unmöglich war. Dann versuchte er, das alles wie einen leeren, bedeutungslosen Brauch anzusehen, ähnlich der Sitte, Besuche zu machen; aber er fühlte, daß er auch das nicht konnte. Wie die meisten seiner Zeitgenossen, nahm Lewin der Religion gegenüber eine sehr unbestimmte Haltung ein. Glauben konnte er nicht, war aber gleichzeitig nicht fest überzeugt, daß das alles unrichtig sei. Und weil er nicht imstande war, an die Bedeutsamkeit dessen zu glauben, was er jetzt tat, oder es gleichgültig wie eine leere Förmlichkeit anzusehen, hatte er während dieser ganzen Vorbereitungszeit ein Gefühl der Verlegenheit und Scham, daß er etwas tat, was er selbst nicht verstand, also etwas Verlogenes und Schlechtes, wie eine innere Stimme ihm sagte.

Während des Gottesdienstes hörte er auf die Gebete, bemüht, ihnen einen Sinn zu geben, der seinen Anschauungen nicht widersprach, dann wieder, wenn er fühlte, daß er diese Gebete nicht verstehen konnte und sie ablehnen

mußte, bemühte er sich, nicht hinzuhören und beschäftigte sich mit seinen Gedanken, Beobachtungen und Erinnerungen, die ihm mit außerordentlicher Lebhaftigkeit durch den Kopf gingen, während er müßig in der Kirche stand.
Er nahm an der Mittagsmesse teil, an der Nachmittagsmesse und am Abendgottesdienst, und am nächsten Tag stand er früher als sonst auf und kam, ohne Tee getrunken zu haben, um acht Uhr in die Kirche, um das Morgengebet zu hören und zu beichten.
In der Kirche war niemand außer einem bettelnden Invaliden, zwei alten Weibern und den Geistlichen.
Der junge Diakon, an dessen Gestalt sich die beiden Hälften seines langen Rückens scharf unter dem dünnen Gewand abzeichneten, begrüßte ihn, trat dann sofort zu einem Tischchen an der Wand und begann die Gebete zu lesen. Während des Lesens, besonders bei der häufigen, schnellen Wiederholung der Worte: ›Herr, erbarme dich!‹ die wie ›Barmdich!‹ klangen, fühlte Lewin, daß sein Denken eingeschlossen und versiegelt war, und daß er es jetzt nicht anrühren und in Bewegung setzen durfte, um es nicht in Verwirrung zu bringen, und darum hing er seinen eigenen Gedanken nach, hinter dem Diakon stehend und ohne auf die Gebete zu hören. ›Ihre Hand ist erstaunlich ausdrucksvoll‹, dachte er und erinnerte sich daran, wie sie gestern zusammen an einem Ecktisch gesessen hatten. Sie hatten nicht recht gewußt, wovon sie reden sollten, wie fast immer in dieser ganzen letzten Zeit, und sie hatte die Hand auf den Tisch gelegt, sie abwechselnd geöffnet und geschlossen und lachend diese Bewegungen beobachtet. Er dachte daran, wie er ihre Hand geküßt und dann die zusammenlaufenden Linien auf der rosigen Innenseite betrachtet hatte. ›Wieder dieses ‚Barmdich!‘‹ dachte Lewin, bekreuzte sich, neigte sich und blickte dabei auf den Rücken des Diakons, der sich geschmeidig verneigte. ›Dann nahm sie meine Hand und betrachtete die Linien darin. ‚Du hast eine prachtvolle Hand!‘

sagte sie.‹ Und er blickte auf seine Hand und dann auf die kurzfingrige des Diakons. ›Ja, jetzt ist es bald zu Ende‹, dachte er. ›Nein, ich glaube, es fängt noch einmal von vorn an‹, dachte er, auf die Gebete hörend. ›Nein, es ist doch zu Ende. Da, er neigt sich bis zur Erde. Das ist immer so vor dem Schluß.‹

Der Diakon nahm mit der Hand, die in einem samtenen Ärmelaufschlag steckte, fast unmerklich einen Dreirubelschein in Empfang, sagte, er werde Lewin in die Liste eintragen und ging so festen Schrittes ins Allerheiligste, daß die Fliesen der leeren Kirche unter seinen neuen Stiefeln widerhallten. Eine Minute später schaute er aus dem Altarraum heraus und winkte Lewin heran. In Lewins Kopf begann sich das bisher eingeschlossene Denken zu regen, aber er drängte es rasch zurück. ›Es wird schon irgendwie gehen‹, dachte er, ging zum Voraltar, dann die Stufen hinauf, wandte sich nach rechts und erblickte den Priester. Der Geistliche, ein altes Männchen mit schütterem, halbergrautem Bart und müden, gütigen Augen, stand am Chorpult und blätterte in der Agende. Er verbeugte sich leicht vor Lewin und fing dann sofort an, im üblichen Ton die Gebete zu lesen. Als er damit fertig war, verneigte er sich bis zur Erde und wandte sich dann Lewin zu.

»Christus steht unsichtbar vor Ihnen und empfängt Ihre Beichte«, sagte er, auf das Kruzifix zeigend. »Glauben Sie an alles, was die heilige apostolische Kirche uns lehrt?« fuhr er fort, die Augen von Lewins Gesicht wegwendend und die Hände unter dem Epitrachilion faltend.

»Ich habe an allem gezweifelt und zweifle immer noch«, antwortete Lewin mit einer Stimme, die ihm selbst unangenehm war, und schwieg.

Der Geistliche wartete einige Sekunden, ob er vielleicht noch etwas hinzufügen wolle; dann schloß er die Augen und sagte sehr schnell in der Mundart von Wladimir mit ihrem stark betonten O:

»Das Zweifeln ist der Schwachheit der Menschen eigen, aber wir müssen beten, damit der barmherzige Gott uns fest mache. Welche besonderen Sünden haben Sie begangen?« fuhr er ohne Pause fort, als wäre er darauf bedacht, keine Zeit zu verlieren.

»Meine größte Sünde ist der Zweifel. Ich zweifle an allem und bin fast immer im Zweifel.«

»Das Zweifeln ist der menschlichen Schwachheit eigen«, wiederholte der Geistliche. »Woran zweifeln Sie denn hauptsächlich?«

»Ich zweifle an allem. Manchmal zweifle ich sogar an der Existenz Gottes«, antwortete Lewin unwillkürlich und erschrak über die Unschicklichkeit dessen, was er gesagt hatte. Aber Lewins Worte schienen keinen Eindruck auf den Geistlichen zu machen.

»Wie kann man an der Existenz Gottes zweifeln?« antwortete er sofort mit kaum merklichem Lächeln.

Lewin schwieg.

»Wie können Sie denn an dem Schöpfer zweifeln, wenn Sie seine Schöpfung anschauen?« fuhr der Priester rasch und gewohnheitsmäßig fort. »Wer hat das Himmelsgewölbe mit Sternen geschmückt? Wer hat die Erde in ihre Schönheit gekleidet? Wie ist das denkbar ohne einen Schöpfer?« sagte er und sah Lewin fragend an.

Lewin fühlte, daß es unpassend war, sich auf einen philosophischen Disput mit dem Geistlichen einzulassen, und gab deshalb nur eine Antwort, die sich unmittelbar auf die Frage bezog.

»Ich weiß es nicht«, sagte er.

»Sie wissen es nicht? Wie können Sie dann zweifeln, daß Gott alles geschaffen hat?« sagte der Geistliche mit heiterer Verwunderung.

»Ich verstehe nichts davon«, antwortete Lewin errötend; er fühlte, daß seine Antworten dumm waren und in einer solchen Lage auch dumm sein mußten.

»Beten Sie zu Gott und bitten Sie ihn. Sogar die heiligen Väter wurden von Zweifeln heimgesucht und baten Gott, ihren Glauben zu stärken. Der Teufel hat eine große Macht, und wir dürfen uns ihm nicht unterwerfen. Beten Sie zu Gott, bitten Sie ihn. Beten Sie zu Gott«, wiederholte er eilig.

Der Geistliche schwieg einen Augenblick, wie in Nachdenken versunken.

»Wie ich gehört habe, beabsichtigen Sie mit der Tochter meines Pfarrkindes und Beichtsohnes, des Fürsten Schtscherbatzkij, die Ehe einzugehen«, sagte er dann lächelnd. »Ein prächtiges Mädchen.«

»Ja«, antwortete Lewin, für den Geistlichen errötend, und dachte: ›Wozu braucht er mich in der Beichte danach zu fragen?‹

Und wie zur Antwort auf diesen Gedanken sagte der Geistliche:

»Sie beabsichtigen, eine Ehe zu schließen, und Gott wird Sie vielleicht mit Nachkommenschaft segnen. Was für eine Erziehung werden Sie Ihren Kindern geben können, wenn Sie nicht in sich selbst die Versuchung des Teufels besiegen, der Sie zum Unglauben verleitet?« fragte er mit sanftem Vorwurf. »Wenn Sie Ihr Kind lieben, werden Sie als guter Vater ihm nicht nur Reichtum, Wohlleben und Ehren wünschen, sondern Sie werden auch sein wahres Heil wünschen, seine geistige Erleuchtung durch das Licht der Wahrheit. Nicht wahr? Was werden Sie antworten, wenn das unschuldige Kind Sie fragt: ›Vater, wer hat alles das erschaffen, was mich in dieser Welt ergötzt: die Erde, die Gewässer, die Sonne, die Blumen und Gräser?‹ Wollen Sie ihm wirklich antworten: ›Ich weiß es nicht?‹ Es ist ja nicht möglich, daß Sie es nicht wissen, da Gott der Herr es Ihnen in seiner großen Gnade offenbart hat. Oder Ihr Kind wird Sie fragen: ›Was erwartet mich im Jenseits?‹ Was werden Sie ihm sagen, wenn Sie nichts darüber wissen? Welche Antwort werden Sie ihm geben? Wollen Sie Ihr Kind der

List der Welt und des Teufels überlassen? Das ist unrecht!« sagte er, hielt inne, neigte den Kopf auf die Seite und sah Lewin mit seinen gütigen, sanften Augen an.
Lewin gab keine Antwort, nicht, weil er sich mit dem Geistlichen nicht streiten wollte, sondern weil ihm noch niemand solche Fragen gestellt hatte. Er meinte, wenn seine Kinder ihn einmal nach diesen Dingen fragen würden, dann wäre es noch immer Zeit zu überlegen, was er ihnen antworten solle.
»Sie treten jetzt in einen neuen Lebensabschnitt ein«, fuhr der Geistliche fort, »wo Sie Ihren Weg wählen und ihn dann unbeirrt verfolgen müssen. Beten Sie zu Gott, daß er in seiner Gnade Ihnen helfe und sich Ihrer erbarme!« schloß er. »Unser Herr und Gott Jesus Christus verzeihe dir, mein Sohn, in seiner Gnade und in der Fülle seiner Liebe zu den Menschen...« Nachdem er das Absolutionsgebet zu Ende gesprochen hatte, segnete er Lewin und entließ ihn.
Als Lewin an diesem Tag nach Hause zurückkam, hatte er das angenehme Gefühl, daß er nun aus seiner peinlichen Lage befreit war, und zwar ohne daß er hatte lügen müssen. Außerdem erinnerte er sich unklar, daß das, was dieser gute, liebe Alte gesagt hatte, gar nicht so dumm war, wie er anfangs gedacht hatte, und daß etwas darin sei, worüber er sich klar werden müsse.
›Natürlich nicht jetzt‹, dachte Lewin, ›sondern später einmal.‹ Er fühlte jetzt mehr als früher, daß etwas in seiner Seele unklar und unrein war und daß er der Religion gegenüber dieselbe Einstellung hatte, die er bei anderen so deutlich sah und so wenig mochte, und die er auch seinem Freund Swijashskij zum Vorwurf machte.
Diesen Abend verbrachte Lewin zusammen mit seiner Braut bei Dolly. Er war besonders heiter und sagte, um Stepan Arkadjitsch seine aufgeräumte Stimmung zu erklären, er sei so vergnügt wie ein Hund, der durch einen Reifen springen

soll, endlich begreift, was man von ihm verlangt, es tut, und dann vor lauter Freude winselnd und schweifwedelnd auf Tische und Bänke springt.

2

Am Hochzeitstag durfte Lewin dem Brauch gemäß (die Fürstin und Darja Alexandrowna achteten streng auf die Einhaltung aller Bräuche) seine Braut nicht sehen. Er aß in seinem Hotel mit drei Junggesellen zu Mittag, die sich zufällig bei ihm eingefunden hatten: Sergej Iwanowitsch, Lewins Studienfreund Katawasow, jetzt Professor der Naturwissenschaften, den Lewin auf der Straße getroffen und ins Hotel mitgeschleppt hatte, und Tschirikow, Friedensrichter in Moskau, Lewins Gefährte auf der Bärenjagd und jetzt sein Brautführer. Das Mittagessen verlief sehr heiter. Sergej Iwanowitsch war glänzender Laune und hatte seine Freude an Katawasows Originalität. Als Katawasow merkte, daß seine Art Anklang und Verständnis fand, gab er sich besonders originell. Tschirikow beteiligte sich heiter und gutmütig an jedem Gespräch.

»Wenn man bedenkt«, sagte Katawasow, die Worte dehnend, was er sich auf dem Katheder angewöhnt hatte, »was für ein begabter Bursche unser Freund Konstantin Dmitrijewitsch gewesen ist! Ich rede nicht von Anwesenden, denn dieser Konstantin Dmitrijewitsch existiert nicht mehr. Als er von der Universität abging, liebte er die Wissenschaft und interessierte sich für das Wohl der Menschheit; aber jetzt hat er die eine Hälfte seiner Fähigkeiten darauf gerichtet, sich selbst zu betrügen, und die andere darauf, diesen Betrug zu rechtfertigen.«

»Einen schlimmeren Feind der Ehe als Sie habe ich noch nie gesehen«, sagte Sergej Iwanowitsch.

»Ich bin gar kein Feind der Ehe, ich bin nur für Arbeitsteilung. Leute, die nichts anderes können, sollen Menschen erzeugen, aber die anderen sollen an der geistigen Bildung und an dem Glück der Menschen arbeiten. Das ist meine Ansicht. Unzählige Menschen versuchen, diese beiden Tätigkeiten miteinander zu verbinden; ich gehöre nicht dazu.«

»Wie werde ich mich freuen, wenn ich eines Tages höre, daß Sie sich verliebt haben!« sagte Lewin. »Bitte, laden Sie mich dann zu Ihrer Hochzeit ein.«

»Ich bin schon verliebt.«

»Ja, in den Tintenfisch. Weißt du«, sagte Lewin zu seinem Bruder, »Michail Semenowitsch schreibt eine Abhandlung über die Ernährung und...«

»Reden Sie keinen Unsinn! Es ist völlig gleichgültig, worüber ich schreibe. Die Hauptsache ist, daß ich den Tintenfisch wirklich liebe.«

»Aber der wird dich nicht hindern, eine Frau zu lieben.«

»Der Tintenfisch wird mir gewiß nicht hinderlich sein, wohl aber die Frau.«

»Wieso denn?«

»Das werden Sie schon noch sehen. Sie lieben die Landwirtschaft und die Jagd. Passen Sie nur mal auf!«

»Heute war Archip hier und sagte, in Prudnoe gäbe es eine Unmenge Elche und zwei Bären», sagte Tschirikow.

»Die müssen Sie ohne mich schießen.«

»Ja, gewiß«, sagte Sergej Iwanowitsch. »Und für die Zukunft kannst du der Bärenjagd Lebewohl sagen, deine Frau wird dich nicht mehr hinlassen.«

Lewin lächelte. Die Vorstellung, daß seine Frau ihn nicht auf die Bärenjagd lassen werde, war ihm so angenehm, daß er gern bereit war, für immer auf das Vergnügen zu verzichten, Bären zu Gesicht zu bekommen.

»Aber schade ist es doch, daß diese beiden Bären ohne Sie erlegt werden sollen. Denken Sie noch an das letztemal in Chapilowo? Das war eine herrliche Jagd«, sagte Tschirikow.

Lewin wollte ihm nicht den Wahn nehmen, daß es irgendwo

ohne Kitty etwas Schönes geben könne, und sagte deshalb nichts.

»Der Brauch, vom Junggesellenleben Abschied zu nehmen, besteht nicht ohne Grund«, sagte Sergej Iwanowitsch. »Und wenn man noch so glücklich ist, es tut einem doch leid um die verlorene Freiheit.«

»Geben Sie es nur zu: Ihnen ist wohl auch so zumute wie dem Bräutigam bei Gogol, daß Sie am liebsten aus dem Fenster springen möchten.«

»Natürlich, er gibt es nur nicht zu«, sagte Katawasow und lachte laut.

»Nun, das Fenster ist offen... Kommen Sie, wir fahren sofort nach Twer. Da ist eine Bärin, die wir leicht aufstöbern können. Wirklich, wir fahren mit dem Fünfuhrzug! Und die Leute hier in Moskau sollen machen, was sie wollen«, sagte Tschirikow lächelnd.

»Bei Gott«, sagte Lewin lächelnd, »ich kann in meiner Seele keine Spur von Bedauern über den Verlust meiner Freiheit finden.«

»In Ihrer Seele ist jetzt ein solches Chaos, daß Sie überhaupt nichts mehr darin finden können«, sagte Katawasow. »Aber warten Sie nur, wenn die Ordnung wiederhergestellt ist, dann werden Sie es schon finden!«

»Nein, wenn es mir leid täte, meine Freiheit zu verlieren, würde ich es neben meinem Gefühl« (er wollte in Katawasows Gegenwart nicht ›Liebe‹ sagen) »und neben meiner Glückseligkeit wenigstens ein bißchen empfinden. Im Gegenteil, ich freue mich über den Verlust meiner Freiheit.«

»Schlimm! Ein hoffnungsloser Fall!« sagte Katawasow. »Nun, wir wollen auf seine Genesung trinken oder ihm nur wünschen, daß wenigstens der hundertste Teil seiner Träume in Erfüllung geht. Das wäre ein Glück, wie es auf der ganzen Welt noch nie dagewesen ist.«

Bald nach dem Essen fuhren die Gäste weg, um sich zur Hochzeit umzuziehen.

Als Lewin allein war und über die Worte dieser Junggesellen nachdachte, fragte er sich noch einmal, ob er wirklich kein Bedauern über seine verlorene Freiheit empfinde, von dem sie gesprochen hatten. Er lächelte über diese Frage. ›Freiheit? Wozu Freiheit? Das Glück besteht nur darin, daß ich sie liebe, daß ich wünsche, was sie wünscht, denke, was sie denkt, daß ich unfrei bin. Das ist Glück!

›Aber kenne ich denn ihre Gedanken, ihre Wünsche, ihre Gefühle?‹ flüsterte ihm plötzlich eine innere Stimme zu. Das Lächeln verschwand von seinem Gesicht, und er wurde nachdenklich. Und plötzlich überkam ihn ein sonderbares Gefühl. Angst und Zweifel ergriffen ihn, Zweifel an allem.

›Wie, wenn sie mich nicht liebt? Wenn sie mich nur heiratet, um einen Mann zu bekommen? Wenn sie selbst nicht weiß, was sie tut?‹ fragte er sich. ›Vielleicht kommt sie erst nach der Hochzeit zur Besinnung und erkennt, daß sie mich nicht liebt und mich nicht lieben kann.‹ Und seltsame, häßliche Gedanken über Kitty gingen ihm durch den Kopf. Er war auf Wronskij eifersüchtig wie vor einem Jahr, als wäre jener Abend, an dem er sie mit Wronskij zusammen gesehen hatte, erst gestern gewesen. Er argwöhnte, daß sie ihm nicht alles gesagt hatte.

Er sprang hastig auf. ›Nein, da muß etwas geschehen!‹ sagte er verzweifelt zu sich selbst. ›Ich will zu ihr gehen, sie fragen, ihr zum letztenmal sagen: ‚Noch sind wir frei, wäre es nicht besser, zurückzutreten?‘ Es wäre immer noch besser als ewiges Unglück, Schande und Untreue!‹ Verzweiflung im Herzen und wütend auf alle Menschen, auf sich selbst und auf Kitty, verließ er sein Hotel und fuhr zu ihr.

Er fand sie in einem Hinterzimmer. Sie saß auf einem Koffer und gab einem Stubenmädchen Anweisungen; beide waren damit beschäftigt, einen Haufen verschiedenfarbiger Kleider zu sortieren, die auf Stuhllehnen hingen und auf dem Boden lagen.

»Ah!« rief sie freudestrahlend, als sie ihn sah. »Wie kommst du... wie kommen Sie denn hierher?« (Bis zu diesem letzten Tag nannte sie ihn bald du bald Sie.) »Ein unerwarteter Besuch! Ich sortiere gerade meine Mädchenkleider und überlege, wem ich was schenken soll.«

»Soso! Das ist ja sehr nett!« sagte er und sah das Stubenmädchen finster an.

»Geh, Dunjascha, ich rufe dich nachher«, sagte Kitty. »Was hast du?« fragte sie, ihn entschlossen mit du anredend, sobald das Mädchen hinausgegangen war. Seine seltsame, erregte, finstere Miene war ihr aufgefallen, und sie erschrak.

»Kitty, ich quäle mich entsetzlich! Ich kann das nicht allein ertragen«, sagte er verzweifelt; er stand vor ihr und sah ihr flehend in die Augen. Er sah schon an ihrem liebevollen, offenen Gesichtsausdruck, daß alles, was er ihr sagen wollte, überflüssig war, aber er mußte es ihr doch sagen, damit sie selbst seine Zweifel zerstreue. »Ich bin gekommen, dir zu sagen, daß es noch Zeit ist. Wir können noch alles rückgängig machen und wieder gutmachen.«

»Was? Ich verstehe nichts. Was hast du?«

»Was ich schon tausendmal gesagt habe und wovon ich nicht loskommen kann: daß ich deiner nicht würdig bin. Es kann nicht dein Wille gewesen sein, mich zu heiraten. Überlege es dir noch einmal. Du hast dich geirrt. Überlege es dir genau. Du kannst mich nicht lieben... Wenn... Sag's mir lieber.« Er sah sie bei diesen Worten nicht an. »Ich werde unglücklich sein. Mögen die Leute reden, was sie wollen; das ist immer noch besser als ein lebenslängliches Unglück... Besser jetzt, solange es noch Zeit ist...«

»Ich verstehe dich nicht«, antwortete sie erschrocken. »Heißt das, daß du zurücktreten willst? Daß es nichts werden soll?«

»Ja, wenn du mich nicht liebst.«

»Du hast den Verstand verloren!« rief sie und wurde rot vor Ärger. Aber sein Gesicht sah so kläglich aus, daß sie ihren Ärger unterdrückte, die Kleider vom Stuhl herunterwarf und sich näher zu ihm setzte. »Was denkst du? Sag mir alles.«

»Ich denke, daß du mich nicht lieben kannst. Womit könnte ich es denn verdienen, daß du mich liebst?«

»Mein Gott, was soll ich denn tun?« sagte sie und brach in Tränen aus.

»Ach, was habe ich angerichtet!« rief er, fiel vor ihr auf die Knie und küßte ihre Hände.

Als die Fürstin fünf Minuten später hereinkam, fand sie das junge Paar schon völlig versöhnt. Kitty hatte ihn nicht nur zu der Überzeugung gebracht, daß sie ihn liebe, sondern hatte ihm auch erklärt, warum. Sie hatte ihm gesagt, sie liebe ihn, weil sie ihn ganz verstehe, weil sie wisse, was er lieben müsse, und weil alles, was er liebe, gut sei. Das leuchtete ihm vollkommen ein. Als die Fürstin erschien, saßen sie nebeneinander auf dem Koffer, sahen sich die Kleider an und stritten sich, weil Kitty das braune Kleid, das sie getragen hatte, als Lewin ihr den Heiratsantrag gemacht hatte, Dunjascha schenken wollte. Lewin bestand darauf, daß dieses Kleid nicht weggegeben würde, und sagte, sie solle Dunjascha das blaue schenken.

»Daß du das nicht begreifen kannst! Sie ist doch brünett, und Blau steht ihr nicht... Ich habe mir das alles überlegt.«

Als die Fürstin hörte, warum er gekommen war, wurde sie halb im Scherz, halb im Ernst böse und schickte ihn nach Hause. Sie sagte, er solle sich umziehen und Kitty nicht beim Frisieren stören, denn Herr Charles könne jeden Augenblick kommen.

»Sie hat auch so schon all diese Tage fast nichts gegessen und sieht ganz schlecht aus, und jetzt verstimmst du sie auch noch mit diesem Unsinn«, sagte sie zu ihm. »Mach, daß du fortkommst, mein Lieber, schnell fort!«

Lewin kehrte schuldbewußt und beschämt, aber beruhigt in sein Hotel zurück. Sein Bruder, Darja Alexandrowna und Stepan Arkadjitsch, alle in voller Toilette, warteten schon auf ihn, um ihn mit dem Heiligenbild zu segnen. Es war keine Zeit mehr zu verlieren. Darja Alexandrowna mußte noch einmal in ihre Wohnung fahren, um ihren pomadisierten, schön frisierten Sohn abzuholen, der das Heiligenbild vor der Braut hertragen sollte. Dann mußte die eine Kutsche zu dem Brautführer geschickt werden, um ihn abzuholen, und die andere, mit der Sergej Iwanowitsch fahren sollte, mußte zurückgeschickt werden... Überhaupt waren noch allerlei komplizierte Dinge zu erledigen. Eines aber stand fest: man mußte sich beeilen, denn es war schon halb sieben.

Das Segnen mit dem Heiligenbild war nicht sehr erhebend. Stepan Arkadjitsch stellte sich in komisch-feierlicher Pose neben seine Frau, nahm das Heiligenbild, hieß Lewin sich bis zur Erde verneigen, segnete ihn mit gutmütigem, spöttischem Lächeln und küßte ihn dreimal. Dasselbe tat auch Darja Alexandrowna, und dann fuhr sie schleunigst weg, nachdem sie den Plan für die Verteilung der Kutschen noch einmal geändert hatte.

»Wir machen es so: du holst ihn in unserem Wagen ab, und Sergej Iwanowitsch ist so freundlich, den Brautführer abzuholen und uns dann die Kutsche zu schicken.«

»Schön, sehr gern.«

»Ich fahre sofort mit ihm hin. Ist dein Gepäck schon abgeholt worden?« fragte Stepan Arkadjitsch.

»Jawohl«, sagte Lewin und befahl Kusma, ihm beim Ankleiden zu helfen.

3

Eine große Volksmenge, vor allem Frauen, stand um die zur Hochzeit hell erleuchtete Kirche. Diejenigen, die nicht bis zur Mitte hatten vordringen können, drängten sich um die Fenster, stießen sich, stritten sich und schauten durch die Gitter hinein.

Auf der Straße hielt bereits eine lange Reihe von mehr als zwanzig Kutschen. Ein Polizeioffizier stand trotz der Kälte ohne Mantel in glänzender Uniform am Eingang. Immer mehr Wagen fuhren vor, und blumengeschmückte Damen, die Schleppen über dem Arm, und Herren, die Uniformmützen oder die schwarzen Hüte abnehmend, traten in die Kirche. In der Kirche waren bereits beide Kronleuchter und alle Kerzen vor den Heiligenbildern angezündet. Die goldenen Heiligenscheine auf dem roten Untergrund des Ikonostas, das Silber der Kronleuchter und Kerzenhalter, die Fliesen des Fußbodens, die Teppiche, die Kirchenfahnen auf den Emporen, die Altarstufen, die vor Alter schwarzen Bücher, die Leibröcke und Chorhemden der Geistlichen — alles war von Licht übergossen. Auf der rechten Seite der Kirche, in dem bunten Gewühl von Fräcken und weißen Halsbinden, von Uniformen, Samtkleidern, Seidenkleidern, Haaren, Blumen, entblößten Schultern und Armen und langen Handschuhen, wurden mit gedämpfter Stimme lebhafte Gespräche geführt, die in der hohen Kuppel seltsam widerhallten. Jedesmal, wenn die Kirchentür sich kreischend öffnete, verstummte das Gespräch in der Menge, und alle schauten sich um in der Erwartung, das eintretende Brautpaar zu erblicken. Aber die Tür hatte sich schon mehr als zehnmal geöffnet, und jedesmal war es entweder ein verspäteter Gast, ein Herr oder eine Dame, gewesen, der sich zu der Gruppe der Eingeladenen auf der rechten Seite gesellte, oder eine Zuschauerin, die den Polizeioffizier zu täuschen oder zu erweichen gewußt hatte und sich der Schar der Fremden auf der linken Seite anschloß. Die Hochzeitsgäste und die Fremden hatten bereits alle Stadien der Erwartung durchgemacht.

Anfangs hatte man geglaubt, das Brautpaar müßte jeden Augenblick kommen, und hatte der Verspätung keinerlei Bedeutung zugeschrieben. Dann aber schauten alle immer öfter nach der Tür und fragten sich bereits, ob nicht etwas

vorgefallen sei. Schließlich begann diese Verspätung peinlich zu wirken, und Verwandte und Gäste gaben sich den Anschein, als dächten sie gar nicht an den Bräutigam und als seien sie ganz in ihre Unterhaltung vertieft.
Der Protodiakon hustete ungeduldig, daß die Fensterscheiben zitterten, als wollte er daran erinnern, daß seine Zeit kostbar sei. Auf der Empore hörte man die gelangweilten Sänger bald ihre Stimmen probieren, bald sich schneuzen. Der Priester schickte bald den Küster, bald den Diakon hinaus, um nachzusehen, ob der Bräutigam noch nicht da sei, und kam selbst in seinem lila Meßgewand mit dem gestickten Gürtel immer häufiger an die Seitentür des Altarraums, da er den Bräutigam jeden Augenblick erwartete. Endlich sah eine der Damen auf die Uhr und sagte »Das ist wirklich sonderbar!«, und alle Gäste wurden unruhig und gaben ihrer Verwunderung und Unzufriedenheit laut Ausdruck. Einer der Brautführer fuhr weg, um zu erfahren, was eigentlich geschehen sei. Inzwischen stand Kitty, längst fertig, im weißen Kleid, langem Schleier und einem Kranz aus Orangenblüten, mit ihrer Schwester, Frau Lwowa, die Brautmutter sein sollte, im Saal des Schtscherbatzkijschen Hauses, sah aus dem Fenster und wartete schon länger als eine halbe Stunde vergebens auf die Meldung ihres Brautführers, daß der Bräutigam in der Kirche angekommen sei.
Zu derselben Zeit ging Lewin in Hosen, aber ohne Weste und Frack, in seinem Hotelzimmer auf und ab, steckte alle Augenblicke den Kopf zur Tür hinaus und schaute den Korridor entlang. Aber der, den er erwartete, war im Korridor nicht zu sehen. Er kehrte verzweifelt um und sagte heftig gestikulierend zu Stepan Arkadjitsch, der ruhig eine Zigarette rauchte:
»Ist ein Mensch jemals in einer so entsetzlichen, blödsinnigen Lage gewesen?«
»Ja, es ist dumm«, bestätigte Stepan Arkadjitsch und

lächelte besänftigend. »Aber beruhige dich, er wird es gleich bringen.«

»Nein, so was!« sagte Lewin mit verhaltener Wut. »Diese blödsinnigen ausgeschnittenen Westen! Es ist unmöglich!« sagte er, seine zerknitterte Hemdbrust betrachtend. »Und wenn das Gepäck schon auf dem Bahnhof ist, was dann?« schrie er verzweifelt.

»Dann ziehst du ein Hemd von mir an.«

»Das hätte ich längst tun sollen.«

»Hab dich doch nicht so! Warte nur, es wird sich alles einrenken.«

Die Sache war nämlich die, daß Lewins alter Diener Kusma, als sein Herr sich anziehen wollte, ihm Frack, Weste und alles übrige gebracht hatte.

»Aber wo ist denn das Hemd?« hatte Lewin gerufen.

»Das Hemd haben Sie ja an«, hatte Kusma mit ruhigem Lächeln geantwortet.

Kusma hatte nicht daran gedacht, ein reines Hemd dazulassen; als er den Befehl erhalten hatte, alles einzupacken und zu Schtscherbatzkijs zu bringen, von wo aus das junge Paar noch am selben Abend abreisen sollte, hatte er alles eingepackt, mit Ausnahme des Frackanzugs. Das Hemd, das Lewin am Morgen angezogen hatte, war zerknittert, und er konnte es zu der ausgeschnittenen modernen Weste unmöglich tragen. Zu Schtscherbatzkijs wollte er nicht schicken, sie wohnten zu weit weg. Also mußte in einen Laden geschickt werden, um ein Hemd zu kaufen. Der Diener kam unverrichtetersache zurück: wegen des Sonntags waren alle Läden geschlossen. Dann schickte man zu Stepan Arkadjitsch und brachte ein Hemd von ihm, aber es war viel zu weit und zu kurz. So mußte Lewin doch zu Schtscherbatzkijs schicken, um die Sachen wieder auspacken zu lassen. Der Bräutigam wurde in der Kirche erwartet, aber er lief wie ein Tier im Käfig in seinem Hotelzimmer auf und ab, sah alle Augenblicke in den Korridor

hinaus und dachte mit Entsetzen und Verzweiflung an die Torheiten, die er Kitty heute gesagt hatte und fragte sich, was sie nun denken würde.
Endlich kam Kusma, der an allem schuld war, völlig außer Atem mit dem Hemd ins Zimmer gestürzt.
»Ich bin gerade noch rechtzeitig gekommen. Die Sachen wurden schon aufgeladen«, sagte er.
Drei Minuten später lief Lewin, ohne auf die Uhr zu sehen, um die Wunde nicht noch mehr aufzureißen, den Korridor entlang.
»Das hilft nichts mehr«, sagte Stepan Arkadjitsch lächelnd, der ohne Hast hinter ihm herging. »Es wird sich schon einrenken, es wird sich schon einrenken, sage ich dir.«

4

»Das sind sie! — Das ist er! — Welcher? — Der Jüngere wohl, nicht? — Und sie ist mehr tot als lebendig, das arme Kind!« murmelte es in der Menge, als Lewin, der seine Braut am Portal in Empfang genommen hatte, mit ihr in die Kirche trat.
Stepan Arkadjitsch teilte seiner Frau den Grund der Verspätung mit, und die Gäste flüsterten lächelnd miteinander. Lewin sah nichts und niemand; sein Blick war unverwandt auf seine Braut gerichtet.
Alle sagten, ihr Aussehen habe sich in den letzten Tagen sehr verschlechtert, und sie sei im Brautkranz lange nicht so hübsch wie gewöhnlich; aber Lewin fand das nicht. Er betrachtete ihre hohe Frisur mit dem langen weißen Schleier und den weißen Blüten, den hochstehenden, gefältelten Kragen, der ihren langen Hals an den Seiten keusch verhüllte und vorn offen ließ, und ihre auffallend schmale Taille, und sie schien ihm reizender denn je, nicht weil diese Blüten, dieser Schleier, dieses Kleid aus Paris ihre Schönheit erhöhten, sondern weil trotz dieser betont prunk-

vollen Toilette der Ausdruck ihres Gesichts, ihrer Augen, ihrer Lippen nach wie vor derselbe war, der ihr eigene Ausdruck von Unschuld und Wahrhaftigkeit.

»Ich dachte schon, du wolltest dich davonmachen«, sagte sie und lächelte ihm zu.

»Was mir passiert ist, das ist so dumm, daß ich mich schäme, es zu sagen«, antwortete er errötend. Da kam Sergej Iwanowitsch auf ihn zu.

»Die Geschichte mit deinem Hemd ist wirklich gut!« sagte Sergej Iwanowitsch lächelnd und schüttelte den Kopf.

»Ja, ja«, antwortete Lewin, ohne zu verstehen, was sein Bruder sagte.

»Nun, Kostja, jetzt mußt du eine wichtige Frage entscheiden«, sagte Stepan Arkadjitsch mit heuchlerisch-bestürztem Gesicht. »Gerade jetzt weißt du die Wichtigkeit dieser Frage zu ermessen. Ich werde gefragt, ob schon angebrannte Kerzen oder noch nicht angebrannte angezündet werden sollen. Der Unterschied beträgt zehn Rubel«, fügte er lächelnd hinzu. »Ich habe diese Frage bereits entschieden, aber ich fürchte, daß du nicht damit einverstanden bist.«

Lewin merkte, daß das ein Spaß war, aber er konnte nicht darüber lächeln.

»Also angebrannte oder noch nicht angebrannte? Das ist die Frage.«

»Ja, ja! Nicht angebrannte!«

»Na, das freut mich sehr! Damit ist die Frage entschieden!« sagte Stepan Arkadjitsch lächelnd. »Wie dumm die Leute in dieser Situation werden«, sagte er zu Tschirikow, als Lewin, der ihn zerstreut angesehen hatte, sich wieder neben seine Braut stellte.

»Paß auf, Kitty, daß du zuerst auf den Teppich trittst«, sagte Gräfin Northstone. »Sie sind wirklich gut!« sagte sie zu Lewin.

»Nun, ist dir nicht bang?« fragte Marja Dmitrijewna, eine alte Tante.

»Ist dir nicht zu kühl? Du bist so blaß. Warte mal, bück dich ein wenig«, sagte Kittys Schwester, Frau Lwowa, und schob ihr lächelnd mit einer anmutigen Bewegung ihrer schönen, vollen Arme die Blumen auf dem Kopf zurecht.

Dolly kam und wollte etwas sagen, brachte aber kein Wort heraus, sondern brach in Tränen aus und lachte dann gekünstelt.

Kitty sah alle mit ebenso geistesabwesendem Blick an wie Lewin.

Inzwischen hatten die Geistlichen ihr Ornat angelegt, und der Priester trat mit dem Diakon an das Betpult, das im Kirchenschiff stand. Der Priester sagte etwas zu Lewin, aber Lewin verstand es nicht.

»Nehmen Sie Ihre Braut an der Hand und führen Sie sie«, sagte der Brautführer zu ihm.

Lewin konnte lange nicht begreifen, was man von ihm verlangte. Man korrigierte lange an ihm herum und wollte es schon aufgeben, denn er reichte oder faßte immer nicht die richtige Hand, doch da begriff er endlich, daß er, ohne seine Stellung zu ändern, mit seiner rechten Hand ihre rechte Hand fassen sollte. Als er seine Braut endlich an der Hand gefaßt hatte, ging der Priester ihnen einige Schritte voran und blieb am Betpult stehen. Die Schar der Verwandten und Bekannten folgte ihnen murmelnd und mit den Schleppen rauschend. Irgend jemand bückte sich und schob die Schleppe der Braut zurecht. In der Kirche wurde es so still, daß man das Fallen der Wachstropfen hörte.

Der alte Priester, in seiner hohen Kappe, mit den silberglänzenden grauen Haarsträhnen, die auf beiden Seiten hinter die Ohren gestrichen waren, zog die kleinen Greisenhände unter dem schweren, silbergestickten Meßgewand mit dem goldenen Kreuz auf dem Rücken hervor und blätterte in dem Buch auf dem Betpult.

Stepan Arkadjitsch ging leise zu ihm, flüsterte etwas, zwinkerte Lewin zu und trat wieder zurück.

Der Priester zündete zwei mit Blumen geschmückte Kerzen an, die er in der linken Hand schräg hielt, so daß das Wachs langsam heruntertropfte, und wandte sein Gesicht dann dem Brautpaar zu. Es war derselbe Priester, bei dem Lewin gebeichtet hatte. Er sah den Bräutigam und die Braut mit müdem, traurigem Blick an, seufzte, streckte die rechte Hand unter dem Meßgewand hervor, segnete den Bräutigam und legte dann mit behutsamer Zärtlichkeit die eng zusammengehaltenen Finger auf Kittys gesenkten Kopf. Dann reichte er ihnen die Kerzen, nahm das Weihrauchfaß und trat langsam zurück.

›Ist das wirklich wahr?‹ dachte Lewin und sah seine Braut an. Er sah ihr Profil etwas von oben und merkte an einer kaum sichtbaren Bewegung ihrer Lippen und Wimpern, daß sie seinen Blick fühlte. Sie sah ihn nicht an, aber ihr hoher, gefältelter Kragen bewegte sich und hob sich bis an ihr kleines rosiges Ohr. Er sah, daß sie einen Seufzer unterdrückte und daß die kleine Hand in dem langen Handschuh, mit der sie die Kerze hielt, zitterte.

Sein ganzer Ärger über das Hemd, die Verspätung, das Gerede der Verwandten und Bekannten, ihre Unzufriedenheit, seine lächerliche Situation — alles war plötzlich verschwunden, und es wurde ihm froh und bang ums Herz.

Der stattliche, hochgewachsene Protodiakon in dem silbergestickten Chorrock, mit gekräuselten, starren Locken an den Schläfen, trat mit energischem Schritt vor, hob mit gewohnter Geste die Stola mit zwei Fingern hoch und blieb vor dem Priester stehen.

»Seg-ne uns, o Herr!« ertönten die feierlichen Klänge, langsam, einer nach dem anderen, und wogten in der Luft.

»Gelobt sei der Herr, jetzt und immerdar, von Ewigkeit zu Ewigkeit«, respondierte der alte Priester demütig in singendem Ton und blätterte immer noch in dem Buch auf dem Betpult. Und die ganze Kirche von den Fenstern bis zu den Deckengewölben erfüllend, erhob sich harmonisch und volltönend der Akkord des unsichtbaren Chors, schwoll an, schien einen Augenblick in derselben Stärke anzuhalten und erstarb dann leise.

Es wurde wie immer um Frieden von oben und um das Heil der Seelen gebetet, für den Synod, für den Zaren; und dann wurde für den Knecht Gottes Konstantin und die Magd Gottes Ekaterina gebetet, die jetzt das kirchliche Verlöbnis eingingen.

»Lasset uns beten, daß der Herr ihnen vollkommene, friedvolle Liebe und Hilfe sende«, schien die ganze Kirche durch die Stimme des Protodiakon zu sagen.

Lewin hörte diese Worte, und sie machten ihn betroffen. ›Wie haben sie erraten, daß ich Hilfe brauche, gerade Hilfe?‹ dachte er und erinnerte sich an all die Ängste und Zweifel, die er noch vor kurzem durchgemacht hatte. ›Was weiß ich? Was vermag ich in dieser furchtbaren Sache ohne Hilfe?‹ dachte er. ›Hilfe, das ist es, was ich jetzt brauche.‹

Als der Diakon das Responsorium beendet hatte, wandte sich der Priester mit dem Buch in der Hand zu dem Brautpaar um:

»Ewiger Gott, der du die Entfernten zusammengeführt hast zur Vereinigung«, las er mit sanfter, singender Stimme, »der du sie mit dem unlösbaren Band der Liebe verbunden hast, der du Isaak und Rebekka gesegnet hast zu Erben deiner Verheißung, segne auch diese deine Knechte, Konstantin und Ekaterina, und lehre sie alle guten Werke. Denn du bist ein gnädiger und gütiger Gott, und wir lobsingen dir, dem Vater und dem Sohne und dem Heiligen Geist, jetzt und immerdar und von Ewigkeit zu Ewigkeit!« — »Amen!« flutete wieder der Gesang des unsichtbaren Chors durch den Raum.

›Der du die Entfernten zusammengeführt hast zur Vereinigung und sie mit dem Band der Liebe verbunden hast — wie tiefsinnig sind diese Worte, und wie genau entsprechen sie dem, was man in diesem Augenblick empfindet!‹ dachte Lewin. ›Ob sie wohl dasselbe fühlt wie ich?‹

Er sah sie an, und ihre Blicke begegneten sich.

Aus dem Ausdruck ihres Blickes schloß er, daß sie dasselbe dachte wie er. Aber es war nicht so: sie hatte fast kein Wort von dem Gottesdienst verstanden und hatte sogar beim Ringwechsel nicht hingehört. Sie konnte die Worte nicht hören und verstehen, so stark war das eine Gefühl, das ihre Seele erfüllte und sich immer mehr steigerte. Dieses Gefühl war die Freude über die Erfüllung dessen, was nun schon anderthalb Monate in ihrer Seele vorgegangen war und sie in dieser ganzen Zeit gefreut und gequält hatte. In ihrer Seele hatte sich an jenem Tag, als sie in ihrem braunen Kleid in dem Saal ihres Hauses am Arbat schweigend auf ihn zugegangen war und sich ihm zu eigen gegeben hatte — in ihrer Seele hatte sich an diesem Tag und in dieser Stunde ein vollständiger Bruch mit ihrem ganzen früheren Leben vollzogen, und dann hatte ein völlig anderes, neues, ihr ganz unbekanntes Leben begonnen, während ihr altes Leben weiterging. Diese sechs Wochen waren eine selige und qualvolle Zeit für sie gewesen. Ihr ganzes Leben, all ihre Wünsche und Hoffnungen hatten sich auf diesen einen ihr noch unverständlichen Menschen konzentriert, mit dem sie etwas verband, das noch unverständlicher war als dieser Mensch selbst, ein Gefühl, das sie bald zu ihm hinzog, bald von ihm wegstieß, und gleichzeitig hatte sie äußerlich ihr früheres Leben weitergelebt. Sie hatte ihr früheres Leben weitergeführt und war über sich selbst entsetzt gewesen, über ihre völlige, unüberwindliche Gleichgültigkeit gegen ihre ganze Vergangenheit: gegen ihre Sachen, gegen ihre Gewohnheiten, gegen die Menschen, die sie geliebt hatten und noch liebten, gegen ihre Mutter, die sich durch diese Gleichgültigkeit gekränkt fühlte, gegen ihren lieben, zärtlichen Vater, den sie vorher über alles in der Welt geliebt hatte. Bald war sie über diese Gleichgültigkeit entsetzt, bald freute sie sich über das, was sie so gleichgültig machte. Sie konnte an nichts denken, nichts wünschen, was außerhalb des Lebens mit diesem Menschen lag; aber dieses neue Leben war noch keine Wirklichkeit, und sie hatte es sich nicht klar vorstellen können. Sie hatte nur in der bangen und freudigen Erwartung von etwas Neuem und Unbekanntem gelebt. Und jetzt sollte die Erwartung und die Ungewißheit und die Reue über die Abkehr von ihrem bisherigen Leben ein Ende nehmen, und etwas Neues sollte beginnen. Dieses Neue mußte ihr furchtbar erscheinen, denn es war ihr noch unbekannt; aber mochte es furchtbar sein oder nicht, in ihrer Seele hatte sich der Übergang zu dem Neuen schon vor sechs Wochen vollzogen, und jetzt erhielt das, was in ihr vorgegangen war, nur seine Weihe.

Der Priester wandte sich wieder zum Betpult um, faßte mit Mühe den kleinen Ring an Kittys Finger, nahm Lewins Hand und steckte den Ring an das erste Glied seines Fingers. »Es wird verlobt der Knecht Gottes Konstantin mit der Magd Gottes Ekaterina.« Dann steckte er den großen Ring Lewins an den kleinen, rosigen, in seiner Schwäche kläglichen Finger Kittys und sprach noch einmal dieselben Worte.

Die Verlobten versuchten ein paarmal zu erraten, was sie nun tun mußten, machten es aber jedesmal falsch, und der Priester korrigierte sie flüsternd. Nachdem endlich das Nötige getan war und der Priester sie mit den Ringen bekreuzt hatte, gab er Kitty wieder den großen Ring und Lewin den kleinen. Die Ringe wanderten zweimal aus einer Hand in die andere, aber es war immer noch nicht richtig.

Dolly, Tschirikow und Stepan Arkadjitsch traten vor, um ihnen behilflich zu sein. Es gab eine kleine Verwirrung, man flüsterte und lächelte, aber der feierlich-gerührte Ausdruck auf den Gesichtern der Verlobten blieb unverändert; während ihre Hände danebengriffen, blickten sie noch ernster und feierlicher drein als vorher, und das Lächeln, mit dem Stepan Arkadjitsch ihnen zuflüsterte, jetzt müsse jeder seinen eigenen Ring anstecken, erstarb ihm unwillkürlich auf den Lippen. Er fühlte, daß jedes Lächeln sie kränken mußte.

»Du hast von Anbeginn geschaffen das männliche Geschlecht und das weibliche«, las der Priester nach dem Ringwechsel, »und von dir ward dem Manne das Weib beigegeben, ihm zur Hilfe und zur Vermehrung des Menschengeschlechts. Herr, unser Gott, der du die Wahrheit gesandt hast zu deinem Erbe und deiner Verheißung, zu deinen Knechten, unseren Vätern, von Geschlecht zu Geschlecht, deinen Auserwählten: blicke gnädig herab auf diesen deinen Knecht Konstantin und auf deine Magd Ekaterina und festige ihren Bund im Glauben und in Einmütigkeit und in Wahrheit und in Liebe...«

Lewin fühlte immer mehr, daß alle seine Gedanken über die Ehe, alle seine Träume, wie er sein Leben gestalten wollte, kindisch gewesen waren, und daß die Ehe etwas war, was er bisher nicht begriffen hatte und jetzt noch weniger begriff, obwohl es sich an ihm selbst vollzog. Ein Zittern ging durch seine Brust, stieg immer höher und höher, und Tränen, die er nicht zurückhalten konnte, traten ihm in die Augen.

5

Ganz Moskau war in der Kirche, Verwandte und Bekannte. Während des Ringwechsels war in der hell erleuchteten Kirche im Kreis der festlich gekleideten Frauen und Mädchen und der Herren im Frack und weißer Binde oder in Uniform ununterbrochen ein angemessen leises Gespräch im Gang, das vor allem von den Herren geführt wurde, denn die Damen waren vollauf damit beschäftigt, alle Einzelheiten der Zeremonie zu beobachten, die ihnen ja immer so nahgeht.

In dem Kreis um die Braut standen ihre beiden Schwestern, Dolly, die älteste, und Frau Lwowa, eine ruhige Schönheit, die aus dem Ausland gekommen war.
»Warum trägt Marja denn dieses Lila, das fast wie Schwarz aussieht?« sagte Frau Korsunskaja.
»Bei ihrem Teint ist das die einzige Rettung...« antwortete Frau Drubetzkaja. »Ich wundere mich, daß die Hochzeit am Abend stattfindet. Das ist doch nur in Kaufmannskreisen üblich.«
»Es ist schöner. Ich bin auch abends getraut worden«, sagte Frau Korsunskaja seufzend und erinnerte sich daran wie reizend sie an ihrem Hochzeitstag ausgesehen hatte und wie lächerlich verliebt ihr Mann gewesen war, und wie anders jetzt alles war.
»Man sagt, wer zehnmal Brautführer gewesen ist, heiratet nicht mehr. Ich wollte es hier gern zum zehntenmal sein, aber die Stelle war schon besetzt«, sagte Graf Sinjawin zu der hübschen Prinzessin Tscharskaja, die Absichten auf ihn hatte.
Sie antwortete ihm nur mit einem Lächeln. Sie sah Kitty an und dachte, wie und wann sie wohl mit dem Grafen Sinjawin so dastehen werde und wie sie ihm dann an seinen Scherz erinnern werde.
Der junge Schtscherbatzkij sagte zu der ältlichen Hofdame Nikolajewna, er wolle die Krone auf Kittys Chignon setzen, damit sie glücklich werde.
»Heute sollte sie keinen Chignon tragen«, antwortete die Nikolajewna, die bereits beschlossen hatte, eine ganz schlichte Hochzeit zu feiern, wenn der alte Witwer, nach dem sie angelte, sie heiraten würde. »Ich mag diesen Prunk nicht.«
Sergej Iwanowitsch unterhielt sich mit Marja Dmitrijewna und behauptete im Scherz, die Sitte, nach der Hochzeit abzureisen, sei deshalb so verbreitet, weil die Neuvermählten sich immer ein bißchen schämten.

»Ihr Bruder kann stolz sein. Sie ist wirklich ganz reizend. Sie beneiden ihn gewiß.«

»Ich bin schon über das Heiratsalter hinaus, Marja Dmitrijewna«, antwortete er, und sein Gesicht nahm plötzlich einen ernsten, traurigen Ausdruck an.

Stepan Arkadjitsch erzählte seiner Schwägerin seinen Witz über die Ehescheidung.

»Man müßte ihr den Kranz zurechtrücken«, antwortete sie; sie hatte ihm gar nicht zugehört.

»Wie schade, daß sie heute so wenig gut aussieht«, sagte Gräfin Northstone zu Frau Lwowa. »Er ist nicht einmal ihren kleinen Finger wert, finden Sie nicht auch?«

»Nein, mir gefällt er sehr gut. Nicht nur, weil er mein zukünftiger beau-frère ist«, antwortete Frau Lwowa. »Und wie gut er sich hält! Es ist sehr schwer, sich in dieser Situation gut zu halten, nicht lächerlich zu wirken. Aber er hat nichts Lächerliches und Gezwungenes, man sieht ihm an, daß er tief bewegt ist.«

»Sie hatten das wohl erwartet?«

»Ja, sie hat ihn immer geliebt.«

»Nun, wir wollen sehen, wer von ihnen zuerst auf den Teppich tritt. Ich habe Kitty daran erinnert.«

»Das ist doch ganz gleichgültig«, sagte Frau Lwowa. »Wir sind ja alle gehorsame Ehefrauen, das liegt nun einmal in unserer Natur.«

»Als ich Wasilij heiratete, bin ich absichtlich zuerst auf den Teppich getreten. Und Sie, Dolly?«

Dolly stand neben ihnen und hörte, was sie redeten, antwortete aber nicht. Sie war gerührt. Die Tränen standen ihr in den Augen, und sie hätte nichts sagen können, ohne zu weinen. Sie hatte ihre Freude an Kitty und Lewin; sie erinnerte sich an ihre eigene Hochzeit und sah ab und zu ihren strahlenden Stepan Arkadjitsch an; sie hatte die Gegenwart vollkommen vergessen und dachte nur an die Zeit ihrer ersten, unschuldigen Liebe. Und sie erinnerte sich nicht nur an sich selbst, sondern an alle Frauen, die ihr nahestanden oder mit ihr bekannt waren, sie erinnerte sich, wie sie bei jener für sie alle einzigartigen Feier dagestanden hatten wie Kitty, den Brautkranz im Haar, Liebe, Hoffnung und Furcht im Herzen, sich von der Vergangenheit lösend und in eine geheimnisvolle Zukunft eintretend. Unter all diesen Bräuten, die ihr ins Gedächtnis kamen, erinnerte sie sich auch an ihre liebe Anna, über deren bevorstehende Scheidung sie kürzlich Näheres gehört hatte. Auch sie hatte einmal so reinen Herzens in Orangenblüten und Schleier dagestanden. Und jetzt? »Entsetzlich, unfaßbar!« sagte sie vor sich hin.

Nicht nur die Schwestern, die Freundinnen und Verwandten beobachteten alle Einzelheiten der Zeremonie; auch die fremden Zuschauerinnen verfolgten alles in atemloser Erregung und fürchteten, es könnte ihnen eine Bewegung, ein Gesichtsausdruck des Bräutigams und der Braut entgehen. Wenn die gleichmütigen Männer scherzhafte Bemerkungen machten oder etwas sagten, gaben sie aus Ärger keine Antwort oder hörten gar nicht hin.

»Warum sieht sie denn so verweint aus? Vielleicht heiratet sie ihn nur ungern.«

»Ach was, so einen stattlichen Mann nimmt doch jede gern! Er ist wohl ein Fürst?«

»Und die in weißem Atlas, ist das ihre Schwester? Hör nur, wie der Diakon brüllt: ›Sie sei ihrem Manne untertan‹.«

»Sind es die Sänger vom Tschudow-Kloster?«

»Nein, die vom Synod.«

»Ich habe einen Diener gefragt. Es heißt, daß er gleich mit ihr auf sein Gut fährt. Er soll ja furchtbar reich sein. Deswegen hat er sie auch bekommen.«

»Nein, es ist wirklich ein schönes Paar.«

»Und Sie haben immer behauptet, Marja Wasilewna, daß die Krinolinen nicht abstehend getragen werden!... Sehen Sie mal die im Samtkleid, sie soll die Frau eines Gesandten sein, wie ihr Kleid gerafft ist, erst so und dann noch einmal so.«

»Nein, diese niedliche kleine Braut, wie ein geschmücktes Lämmchen! Da kann man sagen, was man will, uns Frauen tut so ein Mädchen immer leid.«

Solche Reden wurden in der Menge der Zuschauerinnen geführt, die es fertiggebracht hatten, durch die Kirchentür hereinzuschlüpfen.

6

Als die Verlobungszeremonie beendet war, breitete der Kirchendiener vor dem Betpult in der Mitte der Kirche ein Stück rosa Seide aus, der Chor stimmte einen kunstvollen, schwierigen Psalm an, in dem Baß und Tenor einander respondierten, der Priester wandte sich zu den Verlobten und zeigte auf das rosa Seidentuch. So oft und so viel sie auch beide gehört hatten, daß der Herr im Haus sein werde, wer zuerst auf den Teppich trete, so dachten weder Lewin noch Kitty daran, als sie diese wenigen Schritte machten. Sie hörten auch die lauten Bemerkungen und den Streit darüber nicht, ob er zuerst auf den Teppich getreten sei, wie einige beobachtet haben wollten, oder sie, wie andere meinten.

Nach den üblichen Fragen, ob sie die Ehe miteinander eingehen wollten, und ob sie sich nicht schon anderen versprochen hätten, und nach ihren Antworten, die ihnen selbst sonderbar vorkamen, begann der zweite Teil der Feier.

Kitty hörte die Worte des Gebets und versuchte ihren Sinn zu verstehen, aber sie konnte es nicht. Ein Gefühl des Triumphs und der hellen Freude erfüllte ihre Seele immer mehr, je weiter die heilige Handlung fortschritt, und darum konnte sie nicht aufmerksam zuhören.

Es wurde gebetet: »Gib ihnen Keuschheit und Frucht des Leibes zu ihrem Heil, daß sie sich freuen am Anblick von Söhnen und Töchtern.« Es wurde erwähnt, daß Gott das

Weib aus der Rippe Adams geschaffen habe, und: »Darum wird ein Mann Vater und Mutter verlassen und an seinem Weibe hangen, und sie werden sein ein Fleisch«, und: »Das ist ein großes Geheimnis.« Dann wurde gebetet, Gott möge ihnen Fruchtbarkeit und Segen verleihen, wie Isaak und Rebekka, Joseph, Moses und Zipporah, und ihnen vergönnen, noch die Söhne ihrer Söhne zu sehen. ›Das alles ist wunderschön‹, dachte Kitty, als sie diese Worte hörte, ›und es kann auch gar nicht anders sein‹, und ein freudiges Lächeln, das sich unwillkürlich allen mitteilte, die sie ansahen, leuchtete auf ihrem strahlenden Gesicht.

»Setzten Sie sie ihr ganz auf!« wurde geflüstert, als zunächst der Priester ihnen die Kronen aufgesetzt hatte und der junge Schtscherbatzkij mit zitternder, in einem Handschuh mit drei Knöpfen steckenden Hand die Krone hoch über Kittys Kopf hielt.

»Setzen Sie sie mir auf!« flüsterte sie lächelnd.

Lewin sah sie an und war von dem freudigen Leuchten auf ihrem Gesicht überrascht, und dieses Gefühl teilte sich ihm unwillkürlich mit. Auch in seinem Herzen war eitel Licht und Freude.

Es machte ihnen Freude, den Episteltext und beim letzten Vers die dröhnende Stimme des Diakon zu hören, worauf das fremde Publikum schon ungeduldig gewartet hatte. Es machte ihnen Freude, den warmen, mit Wasser gemischten Rotwein aus der flachen Schale zu trinken, und ihre Freude wurde noch größer, als der Priester das Meßgewand zurückschlug, ihre Hände nahm und sie um das Betpult herumführte, während die Bässe den Hymnus »Jauchze, Jesaja!« anstimmten. Der junge Schtscherbatzkij und Tschirikow, die die Kronen hielten und gleichfalls lächelten und sich freuten, blieben an Kittys Schleppe hängen, gingen zu langsam oder stießen an das Brautpaar an, wenn der Priester stehenblieb. Der Freudenfunke, der in Kitty aufgeflammt war, schien sich allen in der Kirche Anwesenden

mitgeteilt zu haben. Lewin schien es, als wollten auch der Priester und der Diakon so glücklich lächeln wie er.
Der Priester nahm ihnen die Kronen ab, sprach das letzte Gebet und beglückwünschte das junge Paar. Lewin sah Kitty an — nie hatte er sie so gesehen wie jetzt. Sie war entzückend in dem neuen Glanz von Glück, der aus ihrem Gesicht sprach. Lewin wollte etwas zu ihr sagen, wußte aber nicht, ob die Trauung schon beendet sei. Der Priester half ihm aus der Verlegenheit. Er lächelte mit seinem gütigen Mund und sagte leise: »Küssen Sie Ihre Frau, und Sie Ihren Mann«, und nahm ihnen die Kerzen aus der Hand. Lewin küßte behutsam ihre lächelnden Lippen, reichte ihr den Arm und ging, eine neue, seltsame Nähe fühlend, mit ihr aus der Kirche hinaus. Er glaubte nicht, er konnte nicht glauben, daß das alles Wirklichkeit war. Nur wenn ihre erstaunten, schüchternen Blicke einander begegneten, glaubte er es, weil er fühlte, daß sie schon eins waren.
Nach dem Souper fuhr das junge Paar noch in derselben Nacht auf das Gut.

7

Wronskij und Anna reisten schon drei Monate zusammen in Europa herum. Sie hatten Venedig, Rom und Neapel besucht und waren soeben in einer kleinen italienischen Stadt angekommen, wo sie eine Zeitlang bleiben wollten.
Der hübsche Oberkellner mit dem schon im Nacken beginnenden Scheitel in dem dichten, pomadisierten Haar, im Frack und mit breiter Hemdbrust aus weißem Battist, ein ganzes Bündel Berlocken auf dem rundlichen Bauch, stand mit den Händen in den Hosentaschen und geringschätzig zusammengekniffenen Augen vor einem Herrn und gab ihm unhöflich Auskunft. Als er von der anderen Seite, vom Eingang her, Schritte hörte, die die Treppe heraufkamen, drehte er sich um, und als er den russischen Grafen erblickte,

der die besten Zimmer im Hotel bewohnte, nahm er respektvoll die Hände aus den Taschen und meldete mit einer Verbeugung, der Bote sei dagewesen, und er könne den Palazzo mieten. Der Verwalter sei bereit, den Vertrag zu unterschreiben.

»Ah, das freut mich sehr«, sagte Wronskij. »Ist die gnädige Frau zu Hause?«

»Die gnädige Frau war spazierengegangen, aber sie ist schon wieder zurückgekommen«, sagte der Oberkellner.

Wronskij nahm den weichen, breitrandigen Hut vom Kopf und fuhr sich mit dem Taschentuch über die schweißbedeckte Stirn und über das halb die Ohren bedeckende Haar, das er zurückgekämmt trug, um seine Glatze zu verdecken. Mit einem zerstreuten Blick auf den Herrn, der noch dastand und ihn aufmerksam betrachtete, wollte er vorübergehen.

»Der Herr ist Russe und hat nach Ihnen gefragt«, sagte der Kellner.

Wronskij ärgerte sich darüber, daß man seinen Bekannten nirgends entgehen konnte, hatte aber auch den Wunsch nach irgendeiner Zerstreuung in seinem eintönigen Dasein. Er sah sich noch einmal nach dem Herrn um, der zur Seite getreten und stehengeblieben war, und im selben Augenblick leuchteten beider Augen auf.

»Golenischtschew!«

»Wronskij!«

Es war wirklich Golenischtschew, ein Kamerad Wronskijs im Pagenkorps. Golenischtschew hatte im Korps zur liberalen Partei gehört; er war mit einem Zivilrang abgegangen, hatte aber nirgends ein Amt übernommen. Nach dem Abgang aus dem Korps waren die beiden Kameraden ganz auseinandergekommen und hatten sich später nur ein einziges Mal gesehen.

Bei jener Begegnung hatte Wronskij gemerkt, daß Golenischtschew sich ein hochgeistiges Wirken für die liberalen Ideen zur Lebensaufgabe gemacht hatte und deshalb geneigt war, Wronskijs Beruf und Stand zu verachten. Darum hatte Wronskij bei dieser Begegnung Golenischtschew eine kalte und stolze Abfuhr erteilt, was er so gut verstand und deren Sinn war: ›Ob meine Art zu leben euch gefällt oder nicht, ist mir völlig gleichgültig. Aber wenn ihr mit mir verkehren wollt, müßt ihr mich achten.‹ Golenischtschew hatte diesem Ton Wronskijs gegenüber eine verächtliche Gleichgültigkeit gezeigt. Diese Begegnung hätte sie noch mehr auseinanderbringen müssen, und doch leuchteten jetzt ihre Gesichter auf, und sie schrien vor Freude auf, als sie einander erkannten. Wronskij hätte nie geglaubt, daß er sich über ein Wiedersehen mit Golenischtschew so freuen könnte, aber er wußte wohl selbst nicht, wie sehr er sich langweilte. Er hatte den unangenehmen Eindruck der letzten Begegnung ganz vergessen und streckte seinem früheren Kameraden mit offenem, frohem Gesicht die Hand entgegen. Und derselbe Ausdruck von Freude verdrängte den besorgten Zug aus Golenischtschews Gesicht.

»Wie freue ich mich, dich wiederzusehen!« sagte Wronskij und zeigte mit freundschaftlichem Lächeln seine kräftigen, weißen Zähne.

»Ich hatte gehört: ›Wronskij‹, wußte aber nicht, welcher es ist. Ich freue mich wirklich sehr!«

»Komm doch mit herein. Wie geht es dir denn?«

»Ich wohne schon über ein Jahr hier. Ich arbeite.«

»Ah!« sagte Wronskij interessiert. »Komm doch herein.«

Und statt das, was die Dienstboten nicht verstehen sollten, auf russisch zu sagen, begann er nach der allgemeinen Gewohnheit der Russen französisch zu sprechen.

»Kennst du Frau Karenina? Wir reisen zusammen. Ich gehe eben zu ihr«, sagte er auf französisch und sah Golenischtschew aufmerksam ins Gesicht.

»Ah! Das wußte ich gar nicht«, antwortete Golenischtschew gleichmütig. Er wußte es aber sehr gut. »Bist du schon lange hier?« fügte er hinzu.

»Ich? Seit drei Tagen«, sagte Wronskij und sah seinen ehemaligen Kameraden noch einmal forschend an.

›Ja, er ist ein anständiger Mensch und sieht die Sache richtig an‹, sagte sich Wronskij, denn er hatte verstanden, was der Gesichtsausdruck Golenischtschews und der Wechsel des Gesprächsthemas bedeuteten. ›Ich kann ihn Anna vorstellen, er faßt die Sache richtig auf.‹

In diesen drei Monaten, die Wronskij mit Anna im Ausland verlebt hatte, hatte er sich immer gefragt, wenn er mit neuen Menschen zusammenkam, wie dieser neue Mensch sein Verhältnis zu Anna ansehe und hatte bei den Männern meistens das ›richtige‹ Verständnis gefunden. Wenn man aber ihn und die Leute, die die Sache ›richtig‹ auffaßten, gefragt hätte, worin dieses Verständnis denn bestehe, dann wären er und sie in große Verlegenheit gekommen.

In Wirklichkeit hatten die Leute, die nach Wronskijs Meinung die Sache richtig aufaßten, sich überhaupt kein Urteil darüber gebildet, sondern benahmen sich einfach so, wie sich wohlerzogene Menschen all den schwierigen und unlösbaren Fragen gegenüber benehmen, die uns im Leben von allen Seiten umgeben: sie benahmen sich anständig und vermieden Anspielungen und unangenehme Fragen. Sie taten, als verständen sie die Bedeutung und den Sinn dieser Situation vollkommen, als nähmen sie diese Situation hin und billigten sie sogar, aber als hielten sie es für ungehörig und überflüssig, das alles auszusprechen.

Wronskij hatte sofort erkannt, daß Golenischtschew einer von diesen Menschen war, und freute sich daher doppelt, ihn zu sehen. Und wirklich benahm sich Golenischtschew, sobald er Frau Karenina vorgestellt war, ihr gegenüber so, wie Wronskij es nur wünschen konnte. Er vermied ohne die geringste Anstrengung alle Gespräche, die peinlich hätten wirken können.

Er hatte Anna früher nicht gekannt und war überrascht von ihrer Schönheit und noch mehr von der schlichten Natürlichkeit, mit der sie ihre Situation hinnahm. Sie errötete, als Wronskij ihr Golenischtschew vorstellte, und diese kindliche Röte, die ihr schönes, offenes Gesicht übergoß, gefiel ihm außerordentlich. Ganz besonders aber gefiel ihm, daß sie sofort, wie absichtlich, damit bei dem Fremden kein Mißverständnis aufkommen könne, Wronskij einfach ›Alexej‹ nannte und sagte, sie wollten in ein neu gemietetes Haus übersiedeln, das man hier Palazzo nenne. Dieses offene, schlichte Benehmen in ihrer Situation gefiel Golenischtschew. Als er jetzt Annas gutmütig-heiteres, energisches Wesen sah, glaubte er sie ganz und gar zu verstehen, denn er kannte Alexej Alexandrowitsch und auch Wronskij. Er glaubte zu verstehen, was sie selbst durchaus nicht verstehen konnte: daß sie, nachdem sie ihren Mann unglücklich gemacht und ihren Sohn verlassen und ihren guten Ruf verloren hatte, sich dennoch stark, heiter und glücklich fühlte.

»Er ist auch im Reiseführer erwähnt«, sagte Golenischtschew von dem Palazzo, den Wronskij gemietet hatte. »Dort ist ein herrlicher Tintoretto, aus seiner letzten Periode.«

Wissen Sie was? Das Wetter ist wunderbar, wir wollen hingehen und ihn uns noch einmal ansehen«, sagte Wronskij zu Anna.

»Sehr gern, ich will gleich meinen Hut aufsetzen. Ist es sehr heiß?« sagte sie, an der Tür stehenbleibend und Wronskij fragend ansehend. Und wieder überzog eine dunkle Röte ihr Gesicht.

Wronskij merkte an ihrem Blick, daß sie nicht wußte, wie er mit Golenischtschew verkehren wollte, und daß sie fürchtete, sich nicht so benommen zu haben, wie er es wünschte.

Er sah sie mit einem langen, zärtlichen Blick an.

»Nein, es ist nicht sehr heiß«, sagte er.

Und es schien ihr, als hätte sie alles verstanden, vor allem, daß er mit ihr zufrieden war; sie lächelte ihm zu und ging mit schnellen Schritten hinaus.

Die Freunde sahen einander an, und auf beider Gesichter zeigte sich eine gewisse Verlegenheit, wie wenn Golenischtschew, der offenbar von ihr entzückt war, etwas über sie sagen wollte und nicht die richtigen Worte fände, während Wronskij dasselbe wünschte und doch fürchtete.
»Ja«, sagte Wronskij, um irgendwie ein Gespräch in Gang zu bringen, »du hast dich also hier niedergelassen? Und du beschäftigst dich immer noch mit derselben Sache«, fuhr er fort, denn er erinnerte sich, daß ihm jemand gesagt hatte, Golenischtschew schreibe etwas.
»Ja, ich schreibe an dem zweiten Teil meiner ›Zwei Prinzipien‹«, sagte Golenischtschew, der bei dieser Frage vor Freude ganz rot geworden war, »das heißt, um genau zu sein, ich schreibe noch nicht, sondern mache Vorarbeiten und sammle Material. Dieser Teil wird viel umfangreicher werden und fast alle Probleme behandeln. Bei uns in Rußland will man nicht begreifen, daß wir die Erben von Byzanz sind«, begann er eine lange, leidenschaftliche Erörterung.
Wronskij fühlte sich anfangs etwas unbehaglich, weil er den ersten Teil der ›Zwei Prinzipien‹ nicht gelesen hatte, den der Autor bei ihm als bekannt voraussetzte. Aber als Golenischtschew dann seine Gedanken darzulegen begann und Wronskij ihm folgen konnte, hörte er, auch ohne die ›Zwei Prinzipien‹ zu kennen, mit Interesse zu, weil Golenischtschew wirklich gut sprach. Aber die Gereiztheit und Erregung, mit der Golenischtschew über sein Thema sprach, das ihn sehr beschäftigte, erregte Wronskijs Erstaunen und Bedauern. Je länger Golenischtschew redete, desto mehr glühten seine Augen, desto eifriger antwortete er seinen imaginären Gegnern, und desto erregter und erbitterter wurde sein Gesicht. Wronskij erinnerte sich noch sehr gut, was für ein schmächtiger, lebhafter, gutmütiger, anständiger Junge Golenischtschew gewesen war, daß er im Pagenkorps immer der beste Schüler gewesen war, und konnte den Grund dieser Gereiztheit nicht verstehen und hielt sie für einen

Fehler. Besonders mißfiel ihm, daß Golenischtschew, ein Mann aus den besten Kreisen, sich mit irgendwelchen Skribenten, die ihn attackierten, auf eine Stufe stellte und sich über sie ärgerte. War die Sache das denn wert? Das gefiel Wronskij nicht, aber er bedauerte Golenischtschew trotzdem, denn er fühlte, daß er unglücklich war. Das sah man an seinem beweglichen, recht hübschen Gesicht, aus dem tiefes Unglück, fast Geistesgestörtheit sprach, als er hastig und hitzig seine Gedanken entwickelte, ohne zu bemerken, daß Anna wieder hereingekommen war.
Als Anna in Hut und Umhang erschien und, den Sonnenschirm in der schönen Hand schnell hin und her drehend, neben Wronskij stehenblieb, wandte er sich mit einem Gefühl der Erleichterung von den unverwandt auf ihn gerichteten, klagenden Blicken Golenischtschews ab und sah seine reizende, lebensfrohe Freundin mit neuer Liebe an. Golenischtschew gewann nur mit Mühe seine Fassung wieder und war anfangs sehr niedergeschlagen und finster; aber Anna, die es in dieser Zeit mit allen Menschen gut meinte, heiterte ihn durch ihre schlichte, muntere Art bald auf. Nachdem sie es mit verschiedenen Gesprächsthemen versucht hatte, brachte sie ihn auf die Malerei, über die er sehr schön sprach, und hörte ihm aufmerksam zu. Sie gingen zu Fuß bis zu dem kürzlich gemieteten Haus und besichtigten es.
»Eins freut mich ganz besonders«, sagte Anna auf dem Rückweg zu Golenischtschew, »Alexej wird hier ein gutes Atelier haben. Du mußt dir dieses Zimmer unbedingt nehmen«, sagte sie zu Wronskij auf russisch und sprach ihn mit du an, da sie schon erkannt hatte, daß Golenischtschew ihnen in ihrer Einsamkeit näherkommen werde, und daß sie sich vor ihm nicht zu verstellen brauchte.
»Malst du denn?« fragte Golenischtschew, sich schnell an Wronskij wendend.
»Ja, ich habe mich vor langer Zeit damit beschäftigt, und jetzt habe ich wieder angefangen«, sagte Wronskij errötend.

»Er hat ein großes Talent«, sagte Anna mit freudigem Lächeln. »Ich kann es natürlich nicht beurteilen, aber wirkliche Kenner haben es auch gesagt.«

8

Anna fühlte sich in der ersten Periode ihrer Freiheit und ihrer schnellen Genesung unverzeihlich glücklich und voll Lebensfreude. Der Gedanke an das Unglück ihres Mannes trübte ihr Glück nicht. Das alles war einerseits so schrecklich, daß sie nicht daran denken mochte, und andererseits hatte das Unglück ihres Mannes ihr ein so großes Glück gegeben, daß sie keine Reue empfinden konnte. Die Erinnerung an alles, was nach ihrer Krankheit geschehen war: die Versöhnung mit ihrem Mann, der Bruch, die Nachricht von Wronskijs Verwundung, sein Wiedererscheinen, die Vorbereitungen zur Scheidung, die Abreise aus dem Haus ihres Mannes, der Abschied von ihrem Sohn – das alles erschien ihr wie ein Fiebertraum, aus dem sie erst erwachte, als sie allein mit Wronskij im Ausland war. Die Erinnerung an das Böse, das sie ihrem Mann zugefügt hatte, erweckte ein Gefühl des Widerwillens in ihr, wie es ein Mensch empfinden mag, der am Ertrinken ist und einen anderen Menschen, der sich an ihn klammert, von sich stößt. Der andere war ertrunken. Das war natürlich schlecht gehandelt, aber es war die einzige Rettung, und es war das beste, an diese furchtbaren Einzelheiten nicht mehr zu denken.

Im ersten Augenblick nach dem Bruch war ihr nur ein einziger beruhigender Gedanke gekommen, an den sie sich wieder erinnerte, als sie jetzt über das Vergangene nachdachte: ›Ich konnte es nicht vermeiden, diesen Menschen unglücklich zu machen‹, dachte sie, ›aber ich will aus seinem Unglück keinen Nutzen ziehen. Auch ich leide und werde immer leiden; ich habe verloren, was mir das Teuerste war, meinen ehrlichen Namen und meinen Sohn. Ich habe schlecht gehandelt, und darum will ich kein Glück und keine Scheidung; die Schande und die Trennung von meinem Sohn, das ist mein Leid.‹ Aber so aufrichtig Anna auch leiden wollte, sie litt nicht. Von Schande war nichts zu spüren. Mit dem Taktgefühl, das sie beide besaßen, gingen sie im Ausland russischen Damen aus dem Weg, kamen nie in eine schiefe Lage und verkehrten nur mit Leuten, die sich den Anschein gaben, als verstünden sie ihr Verhältnis viel besser, als sie es selbst verstanden. Selbst die Trennung von ihrem Sohn, den sie so sehr liebte, bereitete ihr in der ersten Zeit keinen allzu großen Schmerz. Das kleine Mädchen, *sein* Kind, war so reizend und hatte Annas Liebe so sehr gewonnen, seit ihr nur dieses eine Kind geblieben war, daß sie nur selten an ihren Sohn dachte.

Annas Lebenslust, durch die Genesung noch erhöht, war so groß und ihre Lebensverhältnisse waren so neu und angenehm, daß sie sich unverzeihlich glücklich fühlte. Je näher sie Wronskij kennenlernte, desto mehr liebte sie ihn. Sie liebte ihn um seiner selbst willen und wegen seiner Liebe zu ihr. Ihn ganz zu besitzen, war ihr eine immerwährende Freude. Seine Nähe war ihr immer angenehm. Alle Eigenheiten seines Charakters, den sie immer besser kennenlernte, waren ihr unsagbar lieb. Sein Äußeres, das durch die Zivilkleidung ganz verändert war, hatte für sie einen solchen Reiz wie für ein verliebtes junges Mädchen. In allem, was er sagte, dachte und tat, sah sie etwas besonders Edles und Erhabenes. Oft erschrak sie darüber, wie sehr sie ihn bewunderte; sie suchte nach Fehlern an ihm, konnte aber keine finden. Sie wagte ihm nicht zu zeigen, wie gering sie sich ihm gegenüber vorkam. Sie glaubte, er könne aufhören sie zu lieben, wenn er das wüßte, und sie fürchtete jetzt nichts so sehr wie den Verlust seiner Liebe, obwohl sie keinerlei Anlaß dazu hatte. Aber sie konnte nicht anders als ihm dankbar sein für sein Verhalten ihr gegenüber, sie mußte ihm zeigen, wie sehr sie das schätzte. Er, der ihrer

Meinung nach entschieden zur staatsmännischen Tätigkeit berufen war und auf diesem Gebiet gewiß eine bedeutende Rolle gespielt hätte, hatte ihr seinen Ehrgeiz zum Opfer gebracht, ohne jemals das geringste Bedauern darüber zu zeigen. Er war noch liebevoller und ehrerbietiger zu ihr als früher und unermüdlich darauf bedacht, daß sie das Peinliche ihrer Lage niemals empfand. Er, dieser energische Mann, widersprach ihr nie, hatte ihr gegenüber überhaupt keinen eigenen Willen und schien nur damit beschäftigt, ihre Wünsche im voraus zu erraten. Und sie konnte nicht umhin, ihm dieses Verhalten hoch anzurechnen, obwohl diese Aufmerksamkeit ihr gegenüber, diese Atmosphäre liebender Fürsorge, mit der er sie umgab, sie manchmal bedrückten.

Wronskij war nicht ganz glücklich, obwohl alles in Erfüllung gegangen war, was er so lange gewünscht hatte. Er merkte bald, daß die Erfüllung seines Wunsches ihm nur ein Sandkorn von dem Berg von Glück geschenkt hatte, den er erwartet hatte. Diese Erfüllung brachte ihm den ewigen Fehler zum Bewußtsein, den die Menschen machen, wenn sie glauben, das Glück sei die Erfüllung ihrer Wünsche. In der ersten Zeit, nachdem er sich mit ihr vereinigt und Zivil angezogen hatte, empfand er den ganzen Reiz der Freiheit überhaupt, die er bisher nicht gekannt hatte, und der Freiheit der Liebe im besonderen, und er war zufrieden. Aber das dauerte nicht lange. Er fühlte bald, daß sich in seiner Seele der Wunsch regte, wieder etwas zu wünschen: er langweilte sich. Ohne es selbst zu wollen, klammerte er sich an jede flüchtige Laune und sah in ihr einen Wunsch und ein Ziel. Die sechzehn Stunden des Tages mußten irgendwie ausgefüllt werden, da er und Anna im Ausland in vollständiger Freiheit lebten, fern von jenem gesellschaftlichen Leben, das in Petersburg so viel Zeit beanspruchte. An Junggesellenvergnügungen, die Wronskij sich auf früheren Auslandsreisen gestattet hatte, war jetzt nicht mehr zu denken, denn der einzige Versuch, den er in dieser Richtung unternommen hatte, ein etwas länger dauerndes Souper mit Bekannten, hatte bei Anna eine ganz unerwartete und unangebrachte Niedergeschlagenheit hervorgerufen. In der einheimischen und der russischen Gesellschaft zu verkehren, war bei der Unklarheit ihres Verhältnisses ebenfalls unmöglich. Die Besichtigung der Sehenswürdigkeiten hatte, abgesehen davon, daß er alles schon früher gesehen hatte, für ihn als Russen und klugen Menschen nicht jene unerklärliche Bedeutung, die die Engländer dieser Sache beimessen. Und wie ein hungriges Tier jeden Gegenstand packt, der ihm in den Weg kommt, in der Hoffnung, Nahrung zu finden, so stürzte sich auch Wronskij ganz unbewußt bald auf die Politik, bald auf neue Bücher, bald auf Gemälde.

Er hatte von klein auf eine gewisse Begabung zum Malen gehabt, und da er nicht wußte, was er mit seinem vielen Geld anfangen sollte, hatte er angefangen, Kupferstiche zu sammeln. Darum beschäftigte er sich jetzt mit Malerei und legte den ganzen Überschuß von Wünschen hinein, der nach Befriedigung verlangte.

Er besaß ein gewisses Kunstverständnis und die Fähigkeit, ein Kunstwerk getreu und mit Geschmack nachzubilden, und darum glaubte er das zu besitzen, was ein Künstler braucht, und nachdem er eine Zeitlang geschwankt hatte, welche Gattung der Malerei er wählen sollte, die religiöse, historische, realistische oder Genremalerei, begann er zu malen. Er hatte für alle Gattungen Verständnis und ließ sich von der einen und von der anderen anregen, aber er konnte sich nicht vorstellen, daß man gar nicht zu wissen braucht, was für Richtungen es in der Malerei gibt, und unmittelbar durch das angeregt wird, was man in der Seele hat, ohne sich darum zu kümmern, ob das, was man malt, zu einem bestimmten Genre gehört. Da er das nicht wußte und sich nicht unmittelbar durch das Leben anregen ließ, sondern mittelbar durch ein in der Kunst schon verkörpertes Leben,

ließ er sich sehr schnell und leicht anregen und erreichte ebenso schnell und leicht, daß das, was er malte, der Gattung sehr ähnlich war, die er nachahmen wollte.
Am meisten gefiel ihm die anmutige und effektvolle französische Richtung, und in diesem Stil begann er ein Porträt Annas im italienischen Kostüm zu malen, und dieses Bild schien ihm und allen, die es sahen, sehr gelungen.

9

Der alte, verwahrloste Palazzo mit den hohen Stuckdecken und den Fresken an den Wänden, mit den Mosaikfußböden, den schweren, gelben Vorhängen an den hohen Fenstern, den Vasen auf Konsolen und Kaminen, den geschnitzten Türen und den mit Gemälden vollgehängten Sälen — dieser Palazzo bestärkte Wronskij, nachdem sie dorthin übergesiedelt waren, in der angenehmen Täuschung, daß er weniger ein russischer Gutsbesitzer und Hofjägermeister z. D. als ein hochgebildeter Freund und Gönner der Künste und selbst ein bescheidener Künstler sei, der um einer geliebten Frau willen auf seine Stellung in der Gesellschaft, seine guten Beziehungen und auf allen Ehrgeiz verzichtet hatte.
Nach der Übersiedlung in den Palazzo gelang es Wronskij ausgezeichnet, diese einmal erwählte Rolle zu spielen, und nachdem er durch Golenischtschews Vermittlung noch einige interessante Leute kennengelernt hatte, war er in der ersten Zeit ganz ruhig. Er malte unter der Anleitung eines italienischen Professors Studien nach der Natur und beschäftigte sich mit dem italienischen Leben im Mittelalter. Dieses Leben fesselte Wronskij in der letzten Zeit so sehr, daß er sogar den Hut und das über die Schulter geworfene Plaid wie die Italiener des Mittelalters trug, was ihm sehr gut stand.
»Und wir leben hier und wissen von nichts«, sagte Wronskij eines Morgens zu Golenischtschew, der zu ihm gekommen

war. »Hast du das Bild von Michajlow gesehen?« fragte er, reichte ihm eine soeben eingetroffene russische Zeitung und zeigte auf einen Artikel über einen russischen Maler, der in derselben Stadt wohnte und ein Gemälde vollendet hatte, von dem schon lange geredet wurde und das schon im voraus einen Käufer gefunden hatte. Dieser Artikel enthielt Vorwürfe gegen die Regierung und gegen die Akademie, weil man diesen hervorragenden Künstler nicht gefördert und unterstützt hatte.

»Ja, ich habe es gesehen«, antwortete Golenischtschew. »Er ist nicht unbegabt, aber er vertritt eine völlig verkehrte Richtung. Immer dieselbe Auffassung der Christusgestalt und der religiösen Malerei, wie bei Iwanow, Strauss und Renan.«

»Was ist denn auf dem Bild dargestellt?« fragte Anna.

»Christus vor Pilatus. Christus ist als Jude dargestellt, mit dem ganzen Realismus der neuen Schule.«

Und Golenischtschew, den die Frage nach dem Thema des Bildes auf eines seiner Lieblingsthemen gebracht hatte, begann seine Gedanken darzulegen.

»Ich begreife einfach nicht, wie man einen so groben Mißgriff begehen kann. Christus hat doch schon seine ein für allemal feststehende Verkörperung in der Kunst der großen alten Meister gefunden. Wenn man also nicht einen Gott, sondern einen Revolutionär oder einen Weisen darstellen will, soll man sich Sokrates oder Franklin oder Charlotte Corday auswählen, aber nicht Christus. Die neuen Maler wählen gerade die Persönlichkeit, die sie im Interesse der Kunst nicht wählen dürften, und dann...«

»Ist es wahr, daß dieser Michajlow in solcher Armut lebt?« fragte Wronskij, der dachte, daß er als russischer Mäzen den Künstler unterstützen müsse, ganz gleich, ob sein Bild gut oder schlecht sei.

»Ich kann es mir kaum denken. Er ist ein ausgezeichneter Porträtmaler. Haben Sie sein Bild der Wasiltschikowa gesehen? Aber er will anscheinend keine Porträts mehr malen, und deshalb kann es schon sein, daß er wirklich in Not ist. Ich wollte nur sagen...«

»Könnte man ihn nicht bitten, Anna Arkadjewnas Porträt zu malen?« fragte Wronskij.

»Warum denn mein Porträt?« fragte Anna. »Nachdem du mich gemalt hast, mag ich kein anderes Bild haben. Er soll lieber Anni malen« (so nannte sie ihr kleines Mädchen). »Da ist sie ja«, fügte sie hinzu, als sie bei einem Blick durchs Fenster die schöne italienische Amme sah, die das Kind in den Garten trug, und blickte sich verstohlen nach Wronskij um. Die schöne Amme, deren Kopf Wronskij für ein Bild benutzte, an dem er malte, war der einzige geheime Kummer in Annas Leben. Während Wronskij die Amme malte, bewunderte er ihre Schönheit und ihren mittelalterlichen Typus, und Anna wagte nicht, sich einzugestehen, daß sie nahe daran war, auf diese Amme eifersüchtig zu werden, und darum war sie besonders freundlich zu ihr und verwöhnte sie und ihren kleinen Sohn.

Wronskij blickte ebenfalls aus dem Fenster, sah dann Anna in die Augen, wandte sich aber sofort wieder zu Golenischtschew und sagte:

»Kennst du diesen Michajlow?«

»Ich bin ihm ein paarmal begegnet. Er ist ein Sonderling und ohne jede Bildung. Wissen Sie, einer von diesen kulturlosen modernen Menschen, wie man sie jetzt oft findet; einer von jenen Freidenkern, die d'emblée in den Begriffen des Unglaubens, der Verneinung und des Materialismus aufgezogen wurden. Früher«, redete Golenischtschew weiter, ohne zu bemerken oder bemerken zu wollen, daß sowohl Anna als auch Wronskij gern etwas gesagt hätten, »früher war ein Freidenker ein Mann, der in den Begriffen der Religion, des Gesetzes, der Moral aufgewachsen und selbst durch Kampf und Arbeit zum Freidenkertum gelangt war. Heute aber haben wir einen neuen Typus von Freidenkern, solche, die es gleich von Geburt an sind, die aufwachsen, ohne überhaupt gehört zu haben, daß es Gesetze der Moral und Religion und Autoritäten gegeben hat. Sie wachsen einfach in der Idee der allgemeinen Negation auf, das heißt als Wilde. Und er ist auch so einer. Ich glaube, er ist der Sohn eines Moskauer Kammerlakaien und hat gar keine Erziehung genossen. Als er auf der Akademie war und sich schon einen Namen gemacht hatte, wollte er sich auch eine gewisse Bildung aneignen, denn er ist kein dummer Mensch. Und er wandte sich dem zu, was er für den Quell der Bildung hielt: er las Zeitschriften. Sehen Sie, in alten Zeiten hätte ein Mensch, der sich bilden wollte, etwa ein Franzose, zunächst alle Klassiker gelesen, die Theologen, die Tragiker, die Geschichtsschreiber und Philosophen, und dabei hätte er viel geistige Arbeit leisten müssen. Aber bei uns im heutigen Rußland stürzte er sich geradewegs auf die verneinende Literatur, eignete sich sehr schnell die Quintessenz der verneinenden Wissenschaft an, und fertig. Und nicht genug damit: vor zwanzig Jahren hätte er in dieser Literatur die Anzeichen eines Kampfes gegen die Autoritäten, gegen jahrhundertealte Anschauungen gefunden, er hätte an diesem Kampf gesehen, daß es vorher etwas anderes gegeben hat, jetzt aber kommt er geradewegs auf eine Literatur, in der man die alten Anschauungen nicht einmal bestreitet, weil man findet, daß sie das gar nicht wert sind, und einfach erklärt: es gibt überhaupt nichts, Evolution, Auslese, Kampf ums Dasein, und fertig! Ich habe in meinem Aufsatz...«

»Wissen Sie was?« sagte Anna, die schon lange heimliche Blicke mit Wronskij gewechselt hatte und wußte, daß er sich für den Bildungsgang dieses Künstlers gar nicht interessierte, sondern nur überlegte, wie er ihm helfen und ein Porträt bei ihm bestellen könne. »Wissen Sie was?« unterbrach sie entschlossen den redseligen Golenischtschew. »Wir wollen ihm einen Besuch machen!«

Golenischtschew besann sich und erklärte sich einverstanden. Da der Maler in einem entlegenen Stadtteil wohnte, beschloß man, einen Wagen zu nehmen.
Eine Stunde später fuhren sie, Anna neben Golenischtschew, Wronskij auf dem Vordersitz der Kutsche, vor einem neuen, häßlichen Haus vor. Von der Frau des Hausmeisters, die ihnen entgegenkam, erfuhren sie, daß Michajlow den Besuch seines Ateliers gestatte, aber im Augenblick in seiner wenige Schritte von hier entfernten Wohnung sei. Sie schickten die Frau mit ihren Visitenkarten zu ihm und ließen um die Erlaubnis bitten, seine Bilder zu besichtigen.

10

Der Maler Michajlow war wie immer bei der Arbeit, als ihm die Karten des Grafen Wronskij und Golenischtschews gebracht wurden. Am Morgen hatte er in seinem Atelier an einem großen Gemälde gearbeitet. Nach Hause zurückgekehrt, hatte er sich über seine Frau geärgert, weil sie mit der Hauswirtin nicht fertig wurde, die Geld haben wollte.
»Ich habe dir schon zwanzigmal gesagt: laß dich auf keine Auseinandersetzungen ein. Aber du bist ein dummes Frauenzimmer, und wenn du erst anfängst, italienisch zu reden, bist du noch dreimal so dumm«, sagte er nach langem Gezänk zu ihr.
»Dann sorg doch dafür, daß Geld im Haus ist. Ich bin nicht schuld. Wenn ich Geld hätte...«
»Laß mich um Gottes willen in Ruhe!« schrie Michajlow, den Tränen nahe, hielt sich die Ohren zu, ging in sein Arbeitszimmer hinter der Trennwand und schloß sich dort ein. »Dummes Frauenzimmer!« murmelte er vor sich hin, setzte sich an den Tisch, schlug eine Mappe auf und machte sich sofort mit besonderem Eifer an eine angefangene Zeichnung.
Nie arbeitete er mit größerem Eifer und Erfolg, als wenn es

ihm schlecht ging, und besonders, wenn er sich mit seiner Frau gezankt hatte. ›Ach, man möchte am liebsten davonlaufen!‹ dachte er, während er weiterarbeitete. Er zeichnete eine Skizze für die Gestalt eines Mannes, der einen Wutanfall hat. Diese Skizze hatte er schon vor einer Weile begonnen, aber sie befriedigte ihn nicht. »Nein, die erste war doch besser... Wo ist sie nur?« Er ging wieder zu seiner Frau und fragte, ohne sie anzusehen, mit finsterem Gesicht sein ältestes Töchterchen, wo das Blatt Papier sei, das er den Kindern gegeben habe. Das Blatt mit der verworfenen Skizze fand sich auch, war aber beschmutzt und mit Stearin betropft. Er nahm die Skizze trotzdem mit, legte sie vor sich auf den Tisch, trat zurück und betrachtete sie mit zusammengekniffenen Augen. Plötzlich lächelte er und schwenkte erfreut die Arme.

»So ist es richtig, so ist es richtig!« sagte er, griff sofort zum Bleistift und begann hastig zu zeichnen. Der Stearinfleck hatte dem Mann eine neue Stellung gegeben.

Er zeichnete diese neue Stellung, und plötzlich fiel ihm das energische Gesicht seines Zigarrenhändlers mit dem vorspringenden Kinn ein, und er gab dem Mann auf der Zeichnung dieses Gesicht und dieses Kinn. Er lachte vor Freude. Der Kopf wirkte plötzlich nicht mehr tot und gekünstelt, sondern sehr lebendig und war so gut gelungen, daß er nichts mehr daran zu ändern brauchte. Dieser Kopf lebte und war klar und eindeutig charakterisiert. Er brauchte nur einige Details der Zeichnung zu verbessern, er mußte die Haltung der Beine und des linken Armes ändern und das Haar nach hinten zurückgeworfen darstellen. Aber wenn er diese Veränderungen vornahm, änderte er die Figur dadurch nicht, sondern beseitigte nur das, was sie verhüllte. Er entfernte gleichsam die Hüllen von der Figur, die sie beeinträchtigt hatten. Jeder neue Bleistiftstrich ließ die ganze Gestalt nur noch klarer in ihrer energischen Kraft hervortreten, so, wie er sie durch den Stearinfleck plötzlich gesehen hatte. Er war gerade dabei, die Figur vorsichtig zu beenden, als ihm die Visitenkarten gebracht wurden.

»Sofort, sofort!«

Er ging zu seiner Frau.

»Laß es gut sein, Sascha, sei mir nicht böse!« sagte er mit schüchternem, zärtlichem Lächeln zu ihr. »Du warst schuld, und ich war auch schuld. Ich werde alles in Ordnung bringen.« Und nachdem er sich mit seiner Frau versöhnt hatte, zog er seinen olivgrünen Mantel mit dem Samtkragen an, setzte den Hut auf und ging in sein Atelier. Daß ihm die Figur so gut gelungen war, hatte er schon wieder vergessen. Jetzt freute und erregte ihn nur der Besuch der vornehmen Russen, die im Wagen gekommen waren und sein Atelier sehen wollten.

Über sein großes Gemälde, das jetzt auf der Staffelei stand, hatte er im Grunde seiner Seele bereits ein bestimmtes Urteil gefällt: daß noch nie jemand ein solches Bild gemalt habe. Er glaubte zwar nicht, daß sein Bild besser sei als alle Werke Raffaels, aber er wußte, daß noch kein anderer Maler das dargestellt hatte, was er in seinem Bild wiedergeben wollte und wiedergegeben hatte. Das wußte er genau, er wußte es schon lange, schon seit der Zeit, wo er dieses Werk begonnen hatte; aber das Urteil anderer, ganz gleich, wer sie waren, hatte trotzdem eine große Bedeutung für ihn und erregte ihn zutiefst. Jede Bemerkung, auch die unbedeutendste, die zeigte, daß andere auch nur einen kleinen Teil von dem sahen, was er selbst in diesem Bild sah, erregte ihn sehr. Er setzte bei anderen immer ein viel tieferes Verständnis voraus, als er selbst es besaß, und erwartete stets, daß sie etwas in seinem Bild sahen, was er selbst noch nicht entdeckt hatte. Und oft meinte er es durch die Äußerungen der Betrachter wirklich zu finden.

Er ging mit schnellen Schritten auf die Tür seines Ateliers zu und war trotz seiner Erregung von der weichen Beleuchtung der Gestalt Annas überrascht, die im Schatten an der

Haustür stand, dem eifrig redenden Golenischtschew zuhörte, aber offenbar den Wunsch hatte, sich den näherkommenden Maler etwas genauer anzusehen. Er merkte selbst nicht, wie er, als er auf die Besucher zuging, diesen Eindruck erfaßte und verschlang, gerade wie das Kinn des Zigarrenhändlers, und den Eindruck irgendwo versteckte, um ihn wieder hervorzuholen, sobald er ihn brauchen würde. Die Besucher, die schon durch Golenischtschews Beschreibung des Malers enttäuscht waren, sahen sich durch sein Äußeres noch mehr enttäuscht. Michajlow, mittelgroß und stämmig, mit seinem tänzelnden Gang, seinem braunen Hut, dem olivgrünen Mantel und den engen Hosen, während schon längst nur weite getragen wurden, und vor allem mit seinem alltäglichen, breiten Gesicht, aus dem Schüchternheit und zugleich der Wunsch sprach, die eigene Würde zu wahren, machte einen unangenehmen Eindruck. »Bitte ergebenst«, sagte er, bemüht, ein gleichgültiges Gesicht zu machen, trat in den Hausflur, zog den Schlüssel aus der Tasche und schloß die Tür auf.

11

Als sie im Atelier waren, sah sich Michajlow noch einmal seine Gäste an und prägte seinem Gedächtnis noch den Ausdruck von Wronskijs Gesicht ein, besonders die Form der Backenknochen. Obwohl seine Phantasie unablässig arbeitete und neues Material sammelte, und obwohl seine Erregung stieg, je näher der Augenblick der Kritik über seine Arbeit kam, bildete er sich dennoch auf Grund kaum wahrnehmbarer Merkmale schnell und scharfsinnig ein Urteil über diese drei Menschen. Jener da, Golenischtschew, war ein hier ansässiger Russe. Michajlow erinnerte sich nicht mehr an seinen Namen und wußte auch nicht mehr, wo er ihm begegnet war, und was er mit ihm gesprochen hatte. Er erinnerte sich nur an sein Gesicht, wie er sich an alle Gesichter erinnerte, die er jemals gesehen hatte; aber er erinnerte sich auch, daß es eines jener Gesichter war, die er in seiner Phantasie in das riesige Fach der scheinbar bedeutenden und ausdrucksleeren Gesichter gelegt hatte. Das dichte Haar und die sehr hohe Stirn verliehen diesem Gesicht eine gewisse, rein äußerliche Bedeutsamkeit, aber in Wirklichkeit hatte es nur einen kleinlichen, kindlichen, unruhigen Ausdruck, der sich über dem schmalen Nasenrücken konzentrierte. Wronskij und Frau Karenina mußten nach Michajlows Vermutung vornehme, reiche Russen sein, die nichts von Kunst verstanden, wie alle diese reichen Russen, sich aber als Liebhaber und Kenner aufspielten. ›Gewiß haben sie alle alten Bilder schon gesehen und klappern jetzt die Ateliers der modernen Maler ab, waren bei diesem großmäuligen Deutschen und bei dem verrückten englischen Präraffaeliten und sind nur der Vollständigkeit halber auch zu mir gekommen‹, dachte er. Er kannte die Manier der Dilettanten (je klüger sie waren, desto schlimmer) sehr genau: sie besichtigten die Ateliers moderner Künstler nur deshalb, um sagen zu können, die Kunst sei doch sehr gesunken, und je mehr moderne Maler man kenne, desto klarer sehe man, daß die großen alten Meister unerreicht seien. Das alles erwartete er auch von diesen Besuchern, das alles las er auf ihren Gesichtern, sah es an der geringschätzigen Gleichgültigkeit, mit der sie sich unterhielten und die Gliederpuppen und Büsten betrachteten und ungeniert durchs Atelier gingen, während sie darauf warteten, daß er das Gemälde enthülle. Trotzdem empfand er, während er seine Studien umdrehte, die Vorhänge aufzog und das Leintuch von seinem Bild abnahm, eine starke Erregung, um so mehr, da trotz seiner Überzeugung, daß alle vornehmen, reichen Russen Esel seien, Wronskij und besonders Anna ihm gefielen.

»Hier, ist es gefällig?« sagte er, mit tänzelnden Schritten zur Seite tretend und auf das Gemälde zeigend. »Christus vor

Pilatus. Matthäus, Kapitel siebenundzwanzig«, sagte er und fühlte, daß seine Lippen vor Erregung zitterten. Er trat zurück und stellte sich hinter die Besucher.

In den wenigen Sekunden, in denen die Gäste das Gemälde schweigend betrachteten, sah auch Michajlow es an, und zwar mit dem gleichgültigen Blick eines Unbeteiligten. In diesen wenigen Sekunden glaubte er fest, daß sie ein maßgebendes, gerechtes Urteil fällen würden, gerade sie, diese Besucher, die er noch vor einer Minute so sehr verachtet hatte. Er hatte alles vergessen, was er früher von seinem Bild gedacht hatte, in den drei Jahren, in denen er es gemalt hatte; er hatte alle Vorzüge des Bildes vergessen, an denen er nie gezweifelt hatte: er betrachtete es jetzt mit ebenso gleichgültigem, unbeteiligtem Blick wie seine Besucher und fand nichts Gutes mehr daran. Er sah im Vordergrund das ärgerliche Gesicht des Pilatus und das ruhige Antlitz Christi und im Hintergrund die Gestalten der Knechte des Pilatus und das Gesicht des Johannes, der das Geschehen aufmerksam verfolgte. Jede einzelne Gestalt, die nach so langem Suchen, nach so vielen Irrtümern und Verbesserungen ihren besonderen Charakter gewonnen hatte, jede einzelne Gestalt, die ihm soviel Qual und soviel Freude bereitet hatte, und alle diese Gestalten zusammen, die er um des Gesamteindrucks willen so oft umgruppiert hatte, alle mit so großer Mühe erzielten Schattierungen des Kolorits und der Töne: das alles erschien ihm jetzt, wo er es mit den Augen seiner Gäste sah, als eine schon tausendmal wiederholte Trivialität. Die Christusgestalt, die er besonders liebte, der Mittelpunkt des Gemäldes, die Gestalt, die ihn in solche Begeisterung versetzt hatte, als sie ihm klar geworden war — alles war für ihn verloren, als er das Bild mit den Augen seiner Besucher betrachtete. Er sah eine gut gemalte (eigentlich nicht einmal gut gemalte, denn er entdeckte plötzlich eine Menge Fehler) Wiederholung der unzähligen Christusgestalten von Tizian, Raffael und Rubens, und dieselbe Wiederholung der Kriegsknechte und des Pilatus. Alles war trivial, armselig und veraltet, und es war sogar schlecht gemalt: bunt und schwächlich. ›Die Besucher haben ganz recht‹, dachte er, ›wenn sie in meiner Gegenwart ein paar heuchlerisch-höfliche Phrasen sagen und mich bedauern und verspotten, wenn sie unter sich sind.‹

Dieses Schweigen bedrückte ihn, obwohl es nicht länger als eine Minute dauerte. Um es zu brechen und zu zeigen, daß er nicht aufgeregt sei, nahm er sich mit Gewalt zusammen und sagte zu Golenischtschew:

»Ich glaube, ich hatte schon einmal das Vergnügen, Ihnen zu begegnen«, sagte er und sah dabei unruhig bald Anna, bald Wronskij an, um sich keine Veränderung ihres Gesichtsausdrucks entgehen zu lassen.

»Gewiß! Wir haben uns bei Rossi getroffen. Erinnern Sie sich? Auf der Abendgesellschaft, wo dieses italienische Fräulein, diese neue Rachel, deklamierte«, antwortete Golenischtschew ungezwungen, wandte sich ohne das geringste Bedauern von dem Gemälde ab und sah den Maler an.

Als er jedoch merkte, daß Michajlow ein Urteil über sein Bild erwartete, sagte er:

»Ihr Bild ist sehr vorgeschritten, seit ich es zum letztenmal gesehen habe. Und wie damals hat mich auch heute die Figur des Pilatus sehr überrascht. Man versteht diesen Menschen so gut, er ist ein braver, netter Kerl, ein eingefleischter Beamter, der nicht weiß, was er tut. Aber mir scheint...«

Das ganze bewegliche Gesicht Michajlows strahlte plötzlich, seine Augen leuchteten. Er wollte etwas sagen, aber er konnte vor Erregung nicht sprechen und tat, als müsse er husten. So gering er Golenischtschews Kunstverständnis auch einschätzte, so unbedeutend die an sich richtige Bemerkung über den wohlgetroffenen Beamtencharakter des Pilatus auch war, so verletzend es für ihn auch sein konnte, daß der Gast zuerst eine so nebensächliche Bemerkung machte und viel wichtigere Dinge nicht erwähnte, Michajlow war entzückt. Er selbst dachte über die Gestalt des Pilatus genau dasselbe, was Golenischtschew gesagt hatte. Daß diese Beobachtung nur eine von Millionen anderer Beobachtungen war, die ebenso zutreffen würden, wie Michajlow genau wußte, das verringerte in seinen Augen den Wert von Golenischtschews Bemerkung keineswegs. Er fand Golenischtschew um dieser Bemerkung willen sehr sympathisch, und seine Niedergeschlagenheit wandelte sich plötzlich in Begeisterung. Das Bild vor ihm gewann plötzlich Leben, und er sah seine ganze unsagbar komplizierte Vielfalt, die allem Lebendigen eigen ist. Michajlow versuchte noch einmal zu sagen, daß auch er den Pilatus so aufgefaßt habe, aber seine zitternden Lippen gehorchten ihm nicht, und er brachte kein Wort heraus. Wronskij und Anna sagten auch etwas in dem gedämpften Ton, in dem man in Gemäldeausstellungen zu sprechen pflegt, teils um den Künstler nicht zu kränken, teils um nicht laut eine Dummheit zu sagen, was bei Gesprächen über Kunst ja so leicht geschehen kann. Michajlow hatte das Gefühl, daß auch sie von seinem Bild beeindruckt waren. Er ging auf sie zu.

»Wie wunderbar ist der Ausdruck des Christuskopfes!« sagte Anna. Dieser Ausdruck gefiel ihr am besten von allem, was sie gesehen hatte; sie fühlte, daß er der Mittelpunkt des Gemäldes sei und daß dieses Lob dem Künstler daher besonders angenehm sein müsse. »Man sieht, daß Pilatus ihm leid tut.«

Das war wieder eine von Millionen treffender Beobachtungen, die man an seinem Gemälde und an der Christusgestalt machen konnte. Sie hatte gesagt, Christus habe Mitleid mit Pilatus. Das Gesicht Christi mußte auch Liebe ausdrücken, denn aus ihm mußte Liebe sprechen, überirdische Ruhe, Todesbereitschaft und das Bewußtsein, daß alle Worte überflüssig sind. Selbstverständlich mußte in Pilatus der Beamte und in Christus das Mitleid zum Ausdruck kommen, denn der eine verkörperte das fleischliche, der andere das geistige Leben. Das alles und noch vieles andere ging Michajlow durch den Kopf, und wieder strahlte sein Gesicht vor Entzücken.

»Ja, und wie diese Gestalt gemalt ist! Wieviel Luft um sie ist! Man könnte um sie herumgehen«, sagte Golenischtschew, der durch diese Bemerkung offenbar zeigen wollte, daß er den Inhalt und die Idee dieser Figur nicht billige.

»Ja, erstaunlich, meisterhaft!« sagte Wronskij. »Wie sich diese Gestalten vom Hintergrund abheben! Ja, das ist Technik!« sagte er zu Golenischtschew und spielte damit auf ein vorangegangenes Gespräch an, in dem er geäußert hatte, diese Technik könne er sich wohl niemals aneignen.

»Ja, erstaunlich!« bestätigten Anna und Golenischtschew.

Obwohl Michajlow sehr gehobener Stimmung war, fühlte er sich durch Wronskijs Bemerkung über die Technik schmerzlich berührt; er sah Wronskij zornig an und machte plötzlich ein finsteres Gesicht. Er hatte das Wort Technik oft gehört, konnte aber nicht begreifen, was damit gemeint war. Er wußte, daß man unter diesem Wort die rein mechanische, vom Inhalt völlig unabhängige Fähigkeit zu malen und zu zeichnen verstand. Oft hatte er gemerkt, wie auch bei dem jetzigen Lob, daß man die Technik dem inneren Gehalt gegenüberstellte, als ob es möglich wäre, etwas Schlechtes gut zu malen. Er wußte, daß viel Aufmerksamkeit und Vorsicht nötig war, um das Werk nicht zu beschädigen, wenn man die Hüllen von dem Idealbild abnahm, das einem vorschwebte, und um wirklich alle Hüllen zu entfernen, aber das war eben die Kunst des Malens – die Technik hatte nicht das geringste damit zu tun. Wenn das, was er sah, auch ein kleines Kind oder seine Köchin verstehen konnten, dann konnten auch sie das herausschälen, was sie gesehen hatten. Und andererseits konnte selbst der erfahrenste und geschickteste Techniker der

Malerei mit mechanischer Fertigkeit allein nichts malen, wenn ihm die Umgrenzung des Inhalts nicht schon vorher klar war. Außerdem sah er, daß, wenn man schon von Technik reden wollte, man gerade seine Technik nicht loben konnte. In allem, was er malte und gemalt hatte, sah er Mängel, die ihm in den Augen weh taten, und die von der Unvorsichtigkeit kamen, mit der er die Hüllen abgenommen hatte, und die er jetzt nicht mehr beseitigen konnte, ohne das ganze Werk zu verderben. Fast an allen Gestalten und Gesichtern sah er noch Reste nicht ganz abgenommener Hüllen, die das Bild verdarben.

»Das einzige, was man sagen könnte, wenn Sie mir diese Bemerkung gestatten...« begann Golenischtschew.

»Aber bitte, es freut mich sehr«, sagte Michajlow, gezwungen lächelnd.

»Bei Ihnen ist Christus ein göttlicher Mensch und nicht ein Mensch gewordener Gott. Übrigens, ich weiß, daß Sie das beabsichtigt haben.«

»Ich kann keinen Christus malen, der nicht in meiner Seele ist«, sagte Michajlow finster.

»Ja, aber in diesem Fall... wenn Sie mir gestatten, meinen Gedanken auszusprechen... Ihr Bild ist ja so gut, daß meine Bemerkung ihm keinen Abbruch tun kann, und außerdem ist es ja nur meine persönliche Meinung. Bei Ihnen ist das ja auch anders, das ganze Motiv ist anders. Aber nehmen wir zum Beispiel Iwanow. Ich meine, wenn er Christus auf die Stufe einer bloßen historischen Persönlichkeit stellen will, hätte er lieber ein anderes historisches Thema wählen sollen, ein neues Thema, das noch nicht behandelt wurde.«

»Wenn das aber das größte Thema ist, das sich der Kunst bietet?«

»Man muß nur suchen, dann finden sich auch andere Themen. Aber darum geht es nicht. Hier geht es darum, daß die Kunst keinen Streit und keine Debatten duldet. Angesichts des Bildes von Iwanow erhebt sich für den

Gläubigen und für den Ungläubigen die Frage: ist das ein Gott oder kein Gott? Und das zerstört die einheitliche Wirkung.«

»Wieso? Mir scheint, für gebildete Menschen gibt es hier gar nichts mehr zu streiten.«

Golenischtschew war anderer Meinung; er beharrte auf seiner Ansicht von der einheitlichen Wirkung des Kunstwerks und schlug Michajlow aus dem Feld.

Michajlow war sehr erregt, wußte aber nichts zur Verteidigung seiner Anschauung vorzubringen.

12

Anna und Wronskij bedauerten die kluge Geschwätzigkeit ihres Freundes und hatten schon längst heimliche Blicke gewechselt. Ohne eine Aufforderung des Malers abzuwarten, ging Wronskij schließlich auf ein anderes, kleines Bild zu.

»Ach, wie reizend, wie reizend! Wunderbar! Entzückend!« riefen sie beide wie aus einem Mund.

›Was gefällt ihnen denn so?‹ dachte Michajlow. Er hatte dieses schon vor drei Jahren gemalte Bild ganz vergessen. Vergessen all die Leiden und Freuden, die er bei diesem Bild erlebt hatte, als es ihn einige Monate lang Tag und Nacht unablässig beschäftigt hatte, vergessen, wie er stets seine Bilder vergaß, wenn sie fertig waren. Er mochte es gar nicht mehr ansehen und hatte es nur ausgestellt, weil er einen Engländer erwartete, der es kaufen wollte.

»Das ist nichts Besonderes, eine alte Studie«, sagte er.

»Wie schön!« rief Golenischtschew, der ebenfalls von dem Bild ehrlich entzückt schien.

Zwei Knaben saßen im Schatten einer Weide und angelten. Der eine, der ältere, hatte gerade die Angel ausgeworfen und führte den Schwimmer vorsichtig hinter einem Busch hervor; der andere, jüngere, lag im Gras, auf die Ellbogen

gestützt und den Kopf mit dem wirren blonden Haar in beide Hände geschmiegt, und schaute mit verträumten blauen Augen auf das Wasser. Woran mochte er denken?
Das Entzücken über sein Bild weckte in Michajlow die frühere Erregung, aber er fürchtete und haßte dieses müßige Gefühl für Vergangenes, und darum suchte er, so angenehm ihm das Lob auch war, seine Gäste auf ein drittes Bild aufmerksam zu machen.
Aber Wronskij fragte ihn, ob das Bild verkäuflich sei. Michajlow, den der Besuch sehr erregt hatte, war es sehr peinlich, jetzt von Geld zu reden.
»Es ist zum Verkauf ausgestellt«, sagte er mürrisch.
Als die Besucher gegangen waren, setzte sich Michajlow vor sein Bild ›Christus und Pilatus‹ und wiederholte in Gedanken alles, was die Besucher gesagt oder angedeutet hatten. Und seltsam, was für ihn so viel Gewicht gehabt hatte, als sie dagewesen waren und er in Gedanken ihren Standpunkt eingenommen hatte, das hatte jetzt alle Bedeutung für ihn verloren. Er betrachtete sein Bild mit seinem umfassenden künstlerischen Blick und war nun wieder überzeugt, daß es vollkommen und somit auch bedeutsam sei. Diese Überzeugung brauchte er für die alle anderen Interessen ausschließende geistige Spannung, ohne die er nicht arbeiten konnte.
Der eine in starker Verkürzung gezeichnete Fuß Christi schien ihm immer noch nicht richtig. Er griff zur Palette und machte sich an die Arbeit. Während er den Fuß korrigierte, betrachtete er immer wieder die Gestalt des Johannes im Hintergrund, die die Besucher gar nicht beachtet hatten, obwohl sie seiner Ansicht nach der Gipfel der Vollkommenheit war. Als der Fuß vollendet war, wollte er auch noch an dieser Figur arbeiten, aber er war zu sehr erregt. Er konnte nicht arbeiten, wenn er allzu kühl oder allzu weich gestimmt war und alles überdeutlich sah. Zwischen dieser Kälte und dieser Ekstase gab es nur eine einzige Stufe, auf

der er arbeiten konnte, aber jetzt war er zu aufgeregt. Er wollte das Bild wieder verhüllen, tat es aber nicht, sondern stand eine ganze Weile mit dem Laken in der Hand da und betrachtete die Gestalt des Johannes mit glücklichem Lächeln. Dann wandte er sich mit einem Anflug von Traurigkeit von dem Bild ab, ließ das Laken darüberfallen und ging müde, aber glücklich nach Hause.

Wronskij, Anna und Golenischtschew waren auf dem Heimweg besonders lebhaft und heiter. Sie sprachen von Michajlow und seinen Bildern. Das Wort Talent, unter dem sie eine angeborene, fast physische, von Geist und Herz unabhängige Begabung verstanden und womit sie alles bezeichnen wollten, was ein Künstler durchlebt, kam in ihrem Gespräch besonders oft vor, denn sie brauchten es, um etwas zu bezeichnen, wovon sie keine Ahnung hatten, worüber sie aber doch reden wollten. Sie sagten, man müsse zugeben, daß er Talent habe, aber sein Talent habe sich nicht entwickeln können, weil er keine Bildung besitze, und das sei überhaupt das Unglück aller russischen Künstler. Aber das Bild mit den Knaben hatte sie tief beeindruckt und sie kamen immer wieder darauf zurück. »Wie reizend! Wie gut ihm das gelungen ist, wie schlicht und natürlich! Er weiß selbst nicht, wie schön es ist! Ja, das dürfen wir uns nicht entgehen lassen, das müssen wir kaufen«, sagte Wronskij.

13

Michajlow hatte sein Bild an Wronskij verkauft und sich bereiterklärt, Annas Porträt zu malen. Am festgesetzten Tag kam er und begann mit der Arbeit.

Das Porträt überraschte nach der fünften Sitzung alle, besonders Wronskij, nicht nur durch seine Ähnlichkeit, sondern auch durch seine eigentümliche Schönheit. Es war seltsam, wie Michajlow diese eigentümliche Schönheit Annas hatte entdecken können. ›Eigentlich muß man sie so kennen und lieben, wie ich, um diesen innigen, seelenvollen Ausdruck an ihr zu entdecken‹, dachte Wronskij, obwohl er diesen Ausdruck erst aus diesem Porträt kennengelernt hatte. Aber dieser Ausdruck war so lebenswahr, daß es ihm und anderen schien, als hätten sie ihn schon längst gekannt.

»Ich mühe mich so lange ab und habe nichts zustande gebracht«, sagte er von seinem Bild, »und dieser Mensch sieht sie an und malt sie. Ja, das ist Technik!«

»Das kommt schon noch«, tröstete ihn Golenischtschew, nach dessen Ansicht Wronskij Talent und vor allem Bildung besaß, die allein eine höhere Kunstauffassung ermögliche. Golenischtschews Überzeugung, daß Wronskij Talent habe, wurde noch dadurch unterstützt, daß er Wronskijs Interesse und Lob für seine Aufsätze und Ideen brauchte und fühlte, daß Lob und Unterstützung gegenseitig sein müßten.

In einem fremden Haus, besonders in dem Palazzo bei Wronskij, war Michajlow ein ganz anderer Mensch als in seinem Atelier. Er benahm sich mit einer gewissen feindseligen Ehrerbietung, als fürchte er, Leuten näherzukommen, die er nicht achtete. Er redete Wronskij immer ›Euer Erlaucht‹ an, blieb trotz aller Einladungen Annas und Wronskijs nie zum Essen da und kam nur zu den Sitzungen. Anna war zu ihm noch freundlicher als zu allen anderen und war ihm für das Porträt aufrichtig dankbar. Wronskij behandelte ihn mehr als höflich und interessierte sich offenbar sehr für das Urteil des Künstlers über sein Bild. Golenischtschew ließ keine Gelegenheit vorübergehen, Michajlow richtige Anschauungen über die Kunst beizubringen. Aber Michajlow blieb gegen alle drei gleich kühl. Anna fühlte an seinem Blick, daß er sie gern ansah, aber er vermied es, mit ihr ins Gespräch zu kommen. Wenn Wronskij von seinen Malversuchen zu reden anfing, schwieg er hartnäckig, und ebenso hartnäckig schwieg er, wenn ihm ein Bild von Wronskij gezeigt wurde. Golenischtschews Gerede war ihm offenbar lästig, und er erwiderte nichts darauf.

Überhaupt gefiel ihnen Michajlows zurückhaltendes, unfreundliches, fast feindliches Benehmen sehr wenig, als sie ihn näher kennenlernten, und sie waren froh, als die Sitzungen zu Ende waren, das schöne Porträt in ihren Händen blieb und er nicht mehr zu ihnen kam.

Golenischtschew sprach als erster einen Gedanken aus, der ihnen allen durch den Kopf gegangen war: nämlich, daß Michajlow auf Wronskij neidisch sei.

»Selbst wenn er dich nicht beneidet, denn er hat ja Talent, so ärgert er sich doch, daß ein reicher, hoffähiger Mann, der dazu noch Graf ist (das hassen sie ja alle), ohne besondere Mühe dasselbe, wenn nicht Besseres leistet als er, der dieser Tätigkeit sein ganzes Leben gewidmet hat. Aber die Hauptsache ist doch immer die Bildung, und die hat er nicht.«

Wronskij nahm Michajlow in Schutz, aber im Grunde seines Herzens glaubte er es selbst, denn seiner Ansicht nach mußte ein Mensch aus einer niedrigen Gesellschaftsschicht ihn einfach beneiden.

Die beiden Porträts von Anna, die er und Michajlow nach der Natur gemalt hatten, hätten ihm den Unterschied zwischen seiner und Michajlows Kunst zeigen müssen. Aber er sah diesen Unterschied nicht. Er malte sein Porträt Annas nur nicht zu Ende und erklärte, das sei ja jetzt überflüssig. Aber an seinem Bild aus dem mittelalterlichen Leben arbeitete er weiter. Er selbst, Golenischtschew und besonders Anna fanden es sehr gut, weil es mit berühmten Gemälden weit mehr Ähnlichkeit hatte, als das große Gemälde Michajlows.

Das Porträt Annas hatte Michajlow zwar viel Freude gemacht, aber er war noch froher als seine Gönner, als die Sitzungen zu Ende waren und er Golenischtschews Geschwätz über Kunst nicht mehr anzuhören brauchte und Wronskijs Malerei vergessen durfte. Er wußte, daß man Wronskij nicht verbieten konnte, zu seinem Vergnügen zu malen; er wußte, daß er und alle anderen Dilettanten das

Recht hatten zu malen, was sie wollten, aber es war ihm unangenehm. Man kann einem Menschen nicht verbieten, sich eine große Wachspuppe zu machen und sie zu küssen. Aber wenn dieser Mensch mit seiner Puppe käme und sich vor einen Verliebten hinsetzte und anfinge, seine Puppe so zu liebkosen, wie der Verliebte sein Mädchen liebkost, wäre das dem Verliebten unangenehm. Dasselbe unangenehme Gefühl hatte Michajlow beim Anblick von Wronskijs Malerei: er fand sie lächerlich, er ärgerte sich, hatte Mitleid und fühlte sich gekränkt.

Wronskijs Begeisterung für die Malerei und für das Mittelalter dauerte nicht lange. Er besaß doch so viel Geschmack und Verständnis für die Malerei, daß er sein Bild nicht beenden konnte. Er hatte die unklare Empfindung, daß die Mängel des Werks, die sich anfangs wenig bemerkbar machten, immer stärker hervortreten würden, wenn er weiterarbeite. Es ging ihm ähnlich wie Golenischtschew, der fühlte, daß er eigentlich nichts zu sagen hatte und sich damit betrog, daß seine Ideen noch nicht ausgereift seien, daß er sie noch austragen und Material sammeln müsse. Aber Golenischtschew litt darunter und wurde verbittert. Wronskij hingegen war nicht imstande, sich zu quälen, sich zu betrügen oder gar verbittert zu werden. Mit der ihm eigenen Entschiedenheit des Charakters hörte er ohne ein Wort der Erklärung oder der Rechtfertigung auf, sich mit der Malerei zu beschäftigen.

Aber ohne diese Beschäftigung erschien ihm und Anna, die über seinen Verzicht erstaunt war, das Leben in der kleinen italienischen Stadt so langweilig, der Palazzo plötzlich so augenfällig alt und schmutzig, die Flecken auf den Gardinen, die Risse in den Fußböden, die abgestoßenen Stellen am Stuck der Simse so häßlich, der ewige Golenischtschew, der italienische Professor und der deutsche Reisende so langweilig, daß sie ihre Lebensweise unbedingt ändern mußten. Sie beschlossen nach Rußland zu fahren und aufs Land zu ziehen. In Petersburg wollte Wronskij die Erbteilung mit seinem Bruder vornehmen und Anna ihren Sohn wiedersehen. Den Sommer wollten sie auf dem großen Stammgut Wronskijs verbringen.

14

Lewin war bald drei Monate verheiratet. Er war glücklich, aber nicht so, wie er es erwartet hatte. Auf Schritt und Tritt sah er sich in seinen alten Träumen enttäuscht, doch dafür fand er ein neues unerwartetes Glück. Er war glücklich, aber seitdem er verheiratet war, sah er immer wieder, daß das ganz anders war, als er es sich vorgestellt hatte. Auf Schritt und Tritt empfand er, was ein Mensch empfindet, der vom Ufer aus einen sanft und glücklich auf dem See dahingleitenden Kahn entzückt beobachtet hat und nun selbst in diesen Kahn gestiegen ist. Plötzlich sieht er, daß es nicht genügt, nur still zu sitzen und nicht zu schaukeln — man muß überlegen, darf keinen Augenblick vergessen, wohin man will, daß man Wasser unter sich hat und rudern muß, daß die Arme von dieser ungewohnten Arbeit wehtun, daß es leicht ist, nur zuzuschauen, daß aber das Rudern, obwohl es viel Freude macht, doch sehr schwierig ist.

Wenn er früher noch als Junggeselle das Familienleben anderer Leute gesehen hatte, ihre kleinlichen Sorgen, Streitigkeiten und Eifersüchteleien, hatte er im stillen nur verächtlich gelächelt. Er war fest überzeugt, daß in seiner künftigen Ehe nichts dergleichen vorkommen könne, und glaubte, daß sogar die äußeren Formen seines Familienlebens in allem ganz anders sein müßten als bei anderen. Und nun hatte sein Zusammenleben mit seiner Frau gar nichts Besonderes, im Gegenteil, es setzte sich aus denselben nichtigen Kleinigkeiten zusammen, die er früher so verachtet hatte, die aber jetzt gegen seinen Willen eine außerordentliche, unbestreitbare Bedeutung erhielten. Und er sah, daß es gar nicht so leicht war, mit diesen Kleinigkeiten fertig zu werden, wie er sich das gedacht hatte. Obwohl er gemeint hatte, eine sehr klare Vorstellung vom Familienleben zu besitzen, hatte er sich, wie alle Männer, dieses Leben als reinen Liebesgenuß vorgestellt, den nichts beeinträchtigen könne und von dem man sich durch kleinliche Sorgen nicht ablenken lassen dürfe. Er hatte geglaubt, er würde nach wie vor seine Arbeit tun und sich dann in den Armen der Liebe ausruhen. Seine Frau sollte nur die Aufgabe haben, sich lieben zu lassen. Aber er vergaß, wie alle Männer, daß auch sie arbeiten mußte. Und er war ganz erstaunt, daß sie, diese reizende, poetische Kitty, nicht nur in den ersten Wochen, sondern gleich in den ersten Tagen ihrer Ehe es fertig brachte, an Tischtücher, Möbel, Matratzen für die Fremdenzimmer, Tabletts, Koch und Küche, Mittagessen und ähnliches zu denken und sich darum zu kümmern. Noch als Bräutigam hatte er über die Bestimmtheit gestaunt, mit der sie eine Reise ins Ausland abgelehnt und beschlossen hatte, gleich aufs Land zu ziehen, als wüßte sie schon, was nötig sei, und als könnte sie außer an ihre Liebe auch noch an etwas anderes denken. Das hatte ihn damals gekränkt, und auch jetzt kränkten ihn ihre kleinlichen Sorgen und Bemühungen manchmal. Aber er sah, das sie das brauchte. Und da er sie liebte, mußte er sich über diese eifrige Tätigkeit freuen, obwohl er nicht verstand, wozu das alles nötig war und sich oft darüber lustig machte. Er lächelte darüber, wie eifrig sie die aus Moskau mitgebrachten Möbel aufstellte, wie sie ihr eigenes und sein Zimmer neu einrichtete, Gardinen aufhängte, die Fremdenzimmer, ein Zimmer für Dolly und eins für ihre Zofe zurechtmachte, dem alten Koch Anweisungen wegen des Essens gab und sich mit Agafja Michajlowna herumstritt, der sie die Verwaltung der Vorratskammer abnehmen wollte. Er sah, daß der alte Koch lächelte und sie entzückt ansah, während er sich ihre unmöglichen Befehle anhörte;

er sah, daß Agafja Michajlowna über die neuen Anordnungen der jungen Herrin bedenklich den Kopf schüttelte; er sah, daß Kitty ganz allerliebst war, wenn sie lachend und weinend zu ihm kam, um sich darüber zu beklagen, daß das Dienstmädchen Mascha sie immer noch als das junge Fräulein betrachte und daß deshalb niemand auf sie hören wolle. All das schien ihm sehr nett, aber seltsam, und er dachte, daß es ohne das schöner wäre.

Er konnte ihr nicht recht nachfühlen, was sie bei dieser Veränderung ihrer Lebensweise empfand: wenn sie zu Hause manchmal Appetit auf Kohl mit Kwas oder auf Konfekt gehabt hatte, hatte sie oft weder das eine noch das andere bekommen können, jetzt aber konnte sie sich haufenweise Konfekt kaufen, Geld ausgeben, soviel sie wollte, und sich den Kuchen bestellen, den sie wünschte.

Sie freute sich schon jetzt auf den Besuch Dollys und der Kinder, vor allem deswegen, weil sie jedem der Kinder seinen Lieblingskuchen backen lassen wollte, und weil Dolly ihre neue Wohnungseinrichtung bewundern würde. Sie wußte selbst nicht, woher es kam, aber der Haushalt zog sie unwiderstehlich an. Sie fühlte instinktiv das Nahen des Frühlings, und weil sie wußte, daß es auch Regentage geben werde, baute sie ihr Nest, so gut sie es konnte, und sie hatte es eilig, zu bauen und dabei zu lernen, wie man das am besten macht.

Die kleinliche Besorgtheit Kittys, die Lewins Ideal von dem erhabenen Glück der ersten Ehezeit so wenig entsprach, war eine der Enttäuschungen, die er erlebte; aber diese reizende Besorgtheit, deren Sinn er nicht verstand, die ihm aber gefallen mußte, war zugleich auch eine neue Freude für ihn.

Eine andere Enttäuschung und Freude waren die Streitigkeiten. Lewin hatte sich nie vorstellen können, daß zwischen ihm und seiner Frau ein anderes Verhältnis möglich sei als das der zärtlichen Liebe und gegenseitiger Achtung, und nun hatten sie sich gleich in den ersten Tagen so arg gestritten, daß sie ihm gesagt hatte, er liebe sie nicht, er liebe nur sich allein, mit beiden Händen abgewinkt und geweint hatte.

Dieser erste Streit war dadurch entstanden, daß Lewin nach dem neuen Vorwerk geritten und eine halbe Stunde länger weggeblieben war, weil er auf einem kürzeren Weg zurückkehren wollte und sich verirrt hatte. Auf dem Heimweg dachte er nur an sie, an ihre Liebe, an sein Glück, und je näher er dem Haus kam, desto größer wurde seine zärtliche Sehnsucht nach ihr. Er stürmte zu ihr ins Zimmer mit ebenso starkem, ja mit noch stärkerem Gefühl wie damals, als er zu Schtscherbatzkijs gekommen war, um ihr einen Antrag zu machen. Und da empfing sie ihn mit so finsterem Gesicht, wie er es noch nie an ihr gesehen hatte. Er wollte sie küssen, aber sie stieß ihn zurück.

»Was hast du?«

»Du bist ja sehr vergnügt...« begann sie in gewollt ruhigem und bitterem Ton.

Aber kaum hatte sie den Mund geöffnet, da strömten Vorwürfe sinnloser Eifersucht und alles hervor, was sie in dieser halben Stunde gequält hatte, als sie regungslos am Fenster gesessen hatte. Erst jetzt begriff er zum erstenmal ganz klar, was er noch nicht verstanden hatte, als er sie nach der Trauung aus der Kirche geführt hatte. Er begriff, daß sie ihm nicht nur nahestand, sondern daß er jetzt nicht mehr wußte, wo sie aufhörte und er anfing. Er erkannte das an dem schmerzlichen Gefühl, das er in diesem Augenblick empfand, ein Gefühl, als würde er in zwei Teile gespalten. Im ersten Augenblick war er gekränkt, aber in der gleichen Sekunde fühlte er auch, daß sie ihn gar nicht kränken konnte, denn sie und er waren ja eins. Er hatte im ersten Augenblick ein Gefühl wie ein Mensch, der plötzlich einen heftigen Stoß von hinten erhält, sich zornig und rachedurstig umdreht, um den Schuldigen zu finden, und sich

überzeugen muß, daß er sich selbst gestoßen hat, daß niemand da ist, auf den er zornig sein könnte, und daß er den Schmerz ertragen und stillen muß.
In späteren Jahren empfand er das alles nie wieder so stark, aber bei diesem ersten Mal dauerte es sehr lange, bis er seine Fassung wiedergewonnen hatte. Ein natürliches Gefühl verlangte von ihm, sich zu rächen, sich zu rechtfertigen und ihr zu beweisen, daß sie unrecht habe; aber das würde sie noch mehr reizen und den Riß zwischen ihnen, der die Ursache des ganzen Kummers war, noch größer machen. Ein gewohntes Gefühl trieb ihn, die Schuld von sich zu weisen und ihr zuzuschieben; aber ein anderes, stärkeres Gefühl riet ihm, das Mißverständnis so schnell wie möglich zu beseitigen, damit es nicht noch größer werde. Eine so ungerechte Beschuldigung auf sich sitzenzulassen, war schmerzlich, aber Kitty durch eine Rechtfertigung weh zu tun, war noch schlimmer. Wie ein Mensch, der im Halbschlaf von Schmerzen gequält wird, wollte er den Schmerz loswerden, abschütteln, und fühlte, als er wieder zu sich kam, daß dieser Schmerz ein Teil seines Selbst war. Also mußte er versuchen, den Schmerz zu ertragen, und er bemühte sich, das zu tun.
Sie versöhnten sich. Kitty, die ihre Schuld eingesehen hatte, wenn sie es auch nicht zugab, war noch zärtlicher zu ihm, und sie empfanden ein neues, doppeltes Liebesglück. Aber das hinderte nicht, daß diese Streitereien sich wiederholten, sogar recht oft und bei dem unerwartetsten und nichtigsten Anlaß. Diese Streitereien kamen oft daher, daß sie noch nicht wußten, was dem andern besonders am Herzen lag und daß sie in dieser ersten Zeit beide oft schlechter Laune waren. Wenn der eine gut und der andere schlecht gelaunt war, wurde der Frieden nicht gestört; doch wenn sie beide mißgestimmt waren, gab es Zusammenstöße aus so unbegreiflich, nichtigen Gründen, daß sie sich später gar nicht mehr erinnern konnten, warum sie sich eigentlich gestritten

hatten. Freilich, wenn beide guter Laune waren, so war ihre Freude am Leben doppelt groß. Dennoch war diese erste Zeit sehr schwer für sie.

In der ganzen ersten Zeit machte sich eine gewisse Spannung besonders lebhaft spürbar, als ob die Kette, die sie verband, bald nach der einen, bald nach der anderen Seite gezogen würde. Überhaupt war der Honigmond, das heißt der erste Monat nach der Hochzeit, von dem Lewin nach der überlieferten Anschauung so viel erwartet hatte, keineswegs honigsüß, sondern blieb ihnen beiden als die schwerste, beschämendste Zeit ihres Lebens in Erinnerung. Beide bemühten sich in ihrem späteren Leben, all die häßlichen, beschämenden Zwischenfälle dieser krankhaften Periode, in der sie selten in normaler Stimmung gewesen waren, aus ihrem Gedächtnis auszulöschen.

Erst im dritten Monat ihrer Ehe, nach ihrer Rückkehr aus Moskau, wo sie einen Monat verbracht hatten, verlief ihr Leben gleichmäßiger.

15

Sie waren gerade aus Moskau zurückgekommen und freuten sich der Stille und Einsamkeit auf dem Gut. Er saß im Arbeitszimmer am Schreibtisch und schrieb. Sie saß in dem dunkellila Kleid, das sie in den ersten Tagen ihrer Ehe getragen hatte und das ihm besonders lieb war, auf dem Sofa, demselben alten Ledersofa, das schon im Arbeitszimmer von Lewins Großvater und Vater gestanden hatte, und stickte an einer broderie anglaise. Er überlegte und schrieb in dem steten freudigen Gefühl ihrer Gegenwart. Die Arbeit auf seinem Gut und an seinem Buch, in dem er die Grundlagen eines neuen Wirtschaftssystems darlegen wollte, hatte er nicht aufgegeben; und wie diese Arbeit und diese Ideen ihm früher kleinlich und nichtig erschienen waren im Vergleich zu der Finsternis, die das ganze Leben einhüllte, so erschien sie ihm jetzt unwichtig und kleinlich gegenüber dem hellen Licht des Lebens, das er noch vor sich hatte. Er setzte seine Arbeit fort, aber er fühlte, daß der Schwerpunkt seines Interesses jetzt anderswo lag und daß er deshalb die Dinge ganz anders und viel klarer sah. Früher war seine Arbeit für ihn die Rettung vor dem Leben gewesen. Früher hatte er das Gefühl gehabt, daß sein Leben ohne diese Arbeit zu trüb sein werde. Jetzt aber brauchte er diese Arbeit, damit sein Leben nicht zu einförmig licht sei. Als er wieder seine Papiere hervorgeholt und das Geschriebene noch einmal durchgelesen hatte, stellte er zu seiner Befriedigung fest, daß die Sache es wert sei, sich weiter damit zu beschäftigen. Viele seiner früheren Gedanken schienen ihm jetzt überflüssig und extrem, aber er entdeckte viele Lücken, als er sich die ganze Sache ins Gedächtnis zurückrief. Er schrieb jetzt ein neues Kapitel: über die Ursachen der ungünstigen Lage der Landwirtschaft in Rußland. Er suchte nachzuweisen, daß die Armut in Rußland nicht nur von der ungerechten Verteilung des Grundbesitzes und dem falschen Verwaltungssystem herrührte, sondern daß in letzter Zeit auch die dem Land so widernatürlich aufgepfropfte äußere Zivilisation dazu beigetragen habe, vor allem die Verkehrsmittel, die Eisenbahnen, die eine Zentralisation in den Städten mit sich brachten, das Steigen des Luxus und als Folge davon zum Schaden der Landwirtschaft die Entwicklung der Industrie, des Kreditwesens und seiner Begleiterscheinung, der Börse. Er war der Ansicht, daß bei der normalen Entwicklung des Wohlstands in einem Staat all diese neuen Erscheinungen erst dann einträten, wenn in der Landwirtschaft bereits ein hohes Maß an Arbeit geleistet sei und wenn in der Landwirtschaft geordnete oder zumindest geregelte Verhältnisse herrschten; daß der Reichtum eines Landes gleichmäßig anwachsen müsse und vor allem so, daß andere Erwerbszweige die Landwirtschaft nicht überflügelten; daß die Verkehrsmittel dem jeweiligen

Zustand der Landwirtschaft entsprechen müßten, daß bei der falschen Nutzung des Bodens in Rußland die Eisenbahnen, die ja keine wirtschaftliche, sondern eine politische Notwendigkeit bedeuteten, verfrüht seien und allen Erwartungen entgegen die Landwirtschaft nicht gehoben, sondern überflügelt und durch die von ihnen bewirkte Entwicklung der Industrie und des Kreditwesens zum Stillstand gebracht hätten, und daß darum, ebenso wie die einseitige und vorzeitige Entwicklung eines Organs der allgemeinen Entwicklung eines Lebewesens schade, das Kreditwesen, die Eisenbahnen und das Anwachsen der Industrie – in Europa zweifellos notwendige, weil zeitgemäße Dinge – der allgemeinen Entwicklung des Wohlstands in Rußland nur geschadet hätten, da sie eine höchst aktuelle Frage, die Reform der Landwirtschaft, in den Hintergrund gedrängt hätten.

Während er schrieb, dachte sie daran, mit welch unnatürlicher Höflichkeit ihr Mann den jungen Fürsten Tscharskij behandelt hatte, der ihr am Tag vor ihrer Abreise in sehr taktloser Weise den Hof gemacht hatte. ›Er ist ja eifersüchtig!‹ dachte sie. ›Mein Gott, wie lieb und wie dumm er ist! Eifersüchtig auf mich! Wenn er wüßte, daß alle diese Leute mir so gleichgültig sind wie unser Koch Peter‹, dachte sie und betrachtete mit einem seltsamen Gefühl des Besitzes seinen Nacken und seinen roten Hals. ›Es tut mir leid, ihn von seiner Arbeit abzulenken (aber die ist ja nicht so eilig), aber ich muß sein Gesicht sehen. Ob er wohl fühlt, daß ich ihn ansehe? Ich will, daß er sich umdreht... Ich will es!‹ Und sie öffnete die Augen ganz weit, um die Wirkung ihres Blicks zu verstärken.

»Ja, sie saugen alle Säfte aus und verleihen allem einen falschen Glanz«, murmelte er vor sich hin und hörte einen Augenblick auf zu schreiben. Da fühlte er, daß Kitty ihn ansah und lächelte, und sah sich um.

»Was ist denn?« fragte er lächelnd und stand auf.

›Er hat sich umgesehen!‹ dachte sie.

»Nichts, ich wollte nur, daß du dich umsiehst«, sagte sie, sah ihn an und versuchte zu erraten, ob er sich ärgerte, daß sie ihn gestört hatte.
»Ach, wie wohl fühlen wir uns zu zweien! Das heißt ich«, sagte er und ging mit glückstrahlendem Lächeln auf sie zu.
»Ich fühle mich auch so wohl. Ich will nirgends hin, am wenigsten nach Moskau.«
»Woran hast du gedacht?«
»Ich? Ich dachte... Nein, geh nur, schreib weiter, laß dich nicht stören«, sagte sie, die Lippen schürzend, »ich habe jetzt auch zu tun, ich muß diese Löcher ausschneiden, siehst du?«
Sie nahm die Schere und fing an auszuschneiden.
»Nein, sag mir doch, woran du gedacht hast«, bat er, setzte sich zu ihr und verfolgte die Kreisbewegungen der kleinen Schere.
»Woran ich gedacht habe? An Moskau und an deinen Nacken.«
»Warum bin gerade ich so glücklich? Das ist unnatürlich. Es ist zu schön!« sagte er und küßte ihr die Hand.
»Im Gegenteil, ich finde, je schöner es ist, desto natürlicher ist es.«
»Da hängt ja eine Haarsträhne herunter!« sagte er, ihren Kopf vorsichtig herumdrehend. »Sieh mal, hier! Nein, nein, wir wollen uns wieder an unsere Arbeit machen.«
Aber die Arbeit wurde nicht mehr fortgesetzt, und als Kusma hereinkam und meldete, daß der Tee serviert sei, fuhren sie wie ertappte Sünder auseinander.
»Ist der Bote aus der Stadt schon da?« fragte Lewin.
»Er ist eben gekommen und packt gerade aus.«
»Komm nur bald«, sagte Kitty im Hinausgehen zu ihrem Mann, »sonst lese ich die Briefe ohne dich. Und dann wollen wir vierhändig spielen.«
Als er allein war, legte er seine Hefte in die neue Mappe, die Kitty für ihn gekauft hatte, und wusch sich die Hände an

dem neuen Waschtisch mit dem neuen, eleganten Zubehör, das sie auch aus Moskau mitgebracht hatte. Lewin lächelte über seine Gedanken und schüttelte mißbilligend den Kopf; ein Gefühl wie Reue quälte ihn. Seine jetzige Lebensweise hatte etwas Beschämendes, Verweichlichtes, Capuanisches, wie er es nannte. ›Das ist nicht richtig‹, dachte er. ›Jetzt habe ich fast drei Monate so gut wie nichts getan. Heute habe ich zum erstenmal wieder ernsthaft gearbeitet, und was war? Kaum hatte ich angefangen, da habe ich schon wieder aufgehört. Sogar meine gewohnte Arbeit habe ich fast ganz aufgegeben. Ich mache kaum noch einen Inspektionsritt durch das Gut, weil es mir leid tut, Kitty allein zu lassen, oder weil ich sehe, daß sie sich langweilt. Und ich hatte gedacht, das Leben vor der Ehe wäre nur ein halbes Leben, kaum zu rechnen, und das wahre Leben finge erst mit der Ehe an. Und jetzt bin ich fast drei Monate verheiratet, und ich habe die Zeit noch nie so müßig und nutzlos verbracht wie jetzt. Nein, so kann es nicht weitergehen, ich muß wieder anfangen zu arbeiten. Natürlich ist sie nicht schuld daran, ihr kann ich keine Vorwürfe machen. Ich selbst hätte fester sein müssen, hätte meine männliche Unabhängigkeit wahren sollen. Aber wenn es so weitergeht, gewöhnen wir uns beide an dieses Leben ... Natürlich ist sie nicht schuld daran‹, sagte er zu sich selbst.

Aber ein unzufriedener Mensch neigt dazu, das, womit er unzufrieden ist, einem andern zum Vorwurf zu machen, besonders dem Menschen, der ihm am nächsten steht. Und Lewin hatte die unklare Vorstellung, daß Kitty zwar nicht schuld war (sie konnte an nichts schuld sein), wohl aber ihre allzu oberflächliche, frivole Erziehung. (›Dieser dumme Laffe, dieser Tscharskij! Sie wollte ihn zurückweisen, das weiß ich genau, aber sie wußte nicht, wie.‹) ›Ja, außer dem Interesse für den Haushalt — der interessiert sie wirklich —, ihre Toiletten und ihre broderie anglaise hat sie keine ernsten Interessen. Weder für meine Arbeit, für die Landwirtschaft und die Bauern, noch für die Musik, in der sie doch etwas leistet, noch für Bücher. Sie tut gar nichts und fühlt sich dabei vollkommen befriedigt.‹ Lewin mißbilligte das im stillen und begriff noch nicht, daß sie sich auf die viele Arbeit vorbereitete, die für sie kommen würde, wenn sie zugleich die Frau ihres Mannes und die Herrin des Hauses sein und Kinder gebären, nähren und aufziehen mußte. Er begriff nicht, daß sie das instinktiv ahnte und sich in der Zeit der Vorbereitung auf diese große Arbeit keine Vorwürfe wegen der wenigen Augenblicke der Sorglosigkeit und des Liebesglücks machte, die sie jetzt genoß, während sie heiter ihr Nest für die Zukunft baute.

16

Als Lewin nach oben kam, saß seine Frau am Teetisch mit dem neuen silbernen Samowar und dem neuen Teeservice und las einen Brief von Dolly, mit der sie eifrig korrespondierte. Die alte Agafja Michajlowna hatte sie an einem kleinen Tisch Platz nehmen lassen und hatte ihr eine Tasse Tee eingegossen.

»Da sehen Sie, die gnädige Frau hat mich hergesetzt und will, daß ich bei ihr sitze«, sagte Agafja Michajlowna und lächelte Kitty freundlich zu.

In diesen Worten las Lewin die Lösung des dramatischen Konflikts, der sich in der letzten Zeit zwischen Agafja Michajlowna und Kitty abgespielt hatte. Er sah, daß trotz des Kummers, den die junge Herrin Agafja Michajlowna bereitet hatte, indem sie ihr die Zügel aus der Hand nahm, Kitty doch gesiegt und das Herz der alten Haushälterin gewonnen hatte.

»Da habe ich einen Brief an dich geöffnet«, sagte Kitty und reichte ihm einen Brief mit vielen orthographischen Fehlern. »Ich glaube, er ist von der Frau, die mit deinem Bruder zusammenlebt...« sagte sie. »Ich habe ihn nicht gelesen. Und da ist einer von meinen Eltern und einer von Dolly. Stell dir vor, Dolly ist mit Grischa und Tanja auf einem Kinderball bei Sarmatskijs gewesen. Tanja war als Marquise angezogen.«

Aber Lewin hörte nicht zu; er griff errötend nach dem Brief von Marja Nikolajewna, der früheren Geliebten seines Bruders, und las ihn. Das war schon der zweite Brief von Marja Nikolajewna. Im ersten hatte sie geschrieben, sein Bruder habe sie ohne ihr Verschulden davongejagt, und hatte mit rührender Naivität hinzugefügt, sie sei zwar jetzt bettelarm, aber sie wünsche nichts und bitte um nichts; nur ein Gedanke quäle sie: daß Nikolaj Dmitrijewitsch bei seiner schwachen Gesundheit ohne sie zugrunde gehen werde, und darum bitte sie seinen Bruder, auf ihn aufzupassen. Jetzt aber schrieb sie etwas anderes. Sie hatte Nikolaj Dmitrijewitsch wiedergefunden, war in Moskau wieder mit ihm zusammengezogen und mit ihm in eine Gouvernementsstadt gefahren, wo er eine Anstellung erhalten hatte. Aber dort habe er mit seinem Vorgesetzten Streit gehabt und sei wieder nach Moskau zurückgefahren; unterwegs sei er so schwer erkrankt, daß er wohl kaum wieder aufstehen werde. »Er spricht immer von Ihnen, und es ist auch kein Geld mehr da.«

»Lies doch mal, was Dolly von dir schreibt«, sagte Kitty lächelnd, hielt aber plötzlich inne, als sie den veränderten Gesichtsausdruck ihres Mannes sah. »Was hast du? Was ist denn?«

»Sie schreibt mir, daß mein Bruder Nikolaj im Sterben liegt. Ich muß hinfahren.«

Kittys Gesicht nahm sofort einen anderen Ausdruck an. Der Gedanke an Tanja als Marquise und an Dolly, alles war verschwunden.

»Wann fährst du?« fragte sie.

»Morgen.«

»Ich fahre mit, darf ich?« sagte sie.

»Kitty! Ich bitte dich!« sagte er vorwurfsvoll.

»Wieso?« sagte sie gekränkt, daß er ihren Vorschlag mit Abneigung und Mißfallen aufzunehmen schien. »Warum soll ich denn nicht mitkommen? Ich werde dir nicht lästig sein, ich...«

»Ich fahre hin, weil mein Bruder im Sterben liegt«, sagte Lewin. »Wozu willst du...«

»Wozu ich hin will? Aus demselben Grund wie du.«

›In einem für mich so ernsten Augenblick denkt sie nur daran, daß sie sich hier ohne mich langweilen wird‹, dachte Lewin. Und diese Ausrede in einer so wichtigen Angelegenheit ärgerte ihn.

»Das ist unmöglich«, sagte er streng.

Als Agafja Michajlowna sah, daß es zum Streit kommen werde, stellte sie ihre Tasse leise hin und ging hinaus. Kitty merkte es gar nicht. Der Ton, in dem ihr Mann die letzten Worte gesprochen hatte, kränkte sie besonders deswegen, weil aus ihm deutlich hervorging, daß er ihren Worten nicht glaubte.

»Ich sage dir, wenn du hinfährst, fahre ich auch. Ich komme ganz bestimmt mit«, sagte sie hastig und zornig. »Warum ist es unmöglich? Warum sagst du, daß es unmöglich ist?«

»Weil ich Gott weiß wohin fahren muß, vielleicht auf schlechten Wegen. Und dann die Gasthäuser... Du wirst mir nur im Weg sein«, sagte Lewin, bemüht, ruhig zu bleiben.

»Nicht im geringsten. Ich stelle gar keine Ansprüche. Wo du bist, da kann ich auch sein...«

»Es geht schon deswegen nicht, weil diese Person da ist, mit der du nicht verkehren kannst.«

»Ich weiß nichts und will nichts wissen, wer und was da ist. Ich weiß nur, daß der Bruder meines Mannes im Sterben liegt und mein Mann zu ihm fährt. Und ich fahre mit meinem Mann, weil...«

»Kitty! Sei nicht böse. Aber du mußt bedenken, die Sache ist so ernst, daß es mir weh tut, zu denken, daß du nur aus

Schwäche, nur weil du nicht allein bleiben willst, mitkommen möchtest. Wenn du dich hier allein langweilst, dann fahr doch nach Moskau.«

»Ja, immer schiebst du mir schlechte, gemeine Gedanken unter«, sagte sie zornig und gekränkt, und Tränen traten ihr in die Augen. »Ich habe keinen anderen Grund, ich habe diese Schwäche gar nicht... Ich fühle, daß es meine Pflicht ist, bei meinem Mann zu sein, wenn er Kummer hat, aber du willst mir absichtlich weh tun, du willst absichtlich nicht verstehen, daß...«

»Nein, das ist entsetzlich! Bin ich denn ein Sklave?« rief Lewin, nicht mehr imstande, seinen Ärger zu unterdrücken, und sprang auf. Aber im selben Augenblick fühlte er, daß er sich selbst schlug.

»Warum hast du denn geheiratet? Du hättest ja ein freier Mann bleiben können. Warum hast du geheiratet, wenn du es jetzt bereust?« rief sie, sprang auf und lief in den Salon.

Als er ihr dorthin folgte, schluchzte sie laut.

Er begann ihr zuzureden und bemühte sich, die richtigen Worte zu finden, nicht um sie zu überzeugen, sondern um sie zu beruhigen. Aber sie hörte nicht auf ihn und wollte von nichts wissen. Er beugte sich über sie und faßte ihre widerstrebende Hand. Er küßte ihre Hand, küßte ihr Haar und wieder ihre Hand – sie schwieg immer noch. Als er aber dann ihr Gesicht in beide Hände nahm und »Kitty!« sagte, kam sie plötzlich zu sich, weinte noch ein bißchen und versöhnte sich dann mit ihm.

Sie beschlossen, morgen zusammen zu fahren. Lewin hatte seiner Frau gesagt, er glaube ihr, daß sie nur deshalb mitkommen wolle, um ihm zu helfen, und hatte zugegeben, daß die Anwesenheit Marja Nikolajewnas bei seinem Bruder nichts Unschickliches sei, aber im Grunde seines Herzens war er mit Kitty und auch mit sich selbst unzufrieden. Mit ihr war er unzufrieden, weil sie ihn nicht allein weglassen wollte, wo es doch nötig war (und wie sonderbar war ihm der Gedanke, daß er noch vor kurzem nicht gewagt hatte, an das Glück zu glauben, daß sie ihn lieben könne, und sich jetzt unglücklich fühlte, weil sie ihn zu sehr liebte!). Und mit sich selbst war er unzufrieden, weil er keine Charakterfestigkeit bewiesen hatte. Und vor allem war er mit seiner Frau nicht darin einverstanden, daß die Frau, die bei seinem Bruder war, sie gar nichts angehe, und er dachte mit Entsetzen an all die Zwischenfälle, zu denen es kommen konnte. Schon bei dem Gedanken, daß seine Frau, seine Kitty, in ein und demselben Zimmer mit einer ehemaligen Prostituierten sein solle, schüttelte er sich vor Abscheu und Entsetzen.

17

Das Gasthaus der Gouvernementsstadt, in dem Nikolaj Lewin krank lag, war eines jener Provinzhotels, die nach den neuesten, vollkommensten Vorbildern eingerichtet werden, mit den besten Absichten in bezug auf Sauberkeit, Komfort und sogar Eleganz, die aber durch das Publikum, das in ihnen verkehrt, außerordentlich schnell zu schmutzigen Kneipen mit dem trügerischen Firnis modernen Komforts werden und wegen dieses trügerischen Firnis noch schlimmer sind als die altmodischen, einfach schmutzigen Gasthäuser. Dieses Gasthaus war bereits in diesem Zustand; der alte verabschiedete Soldat in seiner schmutzigen Uniform, der an der Haustür eine Zigarette rauchte und einen Portier vorstellen sollte, die gußeiserne, düstere, häßliche Treppe, der vorlaute Kellner im schmutzigen Frack, der Speisesaal mit den verstaubten Wachsblumenbuketts als Tischschmuck, der Schmutz, der Staub und die Unordnung überall, und dazu noch eine gewisse eisenbahnmäßige, selbstzufriedene Geschäftigkeit in diesem Gasthaus — das alles wirkte auf Lewin und seine Frau nach dieser ersten Zeit ihres Ehelebens überaus abstoßend, vor allem deswegen, weil der trügerische Eindruck, den das Gasthaus zunächst machte, ganz und gar nicht der Wirklichkeit entsprach, die sie dann vorfanden.

Nach der Frage, zu welchem Preis sie ein Zimmer wünschten, stellte sich wie immer heraus, daß kein einziges ordentliches Zimmer frei war; in dem einen guten Zimmer wohnte ein Eisenbahnrevisor, im anderen ein Rechtsanwalt aus Moskau und im dritten die Fürstin Astafjewa, die von ihrem Gut gekommen war. Im Augenblick war nur noch ein schmutziges Zimmer zu haben, und das daneben sollte am Abend frei werden. Lewin ärgerte sich über seine Frau, weil alles so gekommen war, wie er es erwartet hatte; während ihm bei dem Gedanken an seinen Bruder vor Erregung das Herz stockte, mußte er sich gleich nach der Ankunft um sie kümmern, statt sofort zu seinem Bruder zu gehen. In dieser Stimmung führte er sie in das ihnen angewiesene Zimmer.

»Geh nur, geh nur!« sagte sie und sah ihn schuldbewußt und schüchtern an.

Er ging schweigend hinaus und begegnete vor der Tür Marja Nikolajewna, die von seiner Ankunft gehört hatte, aber nicht wagte, zu ihm zu kommen. Sie sah noch genauso aus, wie er sie in Moskau gesehen hatte: dasselbe Wollkleid, die nackten Arme, der entblößte Hals und dasselbe gutmütig-stumpfe, etwas voller gewordene pockennarbige Gesicht.

»Nun? Wie geht es ihm?«

»Sehr schlecht. Er wird nicht durchkommen. Er hat immer auf Sie gewartet. Er... Sie sind mit Ihrer Frau Gemahlin hier?«

Lewin begriff im ersten Augenblick nicht, was sie so verlegen machte, aber sie klärte ihn sofort darüber auf.

»Ich will in die Küche gehen«, sagte sie. »Er wird sich sehr freuen. Er hat viel von ihr gehört und kennt sie vom Ausland her.«

Lewin verstand nun, daß sie seine Frau meinte, und wußte nicht, was er antworten sollte.
»Kommen Sie, wir wollen zu ihm gehen!« sagte er.
Aber kaum hatte er ein paar Schritte gemacht, da öffnete sich die Tür seines Zimmers, und Kitty schaute heraus. Lewin errötete vor Scham und Ärger über seine Frau, die sich und ihn in diese peinliche Lage gebracht hatte; aber Marja Nikolajewna errötete noch mehr, so sehr, daß ihr fast die Tränen kamen. Sie krümmte sich ganz zusammen, faßte mit beiden Händen die Zipfel ihres Tuchs und rollte sie mit ihren roten Fingern hin und her; sie wußte nicht, was sie sagen und was sie tun sollte.
Im ersten Augenblick sah Lewin den Ausdruck lebhafter Neugier in dem Blick, mit dem Kitty diese ihr unbegreifliche, furchtbare Frau betrachtete; aber das dauerte nur eine Sekunde.
»Nun? Wie geht es ihm?« wandte sie sich an ihren Mann und dann auch an Marja Nikolajewna.
»Hier auf dem Korridor können wir doch nicht darüber reden«, sagte Lewin und sah sich ärgerlich nach einem Herrn um, der gerade durch den Korridor schlenderte, anscheinend nur mit seinen eigenen Gedanken beschäftigt.
»Kommen Sie doch herein«, sagte Kitty zu Marja Nikolajewna, die sich wieder gefaßt hatte; als sie aber das betroffene Gesicht ihres Mannes sah, fügte sie hinzu: »Oder geht zu ihm und laßt mich dann rufen«, und kehrte in ihr Zimmer zurück. Lewin ging zu seinem Bruder.
Was er dort sah und empfand, hatte er nie und nimmer erwartet. Er hatte denselben Zustand von Selbsttäuschung erwartet, der bei Schwindsüchtigen so oft vorkommt, wie er gehört hatte, und der ihm bei dem Besuch seines Bruders im Herbst so sehr aufgefallen war. Er hatte noch klarer ausgeprägte physische Anzeichen des nahen Todes erwartet, eine noch größere Schwäche, noch größere Magerkeit, aber doch fast denselben Zustand. Er hatte erwartet, daß er den-

selben Schmerz über den Verlust des geliebten Bruders und dasselbe Entsetzen vor dem Tod empfinden werde, wie damals, aber noch stärker. Darauf hatte er sich gefaßt gemacht, aber er sah etwas ganz anderes.

In dem kleinen, schmutzigen Hotelzimmer mit der braungestrichenen, vollgespuckten getäfelten Wand und der dünnen Wand, hinter der man sprechen hörte, in der von dem stickigen Geruch von Schmutz und Staub erfüllten Luft, lag auf dem von der Wand abgerückten Bett ein in eine Decke gehüllter Körper. Der eine Arm dieses Körpers lag auf der Decke, und die riesige, einer Harke ähnliche Hand war auf ganz unbegreifliche Weise an einem dünnen, von unten bis zu der Mitte gleich starken langen Stecken befestigt. Der Kopf lag seitwärts gewandt auf dem Kissen. Lewin sah die schweißnassen, spärlichen Haare an der Schläfe und die straffe, fast durchsichtige Haut auf der Stirn.

›Dieser entsetzliche Körper kann nicht mein Bruder Nikolaj sein‹, dachte er. Aber er trat näher und sah das Gesicht, und nun konnte er nicht mehr zweifeln. Trotz der furchtbaren Veränderung, die mit diesem Gesicht vorgegangen war, brauchte Lewin nur in diese lebhaften, auf den Eintretenden gerichteten Augen zu sehen, das leichte Zucken des Mundes unter dem zusammenklebenden Schnurrbart zu bemerken, um die furchtbare Wahrheit zu erkennen, daß dieser Leichnam sein noch lebender Bruder war.

Die glänzenden Augen blickten ihn vorwurfsvoll an. Und dieser Blick stellte sofort ein lebendiges Verhältnis zwischen zwei Lebenden her. Lewin empfand sofort den Vorwurf in diesem starr auf ihn gerichteten Blick und fühlte sich beschämt über sein eigenes Glück.

Als Lewin seine Hand nahm, lächelte Nikolaj. Es war ein schwaches, kaum wahrnehmbares Lächeln, und trotz dieses Lächelns blieb der strenge Ausdruck der Augen unverändert.

»Du hast wohl nicht erwartet, mich so zu finden«, sagte er mühsam.

»Ja... nein«, antwortete Lewin, die Worte durcheinanderwerfend. »Warum hast du mich denn nicht früher benachrichtigt, das heißt, noch vor meiner Hochzeit? Ich habe überall nachgeforscht.«

Er mußte reden, nur um nicht zu schweigen, aber er wußte nicht, was er sagen sollte, um so mehr, als sein Bruder nicht antwortete, sondern ihn nur unverwandt anstarrte und offenbar den Sinn jedes einzelnen Wortes zu ergründen suchte. Lewin sagte seinem Bruder, daß seine Frau mitgekommen sei. Nikolaj drückte seine Freude darüber aus, sagte aber, er fürchte, sie durch seinen Zustand zu erschrecken. Dann schwiegen beide. Plötzlich bewegte sich Nikolaj und fing an zu reden. Nach dem Ausdruck seines Gesichts hatte Lewin etwas besonders Bedeutsames, Wichtiges erwartet, aber Nikolaj sprach nur von seinem Befinden. Er schalt auf den Arzt, bedauerte, daß ein gewisser berühmter Moskauer Arzt nicht da sei, und Lewin merkte, daß er immer noch hoffte, wieder gesund zu werden.

Den ersten Augenblick, da Nikolaj wieder schwieg, benutzte Lewin, um aufzustehen; er wollte dieses quälende Gefühl wenigstens für einen Augenblick loswerden. Er sagte, er wolle seine Frau holen.

»Gut, und ich will hier erst noch saubermachen lassen. Hier ist es so schmutzig, und es stinkt, glaube ich. Marja, räum doch mal auf«, sagte der Kranke mühsam, »und wenn du fertig bist, dann geh hinaus«, fügte er mit einem fragenden Blick auf seinen Bruder hinzu.

Lewin antwortete nichts. Als er auf dem Korridor war, blieb er stehen. Er hatte gesagt, er wolle seine Frau holen; aber jetzt, wo er sich Rechenschaft gab über die Empfindung, die ihn erfüllte, beschloß er, sie zu überreden, nicht zu dem Kranken zu gehen. ›Wozu soll sie sich so quälen wie ich?‹ dachte er.

»Wie geht es ihm denn?« fragte Kitty mit erschrockenem Gesicht.

»Ach, es ist entsetzlich, ganz entsetzlich! Warum bist du nur mitgekommen?« sagte Lewin.

Kitty schwieg ein paar Sekunden und sah ihren Mann schüchtern und mitleidig an; dann ging sie auf ihn zu und faßte ihn mit beiden Händen an den Ellenbogen.

»Kostja! Führ mich nur zu ihm, führ mich hin. Bitte! Du kannst ja hinausgehen«, sagte sie. »Du mußt doch einsehen, daß ich viel mehr leide, wenn ich nur dich sehe und nicht ihn. Dort kann ich dir und ihm vielleicht nützen. Bitte, erlaub es mir!« flehte sie ihren Mann an, als ob ihr Lebensglück davon abhinge.

Lewin mußte nachgeben; als er sich wieder gefaßt hatte, ging er mit Kitty zu seinem Bruder. Marja Nikolajewna hatte er ganz vergessen.

Mit leichten Schritten, immer ihren Mann ansehend und ihm ein tapferes, teilnehmendes Gesicht zeigend, ging Kitty in das Krankenzimmer, drehte sich ohne Hast um und schloß geräuschlos die Tür. Mit unhörbaren Schritten ging sie schnell an das Lager des Kranken und stellte sich so vor ihn hin, daß er den Kopf nicht zu wenden brauchte, nahm mit ihrer frischen, jungen Hand seine riesige, skelettähnliche Hand, drückte sie und begann mit der nur den Frauen eigenen, nicht kränkenden, sondern teilnahmsvollen, verhaltenen Lebhaftigkeit mit ihm zu sprechen.

»Wir sind uns schon in Soden begegnet, aber wir haben uns nicht persönlich kennengelernt«, sagte sie. »Damals haben Sie wohl nicht gedacht, daß ich einmal Ihre Schwägerin werden würde?«

»Sie hätten mich wohl nicht wiedererkannt?« fragte er, und ein strahlendes Lächeln glitt über sein Gesicht.

»O doch, ich hätte Sie erkannt. Wie lieb von Ihnen, daß Sie uns benachrichtigt haben! Es ging kein Tag vorüber, ohne daß Konstantin an Sie gedacht und sich Sorgen um Sie gemacht hat.«

Aber die freudige Erregung des Kranken war von kurzer Dauer.

Sie hatte noch nicht zu Ende geredet, da erschien auf seinem Gesicht wieder der strenge, vorwurfsvolle Ausdruck des Neides, den ein Sterbender gegen einen Lebenden empfindet.

»Ich fürchte, Sie sind hier nicht so gut untergebracht«, sagte sie, sich von seinem starren Blick abwendend und sich im Zimmer umsehend. »Wir müssen den Wirt um ein anderes Zimmer bitten«, sagte sie zu ihrem Mann, »schon deswegen, daß wir einander näher sind.«

18

Lewin konnte seinen Bruder nicht ruhig ansehen, konnte sich in seiner Gegenwart nicht ruhig und natürlich benehmen. Wenn er das Zimmer des Kranken betrat, legte sich ein Nebel über seine Augen und über sein Wahrnehmungsvermögen, ohne daß er es merkte, und er sah und unterschied die Einzelheiten im Zustand seines Bruders nicht mehr. Er spürte nur den entsetzlichen Geruch, sah den Schmutz und die Unordnung, die qualvolle Lage Nikolajs, hörte ihn stöhnen und fühlte, daß es hier keine Hilfe mehr gab. Es kam ihm gar nicht in den Sinn, über alle Einzelheiten im Zustand des Kranken nachzudenken, zu überlegen, wie dieser Körper unter der Decke lag, wie diese abgemagerten Unterschenkel und Hüften und dieser magere Rücken gekrümmt waren, und ob man etwas tun, den Kranken anders betten könne, damit er es, wenn auch nicht besser, aber doch weniger schlecht habe. Es lief ihm kalt über den Rücken, wenn er an all diese Einzelheiten dachte. Er war fest überzeugt, daß es keine Hilfe mehr gab, daß man weder Nikolajs Leben verlängern, noch seine Schmerzen lindern konnte. Aber der Kranke merkte, daß sein Bruder ihn für verloren hielt, und das reizte ihn. Und darum war Lewin noch schwerer ums Herz. Im Zimmer des Kranken zu sein, war eine Qual für ihn, und nicht dort zu sein, war noch schlimmer. Unter allerlei Vorwänden ging er immer wieder hinaus und kam dann zurück, da er nicht imstande war, allein zu sein.

Kitty dagegen dachte, fühlte und handelte ganz anders. Beim Anblick des Kranken wurde sie von Mitleid ergriffen. Und dieses Mitleid rief in ihrer Frauenseele nicht jenes Gefühl des Entsetzens und des Ekels hervor, wie bei ihrem Mann, sondern das Bedürfnis, zu handeln, alle Einzelheiten über den Zustand des Kranken zu erfahren und ihm zu helfen. Und da sie fest überzeugt war, daß man ihm helfen müsse, zweifelte sie auch nicht, daß das möglich sei, und machte sich sofort ans Werk. Alle die Einzelheiten, die ihren Mann so entsetzten, wenn er nur daran dachte, zogen sofort ihre Aufmerksamkeit auf sich. Sie ließ einen Arzt holen, schickte in die Apotheke, ließ das Mädchen, das sie mitgebracht hatte, und Marja Nikolajewna den Fußboden scheuern, Staub wischen, die Wäsche waschen, wusch und spülte auch selbst allerlei und legte dem Kranken etwas unter die Decke. Auf ihre Anordnung wurde verschiedenes in das Krankenzimmer gebracht und anderes hinausgestellt. Sie selbst ging mehrmals in ihr Zimmer, ohne sich um die Herren zu kümmern, die ihr begegneten, und holte Laken, Bezüge, Handtücher und Hemden.

Der Kellner, der im Speisesaal einigen Ingenieuren das Essen servierte, kam auf Kittys Klingeln mehrere Male mit bösem Gesicht, konnte aber nicht umhin, ihre Befehle auszuführen, da sie mit so freundlicher Eindringlichkeit erteilt wurden, daß er sie befolgen mußte. Lewin war mit alldem nicht einverstanden; er glaubte nicht, daß das dem Kranken irgendwie nützen könne; vor allem aber fürchtete er, der Kranke könne böse werden. Aber der Kranke, dem anscheinend alles gleichgültig war, wurde nicht böse, sondern schämte sich nur und schien sich für alles zu interessieren, was Kitty mit ihm machte. Als Lewin vom Arzt zurückkam, zu dem

Kitty ihn geschickt hatte, und die Tür öffnete, sah er den Kranken gerade in dem Augenblick, wo ihm auf Kittys Anordnung frische Wäsche angezogen wurde. Der lange, weiße, skelettähnliche Rücken mit den starken, herausragenden Schulterknochen und den vorstehenden Rippen und Wirbeln war entblößt, und Marja Nikolajewna und der Kellner hielten den Ärmel des Hemdes nicht richtig und konnten den langen herabhängenden Arm nicht hineinbekommen. Kitty hatte hinter Lewin hastig die Tür zugemacht und sah nicht hin; aber da stöhnte der Kranke auf, und sie ging hastig zu ihm.

»Macht doch schneller«, sagte sie.

»Kommen Sie nicht her«, sagte der Kranke ärgerlich, »ich kann auch allein...«

»Was sagen Sie?« fragte Marja Nikolajewna.

Aber Kitty hatte ihn verstanden und begriffen, daß er sich schämte und daß es ihm unangenehm war, in ihrer Gegenwart nackt zu sein.

»Ich sehe gar nicht hin, ich sehe gar nicht hin!« sagte sie, seinen Arm zurechtschiebend. »Marja Nikolajewna, gehen Sie auf die andere Seite und bringen Sie es da in Ordnung«, fügte sie hinzu.

»In meiner Tasche steckt ein Fläschchen, du weißt schon, im Seitenfach; hol es mir bitte; inzwischen wollen wir hier weiter aufräumen.«

Als Lewin mit dem Fläschchen zurückkam, war der Kranke schon gebettet, und alles um ihn herum sah völlig anders aus. Der beklemmende üble Geruch war durch den Geruch von Essig mit Parfüm verdrängt worden, den Kitty mit vorgeschobenen Lippen und aufgeblasenen roten Backen durch ein Röhrchen im Zimmer umhersprühte. Auf einem Tisch standen in schöner Ordnung mehrere Fläschchen und eine Wasserkaraffe; hier lag auch die notwendige Wäsche und Kittys Handarbeit, die broderie anglaise. Auf einem anderen Tisch am Bett des Kranken stand sein Getränk und eine Kerze, daneben lagen seine Pulver. Der Kranke selbst lag gewaschen und gekämmt auf einem frischen Bettlaken und aufgeschüttelten Kissen, in einem sauberen Hemd mit weißem Kragen um den unnatürlich dünnen Hals, und sah Kitty mit einem neuen Ausdruck von Hoffnung unverwandt an.

Der Arzt, den Lewin geholt und im Klub gefunden hatte, war nicht derselbe, der Nikolaj Lewin bisher behandelt hatte und mit dem der Kranke unzufrieden gewesen war. Der neue Arzt holte sein Horchrohr hervor, behorchte den Kranken, schüttelte den Kopf, verschrieb eine Arznei und erklärte zuerst sehr ausführlich, wie diese Arznei einzunehmen sei, und dann, welche Diät befolgt werden müsse. Er empfahl rohe oder nur ganz wenig gekochte Eier und Selterswasser mit frischer Milch von bestimmter Temperatur. Als der Arzt weggegangen war, sagte der Kranke etwas zu seinem Bruder; Lewin verstand aber nur die letzten Worte: »deine Katja«; doch an dem Blick, mit dem Nikolaj ihn ansah, verstand Lewin, daß er sie lobte. Dann rief er auch Katja, wie er sie nannte, zu sich.

»Jetzt geht es mir schon viel besser«, sagte er. »Wenn Sie mich gepflegt hätten, wäre ich schon längst wieder gesund. Wie schön!« Er faßte ihre Hand und führte sie an seine Lippen, besann sich aber, als fürchte er, das könne ihr unangenehm sein, ließ die Hand los und streichelte sie nur. Kitty nahm seine Hand in beide Hände und drückte sie.

»Jetzt legt mich auf die linke Seite und geht schlafen«, sagte er.

Keiner hatte deutlich gehört, was er gesagt hatte, nur Kitty hatte ihn verstanden. Sie verstand ihn, weil sie immer überlegte, was er wohl nötig haben könne.

»Er möchte auf die andere Seite gelegt werden«, sagte sie zu ihrem Mann, »er schläft immer auf der anderen Seite. Mach du es, es ist unangenehm, die Dienstboten zu holen. Ich kann es nicht. Können Sie es?« fragte sie Marja Nikolajewna.

»Ich fürchte mich«, antwortete Marja Nikolajewna.

So furchtbar es für Lewin auch war, diesen schrecklichen Körper mit den Armen zu umfassen, jene Körperteile, von denen er nichts wissen wollte, unter der Bettdecke zu berühren, er tat, was seine Frau ihm sagte, machte das entschlossene Gesicht, das sie an ihm kannte, schob die Arme unter den Kranken, faßte zu und war trotz seiner Körperkraft von der seltsamen Schwere dieser ausgemergelten Glieder überrascht. Während er den Kranken umdrehte und die riesigen abgemagerten Arme um seinen Hals fühlte, wandte Kitty schnell und unhörbar das Kopfkissen um, schüttelte es auf, bettete den Kopf des Kranken darauf und strich seine spärlichen Haare glatt, die wieder an der Schläfe klebten.

Der Kranke hielt die Hand seines Bruders fest. Lewin merkte, daß er etwas mit dieser Hand machen wollte und sie irgendwohin zog. Beklommenen Herzens gab er nach. Ja, er zog sie an seinen Mund und küßte sie. Lewin brach in ein solches Schluchzen aus, daß er am ganzen Leib zitterte und ging hinaus, nicht imstande, noch ein Wort zu sagen.

19

›Er hat es den Weisen verborgen und den Kindern und Unmündigen offenbart‹, dachte Lewin von seiner Frau, als er an diesem Abend mit ihr sprach.

Er dachte an diesen Spruch aus dem Evangelium nicht etwa deshalb, weil er sich für einen Weisen hielt. Er hielt sich durchaus nicht für einen Weisen, aber er wußte, daß er klüger war als seine Frau und als Agafja Michajlowna, und er wußte auch, daß er, sooft er über den Tod nachdachte, das mit aller Kraft seines Geistes tat. Er wußte, daß viele Männer von hohem Geist, deren Gedanken über den Tod er gelesen hatte, viel darüber nachgedacht und dennoch nicht den hundertsten Teil von dem gewußt hatten, was seine Frau und Agafja Michajlowna darüber wußten. So verschieden diese beiden Frauen auch waren, Agafja Michajlowna und Katja, wie sein Bruder Nikolaj sie nannte, und wie auch Lewin sie jetzt besonders gern nannte, in dieser Beziehung waren sie einander vollkommen ähnlich. Beide wußten genau, was das Leben war, und was der Tod war, und obwohl sie die Fragen, die sich Lewin aufdrängten, nicht beantworten, ja überhaupt nicht hätten verstehen können, war ihnen die Bedeutung dieser Erscheinung vollkommen klar, und beide hatten darüber dieselbe Ansicht, die sie mit Millionen von Menschen teilten. Sie wußten, ohne auch nur eine Sekunde zu zweifeln, wie man Sterbende zu behandeln hat, und fürchteten sich nicht vor ihnen, und das war ein Beweis dafür, daß sie genau wußten, was der Tod war. Lewin und andere konnten zwar vieles vom Tod sagen, kannten ihn aber offenbar nicht, da sie ihn fürchteten und einfach nicht wußten, was zu tun ist, wenn ein Mensch stirbt. Wäre Lewin jetzt allein bei seinem Bruder Nikolaj gewesen, so hätte er ihn nur mit Entsetzen angesehen und mit noch größerem Entsetzen auf den Tod gewartet, und weiter hätte er nichts zu tun gewußt.

Noch mehr: er wußte nicht einmal, was er sagen, wie er den Sterbenden ansehen, wie er durchs Zimmer gehen sollte. Von gleichgültigen Dingen zu reden, erschien ihm verletzend, unmöglich; vom Tod und solchen düsteren Dingen zu sprechen, war auch unmöglich, schweigen — ebenfalls unmöglich. ›Sehe ich ihn an, dann wird er, fürchte ich, denken, ich wollte seinen Zustand genau ergründen; sehe ich ihn nicht an, wird er denken, daß ich andere Gedanken im Kopf habe; gehe ich auf Zehenspitzen, so wird ihm das nicht recht sein; und mit dem ganzen Fuß aufzutreten, scheue ich mich.‹ Kitty dagegen dachte offenbar gar nicht an sich selbst und hatte auch keine Zeit dazu; sie dachte an den Kranken, weil sie etwas wußte, was Lewin nicht wußte. Und sie tat das Richtige: sie erzählte ihm von sich selbst, von ihrer Hochzeit, lächelte ihm zu und bedauerte ihn und streichelte ihn, sprach von wunderbaren Heilungen bei der gleichen Krankheit. Also wußte sie, was der Tod war. Ein Beweis dafür, daß ihr und Agafja Michajlownas Tun nicht rein instinktiv, animalisch, vernunftlos war, bestand darin, daß Agafja Michajlowna und Kitty glaubten, wenn ein Mensch stirbt, sei außer der körperlichen Pflege und der Erleichterung der Leiden noch etwas anderes, Wichtigeres notwendig, das mit allem Physischen nichts zu tun hatte. So hatte Agafja Michajlowna von jenem verstorbenen alten Knecht gesagt: »Gott sei Dank, er hat das Abendmahl und die Letzte Ölung empfangen. Gott gebe jedem einen solchen Tod!« So hatte auch Kitty neben all ihren Sorgen um die Wäsche, um die durchgelegenen Stellen des Kranken und um sein Getränk gleich am ersten Tag Zeit gefunden, Nikolaj davon zu überzeugen, daß er das Abendmahl und die Letzte Ölung empfangen müsse.

Als Lewin nachts von dem Kranken in seine beiden Zimmer zurückgekehrt war, saß er mit gesenktem Kopf da und wußte nicht, was er tun sollte. Er konnte weder ans Abendessen noch ans Schlafen denken, er konnte nicht überlegen, was man nun weiter tun mußte, ja er konnte nicht einmal mit seiner Frau reden: er schämte sich. Kitty hingegen war noch tätiger und sogar noch lebhafter als sonst. Sie bestellte das Abendessen, packte selbst ihre Sachen aus, half die Betten zurechtmachen und vergaß nicht, sie mit Insektenpulver zu bestreuen. Sie war erregt und geistesgegenwärtig wie ein Mann vor einer Schlacht, vor einem Kampf, in gefährlichen, entscheidenden Augenblicken des Lebens, jenen Augenblicken, wo der Mann ein für allemal zeigt, was er wert ist, und daß sein ganzes bisheriges Leben nicht umsonst, sondern eine Vorbereitung auf diesen Augenblick gewesen ist.

Alles ging ihr rasch von der Hand, und es war noch nicht zwölf Uhr, da waren alle Sachen ausgepackt und lagen ordentlich da, und zwar so, daß das Hotelzimmer eine gewisse Ähnlichkeit mit ihren eigenen Zimmern zu Hause hatte: die Betten waren aufgedeckt, die Bürsten, Kämme und Spiegel lagen bereit, und über die Waschtische waren Servietten gebreitet.
Lewin fand es unverzeihlich, jetzt zu essen, zu schlafen, ja sogar zu sprechen, und jede Bewegung, die er machte, schien ihm unschicklich. Sie dagegen legte ihre Bürsten zurecht, aber in einer Weise, die nichts Verletzendes hatte.
Trotzdem konnten sie nichts essen, blieben noch lange auf und konnten dann lange nicht einschlafen.
»Ich bin sehr froh, daß ich ihn überredet habe, morgen die Letzte Ölung zu empfangen«, sagte sie, als sie in der Nachtjacke vor ihrem zusammenlegbaren Spiegel saß und ihr weiches, duftendes Haar mit einem dichten Kamm auskämmte. »Ich habe das noch nie mitangesehen, aber ich weiß, daß dabei auch Gebete um Gesundung gesprochen werden; Mama hat es mir gesagt.«
»Glaubst du denn, daß er wieder gesund werden kann?« sagte Lewin und blickte auf den schmalen Scheitel hinten an ihrem runden Köpfchen, der immer wieder verschwand, wenn sie ihr Haar nach vorn kämmte.
»Ich habe den Arzt gefragt. Er sagt, er könne höchstens noch drei Tage leben. Aber können denn die Ärzte das wissen? Ich bin jedenfalls sehr froh, daß ich ihn überredet habe«, sagte sie, durch ihr langes Haar nach ihrem Mann schielend. »Möglich ist alles«, fügte sie mit jenem besonderen, ein wenig listigen Ausdruck hinzu, den sie immer hatte, wenn sie von Religion sprach.
Nach dem Gespräch über Religion, damals, als sie noch Braut und Bräutigam waren, hatten sie dieses Thema nicht mehr berührt; aber sie hatte ihre religiöse Pflicht des Kirchenbesuchs und des Gebets stets in dem immer gleichen

ruhigen Bewußtsein erfüllt, daß das so sein müsse. Obwohl er das Gegenteil versicherte, war sie fest davon überzeugt, daß er ein ebenso guter und sogar noch besserer Christ war als sie selbst, und daß alles, was er darüber sagte, nur eine seiner lächerlichen männlichen Schrullen sei, wie seine Bemerkungen über die broderie anglaise: alle vernünftigen Leute stopften die Löcher, und sie schnitte absichtlich welche in den Stoff, und so weiter.

»Ja, diese Frau, diese Marja Nikolajewna, hat nicht verstanden, alles ordentlich einzurichten«, sagte Lewin. »Und... ich muß gestehen, daß ich sehr, sehr froh bin, daß du mitgekommen bist. Du bist so rein, daß...« Er nahm ihre Hand, küßte sie aber nicht (ihr angesichts des Todes die Hand zu küssen, schien ihm unschicklich), sondern drückte sie nur und sah ihr mit schuldbewußter Miene in die leuchtenden Augen.

»Es wäre für dich zu qualvoll gewesen, wenn du allein hier gewesen wärst«, sagte sie, hob die Arme, die ihre vor Freude errötenden Wangen verdeckten, wickelte ihre Zöpfe am Hinterkopf zusammen und steckte sie fest. »Nein«, fuhr sie fort, »sie hat es nicht verstanden... In Soden habe ich zum Glück viel gelernt.«

»Waren denn da solche Kranke?«

»Noch schlimmere.«

»Für mich ist es entsetzlich, daß ich ihn immer so vor mir sehe, wie er in seiner Jugend war. Du kannst dir gar nicht vorstellen, was für ein prächtiger junger Mensch er war; aber ich verstand ihn damals nicht.«

»Doch, ich kann es mir vorstellen. Ich glaube, wir wären gute Freunde geworden«, sagte sie und erschrak über ihre eigenen Worte; sie sah sich nach ihrem Mann um, und Tränen traten ihr in die Augen.

»Ja, es ist anders gekommen«, sagte er traurig. »Er ist einer von den Menschen, von denen man sagt: er ist nicht für diese Welt.«

»Aber es stehen uns noch viele schwere Tage bevor, wir müssen schlafen gehen«, sagte Kitty mit einem Blick auf ihre winzige Uhr.

20

Am nächsten Tag empfing der Kranke das Abendmahl und die Letzte Ölung. Während der Zeremonie betete Nikolaj Lewin inbrünstig. Seine großen Augen waren unverwandt auf das Heiligenbild gerichtet, das auf einem mit einer bunten Serviette bedeckten Lombretisch stand, und aus ihnen sprach ein so leidenschaftliches Flehen und Hoffen, daß es für Lewin entsetzlich war, ihn anzusehen. Er wußte, daß dieses leidenschaftliche Flehen und Hoffen seinem Bruder den Abschied vom Leben, das er so sehr liebte, nur noch schwerer machte. Lewin kannte seinen Bruder und seine geistige Entwicklung; er wußte, daß Nikolajs Unglaube nicht daher rührte, daß er es leichter fand, ohne Glauben zu leben, sondern daher, daß die modernen wissenschaftlichen Erklärungen der kosmischen Phänomene seinen Glauben Schritt für Schritt zurückgedrängt hatten, und darum wußte er auch, daß seine jetzige Rückkehr zum Glauben keine echte war, die sich auf dem Weg des Denkens vollzogen hatte, sondern daß sie nur der Not des Augenblicks, dem Egoismus und einer wahnsinnigen Hoffnung auf Genesung entsprang. Lewin wußte auch, daß Kitty durch die Geschichten von Fällen überraschender Genesung, die sie gehört hatte, diese Hoffnung noch verstärkt hatte. Alles das wußte Lewin, und es war eine Qual für ihn, diesen flehenden, hoffnungsvollen Blick und diese abgemagerte Hand zu sehen, die sich nur mit Anstrengung hob, um auf dieser straff gespannten Stirn, auf diesen vorstehenden Schultern und der hohlen, röchelnden Brust das Zeichen des Kreuzes zu machen, während der arme Leib das Leben, um das der Kranke betete, nicht mehr in sich beherbergen konnte.

Während des Sakraments tat Lewin das, was er, der Ungläubige, schon tausendmal getan hatte. Er wandte sich zu Gott und sprach: »Wenn du lebst und bist, so mache, daß dieser Mensch wieder gesund wird« (diese Worte werden ja im Lauf der heiligen Handlung mehrmals wiederholt), »und rette ihn und mich.«

Nach der Letzten Ölung fühlte sich der Kranke plötzlich viel besser. Er hustete im Lauf einer Stunde kein einziges Mal, lächelte, küßte Kitty die Hand, dankte ihr mit Tränen in den Augen und sagte, er fühle sich wohl, habe nirgends Schmerzen und habe wieder Appetit und Kraft. Er richtete sich sogar ohne Hilfe auf, als ihm seine Suppe gebracht wurde, und bat noch um ein Kotelett. Der Zustand des Kranken war zwar völlig hoffnungslos — man brauchte ihn nur anzusehen, um zu erkennen, daß er nicht mehr genesen konnte —, aber Lewin und Kitty waren in dieser Stunde dennoch erregt vor Glück und gleichzeitig besorgt, daß sie sich täuschen könnten.

»Geht es ihm besser?« — »Ja, bedeutend besser.« — »Erstaunlich!« — »Das ist gar nicht erstaunlich.« — »Nun, jedenfalls geht es ihm besser«, flüsterten sie und lächelten einander zu.

Der Wahn dauerte nicht lange. Der Kranke war ruhig eingeschlafen, aber nach einer halben Stunde weckte ihn ein Hustenanfall auf. Und plötzlich waren alle Hoffnungen geschwunden, bei seiner Umgebung und auch bei ihm selbst. Die Wirklichkeit des Leidens zerstörte alle Hoffnung, und nichts blieb, kein Zweifel, ja nicht einmal die Erinnerung an frühere Hoffnungen, weder bei Lewin und Kitty, noch bei dem Kranken selbst.

Ohne ein Wort von dem zu sagen, woran er noch vor einer Stunde geglaubt hatte, als schäme er sich, auch nur daran zu denken, verlangte er nach Jod zum Einatmen. Das Jod war in einer kleinen, mit einem durchlöcherten Papier bedeckten Flasche. Lewin reichte sie ihm, und derselbe Blick leidenschaftlicher Hoffnung, mit dem der Kranke die Letzte Ölung empfangen hatte, richtete sich jetzt auf den Bruder und verlangte von ihm eine Bestätigung der Worte des Arztes, daß das Einatmen von Jod manchmal Wunder wirke.

»Ist Kitty nicht da?« sagte er heiser und sah sich um, nachdem Lewin ungern die Worte des Arztes bestätigt hatte. »Nein? Dann kann ich es ja sagen... Ich habe diese ganze Komödie nur um ihretwillen mitgemacht. Sie ist so lieb, aber du und ich brauchen einander nichts vorzumachen. Hier, an das glaube ich«, sagte er, das Fläschchen in der knochigen Hand pressend und Jod einatmend.

Gegen acht Uhr abends tranken Lewin und seine Frau in ihrem Zimmer Tee, als Marja Nikolajewna atemlos hereingestürzt kam. Sie war blaß, ihre Lippen zitterten. »Er liegt im Sterben!« flüsterte sie. »Ich fürchte, er stirbt gleich.«

Sie liefen zu ihm. Er saß im Bett, auf die Ellenbogen gestützt, den langen Rücken gekrümmt, den Kopf tief gesenkt.

»Wie fühlst du dich?« fragte Lewin flüsternd nach kurzem Schweigen.

»Ich fühle, daß ich davon muß«, sagte Nikolaj ungewöhnlich deutlich, die Worte langsam und mit großer Anstrengung herauspressend. Er hob den Kopf nicht, sondern richtete nur den Blick nach oben, ohne jedoch das Gesicht des Bruders zu erreichen. »Katja, geh hinaus!« fügte er dann noch hinzu.

Lewin sprang auf und flüsterte ihr gebieterisch zu, sie solle hinausgehen.

»Ich muß davon«, sagte Nikolaj wieder.

»Warum meinst du das?« fragte Lewin, nur um etwas zu sagen.

»Weil ich davon muß«, wiederholte Nikolaj, wie wenn ihm dieser Ausdruck besonders gefiele. »Es ist aus.«

Marja Nikolajewna trat zu ihm.

»Sie sollten sich hinlegen, dann ist Ihnen leichter«, sagte sie.

»Bald werde ich liegen«, sagte er leise. »Tot«, fügte er spöttisch und zornig hinzu. »Na, dann legt mich hin, wenn ihr wollt.«

Lewin legte seinen Bruder auf den Rücken, setzte sich neben ihn und sah ihm mit angehaltenem Atem ins Gesicht. Der Sterbende lag mit geschlossenen Augen da, aber auf seiner Stirn zuckten ab und zu die Muskeln, wie bei einem Menschen, der tief und angestrengt nachdenkt. Lewin dachte unwillkürlich mit ihm zusammen an das, was jetzt in ihm vorging, aber so sehr er seinen Geist auch anstrengte, um seinem Bruder zu folgen — er sah an dem Ausdruck dieses ruhigen, strengen Gesichts und an dem Spiel des Muskels über der Braue, daß dem Sterbenden das, was für ihn, Lewin, noch immer gleich dunkel blieb, immer klarer wurde.

»Ja, ja, so ist es«, sagte der Sterbende langsam und stockend. »Wartet nur.« Dann schwieg er wieder. »So!« sagte er plötz lich gedehnt und beruhigend, als habe sich nun alles für ihn gelöst. »O Gott!« sagte er dann und seufzte tief.

Marja Nikolajewna betastete seine Füße. »Sie werden kalt«, flüsterte sie.

Lange, sehr lange, wie es Lewin schien, lag der Kranke unbeweglich da. Aber er lebte immer noch und seufzte von Zeit zu Zeit. Lewin war von dem angestrengten Denken schon ganz müde. Er fühlte, daß er trotz aller Anstrengung nicht begreifen konnte, was ›so‹ war. Er fühlte, daß er schon längst weit hinter dem Sterbenden zurückgeblieben war. Er konnte schon nicht mehr an das Problem des Todes denken, sondern unwillkürlich kamen ihm Gedanken über das, was er jetzt, sofort werde tun müssen: dem Toten die Augen zudrücken, ihn ankleiden, den Sarg bestellen. Und seltsam: er fühlte, daß er ganz kalt blieb und weder Schmerz noch ein Gefühl des Verlustes und noch weniger Mitleid mit dem Bruder empfand. Wenn sich jetzt ein Gefühl für seinen Bruder in ihm regte, so war es eher Neid wegen des Wissens, das der Sterbende jetzt besaß und das ihm noch unzugänglich war.

Er saß noch lange über ihn gebeugt und wartete immer auf das Ende. Aber das Ende kam nicht. Die Tür ging auf, und

Kitty erschien. Lewin stand auf, um sie zurückzuhalten. Aber in dem Augenblick, als er aufstand, hörte er, daß der Sterbende sich bewegte.
»Geh nicht fort«, sagte Nikolaj und streckte die Hand aus. Lewin gab ihm seine Hand und machte seiner Frau ärgerlich ein Zeichen, sie solle hinausgehen.
Die Hand des Sterbenden in der seinen haltend, saß er eine halbe Stunde da, eine Stunde, noch eine Stunde. Jetzt dachte er gar nicht mehr an den Tod. Er dachte nur daran, was Kitty wohl jetzt tat, wer im Nebenzimmer wohnte und ob der Arzt ein eigenes Haus habe. Er wollte essen und schlafen. Vorsichtig machte er seine Hand los und betastete die Füße seines Bruders. Sie waren kalt, aber der Kranke atmete immer noch. Lewin wollte wieder auf Zehenspitzen hinausgehen, aber der Kranke bewegte sich wieder und sagte: »Geh nicht fort!«
Die Morgendämmerung kam; der Zustand des Kranken war unverändert. Lewin machte leise, ohne den Sterbenden anzusehen, seine Hand frei, ging in sein Zimmer und legte sich schlafen. Als er erwachte, erfuhr er, statt der Todesnachricht, die er erwartet hatte, daß der Kranke sich wieder in dem früheren Zustand befand. Er setzte sich wieder auf, hustete, aß und sprach wieder, redete nicht mehr vom Tod, sondern hoffte auf Genesung und war noch reizbarer und finsterer als vorher. Niemand, weder sein Bruder noch Kitty, konnte ihn beruhigen. Er war auf alle böse, sagte allen unangenehme Dinge, machte allen seine Leiden zum Vorwurf und verlangte, man solle einen berühmten Arzt aus Moskau kommen lassen. Auf alle Fragen, wie er sich fühle, antwortete er gereizt und vorwurfsvoll: »Ich leide entsetzlich, unerträglich!«
Der Kranke litt immer mehr, besonders wegen der durchgelegenen Stellen, die nicht mehr geheilt werden konnten; er ärgerte sich immer mehr über alle, die um ihn waren, machte ihnen immer mehr Vorwürfe, vor allem deswegen,

weil sie den Arzt aus Moskau nicht kommen ließen. Kitty versuchte ihm auf jede Weise zu helfen und ihn zu beruhigen, aber alles war vergebens, und Lewin sah, daß sie selbst körperlich und seelisch erschöpft war, obwohl sie es nicht zugab. Das Gefühl der Nähe des Todes, das sein Abschied vom Leben in jener Nacht, als er seinen Bruder rufen ließ, bei allen hervorgerufen hatte, war zerstört. Alle wußten, daß er ganz bestimmt und sehr bald sterben müsse, daß er schon halb tot war. Alle wünschten nur eins: daß er recht bald sterben möge. Aber alle verheimlichten das, reichten ihm seine Arznei aus dem Fläschchen, ließen andere Arzneien und andere Ärzte holen und betrogen ihn, sich selbst und einander. All das war Lüge, häßliche, beleidigende, frevelhafte Lüge. Und diese Lüge empfand Lewin bei seinem Charakter und weil er den Sterbenden am meisten liebte, viel schmerzlicher als die anderen.

Der Gedanke, seine Brüder wenigstens jetzt vor dem Tod Nikolajs miteinander zu versöhnen, hatte Lewin schon lange beschäftigt. Er hatte an Sergej Iwanowitsch geschrieben, und als er dessen Antwort erhalten hatte, las er dem Kranken den Brief vor. Sergej Iwanowitsch schrieb, er könne leider nicht selbst kommen, bat aber seinen Bruder mit rührenden Worten um Verzeihung.

Der Kranke sagte nichts.

»Was soll ich ihm denn schreiben?« fragte Lewin. »Ich hoffe, du bist nicht mehr böse auf ihn.«

»Nein, gar nicht«, antwortete Nikolaj ärgerlich. »Schreib ihm, er solle mir einen Arzt schicken.«

Es vergingen noch drei qualvolle Tage; der Zustand des Kranken blieb unverändert. Jetzt wünschten alle, die ihn sahen, seinen Tod: die Dienerschaft des Hotels, der Wirt, alle Gäste, der Arzt, Marja Nikolajewna, Lewin und Kitty. Nur der Kranke hatte diesen Wunsch nicht, im Gegenteil, er war böse, daß man den Arzt nicht holte, nahm seine Arzneien weiter und redete vom Leben. Nur in den seltenen

Augenblicken, wenn das Opium ihn für kurze Zeit seine ununterbrochenen Schmerzen vergessen ließ, sprach er im Halbschlaf manchmal das aus, was ihn stärker bewegte als die anderen: »Ach, wenn es doch zu Ende wäre! Wann kommt denn das Ende?«

Die sich steigernden Schmerzen taten ihr Werk und bereiteten ihn auf den Tod vor. Es gab schon keine Lage mehr, in der er nicht litt, keinen Augenblick, wo er seine Schmerzen nicht fühlte, keine Stelle, keinen Fleck an seinem ganzen Körper, der ihm nicht weh tat, ihn nicht quälte. Sogar die Erinnerungen, Gefühle und Gedanken, die noch in diesem Körper waren, riefen bei dem Kranken schon denselben Widerwillen hervor wie sein Körper selbst. Der Anblick anderer Menschen, ihre Reden, seine eigenen Erinnerungen — das alles war ihm eine Qual. Seine Umgebung fühlte das, und jeder vermied es unwillkürlich, sich im Zimmer des Kranken frei zu bewegen, zu reden oder einen Wunsch auszusprechen. Alles Leben, das noch in ihm war, konzentrierte sich auf eines: auf seine Schmerzen und auf den Wunsch, bald davon erlöst zu werden.

Jetzt vollzog sich in ihm ein Umschwung, der ihn dazu brachte, in dem Tod die Erfüllung seiner Wünsche, sein Glück zu sehen. Früher war jeder einzelne durch Leiden oder durch irgendeinen Mangel wie Hunger, Müdigkeit, Durst hervorgerufene Wunsch durch eine Funktion seines Körpers befriedigt worden, jetzt aber konnten Wünsche dieser Art nicht mehr befriedigt werden, und jeder Versuch einer Befriedigung bewirkte nur neues Leiden. Und darum konzentrierten sich alle seine Wünsche in dem einen Wunsch, von allen seinen Leiden und von ihrer Quelle, seinem Körper, befreit zu werden. Aber er fand keine Worte, um diesen Wunsch nach Befreiung auszudrücken, und deshalb sprach er gar nicht davon, sondern verlangte aus alter Gewohnheit die Erfüllung von Wünschen, die doch nicht mehr erfüllt werden konnten. »Legt mich auf die andere Seite«, sagte er

und bat gleich darauf, man solle ihn wieder wie vorher betten. »Gebt mir Bouillon. – Nehmt die Bouillon weg!« – »Erzählt doch etwas, warum schweigt ihr denn immer?« Und sobald sie zu reden anfingen, schloß er die Augen und zeigte Müdigkeit, Gleichgültigkeit und Widerwillen.
Am zehnten Tag nach der Ankunft in der Stadt wurde Kitty krank. Sie hatte Kopfschmerzen und Erbrechen und mußte den ganzen Vormittag im Bett bleiben.
Der Arzt erklärte, die Krankheit komme von Übermüdung und Aufregung her, und sagte, sie brauche Ruhe.
Am Nachmittag stand Kitty aber doch auf und ging wie immer mit ihrer Handarbeit zu dem Kranken. Er sah sie streng an, als sie hereinkam und lächelte verächtlich, als sie sagte, sie sei krank gewesen. An diesem Tag schneuzte er sich fortwährend und stöhnte kläglich.
»Wie fühlen Sie sich?« fragte sie ihn.
»Schlechter«, antwortete er mühsam. »Ich habe Schmerzen.«
»Wo denn?«
»Überall.«
»Heute geht es zu Ende, Sie werden sehen«, sagte Marja Nikolajewna flüsternd, aber doch so laut, daß der Kranke, der, wie Lewin gemerkt hatte, sehr feinhörig war, es gehört haben mußte. Lewin zischte sie leise an und sah nach dem Kranken hinüber. Nikolaj hatte es gehört, aber diese Worte hatten gar keinen Eindruck auf ihn gemacht. Sein Blick war immer noch vorwurfsvoll und gespannt.
»Warum glauben Sie das?« fragte Lewin Marja Nikolajewna, als sie mit ihm auf den Korridor gegangen war.
»Er fängt an, sich zurecht zu machen«, sagte sie.
»Was heißt das?«
»Sehen Sie: so!« sagte sie und zupfte an den Falten ihres Wollkleids. Lewin hatte in der Tat bemerkt, daß der Kranke den ganzen Tag an sich herumgegriffen hatte, als wolle er etwas abzupfen.
Die Voraussage Marja Nikolajewnas war richtig. Bei An-

bruch der Nacht konnte der Kranke nicht mehr die Hände heben und starrte vor sich hin, ohne daß der aufmerksam gespannte Ausdruck seines Blicks sich änderte. Auch wenn sein Bruder oder Kitty sich so über ihn beugten, daß er sie sehen konnte, blickte er starr vor sich hin. Kitty ließ einen Priester holen, der die Sterbegebete lesen sollte.

Während der Priester die Gebete las, gab der Sterbende kein Lebenszeichen von sich; seine Augen waren geschlossen. Lewin, Kitty und Marja Nikolajewna standen neben dem Bett. Der Priester hatte das Gebet noch nicht beendet, da reckte sich der Sterbende, seufzte und öffnete die Augen. Der Priester sprach das Gebet zu Ende, legte ihm das Kreuz an die kalte Stirn und deckte dann langsam sein Schultertuch über ihn; nachdem er noch etwa zwei Minuten schweigend dagestanden hatte, berührte er die kalte, blutleere, riesige Hand.

»Er ist tot«, sagte der Priester und wollte zurücktreten; doch plötzlich bewegte sich der zusammengeklebte Schnurrbart des Sterbenden, und in der Stille hörte man scharf und deutlich die aus tiefster Brust kommenden Worte:

»Noch nicht ganz... bald!«

Eine Minute später hellte sich sein Gesicht auf, unter seinem Schnurrbart zeigte sich ein Lächeln, und die Leichenfrauen, die sich schon versammelt hatten, gingen geschäftig daran, den Toten zurechtzumachen.

Der Anblick des Bruders und die Nähe des Todes weckten in Lewins Seele jenes Gefühl des Grauens vor dem unlösbaren Rätsel und zugleich der Nähe und Unvermeidlichkeit des Todes, das ihn damals an jenem Herbstabend ergriffen hatte, als sein Bruder zu ihm gekommen war. Dieses Gefühl war jetzt noch stärker als früher; noch weniger als früher fühlte er sich imstande, den Sinn des Todes zu begreifen, und seine Unvermeidlichkeit erschien ihm noch entsetzlicher. Aber jetzt brachte ihn dieses Gefühl dank der Gegenwart seiner Frau nicht zur Verzweiflung: dem Tod zum

Trotz empfand er die Notwendigkeit, zu leben und zu lieben. Er fühlte, daß die Liebe ihn vor der Verzweiflung gerettet hatte, und daß diese Liebe angesichts der drohenden Verzweiflung noch stärker und reiner wurde.
Kaum hatte sich vor seinen Augen das Mysterium des Todes vollzogen, als sich ein anderes, ebenso rätselhaftes Mysterium vor ihm erhob, das zu Liebe und Leben rief.
Die Vermutung des Arztes hatte sich bestätigt: die Ursache von Kittys Unwohlsein war Schwangerschaft.

21

Nach dem Gespräch mit Betsy und mit Stepan Arkadjitsch begriff Alexej Alexandrowitsch, daß man nur eines von ihm verlangte: daß er seine Frau in Ruhe lassen und sie nicht mit seiner Gegenwart belästigen solle, daß seine Frau das selbst wünschte; und seitdem fühlte er sich so verloren, daß er keinen Entschluß fassen konnte und selbst nicht mehr wußte, was er jetzt tun solle. So gab er sich denn ganz in die Hände derer, die sich mit so großem Vergnügen seiner Angelegenheiten annahmen, und war mit allem einverstanden. Erst als Anna bereits sein Haus verlassen hatte und die Engländerin ihn fragen ließ, ob sie mit ihm zusammen oder allein essen solle, wurde er sich zum erstenmal über seine Lage klar und erschrak zutiefst.
Das Schwerste an dieser Lage war, daß er zwischen seiner Vergangenheit und dem, was jetzt war, keine Verbindung, keinen inneren Zusammenhang finden konnte. Was ihn so verwirrte, war nicht die Vergangenheit, in der er ein glückliches Leben mit seiner Frau geführt hatte. Den Übergang von dieser Vergangenheit zu der Erkenntnis, daß seine Frau ihn betrog, hatte er bereits wie ein Märtyrer durchlitten; dieser Zustand war schwer zu ertragen gewesen, aber er hatte ihn verstanden. Hätte seine Frau ihn damals verlassen, als sie ihre Untreue eingestand, dann wäre er traurig und

unglücklich darüber gewesen, aber er wäre nicht in diese ausweglose, ihm völlig unbegreifliche Lage geraten, in der er sich jetzt befand. Er war völlig außerstande, die kürzlich gewährte Verzeihung, seine Rührung, seine Liebe zu der kranken Gattin und zu dem fremden Kind in einen inneren Zusammenhang mit seiner jetzigen Lage zu bringen, das heißt damit, daß er gleichsam zum Lohn für seine Güte ganz allein, beschimpft und verspottet dastand, niemand nötig und von allen verachtet.

An den beiden ersten Tagen nach der Abreise seiner Frau empfing Alexej Alexandrowitsch Bittsteller und seinen Kanzleichef, fuhr zu Sitzungen ins Komitee und erschien zum Mittagessen im Speisezimmer, wie gewöhnlich. Ohne sich Rechenschaft zu geben, warum er das tat, nahm er in diesen zwei Tagen alle Kräfte seiner Seele zusammen, um ruhig und sogar gleichmütig zu wirken. Wenn er gefragt wurde, was mit den Sachen und Zimmern Anna Arkadjewnas geschehen solle, zwang er sich, mit der Miene eines Mannes zu antworten, für den das Geschehene nichts Unvorhergesehenes war und durchaus nicht über den Rahmen des Alltäglichen hinausging. Und er erreichte sein Ziel: niemand sah ihm seine Verzweiflung an. Aber als am zweiten Tag nach Annas Abreise Kornej ihm die Rechnung eines Modegeschäfts brachte, die Anna vergessen hatte zu bezahlen, und meldete, der Kommis sei selbst da, ließ Alexandrowitsch den Kommis hereinrufen.

»Verzeihung, Exzellenz, daß ich Sie zu belästigen wage. Aber wenn Sie befehlen, daß wir uns an Ihre Exzellenz wenden, so haben Sie vielleicht die Gnade, uns die Adresse mitzuteilen.«

Alexej Alexandrowitsch überlegte einen Augenblick, wie es dem Kommis vorkam; dann wandte er sich plötzlich um und setzte sich an den Tisch. Den Kopf auf die Hände gestützt, saß er lange da, versuchte mehrmals zu sprechen, hielt aber jedesmal wieder inne.

Kornej merkte, wie seinem Herrn zumute war und sagte zu dem Kommis, er solle ein andermal wiederkommen. Als Alexej Alexandrowitsch wieder allein war, erkannte er, daß er nicht die Kraft besaß, die Rolle des festen, ruhigen Mannes weiter zu spielen. Er ließ den Wagen, der schon auf ihn wartete, wieder ausspannen und kam nicht zum Mittagessen.

Er fühlte, daß er diese ihm von allen Seiten entgegentretende Verachtung und Erbitterung nicht mehr ertragen konnte; er sah sie auf dem Gesicht des Kommis, dem Gesicht Kornejs und auf den Gesichtern aller Menschen, mit denen er in diesen zwei Tagen zusammengekommen war. Er fühlte, daß er den Haß der Menschen nicht von sich abwenden konnte, denn dieser Haß kam nicht daher, daß er ein schlechter Mensch war, dann hätte er sich ja bemühen können, besser zu werden, sondern daher, daß er auf schmähliche, widerwärtige Weise unglücklich war. Er wußte, daß sie gerade deswegen, weil sein Herz zerrissen war, erbarmungslos gegen ihn sein würden. Er fühlte, daß die Menschen ihn vernichten würden, wie Hunde einen andern von Wunden zerfleischten, vor Schmerz winselnden Hund totbeißen. Er wußte, daß die einzige Rettung vor den Menschen war, seine Wunden zu verbergen, und das hatte er in diesen zwei Tagen unwillkürlich zu tun versucht; jetzt aber fühlte er sich außerstande, diesen ungleichen Kampf fortzusetzen.

Seine Verzweiflung wurde durch das Bewußtsein verstärkt, daß er mit seinem Kummer ganz allein war. Nicht nur in Petersburg, sondern auf der ganzen Welt hatte er keinen Menschen, dem er hätte sagen können, was ihn bedrückte, einen Menschen, der ihn nicht als hohen Beamten und nicht als Mitglied der vornehmen Gesellschaft, sondern einfach als leidenden Menschen bedauert hätte.

Alexej Alexandrowitsch war als Waise aufgewachsen. Er hatte einen Bruder. An ihren Vater konnten sich beide nicht erinnern, und ihre Mutter starb, als Alexej Alexandrowitsch zehn Jahre alt war. Er besaß nur ein kleines Vermögen. Sein Onkel Karenin, ein hoher Beamter und ehemals ein Günstling des verstorbenen Kaisers, erzog die beiden Jungen.

Nachdem Alexej Alexandrowitsch das Gymnasium und die Universität mit Auszeichnung absolviert hatte, schlug er die Beamtenlaufbahn ein, machte mit Hilfe seines Onkels rasch Karriere und kannte nur eines: Ehrgeiz im Dienst. Weder auf dem Gymnasium noch auf der Universität noch später während seiner Amtszeit knüpfte Alexej Alexandrowitsch mit irgend jemand freundschaftliche Beziehungen an. Sein Bruder stand ihm seinem Wesen nach am nächsten, aber er war Beamter im Außenministerium, lebte dauernd im Ausland, wo er bald nach der Hochzeit Alexej Alexandrowitsch starb.

Als Alexej Alexandrowitsch das Amt eines Gouverneurs innehatte und schon ein reifer, wenn auch für einen Gouverneur noch recht junger Mann war, führte Annas Tante, eine reiche Dame in der Gouvernementsstadt, ihn mit ihrer Nichte zusammen und brachte ihn in eine solche Lage, daß er entweder Anna einen Antrag machen oder die Stadt verlassen mußte. Alexej Alexandrowitsch schwankte lange. Damals sprachen ebenso viele Gründe für diesen Schritt wie dagegen, und es lag eigentlich kein entscheidender Grund vor, der ihn hätte veranlassen können, von seinem Prinzip: ›Im Zweifelsfall Zurückhaltung!‹ abzuweichen; aber Annas Tante ließ ihm durch einen Bekannten eindringlich sagen, daß er das junge Mädchen bereits kompromittiert habe und nach dem Gebot der Ehre verpflichtet sei, sie zu heiraten. Also machte er ihr einen Antrag und gab seiner Braut alles Gefühl, dessen er fähig war.

Die Zuneigung zu Anna ließ das letzte in seiner Seele noch vorhandene Bedürfnis nach einem herzlichen Verhältnis zu anderen Menschen ersterben. Und jetzt stand ihm kein einziger seiner vielen Bekannten wirklich nahe. Er hatte viele sogenannte Beziehungen, aber keinen einzigen Freund. Er kannte viele Leute, die er zum Mittagessen einladen oder um ihre Mitwirkung bei einer ihn interessierenden Angelegenheit, um ihre Protektion für irgendeinen Bewerber bitten, mit denen er ungeniert über die Handlungsweise anderer und der Regierung reden konnte; aber die Beziehungen zu diesen Leuten beschränkten sich auf ein durch Sitte und Gewohnheit eng umgrenztes Gebiet, das man nicht verlassen durfte. Er hatte zwar einen Universitätskameraden, dem er später etwas näher gekommen war, und mit dem er auch über seinen persönlichen Kummer hätte reden können, aber dieser Freund war Kurator in einem entlegenen Bezirk der Unterrichtsverwaltung. Von seinen Petersburger Bekannten standen ihm nur sein Kanzleichef und sein Hausarzt verhältnismäßig nahe.

Michail Wasiljewitsch Sljudin, sein Kanzleichef, war ein schlichter, kluger, guter, moralischer Mensch, und Alexej Alexandrowitsch fühlte, daß er ihm persönlich zugetan war. Aber fünf Jahre gemeinsamer Tätigkeit bei derselben Behörde hatten eine Schranke zwischen ihnen errichtet, die freundschaftliche Beziehungen unmöglich machte.

Als Alexej Alexandrowitsch alle Akten unterzeichnet hatte, sah er Michail Wasiljewitsch lange schweigend an, versuchte ein paarmal zu reden, brachte aber kein Wort heraus. Er hatte sich schon einen Satz zurechtgelegt: »Haben Sie von meinem Kummer gehört?« Aber es endete damit, daß er wie gewöhnlich sagte: »Also bereiten Sie mir das bitte vor«, und ihn entließ.

Der andere Mensch war sein Arzt, der ihm ebenfalls zugetan war. Aber zwischen ihnen bestand schon seit langem ein stillschweigendes Übereinkommen, einander nicht unnötig in Anspruch zu nehmen, denn sie waren beide mit Arbeit überlastet und hatten es immer sehr eilig.

An seine Freundinnen und an die allererste unter ihnen,

Gräfin Lydia Iwanowna, dachte Alexej Alexandrowitsch überhaupt nicht. Alle Frauen waren ihm einfach als Frauen entsetzlich und widerwärtig.

22

Alexej Alexandrowitsch hatte Gräfin Lydia Iwanowna vergessen, aber sie ihn nicht. In diesem schwersten Augenblick einsamer Verzweiflung kam sie zu ihm und trat unangemeldet in sein Arbeitszimmer. Sie fand ihn am Tisch sitzend, den Kopf auf beide Hände gestützt.

»J'ai forcé la consigne«, sagte sie, mit schnellen Schritten auf ihn zugehend und ganz außer Atem vor Erregung und infolge der schnellen Bewegung. »Ich habe alles gehört, Alexej Alexandrowitsch, mein Freund«, fuhr sie fort, drückte ihm mit beiden Händen die Hand und sah mit ihren schönen, nachdenklichen Augen in die seinen.

Alexej Alexandrowitsch stand mit finsterer Miene auf, machte seine Hand frei und schob ihr einen Stuhl hin.

»Bitte sehr, Gräfin! Ich empfange niemand, weil ich krank bin«, sagte er; seine Lippen zitterten.

»Mein Freund«, wiederholte Gräfin Lydia Iwanowna, ohne den Blick von ihm zu wenden, und plötzlich zogen sich ihre Brauen über der Nasenwurzel in die Höhe, so daß sie ein Dreieck auf der Stirn bildeten, wodurch ihr häßliches, gelbes Gesicht noch häßlicher wurde. Aber Alexej Alexandrowitsch fühlte, daß sie Mitleid mit ihm hatte und den Tränen nahe war. Und da überkam ihn die Rührung; er nahm ihre rundliche Hand und küßte sie mehrmals.

»Mein Freund«, sagte sie, und die Stimme versagte ihr vor Erregung, »Sie dürfen sich nicht Ihrem Kummer überlassen. Ihr Leid ist groß, aber sie müssen Trost finden.«

»Ich bin vernichtet, zermalmt, ich bin kein Mensch mehr«, sagte Alexej Alexandrowitsch, ließ ihre Hand los, sah ihr aber immer noch in die tränenerfüllten Augen. »Meine Lage ist deshalb so entsetzlich, weil ich nirgends, auch nicht in mir selbst, einen Halt finde.«

»Sie werden einen Halt finden, aber suchen Sie ihn nicht bei mir, wenn ich Sie auch bitte, an meine Freundschaft zu glauben«, sagte sie seufzend. »Unser Halt ist die Liebe, jene Liebe, die Er uns hinterlassen hat. Seine Last ist leicht«, sagte sie mit jenem verzückten Blick, den Alexej Alexandrowitsch so gut kannte. »Er wird Ihr Halt und Ihre Hilfe sein.«

Aus diesen Worten klang Rührung über die eigenen erhabenen Gefühle, und sie waren bezeichnend für die neue, erst unlängst in Petersburg Mode gewordene mystische Richtung, die Alexej Alexandrowitsch überschwenglich fand; aber jetzt hörte er das alles nicht ungern.

»Ich bin ganz schwach, ich bin vernichtet. Ich hatte das nicht vorausgesehen und ich begreife es auch jetzt noch nicht.«

»Mein Freund!« wiederholte Lydia Iwanowna.

»Es ist nicht der Verlust dessen, was dahin ist, nein!« fuhr Alexej Alexandrowitsch fort. »Darum tut es mir nicht leid. Aber ich muß mich vor den Menschen schämen wegen der Lage, in der ich jetzt bin. Das ist schlecht, aber ich kann nicht anders, ich kann nicht.«

»Nicht Sie haben jene große Tat der Vergebung vollbracht, die mich und alle mit Entzücken erfüllt, sondern Er, der in Ihrem Herzen wohnt«, sagte Gräfin Lydia Iwanowna und richtete schwärmerisch den Blick nach oben, »und darum brauchen Sie sich Ihrer Tat nicht zu schämen.«

Alexej Alexandrowitsch machte ein finsteres Gesicht, legte die Hände zusammen und knackte mit den Fingern.

»Man muß alle Einzelheiten kennen«, sagte er mit seiner dünnen Stimme. »Die Kraft eines Menschen hat ihre Grenzen, Gräfin und ich bin an der Grenze meiner Kraft angelangt. Heute habe ich den ganzen Tag Anordnungen treffen müssen, Anordnungen im Haushalt, die durch meine neue einsame Situation bedingt waren« (das Wort ›bedingt‹ betonte er besonders). »Die Dienstboten, die Gouvernante, Rechnungen... Ich wurde sozusagen auf schwachem Feuer geröstet, ich konnte es nicht länger ertragen. Beim Mittagessen... ich wäre gestern beinahe vom Tisch aufgestanden und weggegangen. Ich konnte es nicht ertragen, wie mein Sohn mich ansah. Er fragte mich nicht, was das alles bedeute, aber er wollte fragen, und ich konnte seinen Blick nicht aushalten. Er fürchtete sich, mich anzusehen. Aber das ist noch nicht alles...« Alexej Alexandrowitsch wollte von der Rechnung erzählen, die er erhalten hatte, aber seine Stimme begann zu zittern, und er stockte. An diese auf blaues Papier geschriebene Rechnung für einen Hut und Bänder konnte er nicht denken, ohne sich selbst auf das tiefste zu bemitleiden.

»Ich verstehe Sie, mein Freund!« sagte Gräfin Lydia Iwanowna. »Ich verstehe alles. Bei mir werden Sie zwar keine Hilfe und keinen Trost finden, aber ich bin trotzdem gekommen, um Ihnen zu helfen, wenn ich es kann. Wenn ich Ihnen doch all diese kleinlichen, demütigenden Sorgen abnehmen könnte... Es ist mir klar, daß hier eine Frau schalten und walten muß. Wollen Sie mich damit beauftragen?«

Alexej Alexandrowitsch drückte ihr schweigend und dankbar die Hand.

»Wir wollen zusammen für Serjosha sorgen. Ich habe zwar wenig Erfahrung in praktischen Dingen, aber ich will es übernehmen, ich will Ihnen den Haushalt führen. Danken Sie mir nicht. Ich tue das nicht selbst...«

»Ich kann nicht anders als Ihnen danken.«

»Aber, mein Freund, überlassen Sie sich nicht jenem Gefühl, von dem Sie sprechen: sich dessen zu schämen, was die höchste Vollendung des Christen bedeutet: ›Wer sich selbst erniedrigt, wird erhöhet werden.‹ Und danken Sie nicht mir, sondern danken Sie Ihm und bitten Sie Ihn um Hilfe.

In Ihm allein finden wir Frieden, Trost, Rettung und Liebe«, sagte sie, richtete den Blick nach oben und begann zu beten, wie Alexej Alexandrowitsch aus ihrem Schweigen schloß.

Alexej Alexandrowitsch hatte ihr zugehört, und die Ausdrücke, die er früher zwar nicht gerade unangenehm, aber überschwenglich gefunden hatte, schienen ihm jetzt ganz natürlich und tröstlich. Er liebte diese neue schwärmerische Richtung nicht. Er war ein gläubiger Mensch, der sich vorwiegend aus politischen Gründen für die Religion interessierte, und die moderne Richtung, die sich mehrere Auslegungen des Christentums gestattete, war ihm vor allem deswegen unsympathisch, weil sie dem Streit der Meinungen und einer zersetzenden Kritik Tür und Tor öffnete. Früher hatte er dieser neuen Richtung sehr kühl, ja feindselig gegenübergestanden, aber er hatte sich mit Gräfin Lydia Iwanowna, die eine begeisterte Anhängerin der neuen Strömung war, nie gestritten, sondern ihre herausfordernden Bemerkungen stets mit Stillschweigen übergangen. Jetzt aber hatte er ihre Worte zum erstenmal mit Vergnügen angehört und ihnen innerlich nicht widersprochen.

»Ich bin Ihnen sehr, sehr dankbar, sowohl für Ihre Taten als auch für Ihre Worte«, sagte er, als sie ihr Gebet beendet hatte.

Gräfin Lydia Iwanowna drückte ihrem Freund noch einmal beide Hände.

»Jetzt will ich ans Werk gehen«, sagte sie nach kurzem Schweigen lächelnd und wischte sich die Tränen vom Gesicht. »Ich gehe zu Serjosha. Ich werde mich nur im äußersten Notfall an Sie wenden.« Und sie stand auf und ging hinaus.

Gräfin Lydia Iwanowna ging in Serjoshas Zimmer, benetzte die Wangen des erschrockenen Jungen mit ihren Tränen und sagte ihm, sein Vater sei ein Heiliger und seine Mutter sei gestorben.

Gräfin Lydia Iwanowna hielt ihr Versprechen. Sie nahm wirklich alle Sorgen um den Haushalt von Alexej Alexandrowitsch auf sich. Aber sie hatte nicht übertrieben, als sie sagte, sie habe wenig Erfahrung in praktischen Dingen. Alle ihre Anordnungen mußten abgeändert werden, da sie unausführbar waren, und zwar wurden sie von Alexej Alexandrowitschs Kammerdiener Kornej abgeändert, der jetzt Karenins ganzen Haushalt leitete, ohne daß es jemand merkte, und morgens beim Ankleiden seinem Herrn ruhig und vorsichtig alles Nötige meldete. Dennoch war die Hilfe Lydia Iwanownas sehr wirksam: sie gab Alexej Alexandrowitsch einen moralischen Halt in dem Bewußtsein ihrer Liebe und Achtung, die sie für ihn empfand, und besonders dadurch, daß sie ihn — und das zu glauben, war ihr ein besonderer Trost — fast zum Christentum bekehrt, das heißt, aus einem gleichgültigen und lauen Gläubigen zu einem eifrigen, treuen Anhänger jener neuen Auffassung des Christentums gemacht hatte, die seit einiger Zeit in Petersburg ziemlich weit verbreitet war. Alexej Alexandrowitsch fiel es nicht schwer, sich von der Richtigkeit dieser neuen Auffassung zu überzeugen. Ihm, Lydia Iwanowna und anderen, die diese Anschauungen teilten, fehlte es vollkommen an Einbildungskraft, an jener geistigen Fähigkeit, durch die von der Einbildungskraft hervorgerufene Vorstellungen so wirklich werden, daß man sie mit anderen Vorstellungen und mit der Wirklichkeit in Übereinstimmung bringen muß. Er sah nichts Unmögliches und Widersinniges in der Vorstellung, daß der für die Ungläubigen existierende Tod für ihn selbst nicht existiere, daß in seiner Seele keine Sünde mehr sei und er schon auf Erden der Erlösung teilhaftig werde, da er ja nach seinem eigenen richterlichen Ermessen den wahren Glauben besaß.

Alexej Alexandrowitsch hatte allerdings das dunkle Gefühl, daß sein neuer Glaube leichtfertig und verkehrt sei, und wußte, daß er damals, als er seine Verzeihung noch nicht für die Wirkung einer höheren Macht gehalten hatte, sondern einfach seinem unmittelbaren Gefühl gefolgt war, glücklicher gewesen war als jetzt, wo er jeden Augenblick daran dachte, daß Christus in seiner Seele wohne und daß er Seinen Willen erfülle, wenn er Akten unterzeichnete. Alexej Alexandrowitsch mußte aber so denken, er mußte in seiner Erniedrigung auf einer gewissen, wenn auch nur eingebildeten Höhe stehen, von der aus er, von allen verachtet, die anderen verachten konnte, und darum klammerte er sich wie an einen Rettungsanker an sein vermeintliches Heil.

23

Gräfin Lydia Iwanowna war als sehr junges, schwärmerisches Mädchen mit einem reichen, vornehmen, gutmütigen, lustigen und sehr liederlichen Mann verheiratet worden. Schon im zweiten Monat der Ehe vernachlässigte er sie und erwiderte ihre enthusiastischen Liebesbeteuerungen nur mit Spott und sogar mit Feindseligkeit, was die Leute, die das gute Herz des Grafen kannten und an der schwärmerischen Lydia keinerlei Mängel sahen, sich gar nicht erklären konnten. Seitdem lebten sie getrennt, waren aber nicht geschieden, und wenn der Mann seiner Frau begegnete, behandelte er sie stets mit dem gleichen bissigen Spott, dessen Ursache allen unbegreiflich war.
Gräfin Lydia Iwanowna war schon längst nicht mehr in ihren Mann verliebt; aber es hatte seit jener Zeit keinen Augenblick gegeben, in dem sie nicht verliebt gewesen wäre. Manchmal war sie in mehrere Menschen zugleich verliebt, in Männer und in Frauen; sie verliebte sich in fast alle Menschen, die sich durch irgend etwas auszeichneten. Sie verliebte sich in alle Prinzessinnen und Prinzen, die durch Heirat in verwandtschaftliche Beziehungen zu der kaiserlichen Familie traten; sie verliebte sich in einen Metro-

politen, einen Vikar, einen Pfarrer. Dann verliebte sie sich in einen Journalisten, in drei Panslawisten und in Komisarow, in einen Minister, einen Arzt, einen englischen Missionar und schließlich in Karenin. Alle diese bald schwächeren, bald stärkeren zärtlichen Gefühle hinderten sie nicht, sehr ausgedehnte und komplizierte Beziehungen mit dem Hof und der vornehmen Gesellschaft zu unterhalten. Aber seit sie den unglücklichen Karenin unter ihren ganz besonderen Schutz genommen hatte, sich in seinem Haushalt abarbeitete und für sein persönliches Wohl sorgte, fühlte sie, daß alle ihre früheren Liebesgefühle nicht echt gewesen waren und daß sie jetzt Karenin allein wirklich liebte. Das Gefühl, das sie jetzt für ihn empfand, schien ihr stärker als alle früheren Neigungen. Wenn sie ihr Gefühl analysierte und es mit ihren früheren Empfindungen verglich, sah sie deutlich, daß sie sich in Komisarow nicht verliebt hätte, wenn er nicht dem Zaren das Leben gerettet hätte, daß sie sich auch in Ristic-Kudzicki nicht verliebt hätte, wenn die slawische Frage nicht gewesen wäre, daß sie Karenin aber um seiner selbst willen liebte, wegen seiner hohen, unverstandenen Seele, wegen des ihr so lieben, hohen Klangs seiner Stimme mit den langgezogenen Intonationen, wegen seines müden Blicks, wegen seines Charakters und seiner weichen, weißen Hände mit den hervortretenden Adern. Sie freute sich nicht nur, wenn sie ihn sah, sondern versuchte auch in seinem Gesicht zu lesen, was für einen Eindruck sie auf ihn machte. Sie wollte ihm nicht nur durch ihre Worte, sondern auch durch ihre gesamte Persönlichkeit gefallen. Sie beschäftigte sich um seinetwillen mehr als je zuvor mit ihrer Toilette. Sie ertappte sich bei allerlei Träumen, was geschehen könne, wenn sie nicht verheiratet und auch er frei wäre. Sie errötete vor Erregung, wenn er ins Zimmer trat, sie konnte ein entzücktes Lächeln nicht zurückhalten, wenn er ihr etwas Angenehmes sagte.

Gräfin Lydia Iwanowna befand sich schon seit einigen

Tagen in größter Aufregung; sie hatte erfahren, daß Anna und Wronskij in Petersburg waren. Sie mußte Alexej Alexandrowitsch vor einer Begegnung mit Anna bewahren, sie mußte ihn sogar vor dem schmerzlichen Wissen bewahren, daß diese Frau sich in derselben Stadt befand wie er, und daß er ihr jeden Augenblick begegnen konnte.
Lydia Iwanowna versuchte durch ihre Bekannten zu erfahren, was diese abscheulichen Menschen, wie sie Anna und Wronskij nannte, vorhatten, und bemühte sich, alle Schritte ihres Freundes zu leiten, damit er ihnen nur nicht begegnete. Ein junger, mit Wronskij befreundeter Adjutant, durch den sie Nachrichten erhielt, und der auf ihre Protektion hoffte, teilte ihr mit, die beiden hätten ihre Geschäfte erledigt und wollten am folgenden Tag abreisen. Lydia Iwanowna war schon beruhigt, da wurde ihr am nächsten Morgen ein Brief gebracht. Sie erkannte die Handschrift mit Entsetzen: es war die Handschrift Anna Kareninas. Der längliche gelbe Umschlag war aus dickem Papier, wie Bast, und trug ein riesiges Monogramm; der Brief duftete sehr angenehm.
»Wer hat das gebracht?«
»Ein Hoteldiener.«
Gräfin Lydia Iwanowna konnte sich lange nicht setzen, um den Brief zu lesen. Sie bekam vor Aufregung einen Asthmaanfall, woran sie mitunter litt. Als sie sich beruhigt hatte, las sie folgenden in französischer Sprache geschriebenen Brief:

»Madame la Comtesse, die christlichen Gefühle, die Ihr Herz erfüllen, geben mir die, wie ich selbst fühle, unverzeihliche Kühnheit ein, an Sie zu schreiben. Die Trennung von meinem Sohn macht mich unglücklich. Ich flehe Sie an, mir zu erlauben, ihn vor meiner Abreise ein einziges Mal zu sehen. Verzeihen Sie, daß ich mich Ihnen in Erinnerung bringe. Ich wende mich nur deshalb an Sie und nicht an

Alexej Alexandrowitsch, weil ich diesem großmütigen Mann nicht durch die Erinnerung an mich Kummer bereiten möchte. Da ich Ihre freundschaftliche Gesinnung für ihn kenne, hoffe ich, daß Sie mich verstehen. Wollen Sie Serjosha zu mir schicken oder soll ich zu einer von Ihnen zu bestimmenden Zeit ins Haus kommen oder wollen Sie mich wissen lassen, wann und wo ich ihn außerhalb des Hauses sehen kann? Ich erwarte keine Absage, da ich die Großmut dessen kenne, von dem das abhängt. Sie können sich nicht vorstellen, wie sehr ich mich danach sehne, meinen Jungen wiederzusehen, und daher können Sie sich auch nicht vorstellen, wie dankbar ich Ihnen für Ihre Hilfe sein werde.

Anna.«

Alles an diesem Brief brachte Lydia Iwanowna auf: sein Inhalt, die Anspielung auf Karenins Großmut und vor allem, daß er in so ungeniertem Ton gehalten war, wie ihr schien.
»Sage dem Boten, daß keine Antwort kommt«, sagte Gräfin Lydia Iwanowna, öffnete sofort ihre Schreibmappe und schrieb an Alexej Alexandrowitsch, sie hoffe, ihn zwischen zwölf und ein Uhr bei der Gratulationscour im Palais zu sehen.
»Ich muß mit Ihnen über eine sehr wichtige und traurige Angelegenheit sprechen. Dort wollen wir verabreden, wo wir uns sehen können. Am besten wäre es bei mir, wo ich Ihnen *Ihren* Tee zubereiten lassen werde. Ich muß Sie unbedingt sprechen. Er legt uns das Kreuz auf, aber er gibt uns auch die Kraft, es zu tragen«, fügte sie hinzu, um ihn wenigstens einigermaßen vorzubereiten.
Gräfin Lydia Iwanowna schrieb Alexej Alexandrowitsch täglich zwei, drei kurze Briefe. Sie liebte diese Form des Verkehrs mit ihm, weil sie etwas Elegantes und Geheimnisvolles hatte, was ihrem persönlichen Verkehr mangelte.

24

Die Gratulationscour war beendet. Beim Fortgehen unterhielt man sich über die letzten Neuigkeiten, die neu verliehenen Auszeichnungen und die Veränderungen in den höchsten Ämtern.

»Gräfin Marja Borisowna sollte Kriegsminister werden und Fürstin Watkowskaja Chef des Generalstabs«, sagte ein grauhaariger, kleiner alter Herr in goldgestickter Uniform zu einem hochgewachsenen, schönen Hoffräulein, das ihn nach den Beförderungen gefragt hatte.

»Und ich Adjutant«, antwortete das Hoffräulein lächelnd.

»Für Sie ist bereits ein anderes Amt vorgesehen, Sie kommen ins Ressort für geistliche Angelegenheiten, und Ihr Gehilfe wird Karenin.«

»Guten Tag, Fürst!« sagte der alte Herr und drückte einem herantretenden Herrn die Hand.

»Was sagten Sie da von Karenin?« fragte der Fürst.

»Er und Putjatow haben den Alexander-Newskij-Orden bekommen.«

»Ich dachte, er hätte ihn schon.«

»Nein, sehen Sie ihn nur an«, sagte der alte Herr und zeigte mit seinem goldgestickten Hut auf Karenin, der mit einem der einflußreichsten Mitglieder des Reichsrates in der Saaltür stand; er war in Hofuniform und trug das neue rote Ordensband um die Schulter. »Er ist glücklich und zufrieden wie ein Kupferdreier«, fügte er hinzu und hielt dann inne, um einem athletisch gebauten, schönen Kammerherrn die Hand zu drücken.

»Er ist ziemlich gealtert«, sagte der Kammerherr.

»Vor lauter Sorgen. Er tut jetzt nichts als Projekte ausarbeiten. Den Unglücklichen, den er da erwischt hat, wird er nicht loslassen, ehe er ihm nicht alles Punkt für Punkt auseinandergesetzt hat.«

»Wieso gealtert? Il fait des passions! Ich glaube, Gräfin Lydia Iwanowna ist jetzt eifersüchtig auf seine Frau.«

»Aber! Reden Sie bitte nichts Schlechtes von Gräfin Lydia Iwanowna.«
»Ist es denn etwas Schlechtes, daß sie in Karenin verliebt ist?«
»Ist es wahr, daß die Karenina hier ist?«
»Hier im Palais ist sie nicht, aber sie ist in Petersburg. Ich habe sie gestern mit Alexej Wronskij bras dessus, bras dessous in der Morskaja gesehen.«
»C'est un homme qui n'a pas...« sagte der Kammerherr und hielt inne, um einem Mitglied der kaiserlichen Familie Platz zu machen und sich zu verbeugen.
So redete man unaufhörlich von Alexej Alexandrowitsch, verurteilte und spottete über ihn, während er selbst dem Herrn vom Reichsrat, den er erwischt hatte, den Weg versperrte und ihm Punkt für Punkt sein Finanzprojekt auseinandersetzte, ohne seine Darlegungen für eine Minute zu unterbrechen, damit der andere ihm nicht entschlüpfen konnte.
Fast zu derselben Zeit, da seine Frau ihn verließ, hatte Alexej Alexandrowitsch das Bitterste erlebt, was es für einen Beamten gibt: das Ende des Aufstiegs in seiner Karriere. Der Stillstand war da, und alle sahen es deutlich, nur Alexej Alexandrowitsch selbst hatte noch nicht gemerkt, daß seine Karriere beendet war. Ob nun sein Zusammenstoß mit Stremow oder das Unglück mit seiner Frau daran schuld war, oder ob er einfach die ihm vom Schicksal bestimmte Grenze erreicht hatte, jedenfalls sahen in diesem Jahr alle sehr deutlich, daß es mit Alexej Alexandrowitschs Karriere vorbei war. Er bekleidete zwar noch ein hohes Amt und gehörte vielen Kommissionen und Komitees an, aber er war erledigt und man erwartete nichts mehr von ihm. Er mochte reden und vorschlagen, was er wollte, man hörte ihm mit einer Miene zu, als sei alles, was er vorschlug, schon längst bekannt und vollkommen überflüssig. Aber Alexej Alexandrowitsch merkte das nicht, im Gegenteil, jetzt, wo er von der direkten Teilnahme an

Regierungsangelegenheiten ausgeschlossen war, sah er die Mängel und Fehler in der Tätigkeit anderer noch deutlicher als früher und hielt es für seine Pflicht, Verbesserungsvorschläge zu machen. Bald nach der Trennung von seiner Frau begann er eine Denkschrift über den neuen Gerichtshof zu schreiben, die erste in der langen Reihe von völlig überflüssigen Denkschriften über alle Gebiete der Verwaltung, die er dann noch verfaßte.

Aber Alexej Alexandrowitsch sah gar nicht, wie hoffnungslos seine Situation war und fühlte sich keineswegs gekränkt, sondern war mit seiner Tätigkeit mehr zufrieden als je zuvor.

›Wer da freiet, der sorget, was der Welt angehöret, wie er dem Weibe gefalle; wer aber ledig ist, der sorget, was dem Herrn angehöret, wie er dem Herrn gefalle‹, sagt der Apostel Paulus, und Alexej Alexandrowitsch, der sich jetzt in allen Dingen von der Heiligen Schrift leiten ließ, dachte oft an diesen Spruch. Seit er ohne Frau lebte, glaubte er, durch seine Projekte dem Herrn mehr zu dienen als früher.

Die offensichtliche Ungeduld des Herrn vom Reichsrat, der ihn loswerden wollte, störte ihn nicht im geringsten; er hörte erst auf zu reden, als ein Mitglied der Zarenfamilie vorüberging und der Herr die Gelegenheit benutzte, zu entschlüpfen.

Als Alexej Alexandrowitsch allein geblieben war, senkte er den Kopf, um seine Gedanken zu sammeln, sah sich dann zerstreut um und ging auf die Tür zu, wo er Gräfin Lydia Iwanowna zu treffen hoffte.

›Wie kräftig und gesund sie alle sind‹, dachte er, als er den riesigen Kammerherrn mit dem sorgsam gekämmten, parfümierten Backenbart und dem roten Hals des in seine Uniform eingezwängten Fürsten sah, an denen er vorbeigehen mußte. ›Es ist ein wahres Wort, daß die Weit im argen liegt‹, dachte er und schielte noch einmal nach den Waden des Kammerherrn.

Er ging langsam an den beiden Herren vorbei, die über ihn redeten, grüßte sie mit seiner gewohnten müden, würdevollen Miene, und schaute nach der Tür, Gräfin Lydia Iwanowna mit den Blicken suchend.

»Ah, Alexej Alexandrowitsch!« sagte der grauköpfige alte Herr mit boshaft blitzenden Augen, als Karenin in seine Nähe kam und kühl den Kopf neigte. »Ich habe Ihnen ja noch gar nicht gratuliert«, sagte er, auf das neu erhaltene Ordensband zeigend.

»Ich danke Ihnen«, sagte Alexej Alexandrowitsch. »Was für ein schöner Tag heute«, fügte er hinzu, nach seiner Gewohnheit das Wort ›schön‹ besonders betonend.

Er wußte, daß alle über ihn spotteten und erwartete auch nur Feindseligkeit von ihnen; daran war er schon gewöhnt.

Als er die aus dem Korsett emporsteigenden gelben Schultern der Gräfin Lydia Iwanowna sah, die gerade in der Tür erschien, und ihre schönen, nachdenklichen Augen, die ihn zu sich riefen, lächelte er, seine noch tadellosen weißen Zähne zeigend, und ging auf sie zu.

Lydia Iwanowna hatte große Mühe auf ihre Toilette verwandt, wie immer in der letzten Zeit. Jetzt verfolgte sie ein ganz anderes Ziel dabei als vor dreißig Jahren. Damals hatte sie sich einfach herausgeputzt, und je mehr, desto besser. Jetzt aber mußte sie Toiletten tragen, die so wenig zu ihren Jahren und zu ihrer Figur paßten, daß sie sich nur darum bemühte, den krassen Gegensatz zwischen diesen Toiletten und ihrem Äußeren etwas zu mildern. Was Alexej Alexandrowitsch anging, gelang ihr das vollkommen: er fand sie anziehend. Für ihn war sie inmitten dieses Meeres von Feindseligkeit die einzige Insel des Wohlwollens, ja der Liebe.

Als er die Reihe der vielen spöttischen Blicke entlangging, zog es ihn naturgemäß zu ihrem verliebten Blick, wie die Pflanze zum Licht strebt.

»Ich gratuliere Ihnen«, sagte sie mit einem Blick auf das Ordensband.
Ein zufriedenes Lächeln unterdrückend, zuckte er die Achseln und schloß die Augen, als wollte er sagen, dergleichen könne ihn jetzt nicht mehr freuen. Gräfin Lydia Iwanowna wußte aber ganz genau, daß das eine große Freude für ihn war, wenn er es auch nie zugab.
»Was macht unser Engel?« fragte Gräfin Lydia Iwanowna; sie meinte Serjosha.
»Ich kann nicht sagen, daß ich vollkommen zufrieden mit ihm bin«, sagte Alexej Alexandrowitsch, die Brauen hochziehend und die Augen weit öffnend. »Auch Sitnikow ist mit ihm unzufrieden.« (Sitnikow war der Lehrer, der Serjoshas Bildung mit Ausnahme des Religionsunterrichts zu leiten hatte.) »Wie ich Ihnen schon gesagt habe, zeigt er eine gewisse Gleichgültigkeit gegenüber den wichtigsten Fragen, die die Seele jedes Menschen und jedes Kindes bewegen müßten«, begann Alexej Alexandrowitsch seine Gedanken über die einzige Frage darzulegen, die ihn außer seinem Dienst noch interessierte.
Nachdem er mit Lydia Iwanownas Hilfe wieder zum Leben und zur Arbeit zurückgekehrt war, fühlte er sich verpflichtet, sich um die Erziehung seines Sohnes zu kümmern. Früher hatte er sich nie für Erziehungsfragen interessiert, und darum befaßte er sich zunächst theoretisch mit diesem Thema. Er las mehrere Bücher über Anthropologie, Pädagogik und Didaktik, stellte dann einen Erziehungsplan auf, übertrug einem der besten Pädagogen Petersburgs die Leitung von Serjoshas Erziehung und ging ans Werk. Und die neue Aufgabe beschäftigte ihn nun unausgesetzt.
»Ja, aber das Herz? Ich erkenne in ihm das Herz seines Vaters, und ein Kind mit solch einem Herzen kann nicht schlecht sein«, sagte Lydia Iwanowna begeistert.
»Mag sein... Was mich angeht, so erfülle ich nur meine Pflicht. Das ist alles, was ich tun kann.«

»Kommen Sie heute zu mir«, sagte Gräfin Lydia Iwanowna nach kurzem Schweigen, »wir müssen über eine für Sie sehr traurige Angelegenheit sprechen. Ich würde alles darum geben, wenn ich Sie vor gewissen Erinnerungen bewahren könnte, aber andere Leute denken leider nicht so. Ich habe einen Brief von *ihr* erhalten. *Sie* ist hier in Petersburg.«
Alexej Alexandrowitsch zuckte bei der Erwähnung seiner Frau zusammen, aber im nächsten Augenblick zeigte sein Gesicht eine tote Starrheit, die seine völlige Hilflosigkeit in dieser Angelegenheit erkennen ließ.
»Ich habe das erwartet«, sagte er.
Gräfin Lydia Iwanowna sah ihn entzückt an, und Tränen der Begeisterung über die Größe seiner Seele traten ihr in die Augen.

25

Als Alexej Alexandrowitsch in das kleine, mit altem Porzellan und Porträts geschmückte, gemütliche Zimmer der Gräfin Lydia Iwanowna trat, war die Dame des Hauses noch nicht da. Sie zog sich um.
Der runde Tisch war gedeckt, ein chinesisches Teeservice und eine silberne Teekanne mit Spirituslampe standen darauf. Alexej Alexandrowitsch betrachtete zerstreut die zahllosen, ihm wohlbekannten Porträts, die das Zimmer schmückten, setzte sich dann an den Tisch und schlug das dort liegende Evangelium auf. Als er das Seidenkleid der Gräfin rascheln hörte, klappte er das Buch zu.
»Nun wollen wir es uns gemütlich machen«, sagte sie und zwängte sich mit erregtem Lächeln hastig zwischen Tisch und Sofa durch, »und uns beim Tee unterhalten.«
Nach einigen vorbereitenden Worten reichte Gräfin Lydia Iwanowna schwer atmend und errötend Alexej Alexandrowitsch den Brief, den sie erhalten hatte.
Er las ihn und schwieg lange.

»Ich glaube nicht, daß ich das Recht habe, sie abzuweisen«, sagte er schüchtern und blickte auf.
»Lieber Freund, Sie trauen niemand etwas Böses zu!«
»Im Gegenteil, ich sehe, daß alles böse ist. Ob es aber gerecht wäre...«
Aus seinem Gesicht sprach Unentschlossenheit, die Bitte um Rat, Unterstützung und Leitung in einer Angelegenheit, die er nicht verstand.
»Nein«, unterbrach ihn Gräfin Lydia Iwanowna, »alles hat seine Grenzen. Ich kann Sittenlosigkeit verstehen«, sagte sie nicht ganz aufrichtig, da sie niemals begreifen konnte, was eine Frau zur Sittenlosigkeit treibt, »aber ich habe kein Verständnis für Grausamkeit, und Grausamkeit gegen wen? Gegen Sie! Wie kann sie in der Stadt bleiben, in der Sie wohnen? Nein, man lernt sein Leben lang nicht aus. Ich lerne erst jetzt Ihre Seelengröße und die Niedrigkeit dieser Frau verstehen.«
»Wer darf einen Stein auf sie werfen?« sagte Alexej Alexandrowitsch, offensichtlich sehr zufrieden mit seiner Rolle. »Ich habe ihr alles verziehen, und darum darf ich ihr nicht nehmen, was für sie ein Bedürfnis der Liebe ist — die Liebe zu ihrem Sohn...«
»Ist das denn Liebe, mein Freund? Ist das aufrichtig? Ja, Sie haben ihr verziehen... aber haben wir das Recht, auf die Seele dieses Engels einzuwirken? Er hält sie für tot. Er betet für sie und bittet Gott, ihr ihre Sünden zu vergeben. Und so ist es auch am besten. Was aber wird er dann denken?«
»Daran habe ich nicht gedacht«, sagte Alexej Alexandrowitsch, ihr augenscheinlich recht gebend.
Gräfin Lydia Iwanowna legte die Hände vors Gesicht und schwieg. Sie betete.
»Wenn Sie mich um Rat fragen«, sagte sie, als sie ihr Gebet beendet und die Hände vom Gesicht genommen hatte, »so möchte ich Ihnen raten, es nicht zu tun. Ich sehe ja, wie Sie leiden, wie das Ihre Wunden wieder aufgerissen hat. Aber

Sie denken ja, wie immer, nicht an sich selbst. Wozu kann das denn führen? Zu neuen Leiden für Sie und zu neuen Qualen für das Kind. Wenn noch etwas Menschliches in ihr ist, kann sie das selbst nicht wünschen. Nein, ich muß Ihnen entschieden davon abraten, und wenn Sie gestatten, werde ich ihr schreiben.«

Alexej Alexandrowitsch stimmte zu, und Gräfin Lydia Iwanowna schrieb folgenden französischen Brief:

»Gnädige Frau! Die Erinnerung an Sie könnte Ihren Sohn zu Fragen veranlassen, die sich nicht beantworten ließen, ohne daß die Seele des Kindes in die entsetzliche Lage käme, verdammen zu müssen, was ihm ein Heiligtum sein sollte. Darum bitte ich Sie, die ablehnende Antwort Ihres Gatten im Geiste der christlichen Liebe aufzufassen. Ich bitte den Allmächtigen, daß er sich Ihrer erbarme.

Gräfin Lydia.«

Dieser Brief erfüllte den geheimen Zweck, den Gräfin Lydia Iwanowna sich selbst nicht eingestehen wollte: er kränkte Anna zutiefst.

Alexej Alexandrowitsch war nicht imstande, als er von Lydia Iwanowna nach Hause gekommen war, sich seinen üblichen Beschäftigungen zu widmen und die Seelenruhe des gläubigen und erlösten Menschen zu finden, die er früher empfunden hatte.

Die Erinnerung an seine Frau, die sich so schwer an ihm versündigt hatte, und der er, wie Gräfin Lydia Iwanowna ihm mit Recht versicherte, als ein Heiliger gegenüberstand, hätte ihn eigentlich nicht verwirren sollen; aber er war trotzdem unruhig: er konnte das Buch, das er las, nicht verstehen, konnte die quälenden Erinnerungen an sein Verhältnis zu ihr, an die Fehler, die er, wie es ihm jetzt schien, ihr gegenüber begangen hatte, nicht abschütteln. Die Erinnerung daran, wie er bei der Heimfahrt vom Rennen das

Geständnis ihrer Untreue aufgenommen hatte, und vor allem, daß er nur die Wahrung des äußeren Anstands von ihr verlangt und Wronskij nicht gefordert hatte, erfüllte ihn mit quälender Reue. Auch die Erinnerung an den Brief, den er ihr geschrieben hatte, quälte ihn, und bei dem Gedanken, daß er eine Verzeihung gewährt hatte, die niemand brauchte, und daß er so liebevoll für das fremde Kind gesorgt hatte, krampfte sich sein Herz vor brennender Scham und Reue zusammen.

Und dieselbe Scham und Reue empfand er, wenn er an seine ganze Vergangenheit mit Anna und an die ungeschickten Worte dachte, mit denen er ihr nach langem Zögern einen Heiratsantrag gemacht hatte.

»Aber was habe ich denn verschuldet?« fragte er sich. Und aus dieser Frage ergab sich immer eine zweite Frage: ob diese anderen Leute, diese Wronskijs, Oblonskijs, diese Kammerherren mit den dicken Waden, anders fühlten, anders liebten, anders heirateten. Er sah im Geist eine ganze Reihe dieser gesunden, starken, selbstbewußten Männer vor sich, die immer und überall unwillkürlich seine Neugier und Aufmerksamkeit erregt hatten. Er wies diese Gedanken von sich, er suchte sich einzureden, daß er nicht für das zeitliche, irdische Leben, sondern für das ewige lebe, daß in seiner Seele Frieden und Liebe wohnten. Daß er aber in diesem zeitlichen, nichtigen Leben einige, wie er meinte, nichtige Fehler begangen hatte, quälte ihn so, als wenn es die ewige Erlösung, an die er glaubte, gar nicht gäbe. Diese Versuchung dauerte aber nicht lange, und bald herrschte in Alexej Alexandrowitschs Seele wieder die Ruhe und Erhabenheit, die ihm vergessen halfen, woran er nicht denken wollte.

»Nun, was gibt es, Kapitonytsch?« sagte Serjosha, als er vergnügt und mit roten Backen am Tag vor seinem Geburtstag vom Spaziergang zurückkam und seinen Mantel dem hochgewachsenen alten Portier gab, der von seiner Höhe lächelnd auf den kleinen Mann herunterschaute. »Ist der Beamte mit der verbundenen Backe heute wieder dagewesen? Hat Papa ihn empfangen?«

»Gewiß. Als der Kanzleichef weggegangen war, habe ich ihn gleich gemeldet«, sagte der Portier mit vergnügtem Augenzwinkern. »Erlauben Sie, daß ich Ihnen helfe.«

»Serjosha!« sagte der Hauslehrer, ein Slawe, und blieb in der Tür stehen, die zu den inneren Zimmern führte. »Ziehen Sie den Mantel allein aus!«

Serjosha hatte die schwache Stimme des Hauslehrers zwar gehört, beachtete ihn aber nicht. Er stand da, hielt den Portier am Bandelier fest und sah ihm ins Gesicht.

»Hat Papa etwas für ihn getan?«

Der Portier nickte bejahend.

Der Beamte mit der verbundenen Backe, der schon siebenmal gekommen war, um Alexej Alexandrowitsch eine Bitte vorzutragen, interessierte sowohl Serjosha als auch den Portier. Serjosha hatte ihn einmal im Flur getroffen und gehört, wie er den Portier kläglich gebeten hatte, ihn zu melden; er müsse sonst mit seinen Kindern elend umkommen. Seitdem interessierte sich Serjosha für den Beamten, dem er dann noch einmal im Flur begegnet war.

»Hat er sich gefreut?« fragte er.

»Freilich! Als er fortging, hüpfte er vor lauter Freude.«

»Ist etwas für mich gebracht worden?« fragte Serjosha nach einer kleinen Pause.

»Ja, junger Herr«, flüsterte der Portier und nickte mit dem Kopf.

Serjosha wußte sofort, daß das, wovon der Portier sprach,

ein Geburtstagsgeschenk von Gräfin Lydia Iwanowna war.

»Was sagst du? Wo ist es denn?«

»Kornej hat es zu Papa getragen. Es ist sicher etwas Schönes.«

»Wie groß ist es denn? So groß?«

»Ein bißchen kleiner, aber sehr schön.«

»Ein Buch?«

»Nein, ein Spielzeug. Aber jetzt müssen Sie gehen, Wasilij Lukitsch ruft«, sagte der Portier augenzwinkernd und machte die halb im Handschuh steckende kleine Hand behutsam von seinem Bandelier los.

»Wasilij Lukitsch, ich komme sofort!« rief Serjosha mit seinem heiteren, freundlichen Lächeln, das den sehr pünktlichen Wasilij Lukitsch immer besiegte.

Aber Serjosha war so vergnügt und glücklich, daß er seinem Freund, dem Portier, erst noch eine freudige Nachricht mitteilen mußte, die er beim Spaziergang im Sommergarten von einer Nichte der Gräfin Lydia Iwanowna erfahren hatte. Diese Freude schien ihm besonders wichtig, weil sie mit der Freude des armen Beamten und seiner eigenen Freude über das Geburtstagsgeschenk von Gräfin Lydia Iwanowna zusammenfiel. Serjosha hatte das Gefühl, daß heute ein Tag sei, an dem alle froh und glücklich sein müßten.

»Weißt du schon, daß Papa den Alexander-Newskij-Orden bekommen hat?«

»Natürlich weiß ich das. Es sind ja schon Gratulanten dagewesen.«

»Hat er sich gefreut?«

»Über die Gnade des Zaren muß man sich doch freuen! Er hat sie sicher verdient«, sagte der Portier streng und ernst.

Serjosha betrachtete nachdenklich das Gesicht des Portiers, das er in allen Einzelheiten kannte, besonders das zwischen dem grauen Backenbart herunterhängende Kinn, das niemand außer Serjosha sah, der immer von unten zu ihm heraufsah.

»Was macht denn deine Tochter? Sie war schon lange nicht mehr da.«
Die Tochter des Portiers war im Ballett.
»Werktags kann sie doch nicht kommen. Die haben auch Unterricht. Und Sie auch, junger Herr, gehen Sie jetzt!«
Als Serjosha in seinem Zimmer war, setzte er sich nicht an seine Aufgaben, sondern erzählte dem Hauslehrer von dem Geschenk, das heute gebracht worden war, und sagte, es sei wohl eine Lokomotive. »Was meinen Sie?« fragte er.
Aber Wasilij Lukitsch meinte nur, jetzt müsse die Lektion aus der russischen Grammatik gelernt werden, denn der Lehrer komme um zwei Uhr.
»Nein, Wasilij Lukitsch, sagen Sie mir bitte«, fragte Serjosha plötzlich, als er schon am Tisch saß und das Buch in der Hand hielt, »was ist höher als der Alexander-Newskij? Sie wissen doch, daß Papa den Alexander-Newskij bekommen hat?«
Wasilij Lukitsch antwortete, der Wladimir-Orden sei höher als der Alexander-Newskij.
»Und noch höher?«
»Der höchste Orden ist der Andreasorden.«
»Und noch höher als der Andreasorden?«
»Da weiß ich keinen mehr.«
»Was, Sie wissen auch keinen?« und Serjosha stützte den Kopf auf die Hände und vertiefte sich in seine Gedanken.
Diese Gedanken waren sehr wirr und kompliziert. Er stellte sich vor, wie es sein würde, wenn sein Vater jetzt auch gleich den Wladimir und den Andreas bekäme; dann würde er heute in der Unterrichtsstunde viel freundlicher sein. Und wenn er selbst groß sein werde, dann werde er alle Orden bekommen, auch den, der noch höher als der Andreasorden war und erst noch erfunden werden mußte. Sobald dieser Orden erfunden würde, würde er ihn auch bekommen. Dann würde ein noch höherer Orden erfunden, und den würde er auch erhalten.

Über solchen Gedanken verging die Zeit, und als der Lehrer kam, hatte Serjosha die Lektion über die Umstandswörter der Zeit, des Ortes und der Art und Weise nicht gelernt, und der Lehrer war nicht nur unzufrieden, sondern auch betrübt. Das ging Serjosha sehr zu Herzen. Aber er fühlte sich nicht schuldig, daß er die Lektion nicht gelernt hatte, denn er hätte es trotz aller Bemühungen doch nicht fertiggebracht. Solange der Lehrer es ihm erklärte, glaubte er ihm und schien ihn zu verstehen, aber sobald er allein war, konnte er sich einfach nicht mehr daran erinnern und begreifen, daß das kurze und so verständliche Wort ›plötzlich‹* ein Umstandswort der Art und Weise sei. Es tat ihm aber doch leid, daß er den Lehrer betrübt hatte.
Er benutzte einen Augenblick, wo der Lehrer schweigend ins Buch sah.
»Michail Iwanowitsch, wann ist denn Ihr Namenstag?« fragte er plötzlich.
»Sie sollten lieber an Ihre Arbeit denken, der Namenstag hat für einen vernünftigen Menschen gar keine Bedeutung. Es ist ein Tag wie jeder andere, an dem man auch arbeiten muß.«
Serjosha sah den Lehrer aufmerksam an, betrachtete seinen spärlichen Bart, die Brille, die unter die Furche, die sie in die Nase gegraben hatte, heruntergerutscht war, und versank so tief in Gedanken, daß er nicht mehr hörte, was ihm der Lehrer erklärte. Er wußte, daß der Lehrer nicht so dachte, wie er redete; er hatte das an dem Ton gemerkt, in dem der Lehrer gesprochen hatte. ›Warum sagen sie mir alle immer dasselbe, lauter langweiliges, unnützes Zeug? Warum stößt er mich zurück, warum hat er mich nicht lieb?‹ fragte er sich betrübt und konnte keine Antwort finden.

* Das entsprechende russische Wort ist einsilbig und wird sehr oft gebraucht. Anm. d. Übs.

27

Nach der Stunde bei dem Lehrer hatte Serjosha Unterricht bei seinem Vater. Bevor sein Vater kam, setzte er sich an den Tisch, spielte mit dem Federmesser und hing seinen Gedanken nach. Eine seiner Lieblingsbeschäftigungen war, auf seinen Spaziergängen seine Mutter zu suchen. Er glaubte überhaupt nicht an den Tod und vor allem nicht an den Tod seiner Mutter, obwohl Lydia Iwanowna es ihm gesagt und der Vater es bestätigt hatte, und darum suchte er sie auch noch, nachdem man ihm gesagt hatte, sie sei gestorben. Jede etwas volle, anmutige Frau mit dunklem Haar war seine Mutter. Beim Anblick einer solchen Frau stieg in seiner Seele eine so große Zärtlichkeit auf, daß ihm der Atem stockte und Tränen ihm in die Augen traten. Und er erwartete dann, daß sie im nächsten Augenblick auf ihn zukommen und den Schleier heben werde. Dann würde er ihr Gesicht sehen können, und sie würde lächeln und ihn umarmen, und er würde den Duft ihres Parfüms riechen, ihre weichen Hände fühlen, vor Freude weinen und so glücklich sein wie damals, als er sich abends einmal vor ihre Füße gelegt hatte: sie hatte ihn gekitzelt, und er hatte gelacht und sie in die weiße, ringgeschmückte Hand gebissen. Später, als er zufällig von der Kinderfrau erfahren hatte, daß seine Mutter nicht gestorben sei, und der Vater und Lydia Iwanowna ihm erklärt hatten, sie sei für ihn tot, weil sie schlecht sei (was er gar nicht glauben konnte, weil er sie so lieb hatte), suchte er sie erst recht und wartete auf sie. Heute war eine Dame mit einem lila Schleier im Sommergarten gewesen, die er mit klopfendem Herzen beobachtet hatte, als sie in der Allee auf ihn zukam — er hatte gedacht, sie sei es. Aber die Dame war dann nicht auf ihn zugegangen, sondern plötzlich verschwunden. Heute sehnte er sich mehr denn je nach seiner Mutter, sah mit leuchtenden Augen vor sich hin und dachte an sie. Er hatte alles andere vergessen und zerschnitt die Tischkante mit seinem Federmesser, während er auf seinen Vater wartete.

»Der Papa kommt«, sagte Wasilij Lukitsch. Das riß ihn aus seinen Träumen.

Er sprang auf, ging zu seinem Vater, küßte ihm die Hand, sah ihn dann aufmerksam an und suchte in seinem Gesicht ein Zeichen von Freude über den Alexander-Newskij-Orden.

»War es schön auf dem Spaziergang?« fragte Alexej Alexandrowitsch, setzte sich in einen Sessel, nahm das Alte Testament und schlug es auf. Obwohl Alexej Alexandrowitsch wiederholt zu Serjosha gesagt hatte, jeder Christ müsse die Biblische Geschichte genau kennen, mußte er selbst recht oft im Alten Testament nachsehen, und Serjosha hatte das sehr wohl gemerkt.

»Ja, es war sehr lustig, Papa«, antwortete Serjosha; er saß seitwärts auf dem Stuhl und schaukelte, was verboten war. »Ich habe Nadenka gesehen.« (Nadenka war die Nichte Lydia Iwanownas und wurde bei ihr erzogen.) »Sie hat mir gesagt, Sie hätten einen neuen Orden bekommen. Freuen Sie sich darüber, Papa?«

»Erstens schaukle bitte nicht mit dem Stuhl«, sagte Alexej Alexandrowitsch. »Zweitens sollen wir unsere Freude nicht am Lohn haben, sondern an der Arbeit. Ich möchte, daß du das begreifen lernst. Wenn du nur um des Lohnes willen arbeitest, dann wird dir die Arbeit schwer vorkommen; wenn du aber aus Liebe zur Arbeit selbst arbeitest«, sagte Alexej Alexandrowitsch und dachte daran, wie ihm heute morgen sein Pflichtbewußtsein geholfen hatte, eine höchst langweilige Arbeit durchzuhalten, die in der Unterzeichnung von hundertachtzig Schriftstücken bestanden hatte, »dann wirst du in der Arbeit selbst deinen Lohn finden.«

Serjoshas Augen, die vor Zärtlichkeit und Heiterkeit gestrahlt hatten, wurden trüb und senkten sich unter dem

Blick des Vaters. Das war der alte, wohlbekannte Ton, in dem der Vater immer mit ihm sprach, und auf den Serjosha bereits einzugehen gelernt hatte. Der Vater redete mit ihm stets — das fühlte Serjosha — wie mit einem Jungen, den er sich selbst ausgedacht hatte, einem von den Musterknaben, wie sie in Büchern vorkamen, die mit Serjosha nicht die geringste Ähnlichkeit hatten. Und Serjosha bemühte sich immer, seinem Vater gegenüber diesen Jungen zu spielen.

»Ich hoffe, du verstehst das!« sagte der Vater.

»Ja, Papa«, antwortete Serjosha, als sei er dieser Musterknabe.

Für diese Stunde hatte Serjosha einige Sprüche aus dem Evangelium auswendiglernen und den Anfang des Alten Testaments wiederholen müssen. Die Sprüche aus dem Evangelium hatte er gut gelernt, aber in dem Augenblick, als er sie aufsagte, betrachtete er aufmerksam das Stirnbein seines Vaters, das an der Schläfe einen so scharfen Knick bildete, warf zwei Verse durcheinander und stellte das Ende des einen Verses an den Anfang eines anderen, der mit demselben Wort anfing. Das war für Alexej Alexandrowitsch ein Beweis, daß der Junge gar nicht verstand, was er aufsagte, und das ärgerte ihn.

Er runzelte die Stirn und fing an, Dinge zu erklären, die Serjosha schon oft gehört hatte, die er sich aber nicht merken konnte, weil sie ihm völlig klar waren — gerade wie die Tatsache, daß ›plötzlich‹ ein Umstandswort der Art und Weise war. Serjosha sah seinen Vater erschrocken an und dachte nur eins: ob der Vater ihn wiederholen lasse, was er gesagt hatte, oder nicht. Dieser Gedanke erschreckte ihn so sehr, daß er gar nichts mehr verstand. Aber der Vater ließ es ihn diesmal nicht wiederholen und ging zu der Aufgabe aus dem Alten Testament über. Die Ereignisse selbst erzählte Serjosha recht gut, aber als er Fragen nach dem Sinn dieser Ereignisse beantworten sollte, wußte er nichts, obwohl er wegen derselben Sache schon einmal bestraft worden war. Als er die Patriarchen vor der Sintflut aufzählen sollte, wußte er gar nichts, stotterte, schnitt mit dem Federmesser in den Tisch und schaukelte mit dem Stuhl hin und her. Er kannte keinen einzigen Patriarchen außer Henoch, der lebend in den Himmel entrückt wurde. Kurz vorher hatte er noch alle Namen gewußt, aber jetzt hatte er sie vollkommen vergessen, vor allem deswegen, weil Henoch seine Lieblingsgestalt aus dem ganzen Alten Testament war und weil er mit der Entrückung Henochs eine lange Reihe von Gedanken verband, denen er auch jetzt nachhing, während er auf die Uhrkette seines Vaters und auf einen nur halb zugeknöpften Knopf an seiner Weste starrte.

An den Tod, von dem man ihm schon so oft erzählt hatte, glaubte Serjosha überhaupt nicht. Er glaubte nicht, daß die Menschen, die er lieb hatte, sterben könnten, und hauptsächlich nicht, daß er selbst einmal sterben werde. Das schien ihm vollkommen unmöglich und unbegreiflich. Aber man sagte ihm, alle Menschen müßten sterben; er hatte sogar mehrere Leute, denen er glaubte, danach gefragt, und sie hatten es ihm bestätigt; auch die Kinderfrau hatte es gesagt, wenn auch nur widerwillig. Aber Henoch war nicht gestorben, also starben doch nicht alle Menschen. ›Und vielleicht kann sich jeder Mensch vor Gott so verdient machen und auch schon zu Lebzeiten in den Himmel kommen‹, dachte Serjosha. Böse Menschen, das heißt solche, die Serjosha nicht leiden mochte, die konnten sterben, aber die guten konnten dasselbe Los haben wie Henoch.

»Nun also, wie heißen die Patriarchen?«

»Henoch, Enos...«

»Die hast du ja schon genannt. Schlecht, Serjosha, sehr schlecht! Wenn du dir nicht einmal Mühe gibst, das zu lernen, was ein Christ vor allem anderen wissen muß, was kann dich dann überhaupt interessieren? Ich bin unzufrieden mit dir, und Peter Ignatjewitsch« (das war der Lehrer, der Serjoshas Erziehung leitete), »ist auch mit dir unzufrieden... Ich muß dich bestrafen.«

Der Vater und der Lehrer waren beide mit Serjosha unzufrieden, und er lernte in der Tat sehr schlecht. Man konnte aber durchaus nicht sagen, daß er unbegabt sei. Im Gegenteil, er war viel begabter als die Jungen, die der Lehrer ihm als Vorbild hinstellte. Nach der Ansicht seines Vaters wollte er einfach nicht lernen, was man ihn lehrte. In Wahrheit aber konnte er es nicht lernen. Er konnte es nicht, weil seine Seele Forderungen erhob, die für ihn viel wichtiger waren als die, die sein Vater und der Lehrer an ihn stellten. Diese beiderseitigen Forderungen standen im Widerspruch zueinander, und so lag er beständig im Kampf mit seinen Erziehern.

Er war neun Jahre alt, er war ein Kind; aber er kannte seine Seele, sie war ihm teuer, und er hütete sie, wie das Lid das Auge hütet, und ohne den Schlüssel der Liebe fand niemand Eingang in seine Seele. Seine Erzieher klagten, er wolle nicht lernen, und dennoch war seine Seele übervoll von Wissensdurst. Er lernte bei Kapitonytsch, bei der Kinderfrau, bei Nadenka, bei Wasilij Lukitsch, aber nicht bei seinen Lehrern. Das Wasser, auf das der Vater und der Lehrer für ihre Mühlräder warteten, war schon längst durchgesickert und arbeitete an einer anderen Stelle.

Der Vater bestrafte Serjosha dadurch, daß er ihn nicht zu Lydia Iwanownas Nichte Nadenka gehen ließ; aber diese Strafe wurde für Serjosha zu einem Glück. Wasilij Lukitsch war gut gelaunt und zeigte ihm, wie man Windmühlen macht. Der ganze Abend verging bei dieser Arbeit und bei phantastischen Überlegungen, wie man solch eine Mühle machen könnte, mit der man sich selbst herumdrehen könnte: man müßte sich mit den Händen am Flügel festhalten oder sich festbinden lassen, und dann könnte man sich mit der Mühle drehen. An seine Mutter dachte Serjosha den ganzen Abend nicht mehr, aber als er schon im

Bett lag, fiel sie ihm plötzlich wieder ein und er betete darum, seine Mutter möchte morgen an seinem Geburtstag sich nicht mehr verbergen, sondern zu ihm kommen.

»Wasilij Lukitsch, wissen Sie, um was ich noch besonders gebetet habe?«

»Daß Sie besser lernen möchten?«

»Nein.«

»Um Spielsachen?«

»Nein, falsch geraten! Es ist etwas sehr Schönes, aber es ist ein Geheimnis! Wenn es in Erfüllung geht, sage ich es Ihnen. Haben Sie es nicht erraten?«

»Nein, ich kann es nicht raten. Sagen Sie es mir doch«, antwortete Wasilij Lukitsch und lächelte, was bei ihm nur selten vorkam; »aber Sie müssen jetzt schlafen; ich mache das Licht aus.«

»Ohne Licht sehe ich noch viel besser, was ich sehe und worum ich gebetet habe. Ach, da hätte ich Ihnen beinahe mein Geheimnis verraten!« sagte Serjosha fröhlich lachend.

Als das Licht gelöscht war, glaubte Serjosha zu hören und zu fühlen, daß seine Mutter da sei. Sie stand über ihn gebeugt und sah ihn zärtlich und liebevoll an. Aber dann erschienen Windmühlen und ein Federmesser, alles verschwamm ineinander, und er schlief ein.

28

Wronskij und Anna waren nach ihrer Ankunft in Petersburg in einem der besten Hotels abgestiegen. Wronskij wohnte im Erdgeschoß, Anna hatte zusammen mit dem Kind, der Amme und dem Dienstmädchen ein großes, aus vier Zimmern bestehendes Appartement im ersten Stock.

Gleich am Tag seiner Ankunft fuhr Wronskij zu seinem Bruder. Dort traf er seine Mutter, die in geschäftlichen Angelegenheiten aus Moskau gekommen war. Mutter und Schwägerin begrüßten ihn wie gewöhnlich, sie fragten ihn nach seiner Auslandsreise, sprachen von gemeinsamen Bekannten, erwähnten aber sein Verhältnis zur Karenina mit keinem Wort. Sein Bruder dagegen, der ihn am nächsten Morgen besuchte, fragte ihn sofort nach ihr, und Alexej Wronskij sagte ihm geradeheraus, er sehe sein Verhältnis zu Frau Karenina als Ehe an, er hoffe, die Scheidung zu erreichen und sie dann zu heiraten; bis dahin sehe er sie ebenso als seine Frau an, wie jeder Ehemann seine Gattin, und er bitte ihn, das seiner Mutter und seiner Frau mitzuteilen.

»Wenn die Gesellschaft das verurteilt, so ist mir das vollkommen gleichgültig«, sagte Wronskij, »wenn aber meine Verwandten in verwandtschaftlichen Beziehungen mit mir bleiben möchten, müssen sie auch zu meiner Frau in denselben Beziehungen stehen!«

Der ältere Bruder, der die Meinung des jüngeren stets respektierte, wußte nicht, ob er recht hatte oder nicht, solange die Gesellschaft diese Frage nicht entschieden habe; er selbst hatte nichts dagegen und ging mit Alexej zu Anna.

In Gegenwart seines Bruders sprach Wronskij Anna mit ›du‹ an, wie immer im Beisein anderer, und behandelte sie wie eine gute Bekannte; aber es wurde stillschweigend vorausgesetzt, daß der Bruder über ihr Verhältnis Bescheid wisse, und es war davon die Rede, daß Anna auf Wronskijs Gut übersiedeln werde.

Trotz seiner Weltkenntnis befand sich Wronskij infolge der neuen Lage, in die er geraten war, in einem seltsamen Irrtum. Er hätte eigentlich verstehen müssen, daß die vornehmen Gesellschaftskreise ihm und Anna verschlossen waren, aber in seinem Kopf waren allerlei unklare Vorstellungen entstanden, daß das nur in früheren Zeiten so gewesen sei, daß jetzt hingegen, in einer Zeit des schnellen Fortschritts (ohne es selbst zu merken, war er ein Anhänger des Fortschritts geworden), die Anschauungen der Gesellschaft sich geändert hätten und die Frage, ob sie Zutritt zu der Gesellschaft haben würden, noch nicht entschieden sei. ›In Hofkreisen wird sie natürlich nicht verkehren können‹, dachte er, ›aber Menschen, die uns nahestehen, können und müssen die Sache richtig auffassen.‹

Man kann einige Stunden mit untergeschlagenen Beinen sitzen, wenn man weiß, daß einen nichts hindert, diese Stellung zu ändern; aber wenn man weiß, daß man mit untergeschlagenen Beinen dasitzen *muß*, bekommt man einen Krampf, und die Beine zucken und drängen dahin, wohin man sie ausstrecken möchte. Dasselbe Gefühl hatte Wronskij der Gesellschaft gegenüber. Obwohl er in der Tiefe seiner Seele wußte, daß die Gesellschaft ihnen beiden verschlossen war, wollte er dennoch einen Versuch machen, ob sich die Gesellschaft nicht doch geändert habe und bereit sei, sie zu empfangen. Aber er merkte sehr bald, daß er selbst zwar in der Gesellschaft verkehren konnte, Anna aber nicht. Wie beim Katz- und Mausspiel senkten sich die Arme, die sich für ihn erhoben hatten, sofort, wenn es um Anna ging.

Eine der ersten Damen aus der Petersburger Gesellschaft, mit der Wronskij zusammenkam, war seine Cousine Betsy.

»Endlich!« begrüßte sie ihn erfreut. »Und Anna? Wie mich das freut! Wo sind Sie denn abgestiegen? Ich kann mir gut denken, wie schrecklich Ihnen unser Petersburg nach Ihrer herrlichen Reise vorkommt, und ich kann mir Ihren Honigmond in Rom vorstellen. Wie steht es denn mit der Scheidung? Alles erledigt?«

Wronskij bemerkte, daß Betsys Entzücken nachließ, als sie hörte, daß die Scheidung noch nicht ausgesprochen sei.

»Ich weiß, man wird mich steinigen«, sagte sie, »aber ich werde Anna trotzdem besuchen. Ja, ich komme ganz bestimmt. Sie werden wohl nicht lange hierbleiben?«

Sie machte wirklich noch am selben Tag einen Besuch bei Anna, aber ihr Ton war ein ganz anderer als früher. Sie war offensichtlich stolz auf ihre Kühnheit und wollte, daß Anna ihre treue Freundschaft auch gebührend würdige. Sie blieb nicht länger als zehn Minuten, erzählte Neuigkeiten aus der Gesellschaft und sagte beim Abschied:

»Sie haben mir noch nicht gesagt, wann die Scheidung ausgesprochen wird. Ich setzte mich ja über solche Dinge hinweg, aber andere, engherzigere Leute werden Sie mit eisiger Kälte behandeln, solange Sie noch nicht verheiratet sind. Aber eine Scheidung ist heute ja so einfach. Ça ce fait. Sie reisen also am Freitag? Schade, daß wir uns nicht mehr sehen werden.«

An Betsys Ton hätte Wronskij erkennen müssen, was er von der Gesellschaft zu erwarten hatte, aber er wollte noch einen Versuch bei seiner eigenen Familie machen. Auf seine Mutter hoffte er dabei nicht. Er wußte, daß seine Mutter, die nach der ersten Bekanntschaft so entzückt von Anna gewesen war, sie jetzt verurteilte, weil sie schuld daran war, daß ihr Sohn auf seine Karriere verzichtet hatte. Aber auf Warja, die Frau seines Bruders, setzte er große Hoffnungen. Er meinte, sie werde keinen Stein auf Anna werfen, sondern einfach und entschlossen zu ihr kommen und sie auch in ihrem Haus empfangen.

Am Tag nach seiner Ankunft ging er noch einmal zu ihr, traf sie allein an und sprach ohne Umschweife seinen Wunsch aus.

»Du weißt, Alexej«, sagte sie, nachdem sie ihn angehört hatte, »wie gern ich dich habe, und daß ich bereit bin, alles für dich zu tun; aber ich habe geschwiegen, weil ich wußte, daß ich dir und Anna Arkadjewna nicht helfen kann«, sagte sie, den Namen Anna Arkadjewna besonders deutlich aussprechend. »Glaube bitte nicht, daß ich den Stab über sie breche. Nie und nimmer! Vielleicht hätte ich an ihrer Stelle dasselbe getan. Ich will und kann nicht auf Einzelheiten eingehen«, sagte sie, schüchtern in sein finsteres Gesicht blickend, »aber man muß die Dinge beim Namen nennen.

Du willst, daß ich sie besuche, sie in meinem Haus empfange und sie dadurch in der Gesellschaft rehabilitiere; aber du mußt begreifen, daß ich das nicht kann. Ich habe heranwachsende Töchter, und ich muß auch um meines Mannes willen in der Gesellschaft verkehren. Gut, ich mache Anna Arkadjewna einen Besuch; sie wird verstehen, daß ich sie nicht zu mir einladen kann oder es so einrichten muß, daß sie nicht mit Leuten zusammentrifft, die diese Sache anders ansehen; und das wird sie kränken. Ich kann sie nicht emporheben...«

»Ich glaube nicht, daß sie tiefer gesunken ist als Hunderte von Frauen, die ihr empfangt!« unterbrach Wronskij sie, und sein Gesicht wurde noch finsterer. Dann stand er schweigend auf, da er sah, daß der Entschluß seiner Schwägerin unabänderlich war.

»Alexej! Sei mir nicht böse. Du mußt doch begreifen, daß ich nichts dafür kann«, sagte Warja und sah ihn mit schüchternem Lächeln an.

»Ich bin dir nicht böse«, sagte er mit derselben finsteren Miene, »aber es tut mir doppelt weh. Es tut mir auch weh, daß dadurch unsere Freundschaft zerstört wird. Nun, vielleicht nicht zerstört, aber doch abgeschwächt. Du wirst einsehen, daß ich nicht anders handeln kann.«

Und damit verabschiedete er sich.

Wronskij sah ein, daß weitere Versuche zwecklos seien und daß sie diese paar Tage in Petersburg wie in einer fremden Stadt verbringen und jede Berührung mit ihrer früheren gesellschaftlichen Sphäre vermeiden mußten, um keine Unannehmlichkeiten und Kränkungen zu erleben. Eine der Hauptunannehmlichkeiten ihrer Situation in Petersburg war, daß Alexej Alexandrowitsch und sein Name überall zu sein schienen. Wovon man auch redete, immer kam das Gespräch sofort auf Alexej Alexandrowitsch, und man konnte nirgends hingehen, ohne ihm zu begegnen. Wenigstens schien es Wronskij so, wie es einem Menschen mit

einem kranken Finger scheint, als stoße er überall nur mit diesem kranken Finger an.
Der Aufenthalt in Petersburg war für Wronskij auch deshalb besonders qualvoll, weil Anna in dieser ganzen Zeit in einer ganz neuen, ihm unverständlichen Stimmung war. Bald schien sie in ihn verliebt, bald war sie kalt, reizbar und verschlossen. Sie litt unter etwas und verbarg ihm etwas und tat, als bemerke sie die Kränkungen gar nicht, die ihm das Leben vergifteten und die für sie bei ihrem Feingefühl noch qualvoller sein mußten.

29

Einer der Gründe für Annas Rückkehr nach Rußland war gewesen, ihren Sohn wiederzusehen. Von dem Tag an, als sie aus Italien abgereist war, hatte der Gedanke an dieses Wiedersehen sie unablässig beschäftigt. Und je näher sie Petersburg kam, desto größer schien ihr die Freude und die Bedeutsamkeit dieses Wiedersehens. Sie fragte sich nicht, wie man dieses Wiedersehen bewerkstelligen könne. Es schien ihr ganz natürlich und einfach, daß sie ihren Sohn wiedersehen werde, sobald sie sich in derselben Stadt befinde wie er, aber nach der Ankunft in Petersburg kam ihr plötzlich ihre jetzige Stellung in der Gesellschaft klar zu Bewußtsein, und sie sah ein, daß es schwierig sein werde, ein Wiedersehen zu ermöglichen.
Nun war sie schon zwei Tage in Petersburg. Der Gedanke an ihren Sohn verließ sie keinen Augenblick, aber sie hatte ihn noch nicht gesehen. Geradewegs ins Haus zu gehen, wo sie Alexej Alexandrowitsch begegnen konnte, dazu hatte sie nach ihrem Gefühl kein Recht. Auch war es möglich, daß man sie nicht hereinlassen oder gar beleidigen werde. An ihren Mann schreiben und wieder mit ihm in Verbindung treten wollte sie nicht, schon der bloße Gedanke daran war ihr eine Qual: sie konnte nur dann ruhig sein, wenn sie

überhaupt nicht an ihren Mann dachte. In Erfahrung zu bringen, wann und wo ihr Sohn spazierenging und ihn auf seinem Spaziergang zu sehen, genügte ihr nicht; sie hatte sich so sehr auf dieses Wiedersehen vorbereitet, sie hatte ihm so viel zu sagen, sie sehnte sich so sehr danach, ihn zu umarmen und zu küssen. Serjoshas alte Kinderfrau hätte ihr raten und helfen können, aber sie war nicht mehr in Alexej Alexandrowitschs Haus. Über diesem Hin- und Herschwanken und den Nachforschungen nach dem Verbleib der Kinderfrau waren zwei Tage vergangen.

Als Anna von den nahen Beziehungen Alexej Alexandrowitschs zu Gräfin Lydia Iwanowna erfuhr, entschloß sie sich am dritten Tag zu dem Brief, der sie große Überwindung kostete und in dem sie absichtlich schrieb, die Erlaubnis, ihren Sohn wiederzusehen, werde von der Großmut ihres Mannes abhängen müssen. Wenn dieser Brief ihrem Mann gezeigt würde, dann würde er ihr keine Absage erteilen, nur um die Rolle des Großmütigen weiterzuspielen.

Der Bote, den sie zu Gräfin Lydia Iwanowna geschickt hatte, brachte ihr die grausamste und von ihr am wenigsten erwartete Antwort: daß gar keine Antwort erfolgen werde. Noch nie hatte sie sich so gedemütigt gefühlt wie in diesem Augenblick, als sie den Boten zu sich gerufen hatte und seinen ausführlichen Bericht hörte, wie er habe warten müssen und ihm dann gesagt worden sei: »Eine Antwort erfolgt nicht.« Anna fühlte sich gedemütigt und beleidigt, aber sie sah ein, daß Gräfin Lydia Iwanowna von ihrem Standpunkt aus recht hatte. Ihr Schmerz war um so größer, als sie ihn allein tragen mußte. Sie konnte und wollte ihn nicht mit Wronskij teilen. Sie wußte, daß er, obwohl er an ihrem Unglück schuld war, das Wiedersehen mit ihrem Sohn für ziemlich unwichtig hielt. Sie wußte, daß er niemals verstehen könne, wie sehr sie litt, sie wußte, daß sie wegen des kalten Tons, mit dem er über dieses Thema sprechen werde, ihn hassen müsse. Und das fürchtete sie mehr als alles auf der Welt, und darum verbarg sie alles vor ihm, was ihren Sohn betraf.

Sie saß den ganzen Tag zu Hause und sann auf Mittel, wie sie ihren Sohn sehen könnte, und entschloß sich zu guter Letzt, an ihren Mann zu schreiben. Sie hatte diesen Brief bereits fertig, als ihr der Brief von Lydia Iwanowna gebracht wurde. Das Schweigen der Gräfin hatte sie gedemütigt und bedrückt, aber dieser Brief und alles, was sie zwischen seinen Zeilen las, erregte sie so sehr, und diese Bosheit gegenüber ihrer leidenschaftlichen, berechtigten Liebe zu ihrem Sohn erschien ihr so empörend, daß sie sich über die anderen empörte und sich selbst keine Vorwürfe mehr machte.

›Diese eisige Kälte, diese Gefühlsheuchelei!‹ dachte sie. ›Sie wollen mich nur beleidigen und das Kind quälen. Und ich soll mich ihnen fügen! Nie und nimmer! Dieses Weib ist schlechter als ich. Ich lüge wenigstens nicht.‹

Und sie beschloß sofort, gleich morgen, an Serjoshas Geburtstag, geradewegs in das Haus ihres Mannes zu gehen, die Dienstboten zu bestechen oder zu täuschen, aber unter allen Umständen ihren Sohn wiederzusehen und dieses gemeine Lügengewebe zu zerreißen, mit dem sie das unglückliche Kind umgeben hatten.

Sie fuhr nach einem Spielwarengeschäft, kaufte Spielzeug und legte sich einen Plan zurecht. Sie wollte frühmorgens hinkommen, um acht Uhr, wenn Alexej Alexandrowitsch sicher noch nicht aufgestanden war, mit dem Geld in der Hand, das sie dem Portier und dem Diener geben wollte, damit sie sie hineinließen, und dann, ohne den Schleier zu lüften, sagen, sie käme von Serjoshas Paten, um ihm zu gratulieren, und sie habe den Auftrag, die Spielsachen neben das Bett des Jungen zu legen. Nur was sie ihrem Sohn sagen wollte, hatte sie sich nicht zurechtgelegt; soviel sie auch darüber nachdachte, es fiel ihr nichts ein.

Am nächsten Morgen stieg Anna um acht Uhr allein aus

einer Droschke und klingelte am Haupteingang ihres früheren Hauses.

»Geh mal hin und sieh, was sie will. Eine fremde Dame«, sagte Kapitonytsch, der, noch nicht angezogen, in Mantel und Gummischuhen, durch das Fenster eine verschleierte Dame gesehen hatte, die dicht vor der Tür stand. Der Gehilfe des Portiers, ein junger Bursche, den Anna nicht kannte, hatte ihr kaum die Tür geöffnet, als sie auch schon eintrat, hastig einen Dreirubelschein aus dem Muff zog und ihm in die Hand drückte.

»Zu Serjosha... Sergej Alexejewitsch...« sagte sie undeutlich und ging weiter. Der Gehilfe des Portiers betrachtete die Banknote, hielt Anna aber bei der zweiten Tür, der Glastür, an.

»Zu wem wollen Sie?« fragte er.

Sie hatte seine Frage gar nicht gehört und gab keine Antwort.

Als Kapitonytsch sah, wie verwirrt die Unbekannte war, kam er zu ihr heraus, öffnete ihr die Tür und fragte, was sie wünsche.

»Von Fürst Skorodumow zu Sergej Alexejewitsch«, sagte sie.

»Der junge Herr ist noch nicht aufgestanden«, sagte der Portier und sah sie aufmerksam an.

Anna hatte nicht erwartet, daß diese ganze unverändert gebliebene Einrichtung der Vorhalle dieses Hauses, in dem sie neun Jahre gewohnt hatte, einen so starken Eindruck auf sie machen würde. Erinnerungen, freudige und schmerzliche, stiegen eine nach der anderen in ihrer Seele auf, und sie vergaß für einen Augenblick, warum sie hier war.

»Möchten Sie vielleicht einen Augenblick warten?« sagte Kapitonytsch und nahm ihr den Pelz ab. Dann sah er ihr ins Gesicht, erkannte sie und machte schweigend eine tiefe Verbeugung.

»Bitte gehorsamst, Exzellenz«, sagte er zu ihr.

Sie wollte etwas sagen, aber ihre Stimme vermochte keinen

Laut hervorzubringen; sie warf dem Alten einen flehenden, schuldbewußten Blick zu und ging mit schnellen, leichten Schritten die Treppe hinauf. Ganz vornübergebeugt, mit den Galoschen an den Stufen hängenbleibend, lief Kapitonytsch hinter ihr her, bemüht, ihr zuvorzukommen.

»Der Lehrer ist dort, er ist vielleicht noch nicht angezogen. Ich will Sie melden.«

Anna ging die wohlbekannte Treppe weiter hinauf, ohne zu hören, was der Alte sagte.

»Hierher, bitte sehr, nach links. Verzeihen Sie, daß noch nicht saubergemacht ist. Der junge Herr wohnt jetzt im früheren Sofazimmer«, sagte der Portier, der ganz außer Atem war. »Einen Augenblick bitte, Exzellenz, ich will nachsehen«, sagte er, an ihr vorbeieilend, öffnete eine hohe Tür und verschwand dahinter. Anna blieb stehen und wartete.

»Der junge Herr ist eben aufgewacht«, sagte der Portier, aus der Tür herauskommend.

Und in dem Augenblick, als der Portier das sagte, hörte Anna ein kindliches Gähnen. Schon am Klang dieses Gähnens erkannte sie ihren Sohn und glaubte ihn leibhaftig vor sich zu sehen.

»Laß mich hinein, laß mich hinein, geh nur!« sagte sie und trat durch die hohe Tür ein. Rechts von der Tür stand das Bett und auf dem Bett saß aufgerichtet der Junge im bloßen, aufgeknöpften Hemd und reckte sich gähnend. In demselben Augenblick, wo seine Lippen sich schlossen, verzogen sie sich zu einem selig-schläfrigen Lächeln, und mit diesem Lächeln sank er wieder langsam und wohlig auf das Kissen zurück.

»Serjosha!« flüsterte sie und ging mit unhörbaren Schritten auf ihn zu.

Während der Trennung von ihrem Sohn und besonders in der letzten Zeit, wo die Sehnsucht nach ihm so mächtig in ihr geworden war, hatte sie sich ihn immer als vierjährigen Jungen vorgestellt, denn in diesem Alter hatte sie ihn am meisten geliebt. Jetzt aber war er nicht einmal mehr der Junge, der er gewesen war, als sie ihn verließ; er hatte sich noch weiter von dem Bild des Vierjährigen entfernt, war noch mehr gewachsen und noch magerer geworden. Wie er aussah! Wie mager sein Gesicht, wie kurz sein Haar! Wie lang seine Arme! Wie hatte er sich verändert, seit sie ihn verlassen hatte! Aber er war es doch, mit seiner Kopfform, mit seinen Lippen, mit seinem weichen Hälschen und den breiten Schultern.

»Serjosha!« sagte sie noch einmal dicht an seinem Ohr.

Er richtete sich wieder auf, stützte sich auf den Ellenbogen, drehte den zerzausten Kopf nach der einen und nach der anderen Seite, als suche er etwas, und öffnete die Augen. Still und fragend sah er die unbeweglich vor ihm stehende Mutter einige Sekunden an, dann lächelte er plötzlich selig, schloß die schlaftrunkenen Augen und ließ sich fallen, aber nicht nach hinten, sondern nach vorn, in ihre Arme.

»Serjosha! Mein lieber Junge!« sagte sie mit stockendem Atem und schlang ihre Arme um seinen weichen Körper.

»Mama!« sagte er, sich in ihren Armen bewegend, um an verschiedenen Stellen seines Körpers ihre Hände zu fühlen.

Schlaftrunken lächelnd, noch immer die Augen geschlossen, richtete er sich an der Kopfwand des Bettes auf, schlang die weichen Arme um ihren Hals, schmiegte sich an sie, umgab sie mit jenem angenehmen, schlaftrunkenen Geruch und jener Wärme, wie man sie nur bei Kindern findet, und rieb sein Gesicht an ihrem Hals und an ihren Schultern.

»Ich hab's gewußt«, sagte er und öffnete die Augen. »Heute ist mein Geburtstag. Ich habe gewußt, daß du kommen würdest. Ich stehe gleich auf.«

Und während er das sagte, schlief er wieder ein.

Anna verschlang ihn mit den Blicken; sie sah, wie er in ihrer Abwesenheit gewachsen war und sich verändert hatte. Sie erkannte seine nackten, jetzt so großen Füße, die unter der Bettdecke hervorschauten, und erkannte sie doch nicht, sie erkannte diese mager gewordenen Wangen, diese kurzgeschnittenen lockigen Haare am Nacken, den sie so oft geküßt hatte. Sie betastete das alles und brachte kein Wort heraus: die Tränen drohten sie zu ersticken.

»Warum weinst du, Mama?« sagte er, nun völlig erwacht. »Mama, warum weinst du?« rief er mit weinerlicher Stimme.

»Ich will nicht weinen... Ich weine vor Freude. Ich habe dich so lange nicht gesehen. Ich will nicht mehr weinen«, sagte sie, ihre Tränen verschluckend und sich abwendend. »Jetzt mußt du dich aber anziehen«, fügte sie nach kurzem Schweigen hinzu, als sie sich wieder gefaßt hatte, und ohne seine Hand loszulassen, setzte sie sich neben dem Bett auf den Stuhl, auf dem seine Kleider bereitlagen.

»Wie ziehst du dich an ohne mich? Wie...« wollte sie einfach und heiter zu reden anfangen, brachte es aber nicht fertig und wandte sich wieder ab.

»Ich wasche mich nicht mehr mit kaltem Wasser, Papa will es nicht. Hast du Wasilij Lukitsch nicht gesehen? Er kommt gleich. Du hast dich ja auf meine Kleider gesetzt!«

Serjosha lachte laut. Sie sah ihn an und lächelte.

»Mama, liebe, einzige Mam!« rief er, sich wieder auf sie werfend und sie umarmend. Es war, als hätte er jetzt erst, als er sie lächeln sah, klar begriffen, was geschehen war. »Den brauchst du hier doch nicht«, sagte er, ihr den Hut abnehmend. Und als hätte er sie nun, ohne Hut, erst richtig erkannt, fing er wieder an, sie stürmisch zu küssen.

»Was hast du denn von mir gedacht? Du hast doch nicht gedacht, daß ich gestorben bin?«

»Ich habe es nie geglaubt.«

»Du hast es nicht geglaubt, mein Junge?«

»Ich hab's gewußt, ich hab's gewußt!« wiederholte er seinen Lieblingssatz, faßte ihre Hand, die sein Haar streichelte, drückte sie mit der Innenseite an seinen Mund und küßte sie.

Wasilij Lukitsch, der anfangs gar nicht gewußt hatte, wer die Dame war, hatte inzwischen aus dem Gespräch erfahren, daß es Serjoshas Mutter war, die ihren Mann verlassen hatte und die er nicht kannte, da er erst nach ihrer Abreise ins Haus gekommen war; er war nun im Zweifel, ob er hineingehen sollte oder nicht, oder ob er Alexej Alexandrowitsch Mitteilung machen sollte. Schließlich sagte er sich, er habe nur die Pflicht, Serjosha zu einer bestimmten Stunde zu wecken und nicht zu fragen, wer bei ihm sitze, aber seine Pflicht müsse er erfüllen. Also zog er sich an, ging zur Tür und öffnete sie.

Aber die Liebkosungen, die Mutter und Sohn austauschten, der Klang ihrer Stimmen, ihre Worte — das alles veranlaßte ihn, seinen Entschluß zu ändern. Er schüttelte den Kopf und schloß seufzend die Tür. ›Ich will noch zehn Minuten warten‹, dachte er, räusperte sich und wischte sich die Tränen aus den Augen.

Inzwischen waren die Dienstboten in größter Aufregung. Alle hatten erfahren, daß die gnädige Frau gekommen war und daß Kapitonytsch sie hereingelassen hatte und daß sie jetzt im Kinderzimmer war; und dabei ging doch der Herr immer zwischen acht und neun Uhr ins Kinderzimmer! Alle waren sich darüber klar, daß die beiden Gatten nicht zusammentreffen durften und daß man das verhindern müsse. Der Kammerdiener Kornej ging in die Portierloge und fragte, wer sie hereingelassen habe, und als er hörte, daß Kapitonytsch sie empfangen und hinaufgeführt hatte, machte er dem Alten Vorwürfe. Der Portier schwieg hartnäckig, aber als Kornej zu ihm sagte, dafür müßte er eigentlich weggejagt werden, fuhr Kapitonytsch auf ihn los, fuchtelte ihm mit den Händen vorm Gesicht herum und sagte:

»Ja, du, du hättest sie nicht hereingelassen! Zehn Jahre habe ich hier gedient und nur Gutes von ihr erfahren. Geh du doch jetzt hin und sage zu ihr: ›Bitte, machen Sie, daß Sie hinauskommen!‹ Du kannst doch so gut dein Mäntelchen nach dem Wind hängen! Jawohl! Denk lieber daran, wie du den Herrn bestiehlst und seine Waschbärpelze fortschleppst!«

»Soldat!« sagte Kornej verächtlich und wandte sich zu der Kinderfrau, die gerade ins Haus kam. »Was sagen Sie dazu, Marja Efimowna? Er hat die gnädige Frau hereingelassen, ohne jemand ein Wort davon zu sagen. Alexej Alexandrowitsch kann jeden Augenblick aus seinem Zimmer kommen und ins Kinderzimmer gehen.«

»Was für Sachen, was für Sachen!« sagte die Kinderfrau. »Halten Sie den gnädigen Herrn doch irgendwie auf, Kornej Wasiljewitsch, ich will hinlaufen und sehen, daß ich sie wegbringe. Nein, was für Sachen!«

Als die Kinderfrau ins Kinderzimmer kam, erzählte Serjosha gerade seiner Mutter, wie er und Nadenka beim Rodeln mit dem Schlitten umgekippt waren und sich dreimal überkugelt hatten. Sie hörte seine Stimme, sah sein Gesicht, sein Mienenspiel, fühlte seine Hand, verstand aber nicht, was er sagte. Sie mußte fortgehen, mußte ihn verlassen — nur dieses eine dachte und fühlte sie. Sie hörte die Schritte Wasilij Lukitschs, der an die Tür trat und hustete, sie hörte auch die Schritte der Kinderfrau, saß aber wie versteinert da, nicht imstande, etwas zu sagen oder aufzustehen.

»Gnädige Frau, liebe gnädige Frau!« sagte die Kinderfrau, auf Anna zu gehend und ihre Hände und Schultern küssend. »Ei, da hat der liebe Gott unserm Geburtstagskind eine Freude beschert! Sie haben sich gar nicht verändert.«

»Ach, Sie Gute, ich habe gar nicht gewußt, daß Sie noch hier im Haus sind«, sagte Anna, sich zusammennehmend.

»Ich bin nicht mehr hier, ich wohne bei meiner Tochter, ich bin nur gratulieren gekommen, Anna Arkadjewna, liebe gnädige Frau!«

Die Kinderfrau brach plötzlich in Tränen aus und küßte Anna wieder die Hand.

Serjosha hielt lächelnd, mit strahlenden Augen, die Mutter mit der einen, die Kinderfrau mit der anderen Hand und stampfte mit seinen kräftigen nackten Beinen auf dem Teppich herum. Er war glücklich, daß seine geliebte Kinderfrau so zärtlich zu seiner Mutter war.

»Mama, sie kommt oft zu mir, und jedesmal, wenn sie kommt...« fing er an, stockte aber, als er bemerkte, daß die Kinderfrau der Mutter etwas zuflüsterte und auf dem Gesicht der Mutter Schreck und Scham zum Ausdruck kam, was gar nicht zu ihr paßte.

Sie ging auf ihn zu.

»Mein lieber Junge!« sagte sie.

Sie konnte nicht ›Lebewohl‹ sagen, aber der Ausdruck ihres Gesichts sagte es, und er verstand es. »Mein lieber, lieber Kutik!« sagte sie — mit diesem Kosenamen hatte sie ihn genannt, als er noch ein kleines Kind war. »Du wirst mich nicht vergessen? Du...« Sie konnte nicht weiterreden.

Später fielen ihr so viele Worte ein, die sie ihm hätte sagen können. Jetzt aber wußte sie nicht, was sie ihm sagen sollte, und brachte kein Wort heraus. Aber Serjosha verstand alles, was sie ihm sagen wollte. Er verstand, daß sie unglücklich war und ihn liebhatte. Er hatte sogar verstanden, was die Kinderfrau geflüstert hatte. Er hatte die Worte gehört: »Immer gegen neun Uhr«, und er hatte verstanden, daß vom Vater die Rede war, und daß die Mutter nicht mit ihm zusammentreffen durfte. Das hatte er verstanden, aber eines konnte er nicht verstehen: den Ausdruck von Schreck und Scham in ihrem Gesicht. Sie hatte nichts Böses getan, und doch fürchtete sie sich vor ihm und schämte sich über irgend etwas. Er hätte sie gern danach gefragt, um seine Zweifel loszuwerden, wagte es aber nicht. Er sah, daß sie litt, und sie dauerte ihn. Er schmiegte sich schweigend an sie und flüsterte ihr dann zu:

»Geh noch nicht fort. Er kommt noch nicht so bald.«

Die Mutter schob ihn ein wenig von sich zurück, um zu

sehen, ob er dachte, was er sagte, und in seinem erschrockenen Gesicht las sie, daß er nicht nur von seinem Vater sprach, sondern sie gleichsam fragte, wie er von seinem Vater denken solle.

»Serjosha, mein lieber Junge«, sagte sie, »hab ihn lieb, er ist besser und gütiger als ich, und ich habe unrecht gegen ihn gehandelt. Wenn du groß bist, wirst du das verstehen.«

»Besser als du ist niemand!« rief er verzweifelt unter Tränen, faßte sie an den Schultern und preßte sie mit seinen vor Anstrengung zitternden Armen mit aller Kraft an sich.

»Mein Herzchen, mein lieber Kleiner!« murmelte Anna und weinte ebenso hilflos und kindlich wie er.

In diesem Augenblick ging die Tür auf, und Wasilij Lukitsch trat ein. Vor der anderen Tür wurden Schritte laut, und die Kinderfrau flüsterte erschrocken: »Er kommt!« und reichte Anna ihren Hut.

Serjosha ließ sich aufs Bett fallen, bedeckte das Gesicht mit den Händen und schluchzte. Anna zog seine Hände weg, küßte noch einmal sein nasses Gesicht und ging mit schnellen Schritten zur Tür. Alexej Alexandrowitsch kam ihr entgegen. Als er sie erblickte, blieb er stehen und senkte den Kopf.

Sie hatte zwar eben erst gesagt, er sei besser und gütiger als sie, aber bei dem schnellen Blick, den sie auf ihn richtete und mit dem sie seine ganze Gestalt in allen Einzelheiten umfaßte, wurde sie von Widerwillen und Haß gegen ihn und von Neid um ihren Sohn ergriffen. Mit einer schnellen Bewegung zog sie den Schleier herunter, beschleunigte ihren Schritt und lief fast aus dem Zimmer hinaus.

Sie war nicht einmal dazu gekommen, die Spielsachen auszupacken, die sie gestern mit so viel Liebe und Wehmut im Laden ausgesucht hatte, und nahm sie wieder mit nach Hause.

31

So sehr Anna auch das Wiedersehen mit ihrem Sohn ersehnt hatte, so lange sie auch daran gedacht und sich darauf vorbereitet hatte, sie hatte doch nicht erwartet, daß dieses Wiedersehen so stark auf sie wirken werde. Als sie in ihr einsames Hotelzimmer zurückgekehrt war, konnte sie lange nicht begreifen, warum sie eigentlich hier sei. ›Ja, jetzt ist alles aus, und ich bin wieder allein‹, sagte sie zu sich selbst und setzte sich, ohne den Hut abzunehmen, auf einen Sessel neben dem Kamin. Sie starrte regungslos auf die Bronzeuhr, die auf einem Tisch zwischen den Fenstern stand, und versank in Gedanken.

Die französische Zofe, die sie aus dem Ausland mitgebracht hatte, kam herein und fragte, ob sie ihr beim Umkleiden helfen solle. Anna sah sie erstaunt an und sagte: »Später.« Der Kellner fragte, ob sie Kaffee wünsche. »Später«, sagte sie. Die italienische Amme hatte die Kleine angezogen und brachte sie der Mutter. Als die dicke, wohlgenährte Kleine die Mutter sah, drehte sie wie immer die nackten, in den Gelenken wie von darumgewickelten Fäden eingekerbten Ärmchen mit den Handflächen nach unten, lächelte mit dem zahnlosen Mündchen und fing an, mit den Händen zu rudern wie ein Fisch mit den Flossen, daß die gestärkten Falten des gestickten Kleidchens raschelten. Wenn man dieses Kind sah, mußte man lächeln, man mußte es küssen, ihm den Finger hinhalten, den es schnell packte vor Freude aufkreischend und mit dem ganzen Körper hüpfend; man mußte ihm die Lippen hinhalten, die es statt eines Kusses mit seinem Mündchen umfaßte. Und alles das tat Anna auch: sie nahm die Kleine auf den Arm, ließ sie springen und küßte ihre frischen Wangen und ihre nackten Ellenbogen; aber beim Anblick dieses Kindes wurde es ihr noch klarer, daß das Gefühl, das sie für die Kleine empfand, verglichen mit dem, was sie für Serjosha empfand, gar keine

Liebe war. Alles an diesem kleinen Mädchen war reizend, aber seltsamerweise wirkte das alles nicht auf ihr Herz. Dem ersten Kind, wenn es auch von einem ungeliebten Mann stammte, hatte sie all ihre unbefriedigt gebliebene Liebe zugewandt, das kleine Mädchen dagegen war unter den schrecklichsten Umständen geboren, und man hatte ihm nicht einmal den hundertsten Teil der Sorgfalt angedeihen lassen, die dem ersten Kind zuteil geworden war. Außerdem war bei dem kleinen Mädchen alles erst in der Zukunft zu erwarten, während Serjosha schon fast ein richtiger Mensch war, und ein geliebter Mensch; in ihm kämpften schon Gedanken und Gefühle. ›Er versteht mich, er liebt mich, er urteilt über mich‹, dachte sie, als sie sich an seine Worte und Blicke erinnerte. Und nun war sie nicht nur körperlich, sondern auch geistig für immer von ihm getrennt, und das ließ sich nicht ändern.

Sie gab das kleine Mädchen der Amme zurück, entließ sie und öffnete ihr Medaillon, in dem ein Bild Serjoshas aus der Zeit war, als er ungefähr ebenso alt war wie jetzt die Kleine. Sie stand auf, legte den Hut ab und nahm von einem Tischchen ein Album, das Bilder ihres Sohnes aus verschiedenen Jahren enthielt. Sie wollte die Bilder miteinander vergleichen und nahm sie aus dem Album heraus. Sie hatte schon fast alle herausgezogen, nur eines, das beste, steckte noch im Album. Serjosha saß in einem weißen Hemd rittlings auf einem Stuhl, mit zusammengekniffenen Augen und lächelndem Mund. Diesen Gesichtsausdruck hatte nur er, und er gefiel ihr besonders gut. Mit ihren kleinen, geschickten Händen, deren weiße, schlanke Finger sich jetzt besonders schnell bewegten, faßte sie mehrmals eine Ecke des Bildes, aber es glitt ihr immer wieder aus den Fingern, und sie konnte es nicht herausbekommen. Sie hatte kein Papiermesser, und so zog sie das danebensteckende Bild aus der Einfassung (es war ein in Rom aufgenommenes Bild von Wronskij in rundem Hut und mit langem Haar) und stieß damit das Bild ihres Sohnes heraus. »Ja, das ist er!« sagte sie mit einem Blick auf Wronskijs Bild und wurde sich plötzlich bewußt, wer die Ursache ihres gegenwärtigen Kummers war. Sie hatte diesen ganzen Morgen nicht ein einziges Mal an ihn gedacht. Jetzt aber, da sie dieses männliche, edle, ihr so vertraute und liebe Gesicht sah, wallte ein mächtiges Liebesgefühl für ihn in ihrem Herzen auf.

›Wo ist er denn? Wie kann er mich mit meinem Kummer allein lassen?‹ dachte sie plötzlich mit einem Gefühl des Vorwurfs und vergaß, daß sie selbst ihm alles verschwiegen hatte, was ihren Sohn betraf. Sie schickte zu ihm hinunter und ließ ihn bitten, sofort zu ihr zu kommen; mit heftig klopfendem Herzen wartete sie auf ihn und dachte an die Worte, mit denen sie ihm alles erzählen wollte, und an seine Liebesbeteuerungen, mit denen er sie trösten werde. Der Bote kehrte mit der Antwort zurück, er habe Besuch, komme aber gleich und lasse fragen, ob sie ihn und Fürst Jaschwin, der soeben in Petersburg angekommen sei, empfangen könne. ›Er kommt nicht allein, und er hat mich doch seit gestern mittag nicht gesehen‹, dachte sie. ›Er kommt nicht so, daß ich ihm alles offen sagen könnte, sondern er kommt mit Jaschwin.‹ Und plötzlich fuhr ihr ein seltsamer Gedanke durch den Kopf: ›Wie, wenn er mich nicht mehr liebt?

Und als sie sich an die Ereignisse der letzten Tage erinnerte, glaubte sie in allem eine Bestätigung dieses schrecklichen Gedankens zu sehen: gestern war er zum Mittagessen nicht nach Hause gekommen, er hatte darauf bestanden, daß sie in Petersburg getrennt wohnten, und er kam sogar jetzt nicht allein zu ihr, als ob er ein Zusammentreffen unter vier Augen vermeiden wolle.

›Aber er muß es mir sagen. Ich muß es wissen. Und wenn ich es wissen werde, dann weiß ich auch, was ich zu tun habe‹, sagte sie zu sich selbst, obwohl sie gar nicht imstande war, sich die Lage vorzustellen, in die sie kommen würde, wenn sie sich von seiner Gleichgültigkeit ihr gegenüber überzeugen müßte. Sie glaubte, daß er sie nicht mehr liebe, fühlte sich der Verzweiflung nahe und war deshalb besonders erregt. Sie klingelte dem Dienstmädchen und ging ins Ankleidezimmer. Heute beschäftigte sie sich mehr mit ihrer Toilette als in den letzten Tagen, als ob er, wenn er sie nicht mehr liebte, sie wieder liebgewinnen könnte, weil sie das Kleid und die Frisur trug, die ihr am besten standen.

Noch ehe sie fertig war, hörte sie klingeln.

Als sie in den Salon trat, begegnete sie nicht Wronskijs, sondern Jaschwins Blick. Wronskij betrachtete die Photographien ihres Sohnes, die sie auf dem Tisch hatte liegen lassen, und beeilte sich nicht, sie anzusehen.

»Wir kennen uns«, sagte sie und legte ihre kleine Hand in die Riesenhand Jaschwins, der sehr verlegen war, was bei seiner hünenhaften Gestalt und seinen derben Gesichtszügen sehr seltsam wirkte. »Wir haben uns letztes Jahr beim Rennen kennengelernt«, sagte sie, nahm Wronskij mit einer hastigen Bewegung die Bilder ihres Sohnes weg, die er betrachtete, und sah ihn mit leuchtenden Augen bedeutsam an. »Waren die Rennen in diesem Jahr gut? Statt der Petersburger Rennen habe ich die Rennen auf dem Korso in Rom gesehen. Ich weiß übrigens, daß Sie das Leben im Ausland nicht lieben«, sagte sie mit freundlichem Lächeln. »Ich kenne Sie, und ich kenne auch Ihren Geschmack, obwohl ich nicht oft mit Ihnen zusammengekommen bin.«

»Das tut mir sehr leid, denn ich habe einen ziemlich schlechten Geschmack«, sagte Jaschwin und biß sich auf die linke Schnurrbartspitze.

Jaschwin unterhielt sich noch eine Weile mit ihr, und als er bemerkte, daß Wronskij nach der Uhr sah, fragte er Anna, ob sie lange in Petersburg bleiben werde, und griff dann, seine mächtige Gestalt aufrichtend, nach seinem Käppi.

»Ich glaube, nicht mehr lange«, sagte sie verlegen und sah Wronskij an.

»Dann sehen wir uns also nicht mehr?« sagte Jaschwin zu Wronskij und stand auf. »Wo ißt du heute zu Mittag?«
»Speisen Sie doch bei uns«, sagte Anna in entschlossenem Ton, als ob sie wegen ihrer Verlegenheit ärgerlich sei, aber errötend wie immer, wenn sie vor einem Fremden ihre Lage durchblicken ließ. »Das Essen hier ist zwar nicht besonders, aber wenigstens sind Sie dann mit Alexej zusammen. Alexej hat keinen von seinen Regimentskameraden so gern wie Sie.«
»Sehr erfreut«, sagte Jaschwin mit einem Lächeln, an dem Wronskij sah, daß Anna ihm sehr gefiel.
Jaschwin verbeugte sich und ging hinaus, Wronskij blieb zurück.
»Fährst du auch weg?« fragte sie ihn.
»Ja, es ist schon spät«, antwortete er. »Geh nur! Ich komme sofort!« rief er Jaschwin zu.
Sie faßte seine Hand, sah ihn unverwandt an und überlegte, was sie ihm sagen könnte, um ihn zurückzuhalten.
»Warte, ich muß dir etwas sagen.« Sie nahm seine breite, kurze Hand und drückte sie gegen ihren Hals. »Ist es dir auch nicht unangenehm, daß ich ihn zum Essen eingeladen habe?«
»Das hast du sehr gut gemacht«, sagte er mit ruhigem Lächeln, seine dicht beieinanderstehenden Zähne zeigend, und küßte ihr die Hand.
»Alexej, bist du nicht anders zu mir geworden?« fragte sie, seine Hand mit ihren beiden Händen drückend. »Alexej, ich quäle mich hier entsetzlich. Wann fahren wir?«
»Bald, bald! Du kannst dir nicht vorstellen, wie qualvoll auch für mich das Leben hier ist«, sagte er und zog seine Hand aus der ihren.
»Nun, geh nur, geh nur!« sagte sie gekränkt und wandte sich schnell von ihm ab.

Als Wronskij nach Hause kam, war Anna noch nicht da. Es wurde ihm gesagt, bald nachdem er das Hotel verlassen habe, sei eine Dame gekommen, und Anna sei mit ihr weggefahren. Daß sie weggefahren war, ohne ihm zu sagen wohin, daß sie noch nicht wieder da war, daß sie auch am Morgen irgendwohin gefahren war, ohne ihm ein Wort zu sagen, ihr seltsam erregtes Gesicht heute morgen und der feindselige Ton, mit dem sie ihm in Jaschwins Gegenwart die Bilder ihres Sohnes aus den Händen gerissen hatte, das alles machte ihn nachdenklich. Er beschloß, mit ihr darüber zu sprechen und wartete im Salon auf sie. Aber Anna kam nicht allein zurück, sondern brachte ihre Tante mit, eine alte Jungfer, Prinzessin Oblonskaja. Das war dieselbe Dame, die am Vormittag gekommen war und mit der Anna weggefahren war, um Einkäufe zu machen. Anna tat, als bemerke sie den besorgten und fragenden Gesichtsausdruck Wronskijs nicht und erzählte ihm heiter, was sie heute morgen alles gekauft habe. Er sah, daß etwas Besonderes mit ihr vorging: wenn sie ihn flüchtig ansah, lag eine gespannte Aufmerksamkeit in ihren glänzenden Augen, und in ihren Reden und Bewegungen war jene nervöse Hast und Anmut, die ihn in der ersten Zeit ihrer Bekanntschaft so bezaubert hatte und ihn jetzt beunruhigte und erschreckte.

Der Tisch war für vier Personen gedeckt. Alle waren bereits versammelt und wollten in das kleine Speisezimmer gehen, als Tuschkewitsch mit einem Auftrag von Fürstin Betsy an Anna erschien. Fürstin Betsy ließ um Entschuldigung bitten, daß sie keinen Abschiedsbesuch gemacht habe, sie sei nicht wohl, bitte aber Anna, zwischen halb sieben und neun Uhr zu ihr zu kommen. Wronskij sah Anna an: aus dieser genau angegebenen Zeit ging hervor, daß Maßregeln getroffen waren, damit Anna mit niemand zusammenträfe; aber Anna schien das nicht zu bemerken.

»Sehr schade, daß ich gerade zwischen halb sieben und neun nicht kommen kann«, sagte sie mit kaum merklichem Lächeln.

»Die Fürstin wird es sehr bedauern.«

»Ich bedaure es auch.«

»Sie wollen sich gewiß die Patti anhören?« fragte Tuschkewitsch.

»Die Patti? Da bringen Sie mich auf einen guten Gedanken. Ich würde hinfahren, wenn ich noch eine Loge bekommen könnte.«

»Ich werde Ihnen eine Loge besorgen«, sagte Tuschkewitsch diensteifrig.

»Ich wäre Ihnen sehr, sehr dankbar«, sagte Anna. »Wollen Sie nicht mit uns speisen?«

Wronskij zuckte kaum merklich die Achseln. Er begriff absolut nicht, was Anna tat. Wozu hatte sie diese alte Prinzessin mitgebracht, warum lud sie Tuschkewitsch zum Essen ein, und, was das Sonderbarste war, warum beauftragte sie ihn, ihr eine Loge zu besorgen? Wie konnte sie in ihrer Lage daran denken, eine Abonnementsvorstellung mit der Patti zu besuchen, in der sie ihre sämtlichen Bekannten treffen würde? Er sah sie mit einem ernsten Blick an, aber sie antwortete mit einem halb herausfordernden, halb fröhlichen, halb verzweifelten Blick, dessen Bedeutung er nicht verstehen konnte. Bei Tisch war Anna aggressiv heiter; es machte den Eindruck, als kokettiere sie sowohl mit Tuschkewitsch als auch mit Jaschwin. Als man vom Tisch aufgestanden und Tuschkewitsch weggefahren war, um die Loge zu besorgen, ging Wronskij mit Jaschwin, der gern rauchen wollte, in sein Zimmer hinunter. Er saß eine Weile dort, dann lief er wieder nach oben. Anna hatte sich bereits umgezogen und trug ein tiefausgeschnittenes helles Seidenkleid mit Samtbesatz, das sie sich in Paris hatte machen lassen, und kostbare weiße Spitzen auf dem Kopf, die ihr Gesicht umrahmten und

ihre blendende Schönheit besonders vorteilhaft hervorhoben.
»Wollen Sie wirklich ins Theater?« fragte er, bemüht, sie nicht anzusehen.
»Warum fragen Sie denn so erschrocken?« sagte sie, wieder gekränkt, daß er sie nicht ansah. »Warum soll ich denn nicht ins Theater gehen?«
Sie schien den Sinn seiner Worte nicht zu verstehen.
»Natürlich, es ist nichts dagegen einzuwenden«, sagte er finster.
»Das meine ich auch«, sagte sie, seinen ironischen Ton absichtlich überhörend und ruhig ihren langen, parfümierten Handschuh aufstreifend.
»Anna, um Gottes willen! Was haben Sie?« sagte er, um sie zur Besinnung zu bringen, genau so, wie einst ihr Mann zu ihr gesagt hatte.
»Ich verstehe nicht, was Sie mit dieser Frage meinen.«
»Sie wissen doch, daß Sie nicht ins Theater gehen können.«
»Warum denn nicht? Ich gehe ja nicht allein hin. Prinzessin Warwara ist nach Hause gefahren, um sich umzuziehen. Sie geht mit mir.«
Er zuckte mit erstauntem und verzweifeltem Gesicht die Achseln.
»Wissen Sie denn nicht...« fing er an.
»Ich will es nicht wissen!« unterbrach sie ihn fast schreiend. »Ich will nicht! Bereue ich denn, was ich getan habe? Nein, nein, nein! Und wenn alles noch einmal so käme, dann würde ich wieder dasselbe tun. Für uns, für mich und für Sie ist nur eins wichtig: ob wir einander lieben. Andere Erwägungen gibt es nicht. Warum wohnen wir hier getrennt und sehen uns nicht? Warum soll ich nicht ins Theater gehen? Ich liebe dich, und alles andere ist mir gleichgültig«, sagte sie auf russisch und sah ihn mit einem eigentümlichen, ihm unbegreiflichen Glanz in den Augen an, »wenn du dich nicht verändert hast. Warum siehst du mich nicht an?«

Er sah sie an. Er sah die ganze Schönheit ihres Gesichts und ihrer Toilette, die ihr immer so gut stand. Aber jetzt war es gerade ihre Schönheit und Eleganz, was ihn so aufbrachte.
»Mein Gefühl kann sich nicht ändern, das wissen Sie, aber ich bitte Sie, nicht ins Theater zu fahren, ich flehe Sie an«, sagte er wieder französisch; seine Stimme klang zärtlich und flehend, aber sein Blick war kalt.
Sie hörte seine Worte nicht, aber sie sah seinen kalten Blick und antwortete gereizt:
»Ich bitte Sie, mir zu erklären, warum ich nicht in die Oper fahren soll.«
»Sie setzen sich der Gefahr aus, daß...« Er hielt verwirrt inne.
»Ich verstehe nichts. Jaschwin n'est pas compromettant, und Prinzessin Warwara ist nicht schlechter als die anderen. Da ist sie ja.«

33

Wronskij empfand zum erstenmal ein Gefühl des Ärgers, fast des Hasses gegen Anna, weil sie ihre Lage absichtlich nicht verstehen wollte. Dieses Gefühl wurde noch dadurch verstärkt, daß er ihr den Grund seines Ärgers nicht mitteilen konnte. Hätte er ihr offen sagen wollen, was er dachte, so hätte er sagen müssen: ›In dieser Toilette und mit Prinzessin Warwara, die alle kennen, im Theater zu erscheinen, das hieße zugeben, daß du eine gefallene Frau bist und die Gesellschaft herausfordern, das heißt, für immer mit ihr brechen.‹
Das konnte er ihr nicht sagen. ›Warum sieht sie das nicht ein? Was geht in ihr vor?‹ fragte er sich. Er fühlte, wie seine Achtung vor ihr geringer und seine Bewunderung für ihre Schönheit noch größer wurde.
Mit finsterem Gesicht kehrte er in sein Zimmer zurück und setzte sich neben Jaschwin, der seine langen Beine auf einen

Stuhl gelegt hatte und Kognak mit Selterwasser trank. Wronskij ließ sich dasselbe bringen.

»Du hast von Lankowskijs Hengst Mogutschij gesprochen. Das ist ein gutes Pferd, und ich kann dir nur raten, es zu kaufen«, sagte Jaschwin, der die finstere Miene seines Kameraden sehr wohl bemerkte. »Das Hinterteil hängt ein bißchen, aber Kopf und Beine kann man sich gar nicht besser wünschen.«

»Ich glaube, ich nehme ihn«, sagte Wronskij.

Das Gespräch über Pferde interessierte ihn, er vergaß aber Anna keinen Augenblick, horchte unwillkürlich auf, wenn man Schritte im Korridor hörte, und sah nach der Uhr auf dem Kamin.

»Anna Arkadjewna läßt sagen, daß sie ins Theater gefahren ist.«

Jaschwin schüttete noch ein Glas Kognak in das zischende Selterwasser, trank es aus, stand auf und knöpfte seinen Rock zu.

»Komm, wir fahren«, sagte er mit einem leisen Lächeln unter dem Schnurrbart, das Wronskij zeigen sollte, daß er den Grund seiner Verstimmtheit wohl kenne, ihr aber keine Bedeutung beimesse.

»Ich komme nicht mit«, sagte Wronskij finster.

»Ich muß aber hin, ich habe es versprochen. Nun, auf Wiedersehen. Vielleicht kommst du doch noch ins Parkett. Du kannst Krasinskijs Platz haben«, fügte Jaschwin im Hinausgehen hinzu.

»Nein, ich habe zu tun.«

›Eine Ehefrau macht einem nichts als Sorgen, und eine, mit der man nicht verheiratet ist, noch mehr‹, dachte Jaschwin, als er das Hotel verließ.

Als Wronskij allein war, stand er vom Stuhl auf und begann im Zimmer auf und ab zu gehen.

›Was ist denn heute? Das vierte Abonnement... Jegor und seine Frau werden da sein, die Mutter wahrscheinlich auch.

Also ganz Petersburg. Jetzt ist sie schon in der Loge, hat den Pelz abgelegt und ist nach vorne ins Helle getreten. Tuschkewitsch, Jaschwin und Prinzessin Warwara sind bei ihr...‹ dachte er. ›Und ich? Fürchte ich mich denn, oder habe ich diesen Tuschkewitsch beauftragt, ihren Beschützer zu spielen? Man mag es ansehen, wie man will, es ist eine dumme Geschichte... Und warum bringt sie mich in diese Lage?‹ sagte er mit einer ärgerlichen Handbewegung.

Er stieß dabei an das Tischchen, auf dem das Selterwasser und die Kognakflasche standen, und die Kognakflasche kippte um. Er wollte sie greifen, aber sie fiel doch hin, und er stieß den Tisch ärgerlich mit einem Fußtritt um und klingelte.

»Wenn du bei mir im Dienst bleiben willst«, sagte er zu dem eintretenden Kammerdiener, »dann vergiß deine Pflichten nicht. Nimm das weg. Du hättest es gleich abräumen müssen.«

Der Diener, der sich unschuldig fühlte, wollte sich rechtfertigen, aber er sah am Gesicht seines Herrn, daß es ratsam sei zu schweigen. Er kniete auf den Teppich nieder und las die heilgebliebenen und die zerbrochenen Gläser und Flaschen auf.

»Das ist nicht deine Sache, schick den Kellner her, daß er das wegräumt, und leg mir den Frack zurecht!«

Wronskij kam um halb neun ins Theater. Die Aufführung war in vollem Gang. Ein alter Türschließer nahm ihm den Pelz ab, nannte ihn ›Exzellenz‹, als er ihn erkannte und sagte diensteifrig, er brauche keine Garderobemarke, er solle nachher einfach ›Fedor!‹ rufen. In dem hell erleuchteten Korridor war niemand außer dem Türschließer und zwei Lakaien mit Pelzen über dem Arm, die an der Tür horchten. Durch die nur angelehnte Tür hörte man die diskrete Staccato-Begleitung des Orchesters und eine Frauenstimme, die mit großer Akkuratesse eine Arie sang. Die Tür ging auf, ein Theaterdiener schlüpfte heraus, und die Arie, die sich ihrem Ende näherte, drang laut und deutlich an Wronskijs Ohr. Aber die Tür schloß sich sofort wieder, und Wronskij konnte die Schlußkadenz nicht hören, erkannte aber an dem donnernden Applaus, daß die Arie zu Ende war. Als er in den von Kronleuchtern und bronzenen Gaslampen hell erleuchteten Saal trat, klatschte das Publikum noch immer. Auf der Bühne stand die Sängerin mit schimmernden entblößten Schultern und funkelnden Brillanten, verbeugte sich lächelnd, sammelte mit Hilfe des Tenors, der sie an der Hand gefaßt hatte, die ungeschickt über die Rampe geworfenen Buketts und trat zu einem Herrn mit wundervollem Mittelscheitel in dem pomadeglänzenden Haar, der seine langen Arme über die Rampe streckte und ihr irgend etwas hinhielt, und das ganze Publikum im Parkett und in den Logen beugte sich vor, schrie und klatschte. Der Dirigent an seinem Pult reichte der Sängerin das Geschenk weiter und rückte dann seine weiße Binde zurecht. Wronskij ging bis zur Mitte des Parketts, blieb stehen und sah sich um. Heute achtete er noch weniger als sonst auf das ihm bekannte, gewohnte Milieu, auf die Bühne, auf diesen Lärm, auf diese ganze wohlbekannte, uninteressante Herde der Zuschauer in dem überfüllten Theater.

In den Logen saßen Damen und hinter ihnen Offiziere, wie immer; überall dieselben Abendtoiletten wie sonst, dieselben Uniformen und Fräcke, derselbe schmutzige Pöbel auf der Galerie, und in diesem ganzen Schwarm ungefähr vierzig wirkliche Herren und Damen in den Logen und in den vordersten Reihen des Parketts. Und auf diese Oasen richtete Wronskij seine Aufmerksamkeit und trat sofort mit ihnen in Beziehung.

Als er eintrat, war gerade ein Akt zu Ende; daher ging er, ohne in der Loge seines Bruders vorzusprechen, bis zur ersten Reihe des Parketts und blieb an der Rampe neben Serpuchowskoj stehen, der, das eine Knie krümmend, mit dem Absatz gegen die Rampe klopfte. Er hatte Wronskij schon von weitem gesehen und ihn durch ein Lächeln zu sich gerufen.

Wronskij hatte Anna noch nicht gesehen, er schaute sich absichtlich nicht nach ihr um. Aber er merkte an der Richtung aller Blicke, wo sie saß. Er sah sich unauffällig um, suchte sie aber nicht; das Schlimmste erwartend, suchte er Alexej Alexandrowitsch mit den Augen. Aber zu seinem Glück war Alexej Alexandrowitsch heute nicht im Theater.

»Wie wenig Militärisches du bewahrt hast!« sagte Serpuchowskoj zu ihm. »Du siehst aus wie ein Diplomat, ein Künstler oder so etwas.«

»Ja, als ich wieder nach Rußland zurückkam, habe ich den Frack angezogen«, antwortete Wronskij lächelnd und nahm langsam das Opernglas aus dem Futteral.

»Darum beneide ich dich, offen gesagt. Wenn ich aus dem Ausland zurückkomme und das da wieder anziehe« (er zeigte auf seine Achselschnüre), »bedaure ich immer, daß es mit meiner Freiheit wieder vorbei ist.«

Serpuchowskoj hatte längst die Hoffnung aufgegeben, daß Wronskij wieder in den militärischen Dienst zurückkehren werde, aber er hatte ihn noch so gern wie früher und war jetzt besonders liebenswürdig zu ihm.

»Schade, daß du den ersten Akt versäumt hast.«

Wronskij, der nur mit einem Ohr zuhörte, ließ sein Opernglas durch den ersten Rang und die Parkettlogen wandern und musterte die dort Sitzenden. Neben einer Dame in einem Turban und einem kahlköpfigen alten Herrn, dessen ärgerliche Miene er durch sein umherwanderndes Opernglas deutlich sah, erblickte er plötzlich den stolzen, überraschend schönen, lächelnden Kopf Annas in einem Rahmen von Spitzen. Sie saß vorne an der Brüstung und sprach leicht zurückgewandt mit Jaschwin. Die Haltung ihres Kopfes auf den schönen breiten Schultern und das verhalten-erregte Leuchten ihrer Augen und ihres ganzen Gesichts erinnerten ihn an den Ball in Moskau: damals hatte sie genauso ausgesehen. Aber er empfand diese Schönheit jetzt ganz anders. In seinem Gefühl für sie war jetzt nichts Geheimnisvolles mehr, und darum zog ihre Schönheit ihn zwar noch stärker an als früher, aber sie beleidigte ihn gleichzeitig. Sie schaute nicht zu ihm herüber, aber er fühlte, daß sie ihn schon gesehen hatte.

Als Wronskij sein Glas wieder nach jener Seite richtete, bemerkte er, daß Prinzessin Warwara auffallend rot im Gesicht war, gezwungen lachte und sich fortwährend nach der Nachbarloge umsah; Anna dagegen klopfte mit dem zusammengeklappten Fächer auf den roten Samt der Brüstung, blickte starr irgendwohin und sah nicht, und wollte auch offenbar nicht sehen, was in der Nachbarloge vorging. Jaschwins Gesicht zeigte den Ausdruck, den es gewöhnlich hatte, wenn er beim Spiel verlor. Er steckte mit finsterer Miene die linke Schnurrbartspitze immer tiefer in den Mund und schielte auch nach der Nachbarloge.

In dieser Loge links von Anna saßen Herr und Frau Kartasow. Wronskij kannte sie und wußte, daß auch Anna mit ihnen bekannt war. Die Kartasowa, eine magere, kleine Frau, stand in ihrer Loge mit dem Rücken zu Anna und legte ihre Mantille um, die ihr Mann ihr reichte. Ihr Gesicht war blaß und zornig, und sie sprach ziemlich erregt. Kartasow, ein dicker glatzköpfiger Herr, sah sich fortwährend nach Anna um und versuchte, seine Frau zu beruhigen. Als seine Frau hinausgegangen war, zögerte er noch lange und suchte mit den Augen einen Blick Annas aufzufangen; er wollte sich offenbar vor ihr verbeugen. Aber Anna schien ihn absichtlich nicht zu bemerken; sie wandte sich zurück und sprach mit Jaschwin, der seinen kurzgeschorenen Kopf zu ihr herunterbeugte. Kartasow ging hinaus, ohne sich zu verbeugen, und die Loge blieb leer.

Wronskij wußte nicht, was zwischen Kartasows und Anna vorgefallen war, aber er merkte, daß es eine Demütigung für Anna gewesen sein mußte. Das erkannte er an dem, was er gesehen hatte, und vor allem an Annas Gesicht, die, das sah er, ihre letzten Kräfte zusammennahm, um ihre Rolle durchzuhalten. Und diese Rolle der äußeren Ruhe gelang ihr vollkommen. Wer sie und ihren Bekanntenkreis nicht kannte, und all die Äußerungen des Bedauerns, der Entrüstung und Verwunderung von seiten der Damen nicht hörte, daß sie sich erlaubt hatte, in der Gesellschaft zu erscheinen und mit ihrem Spitzenschleier und ihrer Schönheit Aufsehen zu erregen, der mußte die Ruhe und Schönheit dieser Frau bewundern und konnte nicht ahnen, daß sie die Empfindungen eines Menschen durchmachte, der an den Schandpfahl gebunden ist.

Wronskij wußte zwar, daß etwas vorgefallen war, aber nicht, was es war. Eine qualvolle Unruhe überkam ihn, und er ging in die Loge seines Bruders, wo er Näheres zu erfahren hoffte. Er wählte mit Absicht den Ausgang aus dem Parkett, der Annas Loge gegenüberlag; aber beim Hinausgehen traf er seinen ehemaligen Regimentskommandeur, der mit zwei Bekannten sprach. Wronskij hörte den Namen Karenin und bemerkte, wie der Regimentskommandeur sich beeilte, ihn selbst laut mit seinem Namen anzurufen, und den beiden Herren einen bedeutsamen Blick zuwarf.

»Ah, Wronskij! Wann kommst du zu uns ins Regiment? Ohne ein Festessen können wir dich nicht abreisen lassen. Du bist doch so eng mit dem Regiment verwachsen«, sagte der Kommandeur.

»Ich bin sehr in Eile, sehr schade. Ein andermal«, sagte Wronskij und eilte die Treppe hinauf zu der Loge seines Bruders.

Dort saß die alte Gräfin, Wronskijs Mutter, mit ihren stahlgrauen Löckchen. Warja und Prinzessin Sorokina traf er im Korridor des ersten Ranges.

Nachdem Warja die Prinzessin zu ihrer Mutter begleitet hatte, reichte sie ihrem Schwager die Hand und fing sofort an, von der Sache zu reden, die ihn interessierte. Sie war so erregt, wie er sie selten gesehen hatte.

»Ich finde das niedrig und gemein, und Madame Kartasowa hatte gar kein Recht dazu. Madame Karenina...« fing sie an.

»Was ist denn geschehen? Ich weiß von nichts.«

»Wie, du hast es noch nicht gehört?«

»Du kannst dir leicht denken, daß ich der Letzte bin, der etwas davon zu hören bekommt.«

»Nein, dieses böse Weib, diese Kartasowa!«

»Was hat sie denn getan?«

»Mein Mann hat es mir erzählt... Sie hat Frau Karenina beleidigt. Kartasow unterhielt sich über die Logenbrüstung mit ihr, und da hat seine Frau ihm eine Szene gemacht. Sie soll irgend etwas Beleidigendes laut gesagt haben und dann weggegangen sein.«

»Graf, Ihre Frau Mutter läßt Sie rufen«, sagte Prinzessin Sorokina, aus der Logentür herausblickend.

»Ich warte die ganze Zeit auf dich«, sagte die Mutter mit spöttischem Lächeln zu ihm, »du läßt dich ja gar nicht blicken.«

»Guten Abend, Mama. Ich war auf dem Weg zu Ihnen«, antwortete er kühl.

»Warum gehst du denn nicht faire la cour à madame Karénine?« fügte sie hinzu, als Prinzessin Sorokina zur Seite getreten war. »Elle fait sensation. On oublie la Patti pour elle.«

»Mama, ich habe Sie gebeten, mit mir nicht darüber zu reden«, antwortete er mit gerunzelter Stirn.

»Ich sage nur, was alle sagen.«

Wronskij antwortete nichts und ging hinaus, nachdem er noch einige Worte mit Prinzessin Sorokina gewechselt hatte. In der Tür stieß er auf seinen Bruder.

»Ah, Alexej!« sagte der Bruder. »Was für eine Gemeinheit! Ein dummes Frauenzimmer, weiter nichts... Ich wollte gerade zu ihr gehen. Kommst du mit?«

Wronskij hörte nicht, was sein Bruder sagte. Er ging mit schnellen Schritten die Treppe hinunter; er fühlte, daß er irgend etwas tun mußte, wußte aber nicht was. Ärger über sie, weil sie sich und ihn in eine so peinliche Lage gebracht hatte, und Mitleid mit ihr um ihrer Qualen willen versetzten ihn in Erregung. Er ging ins Parkett hinunter und geradewegs auf Annas Loge zu. Vor der Loge stand Stremow und unterhielt sich mit ihr.

»Es gibt keine Tenöre mehr. Le moule en est brisé.«

Wronskij verbeugte sich vor ihr, blieb stehen und begrüßte Stremow.

»Sie sind, glaube ich, zu spät gekommen und haben die schöne Arie nicht gehört«, sagte Anna zu Wronskij und sah ihn, wie es ihm schien, spöttisch an.

»Ich verstehe nichts davon«, sagte er, sie streng anblikkend.

»Wie Fürst Jaschwin«, sagte sie lächelnd, »er findet, daß die Patti zu laut singt. Ich danke Ihnen«, sagte sie und nahm mit ihrer kleinen Hand in dem langen Handschuh den Theaterzettel, den Wronskij aufgehoben hatte. In diesem Augenblick ging ein plötzliches Zucken über ihr schönes Gesicht, sie stand auf und trat in den Hintergrund der Loge zurück.

Als Wronskij bemerkte, daß im nächsten Akt ihre Loge leer war, ging er aus dem Parkett hinaus, ohne sich um das Zischen des bei der Kavatine verstummten Publikums zu kümmern, und fuhr nach Hause.

Anna war schon zu Hause. Als Wronskij in ihr Zimmer trat, hatte sie noch dasselbe Kleid an, in dem sie im Theater gewesen war. Sie saß an der Wand auf dem ersten Sessel neben der Tür und starrte vor sich hin. Sie sah ihn an und nahm sofort wieder ihre frühere Haltung ein.

»Anna«, sagte er.

»Du, du bist an allem schuld!« rief sie mit Tränen der Verzweiflung und der Wut in der Stimme und stand auf.

»Ich habe dich gebeten, dich angefleht, nicht hinzugehen; ich wußte, daß es dir unangenehm sein würde...«

»Unangenehm!« rief sie. »Entsetzlich! Das werde ich mein Leben lang nicht vergessen! Sie hat gesagt, es sei eine Schande, neben mir zu sitzen.«

»Geschwätz eines dummen Frauenzimmers«, sagte er. »Aber warum sich solchen Dingen aussetzen, die Leute herausfordern...«

»Ich hasse deine Ruhe. Du hättest mich nicht so weit bringen dürfen. Wenn du mich liebtest...«

»Anna! Was hat meine Liebe damit zu tun...«

»Ja, wenn du mich so liebtest, wie ich dich liebe, wenn du so leiden müßtest wie ich...« sagte sie und sah ihn angstvoll an.

Sie tat ihm leid, und doch ärgerte er sich über sie. Er beteuerte ihr seine Liebe, weil er sah, daß nur das allein sie jetzt beruhigen konnte, und machte ihr keine Vorwürfe, aber im Herzen war er doch unzufrieden mit ihr.

Und diese Liebesbeteuerungen, die ihm so trivial schienen, daß er sich schämte, sie auszusprechen, hörte sie gierig an und beruhigte sich allmählich. Am nächsten Tag reisten sie völlig miteinander versöhnt nach dem Gut ab.

SECHSTER TEIL

I

Darja Alexandrowna verbrachte den Sommer mit ihren Kindern in Pokrowskoje bei ihrer Schwester Kitty Lewina. Auf ihrem eigenen Gut war das Wohnhaus vollständig verfallen, und Lewin und seine Frau hatten sie überredet, den Sommer über bei ihnen zu bleiben. Stepan Arkadjitsch war sehr froh darüber. Er sagte, er bedaure es sehr, daß der Dienst ihn hindere, den Sommer mit seiner Familie auf dem Land zu verbringen, was das höchste Glück für ihn gewesen wäre, blieb in Moskau und kam nur ab und zu zwei, drei Tage auf das Gut. Außer Oblonskijs und ihrer Gouvernante war in diesem Sommer auch noch die alte Fürstin bei Lewins, denn sie hielt es für ihre Pflicht, auf ihre unerfahrene Tochter, die in anderen Umständen war, ein Auge zu haben. Außerdem hatte Warenka, Kittys Freundin aus dem Ausland, ihr Versprechen erfüllt, Kitty zu besuchen, sobald sie verheiratet sei, und war nun bei ihrer Freundin zu Gast. Alle diese Menschen waren Verwandte und Freund von Lewins Frau. Er hatte sie zwar alle sehr gern, aber es tat ihm doch ein wenig leid, daß dieses ›Schtscherbatzkijsche Element‹, wie er es im stillen nannte, die Lewinsche Welt und Lebensordnung zurückdrängte. In diesem Sommer war nur ein einziger von seinen Verwandten bei ihm zu Besuch — Sergej Iwanowitsch, aber er war ja kein echter Lewin, sondern ein Kosnyschew, so daß der Lewinsche Geist erdrückt wurde.

In Lewins Haus, das so lange still und leer gewesen war, waren jetzt so viele Menschen, daß fast alle Zimmer besetzt waren und daß die alte Fürstin fast jeden Tag, wenn man zu Tisch ging, alle zählen und eins ihrer Enkelkinder als Dreizehnten an einen besonderen Tisch setzen mußte. Auch Kitty, die sich eifrig mit ihrem Haushalt beschäftigte, hatte ihre Mühe, die vielen Hühner, Puten und Enten zu beschaffen, die bei dem sommerlichen

Appetit der großen und der kleinen Gäste gebraucht wurden.

Die ganze Familie saß beim Mittagessen. Dollys Kinder machten mit der Gouvernante und Warenka Pläne, wohin sie zum Pilzesuchen gehen sollten. Sergej Iwanowitsch, dem alle Gäste wegen seiner Klugheit und Gelehrsamkeit eine an Ehrfurcht grenzende Achtung entgegenbrachten, setzte alle in Erstaunen, als er sich in das Gespräch über die Pilze einmischte.

»Nehmen Sie mich auch mit. Ich suche sehr gern Pilze«, sagte er und sah Warenka an. »Ich finde, das ist eine sehr nette Beschäftigung.«

»Wir freuen uns sehr«, antwortete Warenka errötend. Kitty warf Dolly einen bedeutsamen Blick zu. Der Vorschlag des gelehrten, klugen Sergej Iwanowitsch, mit Warenka Pilze zu suchen, bestätigte gewisse Vermutungen Kittys, die sie in letzter Zeit sehr beschäftigt hatten. Sie begann rasch ein Gespräch mit ihrer Mutter, denn sie dachte, man habe ihren Blick bemerkt. Nach Tisch setzte sich Sergej Iwanowitsch mit seiner Tasse Kaffee im Salon ans Fenster, setzte das begonnene Gespräch mit seinem Bruder fort und sah immer wieder nach der Tür, durch die die Kinder, die sich zum Pilzesuchen fertig machten, hereinkommen mußten. Lewin saß neben seinem Bruder auf der Fensterbank.

Kitty stand neben ihrem Mann und wartete augenscheinlich auf das Ende des Gesprächs, das sie nicht interessierte, denn sie wollte ihm etwas sagen.

»Du hast dich sehr verändert, seit du verheiratet bist, und zwar zu deinem Vorteil«, sagte Sergej Iwanowitsch, den das Gespräch anscheinend auch nicht sehr interessierte, und lächelte Kitty zu. »Aber deiner Leidenschaft, die paradoxesten Thesen zu verteidigen, bist du treu geblieben.«

»Katja, es ist nicht gut, wenn du stehst«, sagte Lewin, schob Kitty einen Stuhl hin und warf ihr einen bedeutsamen Blick zu.

»Ja, übrigens habe ich jetzt keine Zeit«, sagte Sergej Iwanowitsch, als die Kinder ins Zimmer stürmten.

Allen voran kam Tanja im Galopp hereingelaufen, in straffsitzenden Strümpfen, einen Korb und Sergej Iwanowitschs Hut in der Hand schwenkend. Sie rannte geradewegs auf Sergej Iwanowitsch zu, blitzte ihn mit ihren dunklen Augen an, die den schönen Augen ihres Vaters so ähnlich waren, und hielt ihm seinen Hut hin. Sie hätte ihm den Hut am liebsten selbst aufgesetzt, wagte es aber nicht, und lächelte schüchtern und freundlich.

»Warenka wartet«, sagte sie und setzte ihm vorsichtig den Hut auf, da sie an Sergej Iwanowitschs Lächeln sah, daß sie es durfte.

Warenka stand in der Tür; sie trug jetzt ein gelbes Kattunkleid und ein weißes Tuch um den Kopf.

»Ich komme, ich komme, Warwara Andrejewna«, sagte Sergej Iwanowitsch, trank seinen Kaffee aus und steckte Taschentuch und Zigarettenetui in die Tasche.

»Ist meine Warenka nicht reizend? Was?« sagte Kitty zu ihrem Mann, als Sergej Iwanowitsch aufgestanden war. Sie sagte das so, daß Sergej Iwanowitsch es hörte, was sie offenbar auch beabsichtigt hatte. »Und wie schön sie ist! Eine vornehme Schönheit! Warenka!« rief Kitty. »Gehen Sie in den Mühlenwald? Wir kommen im Wagen nach.«

»Du denkst aber auch gar nicht an deinen Zustand, Kitty«, sagte die alte Fürstin, die hastig hereinkam. »Du darfst nicht so schreien.«

Warenka hatte Kittys Zuruf und die Worte der Fürstin gehört und ging mit schnellen, leichten Schritten auf Kitty zu. Ihre schnellen Bewegungen und die Röte in ihrem lebhaften Gesicht zeigten, daß etwas Besonderes in ihr vorging. Kitty wußte, was dieses Besondere war, und beobachtete sie gespannt. Sie hatte Warenka jetzt nur gerufen, um sie in Gedanken für das wichtige Ereignis zu segnen, das ihr nach Kittys Überzeugung heute nachmittag im Wald bevorstand.

»Warenka, ich werde sehr glücklich sein, wenn heute etwas geschieht«, flüsterte sie ihr zu und küßte sie.
»Kommen Sie auch mit?« sagte Warenka verlegen zu Lewin, und tat, als hätte sie nicht gehört, was Kitty zu ihr gesagt hatte.
»Ja, ich komme mit, aber nur bis zur Tenne, da bleibe ich dann.«
»Was willst du denn dort?« fragte Kitty.
»Ich muß mir die neuen Wagen ansehen und feststellen, ob sie etwas taugen«, sagte Lewin. »Und wo wirst du sein?«
»Auf der Veranda.«

2

Auf der Veranda war die ganze Damengesellschaft versammelt. Nach dem Mittagessen saßen sie immer sehr gern dort, heute aber hatten sie etwas Besonderes zu tun. Heute wurden nicht nur Kinderhemdchen genäht und Wickelbänder gestrickt, womit alle beschäftigt waren, sondern auch Marmelade gekocht, und zwar nach einer für Agafja Michajlowna neuen Methode, nämlich ohne Wasser. Kitty wollte diese Methode, die in ihrem Elternhaus üblich war, auch hier einführen, und Agafja Michajlowna, die früher das Einkochen besorgt hatte und der Ansicht war, ein Verfahren, das von jeher im Hause Lewin Brauch war, könne unmöglich schlecht sein, hatte trotzdem Wasser auf die Wald- und Gartenerdbeeren gegossen und behauptet, es ginge nicht anders; sie war dabei ertappt worden, und nun wurden die Himbeeren in Gegenwart aller eingekocht, um Agafja Michajlowna zu überzeugen, daß die Marmelade auch ohne Wasser gut geraten könne.
Mit erhitztem, gekränktem Gesicht und wirrem Haar, die mageren Arme bis zu den Ellbogen entblößt, schaukelte Agafja Michajlowna den Kessel über der Kohlenpfanne hin und her, blickte finster auf die Himbeeren und wünschte

von ganzem Herzen, daß sie zu steif werden und nicht ordentlich kochen möchten. Die Fürstin fühlte, daß Agafja Michajlownas Zorn sich vor allem gegen sie richtete, da sie die Hauptberaterin beim Himbeereinkochen war, und darum tat sie, als sei sie mit ganz anderen Dingen beschäftigt und interessiere sich gar nicht für die Himbeeren; sie sprach von allem Möglichen, schielte aber ab und zu nach der Kohlenpfanne.

»Ich kaufe die Kleider für die Dienstmädchen immer im Ausverkauf«, sagte die Fürstin, ein begonnenes Gespräch fortsetzend. »Müßte man jetzt nicht den Schaum abnehmen, meine Liebe?« sagte sie zu Agafja Michajlowna. »Du sollst das nicht selbst machen, es ist viel zu heiß«, sagte sie dann zu Kitty und hielt sie zurück.

»Ich mache es«, sagte Dolly, stand auf und fuhr vorsichtig mit dem Löffel über den schäumenden Zucker; um den Schaum loszubekommen, klopfte sie ab und zu mit dem Löffel an einen Teller, der schon ganz mit verschiedenfarbigem gelblichrosa Schaum und blutrotem Saft bedeckt war. ›Wie werden sie das zum Tee lecken!‹ dachte sie an ihre Kinder und erinnerte sich, wie sie als Kind sich immer gewundert hatte, daß die Erwachsenen das Beste, den Schaum, nicht aßen.

»Stiwa meint, es sei viel besser, den Mädchen Geld zu geben«, setzte Dolly das interessante Gespräch darüber fort, was man den Dienstboten am besten schenken solle, »aber...«

»Wie kann man nur Geld schenken!« riefen die Fürstin und Kitty wie aus einem Mund. »Das wissen die Mädchen gar nicht zu schätzen.«

»Ich habe unserer Matrjona Semenowna letztes Jahr einen Stoff gekauft, keinen Popeline, aber etwas Ähnliches«, sagte die Fürstin.

»Ich erinnere mich; sie hatte das Kleid an Ihrem Namenstag an.«

»Es war ein reizendes Muster, so einfach und vornehm. Ich hätte mir am liebsten auch so ein Kleid machen lassen, wenn sie nicht schon eins gehabt hätte. Es war so ähnlich wie Warenkas Kleid. Hübsch und billig.«

»So, ich glaube, jetzt ist es fertig«, sagte Dolly und ließ zur Probe den Saft vom Löffel fließen.

»Wenn er Kringel bildet, dann ist er gut. Lassen Sie ihn noch ein bißchen kochen, Agafja Michajlowna.«

»Ach, diese Fliegen!« sagte Agafja Michajlowna zornig. »Jetzt wird der Saft nicht mehr anders«, fügte sie hinzu.

»Ach, wie reizend! Jagt ihn nicht weg!« sagte Kitty plötzlich und beobachtete einen Spatz, der auf dem Geländer saß und an dem Zäpfchen einer Himbeere pickte.

»Ja, aber du solltest etwas weiter von der Kohlenpfanne weggehen«, sagte ihre Mutter.

»A propos de Warenka«, sagte Kitty französisch, wie sie auch die ganze Zeit gesprochen hatten, um von Agafja Michajlowna nicht verstanden zu werden. »Sie wissen, Mama, daß ich heute die Entscheidung erwarte. Sie verstehen, was ich meine. Wie schön wäre das!«

»So eine Kupplerin!« sagte Dolly. »Wie vorsichtig und geschickt sie die beiden zusammengeführt hat...«

»Wie denken Sie denn darüber, Mama?«

»Was soll ich darüber denken? Früher hätte er (damit meinte sie Sergej Iwanowitsch) jederzeit die beste Partie von ganz Rußland machen können; jetzt ist er ja kein junger Mann mehr, aber ich weiß, daß ihn auch jetzt noch manches Mädchen gern nehmen würde... Sie ist ja sehr lieb und nett, aber er könnte...«

»Nein, Mama, ich glaube, das ist das beste für die beiden. Erstens ist sie reizend«, sagte Kitty und bog einen Finger ein.

»Sie gefällt ihm sehr, das ist richtig«, bestätigte Dolly.

»Zweitens ist er so gestellt, daß er bei der Wahl seiner Frau nicht den geringsten Wert auf Vermögen und gesellschaftlichen Rang zu legen braucht. Er braucht nur eines: eine gute, liebe, ruhige Frau.«

»Ja, mit ihr hat ein Mann ein ruhiges Leben«, meinte auch Dolly.

»Drittens: sie muß ihn lieben. Und das ist der Fall... ich wollte sagen, es wäre wunderbar, wenn es so wäre!... Ich erwarte, daß alles entschieden ist, wenn sie aus dem Wald zurückkommen. Ich werde es ihnen gleich an den Augen ansehen. Ich würde mich so darüber freuen! Wie denkst du darüber, Dolly?«

»Reg dich doch nicht so auf. Du darfst dich nicht aufregen«, sagte die Mutter.

»Ich rege mich ja gar nicht auf, Mama. Ich glaube, er macht ihr heute einen Heiratsantrag.«

»Ach, das ist so seltsam, wenn ein Mann seinen Heiratsantrag macht... Zuerst ist eine Schranke da, und dann wird sie plötzlich niedergerissen«, sagte Dolly mit nachdenklichem Lächeln und dachte an ihre Vergangenheit mit Stepan Arkadjitsch.

»Mama, wie hat Papa Ihnen seinen Antrag gemacht?« fragte Kitty plötzlich.

»Da war gar nichts Besonderes, es war ganz einfach«, sagte die Fürstin, aber ihr ganzes Gesicht strahlte bei dieser Erinnerung.

»Aber wie war es denn? Sie haben ihn doch sicher schon geliebt, bevor Sie es sagen durften?«

Kitty fand einen besonderen Reiz darin, daß sie jetzt mit ihrer Mutter wie mit einer Gleichgestellten von diesen wichtigen Fragen des Frauenlebens reden konnte.

»Natürlich habe ich ihn geliebt. Er besuchte uns oft auf dem Land.«

»Aber wie hat es sich denn entschieden, Mama?«

»Du meinst wohl, ihr hättet euch etwas ganz Neues ausgedacht? Es ist immer dasselbe: ein Blick, ein Lächeln, und alles ist entschieden...«

»Wie schön Sie das gesagt haben, Mama! Ja, ein Blick, ein Lächeln«, sagte Dolly.

»Aber wie hat er es Ihnen gesagt?«

»Was hat denn dein Kostja zu dir gesagt?«

»Er hat es mit Kreide hingeschrieben. Das war wunderbar... Wie lange ist das schon her!« sagte sie.

Und die drei Frauen hingen ihren Gedanken nach: sie dachten alle an dasselbe. Kitty brach zuerst das Schweigen. Sie erinnerte sich an den letzten Winter vor ihrer Heirat und an ihre Neigung für Wronskij.

»Da ist nur eins... jene frühere Leidenschaft Warenkas«, sagte sie, durch eine ganz natürliche Gedankenverbindung darauf gebracht. »Ich wollte es Sergej Iwanowitsch schon sagen, ihn vorbereiten. Die Männer sind ja alle so furchtbar eifersüchtig auf unsere Vergangenheit.«

»Nicht alle«, sagte Dolly. »Du urteilst nach deinem Mann. Er quält sich immer noch mit der Erinnerung an Wronskij. Nicht wahr?«

»Ja«, antwortete Kitty, wehmütig mit den Augen lächelnd.

»Ich weiß gar nicht«, sagte die Fürstin, um ihre mütterliche Sorge um die Tochter zu betonen, »was an deiner Vergangenheit ihn beunruhigen könnte. Daß Wronskij dir den Hof gemacht hat? Das kann ja jedes junge Mädchen erleben.«

»Wir wollen nicht davon sprechen«, sagte Kitty errötend.

»Nein, erlaube mal«, fuhr die Mutter fort, »und dann hast du selbst mir nicht gestatten wollen, mit Wronskij zu sprechen. Weißt du das noch?«

»Ach, Mama!« sagte Kitty gequält.

»Jetzt seid ihr nicht mehr zu halten, ihr jungen Mädchen... Übrigens hätten deine Beziehungen zu ihm nicht über das Erlaubte hinausgehen können; ich hätte ihn schon gezwungen, mit der Sprache herauszurücken. Aber es ist nicht gut für dich, mein Kind, wenn du dich aufregst. Bitte, denk daran und beruhige dich.«

»Ich bin ja ganz ruhig, Mama.«

»Was für ein Glück war es damals für Kitty, daß Anna zu uns kam«, sagte Dolly, »und was für ein Unglück für Anna. Alles ist gerade umgekehrt gekommen«, fügte sie hinzu, von ihrem eigenen Gedanken überrascht. »Damals war Anna so glücklich, und Kitty hielt sich für unglücklich. Und jetzt ist alles ganz anders! Ich muß oft an sie denken.«

»Die verdient es gerade, daß du an sie denkst! Ein schlechtes, widerliches Frauenzimmer, ohne Herz!« sagte die Mutter, die es nicht vergessen konnte, daß Kitty nicht Wronskij, sondern Lewin geheiratet hatte.

»Warum redet ihr über diese Dinge? Was habt ihr denn davon?« sagte Kitty ärgerlich. »Ich denke nicht mehr daran und will nicht mehr daran denken... Ich will nicht daran denken...« sagte sie und hörte im selben Augenblick die wohlbekannten Schritte ihres Mannes, der die Verandatreppe heraufkam.

»Woran willst du denn nicht denken?« fragte Lewin.

Aber niemand antwortete ihm, und er wiederholte seine Frage nicht.

»Es tut mir leid, daß ich in euer Frauenreich eingedrungen bin«, sagte er und sah sie alle unzufrieden an, denn er merkte, daß sie von Dingen geredet hatten, über die sie in seiner Gegenwart nicht gesprochen hätten.

Eine Sekunde schien es ihm, als teile er Agafja Michajlownas Gefühl — die Unzufriedenheit darüber, daß die Himbeeren ohne Wasser eingekocht wurden — und über den fremden Schtscherbatzkijschen Einfluß. Er lächelte aber doch und trat zu Kitty.

»Nun?« fragte er sie und sah sie mit demselben Ausdruck an, mit dem jetzt alle sie ansahen.

»Ausgezeichnet«, sagte Kitty lächelnd. »Und wie steht's bei dir?«

»Auf diese neuen Getreidewagen kann man dreimal soviel aufladen als auf einen gewöhnlichen Bauernwagen. Wollen wir jetzt die Kinder abholen? Ich habe anspannen lassen.«

»Was, du willst Kitty in dem Break fahren lassen?« sagte die Mutter vorwurfsvoll.

»Wir fahren ja Schritt, Fürstin.«

Lewin nannte die Fürstin nie Mama, wie es andere Schwiegersöhne tun, und das war der Fürstin unangenehm. Lewin hatte die Fürstin zwar sehr gern und schätzte sie sehr, aber er konnte sie nicht Mama nennen, denn das hätte sein Gefühl für seine verstorbene Mutter entweiht.

»Fahren Sie doch mit, Mama«, sagte Kitty.

»Nein, ich will diese Unvernunft gar nicht mitansehen!«

»Gut, dann gehe ich zu Fuß. Das ist gesund für mich.« Kitty stand auf, ging auf ihren Mann zu und faßte seine Hand.

»Gesund ist es schon, aber alles mit Maß und Vernunft«, sagte die Fürstin.

»Nun, Agafja Michajlowna, ist die Marmelade fertig?« fragte Lewin und lächelte der Alten zu, um sie aufzuheitern. »Ist es nach der neuen Art gut geworden?«

»Es muß ja wohl gut sein. Wir würden sagen, es ist zu dick eingekocht.«

»So ist es besser, Agafja Michajlowna, da wird es nicht sauer. Unser Eis ist doch schon geschmolzen, und deswegen können wir die Marmelade nirgends sicher aufbewahren«, sagte Kitty, die die Absicht ihres Mannes sofort verstanden hatte und sich aus derselben Empfindung heraus an die Alte wandte. »Dafür ist alles, was Sie eingepökelt haben, ganz ausgezeichnet, und Mama sagt, so etwas Gutes hätte sie noch nirgends gegessen«, fügte sie lächelnd hinzu und schob Agafja Michajlownas Halstuch zurecht.

Die Alte sah Kitty zornig an.

»Sie brauchen mich nicht zu trösten, gnädige Frau. Wenn ich Sie und ihn ansehe, dann wird mir gleich wieder froh ums Herz«, sagte sie, und dieses derbe ›ihn‹ statt ›Konstantin Dmitrijewitsch‹ rührte Kitty.

»Fahren Sie mit uns Pilze suchen. Zeigen Sie uns die guten Stellen!«

Agafja Michajlowna lächelte und schüttelte den Kopf, als wollte sie sagen: »Ich möchte Ihnen gern böse sein, aber ich kann es nicht.«
»Bitte, folgen Sie nur meinem Rat«, sagte die Fürstin. »Feuchten Sie ein Blatt Papier mit Rum an und legen Sie es auf die Marmelade, dann wird sie auch ohne Eis nicht schimmlig.«

3

Kitty freute sich besonders über die Gelegenheit, mit ihrem Mann unter vier Augen zu sein, denn sie hatte bemerkt, wie ein Schatten des Unwillens über sein Gesicht glitt, das immer alles so lebhaft widerspiegelte, als er vorhin auf die Veranda gekommen war und auf seine Frage, worüber sie sich unterhielten, keine Antwort erhalten hatte.
Sie gingen den anderen zu Fuß voraus, und als sie aus der Sehweite des Hauses auf die glatte, staubige, mit Roggenähren und Körnern übersäte Straße gekommen waren, stützte sie sich fester auf seinen Arm und schmiegte sich an ihn. Er hatte den unangenehmen Eindruck schon wieder vergessen, und allein mit ihr, empfand er jetzt wo der Gedanke an ihre Schwangerschaft ihn auch nicht einen Augenblick verließ, ein für ihn neues, beglückendes, von aller Sinnlichkeit freies Gefühl über die Nähe der geliebten Frau. Er hatte ihr jetzt nichts zu sagen, aber er wollte den Ton ihrer Stimme hören, der sich ebenso wie ihr Blick während der Schwangerschaft verändert hatte. In ihrer Stimme und in ihrem Blick lag jetzt jene Weichheit und jener Ernst, wie man sie bei Menschen findet, die unablässig an ein und denselben Gegenstand denken.
»Wirst du auch nicht müde werden? Stütz dich nur ganz fest auf mich«, sagte er.
»Nein, ich freue mich so, daß ich einmal mit dir allein bin,

und so gern ich mit den andern zusammen bin — es tut mir doch leid um unsere Winterabende zu zweien.«

»Das war schön, und jetzt ist es noch besser. Beides ist wunderschön«, sagte er und drückte ihren Arm an sich.

»Weißt du, wovon wir gesprochen haben, als du vorhin auf die Veranda kamst?«

»Von der Marmelade?«

»Ja, davon auch; aber dann haben wir darüber gesprochen, wie Heiratsanträge gemacht werden.«

»Ah!« sagte Lewin, der mehr auf den Klang ihrer Stimme als auf ihre Worte hörte und die ganze Zeit auf den Weg achtete, der jetzt durch den Wald führte, und alle Stellen umging, wo sie hätte stolpern können.

»Und dann haben wir auch von Sergej Iwanowitsch und Warenka gesprochen. Hast du etwas gemerkt?... Ich wünsche es sehr«, fuhr sie fort. »Was denkst du darüber?«

»Ich weiß nicht, was ich darüber denken soll«, antwortete Lewin lächelnd. »Sergej ist in dieser Hinsicht etwas sonderbar. Ich habe dir ja erzählt...«

»Ja, daß er sich in ein Mädchen verliebt hatte, das dann gestorben ist...«

»Das war, als ich noch ein Kind war; ich kenne diese Geschichte nur vom Hörensagen. Ich kann mich aber noch gut erinnern, wie er damals war. Er war wirklich reizend. Seitdem habe ich ihn im Umgang mit Frauen beobachtet: er ist sehr liebenswürdig, und manche gefallen ihm; aber man sieht deutlich, daß sie für ihn nur Menschen sind und nicht Frauen.«

»Ja, aber jetzt mit Warenka... Mir scheint, das ist doch etwas anderes...«

»Vielleicht... Aber man muß ihn näher kennen... Er ist ein eigenartiger, ungewöhnlicher Mensch. Er führt ein rein geistiges Leben. Er ist ein zu reiner, hochsinniger Mensch.«

»Wie? Würde ihn das denn erniedrigen?«

»Nein, das nicht; aber er ist dermaßen an ein rein geistiges

Leben gewöhnt, daß er nicht imstande ist, sich mit der Wirklichkeit abzufinden, und Warenka gehört doch zur Wirklichkeit.«

Lewin war jetzt schon gewohnt, seine Gedanken einfach auszusprechen, ohne sich Mühe zu geben, sie in treffende Worte zu fassen; er wußte, daß seine Frau in so zärtlichen Augenblicken wie jetzt schon aus einer bloßen Andeutung verstand, was er sagen wollte. Und sie hatte ihn wirklich verstanden.

»Ja, aber in Warenka ist nicht so viel Wirklichkeit wie in mir. Ich begreife sehr gut, daß er mich nie hätte lieben können. Aber sie ist ganz Geist.«

»O nein, er hat dich sehr lieb, und ich freue mich immer wieder, daß meine Angehörigen dich so gern haben...«

»Ja, er ist sehr freundlich zu mir, aber...«

»Aber doch nicht so wie der verstorbene Nikolenka. Ihr hattet einander richtig liebgewonnen«, schloß Lewin. »Warum sollte ich es nicht sagen?« fügte er hinzu. »Ich mache mir manchmal Vorwürfe, denn es wird damit enden, daß ich ihn vergesse... Ach, er war ein schrecklicher und doch so prächtiger Mensch... Ja, worüber haben wir denn gesprochen?« sagte er nach einer kurzen Pause.

»Du meinst, er könne sich nicht verlieben«, sagte Kitty, die Worte ihres Mannes in ihre eigene Sprache übersetzend.

»Er kann sich schon verlieben«, sagte Lewin lächelnd, »aber er hat die Schwäche nicht, die man dazu braucht... Ich habe ihn immer beneidet, und ich beneide ihn auch jetzt noch, obwohl ich so glücklich bin.«

»Beneidest du ihn darum, daß er sich nicht verlieben kann?«

»Ich beneide ihn, weil er besser ist als ich«, antwortete Lewin lächelnd. »Er lebt nicht für sich selbst. Er hat sein ganzes Leben in den Dienst einer Pflicht gestellt. Und darum kann er ruhig und zufrieden sein.«

»Und du?« fragte Kitty mit einem spöttischen, liebevollen Lächeln.

Sie hätte die Gedankengänge, die sie lächeln machten, nicht

in Worte fassen können, aber sie kam zu dem Schluß, daß ihr Mann unaufrichtig war, wenn er so entzückt von seinem Bruder sprach und sich selbst herabsetzte. Kitty wußte, daß diese Unaufrichtigkeit der Liebe zu seinem Bruder entsprang, einem Gefühl der Scham darüber, daß er allzu glücklich war, und vor allem seinem unablässigen Streben, besser zu werden. Das liebte sie besonders an ihm, und darum lächelte sie.

»Und du? Womit bist du denn unzufrieden?« fragte sie ihn noch einmal mit demselben Lächeln.

Ihr Zweifel an seiner Unzufriedenheit mit sich selbst freute ihn, und er forderte sie unbewußt heraus, die Gründe ihres Unglaubens auszusprechen.

»Ich bin glücklich, aber ich bin unzufrieden mit mir...« sagte er.

»Wie kannst du denn unzufrieden sein, wenn du glücklich bist?«

»Ja, wie soll ich das sagen?... Ich habe jetzt nur einen Wunsch: daß du nicht stolperst. Ach, du darfst doch nicht so springen!« unterbrach er das Gespräch, als sie mit einer zu schnellen Bewegung über einen auf dem Weg liegenden Ast hinwegschritt. »Aber wenn ich über mich selbst nachdenke und mich mit anderen vergleiche, besonders mit meinem Bruder, dann fühle ich, wie schlecht ich bin.«

»Wieso denn?« fuhr Kitty mit demselben Lächeln fort. »Arbeitest du denn nicht auch für andere? Und deine Vorwerke, deine Landwirtschaft, dein Buch?«

»Nein, ich fühle es immer, besonders jetzt: du bist daran schuld«, sagte er, ihren Arm drückend, »daß es nicht so ist, wie es sein sollte. Ich tue das alles nur obenhin. Wenn ich meine Arbeit so lieben könnte, wie ich dich liebe... Aber in der letzten Zeit mache ich alles wie eine Schulaufgabe.«

»Was wirst du dann von Papa sagen?« fragte Kitty. »Ist er nicht auch schlecht, weil er nichts für das Gemeinwohl getan hat?«

»Er? O nein! Aber dann muß man so viel Schlichtheit, Klarheit und Güte besitzen wie dein Vater. Habe ich die etwa? Ich tue nichts, und das quält mich. Und das hast du angerichtet. Als du noch nicht da warst und das noch nicht da war«, sagte er mit einem Blick auf ihren Leib, »habe ich alle meine Kräfte auf die Arbeit verwandt; aber jetzt kann ich das nicht, und deswegen schäme ich mich. Ich tue alles so, wie ein Schüler seine Aufgaben macht, ich heuchle...«

»Nun, und möchtest du jetzt mit Sergej Iwanowitsch tauschen?« fragte Kitty. »Möchtest du für das allgemeine Wohl arbeiten und dein Pensum lieben wie er — und weiter nichts?«

»Selbstverständlich nicht«, sagte Lewin. »Übrigens bin ich so glücklich, daß ich gar nichts mehr begreife. Glaubst du wirklich, daß er ihr heute einen Antrag machen wird?« fügte er nach einer kurzen Pause hinzu.

»Ja, aber ich bin nicht ganz sicher. Ich wünsche es nur sehr. Warte mal!« Sie bückte sich und riß eine Kamille am Wegrand ab. »Da, zähl mal ab, ob er ihr einen Antrag machen wird — ja, nein«, sagte sie und reichte ihm die Blume.

»Ja, nein, ja, nein«, sagte Lewin, die weißen, schmalen, gerippten Blättchen abreißend.

»Nein, nein!« unterbrach ihn Kitty, die in großer Erregung seine Finger beobachtet hatte, und hielt seine Hand fest. »Du hast zwei abgerissen.«

»Nun, dafür zählt das kleine hier nicht mit«, sagte er und riß ein kurzes, nicht ausgewachsenes Blättchen ab. »Da kommt ja schon der Wagen.«

»Bist du nicht müde, Kitty?« rief die Fürstin.

»Kein bißchen!«

»Sonst steig doch ein, wenn die Pferde ruhig sind und Schritt gehen.«

Aber es lohnte sich nicht mehr einzusteigen, denn sie waren schon fast am Ziel. So gingen sie denn alle zu Fuß.

4

Warenka in ihrem weißen Tuch auf dem schwarzen Haar, von den Kindern umringt, mit denen sie sich gutmütig und heiter unterhielt, und offensichtlich erregt, weil der Mann, der ihr gefiel, ihr vielleicht einen Antrag machen würde, sah reizend aus. Sergej Iwanowitsch ging neben ihr und betrachtete sie mit bewundernden Blicken. Während er sie ansah, erinnerte er sich an all die lieben Worte, die er von ihr gehört hatte, und an alles Gute, was er von ihr wußte, und kam immer mehr zu der Erkenntnis, daß sein Gefühl für sie etwas ganz Besonderes sei, ein Gefühl, wie er es vor langer Zeit und nur ein einziges Mal in seiner Jugend empfunden hatte. Das Gefühl der Freude über ihre Nähe wuchs immer mehr und wurde so stark, daß er, als er einen riesigen Birkenpilz mit dünnem Stengel und umgebogenem Rand, den er gefunden hatte, in ihren Korb legte, ihr in die Augen blickte und bemerkte, wie ihr Gesicht vor freudiger und zugleich banger Erregung ganz rot wurde, daß er selbst verlegen wurde und sie schweigend mit einem Lächeln ansah, das nur allzuviel sagte.

›Wenn es so steht‹, sagte er sich, ›dann muß ich überlegen und eine Entscheidung treffen, aber ich darf mich nicht wie ein dummer Junge von einer augenblicklichen Stimmung hinreißen lassen.‹

»Ich will jetzt allein Pilze suchen, sonst weiß nachher niemand, wie viele ich gesammelt habe«, sagte er und ging vom Waldrand, wo sie auf seidigem, niedrigem Gras zwischen alten Birken gegangen waren, tiefer in den Wald hinein, wo zwischen den weißen Birkenstämmen graustämmige Espen und dunkle Haselsträucher wuchsen. Nach ungefähr vierzig Schritten trat er hinter einen Pfaffenhütchenstrauch, der mit seinen rosaroten Kätzchen in voller Blüte stand, und blieb stehen, da er wußte, daß man ihn hier nicht mehr sehen konnte. Ringsum herrschte tiefe Stille. Nur hoch oben in den Birken, unter denen er stand, summten die Fliegen wie ein Bienenschwarm, und ab und zu klangen die Stimmen der Kinder zu ihm herüber. Plötzlich hörte er in der Nähe, dicht am Waldrand, die Altstimme Warenkas, die den kleinen Grischa rief, und ein freudiges Lächeln glitt über sein Gesicht. Als er sich dieses Lächelns bewußt wurde, schüttelte er mißbilligend den Kopf über seinen Zustand, holte eine Zigarre aus der Tasche und wollte sie anzünden. Er rieb ein Zündholz nach dem andern am Stamm einer Birke, aber das zarte Häutchen der Rinde blieb an dem Phosphor kleben, so daß die Flamme erstickte. Endlich fing ein Streichholz Feuer, und der duftende Rauch der Zigarre breitete sich wie ein wallendes, breites Tuch über dem Strauch aus und stieg nach oben in die herabhängenden Zweige der Birke. Den Rauchstreifen mit den Blicken verfolgend, ging Sergej Iwanowitsch langsam weiter und dachte über seinen Zustand nach.

›Warum denn nicht?‹ dachte er. ›Wenn es nur ein plötzliches Aufflackern wäre, eine Leidenschaft, eine Neigung, eine wechselseitige Neigung (ja, das kann man sagen — eine wechselseitige Neigung), und wenn ich dabei die Empfindung hätte, daß diese Neigung meiner Auffassung vom Leben widerspricht, daß ich mich ihr nicht überlassen kann, ohne meiner Aufgabe und meiner Pflicht untreu zu werden... aber das alles trifft nicht zu. Das einzige, was ich dagegen sagen kann, ist, daß ich, als ich Marie verlor, mir das Wort gegeben habe, ihrem Andenken treu zu bleiben. Das ist das einzige, was ich gegen mein Gefühl einwenden kann... Das ist wichtig‹, sagte Sergej Iwanowitsch zu sich selbst und fühlte gleichzeitig, daß das für ihn persönlich gar nicht wichtig sein konnte, sondern nur in den Augen anderer Leute die poetische Rolle zerstören würde, die er bisher gespielt hatte. ›Aber davon abgesehen gibt es nichts, was sich gegen mein Gefühl einwenden ließe. Wenn ich nur nach Vernunftgründen wähle, kann ich nichts Besseres finden.‹

Und er dachte an all die Frauen und Mädchen, die er gekannt hatte, und er fand keine einzige darunter, die in so hohem Maße alle, aber auch alle Eigenschaften in sich vereinigt hätte, die er bei kühler Überlegung an seiner Frau zu sehen wünschte. Sie besaß den ganzen Reiz und die Frische der Jugend, war aber kein Kind mehr, und wenn sie ihn liebte, so liebte sie ihn bewußt, wie eine Frau lieben muß; das war das eine. Und das zweite: sie stand der großen Welt nicht nur fern, sondern hatte offenbar eine starke Abneigung dagegen; aber sie kannte die große Welt und hatte die Manieren einer Dame aus der guten Gesellschaft, ohne die sich Sergej Iwanowitsch seine Lebensgefährtin nicht denken konnte. Und das dritte: sie war religiös, und zwar nicht wie ein Kind unbewußt religiös und gut, wie es zum Beispiel Kitty war, sondern ihr ganzes Leben gründete sich auf religiöse Überzeugungen. Sogar in Kleinigkeiten fand Sergej Iwanowitsch bei Warenka alles, was er bei seiner Frau wünschte: sie war arm und stand allein, so daß sie nicht einen Haufen Verwandte und deren unerwünschten Einfluß in das Haus ihres Mannes mitbringen konnte, wie er es bei Kitty sah, sondern sie würde in allem auf ihren Mann angewiesen sein, was er sich auch immer für sein künftiges Familienleben gewünscht hatte. Und dieses Mädchen, das alle diese Eigenschaften in sich vereinigte, liebte ihn. Er war bescheiden, aber er konnte trotzdem nicht umhin, das zu sehen. Und er liebte sie. Nur eines sprach dagegen: seine Jahre. Aber seine ganze Familie war langlebig, er hatte noch kein einziges graues Haar, niemand hätte ihn auf vierzig Jahre geschätzt, und er erinnerte sich, daß Warenka gesagt hatte, nur in Rußland hielten sich Leute von fünfzig Jahren schon für alt; in Frankreich dagegen glaube ein Fünfzigjähriger dans la force de l'âge zu stehen, und ein Vierzigjähriger betrachte sich als un jeune homme. Was bedeuteten denn die Jahre, wenn er sich im Herzen so jung fühlte wie vor zwanzig Jahren? War es denn nicht Jugend, das Gefühl, das er jetzt empfand, als er von der anderen Seite wieder zum Waldrand kam und im hellen Licht der schrägen Sonnenstrahlen Warenkas anmutige Gestalt in dem gelben Kleid und mit dem Körbchen sah, wie sie leichten Schrittes am Stamm einer alten Birke vorüberging und ihr Bild zusammenfloß mit dem gelben, von den schrägen Strahlen überfluteten Haferfeld, dessen Schönheit ihn so überraschte, und mit dem fernen, alten Wald hinter dem Feld, der, mit gelben Flecken gesprenkelt, sich in der blauen Ferne verlor? Sein Herz zog sich freudig zusammen. Rührung ergriff ihn. Er fühlte, daß er entschlossen war. Warenka, die sich niedergekauert hatte, um einen Pilz aufzuheben, richtete sich mit einer geschmeidigen Bewegung wieder auf und sah sich um. Sergej Iwanowitsch warf seine Zigarre weg und ging mit festen Schritten auf sie zu.

5

›Warwara Andrejewna, als ich noch sehr jung war, schuf ich mir ein Idealbild der Frau, die ich einmal lieben würde, und die mich als meine Gattin glücklich machen würde. Ich habe ein langes Leben hinter mir und habe erst jetzt zum erstenmal in Ihnen das gefunden, was ich suchte. Ich liebe Sie und biete Ihnen meine Hand an.‹

Das sagte sich Sergej Iwanowitsch, als er noch zehn Schritte von Warenka entfernt war. Sie kniete auf der Erde, schützte mit beiden Händen einen Pilz vor Grischa und rief die kleine Mascha.

»Hierher, hierher, ihr Kleinen! Hier sind viele!« rief sie mit ihrer angenehmen Altstimme.

Als sie Sergej Iwanowitsch kommen sah, stand sie nicht auf und änderte auch ihre Stellung nicht; aber alles sagte ihm, daß sie seine Nähe fühlte und sich darüber freute.

»Nun, haben Sie etwas gefunden?« fragte sie und wandte

ihm ihr hübsches, sanft lächelndes Gesicht unter dem weißen Tuch zu.

»Nicht einen einzigen«, sagte Sergej Iwanowitsch. »Und Sie?«

Sie gab keine Antwort, da sie mit den Kindern beschäftigt war, die sie umringten.

»Noch den da, neben dem Zweig«, sagte sie zu der kleinen Mascha und zeigte ihr einen kleinen Täubling, dessen pralles rosa Hütchen von einem trockenen Grashalm, unter dem es emporwdrängte, tief eingeschnitten war. Warenka stand auf, als Mascha den Täubling aufgehoben und dabei in zwei Teile zerbrochen hatte. »Das erinnert mich an meine Kindheit«, fügte sie hinzu, während sie sich an Sergej Iwanowitschs Seite von den Kindern entfernte.

Sie gingen schweigend ein paar Schritte weiter. Warenka sah ihm an, daß er mit ihr sprechen wollte; sie erriet, worüber, und der Atem stockte ihr vor freudiger Erregung und Furcht. Sie hatten sich schon so weit von den anderen entfernt, daß niemand sie hören konnte, aber er sagte immer noch nichts. Warenka hielt es für das beste, zu schweigen. Nach einem längeren Schweigen ließ sich das, was sie einander sagen wollten, leichter sagen als nach einer Unterhaltung über Pilze; aber gegen ihren Willen sagte sie unversehens:

»Sie haben also nichts gefunden? Übrigens gibt es mitten im Wald immer weniger Pilze.«

Sergej Iwanowitsch seufzte und gab keine Antwort. Er ärgerte sich, daß sie von Pilzen redete. Er wollte auf das zurückkommen, was sie vorhin von ihrer Kindheit gesagt hatte; aber gegen seinen eigenen Willen bemerkte er nach einer kurzen Pause zu ihren letzten Worten:

»Ich habe nur gehört, daß Steinpilze meist am Waldrand wachsen, aber ich kann die Steinpilze gar nicht von den anderen unterscheiden.«

Es vergingen noch einige Minuten; sie hatten sich nun noch weiter von den Kindern entfernt und waren ganz allein.

Warenkas Herz klopfte so stark, daß sie sein Pochen hörte und fühlte, daß sie rot und blaß und wieder rot wurde.
Die Frau eines Mannes wie Kosnyschew zu werden, erschien ihr nach ihrem Leben bei Frau Stahl als der Gipfel des Glücks. Außerdem war sie fast überzeugt, daß sie ihn liebe. Und nun sollte es sich im nächsten Augenblick entscheiden. Sie hatte Angst. Angst vor dem, was er sagen würde, und Angst, daß er nichts sagen würde.
Jetzt oder nie mußte er sich erklären; das fühlte auch Sergej Iwanowitsch. Alles an Warenka, ihr Blick, ihr Erröten, ihre niedergeschlagenen Augen, verriet ihre qualvolle Spannung. Sergej Iwanowitsch sah sie an, und sie dauerte ihn. Er fühlte sogar, daß es eine Beleidigung für sie wäre, wenn er jetzt nichts sagte. Er wiederholte sich schnell die Gründe, die für seinen Entschluß sprachen. Er wiederholte sich auch die Worte, mit denen er seinen Antrag vorbringen wollte; aber statt diese Worte auszusprechen, fragte er plötzlich infolge einer unerwarteten Gedankenverbindung:
»Was ist eigentlich für ein Unterschied zwischen einem Steinpilz und einem Birkenpilz?«
Warenkas Lippen zitterten vor Erregung, als sie antwortete:
»Am Hut ist fast gar kein Unterschied, nur am Stiel.«
Und kaum waren diese Worte gesagt, da wußten sie beide, daß alles zu Ende war, daß das, was gesagt werden sollte, nicht gesagt werden würde, und ihre Erregung, die kurz vorher den Höhepunkt erreicht hatte, klang allmählich ab.
»Der Birkenpilz – sein Stiel erinnert an den zwei Tage alten Bart eines brünetten Mannes«, sagte Sergej Iwanowitsch, jetzt schon ganz ruhig.
»Ja, das ist wahr«, sagte Warenka lächelnd, und sie gingen unwillkürlich in eine andere Richtung. Sie kamen den Kindern immer näher. Warenka empfand Schmerz und Scham, aber auch ein Gefühl der Erleichterung.
Als Sergej Iwanowitsch nach Hause zurückgekehrt war und noch einmal über alle Gründe nachdachte, fand er, daß er

recht gehabt hatte. Er konnte dem Andenken seiner Marie nicht untreu werden.

»Sachte, Kinder, sachte!« rief Lewin den Kindern zornig zu und stellte sich vor seine Frau, um sie zu schützen, als die Kinder mit lautem Freudengeschrei auf sie zustürmten. Nach den Kindern kamen auch Warenka und Sergej Iwanowitsch aus dem Wald. Kitty brauchte Warenka nicht zu fragen; sie sah es den ruhigen, etwas beschämten Gesichtern der beiden sofort an, daß die Pläne, die sie gemacht hatte, gescheitert waren.

»Nun?« fragte ihr Mann sie auf dem Heimweg.

»Er beißt nicht an«, sagte Kitty. Ihr Lächeln und ihre Ausdrucksweise erinnerte an die ihres Vaters, was Lewin oft mit Vergnügen bemerkt hatte.

»Wie meinst du das?«

»So«, sagte sie, nahm die Hand ihres Mannes, führte sie an den Mund und berührte sie mit geschlossenen Lippen. »Wie wenn man einem Bischof die Hand küßt.«

»Wer beißt denn nicht an?« fragte er lachend.

»Beide. Sie müßten es so machen...«

»Da kommen Bauern...«

»Ach was, die haben nichts gesehen.«

6

Während die Kinder Tee tranken, saßen die Erwachsenen auf der Veranda und unterhielten sich, als wäre nichts geschehen, obwohl alle, besonders Sergej Iwanowitsch und Warenka, genau wußten, daß etwas sehr Wichtiges, wenn auch Negatives, geschehen war. Sie hatten beide das gleiche Gefühl, ein Gefühl, wie es ein Schüler haben mag, der bei der Prüfung durchgefallen ist und nun in derselben Klasse sitzenbleibt oder für immer aus der Schule ausgeschlossen wird. Alle Anwesenden fühlten, daß etwas geschehen war, und sprachen deshalb sehr lebhaft von allen möglichen Dingen. Lewin und Kitty waren an diesem Abend besonders glücklich und verliebt. Und daß sie in ihrer Liebe so glücklich waren, empfanden sie als peinliche Anspielung auf die beiden, die dasselbe gewollt hatten und nicht hatten erreichen können, und schämten sich.

»Denkt daran, was ich gesagt habe: Alexander wird nicht kommen«, sagte die alte Fürstin.

An diesem Tag wurde Stepan Arkadjitsch mit dem Abendzug erwartet, und der alte Fürst hatte geschrieben, er werde vielleicht mitkommen.

»Und ich weiß auch warum«, fuhr die Fürstin fort. »Er sagt, ein junges Ehepaar müsse man in der ersten Zeit allein lassen.«

»Ja, Papa hat uns ganz verlassen. Wir haben ihn gar nicht mehr gesehen«, sagte Kitty. »Sind wir denn ein junges Paar? Wir sind doch schon alte Eheleute!«

»Wenn er nicht kommt, muß ich auch von euch Abschied nehmen, Kinder«, sagte die Fürstin und seufzte traurig.

»Aber Mama, was fällt Ihnen denn ein!« fielen beide Töchter über sie her.

»Bedenkt doch, wie verlassen er sich vorkommen muß. Es ist ja...«

Und die Stimme der alten Fürstin begann plötzlich zu zittern. Die Töchter schwiegen und wechselten einen Blick, der sagte: »Mama macht sich doch immer traurige Gedanken«. Aber sie wußten eines nicht: so wohl sich die Fürstin auch bei ihrer Tochter fühlte, so nötig sie hier auch war, es tat ihr sehr weh, um ihrer selbst und um ihres Mannes willen, daß ihre jüngste und liebste Tochter nun verheiratet und das Familiennest leer geworden war.

»Was möchten Sie, Agafja Michajlowna?« fragte Kitty die alte Haushälterin, die mit geheimnisvoller Miene zu ihr kam.

»Ich komme wegen des Abendessens.«

»Das trifft sich sehr gut«, sagte Dolly. »Geh und sorge für

das Essen, und ich will mit Grischa seine Lektion wiederholen. Er hat heute noch gar nichts getan.«

»Aber das ist doch meine Aufgabe! Nein, Dolly, ich gehe gleich zu ihm«, rief Lewin und sprang auf.

Grischa war schon auf dem Gymnasium und mußte im Sommer seine Lektionen wiederholen. Darja Alexandrowna hatte schon in Moskau zusammen mit ihrem Sohn Latein gelernt, und jetzt, wo sie bei Lewins zu Besuch waren, wollte sie die schwierigsten Rechenaufgaben und die lateinischen Lektionen jeden Tag mit ihm durchgehen. Lewin hatte sich erboten, ihr diese Arbeit abzunehmen; aber sie hatte einmal beim Unterricht zugehört und bemerkt, daß Lewin es nicht so machte, wie der Lehrer in Moskau; darum hatte sie ihm verlegen und bemüht, ihn nicht zu kränken, aber doch sehr entschieden erklärt, man müsse nach dem Buch vorgehen, genau wie der Lehrer, und sie wolle Grischa lieber selbst unterrichten. Lewin hatte sich geärgert, sowohl über Stepan Arkadjitsch, weil er in seiner Nachlässigkeit die Hausarbeiten seines Sohnes nicht selbst überwachte, sondern das seiner Frau überließ, die nichts davon verstand, und auch über die Lehrer, weil sie den Kindern so schlechten Unterricht erteilten. Aber er hatte seiner Schwägerin versprochen, beim Unterricht so zu verfahren, wie sie es wünschte, und hatte dann Grischa nicht nach seiner eigenen Methode, sondern nach dem Buch unterrichtet. Darum hatte er es ohne rechte Lust getan und die Unterrichtsstunde oft vergessen. So war es auch heute.

»Nein, ich gehe zu ihm, Dolly, bleib nur sitzen«, sagte er. »Wir werden alles genau nach dem Buch durchnehmen. Aber wenn Stiwa kommt, gehen wir auf die Jagd, und dann müssen wir mit dem Unterricht aussetzen.«

Und Lewin ging zu Grischa.

Etwas Ähnliches sagte Warenka zu Kitty. Warenka verstand sich auch in dem glücklichen, wohleingerichteten Lewinschen Haus nützlich zu machen.

»Ich werde schon für das Abendessen sorgen, bleiben Sie nur sitzen«, sagte sie, stand auf und ging auf Agafja Michajlowna zu.

»Ja, ja, sicher haben sie keine jungen Hühner bekommen können. Dann müssen wir von unseren...« sagte Kitty.

»Agafja Michajlowna und ich werden das schon besorgen«, sagte Warenka und verschwand mit der alten Wirtschafterin.

»Was für ein liebes Mädchen!« sagte die Fürstin.

»Sie ist nicht nur lieb, Mama, sondern so reizend, wie kaum eine zweite.«

»Sie erwarten also heute Stepan Arkadjitsch?« fragte Sergej Iwanowitsch, der offensichtlich nicht wünschte, daß das Gespräch über Warenka fortgesetzt wurde. »Es ist schwer, zwei Schwäger zu finden, die einander so unähnlich sind«, sagte er mit feinem Lächeln. »Der eine lebt nur für die Gesellschaft und fühlt sich dabei so wohl wie der Fisch im Wasser; der andere, unser Kostja, lebhaft, rasch und allem gegenüber aufgeschlossen, wird ganz starr und steif, sobald er in Gesellschaft ist, und schlägt sinnlos um sich wie der Fisch auf dem Trockenen.«

»Ja, er ist sehr unbedacht«, sagte die Fürstin. »Ich wollte Sie schon lange bitten, ihm zu sagen, daß sie (sie deutete auf Kitty) unmöglich hier bleiben kann, sondern unbedingt nach Moskau fahren muß. Er sagt, wir sollten einen Arzt hierher kommen lassen...«

»Mama, er wird alles tun, er ist mit allem einverstanden«, sagte Kitty, die sich über ihre Mutter ärgerte, weil sie Sergej Iwanowitsch in dieser Angelegenheit als Richter anrief.

Während sie sich unterhielten, hörte man in der Allee Pferde schnauben und Räder auf dem Kies knirschen.

Kaum war Dolly aufgestanden, um ihrem Mann entgegenzugehen, da sprang Lewin unten aus dem Fenster des Zimmers heraus, in dem Grischa Unterricht hatte, und hob dann auch seinen Schüler heraus.

»Das ist Stiwa!« rief Lewin zur Veranda hinauf. »Wir sind fertig, Dolly, sei unbesorgt!« fügte er hinzu und rannte wie ein Junge dem Wagen entgegen.

»Is, ea, id, ejus, ejus, ejus!« schrie Grischa, die Alle entlanglaufend.

»Es ist noch jemand dabei!« rief Lewin, am Eingang der Allee stehenbleibend. »Kitty, geh nicht die steile Treppe hinunter, geh hinten herum!«

Aber Lewin hatte sich geirrt, als er den zweiten Herrn im Wagen für den alten Fürsten gehalten hatte. Als der Wagen näher gekommen war, erblickte er neben Stepan Arkadjitsch nicht den Fürsten, sondern einen hübschen, dicken, jungen Mann in einer schottischen Mütze mit lang herabhängenden Bändern. Das war Wasenka Weslowskij, ein entfernter Vetter der Schtscherbatzkijs, ein glänzender Kavalier der Petersburger und Moskauer Gesellschaft, »ein netter Kerl und leidenschaftlicher Jäger«, wie Stepan Arkadjitsch ihn vorstellte.

Nicht im geringsten verlegen über die Enttäuschung, die er dadurch hervorgerufen hatte, daß er statt des alten Fürsten mitgekommen war, begrüßte Weselowskij höchst vergnügt Lewin und erinnerte ihn an ihre frühere Bekanntschaft; dann hob er den kleinen Grischa über den Pointer hinweg, den Stepan Arkadjitsch mitgebracht hatte, in den Wagen.

Lewin stieg nicht in den Wagen, sondern ging hinterher. Er war etwas verstimmt darüber, daß nicht der alte Fürst gekommen war, den er immer mehr schätzte, je näher er ihn kennenlernte, sondern dieser Wasenka Weslowskij, ein völlig fremder, überflüssiger Mensch. Er erschien ihm noch fremder und überflüssiger, als er zur Haustür kam, wo sich die ganze Schar der Erwachsenen und Kinder versammelt hatte, und sah, wie Wasenka Weslowskij mit besonders liebenswürdiger und galanter Miene Kitty die Hand küßte.

»Ich bin ja ein Vetter Ihrer Frau, und außerdem sind wir alte

Bekannte«, sagte Wasenka Weslowskij und drückte Lewin noch einmal die Hand.
»Nun, gibt's viel Wild?« sagte Stepan Arkadjitsch zu Lewin, während er jeden einzelnen begrüßte. »Wir zwei haben die grausamsten Absichten. Jawohl, Mama, Sie sind seitdem nicht wieder in Moskau gewesen. Na, Tanja, für dich ist auch etwas da; hol es dir, es ist hinten im Wagen«, redete er nach allen Seiten. »Wie gut du dich erholt hast, Dollenka«, sagte er zu seiner Frau und küßte ihr noch einmal die Hand, die er dann festhielt und zärtlich tätschelte.
Lewin, der noch vor einer Minute in der heitersten Stimmung gewesen war, sah jetzt alle finster an, und alles mißfiel ihm.
›Wen hat er wohl gestern mit diesen Lippen geküßt?‹ dachte er, als er bemerkte, wie zärtlich Stepan Arkadjitsch zu seiner Frau war. Er sah Dolly an, und auch sie erregte sein Mißfallen.
›Sie glaubt ja gar nicht an seine Liebe. Warum freut sie sich denn so? Widerwärtig!‹ dachte Lewin.
Er sah die Fürstin an, die er noch kurz vorher so liebenswürdig gefunden hatte, und es mißfiel ihm sehr, wie sie diesen Wasenka mit seinen Bändern begrüßte, gerade als wäre sie hier zu Hause.
Selbst Sergej Iwanowitsch, der auch vor die Haustür gekommen war, mißfiel ihm wegen der gekünstelten Herzlichkeit, mit der er Stepan Arkadjitsch begrüßte, denn Lewin wußte, daß sein Bruder Oblonskij weder gern mochte noch achtete.
Auch Warenka war ihm zuwider wegen der Miene sainte nitouche, die sie machte, als dieser Herr ihr vorgestellt wurde, obwohl sie doch nur daran dachte, wie sie einen Mann bekommen könne.
Am allermeisten ärgerte er sich über Kitty, weil sie auf den heiteren Ton dieses Herrn einging, der tat, als sei seine Ankunft auf dem Gut ein Festtag für ihn selbst und für alle

anderen, und besonders widerwärtig war ihm das eigentümliche Lächeln, mit dem sie Weslowskijs Lächeln erwiderte.
In lebhaftem Gespräch gingen alle ins Haus; aber kaum hatten alle Platz genommen, da drehte sich Lewin um und ging hinaus.
Kitty sah, daß ihrem Mann irgend etwas mißfiel. Sie wollte einen Augenblick abpassen, um mit ihm allein zu sprechen, aber er hatte es eilig, wegzukommen und sagte, er müsse ins Kontor. Schon lange waren ihm seine Wirtschaftsangelegenheiten nicht so wichtig vorgekommen wie heute. ›Für diese Leute da ist immer Feiertag‹, dachte er, ›ich aber habe meine Werktagsarbeit, die nicht warten kann und ohne die ich nicht leben kann.‹

7

Lewin kam erst nach Hause, als er zum Abendessen gerufen wurde. Auf der Treppe standen Kitty und Agafja Michajlowna und berieten, was für Weine zum Abendessen gereicht werden sollten.
»Macht nicht so viel Umstände! Setzt ihnen doch unseren gewöhnlichen Tischwein vor.«
»Nein, den mag Stiwa nicht... Kostja, warte doch, was hast du denn?« sagte Kitty, ihm nachlaufend, er aber ging erbarmungslos, ohne auf sie zu warten, mit großen Schritten ins Speisezimmer und mischte sich sofort in das lebhafte allgemeine Gespräch, in dem Stepan Arkadjitsch und Wasenka Weslowskij den Ton angaben.
»Nun, gehen wir morgen auf die Jagd?« fragte Stepan Arkadjitsch.
»Ja, bitte«, sagte Weslowskij, setzte sich seitwärts auf einen anderen Stuhl und schlug die dicken Beine übereinander.
»Mit dem größten Vergnügen. Sind Sie in diesem Jahr schon auf der Jagd gewesen?« sagte Lewin zu Weselowskij und betrachtete dabei aufmerksam dessen Bein; er sprach mit

jener geheuchelten Liebenswürdigkeit, die Kitty so gut an ihm kannte und die ihm so schlecht zu Gesicht stand. »Ob wir Schnepfen finden, weiß ich nicht, aber es gibt viele Bekassinen. Wir müssen nur sehr früh fahren. Werden Sie nicht müde werden? Bist du nicht sehr müde, Stiwa?«

»Ich müde? Ich bin noch nie müde gewesen. Meinetwegen können wir die ganze Nacht aufbleiben. Komm, laß uns spazierengehen.«

»Ja, wir bleiben die ganze Nacht auf! Ausgezeichnet!« sagte Weslowskij.

»Oh, das wissen wir, daß du eine ganze Nacht nicht zu schlafen brauchst und auch andere nicht schlafen läßt«, sagte Dolly mit jener kaum merklichen Ironie, mit der sie ihren Mann jetzt fast immer behandelte. »Aber meiner Ansicht nach ist es jetzt schon Zeit...Ich gehe schlafen, ich möchte nichts mehr essen.«

»Nein, bleib doch noch da, Dollenka«, sagte Stepan Arkadjitsch und zu ihr an den großen Tisch, an dem gespeist wurde. »Ich habe dir noch so viel zu erzählen.«

»Es wird schon nichts Wichtiges sein.«

»Weißt du, daß Weslowskij bei Anna gewesen ist? Er will wieder zu ihnen. Sie wohnen ja nur siebzig Werst von hier entfernt. Und ich fahre auch hin, ganz bestimmt! Weslowskij, komm mal her!«

Wasenka ging zu den Damen hinüber und setzte sich neben Kitty.

»Ach, bitte, erzählen Sie doch! Sie waren bei ihr? Wie geht es ihr denn?« fragte ihn Darja Alexandrowna.

Lewin saß am anderen Ende des Tisches; er unterhielt sich mit der Fürstin und mit Warenka und beobachtete, daß zwischen Stepan Arkadjitsch, Dolly, Kitty und Weslowskij ein lebhaftes und geheimnisvolles Gespräch geführt wurde. Und nicht genug damit: er sah auf dem Gesicht seiner Frau den Ausdruck eines tiefen Gefühls, wenn sie, ohne die

Augen abzuwenden, in das hübsche Gesicht dieses Wasenka blickte, der irgend etwas sehr lebhaft erzählte.
»Es ist sehr nett bei ihnen«, erzählte Wasenka von Wronskij und Anna. »Ich maße mir selbstverständlich kein Urteil über die beiden an, aber in ihrem Haus fühlt man sich wie in einer Familie.«
»Was werden sie denn tun?«
»Ich glaube, sie wollen für den Winter nach Moskau ziehen.«
»Wie schön wäre es, wenn wir alle bei ihnen zusammenkommen könnten! Wann fährst du denn hin?« fragte Stepan Arkadjitsch Wasenka.
»Ich will den Juli bei ihnen verbringen.«
»Kommst du mit?« fragte Stepan Arkadjitsch seine Frau.
»Ich wollte es schon längst und fahre bestimmt einmal hin«, sagte Dolly. »Sie tut mir leid, und ich kenne sie. Sie ist eine prächtige Frau. Ich fahre allein hin, wenn du wieder fort bist, und ich werde niemand dadurch in Verlegenheit bringen. Es ist sogar besser, wenn ich ohne dich hinfahre.«
»Ausgezeichnet«, sagte Stepan Arkadjitsch. »Und du, Kitty?«
»Ich? Warum soll ich denn hinfahren?« sagte Kitty, wurde dunkelrot und sah sich nach ihrem Mann um.
»Sind Sie mit Anna Arkadjewna bekannt?« fragte Weslowskij sie. »Sie ist eine reizende Frau.«
»Ja«, antwortete sie, noch mehr errötend, stand auf und ging zu ihrem Mann.
»Du gehst also morgen auf die Jagd?« fragte sie ihn.
Seine Eifersucht hatte in diesen wenigen Minuten schon einen sehr hohen Grad erreicht, besonders wegen der Röte auf ihren Wangen, als sie mit Weslowskij gesprochen hatte. Als er jetzt ihre Frage hörte, faßte er sie schon auf seine Weise auf. So seltsam es ihm später auch vorkam, wenn er daran zurückdachte, jetzt schien es ihm vollkommen klar, daß sie sich nur deshalb dafür interessiere, ob er auf die

Jagd gehe, weil sie wissen wolle, ob er diesem Wasenka Weslowskij, in den sie seiner Ansicht nach bereits verliebt war, dieses Vergnügen machen wolle.
»Ja, ich gehe auf die Jagd«, sagte er mit unnatürlicher, ihm selbst widerwärtiger Stimme.
»Bleibt doch lieber morgen noch hier, Dolly hat ihren Mann ja kaum gesehen. Ihr könnt ja übermorgen fahren«, sagte Kitty.
Lewin deutete diese Worte nun schon so: ›Trenne mich nicht von ihm! Daß du wegfährst, ist mir gleich, aber laß mich noch die Gesellschaft dieses reizenden jungen Mannes genießen.‹
»Ach, wenn du willst, bleiben wir morgen hier«, antwortete Lewin in besonders liebenswürdigem Ton.
Wasenka, der nicht die geringste Ahnung hatte, was für Leiden seine Anwesenheit verursachte, war gleich nach Kitty vom Tisch aufgestanden und ihr gefolgt. Er betrachtete sie mit einem lächelnden, freundlichen Blick.
Lewin sah diesen Blick. Er wurde ganz blaß und konnte vor Erregung kaum atmen. ›Wie kann dieser Mensch es wagen, meine Frau so anzusehen!‹ dachte er, vor Zorn kochend.
»Also morgen? Bitte, lassen Sie uns fahren!« sagte Wasenka, setzte sich auf einen Stuhl und schlug die Beine übereinander.
Lewins Eifersucht wuchs immer mehr. Schon sah er sich als betrogenen Ehemann, den seine Frau und ihr Liebhaber nur zu einem brauchten: daß er ihnen ein angenehmes, bequemes Leben ermöglichte... Aber er fragte Wasenka trotzdem sehr liebenswürdig nach seinen Jagderfahrungen, nach seinem Gewehr, seinen Stiefeln und erklärte sich bereit, morgen auf die Jagd zu gehen.
Zu Lewins Glück machte die alte Fürstin seinen Qualen ein Ende, indem sie aufstand und auch Kitty riet, schlafen zu gehen. Aber auch dabei ging es nicht ohne neue Qualen für

Lewin ab. Als Wasenka Kitty Gute Nacht sagte, wollte er ihr wieder die Hand küssen, aber sie zog errötend ihre Hand zurück und sagte mit naiver Grobheit, für die sie später von ihrer Mutter gescholten wurde:

»Das ist bei uns nicht üblich.«

In Lewins Augen war sie schuldig, weil sie ein solches Benehmen zugelassen hatte, und noch mehr schuldig, weil sie so ungeschickt zeigte, daß ihr dieses Benehmen nicht gefiel.

»Wie kann man jetzt schon schlafen gehen!« sagte Stepan Arkadjitsch, der beim Abendessen einige Gläser Wein getrunken hatte und in sehr heiterer, poetischer Stimmung war. »Sieh mal, Kitty«, sagte er und zeigte auf den Mond, der hinter den Linden emporstieg, »wie herrlich! Weslowskij, das ist die richtige Zeit für ein Ständchen. Weißt du, er hat eine prächtige Stimme. Wir haben unterwegs zusammen gesungen. Er hat ein paar sehr schöne neue Romanzen mitgebracht. Die sollte er mit Warwara Andrejewna singen.«

Als alle sich auf ihre Zimmer zurückgezogen hatten, ging Stepan Arkadjitsch mit Weslowskij noch lange in der Allee auf und ab, und man hörte sie eine der neuen Romanzen singen.

Auch Lewin hörte ihre Stimmen; er saß mit gerunzelter Stirn im Schlafzimmer seiner Frau auf einem Sessel und schwieg hartnäckig auf ihre Fragen, was eigentlich mit ihm sei. Aber als sie selbst mit schüchternem Lächeln fragte: »Hat dir vielleicht an Weslowskij etwas nicht gefallen?«, konnte er sich nicht mehr beherrschen und sagte ihr alles; seine Worte taten ihm selber weh, und das reizte ihn noch mehr.

Er stand mit finster gerunzelten Brauen und zornfunkelnden Augen vor ihr und preßte die starken Hände an die Brust, als müßte er alle seine Kräfte anspannen, um an sich zu halten. Der Ausdruck seines Gesichts wäre hart, ja grausam gewesen, wenn nicht zugleich auch eine innere Qual aus

ihm gesprochen hätte, die Kitty rührte. Seine Kinnbacken bebten, und seine Stimme überschlug sich.
»Du weißt, daß ich nicht eifersüchtig bin; das ist ein ekelhaftes Wort. Ich kann nicht eifersüchtig sein und glauben, daß... Ich kann nicht sagen, was ich fühle, aber es ist entsetzlich... Ich bin nicht eifersüchtig, aber ich fühle mich gekränkt, beleidigt, daß jemand zu denken wagt... dich mit solchen Blicken anzusehen wagt...«
»Mit was für Blicken?« fragte Kitty, bemüht, sich so gewissenhaft wie nur möglich an alle Reden und Gesten des heutigen Abends zu erinnern.
Im Grunde ihres Herzens hatte sie die Empfindung, daß in dem Augenblick, als er ihr an das andere Ende des Tisches nachgegangen war, etwas nicht in Ordnung gewesen war, aber das wagte sie nicht einmal sich selbst einzugestehen, und noch viel weniger konnte sie sich entschließen, es ihm zu sagen und dadurch seine Qualen zu vergrößern.
»Was kann denn an mir Anziehendes sein, so wie ich jetzt aussehe?«
»Ach!« rief er und griff sich an den Kopf. »Das solltest du nicht sagen!... Wenn du anziehend wärst...«
»Nein, nein, Kostja, warte doch, hör doch!« sagte sie und sah ihn mit traurigem, mitleidigem Ausdruck an. »Wie kannst du denn so etwas denken? Wo es doch für mich gar keine anderen Menschen gibt, gar keine... Willst du denn, daß ich überhaupt niemand mehr sehe?«
Im ersten Augenblick hatte seine Eifersucht sie gekränkt; sie ärgerte sich, daß ihr auch die kleinste, harmloseste Zerstreuung verboten sein sollte. Jetzt aber hätte sie gern nicht nur auf solche Kleinigkeiten, sondern auf alles, alles verzichtet, um ihn zu beruhigen und von seinen Qualen zu befreien.
»Begreif doch, wie entsetzlich und lächerlich meine Situation ist«, flüsterte er verzweifelt. »Er ist mein Gast, und er hat eigentlich nichts Unanständiges getan, abgesehen von

seinem ungezwungenen Benehmen und davon, daß er die Beine übereinanderschlägt. Er meint, das seien besonders gute Manieren, und darum muß ich höflich zu ihm sein.«

»Aber Kostja, du übertreibst«, sagte Kitty, die sich im Grunde ihres Herzens über die Größe seiner Liebe freute, die jetzt in seiner Eifersucht zum Ausdruck kam.

»Das Entsetzlichste ist, daß du genau so bist wie immer, und jetzt, wo du für mich heilig bist, wo wir so glücklich sind, ganz besonders glücklich, da kommt dieser Lump... Nein, er ist kein Lump, warum schimpfe ich auf ihn? Ich habe ihm ja nichts vorzuwerfen. Aber warum soll mein und dein Glück...«

»Weißt du, ich verstehe, wie das alles gekommen ist«, fing Kitty an.

»Wie denn, wie denn?«

»Ich habe gesehen, wie du zu uns hinübergeschaut hast, als wir uns beim Abendessen unterhielten.«

»Ja, ja!« sagte Lewin erschrocken.

Sie erzählte ihm, worüber sie gesprochen hatten. Während sie das erzählte, konnte sie vor Erregung kaum atmen. Lewin schwieg einen Augenblick, dann sah er ihr in das blasse, angstvolle Gesicht und griff sich plötzlich an den Kopf.

»Katja, ich habe dich gequält! Liebste, verzeih mir! Das ist ja Wahnsinn! Katja, ich bin an allem schuld. Wie konnte ich mich nur wegen einer solchen Dummheit so quälen!«

»Ach, du tust mir so leid!«

»Ich? Ich? Ich bin ein Wahnsinniger... Wie konnte ich dir das antun? Aber es ist ein entsetzlicher Gedanke, daß jeder fremde Mensch unser Glück zerstören kann...«

»Gewiß, das ist auch schmerzlich...«

»Nein, jetzt will ich ihn ganz im Gegenteil den ganzen Sommer bei uns behalten und will mich ihm gegenüber in Liebenswürdigkeiten überbieten«, sagte Lewin, Kittys Hände küssend. »Du wirst schon sehen. Morgen... Ja, richtig, morgen gehen wir ja auf die Jagd.«

8

Am nächsten Morgen – die Damen waren noch nicht aufgestanden – hielten die Fahrzeuge für die Jäger, ein Jagdwagen und ein Bauernwagen, vor der Haustür, und Laska, die schon in aller Frühe gemerkt hatte, daß es auf die Jagd gehen sollte, saß nun, nachdem sie sich satt gejault und gesprungen hatte, auf dem Jagdwagen neben dem Kutscher und blickte aufgeregt und mit der Verzögerung unzufrieden auf die Tür, aus der die Jäger immer noch nicht herauskommen wollten. Als erster erschien Wasenka Weslowskij in hohen neuen Stiefeln, die bis zur Mitte seiner dicken Schenkel hinaufreichten, in einer grünen Bluse, eine neue, noch nach Leder riechende Patronentasche am Gürtel, mit seiner Schottenmütze und einem nagelneuen englischen Gewehr ohne Riemenringe und Tragriemen. Laska lief ihm entgegen, begrüßte ihn, sprang an ihm hoch und fragte ihn auf ihre Weise, ob die andern nicht auch bald kämen; da sie aber keine Antwort bekam, kehrte sie auf ihren Posten zurück und saß wieder regungslos da, den Kopf zur Seite geneigt und das eine Ohr erwartungsvoll gespitzt. Endlich ging knarrend die Tür auf, und Stepan Arkadjitschs braungescheckter Pointer Crack stürmte heraus, sich vor Freude überkugelnd; dann folgte Stepan Arkadjitsch selbst, das Gewehr in der Hand und die Zigarre im Mund. »Tout-beau, tout-beau, Crack!« rief er dem Hund freundlich zu, der ihm die Pfoten gegen den Leib und die Brust setzte und dabei an der Jagdtasche hängenblieb. Stepan Arkadjitsch hatte Riemenschuhe und Fußlappen an, ausgefranste Hosen und einen kurzen Mantel. Auf seinem Kopf saß eine Ruine von einem Hut, aber sein Gewehr neuesten Systems war das reinste Spielzeug, Jagdtasche und Patronentasche waren zwar abgenutzt, aber von bester Qualität.

Wasenka Weslowskij hatte bisher nichts von dieser echten Jägereleganz gewußt: in Lumpen gekleidet zu gehen, aber ausgezeichnete Waffen zu haben. Er begriff das erst jetzt, als er Stepan Arkadjitsch sah, dessen elegante, wohlgenährte, heitere Herrengestalt in dieser schäbigen Kleidung förmlich strahlte, und beschloß, sich bei der nächsten Jagd unbedingt auch so anzuziehen.

»Nun, und unser Gastgeber?« fragte er.

»Der hat eine junge Frau«, sagte Stepan Arkadjitsch lächelnd.

»Ja, und eine so reizende!«

»Er war schon angezogen. Er ist wohl noch einmal zu ihr gelaufen.«

Stepan Arkadjitsch hatte richtig geraten. Lewin war zu seiner Frau gegangen, um sie noch einmal zu fragen, ob sie ihm seine gestrige Dummheit verziehen habe, und sie zu bitten, doch um Himmels willen recht vorsichtig zu sein. Vor allem sollte sie sich von den Kindern fernhalten, denn sie könnten sie so leicht stoßen. Dann mußte er sich noch einmal von ihr versichern lassen, daß sie ihm nicht böse sei, wenn er zwei Tage wegfahre, und mußte sie bitten, ihm morgen früh ganz bestimmt durch einen reitenden Boten einen Brief zu schicken, ihm wenigstens ein paar Worte zu schreiben, nur damit er wüßte, daß es ihr gut gehe.

Kitty war wie immer traurig, daß sie sich für zwei Tage von ihrem Mann trennen mußte; doch als sie seine vor Leben strotzende Gestalt betrachtete, die in den Jagdstiefeln und der weißen Bluse besonders groß und kräftig wirkte, und das ihr unverständliche Jagdfieber aus seinen Augen leuchten sah, vergaß sie über seine Freude ihre Traurigkeit und nahm heiter von ihm Abschied.

»Entschuldigen Sie, meine Herren!« sagte er, als er eilig aus der Haustür kam. »Ist das Frühstück eingepackt? Warum ist der Fuchs rechts eingespannt? Na, es ist gleich. Laska, hör auf, setz dich!!«

»Nimm sie zu den Schafen in die Herde«, sagte er zu dem Hirten, der vor der Tür auf ihn gewartet hatte, um ihn zu fragen, was mit den Hammeln geschehen solle. »Verzeihung, da kommt noch so ein Missetäter!« Lewin sprang aus dem Jagdwagen und ging auf den Zimmermann zu, der sich mit einem Zollstock in der Hand der Haustür näherte.

»Gestern ist er nicht ins Kontor gekommen, und jetzt hält er mich auf. Was gibt's?«

»Erlauben Sie, daß ich noch eine Windung mache? Nur noch drei Stufen, dann stimmt's genau. Und es ist auch bequemer.«

»Du hättest auf mich hören sollen«, sagte Lewin ärgerlich. »Ich habe dir gesagt: ›Stell zuerst die Treppenwangen auf und schneide dann die Stufen ein.‹ Jetzt kann man das nicht mehr in Ordnung bringen. Tu, was ich befohlen habe und mache eine neue Treppe.«

Bei dem im Bau begriffenen Nebengebäude hatte der Zimmermann die Treppe verpfuscht, weil er sie nicht an Ort und Stelle angefertigt und die Steigung falsch berechnet hatte; als die Treppe dann aufgestellt wurde, waren alle Stufen abschüssig. Jetzt wollte der Zimmermann die Treppe doch verwenden und drei Stufen hinzufügen.

»So wird's viel besser sein.«

»Aber wo wird denn deine Treppe mit diesen drei Stufen enden?«

»Ich bitte Sie«, sagte der Zimmermann mit verächtlichem Lächeln. »Sie wird ganz genau auftreffen. »Wenn sie unten so anfängt«, sagte er mit einer erläuternden Handbewegung, »geht sie so weiter, und dann so, und kommt genau oben an.«

»Aber die drei Stufen machen die Treppe doch länger... Wo trifft sie dann auf?«

»Also, wenn sie von unten so geht, dann kommt sie so an«, sagte der Zimmermann hartnäckig in belehrendem Ton.

»Ja, sie wird oben unter der Decke oder an der Wand ankommen.«

»Aber ich bitte Sie! So fängt sie unten an, dann geht sie so weiter und trifft oben auf.«

Lewin nahm seinen Ladestock und zeichnete die Treppe auf der Erde auf.
»Na, siehst du es jetzt?«
»Wie Sie befehlen«, sagte der Zimmermann, und seine Augen leuchteten plötzlich auf; anscheinend hatte er die Sache endlich begriffen. »Da werden wir wohl eine neue Treppe machen müssen.«
»Na also, mach es nur, wie ich gesagt habe!« rief Lewin und stieg in den Wagen. »Vorwärts! Halt die Hunde fest, Philipp!«
Lewin empfand jetzt, als er alle Familien- und Wirtschaftssorgen hinter sich gelassen hatte, ein so starkes Gefühl der Lebensfreude und der Erwartung, daß er gar nicht reden mochte. Außerdem hatte er das Gefühl konzentrierter Erregung, das jeder Jäger empfindet, wenn er sich seinem Revier nähert. Wenn ihn jetzt etwas beschäftigte, dann nur folgende Fragen: ob sie im Sumpf von Kolpeno etwas finden würden, wie sich Laska im Vergleich mit Crack bewähren würde und ob er heute gut schießen würde. ›Hoffentlich blamiere ich mich nicht vor diesem Wasenka, und hoffentlich hat Oblonskij nicht mehr Glück als ich‹, ging es Lewin durch den Kopf.
Oblonskij war in ähnlicher Stimmung und darum auch nicht zum Reden aufgelegt. Nur Wasenka Weslowskij schwatzte ununterbrochen. Lewin hörte ihm zu und schämte sich, weil er gestern so ungerecht gegen ihn gewesen war. Wasenka war wirklich ein netter Kerl, schlicht, gutmütig und sehr lustig. Wäre Lewin noch als Junggeselle mit ihm zusammengetroffen, so wären sie gewiß Freunde geworden. Seine Art, das Leben als Festtag aufzufassen, und seine elegante Ungeniertheit gefielen Lewin zwar nicht, und außerdem schien sich Weslowskij wegen seiner langen Fingernägel, seiner Schottenmütze und allem, was dazugehörte, für einen bedeutenden Menschen zu halten, aber das konnte man in Anbetracht seiner Gutmütigkeit und Anständigkeit ent-

schuldigen. Er gefiel Lewin wegen seiner guten Erziehung, wegen seiner vorzüglichen französischen und englischen Aussprache, und vor allem deswegen, weil er denselben Gesellschaftskreisen angehörte.

Wasenka war ganz begeistert von dem linken Beipferd, einem donischen Steppenpferd, und lobte es immer wieder. »Wie schön muß es sein, auf einem Steppenpferd über die Steppe zu jagen! Was? Meinen Sie nicht auch?« sagte er. Er stellte sich unter einem Ritt auf einem Steppenpferd etwas Wildes, Poetisches, aber sehr Unbestimmtes vor; seine Naivität, besonders in Verbindung mit seinem hübschen Gesicht, seinem freundlichen Lächeln und seinen anmutigen Bewegungen, wirkte sehr anziehend. Ob nun seine ganze Art Lewin sympathisch war, oder ob Lewin, um seine gestrige Sünde zu sühnen, sich bemühte, nur Gutes an ihm zu sehen — jedenfalls fühlte er sich in Wasenkas Gesellschaft sehr wohl.

Als sie drei Werst gefahren waren, vermißte Weslowskij plötzlich sein Zigarrenetui und seine Brieftasche und wußte nicht, ob er sie verloren oder auf dem Tisch liegengelassen hatte. In der Brieftasche waren dreihundertsiebzig Rubel, und darum konnte man die Sache nicht auf sich beruhen lassen.

»Wissen Sie was, Lewin? Ich reite auf diesem Steppenpferd schnell nach Hause. Das wird das beste sein. Nicht wahr?« sagte er und wollte schon aufsitzen.

»Nein, warum denn?« antwortete Lewin, der berechnet hatte, daß Wasenka fast zwei Zentner wog. »Ich schicke den Kutscher hin.«

Der Kutscher ritt auf dem Beipferd zurück, und Lewin lenkte das Zweigespann selbst.

9

»Nun, wie ist denn unsere Marschroute? Erzähl mal ganz genau«, sagte Stepan Arkadjitsch.

»Ich habe folgenden Plan: wir fahren jetzt bis Gwosdewo. Bei Gwosdewo liegt diesseits ein Schnepfensumpf, und hinter Gwosdewo kommen wunderbare Bekassinensümpfe; dort gibt es auch Schnepfen. Jetzt ist es noch zu heiß, aber wir kommen ja erst gegen Abend an (es sind zwanzig Werst) und können noch eine Abendjagd abhalten. Dann übernachten wir, und morgen geht es zu den großen Sümpfen.«

»Gibt es unterwegs denn gar nichts?«

»Doch, aber das hält uns nur auf, und außerdem ist es noch zu heiß. Ich weiß zwei ganz gute Plätze, aber dort ist nicht viel zu holen.«

Lewin hätte diese Plätze sehr gern aufgesucht, aber sie waren nicht weit von seinem Gut entfernt, so daß er leicht hinkommen konnte, und sie waren auch so klein, daß drei Jäger dort kaum schießen konnten. Und darum schwindelte er, als er sagte, dort sei nicht viel zu holen. Als sie zu dem einen kleinen Sumpf kamen, wollte Lewin vorbeifahren, aber das geübte Jägerauge Stepan Arkadjitschs hatte sofort den vom Weg aus sichtbaren Moorboden entdeckt.

»Wollen wir mal hingehen?« sagte er, auf den Sumpf zeigend.

»Ach ja, Lewin, das ist ja herrlich!« sagte Wasenka Weslowskij, und Lewin mußte nachgeben.

Sie hatten noch nicht angehalten, da stürmten die Hunde schon um die Wette in den Sumpf.

»Crack, Laska!«

Die Hunde kamen zurück.

»Zu dritt ist es zu eng, ich bleibe hier«, sagte Lewin. Er hoffte, daß sie nichts finden würden außer Kiebitzen; von den Hunden aufgescheucht, flatterten sie mit klagendem Schrei über dem Sumpf.

»Nein, kommen Sie doch mit, Lewin!« rief Weslowskij.

»Nein, es ist wirklich zu eng. Laska, zurück! Laska! Zwei Hunde werden Sie wohl nicht brauchen?«

Lewin blieb bei dem Jagdwagen und sah den Jägern neidisch nach. Sie gingen durch den ganzen Sumpf. Aber außer einem Wasserhuhn und den Kiebitzen, von denen Wasenka einen schoß, gab es in dem Sumpf kein Wild.

»Na, da sehen Sie, daß es mir um den Sumpf nicht leid war«, sagte Lewin. »Man verliert nur Zeit damit.«

»Es war aber doch sehr schön«, sagte Wasenka Weslowskij und stieg mit dem Gewehr und dem Kiebitz in der Hand unbeholfen in den Wagen. »Haben Sie gesehen, wie fein ich den abgeknallt habe? Nicht wahr? Na, kommen wir jetzt bald zu dem richtigen Sumpf?«

Plötzlich zogen die Pferde an, Lewin stieß mit dem Kopf gegen einen Gewehrlauf, und ein Schuß krachte. So kam es Lewin wenigstens vor; in Wirklichkeit war zuerst der Schuß losgegangen. Die Sache war dadurch passiert, daß Wasenka Weslowskij beim Abspannen der Hähne den einen Abzug heruntergedrückt und den anderen Hahn festgehalten hatte. Die Ladung war in die Erde gegangen, ohne jemand zu verletzen. Stepan Arkadjitsch schüttelte den Kopf und lachte Weslowskij vorwurfsvoll an. Aber Lewin mochte ihm keine Vorhaltungen machen. Erstens hätte jeder Vorwurf den Eindruck gemacht, als wäre er durch die glücklich vorübergegangene Gefahr und durch die Beule auf Lewins Stirn hervorgerufen worden, und zweitens war Weslowskij zuerst so naiv betrübt und lachte dann so gutmütig über den allgemeinen Schrecken, daß man einfach mitlachen mußte.

Als sie zu dem zweiten Sumpf kamen, der ziemlich groß war und viel Zeit in Anspruch genommen hätte, redete Lewin den beiden zu, nicht auszusteigen. Aber Weslowskij fing wieder an zu bitten, und Lewin gab nach. Da der Sumpf ziemlich schmal war, blieb Lewin als höflicher Wirt wieder bei dem Wagen.

Crack stürzte sofort auf die Erdhöcker los. Wasenka Weslowskij lief als erster hinter dem Hund her. Stepan Arkadjitsch war noch nicht herangekommen, da flog schon eine Schnepfe auf. Weslowskij schoß fehl, und die Schnepfe ließ sich auf einer ungemähten Wiese nieder. Aber diese Schnepfe war nun einmal für Weslowskij bestimmt. Crack fand sie wieder, stand, Weslowskij schoß sie und kehrte zu dem Wagen zurück.

»Jetzt gehen Sie, und ich bleibe bei den Pferden«, sagte er.

Lewin wurde vom Jägerneid gepackt, gab Weslowskij die Zügel und ging in den Sumpf.

Laska, die schon lange kläglich gewinselt und sich über die ungerechte Behandlung beklagt hatte, stürmte geradewegs auf eine gute, Lewin wohlbekannte Stelle los, zu der Crack noch nicht gekommen war.

»Warum hältst du sie nicht zurück?« rief Stepan Arkadjitsch.

»Sie wird keine verscheuchen«, sagte Lewin, der sich über seinen Hund freute und ihm nacheilte.

Je näher Laska den wohlbekannten Erdhöckern kam, desto eifriger suchte sie. Ein kleiner Sumpfvogel lenkte sie nur für einen Augenblick ab. Sie beschrieb einen Kreis, begann einen zweiten, zuckte plötzlich zusammen und blieb regungslos stehen.

»Komm, Stiwa, komm!« rief Lewin. Er fühlte, wie sein Herz klopfte, und wie plötzlich, als hätte sich eine Klappe in seinem angespannten Gehör geöffnet, alle Laute in buntem Durcheinander, aber laut und deutlich an sein Ohr schlugen. Er hörte Stepan Arkadjitschs Schritte, hielt sie aber für fernes Pferdegetrappel, er hörte ein leises, knirschendes Geräusch, als er auf einen Erdhügel trat und dabei das Gras mit den Wurzeln ausriß, und hielt diesen Laut für den Flügelschlag einer Schnepfe. Er hörte auch nicht weit hinter

sich etwas plätschern, konnte aber nicht sagen, was es war.
Mit den Füßen nach festem Grund tastend, kam er dem Hund näher.
»Faß!«
Keine Schnepfe, sondern eine Bekassine flog vor dem Hund auf. Lewin hob das Gewehr, aber in dem Augenblick, als er zielte, wurde das Plätschern hinter ihm stärker, kam näher, und dazu gesellte sich die Stimme Weslowskijs, der irgend etwas merkwürdig laut rief. Lewin sah zwar, daß er zu weit zielte, schoß aber doch.
Als er sich überzeugt hatte, daß es ein Fehlschuß gewesen war, schaute er sich um und sah, daß die Pferde mit dem Jagdwagen nicht mehr auf dem Weg, sondern im Sumpf standen.
Weslowskij hatte dem Schießen zusehen wollen, war in den Sumpf gefahren und steckengeblieben.
»Der Teufel soll ihn holen!« murmelte Lewin vor sich hin, als er zu den steckengebliebenen Pferden ging. »Warum sind Sie denn hierhergefahren?« sagte er trocken, rief den Kutscher herbei und machte sich daran, die Pferde herauszubringen.
Lewin ärgerte sich, weil er beim Schießen gestört worden war, weil seine Pferde im Sumpf feststeckten, und vor allem, weil weder Stepan Arkadjitsch noch Weslowskij ihm und dem Kutscher halfen, die Pferde auszuspannen und herauszubringen, da beide keine Ahnung hatten, wie ein Pferd angeschirrt ist. Lewin arbeitete schweigend mit dem Kutscher, um die Pferde herauszubekommen, und sagte kein Wort, als Wasenka beteuerte, hier sei es ganz trocken gewesen. Als er dann bei der Arbeit warm geworden war und sah, mit wieviel Anstrengung und Eifer Weslowskij am Kotflügel zog, der dabei abbrach, machte sich Lewin Vorwürfe, daß er unter dem Einfluß seines gestrigen Zorns so schroff zu Wasenka gewesen war, und bemühte sich, seine Unfreund-

lichkeit durch besondere Liebenswürdigkeit wieder gutzumachen. Als alles in Ordnung war und der Wagen wieder auf den Weg geschafft war, ließ Lewin das Frühstück bringen.

»Bon appétit, bonne consience! Ce poulet va tomber jusqu'au fond de mes bottes«, sagte Wasenka, der wieder ganz vergnügt war, als er sein zweites Hühnchen verzehrte. »Jetzt ist es aber mit unserem Unglück vorbei, jetzt wird alles wunderbar gehen. Aber zur Strafe für meine Missetat muß ich jetzt auf dem Bock sitzen. Einverstanden? Was? Nein, nein, ich will Ihr Automedon sein. Passen Sie auf, wie ich Sie fahren werde!« antwortete er, als Lewin ihn bat, doch den Kutscher fahren zu lassen, und ließ die Zügel nicht los. »Nein, ich muß meine Schuld sühnen, und ich fühle mich auf dem Bock sehr wohl.« Und er fuhr los.

Lewin fürchtete, er werde die Pferde zu sehr abhetzen, besonders das linke, den Fuchs, den er nicht zu halten verstand. Aber unwillkürlich ließ er sich von Weslowskijs Fröhlichkeit anstecken und hörte ihm zu. Auf dem Bock sitzend, sang Weslowskij während der ganzen Fahrt Lieder, erzählte allerlei Geschichten und zeigte, wie man nach englischer Art, four in hand, fahren müsse. So kamen sie alle nach dem Frühstück in bester Stimmung zum Sumpf von Gwosdewo.

10

Wasenka war so scharf gefahren, daß sie zu früh an dem Sumpf ankamen, als es noch heiß war.

Als sie den großen Sumpf, das Hauptziel ihrer Fahrt, erreicht hatten, überlegte Lewin unwillkürlich, wie er Wasenka loswerden und allein und ungestört gehen könnte. Stepan Arkadjitsch wünschte offenbar dasselbe, und Lewin sah auf seinem Gesicht den Ausdruck von Besorgnis, den jeder richtige Jäger vor Beginn der Jagd hat, und einer gewissen, ihm eigenen gutmütigen Schlauheit.

»Wie wollen wir denn gehen? Der Sumpf ist ausgezeichnet, und da sehe ich Habichte«, sagte Stepan Arkadjitsch, auf zwei große Vögel zeigend, die über dem Riedgras kreisten. »Wo Habichte sind, da ist auch Wild.«

»Sehen Sie, meine Herren?« sagte Lewin, zog mit finsterem Gesicht seine Stiefel hoch und inspizierte die Zündhütchen an seinem Gewehr. »Sehen Sie das Riedgras dort?« Er zeigte auf eine kleine dunkelgrüne Insel inmitten einer riesigen, halb abgemähten, feuchten Wiese auf der rechten Seite des Flusses. »Hier fängt der Sumpf an, unmittelbar vor Ihnen, da, wo es grüner wird. Sehen Sie? Von hier zieht er sich nach rechts, wo die Pferde gehen; da sind Erdhöcker, und dort gibt es Schnepfen. Um das Riedgras herum sind auch welche, bis zu dem Erlenwäldchen und bis dicht an die Mühle. An der Bucht dort drüben, siehst du? Das ist die beste Stelle. Dort habe ich einmal siebzehn Bekassinen geschossen. Wir gehen mit den Hunden in verschiedener Richtung, und an der Mühle treffen wir uns wieder.«

»Also wer geht nach rechts, und wer nach links?« fragte Stepan Arkadjitsch. »Rechts ist der Sumpf breiter, da könnt ihr zu zweit gehen, und ich gehe nach links«, sagte er anscheinend ganz leichthin.

»Ausgezeichnet! Wir werden ihn schon gehörig ausstechen! Kommen Sie, kommen Sie!« fiel Wasenka ein.

Lewin konnte nicht nein sagen, und sie trennten sich.

Kaum hatten sie den Sumpf betreten, da fingen die beiden Hunde gleichzeitig an zu suchen und rannten auf die rostbraunen Wasserlachen zu. Lewin kannte Laskas vorsichtige, unbestimmte Art zu suchen, er kannte auch die Stelle und erwartete einen ganzen Schwarm Bekassinen.

»Weslowskij, halten Sie sich neben mir, immer neben mir!« flüsterte er seinem Gefährten zu, der hinter ihm durch das Wasser patschte, denn nach dem unvermuteten Schuß im

Sumpf von Kolpeno interessierte sich Lewin unwillkürlich für die Richtung von Weslowskijs Gewehr.

»Nein, nein, ich möchte Sie nicht stören, bitte, denken Sie gar nicht an mich.«

Aber Lewin dachte doch an ihn und erinnerte sich unwillkürlich an die Worte, die Kitty ihm beim Abschied gesagt hatte: »Paßt nur auf, daß ihr einander nicht totschießt.« Die Hunde kamen immer näher, sie wichen einander aus, und jeder verfolgte seine Spur. Lewin wartete mit solcher Spannung auf die Bekassinen, daß er das Klatschen seines Stiefelabsatzes, den er aus dem Morast zog, für den Ruf einer Bekassine hielt und nach dem Gewehrkolben griff.

Bumm, bumm! knallte es ganz in seiner Nähe. Wasenka hatte auf einen Schwarm Enten geschossen, die über dem Sumpf kreisten, und in diesem Augenblick auf die Jäger zugeflogen kamen, aber noch außer Schußweite waren. Noch bevor Lewin sich umsehen konnte, schmatzte eine Bekassine, eine zweite, dritte, und dann flogen ungefähr acht Stück eine nach der anderen auf.

Stepan Arkadjitsch traf eine gerade in dem Augenblick, als sie anfing, ihre Zickzacklinien zu beschreiben, und sie fiel wie ein Klümpchen in den Morast. Oblonskij zielte ohne Hast nach einer zweiten, die noch ganz niedrig nach dem hohen Riedgras hinflog, und gleichzeitig mit dem Knall des Schusses fiel auch die Bekassine herunter; man sah noch, wie sie aus dem abgemähten Riedgras hochschnellte und mit dem einen unverletzt gebliebenen, unten weißen Flügel schlug.

Lewin hatte nicht soviel Glück; er schoß auf die erste Bekassine aus zu großer Nähe und fehlte; dann legte er auf sie an, als sie schon aufstieg, aber im selben Augenblick flog noch eine dicht vor seinen Füßen auf und lenkte ihn ab, und er schoß zum zweitenmal daneben.

Während sie ihre Gewehre von neuem luden, flog noch eine

Bekassine auf, und Weslowskij, der schon geladen hatte, schickte noch zwei Ladungen feines Schrot ins Wasser. Stepan Arkadjitsch holte seine Bekassinen und sah Lewin mit blitzenden Augen an.

»Nun, dann wollen wir uns jetzt trennen«, sagte Stepan Arkadjitsch, pfiff seinem Hund und ging, mit dem linken Bein etwas hinkend und das Gewehr schußbereit, nach der anderen Seite. Lewin und Weslowskij gingen nach der anderen.

Es ging Lewin immer so: wenn die ersten Schüsse fehlgingen, wurde er aufgeregt, ärgerte sich und schoß den ganzen Tag schlecht. So war es auch heute. Hier gab es eine Menge Bekassinen. Vor dem Hund, vor den Füßen der Jäger, flog immer wieder eine auf, und Lewin hätte seine Fehlschüsse wiedergutmachen können; aber je öfter er schoß, desto mehr blamierte er sich vor Weslowskij, der lustig drauflos knallte, ganz gleich, ob er in Schußweite war oder nicht, nichts traf, aber sich dadurch nicht im geringsten beirren ließ. Lewin zielte zu hastig, regte sich immer mehr auf und kam bald so weit, daß er kaum noch etwas zu treffen hoffte. Laska schien das zu merken. Sie suchte nicht mehr so eifrig und sah die Jäger verwundert und vorwurfsvoll an. Schuß folgte auf Schuß. Die Jäger waren in eine Wolke von Pulverdampf gehüllt, aber in dem großen, geräumigen Netz der Jagdtasche waren nur drei leichte, kleine Bekassinen. Eine hatte Weslowskij geschossen, und eine war gemeinsame Beute. Inzwischen hörte man von der anderen Seite des Sumpfs die zwar nicht allzu häufigen, aber, wie es Lewin vorkam, bedeutsamen Schüsse Stepan Arkadjitschs, und fast nach jedem Schuß den Ruf: »Crack, Crack, apporte!« Das regte Lewin noch mehr auf. Die Bekassinen kreisten unaufhörlich über dem Riedgras. Ihr Schmatzen am Boden und ihr Krächzen in der Höhe war überall zu hören; die Bekassinen, die bei Beginn der Jagd aufgestiegen waren, ließen sich wieder vor den Jägern nieder. Statt der zwei

Habichte kreisten jetzt Dutzende kreischend über dem Sumpf.

Nachdem Lewin die größere Hälfte des Sumpfs durchschritten hatte, kamen sie zu der Stelle, wo die Wiese, die den Bauern gehörte, an den Sumpf grenzte. Sie war teils durch ausgetretene Striche, teils durch abgemähte schmale Reihen in lange Streifen geteilt. Die Hälfte dieser Streifen war bereits gemäht.

Obwohl wenig Hoffnung war, auf dem gemähten Gelände ebensoviel Wild zu finden wie auf dem ungemähten, ging Lewin mit seinem Gefährten weiter durch die abgemähten und noch nicht gemähten Streifen, denn er hatte Stepan Arkadjitsch versprochen, mit ihm zusammenzutreffen.

»Heda, ihr Jäger!« rief ihnen einer der Bauern zu, die neben einem ausgespannten Wagen saßen. »Kommt her und vespert mit uns! Trinkt einen Schnaps mit uns!«

Lewin sah zu ihnen hinüber.

»Kommt nur her!« rief ein bärtiger Bauer mit rotem Gesicht, lachte, daß man seine weißen Zähne sah und schwenkte eine grünliche, in der Sonne blitzende Schnapsflasche.

»Qu'estce qu'ils disent?« fragte Weslowskij.

»Sie laden uns ein, mit ihnen Schnaps zu trinken. Sie haben wahrscheinlich die Wiese geteilt. Ich würde gern mit ihnen trinken«, sagte Lewin nicht ohne Hinterlist, denn er hoffte, Weslowskij würde sich durch den Schnaps verlocken lassen und zu den Bauern gehen.

»Warum wollen sie uns denn bewirten?«

»Einfach so, weil sie lustig sind. Wirklich, gehen Sie doch hin. Es wird Sie interessieren.«

»Allons, c'est curieux.«

»Gehen Sie nur, gehen Sie! Sie werden den Weg zur Mühle schon finden!« rief Lewin, schaute sich um und sah mit Vergnügen, daß Weslowskij, den Oberkörper vorgebeugt, mit den müden Füßen stolpernd, das Gewehr in der ausgestreckten Hand haltend, sich aus dem Sumpf herausarbeitete, um zu den Bauern zu gehen.

»Komm doch auch!« rief der Bauer Lewin zu. »Keine Bange! Du kriegst auch ein Stück Pastete!«

Lewin hätte gern einen Schnaps getrunken und ein Stück Brot gegessen. Er war ganz erschöpft und fühlte, daß er die stolpernden Füße nur mit Mühe aus dem Moorgrund herausziehen konnte. Einen Augenblick war er unschlüssig. Aber da stand sein Hund vor. Und sofort war alle Müdigkeit verschwunden, und leichten Schritts ging er durch den Morast zu dem Hund hin. Dicht vor seinen Füßen flog eine Bekassine auf; er schoß und traf – aber der Hund blieb stehen. »Faß!« Vor dem Hund flog eine zweite auf. Lewin schoß. Aber heute war ein Unglückstag für ihn; er hatte wieder gefehlt, und als er die erlegte Bekassine suchen ging, konnte er auch sie nicht finden. Er durchsuchte das ganze Riedgras, aber Laska glaubte nicht, daß er getroffen hatte, und als er sie auf die Suche schickte, tat sie nur, als suche sie, aber in Wirklichkeit dachte sie gar nicht daran.

Ohne Wasenka, dem Lewin die Schuld an seinem Mißgeschick gegeben hatte, ging es also auch nicht besser. Es gab auch hier sehr viele Bekassinen, aber Lewin schoß immer wieder fehl.

Die schrägen Strahlen der Sonne waren noch heiß; die schweißdurchtränkten Kleider klebten ihm am Leib; der linke Stiefel war schwer vom Wasser, das hineingelaufen war, und quietschte bei jedem Schritt; über sein vom Pulverdampf geschwärztes Gesicht rannen Schweißtropfen; im Mund hatte er einen bitteren Geschmack, in der Nase den Geruch von Schießpulver und von Moor, in den Ohren das unaufhörliche Schmatzen der Bekassinen; die Gewehrläufe waren so heiß, daß man sie nicht anfassen konnte; sein Herz klopfte kurz und schnell, seine Hände zitterten vor Erregung, die müden Füße stolperten über die Erdhöcker und schleppten sich nur mühsam durch den Morast. Aber er ging trotzdem weiter und schoß. Endlich, als er wieder einen schmählichen Fehlschuß abgegeben hatte, warf er das Gewehr und seinen Hut auf die Erde.

»Nein, ich muß erst wieder zur Ruhe kommen!« sagte er zu sich selbst. Er hob Gewehr und Hut wieder auf, rief Laska und ging aus dem Sumpf heraus. Als er aufs Trockene gekommen war, setzte er sich auf einen Erdhöcker, zog die Stiefel aus und goß das Wasser aus; dann ging er wieder an den Sumpf, trank von dem brackigen Wasser, benetzte die glühend heißen Gewehrläufe und wusch sich Gesicht und Hände. Nachdem er sich so erfrischt hatte, ging er wieder nach der Stelle, wo die Bekassine sich gesetzt hatte, fest entschlossen, nichts zu überstürzen.

Er wollte ruhig bleiben, aber es war dasselbe wie vorher. Sein Finger drückte auf den Abzug, bevor er den Vogel aufs Korn genommen hatte. Es ging immer schlechter und schlechter.

Er hatte nur fünf Stück in der Jagdtasche, als er aus dem Sumpf zu dem Erlenwäldchen kam, wo er Stepan Arkadjitsch treffen sollte.

Noch ehe er Stepan Arkadjitsch sah, erblickte er seinen Hund. Ganz schwarz von stinkendem Schlamm, kam Crack unter dem Wurzelwerk einer Erle hervorgesprungen und beschnüffelte Laska mit Siegermiene. Hinter Crack erschien im Schatten der Erlen auch die stattliche Gestalt Stepan Arkadjitschs. Mit rotem Gesicht, schweißbedeckt, mit aufgeknöpftem Kragen, kam er leicht hinkend auf Lewin zu.

»Nun? Ihr habt ja so oft geschossen!« sagte er heiter lächelnd.

»Und du?« fragte Lewin. Aber diese Frage war überflüssig, denn er sah schon die gefüllte Jagdtasche.

»Nun, es geht.«

Er hatte vierzehn Stück.

»Ein prächtiger Sumpf! Weslowskij hat dich wohl gestört. Zwei Jäger mit einem Hund, das ist immer sehr unbequem«, sagte Stepan Arkadjitsch, um seinen Sieg etwas abzuschwächen.

11

Als Lewin und Stepan Arkadjitsch zu dem Bauernhaus kamen, wo Lewin immer zu übernachten pflegte, war Weslowskij schon dort. Er saß mitten in der Stube, hielt sich mit beiden Händen an der Bank fest, von der ein Soldat, der Bruder der Bäuerin, ihn an den schlammbedeckten Stiefeln fast herunterzog, und lachte sein fröhliches, ansteckendes Lachen.

»Ich bin gerade gekommen. Ils ont été charmants. Stellen Sie sich vor: sie haben mir zu essen und zu trinken gegeben. Das Brot war wunderbar! Délicieux! Und ein Schnaps! Ich habe noch nie einen besseren getrunken. Und sie wollten absolut kein Geld annehmen. Sie sagten immer: Nichts für ungut!«

»Warum sollen sie denn Geld annehmen? Sie waren ja ihr Gast. Sie verkaufen ihren Schnaps doch nicht«, sagte der Soldat, der endlich die durchnäßten Stiefel mitsamt den schwarzgewordenen Strümpfen herunterbekommen hatte.

Trotz der Unsauberkeit der Stube, die durch die Stiefel der Jäger und durch die schmutzigen, sich leckenden Hunde noch mehr verunreinigt wurde, trotz des Sumpf- und Pulvergeruchs, der die ganze Hütte erfüllte, und trotz des Fehlens von Messern und Gabeln tranken die Jäger ihren Tee und aßen ihr Abendbrot mit einem Appetit, wie man ihn nur auf der Jagd hat. Als sie sich gewaschen und gesäubert hatten, gingen sie in die ausgefegte Heuscheune, wo der Kutscher ein Nachtlager für die Herren zurechtgemacht hatte.

Obwohl es schon dunkel war, mochte keiner der Jäger schlafen.

Das Gespräch schwankte eine Weile zwischen Erinnerungen und Erzählungen von Schüssen, Hunden und früheren Jagden, und dann kam man auf ein Thema, das alle interessierte. An die begeisterten Worte Wasenkas anknüpfend, der alles hier wunderbar fand — das Nachtlager, den Duft des Heus, einen Bauernwagen, den er für zerbrochen hielt, weil die Vorderräder mitsamt der Achse abgenommen waren, die Gutmütigkeit der Bauern, die ihn mit Schnaps bewirtet hatten, die Hunde, die zu Füßen ihrer Herren lagen —, erzählte Oblonskij von einer herrlichen Jagd bei Maltus, die er im vorigen Sommer mitgemacht hatte. Maltus war ein bekannter, reicher Eisenbahnunternehmer. Stepan Arkadjitsch erzählte, was für Sümpfe im Gouvernement Twer dieser Maltus erworben habe, und wie gut sie in Ordnung gehalten würden, in was für eleganten Wagen, dog-carts, die Jäger ins Revier gefahren seien, und was für ein luxuriöses Zelt am Sumpf aufgeschlagen gewesen sei.

»Ich verstehe nicht«, sagte Lewin, sich auf dem Heu aufrichtend, »daß diese Leute dir nicht zuwider sind. Ich verstehe, daß ein Frühstück mit Lafitte sehr angenehm ist, aber ist nicht gerade dieser Luxus widerwärtig? Alle diese Leute erwerben ihr Geld, gerade wie früher die Branntweinpächter, auf so üble Weise, daß sie von allen verachtet werden. Aber sie kümmern sich nicht um diese Verachtung und kaufen sich später mit ihrem unehrlich erworbenen Geld davon los.«

»Ganz richtig!« stimmte Wasenka Weslowskij bei. »Oblonskij verkehrt natürlich nur aus bonhomie mit solchen Leuten; aber andere sagen: wenn Oblonskij dahin fährt...«

»Durchaus nicht« — Lewin fühlte, daß Oblonskij bei diesen Worten lächelte. »Ich halte ihn keineswegs für unehrlicher als jeden beliebigen reichen Kaufmann oder Edelmann. Die einen wie die andern sind durch Arbeit und Klugheit reich geworden.«

»Ja, aber durch was für eine Arbeit? Ist das eine Arbeit, sich eine Konzession geben zu lassen und sie dann weiterzuverkaufen?«

»Natürlich ist es Arbeit, und zwar aus folgendem Grund: wenn es Maltus und seinesgleichen nicht gäbe, dann gäbe es auch keine Eisenbahnen.«

»Aber es ist doch keine Arbeit wie die eines Bauern oder eines Gelehrten.«

»Gewiß nicht, aber es ist insofern Arbeit, weil die Tätigkeit dieses Mannes ein Ergebnis hat: Eisenbahnen. Aber du findest ja, daß die Eisenbahnen unnütz sind.«

»Nein, das ist eine andere Frage; ich bin bereit, zuzugeben, daß sie nützlich sind. Aber jeder Erwerb, der nicht im richtigen Verhältnis zu der darauf verwandten Arbeit steht, ist unehrlich.«

»Aber wer soll denn das richtige Verhältnis bestimmen?«

»Erwerb auf unehrlichem Weg, durch List«, sagte Lewin, der selbst fühlte, daß er nicht imstande war, eine klare Grenze zwischen ehrlich und unehrlich zu ziehen. »Wie der Erwerb bei Bankgeschäften. Dieses Übel, die Schaffung von riesigen Vermögen ohne Arbeit, wie es zur Zeit der Branntweinpacht war, hat jetzt nur eine andere Form angenommen. Le roi est mort, vive le roi! Kaum ist die Branntweinpacht abgeschafft, da sind schon die Eisenbahnen und Banken da: auch nur Profit ohne Arbeit.«

»Das ist vielleicht alles ganz richtig und sehr scharfsinnig... Kusch dich, Crack!« rief Stepan Arkadjitsch seinem Hund zu, der sich kratzte und das ganze Heu umwühlte. Er war offenbar von der Richtigkeit seiner Anschauungen fest überzeugt und sprach deshalb ruhig und ohne Hast. »Aber du hast die Grenze zwischen ehrlicher und unehrlicher Arbeit nicht gezogen. Wenn ich ein höheres Gehalt beziehe als mein Kanzleivorsteher, obwohl er seine Sache viel besser versteht als ich — ist das unehrlich?«

»Ich weiß nicht.«

»Nun, dann will ich's dir sagen: daß du von deiner landwirtschaftlichen Arbeit einen Bargewinn von, sagen wir, fünftausend Rubeln hast und unser Wirt, der Bauer hier, nicht mehr als fünfzig Rubel verdient, und wenn er noch so viel arbeitet, ist das ebenso unehrlich, als daß ich mehr bekomme als der Kanzleivorsteher und Maltus mehr als ein

Bahnmeister. Im Gegenteil, ich finde die feindselige Haltung der Gesellschaft diesen Leuten gegenüber vollkommen unbegründet, und mir scheint, daß da der Neid...«

»Nein, das ist ungerecht«, sagte Weslowskij. »Von Neid kann hier nicht die Rede sein, aber diese Geschäfte haben alle etwas Unsauberes.«

»Nein, erlaube mal«, fuhr Lewin fort. »Du sagst, es sei ungerecht, daß ich fünftausend Rubel einnehme, und ein Bauer nur fünfzig: da hast du recht. Das ist auch ungerecht, und ich fühle es auch, aber...«

»Ja, wirklich! Mit welchem Recht essen, trinken, faulenzen wir denn und gehen auf die Jagd? Und der Bauer muß sein Lebtag nur arbeiten«, sagte Weslowskij, der offenbar zum erstenmal in seinem Leben über diese Fragen ernsthaft nachdachte und darum vollkommen aufrichtig sprach.

»Ja, du fühlst es, aber du wirst ihm dein Gut trotzdem nicht abgeben«, sagte Stepan Arkadjitsch, als wenn er Lewin absichtlich reizen wollte.

In der letzten Zeit hatte sich zwischen den beiden Schwägern eine geheime Feindschaft herausgebildet; es war, als wenn sie, seit sie mit zwei Schwestern verheiratet waren, miteinander rivalisierten, wer sein Leben besser eingerichtet habe, und jetzt kam diese Feindseligkeit darin zum Ausdruck, daß das Gespräch eine persönliche Färbung annahm.

»Ich gebe es deswegen nicht ab, weil niemand es von mir verlangt, und weil ich es auch gar nicht abgeben könnte, selbst wenn ich es wollte«, entgegnete Lewin. »Und ich weiß auch niemand, dem ich es geben könnte.«

»Gib es doch dem Bauern hier, er wird nicht nein sagen.«

»Aber wie soll ich's ihm denn geben? Soll ich mit ihm in die Kreisstadt fahren und einen Kaufvertrag abschließen?«

»Das weiß ich nicht; wenn du aber überzeugt bist, daß du kein Recht hast...«

»Davon bin ich keineswegs überzeugt. Ich fühle im Gegenteil, daß ich kein Recht habe, es wegzugeben, daß ich dem

Grund und Boden und auch meiner Familie gegenüber Pflichten habe.«

»Nein, erlaube mal, wenn du meinst, daß diese Ungleichheit ungerecht ist, warum handelst du dann nicht so?«

»Ich handle auch so, aber nur negativ, weil ich mich nicht bemühe, den Unterschied zwischen meiner und seiner Lage noch zu vergrößern.«

»Nein, nimm es mir nicht übel, aber das ist paradox.«

»Ja, das ist eine etwas sophistische Auslegung«, bestätigte Weslowskij. »Ah, unser Wirt!« sagte er zu dem Bauern, der durch das knarrende Tor in die Scheune kam. »Nun, schläfst du noch nicht?«

»Nein, wie sollte ich denn schlafen? Ich dachte, die Herren schliefen schon, und da hörte ich, daß sie noch schwatzen. Ich will nur eine Sense holen. Beißt er auch nicht?« fragte er, vorsichtig mit seinen nackten Füßen an dem Hund vorbeigehend.

»Wo wirst du denn schlafen?«

»Wir sind auf Nachtwache bei der Pferdeherde.«

»Ach, was für eine Nacht!« sagte Weslowskij und blickte durch den breiten Rahmen des offenen Scheunentors auf das Bauernhaus und den ausgespannten Wagen, die im schwachen Dämmerlicht zu erkennen waren. »Hören Sie mal, da singen ja Frauen, und zwar gar nicht übel. Wer singt denn da, Bauer?«

»Das sind Gutsmägde, gleich nebenan.«

»Kommen Sie, meine Herren, wir gehen ein bißchen spazieren! Wir können ja doch nicht schlafen. Komm, Oblonskij!«

»Wenn man nur im Liegen spazierengehen könnte«, antwortete Oblonskij, sich reckend. »Ich liege hier so gut.«

»Nun, dann geh ich allein«, sagte Weslowskij, stand schnell auf und zog die Stiefel an. »Auf Wiedersehen, meine Herren. Wenn's lustig wird, rufe ich Sie. Sie haben mich mit Wild bewirtet, und da will ich mich auch erkenntlich zeigen.«

»Nicht wahr, ein prächtiger Junge?« sagte Oblonskij, als Weslowskij gegangen war und der Bauer das Tor hinter ihm geschlossen hatte.

»Ja, das ist er«, antwortete Lewin, der immer noch an das vorhergehende Gespräch dachte. Er glaubte, daß er seine Gedanken und Gefühle so klar ausgesprochen hatte, wie er irgend konnte, und doch hatten die andern, die beide aufrichtig und nicht dumm waren, einstimmig erklärt, er beruhige sich mit Sophismen. Das machte ihn stutzig.

»Ja, so ist das, mein Lieber, man muß sich entscheiden: entweder muß man zugeben, daß die bestehende Gesellschaftsordnung gerecht ist, und dann muß man seine Rechte verteidigen; oder man muß zugeben, daß man zu Unrecht gewisse Privilegien besitzt und sie mit Vergnügen genießen.«

»Nein, wenn das ungerecht wäre, dann könntest du diese Vorteile nicht mit Vergnügen genießen, wenigstens ich könnte es nicht. Ich muß vor allem das Gefühl haben, daß ich keine Schuld trage.«

»Nun, wollen wir noch ein bißchen weggehen?« fragte Stepan Arkadjitsch, den das angestrengte Nachdenken offenbar ermüdet hatte. »Wir können da doch nicht schlafen. Wirklich, komm doch mit!«

Lewin gab ihm keine Antwort. Die Äußerung, die er vorhin gemacht hatte, daß er nur negativ gerecht handle, beschäftigte ihn immer noch. ›Kann man wirklich nur negativ gerecht handeln?‹ fragte er sich.

»Wie stark das frische Heu duftet!« sagte Stepan Arkadjitsch und richtete sich auf. »Ich kann einfach nicht schlafen. Wasenka hat wohl schon angebändelt. Hörst du das Gelächter und seine Stimme? Wollen wir nicht auch hingehen? Komm!«

»Nein, ich gehe nicht mit«, sagte Lewin.

»Handelst du auch darin nach einem bestimmten Prinzip?« fragte Stepan Arkadjitsch lächelnd und suchte im Dunkeln seine Mütze.

»Nein, nicht aus Prinzip, aber was soll ich dort?«

»Weißt du, du reitest dich noch ins Unglück hinein«, sagte Stepan Arkadjitsch, der seine Mütze gefunden hatte, und stand auf.

»Wieso?«

»Ich sehe doch, wie du dich zu deiner Frau gestellt hast. Ich habe doch gehört, daß es bei euch eine Frage von größter Wichtigkeit ist, ob du für zwei Tage auf die Jagd fährst oder nicht. Als Idylle ist das ja sehr schön, aber für ein ganzes Leben reicht es nicht aus. Der Mann muß unabhängig sein, er hat seine eigenen männlichen Interessen«, sagte Oblonskij und öffnete das Tor.

»Das heißt wohl, er muß hingehen und mit den Gutsmägden schäkern?« fragte Lewin.

»Warum denn nicht, wenn es lustig ist? Ça ne tient pas à conséquence. Meiner Frau tut's nicht weh, und mir macht's Vergnügen. Die Hauptsache ist, daß man die Heiligkeit des eigenen Hauses wahrt. Im Haus darf nichts vorkommen. Aber man muß sich nicht die Hände binden.«

»Mag sein«, sagte Lewin trocken und legte sich auf die Seite. »Morgen stehe ich in aller Frühe auf. Ich wecke niemand und gehe hinaus, sobald es hell wird.«

»Messieurs, venez vite!« rief Weslowskij, der zurückgekommen war. »Charmante! Ich habe eine Entdeckung gemacht. Charmante, ein richtiges Gretchen, und wir haben uns schon angefreundet. Sie ist wirklich ganz reizend«, erzählte er mit so befriedigter Miene, als wäre sie eigens für ihn geschaffen worden und als wäre er sehr zufrieden mit dem, der das alles für ihn bereitet hatte.

Lewin stellte sich schlafend. Oblonskij zog seine Pantoffeln an, steckte sich eine Zigarre an und ging hinaus. Bald waren ihre Stimmen nicht mehr zu hören.

Lewin konnte lange nicht einschlafen. Er hörte, wie seine Pferde Heu kauten, dann, wie der Hauswirt und sein ältester Sohn sich fertigmachten und auf die Weide fuhren; dann hörte er, wie der Soldat und sein kleiner Neffe, der jüngste Sohn des Wirts, sich am anderen Ende der Scheune schlafen legten; er hörte, wie der Junge mit seinem hohen Stimmchen dem Onkel von den Hunden erzählte, die ihm ganz schrecklich und riesig vorkamen. Der Junge fragte, wen diese Hunde denn fangen sollten, und der Soldat erzählte ihm, morgen würden die Jäger in den Sumpf gehen und mit ihren Gewehren schießen. Schließlich sagte er, um vor den Fragen des Jungen Ruhe zu bekommen: »Schlaf jetzt, Waska, sonst gibt's was!«, fing dann bald zu schnarchen an, und alles wurde still. Man hörte nur das Schnauben der Pferde und das Krächzen der Bekassinen. ›Wirklich nur negativ?‹ fragte sich Lewin noch einmal. ›Wenn schon! Ich bin nicht schuld.‹ Und er dachte an den kommenden Tag.

›Morgen gehe ich in aller Frühe hinaus und nehme mir fest vor, ruhig zu bleiben. Hier gibt es eine Unmenge Bekassinen. Und Schnepfen. Und wenn ich zurückkomme, ist ein Brief von Kitty da. Vielleicht hat Stiwa recht. Ich bin ihr gegenüber nicht männlich genug, ich bin weibisch geworden... Aber was soll ich machen? Wieder negativ!‹

Im Halbschlaf hörte er das Gelächter und das heitere Gerede Weslowskijs und Stepan Arkadjitschs. Er öffnete für einen Moment die Augen: der Mond war aufgegangen, und die beiden standen im offenen Tor, hell vom Mondlicht beschienen, und schwatzten. Stepan Arkadjitsch sprach von der Frische eines Mädchens, das er mit einer frischen, eben erst von der Schale befreiten Nuß verglich; Weslowskij lachte mit seinem ansteckenden Lachen und wiederholte Worte, die wohl ein Bauer zu ihm gesagt hatte: »Schaff dir nur bald eine Frau an!« Lewin sagte schlaftrunken: »Meine Herren, morgen in aller Frühe!« und schlief wieder ein.

12

Lewin erwachte im Morgengrauen und versuchte seine Gefährten zu wecken. Wasenka lag auf dem Bauch, das eine Bein im Strumpf weit ausgestreckt, und schlief so fest, daß keine Antwort von ihm zu bekommen war. Oblonskij weigerte sich schlaftrunken, so früh aufzubrechen. Selbst Laska, die zu einem Kringel zusammengerollt am Rand des Heuhaufens geschlafen hatte, stand nur ungern auf und reckte träge erst das eine und dann das andere Hinterbein. Lewin zog seine Stiefel an, nahm das Gewehr, öffnete vorsichtig das knarrende Scheunentor und ging auf die Straße hinaus. Die Kutscher schliefen beim Wagen, die Pferde dösten vor sich hin. Nur eins fraß träge seinen Hafer und warf ihn mit dem Maul in der Krippe hin und her. Draußen war noch alles grau.

»Warum bist du denn schon so früh aufgestanden, lieber Herr?« fragte ihn die Bäuerin, die aus dem Haus kam, wie einen alten Bekannten.

»Ich will auf die Jagd, Tantchen. Komme ich hier zum Sumpf?«

»Gerade durch den Hinterhof, an unserer Tenne vorbei, lieber Herr, und durch die Hanffelder. Dort ist ein Fußweg.«

Vorsichtig mit den nackten, von der Sonne gebräunten Füßen auftretend, führte die Frau Lewin durch den Hinterhof und öffnete ihm die Umzäunung an der Tenne.

»Immer geradeaus, dann kommst du zum Sumpf. Unsere Leute haben gestern die Pferde hingetrieben.«

Laska lief munter auf dem Fußweg voran, Lewin folgte ihr mit schnellem, leichtem Schritt und blickte immer wieder auf den Himmel. Er wollte noch vor Sonnenaufgang im Sumpf sein. Aber die Sonne sputete sich. Der Mond, der noch hell geleuchtet hatte, als Lewin weggegangen war, schimmerte jetzt nur noch wie ein Stückchen Quecksilber; die Morgenröte, die man vorher gar nicht übersehen konnte, mußte man jetzt förmlich suchen; einige vorher undeutliche Flecken auf dem fernen Feld waren jetzt klar zu erkennen. Es waren Roggenschober. Der ohne Sonnenlicht noch unsichtbare Tau in dem duftenden Hanffeld, wo die männlichen Stauden schon ausgejätet waren, benetzte Lewins Beine und sein Hemd bis über den Gürtel. In der klaren, stillen Morgenluft waren alle Laute deutlich zu hören. Eine Biene schwirrte wie eine Flintenkugel an Lewins Ohr vorbei. Er blickte aufmerksam hin und sah noch eine zweite, eine dritte. Sie kamen von dem geflochtenen Zaun eines Bienengartens und verschwanden über dem Hanffeld in Richtung zum Sumpf. Der Fußpfad führte geradewegs nach dem Sumpf. Den Sumpf konnte man an dem Dunst erkennen, der aus ihm aufstieg, an manchen Stellen dichter, an anderen weniger dicht, so daß das Riedgras und die Weidenbüsche wie kleine Inseln in diesem Dunst schwankten. Am Rand des Sumpfes und des Weges lagen Bauern und Bauernjungen, die dort Pferde hüteten, und schliefen jetzt alle gegen Morgen, mit ihren Röcken zugedeckt. Nicht weit von ihnen weideten drei Pferde. Das eine klirrte mit seinen Fußfesseln. Laska ging neben ihrem Herrn her, strebte aber immer vorwärts und sah sich immer wieder nach ihm um. Als Lewin an den schlafenden Bauern vorbei war und die erste sumpfige Stelle erreicht hatte, untersuchte er seine Pistons und ließ den Hund laufen. Eines der Pferde, ein strammer, dreijähriger Brauner, scheute vor dem Hund, hob den Schwanz und schnaubte. Die anderen Pferde erschraken auch, patschten mit den gefesselten Füßen durchs Wasser und liefen aus dem Sumpf hinaus; wenn sie die Hufe aus dem dicken Schlamm herauszogen, gab es einen klatschenden Laut. Laska blieb stehen, sah den Pferden spöttisch nach und blickte dann ihren Herrn fragend an. Lewin streichelte sie und pfiff, zum Zeichen, daß es jetzt losginge.

Fröhlich und besorgt zugleich lief Laska über den schwankenden Moorboden.

Als sie in den Sumpf hineingelaufen war, spürte sie sofort inmitten der ihr wohlbekannten Gerüche von Wurzeln, Sumpfpflanzen, Morast und in dieser Umgebung fremdem Pferdemist den über das ganze Gelände verbreiteten Geruch eines Vogels, und zwar jenes stark riechenden Vogels, der sie mehr als alle anderen erregte. Hier und da im Moos und im Sumpfklee war dieser Geruch besonders stark, aber sie konnte nicht erkennen, in welcher Richtung er stärker oder schwächer wurde. Um die Richtung zu finden, mußte Laska weiter gegen den Wind gehen. Ohne die Bewegungen ihrer Beine zu fühlen, jagte sie in scharfem Galopp, aber so, daß sie bei jedem Sprung anhalten konnte, zuerst nach rechts, den von Osten wehenden leichten Morgenwind im Rücken, und wandte sich dann gegen den Wind. Als sie mit geweiteten Nüstern die Luft einzog, merkte sie sofort, daß nicht nur die Spur der Vögel, sondern die Vögel selbst da waren, dicht vor ihr, und nicht nur einer, sondern viele. Laska lief langsamer. Sie waren da, aber wo, das wußte sie noch nicht. Um die Stelle zu finden, wollte sie einen Kreis beschreiben, aber da wurde sie durch die Stimme ihres Herrn abgelenkt. »Laska! Dorthin!« rief er und zeigte nach der anderen Seite. Sie blieb einen Augenblick stehen, als wollte sie ihn fragen, ob es nicht besser wäre, so weiterzumachen, wie sie angefangen hatte. Aber er wiederholte den Befehl mit zorniger Stimme und zeigte auf kleine Erdhöcker in einer Wasserlache, wo gar nichts sein konnte. Laska gehorchte und gab sich den Anschein, als suche sie, um ihm den Gefallen zu tun. Sie kletterte zwischen den Erdhöckern herum und kehrte dann zu der alten Stelle zurück, wo sie sofort wieder die Vögel witterte. Jetzt, wo er sie nicht mehr störte, wußte sie, was sie zu tun hatte, und ohne vor ihre Füße zu schauen, zu ihrem Ärger über hohe Erdhöcker stolpernd, ins Wasser fallend, sich mit ihren geschmeidigen, kräftigen Beinen wieder herausarbeitend, begann sie einen Kreis zu beschreiben, der ihr alles erklären würde. Der Geruch der Vögel wurde immer stärker, immer bestimmter, und plötzlich war ihr ganz klar, daß einer dieser Vögel sich hier, hinter diesem Erdhöcker befand, fünf Schritte vor ihr; sie blieb stehen, und ihr ganzer Körper erstarrte. Auf ihren niedrigen Beinen konnte sie nichts vor sich sehen, aber sie merkte an dem Geruch, daß der Vogel nicht weiter als fünf Schritte von ihr entfernt saß. Sie stand und stand, spürte den Vogel immer mehr und genoß dieses Warten. Die steife Rute war lang ausgestreckt und zitterte nur an der Spitze. Das Maul war leicht geöffnet, die Ohren waren aufgerichtet. Das eine Ohr hatte sich beim Laufen umgeklappt, sie atmete schwer, aber vorsichtig und sah sich noch vorsichtiger, nur mit den Augen, ohne den Kopf zu wenden, nach ihrem Herrn um. Er ging mit seiner gewöhnlichen, ihr vertrauten Miene, aber mit den ihr immer schrecklichen Augen stolpernd über die Erdhöcker, und zwar außerordentlich langsam, wie es ihr vorkam. Aber in Wirklichkeit lief er.

Als Lewin sah, daß Laska auf ganz besondere Art suchte, wobei sie sich dicht an die Erde drückte und mit den Hinterbeinen weit ausgreifende, rudernde Bewegungen machte und das Maul ein wenig öffnete, begriff er, daß sie Schnepfen witterte; er betete im stillen um Erfolg, besonders beim ersten Vogel, und lief zu dem Hund hin. Als er neben ihm war, blickte er von seiner Höhe vor sich hin und sah mit den Augen, was Laska mit der Nase entdeckt hatte. In einer Kuhle zwischen zwei Erdhöckern, drei, vier Schritte von ihm entfernt, saß eine Schnepfe. Sie hatte den Kopf seitwärts gewendet und horchte. Dann, die Flügel ganz wenig streckend und wieder schließend und ungeschickt mit dem Steiß wackelnd, verschwand sie hinter dem Erdhöcker.

»Faß! Faß!« rief Lewin und stieß Laska gegen das Hinterteil.

›Aber ich kann doch nicht!‹ dachte Laska. ›Wo soll ich denn hingehen? Von hier aus wittere ich die Schnepfen, aber wenn ich weitergehe, weiß ich nicht mehr, wo sie sind.‹

Aber da stieß Lewin sie mit dem Knie an und flüsterte erregt: »Faß, Lasotschka, faß!«

›Na, wenn er's durchaus will, dann tu ich's halt, aber ich kann für nichts garantieren‹, dachte sie und rannte so schnell sie konnte zu den Erdhöckern. Jetzt witterte sie nichts mehr; sie sah und hörte nur und begriff nichts mehr.

Zehn Schritt von dem alten Platz entfernt hob sich die Schnepfe mit kräftigem Murksen und mit ihrem eigentümlichen, weichklingenden Flügelschlag. Und gleich nach dem Schuß klatschte sie schwer mit der weißen Brust auf den nassen Moorboden. Eine zweite Schnepfe flog hinter Lewin auf, ohne zu warten, bis der Hund sie auftrieb.

Als Lewin sich nach ihr umwandte, war sie schon weit weg. Aber der Schuß erreichte sie doch. Sie flog noch ungefähr zwanzig Schritte weiter, hob sich dann steil in die Höhe und fiel kopfüber wie ein hochgeschleuderter Ball schwer auf eine trockene Stelle.

›Es macht sich!‹ dachte Lewin und steckte die warmen, fetten Schnepfen in die Jagdtasche. »Na, Lasotschka, macht sich's?«

Als Lewin sein Gewehr wieder geladen hatte und weiterging, war die Sonne schon aufgegangen aber hinter den Wolken nicht zu sehen. Der Mond, der seinen Glanz verloren hatte, stand wie ein weißes Wölkchen am Himmel; von den Sternen war nicht einer mehr zu sehen. Die mit Moos bedeckten Stellen des Sumpfes, die im Tau wie Silber geschimmert hatten, glänzten jetzt wie Gold. Das Moorwasser war bernsteinfarben. Das Blaugrün der Sumpfgräser war in Gelbgrün übergegangen. In dem taufunkelnden Gebüsch am Bach, das lange Schatten warf, regten sich kleine Sumpfvögel. Auch ein Habicht war schon wach, saß auf einem Kornschober, drehte den Kopf hin und her und äugte mißvergnügt nach dem Sumpf. Die Dohlen flogen ins Feld hinaus, und ein barfüßiger Junge trieb die Pferde einem alten Bauern zu, der sich unter seinem Rock aufgerichtet

hatte und sich kratzte. Der Pulverdampf schwebte milchweiß über dem grünen Gras.
Einer von den Jungen lief auf Lewin zu.
»Onkelchen, gestern waren hier Enten!« rief er ihm zu und ging dann in einiger Entfernung hinter ihm her.
Und Lewin war es doppelt angenehm, daß er vor den Augen dieses Jungen, der seinen Beifall laut bekundete, noch drei Bekassinen erlegte.

13

Der alte Jägerglaube, daß die Jagd glücklich verläuft, wenn man das erste Wild oder den ersten Vogel nicht verfehlt, erwies sich als richtig.
Müde, hungrig und glücklich kam Lewin gegen zehn Uhr vormittags zurück. Er war ungefähr dreißig Werst gelaufen und brachte neunzehn Stück mit, teils Bekassinen, teils Schnepfen und außerdem eine Ente, die er an den Gürtel gebunden hatte, weil die Jagdtasche bereits voll war. Seine Gefährten waren schon längst auf und hatten bereits Hunger bekommen und gefrühstückt.
»Warten Sie, warten Sie, ich weiß, daß es neunzehn Stück sein müssen«, sagte Lewin und zählte die Schnepfen und Bekassinen zum zweitenmal; zusammengekrümmt, wie vertrocknet, mit dem geronnenen Blut und den seitwärts gedrehten Köpfchen sahen sie jetzt nicht mehr so stattlich aus wie in dem Augenblick, als sie aufgeflogen waren.
Die Rechnung stimmte, und Stepan Arkadjitschs Neid tat Lewin wohl. Und er freute sich auch darüber, daß er bei seiner Rückkehr schon den Boten mit einem Brief von Kitty vorgefunden hatte.
›Ich bin ganz gesund und munter. Wenn du dir Sorgen um mich machst, so kannst du jetzt noch ruhiger sein als vorher. Ich habe nämlich eine neue Leibwache bekommen — Marja Wlasjewna‹ (das war die Hebamme, eine neue, wichtige

Persönlichkeit in Lewins Familienleben). ›Sie ist gekommen, um mich zu untersuchen. Sie sagt, ich sei ganz gesund, und wir wollen sie bis zu deiner Rückkehr hierbehalten. Alle sind gesund und munter, du brauchst dich also nicht zu beeilen. Bleib ruhig noch einen Tag länger, wenn die Jagd gut ist.‹

Diese beiden Freuden, die glückliche Jagd und der Brief von seiner Frau, waren so groß, daß Lewin über zwei kleine Unannehmlichkeiten leicht hinwegkam, die ihm nach der Jagd widerfuhren. Die eine bestand darin, daß das eine Seitenpferd, der Fuchs, sich gestern offenbar überanstrengt hatte, nicht fressen wollte und den Kopf hängen ließ. Der Kutscher sagte, das Pferd sei zu sehr getrieben worden.

»Gestern ist er zu sehr abgehetzt worden, Konstantin Dmitrijewitsch«, sagte er. »Zehn Werst auf diesem schlechten Weg! Und so scharf getrieben!«

Die zweite Unannehmlichkeit, die ihm im ersten Augenblick die gute Laune verdarb, über die er aber später viel lachte, bestand darin, daß von dem Proviant, den Kitty ihnen in solcher Menge mitgegeben hatte, daß sie glaubten, sie könnten ihn auch in einer Woche nicht aufessen, nichts übriggeblieben war. Als Lewin müde und hungrig von der Jagd zurückkam, hatte er sich die Pasteten so lebhaft vorgestellt, daß er beim Anblick seines Quartiers ihren Geschmack im Mund spürte, gerade wie Laska das Wild witterte, und befahl dann Philipp sofort, ihm welche zu bringen. Da stellte sich heraus, daß nicht nur von den Pasteten, sondern auch von den Hühnchen nichts mehr übrig war.

»Der hat aber auch einen Appetit!« sagte Stepan Arkadjitsch lachend und zeigte auf Wasenka Weslowskij. »Ich leide ja auch nicht an mangelndem Appetit, aber das ist wirklich erstaunlich...«

»Na, nichts zu machen!« sagte Lewin und sah Weslowskij finster an. »Gib mir Rindfleisch, Philipp.«

»Das Rindfleisch ist auch aufgegessen, und den Knochen haben die Hunde bekommen«, antwortete Philipp.

Lewin war so gekränkt, daß er ärgerlich sagte: »Wenigstens etwas hättet ihr mir doch übriglassen können!« und dem Weinen nahe war.

»Nimm die Vögel aus«, sagte er mit zitternder Stimme zu Philipp, bemüht, Wasenka nicht anzusehen, »und stopf sie mit Nesseln aus. Und bitte unsere Wirtsleute um ein bißchen Milch für mich.«

Erst später, als er sich mit Milch gesättigt hatte, schämte er sich, daß er vor einem fremden Menschen so unbeherrscht gewesen war, und lachte nun selbst über seine vom Hunger hervorgerufene Wut.

Am Abend gingen sie noch einmal auf die Jagd, wobei Weslowskij ein paar Stück Wild erlegte, und in der Nacht fuhren sie nach Hause.

Die Rückfahrt war ebenso lustig, wie die Hinfahrt gewesen war. Weslowskij sang oder erzählte begeistert von seinen Erlebnissen mit den Bauern, die ihn mit Schnaps bewirtet und zu ihm gesagt hatten:

»Nichts für ungut!« Dann sprach er von seinen Abenteuern mit dem frischen Nüßchen und der Gutsmagd und dem Bauern, der ihn gefragt hatte, ob er verheiratet sei, und, als er hörte, daß er Junggeselle sei, zu ihm gesagt hatte: »Laß fremde Weiber in Ruhe und sieh zu, daß du bald eine Frau bekommst.« Über diese Worte lachte Weslowskij ganz besonders.

»Ich bin überhaupt sehr zufrieden mit unserer Fahrt. Und Sie, Lewin?«

»Ich auch«, sagte Lewin ganz ehrlich, denn es freute ihn besonders, daß er jetzt keine Feindschaft mehr gegen Wasenka Weslowskij fühlte, wie es zu Hause gewesen war, sondern im Gegenteil etwas wie Freundschaft für ihn empfand.

14

Am nächsten Morgen um zehn Uhr klopfte Lewin, der bereits einen Rundgang durch das Gut gemacht hatte, an die Tür des Zimmers, in dem Wasenka schlief.
»Entrez!« rief Weslowskij. »Entschuldigen Sie, ich habe eben erst meine absolutions beendet«, sagte er lächelnd. Er stand nur in Unterwäsche vor Lewin.
»Bitte, genieren Sie sich nicht!« Lewin setzte sich ans Fenster. »Haben Sie gut geschlafen?«
»Wie ein Toter. Gehen wir heute wieder auf die Jagd?«
»Was trinken Sie — Tee oder Kaffee?«
»Weder das eine noch das andere. Ich bin für etwas Kräftigeres. Aber ich muß mich wirklich schämen. Die Damen sind gewiß schon aufgestanden. Jetzt müßte man einen kleinen Spaziergang machen. Zeigen Sie mir doch Ihre Pferde.«
Sie gingen durch den Garten, blieben eine Weile im Pferdestall und turnten sogar am Barren. Dann kehrte Lewin mit seinem Gast ins Haus zurück und ging mit ihm ins Wohnzimmer.
»Das war eine herrliche Jagd, und so viele neue Eindrücke!« sagte Weslowskij auf Kitty zugehend, die beim Samowar saß. »Wie schade, daß den Damen dieses Vergnügen versagt ist.«
›Was ist denn dabei? Er muß doch ein paar Worte mit der Dame des Hauses sprechen‹, dachte Lewin. Er fühlte sich wieder unangenehm berührt durch Weslowskijs Lächeln und durch die Siegermiene, mit der sein Gast sich Kitty zuwandte...
Die Fürstin, die mit Marja Wlasjewna und Stepan Arkadjitsch an der anderen Seite des Tisches saß, rief Lewin zu sich und begann ein Gespräch mit ihm. Sie sagte, Kitty müsse vor der Entbindung unbedingt nach Moskau übersiedeln, und man müsse dort eine Wohnung beschaffen. Alle diese Vorbereitungen waren Lewin schon bei seiner

Hochzeit widerwärtig gewesen, weil sie die Größe des Geschehnisses herabsetzten, und die Vorbereitungen zur Entbindung, deren Zeitpunkt man so sicher zu wissen glaubte, daß man ihn sozusagen an den Fingern ausrechnete, beleidigten ihn noch mehr. Er bemühte sich die ganze Zeit, diese Gespräche, wie das Kind gewickelt werden solle, zu überhören und diese geheimnisvollen, endlosen gestrickten Bänder und diese dreieckigen Tücher nicht zu sehen, die Dolly besonders wichtig fand. Die Geburt eines Kindes (er war überzeugt, daß es ein Sohn sein werde), die unmittelbar bevorstand, an die er aber trotzdem nicht glauben konnte, weil es ihm gar zu seltsam vorkam, war für ihn einerseits ein so großes und darum unwahrscheinliches Glück und andererseits ein so geheimnisvoller Vorgang, daß dieses angebliche Wissen um das Kommende und diese Vorbereitungen wie auf etwas Alltägliches, von Menschen Gemachtes, ihm empörend und unwürdig erschienen.
Aber die Fürstin hatte kein Verständnis für seine Gefühle und hielt seine Unlust, über diese Dinge nachzudenken und zu sprechen, für Leichtsinn und Gleichgültigkeit, und darum ließ sie ihm keine Ruhe. Sie hatte Stepan Arkadjitsch beauftragt, sich nach einer Wohnung umzusehen und rief jetzt Lewin zu sich heran.
»Ich verstehe nichts davon, Fürstin. Machen Sie es so, wie Sie es für richtig halten«, sagte er.
»Es muß doch entschieden werden, wann ihr umzieht.«
»Ich weiß es wirklich nicht. Ich weiß nur, daß Millionen Kinder außerhalb Moskaus und ohne Arzt geboren werden ... und warum...«
»Ja, wenn du so denkst...«
»Nein, wie Kitty will...«
»Mit Kitty kann man nicht darüber reden! Soll ich sie vielleicht damit erschrecken? In diesem Frühjahr ist Natalja Golizyna gestorben, weil sie einen schlechten Geburtshelfer hatte.«

»Ich mache alles so, wie Sie wollen«, sagte er finster.
Die Fürstin redete eifrig auf ihn ein, aber er hörte gar nicht zu. Obwohl dieses Gespräch ihn verstimmte, rührte seine finstere Miene nicht daher, sondern von dem, was er beim Samowar sah.
›Nein, das ist unmöglich!‹ dachte er und schaute immer wieder zu Wasenka hinüber, der sich zu Kitty beugte und ihr mit seinem schönsten Lächeln etwas sagte. Und sie war ganz rot im Gesicht und sah erregt aus.
In Wasenkas Haltung, in seinem Blick, seinem Lächeln war etwas Unreines. Lewin sah sogar in Kittys Haltung und Blick etwas Unreines. Und wieder wurde es dunkel vor seinen Augen, wieder fühlte er sich wie neulich ohne den geringsten Übergang von der Höhe seines Glücks, der Ruhe, der Würde, in den Abgrund der Verzweiflung, der Wut und Demütigung gestürzt, wieder fand er alles und alle widerwärtig.
»Machen Sie es so, wie Sie wollen, Fürstin«, sagte er und sah sich wieder um.
»Ja, ja, man hat es schwer als Ehemann!« sagte Stepan Arkadjitsch lächelnd; er spielte damit nicht nur auf das Gespräch mit der Fürstin an, sondern auch auf die Ursache von Lewins Erregung, die er wohl bemerkt hatte. »Du kommst aber heute spät, Dolly!«
Alle standen auf, um Darja Alexandrowna zu begrüßen. Wasenka erhob sich nur für einen Augenblick, machte mit der den modernen jungen Leuten eigenen Unhöflichkeit gegen Damen nur eine ganz flüchtige Verbeugung und setzte lachend sein Gespräch mit Kitty fort.
»Mascha hat mich schrecklich gequält. Sie hat schlecht geschlafen und ist heute furchtbar unartig«, sagte Dolly.
Das Gespräch, das Wasenka mit Kitty angeknüpft hatte, drehte sich wieder um dasselbe Thema wie gestern, um Anna und um die Frage, ob man die Liebe über alle gesellschaftlichen Konventionen stellen dürfe. Kitty war dieses

Gespräch unangenehm; es beunruhigte sie durch seinen Inhalt und durch den Ton, in dem es geführt wurde, und besonders deswegen, weil sie wußte, wie das alles auf ihren Mann wirken werde. Aber schlicht und natürlich, wie sie war, verstand sie dieses Gespräch nicht abzubrechen und konnte nicht einmal ihre innere Befriedigung über die unverkennbare Aufmerksamkeit dieses jungen Mannes verbergen. Sie wollte diesem Gespräch ein Ende machen, wußte aber nicht, wie. Sie mochte tun was sie wollte, sie wußte, daß ihr Mann es bemerken und in schlechtem Sinn auslegen würde. Und in der Tat, als sie Dolly fragte, was mit Mascha sei, und Wasenka, der auf die Beendigung dieses langweiligen Gesprächs wartete, Dolly gleichgültig ansah, faßte Lewin diese Frage als unnatürliche, abscheuliche List auf.

»Gehen wir heute Pilze suchen?« fragte Dolly.

»Ja, gut, ich gehe auch mit«, sagte Kitty und errötete. Sie wollte Wasenka höflichkeitshalber fragen, ob er auch mitkommen werde, unterdrückte aber die Frage. »Wo gehst du hin, Kostja?« fragte sie mit schuldbewußter Miene ihren Mann, als er mit energischen Schritten an ihr vorüberging. Diese schuldbewußte Miene bestätigte alle seine Zweifel.

»In meiner Abwesenheit ist der Maschinist angekommen, und ich habe noch nicht mit ihm gesprochen«, antwortete er, ohne sie anzusehen.

Er ging hinunter, hatte aber sein Arbeitszimmer noch nicht verlassen, als er die wohlbekannten Schritte seiner Frau hörte, die mit unvorsichtiger Schnelligkeit zu ihm kam.

»Was willst du?« fragte er trocken. »Wir sind beschäftigt.«

»Entschuldigen Sie«, sagte sie zu dem Maschinisten, einem Deutschen, »ich möchte ein paar Worte mit meinem Mann sprechen.«

Der Deutsche wollte hinausgehen, aber Lewin sagte zu ihm: »Lassen Sie sich nicht stören.«

»Der Zug geht um drei?« fragte der Deutsche. »Ich möchte ihn nicht gern verpassen.«

Lewin antwortete nicht und ging mit seiner Frau hinaus.
»Nun, was haben Sie mir zu sagen?« fragte er französisch.
Er sah ihr nicht ins Gesicht, denn er wollte nicht sehen, wie sie, bei ihrem Zustand, über das ganze Gesicht zitterte und wie jammervoll und unglücklich sie aussah.
»Ich... ich wollte sagen, daß wir so nicht weiter leben können, daß das eine Qual ist...« sagte sie.
»Im Büfettzimmer sind Dienstboten, machen Sie keine Szene«, sagte er zornig.
»Dann gehen wir dorthin.«
Sie standen in einem Durchgangszimmer. Kitty wollte in den Nebenraum gehen, aber dort gab die Engländerin Tanja gerade Unterricht.
»Komm, wir gehen in den Garten.«
Im Garten stießen sie auf einen Arbeiter, der die Wege säuberte. Ohne daran zu denken, daß der Mann ihr verweintes und sein erregtes Gesicht sah und daß sie das Aussehen von Menschen hatten, die vor irgendeinem Unglück fliehen, gingen sie mit schnellen Schritten vorwärts, denn sie fühlten, daß sie sich aussprechen, einander überzeugen, miteinander allein sein mußten, um sich von der Qual zu befreien, die sie beide empfanden.
»So können wir nicht weiterleben! Das ist eine Qual! Ich leide und du leidest. Und warum?« sagte sie, als sie zu einer einsamen Bank an einer Biegung der Lindenallee gekommen waren.
»Sag mir nur eins: war in seinem Ton etwas Unschickliches, Unsauberes, Beleidigendes, Entsetzliches?« fragte er, die Fäuste gegen die Brust gepreßt, wie er damals in der Nacht vor ihr gestanden hatte.
»Ja«, sagte sie mit zitternder Stimme. »Aber siehst du denn nicht, Kostja, daß ich nicht daran schuld bin? Ich wollte schon heute morgen einen ablehnenden Ton anschlagen, aber diese Menschen... Warum ist er zu uns gekommen? Wir waren so glücklich!« sagte sie; ein Schluchzen, das

ihren ganzen, voller gewordenen Körper schüttelte, nahm ihr den Atem.

Der Gärtner sah mit Staunen, daß sie, obwohl niemand sie verfolgt hatte und sie vor nichts zu flüchten brauchten und sie auch auf der Bank nichts besonders Erfreuliches gefunden haben konnten — der Gärtner sah, daß sie mit beruhigten, strahlenden Gesichtern an ihm vorbei zum Haus zurückgingen.

15

Als Lewin seine Frau nach oben begleitet hatte, ging er in Dollys Zimmer. Darja Alexandrowna hatte an diesem Tag einen großen Kummer. Sie ging im Zimmer auf und ab und sagte zornig zu ihrem Töchterchen Mascha, das in der Ecke stand und heulte:

»Heute mußt du den ganzen Tag in der Ecke stehen und allein essen. Du bekommst keine Puppe mehr zu sehen, und ich mache dir auch kein neues Kleid«, sagte sie, weil sie nicht mehr wußte, wie sie sie strafen sollte.

»Nein, ist das ein böses Kind!« sagte sie zu Lewin. »Wo hat sie diese häßlichen Neigungen nur her?«

»Was hat sie denn angestellt?« fragte Lewin ziemlich gleichgültig; er wollte mit Dolly über seine eigenen Angelegenheiten sprechen und ärgerte sich, daß er ungelegen kam.

»Sie hat mit Grischa Himbeeren gesucht, und da... nein, ich kann es gar nicht sagen, was sie da getan hat. Tausendmal habe ich's schon bedauert, daß Miß Hull nicht mehr da ist. Diese Miß Elliot paßt einfach nicht auf, die reine Maschine ... Figurez vous, que la petite...«

Und Darja Alexandrowna erzählte, was Mascha verbrochen hatte.

»Das beweist gar nichts. Das sind keine häßlichen Neigungen, das ist einfach Unart«, beruhigte Lewin sie.

»Aber du bist auch verstimmt. Warum bist du denn gekommen?« fragte Dolly. »Ist im Wohnzimmer etwas gewesen?«

An dem Ton dieser Frage merkte Lewin, daß es ihm nicht schwerfallen werde, zu sagen, was er ihr sagen wollte.

»Ich war nicht dort, ich war mit Kitty allein im Garten. Wir haben uns zum zweitenmal gezankt, seit... seit Stiwa hier ist.«

Dolly sah ihn mit ihren klugen, verstehenden Augen an.

»Sag mal, Hand aufs Herz, war im Benehmen dieses Herrn etwas, was für einen Ehemann unangenehm, nein, nicht unangenehm, sondern entsetzlich, beleidigend ist?«

»Ja, wie soll ich dir das sagen... Du bleibst in der Ecke stehen!« sagte sie zu Mascha, die aus der Ecke herauskommen wollte, als sie das kaum merkliche Lächeln auf dem Gesicht ihrer Mutter sah. »Die Gesellschaft wäre der Meinung, daß er sich so benimmt, wie sich alle jungen Leute benehmen. Il fait la cour à une jeune et jolie femme, und der Gatte als Mann von Welt kann sich dadurch nur geschmeichelt fühlen.«

»Ja, ja«, sagte Lewin finster. »aber hast du es bemerkt?«

»Nicht nur ich, Stiwa hat es auch bemerkt. Nach dem Tee hat er zu mir gesagt: ›Je crois que Weslowskij fait un petit brin de cour à Kitty.‹ «

»Schön, jetzt bin ich beruhigt. Ich werfe ihn hinaus«, sagte Lewin.

»Was? Bist du verrückt geworden?« schrie Dolly entsetzt. »Was redest du da, Kostja? Komm zu dir!« sagte sie lachend. »Du kannst jetzt zu Fanny gehen«, sagte sie zu Mascha. »Nein, wenn du willst, spreche ich mit Stiwa. Er wird ihn schon fortschaffen. Man kann ja sagen, daß du noch mehr Gäste erwartest. Übrigens paßt uns Wasenka überhaupt nicht.«

»Nein, nein, das tue ich selbst.«

»Aber du wirst Streit mit ihm anfangen...«

»Keineswegs. Es wird mir nur Spaß machen, wirklich Spaß«,

sagte Lewin mit blitzenden Augen. »Verzeih ihr doch, Dolly! Sie wird es nicht wieder tun«, sagte er von der kleinen Sünderin, die nicht zu Fanny gegangen war, sondern unschlüssig vor ihrer Mutter stand, sie von unten ansah und einen Blick von ihr zu erhaschen suchte.
Die Mutter sah sie an. Die Kleine schluchzte, schmiegte ihr Gesicht in den Schoß der Mutter und Dolly legte ihr die zarte, magere Hand auf den Kopf.
»Was geht er uns eigentlich an?« dachte Lewin und ging Weslowskij suchen.
Als er durch das Vorzimmer kam, befahl er, die Kutsche zu einer Fahrt an den Bahnhof anzuspannen.
»Gestern ist eine Feder an der Kutsche zerbrochen«, antwortete der Diener.
»Dann nehmt den Reisewagen, aber schnell. Wo ist der Gast?«
»Er ist in sein Zimmer gegangen.«
Dort traf ihn Lewin. Weslowskij hatte gerade seinen Koffer ausgepackt, die neuen Noten zurechtgelegt und probierte ein Paar Gamaschen an, um auszureiten.
Lewins Gesicht zeigte vielleicht einen besonderen Ausdruck oder Wasenka hatte vielleicht selbst das Gefühl, daß ce petit brin de cour, den er angefangen hatte, in dieser Familie nicht angebracht war — jedenfalls war er bei Lewins Erscheinen etwas verlegen, soweit ein Mann von Welt das überhaupt sein kann.
»Sie reiten in Gamaschen?«
»Ja, das ist viel sauberer«, sagte Wasenka, stellte sein dickes Bein auf einen Stuhl, um den untersten Haken zu schließen, und lächelte heiter und gutmütig.
Er war zweifellos ein guter Junge, und Lewin hatte Mitleid mit ihm und schämte sich als Hausherr, als er Wasenkas schüchternen Blick sah.
Auf dem Tisch lag ein Stück von einem Stock, den sie am Morgen beim Turnen zerbrochen hatten, als sie versuchten,

die verquollenen Barrenholme zu heben. Lewin nahm dieses Bruchstück in die Hand und riß einzelne Splitter an der Bruchstelle ab. Er wußte nicht, wie er anfangen sollte.
»Ich wollte...« Er stockte, aber plötzlich dachte er an Kitty und an alles, was geschehen war, und er sagte, Wasenka entschlossen in die Augen sehend: »Ich habe für Sie anspannen lassen.«
»Wieso?« fragte Wasenka erstaunt. »Wohin soll ich denn fahren?«
»Zur Bahnstation«, sagte Lewin finster und zupfte an dem zersplitterten Ende des Stocks.
»Verreisen Sie oder ist etwas passiert?«
»Ja, ich erwarte noch mehr Gäste«, sagte Lewin und riß mit seinen kräftigen Fingern die Splitter an dem zerfaserten Stock immer schneller ab. »Ich erwarte gar keine Gäste, und es ist nichts passiert, aber ich bitte Sie abzureisen. Sie können sich meine Unhöflichkeit erklären, wie Sie wollen.«
Wasenka reckte sich hoch.
»Ich bitte Sie, mir zu erklären...« sagte er würdevoll, als er endlich verstanden hatte.
»Ich kann es Ihnen nicht erklären«, sagte Lewin langsam und leise, bemüht, das Zittern seiner Kinnbacken zu verbergen. »Und es ist besser für Sie, wenn Sie nicht fragen.«
Und da Lewin die Splitter alle abgebrochen hatte, faßte er die beiden dicken Stücke mit den Fingern, riß den Stock entzwei und fing das Ende, das zu Boden fiel, sorgsam auf.
Der Anblick dieser angespannten Arme, jener Muskeln, die er heute morgen beim Turnen befühlt hatte, der blitzenden Augen und der zitternden Kinnbacken und die leise Stimme wirkten auf Wasenka wahrscheinlich überzeugender als alle Worte. Er zuckte die Achseln, lächelte verächtlich und machte eine Verbeugung.
»Kann ich Oblonskij sprechen?«
Das Achselzucken und das Lächeln konnten Lewin nicht mehr aufbringen. ›Was bleibt ihm denn übrig?‹ dachte er.

»Ich werde ihn sofort zu Ihnen schicken.«

»So ein Unsinn!« sagte Stepan Arkadjitsch, als er von seinem Freund erfuhr, daß man ihn hinausgeworfen hatte. Er fand Lewin im Garten, wo er in Erwartung der Abreise des Gastes auf und ab ging. »Mais c'est ridicule! Was für eine Bremse hat dich denn gestochen? Mais c'est du dernier ridicule! Was findest du denn dabei, wenn ein junger Mann...«

Aber die Stelle, wo die Bremse Lewin gestochen hatte, tat anscheinend noch weh, denn er wurde wieder ganz blaß, als Stepan Arkadjitsch diese Sache erörtern wollte, und unterbrach ihn hastig:

»Bitte, sprich nicht davon! Ich konnte nicht anders! Ich schäme mich sehr vor dir und vor ihm. Aber ich glaube, es tut ihm nicht leid, abzureisen, und mir und meiner Frau ist seine Anwesenheit unangenehm.«

»Aber das ist eine Beleidigung für ihn! Et puis c'est ridicule!«

»Nein, für mich war es eine Beleidigung und eine Qual! Ich habe mir nichts zuschulden kommen lassen, und deshalb will ich auch nicht leiden!«

»Weißt du, das hätte ich nie von dir erwartet! On peut être jaloux, mais à ce point c'est du dernier ridicule!«

Lewin drehte sich hastig um und ging tiefer in die Allee hinein; dort ging er wieder auf und ab. Kurz darauf hörte er das Rasseln des Wagens und sah, hinter den Bäumen verborgen, wie Wasenka, auf einem Bund Heu sitzend (der Wagen hatte leider keinen Sitz), mit seiner schottischen Mütze durch die Allee fuhr und bei jedem Stoß des Wagens in die Höhe flog.

»Was gibt's denn da?« dachte Lewin, als ein Diener aus dem Haus gelaufen kam und den Wagen anhielt. Der Grund war der Maschinist, den Lewin ganz vergessen hatte. Der Maschinist grüßte Weslowskij, sagte etwas zu ihm, stieg dann in den Wagen, und sie fuhren zusammen weiter.

Stepan Arkadjitsch und die Fürstin waren über Lewins Verhalten empört. Und auch er selbst hatte das Gefühl, daß er nicht nur höchst ridicule sei, sondern auch sehr unrecht gehandelt und sich blamiert habe. Als er aber daran dachte, wie sehr er und seine Frau gelitten hatten und sich dann fragte, wie er im Wiederholungsfall handeln würde, gab er sich die Antwort, daß er genau dasselbe tun würde.

Als dieser Tag zu Ende ging, waren alle mit Ausnahme der Fürstin, die Lewins Benehmen nicht verzeihen konnte, ungewöhnlich lebhaft und vergnügt, wie Kinder nach einer Bestrafung oder Erwachsene nach einem lästigen offiziellen Empfang, und am Abend sprach man in Abwesenheit der Fürstin von Wasenkas Vertreibung wie von einem weit zurückliegenden Ereignis. Und Warenka schüttelte sich vor Lachen, als Dolly, die von ihrem Vater das Talent geerbt hatte, sehr lustig zu erzählen, zum dritten- und viertenmal mit immer neuen witzigen Bemerkungen erzählte, wie sie sich dem Gast zu Ehren ein paar neue Schleifen angesteckt hatte, ins Wohnzimmer gegangen sei und plötzlich das Poltern dieses alten Rumpelkastens gehört hatte. Und wer sei in dem alten Rumpelkasten drin gewesen? Wasenka in eigener Person habe mit seinem Schottenmützchen, seinen Liedern und seinen Gamaschen auf dem Heu gesessen.

»Du hättest wenigstens die Kutsche anspannen lassen sollen! Ja, und da höre ich: ›Halt, halt!‹ Na, denke ich, er hat doch noch Mitleid mit ihm gehabt. Ich schaue hin, und da steigt der dicke Deutsche ein, und weg waren sie... Und ich hatte mir meine schönen Schleifen umsonst angesteckt!«

16

Darja Alexandrowna führte ihre Absicht aus und fuhr zu Anna. Es tat ihr sehr leid, daß sie dadurch ihre Schwester kränkte und etwas tat, was ihrem Schwager unangenehm war; sie sagte sich, daß Lewins durchaus richtig handelten, wenn sie keinerlei Beziehungen mit Wronskij zu haben wünschten, aber sie hielt es für ihre Pflicht, Anna zu besuchen und ihr zu zeigen, daß ihre Gefühle für sie unverändert geblieben seien.

Um bei dieser Reise nicht von Lewins abhängig zu sein, schickte sie ins Dorf, um dort Pferde zu mieten. Als Lewin davon erfuhr, machte er ihr Vorwürfe.

»Warum meinst du denn, daß deine Fahrt mir unangenehm sei? Wenn sie mir wirklich unangenehm wäre, dann wäre es mir doppelt unangenehm, wenn du meine Pferde nicht nimmst«, sagte er. »Du hast mir überhaupt nicht gesagt, daß du wirklich hinfahren willst. Wenn du dir im Dorf Pferde mietest, ist das nur peinlich für mich, und außerdem werden die Leute es zwar übernehmen, dich hinzubringen, aber sie werden gar nicht hinkommen. Ich habe doch Pferde, und wenn du mich nicht kränken willst, dann nimm meine.«

Darja Alexandrowna mußte sich fügen, und an dem festgesetzten Tag stellte Lewin für seine Schwägerin ein Viergespann und Wechselpferde bereit. Er hatte das Gespann aus Arbeits- und Reitpferden zusammengestellt, und es sah nicht sehr schön aus, aber es konnte Darja Alexandrowna in einem Tag hinbringen. Jetzt, wo auch für die Fürstin, die abreisen wollte, und für die Hebamme Pferde gebraucht wurden, war das für Lewin nicht leicht, aber aus Gastfreundschaft konnte er nicht zugeben, daß Darja Alexandrowna sich Pferde mietete; außerdem wußte er, daß die zwanzig Rubel, die man von ihr für diese Fahrt verlangte, eine große Summe für sie bedeuteten, und Darja Alexandrownas Geldangelegenheiten, um die es sehr schlecht bestellt war, wurden von Lewin und seiner Frau wie ihre eigenen angesehen.

Auf Lewins Rat fuhr Darja Alexandrowna noch vor Sonnenaufgang ab. Der Weg war gut, der Wagen bequem, die Pferde liefen munter vorwärts, und auf dem Bock saß neben dem Kutscher statt eines Dieners der Gutsschreiber, den

Lewin seiner Schwägerin sicherheitshalber mitgegeben hatte. Darja Alexandrowna schlief ein und wachte erst wieder auf, als sie an einer Herberge vorfuhren, wo die Pferde gewechselt werden mußten.

Sie trank bei demselben reichen Bauern Tee, bei dem Lewin auf seiner Fahrt zu Swijashskij eingekehrt war, und unterhielt sich mit den Weibern über ihre Kinder und mit dem Alten über Graf Wronskij, den der alte Bauer sehr lobte. Um zehn Uhr fuhr sie weiter. Zu Hause war sie vor Sorgen um die Kinder nie dazu gekommen, einmal ruhig nachzudenken. Dafür drängten sich jetzt auf dieser vierstündigen Fahrt alle bisher zurückgehaltenen Gedanken plötzlich in ihrem Kopf, und sie überdachte ihr ganzes Leben, was sie früher nie getan hatte, und betrachtete es von allen Seiten. Ihre Gedanken kamen ihr selbst sonderbar vor. Zuerst dachte sie an ihre Kinder, um die sie sich Sorgen machte, obwohl die Fürstin und vor allem Kitty, der sie mehr vertraute, ihr versprochen hatten, auf sie aufzupassen. ›Hoffentlich stellt Mascha nicht wieder etwas an, hoffentlich wird Grischa nicht von einem Pferd geschlagen, hoffentlich wird Lillys Magenverstimmung nicht schlimmer...‹ Dann wurden die Fragen der Gegenwart von Fragen der nächsten Zukunft abgelöst. Sie dachte daran, daß sie für diesen Winter eine neue Wohnung in Moskau mieten und neue Möbel für den Salon kaufen mußten, daß ihre älteste Tochter einen Pelz brauchte. Dann dachte sie an die ferne Zukunft, an die Erziehung ihrer Kinder. ›Mit den Mädchen ist es nicht so schwierig, aber mit den Jungen?

Gut, ich beschäftige mich jetzt mit Grischa; aber das kann ich nur, weil ich gerade frei bin und kein Kind erwarte. Auf Stiwa kann man bei der Erziehung der Kinder natürlich nicht rechnen. Aber mit Hilfe guter Menschen werde ich sie schon großziehen können. Wenn aber wieder eine Schwangerschaft kommt...‹ Und da kam ihr der Gedanke, daß es zu Unrecht heiße: ›Mit Schmerzen sollst du deine Kinder gebären‹, und sie dachte: ›Die Geburt ist nicht das Schlimmste, aber die Schwangerschaft ist eine Qual‹, sie dachte an ihre letzte Schwangerschaft und an den Tod dieses letzten Kindes, und dabei fiel ihr das Gespräch ein, das sie in der Herberge mit einer jungen Frau geführt hatte. Auf die Frage, ob sie Kinder habe, hatte die hübsche junge Frau fröhlich geantwortet:

»Ich hatte ein kleines Mädchen, aber Gott hat es mir wieder genommen. In der Fastenzeit habe ich's begraben.«

»Da warst du sicher sehr traurig«, hatte Darja Alexandrowna gesagt.

»Warum denn? Der Alte hat doch genug Enkel. Kinder machen einem nur Sorgen. Man kann nicht mehr arbeiten und überhaupt nichts mehr tun. Sie sind nur eine Last.«

Diese Antwort hatte trotz der Gutmütigkeit und Freundlichkeit der jungen Frau sehr abstoßend auf Darja Alexandrowna gewirkt; aber jetzt, als diese zynischen Worte ihr wieder einfielen, fand sie, daß ein gut Teil Wahrheit darin steckte.

›Ja, wirklich‹, dachte Darja Alexandrowna, auf die fünfzehn Jahre ihrer Ehe zurückblickend, ›Schwangerschaft, Übelkeit, Benommenheit, Gleichgültigkeit gegen alles, und besonders diese Häßlichkeit. Sogar Kitty, die hübsche, junge Kitty, ist ganz häßlich geworden, und wenn ich schwanger bin, sehe ich ganz unförmig aus, das weiß ich. Dann die Geburt, die Schmerzen, diese gräßlichen Schmerzen, und der letzte Augenblick... dann das Nähren, diese schlaflosen Nächte, diese furchtbaren Leiden...«

Darja Alexandrowna zuckte bei der bloßen Erinnerung an die wunden Brustwarzen zusammen, die sie fast bei jedem Kind gehabt hatte. ›Dann die Krankheiten der Kinder, diese ewige Angst; dann die Erziehung, die häßlichen Neigungen‹ (sie dachte an den Streich der kleinen Mascha in den Himbeeren) ›der Unterricht, das Latein — das alles ist so unbegreiflich und so schwer.‹ Und wieder tauchte eine schreckliche Erinnerung vor ihr auf, die schwer auf ihrem Mutterherzen lastete, die Erinnerung an den Tod des letzten Kindes, das als Säugling an Bräune gestorben war, an die Beerdigung, an die Teilnahmslosigkeit der anderen angesichts des kleinen rosa Sarges und an den herzzerreißenden Schmerz, den sie ganz allein empfunden hatte beim Anblick der blassen kleinen Stirn mit den lockigen Härchen an den Schläfen und des wie verwundert geöffneten Mündchens, das noch in dem Augenblick aus dem Sarg hervorgeschaut hatte, als der rosa Deckel mit dem Kreuz aus Goldborte geschlossen wurde.

»Und wozu das alles? Was kommt dabei heraus? Daß ich, ohne einen Augenblick Ruhe zu haben, schwanger, stillend, ewig gereizt und mürrisch, selbst gequält und anderen eine Qual, meinem Mann widerwärtig, dahinlebe und unglückliche, schlecht erzogene, bettelarme Kinder heranwachsen. Wenn wir diesen Sommer nicht bei Lewins wären, wüßte ich jetzt schon nicht mehr, wie wir durchkommen sollen; aber es kann ja nicht so weitergehen. Wenn sie Kinder haben, können sie uns nicht mehr unterstützen; sie schränken sich ja jetzt schon ein. Und Papa wird uns auch nicht helfen, denn er hat ja so gut wie nichts mehr. Also kann ich die Kinder nicht aus eigener Kraft großziehen, sondern nur mit Hilfe anderer Leute, und das ist demütigend. Nehmen wir den günstigsten Fall an — daß mir keine Kinder mehr sterben werden und daß ich sie irgendwie großbringe. Bestenfalls werden sie keine Taugenichtse werden; das ist alles, was ich wünschen kann. Und dafür so viele Qualen und Mühen!... Darum das ganze Leben verdorben!‹ Sie mußte wieder an die Worte der jungen Bäuerin denken, und sie kamen ihr wieder abstoßend vor; aber sie mußte zugeben, daß ein gut Teil derber Wahrheit darinsteckte.

»Ist es noch weit, Michail?« fragte Darja Alexandrowna den Gutsschreiber, um von den Gedanken loszukommen, die sie erschreckten.

»Von dem Dorf da sind es angeblich noch sieben Werst.«

Der Wagen fuhr durch die Dorfstraße zu einer kleinen Brücke hinunter. Auf der Brücke begegnete Darja Alexandrowna eine Schar laut und lustig schwatzender fröhlicher Bauernweiber mit geflochtenen Garbenbändern über der Schulter. Die Weiber blieben stehen und betrachteten neugierig den Wagen. Alle ihr zugewandten Gesichter schienen Darja Alexandrowna gesund und heiter und reizten sie durch die Lebensfreude, die aus ihnen sprach. ›Alle leben, alle genießen ihr Leben‹, dachte sie, als sie an den Weibern vorbei war. Jetzt ging es im Trab bergauf, und sie schaukelte angenehm auf den Federn des alten Wagens. ›Nur ich bin wie aus dem Gefängnis entlassen, aus einer Welt, die mich mit ihren Sorgen umbringt, und ich bin erst jetzt für einen Augenblick zu mir gekommen. Alle leben, diese Weiber, meine Schwester Natalja, Warenka und Anna, zu der ich jetzt fahre, nur ich nicht.

Sie fallen alle über Anna her. Warum? Bin ich denn besser als sie? Ich habe wenigstens einen Mann, den ich liebe, wenn auch nicht so, wie ich gern möchte, aber ich liebe ihn doch. Aber Anna hat ihren Mann nicht geliebt. Warum ist sie denn schuldig? Sie möchte leben. Gott hat uns das in die Seele gelegt. Es ist leicht möglich, daß ich dasselbe getan hätte wie sie. Ich weiß bis heute nicht, ob es richtig war, daß ich in dieser schrecklichen Zeit auf sie gehört habe, als sie zu mir nach Moskau kam. Ich hätte damals meinen Mann verlassen und ein neues Leben beginnen sollen. Ich hätte noch wirklich lieben und geliebt werden können. Ist es jetzt denn besser? Ich achte ihn nicht. Ich brauche ihn‹, dachte sie von ihrem Mann, ›und ich dulde ihn. Ist das denn besser? Damals hätte ich noch gefallen können, damals hatte ich noch meine Schönheit‹, dachte Darja Alexandrowna und bekam plötzlich Lust, sich im Spiegel zu betrachten. Sie hatte einen kleinen Spiegel in ihrer Reisetasche und wollte ihn herausnehmen; aber da fiel ihr Blick auf den

Rücken des Kutschers und auf den Rücken des hin und her schaukelnden Gutsschreibers, und sie holte den Spiegel nicht heraus, denn sie fühlte, daß sie sich schämen würde, wenn sich einer von ihnen umsähe.

Aber auch ohne in den Spiegel zu schauen dachte sie, daß es auch jetzt noch nicht zu spät sei; sie dachte an Sergej Iwanowitsch, der besonders liebenswürdig zu ihr gewesen war, und an Stiwas Freund, den gutmütigen Turowzyn, der mit ihr zusammen ihre scharlachkranken Kinder gepflegt hatte und der in sie verliebt war. Und dann war noch ein ganz junger Mann da, der fand, wie Stiwa ihr scherzend gesagt hatte, daß sie schöner sei als ihre beiden Schwestern. Und Darja Alexandrowna malte sich die leidenschaftlichsten, unglaublichsten Liebesaffären aus. ›Anna hat ganz recht, und ich kann sie nicht tadeln. Sie ist glücklich und macht einen andern glücklich und ist nicht gebrochen wie ich, sondern gewiß noch so frisch, klug und aufgeschlossen wie früher‹, dachte Darja Alexandrowna, und ein schelmisches Lächeln spielte um ihre Lippen, vor allem, weil sie bei dem Gedanken an Annas Liebschaft sich gleichzeitig eine ganz ähnliche Romanze vorstellte, eine Affäre mit einem nur in ihrer Phantasie vorhandenen Mann, einer Kollektivgestalt, der in sie verliebt war. Wie Anna sagte sie alles ihrem Mann. Und sie mußte lächeln, als sie daran dachte, wie erstaunt und bestürzt Stepan Arkadjitsch bei dieser Mitteilung sein werde.

Unter solchen Träumen kam sie zu der Stelle, wo der Weg nach Wosdwischenskoe von der Landstraße abzweigte.

17

Der Kutscher hielt das Viergespann an und blickte nach rechts auf das Roggenfeld, wo ein paar Bauern neben einem Wagen saßen. Der Gutsschreiber wollte aussteigen, tat es aber dann nicht, sondern rief einen Bauern im Befehlston an und winkte ihm mit der Hand. Der leichte Luftzug, den man auf der ganzen Fahrt gespürt hatte, war jetzt, als sie anhielten, nicht mehr zu fühlen; die Bremsen fielen über die schweißbedeckten Pferde her, die wütend mit den Schweifen schlugen. Der metallische Laut des Sensendengelns, der von dem Bauernwagen herüberklang, verstummte. Einer der Bauern stand auf und ging auf die Kutsche zu.

»He, bist du aus Holz?« rief der Gutsschreiber ärgerlich dem Bauern zu, der langsam mit den bloßen Füßen den holprigen, trockenen Feldweg entlangging. »Mach ein bißchen fix!«

Der Alte, der einen Baststreifen um sein krauses Haar gebunden hatte und dessen Hemd an dem gekrümmten Rücken vor Schweiß ganz dunkel war, beschleunigte seine Schritte, trat an die Kutsche heran und legte die sonnenverbrannte Hand auf den Kotflügel.

»Nach Wosdwischenskoje? Zum Gutshaus? Zum Grafen?« wiederholte er. »Da mußt du hier hinauffahren und dann nach links. Dann immer die Allee entlang, dann kommt ihr genau hin. Zu wem wollt ihr denn? Zum Grafen selbst?«

»Sind sie denn zu Hause, mein Lieber?« sagte Darja Alexandrowna unbestimmt, denn sie wußte auch diesem Bauern gegenüber nicht, wie sie nach Anna fragen sollte.

»Sie werden wohl zu Hause sein«, sagte der Bauer, vom einen nackten Fuß auf den andern tretend und im Staub einen deutlichen Abdruck der Sohle mit allen fünf Zehen hinterlassend. »Sie werden wohl zu Hause sein«, wiederholte er, denn er wollte offenbar noch ein bißchen mit Darja Alexandrowna schwatzen. »Gestern sind noch mehr Gäste gekommen. Eine ganze Menge... Was willst du?« fragte er einen jungen Burschen, der ihm vom Wagen aus etwas zurief. »Ja, vorhin sind sie alle hier vorbeigeritten; sie wollten sich die neue Mähmaschine ansehen. Jetzt werden sie wohl zu Hause sein. Und ihr, wo seid ihr denn her?«

»Wir kommen von weit her«, antwortete der Kutscher, der

abgestiegen war und sich wieder auf den Bock setzte. »Es ist also nicht mehr weit?«

»Ich sag dir ja, gleich da vorne. Wenn du hinaufkommst...« sagte er, mit der Hand am Kotflügel entlangfahrend.

Der gesunde, stämmige junge Bursche kam nun auch zu der Kutsche.

»Kann man vielleicht Arbeit bei der Ernte bekommen?« fragte er.

»Ich weiß nicht, mein Lieber.«

»Wenn du links einbiegst, stößt du gerade drauf«, sagte der Bauer, der die Fremden offenbar nur ungern fortließ und sich gern noch ein bißchen mit ihnen unterhalten hätte.

Der Kutscher trieb die Pferde an, aber kaum waren sie nach links eingebogen, da rief der Bauer ihnen nach: »Halt! Heda! Halt!« riefen zwei Stimmen. Der Kutscher hielt.

»Da kommen sie selbst! Da sind sie!« rief der Bauer. »Hei, wie sie galoppieren!« Er zeigte auf vier Reiter und zwei Personen in einem Bankwagen, die den Weg entlangkamen.

Es waren Wronskij mit seinem Jockei, Weslowskij und Anna zu Pferd, Prinzessin Warwara und Swijashskij im Wagen. Sie hatten eine Spazierfahrt gemacht und sich die neuen Mähmaschinen bei der Arbeit angesehen.

Als die Kutsche hielt, kamen die Reiter im Schritt näher. Voran ritt Anna mit Weslowskij. Sie ritt ruhigen Schritt auf einem kurzbeinigen, stämmigen englischen Doppelpony mit geschorener Mähne und gestutztem Schweif. Ihr schöner Kopf mit dem schwarzen Haar, das unter dem hohen Hut hervorquoll, die vollen Schultern, die schlanke Taille in dem schwarzen Reitkleid und ihre ganze, ruhige, anmutige Haltung erregten Dollys Bewunderung.

Im ersten Augenblick erschien es ihr unpassend, daß Anna ritt. Mit der Vorstellung einer reitenden Dame war für Darja Alexandrowna die Vorstellung von jugendlicher, leichtfertiger Koketterie verbunden, die ihrer Meinung nach zu Annas Lage nicht paßte; aber als sie sie aus der

Nähe sah, war sie sofort mit dem Reiten ausgesöhnt. Trotz aller Eleganz war alles in Annas Haltung, Kleidung und Bewegungen so einfach, ruhig und würdig, daß man sich nichts Natürlicheres vorstellen konnte.

Neben Anna ritt auf einem grauen erhitzten Kavalleriepferd, die dicken Beine vorgestreckt und offenbar sehr mit sich zufrieden, Wasenka Weslowskij im Schottenmützchen mit flatternden Bändern, und Darja Alexandrowna konnte ein heiteres Lächeln nicht unterdrücken, als sie ihn sah. Hinter ihnen kam Wronskij auf einem dunkelbraunen Vollblut, das durch den Galopp offenbar erhitzt war. Er arbeitete mit den Zügeln, um es zurückzuhalten.

Hinter ihm ritt ein kleiner Mann in Jockeitracht. Swijashskij und die Prinzessin kamen in einem neuen Bankwagen mit einem großen schwarzen Traber hinter den Reitern her.

Als Anna in der kleinen Gestalt, die in einer Ecke der alten Kutsche lehnte, Dolly erkannte, leuchtete ein freudiges Lächeln auf ihrem Gesicht auf. Sie stieß einen kleinen Schrei aus, zuckte im Sattel zusammen und trieb das Pferd zum Galopp an. Als sie die Kutsche erreicht hatte, sprang sie ohne Hilfe vom Pferd und lief, ihr Reitkleid raffend, auf Dolly zu.

»Ich hatte es mir schon gedacht und habe es doch nicht zu hoffen gewagt, Du kannst dir gar nicht vorstellen, wie ich mich freue!« sagte sie, drückte ihr Gesicht an das Gesicht Dollys, küßte sie, bog sich wieder zurück und betrachtete sie. »Das ist eine Freude, Alexej!« rief sie, sich nach Wronskij umsehend, der vom Pferd gestiegen war und auf sie zukam. Wronskij zog seinen hohen grauen Hut.

»Sie werden's nicht glauben, wie sehr wir uns über Ihren Besuch freuen«, sagte er, jedes einzelne Wort betonend, und lächelte, daß man seine kräftigen weißen Zähne sah.

Wasenka stieg nicht vom Pferd, er begrüßte den Gast, indem er seine Mütze mit den langen Bändern abnahm und sie über dem Kopf schwenkte.

»Das ist Prinzessin Warwara«, antwortete Anna auf einen fragenden Blick Dollys, als der Bankwagen näher kam.

»Ah!« sagte Dolly, und ihr Gesicht drückte Mißvergnügen aus.

Prinzessin Warwara war eine Tante ihres Mannes, und Dolly kannte sie schon längst und achtete sie nicht. Sie wußte, daß Prinzessin Warwara ihr Leben lang bei reichen Verwandten schmarotzt hatte; aber daß sie jetzt bei Wronskij lebte, einem ihr vollkommen fremden Menschen, das fand Dolly unwürdig, und sie schämte sich für die Familie ihres Mannes. Anna bemerkte Dollys Gesichtsausdruck sehr wohl; sie wurde verlegen, errötete, ließ ihr Reitkleid los und stolperte darüber.

Als der Wagen hielt, begrüßte Darja Alexandrowna die Prinzessin sehr kühl. Swijashskij war ihr auch bekannt. Er fragte, wie es seinem Freund, diesem sonderbaren Kauz, und seiner jungen Frau gehe, warf einen flüchtigen Blick auf die wenig zusammenpassenden Pferde und die geflickten Kotflügel der Kutsche und schlug den Damen vor, im Bankwagen zu fahren.

»Und ich fahre in diesem Vehikel«, sagte er. »Der Traber ist sehr ruhig, und die Prinzessin kutschiert ausgezeichnet.«

»Nein, nein, bleiben Sie nur, wo Sie sind«, sagte Anna, die herangetreten war. »Wir beide fahren in der Kutsche.« Sie faßte Dolly unter und ging mit ihr zu der Kutsche.

Darja Alexandrownas Augen wanderten hierhin und dorthin, zu diesem eleganten Wagen, wie sie noch nie einen gesehen hatte, zu diesen prächtigen Pferden, zu diesen eleganten, vornehmen Gestalten, die sie umgaben. Aber am meisten war sie über die Veränderung erstaunt, die mit der ihr so vertrauten, lieben Anna vorgegangen war. Einer anderen Frau, die eine geringere Beobachtungsgabe besessen und Anna früher nicht gekannt und nicht über sie nachgedacht hätte, wie Dolly unterwegs, wäre nichts Besonderes an Anna aufgefallen. Aber jetzt war Dolly erstaunt über die strahlende Schönheit, die Frauen nur in Augenblicken der Liebe haben, und die sie jetzt in Annas Gesicht sah. Alles an ihr, die Grübchen in Kinn und Wangen, die Lippen, das lebhafte Lächeln, der Glanz der Augen, die anmutigen, raschen Bewegungen, der volle Klang der Stimme, und sogar die Art, wie sie halb ärgerlich, halb freundlich auf Weslowskijs Frage antwortete, ob er sich auf ihr Pony setzen dürfe, um ihm Rechtsgalopp beizubringen — alles war ungemein anziehend, und sie schien das selbst zu wissen und sich darüber zu freuen.

Als die beiden Frauen in die Kutsche stiegen, wurden sie plötzlich von einer seltsamen Verlegenheit erfaßt. Anna wurde verlegen, weil Dolly sie mit forschend-fragendem Blick ansah, und Dolly, weil sie sich nach Swijashskijs Bemerkung über das ›Vehikel‹ der schmutzigen alten Kutsche schämte. Der Kutscher Philipp und der Gutsschreiber hatten ein ähnliches Gefühl. Der Gutsschreiber half den Damen besonders eifrig in den Wagen, um seine Verlegenheit zu verbergen, Philipp machte ein finsteres Gesicht und nahm sich fest vor, sich von diesen äußeren Vorzügen nicht beeindrucken zu lassen. Er betrachtete den schwarzen Traber mit ironischem Lächeln und war im stillen überzeugt, daß er nur ›für die Prominage‹ zu gebrauchen sei, aber bei dieser Hitze gewiß keine vierzig Werst in einem Stück machen könne.

Die Bauern neben dem Ackerwagen waren alle aufgestanden, sahen neugierig und vergnügt zu, wie der Gast begrüßt wurde, und machten allerlei Bemerkungen.

»Die freuen sich aber! Sie haben sich wohl lange nicht gesehen«, sagte der Alte mit dem Baststreifen um das krause Haar.

»Schau mal, Onkel Gerasim, der Rappe! Der müßte die Garben einfahren, das würde aber fix gehen!«

»Guck mal! Die in Hosen, ist das eine Frau?« fragte einer von ihnen und zeigte auf Weslowskij, der sich auf den Damensattel setzte.

»Nein, das ist ein Mann. Sieh mal, wie geschickt er aufsitzt!«
»Na, Kinder, jetzt können wir wohl nicht mehr schlafen.«
»Wie kann man jetzt noch schlafen!« sagte der Alte und schielte nach der Sonne. »Es ist ja schon Mittag vorbei! Nehmt eure Sensen, wir machen weiter.«

18

Anna betrachtete Dollys mageres, müdes Gesicht mit den vielen Fältchen, in die sich der Staub gesetzt hatte, und wollte schon sagen, was sie dachte, nämlich, daß Dolly magerer geworden sei; aber da fiel ihr ein, daß sie selbst noch schöner geworden war und daß Dollys Blick ihr das gesagt hatte, und sie seufzte nur und fing an, von sich zu sprechen.
»Du siehst mich an«, sagte sie, »und denkst, ob ich in meiner Lage wohl glücklich sein kann. Ich schäme mich, es zuzugeben, aber... ich bin geradezu unverzeihlich glücklich. Mit mir ist etwas Zauberhaftes geschehen; es ist wie im Traum, wenn einem bang und unheimlich wird, und plötzlich wacht man auf und merkt, daß all diese Schrecken gar nicht vorhanden sind. Ich bin aufgewacht. Ich habe viel Schmerzliches und Schreckliches durchgemacht, aber jetzt bin ich schon lange sehr glücklich, besonders seit wir hier sind«, sagte sie und sah Dolly mit einem fragenden, schüchternen Lächeln an.
»Das freut mich wirklich!« sagte Dolly lächelnd, aber unwillkürlich in kühlerem Ton, als sie gewollt hatte. »Ich freue mich sehr für dich. Warum hast du mir denn nicht geschrieben?«
»Warum? Ich habe es nicht gewagt. Du vergißt meine Lage...«
»Mir hast du nicht zu schreiben gewagt? Wenn du wüßtest, wie ich... Ich denke...«
Darja Alexandrowna wollte die Gedanken aussprechen, die

ihr am Morgen durch den Kopf gegangen waren, aber sie hatte das Gefühl, daß das jetzt unangebracht sei.

»Aber davon später. Was sind denn das für Gebäude?« fragte sie, um das Thema zu wechseln, und zeigte auf rote und grüne Dächer, die zwischen Akazien und Fliederbüschen hervorschauten. »Das ist ja fast eine kleine Stadt!« Aber Anna antwortete ihr nicht.

»Nein, nein! Was denkst du über meine Lage? Bitte, sag mir, was du denkst!« sagte Anna.

»Ich denke...« fing Darja Alexandrowna an, aber in diesem Augenblick galoppierte Wasenka Weslowskij an ihnen vorbei, in seiner kurzen Jacke, schwer auf das Sämischleder des Damensattels niederklatschend; er hatte dem Pony wirklich Rechtsgalopp beigebracht. »Sehen Sie, Anna Arkadjewna?« rief er. Aber Anna schaute gar nicht hin, und Darja Alexandrowna hatte wieder das Gefühl, daß es unpassend sei, hier in der Kutsche ein langes Gespräch über dieses Thema zu beginnen, und deshalb sagte sie nur:

»Ich denke gar nichts, aber ich habe dich immer sehr gern gehabt, und wenn man jemand gern hat, liebt man den ganzen Menschen, wie er ist, und nicht, wie man ihn haben möchte.«

Anna wandte den Blick vom Gesicht ihrer Freundin weg, kniff die Augen zusammen (das war eine Angewohnheit, die Dolly früher nie an ihr bemerkt hatte) und dachte über den Sinn dieser Worte nach, die ihr nicht ganz klar waren. Und als sie sie richtig verstanden hatte, sah sie Dolly wieder an.

»Wenn du Sünden hättest«, sagte sie, »dann würden sie dir alle für deinen Besuch und für diese Worte vergeben.«

Und Dolly sah, daß ihr die Tränen in die Augen traten. Schweigend drückte sie Annas Hand.

»Was sind denn das für Gebäude?« wiederholte sie nach einer kurzen Pause ihre Frage.

»Das sind die Häuser der Angestellten, die Fabrik und die Ställe«, antwortete Anna. »Und hier fängt der Park an. Das

alles war ganz verwahrlost, aber Alexej hat es wieder instand setzen lassen. Er liebt dieses Gut sehr und interessiert sich leidenschaftlich für die Landwirtschaft. Er ist ja auch so vielseitig begabt! Alles, was er anfängt, macht er ausgezeichnet. Er langweilt sich überhaupt nicht, im Gegenteil, er arbeitet mit wahrer Leidenschaft. Man erkennt ihn kaum wieder: er ist ein sparsamer, ausgezeichneter Landwirt geworden und ist in seiner Landwirtschaft sogar geizig. Aber nur in der Landwirtschaft. Wo es sich um Zehntausende handelt, rechnet er nicht«, sagte sie mit jenem listigen, frohen Lächeln, mit dem Frauen so oft von geheimen, ihnen allein bekannten Eigenheiten des Geliebten sprechen. »Siehst du das große Gebäude dort? Das ist das neue Krankenhaus. Ich glaube, es wird über hunderttausend Rubel kosten. Das ist jetzt sein Steckenpferd. Und weißt du, wie er darauf gekommen ist? Die Bauern baten ihn, glaube ich, die Pacht für die Wiesen herabzusetzen, aber er lehnte es ab, und da warf ich ihm Geiz vor. Und das war ein Grund für ihn — natürlich nicht der einzige — dieses Krankenhaus zu bauen, um zu zeigen, daß er nicht geizig ist, weißt du. Man könnte sagen: c'est une petitesse, aber ich liebe ihn dafür noch mehr. Und jetzt wirst du gleich das Haus sehen. Sein Großvater hat es gebaut, und es ist außen gar nicht geändert worden.«
»Wie schön!« rief Dolly und schaute mit unwillkürlicher Bewunderung auf das schöne Haus mit den Säulen am Eingang, das sich hell von dem verschiedenfarbigen Grün der alten Bäume des Gartens abhob.
»Nicht wahr, es ist schön? Und vom Haus, von oben, hat man eine wunderbare Aussicht.«
Sie fuhren in den mit Kies bedeckten und mit Gartenanlagen geschmückten Hof, wo zwei Arbeiter damit beschäftigt waren, ein umgegrabenes Blumenbeet mit unbearbeiteten, porösen Steinen einzufassen, und hielten vor der überdachten Anfahrt.
»Ah, sie sind schon da!« sagte Anna, als sie die Reitpferde

sah, die gerade von der Anfahrt weggeführt wurden. »Nicht wahr, es ist ein schönes Pferd? Ein Doppelpony, mein Liebling. Führt es her und bringt mir Zucker! Wo ist der Graf?« fragte sie zwei livrierte Diener, die aus dem Haus gelaufen kamen. »Ah, da ist er ja!« sagte sie, als sie Wronskij sah, der ihr mit Weslowskij entgegenkam.

»Wo wollen Sie die Fürstin unterbringen?« fragte Wronskij Anna auf französisch, und ohne ihre Antwort abzuwarten, begrüßte er Darja Alexandrowna noch einmal, jetzt mit einem Handkuß. »Ich denke, im großen Balkonzimmer?«

»Ach nein, das liegt zu weit abseits. Lieber im Eckzimmer, dann sind wir näher beieinander. Na, komm!« sagte Anna und gab ihrem Lieblingspferd den Zucker, den ein Diener ihr gebracht hatte.

»Et vous oubliez votre devoir«, sagte sie zu Weslowskij.

»Pardon, J'en ai tout plein les poches«, antwortete er lächelnd und griff in seine Westentasche.

»Mais vous venez trop tard«, sagte sie und wischte sich mit dem Taschentuch die Hand ab, die ihr das Pferd feucht gemacht hatte, als es den Zucker nahm. Dann wandte sie sich an Dolly: »Bleibst du länger? Nur einen Tag? Das ist unmöglich!«

»Ich habe es versprochen, und die Kinder...« sagte Dolly, die sehr verlegen war, weil sie jetzt ihre bescheidene Reisetasche aus der Kutsche nehmen mußte, und weil sie wußte, daß ihr Gesicht staubbedeckt war.

»Nein, Dolly, mein Herzchen... Nun, wir werden sehen. Komm, komm!« Und Anna führte Dolly in ihr Zimmer.

Es war nicht das Prunkzimmer, das Wronskij vorgeschlagen hatte, sondern eines, für das Anna ihre Schwägerin um Entschuldigung bat. Aber auch dieses Zimmer, für das Anna um Entschuldigung glaubte bitten zu müssen, war mit einem Luxus ausgestattet, wie Dolly ihn zu Hause nie gehabt hatte, und der sie an die besten ausländischen Hotels erinnerte.

»Ach, mein Herzchen, ich bin ja so glücklich!« sagte Anna und setzte sich in ihrem Reitkleid für einen Augenblick neben Dolly. »Erzähl mir von den Kindern! Stiwa habe ich flüchtig gesehen, aber er weiß nichts von den Kindern zu erzählen. Was macht mein Liebling Tanja? Sie ist wohl schon ein großes Mädchen geworden?«

»Ja, sehr groß«, antwortete Darja Alexandrowna kurz und wunderte sich selbst, daß sie so kühl von ihren Kindern sprach. »Wir haben es so gut bei Lewins«, fügte sie hinzu.

»Wenn ich gewußt hätte«, sagte Anna, »daß du mich nicht verachtest... Ihr hättet alle zu uns kommen können. Stiwa ist doch ein guter alter Freund von Alexej«, fuhr sie fort und errötete plötzlich.

»Ja, aber wir fühlen uns dort so wohl...« antwortete Dolly verlegen.

»Ach, ich rede vor Freude lauter dummes Zeug! Ich muß dir immer wieder sagen, wie ich mich freue, mein Herzchen!« sagte Anna und küßte sie noch einmal. »Du hast mir noch nicht gesagt, wie und was du über mich denkst, ich will aber alles wissen. Ich freue mich, daß du mich siehst, wie ich wirklich bin. Ich möchte vor allem nicht, daß man denkt, ich wollte irgend etwas beweisen. Ich will gar nichts beweisen, ich will einfach leben und niemand etwas Böses tun, außer mir selbst vielleicht. Dazu habe ich doch ein Recht, nicht wahr? Aber das ist eine lange Geschichte, und wir wollen später in Ruhe darüber reden. Jetzt ziehe ich mich um, und dir schicke ich das Mädchen.«

19

Als Darja Alexandrowna allein war, sah sie sich mit dem Blick der erfahrenen Hausfrau in ihrem Zimmer um. Alles, was sie gesehen hatte, als sie auf das Haus zugefahren und dann durch die Räume gegangen war, zeugte von Reichtum, Eleganz und jenem modernen europäischen Luxus, von dem sie nur in englischen Romanen gelesen, den sie aber in Rußland, vor allem auf dem Land, nie gesehen hatte. Auch ihr Zimmer war modern eingerichtet, von den neuen französischen Tapeten bis zu dem Teppich, der den ganzen Fußboden bedeckte. Das Bett hatte eine Sprungfedermatratze und ein Keilkissen und kleine Kopfkissen mit seidenen Bezügen. Der Waschtisch mit der Marmorplatte, der Toilettentisch, die Chaiselongue, die Tischchen, die Bronzeuhr auf dem Kamin, die Gardinen und Portieren, alles war neu und kostbar.

Die kokette Zofe, die hereinkam, um Dolly ihre Dienste anzubieten, war moderner frisiert und gekleidet als Dolly und sah überhaupt ebenso neu und kostbar aus wie das ganze Zimmer. Ihre Höflichkeit, Sauberkeit und Zuvorkommenheit gefielen Dolly zwar sehr, aber sie genierte sich vor ihr wegen ihrer geflickten Nachtjacke, die sie unglücklicherweise aus Versehen eingepackt hatte. Sie schämte sich wegen jener Flicken und gestopften Stellen, auf die sie zu Hause so stolz gewesen war. Sie hatte sich gesagt, daß man für ein halbes Dutzend Nachtjacken vierundzwanzig Ellen Nansok brauche, die Elle zu fünfundsechzig Kopeken, und daß das zusammen über fünfzehn Rubel seien, ohne die Garnierung und den Macherlohn, und diese fünfzehn Rubel hatte sie gespart. Und nun schämte sie sich zwar nicht gerade vor dieser Zofe, aber sie genierte sich doch.

Deshalb fühlte sie sich sehr erleichtert, als ihre alte Bekannte Annuschka hereinkam. Die Zofe sollte zur gnädigen Frau kommen, und Annuschka blieb bei Darja Alexandrowna.

Annuschka war über Darja Alexandrownas Ankunft anscheinend sehr erfreut und schwatzte ununterbrochen. Dolly merkte, daß sie ihre Meinung über die Lage ihrer Herrin sagen und besonders von der Liebe und Ergebenheit des Grafen für Anna Arkadjewna reden wollte; aber Dolly unterbrach sie jedesmal, wenn sie davon anfing.

»Ich bin mit Anna Arkadjewna aufgewachsen, und ich habe sie sehr lieb. Wir haben da nicht zu richten. Und er liebt sie so sehr...«

»Laß das bitte waschen, wenn es möglich ist«, unterbrach Darja Alexandrowna das Mädchen.

»Wie Sie befehlen. Wir haben zwei Frauen für die kleine Wäsche, und die ganze Wäsche wird mit der Maschine gewaschen. Der Graf kümmert sich wirklich um alles. Er ist ja so ein guter Mann...«

Dolly war froh, als Anna hereinkam und durch ihr Erscheinen Annuschkas Geschwätz ein Ende machte.

Anna hatte sich umgezogen und trug jetzt ein ganz einfaches Battistkleid. Dolly betrachtete es sehr genau. Sie wußte, wieviel Geld diese Einfachheit kostete.

»Eine alte Bekannte«, sagte Anna, auf Annuschka zeigend.

Anna war jetzt gar nicht mehr verlegen, sondern völlig ungezwungen und ruhig. Dolly sah, daß sie die Erregung überwunden hatte, in die ihre Ankunft sie versetzt hatte, und jenen gleichgültigen, oberflächlichen Ton angenommen hatte, der gleichsam die Tür zu dem Teil ihres Herzens verschloß, wo sich ihre innigsten Gedanken und Gefühle befanden.

»Was macht denn dein Töchterchen, Anna?« fragte Dolly.

»Anni?« (So nannte sie ihre Tochter Anna). »Sie ist gesund. Sie hat sich sehr herausgemacht. Willst du sie sehen? Komm, ich zeige sie dir. Ich hatte sehr viel Ärger mit den Wärterinnen«, erzählte sie. »Wir hatten eine italienische Amme genommen. Sie war ganz gut, aber schrecklich dumm. Wir wollten sie entlassen, aber die Kleine ist so an sie gewöhnt, daß wir sie dann doch behalten haben.«

»Wie habt ihr es denn gemacht...« fing Dolly an. Sie wollte fragen, welchen Familiennamen die Kleine denn führen würde, aber da sah sie, wie Annas Gesicht sich plötzlich verfinsterte, und sie gab ihrer Frage einen anderen Sinn. »Wie habt ihr es denn gemacht? Ist sie schon entwöhnt?«

Aber Anna hatte sie verstanden.
»Du wolltest doch etwas anderes fragen. Du wolltest nach ihrem Namen fragen, nicht wahr? Alexej leidet sehr darunter. Sie hat keinen Namen. Das heißt, ihr Name ist Karenina«, sagte Anna und kniff die Augen zusammen, daß nur die sich zusammenschließenden Wimpern zu sehen waren. »Aber«, ihr Gesicht hellte sich wieder auf, »darüber sprechen wir später. Komm, ich zeig sie dir. Elle est très gentille. Sie kriecht schon.«
Die Ausstattung des Kinderzimmers überraschte Darja Alexandrowna noch mehr als der Luxus in den anderen Räumen des Hauses. Da waren Wägelchen, die Wronskij aus England hatte kommen lassen, Apparate zum Laufenlernen, ein Polster zum Kriechen, das wie ein Billard aussah, Wiegen und moderne Badewannen. Das alles war englischer Herkunft, solide und dauerhaft und offensichtlich sehr teuer. Das Zimmer war groß, sehr hoch und hell.
Als sie eintraten, saß die Kleine im bloßen Hemdchen auf ihrem hohen Stühlchen am Tisch und aß ihre Bouillon, mit der sie sich die ganze Brust begossen hatte. Ein russisches Mädchen, das eigens fürs Kinderzimmer angestellt war, fütterte die Kleine und aß offenbar auch mit ihr. Weder die italienische Amme noch die englische Wärterin war anwesend; sie saßen im Nebenzimmer, wo man sie in einem seltsamen Französisch reden hörte, die einzige Sprache, in der sie sich verständigen konnten.
Als die Engländerin Annas Stimme hörte, kam sie, hastig ihre blonden Locken zurückschüttelnd, ins Kinderzimmer. Sie war eine elegant gekleidete, hochgewachsene Person mit einem unangenehmen Gesicht und wenig vertrauenerweckendem Ausdruck und begann sich sofort zu entschuldigen, obwohl Anna ihr gar nichts vorgeworfen hatte. Auf jedes Wort Annas antwortete die Engländerin eilig mehrmals hintereinander: »Yes, mylady.«
Das rotbackige kleine Mädchen mit den schwarzen Augen-

brauen und den schwarzen Haaren, dem kräftigen, wie mit Hühnerhaut überzogenen, roten Körperchen gefiel Darja Alexandrowna sehr, trotz der finsteren Miene, mit der es das ihm neue Gesicht betrachtete; das gesunde Aussehen des Kindes erregte sogar ihren Neid. Auch die Art, wie die Kleine kroch, gefiel ihr sehr. Keines ihrer Kinder war so gekrochen. Und als die Kleine auf den Teppich gesetzt und ihr Kleidchen hinten geschürzt wurde, sah sie wirklich reizend aus. Wie ein kleines Tierchen sah sie die Erwachsenen mit ihren leuchtenden schwarzen Augen an und freute sich offenbar, daß man sie bewunderte; dann legte sie sich auf die Seite, stützte sich energisch auf die Unterarme, zog den ganzen Körper flink nach und griff wieder mit den Ärmchen nach vorn aus.

Aber der allgemeine Geist in der Kinderstube und vor allem die Engländerin gefielen Darja Alexandrowna gar nicht. Nur daraus, daß ein tüchtiges Mädchen zu einer so gesetzwidrigen Familie wie die Annas nicht in Stellung gegangen wäre, konnte sich Darja Alexandrowna erklären, daß Anna bei ihrer Menschenkenntnis eine so unsympathische, wenig respektable Engländerin für ihr Töchterchen genommen hatte. Außerdem merkte Darja Alexandrowna sehr bald, daß Anna, die Amme, die Wärterin und das Kind keine rechte Fühlung miteinander hatten, und daß der Besuch der Mutter im Kinderzimmer etwas Ungewöhnliches war. Anna wollte der Kleinen ihr Spielzeug geben und konnte es nicht finden.

Das erstaunlichste aber war, daß Anna auf die Frage, wie viele Zähne die Kleine habe, das nicht genau sagen konnte und von den beiden letzten Zähnen gar nichts wußte.

»Es tut mir oft sehr weh, daß ich hier sozusagen überflüssig bin«, sagte Anna, als sie das Kinderzimmer verließ und hob ihre Schleppe, um die Spielsachen, die vor der Tür lagen, nicht umzuwerfen. »Bei dem ersten Kind war das anders.«

»Ich dachte, im Gegenteil...« sagte Darja Alexandrowna schüchtern.
»O nein! Weißt du, ich habe ihn wiedergesehen, meinen Serjosha«, sagte Anna und kniff die Augen zu, als blickte sie nach einem weit entfernten Gegenstand. »Aber davon reden wir später. Du wirst es gar nicht glauben — aber mir geht es wie einem Hungrigen, dem plötzlich ein reiches Mahl vorgesetzt wird, und der nicht weiß, womit er anfangen soll. Das reiche Mahl, das bist du und all das, worüber ich mit dir sprechen möchte. Bisher habe ich mich ja mit niemand aussprechen können. Und jetzt weiß ich gar nicht, womit ich anfangen soll. Mais je ne vous ferai grâce de rien. Ich muß alles aussprechen. Ja, aber zuerst muß ich dir die Gesellschaft kurz skizzieren, die du bei uns vorfindest. Ich fange mit den Damen an. Da ist also Prinzessin Warwara. Du kennst sie ja, und ich weiß, wie du und Stiwa über sie denkt. Stiwa sagt immer, Warwaras ganzer Lebenszweck bestehe nur darin, ihre Überlegenheit über Tante Katerina Pawlowna zu beweisen. Das ist zwar richtig, aber sie hat ein gutes Herz, und ich bin ihr sehr dankbar. In Petersburg gab es eine Zeit, wo ich un chaperon brauchte. Und da war sie für mich da. Sie hat wirklich ein gutes Herz und hat mir meine Lage sehr erleichtert. Ich sehe, daß du meine Lage nicht ganz verstehst... ich meine dort, in Petersburg«, fügte sie hinzu. »Hier bin ich vollkommen ruhig und glücklich. Doch davon später. Ich muß dir doch unsere Gäste aufzählen. Ja, dann kommt Swijashskij; er ist Adelsmarschall und ein sehr anständiger Mensch, aber er will irgend etwas von Alexej. Weißt du, jetzt, wo wir auf dem Land wohnen, hat Alexej bei seinem großen Vermögen hier natürlich einen großen Einfluß. Dann ist noch Tuschkewitsch da; du kennst ihn ja, er verkehrte viel bei Betsy. Jetzt hat man ihn dort abgeschoben, und da ist er zu uns gekommen. Alexej sagt, Tuschkewitsch sei einer von den Menschen, die sehr angenehm sind, wenn man sie für das nimmt, was sie scheinen

möchten; et puis, il est comme il faut, wie Prinzessin Warwara sagt. Dann Weslowskij... den kennst du ja. Ein sehr netter Junge«, sagte sie, und ein schelmisches Lächeln spielte um ihre Lippen. »Was ist denn das für eine tolle Geschichte mit Lewin? Weslowskij hat Alexej davon erzählt, aber wir glauben das nicht. Il est très gentil et naif«, sagte sie wieder mit demselben Lächeln. »Die Männer brauchen Zerstreuung, und Alexej braucht ein Publikum. Darum ist mir diese ganze Gesellschaft so wertvoll. Bei uns muß es lebhaft und lustig zugehen, und Alexej darf sich nichts Neues wünschen. Ja, du wirst auch unseren Verwalter kennenlernen. Er ist ein Deutscher, ein sehr braver Mann, und versteht seine Sache. Alexej schätzt ihn sehr. Dann der Arzt, ein junger Mensch, nicht gerade ein Nihilist, aber er ißt mit dem Messer, weißt du... aber er ist sehr tüchtig. Dann der Baumeister... Une petite cour.«

20

»Nun, Prinzessin, da bringe ich Ihnen Dolly, Sie wollten sie doch so gern sehen«, sagte Anna, als sie mit Darja Alexandrowna auf die große steinerne Veranda trat, wo Prinzessin Warwara im Schatten am Stickrahmen saß und an einem Sesselbezug für den Grafen Alexej Kirillowitsch arbeitete. »Sie sagt, sie wolle vor Mittag nichts essen, aber lassen Sie ihr doch ein Frühstück servieren. Ich will inzwischen Alexej suchen und alle herholen.«
Prinzessin Warwara empfing Dolly freundlich und etwas gönnerhaft und erklärte ihr sofort, sie habe sich deshalb bei Anna niedergelassen, weil sie Anna immer viel mehr geliebt habe als ihre Schwester Katerina Pawlowna, bei der Anna erzogen worden sei, und jetzt, wo alle Anna im Stich gelassen hätten, halte sie es für ihre Pflicht, ihr in dieser schweren Übergangszeit zu helfen.
»Sobald ihr Mann in die Scheidung willigt, kehre ich wieder

in meine Einsamkeit zurück; aber jetzt kann ich ihr nützlich sein, und ich erfülle meine Pflicht, so schwer es mir auch fällt. Ich mache es eben nicht wie andere Leute. Wie lieb von dir, daß du gekommen bist. Da hast du wirklich ein gutes Werk getan! Sie leben wie die besten Eheleute. Gott wird sie richten, uns steht das nicht zu. Bei Birjusowskij und Frau Awenjewa, bei Nikandrow und Frau Mamonowa, Wasiljew und Lisa Neptunowa war es ja genau dasselbe. Und da hat niemand darüber geredet, und schließlich sind sie wieder überall empfangen worden. Und dann, c'est un intérieur si joli, si comme il faut. Tout à faitàl'anglaise. On se réunit le matin au breakfast et puis on se sépare. Bis zum Diner tut jeder, was er will. Das Diner ist um sieben Uhr. Stiwa hat sehr recht daran getan, daß er dich hergeschickt hat. Er muß zu ihnen halten. Du weißt doch, daß Wronskij durch seine Mutter und seinen Bruder alles erreichen kann. Und dann tun sie auch sehr viel Gutes. Hat er dir von seinem Krankenhaus erzählt? Ce sera admirable... alles aus Paris!«

Das Gespräch wurde durch Anna unterbrochen, die die Herren im Billardzimmer gefunden hatte und nun mit ihnen auf die Veranda zurückkehrte. Bis zum Diner war noch viel Zeit, das Wetter war herrlich, und so wurden verschiedene Vorschläge gemacht, wie man diese zwei Stunden zubringen könnte. In Wosdwischenskoje gab es sehr viele und ganz andere Möglichkeiten als in Pokrowskoje, sich die Zeit zu vertreiben.

»Une partie de lawn-tennis«, schlug Weslowskij mit seinem netten Lächeln vor. »Ich spiele wieder mit Ihnen, Anna Arkadjewna.«

»Nein, es ist zu heiß. Wir wollen lieber einen Spaziergang im Garten machen und dann Kahn fahren; wir müssen doch Darja Alexandrowna unsere Ufer zeigen«, sagte Wronskij.

»Ich bin mit allem einverstanden«, erklärte Swijashskij.

»Ich glaube, Dolly wird am liebsten einen kleinen Spazier-

gang machen, nicht wahr? Und dann können wir ja Kahn fahren«, sagte Anna.
Weslowskij und Tuschkenitsch gingen nach dem Badehäuschen und versprachen, den Kahn bereitzumachen und auf die andern zu warten.
Zwei Paare gingen einen Gartenweg entlang: Anna mit Swijashskij und Dolly mit Wronskij. Dolly war etwas verlegen und befangen angesichts der völlig neuen Umgebung, in die sie hier geraten war. Vom abstrakten, theoretischen Standpunkt aus rechtfertigte sie Annas Tat nicht nur, sondern billigte sie sogar. Wie viele sehr moralische, von der Einförmigkeit ihres moralischen Lebens ermüdete Frauen, hatte sie aus der Entfernung diese sündige Liebe nicht nur entschuldigt, sondern sogar einen gewissen Neid empfunden. Außerdem hatte sie Anna sehr gern. Aber als sie sie nun in Wirklichkeit sah, unter diesen fremden Menschen, die einen ihr völlig neuen Umgangston hatten, fühlte sie sich doch etwas unbehaglich. Besonders unangenehm war es ihr, zu sehen, wie Prinzessin Warwara der materiellen Vorteile wegen, die sie hier genoß, den beiden alles verzieh.
Dolly billigte zwar Annas Tat, aber es war ihr doch unangenehm, den Mann zu sehen, um dessentwillen diese Tat geschehen war. Außerdem hatte Wronskij ihr nie gefallen. Sie hielt ihn für sehr stolz und fand nichts an ihm, worauf er hätte stolz sein können, von seinem Reichtum abgesehen. Aber gegen ihren Willen imponierte er ihr hier, in seinem Haus, mehr als früher, und sie fühlte sich in seiner Gesellschaft recht befangen. Sie hatte ihm gegenüber eine ähnliche Empfindung wie der Zofe gegenüber. Wie sie sich vor der Zofe wegen ihrer geflickten Nachtjacke zwar nicht geschämt, aber doch geniert hatte, so bei Wronskij wegen ihres eigenen Ich.
Dolly suchte in ihrer Verlegenheit nach einem Gesprächsthema. Sie glaubte zwar, daß es ihm bei seinem Stolz unangenehm sein werde, wenn man sein Haus und seinen Garten

lobte, aber es fiel ihr nichts anderes ein, und darum sagte sie doch zu ihm, sein Haus habe ihr sehr gefallen.

»Ja, es ist sehr schön, und in gutem, altem Stil«, antwortete er.

»Der Hof vor dem Portal hat mir besonders gut gefallen. War er schon immer so?«

»O nein«, sagte er, und sein Gesicht strahlte vor Freude. »Wenn Sie diesen Hof im Frühjahr gesehen hätten!«

Und er begann, zuerst vorsichtig, dann immer mehr von seinem Thema hingerissen, sie auf allerlei Einzelheiten in Haus und Garten aufmerksam zu machen. Es war deutlich zu merken, daß Wronskij, der so viel Mühe an die Verbesserungen und Verschönerungen seines Landsitzes gewandt hatte, das Bedürfnis hatte, sich seinem Gast gegenüber seines Werks zu rühmen, und daß er sich über Darja Alexandrownas Lob von Herzen freute.

»Wenn Sie Lust haben, sich das Krankenhaus anzusehen und nicht zu müde sind, können wir hingehen, es ist nicht weit. Kommen Sie«, sagte er und blickte ihr ins Gesicht, um sich zu überzeugen, daß sie sich wirklich nicht langweilte.

»Kommst du auch mit?« fragte er Anna.

»Wir gehen auch mit, nicht wahr?« sagte sie zu Swijashskij. »Mais il ne faut pas laisser le pauvre Weslowskij et Tuschkewitsch se morfondre là dans le bateau. Wir müssen ihnen Bescheid sagen lassen. — Ja, das ist ein Denkmal, das er sich selbst errichtet«, sagte Anna zu Dolly mit dem listigen, verständnisvollen Lächeln, mit dem sie schon vorher von dem Krankenhaus gesprochen hatte.

»Ja, es ist großartig!« sagte Swijashskij. Aber um nicht den Anschein zu erwecken, daß er sich bei Wronskij einschmeicheln wolle, fügte er sofort eine Bemerkung hinzu, die einen leisen Tadel enthielt. »Aber ich wundere mich, Graf«, sagte er, »daß Sie so wenig Interesse für die Schulen haben, wo Sie doch in sanitärer Hinsicht so viel für das Volk tun.«

»C'est devenu tellement commun, les écoles«, sagte Wron-

skij. »Aber ich baue das Krankenhaus natürlich nicht deswegen, sondern einfach so, weil es mir Freude macht. Hier geht es zum Krankenhaus«, sagte er zu Darja Alexandrowna und zeigte auf einen von der Allee abzweigenden Seitenweg.
Die Damen öffneten ihre Sonnenschirme und bogen in den Seitenweg ein. Nachdem sie einigen Windungen des Wegs gefolgt und durch ein Pförtchen gegangen waren, sah Darja Alexandrowna auf einer kleinen Anhöhe ein großes, rotes, fast vollendetes Gebäude von eigenartiger Form. Das noch nicht gestrichene Blechdach glänzte hell im grellen Sonnenlicht. Neben dem fast fertigen Gebäude wurde noch ein anderes gebaut, das noch von Gerüsten umgeben war. Auf den Gerüstbrettern standen Maurergesellen in Schürzen, schichteten Ziegelsteine, übergossen das Mauerwerk aus ihren Schöpfeimern mit Kalk und brachten es mit dem Richtscheit in Richte.
»Wie schnell die Arbeit vorangeht!« sagte Swijashskij. »Als ich zum letztenmal hier war, war noch kein Dach drauf.«
»Im Herbst ist alles fertig. Innen ist schon fast alles eingerichtet«, sagte Anna.
»Und dieser neue Bau?«
»Das ist die Apotheke und die Wohnung für den Arzt«, sagte Wronskij. Da kam der Baumeister im kurzen Mantel auf ihn zu. Wronskij entschuldigte sich bei den Damen und ging ihm entgegen.
Er ging um die Kalkgrube, aus der die Arbeiter Kalk schöpften, blieb mit dem Baumeister stehen und redete eifrig auf ihn ein.
»Der Giebel wird zu niedrig«, antwortete er auf Annas Frage, worum es sich denn handle.
»Ich habe gleich gesagt, daß man das Fundament höher machen müßte«, sagte Anna.
»Ja, natürlich, das wäre das beste gewesen, Anna Arkadjewna, aber jetzt ist es zu spät«, sagte der Baumeister.
»Ja, ich interessiere mich sehr dafür«, sagte Anna zu Swijash-

skij, der über Annas Architekturkenntnisse staunte. »Das neue Gebäude soll im Stil dem Krankenhaus entsprechen. Aber wir haben uns erst nachträglich entschlossen, es zu bauen, und es ist dann ohne rechten Plan begonnen worden.«
Als Wronskij sein Gespräch mit dem Baumeister beendet hatte, schloß er sich wieder den Damen an und führte sie ins Krankenhaus.
Obwohl noch an den Gesimsen gearbeitet und in der unteren Etage noch getüncht wurde, war in der oberen Etage fast schon alles fertig. Sie gingen eine breite, gußeiserne Treppe hinauf und kamen durch einen Vorplatz in das erste große Zimmer. Die Wände waren mit marmorähnlichem Stuck verkleidet, die Fenster, mit je einer einzigen großen Scheibe, waren schon eingesetzt, nur der Parkettboden war noch nicht fertig. Die Tischler, die ein etwas zu hohes Quadrat abhobelten, unterbrachen ihre Arbeit, nahmen die Bänder ab, mit denen sie ihr Haar aufgebunden hatten, und begrüßten die Herrschaften.
»Das ist das Wartezimmer«, sagte Wronskij. »Hier kommt nur ein Pult, ein Tisch und ein Schrank hinein, und weiter nichts.«
»Bitte, hierher. Wir wollen weitergehen. Geh nicht zu nah ans Fenster, Dolly«, sagte Anna und sah nach, ob die Farbe schon trocken sei. »Alexej, die Farbe ist schon trocken«, fügte sie hinzu.
Aus dem Wartezimmer gingen sie in den Korridor. Hier zeigte ihnen Wronskij eine Ventilationseinrichtung neuesten Systems. Dann zeigte er ihnen die Badewannen aus Marmor und die Betten mit besonders breiten Sprungfedern. Dann zeigte er ihnen die Krankensäle, die Vorratskammern, die Wäschekammer, die Öfen neuester Konstruktion, die Schiebewagen, auf denen man alles Erforderliche geräuschlos durch die Korridore fahren konnte, und noch vieles andere. Swijashskij, der alle modernen Errungenschaften kannte, lobte das alles sehr. Dolly war starr vor Staunen

über all diese ihr bisher völlig unbekannten Dinge und erkundigte sich sehr eingehend danach bei Wronskij, den ihr Interesse sichtlich freute.

»Ja, ich glaube, das wird das einzige wirklich tadellos eingerichtete Krankenhaus in Rußland sein«, sagte Swijashskij.

»Werden Sie auch eine Wöchnerinnenstation einrichten?« fragte Dolly. »Das ist auf dem Land so notwendig. Ich habe oft...«

Wronskij unterbrach sie trotz seiner Höflichkeit.

»Das ist keine Entbindungsanstalt, sondern ein Krankenhaus, und zwar für alle Krankheiten, ansteckende ausgenommen«, sagte er. »Aber sehen Sie sich das einmal an!« Er schob einen Rollstuhl für Genesende heran, den er gerade hatte kommen lassen. »Sehen Sie nur!« Er setzte sich in den Stuhl und bewegte ihn vorwärts. »Nehmen wir an, der Patient kann nicht gehen, er ist noch zu schwach oder er hat ein Fußleiden, aber er braucht frische Luft. Dann kann er in diesem Rollstuhl spazierenfahren...«

Darja Alexandrowna interessierte sich für alles, und alles gefiel ihr außerordentlich, am meisten aber gefiel ihr Wronskij selbst mit seiner natürlichen, naiven Begeisterung. ›Ja, er ist ein sehr lieber, guter Mensch‹, dachte sie mehrmals, ohne auf seine Worte zu hören. Sie sah ihn nur an, versuchte seinen Gesichtsausdruck zu deuten und versetzte sich in Gedanken an Annas Stelle. Er gefiel ihr jetzt in seiner Lebhaftigkeit so sehr, daß sie gut verstand, wie Anna sich in ihn hatte verlieben können.

21

»Nein, ich glaube, die Fürstin ist müde, und die Pferde interessieren sie wohl auch nicht«, sagte Wronskij zu Anna, die vorgeschlagen hatte, ins Gestüt zu gehen, wo Swijashskij sich einen neuen Hengst ansehen wollte. »Geht nur hin; ich begleite die Fürstin zum Haus und wir plaudern ein bißchen, wenn es Ihnen recht ist«, sagte er zu Darja Alexandrowna.

»Ich verstehe nichts von Pferden, und es wird mir eine große Freude sein«, sagte Darja Alexandrowna etwas erstaunt.

Sie merkte an Wronskijs Gesicht, daß er irgend etwas von ihr wollte. Sie hatte sich nicht geirrt. Kaum waren sie durch das Pförtchen wieder in den Garten gekommen, da sah er nach der Seite, wohin Anna gegangen war. Und als er sich überzeugt hatte, daß sie Dolly und ihn weder sehen noch hören konnte, fing er an:

»Sie haben gewiß erraten, daß ich mit Ihnen sprechen möchte.« Er sah sie mit lachenden Augen an. »Ich bin überzeugt, daß Sie wirklich Annas Freundin sind.« Er nahm den Hut ab, zog sein Taschentuch heraus und fuhr sich damit über den schon recht kahlen Kopf.

Darja Alexandrowna sagte nichts und sah ihn nur erschrokken an. Als sie mit ihm allein war, wurde ihr plötzlich ganz bang: die lachenden Augen bei dem strengen Gesichtsausdruck erschreckten sie.

Sie dachte: ›Worüber wird er denn mit mir sprechen? Er wird mich bitten, mit den Kindern hierherkommen und eine Weile zu bleiben, und ich werde es ablehnen müssen. Oder er wird mich bitten, in Moskau einen gesellschaftlichen Verkehr für Anna zu schaffen... Oder will er von Wasenka Weslowskij und seinem Verhältnis zu Anna reden? Oder vielleicht von Kitty, daß er sich ihr gegenüber schuldig fühlt?‹ Sie erwartete nur Unangenehmes, aber das, worüber er mit ihr sprechen wollte, erriet sie nicht.

»Sie haben einen so großen Einfluß auf Anna, und sie liebt Sie so sehr«, sagte er, »helfen Sie mir!«

Darja Alexandrowna sah schüchtern fragend in sein energisches Gesicht, das bald ganz, bald teilweise von der Sonne beleuchtet und dann wieder vom Schatten der Linden verdunkelt wurde, und wartete, was er weiter sagen werde;

aber er ging schweigend neben ihr her und ließ seinen Spazierstock über den Kies schleifen.
»Wenn Sie zu uns gekommen sind, Sie als die einzige von allen früheren Freundinnen Annas — Prinzessin Warwara zähle ich nicht mit — so begreife ich sehr wohl, daß Sie das nicht getan haben, weil Sie unser Verhältnis für etwas ganz Normales halten, sondern weil Sie die ganze Schwierigkeit dieser Lage erkennen, Anna immer noch liebhaben und ihr helfen wollen. Habe ich Sie richtig verstanden?« fragte er und sah sie an.
»O ja«, sagte Darja Alexandrowna und klappte ihren Sonnenschirm zu. »Aber...«
»Nein«, unterbrach er sie und blieb unwillkürlich stehen; er vergaß völlig, daß er sie dadurch in Verlegenheit brachte, denn sie mußte nun auch stehenbleiben, »keiner fühlt stärker als ich, wie schwierig Annas Lage ist. Und das ist ja auch begreiflich, wenn Sie mir die Ehre erweisen, mich für einen Mann zu halten, der ein Herz hat. Ich bin an dieser Lage schuld, und darum empfinde ich sie als so schwer.«
»Ich verstehe Sie«, sagte Darja Alexandrowna, die ihn unwillkürlich bewunderte, weil er das so aufrichtig und energisch sagte. »Aber ich fürchte, Sie übertreiben, weil Sie sich schuldig fühlen«, sagte sie. »Ich verstehe sehr gut, daß Annas Situation in der Gesellschaft peinlich ist.«
»Die Gesellschaft ist eine Hölle für sie!« stieß er mit finsterem Gesicht hervor. »Man kann sich gar nicht vorstellen, wie sehr sie in diesen zwei Wochen in Petersburg gelitten hat. Das können Sie mir wirklich glauben.«
»Ja, gewiß, aber hier, solange Sie und Anna kein Bedürfnis nach der Gesellschaft haben...«
»Die Gesellschaft!« rief er verächtlich. »Wozu brauche ich die Gesellschaft?«
»Solange — und es kann ja immer so bleiben — sind Sie glücklich und ruhig. Ich sehe es Anna an, daß sie glücklich ist, vollkommen glücklich, und sie hat es mir auch schon

selbst gesagt«, antwortete Darja Alexandrowna lächelnd; aber als sie das sagte, begann sie plötzlich zu zweifeln, ob Anna wirklich so glücklich sei.
Wronskij jedoch schien nicht daran zu zweifeln.
»Ja, ja«, sagte er, »ich weiß, daß sie nach allen ihren Leiden hier wieder aufgelebt ist; sie ist glücklich. Glücklich über den jetzigen Zustand. Aber ich? Ich habe Angst vor dem, was uns erwartet... Verzeihung, möchten Sie weitergehen?«
»Nein, nein, es ist mir ganz gleich.«
»Nun, dann setzen wir uns hier hin.«
Darja Alexandrowna setzte sich auf eine Gartenbank in einem Winkel der Allee. Wronskij blieb vor ihr stehen.
»Ich sehe, daß sie glücklich ist«, sagte er, und Darja Alexandrowna zweifelte nun noch mehr an Annas Glück. »Aber kann es so weitergehen? Ob wir gut oder schlecht gehandelt haben, ist eine andere Frage, aber der Würfel ist gefallen«, sagte er, vom Russischen ins Französische übergehend, »und wir sind für das ganze Leben miteinander verbunden. Wir sind durch die heiligsten Bande vereint, die es für uns gibt, durch die Bande der Liebe. Wir haben ein Kind, wir können noch mehr Kinder haben. Aber das Gesetz und unsere ganze Lage sind so, daß tausend Komplikationen eintreten können, die sie jetzt, wo sie sich nach all diesen Qualen und Prüfungen erholen möchte, nicht sieht und nicht sehen kann. Meine Tochter ist dem Gesetz nach nicht mein Kind, sondern eine Karenina. Ich will diesen Betrug nicht!« sagte er mit einer energischen, verneinenden Geste und sah Darja Alexandrowna finster und fragend an.
Sie antwortete nicht, sondern sah ihm nur ins Gesicht. Er fuhr fort:
»Morgen kann mir ein Sohn geboren werden, mein Sohn — auch er ist nach dem Gesetz ein Karenin und kann weder meinen Namen noch mein Vermögen erben; und wenn wir

ein noch so glückliches Familienleben führen und noch so viele Kinder haben — zwischen mir und ihnen besteht kein gesetzliches Band, sie sind Karenins. Können Sie verstehen, wie niederdrückend und entsetzlich diese Lage ist? Ich habe versucht, mit Anna darüber zu reden, aber es regt sie zu sehr auf. Sie versteht mich nicht und ich kann ihr nicht alles sagen. Betrachten Sie bitte die Sache jetzt von der andern Seite. Ich bin glücklich, glücklich durch ihre Liebe, aber ich muß meine Tätigkeit haben. Ich habe diese Tätigkeit gefunden, ich bin stolz darauf und halte meine Arbeit für achtungswerter als die Tätigkeit meiner früheren Kameraden bei Hof und im Militärdienst. Und ich möchte nie und nimmer mit ihnen tauschen. Ich arbeite hier ruhig auf meinem Grund und Boden, ich bin glücklich und zufrieden, und wir brauchen nichts mehr zu unserem Glück. Ich liebe meine Arbeit. Cela n'est pas un pis-aller, ganz im Gegenteil...«

Darja Alexandrowna merkte, daß er hier aus dem Konzept gekommen war und verstand diese Abschweifung nicht recht. Aber sie fühlte, daß er, da er einmal angefangen hatte, von seinen innersten Regungen zu reden, über die er mit Anna nicht sprechen konnte, auch alles aussprechen wollte und daß die Frage seiner Tätigkeit auf dem Land zu demselben Bereich seiner geheimsten Gedanken gehörte wie die Frage seines Verhältnisses zu Anna.

»Ja,« sagte er, seine Gedanken sammelnd, »die Hauptsache ist doch folgendes: wenn ich arbeite, möchte ich auch die Überzeugung haben, daß mein Werk nicht mit mir stirbt, sondern daß ich Erben haben werde — und das ist bei mir nicht der Fall. Versetzen Sie sich in die Lage eines Mannes, der im voraus weiß, daß seine Kinder, die Kinder der Frau, die er liebt, nicht ihm gehören werden, sondern einem andern, der sie haßt und nichts von ihnen wissen will. Das ist doch entsetzlich!«

Er schwieg, offensichtlich stark erregt.

»Ja, gewiß, ich verstehe das vollkommen. Aber was kann Anna denn tun?« fragte Darja Alexandrowna.

»Ja, das bringt mich auf den Zweck, den ich bei diesem Gespräch im Auge hatte«, sagte er, sich mühsam beherrschend. »Anna hat es in der Hand, alles hängt von ihr ab... Sogar zu einem Gesuch an den Zaren um Adoption ist die Scheidung die unerläßliche Vorbedingung. Und das hängt von Anna ab. Annas Mann war mit der Scheidung einverstanden — damals hatte Ihr Herr Gemahl die Sache so gut wie erledigt. Und auch jetzt würde Karenin sich nicht weigern, das weiß ich. Man braucht ihm nur zu schreiben. Er hatte damals geradezu erklärt, er werde sich nicht weigern, wenn sie diesen Wunsch äußern sollte. Natürlich«, sagte er finster, »ist das eine jener pharisäischen Grausamkeiten, zu denen nur solche herzlosen Menschen fähig sind. Er weiß, wie qualvoll jede Erinnerung an ihn für sie ist, und weil er sie so gut kennt, verlangt er einen solchen Brief von ihr. Ich verstehe sehr gut, daß das eine Qual für sie ist. Aber diese ganze Sache ist so wichtig, daß es notwendig ist, passer pardessus toutes ces finesses de sentiment. Il y va du bonheur et de l'existence d'Anna et de ses enfants. Von mir rede ich gar nicht, obwohl auch ich darunter leide, schwer leide«, sagte er in einem Ton, als drohe er jemand, weil er so schwer leiden müsse. »Und darum, Fürstin, greife ich ganz schamlos nach Ihrer helfenden Hand wie nach einem Rettungsanker. Helfen Sie mir Anna überreden, daß sie an ihn schreibt und die Scheidung verlangt!«

»Ja, natürlich«, antwortete Darja Alexandrowna nachdenklich und erinnerte sich lebhaft an ihre letzte Begegnung mit Alexej Alexandrowitsch. »Ja, natürlich«, wiederholte sie entschlossen bei dem Gedanken an Anna.

»Nutzen Sie Ihren Einfluß auf sie aus, veranlassen Sie sie, den Brief zu schreiben. Ich will nicht mit ihr darüber sprechen, und ich kann es auch kaum.«

»Gut, ich will mit ihr reden. Aber warum ist sie denn noch

nicht selbst auf diesen Gedanken gekommen?« fragte Darja Alexandrowna und mußte plötzlich, ohne zu wissen, warum, an Annas seltsame neue Angewohnheit denken, die Augen zusammenzukneifen. Und es fiel ihr ein, daß Anna immer die Augen zusammenkniff, wenn man an ihr Innenleben rührte. ›Sie kneift vor ihrem eigenen Leben die Augen zusammen, um nicht alles zu sehen‹, dachte Dolly. »Sie können sich darauf verlassen, ich werde um ihretwillen und um meiner selbst willen mit ihr sprechen«, antwortete sie auf Wronskijs Dankesbeteuerungen.
Sie standen auf und gingen ins Haus zurück.

22

Als Anna Dolly schon zu Hause fand, sah sie ihr aufmerksam in die Augen, als wollte sie nach dem Gespräch fragen, das sie mit Wronskij gehabt hatte, aber sie fragte nicht danach.
»Ich glaube, es ist schon Zeit zum Diner«, sagte sie. »Wir haben noch gar nicht richtig miteinander gesprochen, aber ich hoffe auf den Abend. Jetzt muß ich mich umziehen, und du willst es wohl auch tun. Wir haben uns alle bei dem Neubau schmutzig gemacht.«
Dolly ging in ihr Zimmer und mußte über sich selbst lachen. Sie konnte sich gar nicht umziehen, denn sie hatte schon ihr bestes Kleid an; aber um wenigstens irgendwie anzudeuten, daß sie Toilette zum Diner mache, bat sie die Zofe, ihr Kleid auszubürsten, wechselte die Manschetten und die Schleife und legte ein Spitzentuch über ihr Haar.
»Das ist alles, was ich tun konnte«, sagte sie lächelnd zu Anna, die in einem dritten, wieder außerordentlich einfachen Kleid zu ihr ins Zimmer kam.
»Ja, wir nehmen dergleichen viel zu wichtig«, sagte Anna, als wollte sie sich wegen ihrer Eleganz entschuldigen. »Alexej freut sich über deinen Besuch so herzlich, wie er

sich selten über etwas freut. Er ist entschieden in dich verliebt«, fügte sie hinzu. »Bist du auch nicht müde?«

Vor dem Diner war keine Zeit mehr zu einem Gespräch. Als sie in den Salon kamen, fanden sie dort schon Prinzessin Warwara und die Herren in Gehröcken. Der Baumeister war im Frack. Wronskij stellte Darja Alexandrowna den Arzt und den Verwalter vor. Mit dem Baumeister hatte er sie schon im Krankenhaus bekannt gemacht.

Der dicke Haushofmeister mit dem runden, glattrasierten Gesicht und der gestärkten weißen Krawatte meldete, daß serviert sei, und die Damen erhoben sich. Wronskij bat Swijashskij, Anna Arkadjewna zu Tisch zu führen, er selbst ging auf Dolly zu. Weslowskij kam Tuschkewitsch zuvor und reichte Prinzessin Warwara den Arm, so daß Tuschkewitsch, der Verwalter und der Arzt allein gehen mußten.

Das Diner, der Speisesaal, das Geschirr, die Diener, die Weine und Speisen entsprachen nicht nur dem in diesem Hause herrschenden modernen Luxus, sondern wirkten sogar noch luxuriöser und moderner. Darja Alexandrowna sah sich diesen ihr neuen Luxus sehr genau an, obwohl sie nie hoffen konnte, etwas von dem, was sie hier bemerkte, in ihrem eigenen Haus einzuführen, weil das alles weit über ihre Verhältnisse ging, aber als Frau, die einen Haushalt zu leiten hatte, suchte sie unwillkürlich alle Einzelheiten zu ergründen und fragte sich, wer wohl das alles besorge und wie er es mache. Wasenka Weslowskij, ihr Mann und sogar Swijashskij und viele Leute, die sie kannte, dachten nie darüber nach und glaubten ohne weiteres, was jeder gute Gastgeber seine Gäste glauben machen möchte, nämlich, daß alles, was bei ihm so vorzüglich eingerichtet ist, ihn keinerlei Mühe gekostet, sondern ganz von selbst zustande gekommen sei. Darja Alexandrowna dagegen wußte, daß nicht einmal der Frühstücksbrei für die Kinder von selbst zustande kommt, daß also in diesem großen, komplizierten Haushalt jemand da sein mußte, der alles mit größter Aufmerksamkeit anordnete. An dem Blick, mit dem Wronskij den Tisch überschaute, daran, wie er dem Haushofmeister zunickte und wie er sie fragte, ob sie kalte Kräutersuppe oder Bouillon wünsche, erkannte Dolly, daß der Herr des Hauses sich persönlich um alles kümmerte. Anna hatte ebensowenig mit all dem zu tun wie etwa Weslowskij. Sie, Swijashskij, die Prinzessin und Weslowskij waren gleichermaßen Gäste, die fröhlich genossen, was ihnen dargeboten wurde.

Anna zeigte sich nur darin als Herrin des Hauses, daß sie das Gespräch leitete. Und dieses Gespräch, das für die Dame des Hauses sehr schwierig war bei dieser kleinen Tafelrunde, der Leute angehörten wie der Verwalter, der Arzt und der Baumeister, Menschen aus einer ganz anderen Welt, die sich alle Mühe gaben, inmitten dieses ungewohnten Luxus nicht verlegen zu werden und an der allgemeinen Unterhaltung nicht lange teilnehmen konnten — dieses schwierige Gespräch führte Anna mit ihrem gewohnten Takt ganz ungezwungen und sogar mit einem gewissen Vergnügen, wie Darja Alexandrowna zu bemerken glaubte.

Zuerst war davon die Rede, wie Tuschkewitsch und Weslowskij allein Kahn gefahren waren, dann erzählte Tuschkewitsch von der letzten Regatta des Yachtklubs in Petersburg. Anna wartete eine kleine Pause ab und wandte sich dann an den Baumeister, um ihn ins Gespräch zu ziehen.

»Nikolaj Iwanowitsch war überrascht«, sagte sie von Swijashskij, »wie das neue Gebäude gewachsen ist, seit er zum letztenmal hier war. Ich selbst komme jeden Tag hin und wundere mich trotzdem jeden Tag, wie schnell es geht.«

»Mit seiner Exzellenz läßt sich gut arbeiten«, antwortete der Baumeister, ein selbstbewußter, höflicher, ruhiger Mann. »Das ist etwas anderes, wie wenn man mit den Gouvernementsbehörden zu tun hat. Da muß man einen ganzen

Haufen Papier vollschreiben, aber hier kann ich dem Grafen mündlich berichten, wir besprechen die Sache, und alles ist mit ein paar Worten erledigt.«

»Amerikanische Methoden«, sagte Swijashskij lächelnd.

»Ja, dort baut man rationell...«

Dann sprach man von dem Mißbrauch der Amtsgewalt in den Vereinigten Staaten, aber Anna brachte das Gespräch schnell auf ein anderes Thema, um den Verwalter aus seinem Schweigen herauszulocken.

»Hast du schon einmal Mähmaschinen gesehen?« fragte sie Darja Alexandrowna. »Wir waren gerade aufs Feld geritten, um sie uns anzusehen, als wir dich trafen. Ich habe sie auch zum erstenmal gesehen.«

»Wie arbeiten sie denn?« fragte Dolly.

»Wie eine Schere. Es ist ein Brett und viele kleine Scheren. Sieh mal, so!«

Anna nahm mit ihren schönen, weißen, ringgeschmückten Händen ein Messer und eine Gabel und versuchte Dolly klarzumachen, wie eine Mähmaschine arbeitet. Sie sah offenbar selbst, daß ihre Erläuterungen sehr unklar waren, aber sie fuhr damit fort, da sie wußte, daß sie gut sprach und schöne Hände hatte.

»Die Schneiden haben eigentlich mehr Ähnlichkeit mit Federmessern«, sagte Weslowskij scherzend, der kein Auge von ihr verwandte.

Anna lächelte kaum merklich und gab ihm keine Antwort.

»Nicht wahr, Karl Fedorowitsch, sie haben doch Ähnlichkeit mit Scheren?« sagte sie zu dem Verwalter.

»O ja«, sagte der Deutsche in seiner Muttersprache. »Es ist ein ganz einfaches Ding...« Und er begann die Konstruktion der Maschine zu erläutern.

»Schade, daß sie nicht auch gleich bindet. Ich habe auf der Wiener Ausstellung eine gesehen, die mit Draht bindet«, sagte Swijashskij. »Solche Maschinen wären noch vorteilhafter.«

»Es kommt drauf an... Der Preis vom Draht muß ausgerechnet werden«, antwortete der Verwalter deutsch. Aus seiner Schweigsamkeit aufgerüttelt, sagte er zu Wronskij: »Das läßt sich ausrechnen, Erlaucht«, und wollte schon in die Tasche greifen, wo er einen Bleistift nebst Notizbuch stecken hatte, in dem er alles auszurechnen pflegte. Aber da fiel ihm ein, daß er bei Tisch saß, außerdem bemerkte er Wronskijs kalten Blick, und er unterließ es. »Zu kompliziert, macht zuviel Klopot«, schloß er.

»Wünscht man Dochots, so hat man auch Klopots«, sagte Wasenka Weslowskij halb deutsch, halb russisch, um den Deutschen zu foppen. »Jadore l'allemand«, wandte er sich wieder mit demselben Lächeln an Anna.

»Cessez«, sagte sie scherzhaft-streng.

»Wir hatten erwartet, Sie auf dem Feld zu treffen, Wasilij Semjonowitsch«, wandte sie sich zu dem Arzt, einem kränklich aussehenden Menschen. »Waren Sie nicht dort?«

»Ich war dort, aber ich habe mich verflüchtigt«, antwortete der Arzt in mürrisch-scherzhaftem Ton.

»Da haben Sie sich ja tüchtig Bewegung gemacht!«

»Und ob!«

»Wie geht es denn der alten Frau? Es ist doch hoffentlich kein Typhus?«

»Ob Typhus oder nicht, jedenfalls geht es ihr nicht gut.«

»Ach, das tut mir leid!« sagte Anna. Damit hatte sie ihren Hausgenossen den Tribut der Höflichkeit zukommen lassen und nun wandte sie sich wieder an ihre Standesgenossen.

»Nach Ihren Beschreibungen eine solche Maschine zu konstruieren, wäre wohl doch recht schwierig, Anna Arkadjewna«, sagte Swijashskij scherzend.

»Wieso denn?« antwortete Anna mit einem Lächeln, das besagte, daß sie wußte, wie anmutig sie die Konstruktion der Maschine erklärt hatte, und daß Swijashskij das bemerkt haben müsse. Dieser neue Zug einer jugendlichen Koketterie überraschte Dolly recht unangenehm.

»Aber dafür versteht Anna Arkadjewna erstaunlich viel von Architektur«, sagte Tuschkewitsch.
»O ja, ich habe gestern gehört, wie Anna Arkadjewna sagte: ›Streben und Plinthen‹«, sagte Weslowskij. »Habe ich's richtig gesagt?«
»Das ist gar nicht erstaunlich, wenn man so viel davon sieht und hört«, sagte Anna. »Aber Sie wissen wahrscheinlich nicht einmal, woraus man Häuser baut.«
Darja Alexandrowna sah, daß Anna sich über den neckenden Ton ärgerte, in dem Weslowskij mit ihr sprach, aber sich trotzdem unwillkürlich desselben Tons bediente.
Wronskij verhielt sich in dieser Situation ganz anders als Lewin. Er hielt Weslowskijs Geschwätz offenbar für völlig unwichtig und forderte ihn sogar noch heraus.
»Sagen Sie mal, Weslowskij, womit werden die Steine denn verbunden?«
»Natürlich mit Zement.«
»Bravo! Aber was ist denn Zement?«
»So eine Art Brei... nein, Kitt«, sagte Weslowskij und rief mit dieser Antwort allgemeines Gelächter hervor.
Die Unterhaltung bei Tisch stockte keinen Augenblick, nur der Arzt, der Baumeister und der Verwalter saßen in finsterem Schweigen da. Bald glitt das Gespräch glatt dahin, bald hakte es irgendwo ein und traf den einen oder andern der Tischgenossen an seiner empfindlichen Stelle. Einmal fühlte sich auch Darja Alexandrowna unangenehm berührt und wurde so hitzig, daß sie einen ganz roten Kopf bekam und später überlegte, ob sie nicht etwas Unpassendes oder Kränkendes gesagt habe. Swijashskij war auf Lewin zu sprechen gekommen und erwähnte dessen sonderbare Ansicht, daß die Maschinen in der russischen Landwirtschaft nur Schaden anrichteten.
»Ich habe nicht das Vergnügen, diesen Herrn Lewin zu kennen«, sagte Wronskij lächelnd, »aber er hat wahrscheinlich nie die Maschinen gesehen, die er verurteilt. Und wenn

er sie gesehen und geprüft hat, dann wohl nur sehr oberflächlich, und vielleicht waren es auch keine ausländischen Maschinen, sondern russische. Wie kann er also darüber urteilen?«

»Er hat überhaupt schnurrige Ansichten«, sagte Weslowskij lächelnd zu Anna.

»Ich kann seine Ansichten nicht verteidigen«, sagte Darja Alexandrowna erregt. »Aber ich kann sagen, daß er ein sehr gebildeter Mensch ist, und wenn er hier wäre, würde er Ihnen zu antworten wissen. Ich kann es leider nicht.«

»Ich habe ihn sehr gern, und wir sind gute Freunde«, sagte Swijashskij mit gutmütigem Lächeln. »Mais pardon, il est un petit peu toqué; so behauptet er zum Beispiel, der Kreistag und die Friedensrichter seien vollkommen überflüssig, und will sich an nichts beteiligen.«

»Das ist unsere russische Gleichgültigkeit«, sagte Wronskij und goß sich eisgekühltes Wasser aus einer Karaffe in ein schlankes, hochstengliges Glas, »wir haben kein Gefühl für die Pflichten, die uns unsere Rechte auferlegen, und darum verneinen wir diese Pflichten.«

»Ich kenne keinen Menschen, der seine Pflichten so streng erfüllt wie Lewin«, sagte Darja Alexandrowna, gereizt durch den überlegenen Ton Wronskijs.

»Ich dagegen«, fuhr Wronskij fort, den dieses Gespräch offenbar an einer empfindlichen Stelle traf, »ich dagegen, wie Sie mich hier sehen, bin sehr dankbar für die Ehre, die man mir erwiesen hat, indem man mich dank der Bemühungen von Nikolaj Iwanowitsch« — er zeigte auf Swijashskij — »zum Ehrenfriedensrichter gewählt hat. Ich bin der Meinung, daß die Pflicht, an den Versammlungen teilzunehmen, den Prozeß eines Bauern um ein Pferd zu behandeln, für mich ebenso wichtig ist wie alles andere, was ich tue. Und ich würde es als eine Ehre ansehen, wenn man mich in den Kreistag wählen sollte. Nur dadurch kann ich mich für die Vorteile erkenntlich zeigen, die ich als Grundbesitzer genieße. Leider mangelt es vielfach an Verständnis für die Bedeutung, die der Grundbesitzer im Staat haben sollte.«

Darja Alexandrowna fühlte sich seltsam berührt als sie hörte, wie ruhig und überzeugt Wronskij hier in seinem Haus seine Ansichten äußerte. Sie mußte an Lewin denken, der entgegengesetzter Meinung war, und sein Urteil an seinem Tisch mit derselben Entschiedenheit aussprach. Aber sie hatte Lewin gern, und darum stand sie auf seiner Seite.

»Wir können also bei der nächsten Versammlung auf Sie rechnen, Graf?« fragte Swijashskij. »Aber Sie müßten recht früh hinfahren, so daß Sie schon am achten da sind. Bitte, erweisen Sie mir die Ehre, mit mir zusammen zu fahren.«

»Ich bin in manchem derselben Ansicht wie dein Schwager«, sagte Anna, »aber aus anderen Gründen«, fügte sie lächelnd hinzu. »Ich fürchte, daß in letzter Zeit diese sozialen Pflichten zu zahlreich geworden sind. Früher gab es so viele Beamte, daß für jede Kleinigkeit ein besonderer Beamter nötig war, und bei der Selbstverwaltung ist es jetzt ganz ähnlich. Alexej wohnt erst sechs Monate hier und ist schon Mitglied von fünf, sechs verschiedenen Behörden der Selbstverwaltung: Kurator, Friedensrichter, Geschworener, beim Semstwo, bei der Gestütsverwaltung. Du train que cela va, wird seine ganze Zeit für diese Tätigkeit draufgehen. Und ich fürchte, daß bei der großen Zahl dieser Ämter alles zuletzt zur bloßen Formalität wird. Bei wieviel Institutionen sind Sie denn Mitglied, Nikolaj Iwanowitsch?« fragte sie Swijashskij. »Doch mindestens bei zwanzig.«

Anna sprach im Scherz, aber aus ihrem Ton klang eine gewisse Gereiztheit heraus. Darja Alexandrowna, die Anna und Wronskij aufmerksam beobachtete, merkte das sofort. Es entging ihr auch nicht, daß Wronskijs Gesicht bei diesem Gespräch sofort einen ernsten, eigensinnigen Ausdruck angenommen hatte. Gleichzeitig bemerkte sie, daß Prinzessin Warwara, um dem Gespräch eine andere Wendung zu geben, eilig von Petersburger Bekannten zu reden anfing, und als sie sich nun noch daran erinnerte, daß Wronskij im Garten so unvermittelt von seiner Tätigkeit gesprochen hatte, da begriff sie, daß über diese Frage, der Betätigung im öffentlichen Leben, eine geheime Meinungsverschiedenheit zwischen Anna und Wronskij bestand.

Die Speisen, die Weine, die Bedienung — alles war ausgezeichnet, aber so unpersönlich und förmlich wie bei einem großen Diner oder auf einem Ball, Veranstaltungen, an die Darja Alexandrowna nicht mehr gewöhnt war. Sie fühlte sich unangenehm berührt und dachte: ›Und das alles an einem ganz gewöhnlichen Tag, in einem so kleinen Kreis!‹

Nach dem Diner saß die Gesellschaft eine Weile auf der Veranda. Dann wurde Tennis gespielt. Die Spieler teilten sich in zwei Parteien und stellten sich auf dem sorgsam geebneten und festgestampften crocket-ground auf, zu beiden Seiten eines Netzes, das zwischen vergoldeten Pfosten gespannt war. Darja Alexandrowna versuchte mitzuspielen, konnte das Spiel aber lange nicht begreifen, und als sie es endlich begriffen hatte, war sie so müde, daß sie sich zu Prinzessin Warwara setzte und zuschaute. Ihr Partner, Tuschkewitsch, hörte auch auf, aber die anderen spielten noch lange weiter. Swijashskij und Wronskij spielten beide sehr gut und mit großem Ernst. Sie verfolgten aufmerksam den ihnen zugeschleuderten Ball, liefen ihm ohne Hast und ohne Zögern entgegen, warteten, bis er aufsprang und schleuderten ihn dann mit einem geschickten, sicheren Schlag über das Netz hinüber. Weslowskij spielte schlechter als die andern. Er war zu aufgeregt, aber dafür brachte er durch seine Heiterkeit Leben in das Spiel. Er lachte und schrie in einem fort. Er hatte, wie die andern Herren, mit Erlaubnis der Damen den Rock ausgezogen, und seine schöne, kräftige Gestalt in den weißen Hemdärmeln, mit dem roten, schwitzenden Gesicht und den hitzigen Bewegungen prägte sich den andern unwillkürlich ein.

Als Darja Alexandrowna an diesem Abend im Bett lag, sah sie, sobald sie die Augen schloß, Wasenka Weslowskij auf dem crocket-ground hin- und herrennen.

Jetzt aber, während des Spiels, war sie nicht sehr vergnügt. Der scherzende Ton zwischen Weslowskij und Anna mißfiel ihr, und auch das Unnatürliche, das sich stets fühlbar macht, wenn Erwachsene allein, ohne daß Kinder dabei sind, kindliche Spiele spielen. Um den andern nicht die Stimmung zu verderben und um die Zeit irgendwie auszufüllen, nahm sie dann wieder am Spiel teil und tat, als sei sie sehr vergnügt. Diesen ganzen Tag hatte sie ein Gefühl, als spiele sie zusammen mit Schauspielern, die besser seien als sie selbst, Theater, und als verderbe sie alles durch ihr schlechtes Spiel.

Sie war mit der Absicht gekommen, zwei Tage zu bleiben, falls sie sich hier wohlfühle. Aber während des Tennisspiels beschloß sie, morgen abzureisen. Die quälenden Muttersorgen, die sie auf der Herfahrt so gehaßt hatte, erschienen ihr jetzt, nach einem einzigen Tag, den sie ohne diese Sorgen verbracht hatte, in ganz anderem Licht und hatten etwas Lockendes für sie.

Als Darja Alexandrowna nach dem Abendtee und einer nächtlichen Kahnfahrt allein in ihr Zimmer trat, ihr Kleid auszog und sich setzte, um ihr dünnes Haar für die Nacht zurechtzumachen, fühlte sie sich sehr erleichtert.

Es war ihr sogar ein unangenehmer Gedanke, daß Anna wohl bald zu ihr kommen werde. Sie wollte mit ihren Gedanken allein sein.

23

Dolly wollte gerade zu Bett gehen, als Anna im Nachtkleid zu ihr kam.

Im Lauf des Tages hatte Anna mehrmals von intimen Dingen zu reden angefangen, aber jedesmal nach ein paar

Worten gesagt: »Wir sprechen später darüber, wenn wir allein sind. Ich habe dir so viel zu sagen!«
Jetzt waren sie allein, und Anna wußte nicht, wovon sie reden sollte. Sie saß am Fenster, sah Dolly an und musterte in Gedanken den ganzen Vorrat intimer Gesprächsstoffe, den sie für unerschöpflich gehalten hatte, und fand nichts. Es schien ihr in diesem Augenblick, als sei schon alles gesagt.
»Nun, wie geht es denn Kitty?« fing sie mit einem tiefen Seufzer an und sah Dolly schuldbewußt an. »Sag mir die Wahrheit, Dolly, ist sie mir nicht böse?«
»Ob sie dir böse ist? Nein«, sagte Dolly lächelnd.
»Aber sie haßt mich wohl und verachtet mich.«
»O nein! Aber du weißt, so etwas kann man nicht verzeihen.«
»Ja, ja«, sagte Anna, wandte sich ab und sah zum offenen Fenster hinaus. »Aber es war nicht meine Schuld. Und wer ist denn schuld? Was heißt überhaupt Schuld? Konnte es denn anders kommen? Was meinst du denn? Wäre es denn möglich gewesen, daß du Stiwa nicht geheiratet hättest?«
»Ich weiß wirklich nicht. Aber sag mir doch ...«
»Ja, ja, aber wir sind noch nicht mit Kitty fertig. Ist sie glücklich? Er soll ein prächtiger Mensch sein.«
»Prächtig ist zu wenig gesagt. Ich kenne keinen besseren Menschen.«
»Ach, das freut mich! Ich bin sehr froh! Prächtig ist viel zu wenig gesagt«, wiederholte sie.
Dolly lächelte.
»Aber jetzt mußt du mir von dir erzählen. Ich habe so viel mit dir zu reden. Ich sprach heute auch mit ...« Dolly wußte nicht, wie sie ihn nennen sollte. Es war ihr peinlich, ihn Graf oder Alexej Kirillytsch zu nennen.
»Mit Alexej«, sagte Anna. »Ich weiß, daß ihr miteinander gesprochen habt. Aber ich wollte dich gerade fragen: wie denkst du über mich und über mein Leben?«
»Das kann ich nicht so unvermittelt sagen. Ich weiß es wirklich nicht.«

»Nein, sag mir's doch... Du siehst ja, wie ich lebe. Aber vergiß nicht, daß du uns im Sommer siehst, wo du zu Besuch gekommen bist und wir nicht allein sind... Aber wir kamen im Frühjahr hierher, da waren wir ganz allein, und wir werden auch später wieder allein sein, und etwas Schöneres kann ich mir gar nicht wünschen. Aber stell dir vor, daß ich ganz allein hier lebe, ohne ihn, ganz allein... Ich sehe an allem, daß es oft so sein wird, daß er die Hälfte der Zeit außer dem Haus zubringen wird.« Sie stand auf und setzte sich näher zu Dolly. »Selbstverständlich«, sagte sie, ohne Dolly zu Wort kommen zu lassen, die etwas erwidern wollte, »selbstverständlich werde ich ihn nicht mit Gewalt zurückhalten. Das tue ich auch jetzt nicht. In allernächster Zeit sind Rennen, da laufen auch seine Pferde, und er fährt hin. Ich freue mich sehr darüber. Aber denk doch einmal an mich, stell dir meine Lage vor... Doch wozu davon reden!« Sie lächelte. »Worüber hat er denn mit dir gesprochen?«

»Er sprach von einer Angelegenheit, über die ich auch selbst mit dir reden wollte, und es fällt mir nicht schwer, sein Anwalt zu sein. Er sprach darüber, ob es denn keine Möglichkeit gibt... ob man...« Darja Alexandrowna stockte, »deine Lage nicht ändern und bessern könnte... Du weißt, wie ich darüber denke... Aber du solltest ihn heiraten, wenn es möglich ist...«

»Also eine Scheidung?« sagte Anna. »Weißt du, daß die einzige Frau, die mich in Petersburg besucht hat, Betsy Twerskaja war? Du kennst sie doch? Au fond c'est la femme la plus dépravée qui existe. Sie hatte ein Verhältnis mit Tuschkewitsch und betrog ihren Mann auf die schändlichste Weise. Und sie sagte zu mir, sie könne nicht mit mir verkehren, solange meine Lage nicht geregelt sei. Denk bitte nicht, daß ich dich mit ihr auf eine Stufe stelle, ich kenne dich, liebe Dolly. Aber es fiel mir unwillkürlich ein... Nun, was hat er dir denn gesagt?« wiederholte sie.

»Er sagte, daß er sehr leidet, um dich und auch um sich selbst. Du sagst vielleicht, das sei Egoismus, aber es ist ein so erlaubter, edler Egoismus! Er möchte erstens seine Tochter legitimieren und dein Mann sein, ein Recht auf dich haben.«

»Es gibt keine Frau, keine Sklavin, die so sehr Sklavin ist, wie ich es in meiner Lage bin!« unterbrach Anna sie finster.

»Vor allem aber will er, daß du nicht leidest.«

»Das ist unmöglich! Nun?«

»Nun, etwas durchaus Berechtigtes: er möchte, daß eure Kinder einen Namen haben.«

»Was für Kinder?« sagte Anna, die Augen zusammenkneifend und ohne Dolly anzusehen.

»Anni und die künftigen...«

»Da kann er ganz beruhigt sein — ich werde keine Kinder mehr bekommen.«

»Wie kannst du das sagen, daß du keine mehr haben wirst?«

»Ich werde keine mehr haben, weil ich es nicht will.«

Anna mußte trotz ihrer Erregung lächeln, als sie den naiven Ausdruck der Neugier, des Erstaunens und Entsetzens in Dollys Gesicht sah.

»Der Arzt hat mir nach meiner Krankheit gesagt...«

»Das ist unmöglich!« sagte Dolly mit weit aufgerissenen Augen. Für sie war das eine jener Entdeckungen, deren Folgen so ungeheuer sind, daß man im ersten Augenblick nur das Gefühl hat, man könne das nicht begreifen, werde aber noch viel darüber nachdenken müssen.

Diese Entdeckung, durch die ihr plötzlich klar wurde, was sie nie hatte begreifen können, nämlich, daß viele Familien nur ein oder zwei Kinder hatten, weckte in ihr so viele Gedanken, Vorstellungen und widerstreitende Empfindungen, daß sie nichts sagen konnte und Anna nur mit weit aufgerissenen Augen anstarrte. Das war es, was sie sich heute auf der Herfahrt in ihren Träumen ausgemalt hatte, aber jetzt, als sie erfuhr, daß so etwas möglich sei, erschrak sie zutiefst. Sie fühlte, daß das eine allzu einfache Lösung einer so verwickelten Frage sei.

»N'est ce pas immoral?« fragte sie nur, nachdem sie eine ganze Weile geschwiegen hatte.

»Warum? Überleg doch: ich habe die Wahl zwischen zwei Dingen: entweder schwanger, das heißt krank sein, oder die Freundin und Gefährtin meines Mannes zu sein — er ist ja doch mein Mann«, sagte Anna in einem absichtlich oberflächlichen, leichtfertigen Ton.

»Nun ja, nun ja«, sagte Darja Alexandrowna. Jetzt, wo sie dieselben Argumente hörte, die sie sich selbst vorgeführt hatte, fand sie sie nicht mehr so überzeugend wie früher.

»Für dich und andere«, sagte Anna, als hätte sie ihre Gedanken erraten, »kann es noch Zweifel geben, aber für mich... Begreif doch, ich bin nicht seine Frau, er liebt mich, solange er mich eben liebt. Nun also, wodurch kann ich mir seine Liebe erhalten? Dadurch?«

Sie hielt ihre weißen Hände vor ihren Leib.

Mit ungewöhnlicher Geschwindigkeit, wie es in Augenblicken starker Erregung oft ist, drängten sich Gedanken und Erinnerungen in Darja Alexandrownas Kopf. ›Ich habe Stiwa nicht an mich fesseln können‹, dachte sie, ›er ist von mir weggegangen, zu anderen, und die erste, um deretwillen er mich betrog, konnte ihn dadurch, daß sie immer schön und heiter war, auch nicht festhalten. Er verließ sie und nahm eine andere. Kann Anna den Grafen Wronskij dadurch wirklich an sich fesseln und ihn festhalten? Wenn er das sucht, dann wird er noch schönere Frauen mit noch schöneren Toiletten finden. Und so schön ihre nackten Arme, ihre ganze üppige Gestalt, ihr leidenschaftliches Gesicht unter diesem schwarzen Haar auch sein mögen—er wird immer noch eine schönere Frau finden, wie mein abscheulicher, armer, lieber Mann, der immer sucht und findet.‹

Dolly antwortete nichts und seufzte nur. Anna merkte an diesem Seufzer, daß Dolly anderer Ansicht war, und sprach weiter. Sie hatte noch mehr Argumente bereit, die so stark waren, daß sich nichts dagegen einwenden ließ.

»Du sagst, das sei nicht recht? Aber man muß doch überlegen«, fuhr sie fort. »Du vergißt meine Lage. Wie kann ich mir Kinder wünschen? Ich rede nicht von den Schmerzen, die fürchte ich nicht. Aber sag doch selbst: was würden meine Kinder sein? Unglückliche Geschöpfe, die einen fremden Namen tragen müßten. Ihre Geburt würde sie von vornherein zwingen, sich ihrer Mutter, ihres Vaters und ihrer Geburt zu schämen.«

»Eben deswegen ist die Scheidung unbedingt nötig.«

Aber Anna hörte gar nicht zu. Sie wollte die Gründe vorbringen, mit denen sie sich selbst so oft überzeugt hatte.

»Wozu ist mir denn mein Verstand gegeben, wenn ich ihn nicht dazu benutze, keine unglücklichen Kinder in die Welt zu setzen?«

Sie sah Dolly an und sprach weiter, ohne eine Antwort abzuwarten.

»Ich würde mich diesen unglücklichen Kindern gegenüber immer schuldig fühlen«, sagte sie. »Wenn sie nicht vorhanden sind, dann sind sie wenigstens nicht unglücklich. Wenn sie aber existierten und unglücklich wären, so wäre ich allein daran schuld.«

Das waren dieselben Argumente, die Darja Alexandrowna sich selbst vor Augen geführt hatte; aber jetzt hörte sie sich diese Gründe an und verstand sie nicht. ›Wie kann man sich Wesen gegenüber schuldig fühlen, die noch gar nicht vorhanden sind?‹ dachte sie. Und plötzlich kam ihr der Gedanke, ob es unter irgendwelchen Umständen für ihren Liebling Grischa besser sein könnte, wenn er gar nicht geboren wäre. Aber das kam ihr so seltsam und sinnlos vor, daß sie den Kopf schüttelte, um diese wirren, wahnsinnigen Gedanken loszuwerden.

»Nein, ich weiß nicht, das ist doch nicht recht«, sagte sie nur mit einem Ausdruck des Abscheus im Gesicht.

»Ja, aber vergiß nicht, wer du bist und wer ich bin... Und außerdem«, fügte Anna hinzu, die trotz ihrer vielen Argumente und Dollys kümmerlichen Einwänden doch zu fühlen schien, daß das nicht recht sei, »vergiß die Hauptsache nicht: ich befinde mich jetzt in einer ganz anderen Lage als du. Für dich sieht das so aus: willst du noch Kinder haben oder nicht? Und für mich: will ich überhaupt Kinder haben? Und das ist ein großer Unterschied. Du mußt verstehen, daß ich das in meiner Lage nicht wünschen kann.«
Darja Alexandrowna antwortete nichts. Sie fühlte plötzlich, daß sie Anna schon so fern stand, daß sie sich über manche Fragen nie mehr einigen konnten und daß es das beste sei, nicht davon zu reden.

24

»Um so mehr mußt du deine Verhältnisse regeln, wenn es möglich ist«, sagte Dolly.
»Ja, wenn es möglich ist«, sagte Anna plötzlich mit ganz anderer, leiser und trauriger Stimme.
»Ist eine Scheidung denn nicht möglich? Ich habe gehört, daß dein Mann damit einverstanden ist.«
»Dolly, ich möchte nicht davon reden.«
»Nun, dann wollen wir es lassen«, beeilte sich Darja Alexandrowna zu sagen, da sie einen schmerzlichen Zug in Annas Gesicht bemerkte. »Ich finde nur, daß du alles zu pessimistisch ansiehst.«
»Ich? Durchaus nicht. Ich bin sehr heiter und zufrieden. Du hast ja gesehen, je fais des passions. Weslowskij...«
»Ja, um die Wahrheit zu sagen, Weslowskijs Ton hat mir nicht gefallen«, sagte Darja Alexandrowna, um das Thema zu wechseln.
»Ach, da ist gar nichts dabei! Das kitzelt Alexej ein wenig, und weiter nichts! Weslowskij ist ja noch ein Junge und ganz in meiner Hand; du verstehst, ich mache mit ihm, was

ich will. Es ist gerade, wie wenn ich mit deinem Grischa spiele... Dolly«, (sie ging plötzlich zu etwas anderem über), »du sagst, ich sähe alles zu pessimistisch an. Aber du kannst das nicht verstehen. Es ist zu entsetzlich. Ich bemühe mich, überhaupt nichts zu sehen.«

»Aber das darfst du nicht, meine ich. Du mußt alles tun, was irgend möglich ist.«

»Aber was ist denn möglich? Nichts! Du sagst, ich solle Alexej heiraten, und meinst, daß ich nicht daran denke. Ich — und nicht daran denken!« sagte sie bitter, und ihr Gesicht wurde dunkelrot. Sie stand auf, reckte die Brust nach vorn, seufzte tief und ging mit ihrem leichten Schritt im Zimmer auf und ab, mitunter stehenbleibend. »Ich nicht daran denken? Es vergeht kein Tag, keine Stunde, wo ich nicht daran denke, wo ich mir nicht Vorwürfe mache, daß ich daran denke, denn diese Gedanken können einen wahnsinnig machen. Wahnsinnig machen«, wiederholte sie. »Wenn ich darüber nachdenke, kann ich ohne Morphium nicht mehr schlafen. Aber genug. Wir wollen einmal in aller Ruhe darüber reden. Ihr sagt zu mir: Scheidung. Erstens wird er nicht einwilligen. Er steht jetzt unter dem Einfluß von Gräfin Lydia Iwanowna.«

Darja Alexandrowna saß sehr gerade auf ihrem Stuhl und folgte, den Kopf hin und herdrehend, mit mitleidigen Blicken jeder Bewegung Annas, die immer noch auf und ab ging.

»Du solltest es aber doch versuchen«, sagte sie.

»Nehmen wir an, ich versuche es. Was bedeutet das?« Anna sprach offenbar einen Gedanken aus, den sie schon tausendmal erwogen hatte und auswendig konnte. »Das bedeutet, daß ich, die ich ihn hasse und mich doch ihm gegenüber schuldig fühle — ich halte ihn für großmütig — die Demütigung auf mich nehmen muß, an ihn zu schreiben... Nun, ich zwinge mich dazu und tue es. Dann erhalte ich entweder eine kränkende Antwort oder seine Einwilligung. Gut, ich

habe also seine Einwilligung erhalten...« Anna stand in diesem Augenblick am entgegengesetzten Ende des Zimmers und machte sich an der Gardine zu schaffen. »Ich erhalte seine Einwilligung, und mein... Sohn? Sie lassen mir ihn ganz gewiß nicht. Er wird bei seinem Vater aufwachsen, den ich verlassen habe, und wird mich verachten. Du mußt verstehen, daß ich zwei Menschen liebe, beide gleich stark, und beide mehr als mich selbst: Serjosha und Alexej.«
Sie kam in die Mitte des Zimmers und blieb vor Dolly stehen, die Hände an die Brust gepreßt. In dem weißen Nachtkleid erschien ihre Gestalt besonders groß und breit. Sie senkte den Kopf und sah mit ihren leuchtenden, feuchten Augen die kleine, hagere Dolly an, die in ihrer gestopften Nachtjacke und der Nachthaube einen kümmerlichen Anblick bot und vor Aufregung am ganzen Körper zitterte.
»Nur diese beiden Menschen liebe ich, und einer schließt den andern aus. Ich kann sie nicht vereinigen, und das allein brauche ich. Aber wenn das unmöglich ist, dann ist mir alles gleich. Alles, alles gleich! Irgendwie wird es ja ein Ende nehmen, und darum kann und will ich nicht darüber reden. Also tadle und verdamme mich deswegen nicht. Du mit deiner Reinheit kannst nicht alles verstehen, worunter ich leide.«
Sie kam näher, setzte sich neben Dolly, sah ihr schuldbewußt ins Gesicht und faßte ihre Hand.
»Was denkst du? Was denkst du von mir? Verachte mich nicht! Ich verdiene keine Verachtung. Ich bin nur unglücklich. Wenn jemand unglücklich ist, so bin ich es«, sagte sie, wandte sich ab und brach in Tränen aus.
Als Dolly allein geblieben war, betete sie und legte sich zu Bett. Sie hatte Anna von ganzem Herzen bedauert, während sie mit ihr gesprochen hatte, jetzt aber konnte sie sich nicht dazu zwingen, an sie zu denken. Die Erinnerungen an ihr Heim und ihre Kinder stiegen mit einem ganz besonderen, neuen Reiz und in neuem Glanz vor ihr auf. Diese ihre Welt

schien ihr jetzt so lieb und teuer, daß sie um keinen Preis noch einen Tag fern von ihr verbringen wollte, und sie beschloß, morgen bestimmt abzureisen.
Unterdessen war Anna in ihr Zimmer gegangen. Sie nahm ein kleines Glas mit Wasser und träufelte ein paar Tropfen eines Medikaments hinein, dessen Hauptbestandteil Morphium war, trank es aus, saß eine Weile regungslos da und ging dann beruhigt und in heiterer Stimmung ins Schlafzimmer.
Als sie ins Schlafzimmer trat, sah Wronskij sie aufmerksam an. Er suchte nach Spuren der Unterredung, die sie, wie er wußte, mit Dolly gehabt haben mußte, da sie so lange in deren Zimmer geblieben war. Aber in ihrem Gesicht mit seinem Ausdruck verhaltener Erregung, der etwas zu verbergen schien, fand er nichts als die ihm schon gewohnte, ihn aber immer noch fesselnde Schönheit, das Bewußtsein dieser Schönheit und den Wunsch, durch sie auf ihn zu wirken. Er wollte sie nicht fragen, worüber sie mit Dolly gesprochen hatte, denn er hoffte, daß sie es von selbst sagen werde. Aber sie sagte nur:
»Ich freue mich, daß Dolly dir gefallen hat. Sie gefällt dir doch, nicht wahr?«
»Ich kenne sie ja schon lange. Ich glaube, sie ist ein sehr guter Mensch, mais excessivement terre-à-terre. Aber ich habe mich doch über ihren Besuch gefreut.«
Er nahm Annas Hand und sah ihr fragend in die Augen.
Sie faßte diesen Blick anders auf und lächelte ihm zu.

Am nächsten Morgen reiste Darja Alexandrowna ab, so sehr Anna und Wronskij sie auch baten, doch noch zu bleiben. Lewins Kutscher in seinem alten Rock und mit seinem Fuhrmannshut kam mit seinen Pferden, die nicht zueinander paßten, und mit der Kutsche, deren Kotflügel geflickt waren, finster und energisch an der überdachten, mit Sand bestreuten Anfahrt vorgefahren.

Der Abschied von Prinzessin Warwara und den Herren war Darja Alexandrowna ziemlich unangenehm. Schon in diesem einen Tag, den sie hier verbracht hatte, war es ihr und den Gastgebern klar geworden, daß sie nicht zueinander paßten und daß es das beste sei, sich zu trennen. Nur Anna war traurig. Sie wußte, daß jetzt, nach Dollys Abreise, niemand mehr in ihrer Seele die Gefühle wecken werde, die sich bei dieser Begegnung geregt hatten. Es hatte ihr weh getan, als an diese Gefühle gerührt worden war, aber sie wußte, daß das der beste Teil ihrer Seele war, und daß dieser Teil ihrer Seele bei dem Leben, das sie führte, bald verkümmern werde.

Als Darja Alexandrowna wieder das freie Feld erreicht hatte, empfand sie ein angenehmes Gefühl der Erleichterung und wollte schon ihre Leute fragen, wie es ihnen bei Wronskij gefallen habe, als der Kutscher Philipp von selbst anfing:

»Reich sind sie schon, aber sie haben uns nur drei Maß Hafer gegeben. Noch ehe die Hähne krähten, hatten die Pferde ihn bis aufs letzte Korn aufgefressen. Was sind denn drei Maß? Gerade ein Maul voll. Und jetzt kostet der Hafer sogar bei den Herbergswirten nur fünfundvierzig Kopeken. Bei uns kriegen die fremden Pferde so viel, wie sie wollen.«

»Ein geiziger Herr«, bestätigte der Gutsschreiber.

»Haben dir ihre Pferde gefallen?« fragte Dolly.

»Die Pferde sind gut, das muß ihnen der Neid lassen. Und das Essen war auch gut. Aber alles war so langweilig. Ich weiß nicht, ob Sie das auch gefunden haben«, sagte er und wandte ihr sein hübsches, gutmütiges Gesicht zu.

»Ja, ich finde es auch. Werden wir heute abend zu Hause sein?«

»Freilich!«

Als Darja Alexandrowna zu Hause angekommen war und alle wohlbehalten vorgefunden hatte — sie kamen ihr alle besonders lieb und nett vor — erzählte sie mit großer Lebhaftigkeit von ihrer Fahrt, wie gut sie aufgenommen worden sei, und von dem Luxus und dem guten Geschmack, der bei Wronskijs herrsche, und von ihren Vergnügungen, und erlaubte niemand, ein Wort gegen die beiden zu sagen. »Man muß Anna und Wronskij kennen — ich habe ihn jetzt näher kennengelernt — um zu begreifen, wie lieb und rührend sie sind«, sagte sie jetzt ganz aufrichtig; das unbestimmte Gefühl der Unzufriedenheit, das sie dort empfunden hatte, hatte sie ganz vergessen.

25

Wronskij und Anna verbrachten den ganzen Sommer und einen Teil des Herbstes auf dem Lande, immer in den gleichen Verhältnissen und ohne irgendwelche Schritte zur Herbeiführung der Scheidung zu unternehmen. Sie waren übereingekommen, nirgends hinzureisen; aber je länger sie allein lebten, besonders im Herbst und nach der Abreise der Gäste, desto deutlicher fühlten sie beide, daß sie dieses Leben auf die Dauer nicht aushalten konnten und daß man es ändern müsse.

Es schien, als könne man sich gar kein besseres Leben wünschen: sie lebten im Überfluß, sie waren gesund, sie hatten ein Kind, und sie hatten beide ihre Beschäftigung. Anna wandte viel Sorgfalt an ihre Toilette, auch wenn keine Gäste da waren, und las sehr viel, Romane und ernste Bücher, die gerade Mode waren. Sie ließ sich alle Bücher kommen, die in den ausländischen Zeitungen und Zeitschriften, die sie sich hielt, lobend erwähnt wurden, und las sie mit jener Aufmerksamkeit, die man nur in der Einsamkeit aufzubringen pflegt. Außerdem las sie Bücher und Fachzeitschriften über Dinge, mit denen sich Wronskij beschäftigte, so daß er in Fragen der Landwirtschaft, der Architektur und sogar in Fragen der Pferdezucht sich oft an sie wandte. Er war erstaunt über ihre Kenntnisse und über ihr Gedächtnis; anfangs bezweifelte er ihre Angaben manch-

mal, aber sie fand dann beim Nachschlagen in den Büchern immer dasselbe, was sie ihm auf seine Fragen geantwortet hatte, und zeigte es ihm.
Sie interessierte sich auch für die Einrichtung des Krankenhauses. Sie half nicht nur dabei mit, sondern richtete auch vieles selbständig ein und hatte dabei manche eigenen Gedanken. Aber ihre Hauptsorge blieb doch immer sie selbst: sie fragte sich, ob Wronskijs Liebe zu ihr wirklich so groß sei, und wie sie ihn für all das entschädigen könne, was er um ihretwillen aufgegeben hatte. Wronskij wußte diesen Wunsch zu würdigen, der ihr einziger Lebenszweck geworden war, den Wunsch, ihm nicht nur zu gefallen, sondern ihm auch zu dienen, aber zugleich fühlte er sich durch dieses Liebesnetz belästigt, in das sie ihn zu verstricken suchte. Im Lauf der Zeit fühlte er sich immer öfter durch dieses Netz behindert und wollte es zwar nicht gerade zerreißen, aber doch davon loskommen, da es seine Freiheit beeinträchtigte. Wenn dieses beständig wachsende Verlangen nach Freiheit und die Szenen nicht gewesen wären, die er jedesmal erlebte, wenn er zu einer Versammlung oder zum Rennen in die Stadt fahren mußte, dann wäre Wronskij mit seinem Leben vollkommen zufrieden gewesen. Die Rolle, die er gewählt hatte, die Rolle des reichen Gutsbesitzers, also eines Angehörigen des Standes, der seiner Ansicht nach den Kern der russischen Aristokratie bilden sollte, entsprach nicht nur ganz seinem Geschmack, sondern gewährte ihm jetzt, nachdem er ein halbes Jahr so gelebt hatte, eine immer größere Befriedigung. Und seine Arbeit, die ihn immer mehr interessierte und freute, ging sehr gut voran. Trotz der ungeheuren Summen, die das Krankenhaus, die Maschinen, die Kühe, die er aus der Schweiz hatte kommen lassen, und viele andere Dinge ihn kosteten, sah er deutlich, daß er sein Vermögen nicht vergeudete, sondern mehrte. Wo es sich um Einnahmen handelte, um den Verkauf von Holz, Getreide, Wolle und

Pachtzins, war Wronskij hart wie Stein und ließ nicht mit sich handeln. In den Hauptfragen des Wirtschaftsbetriebs hielt er sich bei diesem Gut und auch bei seinen anderen Gütern an die einfachsten, mit möglichst geringem Risiko verbundenen Methoden und war in Kleinigkeiten äußerst sparsam und berechnend. Trotz aller Schlauheit und Gewandtheit seines deutschen Verwalters, der ihn zu allerlei Käufen überreden wollte und den Kostenanschlag immer so aufstellte, daß man zunächst eine sehr große Summe für erforderlich hielt und erst später sah, daß man die Sache auch für weniger Geld bekommen und einen sofortigen Gewinn erzielen konnte, ließ sich Wronskij nicht durch ihn beeinflussen. Er hörte den Verwalter an, stellte eingehende Fragen und stimmte ihm nur dann zu, wenn die Dinge, die sie bestellen oder einrichten wollten, etwas wirklich Neues, in Rußland noch Unbekanntes und Aufsehenerregendes waren. Außerdem entschloß er sich nur dann zu größeren Ausgaben, wenn er Geld flüssig hatte, orientierte sich vorher über alle Einzelheiten und bestand darauf, daß er für sein Geld wirklich nur das Allerbeste bekam. Und darum konnte sein Vermögen gar nicht abnehmen, sondern mußte wachsen.

Im Oktober fanden die Adelswahlen im Gouvernement Kaschin statt, in dem die Güter von Wronskij, Swijashskij, Kosnyschew, Oblonskij und ein kleiner Teil von Lewins Gut lagen.

Diese Wahlen zogen aus vielen Gründen und wegen der Personen, die daran beteiligt waren, die allgemeine Aufmerksamkeit auf sich. Man redete viel von den Wahlen und bereitete sich darauf vor. Gutsbesitzer aus dem Gouvernement, die in Moskau, Petersburg und im Ausland lebten und sonst nie an den Wahlen teilgenommen hatten, kamen diesmal in die Gouvernementsstadt.

Wronskij hatte Swijashskij schon lange versprochen, zu den Wahlen zu fahren.

Vor den Wahlen kam Swijashskij, der oft in Wosdwishenskoje zu Besuch war, um Wronskij abzuholen.
Am Tag vorher war es zwischen Wronskij und Anna wegen dieser Fahrt fast zu einem Streit gekommen. Es war Herbst, die langweiligste, trübseligste Zeit auf dem Land, und Wronskij, der auf einen Kampf gefaßt war, erklärte Anna in einem strengen, kalten Ton, in dem er noch nie mit ihr gesprochen hatte, daß er am nächsten Tag abreisen werde. Zu seiner Verwunderung nahm Anna diese Nachricht sehr ruhig auf und fragte nur, wann er zurückkommen werde. Er sah sie aufmerksam an, denn diese Ruhe war ihm unbegreiflich. Sie erwiderte seinen Blick mit einem Lächeln. Er kannte ihre Fähigkeit, sich in sich selbst zurückzuziehen, und wußte, daß sie das nur dann tat, wenn sie im stillen irgend etwas beschlossen hatte und es ihm nicht sagen wollte. Er fürchtete, daß es auch diesmal so wäre, aber er wollte eine Szene vermeiden und gab sich deshalb den Anschein, als glaube er an ihre Einsicht. Zum Teil glaubte er wirklich daran, weil er daran glauben wollte.
»Ich hoffe, du wirst dich nicht langweilen.«
»Ich hoffe es auch«, sagte Anna. »Ich habe gestern eine Kiste Bücher von Gautier bekommen. Nein, ich werde mich schon nicht langweilen.«
›Wenn sie diesen Ton anschlägt, nun, um so besser‹, dachte er. ›Es ist ja doch immer dasselbe.‹ Und er fuhr zur Wahl, ohne sie zu einer Aussprache veranlaßt zu haben. Es war das erstemal, daß er sich von ihr trennte, ohne sich vorher mit ihr auszusprechen. Einerseits beunruhigte ihn das, andererseits fand er, daß es so besser sei. ›Anfangs wird, wie jetzt, etwas Unklares, Unausgesprochenes zwischen uns stehen, aber später wird sie sich schon daran gewöhnen. Jedenfalls kann ich um ihretwillen alles aufgeben, nur meine männliche Unabhängigkeit nicht‹, dachte er.

26

Im September war Lewin wegen Kittys bevorstehender Entbindung nach Moskau übergesiedelt. Er wohnte schon einen ganzen Monat ohne Beschäftigung in Moskau, als Sergej Iwanowitsch, der ein Gut im Gouvernement Kaschin besaß und sich für die bevorstehenden Wahlen lebhaft interessierte, hinfahren wollte. Er forderte seinen Bruder auf, mitzukommen, da er als Gutsbesitzer im Kreis Selesnew wahlberechtigt war. Außerdem hatte Lewin für seine im Ausland lebende Schwester zwei höchst wichtige Angelegenheiten zu erledigen, eine Vormundschaftsache und die Empfangnahme von Retraktsgeldern.
Lewin war immer noch unentschlossen, aber Kitty, die sah, daß er sich in Moskau langweilte, und ihm zugeredet hatte, doch hinzufahren, hatte ohne sein Wissen eine Adelsuniform für ihn machen lassen, die achtzig Rubel gekostet hatte. Und diese für die Uniform bezahlten achtzig Rubel waren der Hauptgrund, der Lewin zu der Reise bewog. Er fuhr nach Kaschin.
Lewin war nun schon seit sechs Tagen in Kaschin, besuchte täglich die Versammlungen und bemühte sich um die Angelegenheiten seiner Schwester. Die Adelsmarschälle waren alle durch die Wahlen in Anspruch genommen, und es war unmöglich, die Erledigung der sehr einfachen Sache zu erreichen, die vom Vormundschaftsamt abhing. Die andere Sache, die Auszahlung der Retraktsgelder, stieß gleichfalls auf Hindernisse. Nach den langen Bemühungen um die Aufhebung der Sequestration war das Geld nun zur Abholung bereit, aber der Notar, ein sehr zuvorkommender Mann, konnte die Anweisung nicht ausstellen, weil dazu die Unterschrift des Präsidenten nötig war und der Präsident, ohne jemand mit seiner Vertretung beauftragt zu haben, in der Sitzung war. All diese Scherereien und Laufereien, die Gespräche mit sehr guten, braven Menschen, die für die

unangenehme Situation Lewins zwar Verständnis hatten, ihm aber nicht helfen konnten, — all diese Anstrengungen, die völlig umsonst waren, weckten bei ihm ein qualvolles Gefühl, ähnlich dem beängstigenden Ohnmachtsgefühl im Traum, wenn man vergebens versucht, von seiner physischen Kraft Gebrauch zu machen. Er hatte dieses Gefühl sehr oft bei den Unterredungen mit seinem Anwalt, einem sehr gütigen Mann. Dieser Anwalt tat wirklich alles, was er nur konnte, und versuchte mit allen Mitteln, Lewin zu helfen. »Wissen Sie, was Sie versuchen sollten?« sagte er mehrmals zu ihm. »Gehen Sie doch einmal da und da hin!« Und er entwickelte einen umständlichen Plan, wie Lewin das verhängnisvolle Hindernis umgehen könne, das die ganze Sache hinauszögerte. Aber er fügte sofort hinzu: »Man wird Sie wohl hinhalten, aber versuchen Sie es trotzdem!« Und Lewin versuchte es und ging hierhin und dorthin. Alle waren sehr liebenswürdig und freundlich zu ihm, aber es endete jedesmal damit, daß das Hindernis, das er umgehen wollte, schließlich doch wieder vor ihm stand und den Weg versperrte. Ganz besonders ärgerte sich Lewin darüber, daß er nicht herausbekommen konnte, mit wem er eigentlich kämpfte, und wer einen Vorteil davon hatte, daß seine Angelegenheit nicht erledigt wurde. Aber das schien niemand zu wissen, auch der Anwalt nicht. Hätte Lewin das ebenso begriffen, wie er verstand, daß man am Fahrkartenschalter anstehen muß, so hätte er sich nicht gekränkt gefühlt und sich nicht geärgert; aber was die Hindernisse anging, die seiner Sache im Weg standen, so konnte ihm niemand sagen, warum sie eigentlich da waren.

Aber Lewin hatte sich seit seiner Heirat sehr geändert; er hatte Geduld gelernt, und wenn er auch nicht begriff, warum das alles so war, so sagte er sich, er dürfe sich kein Urteil erlauben, ohne das Ganze zu kennen, und es werde wohl so sein müssen. Und darum versuchte er, sich nicht darüber aufzuregen.

Jetzt, als er die Wahlversammlungen besuchte, bemühte er sich auch, nicht vorschnell zu urteilen, nicht zu streiten, sondern nach Möglichkeit die Sache zu begreifen, mit der sich alle diese ehrenwerten, braven, von ihm hochgeschätzten Männer mit so viel Ernst und Eifer befaßten. Seit Lewin verheiratet war, hatte er so viele, neue, ernste Seiten des Lebens kennengelernt, die er früher in seinem Leichtsinn für unwichtig gehalten hatte, daß er auch bei den Wahlen eine Bedeutung voraussetzte und sich bemühte, sie zu erkennen.

Sergej Iwanowitsch erklärte ihm den Sinn und die Bedeutung des Umschwungs, den man bei diesen Wahlen herbeizuführen hoffte. Der Gouvernements-Adelsmarschall, in dessen Händen nach dem Gesetz so viele wichtige Angelegenheiten des öffentlichen Lebens lagen — die Vormundschaftssachen (die Lewin jetzt so zu schaffen machten), die Verwaltung der Adelsgelder, das Mädchengymnasium, das Jungengymnasium, die Militärschule, der Volksschulunterricht nach den neuen Bestimmungen, und schließlich die Kreistage — der Gouvernements-Adelsmarschall Snetkow war ein Mann von altem Schlag, der ein riesiges Vermögen durchgebracht hatte, ein gutmütiger, in seiner Art ehrlicher Mensch, aber ohne jedes Verständnis für die Bedürfnisse der neuen Zeit. Er stand immer und in allem auf der Seite des Adels, er widersetzte sich geradezu der Verbreitung der Volksbildung und suchte dem Kreistag, der doch eine so große Bedeutung haben sollte, einen rein ständischen Charakter zu geben. Darum mußte man einen vernünftigen, modernen Menschen von ganz neuem Typus an seine Stelle setzen und zu erreichen suchen, daß von allen Rechten, die der Adel nicht als Adel, sondern als Gruppe des Kreistags besaß, so viele Vorteile für die Selbstverwaltung gewonnen wurden, wie irgend möglich. In dem reichen Gouvernement Kaschin, das den andern Gouvernements stets voraus war, hatten sich jetzt so viele fortschrittliche

Kräfte gesammelt, daß dieses Werk, wenn es richtig durchgeführt wurde, für die andern Gouvernements, ja für ganz Rußland als Vorbild dienen konnte. Und darum hatte die ganze Sache eine so große Bedeutung. Man hatte vorgeschlagen, an Stelle Snetkows Swijashskij oder noch besser Newedowskij zum Adelsmarschall zu machen, einen früheren Professor und überaus klugen Mann, der mit Sergej Iwanowitsch eng befreundet war.

Die Versammlung wurde von dem Gouverneur eröffnet, der in seiner Rede die Edelleute aufforderte, die Vertreter des Adels nicht auf Grund persönlicher Neigungen, sondern im Hinblick auf ihre Verdienste und auf das Wohl des Vaterlandes zu wählen. Er sagte, er hoffe, daß der Adel des Gouvernements Kaschin jetzt, wie auch bei den früheren Wahlen, seine Pflicht gewissenhaft erfüllen und das hohe Vertrauen des Monarchen rechtfertigen werde.

Nach Beendigung seiner Rede verließ der Gouverneur den Saal; die Edelleute folgten ihm lärmend und in lebhafter Erregung, manche sogar in begeisterter Stimmung, und umringten ihn, während er seinen Pelz anzog und sich mit dem Gouvernements-Adelsmarschall freundschaftlich unterhielt. Lewin, der in alles Einblick gewinnen und sich nichts entgehen lassen wollte, stand auch in der Menge und hörte, wie der Gouverneur sagte: »Bitte, sagen Sie Marja Iwanowna, meine Frau bedaure außerordentlich, aber sie müsse heute einen Besuch im Armenhaus machen.« Und dann holten sich alle vergnügt ihre Pelze und gingen in die Kathedrale.

In der Kathedrale hob Lewin mit den andern die Hand, sprach dem Protopopen die Eidesformel nach und schwor mit ganz schrecklichen Worten, alles zu erfüllen, was der Gouverneur als Hoffnung ausgesprochen hatte. Der Gottesdienst machte immer einen großen Eindruck auf Lewin, und als er die Worte sprach: »Ich küsse das Kreuz«, und ringsum diese Schar junger und alter Männer sah, die das gleiche wiederholten, fühlte er sich gerührt.

Am zweiten und dritten Tag wurde über die Adelsgelder und über das Mädchengymnasium verhandelt, höchst unwichtige Dinge, wie Sergej Iwanowitsch erklärte, und darum nahm Lewin, der mit seinen eigenen Angelegenheiten zu tun hatte, nicht an diesen Versammlungen teil. Am vierten Tag fand am Gouvernementstisch eine Revision der Gouvernements-Adelsgelder statt. Und hier kam es zum erstenmal zu einem Zusammenstoß zwischen der alten und der neuen Partei. Die Kommission, die mit der Revision beauftragt war, berichtete der Versammlung, daß der Kassenbestand genau stimme. Der Gouvernements-Adelsmarschall stand auf und dankte den Anwesenden mit Tränen in den Augen für das ihm erwiesene Vertrauen. Die Herren ergingen sich in lauten Zurufen und drückten ihm die Hand. Aber in diesem Augenblick sagte ein Edelmann von der Partei Sergej Iwanowitschs, er habe gehört, die Kommission habe die Kasse gar nicht revidiert, weil das ihrer Ansicht nach eine Beleidigung für den Gouvernements-Adelsmarschall sei. Ein Kommissionsmitglied habe das unvorsichtigerweise erzählt. Darauf sagte ein kleiner, noch sehr jung aussehender, aber sehr giftiger Herr, dem Gouvernements-Adelsmarschall wäre es gewiß sehr angenehm gewesen, über die Gelder Rechenschaft abzulegen, und nun hätten die Kommissionsmitglieder ihn durch ihr übertriebenes Taktgefühl um diese moralische Befriedigung gebracht. Darauf bestritten die Kommissionsmitglieder, jemals gesagt zu haben, daß die Kasse nicht revidiert worden sei, und nun begann Sergej Iwanowitsch sehr logisch zu beweisen, daß sie nun offen sagen müßten, ob sie die Kasse revidiert hätten oder nicht und redete des langen und breiten über dieses Dilemma. Ein Redner der Gegenpartei antwortete ihm, dann sprach Swijashskij und nach ihm wieder der giftige Herr. Die Debatten zogen sich sehr in die Länge und führten zu keinem Ergebnis. Lewin wunderte sich, daß über dieses Thema so lange gestritten wurde, zumal Sergej Iwanowitsch auf seine Frage, ob er denn glaube, daß Geld veruntreut worden sei, antwortete:

»O nein! Er ist ein ehrlicher Mensch. Aber wir mußten dieser altmodischen, patriarchalischen Methode bei der Behandlung von Adelssachen einen Stoß versetzen.«

Am fünften Tag fanden die Wahlen der Kreis-Adelsmarschälle statt. Dieser Tag verlief für mehrere Kreise recht stürmisch. Im Kreis Selesnew wurde Swijashskij ohne Ballotage einstimmig wiedergewählt und gab dann an diesem Tag ein Diner.

27

Am sechsten Tag fanden die Gouvernementswahlen statt. Der große und der kleine Saal waren voll von Edelleuten in verschiedenen Uniformen. Viele waren nur zu diesem Tag gekommen. Bekannte, die sich lange nicht mehr gesehen hatten, aus der Krim, aus Petersburg und aus dem Ausland, trafen sich in den Sälen. Am Gouvernementstisch, unter dem Bild des Zaren, fanden die Debatten statt.

Im großen und im kleinen Saal bildeten die Edelleute zwei Gruppen, und man merkte an den feindseligen, mißtrauischen Blicken, an dem Verstummen des Gesprächs, wenn ein Fremder sich näherte, und daran, daß manche sogar flüsternd in den entfernten Korridor gingen, daß jede Partei Geheimnisse vor der anderen hatte. Rein äußerlich gesehen gab es zwei Gruppen, die sich scharf von einander unterschieden: die Alten und die Jungen. Die Alten trugen größtenteils alte, hochgeschlossene Adelsuniformen oder Marine-, Kavallerie- und Infanterieuniformen. Die Uniformen der alten Edelleute waren altmodisch, mit Puffen an den Schultern, zu klein geworden, zu kurz in der Taille und zu eng, als wenn ihre Träger aus ihnen herausgewachsen wären. Die jüngeren Herren trugen aufgeknöpfte Adelsuniformen mit langer Taille, breiten Schultern und weißer

Weste oder Uniformen mit schwarzem Kragen und goldgestickten Lorbeerblättern, dem Zeichen des Justizministeriums, manche auch Hofuniformen, die sich hier und da aus der Menge hervorhoben.

Aber diese Teilung in Junge und Alte entsprach nicht ganz den beiden Parteien. Nach Lewins Beobachtungen gehörten einige jüngere Herren zur alten Partei, während einige ganz alte Edelleute, die mit Swijashskij flüsterten, offenbar eifrige Anhänger der neuen Partei waren.

Lewin stand im kleinen Saal, wo man rauchen und einen kleinen Imbiß bekommen konnte, neben einer Gruppe der Seinen, hörte ihrem Gespräch zu und bemühte sich vergeblich, zu verstehen, was geredet wurde. Sergej Iwanowitsch war der Mittelpunkt, um den sich die anderen scharten. Er hörte jetzt Swijashskij und Chljustow zu, dem Adelsmarschall eines anderen Kreises, der auch zu ihrer Partei gehörte. Chljustow weigerte sich, mit den Vertretern seines Kreises zu Snetkow zu gehen und ihn zu bitten, wieder zu kandidieren; Swijashskij redete ihm zu, es doch zu tun, und auch Sergej Iwanowitsch billigte diesen Plan. Lewin konnte nicht begreifen, warum die Gegenpartei einen Adelsmarschall, den sie ausschalten wollte, bitten sollte, zu kandidieren.

Stepan Arkadjitsch, der gerade etwas gegessen und getrunken hatte, wischte sich mit seinem parfümierten, buntgeränderten Batisttuch den Mund und trat zu ihnen. Er war in Kammerherrenuniform.

»Wir werden die feindliche Stellung schon nehmen, Sergej Iwanowitsch!« sagte er, seinen Backenbart streichend.

Er hörte dem Gespräch eine Weile zu und pflichtete dann Swijashskij bei.

»Ein Kreis genügt, und Swijashskij kann es nicht tun, weil allgemein bekannt ist, daß er zur Opposition gehört«, sagte er, und das verstanden alle außer Lewin.

»Na, Kostja, du bist anscheinend auch auf den Geschmack

gekommen«, fügte er, zu Lewin gewandt, hinzu und faßte ihn unter den Arm. Lewin wäre gern auf den Geschmack gekommen, aber er konnte nicht begreifen, worum es sich handelte; er trat ein wenig zur Seite und drückte Stepan Arkadjitsch sein Erstaunen aus, daß man den Gouvernements-Adelsmarschall bitten wolle, wieder zu kandidieren.

»O sancta simplicitas!« sagte Stepan Arkadjitsch und erklärte ihm kurz, worum es ging.

»Wenn jetzt, wie bei der vorigen Wahl, alle Kreise den Gouvernements-Adelsmarschall bitten, zu kandidieren, dann wird er wiedergewählt. Das darf aber nicht geschehen. Jetzt sind acht Kreise bereit, ihn um seine Kandidatur zu bitten; wenn nun zwei Kreise es ablehnen, ihn darum zu bitten, wird Snetkow womöglich auf seine Kandidatur verzichten. Und dann wird es der alten Partei vielleicht gelingen, einen anderen Kandidaten durchzubringen, und dann ist unser Plan gescheitert. Aber wenn nur ein Kreis, der von Swijashskij, Snetkow nicht auffordert, dann wird er kandidieren. Er wird sogar eine Majorität erhalten, denn wir wollen ihm absichtlich ein paar Stimmen zukommen lassen. Dann verliert die Gegenpartei die Übersicht, und wenn wir einen Kandidaten aufstellen, wird sie ihm ihrerseits eine Anzahl Stimmen geben.«

Lewin begann die Sache zu verstehen, aber nicht ganz, und wollte noch ein paar Fragen stellen, doch da begannen alle plötzlich durcheinanderzureden und zu lärmen und eilten in den großen Saal.

»Was ist los? Was? Wen? — Eine Vollmacht? Für wen? Wieso? — Zurückgewiesen? — Also keine Vollmacht. — Er will Flerow nicht zulassen. — Was macht es denn, daß er in diesen Prozeß verwickelt ist? — Da müßte man ja alle ausschließen. Das ist eine Gemeinheit! — Das Gesetz!« hörte Lewin von verschiedenen Seiten und ging mit allen zusammen, die irgendwohin eilten, als ob sie etwas zu versäumen fürchteten, in den großen Saal und näherte sich, von den Nachkommenden gestoßen, dem Gouvernementstisch, an dem der Gouvernements-Adelsmarschall, Swijashskij und andere Parteiführer hitzig debattierten.

28

Lewin stand ziemlich weit entfernt. Ein Herr neben ihm, der schwer und krächzend atmete, und ein anderer, der mit seinen dicken Stiefelsohlen knarrte, hinderten ihn, deutlich zu hören. Er hörte von weitem die weiche Stimme des Adelsmarschalls, dann die kreischende Stimme jenes giftigen Edelmanns und danach die Stimme Swijashskijs. Soweit er verstehen konnte, stritten sie über den Sinn irgendeines Paragraphen und über die Bedeutung der Worte: »gegen den eine gerichtliche Untersuchung eingeleitet ist.«

Die Menge teilte sich, um Sergej Iwanowitsch Platz zu machen, der sich dem Tisch näherte. Sergej Iwanowitsch wartete, bis der bissige Edelmann zu Ende geredet hatte, und sagte dann, seiner Ansicht nach sei es das beste, den betreffenden Paragraphen nachzuschlagen und bat den Sekretär, das zu tun. Der Paragraph lautete, daß im Fall einer Meinungsverschiedenheit abgestimmt werden müsse. Sergej Iwanowitsch las den Paragraphen vor und begann seine Bedeutung zu erklären, aber da unterbrach ihn ein großer, dicker Gutsbesitzer mit etwas krummer Haltung, gefärbtem Schnurrbart, in einer engen Uniform mit hohem Kragen, über den der feiste Nacken herüberhing. Er klopfte mit seinem Siegelring auf den Tisch und rief laut:

»Abstimmen! Stimmkugeln her! Genug geredet! Stimmkugeln her!«

Alle redeten durcheinander, und der große, dicke Gutsbesitzer mit dem Siegelring erboste sich immer mehr und schrie immer lauter. Aber man konnte nicht mehr verstehen, was er sagte.

Er sagte dasselbe, was Sergej Iwanowitsch beantragt hatte;

aber er schien Sergej Iwanowitsch und seine ganze Partei zu hassen, und dieser Haß teilte sich nun seiner ganzen eigenen Partei mit und rief auf der Gegenseite Erbitterung hervor, die sich jedoch in etwas anständigerer Form äußerte. Alle schrien durcheinander, und eine Minute lang herrschte ein solcher Tumult, daß der Gouvernements-Adelsmarschall um Ruhe bitten mußte.

»Abstimmen, abstimmen! Wer ein Edelmann ist, kann das auch ohne langes Geschwätz. – Wir vergießen unser Blut... – Das Vertrauen des Monarchen... Man darf den Adelsmarschall nicht kontrollieren, er ist doch kein Kommis! – Darum handelt es sich ja gar nicht! – Stimmkugeln her! So eine Gemeinheit!« wurde von allen Seiten wütend geschrien. Die Blicke und die Gesichter waren noch grimmiger und wütender als die Worte und drückten unversöhnlichen Haß aus. Lewin begriff gar nicht, um was es sich handelte, und war erstaunt, mit welcher Leidenschaftlichkeit die Frage behandelt wurde, ob über die Zulassung Flerows abgestimmt werden sollte oder nicht. Wie Sergej Iwanowitsch ihm später erklärte, hatte er folgenden Syllogismus ganz vergessen: das Gemeinwohl verlangte die Absetzung des Gouvernements-Adelsmarschalls; dazu war Stimmenmehrheit erforderlich; um aber die Mehrheit zu bekommen, mußte man Flerow das Stimmrecht zuerkennen, und um Flerow für stimmberechtigt erklären zu können, mußte man diesen Paragraphen entsprechend interpretieren.

»Eine einzige Stimme kann die ganze Sache entscheiden, und wenn man dem Gemeinwohl dienen will, muß man energisch und konsequent sein«, sagte Sergej Iwanowitsch später zu Lewin. Doch als dieser Vorgang im Saal sich abspielte, hatte Lewin sich das noch nicht klargemacht, und es war ihm peinlich, diese braven Männer, die er sehr schätzte, in einer so unangenehmen, wütenden Erregung zu sehen. Um dieses bedrückende Gefühl loszuwerden, ging er, ohne das Ende der Debatte abzuwarten, in den kleinen Saal, wo niemand mehr war außer den Kellnern am Büfett. Als Lewin diese Kellner sah, die Geschirr abwuschen und abtrockneten und Gläser und Teller bereitstellten, als er ihre ruhigen, frischen Gesichter sah, fühlte er sich plötzlich erleichtert, als wenn er aus einem dumpfen Zimmer in die frische Luft gekommen wäre. Er ging im Saal auf und ab und sah mit Vergnügen den Kellnern zu. Ein Kellner mit grauem Backenbart, der seinen jüngeren Kollegen zeigte, wie man Servietten faltet, und der für die dummen Witze, die sie über ihn machten, nur schweigende Verachtung hatte, gefiel Lewin ganz besonders. Er wollte gerade ein Gespräch mit diesem alten Kellner beginnen, da lenkte ihn der Sekretär des Vormundschaftsamts ab, ein kleiner alter Herr, dessen Spezialität es war, die Vor- und Vatersnamen sämtlicher Edelleute des Gouvernements zu kennen.

»Bitte, Konstantin Dmitrijewitsch«, sagte er. »Ihr Bruder sucht Sie. Es wird abgestimmt.«

Lewin ging wieder in den großen Saal, erhielt eine kleine weiße Kugel und trat zusammen mit seinem Bruder an den Tisch, vor dem Swijashskij stand. Er machte eine bedeutsame, ironische Miene, faßte seinen Bart mit der Hand und roch an ihm. Sergej Iwanowitsch steckte die Hand in die Wahlurne, legte seine Kugel hinein und machte Lewin Platz, blieb aber am Tisch stehen. Lewin trat heran, hatte aber völlig vergessen, um was es sich handelte und fragte Sergej Iwanowitsch verlegen: »Wo soll ich sie denn hinlegen?« Er hatte ganz leise gefragt, während in der Nähe gesprochen wurde und gehofft, daß man seine Frage nicht hören werde. Aber gerade in diesem Augenblick verstummte das Gespräch, und seine unpassende Frage wurde gehört. Sergej Iwanowitsch machte ein finsteres Gesicht.

»Das hängt von der persönlichen Überzeugung ab«, sagte er streng.

Einige Herren lächelten. Lewin wurde rot, schob hastig die Hand unter das Tuch und legte die Kugel rechts hin, weil er sie in der rechten Hand hatte. Da fiel ihm ein, daß er auch die linke Hand hätte unter das Tuch stecken müssen, und er tat es rasch, allerdings zu spät; er wurde noch verlegener und ging schleunigst in die hintersten Reihen.

»Hundertsechsundzwanzig dafür! Achtundneunzig dagegen!« rief der Sekretär, der das »R« nicht aussprechen konnte. Dann hörte man Gelächter: in der Wahlurne hatten sich auch ein Knopf und zwei Nüsse gefunden. Der Edelmann war zugelassen worden, die neue Partei hatte gesiegt.

Aber die alte Partei hielt sich nicht für besiegt. Lewin hörte, daß Snetkow gebeten wurde, zu kandidieren, und sah, daß eine Schar von Edelleuten den Gouvernements-Adelsmarschall umringte, der etwas sagte. Lewin trat näher. Snetkow antwortete den Edelleuten, sprach von dem Vertrauen des Adels, von der Liebe, die man ihm entgegenbringe und die er gar nicht verdiene, denn sein ganzes Verdienst sei nur seine Treue dem Adel gegenüber, dem er zwölf Jahre gedient habe. Er wiederholte mehrmals: »Ich habe ihm gedient, so gut ich konnte, und mein Amt treu und redlich geführt. Ich weiß Ihr Vertrauen zu schätzen und danke Ihnen«, und hielt plötzlich inne, weil Tränen seine Stimme erstickten, und verließ den Saal. Ob nun der Grund dieser Tränen das Bewußtsein war, daß man ihm ein Unrecht antun wollte, oder seine Liebe zum Adel oder die schwierige Lage, in der er sich befand – jedenfalls teilte sich seine Aufregung auch den andern mit, die Mehrzahl der Edelleute war gerührt, und Lewin empfand etwas wie Zärtlichkeit für Snetkow.

In der Tür stieß der Gouvernements-Adelsmarschall mit Lewin zusammen.

»Entschuldigen Sie, bitte!« sagte er zu ihm wie zu einem Unbekannten; als er aber Lewin erkannte, lächelte er schüchtern. Es schien Lewin, als wolle Snetkow etwas sagen, könne aber vor Erregung nicht sprechen. Der Ausdruck seines Gesichts und seine ganze Gestalt in der Uniform mit den Ordenssternen und den weißen, tressengeschmückten Beinkleidern, wie er so hastig davoneilte, erinnerten Lewin an ein gehetztes Tier, das merkt, daß es mit ihm zu Ende geht. Dieser Ausdruck im Gesicht des Adelsmarschalls hatte für Lewin etwas besonders Rührendes, weil er gestern wegen seiner Vormundschaftssache bei ihm gewesen war und ihn in seinem ganzen Glanz als guter Familienvater gesehen hatte. Das große Haus mit den alten Familienmöbeln, die zwar nicht eleganten und etwas unsauberen, aber respektvollen alten Diener, offenbar frühere Leibeigene, die ihren Herrn nicht gewechselt hatten, die dicke, gutmütige Frau Snetkows mit der Spitzenhaube und dem türkischen Schal, die ihre hübsche Enkelin, eine Tochter ihrer Tochter, auf dem Arm hielt, der nette Sohn, Schüler der sechsten Klasse, der aus dem Gymnasium kam und bei der Begrüßung seinem Vater die große Hand küßte, die herzlichen, freundlichen Worte Snetkows – das alles hatte in Lewin unwillkürlich eine gewisse Hochachtung und Teilnahme geweckt. Und jetzt erschien ihm dieser alte Mann so rührend und kläglich, daß er ihm gern etwas Angenehmes sagen wollte.

»Sie werden also wieder unser Adelsmarschall?« sagte er.

»Wohl kaum«, sagte der Adelsmarschall und sah sich ängstlich um. »Ich bin müde, ich bin schon zu alt. Es sind Würdigere und Jüngere da als ich, mögen die jetzt das Amt übernehmen.«

Und der Adelsmarschall verschwand durch eine Seitentür.

Nun war der feierlichste Augenblick da. In wenigen Minuten sollte zur Wahl geschritten werden. Die Führer der beiden Parteien zählten an den Fingern ab, wieviele Stimmen dafür und dagegen zu erwarten seien.

Die Debatte über Flerow hatte der neuen Partei nicht nur die Stimme Flerows eingebracht, sondern auch noch einen Zeitgewinn, so daß man versuchen konnte, drei Edelleute herbeizuholen, die die alte Partei durch eine List von der Wahl hatte fernhalten wollen. Zwei Edelleute, die eine Schwäche für Alkohol hatten, waren von Snetkows Helfershelfern betrunken gemacht worden, und einem dritten, der auch betrunken war, hatten sie einfach die Uniform weggenommen.

Als die neue Partei das erfuhr, schickte sie während der Debatte über Flerow einige ihrer Mitglieder in einer Droschke in die Stadt, um die drei Herren zu holen, und es gelang tatsächlich, dem einen zu einer Uniform zu verhelfen und einen der beiden Betrunkenen in die Versammlung zu bringen.

»Einer ist da, ich habe ihm Wasser über den Kopf gegossen«, sagte der Gutsbesitzer, der die beiden geholt hatte, zu Swijashskij. »Er wird seine Sache schon machen.«

»Ist er auch nicht zu sehr betrunken? Wird er nicht umfallen?« fragte Swijashskij kopfschüttelnd.

»Nein, der kann was vertragen. Hoffentlich machen sie ihn jetzt nicht wieder betrunken... Ich habe dem Büffetdiener gesagt, er solle ihm nichts mehr geben.«

29

Der schmale Saal, in dem geraucht und gegessen wurde, war voll von Edelleuten. Die Erregung stieg immer mehr, und allen Gesichtern sah man die Unruhe an. Besonders aufgeregt waren die Parteiführer, die alle Einzelheiten kannten und alle Stimmen zählten. Sie waren die Kommandeure der bevorstehenden Schlacht. Die anderen bereiteten sich zwar auch zum Kampf vor, wie die gemeinen Soldaten vor einer Schlacht, suchten sich aber in der Zwischenzeit noch zu zerstreuen. Die einen aßen stehend oder an Tischen sitzend, die andern gingen rauchend in dem langen Saal auf und ab und unterhielten sich mit Freunden, die sie lange nicht gesehen hatten.

Lewin mochte weder etwas essen noch rauchen und wollte

auch nicht zu seinen Bekannten gehen, das heißt, zu Sergej Iwanowitsch, Stepan Arkadjitsch, Swijashskij und einigen anderen, weil Wronskij in seiner Hofstallmeister-Uniform bei ihnen stand und sich lebhaft mit ihnen unterhielt. Lewin hatte ihn schon gestern bei den Wahlen gesehen und war ihm absichtlich aus dem Weg gegangen, da er nicht mit ihm zusammentreffen wollte. Er ging ans Fenster, setzte sich, beobachtete die einzelnen Gruppen und hörte auf die Gespräche ringsum. Er war verstimmt, besonders deswegen, weil er sah, daß alle lebhaft, eifrig und beschäftigt waren und nur er allein und ein uralter zahnloser, kleiner Herr in Marineuniform, der sich neben ihn gesetzt hatte und ununterbrochen mit den Lippen schmatzte, teilnahmslos und unbeschäftigt war.

»So ein Schurke! Ich habe es ihm ja schon längst gesagt, aber er wollte es nicht glauben! Na ja! In drei Jahren hat er es nicht fertig gebracht, auch nur eine Versammlung einzuberufen«, sagte ein kleiner, kurzhalsiger Gutsbesitzer mit stark pomadisiertem Haar, das über den gestickten Kragen seiner Uniform hing, und stampfte energisch mit den Absätzen seiner neuen Stiefel auf, die er sich offenbar für die Wahlen hatte machen lassen. Er warf Lewin einen mißbilligenden Blick zu und wandte sich ab.

»Ja, gewiß, es ist eine schmutzige Sache«, sagte ein anderer ebenfalls kleiner, untersetzter Gutsbesitzer mit hoher Stimme.

Nach diesen beiden Herren kam eine ganze Schar von Gutsbesitzern, die einen dicken General umringten, in Lewins Nähe. Sie suchten offenbar eine Stelle, wo sie miteinander reden konnten, ohne von andern gehört zu werden.

»Wie kann er sich unterstehen, zu sagen, ich hätte ihm die Hosen stehlen lassen! Er hat sie wohl versoffen. Und wenn er auch ein Fürst ist, ich habe nicht so viel Respekt vor ihm! Wie kann er so etwas behaupten! Das ist eine Unverschämtheit!«

»Aber erlauben Sie! Man beruft sich auf einen bestimmten Paragraphen«, wurde in einer anderen Gruppe gesagt. »Die Ehefrau muß als Adlige eingetragen sein.«

»Ich schere mich den Teufel um diesen Paragraphen! Ich sage die Wahrheit! Schließlich sind wir ja Edelleute. Wir können Vertrauen beanspruchen!«

»Kommen Sie, Exzellenz, wir trinken ein Glas fine Champagne!«

Eine andere Gruppe ging hinter einem Herrn her, der etwas mit lauter Stimme schrie. Das war einer der drei Betrunkenen.

»Ich habe Marja Semjonowna immer geraten, das Gut zu verpachten, denn es bringt ihr nichts ein«, sagte ein Herr mit weißem Schnurrbart in der Oberstenuniform des alten Generalstabs mit angenehmer Stimme. Das war der alte Gutsbesitzer, den Lewin bei Swijashskij getroffen hatte. Er erkannte ihn sofort. Der Gutsbesitzer sah Lewin ebenfalls an, und dann begrüßten sie sich.

»Sehr erfreut! Gewiß, ich erinnere mich sehr gut. Wir haben uns letztes Jahr bei Nikolaj Iwanowitsch, unserm Adelsmarschall, kennengelernt.«

»Was macht denn Ihre Wirtschaft?« fragte Lewin.

»Immer dasselbe, man arbeitet mit Verlust«, antwortete der Gutsbesitzer mit demütigem Lächeln und einem Ausdruck der Ruhe und Überzeugung, daß es so sein müsse, und blieb neben Lewin stehen. »Und Sie? Wie kommen Sie denn in unser Gouvernement?« fragte er. »Wollen Sie auch bei unserem coup d'état mitwirken?« sagte er, die französischen Worte klar, aber schlecht aussprechend.

»Ganz Rußland ist hier versammelt, sogar Kammerherren und vielleicht auch Minister.« Er zeigte auf die stattliche Gestalt Stepan Arkadjitschs in Kammerherrenuniform, der gerade mit einem General vorüberging.

»Ich muß gestehen, daß ich die Bedeutung der Adelswahlen nicht recht verstehe«, sagte Lewin.

Der Gutsbesitzer sah ihm ins Gesicht.

»Was ist denn da zu verstehen? Sie haben überhaupt keine Bedeutung. Eine überlebte Institution, die nur nach dem Gesetz der Trägheit weiterbesteht. Sehen Sie doch diese Uniformen an — auch die sagen Ihnen: das ist eine Versammlung von Friedensrichtern, Beamten und so weiter, aber nicht von Edelleuten.«

»Warum sind Sie dann hergekommen?« fragte Lewin.

»Aus Gewohnheit. Und man muß ja auch gewisse Beziehungen aufrechterhalten. Eine Art moralische Pflicht. Außerdem hat man, um die Wahrheit zu sagen, auch persönliche Interessen. Mein Schwiegersohn möchte für ein Amt bei der Gouvernementsverwaltung gewählt werden, aber er ist nicht reich, und da muß man ihm ein bißchen helfen. Sehen Sie sich diese Herren an. Was wollen die denn hier?« sagte er und zeigte auf den bissigen Herrn, der vorhin am Gouvernementstisch gesprochen hatte.

»Das ist die neue Generation des Adels.«

»Neu ist sie schon, aber richtiger Adel ist das nicht. Das sind Landeigentümer, aber wir sind Gutsbesitzer. Als Edelleute begehen sie Selbstmord.«

»Aber Sie sagen doch selbst, das sei eine überlebte Institution.«

»Gewiß, aber man sollte doch etwas mehr Achtung davor haben. Da ist zum Beispiel dieser Snetkow... Ob wir etwas taugen oder nicht, jedenfalls sind wir das Produkt eines tausendjährigen Wachstums. Wissen Sie, wenn man sich vor dem Haus ein Gärtchen anlegen will und wenn gerade an der Stelle ein hundertjähriger Baum steht, wird man ihn wegen der Blumenbeete nicht umhauen, obwohl er alt und knorrig ist; man wird die Beete so anlegen, daß der Baum erhalten bleibt. So ein Baum wächst ja nicht in einem Jahr«, sagte er vorsichtig und wechselte dann das Thema. »Nun, wie steht's mit Ihrer Wirtschaft?«

»Nicht besonders. Ungefähr fünf Prozent.«

»Ja, aber Sie zählen sich selbst nicht mit. Sie kosten doch auch etwas. Sehen Sie, bevor ich mein Gut selbst bewirtschaftet habe, bezog ich als Beamter ein Jahresgehalt von ungefähr dreitausend Rubeln. Jetzt arbeite ich mehr als in meiner Dienstzeit, und habe wie Sie ganze fünf Prozent Gewinn, und auch das nur, wenn Gott will. Und meine Arbeit mache ich umsonst.«

»Warum tun Sie es denn? Wenn Sie doch nur Verlust haben?«

»Man tut es eben. Was soll man denn machen? Man ist es gewohnt und weiß, daß es sein muß. Ich will Ihnen noch mehr sagen«, fuhr der Gutsbesitzer fort, der ins Reden gekommen war, und stützte sich auf das Fensterbrett. »Mein Sohn hat kein Interesse für Landwirtschaft, er will Gelehrter werden. Also wird niemand mein Lebenswerk weiterführen. Und ich arbeite trotzdem weiter. Dieses Jahr habe ich den Garten neu angelegt.«

»Ja, ja«, sagte Lewin, »Sie haben ganz recht. Ich fühle auch immer, daß meine Landwirtschaft kaum etwas abwirft, und ich arbeite doch weiter... Man fühlt eine gewisse Verpflichtung dem Boden gegenüber.«

»Ich möchte Ihnen noch etwas erzählen«, fuhr der Gutsbesitzer fort. »Neulich war mein Nachbar bei mir, ein Kaufmann. Ich habe ihn durch das Gut und durch den Garten geführt. ›Nein‹, sagt er, ›Stepan Wasiljewitsch, bei Ihnen ist alles in Ordnung, nur der Garten nicht.‹ Dabei ist mein Garten sehr gut in Ordnung. ›Ich an Ihrer Stelle würde diese Linde fällen lassen, natürlich zur Saftzeit. Sie haben mindestens tausend Linden auf Ihrem Gut, und jede würde zwei gute Stücke Bast liefern. Und der Bast steht jetzt hoch im Preis. Und die Stämme würde ich als Bauholz verkaufen.‹ «

»Und für dieses Geld würde er Vieh kaufen oder ein Stück Land zu einem Spottpreis erwerben und es an die Bauern verpachten«, sagte Lewin lächelnd, dem solche Spekulationen wohl bekannt waren. »Und auf diese Weise erwerben sich diese Leute ein Vermögen. Aber Sie und ich, wir müssen froh sein, wenn wir unseren Besitz erhalten und unseren Kindern hinterlassen können.«

»Sie haben geheiratet, wie ich hörte?« sagte der Gutsbesitzer.

»Ja«, antwortete Lewin mit stolzer Befriedigung. »Ja, es ist seltsam«, fuhr er fort, »wir leben dahin, ohne an unseren Vorteil zu denken, als wären wir, wie im Altertum die Vestalinnen, bestellt, ein heiliges Feuer zu hüten.«

Der Gutsbesitzer lächelte unter seinem weißen Schnurrbart.

»Aber manche von uns, zum Beispiel unser Freund Swijashskij oder Graf Wronskij, der sich jetzt bei uns niedergelassen hat, möchten eine landwirtschaftliche Industrie betreiben. Aber bis jetzt kommt noch nichts dabei heraus — man verliert höchstens sein Kapital dabei.«

»Warum machen wir es denn nicht wie die Händler und fällen die Bäume in unserem Garten um des Bastes willen?« fragte Lewin, zu dem Gedanken zurückkehrend, der ihn beschäftigte.

»Ja, wir müssen eben das Feuer hüten, wie Sie sagten. Geschäfte machen, das ist nichts für einen Edelmann. Und was wir als Edelleute tun, das geschieht nicht hier bei diesen Wahlen, sondern dort, in unserem Winkel. Und man hat auch seinen Standesinstinkt, der einem sagt, was man tun soll und was nicht. Bei den Bauern ist's genau so, das habe ich schon oft beobachtet: wenn einer ein guter Bauer ist, sucht er soviel Land zu pachten wie irgend möglich. Und wenn es noch so schlecht ist, er bestellt es doch. Auch ohne Gewinn. Geradezu mit Verlust.«

»Ganz wie wir«, sagte Lewin. »Es hat mich sehr gefreut, Sie zu treffen«, fügte er hinzu, als er sah, daß Swijashskij auf ihn zukam.

»Wir haben uns hier zum erstenmal wiedergesehen, seit wir

uns bei Ihnen kennengelernt haben«, sagte der Gutsbesitzer, »und sind gleich ins Gespräch gekommen.«

»Nun, haben Sie ordentlich auf die neue Zeit geschimpft?« fragte Swijashskij lächelnd.

»Ohne das geht's nicht ab!«

»Wir haben unseren Herzen Luft gemacht.«

30

Swijashskij nahm Lewin am Arm und ging mit ihm zu seinen Parteigenossen.

Jetzt ließ sich eine Begegnung mit Wronskij nicht mehr vermeiden. Er stand mit Stepan Arkadjitsch und Sergej Iwanowitsch zusammen und sah Lewin an.

»Sehr erfreut. Ich glaube, ich hatte schon einmal das Vergnügen, Sie zu sehen... bei Fürstin Schtscherbatzkaja«, sagte er und reichte Lewin die Hand.

»Ja, ich erinnere mich noch sehr gut an diese Begegnung«, sagte Lewin, wurde feuerrot, wandte sich sofort ab und fing ein Gespräch mit seinem Bruder an.

Wronskij lächelte leise und setzte seine Unterhaltung mit Swijashskij fort. Er schien keine Lust zu haben, sich mit Lewin zu unterhalten. Lewin dagegen wandte sich immer wieder um, während er mit seinem Bruder sprach, und überlegte, was er Wronskij sagen könnte, um seine Grobheit wieder gutzumachen.

»Worum handelt es sich denn?« fragte Lewin und sah Swijashskij und Wronskij an.

»Um Snetkow. Er muß jetzt entweder verzichten oder kandidieren«, sagte Swijashskij.

»Was hat er denn bis jetzt getan?«

»Weder das eine noch das andere — das ist es ja«, sagte Wronskij.

»Und wenn er ablehnt, wer wird dann kandidieren?« fragte Lewin und sah Wronskij an.

»Wer will«, antwortete Swijashskij.
»Werden Sie es tun?« fragte Lewin.
»Ich? O nein!« sagte Swijashskij verlegen und mit einem ängstlichen Blick auf den giftigen Herrn, der neben Sergej Iwanowitsch stand.
»Wer denn sonst? Newedowskij?« fragte Lewin und fühlte im selben Augenblick, daß er etwas Unpassendes gesagt hatte.
Aber diese letzte Frage war noch schlimmer. Newedowskij und Swijashskij kamen beide als Kandidaten in Betracht.
»Ich auf keinen Fall!« antwortete der giftige Herr. Das war Newedowskij selbst. Swijashskij machte ihn und Lewin miteinander bekannt.
»Na, hat's dich auch gepackt?« sagte Stepan Arkadjitsch zu Wronskij und zwinkerte ihm zu. »Es ist gerade wie beim Rennen. Man könnte sogar wetten.«
»Ja, das packt einen wirklich«, sagte Wronskij. »Und wenn man die Sache einmal angefangen hat, dann möchte man sie auch zu Ende führen. Ein Kampf!« sagte er, runzelte die Stirn und preßte seine kräftigen Kiefer aufeinander.
»Swijashskij ist doch ein tüchtiger Kerl!« bemerkte Stepan Arkadjitsch. »Bei ihm ist alles so klar!«
»O ja«, antwortete Wronskij zerstreut.
Das Gespräch verstummte für einen Augenblick, und Wronskij, der doch irgendwohin sehen mußte, betrachtete Lewin, seine Beinkleider, seine Uniform und dann sein Gesicht. Und als er bemerkte, daß Lewin ihn finster ansah, fragte er, um irgend etwas zu sagen:
»Wie kommt es denn, daß Sie nicht Friedensrichter sind, obwohl Sie ständig auf dem Land leben? Sie tragen nicht die Uniform eines Friedensrichters.«
»Weil ich der Ansicht bin, daß das Friedensgericht eine idiotische Einrichtung ist«, antwortete Lewin schroff, obwohl er die ganze Zeit auf eine Gelegenheit gewartet hatte,

mit Wronskij ins Gespräch zu kommen, um seine Grobheit wieder gutzumachen.
»Das finde ich nicht, im Gegenteil«, sagte Wronskij erstaunt, aber ruhig.
»Es ist eine Spielerei«, unterbrach ihn Lewin. »Wir brauchen keine Friedensrichter. Ich habe in acht Jahren keinen einzigen Prozeß gehabt. Und als ich dann einen hatte, wurde er ganz verkehrt entschieden. Der Friedensrichter wohnt vierzig Werst von mir entfernt. Ich muß in einer Sache, die einen Rubel wert ist, einen Bevollmächtigten hinschicken, der mich fünfzehn Rubel kostet.«
Und er erzählte, ein Bauer habe einem Müller Mehl gestohlen, und als der Müller ihm das auf den Kopf zugesagt habe, da habe der Bauer ihn wegen Verleumdung verklagt. Diese ganze Geschichte war unangebracht und dumm, und Lewin fühlte das auch, während er sie erzählte.
»Oh, er ist ein Original!« sagte Stepan Arkadjitsch mit seinem sanftesten Mandelöl-Lächeln. »Aber wir wollen gehen. Ich glaube, die Abstimmung beginnt.«
Sie gingen auseinander.
»Ich begreife nicht«, sagte Sergej Iwanowitsch, der den ungeschickten Ausfall seines Bruders mitangehört hatte, »ich begreife nicht, wie man so wenig politisches Taktgefühl haben kann. Der Gouvernements-Adelsmarschall ist unser Gegner, aber du bist mit ihm ami cochon und bittest ihn zu kandidieren. Und Graf Wronskij... ich möchte ja nicht sein Freund werden — er hat mich zum Diner eingeladen, aber ich gehe nicht hin — aber er gehört doch zu unserer Partei; warum soll man sich ihn zum Feind machen? Und dann hast du Newedowskij gefragt, ob er kandidieren werde. Das tut man doch nicht!«
»Ach, ich verstehe nichts davon! Und außerdem ist das alles dummes Zeug«, sagte Lewin finster.
»Ja, du sagst, es sei dummes Zeug, aber du mischst dich doch hinein und bringst alles durcheinander.«

Lewin schwieg, und sie gingen zusammen in den großen Saal.

Der Gouvernements-Adelsmarschall witterte zwar den gegen ihn geplanten Anschlag, war aber dennoch entschlossen, zu kandidieren, obwohl nicht alle ihn darum gebeten hatten. Alles im Saal verstummte, der Sekretär verkündete mit lauter Stimme, daß jetzt über die Wahl des Gardërittmeisters Michail Stepanowitsch Snetkow zum Gouvernements-Adelsmarschall ballotiert werden sollte.

Die Kreis-Adelsmarschälle gingen mit Tellern, auf denen die Stimmkugeln lagen, von ihren Tischen zum Gouvernementstisch, und die Wahl begann.

»Rechts hinlegen!« flüsterte Stepan Arkadjitsch Lewin zu, der zusammen mit seinem Bruder hinter dem Adelsmarschall an den Tisch trat. Aber Lewin hatte die Taktik schon wieder vergessen, die man ihm vorhin erklärt hatte, und fürchtete, Stepan Arkadjitsch habe sich geirrt. Snetkow war doch ihr Gegner. Als er an der Wahlurne stand, hielt er die Kugel in der rechten Hand; dann überlegte er, daß das falsch sein könne, nahm dicht vor der Urne die Kugel in die linke Hand und legte sie dann offenbar nach links. Ein neben der Urne stehender Herr, der sich in diesen Dingen genau auskannte und an der bloßen Bewegung des Ellbogens sah, wohin jeder seine Kugel legte, runzelte unwillig die Stirn. Hier hatte er seinen Scharfblick nicht anzustrengen brauchen.

Alles verstummte und man hörte, wie die Kugeln gezählt wurden. Dann verkündete eine laute Stimme die Zahl der Ja und Nein.

Der Adelsmarschall war mit einer bedeutenden Mehrheit wiedergewählt worden. Alle redeten durcheinander und drängten nach der Tür. Snetkow kam herein, und die Edelleute umringten ihn und beglückwünschten ihn.

»Ist es jetzt zu Ende?« fragte Lewin seinen Bruder.

»Es fängt erst an«, antwortete Swijashskij lächelnd für

Sergej Iwanowitsch. »Ein anderer Kandidat kann noch mehr Stimmen erhalten.«
Lewin hatte das ganz vergessen. Es fiel ihm erst jetzt wieder ein, daß da noch irgendwelche Finessen dabei waren, aber es war ihm zu lästig, sich zu erinnern, worin sie bestanden. Er fühlte sich plötzlich sehr niedergeschlagen und wollte von dieser Menschenmenge wegkommen.
Da niemand ihn beachtete und anscheinend niemand ihn brauchte, ging er unauffällig in den kleinen Saal, wo das Büfett war, und fühlte eine große Erleichterung, als er die Kellner wiedersah. Der alte Kellner fragte Lewin, ob er etwas essen wolle, und Lewin stimmte zu. Er aß ein Kotelett mit Bohnen, unterhielt sich mit dem Kellner über dessen frühere Herrschaft und ging dann auf die Galerie, da er nicht mehr in den großen Saal wollte, wo er sich so unbehaglich gefühlt hatte.
Die Galerie war voll von geputzten Damen, die sich über die Brüstung beugten, um ja alles zu hören, was unten im Saal gesprochen wurde. Neben den Damen saßen und standen elegante Advokaten, Gymnasiallehrer mit Brille und Offiziere. Überall wurde ausschließlich von den Wahlen gesprochen, und wie der Adelsmarschall sich abgequält habe, und wie gut die Debatten gewesen seien. Lewin hörte, wie sein Bruder gelobt wurde. Eine Dame sagte zu einem Advokaten:
»Ich freue mich wirklich, daß ich Kosnyschew gehört habe. Dafür kann man schon ein bißchen Hunger aushalten. Wunderbar! Wie klar und deutlich er spricht. Bei Ihnen auf dem Gericht kann das keiner. Höchstens Maidel, aber der ist bei weitem kein so glänzender Redner.«
Lewin fand einen freien Platz an der Brüstung, beugte sich hinüber, blickte in den Saal und hörte zu.
Alle Edelleute saßen innerhalb der für die einzelnen Kreise errichteten Schranken. Mitten im Saal stand ein Herr in Uniform und verkündete mit hoher, lauter Stimme:

»Es wird ballotiert über die Kandidatur des Stabsrittmeisters Ewgenij Iwanowitsch Apuchtin für das Amt des Gouvernements-Adelsmarschalls!« Totenstille folgte, und dann hörte man eine schwache Greisenstimme:
»Verzichtet!«
»Es wird ballotiert über die Kandidatur des Hofrats Peter Petrowitsch Bohl«, rief wieder die erste Stimme.
»Verzichtet!« antwortete eine junge, kreischende Stimme.
Dann wurde wieder ein Name aufgerufen und wieder geantwortet: »Verzichtet!« und so ging es ungefähr noch eine Stunde weiter. Lewin hatte den Ellbogen auf die Brüstung gestützt und sah zu und hörte zu. Anfangs wunderte er sich und suchte zu begreifen, was das alles bedeutete, doch dann gelangte er zu der Überzeugung, daß er es doch nicht begreifen könne, und begann sich zu langweilen. Dann dachte er an die Erregung und Erbitterung, die er auf allen Gesichtern gesehen hatte, und wurde ganz traurig. Er beschloß, wegzufahren und ging nach unten. Im Flur vor der Galerie sah er einen Gymnasiasten, der mit bedrückter Miene und tränennassen Augen auf und ab ging. Auf der Treppe begegnete er einer Dame, die mit ihren hochhackigen Schuhen eilig hinauflief, und einem windig aussehenden Beamten von der Staatsanwaltschaft.
»Sie kommen noch zurecht«, sagte der Beamte zu der Dame, als Lewin zur Seite trat, um sie vorbeizulassen.
Lewin stand schon an der Treppe zum Ausgang und zog seine Garderobenmarke aus der Westentasche, doch da hielt der Sekretär ihn fest. »Bitte, kommen Sie, Konstantin Dmitrijewitsch, es wird abgestimmt.«
Es wurde über die Kandidatur Newedowskijs abgestimmt, der sich vorhin so entschieden geweigert hatte.
Lewin wollte in den Saal gehen, aber die Tür war verschlossen. Der Sekretär klopfte an; die Tür öffnete sich, und an Lewin vorbei schlüpften zwei Gutsbesitzer mit dunkelroten Gesichtern hinaus.

»Nein, das halte ich nicht mehr aus!« sagte der eine.
Hinter ihnen sah man das Gesicht des Gouvernements-Adelsmarschalls. Es war vor Müdigkeit und Angst schrecklich entstellt.
»Ich habe dir doch gesagt, daß du niemand herauslassen sollst!« schrie er den Türsteher an.
»Ich wollte nur jemand hereinlassen, Exzellenz!«
»Mein Gott, mein Gott!« stöhnte der Gouvernements-Adelsmarschall und schlich seufzend und mit gesenktem Kopf in seinen weißen Beinkleidern mitten durch den Saal zu dem großen Tisch.
Newedowskij hatte, wie vorgesehen, eine Anzahl Stimmen mehr erhalten, und war Gouvernements-Adelsmarschall geworden. Viele waren vergnügt, viele zufrieden und glücklich, viele begeistert, viele unzufrieden und unglücklich. Der frühere Gouvernements-Adelsmarschall war in einer Verzweiflung, die er kaum verbergen konnte. Als Newedowskij den Saal verließ, umringte ihn die Menge und folgte ihm begeistert, wie sie am ersten Tag dem Gouverneur gefolgt war, der die Wahlen eröffnet hatte, und wie vorher dem bisherigen Adelsmarschall Snetkow, als er gewählt worden war.

31

Der neu gewählte Gouvernements-Adelsmarschall und viele Mitglieder der siegreichen Partei der Jungen dinierten an diesem Tag bei Wronskij.
Wronskij war aus mehreren Gründen zur Wahl gekommen: er langweilte sich auf dem Land und mußte Anna gegenüber sein Recht auf Freiheit wahren. Außerdem wollte er sich Swijashskij erkenntlich zeigen, der sich bei den Kreistagswahlen zu seinen Gunsten bemüht hatte, und vor allem die Pflichten erfüllen, die ihm seine selbstgewählte Rolle als Edelmann und Grundbesitzer auferlegte. Aber er hatte nie

erwartet, daß die Wahlen ihn so beschäftigen und fesseln würden und daß er dabei eine so gute Figur machen würde. Er war ein vollständiger Neuling in diesem Kreis von Edelleuten, aber er hatte offenbar Erfolg und er täuschte sich nicht, wenn er glaubte, daß er bereits einen gewissen Einfluß erlangt hatte. Zu diesem Einfluß trugen sehr verschiedene Dinge bei: sein Reichtum und sein Ansehen, das schöne Haus in der Stadt, das ihm sein alter Bekannter Schirkow zur Benutzung überlassen hatte, der Geldgeschäfte betrieb und eine gut florierende Bank in Kaschin gegründet hatte; ferner der ausgezeichnete Koch, den Wronskij von seinem Gut mitgebracht hatte, dann die Freundschaft mit dem Gouverneur, der sein Kamerad im Pagenkorps gewesen war und den er damals protegiert hatte und besonders sein schlichtes, gegen alle gleiches Benehmen, das die Mehrzahl der Edelleute veranlaßte, ihr Urteil über seinen vermeintlichen Hochmut zu ändern. Er fühlte selbst, daß mit Ausnahme dieses verrückten Herrn, des Mannes von Kitty Schtscherbatzkaja, der ihm à propos de bottes mit sinnloser Wut einen Haufen unpassender Dummheiten gesagt hatte, jeder Edelmann, den er kennengelernt hatte, sein Anhänger geworden war. Er wußte, daß er sehr wesentlich zu Newedowskijs Erfolg beigetragen hatte, und auch andere gaben das zu. Und jetzt, als in seinem Haus und an seinem Tisch die Wahl Newedowskijs gefeiert wurde, hatte er ein angenehmes Gefühl des Triumphs, weil der von ihm patronisierte Kandidat gesiegt hatte. Die Wahlen hatten so verlockend auf ihn gewirkt, daß er sich vornahm, bei der nächsten Wahl in drei Jahren selbst zu kandidieren, falls er bis dahin verheiratet sein sollte — gerade wie er plötzlich Lust bekommen hatte, wieder ein Rennen mitzureiten, als sein Jockei einen Preis gewonnen hatte.

Vorläufig wurde jetzt der Sieg des Jockeis gefeiert. Wronskij saß oben am Tisch, zu seiner Rechten der junge Gouverneur, General à la suite. Für alle anderen war er der Herr des

Gouvernements, der die Wahlen feierlich eröffnet und eine Rede gehalten hatte, dem viele mit Hochachtung oder gar mit Unterwürfigkeit begegneten; für Wronskij aber war er einfach Maslow – Katka, wie er im Pagenkorps genannt worden war –, der ihm gegenüber verlegen war, und den er mettre à son aise wollte. Links von Wronskij saß Newedowskij mit seinem jungen, starren, giftigen Gesicht. Ihn behandelte Wronskij ungezwungen und achtungsvoll.

Swijashskij trug seinen Mißerfolg mit Heiterkeit. Es sei eigentlich gar kein Mißerfolg gewesen, sagte er, als er Newedowskij zutrank, denn einen besseren Vertreter der neuen Richtung, die der Adel jetzt einschlagen müsse, habe man gar nicht finden können, und darum stehe jeder Mann von Ehre auf der Seite des Siegers und feiere ihn.

Stepan Arkadjitsch war gleichfalls guter Laune, weil er die Zeit so angenehm verbringen konnte, und weil alle zufrieden waren. Während des ausgezeichneten Diners sprach man über einzelne Episoden des Wahlkampfs. Swijashskij machte in höchst komischer Weise die weinerliche Redeweise des Adelsmarschalls nach und bemerkte, zu Newedowskij gewandt, Seine Exzellenz werde sich wohl für eine kompliziertere Art der Kassenkontrolle entscheiden müssen, als Tränen es seien. Ein anderer sehr lustiger Edelmann erzählte, der bisherige Gouvernements-Adelsmarschall habe einen Ball geben wollen und Lakaien in Kniehosen kommen lassen; wenn der neue Adelsmarschall keinen Ball mit Lakaien in Kniehosen gebe, müßten die Leute wieder weggeschickt werden.

Während des Diners wurde Newedowskij von den Tischgenossen fortwährend mit ›unser Gouvernements-Adelsmarschall‹ und ›Exzellenz‹ angeredet. Das taten sie mit demselben Vergnügen, mit dem man eine jungverheiratete Frau mit ›Madame‹ oder mit dem Namen ihres Mannes anspricht. Newedowskij gab sich den Anschein, als seien ihm diese Anreden nicht nur gleichgültig, sondern als verachte er sie sogar; aber man merkte ihm an, daß er glücklich war und sich zwingen mußte, sein Entzücken zu verbergen, da es zu der neuen, liberalen Richtung nicht paßte, der alle Anwesenden huldigten.

Beim Diner wurden mehrere Telegramme an Personen abgeschickt, die sich für den Ausgang der Wahl interessierten. Stepan Arkadjitsch, der sehr lustig war, schickte an Darja Alexandrowna ein Telegramm folgenden Inhalts: ›Newedowskij gewählt. Zwanzig Stimmen Mehrheit. Ich gratuliere. Weitergeben.‹ Er diktierte das Telegramm laut und sagte dann: »Man muß ihnen doch eine Freude machen.« Als Darja Alexandrowna das Telegramm erhielt, seufzte sie nur, weil es ihr um den Rubel leid tat, den es gekostet hatte. Sie wußte, daß es gegen Ende eines Diners abgesandt war, denn sie kannte die Schwäche Stiwas, am Ende von Diners ›faire jouer le télégraphe‹.

Das Diner verlief zwanglos und heiter, wozu auch das vorzügliche Essen und die Weine beitrugen, die nicht von russischen Weinhändlern stammten, sondern in Flaschen direkt aus dem Ausland bezogen waren. Swijashskij hatte eine Tafelrunde von etwa zwanzig Herren ausgewählt, lauter gleichgesinnte, fortschrittliche und zugleich geistreiche und hochanständige Männer. Es wurden Trinksprüche ausgebracht, zum Teil in scherzhafter Form, auf den neuen Gouvernements-Adelsmarschall, den Gouverneur, den Bankdirektor und ›unseren liebenswürdigen Gastgeber‹. Wronskij war zufrieden. Einen so netten Ton hatte er in der Provinz gar nicht erwartet.

Gegen Ende des Diners wurde es noch lustiger. Der Gouverneur bat Wronskij, ein Konzert zu besuchen, das seine Frau zum Besten der slawischen Brüder veranstaltete und sagte, seine Frau wolle ihn gern kennenlernen.

»Nach dem Konzert ist ein Ball, und da wirst du unsere gefeierte Schönheit zu sehen bekommen. Sie ist wirklich bemerkenswert.«

»Not in my line«, antwortete Wronskij, der diesen Ausdruck sehr liebte; aber er lächelte und versprach zu kommen.

Kurz bevor man vom Tisch aufstand, als alle schon rauchten, brachte Wronskijs Kammerdiener einen Brief auf einem silbernen Tablett.

»Aus Wosdwischenskoje durch einen Eilboten«, sagte er mit bedeutsamer Miene.

»Wirklich erstaunlich, wie ähnlich er dem Referendar Swentitzkij sieht«, sagte einer der Gäste auf französisch von dem Kammerdiener, während Wronskij mit finsterem Gesicht den Brief las.

Der Brief war von Anna. Wronskij wußte schon, was darin stand, auch ohne ihn gelesen zu haben. In der Annahme, daß die Wahlen nur fünf Tage dauern würden, hatte er versprochen, am Freitag zurückzukommen. Heute war Samstag, und er wußte, daß der Brief Vorwürfe enthielt, daß er nicht rechtzeitig zurückgekommen war. Sein Brief an Anna, den er gestern abend abgeschickt hatte, war offenbar noch nicht angekommen.

In Annas Brief stand wirklich, was er erwartet hatte, aber die Form war unerwartet und berührte ihn besonders unangenehm. ›Anni ist sehr krank; der Arzt sagt, es sei vielleicht eine Lungenentzündung. Ich verliere den Kopf, wenn ich so allein bin. Prinzessin Warwara ist keine Hilfe für mich, sie stört mich nur. Ich habe Dich vorgestern und gestern erwartet und schreibe Dir jetzt, um zu erfahren, wo Du bist und was mit Dir ist. Ich wollte selbst hinkommen, habe es mir aber dann anders überlegt, weil ich weiß, daß es Dir unangenehm sein würde. Gib mir irgendeine Antwort, damit ich weiß, was ich tun soll.‹

Das Kind ist krank, und sie will herkommen! Das Kind ist krank, und dieser feindselige Ton!

Die harmlose Fröhlichkeit der Wahltage und diese düstere, drückende Liebe, zu der er zurückkehren sollte — das war ein allzu schroffer Gegensatz für Wronskij. Aber er mußte fahren, und so fuhr er noch in derselben Nacht mit dem ersten Zug nach Hause.

32

Vor Wronskijs Abreise zu den Wahlen hatte Anna sich überlegt, daß die Szenen, die es bei jeder Abreise zwischen ihnen gegeben hatte, ihn nur abkühlen, aber nicht an sie fesseln konnten, und sie hatte sich vorgenommen, sich mit aller Gewalt zu beherrschen, um den Abschied von ihm ruhig zu ertragen. Aber der kalte, strenge Blick, mit dem er sie angesehen hatte, als er ihr von seiner Reise Mitteilung machte, hatte sie gekränkt, und er war noch nicht abgereist, da war es mit ihrer Ruhe schon vorbei.

In ihrer Einsamkeit grübelte sie dann immer wieder über diesen Blick nach, in dem Wronskijs Recht auf Freiheit zum Ausdruck gekommen war, und gelangte zu demselben Ergebnis wie immer: zu dem Bewußtsein ihrer Erniedrigung. ›Er hat das Recht wegzufahren, wann und wohin er will. Und nicht nur wegzufahren, sondern mich zu verlassen. Er hat alle Rechte, und ich habe gar keine. Das weiß er doch, und darum darf er das nicht tun... Aber was hat er denn getan? Er hat mich kalt und streng angesehen. Gewiß, das ist nichts Bestimmtes, nichts Greifbares, aber früher hat er das nie getan, und dieser Blick sagt sehr viel‹, sagte sie zu sich selbst. ›Dieser Blick zeigt, daß seine Liebe zu erkalten beginnt.‹

Und obwohl sie überzeugt war, daß seine Liebe zu erkalten begann, konnte sie nichts dagegen tun, konnte ihr Verhältnis zu ihm in nichts ändern. Ganz wie bisher konnte sie ihn nur durch seine Liebe und durch ihre Anziehungskraft an sich fesseln. Und wie bisher konnte sie nur durch stete Beschäftigung am Tag und durch Morphium in den Nächten die entsetzlichen Gedanken betäuben, was geschehen

werde, wenn er aufhörte sie zu lieben. Allerdings gab es noch ein Mittel, nicht um ihn festzuhalten — festhalten sollte ihn nur seine Liebe — sondern ihm nahe zu bleiben, in einem Verhältnis zu ihm zu stehen, das es ihm unmöglich machte, sie zu verlassen. Dieses Mittel war die Scheidung und eine neue Ehe. Das wünschte sie jetzt und beschloß, sofort zuzustimmen, wenn er oder Stiwa wieder davon reden sollten.
In solchen Gedanken verbrachte sie, von ihm getrennt, fünf Tage, die fünf Tage, die er hatte wegbleiben wollen.
Spaziergänge, Unterhaltungen mit Prinzessin Warwara, Besuche im Krankenhaus und vor allem die Lektüre eines Buches nach dem anderen füllten ihre Zeit aus. Als aber am sechsten Tag der Kutscher ohne ihn zurückkam, da fühlte sie, daß sie den Gedanken an ihn und an das, was er in der Stadt wohl tue, nicht mehr zurückdrängen konnte. Gerade um diese Zeit war ihr Töchterchen krank geworden. Anna pflegte das Kind selbst, aber auch das war keine Ablenkung für sie, um so mehr, als die Krankheit nicht gefährlich war. So sehr sie sich bemühte, sie konnte dieses Kind nicht lieben, und Liebe heucheln konnte sie auch nicht. Als sie am Abend dieses Tages allein war, wurde sie plötzlich von einer solchen Angst um ihn ergriffen, daß sie in die Stadt fahren wollte, besann sich aber dann doch anders und schrieb jenen widerspruchsvollen Brief, den Wronskij bei dem Diner erhielt, und schickte ihn, ohne ihn noch einmal durchzulesen, mit einem Eilboten ab. Am nächsten Morgen erhielt sie Wronskijs Brief und bereute, daß sie ihm geschrieben hatte. Mit Schrecken erwartete sie eine Wiederholung des strengen Blicks, mit dem er sie bei seiner Abreise angesehen hatte, besonders, wenn er erfahren werde, daß die Kleine gar nicht so schwerkrank war. Aber sie freute sich doch, daß sie an ihn geschrieben hatte. Jetzt gestand sie sich schon ein, daß er sie nur als Last empfinde und nur mit Bedauern auf seine Freiheit verzichte, um zu ihr zurückzukehren, aber sie freute sich trotzdem auf sein Kommen.

Mochte er sie als Last empfinden — wenn er nur hier war, bei ihr, wenn sie ihn nur sehen und jede seiner Bewegungen beobachten konnte.
Sie saß im Wohnzimmer bei der Lampe, las ein neues Buch von Taine und erwartete jeden Augenblick die Ankunft des Wagens. Mehrmals glaubte sie Räderrasseln zu hören, aber es war immer eine Täuschung. Endlich hörte sie nicht nur Räderrasseln, sondern auch den Ruf des Kutschers und das dumpfe Rollen des Wagens in der überdachten Auffahrt. Sogar Prinzessin Warwara, die eine Patience legte, bestätigte das. Anna errötete und stand auf; aber statt nach unten zu gehen, wie sie es vorher zweimal getan hatte, blieb sie stehen. Sie schämte sich plötzlich ihres Betrugs, und vor allem war ihr Angst davor, wie Wronskij sie begrüßen werde. Das Gefühl der Kränkung war völlig verschwunden, sie fürchtete jetzt nur noch seinen Unwillen. Sie dachte daran, daß das Kind nun schon wieder ganz gesund war, sie ärgerte sich sogar über die Kleine, weil ihr Befinden sich gerade an dem Tag gebessert hatte, als sie den Brief abgeschickt hatte. Dann dachte sie an ihn, daß er wieder da sei, der ganze Mensch, mit seinen Händen, seinen Augen. Sie hörte seine Stimme. Und sie vergaß alles und lief ihm freudig entgegen.
»Nun, was macht Anni?« fragte er zaghaft von unten, als er Anna die Treppe herunterkommen sah.
Er saß auf einem Stuhl, und der Diener zog ihm die gefütterten Stiefel aus.
»Es geht ihr besser.«
»Und du?« fragte er, sich den Schnee abschüttelnd.
Sie faßte seinen Arm und legte ihn um ihre Taille, ohne den Blick von ihm zu wenden.
»Nun, das freut mich sehr«, sagte er und betrachtete mit einem kalten Blick ihre Frisur und ihr Kleid, das sie, wie er wußte, nur um seinetwillen angezogen hatte.
All das gefiel ihm, aber wie oft hatte es ihm schon gefallen!

Und der strenge, steinerne Ausdruck, den sie so fürchtete, wich nicht aus seinem Gesicht.

»Nun, das freut mich sehr. Es geht dir also gut?« sagte er, trocknete sich den feuchten Bart mit dem Taschentuch und küßte ihr die Hand.

›Ganz gleich‹, dachte sie, ›wenn er nur hier ist. Und wenn er hier ist, soll und muß er mich lieben.‹

Der Abend verging heiter und angenehm in Gesellschaft der Prinzessin Warwara, die sich bei Wronskij über Anna beklagte, weil sie während seiner Abwesenheit Morphium genommen hatte.

»Was sollte ich denn machen? Ich konnte nicht schlafen. Meine Gedanken hinderten mich am Schlaf. Wenn er da ist, nehme ich fast nie Morphium.«

Er erzählte von den Wahlen, und Anna verstand es, ihn durch Fragen auf das Thema zu bringen, das ihm besondere Freude machte: seinen Erfolg. Sie erzählte ihm alles, was ihn von den häuslichen Angelegenheiten interessierte, und das alles war sehr erfreulich.

Aber als sie spät abends allein waren und Anna sah, daß sie ihn wieder ganz in ihrer Gewalt hatte, wollte sie die unangenehme Erinnerung an den Blick auslöschen, mit dem er sie wegen ihres Briefes angesehen hatte. Sie sagte:

»Du hast dich gewiß geärgert, als du meinen Brief bekamst, und hast mir nicht geglaubt.«

Kaum hatte sie das gesagt, da merkte sie, daß er ihr das nicht verziehen hatte, und wenn er im Augenblick noch so zärtlich war.

»Ja«, sagte er, »der Brief war recht merkwürdig. Du hast mir geschrieben, Anni sei krank, und daß du selbst in die Stadt kommen wolltest.«

»Das war die reinste Wahrheit.«

»Ich zweifle ja gar nicht daran.«

»Doch, du zweifelst daran. Du bist unzufrieden, ich sehe es dir an.«

»Durchaus nicht. Ich bin nur mit einem unzufrieden, nämlich, daß du anscheinend nicht einsehen willst, daß es Pflichten gibt...«

»Die Pflicht, ins Konzert zu gehen...«

»Reden wir nicht davon«, sagte er.

»Warum sollen wir denn nicht davon reden?« sagte sie.

»Ich wollte nur sagen, daß es auch dringende Angelegenheiten gibt. Jetzt werde ich wegen des Hauses bald nach Moskau fahren müssen... Ach, Anna, warum bist du so reizbar? Weißt du denn nicht, daß ich ohne dich nicht leben kann?«

»Wenn du gleich wieder weg willst«, sagte Anna plötzlich mit ganz veränderter Stimme, »bedeutet das, daß dir das Leben hier zur Last ist. Du kommst für einen Tag und fährst wieder weg. So machen es...«

»Anna, das ist grausam! Ich gäbe mein ganzes Leben hin...«

Aber sie hörte nicht auf ihn.

»Wenn du nach Moskau fährst, dann fahre ich mit. Ich bleibe nicht hier. Wir müssen uns entweder trennen oder zusammenleben.«

»Du weißt doch, daß das mein einziger Wunsch ist. Aber dazu...«

»Ist die Scheidung nötig? Ich will ihm schreiben. Ich sehe, daß ich nicht so weiterleben kann... Aber ich fahre mit dir nach Moskau.«

»Das klingt ja wie eine Drohung. Ich habe doch keinen größeren Wunsch, als mich nie von dir zu trennen«, sagte Wronskij lächelnd.

Aber als er diese zärtlichen Worte sprach, flammte in seinen Augen ein Blick auf, der nicht nur kalt war, sondern der böse Blick eines verfolgten und erbitterten Menschen.

Sie sah diesen Blick und verstand seine Bedeutung.

›Wenn es so steht, dann ist es ein Unglück!‹ sagte sein Blick. Es war nur ein flüchtiger Eindruck, aber sie vergaß ihn nie wieder.

Anna schrieb an ihren Mann und bat ihn um die Scheidung. Ende November siedelte sie mit Wronskij nach Moskau über, und Prinzessin Warwara trennte sich von ihnen, da sie nach Petersburg reisen mußte. Da sie jeden Tag die Antwort Alexej Alexandrowitschs und im Anschluß daran die Scheidung erwarteten, wohnten sie jetzt wie Eheleute zusammen.

SIEBTER TEIL

I

Lewins wohnten nun bald drei Monate in Moskau. Der Termin, an dem nach Berechnungen von Leuten, die in diesen Dingen Bescheid wußten, Kitty hätte niederkommen müssen, war längst vorbei, und nichts deutete darauf hin, daß die Entbindung jetzt näher bevorstehe als vor zwei Monaten. Der Arzt, die Hebamme, Dolly, die Mutter und besonders Lewin, der nicht ohne Angst an das Bevorstehende denken konnte, wurden ungeduldig und unruhig. Nur Kitty fühlte sich vollkommen ruhig und glücklich.

Sie empfand jetzt deutlich, wie sich in ihrem Herzen die Liebe zu dem kommenden, für sie zum Teil schon vorhandenen Kind regte und lauschte beglückt auf dieses Gefühl. Das Kind war jetzt nicht mehr nur ein Teil von ihr, sondern lebte mitunter schon sein eigenes, von ihr unabhängiges Leben. Das bereitete ihr oft Schmerzen, aber gleichzeitig war sie so glücklich, daß sie am liebsten aufgelacht hätte in einem seltsamen, neuen Freudegefühl.

Alle, die sie liebte, waren um sie, und alle waren so gut zu ihr, sorgten so gut für sie, und alles war so schön, daß sie, wenn sie nicht gewußt und gefühlt hätte, daß das bald enden müsse, sich kein besseres, angenehmeres Leben hätte wünschen können. Das einzige, was ihr die Freude an diesem Leben etwas verdarb, war der Umstand, daß ihr Mann hier nicht so war, wie sie ihn liebte, und wie er auf dem Land gewesen war.

Sie liebte seinen ruhigen, freundlichen Ton auf dem Lande. In der Stadt dagegen schien er immer unruhig und auf der Hut zu sein, als fürchte er, irgend jemand könne ihn und vor allem sie beleidigen. Auf dem Land, wo er wußte, wo er hingehörte, hatte er nie Eile und war doch nie unbeschäftigt gewesen. Hier in der Stadt hatte er es immer eilig, als fürchte er etwas zu versäumen, obwohl er gar nichts zu tun hatte. Und er tat ihr leid. Andern kam er nicht bemitleidenswert

vor, das wußte sie; im Gegenteil, wenn sie ihn in Gesellschaft beobachtete, wie man manchmal einen geliebten Menschen beobachtet und sich bemüht, ihn wie einen Fremden anzusehen, um sich vorstellen zu können, was für einen Eindruck er auf andere macht, dann bemerkte sie mit einer gewissen, bangen Eifersucht, daß er mit seinem feinen Anstand, mit seiner etwas altmodischen, schüchternen Höflichkeit den Damen gegenüber, mit seiner kräftigen Gestalt und mit seinem, wie ihr schien, besonders ausdrucksvollen Gesicht keineswegs bemitleidenswert, sondern sehr anziehend wirkte. Aber sie betrachtete ihn nicht von außen, sondern von innen, und dabei sah sie, daß er hier nicht der echte Lewin war; anders konnte sie sich seinen Zustand nicht erklären. Manchmal machte sie ihm im stillen Vorwürfe, daß er es nicht verstand, in der Stadt zu leben, dann wieder sagte sie sich, daß es für ihn sehr schwer sei, hier ein Leben zu führen, das ihn wirklich befriedigte.
In der Tat, was sollte er hier machen? Karten spielte er nicht gern. In den Klub ging er nicht. Mit Lebemännern wie Oblonskij verkehren, was das bedeutete, das wußte sie jetzt schon: das bedeutete, zu trinken und nach dem Gelage irgendwohin zu fahren. Sie konnte nicht ohne Entsetzen daran denken, wohin die Männer sich in solchen Fällen zu begeben pflegten. Oder sollte er in der Gesellschaft verkehren? Aber sie wußte, daß man dazu Vergnügen an dem Verkehr mit jungen Frauen haben mußte, und das konnte sie doch nicht wünschen. Sollte er mit ihr, ihrer Mutter und ihren Schwestern zu Hause sitzen? So angenehm und unterhaltend diese immer gleichen Gespräche für sie selbst waren, die Linchen-Trinchen-Gespräche, wie der alte Fürst es nannte, sie wußte, das ihn das langweilte. Sollte er sein Buch weiterschreiben? Er hatte es versucht und war in der ersten Zeit ein paarmal in die Bibliothek gegangen, um sich Exzerpte und Notizen für sein Buch zu machen, aber je länger dieses müßige Leben dauerte, desto weniger Zeit

hatte er, wie er ihr sagte. Außerdem klagte er, er habe hier schon soviel von seinem Buch geredet, daß all seine Gedanken darüber in Verwirrung geraten seien und er das Interesse daran verloren habe.

Der einzige Vorteil des Lebens in der Stadt war, daß es hier keine Streitigkeiten mehr zwischen ihnen gab. Ob nun die Lebensverhältnisse in der Stadt so anders waren oder ob sie beide in dieser Hinsicht vorsichtiger und vernünftiger geworden waren, jedenfalls gab es jetzt keinen Streit mehr aus Eifersucht, den sie so sehr gefürchtet hatten, als sie nach Moskau übergesiedelt waren.

In dieser Hinsicht geschah etwas für beide sehr Wichtiges, nämlich eine Begegnung Kittys mit Wronskij.

Die alte Fürstin Marja Borisowna, Kittys Patin, die sie immer sehr gern gehabt hatte, wollte sie unbedingt wiedersehen. Kitty, die wegen ihres Zustandes keine Besuche machte, fuhr mit ihrem Vater zu der ehrwürdigen alten Dame und traf dort Wronskij.

Kitty konnte sich bei dieser Begegnung nur den einen Vorwurf machen, daß für einen Augenblick, als sie die ihr einst so vertrauten Züge des Herrn im Zivilanzug erkannte, ihr der Atem stockte, alles Blut zum Herzen strömte und ihr Gesicht dunkelrot wurde, wie sie deutlich fühlte. Aber das dauerte nur wenige Sekunden. Ihr Vater, der Wronskij absichtlich mit lauter Stimme anredete, hatte dieses Gespräch noch nicht beendet, als sie schon imstande war, Wronskij anzusehen und nötigenfalls so mit ihm zu reden, wie sie mit Fürstin Marja Borisowna sprach, und vor allem so, daß alles, bis auf die leiseste Betonung, bis auf das leiseste Lächeln, die Billigung ihres Mannes gefunden hätte, dessen unsichtbare Gegenwart sie in diesem Augenblick zu fühlen glaubte.

Sie wechselte einige Worte mit Wronskij und lächelte sogar ruhig zu seinem Scherz über die Wahlen, die er ›unser Parlament‹ nannte. (Sie mußte lächeln, um zu zeigen, daß sie den Scherz verstanden hatte.) Aber dann wandte sie sich sofort Fürstin Marja Borisowna zu und sah ihn nicht ein einziges Mal mehr an, bis er aufstand, um sich zu verabschieden. Jetzt sah sie ihn an, aber offenbar nur, weil es unhöflich ist, einen Menschen, der einem eine Verbeugung macht, nicht anzusehen.

Sie war ihrem Vater sehr dankbar, daß er kein Wort über ihr Zusammentreffen mit Wronskij sagte; aber als sie nach dem Besuch ihre übliche Spazierfahrt machten, merkte sie an seiner besonderen Zärtlichkeit, daß er mit ihr zufrieden war. Sie selbst war auch mit sich zufrieden. Sie hatte nicht erwartet, daß sie die Kraft besitzen würde, alle Erinnerungen an ihre früheren Gefühle für Wronskij zu unterdrücken und ihm gegenüber nicht nur nach außen hin völlig gleichmütig und ruhig zu scheinen, sondern es auch zu sein.

Lewin errötete viel mehr als sie, als sie ihm erzählte, daß sie Wronskij bei der Fürstin Marja Borisowna getroffen habe. Es fiel ihr schwer, ihm das zu sagen, aber noch schwerer fiel es ihr, weiterzusprechen und von den Einzelheiten der Begegnung zu erzählen, denn er fragte sie nicht danach, sondern sah sie nur mit finsterem Gesicht an.

»Es tut mir sehr leid, daß du nicht dabei warst«, sagte sie. »Ich meine nicht, im Zimmer... in deiner Gegenwart hätte ich nicht so ungezwungen sein können... ich erröte jetzt viel, viel mehr«, sagte sie und errötete so sehr, daß ihr die Tränen kamen. »Aber daß du es nicht durch den Türspalt sehen konntest.«

Ihre ehrlichen Augen sagten Lewin, daß sie mit sich zufrieden war, und trotz ihres Errötens beruhigte er sich sofort und begann sie auszufragen, was sie ja auch gewünscht hatte. Als er alles erfahren hatte, auch die Einzelheit, daß sie nur im ersten Augenblick errötet sei, daß sie sich dann aber so leicht und frei gefühlt habe wie jedem beliebigen Menschen gegenüber, wurde Lewin ganz vergnügt und sagte, das freue ihn sehr, und jetzt werde er sich nicht mehr so dumm benehmen wie bei den Wahlen, sondern sich bei der nächsten Begegnung mit Wronskij bemühen, möglichst freundlich zu ihm zu sein.

»Es ist so qualvoll, zu denken, daß es einen Menschen gibt, mit dem man so gut wie feind ist und dem man nicht begegnen möchte«, sagte Lewin. »Ich freue mich wirklich sehr.«

2

»Geh bitte zu Bohls«, sagte Kitty zu ihrem Mann, als er gegen elf Uhr, ehe er das Haus verließ, zu ihr ins Zimmer kam. »Ich weiß, daß du heute im Klub zu Mittag ißt, Papa hat dich eingetragen. Und was machst du vorher?«

»Ich will nur zu Katawasow«, sagte Lewin.

»Warum denn so früh?«

»Er will mich mit Metrow bekannt machen. Ich möchte mit ihm über meine Arbeit sprechen, er ist ein bekannter Petersburger Gelehrter«, sagte Lewin.

»Ach ja, sein Aufsatz hat dir ja so gut gefallen, nicht wahr? Und dann?« fragte Kitty.

»Dann gehe ich vielleicht noch aufs Gericht, wegen der Sache meiner Schwester.«

»Willst du nicht auch ins Konzert?«

»Was soll ich da allein?«

»Geh nur hin. Da wirst du diese neuen Kompositionen hören, von denen wir sprachen, sie interessieren dich doch sehr. An deiner Stelle würde ich unbedingt hingehen.«

»Nun, vor dem Mittagessen komme ich noch einmal nach Hause«, sagte er mit einem Blick auf die Uhr.

»Zieh doch den Gehrock an, damit du auch zur Gräfin Bohl gehen kannst.«

»Muß das denn sein?«

»Ja, unbedingt! Er hat uns doch einen Besuch gemacht. Was kostet es dich denn? Du gehst hin, setzt dich, redest fünf Minuten über das Wetter, stehst wieder auf und fährst weg.«

»Du wirst mir nicht glauben, wie fremd mir das alles geworden ist, ich schäme mich geradezu. Was soll das denn? Da kommt ein wildfremder Mensch, setzt sich hin, sitzt eine Weile herum, stört die Leute, verdirbt sich selbst die Laune und geht wieder weg.«

Kitty lachte.

»Als Junggeselle hast du doch auch Besuche gemacht«, sagte sie.

»Ja, aber es war mir immer peinlich, und jetzt bin ich das gar nicht mehr gewöhnt. Ich würde lieber zwei Tage nicht zu Mittag essen als diesen Besuch machen. Ich schäme mich. Es kommt mir immer so vor, als müßten die Leute sich gekränkt fühlen und im stillen sagen: Warum bist du eigentlich hergekommen, wenn du hier nichts verloren hast?«

»Nein, sie werden sich gar nicht gekränkt fühlen, wirklich«, sagte Kitty und sah ihm lachend ins Gesicht. Sie faßte seine Hand: »Auf Wiedersehen. Bitte, geh hin!«

Er küßte ihr die Hand und wollte schon hinausgehen, aber sie hielt ihn zurück.

»Kostja, weißt du, daß ich nur noch fünfzig Rubel habe?«

»Gut, dann gehe ich bei der Bank vorbei und hole Geld. Wieviel brauchst du?« sagte er mit dem ihr wohlbekannten unzufriedenen Gesichtsausdruck.

»Nein, warte!« Sie hielt seine Hand fest. »Wir müssen darüber sprechen, das beunruhigt mich. Ich gebe doch nichts unnütz aus, und das Geld zerrinnt mir in den Fingern. Irgend etwas stimmt bei uns nicht.«

»Durchaus nicht«, sagte er, räusperte sich und sah sie mit gesenktem Kopf von unten an.

Sie kannte dieses Räuspern. Es war ein Zeichen der Unzufriedenheit — nicht mit ihr, sondern mit sich selbst. Er war tatsächlich unzufrieden, aber nicht, weil zuviel Geld ausgegeben wurde, sondern weil sie ihn an etwas erinnerte, was er gern vergessen hätte, gerade weil er wußte, daß etwas nicht stimmte.

»Ich habe Sokolow befohlen, den Weizen zu verkaufen und sich die Pacht für die Mühle im voraus geben zu lassen. Geld werden wir in jedem Fall haben.«

»Nein, ich fürchte, daß wir überhaupt zuviel...«

»Keineswegs, keineswegs«, wiederholte er. »Nun, leb wohl, mein Herz!«

»Nein, wirklich, es tut mir manchmal leid, daß ich auf Mama gehört habe. Wie schön wäre es jetzt auf dem Land! So aber plage ich euch alle, und wir vergeuden unser Geld.«

»Keineswegs, keineswegs! Seit wir verheiratet sind, habe ich noch kein einziges Mal gedacht, daß es besser wäre, wenn es anders wäre...«

»Wirklich?« fragte sie und sah ihm in die Augen.

Er hatte das gesagt, ohne zu überlegen, nur um sie zu trösten. Aber als er sie ansah und sah, daß diese aufrichtigen, lieben Augen fragend auf ihn gerichtet waren, sagte er dasselbe noch einmal, und zwar von ganzem Herzen. ›Ich vernachlässige sie entschieden‹, dachte er. Und dabei fiel ihm das ein, was ihnen so bald bevorstand.

»Kommt es bald? Was meinst du?« flüsterte er, ihre beiden Hände fassend.

»Ich habe schon so viel daran gedacht, daß ich jetzt gar nichts mehr denke und nichts weiß.«

»Hast du keine Angst?«

Sie lachte verächtlich.

»Keine Spur«, sagte sie.

»Wenn etwas geschehen sollte, ich bin bei Katawasow.«

»Nein, es wird nichts geschehen, du mußt nicht immer daran denken. Ich fahre mit Papa auf dem Boulevard spazieren. Dann gehen wir zu Dolly. Ich erwarte dich vor dem Mittagessen. Ach ja! Weißt du, daß Dollys Lage immer schlimmer wird? Sie steckt tief in Schulden und hat gar kein Geld mehr. Ich habe gestern mit Mama und mit Arsenij« (so nannte sie Lwow, den Mann ihrer Schwester) »darüber gesprochen, und wir haben beschlossen, dich und ihn auf Stiwa zu

hetzen. Das kann nicht so weitergehen. Mit Papa kann man nicht darüber reden... Aber wenn du und er...«
»Was können wir denn tun?« fragte Lewin.
»Geh auf jeden Fall einmal zu Arsenij und sprich mit ihm. Er wird dir genauer sagen, was wir beschlossen haben.«
»Nun, mit Arsenij bin ich im voraus in allem einverstanden. Ich gehe also zu ihm. Übrigens, wenn ich ins Konzert soll, dann fahre ich mit Natalja hin. Also auf Wiedersehen!«
An der Haustür hielt ihn der alte Kusma an, der schon vor seiner Heirat sein Diener gewesen war und jetzt in der Stadt den Haushalt leitete.
»Krasawtschik« (das war das linke Deichselpferd, das Lewin vom Gut mitgebracht hatte) »ist beschlagen worden, aber er hinkt immer«, sagte Kusma. »Was befehlen Sie zu tun?«
In der ersten Zeit seines Moskauer Aufenthalts hatten die vom Gut mitgebrachten Pferde Lewin sehr beschäftigt. Er wollte diesen Teil seines Haushalts möglichst gut und möglichst billig einrichten, aber bald stellte sich heraus, daß eigene Pferde mehr kosteten als Mietpferde und daß es doch nicht ohne Mietwagen ging.
»Laß den Tierarzt holen, vielleicht ist es eine Verletzung.«
»Und wie soll Katerina Alexandrowna ausfahren?« fragte Kusma.
Lewin wunderte sich jetzt nicht mehr, wie anfangs in Moskau, daß für eine Fahrt von der Wosdwishenska zum Siwzew-Wraschek zwei starke Pferde vor eine schwere Kutsche gespannt werden mußten, um diese Kutsche einige hundert Schritt durch den Schneematsch zu ziehen und dann vier Stunden zu stehen, und daß er dann fünf Rubel dafür bezahlen mußte. Jetzt kam ihm das schon ganz natürlich vor.
»Der Fuhrunternehmer soll zwei Pferde für unseren Wagen schicken«, antwortete er.
»Zu Befehl!«
Nachdem Lewin diese schwierige Sache, die auf dem Land

sehr viel persönliche Mühe und Aufmerksamkeit erfordert hätte, dank der städtischen Einrichtungen so einfach und leicht gelöst hatte, verließ er das Haus, rief eine Droschke, stieg ein und fuhr in die Nikitskaja. Unterwegs dachte er nicht mehr an Geldangelegenheiten, sondern nur noch an den Petersburger Soziologen, den er jetzt kennenlernen werde und mit dem er sich über sein Buch unterhalten wollte.

Die einem Landbewohner seltsam vorkommenden unnützen, aber notwendigen Ausgaben, die auf Schritt und Tritt erforderlich waren, hatten Lewin nur in der allerersten Zeit seines Aufenthalts in Moskau überrascht. Jetzt hatte er sich schon an diese Ausgaben gewöhnt. In dieser Hinsicht ging es ihm ähnlich wie einem Trinker: das Geld für das erste Glas Schnaps will nicht aus der Tasche, das Geld für das zweite fliegt heraus wie ein Falke, das Geld fürs dritte — wie muntere kleine Vögel. Als Lewin den ersten Hundertrubelschein wechselte, um Livreen für den Diener und den Portier zu kaufen, mußte er unwillkürlich denken, daß diese vollkommen überflüssigen Livreen, die aber wohl doch notwendig waren — wenigstens nach dem Erstaunen der Fürstin und Kittys zu urteilen, als er gesagt hatte, es gehe doch auch ohne Livreen —, daß diese Livreen soviel kosteten wie zwei Sommerarbeiter von Ostern bis zu den Fasten, das heißt, dreihundert Tage schwerer Arbeit vom frühen Morgen bis zum späten Abend, und darum wollte dieser Hundertrubelschein gar nicht aus der Tasche heraus. Der nächste, der gewechselt wurde, um Speisen und Getränke im Betrag von achtundzwanzig Rubeln für ein Diner zu kaufen, das er und Kitty ihren Verwandten geben mußten, erweckte bei Lewin zwar die Erinnerung, daß achtundzwanzig Rubel der Preis von neun Tschetwert Hafer seien, den die Arbeiter schwitzend und ächzend gemäht, gebunden, gedroschen, geworfelt, gesiebt und aufgeschüttet hatten, aber diese Banknote ging doch schon leichter weg. Jetzt machte er sich keine Gedanken mehr, wenn er Hundertrubelscheine wechseln mußte, und sie flogen davon wie muntere kleine Vögel. Ob das Vergnügen, das die für dieses Geld gekauften Dinge gewährten, im richtigen Verhältnis zu der Arbeit stand, die man zum Erwerb dieses Geldes hatte aufwenden müssen, darüber dachte er längst nicht mehr nach. Seine wirtschaftliche Maxime, daß man ein bestimmtes Quantum Getreide nur zu einem bestimmten Preis verkaufen dürfe, hatte er ebenfalls vergessen. Der Roggen, für den er einen ganz bestimmten Preis verlangt hatte, war nun je Tschtwert unter dem Preis verkauft worden, den man ihm noch einen Monat vorher geboten hatte. Selbst die einfache Rechnung, daß man bei solchen Ausgaben unmöglich ein Jahr leben konnte, ohne in Schulden zu geraten, machte keinen Eindruck mehr auf ihn. Nur eines war notwendig: man mußte immer Geld auf der Bank haben, ohne zu fragen, woher es kam, so daß man immer wußte, wovon man das Rindfleisch für morgen bezahlen konnte. Das hatte er bisher auch durchführen können — er hatte immer Geld auf der Bank gehabt. Jetzt aber war keins mehr da, und er wußte nicht recht, wo er welches hernehmen sollte. Und das hatte ihm für einen Augenblick die Laune verdorben, als Kitty vorhin von Geld geredet hatte. Aber er hatte jetzt keine Zeit, daran zu denken, er dachte nur an Katawasow und an die Bekanntschaft mit Metrow.

3

Lewin hatte sich bei diesem Aufenthalt in Moskau wieder enger an seinen ehemaligen Universitätsfreund, Professor Katawasow, angeschlossen, den er seit seiner Hochzeit nicht mehr gesehen hatte. Katawasow war ihm wegen seiner schlichten, klaren Weltanschauung sympathisch. Lewin glaubte, die Klarheit der Weltanschauung Katawasows komme von der Armut seiner Natur, und Katawasow meinte, die Inkonsequenz von Lewins Denken sei eine Folge mangelnder geistiger Disziplin, aber die Klarheit Katawasows gefiel Lewin, und Katawasow gefiel die Fülle undisziplinierter Gedanken bei Lewin, und darum verkehrten sie sehr gern miteinander und disputierten fortwährend.

Lewin hatte Katawasow einige Stellen aus seinem Buch vorgelesen, und sie hatten Katawasow gefallen. Gestern hatten sie sich in einem öffentlichen Vortrag getroffen, und Katawasow hatte gesagt, der bekannte Metrow, dessen Aufsatz Lewin so gut gefallen hatte, sei in Moskau und interessiere sich sehr für Lewins Arbeit, von der er, Katawasow, ihm erzählt habe. Metrow werde morgen um elf Uhr bei ihm sein und würde sich sehr freuen, Lewins Bekanntschaft zu machen.

»Sie haben sich ganz entschieden gebessert, lieber Freund, wie ich mit Vergnügen sehe«, sagte Katawasow, als er Lewin in seinem kleinen Salon begrüßte. »Ich höre klingeln und denke: es ist doch unmöglich, daß er pünktlich kommt... Nun, was sagen Sie zu den Montenegrinern? Ein echtes Kriegervolk!«

»Wieso?« fragte Lewin.

Katawasow teilte ihm in Kürze die neuesten Nachrichten mit, führte ihn dann in sein Arbeitszimmer und machte ihn mit einem kleinen, stämmigen Herrn von sehr angenehmem Äußeren bekannt. Das war Metrow. Das Gespräch drehte sich eine Zeitlang um Politik und um die Stellungnahme der Petersburger Regierungskreise zu den neuesten Ereignissen. Metrow teilte einige Äußerungen des Zaren und eines Ministers mit, die er aus zuverlässiger Quelle erfahren habe. Katawasow dagegen hatte aus ebenso zuverlässiger Quelle gehört, daß der Zar etwas ganz anderes gesagt habe. Lewin bemühte sich, eine Situation auszudenken, in der sowohl das eine wie das andere hätte gesagt werden können, und dann brach man das Gespräch über dieses Thema ab.

»Ja, mein Freund hat ein Buch über das natürliche Verhältnis des Arbeiters zum Boden geschrieben«, sagte Katawasow. »Ich bin zwar kein Fachmann, aber als Naturwissenschaftler habe ich mich gefreut, daß er die Menschheit nicht als etwas außerhalb der zoologischen Gesetze Stehendes auffaßt, sondern ihre Abhängigkeit von der Umwelt sieht und in dieser Abhängigkeit die Gesetze der Entwicklung sucht.«

»Das ist sehr interessant«, sagte Metrow.

»Ich wollte eigentlich ein landwirtschaftliches Buch schreiben, aber als ich mich mit dem Hauptfaktor der Landwirtschaft, dem Arbeiter, befaßt habe, bin ich unwillkürlich zu ganz unerwarteten Ergebnissen gekommen«, sagte Lewin errötend.

Und er begann vorsichtig, gleichsam das Terrain sondierend, seine Ansicht darzulegen. Er wußte zwar, daß Metrow eine Abhandlung gegen die herrschende Richtung der Nationalökonomie geschrieben hatte, aber er wußte nicht, wie weit er seinen Ansichten zustimmen werde, und konnte es aus dem klugen, ruhigen Gesicht des Gelehrten auch nicht erraten.

»Worin besteht denn Ihrer Meinung nach die Eigenart des russischen Arbeiters?« fragte Metrow. »In seinen zoologischen Eigenschaften, um es so zu nennen, oder in seinen Lebensverhältnissen?«

In dieser Frage kam ein Gedanke zum Ausdruck, mit dem Lewin nicht einverstanden war, aber er trug seine Idee trotzdem vor, die darin bestand, daß der russische Arbeiter eine völlig andere Auffassung vom Boden habe als der Arbeiter bei anderen Völkern. Um diese These zu beweisen, beeilte er sich hinzuzufügen, seiner Meinung nach rühre diese Auffassung daher, daß das russische Volk sich seiner Mission bewußt sei, die riesigen, noch unbewohnten Gebiete im Osten zu besiedeln.

»Wenn man allgemeine Schlüsse aus der Mission des Volkes zieht, kann man leicht auf Irrwege geraten«, fiel Metrow ihm ins Wort. »Der Zustand des Arbeiters hängt immer von seinem Verhältnis zum Boden und zum Kapital ab.«

Und ohne Lewin seinen Gedanken aussprechen zu lassen, begann Metrow ihm die Besonderheit seiner eigenen Theorie auseinanderzusetzen.
Worin diese Besonderheit bestand, begriff Lewin nicht, weil er sich keine Mühe gab, es zu begreifen. Er sah, daß Metrow trotz seines Aufsatzes, in dem er führende Nationalökonomen widerlegt hatte, wie alle andern die Lage des russischen Arbeiters nur vom Standpunkt des Kapitals, des Arbeitslohns und der Rente betrachtete. Er mußte zwar zugeben, daß im größten Teil Rußlands, im Osten, die Rente noch gleich Null sei, daß der Arbeitslohn für neun Zehntel der Achtzigmillionenbevölkerung Rußlands nur im eigenen Lebensunterhalt bestehe und daß ein Kapital bisher nur in Form von primitiven Arbeitsgeräten vorhanden sei, aber er betrachtete den Arbeiter doch nur von diesem Gesichtspunkt aus, wenn er auch in mancher Hinsicht nicht mit den Nationalökonomen übereinstimmte und eine eigene Theorie über den Arbeitslohn hatte, die er Lewin auseinandersetzte.
Lewin hörte ihm nur ungern zu und widersprach ihm anfangs. Er wollte Metrow unterbrechen, um ihm seine Gedanken vorzutragen, wodurch seiner Ansicht nach jede weitere Diskussion überflüssig gemacht würde. Als er sich dann aber überzeugt hatte, daß sie beide zu verschiedener Auffassung waren, um einander verstehen zu können, widersprach er nicht mehr und hörte nur noch zu. Was Metrow sagte, interessierte ihn zwar nicht, aber er empfand eine gewisse Befriedigung beim Zuhören. Es schmeichelte seiner Eitelkeit, daß ein so bedeutender Gelehrter so bereitwillig, mit so viel Aufmerksamkeit und so viel Vertrauen auf die Sachkenntnis seines Gesprächspartners — manchmal wies er nur mit einer Andeutung auf ein ganzes, großes Gebiet der Nationalökonomie hin — seine Gedanken darlegte. Lewin führte das darauf zurück, daß Metrow ihn offenbar sehr schätze, denn er wußte nicht, daß Metrow schon mit seinen sämtlichen Bekannten ausführlich über dieses Thema

gesprochen hatte und besonders gern mit einem neuen Menschen darüber redete und daß er sich überhaupt sehr gern mit allen möglichen Leuten unterhielt, auch über Dinge, die ihm selbst noch unklar waren.

»Aber wir kommen zu spät«, sagte Katawasow mit einem Blick auf die Uhr, als Metrow mit seiner Darlegung zu Ende war.

»Ja, heute ist in der Gesellschaft der Freunde der Wissenschaft eine Sitzung anläßlich des fünfzigjährigen Jubiläums von Swintitsch«, sagte Katawasow zu Lewin. »Peter Iwanowitsch und ich wollen auch hin. Ich habe versprochen, über Swintitschs zoologische Arbeiten zu sprechen. Kommen Sie mit, es ist sehr interessant.«

»Ja, es ist wirklich Zeit«, sagte Metrow. »Kommen Sie doch mit, und nach der Sitzung gehen wir zu mir, wenn es Ihnen recht ist. Ich möchte Ihre Arbeit sehr gern kennenlernen.«

»Nein, warum denn? Sie ist ja noch gar nicht fertig. Aber in die Sitzung gehe ich sehr gern.«

»Haben Sie schon gehört, mein Lieber? Ich habe ein Separatgutachten eingereicht«, sagte Katawasow, der im Nebenzimmer seinen Frack anzog.

Damit begann ein Gespräch über die Universitätsfrage.

Die Universitätsfrage war in diesem Winter in Moskau ein sehr wichtiges Ereignis. Drei ältere Professoren hatten im Senat ein Gutachten einiger jüngerer Professoren zurückgewiesen, und darauf hatten die jüngeren ein Separatgutachten eingereicht. Dieses Gutachten war nach Ansicht der einen etwas ganz Schreckliches, nach Ansicht der andern durchaus gerecht, und die Professoren hatten sich in zwei Parteien gespalten.

Die einen, zu denen Katawasow gehörte, sahen bei der Gegenseite nur gemeine Denunziation und Betrug, die andern beschuldigten ihre Gegner eines Bubenstreichs und der Mißachtung aller Autorität. Lewin gehörte zwar nicht der Universität an, hatte aber während seines Aufenthalts

in Moskau von der Sache gehört und gesprochen und sich eine eigene Meinung darüber gebildet. Er beteiligte sich an dem Gespräch, das auch noch auf der Straße fortgesetzt wurde, bis sie zu dem alten Universitätsgebäude kamen.
Die Sitzung hatte schon begonnen. An dem mit grünem Tuch bedeckten Tisch, an dem Katawasow und Metrow Platz nahmen, saßen sechs Herren, von denen einer, tief über sein Manuskript gebeugt, etwas vorlas. Lewin setzte sich auf einen der freien Stühle, die um den Tisch standen, und fragte einen neben ihm sitzenden Studenten flüsternd, was da vorgelesen werde. Der Student sah ihn unwillig an und sagte: »Die Biographie.«
Lewin interessierte sich zwar nicht für die Biographie des Gelehrten, hörte aber unwillkürlich zu und erfuhr manches Interessante und Neue aus dem Leben des berühmten Mannes.
Als der Vortragende geendet hatte, dankte ihm der Vorsitzende, las dann ein Gedicht vor, das der Dichter Ment zu diesem Jubiläum verfaßt hatte, und fügte einige Dankesworte an den Dichter hinzu. Dann las Katawasow mit seiner lauten, schrillen Stimme seinen Bericht über die wissenschaftlichen Arbeiten des Jubilars vor.
Als Katawasow zu Ende war, sah Lewin auf die Uhr, stellte fest, daß es schon zwischen eins und zwei war, und dachte, er werde wohl keine Zeit mehr haben, vor dem Konzert Metrow seine Schrift vorzulesen; er hatte auch gar keine Lust mehr dazu. Während des Vortrags hatte er an das vorangegangene Gespräch gedacht, und jetzt war ihm klar, daß Metrows Ideen vielleicht eine gewisse Bedeutung besaßen, daß aber auch seine Gedanken Bedeutung hatten. Diese Gedanken konnten jedoch nur geklärt werden und zu einem Ergebnis führen, wenn jeder für sich in der von ihm gewählten Richtung weiterarbeitete, aber beim Austausch dieser Gedanken würde nichts herauskommen. Darum beschloß Lewin, Metrows Einladung abzulehnen, und

ging gegen Ende der Sitzung zu ihm. Metrow machte Lewin mit dem Vorsitzenden bekannt, mit dem er sich gerade über die jüngsten politischen Ereignisse unterhielt. Dabei erzählte Metrow dem Vorsitzenden dasselbe, was er vorhin Lewin erzählt hatte, und Lewin machte dazu dieselben Bemerkungen wie heute morgen und äußerte dann der Abwechslung halber noch eine neue Ansicht, die ihm gerade eingefallen war. Dann wurde wieder über die Universitätsfrage gesprochen. Da Lewin das alles schon einmal gehört hatte, beeilte er sich, Metrow zu sagen, er bedaure sehr, seine Einladung nicht annehmen zu können, verabschiedete sich und fuhr zu Lwow.

4

Lwow, der Mann von Kittys Schwester Natalja, hatte sein ganzes Leben in Residenzstädten und im Ausland zugebracht, wo er auch erzogen worden und später als Diplomat tätig gewesen war.

Im vergangenen Jahr war er aus dem diplomatischen Dienst ausgeschieden, nicht wegen irgendwelcher Unstimmigkeiten (er hatte nie mit jemand Unstimmigkeiten), und hatte ein Amt bei der Hofbehörde in Moskau übernommen, um seinen zwei Söhnen eine möglichst gute Erziehung geben zu können.

Trotz der großen Gegensätze in ihren Gewohnheiten und Anschauungen, und obwohl Lwow bedeutend älter war als Lewin, waren sie in diesem Winter einander sehr nahegekommen.

Lwow war zu Hause, und Lewin trat unangemeldet bei ihm ein.

Lwow, im Hausrock mit Gürtel und in Wildlederschuhen, einen Kneifer mit blauen Gläsern auf der Nase, saß in einem Lehnstuhl und las in einem Buch, das auf einem Lesepult stand; in der vorsichtig vom Körper weggestreckten schönen Hand hielt er eine zur Hälfte in Asche verwandelte Zigarre.

Sein schönes, feines, noch junges Gesicht, dem die lockigen, silbern glänzenden Haare ein noch rassigeres Aussehen verliehen, strahlte, als er Lewin sah.

»Ausgezeichnet! Ich wollte gerade zu Ihnen schicken. Wie geht es Kitty? Setzen Sie sich hierher, hier haben Sie es bequemer...« Er stand auf und schob Lewin einen Schaukelstuhl hin. »Haben Sie das letzte Zirkular im Journal de St.-Petersbourg gelesen? Ich finde es ausgezeichnet«, sagte er mit leicht französischem Akzent.

Lewin erzählte, was er von Katawasow über die in Petersburg herrschende Auffassung der Lage gehört hatte, und sie sprachen eine Weile über Politik. Dann erzählte Lewin von seiner Bekanntschaft mit Metrow und von der Sitzung. Lwow interessierte sich sehr dafür.

»Ich beneide Sie, daß Sie zu dieser interessanten Welt der Gelehrten Zugang haben«, sagte er und ging, ins Reden gekommen, wie gewöhnlich zu dem ihm geläufigeren Französisch über. »Ich habe allerdings auch keine Zeit dazu. Mein Amt und die Beschäftigung mit den Kindern nehmen mir die Möglichkeit dazu. Und außerdem — ich schäme mich nicht, das zu sagen — ist meine Bildung höchst mangelhaft.«

»Das glaube ich nicht«, sagte Lewin lächelnd und wie immer gerührt über die geringe Meinung, die Lwow von sich hatte, und die keineswegs erheuchelt war in der Absicht, bescheiden zu scheinen oder gar zu sein, sondern ganz aufrichtig war.

»Doch, doch! Ich sehe jetzt, wie ungebildet ich bin. Nur um meine Kinder erziehen zu können, muß ich vieles in meinem Gedächtnis auffrischen oder gar neu lernen. Es genügt ja nicht, daß die Kinder Lehrer haben, es muß auch jemand da sein, der sie beaufsichtigt, wie Sie in Ihrer Landwirtschaft Arbeiter und einen Aufseher brauchen. Das lese ich jetzt«, er zeigte auf die Grammatik von Buslajew, die auf dem Pult lag, »das hat Mischa aufbekommen, und es ist so schwer... Erklären Sie mir das doch bitte. Hier heißt es...«

Lewin wollte ihm klarmachen, daß man das gar nicht zu verstehen brauche, sondern einfach lernen müsse. Aber Lwow war anderer Ansicht. »Ja, Sie lachen darüber«, sagte er.

»Im Gegenteil«, sagte Lewin, »Sie können sich gar nicht vorstellen, wieviel ich von Ihnen lerne, nämlich in der Kunst der Kindererziehung, die ich ja auch demnächst brauche.«

»Da ist eigentlich gar nichts zu lernen«, sagte Lwow.

»Ich weiß nur«, sagte Lewin, »daß ich noch nie besser erzogene Kinder gesehen habe als Ihre und daß ich mir gar keine besseren Kinder wünschen kann.«

Lwow wollte seine Freude verbergen, strahlte aber doch übers ganze Gesicht.

»Wenn sie nur besser werden als ich. Das ist alles, was ich mir wünsche«, sagte er. »Sie wissen ja gar nicht, was für eine Mühe man mit Jungen hat, die bei diesem steten Leben im Ausland keine richtige Ordnung gehabt haben.«

»Das werden sie alles nachholen. Ihre Kinder sind ja so begabt. Die Hauptsache ist die sittliche Erziehung. Und das ist es, was ich zu lernen versuche, wenn ich Ihre Kinder ansehe.«

»Sie sagen: die sittliche Erziehung. Sie können sich gar nicht vorstellen, wie schwer das ist! Kaum hat man eine schlechte Neigung bezwungen, dann entwickeln sich andere, und der Kampf beginnt von neuem. Wenn wir nicht an der Religion eine Stütze hätten — wir haben neulich darüber gesprochen, erinnern Sie sich? —, dann könnte kein Vater seine Kinder erziehen, denn aus eigener Kraft und ohne diese Hilfe würde es ihm nicht gelingen.«

Dieses Gespräch, das Lewin immer sehr interessierte, wurde

durch die schöne Natalja Alexandrowna unterbrochen, die, schon zum Ausgehen angezogen, ins Zimmer trat.

»Ich wußte gar nicht, daß Sie hier sind«, sagte sie, offenbar keineswegs bedauernd, sondern sogar erfreut, daß sie dieses ihr längst bekannte und langweilige Gespräch unterbrochen hatte. »Wie geht es Kitty? Ich esse heute bei Ihnen zu Mittag. Also, Arsenij«, sagte sie zu ihrem Mann, »du nimmst den Wagen...«

Lwow mußte dienstlich zum Bahnhof, um dort jemand zu empfangen, seine Frau wollte ins Konzert und in eine öffentliche Sitzung des Komitees für den Südosten, und deshalb war vieles zu besprechen und zu überlegen. Lewin, der ja zur Familie gehörte, mußte auch an dieser Beratung teilnehmen. Es wurde beschlossen, Lewin sollte mit Natalja ins Konzert und in die Sitzung fahren, dann sollte die Kutsche nach Arsenijs Büro geschickt werden, er sollte dann seine Frau abholen und sie zu Kitty bringen. Falls er bis dahin noch zu tun habe, sollte er den Wagen zurückschikken, und dann würde Lewin mit Natalja fahren.

»Er verdirbt mich«, sagte Lwow zu seiner Frau. »Er versichert, unsere Kinder seien ganz prächtig, und ich weiß doch, wieviel Schlechtes in ihnen steckt.«

»Arsenij übertreibt, das habe ich immer gesagt«, antwortete seine Frau. »Wenn man überall nur Vollkommenheit sucht, wird man immer unzufrieden sein. Papa sagt mit Recht: als wir erzogen wurden, neigte man auch zu Extremen: die Kinder kamen in die Dachkammer, und die Eltern wohnten in der Beletage. Heute ist es gerade umgekehrt: für die Eltern die Rumpelkammer und für die Kinder die Beletage. Heutzutage sollen die Eltern gar nichts mehr vom Leben haben, alles ist nur für die Kinder da.«

»Warum nicht, wenn das angenehmer ist?« sagte Lwow mit seinem liebenswürdigen Lächeln und berührte leise ihre Hand. »Wer dich nicht kennt, könnte denken, du wärst keine Mutter, sondern eine Stiefmutter.«

»Extreme sind nie gut«, sagte Natalja ruhig und legte das Papiermesser ihres Mannes auf seinen Platz auf dem Schreibtisch.

»Da seid ihr ja, kommt mal her, ihr Musterkinder!« sagte Lwow zu seinen hübschen Jungen, die gerade ins Zimmer traten. Sie verbeugten sich vor Lewin und gingen dann auf ihren Vater zu, den sie offenbar etwas fragen wollten.

Lewin hätte sich gern mit ihnen unterhalten und gehört, was sie von ihrem Vater wollten, aber Natalja begann ein Gespräch mit ihm, und gleich darauf erschien Lwows Kollege Machotin in Hofuniform, um mit Lwow zum Bahnhof zu fahren, und nun fing eine lange Unterhaltung über die Herzogowina an, über Prinzessin Korsinskaja, über die Stadtverwaltung und über den plötzlichen Tod der Fürstin Apraxina.

Lewin hatte seinen Auftrag ganz vergessen. Er fiel ihm erst im Flur wieder ein.

»Ach ja, Kitty hat mir aufgetragen, mit Ihnen über Oblonskij zu sprechen«, sagte er zu Lwow, der seine Frau und ihn hinausbegleitet hatte und an der Treppe stehenblieb.

»Ja, ja, Mama wünscht, daß wir, les beaux-frères, ihn uns einmal vornehmen«, sagte er errötend. »Aber warum gerade ich?«

»Dann werde ich ihn mir vornehmen«, sagte seine Frau lächelnd, die in ihrem Mantel aus weißem Hundefell auf das Ende des Gesprächs wartete. »Nun, dann wollen wir fahren.«

5

Auf dem Programm der Matinee standen zwei sehr interessante Stücke.

Das eine war eine Phantasie: ›König Lear auf der Heide‹, das andere war ein dem Gedächtnis Bachs gewidmetes Quartett. Beide Kompositionen waren neu und im neuen Stil, und Lewin wollte sich gern ein Urteil darüber bilden.

Er begleitete seine Schwägerin zu ihrem Platz, stellte sich dann an eine Säule und nahm sich vor, möglichst aufmerksam und gewissenhaft zuzuhören. Bemüht, sich zu konzentrieren und sich den Eindruck nicht verderben zu lassen, sah er nicht auf den Dirigenten in der weißen Halsbinde, dessen Armbewegungen einen stets so unangenehm von der Musik ablenken, oder auf die Damen in Hüten, die sich zum Konzert so sorgsam die Ohren mit ihren Hutbändern zugebunden hatten, oder auf all die Leute, die entweder an gar nichts oder an die verschiedensten Dinge dachten, nur nicht an die Musik. Er bemühte sich auch, Begegnungen mit Musikkennern und Schwätzern zu vermeiden, blieb an der Säule stehen, sah zu Boden und hörte zu.

Aber je länger er dieser Lear-Phantasie zuhörte, desto weniger fühlte er sich imstande, sich ein bestimmtes Urteil darüber zu bilden. Jedesmal, wenn irgendein Gefühl in der Musik Ausdruck zu gewinnen schien, löste sich sofort alles wieder in Bruchstücke neuer musikalischer Elemente auf, manchmal auch nur in komplizierte, allein durch die Willkür des Komponisten verbundene Tonfolgen. Diese Bruchstücke von mitunter ganz hübschen musikalischen Gedanken wirkten unangenehm, weil sie völlig unerwartet kamen. Fröhlichkeit, Trauer, Verzweiflung, Zärtlichkeit und Jubel erschienen ganz unmotiviert, wie die Gefühle eines Wahnsinnigen. Und wie bei einem Wahnsinnigen gingen diese Gefühle dann auch wieder ganz unerwartet vorüber.

Lewin hatte bei diesem Musikstück die Empfindung eines Tauben, der einem Tanz zusieht. Er war völlig verwirrt, als das Stück zu Ende war, und fühlte infolge der angestrengten und durch nichts belohnten Aufmerksamkeit, mit der er zugehört hatte, eine große Müdigkeit. Ringsum wurde laut Beifall geklatscht. Alle standen auf, gingen hin und her und unterhielten sich. Lewin wollte einige Kenner nach ihren Eindrücken fragen, um sich über das Musikstück klarzuwerden, und war sehr froh, als er einen bekannten Musikkenner entdeckte, der sich mit seinem Bekannten Peszow unterhielt.

»Wunderbar!« sagte Peszow mit seinem tiefen Bass. »Guten Tag, Konstantin Dmitrijewitsch. Besonders anschaulich, ich möchte sagen, fast plastisch, und farbenreich ist die Stelle, wo man das Nahen der Kordelia fühlt, wo die Frau, das ewig Weibliche« (diese Worte zitierte er deutsch) »den Kampf mit dem Schicksal aufnimmt. Nicht wahr?«

»Wieso denn Kordelia?« fragte Lewin schüchtern; er hatte ganz vergessen, daß die Phantasie ›König Lear auf der Heide‹ hieß.

»Kordelia erscheint… Hier steht's!« sagte Peszow und schlug mit dem Finger auf das glanzpapierne Programm, das er in der Hand hielt. Er reichte es Lewin.

Jetzt erst erinnerte sich Lewin an den Titel der Phantasie und las rasch die Verse Shakespeares, die auf der Rückseite des Programms in russischer Übersetzung gedruckt waren.

»Ohne das kann man nicht folgen«, sagte Peszow zu Lewin, da der Herr, mit dem er sich unterhalten hatte, weggegangen war und er niemand mehr hatte, mit dem er reden konnte.

Dann stritten sich Lewin und Peszow über die Vorzüge und Mängel der Wagnerschen Richtung in der Musik. Lewin behauptete, Wagner und seine Nachahmer begingen einen Fehler, denn sie wollten andere Gebiete der Kunst in die Musik einbeziehen, und das sei derselbe Fehler, den die Dichtung mache, wenn sie die Züge eines Gesichts beschreibe, was doch Sache der Malerei sei. Und als Beispiel führte er einen Bildhauer an, der auf den Einfall gekommen war, rings um die Statue eines Dichters aus Marmor ausgehauene Schatten seiner Gestalten am Sockel des Denkmals aufsteigen zu lassen. »Diese Schatten sind alles, was man will, nur keine Schatten, und es sieht aus, als stiegen sie eine Leiter hinauf, statt zu schweben«, sagte Lewin.

Dieser Satz gefiel ihm sehr gut, aber er konnte sich nicht erinnern, ob er ihn nicht schon früher einmal gesagt habe, und zwar zu Peszow, und darum wurde er nach diesen Worten verlegen.
Peszow behauptete, die Kunst sei eins, und ihre höchsten Offenbarungen seien nur in der Vereinigung aller Kunstgattungen möglich.
Bei der zweiten Nummer des Programms konnte Lewin kaum zuhören. Peszow, der neben ihm stand, redete fast die ganze Zeit, tadelte diese Komposition wegen ihrer übertriebenen, gekünstelten, banalen Schlichtheit und verglich sie mit der Schlichtheit der Präraffaeliten in der Malerei. Als Lewin den Konzertsaal verließ, traf er viele Bekannte und unterhielt sich mit ihnen über Politik, Musik und gemeinsame Bekannte. Er begegnete auch dem Grafen Bohl, und da fiel ihm ein, daß er dort einen Besuch machen sollte, was er ganz vergessen hatte.
»Fahren Sie nur gleich hin«, sagte Frau Lwowa, der er das mitteilte. »Vielleicht werden Sie gar nicht empfangen. Holen Sie mich dann bitte in der Sitzung ab, Sie werden mich dort noch antreffen.«

6

»Vielleicht empfangen die Herrschaften heute nicht?« fragte Lewin, als er in den Flur des Bohlschen Hauses trat.
»O doch, die Herrschaften empfangen, bitte sehr!« sagte der Portier und nahm ihm energisch den Pelz ab.
›Wie ärgerlich!‹ dachte Lewin, zog seufzend den einen Handschuh aus und strich seinen Hut glatt. ›Was soll ich bei diesen Leuten? Was soll ich mit ihnen reden?‹
Als Lewin durch den ersten Salon ging, traf er gleich an der Tür die Gräfin Bohl, die mit besorgtem, strengem Gesicht einem Diener einen Befehl gab. Als sie Lewin sah, lächelte sie und bat ihn in den kleinen Salon, aus dem Stimmen her-

überdrangen. In diesem Salon saßen die beiden Töchter der Gräfin und ein Moskauer Oberst, den Lewin kannte. Lewin begrüßte sie und nahm neben dem Sofa Platz, den Hut auf den Knien haltend.

»Wie geht es Ihrer Frau Gemahlin? Waren Sie im Konzert? Wir konnten nicht hin, Mama mußte zu einer Totenmesse.«

»Ja, ich habe davon gehört«, sagte Lewin. »Ein so plötzlicher Tod!«

Die Gräfin kam herein, setzte sich aufs Sofa und fragte Lewin ebenfalls nach seiner Frau und nach dem Konzert.

Lewin antwortete und wiederholte dann seine Frage nach dem plötzlichen Tod der Fürstin Apraxina.

»Sie hatte immer eine schwache Gesundheit.«

»Waren Sie gestern in der Oper?«

»Ja, ich war dort«, antwortete Lewin.

»Die Lucca war sehr gut.«

»Ja, sehr gut«, sagte er, und da es ihm völlig gleichgültig war, was diese Leute von ihm denken mochten, wiederholte er dasselbe, was schon hundertmal über die Eigenart dieser Sängerin gesagt worden war. Gräfin Bohl tat, als höre sie ihm zu. Als er dann genug geredet hatte und verstummte, fing der Oberst an zu reden, der bis dahin geschwiegen hatte. Er sprach auch von der Oper und dann von der Straßenbeleuchtung. Dann erzählte er noch von der bevorstehenden folle journée bei Tjurin, lachte laut, stand auf und empfahl sich. Lewin stand ebenfalls auf, sah aber am Gesicht der Gräfin, daß es noch nicht Zeit war, zu gehen. Er mußte noch zwei, drei Minuten bleiben. Er setzte sich wieder.

Er mußte immer daran denken, wie dumm dieser Besuch sei, und darum fand er keinen Gesprächsstoff und saß stumm da.

»Gehen Sie auch in die Sitzung? Es soll sehr interessant sein«, fing die Gräfin an.

»Nein, ich gehe nicht hin, aber ich habe meiner belle-soeur versprochen, sie abzuholen«, sagte Lewin.

Wieder trat Schweigen ein. Die Mutter und die eine Tochter wechselten einen Blick — schon zum zweitenmal.

›Na, es ist wohl Zeit‹, dachte Lewin und stand auf. Die Damen drückten ihm die Hand und baten ihn, seiner Frau mille choses auszurichten.

Als der Portier ihm in den Pelz half, sagte er: »Dürfte ich um Ihre Adresse bitten, gnädiger Herr?« und schrieb sie sofort in ein großes, schön gebundenes Buch.

›Es ist mir natürlich gleichgültig, aber es ist trotzdem peinlich und furchtbar dumm‹, dachte Lewin und tröstete sich damit, daß alle es so machten. Dann fuhr er zu der Sitzung des Komitees, wo er seine Schwägerin treffen sollte, um mit ihr zusammen nach Hause zu fahren.

In der Sitzung waren sehr viele Leute, darunter fast die ganze vornehme Gesellschaft. Als Lewin hinkam, wurde gerade der Jahresbericht verlesen, den alle sehr interessant fanden. Nach der Verlesung des Berichts bildeten sich zwanglose Gruppen, und Lewin traf Swijashskij, der ihn aufforderte, heute abend unbedingt in die ›Landwirtschaftliche Gesellschaft‹ zu kommen, wo ein ausgezeichneter Vortrag gehalten werde. Dann sah Lewin Stepan Arkadjitsch und noch viele andere Bekannte, unterhielt sich eine Weile mit ihnen über diese Sitzung, über ein neues Theaterstück und über einen Prozeß. Lewin war sehr müde und fühlte, daß seine Aufmerksamkeit nachließ, und daher kam es wohl, daß er in dem Gespräch über diesen Prozeß einen Fehler machte, an den er sich später noch oft voller Ärger erinnerte. Man sprach von einem in Rußland verurteilten Ausländer und sagte, es sei nicht richtig, ihn mit Ausweisung zu bestrafen. Da wiederholte Lewin einen Vergleich, den er gestern von einem Bekannten gehört hatte:

»Ich finde, ihn über die Grenze abzuschieben, das ist dasselbe, wie wenn man einen Hecht damit bestrafen wollte, daß man ihn ins Wasser setzt.« Später fiel ihm dann ein, daß dieser Gedanke, den er von seinem Bekannten gehört und

nun als seinen eigenen ausgegeben hatte, aus einer Fabel von Krylow stammte, und daß sein Bekannter ihn aus einem Feuilleton zitiert hatte.
Lewin brachte seine Schwägerin zu Kitty, die er wohl und munter antraf, und fuhr dann in den Klub.

7

Lewin kam zur rechten Zeit in den Klub. Zugleich mit ihm kamen mehrere Gäste und Mitglieder. Lewin war sehr lange nicht mehr im Klub gewesen, seit der Zeit, als er nach Absolvierung der Universität in Moskau gelebt und in der Gesellschaft verkehrt hatte. Er erinnerte sich noch an den Klub, an die Einzelheiten der Einrichtung, hatte aber den Eindruck vergessen, den der Klub früher auf ihn gemacht hatte. Aber kaum war er in den großen, halbkreisförmigen Hof hineingefahren, aus der Droschke gestiegen und die Stufen vor dem Portal hinaufgegangen, kaum hatte der Portier mit dem breiten Bandelier lautlos und mit einer Verbeugung die Tür vor ihm geöffnet, kaum hatte er in der Portiersloge die Galoschen und Pelze der Klubmitglieder gesehen, die es bequemer fanden, die Galoschen gleich hier unten auszuziehen, als sie mit hinaufzunehmen, kaum hatte er das geheimnisvolle Klingelzeichen gehört, das ihn ankündigte, als er die sanft ansteigende, teppichbedeckte Treppe hinaufging und die Statue auf dem Treppenabsatz und oben an der Tür den dritten, ihm wohlbekannten, altgewordenen Portier in der Klublivree erblickte, der nicht zu langsam und nicht zu schnell die Tür öffnete und den Gast musterte – da überkam ihn das Gefühl, das er im Klub immer gehabt hatte, ein Gefühl der Ruhe, der Zufriedenheit und Wohlanständigkeit.
»Darf ich um Ihren Hut bitten«, sagte der Portier zu Lewin, der die Klubregel vergessen hatte, den Hut im Vorzimmer zu lassen. »Sie sind lange nicht hier gewesen. Der Fürst hat

Sie gestern eingeschrieben. Fürst Stepan Arkadjitsch ist noch nicht da.«

Der Portier kannte nicht nur Lewin, sondern auch alle seine Bekannten und Verwandten und erwähnte deshalb sofort zwei Personen, die Lewin besonders nahestanden.

Lewin ging durch den ersten Saal, ein Durchgangszimmer mit spanischen Wänden, und rechts durch einen kleinen Raum, in dem Obst verkauft wurde, überholte einen langsam gehenden alten Herrn und trat in den Speisesaal, wo eine lärmende Gesellschaft saß.

Er ging an den Tischen entlang, die fast alle schon besetzt waren, und musterte die Gäste. Überall sah er gute Bekannte und andere, die er nur flüchtig kannte, alte und junge Herren, und nirgends sah er ein verdrießliches, sorgenvolles Gesicht. Es war, als hätten alle mit ihren Hüten auch ihre Nöte und Sorgen im Vorzimmer gelassen und als wollten sie jetzt die materiellen Güter des Lebens mit Bedacht genießen. Swijashskij war auch da, der junge Schtscherbatzkij, Newedowskij, der alte Fürst, Wronskij und Sergej Iwanowitsch.

»Du kommst ja so spät!« sagte der Fürst lächelnd und reichte ihm über die Schulter die Hand. »Wie geht es Kitty?« fügte er hinzu und zog die Serviette zurecht, die er hinter einen Westenknopf gesteckt hatte.

»Danke, es geht ihr gut. Die drei Schwestern essen heute bei uns zu Hause.«

»Aha, Linchen-Trinchen! Na, bei uns ist kein Platz mehr. Geh an den Tisch dort und sichere dir schnell einen Stuhl«, sagte der Fürst und wandte sich von ihm ab, um vorsichtig einen Teller mit Fischsuppe in Empfang zu nehmen.

»Lewin, hierher!« rief eine gutmütige Stimme in der Nähe. Es war Turowzyn. Er saß mit einem jungen Offizier zusammen, und neben ihnen standen zwei Stühle an den Tisch gelehnt. Lewin ging erfreut auf sie zu. Er hatte den gutmütigen Zecher Turowzyn immer gern gehabt – mit ihm war die Erinnerung an seine Aussprache mit Kitty verbunden –, und heute nach all den anstrengenden geistreichen Gesprächen war ihm das gutmütige Gesicht Turowzyns besonders angenehm.

»Diese beiden Plätze sind für Sie und Oblonskij. Er wird gleich kommen.«

Der Offizier mit der geraden Haltung und den lustigen, immer lachenden Augen war aus Petersburg und hieß Gagin. Turowzyn machte die Herren miteinander bekannt.

»Oblonskij kommt immer zu spät.«

»Ah, da ist er ja!«

»Bist du auch eben erst gekommen?« sagte Oblonskij, mit schnellen Schritten auf Lewin zugehend. »Guten Abend! Hast du schon einen Schnaps getrunken? Nein? Dann komm mit!«

Lewin stand auf und ging mit ihm zu einem großen Tisch, auf dem Schnäpse und Vorspeisen aller Art standen. Aus den zwei Dutzend Vorspeisen hätte man sehr wohl etwas nach seinem Geschmack auswählen können, aber Stepan Arkadjitsch wollte irgend etwas ganz Besonderes, und einer der Livreediener brachte ihm sofort das Gewünschte. Sie tranken ein Gläschen Schnaps und gingen an ihren Tisch zurück.

Sofort, noch bei der Fischsuppe, ließ Gagin Champagner kommen und vier Gläser füllen. Lewin lehnte das ihm angebotene Glas nicht ab und bestellte dann eine zweite Flasche Champagner. Er war sehr hungrig und aß und trank mit großem Vergnügen, und mit noch größerem Vergnügen beteiligte er sich an dem heiteren, schlichten Gespräch seiner Tischgenossen. Gagin erzählte mit gedämpfter Stimme einen neuen Witz aus Petersburg, der zwar dumm und unanständig, aber recht komisch war, und Lewin lachte so laut darüber, daß die Herren am Nebentisch ihn ansahen.

»Das ist so ähnlich wie: ›Den kann ich nicht ausstehen!‹

Kennst du den?« fragte Stepan Arkadjitsch. »Ach, der ist wunderbar! Bring noch eine Flasche«, sagte er zu dem Diener und erzählte seinen Witz.

»Peter Iljitsch Winowskij lassen bitten«, unterbrach ein alter Diener Stepan Arkadjitsch und reichte ihm und Lewin zwei schlanke Gläser mit perlendem Champagner. Stepan Arkadjitsch nahm das eine Glas und nickte einem kahlköpfigen Herrn mit rotem Schnurrbart, der am andern Ende des Tisches saß, lächelnd zu.

»Wer ist das?« fragte Lewin.

»Du hast ihn einmal bei mir getroffen, erinnerst du dich? Ein netter Kerl.«

Lewin tat dasselbe wie Stepan Arkadjitsch und nahm das andere Glas.

Stepan Arkadjitschs Witz war sehr amüsant. Dann erzählte Lewin eine Anekdote, die auch sehr gut gefiel, dann kam die Rede auf Pferde, auf die Rennen, die heute stattgefunden hatten, und auch darauf, wie elegant Wronskijs Atlasnyj den ersten Preis gewonnen habe. Lewin merkte gar nicht, wie die Zeit verging.

»Ah, da sind sie ja!« sagte Stepan Arkadjitsch gegen Ende des Diners, beugte sich über die Stuhllehne und streckte Wronskij die Hand entgegen, der mit einem hochgewachsenen Gardeoberst auf sie zukam. Auch auf Wronskijs Gesicht strahlte die allgemeine gutmütige Klubheiterkeit. Er stützte sich vergnügt auf Stepan Arkadjitschs Schulter, flüsterte ihm etwas zu und streckte dann mit demselben heiteren Lächeln Lewin die Hand entgegen.

»Es freut mich sehr, Sie hier zu treffen«, sagte er. »Ich habe Sie damals bei den Wahlen noch gesucht, aber mir wurde gesagt, Sie wären schon abgereist.«

»Ja, ich bin noch am selben Tag weggefahren. Wir haben gerade von Ihrem Pferd gesprochen. Ich gratuliere«, sagte Lewin. »Das war ein sehr flotter Lauf.«

»Sie haben doch auch Pferde?«

»Nein, mein Vater hatte welche, aber ich erinnere mich noch gut daran und verstehe auch etwas davon.«

»Wo hast du denn während des Diners gesessen?« fragte Stepan Arkadjitsch.

»Am zweiten Tisch, dort hinter den Säulen.«

»Wir haben seinen Sieg gefeiert«, sagte der hochgewachsene Oberst. »Das ist schon sein zweiter Kaiserpreis. Wenn ich nur beim Spiel so viel Glück hätte wie er mit den Pferden! Aber wozu kostbare Zeit verlieren? Ich gehe in unsere Spielhölle«, sagte er und entfernte sich von dem Tisch.

»Das ist Jaschwin«, antwortete Wronskij auf die Frage Turowzyns und setzte sich auf einen freigewordenen Platz neben ihm. Er trank das ihm angebotene Glas Wein aus und bestellte eine neue Flasche. Unter dem Einfluß der im Klub herrschenden heiteren Stimmung oder des genossenen Weines unterhielt sich Lewin mit Wronskij über die beste Rinderrasse und war sehr froh, daß er gar keine Feindseligkeit gegen diesen Mann empfand. Er sagte ihm unter anderem, er habe von seiner Frau gehört, daß sie ihn bei der Fürstin Marja Borisowna getroffen habe.

»Ach, die Fürstin Marja Borisowna, die ist wirklich reizend!« sagte Stepan Arkadjitsch und erzählte eine Anekdote über sie, die alle zum Lachen brachte. Besonders Wronskij lachte so gutmütig, daß Lewin sich mit ihm vollkommen ausgesöhnt fühlte.

»Nun, alle fertig?« fragte Stepan Arkadjitsch und stand lächelnd auf. »Dann wollen wir gehen.«

8

Als Lewin vom Tisch aufgestanden war, ging er mit Gagin durch die hohen Räume zum Billardzimmer und hatte das Gefühl, daß seine Arme sich beim Gehen besonders frei und leicht bewegten. Im großen Saal traf er seinen Schwiegervater.

»Na, wie gefällt dir unser Tempel des Müßiggangs?« fragte der Fürst und faßte ihn unter den Arm. »Komm, wir wollen uns ein bißchen Bewegung machen.«

»Ja, ich wollte sowieso ein bißchen herumgehen und mich umsehen. Hier ist es sehr interessant.«

»Ja, für dich ist es interessant. Aber mein Interesse ist ganz anderer Art als deines. Du betrachtest dir diese alten Männer«, sagte er, auf einen alten Klubgenossen mit krummem Rücken und hängender Unterlippe zeigend, der ihnen in weichen Schuhen entgegenschlurfte, »und denkst, sie seien gleich als Knickepeter auf die Welt gekommen.«

»Was heißt das — Knickepeter?«

»Ja, du kennst diesen Ausdruck nicht. Das ist ein terminus technicus in unserem Klub. Du weißt doch, wenn man an Ostern Eier rollt und sie zu lange herumrollt, dann kriegen sie einen Knacks und werden Knickepeter. So geht es unsereinem auch: man sitzt im Klub, immer und immer wieder, und auf einmal ist man ein Knickepeter. Ja, du lachst, aber unsereiner sieht schon die Zeit kommen, wo er auch zum Knickepeter wird. Kennst du den Fürsten Tschetschenskij?« fragte er, und Lewin sah ihm an, daß er etwas Lustiges erzählen wollte.

»Nein, ich kenne ihn nicht.«

»Was? Fürst Tschetschenskij ist doch sehr bekannt. Na, macht nichts! Weißt du, er tut nichts als Billard spielen. Vor drei Jahren war er noch kein Knickepeter und bildete sich viel darauf ein. Eines Tages kommt er in den Klub und fragt unseren Portier, den Wasilij — den kennst du doch, weißt du, das ist der Dicke, ein richtiger bonmotiste —, na, er fragt ihn: ›Wer ist denn schon alles da, Wasilij? Sind die Knickepeter schon da?‹ Und das sagt Wasilij: ›Sie sind der dritte.‹ Ja, mein Lieber, so geht's einem!«

Bekannte begrüßend und sich mit ihnen unterhaltend, gingen der Fürst und Lewin durch alle Räume: durch den Saal, wo schon die Spieltische standen und die gewohnten

Partner um niedrige Einsätze spielten, durch das Sofazimmer, wo Schach gespielt wurde und wo Sergej Iwanowitsch saß, der sich mit irgend jemand unterhielt, durchs Billardzimmer, wo in der Ecke neben dem Sofa eine lustige Gesellschaft beim Champagner saß, zu der auch Gagin gehörte. Sie warfen auch einen Blick in die ›Spielhölle‹, wo viele Herren, die pointieren wollten, sich um einen Tisch drängten, an dem Jaschwin saß. Bemüht, keinen Lärm zu machen, gingen sie auch in das halbdunkle Lesezimmer, wo unter den Lampen mit den großen Schirmen nur ein junger Mann mit zornigem Gesicht saß, der eine Zeitschrift nach der anderen durchblätterte, und neben ihm ein glatzköpfiger General, der ganz in seine Lektüre vertieft war. Sie gingen auch in das Zimmer, das der Fürst das ›gescheite‹ nannte. Dort unterhielten sich zwei Herren sehr eifrig über die letzten politischen Neuigkeiten.

»Bitte, kommen Sie, Fürst, es ist alles bereit«, sagte einer seiner Spielpartner, der ihn hier gefunden hatte, und der Fürst ging mit ihm weg. Lewin setzte sich und hörte eine Weile zu, aber da fielen ihm all die Gespräche von heute morgen ein, und plötzlich wurde ihm furchtbar langweilig. Er stand eilig auf und ging hinaus, um Oblonskij und Turowzyn zu suchen, in deren Gesellschaft es immer sehr lustig war.

Turowzyn saß vor einem Krug mit einem Getränk auf dem hohen Sofa im Billardzimmer, Stepan Arkadjitsch und Wronskij standen an der Tür am andern Ende des Zimmers und unterhielten sich.

»Sie langweilt sich nicht gerade, aber diese Unbestimmtheit und Unklarheit der ganzen Lage«, hörte Lewin und wollte sich zurückziehen, aber Stepan Arkadjitsch rief ihn heran.

»Lewin!« sagte Stepan Arkadjitsch, und Lewin sah, daß er zwar keine Tränen, aber einen feuchten Schimmer in den Augen hatte, wie immer, wenn er zuviel getrunken hatte oder gerührt war. Heute traf beides zu. »Lewin, geh nicht fort«, sagte er und hielt ihn am Arm fest, als wollte er ihn unter keinen Umständen weglassen.

»Das ist mein wahrer und vielleicht mein bester Freund«, sagte er zu Wronskij, »und dich habe ich auch sehr gern und du stehst mir noch näher. Und ich wünsche es und weiß es, daß ihr euch nahekommt und Freunde werdet, weil ihr beide gute Menschen seid.«

»Na schön, da brauchen wir uns ja nur noch zu küssen«, sagte Wronskij gutmütig scherzend und reichte Lewin die Hand.

Lewin ergriff rasch die ihm entgegengestreckte Hand und drückte sie kräftig.

»Ich bin sehr froh«, sagte er.

»Kellner, eine Flasche Champagner!« rief Stepan Arkadjitsch.

»Auch ich freue mich sehr«, sagte Wronskij.

Obwohl Stepan Arkadjitsch und auch sie selbst es wünschten, hatten sie einander nichts zu sagen und fühlten es beide.

»Weißt du, daß er Anna noch gar nicht kennt?« sagte Stepan Arkadjitsch zu Wronskij. »Ich will ihn unbedingt zu ihr bringen. Komm, Lewin, wir fahren hin!«

»Wirklich?« fragte Wronskij. »Sie wird sich sehr freuen. Ich würde gleich mit nach Hause fahren«, fügte er hinzu, »aber Jaschwin macht mir Sorgen, und ich möchte hierbleiben, bis er zu spielen aufhört.«

»Steht's denn so schlimm?«

»Er verliert unaufhörlich, und ich bin der einzige, der ihn zurückhalten kann.«

»Wie ist's mit einer Pyramide? Spielst du mit, Lewin? Ausgezeichnet!« sagte Stepan Arkadjitsch. »Stell eine Pyramide auf«, wandte er sich an den Markör.

»Schon alles fertig«, sagte der Markör, der die Bälle bereits im Dreieck aufgestellt hatte und zum Zeitvertreib den roten Ball hin und her rollte.

»Na, dann los!«

Nach der Partie setzten sich Wronskij und Lewin an Gagins Tisch, und Lewin setzte nach Stepan Arkadjitschs Rat auf As. Wronskij saß bald am Tisch, von Bekannten umringt, die zu ihm kamen, bald ging er in die ›Spielhölle‹, um nach Jaschwin zu sehen. Lewin hatte nach der geistigen Anstrengung am Vormittag jetzt ein angenehmes Gefühl der Ruhe. Er freute sich, daß sein feindseliges Verhältnis zu Wronskij ein Ende hatte, und hatte nach wie vor den Eindruck von Ruhe, Zufriedenheit und Wohlanständigkeit.

Als das Spiel beendet war, faßte Stepan Arkadjitsch ihn unter den Arm.

»Komm, wir fahren zu Anna. Jetzt gleich. Ja? Sie ist zu Hause. Ich habe ihr schon lange versprochen, dich einmal mitzubringen. Oder hast du heute abend noch etwas anderes vor?«

»Nichts Besonderes. Ich hatte Swijashskij versprochen, in die Landwirtschaftliche Gesellschaft zu kommen. Aber wenn du willst, fahren wir zu deiner Schwester«, sagte Lewin.

»Ausgezeichnet! Sieh mal nach, ob mein Wagen schon da ist«, sagte Stepan Arkadjitsch zu einem Diener.

Lewin trat an den Tisch, bezahlte die vierzig Rubel, die er an den Assen verloren hatte, bezahlte dem alten Diener an der Tür seine Klubrechnung und ging, eigentümlich die Arme schwenkend, durch alle Säle zum Ausgang.

9

»Der Wagen des Fürsten Oblonskij!« rief der Portier mit grimmigem Bass. Der Wagen fuhr vor, und sie stiegen ein. Nur im ersten Augenblick, als der Wagen aus dem Hof des Klubs hinausfuhr, dauerte bei Lewin das Gefühl noch an, das er im Klub empfunden hatte, das Gefühl der Ruhe, Heiterkeit und Wohlanständigkeit der gesamten Umgebung; als aber der Wagen auf der Straße war und auf dem holprigen Pflaster zu schaukeln anfing, als Lewin den ärgerlichen Zuruf eines entgegenkommenden Droschkenkutschers hörte und bei der trüben Straßenbeleuchtung das rote Schild einer Kneipe und eines Kramladens sah, da verschwand dieser Eindruck, und er begann über seine Handlungsweise nachzudenken und fragte sich, ob er recht daran tue, zu Anna zu fahren. Was würde Kitty dazu sagen? Aber Stepan Arkadjitsch ließ ihm keine Zeit zum Überlegen, er hatte seine Zweifel offenbar erraten und versuchte sie zu zerstreuen.

»Ich freue mich sehr«, sagte er, »daß du sie kennenlernen wirst. Weißt du, Dolly hat das schon lange gewünscht. Lwow hat ihr auch einen Besuch gemacht und verkehrt jetzt bei ihr. Sie ist zwar meine Schwester«, fuhr er fort, »aber ich darf wohl sagen, daß sie eine Frau ist, wie man sie selten findet. Du wirst es ja selbst sehen. Ihre Lage ist sehr schwierig, besonders jetzt.«

»Warum denn gerade jetzt?«

»Wir verhandeln mit ihrem Mann wegen der Scheidung. Er ist auch einverstanden, aber es gibt gewisse Schwierigkeiten wegen des Sohnes, und die Sache, die längst erledigt sein sollte, zieht sich nun schon drei Monate hin. Sobald sie geschieden ist, heiratet sie Wronskij. Wie dumm ist dieser alte Hokuspokus der kirchlichen Trauung! Kein Mensch glaubt mehr daran, er steht nur dem Glück der Menschen im Weg«, sagte Stepan Arkadjitsch. »Na, und wenn sie verheiratet sind, dann wird ihre Stellung ebenso klar sein wie meine und deine.«

»Worin besteht denn die Schwierigkeit?«

»Ach, das ist eine lange und langweilige Geschichte! Alles ist so unsicher und unbestimmt. Aber was die Hauptsache ist: in Erwartung der Scheidung wohnt Anna nun schon drei Monate in Moskau, wo alle Leute ihn und sie kennen. Sie geht nirgendswohin, und die einzige Frau, mit der sie verkehrt, ist Dolly. Weißt du, sie will nicht, daß man nur aus Mitleid zu ihr kommt. Sogar Prinzessin Warwara, dieses dumme Frauenzimmer, hat sich von ihr zurückgezogen, weil sie die Situation nicht für anständig hält. Ja, siehst du, in einer solchen Lage würde eine andere Frau keinen Halt in sich selbst finden. Aber sie... nun, du wirst sehen, wie sie sich ihr Leben eingerichtet hat, wie ruhig und würdevoll ihr ganzes Verhalten ist. Links, in die Gasse der Kirche gegenüber!« rief Stepan Arkadjitsch, sich aus dem Wagenfenster beugend. »Puh! Wie heiß!« stöhnte er und schlug trotz der zwölf Grad Kälte seinen schon vorher aufgeknöpften Pelz noch mehr auseinander.

»Sie hat doch eine Tochter, mit der beschäftigt sie sich wohl?« fragte Lewin.

»Du stellst dir anscheinend jede Frau nur als Weibchen vor, als couveuse«, sagte Stepan Arkadjitsch. »Wenn eine Frau beschäftigt ist, dann nur mit ihren Kindern, denkst du wohl. Nein, ich glaube, sie erzieht die Kleine ganz vorzüglich, aber man hört nie etwas von ihr. Anna beschäftigt sich erstens damit, daß sie schreibt. Ich sehe schon, daß du ironisch lächelst, aber dazu ist gar kein Anlaß. Sie schreibt ein Kinderbuch und spricht mit niemand davon, aber mir hat sie daraus vorgelesen, und ich habe das Manuskript Workujew gegeben, weißt du, dem Verleger. Ich glaube, er ist auch selbst Schriftsteller. Er versteht etwas davon, und er sagt, es sei ausgezeichnet. Jetzt denkst du wohl, sie wäre ein Blaustrumpf? Ganz und gar nicht. Sie ist vor allem eine Frau mit Herz, du wirst es gleich sehen. Sie hat jetzt ein junges Mädchen bei sich, eine Engländerin, und sorgt für sie und für ihre ganze Familie.«

»Etwas Philanthropisches?«

»Du willst überall nur Schlechtes sehen. Sie tut das nicht aus Philanthropie, sondern aus Herzensgüte. Wronskij hatte einen englischen Trainer, der ist ein Meister in seinem Fach, aber ein Säufer. Er hat sich vollkommen ruiniert, delirium tremens, und die Familie kam in größte Not. Anna erfuhr das, half den Leuten, und jetzt sorgt sie für die ganze Familie. Aber sie hilft nicht von oben herab, nur mit Geld, sie gibt den Jungen Russischunterricht, um sie aufs Gymnasium vorzubereiten, und das Mädchen hat sie zu sich ins Haus genommen. Du wirst sie gleich sehen.«

Der Wagen fuhr in den Hof, und Stepan Arkadjitsch klingelte kräftig an der Haustür, vor der ein Schlitten stand.

Ohne den Portier, der ihnen öffnete, zu fragen, ob die Herrschaften zu Hause seien, trat Stepan Arkadjitsch in den Hausflur. Lewin folgte ihm und zweifelte immer mehr, ob er richtig handle.

Bei einem Blick in den Spiegel sah er, daß sein Gesicht ganz rot war, aber er war überzeugt, nicht betrunken zu sein, und ging hinter Stepan Arkadjitsch die teppichbelegte Treppe hinauf. Oben fragte Stepan Arkadjitsch den Diener, dessen Verbeugung erkennen ließ, daß er ihn als einen guten Freund des Hauses betrachtete, wer bei Anna Arkadjewna sei, und erfuhr, daß Herr Workujew da war.

»Wo sind sie denn?«

»Im Arbeitszimmer.«

Stepan Arkadjitsch und Lewin gingen durch das kleine Speisezimmer mit dunklen holzgetäfelten Wänden und traten auf dem weichen Teppich in das halbdunkle Arbeitszimmer, das nur durch eine Lampe mit einem großen, dunklen Schirm erhellt wurde. An der Wand brannte eine Refraktorlampe und beleuchtete ein Frauenbildnis in Lebensgröße, das unwillkürlich Lewins Aufmerksamkeit fesselte. Es war das Porträt Annas, das Michajlow in Italien gemalt hatte. Während Stepan Arkadjitsch hinter die Treillage trat und eine Männerstimme, die man bis dahin gehört hatte, verstummte, betrachtete Lewin das Bild, das in der hellen Beleuchtung aus dem Rahmen herauszutreten schien, und konnte sich nicht von ihm losreißen. Er vergaß, wo er war, hörte nicht, was gesprochen wurde, und verwandte kein Auge von diesem erstaunlichen Porträt. Das war kein Gemälde, sondern eine lebende, entzückende Frau mit schwarzem, lockigem Haar, entblößten Schultern und Armen und einem nachdenklichen Lächeln auf den von zartem Flaum bedeckten Lippen, eine Frau, deren Augen ihn sieghaft und zärtlich anblickten und ihn verwirrten. Man konnte sie nur darum nicht für lebend halten, weil sie schöner war, als eine lebende Frau sein kann.

»Ich freue mich sehr«, hörte er plötzlich neben sich eine Stimme, die sich offenbar an ihn wandte, die Stimme der Frau, deren Porträt er bewundert hatte. Anna trat hinter der Treillage hervor, und Lewin sah in dem halbdunklen Arbeitszimmer dieselbe Frau wie auf dem Gemälde, in einem dunkelblauen Kleid, nicht in derselben Haltung, nicht mit demselben Gesichtsausdruck wie auf dem Bild, aber von der vollendeten Schönheit, die der Künstler auf dem Porträt festgehalten hatte. In Wirklichkeit war sie nicht so strahlend schön, aber dafür hatte die Lebende etwas Neues, Anziehendes, das auf dem Bild nicht zu erkennen war.

10

Sie ging auf ihn zu, ohne ihre Freude über seinen Besuch zu verbergen. Und in der Ruhe, mit der sie ihm ihre kleine, energische Hand entgegenstreckte, ihn mit Workujew bekannt machte und auf das hübsche rotblonde Mädchen zeigte, das mit einer Handarbeit im Zimmer saß und das sie ihre Pflegetochter nannte, sah Lewin die ihm wohlbekannten, angenehmen Umgangsformen einer stets ruhigen, sich natürlich gebenden Dame der Gesellschaft.

»Ich freue mich wirklich sehr«, wiederholte sie, und in ihrem Mund erhielten diese einfachen Worte für Lewin eine besondere Bedeutung, er wußte selbst nicht, warum. »Ich kenne Sie schon lange und habe Sie gern, sowohl wegen Ihrer Freundschaft mit Stiwa, als auch um Ihrer Frau willen... Ich habe sie nur kurze Zeit gekannt, aber ich erinnere mich noch gut an sie; sie war wie eine liebliche Blume, ja, wie eine Blume. Und sie wird nun bald Mutter sein!«

Sie sprach ungezwungen und ruhig, bald Lewin, bald ihren Bruder ansehend. Lewin fühlte, daß er einen guten Eindruck auf sie machte, und er fühlte sich in ihrer Gegenwart sofort leicht und frei und so wohl, als hätte er sie seit seiner Kindheit gekannt.

»Iwan Petrowitsch und ich haben uns in Alexejs Arbeitszimmer gesetzt um zu rauchen«, antwortete sie auf Stepan Arkadjitschs Frage, ob er rauchen dürfe. Sie sah Lewin an, und statt ihn zu fragen, ob er rauche, öffnete sie eine Zigarettendose aus Schildpatt und nahm eine Pajilla heraus.

»Wie fühlst du dich heute?« fragte ihr Bruder.

»Es geht. Die Nerven, wie immer.«

»Nicht wahr, es ist wunderbar?« fragte Stepan Arkadjitsch, als er bemerkte, daß Lewin immer wieder auf das Porträt schaute.

»Ich habe nie ein besseres Porträt gesehen.«

»Und erstaunlich ähnlich, nicht wahr?« sagte Workujew.

Lewin wandte seinen Blick von dem Bild auf das Original. Ein besonderer Glanz erhellte Annas Gesicht, als sie seinen Blick fühlte. Lewin errötete, und um seine Verlegenheit zu verbergen, wollte er Anna fragen, wann sie Dolly zum letztenmal gesehn habe, aber da sagte Anna:

»Iwan Petrowitsch und ich sprachen gerade von den letzten Gemälden Waschtschenkows. Haben Sie sie gesehen?«

»Ja, ich habe sie gesehen«, antwortete Lewin.

»Aber Verzeihung, ich habe Sie unterbrochen, Sie wollten etwas sagen.«

Lewin fragte, wann sie Dolly zum letztenmal gesehen habe.

»Sie war gestern bei mir, und sie war sehr ärgerlich wegen einer Sache, die Grischa auf dem Gymnasium passiert ist. Ich glaube, der Lateinlehrer hat ihn ungerecht behandelt.«

»Ja, ich habe die Bilder gesehen, aber sie haben mir nicht gefallen«, sagte Lewin, zu dem ersten Gesprächsthema zurückkehrend.

Er redete jetzt nicht mehr vom handwerksmäßigen Standpunkt aus, wie er es heute vormittag getan hatte. Im Gespräch mit ihr gewann jedes Wort eine besondere Bedeutung, und es war angenehm, mit ihr zu sprechen, und noch angenehmer, ihr zuzuhören.

Anna sprach nicht nur natürlich und klug, sondern auch mit einer gewissen Nachlässigkeit, als halte sie ihre eigenen Gedanken für unbedeutend und die Gedanken ihres Partners für sehr bedeutend.

Das Gespräch kam auf die neue Richtung in der Kunst, auf neue Bibelillustrationen eines französischen Malers. Workujew warf dem Künstler extremen, fast rohen Realismus vor. Lewin meinte, die Franzosen hätten den konventionellen Stil in der Kunst so weit getrieben wie kein zweites Volk und sähen deshalb ein besonderes Verdienst in der Rückkehr zum Realismus. Daß sie nicht lügen, das sei für sie schon Poesie.

Noch nie hatte eine kluge Bemerkung, die er gemacht hatte, ihn so gefreut wie jetzt. Annas Gesicht leuchtete plötzlich auf, als sie diesen Gedanken erfaßt hatte. Sie lachte.

»Ich lache«, sagte sie, »wie man lacht, wenn man ein sehr ähnliches Porträt sieht. Das, was Sie eben gesagt haben, charakterisiert die ganze moderne französische Kunst, die Malerei und auch die Literatur: Zola, Daudet. Aber das ist vielleicht immer so: man baut seine conceptions aus erfundenen, konventionellen Gestalten auf, und dann, wenn alle combinaisons durchprobiert sind, werden die erfundenen Gestalten langweilig, und man versucht natürlichere, lebensgetreue Gestalten zu schaffen.«

»Ja, ganz richtig!« stimmte Workujew ihr bei.

»Ihr wart also im Klub?« fragte sie ihren Bruder.

»Ja, das ist eine Frau!« dachte Lewin, der alles um sich vergessen hatte und unverwandt auf ihr schönes, bewegliches Gesicht starrte, das sich plötzlich ganz verändert hatte. Lewin hörte nicht, was sie sagte, während sie sich zu ihrem Bruder hinüberbeugte, aber er war verblüfft über die Veränderung ihres Gesichtsausdrucks. Ihr Gesicht, das vorher so schön war in seiner Ruhe, drückte plötzlich eine seltsame Neugier, Zorn und Stolz aus. Aber das dauerte nur einen Augenblick, dann kniff sie die Augen zusammen, als wollte sie sich auf etwas besinnen.

»Nun ja, das interessiert ja niemand«, sagte sie und wandte sich an die Engländerin: »Please, order the tea in the drawing-room.«

Das junge Mädchen stand auf und ging hinaus.

»Nun, hat sie ihre Prüfung in der Schule bestanden?« fragte Stepan Arkadjitsch.

»Ausgezeichnet. Sie ist ein sehr begabtes Mädchen und ein liebenswürdiger Charakter.«

»Es wird noch soweit kommen, daß du sie mehr liebst als deine eigene Tochter.«

»So kann nur ein Mann reden. In der Liebe gibt es kein Mehr oder Weniger. Meine Tochter liebe ich auf eine Art und meine Pflegetochter auf eine andere.«

»Ich habe Anna Arkadjewna gerade gesagt«, bemerkte Workujew, »wenn sie nur den hundertsten Teil der Energie, die sie auf diese Engländerin verwendet, der Erziehung der russischen Kinder zuwenden wollte, so würde sie ein großes, nützliches Werk vollbringen.«

»Ich habe es schon einmal versucht, aber ich habe es nicht gekonnt. Graf Alexej Kirillowitsch hat mich sehr ermuntert«, (bei den Worten »Graf Alexej Kirillowitsch« sah sie Lewin schüchtern-bittend an und er antwortete ihr unwillkürlich mit einen ehrerbietigen, zustimmenden Blick), »mich auf dem Land mit der Schule zu beschäftigen. Ich bin ein paarmal hingegangen. Die Kinder waren ja sehr lieb, aber ich konnte mich nicht für die Schule erwärmen. Sie sagen – Energie. Aber die Energie wurzelt in der Liebe, und zur Liebe kann man sich nicht zwingen. Dieses junge Mädchen hier habe ich liebgewonnen, ich weiß selbst nicht, warum.«

Wieder sah Lewin sie an. Ihr Lächeln, ihr Blick – alles sagte ihm, daß sie ihre Worte nur an ihn richtete, daß sie auf seine Meinung Wert legte und schon im voraus wußte, daß sie einander verstanden.

»Ich verstehe das vollkommen«, sagte Lewin. »Die Schule und ähnliche Institutionen kann man nicht zur Herzenssache machen, und ich glaube, daß deshalb diese philanthropischen Einrichtungen immer so wenige Ergebnisse aufzuweisen haben.«

Sie schwieg einen Augenblick, dann lächelte sie.

»Ja, ja«, sagte sie. »Ich habe es nie fertiggebracht. Je n'ai pas le cœur assez large, um ein ganzes Heim voll garstiger kleiner Mädchen zu lieben. Cela ne m'a jamais réussi. Es gibt so viele Frauen, die sich dadurch une position sociale geschaffen haben! Und jetzt kann ich das erst recht nicht«, fuhr sie fort, sich mit traurigem, zutraulichem Gesichtsausdruck scheinbar an ihren Bruder, in Wirklichkeit aber an Lewin wendend. »Auch jetzt, wo ich so dringend irgendeine Beschäftigung brauche, kann ich es nicht.« Sie runzelte plötzlich die Stirn (Lewin merkte, daß ihr Unwille sich gegen sie selbst richtete, weil sie von sich sprach) und brachte das Gespräch auf ein anderes Thema. »Ich weiß«, sagte sie zu Lewin, »daß Sie ein schlechter Bürger sind, und ich habe Sie verteidigt, so gut ich konnte.«

»Wie haben Sie mich denn verteidigt?«

»Je nach der Art des Angriffs. Aber möchten Sie nicht Tee trinken?« Sie stand auf und nahm ein in Saffian gebundenes Buch in die Hand.

»Geben Sie es mir, Anna Arkadjewna«, sagte Workujew, auf das Buch zeigend, »es verdient gedruckt zu werden.«

»O nein, es ist alles noch so unfertig.«

»Ich habe ihm davon erzählt«, sagte Stepan Arkadjitsch zu seiner Schwester und zeigte auf Lewin.

»Das hättest du nicht tun sollen. Meine Schreiberei ist so ähnlich wie die Körbchen und Schnitzereien, die in den Gefängnissen angefertigt werden und die Lisa Merkalowa mir früher manchmal verkaufte. Sie war Mitglied eines Vereins für Gefangenenfürsorge«, sagte sie zu Lewin. »Diese Unglücklichen schufen wahre Wunderwerke der Geduld.«

Und Lewin erkannte noch einen Wesenszug dieser Frau, die ihm außerordentlich gefiel. Außer Verstand, Anmut und Schönheit besaß sie auch Wahrheitsliebe. Sie wollte ihm nicht verheimlichen, wie schwer ihre Lage war. Sie seufzte nach der Bemerkung über die Gefängnisarbeit, ihr Gesicht nahm plötzlich einen strengen Ausdruck an und schien zu Stein zu erstarren. Mit diesem Ausdruck auf dem Gesicht war sie noch schöner als vorher, aber dieser Ausdruck war neu und hatte nichts gemein mit dem glückstrahlenden und glückspendenden Ausdruck, den der Künstler auf dem Porträt dargestellt hatte. Lewin betrachtete gerade noch einmal das Bild und dann ihre Gestalt, als sie den Arm ihres Bruders nahm und mit ihm durch die hohe Tür ging, und er empfand Zärtlichkeit und Mitleid für sie, worüber er sich selbst wunderte.

Sie bat Lewin und Workujew, in den Salon zu gehen, und blieb mit ihrem Bruder im Arbeitszimmer, um mit ihm zu sprechen. »Über die Scheidung? Über Wronskij, über das, was er im Klub tut, über mich?« dachte Lewin. Und die Frage, was sie wohl mit Stepan Arkadjitsch besprechen wolle, regte ihn dermaßen auf, daß er gar nicht zuhörte, als Workujew ihm erzählte, wie gut der Roman für Kinder sei, den Anna geschrieben hatte.

Beim Tee wurde das angenehme, inhaltsreiche Gespräch fortgesetzt. Es gab keinen einzigen Augenblick, wo man nach einem Gesprächsstoff hätte suchen müssen, im Gegenteil, jeder fühlte, daß er gar keine Zeit fand, alles zu sagen, was er sagen wollte, und hielt sich gern zurück, um zu hören, was der andere sagte. Und alles, was gesagt wurde, nicht nur von ihr selbst, sondern auch von Workujew und Stepan Arkadjitsch – alles erhielt durch ihre Aufmerksamkeit und durch ihre Bemerkungen eine besondere Bedeutung, wie es Lewin vorkam.

Während Lewin der interessanten Unterhaltung folgte, bewunderte er die ganze Zeit ihre Schönheit, ihren Geist und ihre Bildung und zugleich ihre Natürlichkeit und Herzlichkeit. Er hörte zu, sprach und dachte die ganze Zeit an sie, an ihr Innenleben, und bemühte sich, ihre Gefühle zu erraten. Und wie er sie früher verurteilt hatte, so suchte er sie jetzt infolge eines seltsamen Gedankenganges zu rechtfertigen und bedauerte sie zugleich und fürchtete, daß Wronskij sie nicht ganz verstehe. Gegen elf Uhr, als Stepan Arkadjitsch aufstand, um wegzufahren (Workujew war schon früher gegangen), hatte Lewin das Gefühl, als wären sie eben erst gekommen. Mit Bedauern stand er gleichfalls auf.

»Leben Sie wohl«, sagte sie, seine Hand festhaltend und sah ihm mit einem Blick in die Augen, von dem er sich unwiderstehlich angezogen fühlte. »Ich freue mich sehr, que la glace est rompue.«

Sie ließ seine Hand los und kniff die Augen zusammen.

»Sagen Sie Ihrer Frau, daß ich sie noch so lieb habe wie früher, und wenn sie mir meine Lage nicht verzeihen kann, dann wünsche ich ihr, daß sie mir nie verzeiht. Denn um mir zu verzeihen, muß man durchgemacht haben, was ich durchgemacht habe, und davor mag Gott sie behüten!«

»Ich will es ihr sagen, ja, gewiß...« sagte Lewin errötend.

11

›Was für eine wunderbare, liebe, bedauernswerte Frau‹, dachte er, als er mit Stepan Arkadjitsch in die kalte Luft hinaustrat.

»Nun? Ich hab's dir ja gesagt«, sagte Stepan Arkadjitsch, der sah, daß Lewin völlig besiegt war.

»Ja«, sagte Lewin nachdenklich, »eine ungewöhnliche Frau! Nicht, weil sie so klug ist, sondern weil sie so viel Herz hat. Sie tut mir furchtbar leid!«

»So Gott will, wird bald alles in Ordnung kommen. Ja, siehst du, man darf nicht so vorschnell urteilen. Leb wohl, wir haben nicht denselben Weg.«

Auf der Heimfahrt dachte Lewin unaufhörlich an Anna, an die schlichten Gespräche, die er mit ihr geführt hatte, an alle Einzelheiten ihres Mienenspiels, und er konnte ihre Lage immer besser verstehen und bedauerte sie immer mehr.

Zu Hause berichtete ihm Kusma, Katerina Alexandrowna befinde sich wohl, und die Schwestern seien erst vor kurzem weggefahren; dann überreichte er ihm zwei Briefe. Lewin las sie gleich im Vorzimmer durch, um später nicht dadurch gestört zu werden. Der eine Brief war von seinem Verwalter Sokolow. Er schrieb, er könne den Weizen nicht verkaufen, da nur fünfeinhalb Rubel dafür geboten würden, aber er wisse nicht, wie er anderswoher Geld beschaffen solle. Der andere Brief war von seiner Schwester. Sie machte ihm Vorwürfe, daß ihre Angelegenheit immer noch nicht erledigt sei.

»Na, wenn die Leute nicht mehr zahlen wollen, müssen wir ihn für fünfeinhalb verkaufen«, entschied Lewin sofort ganz leicht die erste Frage, die ihm früher sehr schwierig erschienen wäre. ›Erstaunlich, wie beschäftigt ich hier immer bin‹, dachte er, als er den zweiten Brief las. Er fühlte sich seiner Schwester gegenüber schuldig, weil er immer noch nicht getan hatte, um was sie ihn gebeten hatte. ›Heute bin ich wieder nicht im Gericht gewesen, aber heute hatte ich wirklich keine Zeit.‹ Er nahm sich vor, es morgen ganz bestimmt zu erledigen und ging zu seiner Frau. Auf dem Weg dachte er noch einmal an den heutigen Tag zurück. Alle Ereignisse dieses Tages bestanden nur in Gesprächen, die er mitangehört und an denen er sich beteiligt hatte.

Alle diese Gespräche hatten sich um Themen gedreht, mit denen er sich auf dem Land nie beschäftigt hätte, hier aber hatten sie ihn lebhaft interessiert. Und alle diese Gespräche waren angenehm gewesen, etwas peinlich war ihm nur zweierlei: erstens das, was er von dem Hecht gesagt hatte, zweitens sein zärtliches Mitleid für Anna.

Lewin fand seine Frau traurig und gelangweilt vor. Das Mittagessen der drei Schwestern war sehr heiter verlaufen, aber dann hatten sie auf ihn gewartet und gewartet und sich alle gelangweilt, die Schwestern waren nach Hause gegangen, und sie war allein geblieben.

»Nun, und was hast du gemacht?« fragte sie und sah ihm in die Augen, die verdächtig glänzten. Aber um ihn nicht davon abzuschrecken, ihr alles zu erzählen, ließ sie sich nichts anmerken, sondern hörte mit beifälligem Lächeln seinem Bericht zu, wie er den Abend verbracht hatte.

»Ich bin sehr froh, daß ich Wronskij getroffen habe. Ich habe ganz unbefangen mit ihm geredet. Versteh mich recht, ich werde mich bemühen, nie wieder mit ihm zusammenzukommen, aber es ist doch gut, daß diese peinliche Situation beendet ist«, sagte er, aber da fiel ihm ein, daß er trotz seiner angeblichen Bemühungen, nie wieder mit Wronskij zusammenzukommen, sofort zu Anna gefahren war, und er errötete. »Ja, wir entrüsten uns darüber, daß das einfache Volk trinkt, aber ich weiß nicht, wer mehr trinkt, das Volk oder die Leute unseres Standes. Das Volk trinkt nur an Feiertagen, aber...«

Aber diese Betrachtungen, wie das Volk trinkt, interessierten Kitty nicht. Sie hatte gesehen, daß er rot geworden war, und wollte wissen, warum.

»Und wo bist du dann gewesen?«

»Stiwa hat mir schrecklich zugesetzt, ich sollte mit ihm zu Anna Arkadjewna fahren.«

Als Lewin das gesagt hatte, errötete er noch mehr, und seine Zweifel, ob er recht getan habe, Anna einen Besuch zu machen, waren endgültig gelöst. Jetzt wußte er, daß er das nicht hätte tun sollen.

Bei Annas Namen weiteten sich Kittys Augen ganz sonderbar und blitzten seltsam auf, aber sie tat sich Gewalt an und verbarg ihre Erregung, um ihn zu täuschen.

»Ah!« sagte sie nur.

»Du bist mir hoffentlich nicht böse, daß ich bei ihr war. Stiwa bat mich darum, und Dolly wollte es auch«, fuhr Lewin fort.

»O nein«, sagte sie, aber er sah ihr an den Augen an, daß sie sich Gewalt antat, und das verhieß nichts Gutes.

»Sie ist eine sehr liebe, sehr, sehr bedauernswerte, gütige Frau«, sagte er und erzählte von Anna, von ihrem Leben und was sie Kitty hatte sagen lassen.

»Ja, gewiß, sie ist sehr bedauernswert«, sagte Kitty, als er geendet hatte. »Von wem sind denn die Briefe?«

Er sagte es ihr, und beruhigt durch ihren gelassenen Ton, ging er sich auskleiden.

Als er zurückkam, saß Kitty immer noch auf demselben Sessel. Er trat zu ihr, sie sah ihn an und brach in Tränen aus.

»Was hast du denn? Was hast du?« fragte er, obwohl er genau wußte, was sie hatte.

»Du hast dich in dieses abscheuliche Weib verliebt, sie hat dich umgarnt. Ich habe es dir an den Augen angesehen. Ja, ja! Was soll daraus werden? Du hast im Klub getrunken und getrunken, gespielt, und dann... und dann bist du bei ihr gewesen! Nein, wir müssen weg von hier! Morgen reise ich ab!«

Lewin konnte seine Frau lange nicht beruhigen. Endlich gelang es ihm doch, aber erst nachdem er zugegeben hatte, daß das Gefühl des Mitleids und der Wein ihn verwirrt hatten, daß er den listigen Künsten Annas unterlegen sei, daß er sie nicht mehr besuchen wolle. Das einzige wirklich Aufrichtige an seinem Geständnis war, daß er durch diesen langen Aufenthalt in Moskau, wo er nichts tue, als reden, essen und trinken, halb verrückt geworden sei. Sie sprachen noch bis drei Uhr früh. Erst um drei hatten sie sich so weit ausgesöhnt, daß sie einschlafen konnten.

12

Nachdem Anna ihre Gäste hinausbegleitet hatte, setzte sie sich nicht wieder, sondern ging im Zimmer auf und ab. Obwohl sie unbewußt (wie sie es in letzter Zeit allen jungen Männern gegenüber tat) den ganzen Abend alles versucht hatte, um bei Lewin Liebe zu ihr zu erwecken, und obwohl sie wußte, daß sie das erreicht hatte, soweit das bei einem ehrenhaften verheirateten Mann und an einem einzigen Abend möglich ist, und obwohl er ihr sehr gefallen hatte (trotz des vom männlichen Standpunkt aus sehr großen Unterschieds zwischen Wronskij und Lewin sah sie als Frau das Gemeinsame an ihnen, um dessentwillen Kitty sich zuerst in Wronskij und dann in Lewin verliebt hatte), dachte sie nicht mehr an ihn, sobald er das Zimmer verlassen hatte.

Ein einziger Gedanke verfolgte sie unablässig in den verschiedensten Gestalten. ›Wenn ich so auf andere wirke, sogar auf diesen in seine Frau verliebten Ehemann, warum ist *er* dann so kalt gegen mich? Nein, nicht eigentlich kalt, er liebt mich ja, das weiß ich. Aber irgend etwas Neues, Trennendes steht zwischen uns. Warum ist er den ganzen Abend nicht zu Hause gewesen? Er hat mir durch Stiwa sagen lassen, er könne Jaschwin nicht allein lassen und müsse ihn beim Spiel im Auge behalten. Ist Jaschwin denn ein kleines Kind? Gut, nehmen wir an, daß das die Wahrheit ist. Er sagt nie die Unwahrheit. Aber hinter dieser Wahrheit steckt noch etwas anderes. Er freut sich über diese Gelegenheit, mir zu beweisen, daß er auch noch andere Verpflichtungen hat. Das weiß ich, und ich sage auch nichts dagegen. Aber wozu braucht er mir das zu beweisen? Er will mir beweisen, daß seine Liebe zu ihm seiner Freiheit nicht im Weg sein darf. Aber ich brauche keine Beweise, ich brauche Liebe. Er müßte doch begreifen, wie schwer dieses Leben hier in Moskau für mich ist. Ist das denn ein Leben? Ich lebe gar nicht, ich warte nur auf die Lösung, die immer weiter hinausgeschoben wird. Wieder keine Antwort! Und Stiwa sagt, er könne nicht zu Alexej Alexandrowitsch fahren. Aber ich kann nicht noch einmal an ihn schreiben. Ich kann nichts tun, nichts anfangen, nichts ändern, ich beherrsche mich, ich denke mir allerlei Zeitvertreib aus, die Familie des Engländers, Schriftstellerei, Lektüre, aber das alles ist Betrug, eine Art Morphium. Er sollte Mitleid mit mir haben‹, sagte sie und fühlte, wie Tränen des Mitleids mit sich selbst ihr in die Augen traten.

Als sie Wronskijs energisches Klingeln hörte, wischte sie sich hastig die Tränen ab, setzte sich unter die Lampe, schlug ein Buch auf und tat, als sei sie ganz ruhig. Sie mußte ihm zeigen, daß sie mit ihm unzufrieden war, weil er nicht so früh zurückgekommen war, wie er ihr versprochen hatte; aber sie durfte nur Unzufriedenheit zeigen, jedoch nicht ihren Kummer und am allerwenigsten ihr Mitleid mit sich selbst. Sie durfte sich selbst bemitleiden, nicht aber er sie. Sie wollte keinen Kampf, sie warf ihm immer vor, daß er das wollte, aber sie machte sich unwillkürlich zum Kampf bereit.

»Nun, hast du dich auch nicht gelangweilt?« fragte er lebhaft und heiter und ging auf sie zu. »Das Spiel ist wirklich eine furchtbare Leidenschaft!«

»Nein, ich habe mich nicht gelangweilt, das habe ich mir längst abgewöhnt. Stiwa und Lewin waren hier.«

»Ja, sie wollten dir einen Besuch machen. Nun, wie hat dir Lewin gefallen?« sagte er und setzte sich neben sie.

»Sehr gut. Sie sind erst vor kurzem weggefahren. Was hat Jaschwin denn gemacht?«

»Zuerst hat er gewonnen, siebzehntausend Rubel. Ich habe

versucht, ihn wegzubringen, und er wollte schon gehen. Aber dann kehrte er wieder um, und jetzt verliert er.«

»Warum bist du dann im Klub geblieben?« fragte sie und blickte plötzlich zu ihm auf. Der Ausdruck ihres Gesichts war kalt und feindselig. »Zu Stiwa hast du gesagt, du wolltest dableiben, um Jaschwin fortzuschaffen. Und nun hast du ihn doch allein gelassen.«

Derselbe Ausdruck kalter Kampfbereitschaft zeigte sich jetzt auch auf seinem Gesicht.

»Erstens habe ich Stiwa nicht gebeten, dir etwas zu bestellen, und zweitens sage ich nie die Unwahrheit. Ich wollte noch bleiben, und darum bin ich geblieben«, sagte er finster. »Anna, wozu das, wozu?« fragte er nach kurzem Schweigen, beugte sich zu ihr hinüber und hielt ihr die Hand hin, in der Hoffnung, daß sie ihre Hand hineinlegen werde.

Sie freute sich über diese Aufforderung zur Zärtlichkeit. Aber eine seltsame, böse Macht hinderte sie, ihrem Verlangen zu folgen, als wenn die Kampfregeln ihr nicht erlaubten, sich zu ergeben.

»Natürlich, du wolltest bleiben, und darum bist du auch geblieben. Du tust alles, was du willst. Aber warum sagst du mir das? Wozu?« sagte sie, immer heftiger werdend. »Macht dir denn jemand dein Recht streitig? Du willst aber recht haben. Nun gut — du hast recht!«

Seine Hand schloß sich wieder, er lehnte sich zurück, und sein Gesicht nahm einen noch trotzigeren Ausdruck an.

»Bei dir ist es nur Eigensinn«, sagte sie, nachdem sie ihn scharf angesehen und plötzlich eine Bezeichnung für diesen Gesichtsausdruck gefunden hatte, der sie so reizte. »Nichts als Eigensinn. Für dich handelt es sich nur um die Frage, ob du Sieger bleibst, aber für mich...« Wieder empfand sie Mitleid mit sich selbst und war den Tränen nahe. »Wenn du wüßtest, um was es sich für mich handelt! Wenn ich wie jetzt fühle, daß du mir gegenüber so feindselig bist — ja, feindselig! Wenn du wüßtest, was das für mich bedeutet und wie schnell in einem solchen Augenblick ein schreckliches Unglück geschehen kann, wie ich mich fürchte, mich vor mir selbst fürchte!« Sie wandte sich ab, um ihre Tränen zu verbergen.

»Was hast du?« sagte er, entsetzt über diesen Verzweiflungsausbruch, beugte sich wieder zu ihr, nahm ihre Hand und küßte sie. »Warum? Suche ich denn Zerstreuung außerhalb des Hauses? Vermeide ich denn nicht die Gesellschaft anderer Frauen?«

»Das fehlte auch noch!« sagte sie.

»Sag mir doch, was ich tun soll, damit du dich beruhigst. Ich bin bereit, alles zu tun, nur damit du glücklich bist«, sagte er, gerührt durch ihre Verzweiflung. »Was würde ich nicht alles tun, um dir einen Schmerz wie diesen zu ersparen, Anna!«

»Laß gut sein, laß gut sein«, sagte sie. »Ich weiß selbst nicht, woher das kommt. Das einsame Leben, die Nerven... Nun, reden wir nicht mehr davon. Wie war denn das Rennen? Du hast mir noch nichts davon erzählt«, sagte sie und bemühte sich, ihr Triumphgefühl zu verbergen, daß sie nun doch gesiegt hatte.

Er ließ das Abendessen servieren und erzählte ihr Einzelheiten vom Rennen; aber an seinem Ton und an seinen Blicken, die immer kälter wurden, merkte sie, daß er ihr ihren Sieg nicht verziehen hatte, und daß sein Eigensinn, gegen den sie ankämpfte, wieder die Oberhand gewonnen hatte. Er war kälter gegen sie als vorher, wie wenn er bereute, sich ihr gefügt zu haben. Und sie dachte an die Worte, die ihr zum Sieg verholfen hatten, nämlich: »Wie schnell kann ein schreckliches Unglück geschehen, und ich fürchte mich vor mir selbst«, und begriff, daß das eine gefährliche Waffe war, die sie kein zweites Mal mehr gebrauchen durfte. Sie fühlte, daß außer der Liebe, die sie miteinander verband, der böse Geist der Zwietracht zwischen ihnen stand, den sie weder aus seinem und noch weniger aus ihrem eigenen Herzen vertreiben konnte.

13

Es gibt keine Lebensverhältnisse, an die ein Mensch sich nicht gewöhnen kann, besonders wenn er sieht, daß alle in seiner Umgebung so leben. Lewin hätte vor drei Monaten nicht geglaubt, daß er in den Verhältnissen, in denen er sich jetzt befand, ruhig einschlafen könne, daß er bei diesem zwecklosen, sinnlosen Leben, das außerdem noch seine Mittel überstieg, nach einem Zechgelage (anders konnte er das, was im Klub vorgegangen war, nicht nennen), nachdem er sich auf so ungeschickte Weise mit dem Mann angefreundet hatte, in den seine Frau einmal verliebt gewesen war, nach einem unpassenden Besuch bei einer Frau, die man nicht anders als eine Verlorene bezeichnen konnte, nach seiner Begeisterung für diese Frau, die eine Kränkung für seine Frau bedeutete — daß er unter solchen Umständen ruhig einschlafen könnte, hätte er nie geglaubt. Unter der Wirkung der Müdigkeit, des Wachens bis tief in die Nacht hinein und des genossenen Weines schlief er bald fest und ruhig.

Um fünf Uhr wachte er vom Knarren der Tür auf, die geöffnet wurde. Er fuhr hoch und schaute um sich. Kitty lag nicht neben ihm auf dem Bett. Aber hinter der spanischen Wand bewegte sich ein Licht hin und her, und er hörte ihre Schritte.

»Was?... Was?« sagte er schlaftrunken. »Kitty, was ist?«

»Nichts«, antwortete sie und kam mit der Kerze hinter der spanischen Wand hervor. »Mir war nicht ganz wohl«, fügte sie mit einem besonders liebreichen, bedeutsamen Lächeln hinzu.

»Was? Hat es angefangen?« fragte er erschrocken. »Dann müssen wir hinschicken!« Und er begann sich hastig anzuziehen.

»Nein, nein«, sagte sie lächelnd und hielt ihn zurück. »Es ist sicher nichts. Mir war nur nicht ganz wohl, aber jetzt ist es wieder vorbei.«

Sie ging zum Bett, löschte die Kerze aus, legte sich hin und verhielt sich ganz still. Diese Stille — sie schien absichtlich ganz leise zu atmen — kam ihm verdächtig vor, und vor allem der Ausdruck besonderer Zärtlichkeit und Erregtheit, mit dem sie zu ihm gesagt hatte, als sie hinter der spanischen Wand hervorkam: ›Nichts!‹, aber er war so müde, daß er sofort wieder einschlief. Erst später erinnerte er sich daran, wie leise sie absichtlich geatmet hatte, und verstand alles, was in ihrer lieben Seele vorgegangen war, als sie in Erwartung des größten Ereignisses im Leben einer Frau regungslos neben ihm gelegen hatte. Um sieben Uhr wachte er auf: sie berührte seine Schulter und flüsterte etwas.

»Kostja, erschrick nicht. Es ist nichts Schlimmes. Aber mir scheint... Du mußt zu Elisaweta Petrowna schicken.«

Die Kerze brannte wieder. Sie saß auf dem Bett und hatte ein Strickzeug in den Händen, mit dem sie sich in den letzten Tagen beschäftigt hatte.

»Bitte, erschrick nicht, es ist nichts Schlimmes. Ich fürchte mich nicht im geringsten«, fügte sie hinzu, als sie sein erschrockenes Gesicht sah, und drückte seine Hand an ihre Brust und dann an ihre Lippen.

Er sprang hastig auf, zog, sie unverwandt ansehend, seinen Schlafrock an und blieb dann stehen. Er hätte gehen müssen, aber er konnte sich von ihrem Blick nicht losreißen. Er liebte ihr Gesicht doch so sehr, kannte seinen Ausdruck, ihren Blick so genau — aber so hatte er sie noch nie gesehen. Wie abscheulich und entsetzlich kam er sich ihr gegenüber vor, wie sie jetzt war, wenn er daran dachte, wie sehr er sie gestern gekränkt hatte! Ihr gerötetes Gesicht, von dem weichen Haar umrahmt, das unter dem Nachthäubchen hervorhing, strahlte vor Freude und Entschlossenheit.

So wenig Gekünsteltes und Unnatürliches in Kittys Charakter war, Lewin war dennoch überrascht von dem, was er jetzt sah, als plötzlich alle Hüllen fielen und der Kern ihrer Seele in ihren Augen leuchtete. Und in dieser Schlichtheit und Nacktheit wurde sie, die er so liebte, ihm noch deutlicher sichtbar. Sie sah ihn lächelnd an; aber plötzlich zuckten ihre Brauen, sie hob den Kopf, ging schnell auf ihn zu, faßte seine Hand und drückte sich ganz fest an ihn, ihn mit ihrem heißen Atem umgebend. Sie litt und schien ihm ihre Schmerzen zu klagen. Und im ersten Augenblick kam ihm gewohnheitsmäßig die Vorstellung, daß er daran schuld sei. Aber in ihrem Blick war eine Zärtlichkeit, die ihm sagte, daß sie ihm wegen dieser Schmerzen keinen Vorwurf mache, ja, ihn dafür liebe. »Wenn ich nicht daran schuld bin, wer ist dann daran schuld?« dachte er unwillkürlich und suchte den Urheber dieser Schmerzen, um ihn zu bestrafen; aber es gab keinen Schuldigen. Sie litt und klagte und triumphierte in diesen Schmerzen, freute sich über sie und liebte sie. Er sah, daß sich in ihrer Seele etwas Schönes, Herrliches vollzog; was es aber war, konnte er nicht begreifen. Das ging über sein Fassungsvermögen.

»Ich habe schon zu Mama geschickt. Fahr jetzt schnell zu Elisaweta Petrowna... Kostja!... Es ist nichts, es ist schon vorüber.«

Sie trat von ihm zurück und klingelte.

»Geh jetzt, Pascha kommt. Es geht mir ganz gut.«

Und Lewin sah mit Staunen, daß sie nach dem Strickzeug griff, das sie sich in der Nacht geholt hatte, und wieder zu stricken anfing.

Als Lewin zur einen Tür hinausging, hörte er, wie durch die andere das Mädchen hereinkam. Er blieb an der Tür stehen und hörte, wie Kitty dem Mädchen allerlei Anweisungen gab und mit ihr zusammen das Bett wegrückte.

Er zog sich an, und während angespannt wurde, da noch keine Droschken auf der Straße waren, lief er noch einmal ins Schlafzimmer, und zwar nicht auf Zehenspitzen, sondern auf Flügeln, wie es ihm vorkam. Zwei Mädchen waren eifrig damit beschäftigt, dies und das im Schlafzimmer umzustellen. Kitty ging auf und ab, eine Masche nach der andern strickend, und gab den Mädchen Anweisungen.

»Ich fahre gleich zum Arzt. Nach Elisaweta Petrowna ist schon geschickt worden, aber ich will noch einmal bei ihr vorbeifahren. Brauchst du noch etwas? Ja, soll ich auch zu Dolly fahren?« Sie sah ihn an, schien aber gar nicht zu hören, was er sagte.
»Ja, ja, geh!« sagte sie schnell mit gerunzelter Stirn und machte eine abweisende Handbewegung.
Er war schon im Salon, als er plötzlich ein klägliches Stöhnen hörte, das aber sofort wieder verstummte. Er blieb stehen und konnte lange nichts begreifen.
»Ja, das war sie«, sagte er zu sich, faßte sich an den Kopf und lief die Treppe hinunter.
»Herr, erbarme dich! Vergib uns, hilf uns!« sprach er plötzlich Worte, die ihm unwillkürlich auf die Lippen kamen. Und er, der Ungläubige, sprach diese Worte nicht nur mit den Lippen. Jetzt, in diesem Augenblick, wußte er, daß alle seine Zweifel, ja die Unmöglichkeit, Glauben und Verstand miteinander zu verbinden, ihn in keiner Weise hinderten, Gott anzurufen. Alles war jetzt wie Staub von seiner Seele weggeweht. An wen sollte er sich denn sonst wenden, als an ihn, in dessen Hände er selbst, seine Seele und seine Liebe gegeben war?
Der Wagen war noch nicht bereit, aber da Lewin alle seine körperlichen und geistigen Kräfte mit solcher Anspannung auf das gerichtet fühlte, was er jetzt zu tun hatte, daß er keinen Augenblick verlieren wollte, wartete er nicht auf den Wagen, sondern ging zu Fuß und befahl Kusma, mit dem Wagen nachzukommen.
An der Ecke begegnete er einer Nachtdroschke, die sehr schnell fuhr. In dem kleinen Schlitten saß Elisaweta Petrowna in einer Samtjacke und ein Tuch um den Kopf gebunden. »Gott sei Dank, Gott sei Dank!« sagte er entzückt, als er ihr kleines blasses Gesicht erkannte, das jetzt einen besonders ernsten, fast strengen Ausdruck hatte. Ohne den Kutscher halten zu lassen, lief er neben ihr her.

»Also seit ungefähr zwei Stunden? Nicht länger?« fragte sie. »Sie werden Peter Dmitrijewitsch zu Hause treffen, aber es eilt nicht. Und holen Sie Opium in der Apotheke.«
»Sie glauben also, daß alles gut gehen wird? Herr erbarme dich und steh uns bei!« sagte Lewin, als er sein Pferd aus dem Hoftor kommen sah. Er sprang in den Schlitten, setzte sich neben Kusma und fuhr zum Arzt.

14

Der Arzt war noch nicht aufgestanden, und sein Diener sagte, der Herr Doktor sei spät schlafen gegangen und habe verboten, ihn zu wecken; er werde aber wohl bald aufstehen. Der Diener putzte die Lampenzylinder und schien von dieser Arbeit sehr in Anspruch genommen. Dieses Interesse des Dieners für die Lampenzylinder und seine Gleichgültigkeit gegen das, was sich in Lewins Haus abspielte, setzten Lewin anfangs in Erstaunen, aber nach kurzer Überlegung begriff er, daß ja niemand seine Gefühle kenne oder zu kennen brauche, und daß er daher besonders ruhig, überlegt und entschlossen handeln mußte, um sein Ziel zu erreichen. ›Nichts übereilen und nichts außer acht lassen‹, sagte sich Lewin und fühlte, wie seine Körperkräfte und seine Aufmerksamkeit für alles, was er zu tun hatte, immer größer wurden.
Als Lewin hörte, daß der Arzt noch nicht aufgestanden sei, überlegte er hin und her und entschied sich dann für folgenden Plan: Kusma sollte mit einem Brief zu einem anderen Arzt fahren, und er selbst wollte das Opium in der Apotheke holen, und wenn bei seiner Rückkehr der Arzt immer noch nicht aufgestanden sein sollte, wollte er ihn unter allen Umständen wecken, entweder durch Bestechung des Dieners, oder, wenn der Diener sich nicht darauf einließe, mit Gewalt.
In der Apotheke klebte der hagere Provisor mit derselben

Gleichgültigkeit, mit der der Diener seine Lampenzylinder geputzt hatte, Pulver mit Oblaten zu, für einen Kutscher, der darauf wartete, und weigerte sich, Lewin das Opium zu geben. Bemüht, nicht die Geduld zu verlieren und nicht heftig zu werden, nannte ihm Lewin die Namen des Arztes und der Hebamme, erklärte, wozu er das Opium brauche, und suchte ihn auf diese Weise zu überreden. Der Provisor fragte jemand, der hinter einer niedrigen Zwischenwand saß, auf deutsch um Rat, ob er das Opium verabreichen solle, und als er eine bejahende Antwort erhielt, nahm er ein Fläschchen und einen Trichter, füllte langsam aus einer großen Flasche die kleine voll, klebte ein Etikett darauf, versiegelte sie trotz Lewins Bitte, es nicht zu tun,und wollte sie noch einwickeln. Das war zuviel für Lewin. Er riß dem Provisor das Fläschchen aus der Hand und lief durch die große Glastür hinaus. Der Arzt war noch nicht aufgestanden, und der Diener, der gerade einen Teppich auslegte, weigerte sich, ihn zu wecken. Lewin zog langsam eine Zehnrubelnote aus der Brieftasche, reichte sie ihm und erklärte ihm langsam und deutlich, aber ohne Zeit zu verlieren, daß Peter Dmitrijewitsch (wie groß und bedeutend war dieser früher so unbedeutende Peter Dmitrijewitsch jetzt für Lewin geworden!) versprochen habe, zu jeder Zeit zu ihm zu kommen und bestimmt nicht böse sein werde, und darum solle er ihn jetzt sofort wecken.

Der Diener willigte ein, ging mit Lewin die Treppe hinauf und bat ihn ins Wartezimmer.

Lewin hörte durch die Tür, wie der Arzt hustete, hin und her ging, sich wusch und etwas sagte. Drei Minuten vergingen. Lewin kamen sie wie eine Stunde vor. Er konnte nicht länger warten.

»Peter Dmitrijewitsch, Peter Dmitrijewitsch!« rief er mit flehender Stimme durch die offene Tür. »Um Gottes willen, seien Sie mir nicht böse, empfangen Sie mich so, wie Sie sind. Es dauert schon über zwei Stunden.«

»Gleich, gleich!« antwortete die Stimme des Arztes, und Lewin hörte zu seinem Staunen, daß der Doktor das lachend sagte.

»Nur einen Augenblick!«

»Gleich.«

Es vergingen noch zwei Minuten, bis der Arzt die Stiefel angezogen, und noch zwei, bis er den Rock angezogen und sich gekämmt hatte.

»Peter Dmitrijewitsch!« fing Lewin wieder mit kläglicher Stimme an, aber in diesem Augenblick kam der Arzt angekleidet und gekämmt ins Zimmer. ›Diese Menschen haben kein Gewissen‹, dachte Lewin. ›Sie kämmen sich, während wir zugrunde gehen.‹

»Guten Morgen!« sagte der Arzt und reichte ihm die Hand. Lewin hatte den Eindruck, als wolle er ihn durch seine Ruhe verspotten. »Haben Sie nur Geduld. Nun, wie steht's denn?«

Bestrebt, recht genau zu sein, erzählte ihm Lewin alle möglichen, ganz überflüssigen Einzelheiten über den Zustand seiner Frau, wobei er seinen Bericht immer wieder durch die Bitte unterbrach, der Doktor möchte doch gleich mitkommen.

»Haben Sie doch Geduld! Sie wissen das ja nicht. Wahrscheinlich brauchen Sie mich gar nicht, aber ich habe es Ihnen versprochen und will meinetwegen hinkommen. Es eilt aber wirklich nicht. Bitte, nehmen Sie doch Platz. Möchten Sie eine Tasse Kaffee?«

Lewin sah ihn an, als wolle er ihn fragen, ob er sich über ihn lustig mache. Aber der Doktor dachte gar nicht daran.

»Ich weiß, ich weiß«, sagte der Arzt lächelnd. »Ich bin selbst Familienvater, aber wir Männer sind in diesen Augenblicken ganz jämmerliche Kerle. Ich habe eine Patientin, deren Mann sich bei solchen Anlässen immer in den Pferdestall flüchtet.«

»Was meinen Sie denn, Peter Dmitrijewitsch? Glauben Sie, daß es gut geht?«

»Alle Anzeichen sprechen dafür.«
»Sie kommen also gleich?« fragte Lewin mit einem grimmigen Blick auf den Diener, der den Kaffee brachte.
»In einem Stündchen.«
»Nein, um Gottes willen!«
»Nun, dann lassen Sie mich wenigstens meinen Kaffee trinken.«
Der Arzt machte sich an seinen Kaffee. Beide schwiegen.
»Die Türken bekommen aber ordentlich Hiebe. Haben Sie die gestrigen Telegramme gelesen?« fragte der Arzt, seine Semmel kauend.
»Nein, ich kann nicht mehr!« sagte Lewin und sprang auf. »Sie kommen also in einer Viertelstunde?«
»In einer halben Stunde.«
»Ehrenwort?«
Als Lewin nach Hause kam, traf er an der Haustür die Fürstin; sie hatte Tränen in den Augen, und ihre Hände zitterten. Als sie Lewin sah, umarmte sie ihn und fing an zu weinen. Sie gingen zusammen zur Tür des Schlafzimmers.
»Nun, wie steht's, liebe Elisaweta Petrowna?« fragte sie die Hebamme, die mit strahlendem und zugleich besorgtem Gesicht herauskam, und faßte ihre Hand.
»Es geht gut«, sagte sie. »Reden Sie ihr zu, daß sie sich hinlegt. Das bringt ihr Erleichterung.«
Von dem Augenblick an, wo Lewin aufgewacht war und begriffen hatte, um was es sich handelte, hatte er sich vorgenommen, nicht zu grübeln, keine Vermutungen anzustellen, seine Gedanken und Gefühle nicht zu zeigen, seine Frau nicht aufzuregen, sondern sie zu beruhigen, ihr Mut zu machen und alles zu ertragen, was ihm bevorstand. Er wagte nicht einmal darüber nachzudenken, was geschehen und womit es enden werde, aber er hatte sich erkundigt, wie lange so etwas gewöhnlich dauerte, und war nun bereit, ungefähr fünf Stunden auszuharren und sein Herz im Zaum zu halten, und das schien ihm durchaus möglich. Als er aber

vom Arzt zurückgekommen war und sie wieder leiden sah, wiederholte er immer öfter: »Herr Gott, vergib uns, steh uns bei!« seufzte, warf den Kopf zurück und fürchtete, daß er das nicht aushalten könne, sondern weinen oder davonlaufen werde: so entsetzlich war ihm zumute. Und es war erst eine Stunde vergangen.

Nach dieser Stunde verging noch eine Stunde, zwei, drei, alle fünf Stunden, die äußerste Frist für sein Ausharren, und die Lage war immer noch unverändert. Er harrte weiter aus, weil ihm nichts anderes übrig blieb als auszuharren, und dachte jeden Augenblick, nun sei er an der äußersten Grenze seiner Geduld angelangt und sein Herz müsse gleich vor Mitleid brechen.

Aber es vergingen weitere Minuten und Stunden, und sein Schmerz und seine Angst wurden größer, immer größer.

Alle gewöhnlichen Lebensverhältnisse, ohne die man sich kein Leben vorstellen kann, existierten für Lewin nicht mehr. Er hatte das Zeitgefühl verloren. Bald kamen ihm Minuten wie Stunden vor — jene Minuten, wo sie ihn zu sich rief und er ihre schweißfeuchte Hand hielt, die die seine manchmal mit ungewöhnlicher Kraft drückte und manchmal zurückstieß — bald die Stunden wie Minuten. Er war erstaunt, als Elisaweta Petrowna ihn bat, hinter der spanischen Wand eine Kerze anzuzünden, und er hörte, daß es schon fünf Uhr abends sei. Wenn man ihm gesagt hätte, es sei erst zehn Uhr morgens, hätte er das auch geglaubt. Wo er während dieser Zeit gewesen war, das wußte er ebensowenig, wie wann dies und das geschehen war. Er sah Kittys erhitztes, bald stumpfes und leidendes, bald lächelndes und ihn beruhigendes Gesicht. Er sah auch die Fürstin: rot, ängstlich, aufgeregt, mit wirr herabhängenden grauen Locken, wie sie mit Gewalt die Tränen hinunterschluckte und sich auf die Lippen biß. Er sah auch Dolly und den Arzt, der dicke Zigaretten rauchte, und Elisaweta Petrowna mit ihrem festen, entschlossenen und beruhigenden Gesichtsausdruck, und den alten Fürsten, der mit finsterer Miene im Saal auf und ab ging. Aber wie sie kamen und gingen, und wo sie waren, das wußte er nicht. Bald war die Fürstin mit dem Arzt im Schlafzimmer, bald im Arbeitszimmer, wo plötzlich ein gedeckter Tisch stand; bald war es gar nicht die Fürstin, sondern Dolly. Dann erinnerte sich Lewin, daß er einmal aus dem Haus geschickt worden war, um irgend etwas zu holen. Einmal hatte man ihn beauftragt, einen Tisch und ein Sofa in ein anderes Zimmer zu bringen. Er hatte es mit großem Eifer getan, in der Meinung, es sei irgendwie für Kitty notwendig, und später erfuhr er, daß er ein Nachtlager für sich selbst zurechtgemacht hatte. Dann schickte man ihn ins Arbeitszimmer zum Arzt, um irgend etwas zu fragen. Der Arzt beantwortete die Frage und fing dann an, von den unmöglichen Zuständen bei der Stadtverwaltung zu reden. Dann schickte man ihn ins Haus der Fürstin, um aus dem Schlafzimmer ein Heiligenbild in silberner, vergoldeter Einfassung zu holen; er stieg mit der alten Zofe der Fürstin auf ein Schränkchen, um das Bild abzunehmen, und zerschlug dabei das Lämpchen vor dem Bild, und die Zofe beruhigte ihn über das Lämpchen und über seine Frau, und dann brachte er das Heiligenbild in seine Wohnung, stellte es zu Kittys Häupten im Bett auf und schob den unteren Rand sorgsam hinter die Kissen. Aber wo, wann und warum das alles geschehen war, das wußte er nicht. Er begriff auch nicht, warum die Fürstin ihn mitleidig ansah und ihn bat, sich zu beruhigen, und warum Dolly ihm zuredete, er sollte doch etwas essen, und ihn aus dem Zimmer führte und sogar der Arzt ihn ernst und teilnahmsvoll ansah und ihm riet, Tropfen zu nehmen.

Er wußte und fühlte nur, daß das, was hier geschah, Ähnlichkeit hatte mit dem, was im vergangenen Jahr in dem Gasthaus der Gouvernementsstadt am Sterbebett seines Bruders Nikolaj geschehen war. Aber das war Leid gewesen, das hier war Freude. Aber dieses Leid und diese Freude waren außerhalb der gewöhnlichen Lebensverhältnisse und waren in diesem gewöhnlichen Leben wie Öffnungen, durch die man zu etwas Höherem hindurchblicken konnte. Und ebenso bedrückend und qualvoll wie damals rückte das Ereignis näher, ebenso unbegreiflich erhob sich die Seele bei der Anschauung dieses Höheren zu einer Höhe, die sie vorher nie geahnt hatte, und wohin der Verstand ihr nicht zu folgen vermochte.

»Herr, vergib uns und steh uns bei!« sagte er unaufhörlich vor sich hin und fühlte, daß er, trotz der langen und anscheinend völligen Entfremdung sich ebenso unbefangen und vertrauensvoll an Gott wandte, wie in seiner Kindheit und in seiner ersten Jugend.

Die ganze Zeit wechselten zwei verschiedene Stimmungen in ihm ab. Die eine überkam ihn, wenn er nicht bei Kitty, sondern mit dem Arzt zusammen war, der eine dicke Zigarette nach der anderen rauchte und sie am Rand des vollen Aschenbechers abstrich, oder wenn er bei Dolly und dem Fürsten saß, wo dann vom Essen, von Politik und von der Krankheit Marja Petrownas geredet wurde und er für einen Augenblick vollkommen vergaß, was vorging, und ein Gefühl hatte, als wäre er plötzlich erwacht. Die andere Stimmung beherrschte ihn, wenn er bei Kitty war und am Kopfende ihres Bettes stand und ihm das Herz vor Mitleid brechen wollte und doch nicht brach, und er unablässig betete. Und jedesmal, wenn ein Schrei aus dem Schlafzimmer ihn aus dem Zustand des Vergessens riß, verfiel er in denselben sonderbaren Irrtum, wie schon im ersten Augenblick: jedesmal, wenn er solch einen Schrei hörte, sprang er auf und lief hin, um sich zu rechtfertigen; und dann fiel ihm auf dem Weg ein, daß er ja unschuldig war, und er wollte sie beschützen und ihr helfen. Aber wenn er sie dann anblickte, sah er wieder, daß er ihr nicht helfen konnte und wurde von Entsetzen gepackt und sagte: »Herr Gott, vergib uns, steh uns bei!« Und je mehr Zeit verging,

desto stärker wurden diese beiden Stimmungen: desto ruhiger wurde er, wenn er nicht bei ihr war, ja, er vergaß sie vollkommen, und desto qualvoller wurden auch für ihn ihre Schmerzen und sein Gefühl der Hilflosigkeit ihnen gegenüber, wenn er bei ihr war. Er sprang auf und wollte davoneilen und lief dann doch wieder zu ihr.
Manchmal, wenn sie ihn immer wieder zu sich rief, machte er ihr das im stillen zum Vorwurf. Aber wenn er dann ihr demütiges, lächelndes Gesicht sah und die Worte hörte: »Ich quäle dich so sehr«, dann machte er Gott Vorwürfe; aber sobald er an Gott dachte, betete er sogleich um Vergebung und Barmherzigkeit.

15

Er wußte nicht, ob es spät oder früh war. Die Kerzen waren schon tief heruntergebrannt. Dolly war eben im Arbeitszimmer gewesen und hatte den Arzt gebeten, sich doch hinzulegen. Lewin saß bei ihm und hörte dem Doktor zu, der von einem Scharlatan, einem Magnetiseur, erzählte, und starrte auf die Asche an der Zigarette des Arztes. Es war wieder einmal eine Zeit der Erholung für ihn, und er hatte alles vergessen. Er dachte mit keinem Gedanken an das, was jetzt vorging. Er hörte dem Arzt zu und verstand alles, was er sagte. Plötzlich ertönte ein Schrei, wie er ihn noch nie gehört hatte. Dieser Schrei war so entsetzlich, daß Lewin nicht einmal aufsprang, sondern ohne Atem zu holen den Arzt erschrocken und fragend ansah. Der Arzt neigte den Kopf zur Seite, horchte und lächelte befriedigt. Alles war so ungewöhnlich, daß Lewin sich über nichts mehr wunderte. ›Es muß wohl so sein‹, dachte er und blieb sitzen. Wer hatte so geschrien? Er sprang auf, lief auf Zehenspitzen ins Schlafzimmer, ging um Elisaweta Petrowna und die Fürstin herum und stellte sich auf seinen Platz am Kopfende des Bettes. Das Geschrei war verstummt, aber irgend etwas hatte sich verändert. Was, das sah er nicht und verstand er nicht, und er wollte es auch nicht sehen und verstehen. Aber er sah es an dem Gesicht Elisaweta Petrownas: es war ernst und blaß und ebenso entschlossen wie bisher, aber ihre Kinnladen zuckten ein wenig, und ihre Augen waren unverwandt auf Kitty gerichtet. Kittys glühendes, zerquältes, schweißnasses Gesicht, auf dem eine Haarsträhne klebte, war ihm zugewandt und suchte seinen Blick. Die erhobenen Hände verlangten nach seinen Händen. Mit ihren schweißfeuchten Händen ergriff sie seine kalten Hände und preßte sie an ihr Gesicht.

»Geh nicht fort, geh nicht fort! Ich fürchte mich nicht, ich fürchte mich nicht!« sagte sie hastig. »Mama, nehmen Sie mir die Ohrringe ab, sie stören mich. Du fürchtest dich doch nicht? Bald, bald, Elisaweta Petrowna...«

Sie sprach ganz schnell und versuchte zu lächeln. Plötzlich verzerrte sich ihr Gesicht, und sie stieß ihn zurück.

»Nein, das ist entsetzlich! Ich sterbe, ich sterbe! Geh, geh!« schrie sie, und wieder ertönte derselbe unnatürliche, grauenhafte Schrei.

Lewin faßte sich an den Kopf und lief hinaus.

»Es ist nichts Schlimmes, es ist nichts Schlimmes, es geht alles gut!« rief Dolly ihm nach.

Aber sie mochten reden, was sie wollten, Lewin wußte, daß jetzt alles verloren war. Den Kopf gegen den Türpfosten gelehnt, stand er im Nebenzimmer und hörte jemand winseln und heulen, wie er noch nie einen Menschen hatte heulen hören, und er wußte, daß das, was so schrie, einmal Kitty gewesen war. Er haßte dieses Kind jetzt. Er wünschte jetzt nicht einmal mehr, daß sie am Leben bleiben sollte, er wünschte nur, daß diese entsetzlichen Leiden aufhören sollten.

»Doktor, was ist denn das? Was ist das? Mein Gott!« rief er und faßte den hereinkommenden Arzt am Arm.

»Es geht zu Ende«, sagte der Arzt. Sein Gesicht war so ernst, daß Lewin dieses »es geht zu Ende« in dem Sinn von »sie stirbt« auffaßte.

Wie von Sinnen lief er ins Schlafzimmer. Das erste, was er sah, war das Gesicht Elisaweta Petrownas. Es war noch finsterer und strenger. Kittys Gesicht war nicht mehr da. An der Stelle, wo es gewesen war, war etwas Entsetzliches, entsetzlich durch die krampfhafte Verzerrung und durch die Laute, die von dort kamen. Er schlug den Kopf gegen das Holz des Bettes und fühlte, daß sein Herz zersprang. Das furchtbare Geschrei hörte keinen Augenblick auf, es wurde noch furchtbarer; dann, als hätte es die äußerste Grenze des Entsetzens erreicht, verstummte es plötzlich. Lewin traute seinen Ohren nicht, aber es war kein Zweifel: das Geschrei war verstummt, und er hörte leise Bewegungen, ein Rascheln, schnelle Atemzüge und Kittys stockende, lebendige, zärtliche, glückliche Stimme sagte leise: »Es ist zu Ende.«

Er hob den Kopf. Die Arme kraftlos auf die Decke gelegt, ungewöhnlich schön und sanft, sah sie ihn schweigend an. Sie wollte lächeln und konnte nicht.

Und aus dieser geheimnisvollen, entsetzlichen Welt, in der er zweiundzwanzig Stunden gelebt hatte, fühlte sich Lewin plötzlich in die frühere, gewohnte Welt zurückversetzt, die aber jetzt in einem so neuen Glanz des Glücks strahlte, daß er es nicht ertragen konnte. Die straff gespannten Saiten rissen alle. Schluchzen und Freudentränen, die er gar nicht erwartet hatte, stiegen mit solcher Macht in ihm auf, daß er am ganzen Körper zitterte und lange Zeit nicht sprechen konnte.

Er fiel vor dem Bett auf die Knie, hielt die Hand seiner Frau an seine Lippen und küßte sie immer wieder, und diese Hand erwiderte seine Küsse durch eine schwache Bewegung der Finger. Unterdessen flackerte am Fußende des Bettes in Elisaweta Petrownas geschickten Händen wie das Flämmchen über einer Lampe das Leben eines menschlichen

Wesens, das vorher nicht dagewesen war, und das nun mit demselben Recht wie die andern, mit demselben Bewußtsein seiner Bedeutung leben und seinesgleichen zeugen würde.
»Es lebt, es lebt! Und dazu noch ein Junge! Seien Sie ganz ruhig!« hörte Lewin die Hebamme sagen, die mit zitternder Hand dem Kind einen Schlag auf den Rücken gab.
»Mama, ist es wahr?« fragte Kitty.
Nur ein Schluchzen der Fürstin antwortete ihr.
Und mitten in dem Schweigen erklang als eindeutige Antwort auf die Frage der Mutter eine ganz andere Stimme als alle die gedämpft redenden Stimmen im Zimmer. Es war der kühne, dreiste, rücksichtslose Schrei eines neuen menschlichen Wesens, das erschienen war, ohne daß man begreifen konnte, woher.
Wenn man Lewin eine Weile vorher gesagt hätte, Kitty sei gestorben, und er auch, und ihre Kinder seien Engel und Gott stehe hier vor ihnen, so hätte ihn das nicht gewundert; jetzt aber, wo er in die Welt der Wirklichkeit zurückgekehrt war, mußte er seine Denkkraft gewaltig anstrengen, um zu begreifen, daß sie lebte und gesund war, und daß dieses so verzweifelt winselnde Geschöpf sein Sohn war. Kitty lebte, ihre Schmerzen waren vorüber. Und er war unsagbar glücklich. Das verstand er, und das machte ihn vollkommen glücklich. Aber das Kind? Woher war es gekommen? Wozu war es da? Wer war es?... An diesen Gedanken konnte er sich gar nicht gewöhnen. Das Kind schien ihm etwas Überflüssiges, Unnötiges, an das er sich lange nicht gewöhnen konnte.

16

Gegen zehn Uhr morgens saßen der alte Fürst, Sergej Iwanowitsch und Stepan Arkadjitsch bei Lewin und unterhielten sich, nachdem sie über die Wöchnerin gesprochen hatten, über verschiedene Dinge. Lewin hörte ihnen zu und dachte unwillkürlich an das Vergangene, an die Zeit vor dem heutigen Morgen, er dachte auch an sich selbst, wie er gestern, vor diesem Ereignis, gewesen war. Ihm war, als wären hundert Jahre vergangen. Er fühlte sich auf einer unerreichbaren Höhe, von der er behutsam herabstieg, um die Leute nicht zu kränken, mit denen er sprach. Er redete und dachte dabei unaufhörlich an seine Frau, an die Einzelheiten ihres jetzigen Zustandes, und an seinen Sohn, noch immer bemüht, sich an den Gedanken zu gewöhnen, daß er einen Sohn hatte. Die ganze Welt der Frau, die für ihn nach seiner Heirat eine neue, ihm bisher unbekannte Bedeutung erhalten hatte, erhob sich jetzt in seiner Vorstellung zu einer solchen Höhe, daß er sie mit seiner Einbildungskraft nicht mehr fassen konnte. Er hörte sich die Unterhaltung über das gestrige Diner im Klub an und dachte: »Was mag sie jetzt tun? Ist sie eingeschlafen? Wie fühlt sie sich? Was denkt sie? Schreit unser Sohn Dmitrij?« Und mitten im Gespräch, mitten im Satz, sprang er auf und ging hinaus.

»Laß mir sagen, ob ich zu ihr darf«, sagte der alte Fürst.

»Ja, sofort!« sagte Lewin, ohne stehen zu bleiben, und eilte zu Kitty.

Sie schlief nicht, sondern sprach mit ihrer Mutter; sie machten Pläne für die bevorstehende Taufe.

Rein angezogen, gekämmt, in einem eleganten Häubchen mit etwas Hellblauem dran, die Arme auf der Bettdecke ausgestreckt, lag sie auf dem Rücken, und als sie seinem Blick begegnete, zog sie ihn mit ihrem Blick zu sich heran. Ihr an sich schon heller Blick wurde immer heller, je näher ihr Mann kam. In ihrem Gesicht hatte sich dieselbe Wandlung vom Irdischen zum Überirdischen vollzogen, die man auf den Gesichtern von Toten sieht; aber dort ist es ein Abschied, hier war es ein Willkommen. Wieder wurde sein Herz von einer Erregung ergriffen, wie er sie im Augenblick der Entbindung empfunden hatte. Sie faßte seine

Hand und fragte ihn, ob er geschlafen habe. Er war nicht imstande zu antworten und wandte sich im Bewußtsein seiner Schwäche von ihr ab.

»Ich habe ein bißchen geschlafen, Kostja«, sagte sie, »und jetzt ist mir so wohl!«

Sie sah ihn an, und plötzlich änderte sich der Ausdruck ihres Gesichts.

»Gebt ihn mir?« sagte sie, als sie das Kind quäken hörte. »Geben Sie ihn mir, Elisaweta Petrowna, er soll ihn auch sehen.«

»Gewiß, der Papa soll ihn auch sehen«, sagte Elisaweta Petrowna, hob etwas Rotes, Seltsames, Zappelndes in die Höhe und trug es herbei. »Warten Sie, wir wollen uns erst zurechtmachen.« Und Elisaweta Petrowna legte das zappelnde, rote Ding auf das Bett, wickelte es aus, drehte es mit einem Finger herum, bestreute es mit etwas, und wikkelte es wieder ein.

Lewin betrachtete dieses winzige, klägliche Geschöpf und strengte sich vergebens an, in seinem Herzen irgendwelche väterlichen Gefühle zu entdecken. Er empfand nur Widerwillen. Aber als das kleine Wesen nackt dalag, als er die dünnen Ärmchen und die safrangelben Füßchen sah, die auch Zehen hatten, sogar eine große Zehe, die sich von den andern unterschied, als er sah, wie Elisaweta Petrowna die sich sträubenden Ärmchen wie weiche Sprungfedern zusammendrückte und in die leinenen Hüllen sperrte, da überkam ihn ein solches Mitleid mit diesem Geschöpfchen und eine solche Angst, sie könne ihm weh tun, daß er ihre Hand festhielt.

Elisaweta Petrowna lachte.

»Keine Angst, keine Angst!«

Als das Kind zurechtgemacht und in ein festes Püppchen verwandelt war, schaukelte Elisaweta Petrowna es hin und her, als wäre sie stolz auf ihr Werk, und trat dann zurück, damit Lewin seinen Sohn in seiner ganzen Schönheit sehen könne.

Auch Kitty blickte unverwandt in die gleiche Richtung. »Gebt ihn mir, gebt ihn mir!« sagte sie und versuchte sogar, sich aufzurichten.

»Was tun Sie, Katerina Alexandrowna! Sie dürfen sich nicht so bewegen! Warten Sie, ich bringe ihn Ihnen gleich. Erst wollen wir dem Papa zeigen, was wir für ein strammer Kerl sind.«

Und Elisaweta Petrowna reichte Lewin mit einer Hand (die andere stützte nur mit den Fingern das wackelnde Köpfchen) dieses seltsame rote, wackelnde Geschöpfchen, das seinen Kopf hinter dem Rand des Steckkissens verbarg. Es hatte aber auch eine Nase, schielende Augen und schmatzende Lippen.

»Ein wunderschönes Kind!« sagte Elisaweta Petrowna.

Lewin seufzte betrübt. Dieses wunderschöne Kind erweckte in ihm nur Widerwillen und Mitleid. Das war ganz und gar nicht das Gefühl, das er erwartet hatte.

Er wandte sich ab, während Elisaweta Petrowna das Kind an die ihm noch ungewohnte Brust der Mutter legte.

Plötzlich veranlaßte ihn ein Lachen, den Kopf zu heben. Kitty hatte gelacht. Das Kind hatte die Brust angenommen.

»Genug, genug!« sagte Elisaweta Petrowna, aber Kitty ließ den Kleinen nicht los. Er schlief in ihren Armen ein.

»Sieh ihn jetzt einmal an«, sagte Kitty und drehte das Kind so, daß er es sehen konnte. Das Greisengesichtchen wurde plötzlich noch runzliger, und der Kleine nieste.

Lächelnd und kaum imstande, Tränen der Rührung zurückzuhalten, küßte Lewin seine Frau und verließ das dunkle Zimmer.

Was er für dieses kleine Wesen empfand, war etwas ganz anderes, als er erwartet hatte. In diesem Gefühl war nichts Heiteres und Fröhliches, im Gegenteil, es war eine neue, quälende Angst. Es war das Bewußtsein, eine neue verwundbare Stelle zu haben. Und dieses Bewußtsein war in der ersten Zeit so qualvoll, die Angst, daß diesem hilflosen

Geschöpf etwas geschehen könne, war so groß, daß das seltsame Gefühl einer sinnlosen Freude und sogar des Stolzes ganz zurücktrat, das er empfunden hatte, als der Kleine nieste.

17

Mit Stepan Arkadjitschs Finanzen stand es schlecht.
Das Geld für zwei Drittel des verkauften Waldes war schon längst verbraucht und er hatte sich von dem Händler fast den ganzen Betrag für das letzte Drittel mit einem Nachlaß von zehn Prozent im voraus geben lassen. Der Kaufmann gab ihm kein Geld mehr, um so mehr, als Darja Alexandrowna in diesem Winter zum erstenmal ihr Recht auf ihr Vermögen geltend machte und sich weigerte, auf dem Vertrag den Empfang des Geldes für das letzte Drittel zu quittieren. Das ganze Gehalt ging für den Haushalt und für die Bezahlung der immer vorhandenen kleinen Schulden drauf, und nun war überhaupt kein Geld mehr da.
Das war unangenehm und peinlich und durfte nach Stepan Arkadjitschs Ansicht nicht so weitergehen. Die Ursache dieses Übels war seiner Meinung nach darin zu suchen, daß er ein zu geringes Gehalt bezog. Der Posten, den er bekleidete, war vor fünf Jahren ganz gut gewesen, aber seitdem hatten sich die Verhältnisse geändert. Petrow erhielt als Direktor einer Bank zwölftausend Rubel, Swentitzskij als Mitglied eines Verwaltungsrates, siebzehntausend, Mitkin, der eine Bank gegründet hatte, fünfzigtausend... »Ich habe wohl geschlafen und man hat mich vergessen«, sagte sich Stepan Arkadjitsch. Und er begann sich umzuhören und umzuschauen, und gegen Ende des Winters hatte er eine sehr gute Stellung erspäht, auf die er nun den Angriff eröffnete, erst von Moskau aus durch Tanten, Onkel und Freunde, und dann, als die Sache reif war, reiste er im Frühjahr selbst nach Petersburg. Es war einer jener Posten, die

man heute mehr findet als früher, mit einem Jahresgehalt von tausend bis zu fünfzigtausend Rubeln, eine jener einträglichen Stellen, bei denen auch noch allerlei Schmiergelder hinzukommen. Es war der Posten eines Komiteemitglieds der vereinigten Agentur des Instituts für wechselseitigen Kredit der Eisenbahnen und Banken Südrußlands, der wie alle Posten dieser Art eine so große Sachkenntnis und Arbeitskraft erforderte, wie man sie schwer in einem Mann vereinigt findet. Da es keinen Mann gab, der diese Eigenschaften besaß, war es immer noch besser, wenn ein ehrlicher Mann diesen Posten bekam, als ein unehrlicher. Und Stepan Arkadjitsch war nicht nur ein ehrlicher Mann (ohne Betonung), sondern auch ein *ehrlicher* Mann (mit Betonung), in jenem besonderen Sinn, den dieses Wort in Moskau hat, wenn man sagt: ein ehrlicher Politiker, ein ehrlicher Schriftsteller, eine ehrliche Zeitung, eine ehrliche Behörde, eine ehrliche Richtung, womit man nicht nur sagen will, daß der betreffende Mann oder die betreffende Institution nicht unehrlich sind, sondern daß sie auch die Fähigkeit besitzen, der Regierung gelegentlich einen Nadelstich zu versetzen. Stepan Arkadjitsch verkehrte in Moskau in den Kreisen, in denen dieser Ausdruck geläufig war, galt dort für einen *ehrlichen* Mann und hatte deshalb mehr Anspruch auf diesen Posten als andere.

Dieser Posten brachte sieben- bis zehntausend Rubel Jahresgehalt ein, und Oblonskij konnte ihn bekleiden, ohne sein Amt im Staatsdienst aufzugeben. Ob er die Stelle erhielt, das hing von zwei Ministerien, von einer Dame und zwei Juden ab, und alle diese Leute, die schon vorbereitet waren, mußte Stepan Arkadjitsch in Petersburg aufsuchen. Außerdem hatte er seiner Schwester Anna versprochen, Karenin zu einer klaren Antwort in Sachen der Scheidung zu veranlassen. Er ließ sich also von Dolly fünfzig Rubel geben und fuhr nach Petersburg.

Stepan Arkadjitsch saß im Arbeitszimmer Karenins, hörte

seinem Schwager zu, der ihm eine Denkschrift über die Ursachen des schlimmen Zustands der russischen Finanzen vorlas, und wartete nur auf den Augenblick, wo Karenin fertig sein werde, um von seinen eigenen Angelegenheiten und von Anna zu reden.

»Ja, das ist sehr richtig«, sagte er, als Alexej Alexandrowitsch den Kneifer abnahm, ohne den er nicht mehr lesen konnte, »das ist im einzelnen ganz richtig, aber das Grundprinzip unserer Zeit ist doch die Freiheit.«

»Ja, aber ich stelle einen anderen Grundsatz auf, der das Prinzip der Freiheit einschließt«, sagte Alexej Alexandrowitsch, das Wort »einschließt« scharf betonend, und setzte den Kneifer wieder auf, um die Stelle noch einmal vorzulesen, wo das näher ausgeführt war.

Er blätterte in dem schön geschriebenen Manuskript mit den sehr breiten weißen Rändern und las die überzeugend klingende Stelle noch einmal vor.

»Ich will kein Protektionssystem, das nur einzelnen Privatpersonen Vorteile bringt, sondern eine Verwaltung, die auf das Gemeinwohl gerichtet ist — auf das Wohl der niederen und der höheren Schichten der Bevölkerung«, sagte er und sah Oblonskij über den Kneifer hinweg an. »Aber sie können das nicht begreifen, sie haben nur persönliche Interessen im Auge und geben nur Phrasen von sich.«

Wenn Karenin davon zu reden anfing, was *sie* taten und dachten, das heißt, die Leute, die von seinem Projekt nichts wissen wollten und die Ursache allen Übels in Rußland waren, dann war er mit seiner Auseinandersetzung bald fertig — das wußte Stepan Arkadjitsch, und darum ließ er das Prinzip der Freiheit jetzt sehr gern fallen und stimmte Karenin zu. Alexej Alexandrowitsch verstummte und blätterte nachdenklich in seinem Manuskript.

»Ach, apropos«, sagte Stepan Arkadjitsch, »ich wollte dich bei dieser Gelegenheit bitten — wenn du Pomorskij siehst, dann sag ihm doch ein Wörtchen, daß ich den demnächst

freiwerdenden Posten eines Komiteemitglieds der vereinigten Agentur des Instituts für wechselseitigen Kredit der Eisenbahnen und Banken Südrußlands sehr gern übernehmen würde.« Die Bezeichnung dieses Postens, der ihm so sehr am Herzen lag, war ihm bereits ganz geläufig, so daß er sie rasch und ohne Fehler aussprechen konnte.
Alexej Alexandrowitsch fragte, worin die Tätigkeit dieses neuen Komitees eigentlich bestehe, und wurde nachdenklich. Er überlegte, ob in der Tätigkeit dieses Komitees nicht etwas enthalten sei, das seinen Projekten widerspreche. Da aber die Tätigkeit dieses neuen Instituts eine höchst komplizierte war und seine eigenen Projekte ein sehr weites Gebiet umfaßten, konnte er sich nicht so rasch darüber klar werden und sagte, seinen Kneifer abnehmend:
»Selbstverständlich kann ich mit ihm darüber sprechen, aber warum möchtest du eigentlich diesen Posten übernehmen?«
»Er wird sehr gut bezahlt, bis zu neuntausend Rubeln im Jahr, und meine Mittel...«
»Neuntausend Rubel«, wiederholte Alexej Alexandrowitsch und machte ein finsteres Gesicht.
Dieses hohe Gehalt erinnerte ihn daran, daß in dieser Hinsicht die zukünftige Tätigkeit Stepan Arkadjitschs zu dem Hauptgedanken seines Projekts im Widerspruch stand, das eine Tendenz zur Sparsamkeit hatte.
»Ich finde – und ich habe auch eine entsprechende Eingabe gemacht – daß diese riesigen Gehälter in unserer Zeit ein Zeichen der falschen wirtschaftlichen assiette unserer Regierung sind.«
»Aber was willst du denn machen?« sagte Stepan Arkadjitsch. »Ein Bankdirektor bekommt zehntausend Rubel, und das ist er auch wert. Und ein Ingenieur bekommt zwanzigtausend. Seine Arbeit ist ja auch von größter Wichtigkeit, das läßt sich nicht leugnen.«
»Meiner Ansicht nach ist das Gehalt der Preis für eine Ware und muß daher dem Gesetz von Angebot und Nachfrage

unterliegen. Wenn aber ein Gehaltssatz von diesem Gesetz abweichte, wenn ich zum Beispiel sehe, daß zwei Ingenieure mit gleichem Wissen und gleichem Können von der Hochschule abgehen und der eine bezieht dann vierzigtausend Rubel, während der andere sich mit zweitausend begnügen muß, oder daß Juristen und Husarenoffiziere, die keinerlei Fachkenntnisse haben, Bankdirektoren werden und Riesengehälter beziehen, so schließe ich daraus, daß in diesen Fällen das Gehalt nicht nach dem Gesetz von Angebot und Nachfrage, sondern nach persönlichen Rücksichten festgesetzt wird. Und da liegt ein Mißbrauch vor, der schon an und für sich sehr schlimm ist und sich sehr nachteilig auf den Staatsdienst auswirkt. Ich meine...«

Stepan Arkadjitsch fiel seinem Schwager schnell ins Wort.

»Ja, aber du mußt doch zugeben, daß da ein neues, zweifellos nützliches Unternehmen geschaffen wird. Es läßt sich nicht leugnen – es ist ein äußerst wichtiges Unternehmen, und man legt besonderen Wert auf ehrliche Geschäftsführung«, sagte Stepan Arkadjitsch mit scharfer Betonung des Wortes »ehrlich«.

Aber Alexej Alexandrowitsch kannte die Moskauer Bedeutung dieses Wortes nicht.

»Ehrlichkeit ist nur eine negative Eigenschaft«, sagte er.

»Aber du würdest mir doch einen großen Gefallen tun«, sagte Stepan Arkadjitsch, »wenn du bei Pomorskij ein gutes Wort für mich einlegen wolltest, so ganz beiläufig...«

»Ich glaube, das hängt doch mehr von Bolgarinow ab«, sagte Alexej Alexandrowitsch.

»Bolgarinow ist seinerseits vollkommen einverstanden«, sagte Stepan Arkadjitsch errötend.

Er errötete bei der Erwähnung Bolgarinows, weil er an diesem Vormittag bei dem Juden Bolgarinow gewesen war und dieser Besuch ihm eine unangenehme Erinnerung hinterlassen hatte.

Stepan Arkadjitsch glaubte fest, daß das Unternehmen,

dem er seine Dienste widmen wollte, ein neues, hochwichtiges, ehrliches Unternehmen sei; aber heute morgen, als Bolgarinow ihn offenbar mit Absicht zwei Stunden mit andern Bittstellern in seinem Vorzimmer hatte warten lassen, hatte er ein peinliches Gefühl gehabt.

Ob es ihm nun peinlich war, daß er, Fürst Oblonskij, ein Nachkomme Rjuriks, zwei Stunden im Vorzimmer eines Juden warten mußte, oder daß er zum erstenmal in seinem Leben dem Vorbild seiner Ahnen, nur dem Staat zu dienen, untreu wurde und eine andere Laufbahn einschlug — jedenfalls war ihm die Sache sehr peinlich. Während dieses zweistündigen Wartens versuchte Stepan Arkadjitsch, dieses unangenehme Gefühl vor den andern und auch vor sich selbst zu verbergen: seinen Backenbart streichend, ging er im Wartezimmer auf und ab, unterhielt sich mit den anderen Bittstellern und dachte sich ein Wortspiel darüber aus, wie er bei einem Juden gewartet habe.

Aber er fühlte sich trotzdem sehr unbehaglich und ärgerte sich, ohne zu wissen, warum: weil ihm das Wortspiel nicht recht gelang oder aus irgendwelchen anderen Gründen. Als Bolgarinow ihn dann endlich mit außerordentlicher Höflichkeit empfing, offensichtlich über die dem vornehmen Besucher angetane Demütigung triumphierend, und ihn so gut wie abwies, da bemühte sich Stepan Arkadjitsch, dieses unangenehme Erlebnis so schnell wie möglich zu vergessen. Jetzt aber, wo er wieder daran denken mußte, errötete er.

18

»Jetzt habe ich noch eine Angelegenheit mit dir zu besprechen; du weißt schon, worum es sich handelt. Um Anna«, sagte Stepan Arkadjitsch, nachdem er eine Weile geschwiegen und diese unangenehme Erinnerung von sich abgeschüttelt hatte.

Kaum hatte Oblonskij den Namen Annas ausgesprochen,

als Alexej Alexandrowitschs Gesicht sich vollkommen veränderte: an die Stelle der bisherigen Lebhaftigkeit traten Müdigkeit und Erstarrung.

»Was wollt ihr eigentlich von mir?« fragte er, sich auf dem Sessel hin und her drehend und seinen Kneifer zusammenlegend.

»Eine Entscheidung, irgendeine Entscheidung, Alexej Alexandrowitsch. Ich wende mich jetzt an dich« – nicht als beleidigten Gatten, hatte Stepan Arkadjitsch sagen wollen, aber er fürchtete, dadurch alles zu verderben und sagte daher – »nicht als Staatsmann« (was völlig unpassend war) »sondern einfach als Menschen, als guten Menschen und Christen. Du mußt Mitleid mit ihr haben.«

»Warum eigentlich?« fragte Karenin leise.

»Ja, du mußt Mitleid mit ihr haben. Wenn du sie gesehen hättest, wie ich sie gesehen habe – ich war diesen Winter oft mit ihr zusammen – würdest du dich ihrer erbarmen. Ihre Lage ist entsetzlich, ganz entsetzlich.«

»Ich habe geglaubt«, antwortete Alexej Alexandrowitsch mit noch höherer, beinahe kreischender Stimme, »Anna Arkadjewna hätte jetzt alles, was sie sich immer gewünscht hat.«

»Ach, Alexej Alexandrowitsch, wir wollen jetzt um Gottes willen keine Anklagen erheben. Was geschehen ist, ist geschehen, und du weißt, was sie wünscht und erwartet: die Scheidung.«

»Ich habe angenommen, daß Anna Arkadjewna auf die Scheidung verzichtet, wenn ich verlange, daß mein Sohn bei mir bleibt. Ich habe ihr in diesem Sinn geantwortet und glaubte, die Sache sei erledigt. Ich halte sie für erledigt«, kreischte Alexej Alexandrowitsch.

»Aber um Gottes willen, reg dich doch nicht auf!« sagte Stepan Arkadjitsch und berührte leise das Knie seines Schwagers. »Die Sache ist nicht erledigt. Wenn du mir erlaubst, zu rekapitulieren – die Sache war so: als ihr euch getrennt habt, warst du so großmütig, wie ein Mensch nur sein kann, du hast ihr alles gegeben: die Freiheit und sogar die Scheidung. Sie hat das dankbar gewürdigt. Nein, nein, zweifle nicht daran, es ist so. Sie hat es wirklich dankbar gewürdigt. So sehr, daß sie in diesen ersten Augenblicken im Bewußtsein ihrer Schuld dir gegenüber gar nicht alles überlegt hat und auch nicht überlegen konnte. Aber die Wirklichkeit und die Zeit haben ihr gezeigt, daß ihre Lage qualvoll und unmöglich ist.«

»Anna Arkadjewnas Leben kann mich nicht interessieren«, unterbrach ihn Alexej Alexandrowitsch und zog die Augenbrauen hoch.

»Gestatte mir, das nicht zu glauben«, erwiderte Stepan Arkadjitsch sanft. »Ihre Lage ist für sie qualvoll und bringt keinem andern den geringsten Vorteil. Du wirst sagen: sie hat das verdient. Das weiß sie, und darum bittet sie dich um nichts; sie sagt ganz offen, daß sie nicht wagt, dich um etwas zu bitten. Aber ich, wir alle, ihre Verwandten die sie lieben, wir bitten dich, wir flehen dich an. Warum soll sie sich quälen? Wer hat denn etwas davon?«

»Erlauben Sie, mir scheint, daß Sie mich in die Rolle des Angeklagten drängen wollen«, sagte Alexej Alexandrowitsch.

»Aber nein, durchaus nicht, verstehe mich doch recht«, sagte Stepan Arkadjitsch und berührte wieder mit der Hand das Knie seines Schwagers, als ob er überzeugt wäre, daß diese Berührung ihn besänftigen müsse. »Ich sage nur eins: ihre Lage ist qualvoll, du kannst sie erleichtern, und du verlierst nichts dabei. Ich werde alles so arrangieren, daß du gar nichts davon merkst. Du hast es doch versprochen.«

»Dieses Versprechen hatte ich vorher gegeben. Und ich nahm an, daß die Frage, meinen Sohn betreffend, die Sache entschieden hätte. Und außerdem hoffte ich, Anna Arkadjewna würde so viel Großmut besitzen...« sagte Alexej Alexandrowitsch, der ganz blaß geworden war, mühsam mit bebenden Lippen.

»Sie stellt alles deiner Großmut anheim. Sie bittet, fleht nur um eins: daß du sie aus der unerträglichen Lage befreist, in der sie jetzt ist. Um den Sohn bittet sie nicht mehr. Alexej Alexandrowitsch, du bist ein guter Mensch. Versetze dich einen Augenblick in ihre Lage. Die Frage der Scheidung ist für sie in ihrer jetzigen Lage eine Frage von Leben und Tod. Wenn du früher nicht versprochen hättest, in die Scheidung zu willigen, dann hätte sie sich mit ihrer Lage abgefunden und wäre auf dem Land geblieben. Aber du hattest ihr dieses Versprechen gegeben, und sie schrieb an dich und zog nach Moskau. Und jetzt lebt sie schon sechs Monate in Moskau, wo jedes Zusammentreffen mit früheren Bekannten ihr einen Messerstich ins Herz versetzt, und wartet von einem Tag zum andern auf die Entscheidung. Was du tust, ist dasselbe, wie einen zum Tod Verurteilten monatelang mit der Schlinge um den Hals im Gefängnis zu halten und ihm bald Tod, bald Begnadigung zu versprechen. Hab Mitleid mit ihr, und ich will alles arrangieren... Vos scrupules...«

»Davon spreche ich nicht«, unterbrach ihn Alexej Alexandrowitsch voll Widerwillen. »Aber vielleicht habe ich etwas versprochen, wozu ich kein Recht hatte.«

»Du willst also dein Versprechen zurücknehmen?«

»Ich habe mich nie geweigert, das zu erfüllen, was möglich war, aber ich möchte Zeit haben, zu überlegen, inwieweit die Erfüllung dieses Versprechens möglich ist.«

»Nein, Alexej Alexandrowitsch«, rief Oblonskij aufspringend, »das will ich nicht glauben! Sie ist so unglücklich, wie eine Frau nur sein kann, und du kannst ihr nicht abschlagen...«

»Soweit die Erfüllung meines Versprechens möglich ist. Vous professez d'être un libre penseur. Ich aber als gläubiger Mensch kann in einer so wichtigen Sache nicht gegen das christliche Gebot handeln.«

»Aber in der Christenheit und auch bei uns, soviel ich weiß, ist die Scheidung gestattet«, sagte Stepan Arkadjitsch. »Auch unsere Kirche gestattet die Scheidung. Und wir sehen...«

»Gestattet, aber nicht in diesem Sinn.«

»Alexej Alexandrowitsch, ich erkenne dich nicht wieder«, sagte Oblonskij nach einer kurzen Pause. »Hast du denn nicht — und haben wir das nicht zu würdigen gewußt? — alles verziehen, und warst du, gerade von deinem christlichen Gefühl getrieben, nicht bereit, jedes Opfer zu bringen? Du hast doch selbst gesagt, du wolltest auch den Rock hingeben, wenn man dir den Mantel nehme, und nun...«

»Ich bitte Sie«, sagte Alexej Alexandrowitsch plötzlich aufstehend, mit zitterndem Kinn und kreischender Stimme, »ich bitte Sie, dieses... dieses Gespräch abzubrechen.«

»Ach! Verzeih mir, verzeih mir, wenn ich dir weh getan habe«, antwortete Stepan Arkadjitsch mit verlegenem Lächeln und reichte ihm die Hand. »Aber ich habe nur meinen Auftrag als Gesandter erfüllt.«

Alexej Alexandrowitsch reichte ihm die Hand, dachte nach und sagte:

»Ich muß es mir überlegen und nach einem Zeichen suchen. Übermorgen werden Sie meine endgültige Antwort erhalten«, fügte er hinzu, als sei ihm plötzlich ein Gedanke gekommen.

19

Stepan Arkadjitsch wollte gerade gehen, als Kornej hereinkam und meldete:

»Sergej Alexejewitsch!«

»Wer ist denn Sergej Alexejewitsch?« wollte Stepan Arkadjitsch schon fragen, aber da fiel es ihm ein.

»Ach, Serjosha!« sagte er und dachte: ›Sergej Alexejewitsch! Und ich dachte, das wäre der Direktor des Departements. Anna hat mich ja gebeten, ihn mir anzusehen.‹

Und er dachte an den schüchternen, kläglichen Ausdruck, mit dem sie ihm beim Abschied gesagt hatte: »Du wirst ihn doch sehen. Bring genau in Erfahrung, wo er ist und wer um ihn ist. Und, Stiwa... wenn es möglich wäre! Es ist doch möglich?« Stepan Arkadjitsch hatte verstanden, was dieses »wenn es möglich wäre« bedeutete: wenn es möglich wäre, die Scheidung so zustande zu bringen, daß der Sohn ihr überlassen würde... Jetzt sah Stepan Arkadjitsch, daß daran überhaupt nicht zu denken war, aber er freute sich trotzdem, seinen Neffen wiederzusehen.

Alexej Alexandrowitsch sagte seinem Schwager, daß mit dem Jungen nie von seiner Mutter gesprochen werde, und bat ihn, sie mit keinem Wort zu erwähnen.

»Nach diesem Wiedersehen mit seiner Mutter, das wir nicht voraussehen konnten, war er sehr krank«, sagte Alexej Alexandrowitsch. »Wir fürchteten sogar für sein Leben. Aber durch eine vernünftige Behandlung und Seebäder im Sommer ist er wieder gesund geworden, und jetzt habe ich ihn auf den Rat des Arztes in die Schule gegeben. Der Umgang mit gleichaltrigen Kameraden hat tatsächlich sehr günstig auf ihn gewirkt, und jetzt ist er ganz gesund und lernt gut.«

»Das ist aber ein strammer Kerl geworden! Nicht mehr Serjosha, sondern Sergej Alexejewitsch!« sagte Stepan Arkadjitsch lächelnd, als er den hübschen, breitschultrigen Jungen in dunkelblauer Jacke und langer Hose sah, der munter und ungezwungen hereinkam. Der Junge sah gesund und vergnügt aus. Er begrüßte den Onkel wie einen Fremden, als er ihn aber erkannt hatte, errötete er und wandte sich eilig von ihm ab, als sei er gekränkt oder ärgerlich. Er ging auf seinen Vater zu und reichte ihm ein Blatt mit den Zensuren, die er in der Schule bekommen hatte. »Nun, das ist ja recht gut«, sagte der Vater. »Du kannst gehen.«

»Er ist magerer geworden und gewachsen. Jetzt ist er kein Kind mehr, sondern ein richtiger Junge, und das gefällt mir«, sagte Stepan Arkadjitsch. »Erinnerst du dich noch an mich?«

Der Junge warf seinem Vater einen Blick zu.

»Ja, ich erinnere mich, mon oncle«, antwortete er. Er sah seinen Onkel an und schlug dann wieder die Augen nieder.

Stepan Arkadjitsch rief den Jungen zu sich heran und faßte seine Hand.

»Na, wie gehts dir denn?« fragte er. Er hätte sich sehr gern mit ihm unterhalten, aber er wußte nicht, was er sagen sollte.

Der Junge errötete und zog, ohne zu antworten, vorsichtig seine Hand aus der des Onkels. Als Stepan Arkadjitsch seine Hand losgelassen hatte, sah er seinen Vater fragend an und eilte dann wie ein freigelassener Vogel mit schnellen Schritten aus dem Zimmer.

Ein Jahr war vergangen, seit Serjosha seine Mutter zum letztenmal gesehen hatte. Seitdem hatte er nie mehr etwas von ihr gehört. Und in diesem Jahr war er in die Schule eingetreten, hatte Kameraden gefunden und sich mit ihnen angefreundet. Die sehnsüchtigen Gedanken und Erinnerungen an seine Mutter, die ihn nach dem Wiedersehen mit ihr so krank gemacht hatten, beschäftigten ihn jetzt nicht mehr. Wenn sie doch einmal kamen, bemühte er sich, sie zu verscheuchen, denn er schämte sich ihrer und meinte, dergleichen schicke sich nur für ein Mädchen, nicht aber für einen Jungen, der in die Schule ging. Er wußte, daß sein Vater und seine Mutter Streit gehabt und sich getrennt hatten, er wußte auch, daß er bei seinem Vater bleiben mußte, und suchte sich an diesen Gedanken zu gewöhnen.

Als er den Onkel erblickte, der seiner Mutter ähnlich sah, war ihm das unangenehm, weil es jene Erinnerungen in ihm weckte, die er für beschämend hielt. Und es war ihm noch unangenehmer, weil er an einigen Worten, die er gehört hatte, als er vor der Tür des Arbeitszimmers wartete, und vor allem an dem Gesichtsausdruck seines Vaters und seines

Onkels gemerkt hatte, daß sie von seiner Mutter sprachen. Um seinen Vater nicht zu verurteilen, mit dem er zusammenlebte und von dem er abhängig war, und besonders, um sich nicht jener Sentimentalität zu überlassen, die er für so erniedrigend hielt, bemühte sich Serjosha, diesen Onkel nicht anzusehen, der gekommen war, um seine Ruhe zu stören, und nicht an das zu denken, woran er durch ihn erinnert wurde.

Als aber Stepan Arkadjitsch gleich nach ihm das Zimmer verließ, ihn auf der Treppe sah, ihn zu sich rief und fragte, was er in der Schule in der Pause mache, wurde Serjosha gesprächig — auch weil der Vater nicht dabei war.

»Wir spielen jetzt immer Eisenbahn«, antwortete er auf seine Frage. »Sehen Sie, das wird so gemacht: zwei setzen sich auf eine Bank. Das sind die Reisenden. Und einer steht auf der Bank. Alle anderen spannen sich vor, manche mit ihren Gürteln, und die andern fassen die Bank nur mit den Händen an, und dann gehts durch alle Säle. Die Türen machen wir schon vorher auf. Und da ist es sehr schwer, Schaffner zu sein.«

»Das ist wohl der, der steht?« fragte Stepan Arkadjitsch lächelnd.

»Ja, da muß man Mut haben und geschickt sein, besonders wenn der Zug auf einmal hält oder wenn einer herunterfällt.«

»Ja, das ist keine Kleinigkeit«, sagte Stepan Arkadjitsch und blickte traurig in diese lebhaften Augen, die der Junge von der Mutter hatte und die jetzt keine Kinderaugen mehr, nicht mehr unschuldig waren. Und obwohl er Alexej Alexandrowitsch versprochen hatte, nicht von Anna zu sprechen, konnte er doch nicht an sich halten.

»Denkst du noch an deine Mutter?« fragte er plötzlich.

»Nein, nicht mehr«, sagte Serjosha schnell, wurde dunkelrot und schlug die Augen nieder. Und der Onkel konnte nichts mehr aus ihm herausbringen.

Eine halbe Stunde später fand der russische Hauslehrer seinen Zögling noch immer auf der Treppe und konnte lange nicht daraus klug werden, ob Serjosha zornig war oder weinte.

»Sie sind wohl in der Schule hingefallen und haben sich weh getan?« sagte der Lehrer. »Ich habe es ja immer gesagt, daß das ein gefährliches Spiel ist. Man muß es dem Direktor melden.«

»Wenn ich mir weh getan hätte, dann würde es niemand merken! Bestimmt nicht!«

»Also, was ist denn?«

»Lassen Sie mich in Ruhe... Ob ich daran denke oder nicht... Was geht ihn das an? Warum soll ich an sie denken? Laßt mich in Ruhe!« rief er nicht mehr dem Lehrer, sondern der ganzen Welt zu.

20

Stepan Arkadjitsch verbrachte wie immer seine Zeit in Petersburg nicht müßig. Außer seinen geschäftlichen Angelegenheiten — der Scheidung seiner Schwester und der Bemühungen um die neue Stelle — mußte er sich in Petersburg wie immer von dem Moskauer Modergeruch erholen, wie er sagte.

Moskau war trotz seiner cafés chantants und seiner Omnibusse doch nur ein stehender Sumpf. Diese Empfindung hatte Stepan Arkadjitsch immer. Wenn er eine Weile in Moskau gelebt hatte, vor allem im Schloß seiner Familie, begann sein Lebensmut zu sinken, er wurde verstimmt, die Vorwürfe seiner Frau, die Gesundheit und Erziehung seiner Kinder und kleine dienstliche Angelegenheiten beunruhigten ihn plötzlich, und er machte sich sogar über seine Schulden Gedanken. Aber er brauchte nur nach Petersburg zu kommen und dort eine Weile in seinen Kreisen zu verkehren, wo man lebte, wirklich lebte und nicht nur vege-

tierte wie in Moskau, und schon waren alle trüben Gedanken verschwunden und wie Wachs am Feuer geschmolzen. Seine Frau?... Heute hatte er sich mit dem Fürsten Tschetschenskij unterhalten, der Frau und Kinder hatte, erwachsene Söhne im Pagenkorps, und daneben noch eine illegitime Familie mit mehreren Kindern. Die erste Familie war zwar sehr angenehm, aber Fürst Tschetschenskij fühlte sich in der zweiten Familie doch glücklicher. Er hatte sogar seinen ältesten Sohn in die zweite Familie eingeführt und sagte zu Stepan Arkadjitsch, seiner Ansicht nach sei das für seinen Sohn sehr nützlich und förderlich. Was hätte man wohl in Moskau dazu gesagt?
Die Kinder? In Petersburg hinderten die Kinder ihre Väter nicht, das Leben zu genießen. Die Kinder wurden in Instituten erzogen, und hier hatte man nicht die sonderbare, in Moskau verbreitete Ansicht — wie etwa Lwow — alle Annehmlichkeiten des Lebens seien für die Kinder da und die Arbeit und die Sorgen für die Eltern. Hier begriff man, daß der Mensch verpflichtet war, für sich selbst zu leben, und zwar so, wie ein gebildeter Mensch leben muß.
Der Dienst? Hier war der Dienst interessant, und nicht diese unerbittliche, hoffnungslose Tretmühle, in der man sich in Moskau abarbeitete. Eine Begegnung in der Gesellschaft, eine Gefälligkeit, ein Bonmot, die Fähigkeit, andere Leute komisch nachzumachen — das genügte, und man machte plötzlich Karriere, wie dieser Brjanzew, den Stepan Arkadjitsch gestern kennengelernt hatte, und der jetzt ein sehr hohes Amt innehatte. Einem Dienst dieser Art konnte man Interesse abgewinnen.
Vor allem aber wirkte die in Petersburg herrschende Auffassung von Geldangelegenheiten sehr beruhigend auf Stepan Arkadjitsch. Bartnjanskij, der nach dem train zu urteilen, den er führte, mindestens fünfzigtausend Rubel im Jahr ausgab, hatte gestern etwas höchst Bemerkenswertes über diesen Punkt gesagt.

Als sie sich vor dem Diner unterhielten, sagte Stepan Arkadjitsch zu Bartnjanskij:
»Du bist doch mit Mordwinskij gut bekannt. Du könntest mir einen großen Gefallen tun: leg bitte ein gutes Wort bei ihm für mich ein. Da ist ein Posten, den ich gern haben möchte, Mitglied der Agentur…«
»Laß nur, das kann ich doch nicht behalten… Aber warum willst du dich denn unbedingt an den Eisenbahngeschäften dieser Juden beteiligen? Sag, was du willst, es ist ein schmutziges Geschäft!«
Stepan Arkadjitsch setzte ihm nicht auseinander, daß das eine sehr wichtige Tätigkeit sei, denn Bartnjanskij hätte es doch nicht verstanden.
»Ich brauche Geld, ich weiß nicht, wovon ich leben soll.«
»Aber du lebst doch!«
»Gewiß, aber ich habe Schulden.«
»Ach, wirklich? Wieviel?« fragte Bartnjanskij teilnahmsvoll.
»Sehr viel, zwanzigtausend.«
Bartnjanskij lachte laut.
»O du Glücklicher!« sagte er. »Ich habe anderthalb Millionen Schulden und gar kein Vermögen, und ich lebe trotzdem, wie du siehst.«
Selbst wenn Stepan Arkadjitsch Bartnjanskij nicht geglaubt hätte, die Tatsachen bewiesen ihm, daß so etwas durchaus möglich war. Schiwachow hatte dreihunderttausend Rubel Schulden und besaß keine Kopeke mehr, und er lebte doch, und wie! Den Grafen Kriwzow hielten alle schon längst für erledigt, und doch hielt er sich zwei Mätressen. Petrowskij hatte fünf Millionen durchgebracht und lebte trotzdem in demselben Stil weiter, bekleidete sogar ein hohes Amt im Finanzministerium und bezog ein Gehalt von zwanzigtausend Rubeln.
Aber außerdem wirkte Petersburg auch in physischer Hinsicht sehr angenehm auf Stepan Arkadjitsch. Es verjüngte ihn geradezu. In Moskau betrachtete er sein ergrauendes

Haar manchmal recht nachdenklich im Spiegel, schlief nach dem Mittagessen ein, reckte sich dann träge, ging langsam und schwer atmend die Treppe hinauf, langweilte sich in Gesellschaft junger Frauen und tanzte auf Bällen nicht mehr. In Petersburg dagegen fühlte er sich zehn Jahre jünger.
Er erlebte in Petersburg dasselbe, was ihm gestern der sechzigjährige Fürst Peter Oblonskij gesagt hatte, der gerade aus dem Ausland zurückgekehrt war.
»Wir verstehen hier nicht zu leben«, sagte Peter Oblonskij. »Du wirst es nicht glauben — ich habe den Sommer in Baden-Baden verbracht und habe mich wirklich wie ein junger Mann gefühlt. Wenn ich eine junge Frau sah, dachte ich... Nun ja, man ißt mit Genuß, man trinkt sein Fläschchen Wein, fühlt sich kräftig und unternehmungslustig. Dann kam ich wieder nach Rußland — ich mußte zu meiner Frau, dazu noch aufs Land — na, du wirst's nicht glauben: nach zwei Wochen habe ich den Schlafrock angezogen und mich zum Diner nicht mehr umgezogen. Kein Gedanke mehr an junge Frauen! Ich war ein richtiger Greis geworden, und das einzige, was mir übrig blieb, war, für mein Seelenheil zu sorgen. Da fuhr ich nach Paris — und da ging mir's sofort wieder gut.«
Stepan Arkadjitsch fühlte genau denselben Unterschied wie Peter Oblonskij. In Moskau kam er so herunter, daß er, wenn er lange ununterbrochen dort gelebt hätte, wirklich noch soweit gekommen wäre, sich um sein Seelenheil zu sorgen. In Petersburg dagegen fühlte er sich wieder als anständiger Mensch.
Zwischen der Fürstin Betsy Twerskaja und Stepan Arkadjitsch bestand seit langem ein sehr merkwürdiges Verhältnis. Stepan Arkadjitsch machte ihr immer scherzhaft den Hof und sagte ihr, auch im Scherz, die unanständigsten Dinge, weil er wußte, das ihr das am besten gefiel. Am Tag nach seiner Unterredung mit Karenin machte Stepan Arkadjitsch ihr einen Besuch und fühlte sich so jung, daß er in

seinem scherzhaften Hofmachen und seinem gewagten Geschwätz so weit ging, daß er zuletzt nicht mehr wußte, wie er sich aus der Affäre ziehen sollte, denn unglücklicherweise gefiel Betsy ihm nicht — sie war ihm sogar zuwider. Dieser Ton war nur deswegen zwischen ihnen üblich geworden, weil sie sehr viel Gefallen daran fand. So war er denn heilfroh, als Fürstin Mjachkaja kam und ihrem Tête-à-tête ein Ende machte.

»Ah, Sie sind auch da!« sagte sie, als sie ihn erblickte. »Nun, wie geht es Ihrer armen Schwester? Sie brauchen mich gar nicht so anzusehen«, fügte sie hinzu. »Seitdem alle über sie herfallen, all die Leute, die tausendmal schlechter sind als sie, seitdem finde ich, daß sie ganz richtig gehandelt hat. Ich kann es Wronskij nicht verzeihen, daß er mich nicht benachrichtigt hat, als sie in Petersburg war. Ich hätte sie besucht und hätte sie überallhin mitgenommen. Bitte, bestellen Sie ihr meine herzlichsten Grüße. Und jetzt erzählen Sie mir von ihr.«

»Ja, ihre Lage ist sehr schwierig, sie...« fing Stepan Arkadjitsch an, der in seiner Harmlosigkeit die Worte der Fürstin Mjachkaja: »Erzählen Sie mir von ihr«, für bare Münze genommen hatte. Aber nach ihrer Gewohnheit unterbrach ihn die Fürstin Mjachkaja sofort und fing selbst zu erzählen an.

»Sie hat etwas getan, was außer mir alle tun, aber verheimlichen. Sie aber wollte nicht lügen, und das war recht. Und noch besser war es, daß sie Ihren halbverrückten Schwager sitzen ließ. Sie werden mir das nicht übelnehmen. Alle haben immer gesagt, er wäre so klug, schrecklich klug, nur ich habe gesagt: er ist dumm. Jetzt, wo er sich mit Lydia Iwanowna und mit diesem Landau eingelassen hat, sagen alle, daß er halbverrückt ist, und so sehr ich mich sonst freue, anderer Meinung zu sein als alle — diesmal ist es mir unmöglich.«

»Erklären Sie mir doch bitte, was das alles bedeutet«, sagte Stepan Arkadjitsch. »Gestern war ich in der Angelegenheit meiner Schwester bei ihm und bat ihn um eine endgültige Antwort. Aber er gab mir keine Antwort, sondern sagte, er wolle es sich überlegen, und heute bekam ich statt einer Antwort eine Einladung für den heutigen Abend zu Gräfin Lydia Iwanowna.«

»Na, da haben wir's, da haben wir's!« sagte Fürstin Mjachkaja frohlockend. »Sie wollen Landau fragen, was er dazu sagt.«

»Wieso Landau? Warum? Wer ist denn dieser Landau?«

»Wie? Sie kennen Jules Landau nicht? Le fameux Jules Landau, le clairvoyant? Er ist auch verrückt, aber von ihm hängt jetzt das Schicksal Ihrer Schwester ab. Das kommt davon, wenn man in der Provinz lebt, Sie wissen ja von gar nichts. Dieser Landau war Kommis in einem Laden in Paris und ging eines Tages zum Arzt. Im Wartezimmer schlief er ein und gab im Schlaf allen Patienten Ratschläge, ganz erstaunliche Ratschläge. Dann hörte die Frau Melidinskijs — wissen Sie, der so schwer krank ist — von diesem Landau und holte ihn zu ihrem Mann. Und jetzt behandelt er ihn. Meiner Ansicht nach hat er ihm gar nicht geholfen, denn er ist noch genau so gelähmt wie vorher, aber sie glauben an ihn und schleppen ihn überallhin mit. So haben sie ihn nach Rußland gebracht. Hier haben sich alle auf ihn gestürzt, und er behandelt sie alle. Er hat die Gräfin Bessubowa geheilt, und sie hat ihn so ins Herz geschlossen, daß sie ihn adoptiert hat.«

»Adoptiert? Wie denn?«

»Einfach adoptiert. Er ist jetzt nicht mehr Landau, sondern Graf Bessubow. Aber darum geht es jetzt nicht. Ich wollte sagen, Lydia — ich habe sie sehr gern, aber sie ist nicht richtig im Kopf — hat sich natürlich gleich auf diesen Landau gestürzt, und ohne ihn trifft weder sie noch Alexej Alexandrowitsch irgendeine Entscheidung. Darum liegt das Schicksal Ihrer Schwester jetzt in den Händen dieses Landau, alias Graf Bessubow.«

21

Stepan Arkadjitsch hatte bei Bartnjanskij vorzüglich diniert und eine tüchtige Menge Kognak getrunken und kam nur mit ganz wenig Verspätung zu Gräfin Lydia Iwanowna.

»Wer ist noch bei der Gräfin? Der Franzose?« fragte er den Portier und betrachtete den ihm wohlbekannten Mantel Alexej Alexandrowitschs und einen sonderbaren, naiv wirkenden Mantel mit Schnallen.

»Alexej Alexandrowitsch Karenin und Graf Bessubow«, antwortete der Portier streng.

›Fürstin Mjachkaja hat also richtig geraten‹, dachte Stepan Arkadjitsch, als er die Treppe hinaufging. ›Sonderbar! Es wäre aber doch gut, wenn ich näher mit ihr bekannt werden könnte. Sie hat einen großen Einfluß. Wenn sie Pomorskij ein Wörtchen sagt, bekomme ich den Posten.‹

Es war draußen noch ganz hell, aber in dem kleinen Salon der Gräfin Lydia Iwanowna waren schon die Gardinen zugezogen und die Lampen angezündet.

An einem runden Tisch, unter der Lampe, saßen die Gräfin und Alexej Alexandrowitsch in leisem Gespräch. Ein kleiner, schmächtiger Mann mit weiblichem Becken und nach innen gebogenen Knien, mit sehr blassem, hübschem Gesicht, schönen, glänzenden Augen und langem Haar, das auf den Rockkragen herabfiel, stand am anderen Ende des Zimmers und betrachtete die Porträts an der Wand. Stepan Arkadjitsch begrüßte die Dame des Hauses und Alexej Alexandrowitsch und warf dann unwillkürlich nochmals einen Blick auf den Fremden.

»Monsieur Landau!« sagte die Gräfin in einem so weichen, sanften Ton, daß Oblonskij ganz überrascht war. Und dann machte sie die beiden miteinander bekannt.

Landau, der sich schnell umgewandt hatte und näher gekommen war, legte lächelnd seine bewegungslose, feuchte Hand in die ausgestreckte Hand Stepan Arkadjitschs, trat aber sofort wieder zurück und betrachtete von neuem die Porträts. Die Gräfin und Alexej Alexandrowitsch wechselten einen bedeutsamen Blick.

»Ich freue mich sehr, Sie zu sehen, besonders heute«, sagte Gräfin Lydia Iwanowna zu Stepan Arkadjitsch und wies ihm einen Platz neben Karenin an.

»Ich habe ihn Ihnen unter dem Namen Landau vorgestellt«, sagte sie leise mit einem Blick auf den Franzosen und dann auf Alexej Alexandrowitsch, »aber er ist eigentlich Graf Bessubow, wie Sie wohl wissen. Nur liebt er diesen Titel nicht.«

»Ja, ich habe es gehört«, antwortete Stepan Arkadjitsch. »Er hat die Gräfin Bessubowa vollkommen geheilt, nicht wahr?«

»Sie war heute bei mir, sie tut mir furchtbar leid«, sagte die Gräfin zu Alexej Alexandrowitsch. »Diese Trennung ist für sie entsetzlich. Das ist ein schwerer Schlag für sie!«

»Reist er wirklich ab?« fragte Alexej Alexandrowitsch.

»Ja, er fährt nach Paris. Er hat gestern eine Stimme gehört«, sagte Gräfin Lydia Iwanowna und sah Stepan Arkadjitsch an.

»Ach, eine Stimme!« wiederholte Stepan Arkadjitsch, der fühlte, daß er in dieser Gesellschaft möglichst vorsichtig sein mußte, wo etwas vorging oder vorgehen sollte, wozu er noch keinen Schlüssel hatte. Dann herrschte eine Minute Schweigen. Darauf sagte Gräfin Lydia Iwanowna, die offenbar zum Hauptthema des Gesprächs übergehen wollte, mit feinem Lächeln zu Oblonskij:

»Ich kenne Sie schon lange und freue mich sehr, Sie nun näher kennenzulernen. Les amis de nos amis sont nos amis. Aber um ein wahrer Freund zu sein, muß man sich in den Seelenzustand seines Freundes hineinversetzen, und ich fürchte, daß Sie das in bezug auf Alexej Alexandrowitsch nicht tun. Sie verstehen doch, was ich meine«, fügte sie hinzu und schlug ihre schönen, nachdenklichen Augen auf.

»Zum Teil verstehe ich, Gräfin, daß Alexej Alexandrowitschs Lage...« sagte Oblonskij, der nicht recht wußte, was sie meinte, und sich daher auf allgemeine Redensarten beschränken wollte.

»An seiner äußeren Lage hat sich nichts geändert«, sagte Gräfin Lydia Iwanowna streng und sah mit einem verliebten Blick Alexej Alexandrowitsch nach, der aufgestanden war und auf Landau zuging. »Sein Herz hat sich gewandelt, ihm ist ein neues Herz gegeben worden, und ich fürchte, daß Sie sich nicht ganz in die Wandlung hineingedacht haben, die mit ihm vorgegangen ist.«

»Das heißt, in allgemeinen Zügen kann ich mir diese Wandlung schon vorstellen. Wir waren immer Freunde, und jetzt...« sagte Stepan Arkadjitsch, den Blick der Gräfin mit einem zärtlichen Blick erwidernd, und überlegte, welchem der beiden Minister sie wohl näherstand, um zu wissen, bei welchen von beiden er sie um ihre Fürsprache bitten solle.

»Die Wandlung, die in ihm vorgegangen ist, kann das Gefühl der Nächstenliebe nicht abschwächen, im Gegenteil, sie kann diese Liebe nur vergrößern. Aber ich fürchte, Sie verstehen mich nicht. Möchten Sie Tee?« fragte sie mit einem Blick auf den Diener, der den Tee auf einem Tablett reichte.

»Nicht ganz, Gräfin. Gewiß, sein Unglück...«

»Ja, ein Unglück, das für ihn zum höchsten Glück geworden ist, denn sein Herz wurde erneuert und ist nun ganz von Ihm erfüllt«, unterbrach sie ihn und sah ihn verliebt an.

›Ich glaube, ich kann sie bitten, bei beiden ein gutes Wort für mich einzulegen‹, dachte Stepan Arkadjitsch.

»O gewiß, Gräfin«, sagte er. »Aber ich glaube, diese Wandlungen sind von so intimer Art, das niemand, nicht einmal ein Mensch der ihm besonders nahesteht, gern davon spricht.«

»Im Gegenteil! Wir müssen davon sprechen und einander helfen!«

»Ja, ohne Zweifel, aber die Gegensätze zwischen den Anschauungen sind oft so groß, und außerdem...« sagte Oblonskij mit weichem Lächeln.
»Wo es sich um die heilige Wahrheit handelt, kann es keine Gegensätze geben.«
»Gewiß nicht, aber...« Stepan Arkadjitsch schwieg verlegen. Er hatte begriffen, daß von Religion die Rede war.
»Ich glaube, er wird gleich einschlafen«, flüsterte Alexej Alexandrowitsch bedeutungsvoll, der wieder zu Lydia Iwanowna trat.
Stepan Arkadjitsch sah sich um. Landau saß am Fenster, mit gesenktem Kopf, die Ellbogen auf die Armlehnen und gegen die Rückenlehne des Sessels gestützt. Als er die auf ihn gerichteten Blicke fühlte, hob er den Kopf und lächelte kindlich-naiv.
»Beachten Sie ihn nicht«, sagte Lydia Iwanowna und schob mit einer leichten Bewegung Alexej Alexandrowitsch einen Stuhl hin. »Ich habe bemerkt...« fing sie an, aber da kam der Diener mit einem Brief ins Zimmer. Lydia Iwanowna überflog eilig den Brief, bat die Herren um Entschuldigung, schrieb mit großer Geschwindigkeit eine Antwort, gab sie dem Diener und kehrte an den Tisch zurück. »Ich habe bemerkt«, sagte sie, »daß die Moskauer, besonders die Männer, der Religion sehr gleichgültig gegenüberstehen.«
»O nein, Gräfin. Ich glaube, daß die Moskauer in dem Ruf stehen, besonders fest im Glauben zu sein«, antwortete Stepan Arkadjitsch.
»Nun, soweit ich das beurteilen kann, gehören Sie leider zu den Gleichgültigen«, sagte Alexej Alexandrowitsch mit müdem Lächeln zu ihm.
»Ich bin in dieser Hinsicht nicht eigentlich gleichgültig, sondern im Zustand des Wartens«, sagte Stepan Arkadjitsch mit seinem sanftesten, gewinnendsten Lächeln. »Ich glaube nicht, daß für mich schon die Zeit gekommen ist, über diese Frage nachzudenken.«

Alexej Alexandrowitsch und Lydia Iwanowna wechselten einen Blick.

»Wir können nie wissen, ob für uns die Zeit gekommen ist oder nicht«, sagte Alexej Alexandrowitsch streng. »Wir dürfen nicht überlegen, ob wir bereit sind oder nicht; die himmlische Gnade richtet sich nicht nach den Erwägungen der Menschen, manchmal wird sie gerade denen nicht zuteil, die sich um sie bemühen, und kommt zu denen, die noch nicht bereit waren, wie Saulus.«

»Nein, ich glaube, es ist doch noch nicht soweit«, sagte Lydia Iwanowna, die inzwischen die Bewegungen des Franzosen beobachtet hatte. Landau stand auf und trat zu ihnen.

»Darf ich zuhören?« fragte er.

»O ja, ich wollte Sie nur nicht stören«, sagte Lydia Iwanowna und sah ihn zärtlich an. »Setzen Sie sich zu uns.«

»Man muß nur die Augen offenhalten, um des Lichtes teilhaftig zu werden«, fuhr Alexej Alexandrowitsch fort.

»Ach, wenn Sie wüßten, wie beglückend es ist, stets seine Anwesenheit in unserer Seele zu fühlen!« sagte Gräfin Lydia Iwanowna mit seligem Lächeln.

»Aber der Mensch fühlt sich manchmal unfähig, sich zu einer solchen Höhe zu erheben«, sagte Stepan Arkadjitsch, der sich bewußt war, daß er heuchelte, wenn er religiöse Begeisterung gelten ließ, aber er wagte nicht, sich als Freidenker gegenüber einer Person zu bekennen, die nur ein Wort zu Pomorskij zu sagen brauchte, um ihm die gewünschte Stelle zu verschaffen.

»Das heißt, Sie wollen sagen, daß die Sünde ihn daran hindert?« fragte Lydia Iwanowna. »Aber das ist eine unrichtige Anschauung. Für die Gläubigen gibt es keine Sünde, die Sünde ist schon abgebüßt. Pardon«, fügte sie mit einem Blick zu dem Diener hinzu, der wieder einen Brief brachte. Sie las den Brief und beantwortete ihn mündlich: »Sagen Sie: morgen, bei der Großfürstin.« Dann setzte sie das Gespräch fort: »Für den Gläubigen gibt es keine Sünde.«

»Ja, aber der Glaube ohne Werke ist tot«, sagte Stepan Arkadjitsch, der sich aus dem Religionsunterricht an diesen Satz erinnerte; seine Unabhängigkeit suchte er jetzt nur noch durch ein Lächeln zu wahren.

»Da haben wir's! Die bekannte Stelle aus der Epistel des Apostels Jakobus!« sagte Alexej Alexandrowitsch mit leisem Vorwurf zu Lydia Iwanowna, und man hörte an seinem Tonfall, daß sie schon oft über dieses Thema gesprochen hatten. »Wieviel Schaden hat die falsche Auslegung dieser Stelle schon angerichtet! Nichts hält die Menschen so sehr vom Glauben ab, wie diese Auslegung. ›Ich habe keine Werke, also kann ich auch nicht glauben.‹ Dabei ist das nirgends gesagt, sondern das gerade Gegenteil!«

»Sich für Gott abmühen und durch Arbeit und Fasten seine Seele zu retten suchen«, sagte Gräfin Lydia Iwanowna mit Abscheu und Verachtung, »das sind die rohen Vorstellungen unserer Mönche... Aber das ist in der Heiligen Schrift nirgends gesagt. Das alles ist viel einfacher und leichter«, fügte sie hinzu und sah Oblonskij mit demselben ermunternden Lächeln an, mit dem sie bei Hofe die jungen, durch die neue Umgebung verwirrten Hofdamen zu ermutigen pflegte.

»Wir sind erlöst durch Christus, der für uns gelitten hat. Wir sind erlöst durch den Glauben«, sagte Alexej Alexandrowitsch bekräftigend.

»Vous comprenez l'anglais?« fragte Lydia Iwanowna, und als sie eine bejahende Antwort erhalten hatte, stand sie auf und suchte unter den Büchern auf dem Regal. »Ich möchte Ihnen ›Safe and Happy‹ oder ›Under the Wing‹ vorlesen«, sagte sie mit einem fragenden Blick auf Karenin. Und als sie das Buch gefunden hatte, setzte sie sich wieder auf ihren Platz und schlug es auf. »Es ist ganz kurz. Hier ist der Weg geschildert, auf dem man zum Glauben und zu der hoch über allem Irdischen stehenden Glückseligkeit gelangt, die dabei unsere Seele erfüllt. Der Gläubige kann nicht unglücklich sein, weil er nicht allein ist. Sie werden es ja gleich hören.« Sie wollte anfangen zu lesen, aber da kam wieder der Diener herein. »Borosdin? Sagen Sie: morgen um zwei Uhr. — Ja«, sagte sie, legte den Finger an der betreffenden Stelle ins Buch und blickte mit ihren schönen, sinnenden Augen vor sich hin. »Da sieht man, wie der wahre Glaube wirkt. Kennen Sie Marja Sanina? Wissen Sie von ihrem Unglück? Sie hat ihr einziges Kind verloren. Sie war verzweifelt. Und was geschah? Sie hat diesen Freund gefunden, und nun dankt sie Gott für den Tod ihres Kindes. Das ist das Glück, das der Glaube uns gibt.«

»O ja, das ist sehr...« fing Stepan Arkadjitsch an, höchst zufrieden, daß jetzt vorgelesen werden sollte und er Zeit haben werde, etwas zu sich zu kommen. ›Nein‹, dachte er, ›heute bitte ich sie lieber um gar nichts. Wenn ich nur von hier wegkommen könnte, ohne etwas Verkehrtes gesagt zu haben!‹

»Sie werden sich langweilen«, sagte Gräfin Lydia Iwanowna zu Landau, »da Sie ja kein Englisch verstehen. Aber es ist ganz kurz.«

»Oh, ich werde es schon verstehen«, sagte Landau mit seinem üblichen Lächeln und schloß die Augen.

Alexej Alexandrowitsch und Lydia Iwanowna wechselten einen bedeutsamen Blick, und die Vorlesung begann.

22

Stepan Arkadjitsch fühlte sich ganz benommen von diesen ihm völlig neuen, sonderbaren Reden, die er hier zu hören bekam. Die Kompliziertheit des Petersburger Lebens wirkte im allgemeinen sehr anregend auf ihn, im Gegensatz zu dem langweiligen Einerlei in Moskau; aber er liebte diese Kompliziertheit nur auf den Gebieten, die ihm nahe lagen und vertraut waren; in dieser fremden Umgebung war er ganz verblüfft, verwirrt und außerstande, alles zu begreifen. Er hörte Gräfin Lydia Iwanowna zu und sah die schönen, naiven oder spitzbübischen — das wußte er selbst nicht — Augen Landaus auf sich gerichtet und begann eine eigentümliche Schwere im Kopf zu fühlen.

Die verschiedensten Gedanken drängten sich in seinem Kopf. ›Marja Sanina freut sich, daß ihr Kind gestorben ist... Ich würde jetzt gern eine Zigarette rauchen... Um erlöst zu werden, braucht man nur zu glauben, und die Mönche wissen nicht, wie man das machen muß, aber Gräfin Lydia Iwanowna weiß es... Woher kommt denn diese Schwere in meinem Kopf? Vom Kognak? Oder weil hier alles so sonderbar ist? Aber ich glaube, bis jetzt habe ich nichts Unpassendes gesagt. Aber ich kann sie trotzdem um nichts bitten. Ich habe sagen hören, daß solche Leute einen zum Beten zwingen. Hoffentlich zwingen sie mich nicht dazu. Das wäre doch zu dumm. Was liest sie denn da für einen Unsinn vor? Aber ihre Aussprache ist nicht schlecht. Landau, Bessubow — wieso Bessubow?‹ Plötzlich fühlte Stepan Arkadjitsch, daß sein Unterkiefer sich wie von selbst nach unten bewegte. Er strich seinen Backenbart glatt, um das Gähnen zu verbergen, und schüttelte sich. Aber kurz darauf fühlte er, daß er schon schlief und gleich schnarchen werde. Er kam in dem Augenblick wieder zu sich, als die Stimme der Gräfin Lydia Iwanowna sagte: »Er schläft.«

Stepan Arkadjitsch fuhr erschrocken auf, denn er fühlte sich schuldig und ertappt. Aber er beruhigte sich sofort, als er merkte, daß die Worte ›er schläft‹ sich nicht auf ihn, sondern auf Landau bezogen hatten. Der Franzose war auch eingeschlafen. Aber Stepan Arkadjitschs Schlaf hätte die Leute hier beleidigt, wie er glaubte (übrigens glaubte er nicht einmal das mehr, so seltsam kam ihm hier alles vor), Landaus Schlaf hingegen erfreute sie außerordentlich, besonders Gräfin Lydia Iwanowna.

»Mon ami«, sagte Lydia Iwanowna, indem sie die Falten ihres seidenen Kleides vorsichtig zusammenraffte, um kein

Geräusch zu machen, und in ihrer Erregung Karenin nicht ›Alexej Alexandrowitsch‹, sondern ›mon ami‹ anredete, »donnez lui la main. Vous voyez? Pst!« zischte sie den wiedereintretenden Diener an. »Ich empfange niemand!«
Der Franzose schlief oder stellte sich schlafend; er hatte den Kopf an das Rückenpolster des Sessels gelehnt und machte mit seiner feuchten Hand, die auf seinem Knie lag, schwache Bewegungen, als wollte er etwas fangen. Alexej Alexandrowitsch stand auf; er wollte recht vorsichtig sein, stieß aber an den Tisch, ging zu Landau und legte seine Hand in die des Franzosen. Stepan Arkadjitsch stand auch auf, riß die Augen weit auf, um munter zu werden, falls er noch schliefe, und sah abwechselnd den einen und den andern an. Nein, das war kein Traum, er war wirklich wach. Er fühlte, daß das Durcheinander in seinem Kopf immer schlimmer wurde.
»Que la personne qui est arrivée la dernière, celle qui demande, qu'elle sorte. Qu'elle sorte!« murmelte der Franzose, ohne die Augen zu öffnen.
»Vous m'excuserez, mais vous voyez...« sagte Gräfin Lydia Iwanowna zu Stepan Arkadjitsch. »Revenez vers dix heures, encore mieux demain.«
»Qu'elle sorte!« wiederholte der Franzose ungeduldig.
»C'est moi, n'est-ce pas?« fragte Stepan Arkadjitsch. Er erhielt eine bejahende Antwort. Er hatte völlig vergessen, um was er Lydia Iwanowna hatte bitten wollen, hatte auch die Angelegenheit seiner Schwester vergessen, er hatte nur noch den einen Wunsch, so schnell wie möglich von hier wegzukommen; er ging auf Zehenspitzen hinaus, lief auf die Straße hinaus wie aus einem Pesthaus, stieg in eine Droschke und schwatzte und scherzte lange mit dem Kutscher, um möglichst schnell wieder zu sich zu kommen.
Im Französischen Theater, wo er gerade noch zum letzten Akt kam, und dann in einem tatarischen Restaurant beim Champagner erholte sich Stepan Arkadjitsch wieder einiger-

maßen in der ihm vertrauten Luft. Aber er fühlte sich trotzdem den ganzen Abend sehr bedrückt.

Bei seiner Rückkehr in die Wohnung Peter Oblonskijs, bei dem er in Petersburg wohnte, fand er einen Brief von Betsy vor. Sie schrieb, sie möchte das begonnene Gespräch sehr gern zu Ende führen und bat ihn, sie morgen noch einmal zu besuchen. Kaum hatte er diese Zeilen mit gerunzelter Stirn gelesen, da hörte er schwere Schritte von Männern, die offenbar eine Last trugen.

Stepan Arkadjitsch ging hinaus, um nachzusehen. Es war der verjüngte Peter Oblonskij. Er war so betrunken, daß er nicht die Treppe hinaufkam. Als er Stepan Arkadjitsch sah, befahl er seinen Dienern, ihn auf die Füße zu stellen, klammerte sich an Stepan Arkadjitsch, ging mit ihm in sein Zimmer, erzählte, wie er den Abend verbracht hatte, und schlief dann sofort ein.

Stepan Arkadjitsch war sehr niedergeschlagen, was bei ihm nur selten vorkam, und konnte lange nicht einschlafen. Alles, woran er dachte, war ihm widerwärtig, aber das Widerwärtigste und Beschämendste war dieser Abend bei Gräfin Lydia Iwanowna.

Am nächsten Tag erhielt er von Alexej Alexandrowitsch die endgültige Weigerung, in die Scheidung von Anna zu willigen, und begriff, daß dieser Beschluß sich auf das gründete, was der Franzose gestern in seinem wirklichen oder vorgetäuschten Schlaf gesagt hatte.

23

Wenn im Familienleben irgend etwas unternommen werden soll, ist entweder völlige Zwietracht zwischen den Ehegatten oder liebevolles Einvernehmen notwendig. Wenn aber das Verhältnis zwischen den Ehegatten unbestimmt ist, kann nichts unternommen werden.

Viele Familien bleiben jahrelang an demselben Ort wohnen,

obwohl er beiden Ehegatten längst zuwider ist — nur deshalb, weil zwischen ihnen weder vollständige Zwietracht noch vollständiges Einvernehmen herrscht.
Jetzt, wo die Sonne nicht mehr mild wie im Frühling, sondern sommerlich heiß schien, wo alle Bäume auf den Boulevards dicht belaubt und schon mit Staub bedeckt waren, fanden Anna und Wronskij das Leben in Moskau unerträglich. Aber statt nach Wosdwishenskoje überzusiedeln, was sie schon lange beschlossen hatten, blieben sie in diesem ihnen unerträglichen Moskau, weil in der letzten Zeit keine Eintracht zwischen ihnen herrschte.
Ihre gereizte Stimmung hatte keine äußere Ursache, und alle Versuche einer Aussprache konnten diese Stimmung nicht beseitigen, sondern verstärkten sie nur. Diese Gereiztheit hatte innere Gründe, sie kam bei Anna daher, daß seine Liebe schwächer wurde, und bei Wronskij daher, daß er bereute, sich um ihretwillen in eine so schwierige Lage gebracht zu haben, die sie ihm immer noch schwerer machte, statt sie ihm zu erleichtern. Keiner von beiden sprach sich über den Grund seiner Gereiztheit aus, aber jeder war überzeugt, daß der andere im Unrecht sei und bemühte sich bei jedem Anlaß, das zu beweisen.
Für Anna war er mit allen seinen Gewohnheiten, Gedanken und Wünschen, mit seiner ganzen seelischen und physischen Veranlagung nur eines: Liebe zu den Frauen, und diese Liebe, die sich für ihr Gefühl auf sie allein konzentrieren sollte, diese Liebe hatte nachgelassen. Also mußte er ihrer Ansicht nach einen Teil seiner Liebe anderen Frauen oder zumindest einer anderen Frau zuwenden — und sie wurde eifersüchtig. Sie war nicht auf irgendeine bestimmte Frau eifersüchtig, sondern nur darauf, daß seine Liebe erkaltete. Da sie noch keinen Gegenstand für ihre Eifersucht hatte, suchte sie nach einem. Bei dem geringsten Anzeichen übertrug sie ihre Eifersucht von einem Gegenstand auf einen andern. Bald war sie auf jene Weiber eifersüchtig, mit denen

er durch seine Verbindungen in der Welt der Junggesellen leicht Beziehungen anknüpfen konnte, dann wieder auf Damen der Gesellschaft, mit denen er zusammentreffen konnte, dann auf ein Gebilde ihrer Phantasie, ein junges Mädchen, das er heiraten werde, sobald er mit ihr gebrochen habe. Und diese Eifersucht quälte sie am meisten, besonders deswegen, weil er selbst einmal in einem Augenblick der Offenheit unvorsichtigerweise gesagt hatte, seine Mutter verstehe ihn so wenig, daß sie sich erlaubt habe, ihm zu einer Heirat mit Prinzessin Sorokina zuzureden.

Infolge dieser Eifersucht war Anna auf ihn wütend und suchte in allem einen Anlaß, ihm zu zürnen. Sie gab ihm die Schuld an allem, was ihre Lage so schwer machte. Das qualvolle Warten in Moskau, dieses Schweben zwischen Himmel und Erde, die Langsamkeit und Unentschlossenheit Alexej Alexandrowitschs, ihre Einsamkeit – an allem war er schuld. Wenn er sie wirklich liebte, dann mußte er doch begreifen, wie schwer ihre Lage war, und sie daraus befreien. Er war auch daran schuld, daß sie in Moskau lebte, und nicht auf dem Land. Er konnte sich nicht auf dem Land vergraben, wie sie es wünschte. Er brauchte Gesellschaft, und darum hatte er sie in diese entsetzliche Lage gebracht, deren Schwere er nicht begreifen wollte. Und er war auch ganz allein daran schuld, daß sie für immer von ihrem Sohn getrennt war.

Sogar die seltenen Augenblicke der Zärtlichkeit konnten Anna nicht beruhigen: in seiner Zärtlichkeit war jetzt eine gewisse Ruhe und Sicherheit, die sie früher nicht bemerkt hatte und die sie reizten.

Es war schon Abend. Anna war allein zu Hause und wartete auf Wronskijs Rückkehr von einem Junggesellendiner. Sie ging in seinem Arbeitszimmer auf und ab, wo der Straßenlärm weniger zu hören war als in den anderen Zimmern, und rief sich alle Einzelheiten des Streites ins Gedächtnis zurück, den sie gestern mit Wronskij gehabt hatte. Sie ging von den beleidigenden Worten, die sie nicht hatte vergessen können, zum Anlaß des Streits zurück und gelangte schließlich zum Ausgangspunkt des Gesprächs. Sie konnte lange nicht glauben, daß der Streit mit einem so harmlosen, keinem irgendwie nahegehenden Gespräch begonnen hatte. Aber es war wirklich so gewesen. Es hatte damit angefangen, daß er über die Mädchengymnasien gespottet hatte, die er für überflüssig hielt, während sie für diese Schulen eintrat. Er machte abfällige Bemerkungen über die Frauenbildung im allgemeinen und sagte, die kleine Engländerin, deren Anna sich angenommen hatte, brauche nichts von Physik zu wissen.

Das ärgerte Anna. Sie sah darin eine verächtliche Anspielung auf ihre eigene Tätigkeit. Und sie dachte sich eine Erwiderung aus, die sie dann auch aussprach, um ihm den Schmerz heimzuzahlen, den er ihr zugefügt hatte.

»Ich erwarte nicht«, sagte sie, »daß Sie an mich und an meine Empfindungen denken, wie ein liebender Mensch es tut, aber ich hatte wenigstens die einfachste Höflichkeit erwartet.«

Und er wurde wirklich rot vor Ärger und sagte ihr etwas Unangenehmes. Sie erinnerte sich nicht mehr, was sie ihm geantwortet hatte, sie wußte nur noch, daß er dann gesagt hatte, offenbar auch in der Absicht, ihr weh zu tun:

»Ihre Vorliebe für dieses junge Mädchen gefällt mir nicht, denn ich sehe, daß sie unnatürlich ist.«

Diese Grausamkeit, mit der er die kleine Welt zerstörte, die sie sich mit so viel Mühe aufgebaut hatte, um ihr schweres Leben ertragen zu können, diese Ungerechtigkeit, mit der er ihr Heuchelei und Verstellung vorwarf, empörten sie.

»Ich bedaure sehr, daß Ihnen nur das Rohe und Materielle verständlich ist und natürlich erscheint«, hatte sie gesagt und war hinausgegangen.

Als er gestern abend zu ihr gekommen war, hatten sie von

diesem Streit nicht mehr gesprochen, aber sie fühlten beide, daß dieser Streit nur beigelegt, nicht aber erledigt sei. Heute war er den ganzen Tag nicht zu Hause gewesen, und sie fühlte sich so einsam und der Streit bedrückte sie so sehr, daß sie bereit war, alles zu verzeihen, sich mit ihm zu versöhnen, alle Schuld auf sich zu nehmen und ihn freizusprechen.

›Ich bin schuld. Ich bin reizbar, ich bin sinnlos eifersüchtig. Ich will mich mit ihm versöhnen, und wir wollen aufs Land fahren, da werde ich ruhiger sein‹, sagte sie sich.

›Unnatürlich!‹ Sie erinnerte sich plötzlich an das Wort, das sie am meisten gekränkt hatte – eigentlich nicht das Wort selbst, sondern die Absicht, ihr weh zu tun. ›Ich weiß, was er damit sagen wollte; er wollte sagen: es ist unnatürlich, wenn eine Frau, statt ihre eigene Tochter zu lieben, ein fremdes Kind liebt. Aber was weiß er denn von der Liebe einer Mutter zu ihren Kindern, von meiner Liebe zu meinem Serjosha, den ich um seinetwillen geopfert habe? Und dann diese Absicht, mir weh zu tun! Nein, er liebt eine andere, es kann nicht anders sein.‹

Und als sie sah, daß sie sich wieder in dem schon so oft durchmessenen Kreis bewegte, daß sie wieder in gereizte Stimmung kam, obwohl sie doch versuchte, ruhiger zu werden, erschrak sie über sich selbst. ›Ist es denn wirklich unmöglich? Kann ich wirklich nicht die Schuld auf mich nehmen?‹ fragte sie sich, und alles begann wieder von vorne. ›Er ist wahrheitsliebend, er ist ehrenhaft, er liebt mich. Ich liebe ihn, in den nächsten Tagen wird die Scheidung ausgesprochen. Was brauche ich denn noch? Nur Ruhe brauche ich, Vertrauen, und ich will die ganze Schuld auf mich nehmen. Ja, jetzt gleich, sobald er nach Hause kommt, will ich ihm sagen, daß ich schuld war, obwohl ich nicht schuld war, und dann fahren wir von hier weg.«

Und um nicht mehr daran zu denken und nicht wieder ihrer gereizten Stimmung nachzugeben, klingelte sie und befahl,

die Koffer zu bringen, um die Sachen für die Reise aufs Land einzupacken.
Um zehn Uhr kam Wronskij nach Hause.

24

»Nun, war es lustig?« fragte sie und ging ihm mit schuldbewußter, sanfter Miene entgegen.
»Wie gewöhnlich«, antwortete er und sah auf den ersten Blick, daß sie wieder einmal gut gestimmt war. Er war an diese Übergänge schon gewöhnt und freute sich heute besonders darüber, weil er selbst sehr gut gelaunt war.
»Was sehe ich! Das ist recht!« sagte er, auf die Koffer im Vorzimmer zeigend.
»Ja, wir müssen abreisen. Ich bin heute spazierengefahren, und es war so schön, daß ich richtig Sehnsucht nach dem Land bekommen habe. Dich hält doch wohl nichts zurück?«
»Das ist mein sehnlichster Wunsch. Ich komme gleich, dann sprechen wir darüber, ich will mich nur umziehen. Laß bitte den Tee bringen.«
Und er ging in sein Arbeitszimmer.
Sie fühlte sich verletzt, weil er gesagt hatte: »Das ist recht!« So sagt man zu einem Kind, wenn es aufgehört hat, eigensinnig zu sein. Und noch kränkender war der Gegensatz zwischen ihrem schuldbewußten und seinem selbstbewußten Ton. Für einen Augenblick regte sich wieder die Kampflust in ihr, aber sie bezwang sich und empfing ihn ebenso freundlich wie vorher.
Als er zu ihr ins Eßzimmer kam, erzählte sie ihm zum Teil mit vorher überlegten Worten, wie sie den Tag verbracht hatte, und sprach dann von der geplanten Abreise.
»Weißt du, es kam wie eine Eingebung über mich«, sagte sie. »Wozu soll ich hier auf die Scheidung warten? Das kann ich auch auf dem Land. Ich kann nicht länger warten. Ich will nicht mehr hoffen, ich will nichts mehr von der Schei-

dung hören. Ich habe mir gesagt, daß das keinen Einfluß mehr auf mein Leben haben darf. Meinst du nicht auch?«

»O ja«, sagte er und blickte voller Unruhe in ihr erregtes Gesicht.

»Was habt ihr denn gemacht? Wer war denn alles da?« fragte sie nach einer kleinen Pause.

Wronskij nannte die Gäste. »Das Diner war ausgezeichnet, und die Ruderregatta und alles andere war ganz nett, aber in Moskau geht es ja ohne ridicule nicht ab. Eine Dame trat auf, die Schwimmlehrerin der Königin von Schweden, und zeigte ihre Kunst.«

»Wie? Ist sie geschwommen?« fragte Anna mit finsterem Gesicht.

»Ja, in einem roten costume de natation, ein altes, häßliches Frauenzimmer. Wann wollen wir denn fahren?«

»Was für ein dummer Einfall! Schwimmt sie denn irgendwie besonders?« sagte Anna, ohne seine Frage zu beantworten.

»Nein, gar nicht. Ich sage ja, es war furchtbar dumm. Wann willst du also reisen?«

Anna schüttelte den Kopf, als wollte sie einen unangenehmen Gedanken verscheuchen.

»Wann wir reisen wollen? Je früher, desto besser. Bis morgen werden wir nicht fertig. Also übermorgen.«

»Ja... nein, warte. Übermorgen ist Sonntag, da muß ich zu Mama«, sagte Wronskij und wurde verlegen, denn kaum hatte er seine Mutter erwähnt, da fühlte er, daß Anna ihn mit argwöhnischem, durchdringendem Blick ansah. Seine Verlegenheit bestätigte ihren Verdacht. Sie wurde rot und rückte von ihm ab. Jetzt sah sie nicht mehr die Schwimmlehrerin der Königin von Schweden vor sich, sondern die Prinzessin Sorokina, die bei Gräfin Wronskaja auf deren Landsitz bei Moskau wohnte.

»Du kannst ja morgen hinfahren!« sagte sie.

»Nein, das geht nicht. Ich kann die Vollmachten und das Geld morgen noch nicht bekommen«, sagte er.

»Dann reisen wir überhaupt nicht.«

»Warum denn nicht?«

»Ich reise nicht später. Entweder Montag oder nie.«

»Warum denn?« fragte Wronskij erstaunt. »Das hat doch gar keinen Sinn!«

»Für dich hat es keinen Sinn, weil ich dir gleichgültig bin. Du willst mein Leben nicht verstehen. Das einzige, was mich hier interessiert, ist Hanna. Du sagst, das sei Heuchelei. Du hast mir ja gestern gesagt, ich liebte meine Tochter nicht und täte so, als liebte ich diese Engländerin, und das sei unnatürlich. Ich möchte gern wissen, was für ein Leben für mich hier natürlich wäre!«

Einen Augenblick kam sie zu sich und erschrak, daß sie ihrem Vorsatz untreu geworden war. Aber obwohl sie wußte, daß sie sich selbst dadurch zugrunde richtete, konnte sie sich nicht beherrschen; sie mußte ihm zeigen, wie sehr er im Unrecht war, sie konnte sich ihm nicht unterordnen.

»Das habe ich nie gesagt, ich habe nur gesagt, daß diese plötzliche Liebe mir nicht gefällt.«

»Warum sagst du nicht die Wahrheit? Du prahlst doch immer mit deiner Aufrichtigkeit.«

»Ich prahle nie und sage nie die Unwahrheit«, erwiderte er leise, den in ihm aufsteigenden Zorn unterdrückend. »Es tut mir sehr leid, wenn du keine Achtung...«

»Die Achtung hat man nur erfunden, um die leere Stelle zu verdecken, wo die Liebe sein sollte. Aber wenn du mich nicht mehr liebst, dann wäre es besser und ehrlicher, es offen zu sagen.«

»Nein, das ist unerträglich!« schrie Wronskij und sprang auf. Er ging auf sie zu und sagte langsam: »Warum stellst du meine Geduld so auf die Probe?« Sein Gesicht ließ erkennen, daß ihm noch manches auf der Zunge lag, aber er beherrschte sich. »Auch meine Geduld hat ihre Grenzen.«

»Was wollen Sie damit sagen?« rief Anna und sah mit Entsetzen in seinem Gesicht und besonders in den grausamen, drohenden Augen den unverhohlenen Ausdruck des Hasses.

»Ich will damit sagen...« fing er an, hielt aber inne. »Ich möchte nur fragen, was Sie von mir wollen.«

»Was kann ich denn wollen? Ich kann nur wollen, daß Sie mich nicht verlassen, wie es Ihre Absicht ist«, sagte sie, da sie alles erriet, was er nicht ausgesprochen hatte. »Aber das will ich gar nicht, das ist nebensächlich. Ich will Liebe, und die ist nicht da. Also ist alles zu Ende.«

Sie ging zur Tür.

»Halt! Ha-alt!« sagte Wronskij; die finstere Falte zwischen seinen Brauen war nicht verschwunden, aber er hielt Anna an der Hand fest. »Was ist eigentlich? Ich habe gesagt, daß die Abreise um drei Tage verschoben werden muß, und darauf hast du mir gesagt, ich sei ein Lügner und ein unehrenhafter Mensch.«

»Ja, und ich wiederhole es«, sagte sie, sich an Äußerungen des vorigen Streites erinnernd, »wer mir vorhält, daß er mir alles geopfert hat, ist schlimmer als ein unehrenhafter Mensch — er ist ein Mensch ohne Herz.«

»Nein, auch die Geduld hat ihre Grenzen!« rief er und ließ rasch ihre Hand los.

›Er haßt mich, das ist klar‹, dachte sie und ging schweigend, ohne sich umzusehen, mit unsicheren Schritten aus dem Zimmer. ›Er liebt eine andere, das ist noch klarer‹, sagte sie zu sich selbst, als sie in ihr Zimmer trat. ›Ich will Liebe, und die ist nicht da. Also ist alles zu Ende‹, wiederholte sie, ›und es muß ein Ende gemacht werden.‹

›Aber wie?‹ fragte sie sich und setzte sich auf den Lehnstuhl vor dem Spiegel.

Sie überlegte, wohin sie jetzt gehen solle, zu der Tante, bei der sie erzogen worden war, oder zu Dolly, oder einfach allein ins Ausland, und was er wohl jetzt im Arbeitszimmer mache, ob mit diesem Streit jetzt alles zu Ende sei oder ob eine Versöhnung noch möglich sei; was jetzt alle ihre früheren Petersburger Bekannten von ihr sagen würden, wie Alexej Alexandrowitsch die Sache ansehen würde — diese und viele andere Gedanken über das, was nach dem Bruch geschehen werde, gingen ihr durch den Kopf, aber sie überließ sich diesen Gedanken nicht mit ganzer Seele. In ihrer Seele war noch ein anderer unklarer Gedanke, der sie allein beschäftigte, ihr aber noch nicht recht bewußt war. Sie dachte wieder an Alexej Alexandrowitsch, an ihre Krankheit nach der Entbindung und an das Gefühl, das sie damals nicht verlassen hatte, und da fielen ihr die Worte ein, die sie damals gesagt hatte, und das Gefühl, das sie damals gehabt hatte: ›Warum bin ich nicht gestorben?‹ Und plötzlich begriff sie, was in ihrer Seele vorging. Ja, das war der Gedanke, der alles löste. ›Ja, sterben!…‹

›Alexej Alexandrowitsch und Serjoshas Schmach und Schande und meine eigene entsetzliche Schande, alles wird durch den Tod wieder gutgemacht. Sterben — und er wird bereuen, Mitleid haben, mich lieben, um mich trauern.‹ Mit einem starren Lächeln des Mitleids mit sich selbst saß sie auf dem Sessel, streifte die Ringe von ihrer linken Hand und steckte sie wieder an die Finger und stellte sich lebhaft vor, was Wronskij nach ihrem Tod empfinden werde.

Schritte, die sich näherten, seine Schritte, lenkten sie ab. Sie tat, als sei sie damit beschäftigt, ihre Ringe wegzulegen, und sah sich nicht einmal nach ihm um.

Er ging auf sie zu, faßte ihre Hand und sagte leise:

»Anna, wir reisen übermorgen, wenn du willst. Ich bin mit allem einverstanden.«

Sie schwieg.

»Du weißt ja selbst«, sagte sie und brach in Tränen aus, unfähig, sich zu beherrschen.

»Verlaß mich, verlaß mich!« sagte sie schluchzend. »Ich will morgen weg… Ich will noch mehr tun. Was bin ich denn? Ein sittenloses Weib. Ein Stein an deinem Hals. Ich will dich nicht quälen, ich will nicht! Ich will dich befreien. Du liebst mich nicht mehr, du liebst eine andere!«

Wronskij flehte sie an, sich zu beruhigen, und beteuerte ihr, daß sie nicht den geringsten Grund zur Eifersucht habe, daß er nie aufgehört habe und nie aufhören werde, sie zu lieben, daß er sie mehr liebe als je zuvor.

»Anna, warum quälst du dich und mich so sehr?« sagte er und küßte ihre Hände. Sein Gesicht war jetzt zärtlich, und Anna glaubte an seiner Stimme zu hören, daß ihm die Tränen kamen, und fühlte sie dann feucht auf ihrer Hand. Und plötzlich ging ihre rasende Eifersucht in rasende, leidenschaftliche Zärtlichkeit über; sie umarmte ihn und bedeckte seinen Kopf, seinen Hals, seine Hände mit Küssen.

25

In dem Gefühl, daß sie sich vollständig ausgesöhnt hatten, machte sich Anna am nächsten Morgen mit Eifer an die Vorbereitungen zur Abreise. Es war zwar noch nicht entschieden, ob sie am Montag oder am Dienstag reisen würden, denn gestern hatte jeder dem anderen nachgeben wollen, aber jetzt war es ihr ganz gleichgültig, ob sie einen Tag früher oder später reisten. Sie stand in ihrem Zimmer vor einem geöffneten großen Koffer und ordnete die Sachen, die sie einpacken wollte, als er schon angekleidet, früher als gewöhnlich zu ihr kam.

»Ich fahre jetzt gleich zu Mama, sie kann mir das Geld durch Jegor schicken. Dann kann ich morgen abreisen«, sagte er.

So gut Annas Stimmung war, die Mitteilung, daß er zu seiner Mutter fahren wollte, ging ihr wie ein Stich durchs Herz.

»Nein, so schnell werde ich mit dem Packen nicht fertig«, sagte sie und dachte sofort: ›Es ließ sich also doch so einrichten, wie ich wollte.‹

»Nein, mach es nur so, wie du es wolltest«, sagte sie. »Geh

ins Eßzimmer, ich komme gleich, ich möchte nur noch die überflüssigen Sachen weglegen.« Und sie legte auf den Berg von Sachen, die Annuschka auf dem Arm hielt, noch ein paar Kleider.
Wronskij aß sein Beefsteak, als sie ins Eßzimmer kam.
»Du glaubst gar nicht, wie mir diese Zimmer zuwider geworden sind«, sagte sie und setzte sich neben ihn zu ihrem Kaffee. »Es gibt nichts Schrecklicheres als diese chambres garnies. Sie haben kein Gesicht, keine Seele. Diese Uhr, die Gardinen und vor allem die Tapeten wirken wie ein Alptraum. Ich sehne mich nach Wosdwishenskoje wie nach dem Gelobten Land. Schickst du die Pferde noch nicht weg?«
»Nein, ich lasse sie nachkommen. Hast du hier noch etwas zu erledigen?«
»Ich wollte noch zu der Wilson fahren, ich muß ihr ein paar Kleider bringen. Also reisen wir morgen ganz bestimmt?« fragte sie heiter; aber plötzlich veränderte sich ihr Gesichtsausdruck.
Wronskijs Kammerdiener kam herein und bat um die Empfangsbescheinigung für ein Telegramm aus Petersburg. Es war nichts Besonderes dabei, daß Wronskij ein Telegramm erhalten hatte, aber er schien etwas vor ihr verbergen zu wollen, als er zu dem Diener sagte, die Bescheinigung liege in seinem Arbeitszimmer, und sich dann rasch zu ihr wandte: »Morgen bin ich bestimmt mit allem fertig.«
»Von wem ist denn das Telegramm?« fragte sie, ohne auf ihn zu hören.
»Von Stiwa«, antwortete er widerstrebend.
»Warum hast du es mir denn nicht gezeigt? Was kann Stiwa für Geheimnisse vor mir haben?«
Wronskij rief den Kammerdiener zurück und ließ das Telegramm bringen.
»Ich wollte es dir nicht zeigen, weil Stiwa eine Leidenschaft fürs Telegraphieren hat; was hat es denn für einen Sinn zu telegraphieren, wenn noch nichts entschieden ist.«

»In bezug auf die Scheidung?«

»Ja, er meldet: ›Konnte noch nichts erreichen. Er versprach endgültige Antwort in diesen Tagen.‹ Da, lies selbst.«

Anna nahm mit zitternden Händen das Telegramm und las dasselbe, was Wronskij ihr vorgelesen hatte. Am Schluß stand noch: ›Wenig Hoffnung, werde alles mögliche und unmögliche tun.‹

»Ich habe dir ja gestern gesagt, daß es mir ganz gleichgültig ist, wann ich die Scheidung erreiche und ob ich sie überhaupt erreiche«, sagte sie errötend. »Es lag gar kein Grund vor, mir das Telegramm zu verheimlichen.« Und sie dachte: ›So kann er auch seinen Briefwechsel mit anderen Frauen vor mir verheimlichen, und das tut er auch gewiß.‹

»Jaschwin wollte heute vormittag mit Wojtow kommen«, sagte Wronskij. »Ich glaube, er hat Peszow alles abgewonnen, sogar mehr, als der überhaupt bezahlen kann, gegen sechzigtausend Rubel.«

»Nein«, sagte sie gereizt, weil er durch diesen Wechsel des Gesprächsthemas ihr deutlich zu verstehen gab, daß er ihre Gereiztheit wohl bemerkt habe, »warum meinst du denn, diese Nachricht werde mich so aufregen, daß sie mir verheimlicht werden müsse? Ich habe gesagt, daß ich gar nicht daran denken will, und es wäre mir lieb, wenn du dich ebensowenig dafür interessierst wie ich.«

»Ich interessiere mich dafür, weil ich klare Verhältnisse liebe«, antwortete er.

»Klarheit nicht in der äußeren Form, sondern in der Liebe«, sagte sie, immer mehr gereizt, nicht durch seine Worte, sondern durch seinen kühlen, ruhigen Ton. »Warum wünschst du das?«

›Mein Gott! Schon wieder die Liebe!‹ dachte er und runzelte die Stirn.

»Du weißt doch, warum: um deinetwillen und um der Kinder willen, die wir noch haben können«, sagte er.

»Wir werden keine Kinder mehr haben.«

»Sehr schade«, erwiderte er.
»Du willst das der Kinder wegen, aber an mich denkst du nicht«, sagte sie. Sie hatte ganz vergessen oder überhaupt nicht gehört, daß er gesagt hatte: »um deinetwillen und um der Kinder willen«.
Die Frage, ob sie noch mehr Kinder haben könnten und sollten, war schon seit längerer Zeit ein Anlaß zu Streit und regte Anna immer sehr auf. Seinen Wunsch, Kinder zu haben, erklärte sie damit, daß er keinen Wert auf ihre Schönheit legte.
»Aber ich habe doch gesagt: um deinetwillen. Vor allem um deinetwillen«, wiederholte er und runzelte die Stirn, als täte ihm etwas weh. »Denn ich bin überzeugt, daß deine Reizbarkeit zum großen Teil von der Unbestimmtheit deiner Lage kommt.«
›Aha, jetzt verstellt er sich nicht mehr, und sein ganzer kalter Haß gegen mich kommt zum Vorschein‹, dachte sie, ohne auf seine Worte zu hören und mit Entsetzen auf den kalten, grausamen Richter blickend, der sie spöttisch aus seinen Augen ansah.
»Das ist nicht der Grund«, sagte sie, »und ich verstehe überhaupt nicht, wieso der Grund meiner Reizbarkeit, wie du es nennst, darin liegen könnte, daß ich in deiner Gewalt bin. Wieso ist denn da meine Lage unsicher? Im Gegenteil!«
»Es tut mir sehr leid, daß du mich nicht verstehen willst«, unterbrach er sie in dem hartnäckigen Wunsch, seinen Gedanken ganz auszusprechen. »Die Unsicherheit besteht darin, daß du meinst, ich wäre frei.«
»In dieser Hinsicht kannst du ganz ruhig sein«, antwortete sie, wandte sich von ihm ab und trank ihren Kaffee.
Den kleinen Finger abspreizend, hob sie die Tasse und führte sie an den Mund. Als sie ein paar Schlucke getrunken hatte, sah sie ihn an und erkannte an seinem Gesichtsausdruck, daß ihre Hand, ihre Geste, der Ton, den ihre Lippen hervorbrachten, ihm widerwärtig waren.

»Es ist mir völlig gleichgültig, was deine Mutter denkt und mit wem sie dich verheiraten will«, sagte sie und stellte die Tasse mit zitternder Hand hin.

»Davon ist jetzt gar nicht die Rede.«

»Doch, gerade davon. Und du kannst mir glauben, daß ich für eine Frau ohne Herz, ob sie alt oder jung ist, ob sie deine Mutter ist oder eine Fremde, kein Interesse habe und nichts von ihr wissen will.«

»Anna, ich bitte dich, nicht respektlos von meiner Mutter zu reden.«

»Eine Frau, die nicht mit dem Herzen erraten hat, worin das Glück und die Ehre ihres Sohnes besteht, hat kein Herz.«

»Ich wiederhole meine Bitte: sprich nicht respektlos von meiner Mutter, die ich verehre«, sagte er mit erhobener Stimme und sah sie streng an.

Sie antwortete nicht. Die Augen starr auf ihn, auf sein Gesicht, seine Hände gerichtet, dachte sie an alle Einzelheiten der gestrigen Versöhnung und an seine leidenschaftlichen Liebkosungen. ›Dieselben Liebkosungen hat er auch an andere Frauen verschwendet und wird es auch in Zukunft tun‹, dachte sie.

»Du liebst deine Mutter gar nicht. Das sind alles nur Phrasen, Phrasen, Phrasen!« sagte sie und sah ihn mit einem haßerfüllten Blick an.

»Wenn es so steht, dann müssen wir...«

»Dann müssen wir einen Entschluß fassen, und ich habe meinen Entschluß gefaßt«, unterbrach sie ihn und wollte hinausgehen, aber in diesem Augenblick trat Jaschwin ins Zimmer. Anna begrüßte ihn und blieb stehen.

In ihrer Seele tobte ein furchtbarer Sturm, und sie fühlte, daß sie an einem Wendepunkt ihres Lebens stand, wo ihr Entschluß die entsetzlichsten Folgen haben konnte, aber warum sie sich in diesem Augenblick vor einem fremden Menschen verstellen mußte, der früher oder später doch alles erfahren würde, das wußte sie nicht. Sie zwang den Sturm in ihrem Inneren sofort nieder, setzte sich und fing eine Unterhaltung mit dem Gast an.

»Nun, wie steht's? Haben Sie Ihren Gewinn bekommen?« fragte sie Jaschwin.

»Na, es geht, ich glaube nicht, daß ich alles bekommen werde, und am Mittwoch muß ich abreisen. Und wann reisen Sie?« fragte Jaschwin und zwinkerte Wronskij zu; er hatte offenbar gemerkt, daß die beiden Streit gehabt hatten.

»Wahrscheinlich übermorgen«, sagte Wronskij.

»Sie haben es ja auch schon lange vor.«

»Aber jetzt fahren wir ganz bestimmt«, sagte Anna und sah Wronskij gerade in die Augen, mit einem Blick, der ihm sagte, er solle ja nicht glauben, daß noch eine Versöhnung möglich sei.

»Tut Ihnen dieser unglückliche Pewzow denn nicht leid?« fragte sie Jaschwin.

»Ich habe mich noch nie gefragt, Anna Arkadjewna, ob mir jemand leid tut oder nicht. Mein ganzes Vermögen steckt hier«, er zeigte auf seine Seitentasche, »und jetzt bin ich ein reicher Mann; aber heute gehe ich wieder in den Klub und komme vielleicht als Bettler heraus. Wer mit mir spielt, der will mich bis aufs Hemd ausplündern, und ich ihn. Nun, da ringen wir eben miteinander, und darin besteht ja das Vergnügen.«

»Wenn Sie aber verheiratet wären, wie müßte dann Ihrer Frau zumute sein«, sagte Anna.

Jaschwin lachte.

»Deswegen habe ich nicht geheiratet und es auch nie vorgehabt.«

»Und Helsingfors?« fragte Wronskij und sah Anna an, die mit lächelndem Gesicht dasaß. Als sie seinem Blick begegnete, nahm ihr Gesicht plötzlich einen kalten, strengen Ausdruck an, als wollte sie zu ihm sagen: »Ich habe nicht vergessen, was war. Es ist alles wie vorher.«

»Haben Sie sich wirklich nie verliebt?« sagte sie zu Jaschwin.
»Ach Gott, sehr oft! Aber sehen Sie: der eine setzt sich an den Kartentisch und ist imstande, sofort aufzustehen, wenn es Zeit zum Rendezvous ist. Ich dagegen gebe mich nur so weit mit der Liebe ab, daß ich abends zu meiner Spielpartie nicht zu spät komme. So mache ich das.«
»Nein, danach frage ich nicht, sondern nach etwas Wirklichem, Ernstem.« Sie wollte sagen »Helsingfors«, aber sie wollte nicht dasselbe Wort gebrauchen wie Wronskij.
Da kam Wojtow, der einen Hengst kaufen wollte; Anna stand auf und ging hinaus.
Bevor Wronskij wegfuhr, kam er noch einmal zu ihr. Sie wollte zuerst so tun, als suche sie etwas auf dem Tisch, aber dann schämte sie sich dieser Heuchelei und sah ihm mit einem kalten Blick gerade ins Gesicht.
»Was wünschen Sie?« fragte sie französisch.
»Ich wollte Gambettas Herkunftsattest holen, ich habe ihn verkauft«, antwortete er in einem Ton, der klarer als alle Worte sagte: ›Ich habe keine Zeit zu weiteren Erklärungen, sie würden ja doch zu nichts führen.‹
›Ich fühle mich ihr gegenüber nicht schuldig‹, dachte er. ›Wenn sie sich selbst bestrafen will, tant pis pour elle.‹ Aber als er hinausging, war es ihm, als sagte sie etwas, und sein Herz zuckte plötzlich vor Mitleid mit ihr zusammen.
»Was denn, Anna?« fragte er.
»Ich habe nichts gesagt«, antwortete sie ebenso kalt und ruhig wie vorher.
›Nun, wenn du nichts gesagt hast, dann tant pis‹, dachte er, wieder völlig kühl, drehte sich um und ging hinaus. Im Hinausgehen sah er im Spiegel ihr blasses Gesicht mit den zitternden Lippen. Er wollte stehenbleiben und ihr ein tröstendes Wort sagen, aber seine Füße trugen ihn aus dem Zimmer, ehe er sich etwas ausdenken konnte, was er ihr sagen wollte. Er verbrachte den ganzen Tag außer

Haus, und als er spät abends zurückkam, sagte ihm das Dienstmädchen, Anna Arkadjewna habe Kopfschmerzen und lasse ihn bitten, nicht zu ihr zu kommen.

26

Noch nie hatte ein Streit einen ganzen Tag gedauert. Heute war das zum erstenmal geschehen. Und es war kein gewöhnlicher Streit gewesen, sondern ein offenes Bekenntnis völliger Erkaltung. Konnte man sie denn so ansehen, wie er es getan hatte, als er ins Zimmer gekommen war, um das Herkunftsattest zu holen? Sie ansehen, sehen, daß ihr das Herz vor Verzweiflung brach, und schweigend, mit diesem gleichmütigen, ruhigen Gesicht hinausgehen? Er war nicht nur kalt gegen sie, er haßte sie, weil er eine andere Frau liebte — das war klar.

Und Anna erinnerte sich an all die grausamen Worte, die er gesagt hatte, dachte sich noch andere aus, die er offenbar noch hatte sagen wollen und ihr noch sagen konnte, und geriet immer mehr in Erregung.

›Ich halte Sie nicht zurück‹, hätte er sagen können. ›Sie können gehen, wohin Sie wollen. Sie wollten sich wohl deswegen nicht von Ihrem Mann scheiden lassen, um zu ihm zurückzukehren. Nun, dann kehren Sie doch zu ihm zurück! Wenn Sie Geld brauchen, will ich es Ihnen geben. Wieviel Rubel brauchen Sie?‹

Die grausamsten Worte, die ein roher Mensch sagen kann, hatte er in ihrer Einbildung zu ihr gesagt, und sie verzieh sie ihm nicht, wie wenn er sie wirklich gesagt hätte.

›Aber hat er mir nicht erst gestern seine Liebe beteuert? Er, der wahrheitsliebende, ehrenhafte Mann? War ich nicht schon oft ohne jeden Grund so verzweifelt?‹ sagte sie sich gleich darauf.

Diesen ganzen Tag, mit Ausnahme einer zwei Stunden in Anspruch nehmenden Fahrt zu der Wilson, verbrachte Anna in Zweifeln, ob nun alles zu Ende sei oder ob noch Hoffnung auf eine Aussöhnung bestehe, und ob sie sofort wegfahren oder noch einmal mit ihm sprechen solle. Sie wartete den ganzen Tag auf ihn, und als sie abends in ihr Zimmer ging und ihm sagen ließ, sie habe Kopfschmerzen, dachte sie: ›Wenn er trotz der Meldung des Dienstmädchens kommt, dann liebt er mich, und dann werde ich mich entscheiden, was ich zu tun habe!‹

Sie hörte am Abend seinen Wagen vorfahren, sie hörte sein Klingeln, seine Schritte, und wie er mit dem Mädchen sprach. Er glaubte, was man ihm sagte, wollte nichts Näheres wissen und ging in sein Zimmer. Also war alles zu Ende.

Und der Tod stand klar und deutlich vor ihr als das einzige Mittel, in seinem Herzen die Liebe zu ihr wieder zu wecken, ihn zu strafen und den Sieg in dem Kampf zu behaupten, den der in ihrem Herzen hausende böse Geist gegen ihn führte.

Jetzt war es ganz gleich, ob sie nach Wosdwishenskoje fuhr oder nicht, ob ihr Mann in die Scheidung willigte oder nicht, alles war jetzt unwichtig. Wichtig war nur eins: sie mußte ihn bestrafen.

Als sie sich die gewohnte Dosis Opium eingoß und überlegte, daß sie nur das ganze Fläschchen auszutrinken brauche, um zu sterben, da schien ihr das so leicht und einfach, daß sie wieder mit Freude daran dachte, wie er sich quälen, wie er bereuen und ihrer in Liebe gedenken werde, wenn es zu spät sein werde. Sie lag mit offenen Augen im Bett und blickte beim Schein einer einzigen, tief heruntergebrannten Kerze auf die Stuckverzierungen an der Zimmerdecke und auf den Schatten des Bettschirms, der einen Teil der Decke verdunkelte, und stellte sich lebhaft seine Empfindungen vor, wenn sie nicht mehr dasein und für ihn nur noch Erinnerung sein werde. ›Wie habe ich ihr nur so grausame Worte sagen können?‹ würde er sagen. ›Wie habe ich weggehen können, ohne mit ihr zu sprechen. Aber jetzt ist sie tot. Sie ist für immer von uns gegangen. Sie ist dort...‹ Plötzlich begann der Schatten des Bettschirms zu schwanken, breitete sich über das ganze Gesims und die ganze Zimmerdecke aus, andere Schatten liefen ihm von der anderen Seite her entgegen, glitten wieder davon, kamen dann mit neuer Geschwindigkeit näher, zitterten, flossen ineinander, und alles wurde dunkel. ›Das ist der Tod!‹ dachte sie. Und ein solches Entsetzen packte sie, daß sie lange nicht begreifen konnte, wo sie war, und ihre zitternden Hände lange nach den Streichhölzern tasteten, um eine andere Kerze für die heruntergebrannte und erloschene anzuzünden. ›Nein, alles, alles — nur leben! Ich liebe ihn doch. Er liebt mich doch. Was war, ist abgetan und wird vergehen‹, sagte sie und fühlte, wie Tränen der Freude über die Rückkehr zum Leben über ihre Wangen liefen. Und um sich vor ihrer Angst zu retten, ging sie rasch zu ihm ins Zimmer.

Er schlief ganz fest. Sie ging auf ihn zu, beleuchtete sein Gesicht von oben und betrachtete es lange. Jetzt, da er schlief, liebte sie ihn so sehr, daß sie bei seinem Anblick Tränen der Zärtlichkeit nicht zurückhalten konnte; aber sie wußte: wenn er jetzt aufwachte, würde er sie im Gefühl seines Rechts mit kaltem Blick ansehen, und ehe sie ihm von ihrer Liebe sprechen könnte, würde sie ihm beweisen müssen, wie sehr er ihr gegenüber im Unrecht sei. Darum weckte sie ihn nicht, ging in ihr Zimmer zurück und versank nach einer zweiten Dosis Opium gegen Morgen in einen schweren Halbschlaf, währenddessen sie die ganze Zeit bei Bewußtsein war.

Am Morgen quälte sie wieder der schreckliche Alptraum, den sie schon vor ihrer Verbindung mit Wronskij mehrmals gehabt hatte, und weckte sie auf. Ein alter Mann mit zerzaustem Bart stand über allerlei Eisenzeug gebeugt und machte irgend etwas damit, wobei er sinnlose französische Worte vor sich hin murmelte; und wie immer bei diesem

Traum fühlte sie (und das war das Entsetzliche), daß dieser Mensch sie gar nicht beachtete, obwohl er etwas Schreckliches mit ihr machte, während er mit dem Eisen klirrte. Sie erwachte, in kalten Schweiß gebadet.

Als sie aufgestanden war, erinnerte sie sich an den gestrigen Tag, der wie in Nebel gehüllt war.

›Wir hatten Streit. Das ist schon öfter vorgekommen. Ich habe ihm sagen lassen, ich hätte Kopfschmerzen, und er ist nicht mehr zu mir gekommen. Morgen reisen wir ab, ich muß ihn sehen und mich zur Reise fertigmachen‹, sagte sie zu sich selbst. Als sie erfuhr, daß er in seinem Zimmer sei, ging sie zu ihm. Als sie durch den Salon ging, hörte sie einen Wagen vorfahren; sie sah aus dem Fenster und erblickte eine Kutsche, aus der sich ein junges Mädchen in einem lila Hut hinausbeugte und dem Diener, der die Klingel zog, etwas zurief. Im Hausflur wurde gesprochen, dann kam jemand die Treppe herauf, und in dem Zimmer neben dem Salon hörte man Wronskijs Schritte. Er ging eilig die Treppe hinunter. Anna trat wieder ans Fenster. Da kam er ohne Hut aus der Haustür und ging zu dem Wagen. Das junge Mädchen mit dem lila Hut reichte ihm ein Päckchen. Wronskij sagte lächelnd etwas zu ihr. Der Wagen fuhr davon. Wronskij lief rasch die Treppe hinauf.

Der Nebel, der alles in ihrer Seele verhüllt hatte, teilte sich plötzlich. Die gestrigen Gefühle preßten ihr mit neuem Schmerz das kranke Herz zusammen. Sie konnte jetzt nicht mehr begreifen, wie sie sich so weit hatte erniedrigen können, noch einen ganzen Tag in seinem Haus zu bleiben. Sie ging in sein Zimmer, um ihm ihren Entschluß mitzuteilen.

»Eben war Fürstin Sorokina mit ihrer Tochter da und brachte mir das Geld und die Papiere von Mama. Ich konnte sie gestern noch nicht bekommen. Was macht dein Kopf? Ist es besser?« fragte er ruhig; den düsteren, feierlichen Ausdruck ihres Gesichts wollte er nicht sehen und nicht verstehen.

Mitten im Zimmer stehend, sah sie ihn schweigend und unverwandt an. Er warf ihr einen Blick zu, runzelte die Stirn und las seinen Brief weiter. Sie drehte sich um und ging langsam zur Tür. Er hätte sie noch zurückrufen können, aber sie war schon an der Tür, und er schwieg immer noch, man hörte nur das Knistern des Briefbogens beim Umwenden.

»Ja, übrigens«, sagte er, als sie schon in der Tür war, »es steht doch fest, daß wir morgen reisen? Nicht wahr?«

»Sie können reisen, aber ich nicht«, sagte sie, sich nach ihm umsehend.

»Anna, so können wir nicht weiterleben...«

»Sie können reisen, aber ich nicht«, wiederholte sie.

»Das ist unerträglich!«

»Sie... Sie werden es bereuen«, sagte sie und ging hinaus.

Erschrocken über den verzweifelten Ton, in dem sie diese Worte gesprochen hatte, sprang er auf und wollte ihr nacheilen, besann sich aber, setzte sich wieder, biß die Zähne zusammen und runzelte die Stirn. Diese, wie er fand, unpassende Drohung mit irgend etwas empörte ihn. ›Ich habe alles versucht‹, dachte er. ›Jetzt bleibt nur noch eins übrig — sie nicht beachten.‹ Und er machte sich fertig, um in die Stadt und noch einmal zu seiner Mutter zu fahren, die die Kreditbriefe noch unterschreiben mußte.

Sie hörte seine Schritte im Arbeitszimmer und im Eßzimmer. An der Tür des Salons blieb er stehen. Aber er kam nicht zu ihr zurück, sondern gab nur den Befehl, den Hengst in seiner Abwesenheit Wojtow zu übergeben. Dann hörte sie, wie der Wagen vorfuhr, wie die Haustür geöffnet wurde und er hinausging. Aber dann kam er wieder in den Flur zurück, und jemand lief die Treppe hinauf. Es war der Kammerdiener, der die vergessenen Handschuhe holte. Sie trat ans Fenster und sah, wie er ohne hinzusehen die Handschuhe nahm, dem Kutscher an den Rücken tippte und ihm etwas sagte. Dann setzte er sich, ohne einen Blick auf die Fenster zu werfen, in seiner gewohnten Haltung mit übergeschlagenen Beinen im Wagen zurecht und verschwand, während er die Handschuhe anzog, um die Straßenecke.

27

›Er ist weggefahren! Es ist aus!‹ sagte sich Anna, die am Fenster stand, und wie eine Antwort auf ihre Worte flossen die Erinnerungen an die Finsternis beim Erlöschen der Kerze und an den furchtbaren Traum zusammen und erfüllten ihr Herz mit kaltem Entsetzen.

»Nein, das kann nicht sein!« schrie sie auf, ging durch das Zimmer und klingelte heftig. Sie hatte solche Angst, allein zu sein, daß sie nicht wartete, bis der Diener kam, sondern ihm entgegenging.

»Erkundigen Sie sich, wohin der Graf gefahren ist«, sagte sie.

Der Diener antwortete, der Herr Graf sei nach den Ställen gefahren.

»Der Herr Graf hat befohlen zu melden, der Wagen werde sofort zurückkommen, für den Fall, daß die gnädige Frau ausfahren möchte.«

»Gut. Warten Sie. Ich will rasch ein paar Zeilen schreiben. Schicken Sie Michajlo damit nach den Ställen. So schnell wie möglich!«

Sie setzte sich hin und schrieb:

»Ich bin schuld. Komm nach Hause, wir müssen uns aussprechen. Komm, um Gottes willen, mir ist so bang.«

Sie steckte das Blatt in einen Umschlag und gab ihn dem Diener.

Sie fürchtete sich jetzt vor dem Alleinsein und verließ unmittelbar nach dem Diener das Zimmer und ging in die Kinderstube.

›Was ist das? Das ist nicht er! Wo sind seine blauen Augen, sein liebes, schüchternes Lächeln?‹ war ihr erster Gedanke, als sie ihr dickes, rotbackiges Töchterchen mit den schwar-

zen Locken vor sich sah und nicht Serjosha, den sie in ihrer Gedankenverwirrung im Kinderzimmer zu sehen erwartet hatte. Die Kleine saß am Tisch, klopfte ausdauernd und energisch mit einem Glasstöpsel auf die Platte und sah die Mutter gedankenlos mit ihren dunklen Augen an, die an schwarze Johannisbeeren erinnerten. Auf die Frage der Engländerin, wie sie sich fühle, sagte Anna, es gehe ihr ganz gut, und sie werde morgen aufs Land fahren, dann setzte sie sich zu der Kleinen und ließ den Glasstöpsel vor ihr auf dem Tisch tanzen. Aber das laute, helle Lachen des Kindes und die Art, wie es die Augenbrauen bewegte, erinnerten sie so lebhaft an Wronskij, daß sie ein Schluchzen unterdrückend hastig aufstand und hinausging. ›Ist wirklich alles aus? Nein, das kann nicht sein!‹ dachte sie. ›Er wird zurückkommen. Aber welche Erklärung wird er mir für dieses Lächeln geben und für diese Lebhaftigkeit, nachdem er mit ihr gesprochen hatte? Wenn er mir keine Erklärung dafür gibt, ich will ihm doch vertrauen. Wenn ich ihm nicht mehr vertraue, dann bleibt mir nur eins übrig... und das will ich nicht.‹
Sie sah nach der Uhr. Zwölf Minuten waren vergangen. ›Jetzt hat er meinen Brief erhalten und kommt zurück. Es kann nicht mehr lange dauern, noch zehn Minuten. Wenn er aber nicht kommt? Nein, das ist unmöglich. Er darf mich nicht mit verweinten Augen sehen. Ich will mir das Gesicht waschen. Ja, ja, habe ich mich gekämmt oder nicht?‹ fragte sie sich, konnte sich aber nicht erinnern. Sie betastete ihren Kopf mit der Hand. ›Ja, ich bin gekämmt, aber wann ich das gemacht habe, das weiß ich nicht mehr.‹ Sie glaubte sogar ihrer Hand nicht und trat vor den Trumeauspiegel, um zu sehen, ob sie wirklich frisiert sei oder nicht. Sie war frisiert und konnte sich nicht erinnern, wann sie das gemacht hatte. ›Wer ist das?‹ dachte sie, als sie im Spiegel das gerötete Gesicht mit den seltsam glänzenden Augen sah, die sie erschrocken anstarrten. ›Das bin ja ich!‹ begriff sie plötzlich, und als sie im Spiegel ihre ganze Gestalt betrachtete, fühlte

sie plötzlich seine Küsse, fuhr zusammen und zuckte die Achseln. Dann hob sie ihre Hand an die Lippen und küßte sie.

›Was ist das? Ich werde wahnsinnig‹, dachte sie und ging ins Schlafzimmer, wo Annuschka mit Aufräumen beschäftigt war.

»Annuschka«, sagte sie, vor dem Mädchen stehenbleibend, und sah sie an. Sie hatte vergessen, was sie zu ihr sagen wollte.

»Sie wollten zu Darja Alexandrowna fahren«, sagte Annuschka, als hätte sie verstanden.

»Zu Darja Alexandrowna? Ja, ich will hinfahren.«

›Fünfzehn Minuten hin, fünfzehn Minuten zurück. Er ist schon auf dem Rückweg, er wird gleich kommen.‹ Sie zog ihre Uhr heraus. ›Wie konnte er wegfahren und mich in diesem Zustand zurücklassen? Wie kann er leben, ohne sich mit mir versöhnt zu haben?‹ Sie trat ans Fenster und sah auf die Straße. Der Zeit nach konnte er schon zurück sein. Aber ihre Berechnung stimmte vielleicht nicht, und sie überlegte wieder, wann er weggefahren war, und zählte die Minuten.

Als sie vom Fenster zu der großen Uhr ging, um ihre Uhr damit zu vergleichen, fuhr ein Wagen vor. Sie sah aus dem Fenster und erblickte Wronskijs Wagen. Aber niemand kam die Treppe herauf, und unten hörte sie Stimmen. Es war der Bote, der mit der Kutsche zurückgekommen war. Sie ging zu ihm hinunter.

»Ich habe den Herrn Grafen nicht mehr angetroffen. Er ist zum Nishnij-Nowgoroder Bahnhof gefahren.«

»Was willst du? Was?« fragte sie den lustigen, rotbackigen Michajlo, der ihr den Brief zurückgab.

›Ach ja, er hat ihn ja gar nicht bekommen‹, fiel ihr ein.

»Fahr mit diesem Brief auf das Gut der Gräfin Wronskaja und bring mir sofort Antwort«, sagte sie zu dem Boten.

›Und ich selbst? Was soll ich machen?‹ dachte sie. ›Ja, ich

will zu Dolly fahren, das ist wahr, sonst verliere ich noch den Verstand. Ich kann ja auch noch an ihn telegraphieren.‹ Und sie schrieb eine Depesche.

›Muß Sie dringend sprechen. Kommen Sie sofort.‹

Nachdem sie die Depesche abgeschickt hatte, ging sie in ihr Zimmer, um sich anzukleiden. Als sie angekleidet war und schon den Hut aufhatte, blickte sie noch einmal der ruhigen, dick gewordenen Annuschka in die Augen. Aus diesen kleinen, gutmütigen, grauen Augen sprach unverkennbares Mitleid.

»Annuschka, liebe Annuschka, was soll ich denn machen?« sagte Anna schluchzend und sank hilflos in einen Sessel.

»Warum machen Sie sich soviel Kummer, Anna Arkadjewna! So etwas kommt doch überall vor. Fahren Sie aus, da kommen Sie auf andere Gedanken«, sagte das Mädchen.

»Ja, ich will ausfahren«, sagte Anna, wieder zu sich kommend, und stand auf. »Wenn in meiner Abwesenheit ein Telegramm kommt, dann schick es zu Darja Alexandrowna... Nein, ich komme bald zurück.«

›Ja, ich darf nicht denken, ich muß irgend etwas tun, ausfahren, vor allem fort aus diesem Haus‹, sagte sie zu sich selbst und lauschte entsetzt auf das furchtbare Pochen ihres Herzens. Sie ging rasch hinaus und stieg in den Wagen.

»Wohin befehlen Sie?« fragte Peter, bevor er sich auf den Bock setzte.

»Nach der Snamenka, zu Oblonskijs.«

28

Das Wetter war heiter und klar. Den ganzen Morgen war ein dichter, feiner Regen gefallen, aber dann hatte es sich aufgeklärt. Die Blechdächer, die Steinplatten des Trottoirs, die Pflastersteine, die Räder, das Lederzeug, die Messing- und Blechteile an den Wagen, alles glänzte hell in der Maisonne. Es war drei Uhr, und die Straßen waren sehr belebt.

In der Ecke des ruhig fahrenden Wagens sitzend, der bei dem schnellen Trab der Grauschimmel kaum in den elastischen Federn schaukelte, dachte Anna bei dem unaufhörlichen Gerassel der Räder und inmitten der schnell wechselnden Eindrücke auf der Straße noch einmal an die Ereignisse der letzten Tage und sah jetzt ihre Lage ganz anders als vorhin zu Hause. Jetzt stand ihr der Gedanke an den Tod nicht mehr mit so furchtbarer Klarheit vor Augen, und der Tod selbst schien ihr nicht mehr unvermeidlich. Jetzt machte sie sich Vorwürfe, daß sie sich so tief erniedrigt hatte. ›Ich flehe ihn an, mir zu verzeihen. Ich habe mich ihm unterworfen, habe bekannt, daß ich schuld bin. Warum? Kann ich denn ohne ihn nicht leben?‹ Und ohne sich die Frage zu beantworten, ob sie ohne ihn leben könne, begann sie Firmenschilder zu lesen. ›Kontor und Niederlage. Zahnarzt... Ja, ich will Dolly alles sagen. Sie kann Wronskij nicht leiden. Ich werde mich schämen müssen, und es wird mir sehr weh tun, aber ich will ihr trotzdem alles sagen. Sie hat mich gern, und ich will ihrem Rat folgen. Ich werde mich ihm nicht unterwerfen und nicht dulden, daß er den Versuch macht, mich zu erziehen. Fillipow, Feinbäckerei. Es heißt, daß Fillipow Teig nach Petersburg schickt. Das Moskauer Wasser ist so gut. Ja, die Wasserleitung von Mytischtschi. Daher auch die guten Waffeln.‹ Und sie erinnerte sich, wie sie vor langer, langer Zeit als Mädchen von siebzehn Jahren mit ihrer Tante ins Dreifaltigkeits-Kloster gefahren war. ›Damals fuhr man noch mit dem Wagen dorthin. War ich das wirklich, das Mädchen mit den roten Händen? Wie vieles von dem, was mir damals so schön und unerreichbar vorkam, hat sich als nichtig erwiesen, und das, was damals war, ist für mich jetzt ewig unerreichbar. Hätte ich damals geglaubt, daß ich mich einmal so tief erniedrigen würde? Wie stolz und zufrieden wird er sein, wenn er meinen Brief bekommt! Aber ich werde ihm beweisen... Wie schlecht diese Farbe riecht. Warum die Leute nur immerzu bauen und anstreichen? Moden- und Putzgeschäft‹, las sie. Ein Mann grüßte sie. Es war Annuschkas Mann. ›Unsere Parasiten‹, dachte sie, wie Wronskij zu sagen pflegte. ›Unsere? Warum unsere? Es ist entsetzlich, daß man die Vergangenheit nicht mit der Wurzel ausreißen kann. Ja, das ist unmöglich, man kann nur die Erinnerung daran zudecken. Und das werde ich auch tun.‹ Und nun dachte sie an ihr Leben mit Alexej Alexandrowitsch und daran, daß sie diese ganze Zeit aus ihrem Gedächtnis ausgelöscht hatte. ›Dolly wird denken, daß ich jetzt schon den zweiten Mann verlasse und daß ich unrecht habe. Will ich denn recht haben? Ich kann es ja doch nicht!‹ sagte sie, dem Weinen nahe. Aber da überlegte sie plötzlich, worüber diese beiden jungen Mädchen wohl lächelten. ›Gewiß über eine Liebesaffäre. Sie wissen nicht, wie bedrückend und erniedrigend das ist... Der Boulevard, Kinder. Da laufen drei Jungen und spielen Pferdchen. Serjosha! Und ich werde alles verlieren und meinen Sohn nicht wiederbekommen. Ja, ich werde alles verlieren, wenn Wronskij nicht zurückkommt. Vielleicht hat er den Zug nicht mehr erreicht und ist jetzt schon zu Hause. Du willst neue Demütigungen!‹ sagte sie zu sich selbst. ›Nein, ich fahre zu Dolly und sage ihr offen: ‚Ich bin unglücklich, ich habe es verdient, ich bin selbst schuld, aber dennoch — ich bin unglücklich, hilf mir!' Diese Pferde, dieser Wagen, wie zuwider bin ich mir selbst in diesem Wagen. Alles gehört ihm, aber ich werde das alles bald nicht mehr sehen.‹

Als Anna die Treppe hinaufging, legte sie sich die Worte zurecht, mit denen sie Dolly alles sagen wollte, und wühlte absichtlich in den Wunden ihres Herzens.

»Ist Besuch da?« fragte sie im Vorzimmer.

»Katerina Alexandrowna Lewina«, antwortete der Diener.

›Kitty! Dieselbe Kitty, in die Wronskij verliebt war‹, dachte Anna. ›Dieselbe, derer er in Liebe gedachte. Er bedauert, daß er sie nicht geheiratet hat. Und an mich denkt er nur mit Haß und bedauert, daß er sich mit mir verbunden hat.‹

Als Anna kam, unterhielten sich die beiden Schwestern gerade über Säuglingsernährung. Dolly empfing den Besuch, der in diesem Augenblick das Gespräch störte, allein im Nebenzimmer.

»Ah, du bist noch nicht abgereist? Ich wollte selbst zu dir kommen«, sagte sie. »Ich habe heute einen Brief von Stiwa bekommen.«

»Wir haben auch eine Depesche von ihm erhalten«, sagte Anna und schaute sich um, ob Kitty nicht zu sehen sei.

»Er schreibt, er könne nicht begreifen, was Alexej Alexandrowitsch eigentlich will. Aber er wird nicht abreisen, ehe er nicht eine klare Antwort bekommen hat.«

»Ich dachte, du hättest Besuch. Kann ich den Brief lesen?«

»Ja, Kitty ist da«, sagte Dolly verlegen. »Sie ist im Kinderzimmer geblieben. Sie war sehr krank.«

»Ich habe davon gehört. Darf ich den Brief lesen?«

»Ich bringe ihn gleich. Aber Alexej Alexandrowitsch weigert sich eigentlich nicht. Im Gegenteil, Stiwa hat Hoffnung«, sagte Dolly, in der Tür stehenbleibend.

»Ich hoffe nichts mehr, und ich wünsche auch nichts mehr«, sagte Anna.

›Kitty hält es wohl für eine Beleidigung, mit mir zusammenzutreffen‹, dachte Anna. ›Vielleicht hat sie recht. Aber sie, die in Wronskij verliebt war, dürfte mich nicht verachten, selbst wenn sie recht hätte. Ich weiß, daß mich in meiner Lage keine anständige Frau empfangen kann. Ich weiß, daß ich ihm vom ersten Augenblick an alles geopfert habe. Und das ist jetzt mein Lohn! Oh, wie ich ihn hasse! Wozu bin ich denn hierhergekommen? Hier ist mir noch schlimmer zumute, hier fühle ich mich noch bedrückter.‹ Sie hörte im Nebenzimmer die Stimmen der beiden Schwestern. ›Was soll ich jetzt zu Dolly sagen? Soll ich Kitty die Genugtuung bereiten, sie merken zu lassen, wie unglücklich ich bin, soll ich mich von ihr begönnern lassen? Nein, auch

Dolly versteht mich nicht, und ich habe ihr nichts zu sagen. Es würde mich nur interessieren, Kitty zu sehen und ihr zu zeigen, wie ich alle und alles verachte, wie gleichgültig mir jetzt alles ist.‹

Dolly kam mit dem Brief herein. Anna las ihn und gab ihn ihr schweigend zurück.

»Das habe ich alles schon gewußt«, sagte sie dann. »Das alles interessiert mich überhaupt nicht.«

»Warum denn nicht? Ich hoffe im Gegenteil...« sagte Dolly und sah Anna neugierig an. Sie hatte sie noch nie in einer so seltsamen, gereizten Stimmung gesehen. »Wann reist du denn ab?« fragte sie.

Anna blickte mit zusammengekniffenen Augen vor sich hin und antwortete nicht.

»Warum versteckt sich Kitty vor mir?« fragte sie mit einem Blick auf die Tür und errötete.

»Ach, so ein Unsinn! Sie nährt selbst, und es geht nicht recht, und da habe ich ihr geraten... Sie wird sich sehr freuen. Sie kommt sofort«, sagte Dolly verlegen, weil sie nicht verstand, die Unwahrheit zu sagen. »Da ist sie ja!«

Als Kitty gehört hatte, daß Anna da sei, hatte sie nicht hereinkommen wollen, aber Dolly hatte sie dazu überredet. Kitty nahm sich zusammen, kam herein, ging errötend auf Anna zu und reichte ihr die Hand.

»Ich freue mich sehr«, sagte sie mit zitternder Stimme.

Kitty war verwirrt durch den Kampf, der in ihr vorging, den Kampf zwischen ihrer Feindseligkeit gegen diese schlechte Frau und dem Wunsch, Nachsicht zu üben. Aber als sie Annas schönes, sympathisches Gesicht sah, war alle Feindschaft sofort verschwunden.

»Ich würde mich nicht wundern, wenn Sie mich nicht sehen wollten. Ich bin an alles gewöhnt. Sie waren krank? Ja, Sie haben sich sehr verändert«, sagte Anna.

Kitty fühlte, daß Anna sie feindselig betrachtete. Sie erklärte sich diese Feindseligkeit durch die peinliche Lage, in

der Anna, die sie früher patronisiert hatte, sich ihr gegenüber jetzt befand, und bedauerte sie sehr.
Sie sprachen über Kittys Krankheit, über das Kind, über Stiwa, aber das alles schien Anna nicht zu interessieren.
»Ich bin gekommen, um mich von dir zu verabschieden«, sagte sie und stand auf.
»Wann reist ihr denn?«
Aber Anna antwortete nicht und wandte sich an Kitty.
»Es freut mich sehr, daß ich Sie wiedergesehen habe«, sagte sie lächelnd. »Ich habe von verschiedenen Seiten sehr viel von Ihnen gehört, sogar von Ihrem Mann. Er hat mir einen Besuch gemacht und hat mir sehr gut gefallen«, fügte sie offenbar in böser Absicht hinzu. »Wo ist er denn jetzt?«
»Er ist aufs Land gefahren«, sagte Kitty errötend.
»Grüßen Sie ihn von mir, grüßen Sie ihn ganz bestimmt!«
»Ganz bestimmt!« wiederholte Kitty naiv und sah ihr teilnehmend in die Augen.
»Also leb wohl, Dolly!« Anna küßte Dolly, drückte Kitty die Hand und ging rasch hinaus.
»Sie ist immer noch dieselbe und immer noch so anziehend. Eine sehr schöne Frau!« sagte Kitty, als sie mit ihrer Schwester wieder allein war. »Aber es ist etwas Mitleiderregendes an ihr, etwas entsetzlich Mitleiderregendes.«
»Ja, heute war sie ganz eigentümlich«, sagte Dolly. »Als ich sie hinausbegleitete, kam es mir vor, als wäre sie den Tränen nahe.«

29

Anna stieg in noch schlimmerer Verfassung in den Wagen als beim Wegfahren von zu Hause. Zu ihren früheren Qualen kam jetzt noch das Gefühl der Kränkung und des Ausgestoßenseins, das sie bei der Begegnung mit Kitty deutlich empfunden hatte.
»Wohin befehlen Sie? Nach Hause?« fragte Peter.

»Ja, nach Hause«, sagte sie, ohne daran zu denken, wohin sie fuhr.
›Wie sie mich angesehen haben. Als wäre ich etwas Schreckliches, Unbegreifliches, Sonderbares. Was erzählt der dem andern so eifrig?‹ dachte sie beim Anblick zweier Fußgänger. ›Kann man denn einem andern sagen, was man empfindet? Ich wollte Dolly alles erzählen; gut, daß ich es nicht getan habe. Wie hätte sie sich über mein Unglück gefreut! Sie hätte es zwar nicht gezeigt, aber sie hätte sich doch darüber gefreut, daß ich jetzt für die Genüsse bestraft worden bin, um die sie mich beneidet hat. Und Kitty hätte sich noch mehr gefreut. Ich durchschaue sie. Sie weiß, daß ich zu ihrem Mann besonders liebenswürdig war. Und jetzt ist sie eifersüchtig und haßt mich. Und sie verachtet mich. In ihren Augen bin ich ein sittenloses Weib. Wäre ich ein sittenloses Weib, dann hätte ich ihrem Mann den Kopf verdrehen können, wenn ich es gewollt hätte. Und ich habe es auch gewollt. Der ist mit sich zufrieden‹, dachte sie von einem dicken, rotbackigen Herrn, der ihr in einem Wagen entgegenkam; er hielt sie für eine Bekannte, nahm den glänzenden Hut von dem kahlen, glänzenden Schädel und merkte dann, daß er sich geirrt hatte. ›Er glaubte mich zu kennen. Aber er kennt mich ebensowenig, wie mich sonst jemand auf der Welt kennt. Ich kenne mich ja selber nicht. Ich kenne nur mes appétits, wie die Franzosen sagen. Die Buben da haben Appetit auf dieses schmutzige Fruchteis, das wissen sie genau‹, dachte sie beim Anblick zweier Jungen, die einen Eisverkäufer anhielten; der Eisverkäufer nahm seinen Kübel vom Kopf und wischte sich mit einem Zipfel seines Handtuchs das verschwitzte Gesicht ab. ›Wir alle wollen etwas Süßes, das gut schmeckt. Und wenn es kein Konfekt sein kann, dann eben schmutziges Eis. So macht es Kitty auch: wenn nicht Wronskij, dann Lewin. Und sie beneidet mich. Und haßt mich. Und wir alle hassen einander. Ich hasse Kitty, und Kitty haßt mich. Ja, das ist wahr. Tjutkin,

›Coiffeur‹, las sie an einem kleinen, schmierigen Laden. ›Je me fais coiffen par Tjutkin. Das werde ich ihm sagen, wenn er nach Hause kommt‹, dachte sie lächelnd. Aber in demselben Augenblick fiel ihr ein, daß sie niemand mehr hatte, dem sie etwas Komisches erzählen konnte. ›Es gibt ja auch nichts Komisches und Lustiges. Alles ist ekelhaft. Da wird zur Vesper geläutet, und dieser Kaufmann bekreuzt sich so vorsichtig, als hätte er Angst, etwas fallen zu lassen. Wozu sind diese Kirchen da, dieses Glockengeläut und diese Lüge? Nur um zu verbergen, daß wir alle einander hassen, wie diese Droschkenkutscher, die sich so wütend beschimpfen. Jaschwin sagt: ‚Er will mich bis aufs Hemd ausplündern, und ich ihn.' Ja, das ist wahr.‹
Diese Gedanken beschäftigten sie so sehr, daß sie nicht einmal mehr an ihre Lage dachte und überrascht war, als der Wagen vor ihrem Haus hielt. Als sie den Portier sah, der ihr entgegenkam, erinnerte sie sich, daß sie einen Brief und ein Telegramm abgeschickt hatte.
»Ist Antwort da?« fragte sie.
»Ich sehe sofort nach«, sagte der Portier, ging zu seinem Pult und gab ihr ein Telegramm in einem quadratischen dünnen Umschlag. »Kann nicht vor zehn Uhr zurückkommen. Wronskij«, las sie.
»Ist der Bote noch nicht zurück?«
»Nein, noch nicht«, antwortete der Portier.
›Nun, wenn es so steht, dann weiß ich, was ich zu tun habe‹, sagte sie sich. Sie fühlte, wie in ihrer Seele ein unbestimmter Zorn und ein Verlangen nach Rache aufstieg, und ging eilig die Treppe hinauf. ›Ich werde selbst zu ihm fahren. Ehe ich für immer weggehe, will ich ihm alles sagen. Nie habe ich jemand so gehaßt wie diesen Menschen!‹ dachte sie. Als sie seinen Hut am Garderobenhalter sah, zuckte sie vor Abscheu zusammen. Sie überlegte nicht, daß sein Telegramm die Antwort auf ihre Depesche war und daß er ihren Brief noch nicht erhalten hatte. Sie stellte sich ihn jetzt vor,

wie er sich mit seiner Mutter und der Sorokina ruhig unterhielt und sich über ihre Qualen freute. ›Ja, ich muß so schnell wie möglich wegfahren‹, sagte sie, wußte aber noch nicht, wohin. Sie wollte schnell von den Empfindungen loskommen, die sie in diesem schrecklichen Haus gequält hatten. Die Dienstboten, die Wände, die Sachen in diesem Haus, alles rief in ihr Abscheu und Erbitterung hervor und drückte sie wie eine schwere Last.

›Ja, ich muß nach der Eisenbahnstation fahren, und wenn ich ihn dort nicht treffe, fahre ich auf das Gut und ertappe ihn auf frischer Tat.‹ Sie sah in der Zeitung den Fahrplan nach. ›Abends acht Uhr zwei Minuten. Ja, den erreiche ich noch.‹ Sie ließ andere Pferde anspannen und packte Sachen für einige Tage in ihre Reisetasche. Sie wußte, daß sie nicht mehr hierher zurückkehren würde. Viele Pläne gingen ihr durch den Kopf; sie faßte den noch unklaren Entschluß, nach den auf der Station oder auf dem Gut der Gräfin zu erwartenden Ereignissen mit der Nishnij-Nowgoroder Bahn bis zur nächsten Stadt zu fahren und dort zu bleiben.

Das Mittagessen stand auf dem Tisch. Sie trat heran und roch an dem Brot und dem Käse, und nachdem sie sich überzeugt hatte, daß der Geruch alles Eßbaren ihr zuwider war, ließ sie den Wagen vorfahren und ging hinaus. Das Haus warf seinen Schatten schon über die ganze Straße, es war ein klarer, in der Sonne noch warmer Abend. Annuschka, die mit ihr hinausging und die Sachen trug, Peter, der die Sachen in den Wagen legte, und der Kutscher, der mit irgend etwas unzufrieden schien, alle waren ihr zuwider und reizten sie durch ihre Worte und Bewegungen.

»Ich brauche dich nicht, Peter.«

»Und die Fahrkarte?«

»Nun, wie du willst, mir ist es gleich«, sagte sie ärgerlich.

Peter sprang auf den Bock, stemmte die Hände in die Seiten und befahl dem Kutscher, zum Bahnhof zu fahren.

›Da bin ich wieder im Wagen! Jetzt verstehe ich wieder alles!‹ dachte Anna, als der Wagen sich in Bewegung gesetzt hatte und schaukelnd über das holprige Pflaster rasselte und allerlei Eindrücke sich wieder sehr schnell ablösten.
›Ja, ich habe doch zuletzt an etwas Lustiges gedacht. Was war es nur?‹ Sie versuchte sich zu erinnern. ›Tjutkin, Coiffeur? Nein, das war es nicht. Ach ja, ich dachte an das, was Jaschwin sagte: ‚Der Kampf ums Dasein und der Haß, das ist das einzige, was die Menschen miteinander verbindet.' Es ist völlig zwecklos, daß ihr da hinausfahrt‹, sagte sie in Gedanken zu einer Gesellschaft in einem Vierspänner, die offenbar vor die Stadt hinausfuhr, um sich dort zu amüsieren. ›Auch der Hund, den ihr mitgenommen habt, wird euch nichts nützen. Man kann nicht sich selbst entfliehen.‹ Als sie einen Blick nach der Seite warf, wohin Peter schaute, sah sie einen stockbetrunkenen Fabrikarbeiter mit hin und her wackelndem Kopf, der von einem Polizisten abgeführt wurde. ›Ja, der ist vielleicht sich selbst entflohen‹, dachte sie. ›Aber ich und Graf Wronskij haben diese Freude nicht kennengelernt, obwohl wir so viel davon erwartet hatten.‹ Und Anna richtete das helle Licht, in dem sie jetzt alles sah, zum erstenmal auf ihr Verhältnis zu ihm, über das sie früher nie hatte nachdenken wollen. ›Was hat er bei mir gesucht? Weniger Liebe als Befriedigung seiner Eitelkeit.‹ Sie dachte an seine Worte in der ersten Zeit ihrer Beziehungen, an seinen Gesichtsausdruck, der sie an einen gehorsamen Jagdhund erinnert hatte. Und in allem fand sie eine Bestätigung ihrer jetzigen Auffassung. ›Ja, sein Sieg über mich schmeichelte seiner Eitelkeit. Gewiß, es war auch Liebe dabei, aber der größte Teil war der Stolz auf seinen Erfolg. Er prahlte mit mir. Das ist jetzt vorbei. Er kann auf nichts mehr stolz sein, jetzt schämt er sich meiner. Er hat mir alles genommen, was er mir nehmen konnte, und jetzt braucht er mich nicht

mehr. Er empfindet mich als Last und ist nur noch darauf bedacht, durch das Verhältnis mit mir nicht ehrlos zu werden. Gestern hat er sich verraten: er sagte, er wünsche die Scheidung und die Ehe, um seine Schiffe hinter sich zu verbrennen. Er liebt mich — aber wie? The jest is gone. Der da will alle Leute in Staunen setzen und ist sehr mit sich zufrieden‹, dachte sie beim Anblick eines rotbackigen Kommis, der auf einem Mietgaul ritt. ›Ja, ich habe keinen Reiz mehr für ihn. Wenn ich von ihm weggehe, wird er im Grunde seines Herzens sehr froh sein.‹

Das war keine bloße Vermutung, sie sah das sehr klar in dem grellen Licht, das ihr jetzt den Sinn des Lebens und der menschlichen Beziehungen erhellte.

›Meine Liebe wird immer leidenschaftlicher und egoistischer, und seine Liebe erlischt immer mehr, und deshalb müssen wir uns trennen‹, dachte sie. ›Da ist nichts zu machen. Er ist mein ein und alles, und ich verlange völlige Hingabe von ihm. Er aber strebt immer mehr danach, sich von mir zu lösen. Vor unserer Verbindung gingen wir einander entgegen, aber dann gingen wir unaufhaltsam nach verschiedenen Seiten auseinander. Und das läßt sich nicht ändern. Er sagt mir, ich sei sinnlos eifersüchtig, und ich habe mir das auch gesagt, aber das ist nicht wahr. Ich bin nicht eifersüchtig, ich bin unbefriedigt. Aber...‹ Sie öffnete den Mund und setzte sich im Wagen auf einen anderen Platz, so sehr erregte sie ein neuer, plötzlich auftauchender Gedanke. ›Wenn ich etwas anderes sein könnte als die Geliebte, die nur leidenschaftlich nach seinen Liebkosungen verlangt! Aber ich kann und will nichts anderes sein. Und ich rufe durch mein Verlangen nach Liebe nur Abneigung bei ihm hervor, und er erweckt in mir Zorn, und anders kann es auch nicht sein. Ich weiß, daß er mich nie betrügen würde, daß er keine Absichten auf die Sorokina hat, daß er nicht in Kitty verliebt ist, aber dadurch wird mir nicht leichter. Wenn er, ohne mich zu lieben, nur aus Pflichtgefühl gut und zärtlich zu mir ist, wenn aber das fehlt, was ich wünsche, so ist das schlimmer, tausendmal schlimmer als Zorn und Haß! Das ist die Hölle! Und so ist es jetzt. Er liebt mich schon längst nicht mehr. Und wo die Liebe endet, da beginnt der Haß... Diese Straßen kenne ich gar nicht. Bergauf, bergab, und überall Häuser, Häuser... Und in den Häusern überall Menschen, Menschen... So viele Menschen, unendlich viele, und alle hassen sie einander. Wenn ich mir überlege, was ich mir wünschen müßte, um glücklich zu sein... Nun? Ich werde geschieden, Alexej Alexandrowitsch überläßt mir Serjosha, und ich heirate Wronskij.‹ Bei der Erinnerung an Alexej Alexandrowitsch sah sie ihn plötzlich mit außerordentlicher Deutlichkeit wie lebendig vor sich, mit seinen sanften, leblosen, erloschenen Augen, den blauen Adern auf den weißen Händen, dem eigentümlichen Tonfall seiner Stimme und den knackenden Fingern. Und als sie an das Gefühl dachte, das zwischen ihnen bestanden hatte und das man auch Liebe nannte, zuckte sie vor Abscheu zusammen. ›Ja, ich lasse mich also scheiden und werde Wronskijs Frau. Ob Kitty mich dann wohl mit anderen Augen ansehen wird als heute? Nein. Und wird Serjosha dann nicht mehr fragen, warum ich zwei Männer habe, und nicht mehr darüber nachdenken? Und was für ein neues Gefühl könnte zwischen Wronskij und mir bestehen? Ist das denn möglich — ich will gar nicht sagen Glück, aber wenigstens keine Qual? Nein, dreimal nein!‹ antwortete sie sich selbst ohne das leiseste Schwanken. ›Es ist unmöglich! Wir werden unser Leben lang auseinanderstreben, ich werde ihn unglücklich machen und er mich, und wir werden uns nicht ändern, weder er noch ich. Wir haben alles versucht; die Schraube ist überdreht. Da sitzt eine Bettlerin mit ihrem Kind. Sie glaubt, sie könne Mitleid erwecken. Aber sind wir nicht alle in diese Welt geworfen, um einander zu hassen und um uns selbst und andere zu quälen? Da gehen Gymnasiasten, sie lachen. Serjosha?‹ dachte sie. ›Ich glaubte auch, daß ich ihn liebte, und war gerührt über meine eigene Zärtlichkeit. Und doch habe ich auch ohne ihn leben können und habe ihn für eine andere Liebe hingegeben und diesen Tausch nicht bereut, solange jene andere Liebe mich befriedigte.‹ Und sie dachte jetzt mit Abscheu an das, was sie ›jene andere Liebe‹ nannte. Und die Klarheit, mit der sie jetzt ihr eigenes Leben und das Leben aller Menschen sah, freute sie. ›So geht es mir und Peter und dem Kutscher Fedor und dem Kaufmann da und all den Menschen, die dort an der Wolga wohnen, wohin zu fahren diese Plakate dort die Reiselustigen auffordern, und so geht es überall und immer‹, dachte sie, als sie vor dem niedrigen Bau des Nishnij-Nowgoroder Bahnhofs vorfuhr und die Gepäckträger auf sie zuliefen.

»Befehlen Sie eine Fahrkarte nach Obiralowka?« fragte Peter.

Sie hatte ganz vergessen, wohin sie fahren wollte und warum, und konnte nur mit Mühe die Frage verstehen.

»Ja«, sagte sie, gab ihm ihren Geldbeutel, nahm ihre kleine rote Reisetasche und stieg aus dem Wagen.

Als sie durch die Menge zum Wartesaal erster Klasse ging, erinnerte sie sich nach und nach wieder an alle Einzelheiten ihrer Lage und an die Entschlüsse, zwischen denen sie geschwankt hatte. Und wieder wechselten in ihrem gequälten, entsetzlich zuckenden Herzen Hoffnung und Verzweiflung, und die alten, schmerzenden Wunden wurden von neuem aufgerissen. Als sie in Erwartung des Zuges auf dem sternförmigen Sofa saß und die hereinkommenden und hinausgehenden Reisenden voll Widerwillen betrachtete (sie kamen ihr alle widerwärtig vor), dachte sie daran, wie sie auf der Station ankommen, wie sie ihm ein paar Zeilen schreiben werde und was sie ihm schreiben werde, wie er sich jetzt bei seiner Mutter über seine Lage beklage (weil er kein Verständnis für ihre Leiden hatte) und wie sie dann ins Zimmer treten und was sie ihm sagen werde. Dann dachte sie daran, wie glücklich ihr Leben noch werden könne, wie qualvoll sie ihn liebte und haßte, und wie furchtbar ihr Herz klopfte.

31

Das erste Glockenzeichen ertönte, ein paar Männer gingen vorüber. Sie waren häßlich und frech und hatten es sehr eilig, achteten aber doch darauf, was für einen Eindruck sie wohl machten. Peter in seiner Livree und seinen Gamaschen und mit seinem stumpfsinnigen Tiergesicht ging durch den Saal und kam auf sie zu, um sie zum Zug zu begleiten. Die lärmenden jungen Männer wurden still, als sie auf dem Bahnsteig an ihnen vorbeiging, und der eine flüsterte einem andern eine Bemerkung über sie zu, natürlich irgendeine Gemeinheit. Sie stieg die hohe Stufe hinauf und setzte sich in einem leeren Abteil auf das mit Sprungfedern versehene, schmutzige, einmal weiß gewesene Polster. Die Reisetasche schaukelte auf den Sprungfedern und kippte dann auf die Seite. Peter mit seinem idiotischen Lächeln lüftete vor dem Fenster zum Zeichen des Abschieds seinen betreßten Hut, der freche Schaffner schlug die Tür zu und schloß die Klinke. Eine häßliche Dame mit einer Turnüre (Anna entkleidete diese Frau in Gedanken und war entsetzt über ihre schlechte Figur) und ein paar junge Mädchen, die unnatürlich lachten, gingen auf dem Bahnsteig vorbei.
»Er ist bei Katerina Andrejewna, er ist immer bei ihr, ma tante!« rief eins der jungen Mädchen.
›So ein junges Ding, und schon so verdorben und kokett!‹ dachte Anna. Um niemand zu sehen, stand sie schnell auf und setzte sich an das gegenüberliegende Fenster des leeren Abteils. Ein häßlicher, schmutziger Arbeiter in einer Mütze, unter der wirre Haarsträhnen heraushingen, ging an diesem Fenster vorüber und bückte sich zu den Rädern des Waggons hinunter. ›Dieser häßliche Arbeiter kommt mir

irgendwie bekannt vor‹, dachte Anna. Da fiel ihr plötzlich ihr Traum ein, und zitternd vor Angst ging sie zu der gegenüberliegenden Tür. Der Schaffner öffnete gerade die Tür und ließ einen Herrn mit seiner Frau herein.

»Möchten Sie aussteigen?«

Anna antwortete nicht. Der Schaffner und die beiden Reisenden bemerkten unter dem Schleier das Entsetzen auf ihrem Gesicht nicht. Sie ging in ihre Ecke zurück und setzte sich wieder. Das Ehepaar setzte sich ihr gegenüber und musterte verstohlen, aber aufmerksam Annas Toilette. Der Mann und die Frau schienen Anna beide widerwärtig. Der Mann fragte, ob sie erlaube, daß er rauche, offenbar nicht, weil er rauchen wollte, sondern um eine Unterhaltung anzuknüpfen. Als er ihre Erlaubnis erhalten hatte, begann er mit seiner Frau auf französisch über Dinge zu reden, die noch überflüssiger waren als das Rauchen. Sie redeten allerlei dummes Zeug, nur damit sie es hören sollte. Anna sah deutlich, wie überdrüssig die beiden einander waren und wie sie einander haßten. Solch kümmerliche Kreaturen konnte man auch nur hassen.

Das zweite Glockenzeichen ertönte, und gleich darauf hörte man den Gepäckwagen vorbeifahren und Lärm, Geschrei und Lachen. Es war Anna so klar, daß kein Mensch einen Anlaß hatte, sich zu freuen, und darum tat ihr dieses Lachen fast körperlich weh und reizte sie so sehr, daß sie sich am liebsten die Ohren zugehalten hätte, um es nicht zu hören. Endlich ertönte das dritte Glockenzeichen, die Lokomotive pfiff und schnaufte, die Ketten zwischen den Waggons zogen sich straff, und der Mann in Annas Abteil bekreuzte sich. ›Es wäre interessant, ihn zu fragen, was er sich dabei denkt‹, dachte Anna und warf ihm einen zornigen Blick zu. Dann sah sie an der Dame vorbei aus dem Fenster auf die Menschen, die Reisende begleitet hatten, jetzt auf dem Bahnsteig standen und rückwärts zu gleiten schienen. Taktmäßig an den Fugen der Schienen anstoßend, rollte der

Wagen, in dem Anna saß, an dem Bahnsteig, an einer Steinmauer, an der Signalscheibe und an anderen Waggons vorbei; nun rollten die Räder glatter, weicher und leiser auf den Schienen dahin; die Abendsonne schien zum Fenster herein, und ein leichter Wind spielte mit dem Vorhang. Anna hatte ihre Nachbarn in dem Abteil vergessen, sie atmete die frische Luft ein und überließ sich bei dem sanften Schaukeln des Wagens wieder ihren Gedanken.

›Ja, wo war ich stehengeblieben? Dabei, daß ich mir keine Lage denken kann, in der das Leben nicht eine Qual wäre, und daß wir alle dazu geschaffen sind, uns zu quälen, daß wir das alle wissen und uns allerlei Mittel ausdenken, um uns selbst zu betrügen. Wenn man aber die Wahrheit erkennt, was dann?‹

»Dazu ist dem Menschen die Vernunft gegeben, damit er sich von dem befreit, was ihn beunruhigt«, sagte die Dame französisch; sie war mit dieser Phrase offenbar sehr zufrieden und fuhr sich mit der Zunge über die Lippen.

Diese Worte waren gleichsam eine Antwort auf Annas Gedanken.

›Sich von dem befreien, was einen beunruhigt‹, wiederholte sie. Sie sah den rotbackigen Mann und seine hagere Frau an und erkannte, daß diese kränkliche Dame sich für eine unverstandene Frau hielt und der Mann sie betrog und sie dadurch in ihrer Meinung von sich selbst bestärkte. Anna meinte die ganze Lebensgeschichte der beiden und alle Winkel ihrer Seele deutlich vor sich zu sehen. Aber da war nichts Interessantes zu finden, und sie überließ sich wieder ihren Gedanken.

›Ja, ich bin sehr erregt, und dazu ist uns die Vernunft gegeben, damit wir uns befreien. Also muß ich das tun. Warum eine Kerze nicht auslöschen, wenn nichts mehr da ist, was man sehen möchte, wenn man sich ekelt, das alles zu sehen? Aber wie? Warum läuft dieser Schaffner auf dem Trittbrett entlang? Warum schreien diese jungen Leute im andern

Wagen? Warum schwatzen sie, warum lachen sie? Alles ist Unwahrheit, alles ist Lüge, alles Betrug, alles ist böse...‹

Als der Zug die Station erreicht hatte, stieg Anna mit einer Schar anderer Passagiere aus, von denen sie rasch wegging, als wären sie Aussätzige. Dann blieb sie auf dem Bahnsteig stehen und suchte sich zu erinnern, warum sie hierher gefahren sei und was sie tun wolle. Es fiel ihr sehr schwer, alles, was ihr vorher möglich erschienen war, jetzt klar zu erfassen, besonders in der lärmenden Menge dieser widerwärtigen Menschen, die sie nicht in Ruhe ließen. Bald kamen Gepäckträger gelaufen und boten ihr ihre Dienste an, bald wichen Begegnende ihr nicht nach der richtigen Seite aus. Als ihr einfiel, daß sie weiterfahren wollte, wenn keine Antwort da wäre, hielt sie einen Gepäckträger an und fragte ihn, ob nicht ihr Kutscher mit einem Brief an Graf Wronskij da sei.

»Graf Wronskij? Eben war ein Wagen von ihm da, der die Fürstin Sorokina und ihre Tochter abgeholt hat. Wie sieht denn der Kutscher aus?«

Während sie mit dem Gepäckträger sprach, kam der rotbackige, lustige Kutscher Michajlo in seiner blauen eleganten Jacke mit der Uhrkette auf sie zu und überreichte ihr einen Brief, offenbar stolz darauf, daß er seinen Auftrag so gut ausgeführt hatte. Sie öffnete den Brief, und ihr Herz krampfte sich zusammen, noch ehe sie ihn gelesen hatte.

›Ich bedaure sehr, daß der Brief mich nicht mehr erreicht hat. Ich werde um zehn Uhr zu Hause sein‹, hatte Wronskij mit nachlässiger Schrift geschrieben.

›Ja! Das hatte ich erwartet!‹ sagte sie mit einem bösen Lächeln zu sich selbst.

»Es ist gut. Fahr nach Hause«, sagte sie leise zu Michajlo. Sie sprach leise, weil ihr Herz so schnell schlug, daß sie kaum atmen konnte. ›Nein, ich lasse mich nicht von dir quälen‹, dachte sie, aber diese Drohung war nicht gegen Wronskij gerichtet, auch nicht gegen sie selbst, sondern gegen den, der sie zwang, sich zu quälen. Sie ging auf dem Bahnsteig am Stationsgebäude entlang.

Zwei Dienstmädchen, die auf dem Bahnsteig auf und ab gingen, drehten sich nach ihr um, betrachteten sie und machten laute Bemerkungen über ihre Toilette. »Die sind echt«, sagten sie von den Spitzen an ihrem Kleid. Die jungen Männer ließen sie nicht in Ruhe, sie gingen wieder an ihr vorbei, sahen ihr ins Gesicht und schwatzten und lachten laut und unnatürlich. Der Stationsvorsteher fragte sie im Vorbeigehen, ob sie weiterfahren wolle. Ein Junge, der Kwas verkaufte, starrte sie an. ›Mein Gott, wo soll ich hin?‹ dachte sie und ging immer weiter den Bahnsteig entlang. Am Ende des Bahnsteigs blieb sie stehen. Ein paar Damen und Kinder, die einen Herrn mit einer Brille abgeholt hatten und laut lachten und schwatzten, verstummten und sahen sie an, als sie an ihnen vorbeikam. Sie beschleunigte ihre Schritte und ging an den vorderen Rand des Bahnsteigs. Ein Güterzug kam. Der Bahnsteig zitterte, und sie hatte das Gefühl, als fahre sie wieder.

Da fiel ihr plötzlich der Mann ein, der an dem Tag ihrer ersten Begegnung mit Wronskij überfahren worden war, und nun wußte sie, was sie zu tun hatte. Mit schnellen, leichten Schritten ging sie die Stufen hinunter, die vom Wasserturm zu den Schienen führten, und blieb dicht neben dem vorbeifahrenden Zug stehen. Sie starrte auf den unteren Teil der Waggons, auf die Schrauben, Ketten und die hohen gußeisernen Räder des langsam dahinrollenden ersten Wagens, und suchte mit dem Augenmaß die Mitte zwischen den Vorder- und den Hinterrädern und den Augenblick zu bestimmen, wenn die Mitte gerade vor ihr sein werde.

›Dorthin!‹ sagte sie sich und blickte auf den Schatten der Waggons auf den mit Kohlen gemischten Sand, der die Schwellen bedeckte, ›dorthin, gerade in die Mitte, und ich habe ihn bestraft und mich von allen und von mir selbst befreit.‹

Sie wollte sich unter den ersten Waggon werfen, dessen Mitte gerade an ihr vorüberkam; aber die rote Reisetasche, die sie vom Arm nehmen wollte, hielt sie auf, und es war schon zu spät: die Mitte des Waggons war an ihr vorüber. Sie mußte auf den nächsten Wagen warten. Ein Gefühl ähnlich jenem, das sie empfand, wenn sie beim Baden ins Wasser stieg, überkam sie, und sie bekreuzigte sich. Die gewohnte Gebärde des Bekreuzens rief in ihrer Seele eine ganze Reihe von Erinnerungen aus ihrer Mädchen- und Kinderzeit wach, und plötzlich zerriß die Finsternis, die ihr bisher alles verborgen hatte, und das Leben zeigte sich ihr für einen Augenblick mit all seinen lichten vergangenen Freuden. Aber sie wandte die Augen nicht von den Rädern des herankommenden zweiten Wagens ab. Und genau in dem Augenblick, als die Mitte zwischen den Rädern ihr gegenüber war, warf sie die rote Reisetasche fort, drückte den Kopf zwischen die Schultern, ließ sich unter den Waggon auf die Hände fallen und kniete nieder, mit einer leichten Bewegung, als wollte sie gleich wieder aufstehen. Aber im selben Augenblick erschrak sie über das, was sie tat. ›Wo bin ich? Was tue ich? Wozu?‹ Sie wollte aufstehen, sich zurückwerfen, aber etwas Riesiges, Unerbittliches stieß gegen ihren Kopf und schleppte sie am Rücken mit fort. ›Herr Gott, vergib mir alles!‹ sagte sie, als sie fühlte, daß kein Widerstand mehr möglich war. Der Bauer klirrte mit dem Eisenzeug und murmelte vor sich hin. Und die Kerze, bei der sie das von Sorgen, Betrug, Kummer und Bösem erfüllte Buch des Lebens gelesen hatte, flammte heller auf als je zuvor, beleuchtete ihr alles, was bisher im Dunkel gewesen war, knisterte, wurde dunkel und erlosch für immer.

ACHTER TEIL

I

Fast zwei Monate waren vergangen. Die erste Hälfte des heißen Sommers war schon vorbei, und Sergej Iwanowitsch verließ erst jetzt Moskau.

In seinem Leben hatte sich inzwischen allerlei ereignet. Vor etwa einem Jahr hatte er sein Buch, die Frucht sechsjähriger Arbeit, zum Abschluß gebracht. Es trug den Titel: Versuch einer Übersicht der Grundlagen und Formen des Staatswesens in Europa und in Rußland. Einige Abschnitte dieses Buches und die Einleitung waren schon vorher in Zeitschriften erschienen, und andere Teile hatte Sergej Iwanowitsch seinen Bekannten vorgelesen, so daß die Ideen seines Werkes dem Publikum nicht mehr völlig neu sein konnten; dennoch erwartete Sergej Iwanowitsch, daß das Erscheinen seines Buches bei den Gebildeten einen starken Eindruck machen und wenn auch keine Umwälzung in der Wissenschaft, so doch großes Aufsehen in der Gelehrtenwelt hervorrufen werde.

Das Buch war nach sorgfältiger Überarbeitung im vergangenen Jahr erschienen und an die Buchhandlungen versandt worden.

Sergej Iwanowitsch fragte niemand nach seinem Buch, beantwortete Fragen seiner Freunde, wie das Buch sich verkaufe, nur ungern und mit geheuchelter Gleichgültigkeit und erkundigte sich nicht einmal bei den Buchhändlern danach, ob es viel gekauft werde, aber er wartete trotzdem mit gespannter Aufmerksamkeit auf den ersten Eindruck, den sein Werk auf die Gesellschaft und in der Literatur machen werde.

Aber es verging eine Woche, eine zweite, ein dritte, und von einem Eindruck auf die Gesellschaft war nichts zu merken. Seine Freunde, Fachleute und Gelehrte, sprachen manchmal mit ihm über das Buch, offenbar nur aus Höflichkeit. Seine anderen Bekannten, die sich für gelehrte Bücher nicht interessierten, sprachen überhaupt nicht darüber, und die Gesellschaft, die gerade mit ganz anderen Dingen beschäftigt war, zeigte sich völlig gleichgültig. Auch in der Literatur war einen ganzen Monat lang keine Rede von dem Buch.

Sergej Iwanowitsch berechnete die Zeit, die zum Schreiben einer Rezension erforderlich war, aber ein zweiter Monat verging, und alles blieb still.

Nur in der ›Nordischen Biene‹ waren in einem humoristischen Feuilleton über den Sänger Drabanti, der seine Stimme verloren hatte, ein paar verächtliche Bemerkungen über Kosnyschews Buch zu finden, die zeigten, daß alle es schon längst verurteilt hatten und darüber spotteten.

Nach fast drei Monaten erschien dann endlich eine Besprechung in einer ernsten Zeitschrift. Sergej Iwanowitsch kannte den Rezensenten. Er hatte ihn einmal bei Golubzow getroffen.

Der Rezensent war ein sehr junger, kränklicher Feuilletonist, recht gewandt mit der Feder, aber sehr wenig gebildet und im persönlichen Verkehr sehr linkisch.

Sergej Iwanowitsch verachtete diesen Kritiker zwar zutiefst, aber er machte sich doch mit einem gewissen Respekt an die Lektüre der Besprechung. Die Kritik war geradezu entsetzlich.

Der junge Feuilletonist hatte das Buch offenbar so verstanden, wie es unter keinen Umständen verstanden werden durfte. Aber er hatte die Zitate so geschickt ausgewählt, daß alle, die das Buch nicht gelesen hatten (und anscheinend hatte es so gut wie niemand gelesen), den Eindruck gewinnen mußten, das ganze Werk sei nichts anderes als eine Anhäufung hochtrabender Worte, die dazu noch verkehrt gebraucht wurden (was die vielen Fragezeichen bewiesen), und der Verfasser sei ein völliger Ignorant. Und das alles war so scharfsinnig ausgeführt, daß sogar Sergej Iwanowitsch auf diesen Scharfsinn stolz gewesen wäre, und gerade das war das Entsetzliche.

Obwohl Sergej Iwanowitsch sich vorgenommen hatte, die Argumente des Rezensenten gewissenhaft zu prüfen, hielt er sich keinen Augenblick bei den Mängeln und Irrtümern auf – es war nur zu klar, daß das alles in böser Absicht aufgezählt wurde – sondern rief sich unwillkürlich seine Begegnung und sein Gespräch mit diesem Kritiker bis in die kleinsten Einzelheiten ins Gedächtnis zurück.

›Habe ich ihn vielleicht irgendwie gekränkt?‹ fragte er sich. Und als er sich erinnerte, daß er bei dieser Begegnung dem jungen Mann eine Redewendung korrigiert hatte, die seine Unwissenheit bewies, da hatte Sergej Iwanowitsch die Erklärung für diesen Artikel gefunden.

Nach dieser Rezension wurde nirgends mehr, weder in der Presse, noch gesprächsweise, auch nur ein Wort über das Buch geäußert, und Sergej Iwanowitsch sah, daß dieses Werk, an dem er sechs Jahre lang mit so viel Liebe und Mühe gearbeitet hatte, spurlos vorübergegangen war.

Sergej Iwanowitschs Lage wurde noch dadurch erschwert, daß er nach der Vollendung seines Buches keine Schreibtischarbeit mehr hatte, die früher einen großen Teil seiner Zeit ausgefüllt hatte.

Sergej Iwanowitsch war klug, gebildet, gesund und tatkräftig und wußte nicht, worauf er jetzt seine Tatkraft richten sollte. Gespräche in Salons, auf Kongressen, in Versammlungen oder Komitees, überall, wo man reden konnte, nahmen einen Teil seiner Zeit in Anspruch; aber als langjähriger Stadtbewohner konnte er nicht ganz in solchen Debatten aufgehen, wie sein unerfahrener Bruder, wenn er in Moskau war; es blieb ihm noch sehr viel freie Zeit und sehr viel ungenutzte Geisteskraft.

Zu seinem Glück wurden in dieser Zeit, die wegen des Mißerfolges seines Buches so schwer für ihn war, bisher aktuelle Fragen, die Andersgläubigen, die amerikanischen Freunde, die Hungersnot im Gouvernement Samara, die Ausstellung, den Spiritismus betreffend, von einer neuen

Frage abgelöst, und zwar von der slawischen Frage, die bis dahin in der Gesellschaft nur geglimmt hatte. Sergej Iwanowitsch hatte sich schon früher eingehend mit dieser Sache befaßt und gab sich ihr jetzt ganz hin.
In den Kreisen, denen Sergej Iwanowitsch angehörte, redete und schrieb man damals von nichts anderem als von der slawischen Frage und von dem Krieg in Serbien. Alles, was die müßige Menge gewöhnlich tut, um die Zeit totzuschlagen, würde jetzt zum Besten der slawischen Brüder getan. Bälle, Konzerte, Diners, Tischreden, die Toiletten der Damen, Bier und Wirtshäuser — alles zeugte von dem Mitgefühl mit den Slawen.
Mit vielem, was über dieses Problem geredet und geschrieben wurde, war Sergej Iwanowitsch nicht in allen Einzelheiten einverstanden. Er sah, daß die slawische Frage zu einer jener ständig wechselnden modischen Zerstreuungen geworden war, die der Gesellschaft zum Zeitvertreib dienen. Er sah auch, daß viele Leute sich nur aus egoistischen Gründen oder aus Ehrgeiz mit dieser Sache befaßten. Er gab zu, daß die Zeitungen viel Unnützes und Überflüssiges schrieben, nur um die Aufmerksamkeit auf sich zu lenken und andere zu überschreien. Er sah, daß bei dieser allgemeinen Begeisterung der Gesellschaft allerlei Leute, die bisher keinen Erfolg gehabt hatten und sich gekränkt fühlten, sich jetzt vordrängten und noch lauter schrien als die anderen: Generäle ohne Armeen, Minister ohne Ministerien, Journalisten ohne Zeitungen, Parteiführer ohne Anhänger. Er sah, daß dabei viel Hohlheit und Lächerlichkeit im Spiel war, aber er sah auch mit Genugtuung die zweifellos echte, ständig wachsende Begeisterung, die alle Gesellschaftsklassen miteinander verband, und der man seine Sympathie nicht versagen konnte. Die Niedermetzelung der slawischen Brüder und Glaubensgenossen rief Mitgefühl mit den Unterdrückten und Empörung gegen die Unterdrücker hervor. Und das Heldentum der Serben und

Montenegriner, die für die große Sache kämpften, weckte im ganzen Volk den Wunsch, den slawischen Brüdern nicht nur mit Worten, sondern auch mit Taten beizustehen.
Dazu kam noch eine andere Erscheinung, die Sergej Iwanowitsch sehr freute: das Entstehen einer öffentlichen Meinung. Das Volk bekundete sehr deutlich, was es wollte. Die Volksseele hatte ihren Ausdruck gefunden, wie Sergej Iwanowitsch sagte. Und je mehr er sich mit dieser Sache beschäftigte, desto klarer schien es ihm, daß sie sich bedeutend ausweiten und eine neue Epoche der Weltgeschichte einleiten würde.
Er stellte seine ganze Kraft in den Dienst dieser großen Sache und vergaß sogar, an sein Buch zu denken.
Seine Zeit war jetzt so ausgefüllt, daß er außerstande war, auf alle an ihn gerichteten Briefe und Bitten zu antworten.
Nachdem er den ganzen Frühling und einen Teil des Sommers gearbeitet hatte, fuhr er erst im Juli zu seinem Bruder aufs Land.
Er wollte sich vierzehn Tage erholen und im Allerheiligsten des Volkes, in der ländlichen Einsamkeit, sich an der Erhebung des Volksgeistes freuen, von der er und alle Bewohner der Residenz und anderer Städte fest überzeugt waren. Katawasow, der schon längst die Absicht hatte, sein Lewin gegebenes Versprechen zu erfüllen, fuhr mit ihm aufs Land.

2

Kaum waren Sergej Iwanowitsch und Katawasow vor dem an diesem Tag besonders belebten Kursker Bahnhof vorgefahren, aus dem Wagen gestiegen und hatten sich nach dem Diener umgesehen, der ihnen in einem anderen Wagen das Gepäck nachbrachte, da kamen vier Mietdroschken mit Freiwilligen. Damen mit Blumensträußen begrüßten sie und gingen mit ihnen ins Bahnhofsgebäude, von der nachdrängenden Volksmenge begleitet.

Eine der Damen, die die Freiwilligen begrüßt hatten, kam wieder aus dem Wartesaal heraus und wandte sich an Sergej Iwanowitsch.

»Sind Sie auch gekommen, um ihnen das Geleit zu geben?« fragte sie ihn französisch.

»Nein, ich verreise selbst, Fürstin. Ich möchte mich bei meinem Bruder erholen. Sie begleiten wohl alle Freiwilligen?« sagte Sergej Iwanowitsch mit kaum merklichem Lächeln.

»Selbstverständlich!« antwortete die Fürstin. »Stimmt es, daß hier schon achthundert Mann abgefahren sind? Malwinskij wollte es mir nicht glauben.«

»Mehr als achthundert. Und wenn man die mitrechnet, die nicht direkt aus Moskau kommen, dann sind es mehr als tausend«, sagte Sergej Iwanowitsch.

»Sehen Sie! Das habe ich ja gesagt!« bemerkte die Dame erfreut. »Und es ist doch auch wahr, daß bis jetzt ungefähr eine Million Rubel gespendet wurde!«

»Mehr, Fürstin.«

»Und was sagen Sie zu der heutigen Depesche? Die Türken sind wieder geschlagen worden.«

»Ja, ich habe es gelesen«, sagte Sergej Iwanowitsch. Sie sprachen von der letzten Depesche, die berichtete, daß die Türken an drei aufeinanderfolgenden Tagen auf der ganzen Linie geschlagen worden und geflohen waren, und daß man morgen die Entscheidungsschlacht erwartete.

»Ach ja, wissen Sie, da ist ein sehr netter junger Mann, der sich freiwillig gemeldet hat. Ich weiß nicht, warum man ihm Schwierigkeiten macht. Ich wollte Sie um Ihre Hilfe bitten, denn ich kenne ihn. Schreiben Sie doch bitte ein paar Zeilen. Gräfin Lydia Iwanowna hat ihn zu mir geschickt.«

Sergej Iwanowitsch fragte die Fürstin eingehend nach allem, was sie über den jungen Mann wußte, ging dann in den Wartesaal erster Klasse, schrieb an die Persönlichkeit,

von der die Entscheidung abhing und brachte der Fürstin den Brief.
»Wissen Sie, Graf Wronskij, der bekannte..., fährt auch mit diesem Zug«, sagte die Fürstin mit einem triumphierenden, vielsagenden Lächeln, als er sie wiedergefunden und ihr den Brief gegeben hatte.
»Ich habe gehört, daß er auch nach Serbien geht, aber ich wußte nicht, wann. Er fährt also mit diesem Zug?«
»Ich habe ihn gesehen. Er ist hier. Nur seine Mutter begleitet ihn. Das ist das beste, was er tun konnte.«
»Ja, gewiß.«
Während sie sprachen, drängte die Menge an ihnen vorbei zu den Tischen, an denen zu Mittag gegessen wurde. Sie gingen auch weiter und hörten die laute Stimme eines Herrn, der mit einem Glas in der Hand eine Rede an die Freiwilligen hielt. »Ihr kämpft für den Glauben, für die Menschheit, für unsere Brüder«, sagte der Herr, seine Stimme immer mehr erhebend. »Zu eurem Kampf für die große Sache segnet euch unser Mütterchen Moskau. Shivio!« schloß er laut und weinte fast vor Rührung.
Alle riefen Shivio. Ein neuer Menschenstrom drängte in den Saal hinein, und die Fürstin wurde beinahe umgerannt.
»Ah! Fürstin, was sagen Sie dazu?« fragte Stepan Arkadjitsch mit strahlendem Lächeln, der plötzlich mitten in der Menge aufgetaucht war. »Nicht wahr, er hat sehr gut und sehr warm gesprochen. Bravo! Da ist auch Sergej Iwanowitsch! Wissen Sie, Sie sollten auch etwas sagen, nur ein paar Worte, zur Ermunterung. Sie können das so gut«, fügte er mit einem zärtlichen, respektvollen und vorsichtigen Lächeln hinzu und schob Sergej Iwanowitsch sanft vorwärts.
»Nein, ich fahre gleich ab.«
»Wohin denn?«
»Zu meinem Bruder aufs Land«, antwortete Sergej Iwanowitsch.

»Da werden Sie meine Frau treffen. Ich habe ihr geschrieben, aber Sie sehen sie früher. Bitte, sagen Sie ihr, daß Sie mich getroffen haben und daß alles all right ist. Das wird sie schon verstehen. Und sagen Sie ihr auch noch, ich hätte jetzt meine Ernennung zum Mitglied des Komitees der vereinigten... na, sie weiß schon. Wissen Sie, les petites misères de la vie humaine«, sagte er sich gleichsam entschuldigend zu der Fürstin. »Und die Mjachkaja, nicht Lisa, sondern Bibiche, schickt auch tausend Gewehre und zwölf Krankenschwestern hin. Habe ich Ihnen das schon erzählt?«

»Ja, ich habe es schon gehört«, antwortete Kosnyschew etwas unwillig.

»Jammerschade, daß Sie wegfahren«, sagte Stepan Arkadjitsch. »Morgen geben wir ein Abschiedsdiner für zwei Freiwillige, für Diemer-Bartnjanskij aus Petersburg und unsern Weslowskij, Grischa. Sie gehen auch nach Serbien. Weslowskij hat vor kurzem geheiratet. Ein Prachtkerl! Nicht wahr, Fürstin?«

Die Fürstin antwortete ihm nicht, sondern sah Kosnyschew an. Aber Stepan Arkadjitsch störte es nicht im geringsten, daß Sergej Iwanowitsch und die Fürstin ihn anscheinend loswerden wollten. Er blickte lächelnd bald auf die Feder am Hut der Fürstin, bald nach allen Seiten, als wollte er sich auf etwas besinnen. Als er eine Dame mit einer Sammelbüchse sah, rief er sie an und steckte einen Fünfrubelschein in die Büchse.

»Ich kann diese Sammelbüchsen nicht ruhig ansehen, solange ich Geld in der Tasche habe«, sagte er. »Aber was sagen Sie zu der heutigen Depesche? Schneidige Kerle, diese Montenegriner!«

»Was Sie sagen!« rief er, als die Fürstin ihm erzählte, daß Wronskij mit diesem Zug fahre. Einen Augenblick drückte Stepan Arkadjitschs Gesicht Trauer aus, aber eine Minute später, als er mit seinem hüpfenden Gang und seinen Backenbart streichend in das Zimmer trat, in dem Wronskij

saß, hatte Stepan Arkadjitsch sein verzweifeltes Schluchzen an der Leiche seiner Schwester völlig vergessen und sah in Wronskij nur den Helden und den alten Freund.
»Trotz all seiner Schwächen muß man ihm Gerechtigkeit widerfahren lassen«, sagte die Fürstin zu Sergej Iwanowitsch, als Oblonskij weggegangen war. »Er ist eine echt russische, slawische Natur! Ich fürchte nur, daß es Wronskij unangenehm sein wird, mit ihm zusammenzutreffen. Man mag sagen, was man will, mich rührt das Schicksal dieses Mannes. Sprechen Sie doch unterwegs mit ihm«, sagte die Fürstin.
»Ja, vielleicht, wenn es sich ergibt.«
»Ich habe ihn nie gemocht. Aber sein jetziges Verhalten macht vieles wieder gut. Er geht nicht nur selbst an die Front, sondern hat auch eine ganze Schwadron auf seine Kosten ausgerüstet.«
»Ja, ich habe es gehört.«
Das Glockenzeichen ertönte. Alle drängten zur Tür.
»Da ist er«, sagte die Fürstin und zeigte auf Wronskij, der in einem langen Mantel und einem schwarzen, breitkrempigen Hut vorbeikam. Er führte seine Mutter am Arm, und neben ihm ging Oblonskij und redete lebhaft auf ihn ein.
Wronskij blickte finster vor sich hin, als höre er gar nicht, was Stepan Arkadjitsch sagte.
Wahrscheinlich von Oblonskij aufmerksam gemacht, sah er nach der Seite, wo die Fürstin und Sergej Iwanowitsch standen, und lüftete schweigend den Hut. Sein alt gewordenes Gesicht, das den Ausdruck tiefen Leides trug, war wie versteinert.
Als sie auf dem Bahnsteig waren, ließ Wronskij zuerst schweigend seine Mutter einsteigen und verschwand dann selbst im Wagen.
Auf dem Bahnsteig wurde gesungen: ›Gott erhalte den Zaren‹, dann wurde Hurra und Shivio geschrien. Einer der Freiwilligen, ein hochaufgeschossener, sehr junger Mann mit eingefallener Brust, grüßte besonders auffällig, indem er

seinen Filzhut und einen Blumenstrauß über seinem Kopf schwenkte. Hinter ihm schauten zwei Offiziere und ein älterer Herr mit langem Bart und einer speckigen Mütze heraus und winkten gleichfalls zum Abschied.

3

Sergej Iwanowitsch verabschiedete sich von der Fürstin und stieg mit Katawasow, der sich wieder zu ihm gesellt hatte, in einen überfüllten Wagen, und der Zug setzte sich in Bewegung.

Auf der Station Zarizyno wurde der Zug von einer Schar junger Leute empfangen, die in wohlklingendem Chor ›Ruhm dir‹ sangen. Wieder lehnten sich die Freiwilligen aus den Fenstern hinaus und grüßten; Sergej Iwanowitsch beachtete sie gar nicht mehr, denn er hatte so viel mit Freiwilligen zu tun, daß er ihren allgemeinen Typus schon kannte und sich nicht mehr dafür interessierte. Katawasow dagegen, der wegen seiner gelehrten Tätigkeit keine Gelegenheit gehabt hatte, die Freiwilligen zu beobachten, interessierte sich sehr für sie und fragte Sergej Iwanowitsch nach ihnen aus.

Sergej Iwanowitsch riet ihm, zu ihnen in die zweite Klasse zu gehen und selbst mit ihnen zu reden. Auf der nächsten Station befolgte Katawasow diesen Rat.

Er ging in einen Wagen zweiter Klasse und versuchte die Freiwilligen kennenzulernen. Sie saßen in einer Ecke, unterhielten sich sehr laut und schienen zu wissen, daß die Aufmerksamkeit der anderen Reisenden und Katawasows nur ihnen galt. Am lautesten redete der hochaufgeschossene junge Mann mit der eingefallenen Brust. Er war offensichtlich betrunken und erzählte eine Geschichte aus seiner Schulzeit. Ihm gegenüber saß ein nicht mehr ganz junger Offizier in der kurzen Uniformjacke der österreichischen Garde. Er hörte dem Erzähler lächelnd zu und unterbrach ihn mitunter. Ein dritter Freiwilliger in Artillerieuniform saß neben ihnen auf einem Koffer, ein vierter schlief.

Katawasow begann ein Gespräch mit dem jungen Mann und erfuhr, daß er ein ehemals reicher Moskauer Kaufmann war, der schon vor seinem zweiundzwanzigsten Lebensjahr ein großes Vermögen durchgebracht hatte. Er mißfiel Katawasow, weil er so weichlich, verwöhnt und kränklich war. Er schien überzeugt, besonders jetzt, wo er betrunken war, daß er eine Heldentat vollbringe, und prahlte höchst unangenehm.

Der zweite, ein ehemaliger Offizier, machte gleichfalls einen unangenehmen Eindruck auf Katawasow. Wie sich herausstellte, hatte er sich in allen möglichen Berufen versucht. Er war Eisenbahnbeamter und Gutsverwalter gewesen, hatte Fabriken gegründet, und redete über alles, wobei er ohne jeden Anlaß und ganz verkehrt gelehrte Ausdrücke gebrauchte.

Der dritte dagegen, der Artillerist, gefiel Katawasow sehr. Er war ein bescheidener, stiller Mensch, dem das Wissen des ehemaligen Gardeoffiziers und die heldenmütige Selbstaufopferung des Kaufmanns offenbar sehr imponierten, und der kein Wort von sich selbst sprach. Als Katawasow ihn fragte, was ihn veranlaßt habe, nach Serbien zu gehen, antwortete er bescheiden:

»Das ist doch ganz natürlich, alle gehen ja hin. Man muß den Serben helfen, sie tun einem doch leid.«

»Ja, dort werden vor allem Artilleristen gebraucht«, sagte Katawasow.

»Ich habe nicht lange bei der Artillerie gedient, vielleicht komme ich auch zur Infanterie oder zur Kavallerie.«

»Warum denn zur Infanterie, wenn vor allem Artilleristen gebraucht werden?« fragte Katawasow, der aus dem Alter des Artilleristen schloß, daß er schon einen ziemlich hohen Rang haben müsse.

»Ich habe nicht lange bei der Artillerie gedient, ich bin

Fähnrich außer Dienst«, sagte er und erzählte, warum er das Examen nicht bestanden hatte.

Das alles machte einen unangenehmen Eindruck auf Katawasow, und als die Freiwilligen auf der nächsten Station ausstiegen, um etwas zu trinken, wollte er sich mit irgend jemand unterhalten um festzustellen, ob dieser unangenehme Eindruck richtig sei. Ein alter Mann in einem langen Militärmantel hatte die ganze Zeit dem Gespräch Katawasows mit den Freiwilligen zugehört. Als sie allein waren, sprach Katawasow ihn an.

»Ja, die Leute, die dort hingehen, kommen doch aus sehr verschiedenen Schichten und Berufen«, fing Katawasow etwas unbestimmt an, um dann seine eigene Meinung auszusprechen und zugleich die Meinung des Alten zu erfahren.

Der Alte hatte schon zwei Feldzüge mitgemacht. Er wußte, was ein Soldat ist, und hielt die Freiwilligen, die unterwegs so tapfer der Flasche zugesprochen hatten, nach ihrem Äußeren und ihren Reden für schlechte Soldaten. Außerdem hätte er gern erzählt, daß aus der Kreisstadt, in der er wohnte, ein auf unbestimmte Zeit beurlaubter Soldat, ein Säufer und Dieb, der nirgends mehr Arbeit fand, auch nach Serbien gegangen sei. Aber er wußte aus Erfahrung, daß es bei der jetzigen Volksstimmung gefährlich war, eine Ansicht zu äußern, die im Widerspruch zu der herrschenden Meinung stand, und besonders, sich über die Freiwilligen abfällig zu äußern, und darum wollte er erst das Gelände sondieren.

»Das macht nichts, dort werden Leute gebraucht«, sagte er und lachte mit den Augen. Dann unterhielten sie sich über die letzte Nachricht vom Kriegsschauplatz, und einer suchte vor dem anderen seine Zweifel zu verbergen, mit wem eigentlich morgen eine Schlacht bevorstand, da die Türken laut der neuesten Nachrichten ja auf der ganzen Linie geschlagen waren. Und so trennten sie sich, ohne ihre Ansicht geäußert zu haben.

Als Katawasow in seinen Wagen zurückgekehrt war, erzählte er Sergej Iwanowitsch von seinen Eindrücken, aus denen hervorging, daß alle Freiwilligen prächtige Kerle waren.
Auf dem großen Bahnhof einer Gouvernementsstadt wurden die Freiwilligen wieder mit Gesang und Hurra begrüßt, wieder erschienen Herren und Damen mit Sammelbüchsen und die Damen der Stadt überreichten den Freiwilligen Blumensträuße und begleiteten sie ans Büfett. Aber hier geschah das alles viel ruhiger und stiller als in Moskau.

4

Während des Aufenthalts auf dem Bahnhof der Gouvernementsstadt ging Sergej Iwanowitsch nicht in die Restauration, sondern spazierte auf dem Bahnsteig auf und ab.
Als er zum erstenmal an Wronskijs Abteil vorbeikam, war der Vorhang zugezogen, aber beim zweitenmal sah er die alte Gräfin am Fenster. Sie rief ihn heran.
»Ich begleite meinen Sohn bis Kursk«, sagte sie.
»Ja, ich habe es schon gehört«, sagte Sergej Iwanowitsch, blieb vor dem Fenster stehen und sah hinein. »Was für ein edler Zug von ihm!« fügte er hinzu, als er sich überzeugt hatte, daß Wronskij nicht im Abteil war.
»Ja, was sollte er nach seinem Unglück anderes tun?«
»Ein entsetzliches Unglück!« sagte Sergej Iwanowitsch.
»Ach, was habe ich alles durchgemacht! Aber kommen Sie doch herein... Ach, was habe ich durchgemacht!« wiederholte sie, als Sergej Iwanowitsch hereingekommen war und neben ihr auf dem Sofa Platz genommen hatte. »Das kann sich kein Mensch vorstellen! Sechs Wochen hat er mit niemand ein Wort geredet und nur gegessen, wenn ich ihn anflehte. Und wir durften ihn keinen Augenblick allein lassen. Wir hatten alles entfernt, womit er sich hätte umbringen können; wir wohnten im Erdgeschoß, aber man mußte auf

alles gefaßt sein. Sie wissen ja, daß er sich ihretwegen schon einmal erschießen wollte«, sagte die alte Dame und runzelte bei dieser Erinnerung die Brauen. »Ja, sie hat geendet, wie eine solche Frau eben enden muß. Sogar die Todesart, die sie gewählt hat, war gemein und unwürdig.«

»Es steht uns nicht zu, hier zu richten, Gräfin«, sagte Sergej Iwanowitsch seufzend, »aber ich kann verstehen, wie schrecklich das alles für Sie gewesen sein muß.«

»Ach, reden Sie nicht davon! Ich wohnte auf meinem Gut, und er war gerade bei mir. Da wurde ihm ein Brief gebracht. Er schrieb eine Antwort und schickte sie ab. Wir wußten nicht, daß sie auf der Station war. Am Abend hatte ich mich gerade zurückgezogen, da erzählte mir meine Mary, auf der Station hätte sich eine Dame unter einen Zug geworfen. Es traf mich wie ein Schlag. Ich wußte sofort, daß sie es war. Das erste, was ich sagte, war: Daß keiner es ihm sagt! Aber sie hatten es ihm schon gesagt. Sein Kutscher war dabei gewesen und hatte alles gesehen. Als ich in sein Zimmer gelaufen kam, war er völlig außer sich – es war furchtbar, ihn anzusehen. Er sagte kein Wort, warf sich auf ein Pferd und ritt hin. Was dort vorgegangen ist, weiß ich nicht, aber sie brachten ihn mir nach Hause wie einen Toten. Ich hätte ihn fast nicht wiedererkannt. Prostration complète, sagte der Arzt. Dann fing er an zu toben. Ach, ich mag gar nicht davon reden!« sagte die Gräfin mit einer müden, traurigen Handbewegung. »Es war eine entsetzliche Zeit. Nein, man mag sagen, was man will, sie war eine schlechte Frau. Diese maßlosen Leidenschaften! Damit sollte etwas ganz Besonderes bewiesen werden. Und jetzt hat sie es bewiesen. Sie hat sich selbst und zwei ausgezeichnete Männer zugrunde gerichtet – ihren Mann und meinen unglücklichen Sohn.«

»Was macht denn ihr Mann?« fragte Sergej Iwanowitsch.

»Er hat ihre Tochter zu sich genommen. Mein Sohn war in der ersten Zeit mit allem einverstanden. Aber jetzt quält es ihn entsetzlich, daß er seine Tochter einem fremden Menschen gegeben hat. Aber er kann sein Wort nicht zurücknehmen. Karenin kam zur Beerdigung. Aber wir sorgten dafür, daß er nicht mit Aljoscha zusammentraf. Für ihn, ihren Mann, war alles viel leichter, sie hat ihn durch ihren Tod befreit. Aber mein armer Sohn hatte sich ihr ganz hingegeben. Er hatte alles aufgegeben, seine Karriere, mich, und sie hatte kein Mitleid mit ihm, sie hat ihn mit Absicht völlig zugrunde gerichtet. Nein, sagen Sie was Sie wollen, ihr Tod ist der Tod einer schlechten Frau, einer Frau ohne Religion. Gott verzeih mir's, aber ich kann nur mit Haß an sie denken, wenn ich sehe, wie mein Sohn zugrunde geht.«

»Wie geht es ihm denn jetzt?«

»Gott hat uns geholfen — durch diesen serbischen Krieg. Ich bin eine alte Frau und verstehe nichts davon, aber für meinen Sohn ist das eine Gnade Gottes. Natürlich, für mich als Mutter ist es furchtbar, und vor allem heißt es, ce n'est pas très bien vu à Pétersbourg. Aber was soll man machen! Das war das einzige, was ihn wieder in die Höhe bringen konnte. Sein Freund Jaschwin hat sein ganzes Geld verspielt und beschloß dann, nach Serbien zu gehen. Er suchte meinen Sohn vorher auf und überredete ihn, mitzukommen. Jetzt hat er etwas, was ihn beschäftigt. Bitte, sprechen Sie doch mit ihm, ich möchte ihn gern zerstreuen. Er ist so traurig. Unglücklicherweise hat er auch noch Zahnschmerzen. Aber er wird sich freuen, Sie wiederzusehen. Bitte, reden Sie mit ihm, er geht dort drüben auf und ab.«

Sergej Iwanowitsch sagte, es sei ihm eine große Freude und ging nach der anderen Seite des Zuges.

5

In dem schrägen abendlichen Schatten einer Menge von Säcken, die auf dem Bahnsteig aufgestapelt waren, ging Wronskij in seinem langen Mantel, den Hut tief in die Stirn gedrückt, die Hände in den Taschen, wie ein Tier im Käfig auf und ab. Er machte immer zwanzig Schritte, dann wendete er schnell um. Als Sergej Iwanowitsch sich ihm näherte, schien es ihm, als habe Wronskij ihn gesehen und tue nur so, als ob er ihn nicht bemerke. Aber das war Sergej Iwanowitsch vollkommen gleich. Er war über alle persönlichen Differenzen mit Wronskij erhaben.

In diesem Augenblick war Wronskij in den Augen Sergej Sergejewitschs ein wichtiger Mann, der einer großen Sache diente, und er hielt es für seine Pflicht, ihn aufzumuntern und ihm seine Anerkennung auszusprechen. Er ging auf ihn zu.

Wronskij blieb stehen und sah ihn an. Als er ihn erkannt hatte, ging er ihm ein paar Schritte entgegen und drückte ihm kräftig die Hand.

»Vielleicht möchten Sie mich gar nicht sehen«, sagte Sergej Iwanowitsch. »Aber kann ich Ihnen nicht irgendwie nützlich sein?«

»Mit niemand kann mir ein Gespräch weniger unangenehm sein, als mit Ihnen«, sagte Wronskij. »Verzeihen Sie, aber Angenehmes gibt es für mich nicht mehr.«

»Ich verstehe das und wollte Ihnen meine Dienste anbieten«, sagte Sergej Iwanowitsch und sah Wronskij in das leiderfüllte Gesicht. »Können Sie einen Brief an Ristic oder an Milan brauchen?«

»O nein!« antwortete Wronskij, der Kosnyschew nur mit Mühe zu verstehen schien. »Wenn es Ihnen recht ist, gehen wir hier auf und ab. Im Zug ist es so stickig. Einen Brief? Nein, ich danke Ihnen. Zum Sterben braucht man keine Empfehlungsbriefe. Höchstens einen an die Türken...« sagte er und lächelte nur mit den Lippen; die Augen behielten ihren zornig-schmerzlichen Ausdruck.

»Ja, aber wenn die führenden Persönlichkeiten schon vorbereitet sind, wäre es doch leichter für Sie, mit ihnen in Verbindung zu treten, was Sie ja tun müssen. Übrigens, wie Sie wollen. Ich habe mich sehr gefreut, als ich von Ihrem

Entschluß hörte. Es wird so viel gegen die Freiwilligen gesagt, daß ein Mann wie Sie dazu beitragen kann, ihr Ansehen in der Öffentlichkeit wieder zu heben.«

»Ich als Mensch«, sagte Wronskij, »habe den Vorzug, daß das Leben für mich keinen Wert mehr hat. Und daß genug physische Energie in mir steckt, um ein Karree zu sprengen und niederzustampfen oder zu fallen, das weiß ich. Ich freue mich, das es etwas gibt, wofür ich mein Leben hingeben kann, das mir nicht nur wertlos, sondern zuwider ist. So hat wenigstens noch jemand etwas davon.« Er machte eine ungeduldige Bewegung mit den Kinnbacken wegen der unaufhörlichen bohrenden Zahnschmerzen, die ihn sogar hinderten, mit dem Ausdruck zu sprechen, mit dem er sprechen wollte.

»Sie werden wieder zu neuem Leben erwachen, das prophezeie ich Ihnen«, sagte Sergej Iwanowitsch nicht ohne Rührung. »Die Befreiung unserer Brüder vom Joch der Knechtschaft ist ein Ziel, für das es sich zu leben und zu sterben lohnt. Gott gebe Ihnen äußeren Erfolg und inneren Frieden«, fügte er hinzu und streckte ihm die Hand hin. Wronskij drückte Sergej Iwanowitsch kräftig die Hand.

»Ja, als Waffe bin ich noch etwas wert, aber als Mensch bin ich eine Ruine«, sagte er stockend.

Der bohrende Schmerz in dem kräftigen Zahn füllte ihm den Mund mit Speichel und hinderte ihn am Sprechen. Er verstummte und blickte auf die Räder des langsam und glatt über die Schienen rollenden Tenders.

Und plötzlich ließ ein ganz anderes Gefühl, kein Schmerz, sondern eine dumpfe, innere Qual ihn für einen Augenblick seine Zahnschmerzen vergessen. Beim Anblick des Tenders und unter der Einwirkung des Gesprächs mit einem Bekannten, den er nach seinem Unglück noch nicht getroffen hatte, mußte er plötzlich an *sie* denken, das heißt an das, was von ihr geblieben war, als er wie wahnsinnig in den Dienstraum der Bahnstation gestürzt war: Auf einem Tisch in dem Dienstraum lag der blutige Leib, der noch vor kurzem voller Leben gewesen war, schamlos ausgestreckt, inmitten fremder Leute. Der unversehrt gebliebene, zurückgeworfene Kopf mit den schweren Flechten und dem krausen Haar an den Schläfen, und auf dem schönen Gesicht mit dem halb geöffneten roten Mund ein erstarrter, seltsamer Ausdruck, traurig um die Lippen und furchtbar in den offengebliebenen Augen, der die entsetzlichen Worte zu wiederholen schien, die sie ihm bei dem letzten Streit zugerufen hatte — daß er es bereuen werde.

Und er versuchte, sich ihr Bild ins Gedächtnis zurückzurufen, wie sie damals gewesen war, als er sie zum erstenmal gesehen hatte, auch auf einem Bahnhof, geheimnisvoll, reizend, liebend, Glück suchend und Glück spendend, nicht grausam und rachsüchtig, wie er sie vom letzten Augenblick her in der Erinnerung hatte. Er versuchte, an die schönsten Augenblicke zu denken, die er mit ihr verlebt hatte, aber diese Augenblicke waren für immer vergiftet. Er erinnerte sich nur an ihre triumphierende, in Erfüllung gegangene Drohung mit der nutzlosen, aber unauslöschlichen Reue. Er fühlte die Zahnschmerzen nicht mehr, und ein unterdrücktes Schluchzen verzerrte sein Gesicht.

Nachdem er zweimal schweigend an den Säcken vorbeigegangen war und seine Fassung wiedergewonnen hatte, sagte er ruhig zu Sergej Iwanowitsch:

»Haben Sie nach dem gestrigen Telegramm neue Nachrichten erhalten? Sie sind zum drittenmal geschlagen worden, und morgen wird die Entscheidungsschlacht erwartet.«

Sie sprachen noch von der Ausrufung Milans zum König und über die ungeheuren Folgen, die das haben könnte, und beim zweiten Glockenzeichen stieg jeder in sein Abteil.

6

Sergej Iwanowitsch hatte nicht gewußt, wann er in Moskau würde loskommen können, und deshalb hatte er seinem Bruder nicht telegrafiert, er möchte ihn an der Bahnstation abholen lassen. Lewin war nicht zu Hause, als Katawasow und Sergej Iwanowitsch in einem Wagen, den sie auf der Station gemietet hatten, vor dem Gutshaus in Pokrowskoje vorfuhren. Kitty, die mit ihrem Vater und ihrer Schwester auf dem Balkon saß, erkannte ihren Schwager und lief hinunter, um ihn zu begrüßen.

»Schämen Sie sich, daß Sie uns nicht benachrichtigt haben«, sagte sie, gab Sergej Iwanowitsch die Hand und hielt ihm die Stirn zum Kuß hin.

»Wir sind sehr gut angekommen, auch ohne Ihnen Umstände zu machen«, sagte Sergej Iwanowitsch. »Ich bin so staubig, daß ich nicht wage, Sie zu berühren. Ich hatte so viel zu tun, daß ich nicht wußte, wann ich fahren könnte. Aber Sie«, sagte er lächelnd, »genießen hier in Ihrer stillen Bucht fern von allen unruhigen Strömungen ganz wie immer Ihr stilles Glück. Und unser Freund Fedor Wasiljewitsch hat sich endlich einmal aufgerafft, zu Ihnen zu kommen.«

»Ich bin aber kein Neger, wenn ich mich gewaschen habe, werde ich wieder wie ein Mensch aussehen«, sagte Katawasow in seinem gewöhnlichen, scherzhaften Ton, reichte Kitty die Hand und zeigte lächelnd seine Zähne, die in seinem schwarzen Gesicht besonders weiß schienen.

»Kostja wird sich sehr freuen. Er ist aufs Vorwerk gegangen, aber er muß bald zurückkommen.«

»Ja, er ist immer mit seiner Wirtschaft beschäftigt. Hier ist es wirklich wie in einer stillen Bucht«, sagte Katawasow. »Wir in der Stadt bekommen jetzt nichts anderes zu hören als vom serbischen Krieg. Was sagt denn mein Freund dazu? Wahrscheinlich ist er völlig anderer Ansicht als die meisten Leute.«

»O nein, er denkt darüber wie alle«, antwortete Kitty etwas verlegen und sah Sergej Iwanowitsch an. »Ich lasse ihn rufen. Papa ist übrigens auch bei uns zu Besuch. Er ist vor kurzem aus dem Ausland zurückgekommen.«

Sie sorgte dafür, daß Lewin geholt wurde, daß die staubbedeckten Gäste sich waschen konnten, der eine in Lewins Arbeitszimmer, der andere in Dollys früherem Zimmer, und daß den Gästen ein Frühstück serviert wurde. Dann lief sie wieder auf den Balkon, das Recht, sich schnell zu bewegen, das sie während ihrer Schwangerschaft nicht gehabt hatte, wieder ausnutzend.

»Sergej Iwanowitsch und Professor Katawasow sind angekommen«, sagte sie.

»Na, das wird bei der Hitze eine schwere Arbeit!« sagte der alte Fürst.

»Nein, Papa, der Professor ist sehr nett, und Kostja hat ihn sehr gern«, sagte Kitty lächelnd und in bittendem Ton, als sie den spöttischen Ausdruck im Gesicht ihres Vaters sah.

»Ich habe ja gar nichts gesagt.«

»Dolly, geh doch zu ihnen und unterhalte sie«, sagte sie zu ihrer Schwester. »Sie haben Stiwa in Moskau auf dem Bahnhof getroffen, er ist gesund und munter. Ich muß schnell zu meinem Mitja, er hat seit dem Frühstück nicht mehr die Brust bekommen. Er ist jetzt sicher aufgewacht und schreit.«

Sie fühlte den Andrang der Milch und ging mit schnellen Schritten ins Kinderzimmer.

Sie hatte nicht nur erraten (ihre Verbindung mit dem Kind war noch nicht gelöst), sondern an dem Andrang der Milch mit Sicherheit erkannt, daß der Kleine nach Nahrung verlangte.

Sie wußte, daß er schrie, noch ehe sie im Kinderzimmer war. Und er schrie wirklich. Sie hörte seine Stimme und beschleunigte ihre Schritte. Aber je schneller sie ging, desto lauter schrie er. Es war eine kräftige, gesunde Stimme, nur hungrig und ungeduldig.

»Schreit er schon lange?« fragte Kitty die Kinderfrau, setzte sich auf einen Stuhl und machte sich zum Stillen bereit. »Geben Sie ihn doch her! Ach, was sind Sie langweilig! Sie können ihm das Häubchen auch später noch zubinden!«

Der Kleine schrie vor Gier.

»Aber das muß doch sein, Mütterchen«, sagte Agafja Michajlowna, die fast immer im Kinderzimmer war. »Er muß doch ordentlich angezogen werden. Eia popeia!« sang sie, sich über ihn beugend, ohne die Mutter zu beachten.

Die Kinderfrau trug das Kind zu Kitty. Agafja Michajlowna ging hinterher, ihr Gesicht strahlte vor Zärtlichkeit.

»Er kennt mich, er kennt mich! Bei Gott, Katerina Alexandrowna, er hat mich erkannt!« rief Agafja Michajlowna sehr laut, um das Geschrei des Kindes zu übertönen.

Aber Kitty hörte nicht, was sie sagte. Ihre Ungeduld stieg ebenso wie die des Kindes.

Wegen der Ungeduld von Mutter und Kind klappte die Sache zuerst nicht. Das Kind konnte nicht fassen, was es fassen sollte, und wurde zornig.

Nach verzweifeltem Schreien, bei dem das Kind ganz außer Atem kam, klappte es endlich, und Mutter und Kind fühlten sich beide beruhigt und wurden still.

»Der arme Kerl ist ganz in Schweiß gebadet«, flüsterte Kitty, das Kind betastend. »Warum meinen Sie, daß er Sie erkennt?« fügte sie hinzu und schielte nach den Augen des Kindes, die unter dem ins Gesicht gerutschten Häubchen schelmisch hervorschauten, wie es ihr vorkam, nach den gleichmäßig sich aufblähenden Bäckchen und den roten Händchen, mit denen das Kind kreisförmige Bewegungen machte.

»Das ist unmöglich! Wenn er überhaupt schon jemand erkennt, dann mich«, sagte Kitty zu Agafja Michajlowna und lächelte.

Sie lächelte, weil sie sagte, er könne noch niemand erkennen, weil sie aber mit dem Herzen wußte, daß er nicht nur

Agafja Michajlowna kannte, sondern schon vieles wußte und verstand, was sonst niemand wußte, und was sie, die Mutter, selbst erst durch ihn erfahren hatte und zu verstehen begann. Für Agafja Michajlowna, für den Großvater, sogar für seinen Vater war Mitja ein Lebewesen, das nur materielle Pflege verlangte, aber für die Mutter war er schon lange ein beseeltes Wesen, mit dem sie bereits eine ganze Menge geistiger Beziehungen hatte.

»Wenn er aufwacht, werden Sie es selber sehen, so Gott will. Wenn ich so mache, strahlt er übers ganze Gesicht. Er strahlt wie der helle Tag«, sagte Agafja Michajlowna.

»Schon gut, das werden wir später sehen«, flüsterte Kitty. »Gehen Sie jetzt, er schläft ein.«

7

Agafja Michajlowna ging auf den Zehenspitzen hinaus; die Kinderfrau zog die Vorhänge zu, jagte die Fliegen aus dem Musselinvorhang des Bettchens und verscheuchte einen Brummer, der fortwährend an die Fensterscheiben stieß; dann setzte sie sich und schwenkte einen vertrockneten Birkenzweig über Mutter und Kind.

»Nein, diese Hitze, diese Hitze!« stöhnte sie. »Wenn Gott nur Regen schicken wollte!«

»Ja, ja, pst!« sagte Kitty. Sie wiegte sich leise hin und her und drückte Mitjas dickes, am Gelenk wie mit einem Faden umwickeltes Händchen zärtlich an sich, das der Kleine immer noch bewegte, wobei er die Augen bald öffnete, bald schloß. Dieses Händchen verwirrte Kitty: Sie wollte es küssen, wagte es aber nicht, um das Kind nicht aufzuwekken. Endlich hörte das Händchen auf, sich zu bewegen, und die Augen schlossen sich. Nur ab und zu hob das immer noch saugende Kind die langen, gebogenen Wimpern und sah die Mutter mit seinen feuchten, im Halbdunkel schwarz erscheinenden Augen an. Die Kinderfrau hörte auf zu fächeln und schlief ein. Von oben hörte man die kräftige Stimme des alten Fürsten und das Lachen Katawasows.

›Die Unterhaltung ist auch ohne mich in Gang gekommen‹, dachte Kitty, ›aber es ist doch schade, daß Kostja nicht da ist. Er ist wohl wieder in den Bienengarten gegangen. Es tut mir ja leid, daß er so oft dort ist, aber es freut mich auch wieder. Das zerstreut ihn. Er ist jetzt viel heiterer und fühlt sich viel wohler als im Frühjahr. Damals war er so düster und quälte sich so, daß ich mir schon Sorgen um ihn machte. Und wie komisch er ist!‹ flüsterte sie lächelnd.

Sie wußte, was ihren Mann quälte. Es war sein Unglaube. Wenn man sie gefragt hätte, ob sie meine, daß er im künftigen Leben wegen seines Unglaubens der Verdammnis anheimfallen werde, so hätte sie gesagt, daß er wahrscheinlich verdammt würde, aber sein Unglaube machte sie trotzdem nicht unglücklich. Sie war zwar überzeugt, daß es für einen Ungläubigen keine Rettung gab, und sie liebte die Seele ihres Mannes mehr als alles auf der Welt, aber sie dachte trotzdem nur mit einem Lächeln an seinen Unglauben und sagte sich, daß er ein komischer Mensch sei.

›Wozu liest er denn das ganze Jahr philosophische Bücher?‹ dachte sie. ›Wenn in diesen Büchern die Wahrheit stände, müßte er das doch verstehen können. Wenn aber die Unwahrheit drinsteht, warum liest er sie dann? Er sagt selbst, daß er gern glauben möchte. Warum glaubt er also nicht? Doch wohl nur deshalb, weil er zu viel denkt. Und das kommt nur von der Einsamkeit. Er ist ja auch immer allein. Mit uns kann er nicht über alles sprechen. Ich glaube, diese Gäste werden ihm sehr willkommen sein, besonders Katawasow. Er disputiert gern mit ihm‹, dachte sie und überlegte sofort, wie sie Katawasow am besten unterbringen könne, allein oder zusammen mit Sergej Iwanowitsch. Und da kam ihr plötzlich ein Gedanke, der sie vor Aufregung zusammenzucken machte, so daß sogar Mitja unruhig wurde und sie streng ansah. ›Die Waschfrau hat ja noch nicht die Wäsche gebracht, und wir haben keine Bettwäsche mehr für die Gäste. Wenn ich mich nicht darum kümmere, gibt Agafja Michajlowna Sergej Iwanowitsch und dem Professor gebrauchte Wäsche.‹ Der bloße Gedanke daran trieb ihr das Blut ins Gesicht.

›Ja, ich muß mich darum kümmern‹, sagte sie sich. Dann kehrte sie zu ihren früheren Gedanken zurück und erinnerte sich, daß sie etwas Wichtiges, Seelisches nicht zu Ende gedacht hatte, und überlegte, was es gewesen sei. ›Ja, Kostja ist ungläubig!‹ Sie lächelte, als ihr das wieder einfiel.

›Ach was, ungläubig! Er soll lieber so bleiben, wie er ist, und nicht so werden wie Madame Stahl, oder wie ich damals im Ausland war. Nein, er wird nie heucheln.‹

Und sie mußte an den Zug von Güte denken, den sie vor kurzem an ihm bemerkt hatte. Vor vierzehn Tagen hatte Dolly einen reumütigen Brief von Stepan Arkadjitsch bekommen. Er hatte sie angefleht, seine Ehre zu retten und ihr Gut zu verkaufen, um seine Schulden zu bezahlen. Dolly war verzweifelt, haßte und verachtete ihren Mann, bedauerte ihn dann wieder, wollte sich scheiden lassen, ihm seine Bitte abschlagen, war aber dann doch bereit, einen Teil ihres Gutes zu verkaufen. Und nun erinnerte sich Kitty, unwillkürlich vor Rührung lächelnd, an die Verlegenheit ihres Mannes, an seine ungeschickten Versuche, an die Sache heranzutreten, die ihn sehr beschäftigte, und wie er endlich nur ein Mittel fand, Dolly zu helfen, ohne sie zu kränken: Er schlug Kitty vor, den Teil des Gutes, der ihr gehörte, ihrer Schwester zu überlassen, worauf sie selbst gar nicht gekommen war.

›Und er ist ungläubig? Mit seinem Herzen, mit dieser Angst, irgend jemand weh zu tun, und wäre es auch nur ein Kind. Alles für andere, nichts für sich. Sergej Iwanowitsch denkt, es sei geradezu Kostjas Pflicht, sein Gutsverwalter zu sein. Und Kostjas Schwester auch. Jetzt hat sich

Dolly mit ihren Kindern unter seinen Schutz gestellt. Und all die Bauern, die jeden Tag zu ihm kommen, als ob er verpflichtet wäre, ihnen zu helfen.‹
»Ja, werde nur so, wie dein Vater«, sagte sie, gab Mitja der Kinderfrau und berührte sein Bäckchen mit den Lippen.

8

Von dem Augenblick an, wo Lewin beim Anblick seines geliebten sterbenden Bruders zum erstenmal die Fragen des Lebens und des Todes im Licht jener neuen Überzeugungen, wie er es nannte, sah, die unmerklich für ihn selbst in der Zeit zwischen seinem zwanzigsten und seinem vierunddreißigsten Lebensjahr den Glauben seiner Kindheit und Jugend verdrängt hatten, von dem Augenblick an graute ihm vor dem Tod und noch mehr vor einem Leben ohne die geringste Kenntnis dessen, woher, wozu, warum es da sei, und was es sei. Der Organismus, seine Vernichtung, das Gesetz der Erhaltung der Kraft, die Entwicklung — das waren die Worte, die an die Stelle seines früheren Glaubens getreten waren. Diese Worte und die damit verbundenen Begriffe waren für geistige Zwecke sehr gut, aber für das Leben gaben sie ihm nichts, und Lewin kam sich plötzlich vor wie ein Mensch, der seinen warmen Pelz gegen Musselinkleidung eingetauscht hat und zum erstenmal bei starker Kälte nicht durch logische Schlüsse, sondern durch das Gefühl an seinem ganzen Leib zu der Überzeugung kommt, daß er so gut wie nackt ist und unausweichlich ein qualvolles Ende nehmen muß.
Von diesem Augenblick an lebte Lewin in ständiger Angst wegen seiner Unwissenheit, obwohl er sich keine Rechenschaft darüber gab und nach außen hin nicht anders lebte als früher.
Außerdem hatte er das unklare Gefühl, daß das, was er seine Überzeugungen nannte, nicht nur Ungewißheit, sondern

eine Art zu denken sei, die ihm eine Kenntnis dessen, was er wissen wollte, unmöglich machte.

In der ersten Zeit waren diese Gedanken durch seine Heirat und durch die neuen Freuden und Pflichten, die er kennenlernte, in den Hintergrund gedrängt worden; aber in der letzten Zeit, als er nach der Entbindung untätig in Moskau lebte, trat ihm diese Frage immer öfter und hartnäckiger vor Augen und verlangte nach einer Lösung.

Diese Frage lautete für ihn: ›Wenn ich die Antworten ablehne, die mir das Christentum auf die Fragen meines Lebens gibt, was für Antworten soll ich dann anerkennen?‹ Aber er konnte im ganzen Arsenal seiner Überzeugungen keine Antworten finden, ja nicht einmal etwas, was mit einer Antwort Ähnlichkeit hatte.

Er war in der Lage eines Menschen, der in einem Spielwarenladen oder in einer Waffenhandlung Lebensmittel kaufen will.

Unwillkürlich, ohne sich dessen bewußt zu sein, suchte er jetzt in jedem Buch, in jedem Gespräch, bei jedem Menschen nach einer Stellungnahme zu diesen Fragen und nach ihrer Lösung.

Ganz besonders wunderte und verstimmte ihn, daß die meisten seiner Standes- und Altersgenossen, die wie er ihren früheren Glauben gegen dieselben neuen Überzeugungen eingetauscht hatten, gar nichts Schlimmes darin sahen und vollkommen ruhig und zufrieden waren. Daher quälten ihn außer jener Hauptfrage auch noch andere Fragen: ob diese Leute aufrichtig seien, ob sie sich nicht verstellten, oder ob sie die Antworten, die die Wissenschaft auf diese Fragen gab, die ihn so sehr beschäftigten, vielleicht klarer verständen als er. Und er studierte sorgfältig die Ansichten dieser Menschen und die Bücher, in denen diese Antworten standen.

Eines hatte er bald erkannt, seit diese Fragen ihn beschäftigten: er irrte sich, wenn er in Erinnerung an seinen ehemaligen Kreis auf der Universität annahm, die Religion habe sich überlebt und existiere nicht mehr. Alle ihm nahestehenden Menschen, die ein sittliches Leben führten, waren gläubig: der alte Fürst, Lwow, den er sehr gern hatte, Sergej Iwanowitsch und alle Frauen in der Verwandtschaft. Und seine Frau glaubte so, wie er in seiner frühesten Kindheit geglaubt hatte, und neunundneunzig Prozent des russischen Volkes, das ganze Volk, dessen Leben ihm die größte Achtung einflößte, war gläubig.

Und dann ein zweiter Punkt: beim Durcharbeiten vieler Bücher kam Lewin zu der Überzeugung, daß Menschen, die seine Anschauungen teilten, nichts anderes darunter verstanden als er und daß sie, ohne etwas zu erklären, die Fragen einfach leugneten, ohne deren Beantwortung er nicht leben konnte, und sich bemühten, ganz andere Fragen zu lösen, die ihn nicht interessierten, zum Beispiel die Entwicklung der Organismen, die mechanische Erklärung der Seele und so weiter.

Außerdem hatte er bei der Entbindung seiner Frau ein ungewöhnliches Erlebnis gehabt. Er, der Ungläubige, hatte gebetet, und in dem Augenblick, wo er betete, hatte er auch geglaubt. Aber dieser Augenblick war vorübergegangen, und Lewin vermochte seiner damaligen Stimmung keinen Platz in seinem Leben anzuweisen.

Er konnte nicht sagen, daß er damals die Wahrheit erkannt habe und jetzt irre; denn sobald er ruhig darüber nachzudenken begann, ging alles in Stücke. Er konnte auch nicht behaupten, daß er damals geirrt habe, denn er hielt seine damalige Seelenstimmung für etwas sehr Hohes, und wenn er sie jetzt als Schwäche aufgefaßt hätte, so hätte er das als eine Entweihung jener Augenblicke empfunden. Er befand sich in einem qualvollen inneren Zwiespalt und strengte alle seine seelischen Kräfte an, um aus ihm herauszukommen.

9

Diese Gedanken quälten ihn bald mehr, bald weniger, verließen ihn aber nie. Er las und dachte nach, aber je mehr er las und nachdachte, desto weiter fühlte er sich von dem Ziel entfernt, dem er zustrebte.

In der letzten Zeit in Moskau und dann auf dem Land war er zu der Überzeugung gekommen, daß er bei den Materialisten keine Antwort finden werde, und darum hatte er wieder Platon, Spinoza, Kant, Schelling, Hegel und Schopenhauer gelesen, Philosophen, die das Leben nicht materialistisch erklären.

Die Gedanken, die er dort fand, erschienen ihm fruchtbar, solange er Einwände gegen andere Lehren, vor allem gegen die materialistische, las oder sich selbst ausdachte; aber sobald er Lösungen dieser Fragen las oder sich selbst eine Lösung ausdachte, wiederholte sich immer dasselbe. Wenn er den Erklärungen unklarer Worte wie Geist, Wille, Freiheit, Substanz folgte und absichtlich in die Wortfallen hineinging, die ihm die Philosophen oder er sich selbst stellten, dann war ihm, als fange er an, etwas zu verstehen. Aber er brauchte nur diesen kunstvollen Gedankengang zu vergessen und dann vom Leben her zu dem zurückzukehren, was ihn befriedigt hatte, wenn er dachte und den Faden weiterverfolgte — und plötzlich fiel dieser ganze kunstvolle Bau wie ein Kartenhaus zusammen, und es wurde ihm klar, daß dieser Bau nur durch eine Umstellung ein und derselben Worte errichtet worden war, vollkommen unabhängig von etwas, was im Leben viel wichtiger war, als die Vernunft.

Als er Schopenhauer las, setzte er an die Stelle des Willens die Liebe, und diese neue Philosophie befriedigte ihn ein paar Tage, solange er sich nicht aus ihrem Bannkreis entfernte; als er sie aber vom Leben her betrachtete, stürzte sie auch zusammen und erwies sich als ein Musselingewand, das nicht wärmte.

Sein Bruder Sergej Iwanowitsch hatte ihm geraten, die theologischen Schriften Chomjakows zu lesen. Lewin las den zweiten Band von Chomjakows Werken, und die Lehre vom Wesen der Kirche machte großen Eindruck auf ihn, obwohl der polemische, elegante, witzige Ton des Buches ihn anfangs abstieß. Anfangs beeindruckte ihn der Gedanke, daß die Erkenntnis der göttlichen Wahrheiten dem einzelnen Menschen nicht gegeben sei, wohl aber einer durch die Liebe verbundenen Gemeinschaft von Menschen, das heißt der Kirche. Er freute sich über den Gedanken, daß es leichter sei, an eine existierende, jetzt lebendige Kirche zu glauben, die alle Glaubenssätze fertig darbiete und Gott zum Oberhaupt habe und darum heilig und unfehlbar sei, und von ihr den Glauben an Gott, an die Schöpfung, an den Sündenfall und an die Erlösung anzunehmen, als von Gott anzufangen, diesem fernen, geheimnisvollen Gott, und von der Schöpfung und so weiter. Als er dann aber eine Kirchengeschichte von einem römisch-katholischen Schriftsteller und eine Kirchengeschichte von einem russisch-orthodoxen Schriftsteller gelesen und erkannt hatte, daß die beiden Kirchen, die ihrem Wesen nach unfehlbar sein sollten, sich gegenseitig verwarfen, war er auch von Chomjakows Lehre von der Kirche enttäuscht, und dieses Gebäude zerfiel ebenso in Staub wie die philosophischen Systeme.

Dieses ganze Frühjahr war er völlig verwirrt und durchlebte schreckliche Augenblicke.

›Ohne zu wissen, was ich bin und wozu ich da bin, kann ich nicht leben. Aber ich werde es nie wissen, also kann ich nicht leben‹, sagte sich Lewin.

›In der unendlichen Zeit, in der Unendlichkeit der Materie, im unendlichen Raum löst sich ein Organismus ab, ein kleines Bläschen, besteht eine Weile und platzt dann. Und dieses Bläschen bin ich.‹

Das war eine qualvolle Unwahrheit, aber es war das einzige, letzte Resultat jahrhundertelanger Bemühungen des menschlichen Geistes in dieser Richtung.

Das war der letzte Glaubenssatz, auf den sich auf fast allen Gebieten das menschliche Denken gründete. Das war die herrschende Überzeugung, die sich auch Lewin unwillkürlich zu eigen gemacht hatte, ohne zu wissen wann und wie, denn sie erschien ihm immer noch klarer als alle anderen Erklärungen.

Aber das war nicht nur eine Unwahrheit, das war der grausame Hohn einer bösen, feindlichen Macht, der man sich nicht unterwerfen durfte.

Von dieser Macht mußte man sich befreien. Und die Möglichkeit, sich von ihr zu befreien, hatte jeder selbst in der Hand. Dieser Abhängigkeit vom Bösen mußte ein Ende gemacht werden. Und dazu gab es nur ein Mittel — den Tod.

Und Lewin, dieser glückliche Familienvater, dieser kerngesunde Mensch, war mehrmals dem Selbstmord so nahe, daß er einen Strick versteckte, um sich nicht daran aufzuhängen, und sich fürchtete, mit einem Gewehr umzugehen, um sich nicht zu erschießen.

Aber Lewin erschoß sich nicht und erhängte sich nicht, sondern lebte weiter.

10

Wenn Lewin darüber nachdachte, was er sei und wozu er lebe, fand er keine Antwort auf diese Fragen und geriet in Verzweiflung; sobald er nicht mehr danach fragte, war ihm, als wisse er, was er sei und wozu er lebe, denn er handelte und lebte fest und bestimmt. In dieser letzten Zeit hatte er sogar noch fester und bestimmter gelebt als früher.

Als er Anfang Juni aufs Land zurückgekehrt war, hatte er seine gewohnte Arbeit wieder aufgenommen. Die Landwirtschaft, der Verkehr mit den Bauern und den Nachbarn, die Hauswirtschaft, die in seinen Händen liegenden Angelegenheiten seiner Schwester und seines Bruders, das Verhältnis zu seiner Frau und zu den Verwandten, die Sorge um das Kind, seine neue Leidenschaft für die Bienenzucht, die er seit diesem Frühjahr eifrig betrieb, all das nahm seine ganze Zeit in Anspruch.

Diese Dinge interessierten ihn nicht deswegen, weil er sie vor sich selbst durch irgendwelche allgemeinen Gesichtspunkte rechtfertigen konnte, wie er es früher getan hatte; im Gegenteil, jetzt, wo er einerseits durch das Mißlingen seiner früheren Unternehmungen für das allgemeine Wohl enttäuscht war, andererseits zu viel mit seinen eigenen Gedanken und den verschiedensten Arbeiten zu tun hatte, die von allen Seiten auf ihn einstürmten, jetzt hatte er alle Gedanken an das allgemeine Wohl völlig aufgegeben, und diese Dinge interessierten ihn nur, weil er meinte, das tun zu müssen, was er tat, und weil er gar nicht anders konnte.

Früher (das hatte schon in seiner frühen Jugend begonnen und sich bis zu seinem vollen Mannesalter immer mehr gesteigert), wenn er sich bemühte, irgend etwas zu tun, was dem allgemeinen Wohl dienen sollte, der ganzen Menschheit, Rußland, dem Volk, hatte er gesehen, daß der Gedanke daran sehr angenehm, aber die Arbeit selbst recht unangenehm war und nicht gelingen wollte, daß er von ihrer Notwendigkeit nicht ganz überzeugt war, und die Sache selbst, die er anfangs für etwas Großartiges gehalten hatte, war ihm dann immer unbedeutender und unwichtiger vorgekommen. Jetzt aber, wo er nach seiner Heirat sich immer mehr darauf beschränkte, nur sich selbst zu leben, machte seine Arbeit ihm keine besondere Freude mehr, aber er war überzeugt, daß er sie tun mußte, und sah, daß sie besser voranging als früher und immer größer wurde.

Jetzt wühlte er sich fast gegen seinen Willen wie ein Pflug immer tiefer in die Erde hinein, so daß er sich nicht mehr herausarbeiten konnte, ohne die Furche zu verderben.

Es war unbedingt notwendig, daß seine Familie so lebte, wie die Väter und Großväter gelebt hatten, das heißt auf demselben Bildungsniveau, dem auch die Erziehung der Kinder entsprechen mußte. Das war ebenso notwendig wie zu Mittag zu essen, wenn man Hunger hatte, und dazu war erforderlich, ebenso wie das Mittagessen bereitet werden mußte, die Wirtschaftsmaschinerie in Pokrowskoje so gut in Gang zu bringen, daß Einnahmen erzielt wurden. Und wie man seine Schulden bezahlen muß, so mußte man auch das ererbte Land in einem solchen Zustand erhalten, daß der Sohn, der es erben würde, ebenso dankbar dafür sein konnte, wie Lewin seinem Großvater für alles dankbar war, was er gebaut und gepflanzt hatte. Und dazu war es notwendig, das Land nicht zu verpachten, sondern es selbst zu bewirtschaften, Vieh zu halten, die Äcker zu düngen und Wald anzupflanzen.

Außerdem mußte sich Lewin mit den Angelegenheiten Sergej Iwanowitschs und seiner Schwester und der Bauern befassen, die schon gewohnt waren, ihn um Rat zu fragen; sich nicht mehr um all diese Dinge zu kümmern, war für ihn ebenso unmöglich, wie es unmöglich ist, ein Kind, das man schon auf dem Arm hat, wieder auf den Boden zu stellen. Und er mußte für die Bequemlichkeit seiner Schwägerin, ihrer Kinder, seiner Frau und seines Kindes sorgen und wenigstens einen kleinen Teil des Tages mit ihnen verbringen.

Das alles samt der Jagd und der Bienenzucht füllte Lewin ganzes Leben aus, jenes Leben, das keinen Sinn für ihn hatte, wenn er darüber nachdachte.

Aber Lewin wußte nicht nur genau, was er tun mußte, er wußte auch, wie er das alles tun mußte, und welche von seinen Arbeiten am wichtigsten war.

Er wußte, daß man versuchen mußte, möglichst billige Tagelöhner zu bekommen, aber den Leuten den Lohn im voraus zahlen, und zwar viel weniger, als sie wert waren,

und sie dann zur Arbeit zwingen, das durfte man nicht, obwohl es sehr vorteilhaft war. Bei Futtermangel an die Bauern Stroh verkaufen, das durfte man, wenn sie einem auch leid taten; aber die Herberge und die Schenke durfte man nicht selbst bewirtschaften, obwohl das eine gute Einnahmequelle war. Waldfrevel mußte man streng bestrafen, aber für hineingetriebenes Vieh durfte man keine Geldstrafen nehmen, und man durfte das Vieh auch nicht zurückbehalten, obwohl diese Nachsicht den Waldhüter ärgerte und die Bauern freute, die alle Furcht verloren.
Dem Bauern Peter, der dem Wucherer zehn Prozent im Monat zahlte, mußte man ein Darlehen geben, um ihm aus der Klemme zu helfen; aber den Bauern, die ihre Abgaben nicht zahlten, durfte man nichts stunden oder gar ablassen. Man durfte es dem Verwalter nicht durchgehen lassen, daß eine kleine Wiese nicht gemäht war und das Gras ungenutzt blieb; aber man durfte auch nicht achtzig Desjatinen abmähen, auf denen junger Wald gepflanzt war. Einem Arbeiter, der mitten in der Saison in sein Dorf zurückkehrte, weil sein Vater gestorben war, durfte man nicht verzeihen, und wenn er einem noch so leid tat, sondern man mußte ihm für die versäumten wertvollen Arbeitsmonate etwas vom Lohn abziehen; aber andererseits durfte man alten Gutsknechten, die nicht mehr arbeiten konnten, die monatliche Zuteilung von Lebensmitteln nicht verweigern.
Lewin wußte auch, daß er, wenn er nach Hause kam, zuerst zu seiner Frau gehen mußte, die sich manchmal nicht ganz wohl fühlte, und daß die Bauern, die schon drei Stunden auf ihn gewartet hatten, auch noch ein bißchen länger warten konnten. Er wußte auch, daß trotz des großen Vergnügens, das ihm das Einfangen eines Bienenschwarms machte, er darauf verzichten und das seinem alten Imker überlassen mußte, um mit den Bauern zu reden, die zu ihm in den Bienengarten gekommen waren.
Ob er gut oder schlecht handelte, wußte er nicht; er ver-

suchte nicht mehr, das eine oder das andere zu beweisen, sondern vermied es, davon zu reden und daran zu denken. Sobald er nachdachte, kamen ihm Zweifel, die ihn hinderten, zu sehen, was er tun mußte und was er nicht tun durfte. Wenn er nicht nachdachte, sondern einfach lebte, fühlte er in seiner Seele stets die Anwesenheit eines unfehlbaren Richters, der entschied, welche von zwei möglichen Handlungsweisen die bessere und die schlechtere war, und wenn er einmal nicht so handelte, wie er sollte, fühlte er das sofort.

So lebte er, ohne zu wissen, was er sei und wozu er auf der Welt lebte, und ohne eine Möglichkeit zu sehen, das zu erfahren. Diese Unwissenheit quälte ihn so sehr, daß er sich vor dem Selbstmord zu fürchten begann. Aber er bahnte sich trotz allem mit Entschlossenheit seinen eigenen, bestimmten Weg durch das Leben.

11

Der Tag, an dem Sergej Iwanowitsch nach Pokrowskoje gekommen war, war für Lewin einer seiner qualvollsten Tage.

Es war die arbeitsreichste Zeit im Jahr, die Zeit, da das ganze Volk unter Einsatz aller Kräfte und mit so viel Selbstaufopferung arbeitet, wie in keinen anderen Lebensverhältnissen, was sehr hoch zu schätzen wäre, wenn die Menschen, die diese Eigenschaften zeigen, sie selber schätzen würden, und wenn dieser Vorgang sich nicht jedes Jahr wiederholte und wenn die Ergebnisse dieser Anstrengung nicht so einfacher Natur wären.

Roggen und Hafer schneiden und einfahren, die Wiesen mähen, die Brache aufackern, das Korn dreschen und die Wintersaat aussäen — das alles scheint so einfach und alltäglich; aber um mit alldem rechtzeitig fertig zu werden, müssen alle Bewohner des Dorfes, alt und jung, drei, vier

Wochen lang ohne Unterbrechung dreimal soviel arbeiten wie sonst, sich nur von Kwas, Zwiebeln und Schwarzbrot nähren, bei Nacht die Garben einfahren und dreschen, und dürfen sich nicht mehr als zwei, drei Stunden Schlaf gönnen. Und so geschieht es jedes Jahr in ganz Rußland.

Lewin, der den größten Teil seines Lebens auf dem Land und in enger Verbindung mit den Bauern zugebracht hatte, fühlte in dieser Arbeitszeit immer wieder, wie die allgemeine Erregung des Volkes sich auch ihm mitteilte.

Er war am frühen Morgen zur ersten Roggensaat hinausgeritten, dann zum Hafer, der in Schober zusammengefahren wurde. Dann war er nach Hause zurückgekehrt, hatte mit seiner Frau und seiner Schwägerin, die inzwischen aufgestanden waren, Kaffee getrunken und war darauf zu Fuß nach dem Vorwerk gegangen, wo die neu aufgestellte Dreschmaschine für Saatkorn in Gang gesetzt werden sollte.

Diesen ganzen Tag hatte Lewin, während er mit dem Verwalter und den Bauern und zu Hause mit seiner Frau, mit Dolly, ihren Kindern und mit seinem Schwiegervater gesprochen hatte, immer nur an das eine gedacht, das ihn in dieser ganzen Zeit neben seinen Wirtschaftssorgen beschäftigte. Er suchte jetzt in allem eine Beziehung zu seiner Frage: ›Was bin ich? Wo bin ich? Und warum bin ich hier?‹

Lewin stand in der kühlen, neu gedeckten Darre mit den dünnen, auf den frisch abgeschälten Espenbalken des Strohdachs ruhenden Dachlatten aus Haselstecken, deren dufte des Laub noch nicht abgefallen war, und schaute durch d offene Tor, in dem der trockene, bittere Staub vom Dreschen hereinwirbelte, auf das von der heißen Sonne beschienene Gras der Tenne, auf das frische Stroh, das aus der Scheune gebracht wurde, auf die buntköpfigen, weißbrüstigen Schwalben, die pfeifend unter das Dach flogen und flügelschlagend einen Augenblick in der Öffnung über dem Tor schwebten, auf die Arbeiter in der dunklen, staubigen Darre, und hing seltsamen Gedanken nach.

›Wozu geschieht das alles?‹ dachte er. ›Wozu stehe ich hier und halte die Leute zur Arbeit an? Warum sind sie alle so geschäftig und bemüht, in meiner Gegenwart ihren Eifer zu zeigen? Warum plackt sich die alte Matrjona so ab? Ich habe sie kuriert, als beim Brand ihres Hauses ein Balken auf sie gefallen war‹, dachte er und schaute auf eine hagere, alte Frau, die das Korn zusammenharkte und mit ihren bloßen, von der Sonne fast schwarzgebrannten Füßen eifrig auf dem unebenen, harten Dreschboden hin und her ging. ›Damals ist sie wieder gesund geworden, aber eines schönen Tages wird man sie einscharren, zwar nicht heute oder morgen, aber in zehn Jahren vielleicht. Und nichts wird bleiben, weder von ihr, noch von diesem geputzten Mädchen da im roten Rock, die mit so geschickten weichen Bewegungen die Ähren aus der Spreu zurückwirft. Auch sie wird eingescharrt, und dieser scheckige Wallach auch, und der schon bald‹, dachte er, auf das mit geblähten Nüstern atmende und schwer an seinem Bauch tragende Pferd blickend, das unermüdlich auf das abschüssige, unter seinem Gewicht sich bewegende Tretrad trat. ›Ja, diesen Wallach wird man einscharren, und auch den Zureicher Fedor mit seinem krausen Bart, der ganz voll Spreu ist, und mit seinem Hemd, das auf seiner weißen Schulter ein Loch hat. Und jetzt reißt er die Garben hoch, kommandiert und schreit die Weiber an und schiebt mit einer schnellen Bewegung den Riemen auf dem Schwungrad zurecht. Und die Hauptsache: nicht nur sie, sondern auch mich wird man einscharren, und nichts wird von mir bleiben. Also wozu das alles?‹ dachte er, sah aber gleichzeitig auf die Uhr, um zu berechnen, wieviel in einer Stunde gedroschen würde. Er mußte das wissen, um das Tagespensum festsetzen zu können.

›Sie dreschen schon bald eine Stunde und haben erst den dritten Haufen angefangen‹, dachte Lewin, trat zu dem Zureicher und sagte ihm, das Rattern der Maschine überschreiend, er solle nicht so schnell zureichen.

»Das ist zuviel, Fedor! Das verstopft die Maschine, und die arbeitet nicht richtig! Du mußt es gleichmäßiger machen!«

Fedor, ganz schwarz von dem Staub, der an seinem verschwitzten Gesicht klebte, schrie irgend etwas als Antwort, machte es aber nicht so, wie Lewin es wollte.

Lewin ging an die Trommel, schob Fedor beiseite und reichte selbst zu.

Er arbeitete bis zum Mittagessen der Bauern, das schon sehr bald kam, und ging dann mit dem Zureicher aus der Darre hinaus. Sie kamen ins Gespräch und blieben neben einem sorgfältig aufgeschichteten Schober von Roggengarben für Saatkorn stehen.

Der Zureicher stammte aus einem entfernten Dorf, aus demselben Dorf, wo Lewin früher das Land auf genossenschaftlicher Grundlage abgegeben hatte. Jetzt war das Land an den Herbergswirt verpachtet. Lewin sprach mit dem Zureicher Fedor über dieses Land und fragte ihn, ob Platon, ein reicher, tüchtiger Bauer aus demselben Dorf, es vielleicht fürs nächste Jahr pachten wolle.

»Der Preis ist zu hoch, so viel kann Platon nicht aufbringen, Konstantin Dmitrijewitsch, sagte der Bauer und zog die Ähren hervor, die in sein verschwitztes Hemd gefallen waren.

»Aber Kirillow bringt es doch auf.«

»Mitjucha« (so nannte der Bauer verächtlich den Herbergswirt Dmitrij Kirillow) »bringt's natürlich auf, Konstantin Dmitrijewitsch. Der preßt die Leute aus und versteht sich auf seinen Vorteil. Der hat kein Erbarmen mit einem Christenmenschen. Aber Onkel Fokanytsch« (so nannte er den alten Platon) »zieht keinem das Fell über die Ohren. Manchmal borgt er's einem, manchmal läßt er einem etwas ab. Er ist halt ein Mensch.«

»Warum läßt er euch denn etwas ab?«

»Er macht es halt. Wissen Sie, die Menschen sind eben verschieden. Der eine lebt nur für seinen eigenen Vorteil, wie der Mitjucha, und schlägt sich den Bauch voll. Aber Onkel Fokanytsch, der ist ein ehrlicher alter Mann, er lebt für seine Seele und denkt an Gott.«

»Was heißt das: er denkt an Gott, er lebt für seine Seele?« fragte Lewin fast schreiend.

»Ganz einfach: er lebt nach der Wahrheit, nach Gottes Gebot. Die Menschen sind eben verschieden. Sie zum Beispiel, Sie tun ja auch niemand etwas zu leide...«

»Ja, ja, leb wohl!« sagte Lewin so erregt, daß ihm der Atem stockte, drehte sich um, nahm seinen Stock und machte sich auf den Heimweg. Bei den Worten des Bauern, daß Fokanytsch für seine Seele lebe, nach der Wahrheit und nach Gottes Gebot, hatte er ein Gefühl gehabt, als sei eine Menge unklarer, aber bedeutsamer Gedanken plötzlich aus einem verschlossenen Raum in seinem Innern hervorgebrochen. Diese Gedanken, die alle zu ein und demselben Ziel strebten, drängten sich nun in seinem Kopf und blendeten ihn mit ihrem Licht.

12

Lewin ging mit großen Schritten die Landstraße entlang und horchte nicht auf seine Gedanken, die er doch nicht entwirren konnte, sondern auf seinen Seelenzustand, denn er hatte noch nie etwas Ähnliches erlebt.

Die Worte des Bauern hatten wie ein elektrischer Funke in seiner Seele gewirkt und einen ganzen Schwarm zerstreuter, kraftloser, einzelner Gedanken, die ihn unablässig beschäftigten, umgestaltet und zu einem Ganzen verbunden. Diese Gedanken hatten ihn, ohne daß er sich dessen bewußt war, auch in dem Augenblick beschäftigt, als er von der Verpachtung des Landes sprach.

Er fühlte etwas Neues in seiner Seele und betastete dieses Neue voller Freude, ohne noch zu wissen, was es sei.

›Nicht für seinen Vorteil leben, sondern für Gott. Für was für einen Gott? Kann man etwas Sinnloseres sagen als das, was er gesagt hat? Er hat gesagt, man dürfe nicht für seinen Vorteil leben, das heißt, nicht für das, was wir begreifen, wozu wir uns hingezogen fühlen, was wir gern wollen, sondern für etwas Unbegreifliches, für Gott, den niemand begreifen und bestimmen kann. Und doch: habe ich die sinnlosen Worte Fedors nicht verstanden? Oder habe ich sie verstanden, aber an ihrer Richtigkeit gezweifelt? Habe ich sie, dumm, unklar und unbestimmt gefunden?

Nein, ich habe ihn ganz so verstanden, wie er es versteht, ich habe es besser und klarer verstanden, als ich irgend etwas im Leben verstehe, und ich habe nie im Leben daran gezweifelt und kann auch nicht daran zweifeln. Und so geht es nicht mir allein, sondern allen, der ganzen Welt; das ist das einzige, was alle vollkommen verstehen, das einzige, woran niemand zweifelt, worüber alle einig sind.

Fedor sagt, der Herbergswirt Kirillow lebe nur für seinen Bauch. Das ist verständlich und vernünftig. Wir alle als vernünftige Wesen können nicht anders leben als für den Bauch. Und plötzlich sagt derselbe Fedor, es sei schlecht, für den Bauch zu leben, man müsse für die Wahrheit, für Gott leben, und ich verstehe aus dieser bloßen Andeutung, was er meint! Und ich und Millionen von Menschen, die vor Jahrhunderten gelebt haben und jetzt leben, Bauern, geistig Arme und Weise, die darüber nachgedacht und darüber geschrieben haben und in ihrer unklaren Sprache dasselbe sagen: wir alle sind uns einig in diesem einen: wozu wir leben sollen, und was gut ist. Ich und alle anderen Menschen, wir besitzen nur ein einziges, sicheres, klares Wissen; und dieses Wissen kann nicht durch die Vernunft erklärt werden, denn es liegt außerhalb der Vernunft, es hat keine Ursachen und kann keine Folgen haben.

Wenn das Gute eine Ursache ist, dann ist es nicht mehr gut, und wenn es eine Folge hat, einen Lohn, ist es auch nicht

mehr gut. Also steht das Gute außerhalb der Kette der Ursachen und Folgen.
Und dieses Gute kenne ich, und wir alle kennen es.
Und ich habe Wunder gesucht, ich habe bedauert, daß ich keine Wunder sah, die mich überzeugt hätten. Ein materielles Wunder hätte mich verführen können. Und hier ist ein Wunder, das einzig mögliche, stets vorhandene, das mich von allen Seiten umgibt, und ich habe es nicht bemerkt!
Was für ein Wunder kann größer sein, als dieses?
Habe ich wirklich die Lösung für alles gefunden? Sind meine Leiden jetzt wirklich zu Ende?‹ dachte Lewin, während er auf der staubigen Landstraße ging und weder die Hitze noch Müdigkeit fühlte; er hatte nur das Gefühl der Linderung eines langen Leidens. Dieses Gefühl machte ihn so glücklich, daß er gar nicht daran glauben konnte. Vor Erregung konnte er kaum atmen; er fühlte sich nicht imstande weiterzugehen, bog von der Straße ab in den Wald und setzte sich im Schatten einer Espe auf das noch ungemähte Gras. Er nahm den Hut von dem schweißbedeckten Kopf und legte sich, auf den Ellbogen gestützt, auf das saftige, breithalmige Waldgras.
›Ja, ich muß zu mir kommen und mir das klar machen‹, dachte er und blickte unverwandt auf das unzerdrückte Gras vor ihm und verfolgte die Bewegungen eines grünen Käfers, der an einem Queckenhalm emporkroch und dabei von einem Bärenklaublatt gehindert wurde. ›Was habe ich denn entdeckt?‹ fragte er sich, schob das Bärenklaublatt weg, damit es dem Käfer nicht im Weg sei und bog einen anderen Halm nieder, damit der Käfer auf ihn hinüberkrieche. ›Worüber freue ich mich denn so? Was habe ich entdeckt?
Früher sagte ich, in meinem Körper, im Körper dieses Grashalms und dieses Käfers (er hat nicht auf den andern Grashalm kriechen wollen, sondern hat seine Flügel ausgebreitet

und ist weggeflogen) vollziehe sich nach physikalischen, chemischen und physiologischen Gesetzen ein Stoffwechsel. Und in uns allen, auch in den Espen, in den Wolken und in den Nebelflecken, vollziehe sich eine Entwicklung. Eine Entwicklung aus welchem Zustand und in welchen Zustand? Ewige Entwicklung und Kampf?... Als ob es im Unendlichen irgendeine Richtung und einen Kampf geben könnte! Und ich habe mich gewundert, daß trotz der größten Anstrengung meines Denkens in dieser Richtung der Sinn des Lebens, der Sinn meines inneren Dranges und Strebens mir nicht klar wurde. Und dieser Sinn meiner Bestrebungen ist so klar, daß ich immer danach lebte, und ich habe mich gewundert und mich gefreut, als dieser Bauer zu mir sagte: für Gott, für die Seele leben.

Ich habe nichts entdeckt. Ich habe nur erkannt, was ich schon immer wußte. Ich habe die Kraft erkannt, die nicht nur in der Vergangenheit mir Leben gegeben hat, sondern es mir auch jetzt noch gibt. Ich habe mich von der Täuschung frei gemacht, ich habe den Herrn erkannt.‹

Und er faßte seine Gedankengänge dieser letzten zwei Jahre noch einmal zusammen, deren Ausgangspunkt der klare, unwiderlegbare Gedanke an den Tod beim Anblick seines geliebten, hoffnungslos kranken Bruders gewesen war.

Damals hatte er zum erstenmal klar erkannt, daß jeden Menschen, auch ihn, in der Zukunft nichts anderes erwarte als Leiden, Tod und ewige Vergessenheit, und er hatte sich gesagt, daß er so nicht leben könne; entweder müsse er eine Erklärung seines Lebens finden, damit es ihm nicht mehr als boshafter Spott des Teufels erscheine, oder er müsse sich erschießen.

Aber er hatte weder das eine noch das andere getan, sondern weiter gelebt, gedacht, gefühlt, hatte sogar in dieser Zeit geheiratet und viele Freuden kennengelernt, er war glücklich gewesen, solange er nicht über den Sinn des Lebens nachdachte.

Was bedeutete das? Das bedeutete, daß sein Leben gut, aber sein Denken schlecht gewesen war.
Er hatte (ohne sich dessen bewußt zu sein) auf der Grundlage jener geistigen Wahrheiten gelebt, die er mit der Muttermilch eingesogen hatte; aber als er angefangen hatte zu denken, hatte er diese Wahrheiten verleugnet und geflissentlich umgangen.
Jetzt war ihm klar, daß er nur dank dem Glauben leben konnte, in dem er aufgewachsen war.
›Was wäre ich denn und wie würde ich leben, wenn ich diesen Glauben nicht hätte, wenn ich nicht wüßte, daß man für Gott leben muß und nicht für den eigenen Vorteil? Ich würde rauben, lügen, morden. Nichts von dem, was die größten Freuden meines Lebens ausmacht, würde für mich existieren.‹ Und selbst mit äußerster Anstrengung seiner Einbildungskraft konnte er sich das tierische Wesen nicht vorstellen, das er sein würde, wenn er nicht wüßte, wozu er lebte.
›Ich habe eine Antwort auf meine Frage gesucht. Aber eine Antwort auf meine Frage konnte mir das Denken nicht geben, es ist mit dieser Frage inkommensurabel. Das Leben selbst hat mir die Antwort gegeben durch mein Wissen, was gut und was schlecht ist. Aber dieses Wissen habe ich durch nichts erworben, es ist mir wie allen anderen Menschen gegeben worden, *gegeben*, weil ich es nirgendswoher nehmen konnte.
Woher habe ich dieses Wissen? Bin ich etwa durch den Verstand darauf gekommen, daß man seinen Nächsten lieben muß und ihn nicht erwürgen darf? Nein, man hat mir das in meiner Kindheit gesagt, und ich habe es mit Freude geglaubt, weil man mir etwas sagte, was schon in meiner Seele vorhanden war. Und wer hat das entdeckt? Nicht der Verstand. Der Verstand hat den Kampf ums Dasein entdeckt und das Gesetz, das verlangt, daß ich alle erwürgen soll, die mich an der Befriedigung meiner Wünsche hindern.

Das ist eine Schlußfolgerung des Verstandes. Aber daß man den andern lieben soll, das konnte der Verstand nicht entdecken, denn das ist gegen den Verstand.

Ja, der Hochmut‹, sagte er zu sich selbst, legte sich auf den Bauch und begann Grashalme zusammenzuknoten, bemüht, sie nicht zu knicken.

›Und nicht nur Hochmut des Verstandes, sondern auch Torheit des Verstandes. Und vor allem eine Spitzbüberei, ja, eine Spitzbüberei des Verstandes. Geradezu eine Gaunerei des Verstandes‹, wiederholte er.

13

Und Lewin erinnerte sich an eine Szene zwischen Dolly und ihren Kindern. Die Kinder waren allein und hatten Himbeeren über einer Kerze geschmort und sich gegenseitig Milch von oben in den Mund gegossen. Die Mutter hatte sie dabei erwischt und ihnen in Lewins Gegenwart vorgehalten, wieviel Arbeit es die Erwachsenen gekostet habe, das zu schaffen, was sie hier vergeudeten, und daß diese Arbeit um ihretwillen geleistet werde, und daß, wenn sie die Tassen entzwei machten, sie nichts mehr haben würden, woraus sie Tee trinken könnten, und wenn sie die Milch verschütteten, sie keine Nahrung mehr haben und vor Hunger sterben würden.

Lewin war überrascht, mit welch ruhigem, trüben Unglauben die Kinder diese Lehren der Mutter anhörten. Sie waren nur traurig, daß ihr lustiges Spiel nun zu Ende war, und glaubten kein Wort von dem, was die Mutter sagte. Sie konnten es auch nicht glauben, denn sie konnten sich den ganzen Umfang dessen, was sie besaßen und genossen, gar nicht vorstellen, und darum konnten sie sich auch nicht vorstellen, daß das, was sie zerstörten, eben das war, wovon sie lebten.

›Das ist alles von selbst da‹, dachten sie, ›und es ist nicht weiter interessant oder wichtig, denn es war ja immer da und wird auch immer da sein. Und es ist immer dasselbe. Darüber brauchen wir nicht nachzudenken, es ist ja immer da. Aber wir möchten gern etwas Eigenes, Neues ausdenken, und da haben wir Himbeeren in eine Tasse getan und sie über einer Kerze geschmort und uns gegenseitig Milch von oben in den Mund gegossen. Das ist lustig und neu und bestimmt nicht schlimmer, als aus der Tasse zu trinken.‹

›Tun wir nicht dasselbe, habe ich nicht dasselbe getan, als ich durch den Verstand die Bedeutung der Naturkräfte und den Sinn des Menschenlebens zu erfassen suchte?‹ dachte er weiter.

›Und machen das nicht alle philosophischen Theorien, wenn sie den Menschen auf einem seltsamen Gedankenweg, der seinem Wesen gar nicht entspricht, zu der Erkenntnis dessen führen, was er schon lange weiß und so genau weiß, daß er ohne dieses Wissen überhaupt nicht leben könnte? Sieht man nicht der Darlegung der Theorien jedes Philosophen deutlich an, daß er ebenso zweifellos wie der Bauer Fedor (aber keineswegs klarer als dieser) den Hauptsinn des Lebens schon vorher weiß und nur auf dem zweifelhaften Weg des Verstandes zu dem zurückkehren will, was allen bekannt ist?

Wenn die Kinder sich alles selbst beschaffen müßten, selbst das Geschirr herstellen, selbst die Kuh melken und so weiter, dann würden sie keine solchen Streiche machen. Sie würden Hungers sterben. Und nun lasse man uns leben mit unseren Leidenschaften und unseren Gedanken, aber ohne den Begriff eines einzigen Gottes und Schöpfers, ohne einen Begriff davon, was gut ist, ohne Verständnis für das sittlich Schlechte!

Versucht einmal, ohne diese Begriffe etwas aufzubauen!

Wir zerstören nur, weil wir geistig satt sind. Die reinen Kinder!

Woher habe ich dieses freudige Wissen, das ich mit dem Bauer Fedor teile und das allein meiner Seele Ruhe gibt? Woher habe ich es?

Ich bin mit dem Gottesbegriff, als Christ aufgewachsen, mein ganzes Leben war mit geistigen Gütern erfüllt, die mir das Christentum gegeben hat, und ich war ganz erfüllt von diesen Gütern und lebte durch sie, aber ich zerstöre sie wie ein Kind, weil ich sie nicht verstehe, das heißt, ich will das zerstören, wodurch ich lebe. Aber sobald ein wichtiger Augenblick in meinem Leben kommt, dann gehe ich, wie die Kinder, wenn sie frieren und hungrig sind, zu Ihm, und habe noch weniger Gefühl dafür als die Kinder, die die Mutter für ihre Unarten schilt, daß meine kindischen Versuche, Unfug zu machen, weil mir zu wohl ist, mir verziehen werden.

Ja, was ich weiß, das weiß ich nicht durch den Verstand, sondern es wurde mir gegeben, geoffenbart, und ich weiß es mit dem Herzen, durch den Glauben an das Wichtigste, was die Kirche bekennt.

Die Kirche? Die Kirche!‹ wiederholte Lewin, drehte sich auf die andere Seite, stützte den Kopf in die Hand und blickte in die Ferne, nach der Herde, die am gegenüberliegenden Ufer zum Fluß ging.

›Aber kann ich denn alles glauben, was die Kirche bekennt?‹ dachte er und prüfte sich selbst und erwog alles, was seine jetzige Ruhe stören könnte. Er rief sich absichtlich die Dogmen der Kirche ins Gedächtnis, die ihn reizten, weil sie ihm so seltsam vorkamen. ›Die Schöpfung? Aber wodurch habe ich denn das Sein erklärt? Durch das Sein? Durch nichts?... Der Teufel und die Sünde. Aber wodurch kann ich das Böse erklären?... Der Erlöser?...

Aber ich weiß nichts, nichts, und kann nur das wissen, was mir und allen andern gesagt worden ist.‹

Und es schien ihm jetzt, als gäbe es keinen Glaubenssatz der Kirche, der den wichtigsten zerstören konnte: den Glauben an Gott, an das Gute als einzige Bestimmung des Menschen.

Unter jeden Glaubenssatz der Kirche konnte man den Glaubenssatz schreiben, daß man der Wahrheit dienen müsse und nicht dem eigenen Vorteil. Und keiner dieser Glaubenssätze wiedersprach diesem wichtigsten Satz, sondern jeder war notwendig, damit sich das größte, immer wieder auf Erden erscheinende Wunder vollziehe, das darin besteht, daß jeder einzelne, gemeinsam mit Millionen verschiedenartiger Menschen, mit Weisen und Narren, Kindern und Greisen, mit allen, mit dem Bauern Fedor, mit Lwow, mit Kitty, mit Bettlern und Königen ein und dasselbe klar verstehen und sich das Leben der Seele schaffen kann, um dessentwillen allein es sich zu leben lohnt und das allein wir schätzen.

Auf dem Rücken liegend, blickte er jetzt auf den hohen, wolkenlosen Himmel. ›Weiß ich denn nicht, daß das ein unendlicher Raum ist und nicht ein rundes Gewölbe? Aber ich mag die Augen zusammenkneifen und meine Sehkraft anstrengen, soviel ich will, ich kann ihn immer nur rund und begrenzt sehen, und trotz meines Wissens vom unendlichen Raum habe ich zweifellos recht, wenn ich ein festes, blaues Gewölbe sehe, mehr recht, als wenn ich mich anstrenge, über dieses Gewölbe hinauszublicken.‹

Lewin hörte nun auf zu denken und lauschte nur noch auf die geheimnisvollen Stimmen in seinem Innern, die freudig und besorgt miteinander Zwiesprache hielten.

›Ist das wirklich der Glaube?‹ dachte er und fürchtete sich, an sein Glück zu glauben. ›Mein Gott, ich danke dir!‹ sagte er, ein aufsteigendes Schluchzen unterdrückend und mit beiden Händen die Tränen abwischend, mit denen sich seine Augen gefüllt hatten.

14

Lewin starrte vor sich hin und erblickte die Herde; dann sah er seinen kleinen Wagen mit dem Rappen und dem Kutscher, der an die Herde heranfuhr und etwas zu dem Hirten sagte; dann hörte er ganz in der Nähe das Rasseln der Räder und das Schnauben des gutgenährten Pferdes. Aber er war so in Gedanken vertieft, daß er gar nicht überlegte, warum wohl der Kutscher zu ihm kam.

Das fragte er sich erst, als der Kutscher schon ganz nahe war und ihn anrief.

›Die gnädige Frau schickt mich. Ihr Herr Bruder ist angekommen und noch ein Herr.‹

Lewin setzte sich in den Wagen und nahm die Zügel.

Er war wie aus dem Schlaf erwacht und konnte lange nicht zu sich kommen. Er betrachtete das kräftige Pferd, das zwischen den Schenkeln und am Hals, wo der Zügel rieb, mit Schaum bedeckt war, er betrachtete den Kutscher Iwan, der neben ihm saß, und da fiel ihm ein, daß er seinen Bruder schon längst erwartet hatte und daß seine Frau wahrscheinlich über sein Ausbleiben beunruhigt sei, und er versuchte zu erraten, wer der Gast sein könnte, der mit seinem Bruder gekommen war. Sein Bruder, seine Frau und auch der unbekannte Gast erschienen ihm jetzt ganz anders als früher. Ihm war, als müßte sein Verhältnis zu allen Menschen jetzt völlig anders werden.

›Meinem Bruder werde ich jetzt nicht mehr so fremd gegenüberstehen wie bisher, und wir werden uns nicht mehr streiten; mit Kitty werde ich mich auch nicht mehr streiten, und zu dem Gast, wer er auch sein mag, werde ich gut und freundlich sein; und auch zu den Leuten, zu Iwan – jetzt wird alles ganz anders sein.‹

Lewin zügelte das ungeduldig schnaubende Pferd, das vorwärts drängte, betrachtete den neben ihm sitzenden Iwan, der nicht wußte, was er mit seinen unbeschäftigten Händen anfangen sollte und sein sich aufbauschendes Hemd immer wieder an die Brust drückte, und suchte nach einem Anlaß, ein Gespräch mit ihm anzuknüpfen. Er wollte ihm sagen, er habe den Deichselriemen zu hoch gezogen, aber das hätte wie ein Vorwurf geklungen, und er wünschte doch ein freundschaftliches Gespräch mit Iwan. Etwas anderes fiel ihm aber nicht ein.

»Bitte, halten Sie nach rechts, da ist ein Baumstumpf«, sagte Iwan und griff in die Zügel.

»Laß das, ich brauche deine Belehrungen nicht!« sagte Lewin ärgerlich über diese Einmischung, die ihn wie immer aufbrachte, und er merkte sofort zu seinem Kummer, wie irrig seine Annahme gewesen war, seine Seelenstimmung könne sein Verhältnis zur Wirklichkeit mit einem Schlag ändern.

Als er eine Viertelwerst von seinem Haus entfernt war, sah er Grischa und Tanja, die ihm entgegengelaufen kamen.

»Onkel Kostja! Mama kommt auch, und Großpapa, und Sergej Iwanowitsch und noch jemand«, sagte Tanja, in den Wagen kletternd.

»Wer ist es denn?«

»Er sieht ganz schrecklich aus! Und er macht immer so mit den Armen«, sagte Tanja, sich im Wagen aufrichtend und Katawasow nachahmend.

»Ist er alt oder jung?« fragte Lewin lachend, den Tanjas Vorführung an jemand erinnerte.

›Wenn es nur kein unangenehmer Mensch ist!‹ dachte er.

Kaum war er um eine Wegbiegung gefahren und hatte die ihm Entgegenkommenden erblickt, da erkannte er Katawasow mit seinem Strohhut, und er fuchtelte wirklich so mit den Armen, wie Tanja es nachgemacht hatte.

Katawasow sprach sehr gern über Philosophie, obwohl er seine Kenntnisse auf diesem Gebiet nur anderen Naturwissenschaftlern verdankte, die sich, wie er, nie mit Philosophie beschäftigt hatten, und in Moskau hatte Lewin in der letzten Zeit viel mit ihm disputiert.

Und einer dieser Dispute, bei dem Katawasow der Ansicht gewesen war, daß er gesiegt habe, war das erste, woran Lewin sich bei seinem Anblick erinnerte.

›Nein‹, dachte er, ›ich werde auf keinen Fall mehr mit ihm streiten und meine Gedanken leichtfertig aussprechen.‹

Er stieg aus dem Wagen, begrüßte seinen Bruder und Katawasow und erkundigte sich dann nach seiner Frau.

»Sie hat Mitja in den Kolok gebracht«, sagte Dolly (das war ein Wäldchen in der Nähe des Hauses), »weil es im Haus zu heiß ist.« Lewin hatte seiner Frau immer abgeraten, das Kind in den Wald zu bringen, weil er das für gefährlich hielt, und darum berührte ihn diese Mitteilung recht unangenehm.

»Sie schleppt ihn von einem Ort zum andern«, sagte der Fürst lächelnd. »Ich habe ihr geraten, ihn einmal in den Eiskeller zu tragen.«

»Sie wollte dann in den Bienengarten kommen, sie dachte, du seist dort. Wir sind auch auf dem Weg dorthin«, sagte Dolly.

»Nun, was treibst du denn jetzt?« fragte Sergej Iwanowitsch, der hinter den andern zurückgeblieben war und neben seinem Bruder herging.

»Nichts Besonderes. Ich beschäftige mich wie immer mit meiner Wirtschaft«, antwortete Lewin. »Und du? Du bleibst doch hoffentlich eine Weile hier? Wir haben dich schon längst erwartet.«

»Ich möchte ungefähr vierzehn Tage bleiben. Ich habe in Moskau sehr viel zu tun.«

Bei diesen Worten begegneten sich die Blicke der Brüder, und trotz seines ständigen und jetzt besonders lebhaften Wunsches, mit seinem Bruder freundschaftlich und vor allem ungezwungen zu verkehren, fühlte Lewin, daß es ihm unangenehm war, ihn anzusehen. Er schlug die Augen nieder und wußte nicht, was er sagen sollte.

Er suchte nach einem Gesprächsstoff, der seinem Bruder

angenehm sein könnte und ihn vom serbischen Krieg und von der slawischen Frage ablenken würde, auf die er hingewiesen hatte, als er sagte, er habe in Moskau so viel zu tun. Also begann Lewin von Sergej Iwanowitschs Buch zu reden.

»Nun, sind Besprechungen deines Buchs erschienen?« fragte er.

Sergej Iwanowitsch lächelte über die Absichtlichkeit der Frage.

»Niemand interessiert sich dafür, und ich am allerwenigsten«, sagte er. »Sehen Sie, Darja Alexandrowna, wir bekommen bestimmt Regen«, fügte er hinzu und zeigte mit dem Schirm auf die kleinen weißen Wolken über den Wipfeln der Espen.

Diese Worte genügten, um das zwar nicht feindselige, aber doch kühle Verhältnis zwischen den beiden Brüdern, das Lewin gern ändern wollte, wieder herzustellen.

Lewin ging mit Katawasow weiter.

»Das war ein guter Gedanke von Ihnen, daß Sie zu uns gekommen sind«, sagte er zu ihm.

»Ich hatte es schon lange vor. Jetzt wollen wir einmal richtig miteinander disputieren. Haben Sie Spencer gelesen?«

»Nein, nicht ganz«, sagte Lewin. »Übrigens brauche ich ihn jetzt nicht mehr.«

»Wieso? Das ist interessant. Warum nicht?«

»Ich bin endgültig zu der Überzeugung gekommen, daß ich die Lösung der Fragen, die mich beschäftigen, bei ihm und seinesgleichen doch nicht finden werde. Jetzt...«

Aber das ruhige, heitere Gesicht Katawasows überraschte ihn, und es tat ihm so leid um seine eigene gute Stimmung, die er sich durch dieses Gespräch gewiß verderben würde, daß er sich an seinen vorhin gefaßten Vorsatz erinnerte und nicht weitersprach.

»Davon können wir später reden«, sagte er. »Wenn wir in den Bienengarten wollen, müssen wir diesen Weg gehen«, sagte er zu allen.

Als sie auf dem schmalen Pfad zu einer ungemähten Waldwiese gekommen waren, die auf der einen Seite dicht mit Stiefmütterchen bewachsen war, zwischen denen überall hohe, dunkle Büsche von Nieswurz standen, ließ Lewin seine Gäste in dem dichten, kühlen Schatten der jungen Espen auf einer Bank und auf Holzklötzen Platz nehmen, die dort eigens für Besucher standen, die sich vor den Bienen fürchteten, und ging zu der Einfriedigung, um für die Kinder und die Erwachsenen Brot, Gurken und frischen Honig zu holen.

Bemüht, hastige Bewegungen zu vermeiden und auf die immer öfter an ihm vorbeischwirrenden Bienen horchend, ging er auf dem Weg bis zu dem Blockhaus. Am Eingang flog eine Biene in seinen Bart und summte zornig, aber er befreite sie behutsam. Er trat in den schattigen Flur, nahm sein Imkernetz, das an einem Holzpflock an der Wand hing, zog es über den Kopf, steckte die Hände in die Taschen und ging in den Bienengarten, wo in regelmäßigen Reihen, mit Bast an Pfähle angebunden, auf einer abgemähten Stelle die ihm wohlbekannten alten Bienenstöcke standen, die alle ihre besondere Geschichte hatten, und wo am Zaun entlang die jungen Stöcke von diesem Jahr aufgestellt waren. Vor den Fluglöchern summten umherschwirrende oder sich an einer Stelle drängende spielende Bienen und Drohnen, und an ihnen vorbei flogen die Arbeitsbienen zwischen einer blühenden Linde im Wald und den Stöcken hin und her. Im Bienengarten hörte man ununterbrochen sehr verschiedene Laute: das Summen der eifrigen, eilig vorbeifliegenden Arbeitsbienen, das Blasen der müßigen Drohnen, das aufgeregte Surren der Wächterbienen, die ihr Hab und Gut gegen allerlei Feinde verteidigten und ihre Stachel zeigten. Auf der anderen Seite des Zauns schnitzte der alte Bienenwärter einen Reifen, ohne Lewin zu bemerken. Lewin rief ihn nicht an und blieb in der Mitte des Bienengartens stehen.

Er freute sich über diese Gelegenheit, allein zu sein und zu sich zu kommen, denn die Wirklichkeit hatte seine gute Stimmung sehr heruntergedrückt.

Er erinnerte sich, daß er sich inzwischen bereits über Iwan geärgert, seinen Bruder sehr kühl behandelt und mit Katawasow leichtfertig geschwatzt hatte.

›War das wirklich nur eine augenblickliche Stimmung, die vorübergehen wird, ohne eine Spur zu hinterlassen?‹ dachte er.

Aber im selben Augenblick kehrte seine gehobene Stimmung wieder zurück, und er fühlte mit Freude, daß etwas Neues und Wichtiges in ihm vorgegangen war. Die Wirklichkeit hatte nur für kurze Zeit die seelische Ruhe verdeckt, die er gefunden hatte, aber diese Ruhe war unversehrt geblieben.

Wie die Bienen, die jetzt um ihn herumschwirrten, ihn bedrohten, ihn ablenkten, ihm seine physische Ruhe nahmen und ihn zwangen, sich zusammenzukrümmen, um ihnen auszuweichen, hatten auch die Sorgen, die ihn von dem Augenblick an umringt hatten, als er in den Wagen gestiegen war, seine seelische Freiheit beeinträchtigt; aber das hatte nur so lange gedauert, als er mitten unter ihnen gewesen war. Wie trotz der Bienen seine körperliche Kraft unversehrt geblieben war, so war auch seine seelische Kraft unversehrt, deren er sich jetzt von neuem bewußt wurde.

15

»Weißt du, Kostja, mit wem Sergej Iwanowitsch im selben Zug gefahren ist?« fragte Dolly, als sie den Kindern Gurken und Honig gegeben hatte. »Mit Wronskij! Er geht nach Serbien!«

»Und zwar nicht allein, sondern mit einer ganzen Schwadron, die er auf seine Kosten ausgerüstet hat!« sagte Katawasow.

»Das sieht ihm ähnlich«, sagte Lewin. »Gehen denn immer noch Freiwillige nach Serbien?« fragte er und sah Sergej Iwanowitsch an.

Sergej Iwanowitsch gab keine Antwort. Er versuchte mit dem Messerrücken aus einer Untertasse, auf der eine weiße Honigscheibe lag, eine noch lebende Biene vorsichtig herauszuziehen, die in dem ausgeflossenen Honig kleben geblieben war.

»Und ob! Sie hätten sehen sollen, wie es gestern auf dem Bahnhof in Moskau zuging!« sagte Katawasow und biß geräuschvoll in eine Gurke.

»Wie soll man das nur verstehen? Erklären Sie mir doch um Himmels willen, Sergej Iwanowitsch, wohin all diese Freiwilligen wollen und mit wem sie Krieg führen«, sagte der Fürst, offenbar in Fortsetzung eines Gesprächs, das schon vor Lewins Erscheinen begonnen hatte.

»Mit den Türken«, sagte Sergej Iwanowitsch mit ruhigem Lächeln. Er hatte die vom Honig dunkel gewordene, hilflos mit den Beinen zappelnde Biene glücklich befreit und setzte sie mit dem Messer auf ein festes Espenblatt.

»Wer hat denn den Türken den Krieg erklärt? Iwan Iwanowitsch Ragosow, Gräfin Lydia Iwanowna und Madame Stahl?«

»Niemand hat ihnen den Krieg erklärt, die Freiwilligen nehmen eben teil an den Leiden ihrer Mitmenschen und möchten ihnen helfen«, sagte Sergej Iwanowitsch.

»Der Fürst spricht nicht von der Hilfe«, sagte Lewin, für seinen Schwiegervater eintretend, »sondern vom Krieg. Der Fürst meint, daß Privatpersonen ohne Genehmigung der Regierung nicht an einem Krieg teilnehmen dürfen.«

»Kostja, sieh mal, da ist eine Biene! Sie werden uns noch ganz zerstechen«, sagte Dolly, eine Wespe wegscheuchend.

»Das ist gar keine Biene, das ist eine Wespe«, sagte Lewin.

»Na aber, was haben Sie da für eine Theorie!« sagte Katawasow lächelnd zu Lewin; er wollte ihn offenbar zum Streit herausfordern. »Warum haben Privatpersonen kein Recht dazu?«

»Meine Theorie ist folgende: einerseits ist der Krieg etwas so Tierisches, Grausames und Schreckliches, daß kein Mensch, geschweige denn ein Christ, es persönlich verantworten kann, einen Krieg zu beginnen; das kann nur die dazu berufene Regierung, wenn sie sich unvermeidlich zum Krieg gedrängt sieht. Andererseits müssen die Bürger in Staatsangelegenheiten und vor allem dem Krieg gegenüber auf ihren persönlichen Willen verzichten, was sowohl die Wissenschaft als auch der gesunde Menschenverstand sagt.«

Sergej Iwanowitsch hatten ihre Argumente schon bereit und fingen gleichzeitig zu reden an.

»Das ist es ja, lieber Freund, daß Fälle vorkommen können, wo die Regierung den Willen der Bürger nicht erfüllt, und dann bekundet die Bevölkerung selbst ihren Willen«, sagte Katawasow.

Aber Sergej Iwanowitsch schien dieses Argument nicht zu billigen. Er runzelte bei Katawasows Worten die Stirn und sagte etwas anderes.

»Du hast die Frage nicht richtig gestellt. Hier handelt es sich nicht um eine Kriegserklärung, sondern einfach um eine Äußerung des menschlichen, christlichen Empfindens. Man mordet unsere Brüder, die eines Blutes und eines Glaubens mit uns sind. Gut, nehmen wir an, es wären nicht Stammes- und Glaubensgenossen, sondern einfach Kinder, Frauen und Greise: auch dann empört sich das Gefühl darüber, und russische Männer eilen hin, um mitzuhelfen, daß diese Greuel ein Ende nehmen. Stell dir vor, du gehst auf der Straße und siehst, daß ein Betrunkener eine Frau oder ein Kind schlägt. Ich glaube, du würdest nicht erst lange fragen, ob diesem Menschen der Krieg erklärt ist oder nicht; du würdest dich auf ihn stürzen und den Mißhandelten schützen.«

»Aber ich würde ihn nicht töten«, sagte Lewin.

»Doch, du würdest ihn töten.«

»Das weiß ich nicht. Wenn ich so etwas sähe, würde ich meinem unmittelbaren Gefühl folgen, aber vorhersagen läßt sich so etwas nicht. Und so ein unmittelbares Gefühl für die Unterdrückung der Slawen gibt es nicht und kann es auch nicht geben.«

»Vielleicht bei dir nicht, aber andere haben es«, sagte Sergej Iwanowitsch und runzelte unwillig die Stirn. »Im Volk sind noch die Überlieferungen von den Rechtgläubigen lebendig, die unter dem Joch der ›grimmigen Muselmanen‹ gelitten haben. Das Volk hat von den Leiden seiner Brüder gehört und seine Stimme erhoben.«

»Mag sein«, sagte Lewin nachgiebig, »aber ich habe nichts davon gemerkt. Ich gehöre doch auch zum Volk, aber ich fühle nichts dergleichen.«

»Ich auch nicht«, sagte der alte Fürst. »Als ich im Ausland war und dort die Zeitungen las, da habe ich offen gestanden auch schon vor den Greueln in Bulgarien nicht begreifen können, warum alle Russen ihre slawischen Brüder plötzlich so lieben, während ich selbst sie überhaupt nicht liebte. Ich war sehr traurig und dachte schon, ich wäre ein Ungeheuer oder das wäre die Wirkung von Karlsbad. Aber als ich wieder nach Rußland kam, beruhigte ich mich, denn ich sehe, daß es außer mir Menschen gibt, die sich nur für Rußland interessieren und nicht für die slawischen Brüder. Konstantin zum Beispiel.«

»Die persönliche Meinung bedeutet hier gar nichts«, sagte Sergej Iwanowitsch, »auf die persönliche Meinung kommt es jetzt gar nicht an, wenn ganz Rußland, das ganze Volk seinen Willen bekundet hat.«

»Verzeihen Sie, aber ich merke nichts davon. Das Volk hat keine Ahnung von diesen Dingen«, sagte der Fürst.

»O doch, Papa. Denk nur an den letzten Sonntag in der Kirche«, sagte Dolly, die dem Gespräch zugehört hatte.

»Gebt mir bitte ein Handtuch«, sagte sie zu dem alten Bienenwärter, der lächelnd die Kinder betrachtete. »Es ist doch unmöglich, daß alle...«
»Was war denn am Sonntag in der Kirche? Der Priester hatte den Befehl, etwas vorzulesen. Nun, er hat es vorgelesen. Die Leute haben nichts verstanden und geseufzt wie bei jeder Predigt«, sagte der Fürst. »Dann hat man ihnen gesagt, in der Kirche würde gesammelt und jeder solle etwas geben, um seine Seele zu retten. Und da haben sie alle ihre Kopeke gegeben, aber wofür, das wußten sie nicht.«
»Es ist unmöglich, daß das Volk das nicht weiß. Das Bewußtsein seines Schicksals ist im Volk immer vorhanden, und in Augenblicken wie dem jetzigen ist ihm das besonders klar«, sagte Sergej Iwanowitsch mit Nachdruck und sah dabei den alten Bienenwärter an.
Der schöne alte Mann mit dem schwarzen, grau melierten Bart und dem dichten silberweißen Haar stand unbeweglich da, eine Schüssel mit Honig in der Hand, und betrachtete die Herrschaften freundlich und ruhig von der Höhe seines Wuchses; er verstand offenbar nichts und wollte auch nichts verstehen.
»Ja, das stimmt«, sagte er auf Sergej Iwanowitschs Worte bedeutsam mit dem Kopf nickend.
»Fragt ihn doch einmal. Er weiß nichts und denkt nichts«, sagte Lewin. »Michajlytsch, hast du vom Krieg gehört?« fragte er den Alten. »Ich meine, was in der Kirche vorgelesen wurde. Wie denkst du darüber? Müssen wir für die Christen kämpfen?«
»Warum sollen wir denn denken? Unser Kaiser Alexander Nikolajewitsch hat immer für uns gedacht und wird auch weiter für uns denken. Er weiß das besser. Soll ich noch ein bißchen Brot bringen? Für den kleinen Jungen?« sagte er zu Darja Alexandrowna und zeigte auf Grischa, der eine Brotrinde aß.
»Ich brauche nicht zu fragen«, sagte Sergej Iwanowitsch.

»Wir sahen und sehen Hunderte und aber Hunderte von Menschen, die alles im Stich lassen, um der gerechten Sache zu dienen, die aus allen Gegenden Rußlands kommen und ihre Gedanken und Absichten klar und offen aussprechen. Sie opfern ihren Groschen oder gehen selbst nach Serbien und sagen ganz offen, warum sie das tun. Woher kommt denn das alles?«

»Meiner Ansicht nach kommt das daher«, sagte Lewin immer heftiger werdend, »daß sich in einem Volk von achtzig Millionen immer nicht nur Hunderte wie jetzt, sondern Tausende von Menschen finden, die ihre soziale Stellung eingebüßt haben, Abenteurer, die zu allem bereit sind: zu den Banden Pugatschows zu gehen oder nach Chiwa oder nach Serbien...«

»Aber ich kann dir sagen, daß es nicht nur ein paar Hundert sind und nicht Abenteurer, sondern die besten Vertreter des Volkes!« sagte Sergej Iwanowitsch so gereizt, als wollte er seinen letzten Besitz verteidigen. »Und die Geldspenden? Da sieht man es ja, daß das ganze Volk seinen Willen bekundet.«

»›Volk‹ ist ein sehr unbestimmter Begriff«, antwortete Lewin. »Die Gemeindeschreiber, die Lehrer und vielleicht einer von tausend Bauern wissen, um was es sich handelt. Die übrigen achtzig Millionen denken gar nicht daran, ihren Willen zu äußern, und sie haben überhaupt keine Ahnung, worüber sie ihren Willen äußern sollen. Was haben wir also für ein Recht zu sagen, das sei der Wille des Volkes?«

16

Als erfahrener Dialektiker antwortete Sergej Iwanowitsch nichts, sondern brachte das Gespräch sofort auf ein anderes Thema.

»Ja, wenn du den Volksgeist auf arithmetischem Weg erkennen willst – das ist natürlich sehr schwierig. Bei uns gibt es keine allgemeinen Abstimmungen, und es kann auch keine geben, da sie den Willen des Volkes doch nicht zum Ausdruck bringen. Aber es gibt auch andere Mittel, den Willen des Volkes zu erkennen. Das spürt man in der Luft, das fühlt man mit dem Herzen. Ich rede gar nicht von jenen Strömungen, die sich tief unten im trägen Meer unseres Volkes regen und die jeder unvoreingenommene Mensch klar sieht, aber betrachte doch die Gesellschaft im engeren Sinn. All die verschiedenen Parteien der Gebildeten, die sich früher so erbittert bekämpften, sind jetzt plötzlich einig. Aller Hader hat aufgehört, alle Organe der Gesellschaft sagen dasselbe, alle spüren die elementare Gewalt, die sie erfaßt hat und sie alle in einer Richtung treibt.«

»Ja, die Zeitungen sagen alle dasselbe«, sagte der Fürst. »Das ist wahr. Alle singen dasselbe Lied, wie die Frösche vor dem Gewitter. Und sie schreien so laut, daß man sonst nichts mehr hört.«

»Ob Frösche oder nicht — ich bin kein Journalist und habe keinen Anlaß, die Zeitungen zu verteidigen. Ich rede von der Einmütigkeit der Gebildeten«, sagte Sergej Iwanowitsch zu seinem Bruder. Lewin wollte etwas entgegnen, aber der Fürst kam ihm zuvor.

»Na, über diese Einmütigkeit läßt sich manches sagen«, bemerkte er. »Da ist mein Schwiegersohn Stepan Arkadjitsch, Sie kennen ihn ja. Der bekommt jetzt eine Stelle als Komiteemitglied der Kommission... na, und so weiter, ich weiß es nicht. Zu tun hat er gar nichts — verzeih mir, Dolly, das ist ja kein Geheimnis —, aber er bekommt ein Gehalt von achttausend Rubeln. Fragen Sie ihn doch einmal, ob er seine Tätigkeit für nützlich und wichtig hält, und er wird Ihnen beweisen, daß sie äußerst wichtig ist. Und er ist ein aufrichtiger Mensch; aber achttausend Rubel muß jeder für etwas Nützliches halten.«

»Ja, er hat mich gebeten, Darja Alexandrowna zu sagen, daß er diese Stelle erhalten hat«, sagte Sergej Iwanowitsch mißvergnügt, denn er fand die Bemerkung des Fürsten unangebracht.

»So ist es auch mit der Einmütigkeit der Zeitungen. Man hat mir das so erklärt: wenn es Krieg gibt, steigen ihre Einnahmen auf das Doppelte. Wie sollen sie da nicht der Ansicht sein, daß das Schicksal des russischen Volkes und der Slawen...«

»Ich kann viele Zeitungen nicht ausstehen, aber das ist ungerecht«, sagte Sergej Iwanowitsch.

»Ich würde nur eine einzige Bedingung stellen«, fuhr der Fürst fort. »Alphonse Karr hat das vor dem Krieg mit Preußen sehr gut ausgedrückt: ›Ihr seid der Ansicht, daß der Krieg notwendig ist? Schön. Wer den Krieg predigt, wird in ein Sturmbataillon gesteckt, und dann auf zum Sturm, zur Attacke, allen voran!‹«

»Da werden sich die Redakteure gut machen!« sagte Katawasow laut lachend und stellte sich ihm bekannte Redakteure in dieser Elitetruppe vor.

»Sie werden einfach davonlaufen«, sagte Dolly, »und nur stören.«

»Wenn sie davonlaufen, wird von hinten mit Kartätschen geschossen oder man stellt einfach Kosaken mit Knuten hin«, sagte der Fürst.

»Das ist ein böser Scherz, nehmen Sie es mir nicht übel, Fürst«, sagte Sergej Iwanowitsch.

»Ich sehe nicht, warum es ein Scherz sein sollte, daß...« begann Lewin, aber sein Bruder unterbrach ihn.

»Jedes Mitglied der Gesellschaft hat die Pflicht, das zu tun, wozu es berufen ist«, sagte er. »Und die Redakteure erfüllen ihre Pflicht dadurch, daß sie die öffentliche Meinung zum Ausdruck bringen. Daß die öffentliche Meinung einmütig und vollständig zum Ausdruck gelangt, ist ein Verdienst der Presse und zugleich eine sehr erfreuliche Erscheinung. Vor zwanzig Jahren hätten wir geschwiegen, jetzt aber hört man die Stimme des russischen Volkes, das bereit ist, sich wie ein Mann zu erheben, sich für seine unterdrückten Brüder zu opfern. Das ist ein großer Fortschritt und ein Zeichen unserer Kraft.«

»Aber man opfert ja nicht nur, sondern tötet auch die Türken«, sagte Lewin schüchtern. »Das Volk opfert und opfert gern, um seine Seele zu retten, aber nicht, damit gemordet werde«, fügte er hinzu, das Gespräch unwillkürlich mit den Gedanken verknüpfend, die ihn so sehr beschäftigten.

»Was meinen Sie damit: um seine Seele zu retten? Seele, das ist ein Ausdruck, mit dem ein Naturforscher nichts Rechtes anzufangen weiß. Was ist eigentlich die Seele?« sagte Katawasow lächelnd.

»Ach, das wissen Sie doch!«

»Bei Gott, ich habe nicht die geringste Ahnung!« sagte Katawasow laut lachend.

»Ich bin nicht gekommen, Frieden zu senden, sondern das Schwert, sagt Christus«, entgegnete Sergej Iwanowitsch, indem er einfach, als wäre das ganz selbstverständlich, gerade die Stelle aus dem Evangelium zitierte, die Lewin immer am meisten verwirrt hatte.

»Ja, das stimmt«, sagte der Alte, der neben ihm stand, als Antwort auf einen Blick, der ihn zufällig traf.

»Nein, mein Lieber, Sie sind geschlagen, völlig geschlagen!« rief Katawasow vergnügt.

Lewin wurde rot vor Ärger, nicht weil er geschlagen war, sondern weil er sich nicht hatte beherrschen können und sich auf eine Diskussion eingelassen hatte.

›Nein, ich darf nicht mit ihnen streiten‹, dachte er. ›Sie haben einen undurchdringlichen Panzer an, und ich bin nackt.‹

Er sah, daß sein Bruder und Katawasow nicht zu überzeugen waren, und sah noch weniger eine Möglichkeit, ihnen zuzustimmen. Was sie predigten, war derselbe Hochmut des Verstandes, der ihn fast zugrunde gerichtet hätte. Er konnte ein paar Dutzend Menschen, zu denen auch sein Bruder gehörte, nicht das Recht zuerkennen, auf Grund dessen, was ein paar Hundert in die Hauptstadt gekommene großmäulige Freiwillige ihnen erzählt hatten, zu behaupten, sie und die Zeitungen brächten den Willen und die Meinung des Volkes zum Ausdruck, eine Meinung, die auf Rache und Mord zielte. Das konnte er nicht zugeben, denn er sah keinen Ausdruck dieser Meinung im Volk, in dessen Mitte er lebte, und er fand diese Meinung auch nicht bei sich selbst (und er konnte sich für nichts anderes halten als für einen der Menschen, die alle zusammen das russische Volk bilden), und vor allem wußte er ebensowenig wie das Volk, konnte nicht wissen, worin das allgemeine Wohl bestand. Aber er wußte ganz sicher, daß dieses allgemeine Wohl nur zu erreichen war durch strenge Erfüllung jenes allen Menschen geoffenbarten Gesetzes des Guten, und darum konnte er den Krieg nicht wünschen und irgendwelcher allgemeiner Interessen wegen den Krieg predigen. Mit dem alten Michajlytsch und mit dem Volk, das nach der Überlieferung bei der Herbeirufung der Waräger seine Meinung ausgesprochen hatte, sagte auch Lewin: »Seid unsere Fürsten und herrscht über uns. Wir geloben euch mit Freuden Gehorsam. Alle Mühen, alle Erniedrigungen, alle Opfer wollen wir auf uns nehmen, aber wir wollen nicht richten und entscheiden.« Und jetzt hatte nach der Ansicht Sergej Sergewitschs das Volk auf dieses so teuer erkaufte Recht verzichtet.

Er wollte noch sagen, wenn die öffentliche Meinung ein unfehlbarer Richter sei, müßten die Revolution und die Kommune ebenso gesetzlich sein wie die Bewegung zur Befreiung der Slawen. Aber das alles waren Gedanken, durch die der Streit nicht entschieden werden konnte. Eines aber sah man recht deutlich: Sergej Iwanowitsch ärgerte sich über den Streit, und darum durfte man die Debatte nicht fortsetzen. Lewin schwieg also und machte seine Gäste darauf aufmerksam, daß die Wolken sich zusammengezogen hatten, und sagte, man sollte lieber nach Hause gehen, bevor es zu regnen anfange.

17

Der Fürst und Sergej Iwanowitsch stiegen in den kleinen Wagen und fuhren ab; die übrige Gesellschaft ging mit beschleunigten Schritten zu Fuß nach Hause.

Aber die bald weiß, bald schwarz aussehende Gewitterwolke kam so rasch näher, daß man noch schneller gehen mußte, um noch vor dem Regen nach Hause zu kommen. Der dicken Wolke voraus zogen kleinere, tiefhängende Wolken, schwarz wie mit Ruß vermischter Rauch, und liefen mit ungewöhnlicher Geschwindigkeit über den Himmel. Bis zum Haus waren es noch gut zweihundert Schritte, und schon erhob sich der Wind, und jeden Augenblick war ein furchtbarer Regenguß zu erwarten.

Die Kinder liefen mit ängstlichem, lustigem Kreischen voraus. Darja Alexandrowna, mühsam mit ihren Röcken kämpfend, die sich ihr eng um die Beine legten, ging nicht mehr, sondern lief, ohne die Kinder aus den Augen zu lassen. Die Herren hielten ihre Hüte fest und machten große Schritte. Sie waren schon fast an der Haustür, als ein dicker Tropfen auf den Rand der Dachrinne fiel und auseinanderspritzte. Die Kinder und nach ihnen die Erwachsenen liefen lustig schwatzend unter das schützende Dach.

»Wo ist Katerina Alexandrowna?« fragte Lewin Agafja Michajlowna, die ihnen im Flur mit Tüchern und Plaids entgegenkam.

»Wir dachten, sie wäre bei Ihnen«, sagte sie.

»Und Mitja?«

»Dann sind sie sicher im Kolok. Die Kinderfrau ist auch dabei.«

Lewin nahm ein Plaid und lief nach dem Kolok.

Inzwischen hatte sich die Gewitterwolke schon so weit über die Sonne geschoben, daß es so dunkel war wie bei einer Sonnenfinsternis. Der Wind schien eigensinnig seinen Willen durchzusetzen und Lewin zurückhalten zu wollen; er riß Blätter und Blüten von den Linden ab, entblößte die weißen Äste der Birken ganz seltsam und häßlich und bog alles nach einer Seite: die Akaziensträucher, die Blumen, die Kletten, das Gras und die Wipfel der Bäume. Ein paar Bauernmädchen, die im Garten arbeiteten, liefen kreischend unter das Dach des Gesindehauses. Der weiße Vorhang des Regens verhüllte schon den ganzen fernen Wald und die Hälfte des nahen Feldes und bewegte sich rasch auf den Kolok zu. Die Feuchtigkeit des in kleine Tropfen zerstiebenden Regens war schon in der Luft zu spüren.

Den Kopf vorgebeugt und gegen den Wind ankämpfend, der ihm die Tücher entreißen wollte, näherte sich Lewin schon dem Wäldchen, sah schon hinter der Eiche etwas Weißes schimmern. Da flammte plötzlich alles auf, die ganze Erde schien zu brennen, und über seinem Kopf schien das Himmelsgewölbe zu bersten. Als Lewin seine geblendeten Augen wieder öffnete, sah er durch den dichten Regenschleier, der ihn jetzt von dem Wäldchen trennte, mit Entsetzen, daß der grüne Wipfel der ihm wohlbekannten Eiche in der Mitte des Wäldchens sich merkwürdig verändert hatte. ›Hat es wirklich eingeschlagen?‹ dachte Lewin, und im selben Augenblick neigte sich der Wipfel der Eiche immer schneller, verschwand hinter den anderen Bäumen, und Lewin hörte das Krachen des auf die anderen Bäume stürzenden großen Baums.

Die grellen Blitze, das Rollen des Donners und das Gefühl einer plötzlich über seinen ganzen Körper laufenden Kälte flossen für Lewin zu einem einzigen Eindruck des Entsetzens zusammen.

»Mein Gott, mein Gott! Hoffentlich hat es sie nicht getroffen!« sagte er.

Und obwohl er sofort daran dachte, wie sinnlos seine Bitte war, sie möchten nicht von der Eiche erschlagen worden sein, die schon gefallen war, wiederholte er sie doch, denn er wußte, daß er nichts Besseres tun konnte, als dieses sinnlose Gebet zu stammeln.

Als er zu dem Platz kam, wo sie sich gewöhnlich aufhielten, waren sie nicht dort.

Sie waren am anderen Ende des Wäldchens unter einer alten Linde und riefen ihm zu. Zwei Gestalten in dunklen Kleidern, die vorher hell gewesen waren, standen dort und beugten sich über etwas. Es waren Kitty und die Kinderfrau. Der Regen hatte aufgehört, und es wurde wieder hell, als Lewin sie erreicht hatte. Das Kleid der Kinderfrau war am Saum trocken geblieben, aber Kittys Kleid war ganz durchnäßt und klebte ihr am Körper. Obwohl es nicht mehr regnete, standen sie immer noch so da wie beim Ausbruch des Gewitters – über den Kinderwagen mit dem grünen Dach gebeugt.

»Ihr lebt? Ihr seid unversehrt? Gott sei Dank!« rief er und patschte mit seinen arg zugerichteten Schuhen, die voll Wasser waren, durch die tiefen Lachen auf sie zu.

Kitty wandte ihm ihr rotwangiges, nasses Gesicht zu und lächelte schüchtern unter dem Hut, der seine Form verloren hatte.

»Schämst du dich denn gar nicht? Ich begreife nicht, wie du so unvorsichtig sein kannst!« schalt er seine Frau ärgerlich.

»Ich kann wirklich nichts dafür. Wir wollten gerade nach Hause gehen, da mußten wir ihn trocken legen. Wir wollten gerade...« entschuldigte sich Kitty.

Mitja war unversehrt und trocken und schlief ganz tief.

»Nun, Gott sei Dank! Ich weiß gar nicht, was ich rede.«

Die nassen Windeln wurden zusammengepackt, die Kinderfrau nahm den Kleinen aus dem Wagen und trug ihn. Lewin ging neben seiner Frau und drückte ihr um Verzeihung bittend und von der Kinderfrau unbemerkt die Hand.

18

Im Lauf dieses ganzen Tages hatte Lewin bei den verschiedenen Gesprächen, an denen er gleichsam nur mit der Außenseite seines Geistes teilnahm, trotz der Enttäuschung in bezug auf die Wandlung, die mit ihm hätte vorgehen sollen, immer voller Freude die Fülle seines Herzens gefühlt.

Nach dem Regen war es zu naß zum Spazierengehen; außerdem waren immer noch Gewitterwolken am Horizont und zogen bald hier, bald dort bedrohlich und schwarz am Rand des Himmels entlang. Die ganze Gesellschaft verbrachte den Rest des Tages im Haus.

Gestritten wurde nicht mehr, im Gegenteil, nach dem Essen waren alle bester Laune.

Katawasow brachte die Damen durch seine originellen Scherze zum Lachen, die bei der ersten Bekanntschaft mit ihm immer so gut gefielen, und dann erzählte er auf eine Aufforderung von Sergej Iwanowitsch von seinen sehr interessanten Beobachtungen über die Unterschiede im Charakter und sogar in der Physiognomie der männlichen und weiblichen Stubenfliegen und über ihre Lebensweise. Sergej Iwanowitsch war auch sehr heiter und sprach beim Tee auf Anregung seines Bruders von der Zukunft der orientalischen Frage, und zwar so einfach und gut, daß alle ihm mit Interesse zuhörten.

Nur Kitty konnte ihn nicht bis zu Ende hören, weil sie ins Kinderzimmer gerufen wurde, um Mitja zu baden.

Einige Minuten nachdem Kitty hinausgegangen war, wurde auch Lewin ins Kinderzimmer gebeten. Er bedauerte, daß das interessante Gespräch dadurch unterbrochen wurde, und war zugleich etwas beunruhigt, denn er wurde nur in besonders wichtigen Fällen ins Kinderzimmer gerufen. Er ließ seinen Tee stehen und ging hinaus.

Der Plan Sergej Iwanowitschs, wie die vierzig Millionen befreiten Slawen zusammen mit Rußland eine neue Epoche in der Geschichte einleiten sollten, interessierte ihn sehr, da er ihm völlig neu war, und gleichzeitig war er besorgt und neugierig, weshalb man ihn wohl rufe, aber sobald er den Salon verlassen hatte und allein war, kamen ihm sofort wieder die Gedanken, die ihn am Morgen beschäftigt hatten. Und alle diese Worte über die Bedeutung des slawischen Elements in der Weltgeschichte schienen ihm so unwichtig im Vergleich mit dem, was in seiner Seele vorging, daß er das alles sofort vergaß und sich in dieselbe Stimmung zurückversetzt fühlte, in der er heute morgen gewesen war.

Er rief sich nicht seinen ganzen Gedankengang ins Gedächtnis zurück, wie er es früher getan hatte, denn das brauchte er jetzt nicht mehr zu tun. Er versetzte sich sofort in das Gefühl hinein, das ihn geleitet hatte, das mit diesen Gedanken verknüpft war, und fand, daß dieses Gefühl jetzt noch stärker und klarer war als vorher. Jetzt brauchte er nicht mehr, wie bei früheren mühsamen Versuchen, sich selbst zu beruhigen, den ganzen Gedankengang zu wiederholen, um das betreffende Gefühl wiederzufinden. Jetzt war ganz im Gegenteil das Gefühl der Freude und Beruhigung lebendiger als vorher, und sein Denken konnte mit diesem Gefühl nicht Schritt halten.

Er ging über die Veranda und blickte zu zwei Sternen hinauf, die an dem schon dunklen Himmel schimmerten, und dachte plötzlich: ›Ja, als ich zum Himmel hinaufsah, da dachte ich, daß das Gewölbe, das ich sehe, keine Unwahrheit ist, und dabei dachte ich irgend etwas nicht zu Ende, ich verbarg etwas vor mir selbst. Aber was es auch war, eine Widerlegung dessen, was ich erkannt habe, kann es nicht sein. Ich brauche nur darüber nachzudenken, und dann wird mir alles klar.‹

Als er ins Kinderzimmer trat, fiel ihm ein, was er vor sich selbst verborgen hatte. Es war die Frage: ›Wenn der Hauptbeweis für das Dasein Gottes darin besteht, daß er uns offenbart hat, was das Gute ist, warum beschränkt sich diese Offenbarung dann auf die christliche Kirche? Was für ein Verhältnis zu dieser Offenbarung hat die Religion der Buddhisten, der Mohammedaner, die sich doch auch zum Guten bekennen und das Gute tun?‹

Er glaubte eine Antwort auf diese Frage gefunden zu haben, aber noch ehe er sie in Worte fassen konnte, trat er ins Kinderzimmer.

Kitty stand mit aufgestreiften Ärmeln vor der Badewanne, über das munter plätschernde Kind gebeugt; als sie die Schritte ihres Mannes hörte, sah sie ihn lächelnd an. Mit der einen Hand stützte sie den Kopf des auf dem Rücken schwimmenden und die Beinchen spreizenden, dicken, kräftigen Kindes, mit der anderen drückte sie, die Muskeln gleichmäßig anspannend, den Schwamm über ihm aus.

»Sieh nur, sieh nur!« sagte sie, als ihr Mann zu ihr trat. »Agafja Michajlowna hat recht: er erkennt uns.«

Es handelte sich darum, daß Mitja seit dem heutigen Tag unzweifelhaft alle die Seinigen erkannte.

Als Lewin vor der Badewanne stand, wurde ihm sofort ein Versuch vorgeführt, der auch vollkommen gelang. Die Köchin, die eigens hereingerufen wurde, beugte sich über den Kleinen. Er machte ein böses Gesicht und schüttelte den Kopf. Dann beugte sich Kitty über ihn: er lächelte strahlend, stemmte die Händchen gegen den Schwamm und prustete so zufrieden mit den Lippen, daß nicht nur Kitty und die Kinderfrau, sondern auch Lewin überrascht und entzückt waren.

Das Kind wurde mit einer Hand aus der Wanne gehoben, mit Wasser übergossen, in ein Leintuch gehüllt und abgetrocknet, wobei es durchdringend schrie, und dann der Mutter übergeben.

»Ich freue mich, daß du ihn jetzt lieb hast«, sagte Kitty zu ihrem Mann, nachdem sie sich mit dem Kind an der Brust an ihren gewohnten Platz gesetzt hatte. »Ich freue mich sehr darüber. Ich war schon ganz traurig, denn du hast ja gesagt, daß du nichts für ihn fühlst.«

»Nein, das habe ich nicht gesagt. Ich habe nur gesagt, ich wäre enttäuscht.«

»Du warst von ihm enttäuscht?«

»Nicht von ihm, sondern von meinem Gefühl. Ich hatte mehr erwartet. Ich hatte erwartet, daß wie eine Überraschung ein neues angenehmes Gefühl in mir wachsen würde. Und statt dessen habe ich nur Mitleid und eine Art Widerwillen gefühlt...«

Sie hörte ihm aufmerksam zu und steckte die Ringe, die sie abgelegt hatte, um Mitja zu baden, wieder an die schlanken Finger.

»Und vor allem viel mehr Angst und Mitleid als Freude«, fuhr Lewin fort. »Aber heute, nach dieser Angst bei dem Gewitter, da habe ich gemerkt, wie lieb ich ihn habe.«

Kitty lächelte strahlend.

»Bist du sehr erschrocken?« fragte sie. »Ich auch; aber jetzt, wo es vorbei ist, kommt es mir noch schrecklicher vor. Ich will morgen hingehen und mir die Eiche ansehen. Wie nett Katawasow ist! Es war überhaupt ein schöner Tag. Und du kannst so freundlich zu Sergej Iwanowitsch sein, wenn du nur willst... Geh wieder zu ihnen. Nach dem Baden ist es hier immer so heiß und feucht.«

19

Als Lewin das Kinderzimmer verlassen hatte und allein war, fiel ihm sofort wieder jener Gedanke ein, der ihm noch nicht ganz klar war.

Statt in den Salon zu gehen, aus dem Stimmen zu ihm herüberklangen, blieb er auf der Veranda stehen, stützte sich aufs Geländer und schaute zum Himmel empor.

Es war schon ganz dunkel, und im Süden, wohin er blickte, waren keine Wolken. Die Wolken standen jetzt auf der anderen Seite des Himmels. Dort leuchteten Blitze auf, und in der Ferne rollte der Donner. Lewin horchte auf die Tropfen, die gleichmäßig von den Linden im Garten herabfielen, und betrachtete das ihm wohlbekannte Sternendreieck und die mitten durch dieses Dreieck hindurchgehende Milchstraße mit ihren Verzweigungen. Bei jedem Aufflammen eines Blitzes verschwand nicht nur die Milchstraße, sondern auch die hellen Sterne; aber sobald der Blitz erlosch, leuchteten sie wieder an derselben Stelle auf, wie von einer geschickten Hand dorthin geschleudert.

›Was verwirrt mich denn noch?‹ fragte sich Lewin und fühlte schon, daß die Lösung seiner Zweifel, obwohl er sie noch nicht wußte, schon in seiner Seele bereit lag.

›Ja, die einzige klare, unanfechtbare Manifestation der Gottheit sind die Gesetze des Guten, die der Welt durch die Offenbarung gegeben sind und die ich in mir fühle und durch deren Anerkennung ich mich mit den anderen Menschen nicht selbst verbinde, sondern ob ich will oder nicht, verbunden bin in einer Gemeinschaft von Gläubigen, die man Kirche nennt. Nun, und die Juden, die Mohammedaner, die Konfuzianer, die Buddhisten, was sind die denn?‹ fragte er sich; das war die Frage, die ihm so gefährlich schien. ›Sind diese Hunderte von Millionen Menschen wirklich jenes höchsten Guts beraubt, ohne das unser Leben keinen Sinn hat?‹ Er dachte nach, wies sich aber sofort zurecht. ›Was frage ich denn da?‹ sagte er zu sich selbst. ›Ich frage nach dem Verhältnis der verschiedenen Religionen der Menschheit zur Gottheit. Ich frage nach der allgemeinen Offenbarung Gottes für die ganze Welt mit all diesen Nebelflecken. Was tue ich denn da? Mir persönlich, meinem Herzen, ist unzweifelhaft ein Wissen offenbart worden, das die Vernunft nicht erfassen kann — und ich will dieses Wissen durch die Vernunft und in Worten ausdrücken!

Weiß ich denn nicht, daß die Sterne sich nicht bewegen?‹ fragte er sich und blickte auf einen hellen Planeten, der seine

Stellung in den höchsten Zweigen einer Birke schon geändert hatte. ›Aber wenn ich die Bewegung der Sterne beobachte, kann ich mir nicht vorstellen, daß es die Erde ist, die sich dreht, und dann habe ich recht, wenn ich sage, daß die Sterne sich bewegen.

Und hätten denn die Astronomen etwas verstehen und berechnen können, wenn sie alle die komplizierten, verschiedenartigen Bewegungen berücksichtigt hätten? Alle ihre erstaunlichen Folgerungen über die Entfernung, das Gewicht, die Bewegung und die Abirrung der Himmelskörper gründen sich nur auf die scheinbare Bewegung der Gestirne um die unbewegliche Erde, auf dieselbe Bewegung, die ich jetzt beobachte und die für Millionen Menschen jahrhundertelang die gleiche war und immer so sein wird und immer nachgeprüft werden kann. Und wie die Folgerungen der Astronomen unzuverlässig und müßig wären, wenn sie sich nicht auf die Beobachtungen des sichtbaren Himmels gründeten, auf einen bestimmten Meridian und einen Horizont bezogen wären, so wären auch meine Folgerungen unzuverlässig und müßig, wenn sie sich nicht auf den Begriff des Guten gründeten, der für alle immer der gleiche war und sein wird und der mir durch das Christentum offenbart ist und immer in meiner Seele nachgeprüft werden kann. Aber die Frage nach den anderen Religionen und ihrem Verhältnis zur Gottheit zu entscheiden, dazu habe ich kein Recht und keine Möglichkeit.‹

»Ach, du bist noch nicht hineingegangen?« hörte er plötzlich die Stimme Kittys, die auf demselben Weg in den Salon ging. »Was hast du? Bist du verstimmt?« fragte sie und sah ihm beim Licht der Sterne aufmerksam ins Gesicht.

Aber sie hätte sein Gesicht nicht deutlich erkennen können, wenn ein Blitz, der die Sterne verschwinden ließ, es nicht beleuchtet hätte. Im Schein des Blitzes konnte sie sein Gesicht ganz deutlich sehen, und als sie sah, daß er ruhig und froh war, lächelte sie ihm zu.

›Sie versteht mich‹, dachte er, ›sie weiß, woran ich denke. Soll ich es ihr sagen oder nicht? Ja, ich will es ihr sagen.‹ Aber im selben Augenblick, als er es sagen wollte, fing sie zu sprechen an.

»Ja, was ich noch sagen wollte, Kostja! Tu mir bitte den Gefallen«, sagte sie, »geh ins Eckzimmer und sieh nach, ob auch alles für Sergej Iwanowitsch bereit ist. Mir ist das peinlich. Sieh nach, ob auch der neue Waschtisch hineingestellt worden ist.«

»Schön, ich gehe ganz bestimmt hin«, sagte Lewin, sich aufrichtend, und küßte sie.

›Nein, ich will es ihr doch nicht sagen‹, dachte er, als sie vor ihm herging. ›Das ist ein Geheimnis, das nur mich allein angeht, nur für mich allein wichtig ist und das sich in Worten nicht ausdrücken läßt.

Dieses neue Gefühl hat mich nicht umgewandelt, glücklich gemacht, erleuchtet, wie ich geträumt hatte; es ist genauso damit, wie mit meinem Gefühl für meinen Sohn. Da hat es auch keine Überraschung gegeben. Und dieses Gefühl – ob es Glaube ist oder kein Glaube, das weiß ich nicht – ist ebenso unmerklich durch das Leid in meine Seele gekommen und sitzt jetzt ganz fest darin.

Ich werde mich ebenso über den Kutscher Iwan ärgern, ich werde nach wie vor streiten und meine Gedanken zur Unzeit aussprechen, nach wie vor wird zwischen dem Allerheiligsten meiner Seele und anderen Menschen, sogar meiner Frau, eine Scheidewand sein, ich werde ihr nach wie vor für meine eigene Angst Vorwürfe machen und es dann bereuen, ich werde ebenso wenig mit dem Verstand begreifen können, warum ich bete, und werde trotzdem beten. Aber jetzt ist mein Leben, mein ganzes Leben, unabhängig von allem, was mir geschehen kann, jetzt ist jede Minute dieses Lebens nicht mehr sinnlos wie bisher, sondern hat einen unzweifelhaften Sinn: das Gute, das ich in mein Leben hineinlegen kann.‹

Zu dieser Ausgabe

insel taschenbuch 3484: Lew N. Tolstoj, *Anna Karenina*. Der Text des vorliegenden Bandes folgt dem insel taschenbuch 3307: Lew N. Tolstoj, *Anna Karenina*. Herausgegeben von Gisela Drohla. Insel Verlag Frankfurt am Main und Leipzig 2006. *Anna Karenina* erschien 1875-1877 in der Zeitschrift »Russkij vestnik« und 1878 erstmals in Buchform.

Umschlagabbildung: James Jacques Joseph Tissot, Oktober (1878). Privatsammlung.

- Der Großinquisitor. Übertragen und mit einem Nachwort von Rudolf Kassner. IB 149. 44 Seiten
- Der Idiot. Übersetzt von Hermann Röhl. it 3503. 950 Seiten
- Der Jüngling. Übersetzt von Hermann Röhl.it 1890. 801 Seiten
- Schuld und Sühne. Übersetzt von Hermann Röhl. it 2961 und it 3513. 976 Seiten
- Die Sanfte. Eine phantastische Erzählung. Übersetzt von Wolfgang Kasack. it 1138. 88 Seiten
- Weiße Nächte. Eine Liebesgeschichte. Übersetzt von Hermann Röhl. it 2834. 120 Seiten

Dostojewski in Deutschland. Herausgegeben von Karla Hielscher. Mit zahlreichen Illustrationen. it 2576. 290 Seiten

Dostojewski in der Schweiz. Ein Reader. Herausgegeben von Ilma Rakusa unter Mitwirkung von Felix Philipp Ingold. Mit zahlreichen Fotografien. 348 Seiten. Leinen

Dostojewski. Leben und Werk. Von Wolfgang Kasack. Mit Abbildungen. it 2267. 160 Seiten

Nikolai Wassiljewitsch Gogol
- Aufzeichnungen eines Wahnsinnigen. Erzählungen. Übersetzt von Ruth Fritze-Hanschmann und Georg Schwarz. it 1513. 183 Seiten
- Der Mantel. Und andere Erzählungen. Übersetzt von Ruth Fritze-Hanschmann. Mit Illustrationen von András Karakas. Mit einem Nachwort von Eugen und Frank Häusler. it 241. 359 Seiten
- Die toten Seelen. Erzählung. Übersetzt von Hermann Röhl. it 987 und it 2966. 527 Seiten

Maxim Gorki. Der Landstreicher und andere Erzählungen. Übersetzt von Arthur Luther. Mit einer Einführung von Stefan Zweig und Illustrationen von András Karakas. it 2219. 310 Seiten

NF 45/2/8.07

Michail Lermontow. Ein Held unserer Zeit. Übersetzt von Günther Stein. it 2965. 209 Seiten

Wladimir Majakowski. Liebesgedichte. it 3347. 120 Seiten

Romola Nijinsky. Nijinsky. Der Gott des Tanzes. Mit einem Vorwort von Paul Claudel. Übersetzt von Hans Bütow. Mit zahlreichen Fotografien. it 566. 399 Seiten

Waslaw Nijinsky. Tagebücher. Die Tagebuchaufzeichnungen in der Originalfassung. Übersetzt von Alfred Frank. it 2249. 282 Seiten

Alexander Puschkin

- Der eherne Reiter. Eine Petersburger Erzählung. Mit Illustrationen von Alexander Benois. Übersetzt von Rolf-Dietrich Keil. it 2872. 200 Seiten
- Die Hauptmannstochter. Übersetzt von Arthur Luther. it 2967. 180 Seiten
- Jewgeni Onegin. Roman in Versen. Ausgewählt und übersetzt von Rolf-Dietrich Keil. it 2524. 270 Seiten
- Liebesgedichte. it 2968. 130 Seiten

Lew N. Tolstoj

Die großen Romane. Geschenkausgabe in sieben Bänden. Anna Karenina. Krieg und Frieden. Auferstehung. 3948 Seiten. Pappband mit Dekorüberzug im Schuber

Einzelausgaben

- Anna Karenina. Herausgegeben von Gisela Drohla. Übersetzt von Hermann Röhl. Mit Illustrationen von Theodor Eberle. it 308 und it 3507. 1216 Seiten
- Auferstehung. Roman. Übersetzt von Adolf Hess. Mit Illustrationen von Theodor Eberle. it 791. 629 Seiten
- Die großen Erzählungen. Mit einem Nachwort von

NF 45/3/8.07

Thomas Mann. Übersetzt von Arthur Luther und Rudolf Kassner. it 18. 323 Seiten
- Hadschi Murat. Eine Ezählung aus dem Land der Tschetschenen. Übersetzt von Arthur Luther. Mit einem Nachwort von Wolfgang Kasack. it 2709. 192 Seiten
- Kindheit. Knabenalter. Jünglingsjahre. Herausgegeben von Gisela Drohla. Übersetzt von Hermann Röhl. it 203. 436 Seiten
- Die Kosaken und andere Erzählungen. Herausgegeben von Gisela Drohla. it 1518. 478 Seiten
- Die Kreutzersonate. Erzählung. Übersetzt von Arthur Luther. Mit Illustrationen von Hugo Steiner-Prag. it 763. 176 Seiten
- Die Kreutzersonate. Erzählung. Übersetzt von Arthur Luther. it 2978. 180 Seiten
- Krieg und Frieden. Ein Roman in vier Teilen. Übersetzt von Hermann Röhl. Übertragung des zweiten Teils des Epilogs von Wolfgang Kasack. Mit Illustrationen von Theodor Eberle. Zwei Bände in Kassette. it 2757 und it 3307. 2112 Seiten
- Sämtliche Erzählungen. Fünf Bände in Kassette. Herausgegeben von Gisela Drohla. it 1252. 2352 Seiten
- Die schönsten Erzählungen. Übersetzt von Gisela Drohla, Alexander Eliasberg, Arthur Luther und Hermann Röhl. it 2790. 275 Seiten
- Der Tod des Iwan Iljitsch. Übersetzt von Gisela Drohla. Mit Illustrationen von Theodor Eberle. it 2427. 113 Seiten
- Wieviel Erde braucht der Mensch? Erzählungen und Legenden. Übersetzt von Alexander Eliasberg und Arthur Luther. it 1198. 151 Seiten

Anton Tschechow
- Die Dame mit dem Hündchen. Und andere Erzählungen. Mit Zeichnungen von András Karakas. Ausgewählt und mit einem Nachwort versehen von Werner Berthel. Übersetzt

von Reinhold Trautmann. it 174. 388 Seiten
- Die großen Dramen. Übersetzt und bearbeitet von Thomas Brasch.. it 2989. 368 Seiten
- Der Kirschgarten. Übersetzt und bearbeitet von Thomas Brasch. it 1341. 94 Seiten

Iwan Turgenjew
- Erste Liebe. Und andere Novellen. Übersetzt von Ena von Baer und Ekkehard Jäkel. Mit einem Nachwort von Friedrich Schwarz. it 257. 343 Seiten
- Erste Liebe. Novellen. Übersetzt von Ena von Baer. it 2324. 140 Seiten
- Frühlingsfluten. Novelle. it 2604. 188 Seiten
- Väter und Söhne. it 64 und it 3512. 299 Seiten

Marina Zwetajewa. Liebesgedichte. Ausgewählt von Ilma Rakusa. it 3348. 120 Seiten

NF 45/5/8.07